유역문예론

유역문예론

임우기 비평문집

솔

그리운 어머니 · 장모님께

'욕망의 재교육'을 위하여

—『유역문예론』을 펴내며

　인류는 지구의 생태계가 극단의 상황에 내몰리고 있음을 잘 알고 있다. 끝이 보이지 않는 코로나 팬데믹과 악화일로의 지구온난화 상황이 인류의 절망 상태를 줄곧 경고하고 있지만, 이 비극에서 벗어날 해법은 없어 보인다. 아니, 누구나 해법을 익히 알면서도 아무도 나서지 못하는 이 부조리한 상황이야말로 인류가 처한 비극의 핵심인지도 모른다.

　이 절망적 상황에서도 대중들은 반생태적·반자연적인 감각에 길들어 있다. 인류 멸종의 조짐이 노골화된 오늘날에도 문학예술이 처한 상황은 강단이나 언론 등 온갖 제도들을 지배하는 기득권층과 인민에 기생하는 진보주의 권력이 어정쩡한 공생을 유지하는 중이다. 이미 망령들린 구체제에 대한 기대를 버린 만큼 대안적 문화예술에 대한 고민은 깊어질 수밖에 없다. 이 시대가 마주한 난제들은 자본주의 대 사회주의라는 이원론으로는 풀리지 않는다. 진보와 보수의 대립은 반동의 반복을 불러오고 여기에 수반되는 심각한 갈등과 충돌이 특히 사회적 약자를 비롯하여 인민들의 고통을 가중한다는 사실은 지난 역사가 증언한다.

그렇다면 구체제를 극복하기 위해서는 이원론을 넘어 더 근본적인 정신을 탐구하는 일이 긴요하지 않은가. 서구 제국주의와 식민주의의 잔재를 청산하고 냉전 이데올로기가 강제한 이 땅의 분단체제를 극복하는 자주적이면서도 근원적인 정신은 무엇이고 어디에서 찾을 것인가. 자본주의 말기 증상이 역력한 구체제의 망령들을 잠재우는 새로운 문화예술이란 무엇인가. 문학예술의 구체제를 극복하는 사유의 단초는 무엇인가. 생태계가 처한 대재앙 속에서 '자연'에서 비롯되는 '온전한 생명의 감각'들을 살리는 문화예술은 어떻게 가능한가……. 이 오래된 고민 속에서 '유역문예론'의 씨앗이 심어졌다.

샤머니즘의 세계사적 보편성 속에서 한국적 샤머니즘의 특수성을 살피고 이를 통해서 우리의 위대한 근대사상인 수운 동학을 재발견하고 여기에서 유역문예론의 사상적 발판을 마련하였다.

1부의 「유역문예론 1」과 「유역문예론 2」는 문답 형식으로 유역문예 이론의 사상적인 근간과 근본 문제의식을 다양한 측면에서 인터뷰이와 주고받았다. 기왕의 평문의 틀이 아닌 새로운 방식으로 독자들에게 유역문예를 소개한다. 이는 유역문예의 뿌리 깊은 토대와 이론 내부의 역동적이고도 은미한 사유의 다채로움을 자유롭게 직설하면서 심도 있게 소개하기 위함이었다. 독자들이 유역문예라는 프리즘을 통해 예술 작품의 또 다른 차원에 숨은 존재들과 마주하는 경이로운 순간을 만나기를 기대해본다.

이 책은 동학을 어떻게 실천하는가 하는 자문에 대한 자답이기도 하다. 1990년대 말 어느 봄날, 시인 김지하 선생이 보자 하시어 댁에 가니 문득 장롱에서 회색 바랑을 꺼내주시면서 "꼭 동학을 공부하시게."라는 당부를 하셨다. 바랑을 들고 집에 왔으나 공사 간의 일에 쫓기며 살다 보니 그 후 10년의 세월을 허송하고 나서야 바랑 속의 동학 관련 책들을 조금씩 공부하게 되었다. 『녹색평론』을 발간하신 문학평론가 고 김종철 선생은 생태론의 철학과 한국 문화의 앞날에 전통 무ㅉ의 근원적 중요성을 이해하시고 나의 지향에 공감하고 뵐 때마다 격려하셨다. 선생은 반생태적·반생명적 근대 문명을 극복하기 위해서는 '욕망의 재교육'이 절실하다는 점을 강조하셨는데, 『유역문예론』을 쓰면서 '욕망의 재교육'이라는 명제를 늘 염두에 두고 깊이 고민하였다. 부디 이 책이 이제 고인이 되신 두 선생님의 기대에 조금이나마 부응할 수 있길 기원한다.

'유역문예'를 발상發想한 이래 근 이십 년, 칠흑의 동굴 속에서 고립무원, 더는 길을 찾지 못하고 주저앉을 즈음, 문득 한 줄기 미풍이 불어오는 쪽을 돌아보니, 기적같이 하늘에서 내린 맑은 빛 무더기가 보였다……. 동학에서 멀리 달아나려 했지만 험난한 시간을 딛고 깨친 자리는 수운 동학이 가르친 바였다……. 숱한 세간마世間魔들과 싸우면서 이제야, 나와의 오랜 약속을 지킨다.

모아놓고 보니, 글 뜻이 겹치거나 글꼴들이 길어져 장황한 느낌이 없지 않다. 이십여 년 문단의 변방에 소외된 방외인 신세에다 빈한한 사업에 엎친 데 덮친다고 국가와의 큰 송사 따위에 쫓기는 세월 탓이 없지 않다. 긴 세월 청탁도 없는 데다 따로 낼 시간적 여유도 없으니, 가뭄에 콩 나듯이 어디서든 문학 강연 청탁이 오면 강연 내용이나 정해진 시간, 분량에 상관없이 무턱대고 쌓인 생각들을 최대한 원고로써 남기려 했고, 이제 책으로 묶으려 보니 중복된 내용이 여럿이고 또 분량의 조정이 쉽지 않았다. 독자 제현의 넉넉한 이해를 바란다.

책을 펴내면서 감사드릴 분들이 계시다.

먼저 한국 문단의 큰 어른이신, 늘 '길동무' 같은 염무웅 선생님께 고개 숙여 감사 인사 올린다. 그리고 한국문학 비평계의 큰 정신이신 최원식 형님께 깊이 감사드린다. 부족한 『유역문예론』 원고들을 꼼꼼히 읽으시고 분에 넘치는 칭찬과 함께, 푸른 하늘 아래 형님 아우의 결의結義를 내어주시니, 이는 방황하는 소생에게 더없는 은총이다.

캄캄한 질곡에서 구해주고 다시 일어날 기운을 준 진실한 벗, 이젠 걸출한 작가로 비상한 조광희 변호사에게 거듭 고마운 마음을 전한다. '유역문예론'을 쓸 수 있도록 진심 어린 배려와 격려를 아끼지 않은 시인 오봉옥 교수, 문학평론가 방민호 교수와 유성호 교수를 비롯, 영화평론가 강성률 교수, 소설가 김종광 어진 형, 신실한 도반 육근상 시인과 문학평론가 박수연 교수 그리고 정성껏 책을 만들어준 윤진희 편집장님, 최찬미 님, 김현지 님 등 솔 식구들에게도 감사의 인사를 전한다.

내가 태어날 즈음 태몽을 염려하신 어머님의 평생 치성致誠이 없었다면 이 책은 빛을 보지 못했을 것이다.

그리운 어머니께 삼가 이 책을 바칩니다.

2022년 9월, 가을의 德을 기리며
一山에서
임우기

차례

1부

유역문예론

유역문예론의 序

— 예술에서의 鬼神의 존재와 작용에 관한 試論

1. 수운 동학과 '귀신'

오늘 귀한 학술회의 자리에 저같이 천학비재의 방외인 문학평론가를 기조강연 연사로 초대해주셔서 큰 영광입니다. 하지만 강연 청탁을 수락하고 나니 한동안 은근히 고민이 되었습니다. 전국의 각 대학에서 오랜 시간 동안 문학과 종교에 대해 깊이 연구하고 가르쳐온 쟁쟁한 학자, 교수 여러분들 앞에서 제 감냥에 괜히 나서는 것은 아닌가 적이 염려가 되었습니다.

여러 염려 중엔 오늘 강연의 주제 중 하나인 '예술 창작에서의 귀신의 존재와 작용에 관한 시론'이 과연 기존 인문학적 지성의 관점과 얼마나 화해할 수 있을지, 또 오늘 얘기할 시론이 지닌 기존 구체제에 대

---

* 이 시론試論 '유역문예론流域文藝論'은 서강대학교 바오로경영관에서 열린 '한국문학과 종교학회'의 창립 30주년 여름 전국학술대회에서 행한 기조 강연문입니다.(2022.7.14)

한 '반체제적인' 도전적 성격 탓에 강연의 본래 취지와는 달리 한국의 인문학적 지성이 제도적으로 구축한 완강한 체제와 그 서구 편향적 사유 구조에서 파생되는 선입견과 편견, 심각한 오해의 가능성에 대한 일말의 염려도 없지는 않습니다.

그만큼 이번 기조 강연의 주제에는 한편으론 뜬구름 같은 이 땅의 전통적 형이상학의 내용들이 포함되어 있으며, 또 한편으론 불교·유교·기독교 등 기존 종교들의 민감한 시각과 연관된 '문학예술론'의 문제들, 그리고 서구 근대를 맹렬히 추종해온 수구적 기존 문학예술의 체제와 길항하고 저항하는 주체적 정신의 문제가 포함되어 있습니다.

이러저러한 염려가 없지 않음에도, 학회의 요청을 수락하고 이 강연에 임한 것은 저의 시론이 그저 일방적인 주장이 아니라 생기를 잃은 지 오래인 '구체제'에 저항하고 천지조화天地造化에 참여하는 '생명의 문예'를 구하기 위해서도 생산적인 대화를 꾀하는 좋은 기회라는 판단이 섰기 때문입니다.

연일 한여름 염천 날씨가 이어지고 있습니다만, 곧 절기가 바뀌고 가을이 올 것입니다. 오늘 강연의 실마리는 다가오는 개천절의 뜻을 새기는 것으로 삼을까 합니다. 아시다시피 개천절은 우리나라 첫 건국을 기념하는 국경일입니다. 매년 10월 3일은 하늘이 열린 날로서 아득한 옛날부터 지상에선 그해에 거둔 햇곡식과 온갖 열매들로 음식을 차리고 맑은 술과 춤과 노래로써 성대한 제천祭天의식을 올렸습니다. 천도天道를 겸손히 따르고 천지신명天地神明에 빌며 감사하는 한민족의 큰 잔칫날입니다. 단군왕검은 첫 나라 고조선의 제사장이자 임금이었습니다. 환웅천왕과 지모신地母神인 웅녀 사이에 태어난 단군은 천지의 도를 실현하는 강건한 인도人道의 화신이요 인신人神이었습니다. 단군은 고대 무교가 역사 속에서 속류화, 심하게는 미신화되기 이전에 천신을 모신 큰무당의 원형입니다. 하늘이 열린다는 개천의 뜻은 우리 민족의 첫 국가 건설만을 의미하는 것은 아닙니다. 한국인이 한국인답게 본디 바탕을 따라 능히 본성에 통하여 참된 자기를 바로 세우는 것이 개천의 온전한 의미일 것입니다. 고조선 건국 이래 긴 세월이 지나서 조선왕조가 패망의 기색이 역력하고 지배 계층의 패악과 가렴주구에 따라 인민들이 도탄에 내몰린 그 즈음, "정말 어머어마한 역사적 대사건"(범부凡夫 김정설, 『풍류정신』, 영남대학교출판부, 2009)이 일어납니다. 1860년 4월 초 경주 인근에서 수운 최제우 선생이 한울님(하느님)과 두 차례 접신한 후 마침내 득도, 이내 동학東學을 창도한 것입니다. 수운 선생은 한울님과의 접신을 통해 인간은 자기 안에 한울님을 모신 '시천주'의 존재임을 깨달았습니다. 천도天道는 바깥의 절대자 하느님이 아니라, 시천주하는 인간 안에 있음을 천명한 것입니다.

『동경대전東經大全』의 「논학문論學文」에서는 인간을 "천지만물 중에 가장 신령한 존재(最靈者)"로 설파하는 대목이 나옵니다. 본디 만물 중에 최령자인 인간이 '시천주'로 거듭나기 위해서는 한울님을 자기 안에 모시는 마음과 그 정기正氣를 잘 보존하는 수심정기守心正氣가 무엇보다 우선하는 긴요한 임무입니다. 수심정기를 통해 내 안에 한울님 모심(侍天主)을 안다는 것은 자기의 참되고 영원하고 무궁한 생명력을 깨닫는 것을 의미합니다.

그런데, 수운 선생의 두 번째 '접신'에서 한울님은 "내 마음이 네 마음이다…… 귀신이란 것도 나다."라고 말씀합니다. 한울님이 하신, "귀신이란 것도 나다."라는 말씀의 뜻은 과연 무엇인가요? 서구 사상은 인

간 의지와 이성을 통해 전개되어왔기에 샤먼의 접신을 엑스터시나 트
랜스 또는 정신이상이 잠시 발현한 상태로, 더 나쁘게는 악귀나 사악한
정령에 들린 상태로밖에 달리 이해하지 못합니다. 이에 반해, 동방의 사
유 체계에선 귀신이란 종교의식이나 제사 때 모시는 정령精靈을 가리키
는 데 그치지 않고, 음양이 서로 어울려 끊임없이 생성 변화하는 조화
의 성실한 능력으로 이해되어왔습니다. 유학의 시각에서 귀신은 보이
지 않고 만질 수 없는 일기一氣 또는 음양의 조화를 가리킵니다.

예로부터, 공자는 『논어論語』의 「선진先進」 편에서 일견 귀신의 존재
를 다소 부정적이고 유보적인 관점에서 비판하는 듯이 보이지만 꼭 그
런 것만은 아닙니다. 특히 공자의 손자인 자사子思가 기록했다고 전해
지는 『중용中庸』 제16장을 보면 음양의 기운이 서로 오묘하게 어울리며
만물의 생성과 변화 속에 작용하는, 자연의 본성으로서 귀신의 공덕을
떠올리게 합니다.

> 귀신의 덕은 성대하고나. 보려고 해도 보이지 않고 들으려 해도 들을
> 수 없고, 사물의 본체가 되어 빠뜨릴 수가 없다. 천하 사람들로 하여
> 금 재계하고 깨끗이 하며 의복을 잘 차려입고 제사를 지내게 하니,
> 넓고도 넓어서(洋洋) 그 위에 있는 듯하고 그 옆에 있는 듯하다. 시詩
> 에도 '神의 이르름은 헤아릴 수가 없다. 하물며 신을 싫어할 수가 있
> 겠는가.'라고 했다. 무릇 은미한 것일수록 더욱 드러나니(또는 아무리
> 은미한 것이라도 드러나니. '夫微之顯'), 그 성실함(誠)을 가릴 수 없음이
> 이와 같다.
>
> —『중용』 제16장

'귀신은 사물의 본체' 즉 자연의 본성이라는 것, 귀신은 "넓고 넓어서 그 위에 있는 듯하고 그 옆에 있는 듯하다."라는 것, 귀신의 공덕은 미치지 않는 데가 없다는 것, 무릇 은미한 것일수록 더욱 드러난다는 것, 그 성실함 또는 진실함을 가릴 수 없다는 것 등 공자는 천지만물에 편재遍在하여 작용하는 귀신의 공덕과 성실을 높이 찬양하고 있습니다. 또한 공자는 귀신이란 인간 활동에 있어 평소에 의식하지 못할 뿐 늘 현세적 삶과 함께하는 존재라는 점을 분명히 하고 있습니다. 『중용』에서 보이는 공자의 '귀신'에 대한 언급은 『역경易經』의 「계사繫辭」에서 신神을 가리켜 "추측할 수 없는 음양의 변화(陰陽不測之謂神)"라고 이르는 것과 함께 원시유가의 귀신론 이해를 위한 한 단초를 제공합니다.

　유학에서의 귀신론은 북송(北宋, 960~1127) 때 신유학에 와서, 성리학의 개조開祖로 일컫는 염계(濂溪 周敦頤)의 『태극도설太極圖說』이래, 정자(程子, 程頤)는 귀신을 "천지의 공용功用이면서 조화造化의 자취", 장자(張子, 橫渠)는 "음양 이기二氣의 양능良能"으로 정의하였고, 남송(南宋, 1127~1276) 때 성리학을 집대성한 주자(朱子, 朱熹)는 귀신을 "음양의 영처靈處"라 하고 "귀鬼는 음의 영靈이고 신神은 양의 영靈으로, 또 귀를 귀歸 또는 굴屈의 의미로 보아 수축하는 기운이고 신을 신伸의 의미로 보아 신장하는 것"으로 해석하였습니다.

　송유의 영향 아래 조선 유학의 초기에 화담(花潭 徐敬德)은 기철학에 입각하여 생사와 인귀 등 모든 존재의 생성 변화는 오직 기氣의 취산聚散 운동(鬼神)에 있을 뿐이라는 기불멸론氣不滅論 관점에서 귀신을 해석하였고, 또 조선 후기에 녹문(鹿門 任聖周)도 기일원론[1]의 관점에서 "귀신이라는 것은 이기二氣의 양능良能이요 음양의 영처靈處이다."라고 정의 합니다. 녹문은 장자와 주자의 귀신 정의를 수용하면서도, 이를 발전시켜 귀신을 '천지와 통하는 틈이 없는 묘처妙處로서 본체本體'[2]이면서 '자연현상을 주재하는 묘용妙用의 능력'으로 해석합니다. 18세기 조선의 성리학이 도달한 '귀신'은, 음양의 양능·영처로서 천지자연 속의 만물의 조화와 다양한 개별 현상을 일으키는 본체(천지와 통하는 틈이 없는 묘처)의 작용(妙用)하는 능력을 가리킵니다.

이처럼 정주학의 이기이원론적 귀신관을 수용하면서도 상이하게 발전시킨 조선 후기 녹문의 귀신론은 한 세기 후에 등장하는 수운 동학에서의 귀신을 이해하는 데에 유용한 바가 있습니다. '천지와 통하는 틈이 없는 묘처로서 본체의 묘용 능력'이라는 녹문의 귀신관은 한울님이 수운 선생에게 건넨 말씀 '오심즉여심야…… 귀신자오야'의 심오한 뜻과 통하는 바가 있기 때문입니다.

수운 선생의 부친인 근암(近庵 崔沃) 선생은 영남에서 널리 학문과 덕망이 알려진 송유로서 퇴계退溪의 학문 전통을 이은 분이었으니 수운 선생의 사상 형성에 자가自家의 전통이 없다고는 할 수 없을 것입니다. 그렇기 때문에도, 수운 동학이 창도되는 현실적이고 직접적인 계기인

---

1   녹문 임성주(鹿門 任聖周, 1711~1788)의 氣一元論에서 '기일원'의 본체는 太虛 (張載,橫渠), 浩氣(맹자의 浩然之氣), 元氣, 天 등으로 표시됩니다.

2   임성주의 문집 『녹문집鹿門集』에는 '귀신'과 관련하여, 다음 구절이 이어집니다. "귀신은…… 이른바 良能이다. 靈處다 하는 것은 그 내용(實)을 가진 것으로서 형상이나 소리, 냄새가 없이 단지 저절로 이와 같은 것(自然如此)이니, 이는 바로 주자가 이른바 '천지와 통하는 것'이다…… 오직 귀신만은 그것을 氣라고 해도 되고 理라고 해도 되는 것이다. 그 지극히 정미하고 지극히 신묘한 것은 처음부터 정해진 모양이나 이름이 있는 것이 아니라, 그 가리키는 바가 어디에 있는가에 따라 지칭될 뿐이니, 이는 바로 '함께 섞여 틈이 없는 妙處'라고 하는 것이다."(김현, 『임성주의 생의철학』, 한길사, 1995, 76~77쪽 참고)

두 번에 걸친 한울님과의 접신 내용을 유심히 읽고 깊이 이해해야 합니다.

[첫 번째 접신]

뜻밖에도 사월에 마음이 선뜩해지고 몸이 떨려서 무슨 병인지 집중할 수도 없고 말로 형상하기도 어려울 즈음에 어떤 신선의 말씀이 있어 문득 귀에 들리므로 놀라 캐어 물은 즉 "두려워하지 말고 두려워하지 말라. 세상 사람이 나를 상제라 이르거늘 너는 상제를 알지 못하느냐." 그 까닭을 물으니 대답하시기를 "내 또한 공이 없으므로 너를 세상에 내어 사람에게 이 법을 가르치게 하니 의심하지 말고 의심하지 말라." 묻기를 "그러면 西道로써 사람을 가르치리이까." 대답하시기를 "그렇지 아니하다. 나에게 靈符 있으니 그 이름은 仙藥이요 그 형상은 太極이요 또 그 형상은 弓弓이니, 나의 영부를 받아 사람을 질병에서 건지고 나의 呪文을 받아 사람을 가르쳐서 나를 위하게 하면 너도 또한 長生하여 덕을 천하에 펴리라.(「포덕문布德文」,『동경대전』)

[두 번째 접신]

내 또한 두렵게 여겨 다만 늦게 태어난 것을 한탄할 즈음에, 몸이 몹시 떨리면서 밖으로 접령하는 기운이 있고 안으로 강화의 가르침이 있으되, 보였는데 보이지 아니하고 들렸는데 들리지 아니하므로 마음이 오히려 이상해져서 수심정기하고 묻기를 "어찌하여 이렇습니까." 대답하시기를 "내 마음이 네 마음이니라. 사람이 어찌 이를 알리오. 천지는 알아도 귀신은 모르니 귀신이라는 것도 나니라. 너는 무

궁무궁한 도에 이르렀으니 닦고 단련하여 그 글을 지어 사람을 가르
치고 그 법을 바르게 하여 덕을 펴면 너로 하여금 장생하여 천하에
빛나게 하리라.[3]([「논학문」,『동경대전』)

위에, 수운 선생이 손수 지은『동경대전』에 나오는 한울님과의 두 차
례 접신에서 대화 내용을 차례로 살펴보면, 첫 번째 접신에서, 한울님
이 수운 선생에게 준 영부靈符와 선약仙藥, 주문呪文은, 단군신화에서 하
느님(桓因)이 서자인 환웅桓雄을 지상에 내려보내면서 준 천부인天符印
세 개와 환웅이 곰과 호랑이에게 준 '신령한 쑥과 마늘', 그리고 웅녀熊女
의 '주원유잉呪願有孕'의 고사故事를 연상시키는 신화소神話素와 상응한
다고 볼 수 있습니다. 두 번째 접신에서, 한울님은 의미심장한 말씀을
남기는데, 그 대목은 "내 마음이 네 마음이니라. 사람이 어찌 이를 알리
오. 천지는 알아도 귀신은 모르니 귀신이라는 것도 나니라."입니다.
　이 수운 선생의 한울님과의 두 차례 접신 내용이 정신사적으로 중대
하고 심오한 뜻을 은닉하고 있는 것은, 고조선 무교巫敎신화인 단군신
화와 구조적으로 일정한 상관성을 드러내면서 한울님은 수운 선생한
테 "내 마음이 네 마음이니라(吾心卽汝心也). 사람이 어찌 알리오. 천지는
알아도 귀신은 모르니."라는 아리송한 말씀에 이어서, 한울님 스스로
존재론적 정체가 묘연한 '귀신'을 끌어들여 "귀신이란 것도 나다(鬼神
者吾也)."라고 언명한 사실에 있습니다.
　과연, 수운 선생이 접신한 '한울님 귀신'은 무엇일까요. 이 수수께끼
같은 문제는, 그러나 인류사적으로 위대한 종교인 동학에서 한울님의

3　　원문은 "守心正氣 而問曰 何爲若然也 曰吾心卽汝心也 人何知之 知天地 而無知鬼
　　　神 鬼神者吾也……."

존재 증명의 문제이면서 한국 정신사 전체에서 가장 민감하고 복잡한 화두 중 하나라고 하여도 과언이 아닙니다. 이 문제에 대한 답변을 찾기 위해선 앞서 간략히 설명한 조선 후기 귀신론을 먼저 상기할 필요가 있습니다. 왜냐하면, '한울님 귀신'의 언명 속에서 수운의 마음과 한울(天)의 마음은 서로 '틈이 없이 통하는 묘처이면서 동시에 음양의 조화를 주재하는 본체라는 것', 그 묘처이자 본체인 마음에서 귀신이 지닌 묘용의 능력이 나온다는 것을 유추해낼 수도 있으니까요. 그러나 수운 동학에서의 '귀신' 문제를 해결하기 위해서는 조선 후기 성리학의 귀신론과 더불어 동학의 고유한 사상적 바탕과 그 깊은 내력을 심도 있게 헤아리는 시각이 선결적입니다.

이와 관련해서, 동학의 2대 교주인 해월 선생(海月 崔時亨)의 귀신에 관한 언급을 살펴볼 필요가 있습니다. 해월 선생은, 귀신이란 음양의 기운의 조화 그 자체이며 천지만물의 근원인 일기一氣에 오묘하게 작용하는, 만물의 생성 변화하는 착한(본연의) 능력임을 설파하였습니다. 해월 선생이 "귀신이란 무엇인가 음양陰陽으로 말하면 음은 귀요 양은 신이요 성심誠心으로 말하면 성은 귀요 심은 신이요 굴신屈伸으로 말하면 굴은 귀요 신은 신이요 동정動靜으로 말하면 동은 신이요 정은 귀이니라(鬼神者 何也 以陰陽論之則 陰鬼陽神也 以誠心論之則 性鬼心也 以屈伸論之則 屈鬼伸神也 以動靜論之則 動神靜鬼也)." 또는 "움직이는 것은 기운이요 움직이고자 하는 것은 마음이요 능히 구부리고 펴고 변화하는 것은 귀신이니라(動者 氣也 欲動者 心也 能屈能伸 能變能化者 鬼神也)."라고 말씀한 것도, 귀신이란 음양의 조화 속에서 모든 사물의 본성이 올곧게 발현되게 하는 근원적인 작용 능력임을 설명한 것입니다. 이렇게만 보면, 해월 선생의 귀신관은 쟁쟁한 송유들의 귀신이나 조선의 기일원론적 귀신관의 내용과 크게 다를 바 없는 듯이 보입니다. 표면 논리상, 동학에서 말하는 '귀신'도 성리학에서처럼 '음양(二氣)의 양능의 조화로서 작용 능력'을 가리킵니다.

하지만, 앞서 수운 선생한테 한울님이 건넨, "귀신이란 것도 나다(鬼神者吾也)."라는 말씀 앞에, "내 마음이 네 마음이니라(吾心卽汝心也)."라는 언명에 담긴 깊은 의미를 찾아야 합니다. 천지만물의 생성과 변화를 주도하는 본체로서 창조주의 작용 능력인 '귀신자鬼神者'가 '한울님(吾也)'과 동일 존재임을 언명하기 전에, 먼저 '내 마음이 네 마음이니라' 하여 인간 마음(心)의 신적神的 본성 문제를 꺼낸 것입니다. 그 '한울님 귀신'과 빈틈없이 통하는 마음이 신 혹은 귀신이 작용하는 묘처로서 마음입니다. 이 한울님의 마음에서 빈틈없이 통하는 귀신의 묘용과 공능功能이 생기므로, 한울님은 '귀신자오야' 보다 먼저 '오심즉여심야'라 이른 것입니다.

한울님이 수운 선생에게 전수한 '오심즉여심야'의 심오한 뜻은, 고스란히 1864년 봄 수운 선생이 대구 감영에서 교수당하기 직전, 간신히 감옥을 찾아온 제자 해월 최시형에게 다시 전수됩니다. 수운 선생이 연죽煙竹 속에 넣어 해월에게 전달한 이른바 '옥중 유시獄中 遺詩'의 첫 구절 "등불이 물 위에 밝으매 틈이 없다(燈明水上無嫌隙)……"[4]는 "내 마음이 네 마음이다."라는 '한울님 귀신'의 말씀을 그대로 전한 것입니다. 한울님 마음이 귀신이라면 바로 한울님을 모신 수운 선생의 마음도 귀신입니다. 귀신이 작용하는 무궁한 한울님의 마음과 통하는 나의 마음은, 귀신의 존재가 그렇듯이, '틈이 없는 묘처妙處'입니다. 선생은 이 귀신이 든 '묘처'인 마음을 "등불이 물 위에 밝으매 틈이 없다."라는 시구로서 전한 것입니다. 그래서 "내 마음이 네 마음이니라(吾心卽汝心也)."라는 한울님의 삼엄한 언명言明이 먼저 있었던 것입니다. 그러니 무엇보다도 '한울님 귀신'을 모시는 마음이 중요합니다.

'내 마음이 네 마음이다.'는 나의 마음(한울님 마음)과 너의 마음(수운의 마음)은 '틈이 없는 묘처'(천지의 본체)인 '마음'이 서로 완전히 합치한다는 뜻입니다.[5] 한울님과 수운 선생의 두 마음이 다 천지의 주재자이자 창조주이기 때문에, '내 마음이 네 마음이다.'라는 '한울님 귀신'의 말씀이 가능한 것입니다. 따라서 귀신은 마음(心)에 있으므로, 음양의 조화를 작용하는 귀신의 양능은 '수심정기修(守)心正氣'에 달려 있습니다.

해월 선생이 "사람이 동動하고 정靜하는 것은 마음이 시키는 것인가 기운이 시키는 것인가. 기운은 주主가 되고 마음은 체體가 되어 귀신이 작용하는 것이니, 조화造化는 귀신의 능력이니라(人之動靜 心乎氣乎 氣爲

---

4   1864년 봄 수운 선생이 대구 감영에서 국정모반國政謀叛 좌도난정左道亂政의 죄목으로 교수당하기 직전, 수를 내서 간신히 감옥을 찾은 제자 해월 최시형에게 연죽煙竹 속에 넣은 '옥중 유시'를 전합니다. "燈明水上無嫌隙 柱似枯形力有餘 吾順受天命 汝高飛遠走" 절박하고 비장한 이 수운 선생이 최후로 남긴 유시에서, "등불이 물 위에 밝으매 틈이 없다."라는 첫 구절은 한울님이 가화假化하여 수운 선생에게 전한 말씀, "내 마음이 네 마음이니라."와 같은 의미입니다. 이 구절의 깊은 뜻을 이해하면, '무궁한 이 울 속의 무궁한 나'의 마음속에서 천지간 뭇 존재들과 상통하고 상관하고 상호작용하는 동학의 우주론적 존재론과 만나게 됩니다. 유시를 해석하면 다음과 같습니다. "등불이 물 위에 밝으매 틈이 없다. 기둥이 마른 것 같으나 힘이 남아 있다. 나는 天命에 순응하는 것이니 당분간 몸을 피하였다가 항상 高遠한 대의를 가지고 먼 앞날을 향하여 힘차게 달려라."(조기주 편저,『東學의 原流』, 천도교중앙총부, 1982, 71~72쪽)

5   형이상으로서 '한울님'과 한울님의 형이하로서 '지기至氣'가 추호의 틈도 없이 합치하는 상태를 가리키는 말씀으로 해석이 가능합니다. 마음속에서 理(한울님)와 氣(지기)가 하나를 이룬 상태가 귀신인 것입니다.

主 心爲體 鬼神 用事 造化者 鬼神之良能也)."라 한 것도 '기운이 주가 된 마음'
에서 귀신의 능력인 음양의 조화 곧 무위이화無爲而化가 작용한다는 것
입니다.

수운 선생도『용담유사』에서 조화造化는 귀신 본연의 능력(良能)이고
마음에서 귀신이 작용하므로, "대인大人은 귀신과 더불어 그 길흉吉凶에
합슴하는 것"[6]이라 했습니다. 수심정기의 마음이 곧 시천주이고 마음과
한울님은 서로 화합하여야 하므로 마음속 귀신은 한울님과 더불어 때
와 차례를 기다립니다. 결국 음양의 조화로서 귀신은 음양론적 우주론
을 보여주지만 만약 지기에 이른 마음이 없다면 음양론이란 것도 한낱
관념 덩어리에 불과한 것입니다. 그래서 시천주의 '마음'이 중요하다는
것이지요. 또 그래서 '시천주'를 위한 강령降靈의 마음이 중요하고 그 한
울님의 강신降神이 중요하기에 주문이 또한 중요하고 부적이 또한 중요
합니다. 이것이 '나'의 마음에 '한울님 귀신'의 '강신'을 위해 행하는 수
심정기의 단련 수단이며 방법인 것입니다.

여기서 우리는 단군신화에서 홍익인간의 높은 뜻을 가지고 하느님
의 명을 받고 강신降神하는 환웅천왕의 고사를 떠올리게 됩니다. 이 나
라 조선 반만년 정신사의 근원인 단군신화의 천지인 삼재 사상에서 인
신人神 곧 큰무당의 존재가 역사적으로 오랜 핍박과 소외 속에서도 죽
지 않고 수운 동학의 '개벽' 정신 속에서 위대한 사상으로 오롯이 부활
하여 만방에 전해지고 있음을 전율처럼 감지하게 되는 것입니다. '유역
문예론'의 정신적 근원은 여기서 비롯됩니다.

이렇게 보면, 그간 수운 선생이 한울님과의 '접신' 현상과 한울님이

---

6   「도덕가」,『용담유사龍潭遺詞』. "大人은 …… 與鬼神合其吉凶."

'목소리'로서 '가화假化'[7]하여 나타난 전통 무巫의 특징적인 내력이나, 동학의 강령주문降靈呪文[8]에서 '대강大降'이 지닌 북방 샤머니즘의 의미 심장한 뜻은 소외되고 간과된 감이 있습니다. 또한 구한말 민간에서 유행하던 점복占卜이나 미신 따위, 속화된 무속의 영향 탓으로 '대강'의 의미를 폄훼하고 왜곡하는 것이야말로 서구 근대의 합리적 이성에 속박된 표피적인 단견短見에 불과한 것입니다. 오히려 동학사상이 한국의 유구한 정신사 속에서 자재연원自在淵源하여 이룩한 드높은 경지의 위대한 종교 사상이요, 인간주의 철학을 넘어 도저한 '천지자연의 철학'이라 자부할 수 있는 중요한 근거는 한민족 고유의 무巫적 전통을 연원으로 삼고서 한국인의 존재와 시간 속에서 '은폐된 채 활동하는 무巫'를 통해 유불선을 두루 포함 회통하여 '오만 년 무극대도'를 세운 데에 있다 할 것입니다.

그간 여러 저명한 동학 연구가들은 수운 동학의 탄생 과정에서 '귀신'이 연루된 점에 대해 당시 민중들의 세속 또는 풍속에서 유행하는 귀신관이 개입한 때문이라 판단하여, '풍속적 귀신'을 '한울님 귀신'과는 따로 분리하고는, 전통 무가 주재하는 '무속적(풍속적) 귀신'을 세간마世間魔로 간주하여 부당하게 비난했습니다. 전통 무에서 말하는 귀신과 유학이 논한 음양의 조화 또는 일기의 조화로서의 '귀신'을 따로 분리하고 나니, 귀신은 기의 체인 '마음'에 들지 못하고 추상화되고 관념화되고 맙니다. 앞서 말했듯이, 신유학에서의 귀신도 수운 동학 및 해월

---

7   단군신화에서 천신 환웅이 웅녀의 '주원유잉呪願有孕'에 화답하여 '신격神格에서 잠시 인격人格으로 변하여' 곧 '가화假化'하여 혼인하고 단군을 잉태시킨 고사故事.

8   동학주문 21자 중, 앞에 강령주문 8자는, '至氣今至願爲大降'입니다.

선생의 귀신론과 상통하는 바가 있습니다만, 상고대 단군 조선 이래 면면히 이어져 온 무교 전통, 한민족의 정신과 문화의 근원이요 한민족의 집단 심리의 원형으로서 강신(접신)에 능한 '무巫의 마음속 귀신'은 둘로 나뉘거나 떼어질 수 없는 하나라는 점을 이해해야 합니다. 한민족의 유구한 전통으로서 풍속적(巫) 귀신과 음양의 조화 원리로서 귀신이 합일을 이룬 상태가 수운 동학의 '한울님 귀신'입니다.

이같이 동학과 전통 무와의 연관성 속에서 자주적인 문예론의 씨앗이 저절로 땅에 떨어져 솜털 같은 실뿌리 하나를 내리는 것은 천지자연의 이치요 귀신의 묘용일 것입니다. 유역문예론은 귀신의 조화에 따라 저절로 떨어진 씨앗에서 말미암습니다.

2. 서구주의를 넘어 유역문예로

프랑스의 문화인류학자 C. 레비스트로스(1908~2009)는 아메리카 원주민의 생활·신화·종교·유적 등에 대한 구조주의적 분석을 통해 '야생'의 사고는 미개한 것이 아니라 '신화적'이고 논리적 구체성을 가지고 있으며, 문명인의 사고 구조와 서로 우열을 가릴 수 없음을 밝히고 서구 문명 우월주의의 허구성을 지적했습니다. 칼 융(Carl Gustav Jung, 1875~1961)의 분석심리학에 따르면, '집단무의식'은 인류가 역사와 문화를 통해 공유해온 모든 정신적 자료의 저장소이며, 인간 행동에 영향을 미치는 수없이 많은 원형archetypes으로 구성되어 있습니다. 신화·민담·전설·서사시·의식儀式·예술 등은 원형이 이미지나 이야기로 구체화된 것이고, 신화나 상징적인 것들 속에 집단적 무의식이 표현되어 있습니다. 적어도 구조주의와 분석심리학은 학문적 사유와 사상에 있어서 서구중심주의에 대한 반성은 물론이거니와, 샤머니즘을 심리적 퇴행 상태 또는 정신병의 유형으로 간주하는 일부 심리학의 접근 태도가 잘못이라는 점을 확인시켜줍니다.

거시적 관점에서 보면, 서구 문명의 발상지인 그리스문명이나, 인도의 인더스문명, 잉카문명, 중국의 황하문명 등과 동일한 인식론적 수준에서 북방 샤머니즘을 꽃피운 퉁구스계 샤면 문명 또는 만주(遼河) 문명 등과 연관된 '단군 조선'의 샤면 문화를 상호 비교하며 연구할 필요가 있습니다. 고대 샤면 문화는 지구상의 광범위한 유역, 특히 시베리아·동북아시아·아메리카·오세아니아 등지에서 뚜렷하게 나타나는 복잡한 문화형입니다. 그중에도 시베리아 동쪽 바이칼호湖 유역과 이어진 동북아 지역, 중국 만주 유역(黑龍江과 吉林省)에서 형성되어 훗날 청 제국을 세운 만주족을 포함한 여러 종족의 샤면신화인 '우처구우러본'이나 몽골의 샤면신화인 '게세르' 그리고 한(조선)민족의 단군신화 등 여러 종족의 샤면신화 사이에는 서로 서사적 차이성을 드러내면서도 긴밀한 영향 관계를 보여주는 상관적이고 공통적인 신화소가 있습니다.

고조선의 단군신화는 퉁구스 유역에 속한 시베리아 동부 바이칼 유역의 브리야트족 샤면들과, 숙신·예맥·부여·고구려·발해·여진·금 등으로 이어진 여러 종족의 신화, 곧 북방 샤머니즘 신화에 연관된 기본적 신화소와 함께 서사 구조의 원형을 보여주는 한편, 한민족의 기원과 문화의 근원—천지인 삼재 사상, 홍익인간弘益人間의 이념, 전통 무巫의 존재론—을 상징적으로 보여줍니다.[9]

유역문예론의 관점에서 보면, 서구 문명 중심적 시각에서 벗어나 전 세계 각 유역이 가지는 개별적 독자성과 구조적 상대성을 인정하고 각 유역을 함께 동시적으로 관찰하는 유기적이면서 상관적인 관점이 중요하고 필요합니다. 마치 빗방울이 잔잔한 호수면에 저마다 동심원을 그리며 번져나가고 다른 동심원들과 부딪치며 수평水平의 조화를 이루 듯. 자연의 원리와 '생명'의 관점에서 보면, 특히 서구 근대 문명 혹은 기독교 문명은 세계사 속에서 확장된 거대한 문명일 뿐, 인류의 미래 를 위한 '중심'도 아니며 또 문명의 중심이 되어 세계를 지배하는 것은 바람직하지 않습니다. 세계사에서 사라졌고 개별 민족사에서조차 잊 혔지만, 민족의 무의식에 남아 여전히 보이지 않는 영향력을 끼치는 옛 문명의 신화가 있습니다…….

    단군신화로 상징되는 고대 무교와, 이후 신라 때 풍류도에서 꽃피운 한민족의 신도神道 전통은 동학의 탄생과 깊은 정신사적 연관성이 있습 니다. 근대에 들어서 노골화된 서구 제국주의의 아시아 침략과 일제의 강제적 식민 지배가 구축해놓은 모순적이고 부조리한 제도들은 여전 히 한국인의 정신적 기원과 문화적 원류를 찾는 길에 완강한 벽이 되어 있습니다. 또 해방 후 좌우 냉전 체제에 의해 한민족이 겪고 있는 이데 올로기적 질곡, 무엇보다 남북의 분단체제가 오래 지속되고 있는 탓에, 한국의 지성계는 몰아적인 서구 편향이 날로 심해지고 그만큼 북방 샤 머니즘과의 문화적 단절감과 그로 인한 문화적 주체성과 정통성의 상 실감은 갈수록 깊어지는 형편입니다. 세계사적으로 혹은 문명사적으

---

9   원형(archetype, Archetypus)은 칼 융의 분석심리학 개념으로서 오랜 세월에 걸쳐 시공을 초월하여 인류 혹은 종족, 부족 혹은 민족 등 집단의 무의식 속에 퇴적되 어 은닉된 어떤 패턴입니다. 칼 융에 따르면 원형 자체는 직접 인식될 수 없고, 신 화·민담·전설 및 이미지(像), 상징 등으로 객관화되어 나타납니다.

로 유역 각각에 대한 균등하고 균질한 시야가 필요합니다. 이는 민족주의 이데올로기를 넘어서는 관점이기도 합니다.

북방 샤머니즘 문명권에 속하는 고조선의 단군신화와 천오백 년 이상을 이어온 무교 전통이, 신라의 풍류도(神道)를 거쳐 마침내 조선왕조 말기인 근대 이행기에 수운 동학에로 단속적으로 연결되고 있음을 유역문예론은 추적합니다. 그럼에도, 유역문예론은 크고 작은 유역들이 그물망처럼 연결된 채, 저마다 고유한 역사, 문화, 생활 및 특유의 문예들이 서로 평등한 교류와 연대를 추구합니다. 그리스 로마 신화가 서구 문화의 뿌리이듯이 혹은 세계 곳곳의 유역들이 품고 있는 각 신화들이 저마다 문화의 뿌리를 이루듯이, 북방 샤머니즘 신화는 겉보기엔 영향이 없던 듯이 보이지만 기실은 오랜 역사 속에서 한민족의 삶 바탕에 거대한 뿌리를 내리고 있습니다.[10]

---

10 한국의 전통 샤머니즘을 다루는 이 글에서, '巫'를 지칭하는 말들이 여럿 있는 탓에 개념상의 혼란을 막기 위해, 역사적으로 특정 시대의 이데올로기가 반영된 '巫俗'이나 '화랑' 같은 말들을 피합니다. 특히 전통 무를 가리킬 때 흔히 쓰는 '무속'은 전통 무를 박해하기 시작한 조선 시대에 '무'를 천시하는 말로 쓰인 것입니다. 유교를 통치 이념으로 내세운 조선왕조는 전통 무뿐만 아니라 불교도 '佛俗'이라 하여 배척하였습니다. 간악한 일제의 식민통치 정책에 의해 무의 본래 의미가 심히 왜곡 파괴된 말로 '무속'은 그 의미가 더욱 악화된 채 민간에 널리 유포되었고 지금도 여전히 일반화되어 있는 상태입니다.
이 글에서는 '전통 巫'를 위시하여, '巫' '巫堂' '샤머니즘' '샤먼'을 문맥에 따라 혼용하되, 예외적으로 문맥의 의미를 명확히 하기 위해 '무속'을 쓴 경우도 있습니다. 또한, 한국의 고대 종교로서 '巫'를 '무교'(소금 유동식) 또는 풍류도를 의미하는 '神道'(범부 김정설)와 함께 사용하기로 합니다. '샤머니즘'과 '샤먼'은 세계 각 지역마다 그 내용이 다르지만, 인류 보편적 공용어가 되었으므로, 이 글에서 전통 무와 전통 무당의 뜻으로 사용되고 있음을 밝혀둡니다.(졸고 「한국 문학과 샤머니즘의 이념」, 『네오 샤먼으로서의 작가』, 달아실, 2017에서 인용)

시인 백석(白石, 1912~1996)은 일제 식민지 시대 조선의 문예를 지배한 서구 근대의 문예 의식에 저항한 희귀한 선구자적 시인이었습니다. 백석은 한민족의 오래된 생활·문화·문예의 정신의 연원에 북방 샤머니즘이 있음을 절실히 깨닫고, 아래와 같이 절창 「북방北方에서」를 남깁니다.

아득한 넷날에 나는 떠났다

扶餘와 肅愼을 勃海를 女眞을 遼를 金을,

興安嶺을 陰山을 아무우르를 숭가리를.

범과 사슴과 너구리를 배반하고

송어와 메기와 개구리를 속이고 나는 떠났다.

나는 그때

자작나무와 익갈나무의 슬퍼하든것을 기억한다

갈대와 장풍의 붙드든 말도 잊지않었다

오로촌이 멧돝을 잡어 나를 잔치해 보내든것도

쏠론이 십리길을 딸어나와 울든것도 잊지않었다.

나는 그때

아모 익이지못할 슬픔도 시름도 없이

다만 게을리 먼 앞대로 떠나나왔다

그리하여 따사한 해ㅅ귀에서 하이얀 옷을 입고 매끄러운 밥을먹

고 단샘을 마시고 낮잠을 잤다

밤에는 먼 개소리에 놀라나고

34

아츰에는 지나가는 사람마다에게 절을 하면서도
나는 나의 부끄러움을 알지못했다.

　그동안 돌비는 깨어지고 많은 은금보화는 땅에 묻히고 가마귀도
긴 족보를 이루었는데
　이리하야 또 한 아득한 새 녯날이 비롯하는때
　이제는 참으로 익이지못할 슬픔과 시름에 쫓겨
　나는 나의 녯 한울로 땅으로—나의 胎盤으로 돌아왔으나

　이미 해는 늙고 달은 파리하고 바람은 미치고 보래구름만 혼자 넋
없이 떠도는데

　아, 나의 조상은 형제는 일가친척은 정다운 이웃은 그리운것은 사
랑하는것은 우럴으는것은 나의 자랑은 나의 힘은 없다 바람과 물과
세월과 같이 지나가고 없다.

—백석,「북방에서—정현웅鄭玄雄에게」 전문

　　1940년 식민지 조선의 근대적 대도시 서울을 떠나 고향인 평북 정주
를 거쳐 만주의 북방 샤머니즘의 원향을 찾은 시인 백석은 깊은 회한
과 반성을 절절하게 고백합니다. 먼 우리 역사 속의 옛 나라들과 영토인
"扶餘와 肅愼을 勃海를 女眞을 遼를 金을,/興安嶺을 陰山을 아무우르를
숭가리를" "배반하고" "떠났다"는 것, "범과 사슴 [⋯]/송어와 메기와
개구리를"이라는 북방의 자연과 토템과 애니미즘 세계를 "속이고 나는
떠났다"는 것, 그리고 만주 유역의 샤먼족인 "오로촌"과 "쏠론"의 형제

애를 "잊지않었다"는 것. 시의 1연과 2연의 시적 화자가 돌아온 "북방"은 토템과 애니미즘 같은 샤머니즘이 여전히 깊이 영향을 끼치고 있는 세계입니다.

이 시의 1, 2연에 이어 3연의 "나는 그때/아모 익이지못할 슬픔도 시름도 없이/다만 게을리 먼 앞대로 떠나나왔다/[…]/나는 나의 부끄러움을 알지못했다."라는 구절에 이르면, 시인 백석은 과거의 "그때" "다만 게을리 먼 앞대로" 즉 일제의 지배 아래에 있던 모던한 근대적 대도시 서울로 떠났던 것을 떠올리며 "나는 나의 부끄러움을 알지못했다."는 통절한 반성을 하고, 뒤늦게 돌아온 "북방에서" '새로운 세계상'을 깊이 자각하게 되었음을 고백합니다. 그 '새로운' 세계에 대한 자각은 샤머니즘적 세계로의 '원시반본原始返本'입니다. 당시 식민지 시대 시인들 대부분이 서구 근대의 좌우 이데올로기 또는 민족주의 등 일본 제국주의 수도 동경을 거쳐 유입된 서구 근대의 온갖 이념과 사조들이 유행하던 시절임을 상기하면, 백석의 북방 샤머니즘에의 반본은 실로 놀라울 정도입니다.

여기서 백석이 서울이나 동경 같은 근대성의 세계에서 벗어나 북방 고향으로의 귀향을 가리켜 '원시반본'의 뜻을 지닌다는 말은 그 귀향이 복고復古이거나 원시시대나 원시사회로 돌아감을 의미하지 않음은 당연합니다. 이 시에서 원시반본은 자기가 태어난 삶의 근본이자 존재의 시원인 "녯 한울로 땅으로—나의 胎盤으로 돌아"오는 의미이니, 단순히 근대 문명 이전의 원시적 삶이 아닌 "녯 한울"과 화해로운 생명의 원시 상태로, 문명 단계를 거쳐서 창조적으로 환원하는, 곧 '음양이 고르게(陰陽相均) 순환하는 새로운 질서 상태'인 '근원적인 삶' 또는 '근원적 시간'으로 돌아옴입니다.

"나의 녯 한울로 땅으로" 돌아오는 근원적 시간은 항상 태초('나의 태반')가 함께하는 시간입니다. 그러니까 "새 녯날"은 언제든 "나의 胎盤으로 돌아"옴으로써 새로운, 곧 '신화의 시간성'을 갖습니다. 인과율에 따라 선적으로 진행하는 근대적 시간성이 아니라, "새 녯날"은 모든 존재들이 비롯된 시간으로 돌아감이 현재 속에 펼쳐지는 '새로운 신화적 시간'이며, 천지자연의 무궁한 시간이 그렇듯이, "새 녯날"로 돌고 도는 시간성은 시작도 끝도 없는 "한울"의 시간입니다.

그렇다면 백석 시인이 추구하는 북방 샤머니즘은 이미 지나간 "녯날"의 시간의 것이 아니라 지금-여기에 작용하고 있는 '무궁한 한울'의 세계를 가리키는 것이니, 북방 샤먼은 '한울을 모신 신령한 존재'에 비유될 수 있습니다. 수운 동학에 따르면 "천지간 백천만물 중 가장 신령한 존재(最靈者)인 인간"[11]만이 '음양의 고른 조화(陰陽相均)'를 주재합니다. 여기에 원시반본原始返本의 깊고 너른 뜻이 있습니다. 신령한 존재로서 인간의 마음이 음양의 고른 조화를 주재하는 것입니다. 북방 샤머니즘을 찾아간 백석이 "새 녯날"의 시간 곧 "한울"의 시간을 감지하는 것은 근대적 이성(理性者)을 넘어 '최령자'로 돌아감을 가리킵니다. 이성자에서 최령자로 돌아감, 곧 탈근대적 원시반본의 깊은 뜻을 이해하면서 백석 시의 심층 세계를 새로이 분석하고 이해할 필요가 있습니다.

물론, 여기서 문예론적인 질문은 계속됩니다. 시인 혹은 예술가가 '신령한 존재'가 된다는 뜻은 무엇인가. 종교학·문화인류학·민속학이 알려주듯이, 샤먼이 된다는 것은 소수의 타고난 샤먼을 제외하고는 고통스러운 무병을 앓거나 고된 습득 과정이 필수적인 통과의례입니다.

---

11 「논학문」,『동경대전』.

샤먼은 '최령자'의 표상입니다. 하지만 시인이 무병을 앓고 샤먼이 될 필요는 없습니다. 이 땅의 시인은 누구나 북방 샤먼의 유전적 후예이며 일상의 생활문화 속에서 샤머니즘과 알게 모르게 통하며 살아갑니다. 시인은 자기Selbst 안에 은폐된 '신령한 존재' 혹은 샤먼적 존재와 접하고 '네오 샤먼'이 되는 순간, '저절로' 창작創作의 시간이 찾아왔음을 감지합니다. '신령한 존재'가 된다는 것은, 자기 안에 신령을 모시고 이를 통해 바깥 세계와 접하여 만물을 화생化生할 수 있는 능력을 갖는다는 뜻입니다. 예술 창작에 있어서 상서로운 조화를 일으키는 최령자가 되기 위해서는, 명상이든 양기[12]든 다른 어떤 수행 방식이든, 자기를 닦는 성실한 단련 과정이 기본적인 것입니다.

백석의 시가 껴안은 북방 샤머니즘의 정신과 이념은, 문예 창작에서 원시반본의 의미를 반추하게 합니다. 옛 북방 샤먼의 혼을 지금 여기에 소환하여 "새 녯날"로 비유한 '신화'의 시간에서 '나의 태반' 곧 '한울'의 존재를 자각하고 있습니다. 이 '한울'의 깊은 속뜻을 밝히는 일에 유역문예론의 임무가 주어진 것입니다.

(2022년)

---

12 養氣, 심신의 기력이나 원기를 기르는 일. 유가儒家에서는 맹자가 주장한 정신 수양법으로, 호연지기浩然之氣를 기르는 일. 또한 도가道家에서 몸과 마음을 닦는 일.

유역문예론 1
― 동학에 이르기까지

1. 유역문예론의 前史: 방황과 반항

묻기를 "양도洋道와 다른 것이 없습니까"

대답하기를 "양학은 우리 도와 같은 듯하나 다름이 있고 비는 듯하나 실지가 없느니라. 그러나 운인즉 하나요 도인 즉 같으나 이치인 즉 아니리라." 묻기를 어찌하여 "그렇게 됩니까" 대답하기를 "우리 도는 무위이화라. 그 마음을 지키고 그 기운을 바르게 하고 한울님 성품을 거느리고 한울님의 가르침을 받으면 자연한 가운데 화해나는 것이요, 서양 사람은 말에 차례가 없고 글에 순서가 없으며 도무지 한울님을 위하는 단서가 없고 다만 제 몸만을 위하여 빌 따름이니라. 몸에는 기화지신이 없고……."[1]

---

* 「유역문예론 1」은 유성호(『영화가 있는 문학의오늘』 편집위원, 한양대 국문과 교수)와의 심층 인터뷰를 정리한 것입니다.(2019년 8월 2일, 솔출판사에서 진행.)

한국 문단과의 불화와 반항

1 문(유성호) 문학평론가 임우기 선생님은 출판인으로서, 그리고 비평가로서 열정적 삶을 꾸려오셨습니다. 1990년대 이후 오랫동안 문단과도 거리를 두고 비평 활동도 뜸했던 걸로 알고 있습니다. 출판인이자 비평가로서 그간 어떻게 지내셨고 또 어떤 사정이 있어 활동이 뜸했는지요. 출판과 문학, 두 분야에서 그동안의 성과에 대해 들려주세요.

답(임우기) (웃음) 성과는 무슨 성과가 있겠어요. 성과는 없고, 세상에 잔뜩 빚만 져서 후회막급이랍니다. 서른 살에 서울에 올라와서는 『문학과 사회』 창간 동인 겸 문학과지성사 편집위원을 지냈어요. 그 후 작가 박경리 선생께서 청하셔서 토지문화재단 만드는 일을 실무적으로 총괄해서 초대 상임이사를 맡았었고, 원주의 토지문학관도 건축가 선정까지 제 소임으로 마무리했지만, 제 성깔이 거기까지지 더는 박 선생님 사업에 머물러 있지를 못했어요. 제게 어울리지 않는 옷이라고 판단되면, 제 성질머리가 도무지 견뎌내질 못하고 벗어던지거든요.

　이 자리에서 처음으로 밝히는 얘기입니다만, 문학과지성사에 있을 당시에는 제 연배 비슷한 비평가 문인들과의 우정과 의리가 문학적 노선이나 관점보다 더 앞섰던 거 같습니다. 사실 문학과지성사(이하 '문지'로 약칭)의 경향은 알고 있었지만, 문지 쪽에서 저에게 손을 건넸을

1　水雲,「논학문」,『동경대전』. "日餘洋道 無異者乎 日洋學 如斯而有異 如呪而無實 然而運則一也 道則同也 理則非也 日何爲其然也 日吾道 無爲而化矣 守其心正其氣 率其性受其敎 化出於自然之中也 西人 言無次第 書無皂白而 頓無爲天主之端 只祝 自爲身之謀 身無氣化之神……."

때만 해도 문지라는 '문학에꼴'이 지향하는 문학관이나 문단 내에서의 권력 문제 등을 제대로 알지도 못했고 또 알려고도 안 했어요. 1980년대 후반 당시는 광주민주화항쟁이, 신군부 군사정권의 독재와 폭정이 등등하던 시기라 문학 판도 지독한 흑백논리에 지배받던 시기였던 탓인지, 문지 그룹에 대해 서구 문학 지향의 '문학에꼴' 정도로만 알고 동인으로 참여한 것이었어요. 그러다 시간이 지나면서 함께 문학하기에는 서로가 부담스러울 것이라는 생각이 들었습니다. 결정적인 계기는, 문지 그룹이 전통 샤머니즘을 비판하는 선을 넘어서 거의 악마화하는 문맥들을 뒤늦게 접하게 된 것이지요. 김윤식·김현 공저인『한국문학사』를 김현 선생이 돌아가신 후에 읽게 되었는데, 문학평론가이자 불문학자 고故 김현 선생이 샤머니즘에 대한 반감을 넘어 백석 시를 논하면서 샤머니즘이 인간 정신을 '말살'한다고 쓰신 걸 우연히 보고서 충격을 받고 고민했습니다(문학과지성사 창간사,『한국문학사』참고). 사실 김현 선생을 위시한 '문지 비평가'들뿐 아니라, 박정희 정권과 결국에는 짝을 이룬 서구 합리주의 문화의 세례를 받은 4·19 세대는 샤머니즘 혹은 전통 무를 혹세무민을 일삼는 전근대적인 무리로 천대시하고 뿌리 뽑아야 할 사회악쯤으로 내몰았거든요. 새마을운동이 대표적인 관제 샤머니즘 탄압입니다만, 그 후에도 큰 변화없이 무속에 대한 악의적 왜곡과 의도적 오해를 지속해오고 있습니다. 1980년대 말에, 여러 글과 문지 비평가들의 문학 의식을 때늦게 확인하니 제가 함께 문학하기는 힘들다는 판단을 했어요. 문지 그룹 비평가 대부분이 이 땅의 전통 문화예술의 근원이자 토대인 샤머니즘을 타기시하는 정도가 서로를 인정하고 동반하기에는 불가능했습니다. 샤머니즘을 대하는 시각의 차이는 대표적인 사례이고 시나 소설을 비평하고 평가하는 문학적 관점에서도 갈수록 서로 차이가 분명해진다는 생각도 제가 문지를 떠나야 한다는 결심을 굳힌 이유이기도 합니다.

박경리 선생이 집착한 토지문화재단도 제가 설립 준비 과정을 맡아했고 또 초대 상임이사로 일했어요. 당시 선생이 내세운 사명 의식이나 욕구에 부응하는 데에 힘이 부치기도 했지만, 그보다는 박경리 선생 주위에 정치적 야심을 가진 관료들, 특히 '폴리페서'들과 무슨 일을 도모하는 것 자체가 보통 고역이 아니었습니다. 제가 재단 상임이사를 그만둔 십 년쯤 뒤에 그 정치 교수들은 결국 MB정권이 들어서는 데 일조를 하고 정치 권력자들로 참여하게 됩니다만.

1990년대에 백낙청 선생-고은 시인이 사실상 이끌어가던 민족문학작가회의도 제 문학적 관점이나 문인으로서의 윤리, 도덕적 수준에서 보아 도무지 수용하기 힘들다고 판단하던 차에, 마침 소설가 이문구 선생이 회장을 맡으신 직후인 2000년 봄에 제 집에 우송되어 온 이사 임명장을 작가회의 탈퇴서와 함께 보냈죠. 이문구 선생께 큰 실수를 저지른 거죠. 그 후 제 성깔을 스스로 많이 반성했지만 이미 엎질러진 물이었어요. 실제로 여러 문인 조직에서 대가를 바라지 않고 대의를 위해 열심히 일을 하곤 했지만, 문학적 지향이나 문학하는 맘이 서로 뚜렷이 모순된다거나 제게 어울리지 않는 직책이라 판단되면 저는 갈등과 모순을 적당히 봉합하고서 대충 지내지를 못해요.

문학과지성사, 민족문학작가회의, 박경리 선생의 토지문화재단 등 조직들에서 맡은 중책들을 제 스스로 판단에 따라 그만두다 보니, 저같이 학연이나 인연, 지연이 없는 촌놈은 문학 판에 그야말로 우스꽝스러운 나 홀로 돈키호테 신세가 되더군요. 그리고 보니, 1990년대 후반인가부터 특히 2000년 이후 2015년경까지는 버티기 어려운 큰 사건 사고들이 끊이질 않아 시련을 이겨내느라 문학 판을 기웃거릴 틈도 없었지만, 실로 오래 글 청탁이 전혀 오질 않더군요. 열심히 일하다가 문득 보니 내가 있기에는 어울리지 않는 자리거나 나랑은 뜻이 맞지 않는 조직이나 단체이지만, 막상 내가 떠날 결심을 하니까 그냥 내버려두지를 않더군요. 내 의지와는 상관없이 꼼짝없이 평론가로서 오랫동안 침묵해야 하는 시절이 길었습니다. 기존 권력 집단이나 단체에서 이탈한 괘씸죄 값을 톡톡히 치르게 된 것이지요. 그러니 실제로 문단에서는 완전히 고립될 수밖에 없었고, 한국문학 판에서 비평가로서 제 존재는 잊힐 처지에 놓이게 되더라고요. 거참.(웃음)

어찌 되었든, 그 시절에 톡톡히 고독하고 한 치 앞도 안 뵈는 세월 속에서 좌충우돌하고 힘에 부치는 출판 사업에 동분서주하던 중, 2006년 초 첫 시집 출간 이후 19년 만에 두 번째 시집을 내놓게 되어 시집 해설을 부탁한다는 시인 김사인 형의 전화를 받고서야, 비로소 다시 시집 해설 겸 평론 「집 없는 박수의 시」라는 비교적 긴 글을 쓰게 되었지요. 이 글에서부터 제가 오랫동안 고민해오던 전통 무巫와 한국 현대시와의 내재적 연관성 문제, 그러니까 한국문학에서 '자재연원自在淵源'의 시 의식, 혹은 이 땅에서의 자주적이고 주체적 시학의 문제를 피상적이나마 피력하기 시작했습니다.

부패 관료조직과의 긴 싸움, 고독과 고립의 역설

2문 솔출판사를 경영하시면서 또 '문학 편집자'로서 나름대로 자부심을 가지는 책들이 있을 텐데 소개해주시죠.

답 저는 사실 다른 돈 버는 재주가 없으니 어쩔 수 없이 출판사를 호구지책이자 가족 부양책으로 경영해야 했어요. 무슨 특별한 문학적인 뜻이나 '많은 이들에게 유익한 문화사업' 같은 사명감은 애초부터 없었고. 다만, 유명한 사주쟁이들마다 제 점괘를 보면, 하늘이 내린 '孤(고독)'라 했어요. 학연이니 지연이니, 가문이니 없었고 설령 있다 해도 성깔상 관심도 없으니. 고독한 사주팔자를 타고났어도 인복 하나는 타고 났는지, 사업이 위기나 큰 곤경에 빠졌을 때마다 기적같이 도움을 주는 분들을 만나 가까스로 어려운 상황을 넘기곤 했습니다.

가장 심각한 위난의 시기가 2005년에 발생한 '용산 국립중앙박물관 개관도록 사건'인데, 사실 문화부를 포함하여 이 나라 일부 고위 공무원들이 얼마나 부패해 있는가를, 거의 범죄 조직 수준에 와 있는가를 보여주는 상징적 사건이었어요. 누군가 지금 한국 정부를 '관료 독재 국가'라고 맹비난하던데 저도 대체로 동의하는 입장입니다. 십여 년간 국가와의 외롭고 험난한 투쟁과 소송을 벌였지만, 결국 어처구니없는 사법부의 판결에 상처뿐인 승리로 그냥 사건을 끝맺기로 했지요. 문제는 제 심신도 피폐해졌지만, 물질적 피해도 피해려니와 출판사 사정도 말도 못 할 정도로 엉망이 되더군요. 소송 도중에 자구책으로 출판사를 일산으로 옮겨 근근이 버텨오다가 몇 년 전 다시 서울로 이사를 하고 무너진 회사 형편을 다시 일으키는 중입니다.

2016년 봄 『영화가 있는 문학의오늘』의 편집위원들이 잡지 발행을 맡아줄 것을 부탁해왔을 때도 제 안팎의 사정이 녹록지 않았지만 고심 끝에 수락한 것은 아직 제게 문학에 대한 순정과 열정이 남아 있었던가 봅니다. 아니 그보다는 평소에 편집위원들과 인간적 우애와 문학적 신뢰를 나누다 보니, 앞뒤 가릴 것 없이 발행인 직을 맡게 된 것이지요.(웃음) 그런데 문학 판에서의 20여 년에 가까운 소외와 고립이 제겐 고독 지옥의 세월이었지만, 자의든 타의든 역설적으로 고독을 벗 삼아 사색하게 되더라구요. 전화위복의 계기였달까. 고독이 벗하니 독자적인 사유의 길이 저절로 열리더군요.

고독한 가운데서도, 오랜 송사로 인해 경기도 일산으로 옮긴 회사를 8년 만에 다시 서울로 옮기고 나서 출판사 재기를 위해 초인적으로 밤낮없이 일한 것 같습니다. 특히 김성동 선생의 역작 『국수國手』(전 5권), 『카프카 전집』(전 10권), 『버지니아 울프 전집』(전 14권)의 완간은 모두 25년이 넘는 장기간에 걸친 번역 및 편집 작업의 완료를 의미하는 것이어서 저 개인적으로 감회가 남달랐고, 그만큼 열심히 일했습니다.

'자기가 선 곳이 바로 세계의 중심이자 동시에 流域이라는 것'

3 문 '자기가 선 곳이 바로 세계의 중심이자 동시에 유역流域이라는 것'이 『살림의 문학』, 『그늘에 대하여』, 『네오 샤먼으로서의 작가』 등에서 이미 설파된 바 있습니다. 한국문학의 빈곤한 이론적 사유를 풍요로운 것으로 바꾸어가는 비평적 책무가 이로써 시작되었는데, 그 계기는 무엇이었나요?

답 우선 주의할 점은 '流域'의 '흐를 류流'가 협소한 사전적 의미로서 '강의 흐름' 뜻을 넘어 '교류交流'의 뜻을 가진다는 점입니다. 2000년 전후에 고안한 '유역流域' 개념은 학적 개념으로 정립되기까지 시간이 걸릴 테지만, 기존 사전적 개념으로 강을 낀 유역만을 가리키는 것이 아닙니다. '유역'은, 크고 작은 강역江域은 기본이고 기후적으로나 지리학적으로, 가령 온대, 열대, 한대 차별 없이 또 산악, 초원, 도서島嶼 나아가 시베리아 같은 동토 또는 사막이 많은 건조지대에서조차, 오랜 세월 살아오면서 공동의 지리 · 역사 · 생활 · 언어 등 고유한 문화공동체적 전통을 가진 주민들 혹은 국민들이 거주하는 지역을 뜻하고 동시에 이들 간의 '교류'와 '연대'를 추구하는 유동적이고 포괄적인 개념입니다. '지리 및 기후 차원만이 아니라 자기 고유의 역사 · 언어 · 생활 · 문화의 전통'을 간직하고 이어온 일군의 토착 주민이나 부족의 공동체에 두루 적용될 수 있는 전 지구적 차원의 개념입니다.

유역문예론이란 개념은 '자기가 선 곳이 바로 세계의 중심이자 동시에 유역流域이라는 것'이라고 간략히 설명될 수도 있는데, 이렇게 정리된 설명은 사실인즉 제가 한 말이 아니라, 문학평론가 고 김윤식 선생(서울대 국문학과)이 제 비평집 『네오 샤먼으로서의 작가』 발문에 쓴 말씀입니다. 제가 출판 일을 하면서 쩔쩔매고 문학평론을 한다고 문학적 방황을 하는 와중에 가끔 찔끔하고 비평이라고 내놓는 꼴이 안타까우셨던지, 발문을 청하였더니 흔쾌히 써주셨습니다. 그뿐 아니라 발문을 받기 위해 동부이촌동 선생님 자택으로 찾아뵈었더니, "임형! 내가 가장 심혈을 기울여서 쓴 글이네." 하시며 격려의 말씀을 주시더군요. 선생님이 참 엄격하시면서도 따뜻하셨기에 그런 격려의 말씀을 주신 것일 테지만, 그땐 몸 둘 바 없이 저의 비평이 갑자기 큰 짐을 진 듯이 양어깨가 무거운 느낌이었습니다. 아시겠지만, 저를 아껴주신 대비평가들 중에는 고 김현 선생(서울대 불문과 · 문학과지성사 창간 동인)과 고 김윤식 선생이 계신데 두 분이 공저로 남긴 『한국문학사』에는 당혹스러울 정도로 전통 샤머니즘을 비판하는 대목들이 있거든요. 이 사실을 뒤늦게 알고서 한국문학의 주류 비평계와 내가 고뇌해온 비평 의식 간에 문학관적 세계관적 괴리가 화해 불가능하지 않은가 하는 깊은 회의와 고민을 하던 때도 있었죠. 두 분은 한국의 문학비평을 주도하는 비평가들의 산실인 서울대 국문학과와 불문학과에서 큰 스승일 뿐 아니라, 한국 문단의 주류 비평을 이끄는 대가들이셨으니까. 그 샤머니즘 비판 대목은 김현 선생이 쓴 대목이긴 한데, 공저자인 김윤식 선생이 제 비평집 『네오 샤먼으로서의 작가』의 발문을 기꺼이 깊은 뜻을 담아서 써주시리라고는 전혀 예상하지 못했거든요. 국문학자로서 전통 샤머니즘의 역사적 또 문학사적 소외 과정, 샤머니즘 몰락의 역사적 이유와 배경을 누구보다 깊이 통찰하고 계셨고, 한국문학을 속속들이 아우르는 광폭의 대비평가이셨기에 의미심장한 발문으로 저를 격려하신 거죠.

서구 근대의 '세계문학'의 문제와 극복의 과제

4 문 한국문학사에서 '유역문학'은 낯선 개념이고 '유역문예론'은 새로운 이론입니다. '유역문학' 개념이 나오게 된 배경이 무엇인지 궁금한데요?

답 제가 비평 개념으로 자주 쓴 자재연원自在淵源이라는 말은 해월 최시형(海月 崔時亨, 1827~1898) 선생 말씀을 공부하는 가운데서 처음 접한 듯해요. 하지만 동학을 깊이 공부하는 분들은 자재연원이라는 말을 거의 쓰지 않는 것으로 알고 있어요. 저 또한 동학과 인연이 짧다고 할 수는 없지만, 동학에 전적으로 의존하는 개념으로 자재연원을 사용하는 것은 아닙니다.

저는 자재연원이란 말을 접하기 훨씬 이전부터 아마도 1980년대 초

즈음부터, '나 자신, 내 삶에서 우러나오는 문학을 해야 하고 그러기 위해서는 나부터 닦아야 한다'는 생각만은 지키고 있었습니다. 그러니, 다소 소박하고도 막연하게나마 자재연원의 씨앗은 오래전부터 심어졌던 것 같아요. 돌이켜보면, 자기 연원과 자기 존재성을 잃지 않는 문학을 한다는 고집이었던 것 같고요.

유역문예론을 착상하게 된 배경을 찾는다면 몇 가지가 떠오릅니다. 우선, 충청도 대전에서 처음 문학과 인연을 맺었고 1980년대 중반경에 잠시 『삶의문학』 편집장을 맡으며 겪은 여러 경험들이 작용한 듯합니다. 물론 5·18광주민중항쟁의 그늘이 짙은 때라서 사회적·문화적으로 암울하였고 또 군사독재 체제가 지배하다 보니 어쩔 수 없이 반항적인 민중 의식과 그에 따르는 흑백논리에 문학예술계도 압도당하던 시기였습니다. 역사적으로 불가피한 부분이 있습니다만, 당시 진보적 문예 잡지의 편집장을 맡아 일하면서 서울이라는 중심부 문학 조직과 그것의 모방이나 추종 관계에 놓인 지역 문인들 간의 여러 문제점들을 경험하고 이 지역문학의 한계를 깊이 고민하던 시절이었지요. 그 당시 충청 지역의 고유한 문예운동의 내용과 형식, 실천적 방향 등 문예의 여러 문제를 많이 생각하던 시기이기도 했습니다. '유역문학' 개념의 씨앗이 심어진 때였던 듯해요. 또 기억나는 것은 서울서 독문학 공부를 위해 대학원에 다닐 때였어요. '세계문학'이라는 개념에 대해서도 얼마간 저항감이 있었습니다. 서구 근대의 소위 '시민문학' 중심으로 한 '세계문학' 개념에 회의하던 시기였습니다.

독일의 문호 J. W. 괴테가 처음 사용한 것으로 알려진 '세계문학Welt-literatur' 개념은 근대 독일 시민계급의 교양을 타국과 교류하고 서로 협력하는 가운데 발전시킨다는 목표가 있었던 만큼, 유럽 중심의 '세계문학'이었죠. 유럽 주요 나라의 문학이 지닌 시민적 교양과 그 정신적 가치를 상호 교류하고 공유하는 차원에서 보편적인 '세계문학'이 목표였습니다. 서구 근대 시민사회의 이상과 그에 맞는 정치제도의 발전 그리고 이러한 발전을 뒷받침하는 자본주의 경제 발달이 전제되어 있습니다. 서구 근대 사회에서 시민계급 이념의 구현으로서 문화예술의 발달이 괴테의 세계문학 개념을 낳았다고 볼 수 있습니다. 사실 괴테 당대의 독일문학이나 서구 근대문학이 지닌 시민문학의 가능성이 '세계문학'에 값하는 근대문학의 전범이 된 것은 부인할 수는 없어요.

그러나 괴테가 말한 시민적 교양Bildung이라는 시민계급의 이념과 그 서구 중심적 네트워크로서 '세계문학'이라는 고상한 이념의 그늘에는 근대 서구 제국주의가 야만적으로 저지른 아시아, 아프리카, 라틴아메리카의 민족과 종족에 대한 잔혹한 침략과 약탈의 흑역사가 드리워져 있습니다. 그 서구 제국주의 소위 피식민지 국가에 대한 침략과 지배와 수탈은 경제적 차원의 약탈만이 아니라 피식민지의 문화 파괴와 정신적 자산의 수탈과 파괴도 함께 진행되었다는 것이 되짚어져야 해요. 괴테가 유럽의 시민적 교양의 문학을 '세계문학'으로 내세운 것은 서구 '시민문학'이 보여준 높은 문학성과 그 세계문학사적 괄목할 위상에 있어서 충분히 그럴 만한 내용이 있다고 봅니다만, 제국주의의 피침을 받아 전통적·주체적·자발적 문학성이 뿌리째 파괴되거나 말살되어온 피식민 민족이나 국가의 문학을 위해 서구와는 다른 관점에서 '보편적 문학성' 개념이 새로이 설정되어야 할 세계사적 요청이 있다고 생각되었어요.

서구적 시각이 지배하는 근대 이후, '세계문학'에 준하는 보편성 차원의 새로운 문학 개념이 필요하게 되었고, 그것은 서구 문학의 일방성에서가 아니라 모든 민족, 모든 종족 각각의 집단의식(혹은 집단무의식)이나 전통 문화예술의 살림 속에서 상호 교류, 즉 일방성의 영향이나 주입이 아니라 다방성多方性 혹은 여러 층위에서의 쌍방성 속에서 새로이 규정되어야 한다는 것입니다. 여기서 '유역문학'이 서구 중심의 '세계문학'을 대체할 수 있는 개념이라고 본 것이지요.

일일이 소상히 설명하기는 어렵지만, 유역문학의 이념에는, 서구 근대의 '시민' 이념을 널리 공유하고 서구 시민문학의 세계문학적 위상을 높이 평가하면서도 서구적 시민 개념을 극복하고, 제국주의 침략과 강압에 파멸되어온 민족, 종족 들의 전통문화를 되살리려는 노력이 담겨 있습니다. 가령 정치적으로는, 서구의 '시민(citizen, Citoyen)' 개념과 유역의 주민住民 혹은 역민域民 개념을 어떻게 원만히 회통시키는가 하는 과제 등이 있습니다……. 후기 자본주의 모순의 말기적 증상이 삶의 생태계에서 악화일로에 있고 반생명적 사회병리 증상이 심화되어가는 지금의 세계에서 필연적으로 생태학적인 삶을 추구하는 사람들이 대폭 늘어나는 상황을 직시해야겠지요. 문학의 영역에서 보면, 서구 근대문학에서의 탁월한 문예 작품들과 문예 이론들 또 훌륭한 사상들에서 배워야 할 것들이 물론 많죠. 배우고 인정할 것은 인정하더라도 서구 근대 이후 소위 선진문명국들은 하나의 '유역'권에 속할 뿐이고, 탈-서구중심주의는 '유역문예론'에서 기본적 관점입니다.

'유역' 개념의 특수성과 보편성, 원심력과 구심력

또 하나 강조하고픈 것은 유역문예론은 거시적인 동시에 미시적인 시각이 필요하다는 것입니다. 1970~1980년대에 '가장 한국적인 문학이 세계적인 문학이다.'라는 말을 많이 들은 기억이 나는데, 유역문예론에서는 이 말을 새로이 지양하여, 보편적(세계적)인 것은 특수한(고유한) 것이고 특수한(고유한) 것은 보편적(세계적)인 것이다, 하는 문예학적 명제를 만들 수 있지 않을까 생각합니다. 사실 단군신화를 유역문예론에서 기본 인식 틀로 삼는 것은 인류의 여러 문명권 중에서 중국 문명에 끼워넣지 않는, 시베리아 동부에서 몽골 만주 등에 걸친 요하遼河 문명이나 퉁구스계[2] 무당 문명을 깊이 인식하고 또 원대한 차원에서 염두에 두고 있습니다. 퉁구스계 무당 문화권에 속하는 고조선의 단군신화는 유역문예론의 이론적 원천이 되는 의미심장한 신화소神話素들을 가지고 있거든요. 이집트 문명을 위시한 아프리카 문명, 아즈텍이나 잉카 등 아메리카 문명, 그리스 로마 켈트Celtic 등 유럽 문명 그리고 페르

---

2 '퉁구스계'는 우랄 알타이어족에 속하는 계열입니다. 인류학적 또는 언어학적으로, 우랄 알타이어족은 몽고에 위치한 알타이산맥과 우랄산맥을 기준으로 한국, 일본을 포함한 동북아시아에서 시베리아 및 중앙아시아를 거쳐 튀르키예, 유럽의 헝가리, 핀란드에 이르는 거대한 광역廣域에 걸쳐 퍼져 있습니다. 단군신화를 비롯하여 북방 신화는 알타이어족에 속하는 퉁구스어족 계열의 신화들과 비교 연구될 때 그 신화의 동질적 근원성과 이질적 차이성을 이해할 수 있고, 이러한 알타이어족의 이동사移動史와 영향사 연구를 통해 각각의 민족 신화가 지닌 고유성과 공통성을 이해하고 상호 간 평등한 문화의 교류와 연대의 중요성을 각성하게 되고 특히 신화 연구가 빠지기 쉬운 민족중심주의나 국수주의적 해석의 위험성을 피할 수 있다고 봅니다. 알타이어족에서 특기할 것은, 중국은 알타이 인종(인류학적으로는, Mongoloid)에 속하면서도 알타이어를 쓰지 않고 중국어를 쓴다는 점입니다. 이는 알타이어족이 중국에 들어가 살면서 중국의 역사가 시작되었지만, 그 이전부터 거주하던 토착민 언어 곧 중국어에 동화된 것입니다. 우랄 알타이어족에 속한 어족 계열을 요약하면, 퉁구스어족(만주·한국어족, 일본어족, 몽고·티벳·중앙아시아의 몽고어족), 야쿠트어족(중앙아시아 타탈어족, 튀르키예어족), 우랄어족(헝가리어족, 핀어족)으로 도식화할 수 있습니다.(박시인, 『알타이 神話』, 삼중당, 1980 참고)

시아 유역의 메소포타미아문명, 네팔을 비롯한 인더스문명이나 중국 등 아시아 문명 등이 장대한 시공간의 변화와 과정 속에서 지금도 저마다 독특한 문명의 내용과 성격을 보존하고 견지하고 있습니다. 고대부터 이어진 다양한 문명들이 저마다 존속하는 것은 결국 각 유역의 주민과 사회와 문화에 생태적 건강함을 알리는 척도가 될 수 있는 것이죠.

세계사적으로 인류가 이룩한 거대 문명들을 발전시켜온 각 유역들이 외부적으로 서로 갈등과 영향의 관계 속에서 때론 흥망을 거치면서 어떻게 변해왔는가 하는 거시적인 관점을 가지면서도 내부적으로 어떠한 시공간적 변화를 했는가 하는 미시적인 관점이 더불어 필요합니다. 유역문예는 거시적 해석의 원심력과 미시적인 분석의 구심력이 동시에 필요하다고 봅니다. 단군신화는 사실 우리 민족의 상고대 첫 국가인 고조선 문화의 연원을 보여주지만 동시에 중국 문명과는 다른, 퉁구스 유역 특히 만주 북방의 홍산紅山 문명 등이 포함된 요하 문명과의 연관성 속에서 조명되고 연구되어야 합니다. 그러니까 중국 문명과의 깊은 영향 관계에 놓여 있으면서도 동부 시베리아를 비롯한 한반도 북방 문명의 자장 속에서 몽골 만주의 고대 문화의 연원과 변화 과정과 연관되어 있다는 점을 함께 이해해야 합니다. 이러한 각 문명이 가진 수렴과 펼침의 과정 속에서 유역문예론의 '유역' 개념은 특수성과 보편성, 유역성과 세계성 간의 변증법적인 상호 관계를 대전제로 삼습니다.

세계사에서 광역의 여러 유역들 각각의 독자성과 고유한 문명적 성격을 인정하고 이해하는 가운데, '유역' 및 '유역문예' 개념은 원심력과 구심력 간의 변증법적인 관계를 사상적 토대로 하여, 각 유역의 문예는 자기가 선 자리에서 주체성의 뿌리를 찾고, 자주적이고 연대적이며 고유성을 간직하면서도 세계적인 차원의 '유역문예'를 지향, 추구하는 것입니다. 그러므로 단군신화는 이미 완성된 한국인의 신화가 아니라 지금도 인접 유역의 신화 및 문화에 열려 있는 미완성의 신화입니다. 특히 만주 유역 등 곳곳에서 널리 투르크(돌궐 곧 오늘의 튀르키예)에서도 발견되는 단군의 존재와 신앙, 이와 연결된 북방의 여러 창세신화 및 건국신화들과의 비교 연구가 활발히 전개되어야 한다고 봅니다. 지금은 남북 간 '분단 시대'라서 한반도 북방, 만주 몽골 유역의 문명 또는 고대 문화가 단절되다시피 하여 불행히도 '불통 상황'입니다만, 이 분단 상황을 하루빨리 극복해야 할 역사적·문화사적 당위성은 여기 '유역'의 관점에서도 절실합니다.

이러한 유역문예론의 인식을 바탕으로 한반도 유역의 정신문화의 연원을 깊이 고찰할 필요가 있습니다. 이렇게 보면 백석은 식민지 시대 혜안을 지닌 위대한 시인입니다. 모더니즘이니 리얼리즘이니 일본 제국주의 수도 동경을 거쳐 수입된 서구 근대 문예이론을 가지고서 티격태격하던 1930년대 식민지 서울을 떠나 고향 평안도 정주를 거쳐 만주 유역으로 가 한민족의 정신문화의 연원을 찾은 명편 「북방에서」(1940)를 남기잖아요.

고려 충렬왕忠烈王 때 국사國師 일연一然 스님(1206~1289)이 쓴 『삼국유사三國遺事』(1281)는 한민족의 고유한 정신문화의 연원을 밝히고 지키는, 실로 천우신조와도 같이 중요한 고전입니다. 맨 앞에 실린 「기이紀異」편에 구전되어 오던 단군신화의 파편들을 모아 정리하여, 자주적인 역사의식의 바탕에서 조선의 고유한 천지인 삼재三才의 사상을 보여주고, 마침내 '홍익인간'의 고조선 이념 등을 밝혀 조선 사람 특유의 정신적 연원을 찾아놓은 것입니다.

만주 및 몽고, 돌궐, 시베리아 동부, 바이칼 인근 등 퉁구스어족 유역,

이른바 '북방 샤머니즘' 문화의 원향인, 옛 고조선의 드넓은 강역疆域에 이르기까지 단군신화와 단군(巫)의 유적들은 널리 퍼져 있습니다. 이는 실증적으로 단군신화가 오로지 우리 조선 민족만이 보유한 건국신화가 아니라 퉁구스계의 더 넓은 유역 곳곳에서도 유사한 북방 샤머니즘의 신화들이 서로 연결되어 있다는 점, 곧 민족주의 관점에서만 바라보면 안 된다는 점을 보여줍니다.

고고학적으로나 인류학 또는 신화학적으로, 몽골 만주 시베리아 등 퉁구스 문명과 고조선 문명 등 한반도를 비롯한 광역廣域의 북방 샤머니즘 문명권에서 단군신화 또는 그와 비슷한 신화형들이 서로서로 깊이 연결된 채로 광범위하게 널리 퍼져 있는 사실이 학문적으로 깊이 탐구되어야 합니다. 하지만 아직 지금 여기의 제도권 학문계나 문예계는 서구 근대 문명에 지배된 채 정신의 식민지 상태에서 크게 자유롭지 못한 상태에 있어요. 그러다 보니, 단군신화를 이야기하면, 무턱대고 국수주의적 관점이니 민족주의니 따위를 꺼내 들고 공격하기가 일쑤인데, 학문적 무지와 어리석은 의식 수준들이 여전히 지배적입니다.

이러한 관점에서 '유역문예'의 개념은 조선 정신의 잃어버린 근원根源을 찾아 자주적 문예 정신의 기틀을 마련하고, 그 '거대한 뿌리' 위에서 동서양의 정신들을 차별 없이 원융회통圓融會通하는 문예학을 탐구하는 주체적 정신을 세우는 노력 끝에 나온 개념입니다.

수운 선생이 창도한 동학을 깊이 공부하고 한민족 정신의 연원을 통찰한 대서사시 『금강』을 쓴 대시인 신동엽 선생이, 1968년 시인 김수영 선생이 교통사고로 갑자기 돌아가시자, 조사弔詞에 조선은 '위대한 시인'을 잃었음을 통탄하고 애도한 것도, 시인 김수영의 정신사적 위대성을 가늠하는 데에 우리 정신문화의 거대한 뿌리인, 중국 역학에서의 음양론을 넘어서 우리 고유의 천지인 삼재 사상(단군신화의 정신)을 적확히 통찰하였음에서 말미암습니다.

이처럼 각 유역이 지닌 고유한 주체성의 인식과 함께 문화적 원심력과 구심력을 이해하는 가운데, 각 유역이 안고 있는 지리·환경·생활·문화·역사 등에서 저마다 주민들의 공동체적 삶과 생태 상태를 존중하여 고유한 문화예술성을 살리고 유역들 간의 네트워크를 통해 평등한 교류를 꾀하는 것이 '유역문학'의 기본 관점입니다.

유역문학은 탈중심적 자주성과 평등한 교류성이 전제

5 문 '지역문학' 개념이 있습니다만, '유역문학'과의 차이는 무엇입니까. 또 주체적인 유역문예론을 수립하는 비평적 과업이 보통 어려운 일이 아닐 텐데요……. 독문학에서도 브레히트 연극 이론을 전공하신 걸로 압니다만, 유역문예론의 이론적 기반이 궁금합니다.

답 '지역문학'이라는 개념은 이미 있어 왔지만, '중심'(혹은 '중앙') 개념을 따로 전제하고서 외부의 중심에 대립하는, '지역'이라는 다분히 피해 의식이 개입된 방어적인 개념과는 거리가 있다고 봅니다. 또 지역 개념은 지리적으로 고정된 또는 배타적으로 자기화된 시공간 개념에 가깝고, 유역 개념은 지리적으로 유동적이고 지역과 지역 간에 연대적인 시공간 개념입니다. 지역은 역사적으로 고정되어 있는 개념이 아니에요. 지역은 이웃 지역과의 많은 갈등 요인, 정치 상황이나 이해관계, 가령 전쟁 등에 따라 그 경계가 언제든 변해왔거든요.

'유역문학'은 앞서 김윤식 선생님 말씀마따나 '자기가 선 곳이 바로 세계의 중심이자 동시에 유역流域이라는 것'이고 따라서 유역 간에 각자의 문학성을 존중하면서 끊임없이 평등한 교류를 꿈꾸는, 곧 자주적인 문학의 교류 의식을 기본 전제로 삼습니다. 자주적인 문학정신을 단련하는 가운데 전 세계 각 유역의 문학들과 선입견이나 편견 없이 교류하는 것이 선결적으로 중요합니다. '자주적인 문학정신'이란 그 종족 그 민족이 간직한 저마다의 정신문화의 원류 그리고 인간 존재에 대한 근원적 성찰이 따를 수밖에 없습니다. 이건 근대성에 매몰된 좌파 우파 이데올로그들이 민족주의니 국주주의니 따위로 습관처럼 경계하고 비난하며 등 호들갑 떠는 수준에서 논의될 문제들이 아닙니다.

물론 당장 한국문학의 수준이나 상황을 보면 유역문예의 입지는 매우 좁고 앞날이 캄캄합니다만, 이 어려운 문학적 과업을 수행하기 위해서 오늘의 한국문학이 당면해 있는 난맥상과 완강한 문예 권력들의 지형地形 속에서 자주적인 유역문예론의 터를 마련해야 하는 비평적 소임을 스스로 떠맡게 된 것이지요.

제가 20대에서 30대 초반이었던 1970년대 말에서 1980년대에 루카치G. Lukács와 브레히트에 관심을 가졌다는 점 자체가 저의 현실 인식이나 역사의식을 대변해주는 바가 있습니다. 물론 그 이후 지적 방황이 심했습니다. 루카치나 마르크시즘에서 중요한 당파성에 대한 인식도 점차 변하게 되었죠. 특히 과학기술IT의 비약적인 발전에 따라 전통적 산업 노동 중심에서 노동계급 내부에 질적 변화와 함께 양적 구성에서도 변화가 일어나고 노동의 내용과 형식도 급변하던 시기였으니까요. 또, 동시에 수면 밑에 있던 환경 생태의 심각한 문제들이 부상하던 시기였습니다. 전습된 당파성 개념의 한계가 분명해진 것이죠. 어쨌든 문학예술에서 전통적 당파성 개념의 퇴조는 시대적으로 새로운 관점의 문학예술론을 요구하게 되었습니다.

「형성하는 리얼리즘」이란 글을 쓴 때가 1989년이었습니다. 당시 유행하던 루카치의 문예이론은 마르크스주의에 의거해 '총체성Totalität'의 구현을 예술적 이상으로 삼아 '연역적으로' 문학예술 이론을 세웠고 지금도 '총체성'에 입각한 '전형성'을 중시하는 루카치 이론을 위시한 사회주의 리얼리즘이 여전합니다. 사실 아시다시피 고대 그리스 사회 구성체는 노예제적 모순을 가진 폴리스 사회인데 이에 대한 성찰 없이 여전히 통용되고 있습니다. 서구 문화의 원천인 고대 그리스 서사시를 마치 소설적 총체성을 추구하는 보편 원리인 양 받들어서 그로부터 연역적으로 소설 이론을 전개하는 것이 저로선 비현실적 관념성에 치우친 것이라서 받아들이기가 쉽지 않았습니다. 전반적으로 '총체성'을 목표로 삼은 루카치의 이론 중에서 문예 작품을 분석하는 세부細部에서는 취하고 배울 바가 있습니다. 우스운 객담입니다만, 그 총체성을 단군신화의 천지인 삼재 사상에 좀 적용했으면 발상도 신선하고 흥미롭고 아주 바람직할 텐데.(웃음)

서양과는 근본부터 사고방식이 다른 동양의 전통 문예에서는 변증법적 총체성이든 모순성이든, 파편성이든 지금 여기 한국인의 삶에 적응하고 적용되는 '현실적인 이론화' 작업이 필요하다는 판단에 이르게 되더군요. 브레히트는 루카치에 상당히 비판적입니다. 서양 고대의 그리스적 총체성 같이 다분히 관념적인 추상성에 흐른 '총체성' 개념이나 리얼리즘에서 신줏단지처럼 모시는 '(인물과 상황의) 전형성' 같은 미학 개념들은 1980년대 후반에 이르니 도통 비현실적이고 오히려 낡았다는 느낌이 들었습니다. 이에 비해 브레히트의 '변증법적' 드라마 이론은 민중들의 삶의 현장에서 은폐된 사회적 모순을 찾고 여기서 역동적인 '리얼리티'를 찾아내어 리얼리즘을 실천합니다. 브레히트 특유의 '모순성'의 리얼리티를 찾고 그 리얼리티 자체에서 지양성止揚性을 찾아가는 실천적 리얼리즘에서 삶과 미학이 상호 긴밀한 통일과 변화를 이끌어가는 미적 가능성을 봤습니다. 브레히트의 영향력 속에서 쓴 제 리얼리즘론이 「형성하는 리얼리즘」(1989)이었습니다.

1980년대~1990년대를 지배한 다양한 리얼리즘론들과는 달리 제 나름의 '주체적인' 리얼리즘의 정신을 견지하였는데, 그것은 당시 한국 사회의 현실에 대한 인식이나 역사의식 그리고 세계관에 있어서 차이나 괴리가 있었던 듯하고, 현실적으로 문단 조직이나 여러 문학적 에꼴들이 추구하는 사상적 이상에 큰 괴리감을 느낀 탓인 듯합니다.

지금 이야기한 주체적 리얼리즘 정신이란, 루카치의 리얼리즘론이나 사회주의 리얼리즘과 같이 어떤 이념적 모델이나 기왕의 정교한 리얼리즘 이론에서 연역되거나 환원되는 것을 경계하는 가운데, 사회 현실과 인민들의 삶이 처한 상황reality 속에서 '형성하는' 문예를 추구하는 문예 정신을 말합니다.

루카치를 신봉하고 추종하는 문예비평가들이 여태도 많은가 봅니다만, 고대 희랍 철학이나 문학예술에서 총체성의 전범을 추론해냈듯이 이 땅의 비평가들도 고조선을 비롯한 이 땅의 상고대 신화나 신인 철학(신도 철학)에서 루카치식 '총체성'에 견줄 만한 조선 인민 정신의 근원성과 그 '인신적 총체성'을 왜 찾아보려 하지 않는지, 등잔 밑이 어둡달까, 고지식하달까, 생각해보면 참 궁합니다.(웃음)

2. 이론의 뿌리: 단군신화와 동학

음과 양이 서로 고루어 비록 백천만물이 그 속에서 화해 나지마는 오직 사람이 가장 신령한 것이니라. 그러므로 三才의 이치를 정하고 오행의 수를 내었으니 오행이란 것은 무엇인가. 한울은 오행의 벼리가 되고 땅은 오행의 바탕이 되고 사람은 오행의 기운이 되었으니, 천 지 인 삼재의 수를 여기에서 볼 수가 있느니라.[3]

1문 유역문예론에서는 전통 샤머니즘 그리고 수운 동학사상이 주춧돌이나 대들보처럼 이론의 기본이자 주축主軸이 되어 있습니다. 무속과 수운 동학과의 인연이 궁금합니다.

답 부모님 고향이 계룡산 인근에 금강이 흐르는 충남 공주公州 유역인 데다 저는 대전역 부근 상업지역과 시장통에 교육적으로 썩 안 좋은 동네서 성장했는데 그 당시에 가난하고 불우한 사람들이 많이 사는 동네의 어두운 분위기에서도 무당들의 굿판이 자주 벌어졌어요. 성장기부터 굿판에 익숙했던 셈이지요. 그러다 보니 청년기에 지금은 계룡시로 바뀐 계룡산 신도안에도 곧잘 가서 많은 굿당이나 이른바 민중 종교들의 생태를 찾아보고 일일이 기록하며 공부하기도 했습니다. 왠지는 몰라도 어린 시절의 신기한 체험으로 남아 있는 굿판에 대한 추억과 맞

---

3 水雲, 「논학문」, 『동경대전』. 陰陽 相均 雖百千萬物 化出於其中 獨惟人 最靈者也 故 定三才之理 出五行之數 五行者 何也 天爲五行之綱 地爲五行之質 人爲五行之氣 天地人三才之數 於斯可見矣.

물려서 당시에 전통 샤머니즘[4]이 마음 깊이에 심어졌고 후에 우리 민족의 정신문화의 원형으로서 전통 무를 인식하게 되었달까, 아마 그랬던 듯싶습니다.

전통 무巫를 늘 마음속에 간직해오다가 1990년대 초 약 3년쯤 시인 김지하 선생을 자주 만나던 시기가 있었는데, 그때 선생을 뵈면 수시로 동학에 엄청난 보물이 들어 있으니 동학을 공부하라며 권하고 또 당신이 보시던 동학 관련 서적들이 든 회색 바랑을 물려주시기도 했어요. 하지만, 그때 출판 사업을 막 시작한 처지에 동학과는 시절 인연이 안 되었던지, 그저 시인 김지하 선생의 동학 얘기를 귀동냥으로 들었을 뿐 동학을 나름으로 공부하지는 않았고, 또 얼마 지나지 않아 지하 선생과의 만남이 거의 없게 되자, 까마득히 잊고 있었습니다. 생활에 쫓기듯 살다가 설상가상으로 2000년대 초에 국립중앙박물관 도록 사건이 터지자 10여 년 국가 상대로 여기저기 다니면서 투쟁하고, 어려운 소송을 견디다 보니, 안팎으로 여유 없이 그저 세월에 쫓기듯이 살게 되더군요. 막막한 시절이기도 했고. 그런데 지금 회상해보니, 세상살이에는 알 수 없는 참 오묘한 이치가 있는 듯합니다. 지옥 같은 고독이, 기득권적인 문예이론이나 사유에서 완전히 해방되는 역설의 시간들을 가져다주더군요. 2010년쯤에서야 지하 선생이 예전에 주신 동학 관련 책들을 숙독하게 되면서, 수운 동학이 넌지시 가르치는 여러 지혜들에 눈이 조금씩 열리게 되더군요.

지금도 저는 종교로서 동학을 아직 받아들이지 못하고 있고, 다만 수행修行(수심정기)의 사상으로서 동학을 얼마간 이해하고 실천하고자 노

---

4   무 혹은 무당, 무속 등 여러 이름으로 불리지만, 유역문예론에서는, 무巫의 일반론을 위한 통칭으로서 '전통 샤머니즘'이라 곧잘 혼용합니다.

력할 뿐입니다. 해서, 종교관으로서 동학이 아니라 세계관으로서 동학을 나누어, 사상에 기울어 있는 동학적 인식론을 나름으로 세우고 따르면서 문학예술에 관해 논할 따름입니다. 뒤에 또 얘기하겠지만, 수운 선생이 '수심정기유아지경정修心正氣唯我之更定'이라 말씀하신 '수심정기'는 유역문예론의 기본 원리이자 궁극적 원리인 만큼 중요한 개념인데, 유역문예론에서는 수운 선생이 한울님과의 접신 때 혼란스러운 마음을 바로잡기 위해 닦는다는 의미의 수심修心과 내 안에 한울님이 내리신 마음을 지킨다는 의미의 수심守心을 구별하지 않고 두루 동시적으로 포함한 개념으로 인식합니다. 동학을 믿고 따르는 종교인들의 수심정기에 대한 종교 차원의 이해에는 아직 미치는 바가 없는 형편입니다. 그야말로 '시천주侍天主'의 '侍' 풀이에서 수운 선생이 말씀한 '각지불이各知不移'하는 마음으로 저 스스로 세상과 부딪히며 터득하는 바대로 따른 것이라 할까. 동학을 따르되 종교인에는 미치지 못한 존재입니다.(웃음)

2문 귀신론을 입론하는 데 영향받은 사상가나 문헌이 있습니까.

답 책에서 얻기보다 세상에서 부딪히며 생각하거나 세월과 만물에 대한 관찰에서 귀신론이 나왔다고 봅니다. 기본적으로 고단한 삶 속에서 겪은 크고 작은 사건들을 접하고 세상살이를 '관찰'하고 '직관'에 의존해서 유역문예론을 전개했습니다만, 물론 애써 찾은 동서양의 사상이나 이론들이 있습니다. 하지만 이론의 전개는 사전에 미리 틀을 짜거나 방향이 제시된 바 없이 전혀 뜻밖으로 진행되는 경우가 많았어요. 뜻밖에 생활 속에서 부딪힌 갖가지 계기들이 생각을 불러일으켰달까. 특정하기가 힘들지만 많은 사상들이 알게 모르게 유역문예론의 이론화 과정에 관여하고 영향을 주었습니다.

김지하 시인이 제게 준 책들 중에, 『海月先生法說註解』, 『崔水雲研究』, 『東學의 原流』 등이 지금 떠오르는데, 안팎의 여러 사정으로 한참 시간이 지나서야 읽게 되었습니다. 『海月先生法說註解』를 책상머리에 늘 두고 보던 시절이 있었습니다만, 지금 딱히 영향받은 특정 사상이나 사상가들이 무엇이라고 설명하기엔 긴가민가하기도 하고 퍼뜩 떠오르지 않습니다. 다만, 제가 영향을 받은 중요한 글들 중에 단연 범부 선생(凡夫 金鼎卨, 1897~1966)의 저서 『풍류정신』(1960)에 실린 「수운 최제우론水雲 崔濟愚論」을 꼽을 수 있습니다. 「수운 최제우론」을 읽을 때, 제 안에서 실타래같이 얽힌 이론적·정신적 난제들이 순식간에 풀리면서, 흩어진 옥구슬들이 한 줄로 꿰어지듯 정돈이 되는, 돈오頓悟의 일종같이 일순 환해지는 정신적 체험을 했습니다. 지적으로 어디에 의지할 곳이 없는 오랜 방황과 고독 속에서 갑자기 나타난 어떤 걸출한 정신의 안내를 받은 느낌이랄까.

물론 선각이신 범부 선생의 탁월한 통찰처럼, 동학을 신도神道(풍류도)라는 한민족의 근원 정신 또는 집단무의식의 원형으로서 오래된 전통 정신 속에서 파악하는 것과 동학을 근대사 속에서 사회적 실천 사상으로 이해하는 일은 서로 별개가 아니라고 생각합니다. 동학의 보국안민, 반제국주의, 유무상자有無相資 정신, 도저한 '생명 사상'도 동학의 올곧은 실천을 위한 바탕 정신으로 이해해야 하겠지요. 이러한 동학의 안팎에서 사상과 실천이 합일되는 과정에서 '자기가 선 곳이 곧 중심이고 유역'이라는 유역문예의 관점이 도출되는 것이지요.

또 한 분, 제겐 가까이 모시진 못했습니다만, 국제정신분석학회 정회

원이시고 국내에서 '융 연구소'를 설립하여 융 연구와 함께 동양 고전 들은 물론 신화 민담에 대한 탁월한 해석들을 내놓으신 이부영(李符永, 1932~) 선생의 저작들에서도 많은 직관력 또는 통찰력을 기르게 되었 습니다. 망구望九이신 지금도 칼 융 연구를 통한 환자들의 심리 치료 현 장에 계시고, 저로선 그저 멀리서 존경하는 마음만으로도 스스로 흐트 러진 정신을 삼가고 다잡게 되는, 우리 시대의 큰 어른이십니다. 유역문 예론에서 단군신화와 동학과의 내적 연관성을 유비추리analogy하고 통 찰할 수 있었던 것은 전적으로 칼 융과 이부영 선생님의 저술에서 촉발 된 것입니다.

한민족의 얼이요 정신의 뿌리는 단군신화

3 문 단군신화는 만주와 시베리아 유역에서 발견되는 북방 신화와 연결이 깊은 걸로 알고 있습니다.

답 먼저 범부 선생의 글에 자신감을 얻고 난제를 풀 실마리를 찾았달 까, 적어도 고조선 단군 이래 신인 철학과 수운 동학과의 깊은 연관성을 직관하게 되었다고 할까요. 단군신화는 유역문예론의 거대한 뿌리를 이 루는 근원적 세계입니다. 단군신화는 퉁구스계 북방 신화가 공통적으 로 안고 있는 특징적 요소, 곧 샤머니즘적 요소들이 기본입니다. 그리고 단군신화는 단연 '선구적'일 뿐 아니라, 홍익인간의 이념에 담긴 정신적 고결성은, 민간에서 단편적으로 구전되어오던 단군신화의 파편들이 일 연 스님같이 높은 정신적 수준에서 채록되고 새로이 단군신화의 형식과 내용을 갖추게 된 것을 보아도 잘 알 수 있습니다. 그렇지만 아직도 단군신화는 학계의 연구가 부족합니다. 단군신화는 미완 상태로 해석이 열려 있는 것이지요.

그리스 로마 신화가 서구 문명의 뿌리이고 바탕이듯이 인더스문명이나 중국 황하문명, 아메리카 잉카문명 등등 전 세계 각 유역의 각각 문명권들은 자기 뿌리와 바탕이 되는 저마다의 고유한 신화들을 가지고 있고 그 신화에서 각 문명마다 고유한 정신문화가 생성되어왔습니다. 여러 북방계 종족들이 역사 속에서 이합집산하며 형성된 한민족의 경우, 황하문명권과는 다른 동북아의 퉁구스 문명권 속에서 또 다른 갈래로서 한반도 유역의 독특한 정신문화의 뿌리를 내리고 오늘날 우람한 나무로 커왔습니다.

일반적으로 퉁구스어족 문명권이라고도 부르지만, 사실 '퉁구스'라는 개념이 아직 학적인 객관성을 갖지 못할 정도로 그 개념의 내용이 복잡하고 북방의 많은 종족이 쓰는 퉁구스어라는 말도 종잡기가 힘든 점이 있습니다. 또한 역사적으로 퉁구스 유역은 종족들 간의 이동이 심하고 혼란스러운 상태였기 때문에 '퉁구스 문명'을 운위하기가 쉽지는 않다고 말할 수 있습니다. 그럼에도 퉁구스 유역의 문명을 인정하는 것은 퉁구스 유역의 대표적 문화형이 북방 샤머니즘 신화와 북방 샤먼의 문화이고, 이 북방 샤머니즘이 한민족 특유의 정신문화의 근원을 형성하는 상고上古시대 고조선 역사와 깊은 연관성이 있기 때문입니다. 여기서 단군신화의 역사적 정신사적 배경을 찾을 수 있는 것이지요.

시베리아와 동아시아에 널리 퍼져 있는 게세르Geser 신화,[5] 몽골의 탱그리[6] 신화, 만주족의 우처구우러본 등 샤머니즘 신화는 많은 판본들이 있는데, 가령, 게세르 신화도 드넓은 북방 유역의 여러 나라에서 구전되어오다가 서사적 완결성을 지닌 신화로 나타난 것은 몽골의 경우 18

세기 초(1716년 몽골의 베이징 판본 게세르)입니다. 그러니까 게세르 신화는 불완전한 조각들로 여기저기 떠돌다가 18세기 초에야 채록된 것들을 모아서 서사적 얼개를 갖추게 된 것이고, 따라서 13세기 고려 때 일연 스님의 단군신화는 게세르 신화와 닮은 신화소들이 있더라도 게세르보다 훨씬 앞선 고조선 건국신화로서 새로이 '구성'된다고 볼 수 있습니다. 일연 스님은 민간에서 구전되어오던 옛 단군신화의 '원형들'을 채록하고 서사의 뼈대를 맞추어 고조선 건국신화로서 후세에 알린 거죠.

여기서 중요한 것은 단군신화는 『삼국유사』보다 이미 훨씬 오래전부터 존재했던 고조선 신화라는 사실입니다. 이 말은 단군신화가 한국인의 심층 심리에 선험적으로 이미 존재하는 집단무의식의 '원형'이라는 사실을 깊이 이해해야 한다는 의미입니다. 하지만, 이러한 해석도 아직 불충분합니다. 한반도 상황의 안팎에서 단군신화의 연구 환경을 방해하는 악조건이 풀릴 기미가 안 보인다는 점이 지금으로선 안타깝고 애석합니다.

무엇보다 일제강점기 이후 남북 분단 시대가 오래 지속되고 있고, 지

---

5   시베리아 바이칼호 인근에서 채록된 부랴트족族의 '게세르 신화'를 연원으로 한 몽골 만주 등 동아시아의 광대한 유역에 널리 퍼져 있는 샤머니즘 신화. 넓은 의미의 '게세르 이야기'는 한반도의 단군신화를 포함합니다. 참고로, 육당 최남선은 「불함문화론」에서, 바이칼호 주변의 몽골계 부랴트인의 구비문학인 '게세르 서사시'를 단군신화와 쌍둥이로 인식한 것으로 보입니다.(일리야 N. 마다손, 『바이칼의 게세르 신화』, 양민종 옮김, 솔, 2008 참고.)

6   고조선의 '임금'을 '단군'이라고 불렀다는 직접적인 기록은 없지만, '단군왕검'이라는 이두식 한자 표기를 유추하면, '단군'은 몽골 신화에서 탱그리, 튀르크에서는 탕그르로 불리는 '신인神人'이며, '왕검'은 우리말 '임금'의 한자식 표기라는 해석이 설득력을 얻고 있습니다.

금 여기의 학계나 남한의 교육계에서 서구 합리주의나 서구 근현대 이론 사상에 의한 지배가 제도적으로나 정치경제적으로 강고해지고, 중국의 동북공정 같은 대외적 연구 조건도 나쁜 상황이 지속되다 보니 통구스어족이나 만주 여러 곳에서 발굴되는 요하 문명 등과 연관된 고조선 문명의 근원 정신으로서 단군신화의 진면목과 그 위상을 복원하기가 힘들어진 상태이지요.

웅숭깊이 뿌리내린 신도 철학의 전통과 동학 창도

4문 유역문예론에서 단군신화와 풍류도를 언급하신 긴 발제문 「巫와 동학 그리고 문학」(『네오 샤먼으로서의 작가』)이 떠오릅니다. 우리 정신사의 연원을 탐구하려는 유역문예론의 노력을 넉넉히 짐작하게 되고, 또 동학 해석에 있어서, 수운 최제우 선생이 동학을 창도하기 이전에 이 땅의 자주적 사상과의 연관성을 찾는 것도 필요해 보입니다. 이 점에 대해 말씀해주십시오.

답 상고대上古代 고조선의 역사 및 문화의 결정체로서 단군신화는 천손족天孫族으로서 조선인 특유의 신인神人 철학을 품고 있고, 이후 삼국 시대와 통일신라기를 거치면서 풍류도風流道는 반만년 넘게 이어져온 조선인의 존재론적인 근원을 이룬 채 은폐된 거대한 정신세계입니다. 단군신화의 천인합일에 따르는 '홍익인간 재세이화弘益人間 在世理化' 이념이나, 풍류도의 '포함삼교 접화군생 현묘지도包含三教 接化群生 玄妙之道' 같은 신도神道의 고유한 전통 정신이 통일신라를 거치면서 외래 종교 사상인 불교와 어울리며 민간 신앙으로 널리 세속화되었고 특히 유교를 지배 이데올로기로 삼은 조선왕조를 거치면서 신도는 사회적으로 유교 체제에 의해 심히 탄압받아 주류에서 멀어지고 하층민 속에서 그 명맥을 잇게 되었습니다.

하지만 조선이 멸망하고 난 뒤 한 세기가 더 지난 지금, 조선의 지배 이념인 유교는 한국인의 사고방식과 생활양식, 정서나 행동에 여전히 영향을 끼치고는 있지만, 이제 그 영향력은 제한적이라고 할 수 있습니다. 유교는 조선뿐 아니라 유교의 종주국인 중국이나 일본 등 동아시아인들의 현세적 사고방식과 일상생활의 양식을 규정하는 어떤 공통적인 전통적 생활문화의 토대를 이루고 있습니다만, 유교 이데올로기는 조선의 멸망과 함께 국가와 인민을 이끌고 갈 이념으로서는 역사적 한계를 드러냅니다.

조선 시대 육백 년 유교 이념에 의해 상고 이래 이 땅의 고유한 신도神道 철학은 극심한 탄압과 배척을 받았음에도, 신도는 지배계급과는 거리를 둔 평민 계층의 생활문화와 민속예술로 자연스럽게 깊이 스며들며 질긴 명맥을 이어왔고, 또 조선의 양반 문화나 궁중 예술에도 암암리에 깊은 영향을 주었지요. 한민족 공동체의 기원을 보여주는 고조선 건국 신화는 무당 신화인 단군신화이고 단군조선에서 이어지는 삼국시대, 특히 신라의 풍류도 정신은 한국인의 집단무의식의 의미심장하고 뚜렷한 원형을 이룹니다.

상고대 시절, 역사적으로 이 땅에 최초로 세워진 신정神政의 나라로 1500년 이상 지속된 고조선에서 천손으로서 신인神人의 국가 이념과 문화의 경지를 추구한 사실도 경이롭고 또 이 신인 사상이 삼국시대를 거쳐 통일신라 시대에 풍류도로 고양되어 널리 전승된 신도 철학에는 한민족의 고유하고 실로 웅숭깊은 정신문화가 '거대한 뿌리'로 내려져 있음을 알 수 있습니다. 이러한 역사적 사실은 이천 수백 년이 지난 후에 유교를 표방한 조선왕조에서도 잠복되어 흐르다가 때가 무르익으면서 판소리, 탈춤 등 놀라운 문예 형식으로 활짝 꽃피웠습니다. 속악은 물론 정악에서도 조선 문화의 근원으로서 무巫의 형식과 내용들이 깊이 관계 맺고 있음을 보면 무의 거대한 뿌리는 어렵지 않게 만져질 수 있는 것입니다. 지금도 무속의 형식으로 오늘날 한국인의 생활과 무의식에 깊이 작동하는 갖가지 현상들을 접하는 것은 그리 어려운 일이 아니죠.

무 혹은 신도의 전승 과정 중에, 사상사적으로—범부 선생이 썼듯이—"실로 어마어마한 역사적 사건"이 일어나는데 그 대사건이 바로 수운 선생의 '동학 창도'입니다. 물론 이에 대해서는 여러 이론異論이 있겠습니다만, 무巫 혹은 신도 전통은 동학을 보는 이성적 관점이나 그 이성의 그늘 속 '신령한 관점'의 창조적 통일이 중요하고 여기서 전통 무와 동학 창도의 계기와 그 관계에 작용하는, 신도와 동학 간의 '오래되고 깊은 내적 인연'이 이해되어야 합니다.

다시 말해, 19세기 말 부패한 조선왕조의 멸망 과정에서 나타난 동학은 상고시대의 단군 이래 거대한 뿌리를 내려온 신도 철학이 조선 시대 내내 억압받아 오다가 드디어 새로운 위대한 민중적 생명 사상으로 화化하여 엄청난 신기神氣로서 분출한 것이라 할 수 있습니다. 물론 학자들이 보기에 따라서 의견이 분분하겠지만, 19세기 후반에 당시 기독교를 앞세운 서구 제국주의 세력과 짝을 이룬 일본 제국주의의 악마적 침략과 이미 무너진 봉건 왕조와 양반 계층의 가렴주구가 극에 달한 절망적인 상황에서, 민중적이고 온 생명에게 이로운 희망의 사상으로 나타난 동학은 그 정신의 깊은 연원에 단군조선 이래 고유한 신도神道가 깊고 크게 작동하며 이 땅의 살아 있는 인민의 역사에 이어졌음을 부정할 수 없습니다.

'神人 단군'과 '侍天主의 最靈者'와의 정신사적 연관성

5문 유역문예론은 동학사상을 논지의 중심으로 삼으면서도 단군신화에서 이론적 사유를 전개하는 듯이 보입니다만. 유역문예론에서 단군신화가 갖는 의의 또는 의미는 무엇인가요.

답 염계 주돈이의 『태극도설太極圖說』에도 사람을 '최령最靈'으로(惟人也 得其秀而最靈……) 설명하는 대목이 나옵니다만, 동학의 '최령자最靈者'(「논학문」,『동경대전』)는 단군신화의 인신人神의 연장선상에 있다고 보아야 합니다. 수운 선생의 말씀 중에, "음과 양이 서로 고루어(陰陽 相均) 비록 백천만물이 그 속에서 화해 나지마는 오직 사람이 가장 신령한 것(最靈者)이니라. 그러므로 삼재三才의 이치를 정하고 오행의 수를 내었으니 오행이란 것은 무엇인가. 한울은 오행의 벼리가 되고 땅은 오행의 바탕이 되고 사람은 오행의 기운이 되었으니, 천 지 인 삼재의 수를 여기에서 볼 수가 있느니라."[7]라고 한 대목의 해석이 대단히 중요합니다. 여기에는 중국의 철학 전통과 고조선 이래 이 땅에 이어져온 신도 전통이 서로 중요한 차이를 내보이는 정신사적 · 문화사적 · 생활사적 맥락이 감추어져 있거든요.

조선의 유서 깊은 삼재 사상의 전통 속에서 동학의 '최령자'도 단군

---

7   이 문장의 원문은 각주 3번을 참고.

의 혈맥이 전해집니다. 그래서 한울님이 수운 선생한테 천지는 알아도 귀신을 모르니 귀신이란 것도 나이니라, 하고 말씀하신 것이라 봅니다. 한울님이 곧 귀신이니 '최령자'로서 '시천주侍天主'한 사람은 곧 큰무당이요 무당의 알레고리로 보는 것입니다. 그리고 한민족에게 최령자의 상징이자 그 전형典型이 고조선의 단군 곧 큰무당이라 보는 것입니다. 여러 해석이 있습니다만, 간단히 말해, '다시 개벽開闢'이란 원시반본이고 원시반본이란 인간 존재를 서구의 근대적 이성자에서 비근대적 '최령자'로 지금-여기에 돌리는 사업입니다. 서구 제국주의 침략의 세계사 이래 소위 문명이 만들어놓은 '일방으로 기울어진' 근대성을 초극하는 천지공사天地公事인 것이죠.

단군신화의 신인神人 철학과 동학 간의 내적 연관성을 논의하기 전에 단군신화에 대한 기존 관점이나 해석에 덧붙일 것들이 있습니다. 무릇 모든 신화는 주관적 심리의 영역에서 해석될 것이 아니라 객관적 정신의 반영이고 표현입니다. 단군신화는 불합리한 전설 같은 이야기가 아니라 칼 융의 개념으로 말하면, 하나의 '객체 정신Objectspsyche'입니다.

서구 근현대 이론에 푹 절어 있는 이 땅의 인문학자들 특히 문예이론 가들은 아직 한국인의 개인무의식이나 집단무의식 속 원형으로서 단군신화를 받아들일 준비가 안 되어 있는 듯합니다. 단군신화는 한국인의 어두운 집단 심리 속에 보석같이 알알이 박혀 삶의 모든 부면에서 알게 모르게 영향을 끼치는 신화적 '원형archetype'이라는 사실을 간과하거나 애써 망각하고 있는 것이죠.

3. 이론의 벼리

人神과 巫, 修行과 修心正氣, 假化와 接神, 鬼神과 無爲而化…….

1 문 동학사상가 중에는 수운 선생이 만난 한울님('ᄒᆞ놀님')[8]이 "귀신이라는 것도 나이니라."라고 말씀하신 것을 두고서, 구한말 번창한 무속이 혹세무민하던 '시대정신의 혼란기'를 반영한 것이라는 비판적 시각도 있습니다. 학계와 동학을 널리 알리는 전문학자들조차 동학에서의 '귀신'을 부정적으로 보거나 관심 밖에 두는 듯한 분위기입니다만…….

동학에서 '귀신'과 환웅의 '假化'에 대한 새로운 해석

답 '귀신'은 동학이 창도되는 하나의 '현실적 계기'에 불과한 듯이 보이지만, '귀신'이야말로 동학이 탄생하는 결정적이고 직접적인 계기이며 장구한 시간에 걸쳐 인민들의 생활사에서 구체적 현실성을 가진 '생생한 존재'라는 점을 먼저 이해해야 합니다. 김지하 시인은 서구 사상이나 외래문화를 추종하는 데 정신이 팔린 이 나라의 사대주의적 지식 풍토에서 약세를 면치 못하던 동학의 부활을 이끌고 널리 전파한, 큰 공을 세운 분입니다. 그럼에도 한울님이 수운 선생한테 말씀한 '귀신'의 유서 깊은 정신사적 전통을 깊이 이해하지는 못했습니다. 동학의 대중

---

8   수운 선생 당시의 표기대로 'ᄒᆞ놀님'이라 써야 하나, 여기서는 수운 선생의 뜻을 보존하되, 일반적 통칭으로서, '하느님' 혹은 '한울님'으로 혼용합니다.

화에 앞장선 도올 김용옥 선생도 귀신의 의미를 성리학의 귀신 개념으로 해석하는 데 그쳤습니다. 한울님이 말씀한 귀신을 오해하고 성리학적 해석에 갇히고 마니까 동학의 원류에서 단절되고 만 것이라고 할 수 있지요.

만약, 수운 동학에서 말하는 '귀신'이 혹세무민이라면, "내 마음이 곧 네 마음이니라. 사람이 어찌 이를 알리오. 천지는 알아도 귀신은 모르니 귀신이라는 것도 나니라." 하고 수운 선생한테 나타나서 말씀하신 '한울님'이나 그 한울님 말씀을 세상 사람들에게 널리 전한 수운 선생도 혹세무민하거나 혹세무민에 가담한 형국이 됩니다. 무속과의 연관성을 들어 혹세무민이라 한다면 단군신화의 무巫도 한울님도 수운 선생도 모두 혹세무민을 했다는 말이 됩니다. 그런 논리는 스스로 사상적 한계를 고백하는 것에 지나지 않습니다. 또 동학의 귀신을 성리학적 관점에서의 귀신 개념에 가두어놓는 것도 사상적 오류이자 한계입니다. 4·19 세대 문예이론가, 특히 서구 이론에 편향된 문학인들 전반이 이런 논리에 갇혀 있습니다.

아직도 '개벽'을 내세우는 많은 이들이 구한말 조선왕조가 붕괴될 때 무속이 사회 혼란을 부추기던 터라 '한울님 귀신'에 대해 그 시절 혹세무민의 영향이라거나, 성리학이나 주자학에서 말하는 음양의 조화 원리로서 귀신 해석에 그치거나, 하이데거Martin Heidegger의 존재론적 관점에서 귀신 해석을 시도하기도 합니다. 수운 선생의 부친인 근암近庵 최옥崔沃 선생이 경상도 일대에서 퇴계학의 계보를 잇는 유명한 향유鄕儒였다고 하더라도, 수운 선생이 조선 말기에 온갖 모순과 병폐의 근원 중 하나인 성리학의 이데올로기를 그냥 그대로 이어받아서 성리학적 귀신론을 펼칠 리 만무합니다. 조선의 성리학이 긴 역사 속에서 도그마가 되어 타락하게 되었다기보다 성리학 자체에 이미 한계가 있다고 보는 것이 맞을 것입니다. 동학의 귀신을 성리학의 귀신론으로 환원하는 것은 조선 정신의 근원과 본질을 피상적으로 본 오류입니다. 또, 서구 학문을 공부한 인문학자들은 수운 동학의 귀신을 하이데거의 존재론으로 설명하는데, 귀신에 대한 하이데거의 존재론적 해석은, 귀신을 그 자체의 본래성으로 해명하고 난 이후에나 시도할 수 있는 철학적 비교 소통의 문제이고요…….

한울님과 수운 선생이 나눈 '귀신' 개념은 북송 때 염계(濂溪 周敦頤, 1017~1073)의 『태극도설太極圖說』에서 시작되어 주자(朱熹)의 『태극해의太極解義』에서 나오는 음양의 조화 원리로서 귀신 그 이상의 깊고 심오한 내연內緣이 있다고 봐야 합니다. 성리학의 개조로 일컫는 염계의 『태극도설』을 해의解義한 주자(朱子, 1130~1200)는, '태극은 원래 소리도 냄새도 아무것도 없는 것이고 태극이 움직여 음양을 낳으니, 만물이 생성 변화하고, 음양의 조화로서 귀신의 자취요, 귀신의 자취로서 선악이 나누어진다…….'라고 했습니다.

이 성리학적 귀신 개념은 동학의 귀신을 이해하는 데에 일단 유효한 해석입니다. 수운 선생의 수제자이자 동학의 2대 교주인 해월海月 최시형崔時亨 선생도 이러한 성리학적 해석 전통을 수용하는 듯한 말씀을 남기셨죠. 하지만, 조선 고대 이래의 신도神道 전통에서 보면, 성리학적 보편자로서 귀신과 전통 무巫에서의 귀신은 둘이면서 하나입니다. 동학에서 한울님이 "천지는 알아도 귀신을 모르니 귀신이란 것도 나이니라." 하셨으니, 귀신은 한울님의 별명이거나, 한울님의 화생化生으로서 어떤 신인神人적 존재입니다. 상징적인 비유를 한다면, 무당 신화인 단군신화를 낳기까지 수천 년 고조선 정신문화의 바탕인, 가령 '홍익인간'이라고 하는 능동적인 신인 철학에서 말하는 전통 무巫, 그와 짝을 이룬 민속의 귀신 개념이 동시에 함의되어 있다고 봐야 합니다. 한민족 고유의 천지인 삼재 사상이 한울님의 귀신 언급에 투사되어 있는 것입니다. 그렇게 이해해야 주체적 동학사상의 뿌리가 비로소 생생한 상태로 삶의 세계 안에서 감각 또는 초감각되게 됩니다.

2문 동학의 '귀신' 개념이 성리학에서 말하는 귀신과는 또 다른 무속에서의 귀신을 포함하고 있다는 것인가요.

답 무속의 귀신과 똑같다고 볼 수는 없더라도 적어도 무巫의 직접적인 계기인 지상의(세속의) 귀신들이고, 더 깊게 보면, 고조선의 단군신화에서의 천신의 아날로지analogy로서 귀신인 것이지요. 간단히 말하면 이 땅의 인민들의 마음속에 전해져온 유서 깊은 생활문화의 한 형식인 것입니다.

수운 선생은 창도하신 후 너무 일찍 순교하셨고 조정朝廷의 극심한 탄압을 받던 19세기 후반에 수운 선생으로부터 법통을 전해 받은 2대 교주 해월 선생과 동학을 이끈 지도자들은 위난危難의 나라 상황에서, 또 당시 혼란스런 사회 상황에서, 동학의 귀신을 일부러 혹은 가급적이면 성리학적 개념에 한정하였을 듯도 합니다. 오래된 전통 민속에서 귀신은 무교에서 흔히 쓰는 개념이었고, 무당을 중심으로 민중들이 가깝게 여기게 된 습속習俗화된 개념이었을 것입니다. 한마디로 귀신은 당시에나 지금이나 무巫의 상징이라 할 수 있습니다. 성리학이 지배계급의 이데올로기인 조선에서 사상적으로 귀신은 성리학적 귀신 개념에 한정되었지만, 성리학적 유교 이데올로기를 극복한 민중 종교 사상인 동학에서 이 '귀신'의 문제는 성리학적 해석에서 벗어나야 하면서도 동학의 고유한 순수성을 지켜야 하는 사상적 고민을 겪지 않을 수 없었을 듯합니다. 민간의 습속에서 보면, 한울님이 '귀신'이라 하면 무속의 성격과 이미지를 강하게 풍겨 편견과 오해의 가능성이 컸던 까닭이 있지 않았을까 추측하는 것입니다.

만민 평등 보국안민輔國安民의 민중 종교인 동학을 민중들은 열렬히 따르면서도 이미 민중들의 생활이나 민속은 무속 또는 신도 전통에 깊이 젖어 있던 터라서 동학의 정신적 지도자들은 새로이 탄생한 동학의 종교적 순수성을 지킬 필요가 있었을 것으로 보입니다. 물론 동학의 교리와 의법儀法이 무교의 전통과는 전혀 다르기 때문에 귀신을 괴력난신怪力亂神 대하듯 경계했을 것 같습니다만, 수운 동학에서 귀신은, 구한말 시대 상황과 성리학과의 연관성을 살피는 것뿐 아니라 유서 깊은 신도 전통 또한 도외시할 수 없습니다.

그러므로, 접신 상태의 수운 선생에게 한울님이 하셨던 "천지는 알아도 귀신을 모르니 귀신이라는 것도 나이니라."라는 말씀은 천지 음양의 조화에 작용하는 귀신의 보편성과 함께 한국인의 집단무의식 속에 깊이 침전된 '귀신'의 고유한 보편성, 전통 샤먼의 존재론적 고유성을 함께 이르는 말씀으로 저는 해석합니다. 환웅천왕의 존재와 작용에 접화군생, 생생지리의 조화造化(음양의 조화)로서 귀신과 전통 무의 존재론이 내포되어 있는 거지요.

3 문 단군신화는 북방 샤먼신화의 한 갈래일 텐데, 단군신화에서 우리 전통 무(샤먼)의 고유한 성격을 보여주는 대목은 무엇입니까?

답 천상에서 지상으로의 환웅천왕의 내림(降神), 천부인 세 개, 쑥과 마늘 같은 주술 효과가 있는 선약仙藥, 단군이 몽골어 탱그리(무당)의 음역이라는 것 등등 여러 가지 샤머니즘적 요소들이 있습니다. 대개 일제시대 이래 학계에서 단군신화에 대한 많은 연구가 이루어졌고 많은 『삼국유사』 전문가들이 나왔습니다. 그래서 고조선 건국신화요 무당신화로서 단군신화는 대부분 고증되고 해석되었다고 여겨집니다. 하지만, 아직 해석의 여백이 남아 있는 대목이 있습니다.

가령, 단군신화를 창세신화創世神話나 고조선 건국과 연관된 영웅신화로 해석할 수 있느냐 하는 문제가 있을 수 있고, 또 만주와 몽골을 포함하는 북방 퉁구스계 '무당 신화'로서 단군신화에서, 과연 환인이 준 천부인天符印 세 개 또는 환웅의 강신降神 등 '외면적 사태'에서 조선 무巫의 연원을 찾는 것 외에 환웅의 강신이 품고 있는 '내면적 사태'를 찾아야 한다는 것입니다. 민중사의 장대한 흐름의 심층에서 널리 크게 보면, 단군신화의 신인神人 사상이 '시천주'의 원형archetype으로 작용하는 것이 아닐까, 고조선의 큰무당 단군이 '최령자'의 원형이 아닐까, 큰무당의 전형典型이 아닐까 하는 생각을 하게 된 것이지요. 아울러, 환웅의 강신에 은닉된 중요한 내면적 변화 사태로서, 제가 주목하는 것은 환웅의 '가화假化'입니다.[9]

여자가 된 곰, 즉 지모신地母神의 상징인 웅녀가 '아기 배기'를 축원하

---

9   한학자 이재호李載浩 선생의 『삼국유사』 역주를 따르면, "'가화'는 하느님이 사람으로 더불어 합하려 하여 잠시 사람의 꼴을 갖추어 나타났지만, 그 필요가 없어짐과 함께, 신격神格으로 돌아갈 것이므로 가화假化라 한 것이다.(每於壇樹下呪願有孕 雄乃假化而婚之 孕生子 號曰檀君王儉…….)"라고 풀이했습니다. 『삼국유사』 1권(솔, 1997) 참고.

니까(呪願有孕) 천상의 신인 환웅이 '신격에서 잠깐 인격으로 변하여' 혼인하고 단군이 태어났다는 대목에서 나오는 말입니다.

그러니까 수행 끝에 여자가 된 곰, 즉 웅녀熊女가 자신과 혼인할 상대가 없었으므로 항상 단수壇樹 아래서 아이 배기를 빌었고 이에 환웅은 '신격에서 임시로(잠깐) 인격으로 변하여(假化)' 웅녀와 결혼해주었더니, 임신하여 아들을 낳았고 그 아들 이름이 단군이라는 이야기에서, '가화'는 하느님의 신격이 인격으로 변화하여 '잠시 나타나는 과정'과 '다시 신격으로 돌아가는 과정'을 보여준다는 점에서 여러 의미심장한 해석들이 은폐되어 있습니다. 여기서 보듯이, 여자가 된 곰을 가상히 여겨 혼인하고 잉태시킨 환웅천왕은 하느님과 같이 '비존재'의 신격神格인데 '잠시 인격人格의 차원으로 나타났다가 사라지는' 또는 '임시로 화생(假化)하였다'는 뜻이 들어 있습니다. 여기서 간과해서 안 되는 내용은 가화에 이르기 위해서는 지상의 신인인 웅녀의 신실한 수행과 간곡한 주원이 필수적 조건이라는 것입니다.[10]

내 마음이 네 마음이니라, 가화의 유비로서의 접신

4 문 단군신화에서 환웅천왕의 '가화'와 동학 창도 계기가 내적인 비유로서 깊은 연관성을 갖는다는 말씀인데 좀 더 구체적으로 설명을 해주시죠.

답 『동경대전』에는 수운 선생이 한울님을 두 번째 만나는 이야기가

---

10 수운 동학으로 바꿔 유추analogy하면, 한울님의 가화, 곧 '한울님 귀신(鬼神者吾也……)'을 접하려면 '수심정기修心正氣'가 전제조건인 것이지요.

이렇게 적혀 있습니다.

> 경신庚申년 4월에 천하가 분란하고 민심이 효박하여 어찌할 바를 알
> 지 못할 즈음에 또한 괴상하고 어긋나는 말이 있어 세간에 떠들썩하
> 되, "서양 사람은 도성입덕하여 그 조화에 미치어 일을 이루지 못함
> 이 없고 무기로 침공함에 당할 사람이 없다 하니 중국이 소멸하면
> 어찌 가히 순망의 환이 없겠는가. 사람들은 도를 서도라 하고 학은
> 천주학이라 하고 교는 서교라 하니 이것이 천시를 알고 천명을 받은
> 것 아니겠는가." 이를 일일이 들어 말할 수 없으므로 내 또한 두렵게
> 여겨 다만 늦게 태어난 것을 한탄할 즈음에, 몸이 몹시 떨리면서 밖
> 으로 접령하는 기운이 있고 안으로 강화의 가르침이 있으되, 보였는
> 데 보이지 아니하고 들렸는데 들리지 아니하므로 마음이 오히려 이
> 상해져서 수심정기하고 묻기를 "어찌하여 이렇습니까?" 대답하시
> 기를 "내 마음이 곧 네 마음이니라. 사람이 어찌 이를 알리오. 천지
> 는 알아도 귀신은 모르니 귀신이라는 것도 나니라. 너는 무궁한 도에
> 이르렀으니 닦고 단련하여 그 글을 지어 사람을 가르치고 그 법을
> 바르게 하여 덕을 펴면 너로 하여금 장생하여 천하에 빛나게 하리
> 라.(擧此一一不已故, 吾亦悚然, 只遺恨生晚之際, 身多戰寒, 外有接靈之氣, 內
> 有降話之敎, 視之不見, 聽之不聞, 心尙怪訝, 修心正氣而問曰何爲若然也. 曰吾
> 心卽汝心也 人何知之 知天地而無知鬼神 鬼神者吾也 及汝無窮無窮之道 修而煉
> 之 制其文敎人 正其法布德則 令汝長生 昭然于天下矣.「논학문」, 『동경대전』)[11]

두 번의 한울님과의 만남에서 수운 선생한테 나타나는 심신의 증상
은 무당의 접신 또는 빙의의 징조(心寒身戰, 疾不得執症, 言不得難狀之際,

[…] 身多戰寒) 그대로입니다. 위에 인용한 두 번째 접신 상태에서, "보였는데 보이지 아니하고 들렸는데 들리지 아니하므로 마음이 오히려 이상해져서 수심정기하고 묻기를……(視之不見, 聽之不聞, 心尙怪訝, 守心正氣而問……)" 하는 대목에 유념하면, 아래 한울님 말씀이 깊이 사유할 대상으로 남습니다.

  "내 마음이 곧 네 마음이니라. 사람이 어찌 이를 알리오. 천지는 알아
  도 귀신은 모르니 귀신이라는 것도 나니라.(日吾心卽汝心也 人何知之
  知天地而無知鬼神 鬼神者吾也…….)"

수운 선생이 한울님과의 두 번째 '접신'에서, 한울님의 "내 마음이 네 마음이니라(吾心卽汝心也)." 한 목소리도 그 자체가 '가화假化'입니다. 내 유강화지교內有降話之敎, 즉 '천지는 알아도 귀신은 모르니 귀신이라는 것도 나이니라.' 하는 한울님 목소리는 그 자체가 수운 선생한테는 '접

---

11 1994년(포덕 133년)에 출판된『천도교 경전』개정판 18~27쪽에 걸쳐 기록된 수운 선생의 강령 체험 대목. 그러나 강령 체험 대목은『주해 동경대전』(1920년) 판본과는 원문상의 표현에 있어서 다소 차이를 보입니다. 이 입무入巫 체험과 관련된『주해 동경대전』의 원문은 다음과 같습니다.
"年至三十 慨然有濟世之志 周遊四方 入梁山郡千聖山 築三層道壇 具香幣心 發廣濟蒼生之願 行四十九日之禱 未及二日 心潮忽湧 自度其叔父之病逝 […] 重入千聖山 行四十九日之禱 三十六歲己未冬 遂還古里龍潭亭 乃於庚申 四月五日 日午忽有寒戰之氣 莫知所然矣 小頃 外有神靈之氣 內有降話之敎 […] 布德天下矣 主 柢承降命"(이현규,『주해 동경대전』, 시천교종무본부, 1920, 2쪽)
여기서는 두 판본을 모두 적용하지만, 입무 체험 즉 강령降靈 체험을 보다 자세히 기록한 1920년 판본의 강조된 "心潮忽湧"과 "日午忽有 寒戰之氣"를 인용문으로 취합니다.

신'이요, 한울님인 귀신의 '가화' 곧 귀신이 '임시로 변하여' 인격으로 나타난 것입니다. 보이지 않던 신격이 인격으로 '가화'한 것이지요. 한울님과의 첫 번째 접신도 마찬가지입니다.

여기서, 한울님이 가화하여 하시는 말씀 중 '오심즉여심야吾心卽汝心也'에서 마음 心은 '내유신령'의 '신령神靈'과 동격의 의미이고, 한울님의 신령이 수운 선생의 신령과 변통한다는 말씀인 것인데 이에 대한 해석이 중요합니다. '한울님 신격'의 '가화'와 인간 수운의 '접신'의 합일의 경지가 중요하다는 말이거든요. 그런데 '한울님 귀신'의 가화와 수운 선생에게 내림(降神), 즉 접신이 이루어지기 위해서는 선결적으로 필수적 수행修行이 있는 법이고, 그 마음의 수행을 수운 선생은 '수심정기修(守)心正氣'라 일렀습니다. 접신 또는 접령지기는 수심정기에서 나온다는 사실이 중요합니다.[12]

이처럼 수운 선생은 '수심정기'를 무엇보다 중요시했는데 '수심정기'야말로 가화와 접신의 합일을 이루는 선결적 조건이라는 사실을 깊이 새겨야 하지요. 물론 수심정기는 자재연원의 도를 닦는 것이니 말로써 쉽게 설명할 수 없고 조심스럽습니다만, 천신의 가화와 인간의 접신과 수심정기는 삼위일체의 뗄 수 없는 하나의 원리이며, 여기서 유역문예론의 연원과 그 정신적 터전이 함께 제시되어 있습니다.

한편으로는, 단군신화에서 환웅의 가화와 동학에서 한울님의 '오심즉여심야……'는 먼 고대에서 근대에 이르기까지 복류하면서도 도도

---

12 '천신의 가화'를 통해 '잠시 드러나는' 신격과 서로 합일 합치를 이룰 수 있는 지상의 인격은 무격巫格이라 할 수 있고, 이 무격은 단군신화에서 웅녀가 금기禁忌를 지키면서 수행修行과 더불어 간절한 주원呪願을 통해 도달할 수 있는 '지상의 신인神人'의 성격으로 봐야 한다는 것입니다.

한 흐름을 멈추지 않은 신도神道의 정신사 속에서 동학을 이해하는 연결의 고리라고 봅니다.

또, 단군신화에서 환웅 신의 인간으로의 '가화'는 무당의 '내림', 신내림, 샤먼의 강신과 같은 의미 차원에서 이해될 수 있습니다. 그러고 보면, 수운 선생이 "인의예지는 공맹이 정한 도요, 수심정기는 당신께서 비로소 정한 도"라 말씀했듯이, "수심정기의 묘력은 실로 강령주문에 있다."라 풀이한 범부 선생의 해설은 조선 상고사 이래 풍류도 등 조선 고유의 신도 사상의 전승傳承 속에서 비로소 이해될 수 있습니다. 민족 전체의 존립이 심각한 위기에 봉착한 구한말 상황에서 동학을 위시하여 숱한 민중 종교들이 생겨난 것도 신도의 거대한 뿌리와 그 생명력을 드러내는 것이죠. 동학은 전통 샤머니즘에 가둘 수 없는 그 이상의 정신세계입니다만, 북방 샤먼계에 속하는 조선 민족의 원류인 전통 샤머니즘의 정수精髓를 담고 있는 것도 부정할 수는 없습니다.

5문 단군신화에서 환웅의 '가화'를 전통 샤머니즘의 한 속성 또는 특성으로 보시는군요.

답 무巫, 곧 샤머니즘은 한민족의 유서 깊은 전통문화와 미래에 희구하는 생태적이고 자주적인 문화예술의 건설을 위해서도 필수적이라 할 만큼 중요합니다. 또한 동학의 원류를 올바로 파악한 창의적 해석을 해나가기 위해서도 선결적으로 중요합니다. 적어도 문화예술 분야에서만큼은 매우 중요합니다.

무당 신화인 단군신화에서 환웅 곧 천신의 가화는 동학의 직접적 창도 계기인 한울님과의 '접신'에서 인격으로 나타난 한울님의 가화와 같은 맥락입니다. 단군신화라고 하는, 한민족의 수만 년에 걸친 혼의 퇴적 끝에 형성된 집단무의식의 원형이 수운 선생에게 '임시로 변한' 한울님의 목소리(가화)로서 나타난 것입니다.

동학의 원류에 단군신화가 은밀히 작용하는 것이고 이를 융C. G. Jung의 사상으로 바꿔 말하면, 한민족의 집단무의식의 원형archetype으로서 상호 유비analogy[13] 관계 속에서 얼비치며 나타나고 사라지기를 반복하는 것입니다. 유비의 시각에서 보면, 한민족의 자생적 종교 사상이자

---

[13] '유비類比'의 사전적 정의는 아래를 참고.
"원래는 비례적 관계의 닮음을 의미하며, 크기가 다른 두 형태 사이의 닮음 또는 두 양 사이의 닮음을 의미한다. 중세에는 우주, 즉 천체의 대우주 모형이 그 천체를 형성하고 있는 부분들인 소우주 모형에 재현된다는 차원에서 우주가 일정한 질서를 띤 구조를 형성하고 있다고 여겼다. 그래서 유비 또는 유추에 의해서 전자로부터 후자에로의 추론이 가능하다고 보았다. 인간관계에서 적절한 질서를 규정하는 법률상의 의미에서 고안된 자연의 법은 자연세계에서 획득한 질서를 기술하는 물리적인 의미에서의 법칙에 유비적일 수 있다. 과학적 사유에서 유비는 법칙이나 원리를 제시하는 데 사용될 수 있다. 특히 목성의 위성들에 대한 관찰로부터 유추에 의해서 태양계의 근대적 개념이 가능하게 되었듯이 두 체계 속에 있는 요소들의 기능 사이에서 비교가 이루어질 수 있다면, 이로부터 과학적 법칙이나 원리가 가능할 수 있을 것이다. 사회적·정치적 논의에서도 유비는 보다 친숙한 점으로부터 우리가 아직 잘 알지 못하는 어떤 점을 해명할 수 있도록 도와준다. 생물학적 유추 또는 유비로부터 우리는 하나의 사회공동체라는 것이 '유기체적' 관계를 띠고 있음을 알 수 있다. […] 그리스 사람들에 의해서 알려진 유비의 또다른 형태는 '서로 상관관계가 있는 것을 끄집어내는 것'으로서 기능상의 닮음을 추론해내는 것이다. […] 유비·유추의 방법을 사용하게 될 때는 언제나 우리가 주목하게 되는 닮음들이 이미 확정되어 있는 것에 관련되어 있음을 보여줄 수 있어야 한다. 반면에 이들 사이의 차이점들은 중요하지 않다. 많은 경우에 있어서 이러한 구분을 확실히 한다는 것은 어려운 일이며, 따라서 유비나 유추로부터 출발하는 논변들은 다른 것들과 관계없이 그 자체로 독립적으로 확정될 수 있는 고려사항들로부터 1차적으로 지지받지 못한다면 신뢰할 만한 것이 되지 못한다."(출처: 다음 백과)

인류의 위대한 사상인 동학의 튼실하고 거대한 정신의 뿌리가 올바로 보입니다. 이 유비의 시각은 분석심리학으로 설명하면, 은유와 상징은 인간의 타고난 능력인데, 이와 함께 거의 본능에 가까운 잠재력인 유비 능력을 통해 마치 회오리처럼 집단무의식인 무巫의 원형이 확장되는 것입니다. 유비로 인해 무巫의 원형은 확장되고 또 확장되는 만큼 원형이 멀어지고 잊혀지는 듯하지만, 시공을 초월하여 어떤 정신(Psyche, Geist)[14]이 활동하는 계기에 따라 감추어진 원형은 다시 유비로서 나타납니다.

단군신화의 '가화'와 풍류도의 '접화군생接化群生', 수운 동학에서 한울님과의 접신에서 '귀신이라는 것도 나이니라.'라는 한울님 말씀, 그리고 '내유신령 외유기화'에 이르기까지 무巫의 자생적 생명력은 장구한 시간 속에서 지배 권력의 이데올로기들이나 외래적 기득권적 이론의 억압에서도 이 땅의 인민들의 생활 풍속의 전통으로 맥맥이 살아서 이어지고 확장되어온 것입니다. 수운 선생의 '접신'은 단군신화에서 고조선의 집단의식 및 무의식이 지닌 무巫의 원형 곧 '가화假化'의 유비로서 유추할 수 있습니다. 이 말은 단군신화가 괴력난신怪力亂神의 이야기[15]가

---

14 유역문예론에서 '정신' 개념은 다중적多重的이고 다층적多層的인 의미를 갖는데, 다음 두 가지로 정리할 수 있습니다.
(1) 심리학적 개념으로 '정신'은 무의식과 의식을 종합하는 힘으로서 정신Psyche이며, 철학적으로 '의식 혹은 이성의 순수한 자기 운동'으로서 정신 또는 영혼(Geist, Seele)을 포함한다. 심리학적 정신Psyche과 철학적 정신Geist은 정신의 내향성과 외향성을 가지고 아울러 둘 사이의 교집합을 공유한다.
(2) 정신의 자기 운동 과정에서 '드러난(보이는)' 부분과 '은폐된(보이지 않는)' 부분, 또는 '활성화' 부분과 '비활성화' 부분이 있다. 문학예술에서 정신의 '드러난' 운동 영역만이 아니라 은폐된 운동 영역을 함께 해석하고 이해하고 개념화하는 철학적-미학적 관점이 중요하다.

아니라 조선 민족의 집단 심리가 안고 있는 '객관적 정신'을 드러내는 특별한 이야기라는 뜻입니다.

단군 이래 천지인 삼재 사상의 고유성과 삼태극

6 문 우리나라가 유독 무당의 문화가 뿌리 깊은 듯합니다. 중국의 고대 이래 역학사가 지닌 천지인 삼재 사상과 우리의 단군신화 이래 천지인 삼재 사상과 서로 차이가 있나요?

답 단군신화에서 보이는 고조선 이래 한민족 고유의 천지인 삼재 사상 전통을 새로이 재해석하는 것이 중요합니다. 중국에서도 고대 이래 삼재론이 전해져왔지만, 중국과는 다른 우리만의 독자적인 정신이 있습니다. 그래서 특히 무당 신화로서 단군신화를 깊이 해석하는 것이 필요한데, 천지인 삼재에서 천신인 환웅의 강신에 인격으로의 '가화'에 대한 해석과 지신地神의 화생인 웅녀의 존재 문제, 환웅과 웅녀와 단군 간의 관계를 새로이 깊이 해석해야 할 여지가 많습니다. 한민족이 천손天孫임을 나타내기 위해 고려 충렬왕 때 일연 큰스님이 삼국유사를 짓고 책 맨 앞에 단군신화를 놓은 것을 두고서 민족주의라 비판하는 사람들이 많습니다만, 그것은 근대 자유주의적 관념이 조종하는 편견이나 단견에 불과합니다.

동북아 상고사의 철학이나 역사를 연구하는 분들은 고대 중국 주

---

15 일연 스님은 『삼국유사』 서문에서, 공자가 『논어』 「술이述而」 편에서 '괴력난신을 말하지 않는다(子不語 怪力亂神).'라고 설하였지만, 자신은 오히려 괴력난신의 힘을 빌려 우리 한민족의 고대 역사를 기술한다는 말을 남깁니다.

나라 사람들과 동이족 사람들과의 갈등과 대립 관계가 문자 발생 및 역曆 및 역易에서 음양오행의 시각 차이만큼 큰 차이가 있다는 점을 해명하고 증명합니다. 그 중요한 예증들 가운데 하나로서, 바로 중국의 고대 복희역에서 파생되는 문왕역, 주공, 공자로 이어지는 중국 주 역사에서 드러나는 천지인 삼재의 내용도 단군조선 곧 단군이 세운 고조선 시대의 고유한 천지인 삼재 사상과는 다르다는 점을 확인하고 강조합니다.

단군신화의 천지인 삼재 사상에는 중국의 천인합일과는 다른 한민족 고유의 신인神人 사상, 신도 철학이 있습니다. 중국은 하늘(天)을 따르고 본받아야 하는 천명天命으로 봅니다. 『중용』이 '천명지위성天命之謂性 솔성지위도率性之謂道⋯⋯'로 시작되듯이, 대체로 천명은 천이 인에게 부여하여 인간 안의 천성을 열심히 닦고 따라야 하는 데 비해, 한민족의 천지인 삼재론은 천지인이 하나를 이룬 상태에서 천신은 인간 안에 이미 들어와 있는 친밀한 존재이고 하늘의 뜻을 세상에 널리 펴고 이롭게 하는 존재(弘益人間)입니다.

천신인 환웅천왕과 고대 북방족들의 대표적 토템으로서 곰이 변신한 지모신地母神인 웅녀 사이에 태어난 단군왕검은 천지인 삼신 중 영매인 인신으로 천지와 음양을 중심에서 조화시키고 '인간 세상을 널리 이롭게 하고 세상의 귀한 이치가 되는 존재'입니다. 천지인 삼재 중 인人(인신人神)이 윤리적 주체가 되었다는 점에서 중국적 삼재론과 한국적 전통 신도의 삼재론이 서로 비슷한 듯하지만, 내용을 깊이 따지고 보면, 서로 다릅니다. 구한말 대종교大倧敎의 삼신일체三神一體 사상에서처럼 천지인(三)이 하나(一)이고 하나가 천지인인 그 하나에 인간으로서 신인神人이 있고 그 신인은 천지간을 연결하는 무당적 존재입니다. 바로, 단군으로 대표되는 무당, 곧 샤먼이 '신인神人'의 전형입니다.

그래서 수운 선생이 말한 천지만물 중에 가장 신령한 존재 곧 '최령자'의 상징을 큰무당 단군으로 비정할 수 있지요. 이 무당적 존재가 천지간 음양의 조화를 이루는 중화기, 곧 충기沖氣의 화신인 것입니다. 여기에 고조선 이래 전통 삼신 사상의 표상으로서 삼태극 사상이 깊이 작용하는 것입니다.

음양태극을 넘어 삼태극 사상으로. 단군과 巫的 존재와 '최령자'의 상관성

7 문 그래서 '최령자'의 고태적古態的 전형典型으로서 무당의 존재가 유역문예론에서 중요시되는군요.

답 그렇습니다. 귀신론은 성리학에서의 음양론 곧 음양태극에서보다는 상고대 이래(단군신화에 적혀 있듯이 중국 요堯임금 시대와 동시적으로) 한민족의 고유의 음양론인 삼태극에서 해석되어야 비로소 귀신의 조화와 그 실천적 작용의 과제가 제대로 풀이되고 이해된다고 봅니다. 상고대 중국의 역법과 고조선의 역법이 서로 크게 차이가 나는 것은 음양태극과 삼태극三太極[16] 사이의 차이로 볼 수 있습니다. 삼태극은 상고 이래의 유불선을 포함하는 천지인 삼재 사상 또는 삼신 사상의 표상입니

---

16 "태극에는 천지인 삼재三才의 지극한 묘용妙用이 있으며, 이를 삼태극三太極, 즉 천태극·지태극·인태극이라고 합니다. 중천건괘重天乾卦의 6효를 상중하 3위位로 나누면 맨 윗자리의 상효와 5효는 상천上天의 자리로서 천태극의 음양陰陽에 해당하고, 중간의 3효와 4효는 중인中人의 자리로서 인태극의 인의仁義에 해당합니다."(김석진,『대산 주역강의』, 한길사, 1999)

다. 중국의 역의 전통도 천지인 사상이지만, 음양오행을 천지간 음양의 조화로 해석하는 시각에서 서로 다르고, 결과적으로 한민족의 천지인 삼재 사상이 품고 있는 인신의 주체적 능동적 공능에서 서로 차이를 드러내는 것이지요. 중국과 조선의 정신문화의 근본적 차이는 아마도 여기서 말미암는 듯합니다. 이 천지간 음양의 조화 곧 귀신의 작용에 있어서 인간의 주체적 지위와 능동적 구실을 강조하고 중시하는 데에는 중국의 역학 전통이 미치지를 못합니다.

그래서 해석이 분분합니다만, 퉁구스계 무당 신화이자 고조선의 건국신화 또는 창세신화로서 단군신화에서 환웅의 인격으로의 '가화'가 은유하는 인신적 의미, 나아가 무당적 위상의 무게를 헤아릴 필요성이 큰 것이지요. 더구나, 이 단군신화에서의 가화가 수운 동학으로 이어진다는 사실, 곧 동학의 귀신이 한울님의 가화라는 사실을 이 땅의 정신사적·문화사적 맥락 속에서 이해해야 합니다. 한울님이 수운 선생한테 잠시 '가화'하여 "귀신이라는 것도 나니라(鬼神者 吾也)."라 하신 심오한 말씀을 헤아려야 하는 것이지요.

한울님의 가화에 의해 수운 선생이 동학을 창도하고, 그 가화에 '귀신이 나이니라'라는 한울님의 말씀이 수운 선생한테 전해진다는 점을 이해해야 한다고 봅니다. 그러므로 '귀신'이라는 말 속에 이미 '가화'(접신接神에 의한!)의 계기가 내포되어 있는 것입니다. 그래서 조선의 전통적 삼태극 삼재 사상에서 무와 귀신은 서로 뗄 수 없습니다. 천지 음양 간의 조화造化 속에서, 보이지 않는 귀신을 '보는' 무적巫的 존재로서 인신人神의 능동적 조화력造化力, 공능이 강조되는 것입니다. 이것이 이 땅에 '거대한 뿌리'로 내린 고유한 천지인 삼재 사상과 문화인 것이죠. 제 생각에, '단군'이라는 큰무당의 그늘이 동학의 이면에 존재합니다. 수운 동학의 창도에는 단군 이래 5천 년 인민의 역사와 정신문화와 깊은 인연이 있는 것이지요.

귀신은 巫가 주재하는 음양의 造化

8문 우리 시대는 서구 근대가 낳은 물질문명의 병폐가 극에 달했다는 생각을 떨치기 힘듭니다. '개벽'이란 '원시반본原始返本'에 있고 원시반본의 요체는 '최령자'의 체득에 있다는 설명이 마음에 와닿습니다. 문학예술이 인간에 품부된 최령자를 자각하고 표현하는데 적절한 방법이자 매체라는 생각이 듭니다. 이제라도 '원시반본'을 해야 하는 때라는 생각도 들고요.

답 원시반본은 그야말로 가을에는 뿌리로 돌아가야 살 수 있다는 것이지요. 봄여름에 뿌리로 가지로 잎으로 뻗어 올라가던 수기水氣가 가을이 되면 일제히 뿌리로 돌아가면서 열매를 맺습니다. 농부가 봄여름애써 초목을 가꾸는 것은 가을에 열매를 거두기 위한 것이듯이, 하늘과 땅이 봄에 생명을 낳아 여름까지 기르는 것은 오로지 가을에 열매인 인간을 거두기 위해서입니다. 가을의 열매는 하늘과 땅, 인간(天地人 三才)의 덕이 하나가 되어야 맺을 수 있습니다.

수운 동학의 이른바 '다시 개벽' 사상은 그 자체가 '원시반본'에 기초합니다. 옛 사상들을 창조적으로 회통하여 인류사적인 새로운 큰 사상을 세웠다는 뜻에서 말입니다. 그중 특히 북송 때 소강절邵康節[17]이 완성했다고 하는 선천역학先天易學을 조선 말 위난의 시기에 독창적으로 재해석하여 '다시 개벽'('후천개벽') 사상을 정립한 것입니다.

다시 말하면, 소강절의 선천개벽은 오전(양)에서 오후(음)로 넘어가는 중간(11시~13시: 오회午會)에 음양의 교체가 일어난다고 보았는데, 이를 '개벽'의 관점에서 설명한 이는 수운 선생이었습니다. 소강절은 우주가 처음 열리는 때를 선천개벽이라 했지만 수운은 소강절이 말한, 오전과 오후의 그 중간(오회)에 일어나는 그 변화를 '다시 개벽', 즉 후천개벽으로 이해하였습니다. 이러한 개벽론은 수운 선생에 와서 비로소 후천개벽론으로 정립되었던 것입니다. 소강절은 처음 하늘과 땅이 처음으로 열리는 것을 개벽으로 설명했다면, 수운은 인간이 새로 태어나는 것을 '다시 개벽'으로 설명한 것입니다. 그 후천개벽을 주도하는 인간은 바로 '가장 신령한 존재'(최령자)입니다. 여기서 중요한 것은 수운 선생은 후천개벽에서 '최령자'라는 인간 존재에 주안점을 두었다는 점, 곧 그 '개벽적인 인간' 존재를 접령(접신)하는 '최령자'로 정의하였다는 사실입니다.

수운 동학에 이어 증산甑山은 원시반본을 사상적으로 더욱 깊이 천착하여 철학적으로 후천개벽을 강조하게 됩니다.

9 문 그러니까, 인간은 최령자로서 음양의 중심에서 균등하게 조화를 이끌 수 있는 존재라는 뜻이군요.

답 접신 상태의 수운 선생한테 한울님이 하신 '귀신'이란 말은, 이미 인간 세계를 널리 이롭게 하는 인신적 존재 곧 무巫에 의한 귀신의 조화

---

17   소강절(邵康節, 이름은 옹擁, 1011~1077). 북송 때 학자로 음양의 수리철학을 펼쳐 선천역先天易을 완성하였고, 남송의 주자학 성립에 영향을 끼쳤으며, 이정二程, 주자朱子 등 신유학新儒學 성립에 큰 영향을 주었습니다.

造化가 전제된 말씀('귀신의 조화'의 줄임말)입니다. 다시 말해, 한울님이 수운 선생과 나눈 '귀신'은 천지 음양 간 중심(中)에서 조화(無爲而化)를 중재하는(中和) 무巫의 존재와 무의 공능功能을 비유적으로[18] 들려줍니다. 이 또한 한울님의 가화이지요. 그러므로, 한울님의 가화는 수운

---

18   원시반본의 대강 의미는 시원을 살펴서 근본으로 돌아간다는 종교 사상으로, 순환의 원리에 따라 모든 존재는 뿌리의 자리로 돌아가고 모든 이치는 원래로 회복된다는 세계 운행의 원리입니다.
참고로, 수운 선생에 의해 제기된 후천개벽관은 김일부, 강증산에 이르러 정립되는데, 강증산의 개벽관에서 원시반본 개념을 소개하면 다음과 같습니다. 인용을 그대로 적어둡니다.
"최초의 근본으로 돌아간다, 시원을 살펴서 근본으로 되돌아간다, 오늘의 시대는 상극의 이치로 충만한 억음존양抑陰存陽의 (선천)시대를 지나 진정한 상생의 시대로 진입하는 단계이다, 따라서 음양이 서로 균형을 이루어 후천개벽의 가능성이 열리게 된다. 해묵은 원한과 억압이 해소되어 비로소 최초의 상태로 되돌아갈 수 있게 된다, 는 뜻으로, 원시반본의 원시는 만유의 시작점을 의미하고, 반본은 그 시작점으로 돌아간다는 뜻으로 순환하는 운동성을 내포한다. [⋯] 원시반본은 우주의 가을 시대를 맞아 인간을 포함한 천지만물이 생명의 근원적 자리로 돌아가야 한다는 증산의 가르침에 근거한 것으로 보은 해원 및 상생을 통해서 성취된다고 한다. 이러한 점에서 넓게는 우주의 변화로서의 원시반본, 생명의 근본을 찾는 원시반본으로 해석하거나, 자연의 원시반본(자연보호사상) 인간의 원시반본(인간회복사상) 사회의 원시반본(사회개조사상)으로 해석하기도 한다. 증산은 이론 또는 세계관으로서의 원시반본과 함께 실천 규범으로서의 원시반본을 (1) 人性의 원시반본: 물질문명을 극복하기 위해 인류 본래의 심성으로 돌아가서 심성의 발달을 꾀함 (2) 正氣의 원시반본: 민족정기의 보존을 의미하는 것으로 국조 단군의 이념인 홍익인간 사상을 계승하자는 것 (3) 정치의 원시반본: 현시대의 정교분리를 극복하여 정교일치의 정신적 도덕적 교화가 따르는 정치 (4) 효도의 원시반본: 한 개인적 차원에서 근본이란 부모를 지칭한다. 효는 인간이 인간으로서의 정체성을 유지하는 근거로서 필히 지켜야 한다."(김정태,「후천개벽에 다른 미래관—원시반본의 원리를 중심으로」,『대순진리회보』22호, 대순진리회, 1991)

선생이 「논학문」에서 설했듯이, 음양[19]의 조화造化 곧 '무위이화'의 표

---

19 '음양의 조화'는 "一陰一陽之謂道(한 번은 음이 되고 한 번은 양이 되는 것을 일러 道
라 한다)."(『주역』, 「계사」)를 바탕으로, 형이상形而上으로서 태극에서 나온 음양
이기二氣의 존재와 그 상호작용이 전제되어 있습니다. 아래에, 신유학의 개조開
祖로 추앙받는 염계의 『태극도설』에 대한 주자의 『해의解義』에서 음양론의 이치
에 관한 기본적 지식을 취해봅니다.
"오행은 하나의 음양이니, 오행의 다름과 음양의 실상에 남음도 없고 모자람도
없다. '음양은 하나의 태극이니', 정교함과 조잡함, 근본과 말단에 피차의 구별
이 없다. '태극은 무극이니', 하늘의 일은 소리가 없고 냄새도 없다. […] 이는 무
극과 음양 오행이 오묘하게 결합하여 틈이 없는 것이다(此無極二五所以妙合以無
間也)."
"이른바 태극이란 음양 속에 있을 뿐이며 이른바 음양이란 태극 속에 있을 뿐이다."
"태극은 모습을 감추고 있는 것이니, 움직일 때에는 양에 속하다가, 움직이지 않
을 때에는 또 음에 속한다."
"태극이 나누어진 것이 음과 양 둘뿐이지만 세상 사물 모두 포괄한다."
"이른바 태극이란 음양과 떨어져 있지 않음을 말하며, 또한 음양과 섞여 있지도
않음을 말한다."
"태극이 아직 움직이기 이전은 바로 음이지만 음의 고요함 가운데에 본래 양의
뿌리가 있으며 양의 움직임 가운데에도 또한 음의 뿌리가 있다. 움직임이 반드
시 고요하게 되는 까닭은 음에 뿌리를 두기 때문이며 고요함이 반드시 움직이
게 되는 까닭은 양에 뿌리를 두기 때문이다."
"음양은 다만 하나의 기(一氣)일 뿐이니, 음의 기가 유행하면 양이 되고 양의 기
가 응집하면 음이 된다."
"양이 운동(動)하고 음이 따르기(隨) 때문에 '변한다, 합한다(變合)'라고 말한다.
'양이 운동하고 음이 따라서' 처음에 수와 화를 낳는다. 수와 화는 기로서 유동
적이고 번쩍이니, 그 형체는 아직 비어 있고 그 형태도 여전히 정해져 있지 않다.
다음에 목과 금을 낳으면 확연히 일정한 형태를 갖는다. 수와 화는 처음에 저절
로 생겨나지만 목과 금은 토에 의존한다. 오행에 속하는 것들은 모두 토에서 돌
아가면서 생겨난다."
"음양과 태극을 두 가지 이치라고 말할 수 없는 것은 틀림없다. 그러나 태극은 형
상이 없고 음양은 기氣를 가지고 있으니, 또한 어찌 상하上下의 다름이 없을 수
있겠는가? 이것이 도道와 기器의 구별이 되는 까닭이다. 그러므로 정자(程顥)는

현인 것이고, 이 한울님 귀신의 가화는 수운 선생뿐 아니라 '최령자'인 인간 마음은 저마다 이미 '무위이화'를 접할 수 있는 현실적 계기(契機, occasion)를 감추고 있는 것입니다.[20] 귀신은 음양중陰陽中 곧, 천지인 삼재가 하나를 이룰 때, 선한 공능이자 공덕으로 나타날 수 있습니다.

神人은 巫가 대표 격이고, 무는 천지 음양 간 造化의 현실적 契機(occasion)요, 中和氣의 화신

'형이상은 도가 되고 형이하는 기가 되니 반드시 이렇게 말해야 한다. 그러나 기 또한 도이고 도 또한 기이다'라고 말했다. 이 뜻을 터득하여 추론하면 거의 치우치지 않는다."(「계사繫辭 上」, 『주역』. "形而上者 謂之道 形而下者 謂之器")

"음양은 기氣이니 (이것이) 오행의 질을 낳는다. 천지가 만물을 낳을 때에는 오행이 가장 앞선다. 땅이 바로 토이니, 토는 수많은 금과 목에 속하는 것들을 포함하고 있다. 천지 사이에 어떤 것인들 오행이 아니겠는가? 오행과 음양, 이 일곱 가지가 뒤섞인 것이 바로 만물을 낳는 재료이다. '오행의 순리'에 따라 펼쳐져 사계절이 운행되니, 금 목 수 화가 각각 봄 여름 가을 겨울에 속하고, 토는 사계절에 붙어서 그것을 왕성하게 한다. 예컨대 봄은 목에 속하지만 청명淸明 이후 18일 동안은 바로 토가 목에 붙어서 목을 왕성하게 하는 때이다. 매 계절마다 18일씩 붙어서 왕성하게 하니 모두 72일이다. 특히 여름 18일은 토의 기가 가장 왕성해지므로 가을의 금을 낳을 수 있다. 『태극도』의 (오행 부분의) 모습으로 살펴보면, 목이 화를 낳거나 금이 수를 낳는 따위는 각각 작은 획이 이어져 있는데, 화가 토를 낳고 토가 금을 낳는 것은 유독 토의 내부를 뚫고 지나가고, 그 나머지는 그 옆으로 지나가고 있음을 볼 수 있다."

"총괄해서 말하면 음양일 뿐이며 나누어 말하면 오행이 있다."

(주희, 『태극해의』, 곽신환·윤원현·추기연 옮김, 소명출판, 2009)

위에 소개한 성리학에서 풀이하는 음양태극의 조화造化 원리에 대한 기본적 지식들과 함께, 천지인 삼재天地人 三才·삼태극의 원리가 깊숙이 내포된 음양오행의 원리에 대해서는, 大山 김석진 선생의 『대산 주역강의』 제1권 중 「주역 입문」을 참고하기 바랍니다.

20 여기서 유역문예론의 '은폐된 내레이터'와 '은폐된 존재'의 개념이 나옵니다.

10 문 이야기를 듣고 보니, 단군신화에서 천신의 '가화'가 동학의 창도에서도 심오하게 반복되었다는 생각을 갖게 됩니다. 단군신화 이래 이 땅의 정신사, 문화사 속에서 무巫의 존재와 활동이 암암리에 끊이지 않았다는 것인데, 이 샤먼의 존재가 문화예술의 심층 의식에서 여전히 작용한다는 말씀이군요?

답 단군신화에서의 '가화假化'는 신라의 풍류도에 나오는 '접화군생接化群生……'과 내적으로 깊이 연관된다고 보고, 전통 무당이 강신 또는 접신을 통해 귀신을 인격화하는 묘법妙法과도 깊은 연관이 있다고 봅니다.

귀신은 천지간에 그 작용이 미치지 않는 데가 없고 귀신의 덕은 성대하다고 공자님이 설파했으니, 원론적으로는 문학예술에서의 모든 창작 행위에는 귀신의 작용력이 없지 않을 것입니다. 하지만 학식과 의식의 인위와 작위가 귀신의 덕을 가로막는다고 할까, 내용의 진실을 가로막는다고 할까, 가령 시 창작에 있어서 무나 공, 무위자연 같은 근원과 능히 통할 수 있는 자기를 닦고 정신을 수련하는 노력은 천지간에 원천源泉적인 기운인 귀신과의 접신, 아울러 시인의 자기 안에 감추어진 본성 혹은 천성天性의 '밝힘'으로서의 '접신'에 이르는 길이라 할 수 있습니다.[21]

개벽의 요건은 수심정기를 통해 '최령자-되기'

11 문 자재연원과 원시반본은 『네오 샤먼으로서의 작가』에서도 선생님 비평 의식의 두 축이라 했습니다. 자재연원의 관점에서 보면, 단군신

화로 표상되는 신인神人 사상이나 신도神道 전통이 기본적으로 중요하겠군요.

답 유학에서는 음양의 조화와 질서로서 귀신의 존재를 오래전부터 궁구했고, 융이 논증한 바처럼, '집단무의식'으로서의 샤머니즘 곧 한국인의 자아 속에 일반적으로 깃들어 있는 귀신 관념 또는 접신trans의 정신적 형식도 샤머니즘을 설명하는 인문학적 주요 근거입니다. 분석심리학적으로 한국인의 심리 구조를 보면, 통계적으로도 한국인의 집단무의식이라는 심층 영역에 광대하게 자리 잡고 있는 문화형의 근본을 이루는 것이 바로 전통 샤머니즘이란 사실을 부인할 수 없습니다.

이 땅의 전통 무巫도 한국인의 집단무의식에 여전히 살아 활동하고 있는 자재연원입니다. 한국인의 존재론적 뿌리에 불교나 유교, 근대에 들어온 기독교적 세계관이 함께 자리 잡고 있지만, 심층 심리 또는 집단무의식 차원에서 보면, 그 광활한 내용과 그 뿌리의 심도深度에 있어서 다른 종교들과 비교할 필요가 없을 정도로 전통 샤머니즘은 한국인의 의식과 무의식의 기본을 이루는 불가피한 존재 내용입니다. 그럼에도 많은 지식인들에게서 비하되고 외면당하고 있는 전통 샤머니즘은

---

21 가화와 접신의 합일로서 귀신은 C. G. 융의 분석심리학으로 말하면, 정신Psyche에 의해 파악된 자기의 원형Archetypus이라 할 수 있겠지요. 가화는 '귀신이 임시로 인격으로 나타났다가 다시 신격神格으로 돌아감'을 뜻하니, 유역문예론의 미학적 관점에서 단군신화를 분석한다면, 특히 신격 환웅이 인격 환웅으로 임시 변통한 것, 즉 '가화'는 한국인의 집단무의식의 원형으로서 전통 무당의 '접신'의 알레고리, 풍류도의 '접화군생'의 환유이며, 우주론적으로는 보편적 원형으로서 귀신의 상징symbol입니다. 참고로 유역문예론에서 쓰는 '정신'의 개념은 융의 분석심리학에서 (의식의 중심으로서 자아, 그림자, 아니마, 아니무스 같은 원형을 두루 관장하는) Psyche를 기반으로 하여, 영혼, 의식을 함께 포함하는 개념입니다.

불교나 기독교 등 외래 종교나 사상들에 깊은 영향을 주면서 서로 뒤섞인 채로 한국인의 존재론적 근원을 구성하고 있는 셈입니다. 제가 전통 샤머니즘을 우리 문화사의 자재연원의 근본으로 인정하는 것은 어느 한 이념이나 종교 사상을 고집하는 것이 아니라, 한국인의 복합적이고 혼융적인 심층 심리 속에 놓인 존재론적 근저를 살피고 중시하는 가운데 문예활동에 임하려는 뜻입니다.

원시반본에 대한 여러 해석이 있습니다만, 문예론의 관점에서 말하면, 수운 선생이 설파하셨듯이 '만물 중에서 가장 신령한 존재'(「논학문」,『동경대전』) 즉 '최령자最靈者'로서 인간 존재로 돌아가는 것이고, 당연히 고대 이래 샤먼의 존재, 이 땅에 '홍익인간'의 이상을 펼치는 이상적인 무巫 곧 인신이 단군이니, 단군이야말로 '최령자'의 전범典範이라할 수 있습니다. 집단무의식이든 수심정기 끝에 다다른 예술 정신이든, 예술가의 내면에 '활동하는 무巫'를 포함하는 정신이 중요하다고 비유적으로 말할 수 있지요. 문학예술이 가장 적합한 원시반본으로서 '최령자'의 드러남, 즉 '밝음(明明, 顯顯)'의 정신운동이 활발한 분야라 할 수 있습니다. 밝음은 접령(접신)을 통한 '기화氣化'의 표현이고, 한울님(귀신)을 '모심'(侍天主)의 '시侍' 풀이 '내유신령 외유기화'가 문학예술의 창작과 감상에서는 전제前提로서 중요하다고 보는 것입니다.

최령자(中和氣)에 이르는 길은 수심정기

12 문 일반적으로 동학에서 무속의 관련성은 부정되고 있지 않나요. 동학과 귀신론은 어떤 연관성이 있습니까? 또, 자재연원의 정신에서 전통 무와 동학의 '귀신'이 서로 연결되는 현실적 계기가 궁금합니다.

답 수운 선생의 득도에는 흥미로운 점이 있습니다. 다시 말씀드리지만, 그것은 득도의 순간에 한울님은 다름 아닌 '귀신'의 존재를 통해 시천주의 심오한 뜻을 밝히고 있다는 사실입니다.

사실, 이 질문에 답하기에 앞서 제가 미학적 개념으로서 '귀신'을 사유해온 과정을 먼저 얘기할 필요가 있을 듯해요. 위에서 얘기했듯이, 귀신론은 유서 깊은 신도 철학의 전통 위에서 탐구되는 중입니다.

우리말과 우리 문화의 기원과 역사를 이해하는 데에 있어서 신도 철학의 전통 속에 있는 무 혹은 무속(샤머니즘)을 빼놓을 수 없다는 제 나름의 깨우침에서 이러한 생각이 비롯됐어요. 앞서 살핀 음양론에서의 귀신론도 있지만, 저는 그보다 동학이 창도된 결정적 계기인 수운 선생의 귀신 체험을 전통 샤머니즘(무속)에 대한 관심의 연장선상에서 주목하게 되었어요. 그것은 유구한 조선 문화사의 어두운 그늘로서 샤머니즘을 복원 혹은 복권시키지 않고서는 우리 문화사가 적잖은 부분을 진실과 심도深度를 잃은 채 피상적 수준에서 머무를 것이라는 깊은 염려에 따른 것입니다. 결과적으로 전통 무당의 상징인 접신과 '내림 말(강화降話)'이 동학 창도의 계기와 연원을 이룬다는 판단에 이르게 되었습니다. 이러한 저의 판단과 확신도 제 나름의 자재연원 정신이 내연內燃하고 있던 탓인 듯해요.

제가 문학비평가로서 직관하고 사유한 끝에 얻은 하나의 추론적 확신입니다만, 특히 수운의 득도 체험인 접신 현상과 인간을 '최령자'로 정의한 수운 선생의 인간관은 그 자체만으로도 단군조선 이래 면면히 이어져 온 '가장 신령한 존재'의 상징인 무당의 전통을 이어받지 않을 수 없다고 봅니다. 또한 들불 번지듯 하층 농민들이 일어나 세계 역사상 가장 민주적이고 가장 계급 평등적이며 가장 드높은 인간 존재의 이상과 이념을 표방한 동학농민혁명의 태동을 깊이 성찰한다면, 동학 창도의 연원淵源에 이 땅의 인민들의 실생활에 뿌리 깊고 오래된 무속 전통이 내재되어 있음을 긍정하지 않을 수 없습니다. 또한 오히려 조선 인민 계층이 향유해온 전통 습속으로서 무속과 동학과의 연관성을 인정하는 것이 동학의 심오한 특성이라고 생각하고, 그럼으로써 반만년 역사를 이어온 우리 민족의 정신문화적인 전통 무의 맥이 끊기지 않고 동학의 창도 과정에서 찬란히 부활되는 것을 확인하고 확신할 수 있는 게 아닐까요.

수운 선생이 동학을 창도한 직접적인 계기는 두 번에 걸친 신비한 '신내림(강화降話)' 체험입니다. 1994년에 출판된 개정판 『동경대전』에 따르면, 수운 선생의 두 번에 걸친 강령降靈 체험이 나오는데, 첫 번째 신내림은 상제로 불리는 한울님 체험이고, 앞서 살폈듯이 두 번째는 '한울님 귀신'과의 접신 체험입니다.[22]

이미 여러 학자들이 밝혀왔듯이, 이러한 수운 선생의 두 번에 걸친 강령 체험은 그 자체가 우리의 전통 무당의 '내림(강신降神)' 체험과 크게 다를 바 없습니다. 문제는 이러한 귀신이라는 존재가 왜 나오는가, 과연 어떤 (역사적, 정신적) 맥락에서 나오고 있는가 하는 점입니다. 가령, 김지하 시인 등 많은 동학 연구자들은 한울님이 말하는 예의 '귀신'이라는 존재, 혹은 수운의 '접신' 체험 그 자체를 혹세무민하는 무속의 결점으로 보고 이를 동학의 한계로 비판하거나 아예 무속과의 관련성 자체를 부정하는 입장을 보입니다. 하지만 이러한 무속의 관련성에 대한 비판과 기피는 근대 합리주의적 사고가 낳은 전통 무속에 대한 근시안적 단견이자 편견에 지나지 않습니다.

귀신론을 전개하기 앞서 무엇보다, "내 마음이 곧 네 마음이니라. 사람이 어찌 이를 알리오. 천지는 알아도 귀신은 모르니 귀신이라는 것도 나니라.”라는 한울님 말씀은 우주론(생성론)과 함께 존재론적으로 해석되어야 합니다. 하느님이 친히 나타나 ‘귀신이란 것도 나’라고 했으니, 귀신은 적어도 이 땅의 존재들에게 ‘언제나 이미 앞서 놓여 있는 것’이라는 사실, 즉, 이 땅 위의 존재의 연원으로서 한국인의 본질을 이룬다는 뜻이 전제되어 있습니다. 이 귀신의 존재는 단군신화-풍류도의 본질로서 신도神道가 늘 한민족의 집단무의식-원형으로 언제나 이미 연루되어 있듯이, 귀신의 존재도 함께 한국인의 심연에 언제나 ‘이미 앞서 존재 가능성으로 은폐되어 있다.’는 사실이 먼저 깊이 수긍되어야 하는 것이죠.

그러고 나서 수운 선생의 저 한울님 체험에 대한 다양한 해석과 깊은

---

22 『동경대전』에서 이 의미심장한 대목은 사상적 논란의 대상이면서도 우리 문화사의 뿌리와 맥에 깊이 연관된, 동학 창도의 결정적 순간을 서사하는 것이 있어서 아래에 인용합니다. 수운 선생이 두 번에 걸쳐서 한울님과 접신接神하는 광경 중 『동경대전』의 「포덕문」에 나오는 첫 번째 접신 광경입니다.
“뜻밖에도 사월에 마음이 선뜩해지고 몸이 떨려서 무슨 병인지 집중할 수도 없고 말로 형상하기도 어려울 즈음에 어떤 신선의 말씀이 있어 문득 귀에 들리므로 놀라 캐어물은 즉 대답하시기를 ‘두려워하지 말라. 세상 사람이 나를 상제라 이르거늘 너는 상제를 알지 못하느냐.’ 그 까닭을 물으니 대답하시기를 ‘내 또한 공이 없으므로 너를 세상에 내어 사람에게 이 법을 가르치게 하니 의심하지 말고 의심하지 말라.’ 묻기를 ‘그러면 서도로써 사람을 가르치리이까.’ 대답하시기를 ‘그렇지 아니하다. 나에게 영부가 있으니 그 이름은 선약이요 그 형상은 태극이요 또 형상은 궁궁이니 나의 영부를 받아 사람을 질병에서 건지고 나의 주문을 받아 사람들을 가르쳐서 나를 위하게 하면 너도 또한 장생하여 덕을 천하에 펴리라.’(不意四月, 心寒身戰, 疾不得執症, 言不得難狀之際, 有何仙語, 忽入耳中, 驚起探問則, 曰勿懼勿恐, 世人 謂我上帝, 汝不知上帝耶 問其所然 曰余亦無功 故生汝世間 教人此法 勿疑勿疑 曰然則 西道而教人乎 曰不然 吾有靈符 其名仙藥 其形太極 又形弓弓 受我此符 濟人疾病 受我呪文 教人爲我 汝亦長生 布德天下矣.)”

이해가 펼쳐져야 한다고 봅니다. 그 해석 가능성 중에 하나가, 저 한울님 말씀 속에 전통 무—집단무의식으로서 원형이든지 한국인의 고유한 존재 가능성이든지—와의 연루 문제입니다.

전통 무당은 신령이 충만한 존재로서 접신 혹은 접령에 능한 존재입니다. '접신'은 '가장 신령한 존재'인 인간이 지기至氣 상태에 다다랐을 때 비로소 가능합니다. 무당을 비난할 때, 사령死靈과의 접령에 대한 진위 문제가 제기되는 것은 어찌 보면 당연하지만, 그 진위 문제를 떠나서 중요한 사실은, 수운의 접신은 무당의 접신과 크게 다를 바 없다는 점입니다. 문제는 수운의 접신에 대한 해석입니다. 곧 단군 이래 면면히 이어져 온 신도神道 철학의 핵심인 무당적 존재와의 내적 연관성 속에서 수운의 접신 체험을 이해하고 해석할 수 있다는 것입니다. 동학을 조선 민족의 장구한 정신사의 맥락 속에서 해석함으로써 동학의 종교 사상적 의미는 인민들의 삶 속에서 더 깊이 어우러지게 됩니다. 동학과 전통 샤머니즘 간의 해석의 지평을 열어놓는 것은 서구 물질문명의 악령에 사로잡혀 있는 오늘날의 한국인들 일반의 삶과 의식을 변화시키는 유익한 새로운 문화 형성의 길을 열리게 할 것입니다. 이 또한 동학을 통한 자재연원自在淵源과 원시반본原始返本의 재해석이 필요한 이유이기도 합니다.

동학의 관점에서 보면, 사람은 시천주侍天主하는 존재 곧 한울님을 모신 존재이므로 저마다 자기 존재의 근원인 한울님의 존재를 각성하는 것이 자재연원의 뜻이 됩니다. 내가 '시천주'의 신령한 존재이므로, 나는 한울님(도道)과 본래 한 기운 한 몸임을 깨닫고, 단절된 한울님(道, 천지 음양의 조화, 진리)의 기운(본디 마음)을 다시 잇고 지키기 위해 수심정기修(守)心正氣[23]하는 것이 자재연원의 골자입니다. 달리 말하면, 진리를 밖에서 구하지 말고, 지금-여기의 나를 닦고 단련하며 곧 자기 안의 성경신誠敬信을 다해 구하라는 말입니다. 그렇게 정진함으로써 나의 존재는 천지간 음양의 조화인 '귀신'의 작용과 그 조화造化에 부합하게 된다는 것입니다.

성경신을 통해, 곧 수심정기를 통해 얻은 마음에 귀신의 존재와 함께 그 작용이 있는 것입니다. 수심정기를 부르는 동학 주문 21글자는 어느 한 글자 뺄 수 없이 모두 다 중요합니다. 수운 선생은 『동경대전』의 「논학문」에 친히 이 주문 21자에 대해 자세한 주석을 달아놓았습니다. 한울님이 직접 나타나 수운한테 하신 "내 마음이 네 마음이니라……귀신이란 것도 나이니라(吾心卽汝心也……鬼神者吾也)"하는 말씀도 이 수심정기의 묘법을 통해 얻은 마음의 신묘한 경지를 가리키는데, 아래 주문 21자 중, 특히 주목할 주문 여섯 글자는 '侍天主 造化定'입니다.

묻기를 주문의 뜻은 무엇입니까?
대답하기를 지극히 한울님을 위하는 글이므로 주문이라 이르는 것이니, 지금 글에도 있고 옛 글에도 있느니라.
묻기를 강령의 글은 어찌하여 그렇게 됩니까?
대답하기를 '지至'라는 것은 지극한 것이요,
'기氣'라는 것은 허령이 창창하여 일에 간섭하지 아니함이 없

---

23 동학에서 '시천주'하는 존재로서 '나'는 한울님과 한 기운 한 몸이 된다는 뜻으로, '내 마음과 천지의 조화로운 기운(음양이기陰陽理氣) 간에 서로 떨어지고 끊긴 기운을 다시 기워놓는 것'(해월)을 말합니다. 수운 선생이 "오직 내가 다시 정한 것"이라고 한 수심정기守(修)心正氣가 바로 그런 마음을 닦고 바르게 기운을 바르게 하는 것으로 자재연원의 실천적 모범이라 할 수 있습니다.

고 일에 명령하지 아니함이 없으나, 그러나 모양이 있는 것 같으나 형상하기가 어렵고 들리는 듯하나 보기는 어려우니, 이것을 또한 혼원渾元한 한 기운이요,

'금지今至'라는 것은 도에 들어 처음으로 지기에 접함을 안다는 것이요,

'원위願爲'라는 것은 청하여 비는 뜻이요,

'대강大降'이라는 것은 기화氣化를 원하는 것이니라.

'시侍'라는 것은 안에 신령함이 있고 밖에 기화가 있어 온 세상 사람이 각각 알아서 옮기지 않는 것이요,

'주主'라는 것은 존칭해서 부모와 같이 섬긴다는 것이요,

'조화造化'라는 것은 무위이화無爲而化요,

'정定'이라는 것은 그 덕에 합하고 그 마음을 정한다는 것이요,

'영세永世'라는 것은 사람의 평생이요,

'불망不忘'이라는 것은 생각을 보존한다는 뜻이요,

'만사萬事'라는 것은 수가 많은 것이요,

'지知'라는 것은 그 도를 알아서 그 지혜를 받는 것이니라.

그러므로 그 덕을 밝고 밝게 하여 늘 생각하며 잊지 아니하면 지극히 지기에 화하여 지극한 성인에 이르느니라.

曰呪文之意는 何也니까

曰至爲天主之字故로 以呪言之니 今文有古文有니라

曰降靈之文은 何爲其然也니까

曰至者는 極焉之爲至요 氣者는 虛靈蒼蒼하여 無事不涉하고 無事不命이나 然而如形而難狀이요 如聞而難見이니 是亦渾元之一氣也요

今至者는 於斯入道하여 知其氣接者也요

願爲者는 請祝之意也요 大降者는 氣化之願也니라

侍字는 內有神靈하고 外有氣化하여 一世之人이 各知不移者也요
主자는 稱其尊而如父母同事者也요 造化者는 無爲而化也요 定者는
合其德定其心也요 永世者는 人之平生也요 不忘者는 存想之意也요
萬事者는 數之多也요 知者는 知其道而受其知也라 故로 明明其德하
여 念念不忘則 至化至氣至於至聖이니라.[24]

'최령자'는 귀신을 드러낼 수 있는 존재 가능성: 가화[25]와 접신

13 문 가화의 계기, 무위이화가 드러나는 귀신의 존재는 어떻게 접할
수 있을까요.

답 동학과 전통 무가 만나는 접점은, 우선 표면적으로는, 수운 선생
의 득도 과정에서, 샤머니즘에서의 접신의 신경 증상을 체험하면서, 한
울님이 스스로 '귀신이라는 것도 나니라' 한 말씀에 대한 해석의 문제
와 관련이 있습니다. 앞서 '가화'의 설명에서 보았듯이, 한울님 귀신은
분명 인격의 '육성'으로 표현되고 있습니다만, 이 '가화'로서의 해석은
대개 의도적으로 혹은 의식하지 못해서 은폐된 채, 다시 말해 동학의
귀신론에서는 인격에 은폐된 신격의 존재 문제는 은폐된 채, 음양론으

---

24 수운 선생의 동학 주문 21자에 대한 주석은 경전經典의 내용을 이루고 있으므로
    그 자체로 완전무결한 내용이라 할 것입니다. 『천도교 경전』, 33~35쪽.(「논학
    문」, 『동경대전』)
25 단군신화에 나오는 개념으로서 여기서는 신화학적 개념인 동시에 미학적 개념
    으로 쓰입니다.

로 풀이하고 그만입니다. 공자孔子의 말씀 이래 한자 문화권에서는 귀신이라는 존재의 음양론적 해석에 대한 유서 깊은 인문학적 맥락이 있습니다.

귀신의 덕은 성대하고나. 보려고 해도 보이지 않고 들으려 해도 들을 수 없고, 구체적 사물이 되어 남김이 없다. 천하 사람들로 하여금 재계하고 깨끗이 하며 의복을 잘 차려입고 제사를 지내게 하니, 넓고도 넓어서 그 위에 있는 듯하고 그 옆에 있는 듯하다. 시詩에도, '신神의 이르심은 헤아릴 수가 없다. 하물며 신을 싫어할 수 있겠는가'라고 했다. 무릇 미세한 것일수록 더욱 드러나니(또는 '아무리 은미한 것이라도 드러나니'), 그 성실함을 가릴 수 없음이 이와 같다.[26]

공자는 귀신이란 인간 활동에 있어 평소에 의식하지 못할 뿐 늘 현세적 삶과 함께하는 존재라는 점을 분명히 하고 있습니다. 공자는 귀신의 덕행을 찬양합니다. '귀신은 사물의 본체體物'라는 것(곧, 미치지 않는 곳이 없다는 것), "미세한 것일수록(혹은 '은미한 것에서') 더욱 드러난다."라는 것, '귀신은 성실함(誠)과 같다'라는 것입니다. 또 공자는 귀신이란 인간 활동에 있어 평소에 의식하지 못할 뿐 늘 현세적 삶과 함께하는 존재라는 점을 분명히 하고 있습니다.

북송 시대(960~1127) 신유학에 와서, 성리학의 개조開祖로 불리는 주돈이(濂溪 周敦頤, 1017~1073)의『태극도설太極圖說』에서 나오는 '귀신'의 해의[27]를 비롯해, 귀신에 대해 소강절(邵雍)은 만물이 "생겨나고 생겨나

---

26 공자의 손자인 자사子思가 기록했다는『중용』제16장.

는 이치", 이기이원론을 입론하여 훗날 주자에게 큰 영향을 주는 정이(程頤, 伊川)는 "천지의 공용功用이고 조화의 자취", 기일원론을 주장하여 음양을 낳는 기의 본체 즉 태허太虛로서 태극을 대체한 장자(張載, 橫渠, 1020~1077)는 '음양이라는 두 기氣의 양능良能'이라고 봅니다. 또 남송 시대(1127~1279)에 와서 성리학의 완성자로 불리는 주자(朱熹, 1130~1200)는 귀신을 "음양의 영처靈處"라 하고 '귀鬼를 음陰의 영靈, 신을 양陽의 영靈'으로 해석하였습니다. 그러니까 신유학의 귀신론을 종합하면 대강, 귀신은 만물의 생성에 관계하는 신령한 존재인데, 형체는 없지만 쓰임(功用)이 있고, 그 쓰임은 음양의 (조화造化) 이치理致라는 것입니다.[28]

그러나, 수운 동학에서 귀신은, 성리학적 음양론에서 말하는 귀신 안에 이미 중화기로서 인신의 존재와 작용이 내재되어 있습니다. 수운 선

---

27 염계 주돈이의 『태극도설』에도 태극, 양의兩儀에서 나오는 '귀신'이 있고, 한 세기쯤 후에 『태극도설』을 풀이한 주자(朱熹)의 『태극해의』에서 '귀신'의 해의가 나옵니다. 성리학의 근본을 이루는 태극도설의 관점에서, 노자의 충기, 중화기에 대한 비판적 시각이 들어 있습니다. 주자는 귀신은 이리로써 환원합니다. 참고를 위해 『태극해의』에서 귀신을 풀이한 한 대목 부분을 인용합니다.
"복괘復卦에서 '천지의 마음을 본다'는 것을 선대의 학자들은 고요함에서 천지의 마음을 본다고 여겼지만, 오히려 이천 선생(程頤)은 움직임에서 본다고 여겼으니, 이것이 바로 움직여 양을 낳는 이치일 것이다. 그러나 복괘에서 이 한 단락을 끄집어내어 사람들에게 제시하고는 또 초효에서 안자(顔淵)의 '멀리 가지 않아 회복하였다'는 말로 표현했으니, 이것은 사람들에게 틈이나 끊김이 없다는 뜻을 보이고자 한 것일 뿐이다. 사람과 하늘은 리가 하나이다. 리에서 모두 통섭하면, '천지와 그 덕을 합하고 일월과 그 밝음을 합하며 사시와 그 차례를 합하고 귀신과 그 길흉을 합하는 것'이 모두 리의 범위 안에 있을 뿐이다.
復卦'見天地之心', 先儒以爲靜見天地之心, 伊川先生以爲動乃見, 此恐便是'動而生陽'之理. 然於復卦發出此一段示人, 又於初爻以顏子不遠復爲之, 此只要示人無間斷之意. 人與天理一也. 就此理上皆收攝來, '與天地合其德, 與日月合其明, 與四時合其序, 與鬼神合其吉凶', 皆其度內耳."

생이 말하는 귀신은 음양이 서로 균형을 맞추는 중화의 존재가 작용해야 비로소 움직이는 것이지요. 해월 최시형 선생의 설법에서도 겉보기엔 성리학에서 말하는 '귀신'을 가리키는 듯하지만[29] 그 속에 담긴 실내용인즉슨 '이미 중화기가 내포된 귀신'이라고 해석해야 한다고 봅니다. 그래야 수운 선생한테 한울님이 '귀신이란 것도 나니라.' 하신 말씀과 연관된 '시천주侍天主'의 철학적 진의가 비로소 해석될 수 있습니다.

한마디로, 귀신은 인간 정신 안에 작용하는 무적 존재의 공능에 의해

---

28 여기서 잠시 선천역학을 완성한 북송의 소강절이 설한, 귀신의 (천지만물) 생성론이라 할 수 있는 다음 구절을 살펴봅시다.

"소강절은 사람의 형체와 초목의 형체가 모두 귀신이 만들어낸 것이라고 했다. 여기서 사람의 사지와 초목의 지엽은 소강절의 눈으로 보았을 때는 상동相同한 기관이다. 소강절은 초목을 말하면서, '나무가 열매를 맺어서 그 열매를 심으면 또 나무가 되고 그 열매를 맺는다. 나무는 예전의 나무가 아니지만, 이 나무의 신은 둘이 아니다. 이것이 진실로 낳고 낳는 이치'라고 한다. 이것은 초목뿐 아니라 사람에게도 해당된다. '귀신이 만들어낸 것'이란 이것을 의미한다. 사람이 사람이 되고 나무가 나무가 되는 곧 '생겨나고 생겨나는 이치'가 바로 귀신이다. 형체가 생겨난 것은 신령한 생명의 기운이 없을 수 없다. 오히려 신령한 생명의 기운이 형체를 만들어낸다. 형체와 신령한 생명의 기운은 하나로 존재하지만, 형체가 다하는 것은 생명의 기운이 떠나가는 것을 말한다. 그런데 여기서 신령한 생명의 기운은 형체에 의존적이다. 나무라는 형체는 예와 지금의 차이가 있지만, 그 생명은 열매 속에 담겨져 연속적이다. 이렇게 열매를 만들어 새로운 형체를 이어주는 것이 귀신이며, 이로부터 생생生生의 이치를 볼 수 있다. 여기서 말하는 이치는 거의 이치에 가깝다. 이것이 주자朱子로 하여금 '음양陰陽의 영명靈明'이라고 하게 만든 이유이다. 이렇게 형체를 만들어 이어주고 생명을 유지시켜 주는 '귀신의 덕이란 성대'하다. […] 모든 사물이 있다는 것은 더불어 귀신이 그곳에 있다는 것이다. 그러므로 귀신은 모든 '사물에 구현되어 있어서 없는 곳이 없다. 또한 귀신은 보이지 않는다. 그러나 보이지 않은 것만큼 더 현저한 것은 없다. 귀신은 생명을 유지하고 생명을 이어주는 저러한 공용功用은 참으로 성실하다고 하지 않을 수 없다.'"(이창일,『소강절의 철학』, 심산, 2007, 439~440쪽)

음양의 조화造化의 이치 속에서 파악될 수 있습니다. 음양 기운의 조화, 곧 귀신은 사물이 가지는 에너지의 정교하고 오묘한 동정動靜과 취산聚散 작용 자체를 말합니다. 여기서 그 음양의 기운에 합하는 마음의 기운이 중요하게 됩니다. 다시 말해, 수심정기를 통해 구한 마음의 기운 곧 '정신의 에너지(氣)'가 중요한 것이지요. 무巫는 바로 마음의 귀신을 바르게 보고 그 귀신의 묘용에 합치하는 상징적 전형典型입니다. 그러하기에 '성실한 시인·예술가'는 새로운 무巫 곧 '네오 샤먼'의 정신에 비유됩니다. 시인·예술가에게 바로 이러한 마음속 귀신의 묘용 곧 '정신 (Psyche, Geist)'[30]의 에너지 혹은 마음의 기운을 갖추는 것이 선결적으로 중요한 것입니다.

성실誠實(진실)에 값하는 예술 작품은 마음의 기운, 정신의 정교한 에너지, 곧 귀신의 묘용에서 나오고 이 귀신의 묘용은 예술 작품 안팎의 '은미함' 속에서 감지되는 것이지요. 이 은미함이 '유기체'로서 예술 작품이 창조되는 근본적이고도 중요한 계기입니다. 왜냐하면 잘 보이지

---

29 해월 최시형 선생도 귀신을 언급합니다. 해월 선생이 "사람이 동動하고 정靜하는 것은 마음이 시키는 것인가 기운이 시키는 것인가. 기운은 주가 되고 마음은 체體가 되어 귀신이 작용하는 것이니, 조화造化는 귀신의 본연의 능력이니라. 귀신이란 무엇인가 음양으로 말하면 음은 귀요 양은 신이요, 성심誠心으로 말하면 성은 귀요 심은 신이요, 굴신屈伸으로 말하면 굴은 귀요 신은 신이요, 동정으로 말하면 동은 신이요 정은 귀이니라(人之動靜 心乎氣乎 氣爲主 心爲體 鬼神 用事 造化者 鬼神之良能也. 鬼神者 何也 以陰陽論之則 陰鬼陽神也 以誠心論之則 性鬼心也 以屈伸論之則 屈鬼伸神也 以動靜論之則 動神靜鬼也)." 또는 "움직이는 것은 기운이요 움직이고자 하는 것은 마음이요, 능히 구부리고 펴고 변화하는 것은 귀신이니라(動者 氣也 欲動者 心也 能屈能伸 能變能化者 鬼神也)."라고 말씀한 것도, 귀신이란 음양의 조화 속에서 모든 사물의 본성이 올곧게 발현되게 하는 근원적인 작용 능력임을 지적한 것입니다.

30 '유역문예론'에서의 '정신精神' 개념에 대해서는 각주 14번 참고.

않는 은미함에 귀신의 묘용妙用이 있으므로, 이 은미함 속에 저 스스로 무위이화하는 성실한 예술성, 즉 진실한 예술성이라는 예술의 '본체'가 은폐되어 있기 때문입니다. 이때 '창조적 유기체'로서 예술 작품이 나오게 되죠. 부분과 전체는 상호 대립 관계가 아니듯이, 극히 작은 부분, 또는 은미함 속에 전체 또는 천지조화의 원리로서 본체本體의 운동이 은폐되어 있습니다. 그래서 마치 천지간에 쉼 없이 무위이화하는 생명의 원리를 따르듯이 예술 작품의 은미함과 예술 작품의 은폐된 진실(본체)은 생동하는 유기체로서 예술 작품의 안과 밖에서 부분과 전체의 관계를 맺고 있는 것이지요. 그래서 『중용』 제16장의 은미함(微)에 대한 귀신론적 해석이 중요합니다.

이렇듯이 수운 선생은 인신, 곧 '최령자'가 귀신의 조화를 일으키는 주체라는 점을 노래합니다. 곧, 조화는 귀신의 본연의 능력(良能)이며, 수심정기守心正氣한 마음에서 귀신이 작용합니다. 대인大人은 귀신과 더불어 그 길흉吉凶에 합습하는 것("大人은…… 與鬼神合其吉凶". 「도덕가」, 『용담유사』)입니다. 해월 선생도, "움직이는 것은 기운이요 움직이고자 하는 것은 마음이요, 능히 구부리고 펴고 변화하는 것은 귀신이니라.(動者 氣也 欲動者 心也 能屈能伸 能變能化者 鬼神也.)"라고 했습니다.[31] 귀신이 작용하는 것도 신령한 마음의 기운에서입니다. 그러니, '귀신을 보는 능력'에는 수심정기를 통한 '최령자' 되기가 선결적으로 필요합니다. 귀신이 작용하는 마음이 곧 시천주이고, 마음과 한울님은 서로 화합하여야 하므로, 마음속의 귀신은 한울님과 더불어 때와 차례를 기다립니다. 마음과 한울님이 서로 어긋나면 시천주가 아니며 이때 귀신도 양능(본래)의

---

31 각주 29번 참고.

귀신일 수 없습니다.

겉보기엔 신유학에서의 귀신처럼, 동학의 귀신도 자연 만물을 생성하는 이치로서의 귀신입니다. 하지만, 동학의 귀신은 앞서 보듯 공자의 귀신관에서 시작되어 송유宋儒에 이르러 더 음양론적으로 정교한 자연철학적 귀신관을 포함하면서도, 인신人神이 능동적으로 개입된 곧 '접신'의 귀신관을 포함하고 있다는 점을 주목해야 합니다.

가장 신령한 존재(最靈者)로서 인간 존재의 뜻

14 문 동학에서 한울님이 말씀한 '귀신'의 존재는 성리학에서의 '귀신' 그 이상으로 무巫의 존재가 들어 있군요.

답 동학과 유역문예론에서 이해하는 귀신은 성리학적 귀신론과 미묘하지만 분명한 차이를 가집니다. 유역문예론에서 보는 귀신론은, 그러니까 예술가의 눈과 마음으로 '보는' 귀신은 인간의 본성론本性論과 연관되어 논해져야 하고, 성리학적 음양론에서 논해지는 귀신은 드러나지 않는 인간의 심성론이랄까, 신령한 마음에 이르러야 귀신과 합일할 수 있는 다소 복합적인 개념입니다.

수운 선생의 음양상균론을 풀이할 때 음양 중의 중화의 기운(中和氣)이 중요한데, 주자의 『태극해의』에도 노자의 '중화中和'(중화기)를 비판하기 위해 장재(橫渠)의 '중화' 개념을 인용하는 대목이 나오고,[32] 『중용』 16장에 나오는 공자의 '귀신'에 대한 언명도 『중용』의 주요 가르침인 '성誠'이니, '성'과 귀신의 관계를 논구해야 한다고 생각합니다. 주자는 성리학의 전통을 공고히 이념화하는 자신의 학문 과정에서 노자를 이단시했는데 뒤에 설명하겠지만, 이에 반해 수운 동학에서 『노자』 42장'³³을 '음양상균론'의 중요한 철학적 계기로 삼는 것은 조선 성리

---

32 염계濂溪 주돈이의 『태극도설』을 풀이한 주자(朱熹)의 『태극해의』에서도 횡거 (橫渠, 張載)를 인용하면서 중화中和를 아래와 같이 해설합니다. 이 주자의 '중화' 에 대한 문맥은 『노자』 42장의 '中和'를 비판하기 위해 나온 것입니다. 성리학 또는 주자학은 불교와 도교 사상을 비판하고 이단시하는 가운데 음양론을 펼치게 되고 그 흔적들은 곳곳에 남아 있습니다. 노자의 우주론에서 중요한 뜻을 지닌 42장을 평가절하하는 『태극해의』의 문맥을 인용하면 다음과 같습니다.

"움직임과 고요함에는 단서가 없고 음과 양에는 시초가 없다는 것은 천도이다. 양에서 시작하고 음에서 이루어지며 고요함에 근본을 두고 움직임에서 유행하는 것은 인도이다. 그러나 양은 다시 음에 근본을 두고 고요함은 다시 움직임에 뿌리를 두고 있어 그 움직임과 고요함에도 단서가 없고 그 음양에도 시초가 없으니 사람은 애초부터 하늘과 떨어지지 않았고 하늘 또한 애초부터 사람과 떨어지지 않았다. […] 사람들은 어리석게도 하늘이 위에 있고 땅이 아래에 있는 것을 보고는 그 중간에 비거나 빠진 곳이 있다고 말한다. 이는 하늘과 땅 사이에 꽉 찬 것이 모두 실질되고 내 몸 밖이 모두 기氣임을 알지 못하는 것이니, 예컨대 옷을 벗으면 추위를 느끼는 것은 이 기가 사람을 엄습한 것이다. 예전에 어떤 집에 거처한 일이 있는데, 양쪽에 모두 발이 드리워져 이 한쪽을 걷어 올리면 저 한쪽도 끌려가며 움직였으니, 이는 기가 밀치고 나간 것이다. 횡거(張載)는 '허공이 곧 기임을 알면, 없다고 할 수 없음이 이와 같다'라고 하였다. 또 '그 때문에 중화中和를 지극히 하면 천지가 위치를 잡고 만물이 화육되는 것'이라고 하였으니 이와 같을 뿐이다(勉齋黃氏曰. "太極動而生陽, 不成太極在一處, 陰陽在一處生. 動靜底便是陰陽. 陰陽都是這氣拍塞, 卽無些子空缺處. 人愚見天在上, 地在下, 便道中間有空缺處. 不知天地間逼拶都實, 吾身之外都是氣, 如脫了衣服便覺寒冷, 是這氣襲人. 舊嘗寓一間屋, 兩頭都垂簾, 揭起這一箇, 那一箇也掣動, 這是氣拶出. 橫渠云, '知虛空卽氣, 無無是如此.' 又云, '所以致中和, 便天地位, 萬物育', 只是如此." 知虛空卽氣 無無是如此, 又云, 所以致中和 便天地位 萬物育 只是如此)."(주희, 『태극해의』, 151쪽; 채청, 『역경몽인易經蒙引』 9권에서 취함.)

33 "道生一 一生二 二生三 三生萬物 萬物負陰而抱陽 冲氣而爲化……"(『노자』 42장). 도道는 1을 낳고 1은 2를 낳고 2는 3을 낳고 3은 만물萬物을 낳고, 만물은 음陰을 등지고서 양陽을 안아 충기冲氣로써 화和를 삼는다는 의미입니다.

학의 철학적 한계를 비판적으로 극복하는 유불선 회통의 수운 동학의 심오한 경지를 보여주는 대목입니다.

동학의 귀신은 한민족의 전통적 천지인 삼재, 단군신화의 삼재 사상, 삼태극 사상, 신도에서 '인신人神의 전형典型'으로서 무당의 존재와 그 무巫의 능동적이고 선善한 작용이 깊이 내재되어 있습니다. 유역문예론에서 뜻하는 '귀신'은, 이 단군 이래 오천 년 이상 이어온 천지인 삼재 사상에서 말하는 귀신 곧 동학사상에서의 '한울님 귀신'을 가리킵니다. 편의상 그냥 귀신이라고 불렀지만, 그 안에는 이 땅의 도저한 자주정신이 깃들어 있는 것입니다.

수운 선생이 접신 상태에서 한울님(귀신)을 직접 만나 영부靈符와 주문呪文을 받았다는 사실은 음양론적 자연철학적 귀신관을 넘어 동학에서 '가장 신령한 존재(最靈者)'로서 인간 존재의 뜻을 함축하는 것이라고 봅니다. 마치 단군신화에서 우리 민족 고대의 삼재 사상의 상징인 천부인天符印을 지니고 천상에서 지상에 내리는(降) 한웅(환웅)의 이야기를 연상시키는 일종의 집단무의식 속의 귀신관이 포함되어 있는 것으로 볼 수 있습니다. 다시 말해 동학의 귀신론에는 접신의 능력인 무巫와의 인연이 포함되어 있다는 것입니다.

즉, 고대 사회의 주역이었던 무巫가 불교, 유교 등 외래 사상에 의해 점차 밀려나 역사의 그늘 속에서 침잠하고 복류해오다가 근대에 이르러 동학에서 신령한 인간 존재론으로 새로이 부활했다고 생각합니다.

음양의 조화를 중매하는 인신(巫)

15 문 '원시반본'의 요체는 우리의 전통적 인간관인 '최령자' 되기에

있다고 설명하셨습니다. 그렇다면, 동학에서 원시반본-최령자를 설명하는 음양론의 벼리를 간단히 설명해주세요.

답 논의가 반복되는 감이 있습니다만, 조금 더 자세히 설명할 필요가 있습니다. 동학의 원시반본-최령자 개념을 이해하기 위해서 동학이 인간 존재를 어떻게 해석하는가를 먼저 살피는 것이 필요해 보입니다. 동학에서의 인간 존재 해석은 서양의 근대 철학에서 보듯이 '이성의, 이성에 의한 존재'라거나 '자유의지'를 지닌 존재, 실존적 존재 등의 해석 차원과는 근본적으로 다릅니다. 물론 한국과 중국의 인간관은 근본적으로 음양론적 전통 혹은 음양이기론 등의 전통 사유에서 나왔다는 점에서 서양의 인간관과는 사유의 바탕을 달리한다고 할 수 있습니다. 동학의 인간관은 인간은 본래적으로 만물 중 '가장 신령한 존재(最靈者)'라는 것입니다.

> "음과 양이 서로 균형을 이루어 비록 백천만물이 그중에서 화化해
> 나오지마는 오직 사람만이 가장 신령한 존재이니라(陰陽相均 雖百千
> 萬物 化出於其中 獨惟人最靈者也)."

> "侍者 內有神靈 外有氣化 一世之人 各知不移者也(侍라는 것은 안에 신령
> 이 있고 밖에 기화가 있어 온 세상 사람이 각각 알아서 옮기지 않는 것)."(수운,
> 「논학문」, 『동경대전』)

수운 선생의 위 말씀은 원시반본으로서의 개벽 사상을 깊이 이해하고 이 땅에서 자재연원으로서의 전통적 인간관을 지금 여기에 바로 세

우는 데 있어서 특별히 중요합니다.

"陰陽相均 雖百千萬物 化出於其中 獨惟人最靈者也"라는 말씀은 천지와 한 기운 한 몸으로 연결된 모든 존재들 중 오직 인간만이 '가장 신령한 존재'됨을 가리킵니다. 그래서 저 유명한 "外有接靈之氣 內有降話之敎(밖으로 접령하는 기운이 있고 안으로는 강화의 가르침이 있다)"(「논학문」,『동경대전』)라는 수운의 말씀이 이어집니다. 곧 '가장 신령한 존재(最靈者)'로서 인간 존재는 자기 안에 본래 신령함이 있고 그 신령함이 밖에 기氣로 화化하는 존재인 것입니다. 이러한 '가장 신령한 존재'인 인간 존재는 천지인天地人의 합일을 주도하는 존재입니다.

여기서 수운의 음양상균陰陽相均[34]이라는 독특한 음양론이 가지는 원시반본의 철학을 조금 깊이 들여다볼 필요가 있습니다. 음양상균론에서 '가장 신령한 존재'로서 인간 존재는 음양이기陰陽二氣의 균형과 조화에 들게 하는 기운(和氣, 中和氣, 冲氣)[35] 속에서 나오는 존재입니다. 성리학의 태두인 주돈이의『태극도설』에서는 오행이 토를 충기冲氣로 해

---

34 음양상균론에 대한 해석은 아래 글을 참고.
"동학에서 음양의 생명성과 상대성을 하나로 표현한 것이 음양상균陰陽相均 만물화출萬物化出(「논학문」1장)이다. 오랜 우주적 작용을 통해 최종 단계에서 이룩된 음양의 상균相均 관계를 필자는 상생적相生的 균화均化라는 말로 새겨보는 것이다. 이 상생적 균화를 단계적으로 표현하면 '함께'-'같음'-'어울림'-'낳음'이다. 상생은 우선 음양이 '함께'하는 것이다. 분리된 음양으로는 아무것도 하지 못한다. 함께한 음양이 비로소 '낳음'에 이른다. 상相은 함께요, 생生은 낳음이다. 마지막 목적은 '낳음'이다. 이 '낳음'이 새로운 탄생이다. 그다음 균화라는 말은 두 기운이 균등하거나 균형만을 유지한 채 홀로 독립되어 있는 것이 아니라, 서로 소통하고 같아지며, 응應하고 화和하여 생성生成의 단계에 이르는 것을 의미한다. 균均은 같음이며 화和는 어울림이다."(이찬구,『주역과 동학의 만남』, 모시는 사람들, 2010, 165쪽)

석하여 음양오행의 원리 곧 태극의 이치로 해석합니다만,[36] 이와는 다른 해석이 요구되는 것이지요. 『주역』으로 비유하면, 지천태地天泰괘가 조화로운 기운을 상징하는데, 형상으로 보면, 하늘괘(乾卦)가 아래에 내려가고 땅괘(坤卦)가 위로 올라가 중간에서 음양이 만날 때를 지천태

---

35 '화기和氣', '충기沖氣' 개념은 『노자』 42장에 나옵니다. 아래 인용을 참고하세요. "『주역』은 우주의 상반된 두 성질, 즉 천지음양은 서로 대립하면서도 교감함으로써 만물을 생성한다고 말한다. 그래서 주역에서는 절대음絶對陰이나 절대양絶對陽은 존재하지 않는다. 또한 독음獨陰, 독양獨陽도 존재할 수 없다. 그래서 만물에게는 상대가 있고, 그 상대를 기다리는 만물에는 마음도 있다는 것을 알 수 있다. 한편 노자는 '삼생만물三生萬物'을 주장하였고 장자는 '음양陰陽이 교통성화交通成和함'을 주장하였다. 음양의 상호작용을 설명하는 것으로는 유儒·도道가 공통점을 갖는다. 다만 노자는 음양이기陰陽二氣 개념에서 제3의 기인 화기和氣를 제시하는 것이 특색이다.

'도는 하나를 낳고, 하나는 둘을 낳고, 둘은 셋을 낳고, 셋은 만물을 낳는다. 만물은 음을 업고 있으면서, 양을 안고 있는데, 충기沖氣로서 화和하게 된다.(道生一 一生二 二生三 三生萬物 萬物負陰而抱陽 沖氣以爲和)'(『노자』 42장)

방립천方立天은 이 인용문에 대한 문제의 충기이위화沖氣以爲和에서 충沖은 비어 있다는 뜻으로써 충沖을 중中으로 보아 '중기中氣로 조화롭게 된다'고 해석하고, 삼三을 음기陰氣, 양기陽氣, 중기中氣로 말하였다. 이른바 중기로 조화롭게 된다는 말은 중기가 음기와 양기를 화합하고 있음을 설명한다. 그런 의미에서 중기中氣는 곧 화기和氣이다. 음양이기는 중간의 연결고리인 중기가 있어야 비로소 통일될 수 있으며, 구체적인 사물을 생성할 수 있다고 보았다. 만물의 생성 요소에는 음양의 두 기운에 그것을 통일할 수 있는 제3의 기운(힘)이 있어야 비로소 소통, 호합의 작용이 일어나 만물이 완성된다는 말이다. […] 최수운은 "음양상균陰陽相均…… 만물화출어기중萬物化出於其中"이라 한 다음에 사람의 문제를 거론하고 있는 것이다. 바로 '독유인최령자야獨惟人最靈者也'이다. 여기서 중요한 것은 바로 영靈이다. 만물 생성을 말할 때는 영靈을 언급하지 않았다가 사람을 말할 때 이 영靈을 언급하고 있다는 데 주목할 필요가 있다. 사람을 '最靈者'라 한 것은, 사람 이외의 만물은 저령低靈하다는 뜻을 전제한다."(이찬구, 『주역과 동학의 만남』, 159~169쪽 참조.)

괘로 하고, 역학으로 보면, 천지가 교합을 이룬다는 것이고, 동학으로 보면, 음양이 상균하는 것이고, 노자老子로 보면, 충기沖氣 또는 화기和氣라 하는 것입니다. 이러한 음양의 기운이 조화를 이룬 상태를 후천의 조화로운 이상 세계로 보고, 후천의 이상적 인간상을 '최령자'로 본 것입니다. 다시 말하지만 이는 천지인 삼재를 조화롭게 합일하는 주체가 '최령자'로서 인간 존재라는 뜻입니다.

巫의 상형이 천지간에 춤추고 노래하는 인신의 모습이요 삼태극은 태극의 끊어지고 정지된 음양의 사이를 중심에서 서로 잇고 흐르게 하는 셋째 존재로서 인신의 상징을 형상한 것

　천지인 삼재 중에서 인신인 무巫가, 천지 음양의 사이가 끊어져 정지된 음양의 사이를 그 중심에서 서로 잇고 흐르게 하기 위해 무당은 춤을 추고 노래를 부르는 것입니다. '최령자 인간'(巫)이 개입하지 않은 음양 태극은 그저 관념적 도상에 지나지 않습니다. 음양을 관념으로 설명하고 논할 뿐입니다. 조선의 성리학이 점점 관념화하고 정체되어 민생을 억압하는 이데올로기로 반동화하는 것도 이와 무관하지 않습니다. 최령자인 무가 춤과 노래로서 관념적 도상으로 굳고 정지된 음양의 기운을 가운데에서 원활히 교류하게 중개(영매)하는 것이지요. 우리의 전통

36　주자는『태극도설 해의』에서, 주돈이周敦頤의『태극도太極圖』의 원리를 '귀신도 어길 수 없다'라고 하여, 귀신의 존재는 태극 음양오행의 작용 원리를 가리킨다고 해설하고, 또한, 노자가 설한 '충기沖氣'(『노자』42장) 개념도 음양오행의 원리에서 '토土'의 기질(또는 성질性質), 곧 "'土'는 음양이 조화를 이룬 충기"(17쪽)로서 해설합니다. '귀신'과 노자의 '충기'를 '태극도'의 음양오행론에 철저히 따라 해의解義합니다.(주희,『태극해의』, 20쪽['鬼神'] 및 17쪽['沖氣'] 참고)

천지인 삼재 철학의 표상으로서 삼태극은 인신인 무당의 중개로 정지된 천지 음양 간의 흐름을 상징으로 보여줍니다.

이처럼 주체적 신도 철학의 거대한 뿌리의 핵심적 상징은 단군신화입니다. 우리 고대의 주체적 신인 철학, 천지인 삼재의 삼신 사상, 삼태극 사상[37]에서 신인이자 무당인 단군의 존재가 음양을 중심에서 조화하는 중화의 상징, 음양을 조화하는 무당 혹은 최령자의 원형적 상징이 되는 것입니다.

'유역문예론'의 관점에서 해석하면, 환웅천왕의 강신과 가화가 지상에서 펼쳐지는 음양의 조화 원리의 메타포라면, 지상의 신인 웅녀와 인신인 단군의 존재는 자기 수행과 수련을 통해 천지간 음양의 조화 원리에 정성껏 임하고 아울러 접신을 통해 하늘의 뜻을 지상에 펼치는 '최령자'입니다.

송대 주자학 이래 성리학에서는 만물의 생성을 음양 이기理氣의 운동으로 설명하였으나, 동학에서는 이기로서가 아니라(즉, 이기를 넘어) 지기至氣로서 설명하는데, 이는 지기 안에 이기를 포용하거나 지기가 이기를 초월한다는 것을 뜻합니다. 이 이기를 지기로서 설명한다는 말엔, 성리학에서 이理를 절대화한 태극을 비워두고 그 빈자리에 지기를 대

---

37 귀신은, 유가 철학에서 말하는 음양의 조화 원리로 보통 표현되지만, 음양태극의 원리를 가리키면서도, 동시에 천지인天地人 조화의 삼태극三太極 원리 속에서 삼신일체三神一體를 이룬 존재로서 곧 무당의 존재와 작용이 중심에 있는 개념입니다. 여기에는 성리학의 귀신 개념과 삼신 사상의 귀신 개념이 음양오행의 원리 및 그 해석에 있어서 끝없는 변화를 품고 있을 것입니다. 다만, '최령자最靈者'로서 인간 무巫가 개입하지 않는 음양의 조화는 관념의 상象에 불과하다는 점을 여기서는 밝혀두기로 합니다. '음양의 조화造化'가 귀신이라는 말에는 무巫의 존재와 활동이 내포되어 있다는 것이고 이는 천지인 삼재(삼신)론-신도神道 전통의 맥 속에서 나온 것입니다.

체한다는 뜻이 내포되어 있습니다. 태극이 아니라, 음양의 지극한 조화로서 지기를 중시하는 것입니다.[38]

동학은 지기론으로 성리학의 이기론을 넘어서는 것이지요. 동학에서 그 지기는 '허령虛靈'으로 표현되고 있는데 허령은 가짜 영靈이 아니라, 비어 있어 맑고 고요하며 순진무구한 영을 가리킵니다. 허령과 지기는 동일어라 할 수 있습니다. 영靈은 이理를 타고 오는 것이 아니라 기氣를 타고 옵니다. 영은 기가 매개하므로 신령이 충만한 상태가 지기인 것이지요. 따라서 접령接靈을 통해서 지기를 알게 되고, 지기를 통해서 접령을 알게 되는 존재가 원시반본이 체현體現된 존재라고도 말할 수 있습니다.

그런데 수운의 득도 체험에서 보듯이 한울님 육성에 의한 강화降話는 접령(접신)의 형식으로 나타납니다. 이 말은, 수운의 득도 과정에서 유비類比되듯이, 동학의 21자 주문呪文은 수심정기守心正氣를 기본으로 하여 접령(접신)에 이르기 위한 방편임을 의미합니다. 그러니까, 주문은 원시반본(또는 '원시반본적 존재')의 중요한 방편이었던 것입니다.

길게 설명하였지만, 간략히 원시반본을 정의하면, '가장 신령한 존재'(최령자)로서 인간 존재를 추구하는 것입니다. 또한 원시반본은 이와 같은 신령한 인간 존재론의 지평에서 지금-여기서의 삶의 세계를 깊고 넓게 성찰하는 열린 정신에서 이루어집니다.

---

38 이는 동학의 '생성론'으로서, 음양상균과 지기至氣론은, 음양의 대립성이나 절대성(태극)에서가 아니라 서로 의존하는 음양의 상보성과 상생성에 기반을 두고 있음을 의미합니다.

귀신, 한울님의 드러남이자 사람의 근원성

16 문 선생님의 소상한 설명이 '유역문예론에서의 귀신' 문제에 대한 선입견이나 편견을 불식시킬 것으로 보입니다. 그동안 동학에서 한울님이 왜 '귀신이란 것도 나이니라.' 하고, 뜬금없이 '귀신'이 나오는지가 의문이었습니다. 사실 이 귀신 문제를 깊이 구체적으로 설명한 글을 아직 보지 못했습니다. 대개 성리학에서 말하는 음양의 조화로서 '귀신'을 설명하는 데에 그치고 있습니다만 그러한 해석 너머에 귀신의 존재가 활동하고 있다는 점이 이해되네요. 무적 존재라는 개념도 이해됩니다.

답 '귀신도 나이니라鬼神者吾也.'라는 한울님 말씀은, '한울님은 귀신으로 변통에 능하다.'라는 뜻이라고 할 수 있습니다. 신통神通인 것이죠. 늘 귀신과 호환 소통 가능한 존재라는 것입니다. 사실 이 귀신의 존재 문제는 수운 선생이 동학을 창도하는 직접적인 계기를 이룬다는 점에서 상당히 중요한 정신사적 문제, 나아가 개벽 정신의 내용과 방향을 담지하고 있다고도 말할 수 있습니다. 일찍이 일연 스님도 공자님 말씀을 들어 '괴력난신'을 기피하였지만, 역설적으로 괴력난신을 통해서 조선 민족의 역사를 기술하고 민족정신의 연원을 궁구했잖아요. '귀신'은 괴력난신이 아니라 한울님(천신)의 표시이자 사람의 근원성을 표현한 것일 따름입니다.

상고대 이래 '거대한 뿌리'를 이룬 우리 고유의 신도 전통은 조선 시대 전체를 걸쳐서도 사라지지 않고 민중들의 일상사와 여러 서민 예술로 그 명맥을 훌륭히 이어왔을 뿐 아니라 결국 조선왕조 멸망기에 위대한 동학 탄생의 옹골진 씨앗이 되었고, 구한말 숱한 자생 종교들로 퍼져 되살아나게 됩니다. 동학 창도 이후 이어지는 증산교, 대종교, 보천교, 원불교 등 셀 수 없이 많은 민중 종교들의 발흥은 고조선 이래 고유의 신도 전통의 끊이지 않는 역사적 민중사적 맥동脈動과 결코 무관하지 않습니다.

다만, 하늘처럼 추상적 존재인 한울님과 달리 한울님의 화신化神이자 사자使者인 귀신은 보이지 않으나 그 자취가 '보이는' 존재입니다. 천지간 자연과 계절의 변화를 '눈으로 보듯이'. '천지는 알아도 귀신을 모르니……'라는 하느님의 탄식은 이를 가리킨다는 해석도 가능합니다. 성리학에서 말하는 귀신론이 바로 '천지' 즉, '음양의 조화 원리'로서 귀신론이니까, 동학에서 천지를 알아도 귀신은 모르니 '귀신자오야鬼神者吾也'는 단군신화의 환웅의 가화 능력, 천신의 지상에서의 존재론적 성격과 더불어 그 신격과 인격 간의 변통 능력을 고스란히 이어받고 있는 것입니다.

그 신통의 능력을 이어받은 존재가 '수행修行을 게을리하지 않는 무당'입니다. 이 무당에 의한 귀신의 드러남 또한 유비analogy입니다. 이 신통의 드러남에 대한 전통, 곧 유비의 전통이 풍류도 등 고유의 천지인 삼재에 의한 신도 전통으로 이어지고 조선 시대 성리학의 이념 아래 탄압받고 천대받은 무당, 광대廣大 등으로, 종교 및 예술로, 또 사회적으로 소외되고 민속화·세속화의 길로 접어든 무속의 역사를 이룹니다. 이 역사 또한 '유비'의 역사입죠.

4. 유역문예론의 試論

1 문 유역문예론에서 '귀신'과 '수행修行'을 중요시하는 이유는 무엇인가요. 또 수행이나 수심정기는 종교적 의미가 강합니다만.

답 '귀신鬼神'은 한민족에겐 아득히 오래전부터 전해오는 웅숭깊은 전통과 심오하고 풍성한 내력을 가진 개념입니다. 특히 민간에는 민속으로 깊고 굳게 뿌리내린 개념입니다.

원래 유역문예론에서 '귀신'은 동학 공부 이전에 전통 샤머니즘에 관심을 갖던 시절에 궁금해한 개념입니다. 죽은 넋을 부르고 대화하고 사령死靈을 대신해서 원한을 풀어주고 대신 노래하고 춤추고…… 이는 불합리하잖아요. 이런 말도 안 되는 무당의 존재와 죽은 넋들을 불러 푸닥거리를 하는 굿판이 어떻게 설명 가능한가. 일단 귀신의 존재 문제와 무당의 존재 문제를 '학적으로' 풀어야겠더군요. 즉, 지난 한 세기가 넘도록 일제와 서구 근대 문명으로부터 탄압받고 소외당하면서도 끈질긴 명맥을 이어온 전통 무속에 관심을 갖고 전통 무당의 영혼에서 귀신의 관념이 어떻게 가능한가를 캐는 과정이 있었습니다.

한국인들이 삼신할미의 공덕과 더불어 태어나면서부터 지상의 삶을 영위하듯이 천지인 삼재 사상은 단군신화의 홍익인간 이념을 실현하는 신인 사상과 연결됩니다. 이 신도 사상은, 고대 이래 민간에서 깊고 널리 퍼져 익숙하게 전해져 온 '귀신'의 존재가, 구한말, 곧 1860년 봄 수운 선생의 한울님과의 '접신' 때, 귀신으로 부활한 것으로 해석해야 한다고 봅니다. 이는 소위 '다시 개벽'의 철학을 바로 세우기 위해서도 기본적으로 중요합니다. 이 또한 일종의 원시반본인데, 수운 선생이 득도 과정에서 만난 한울님의 스스로 '귀신이란 것도 나이니라.'라는 언명에서 동학이 창도되었다는 사실을 깊이 이해해야 합니다.

역설적으로 '귀신鬼神'은 동학사상이 단군 이래 신도 철학의 전통을 두루 포괄하는 가운데 인류사적 차원의 새로운 위대한 종교 사상으로 나오게 되는 데에 핵심 개념인 것이죠. 흔히 혹세무민이니 뭐니 선입견과 편견에 눈이 어두워져서 귀신을 멀리하고 타기시하지만, '귀신'이라는 말이야말로 수천 년간 조선의 민중들이 함께 지내온 '친숙한 존재'거나 '익숙한 개념'이므로, 오히려 이처럼 인민들과 친밀한 귀신이란 존재가 동학 창도의 계기가 되었다는 사실은 실로 동학의 민중사적 의의와 그 웅숭깊음을 보여주는 것이라고 봅니다. 동학의 창도를 통해 귀신의 존재에 대한 일종의 인식론적 전환이 꾀해진 셈입니다.

이제 문예 영역에서 조선의 전통적인 귀신을 능동적으로 불러와야 하고, 여기서 유역문예론이 시작된다고 할까요. 앞에서 말했듯이 귀신은 '음양의 조화 원리'이면서도 그 안에는 성리학의 귀신론으로 환원되지 않는 조선 민족 고유의 선사仙史나 천지인 삼재 사상(음양태극陰陽太極이 아니라, 삼태극 사상三太極 思想)과 도가 곧 노자의 사상이 습합되어 있습니다. 그리고 무엇보다 중요한 점은 오천 년 이상 조선 인민 고유의 종교 문화 생활의 역사와 함께 인민의 무의식 속에 깊이 침전되고 퇴적된 신도 사상의 핵심을 보여주는 상징적 개념으로 귀신은 해석됩니다.

또, 천지인 삼재 중에서 중심에 활동하는 신인은 음양의 기운을 균등하게 조화시키는 무巫적 존재입니다. 음양의 조화가 귀신이므로, 접신 능력을 가진 인간, 즉 무가 중화기中和氣에 해당하고, 수운 선생이 「논학문」에서 설파하신 '음양상균陰陽相均'은 음양의 조화 속 그 중심에 중화기의 신령한 작용이 있다는 것을 말합니다. 음양의 조화로서 귀신이 조화의 힘을 발휘하는 것은 무의 존재와 그 능동적 작용에 따른 것이죠. 이 땅의 고대에 뿌리를 둔 신도 사상 이래 천지간을 잇는 무당의 존재가 가지는 공능功能을 이해하게 된 것입니다.

그런데, 중요한 것은 음양의 조화인 귀신을 다루는 음양의 중화中和 작용을 맡아 하는 신령한 인간이 되기 위해서는 수심정기가 필수적일 수밖에 없다는 사실입니다. 제가 배운 바로는, 동학에서 가장 중요한 실천 개념이 바로 '수심정기守心正氣'[39]입니다. 아시다시피 수운 선생이 지으신 수심정기는 한울님 마음을 잘 보존하여 자기를 닦는 것이고, 이 '수심정기' 네 글자 안에는 유불선儒佛仙을 포함하는 심오한 실천철학이 들어 있습니다.

그렇지만 문학예술을 창작하는 작가들에게 종교적 수행의 절차나 과정이 필요한 것은 아닙니다. 그럼에도 동학을 예술론으로서 사유하다 보니, 수심정기의 중요성을 이해하게 되었습니다. 이 수심정기야말로 '시천주 조화정'의 진리를 체득하는 필수적인 조건이요 계기로서 이해하게 된 것이지요. 세속적 삶 속에서 수심정기 외에도 전통적으로 큰 무당이 되기 위해서는 목숨을 걸고 무병을 앓아야 하고, 갖가지 춤과 노래·사설·무구 다루기 등등 상당한 무당 수련을 거쳐야 한다지요. 이 또한 유역문예론의 관점에서는 시사하는 바가 큽니다.

그래서 문예 창작의 진실을 구하는 조건과 계기는 수심정기에 비比하는, 혹은 유비되는 세속에서의 자기 수행이라는 사실을 이해하게 되었습니다. 책과 오욕 칠정에 뒤엉킨 인생 속에서도 마음을 닦으면 그 자

---

39   수운 선생은 "인의예지는 옛 성인이 가르친 바요, 수심정기는 오직 내가 다시 정한 것이라."고 말씀하셨습니다.

체로 공부이고, 주유하는 방황과 '고독 지옥'에도 좌절하지 않고 공부하는 마음으로 임하는 것은 문학예술인에겐 일종의 수행입니다.

2문 종교인의 마음 수행과는 달리, 문예론 차원에서 마음 수행은 세속적 생활 속에서도 가능하군요.

답 그런 범속한 공부 차원을 넘어서, 마음을 단단히 다지면서 만물 또는 뭇 생명에 대한 성실한 관찰과 함께 공경심을 키우는 일, 사회적 모순에 처한 이들의 고통을 깊이 헤아리고 모순의 해소와 고통의 치유에 정성을 들이는 일이 적어도 진실한 문예 창작은 물론 문예 비평에서도 필수 조건이라 할 것입니다. 수행은, 특정할 수는 없이 외딴 토굴이니 절간이니, 외딴 종교적 수련장이니, 그런 성스런 외딴 공간이 따로 필요 없이 지금-여기서 벌어지는 나날의 삶이 수행 자리입니다. 사람을 포함한 만물에 대한 모심(侍)과 현실 참여를 향한 일상 속의 실천행이 수행 혹은 수심정기에 유비될 수 있어야 하는 것이고,[40] 이러한 나날의 수행이 문학예술인의 수행법에 타당한 것이 아닐까 생각하는 겁니다. 물론 창작의 진실을 추구하는 시인·예술가들에게 막연한 '길 없는 길'이자 예상하기 힘든 험난한 길이겠지요. 하지만 문예 작품에서, '무위이화'의 경지는 이러한 일상성 속의 수행심修行心 없이는 나타나기가 어렵습니다.

---

40 개벽의 문학을 위한, 곧 '최령자'를 위한 문학예술의 창작과 비평에 있어서, '무위이화(귀신의 작용)'의 마음을 터득하는 것이 중요하고, 이 귀신이 들고 나는 경지에 접하기 위한 자기 수행의 노력이 필요하고 전제되어야 함을 강조하기 위해, 수운 동학의 '수심정기'를 인용합니다.

유역문예론의 관점에서 보면, 궁극적으로 수행의 의미는 '무위이화'를 터득하기 위한 것이라 할 수 있고, 문예 작품의 진실과 성취 여부는 무위이화가 남긴 자취의 유무有無와 그 정도程度에 달려 있습니다. 단군 신화에서 환웅의 가화든 수운 동학에서 한울님 귀신의 가화든, 무巫적 존재가 귀신과 접신해야 가화가 나타날 수 있고 가화는 바로 무위이화의 자취입니다. 이를 문학예술론 차원에 옮기면, 단군신화와 한울님 귀신의 고사는 예술가의 수행을 통한 접신과 가화의 상징적 알레고리입니다. 유역문예론의 관점에서 수행(修心正氣)과 귀신(無爲而化), 접신과 가화를 상징적 도식으로 간략히 설명하면 다음과 같습니다.

(1) 수행修行(수심정기)은 귀신鬼神(무위이화)과의 접신接神의 조건이자 계기이다.

(2) 귀신鬼神(무위이화)과의 접신接神은 가화假化(성현聖顯)의 조건이자 계기이다.

3 문 오랜 세월 근대적 합리성과 과학적 이성이 지배해온 문학계에서, 예술 창작의 계기를 상징적 알레고리로 설명하더라도, 샤머니즘에서 말하는 접신과 가화를 이해하기가 쉽지 않아 보입니다.

답 보통 사람들은 접신과 가화를 비현실적 신비주의나 비정상적 정신 상태로 봅니다. 종교학 관점에서 보면 종교적 진실성 여부는 신이든 신인이든 어떤 기적 혹은 이적異蹟을 보여주느냐가 중요하지 않나 생각합니다. 대샤먼은 탈혼망아, 황홀경 상태의 접신(trans, ecstasy) 또는 빙의possession를 능숙하게 행합니다. 하지만 샤머니즘의 범신론적 관점에서 보면, 일반인들도 열심히 수행하면 모든 자연물이나 자연현상 및 일상생활에서도 성현聖顯 현상인 히에로파니Hierophany[41]를 경험할 수 있습니다. 『샤마니즘Shamanism』(1956)을 쓴 M. 엘리아데는 샤머니즘을 기본적으로 히에로파니 현상으로 설명하는데, 가령 돌이나 나무 같은 흔하고 일상적인 사물에서 신성함이 드러나는 것과 같이 '기초적인 히에로파니'에서부터, 예언자나 교주, 신 등이 나타나는 것처럼 '복합적인 히에로파니'에 이르기까지 히에로파니는 기본적으로 '역사적으로 구체적인 것 안에서' 일어나는 것이라고 말합니다. 또한, 목사나 가톨릭의 수도승들이 금욕적인 생활을 하면서 정진 중에 체험하는 성현 현상인 에피파니Epiphany를 독실한 일반인 크리스천들도 경험합니다. 칼 융의 분석심리학에서, 원형archetype이 분출하는 신성神聖의 힘을 가리키는 누미노줌Numinosum[42]도 성실하고 관조에 능한 일반 사람이 마음속에 은닉하고 있는 초월적인 신성한 능력입니다. 꼭 특별한 종교적 심성을 가진 예외적 존재만이 성현이나 신성한 힘을 나타내는 것은 아닙니다. 성현 현상은 어떤 대상을 향해 간절한 신심을 가지고 기원과 함께 용맹 정진의 시간을 거치는 성실한 사람이라면 누구나 무의식적으로 혹은 '알게 모르게' 경험하는 '정신 현상'의 일종으로 볼 수 있습니다. 다시 말해, 성현은 종교인의 구도적 수행에서만이 아니라 세속의 신산고초에 굴

---

41 hierophany(聖顯), 그리스어 Hiero(거룩한 것, 신성한 것)와 Phainein(나타나다)이 합쳐진 말. 엘리아데Mircea Eliade가 주저 『샤마니즘』에서 쓴 Hierophany(聖顯) 현상은, "어떤 사물에서건, 어느 때건, 어느 곳에서건 나타날 수 있습니다."(미르치아 엘리아데, 『샤마니즘』, 이윤기 옮김, 까치, 1992)

42 C.G. 융의 분석심리학에 따르면, '대상에 대한 주의 깊고 성실한 관찰과 관조'는 그 자체로 인간 마음 속에 깃든 신적인 것 또는 신성한 힘, 곧 누미노줌Numinosum이라 합니다.

하지 않고 탁한 세속을 초월하려는 간절한 염원과 성실과 공경의 마음을 닦고 단련하는 사람(至人)이라면 누구나 경험할 수 있는 정신 현상으로 보아야 합니다. 특히 문학예술 창작에서는 탁한 세속에서 성현 현상을 접할 수 있는 수행의 정신이 필요합니다.

예술 창작에서의 성현은, 힘써 성경신誠敬信을 다하는 예술가의 지극한 간구懇求에 신성神性이 화답한 것입니다. 이 인격의 간절한 기원에 대한 신격의 화답 차원에서 보면, 성현 현상과 접신을 통한 '가화'는 서로 크게 다를 바 없는 듯합니다. 유역문예론에서 일체의 예술 행위 또는 예술적 상상력의 기본으로서 접신과 가화의 상징성을 주목하는 것은 앞서 말했듯이 동학의 '최령자'와 깊은 연관성이 있습니다.

문예론 차원에서 보면, 성현 또는 누미노줌 등 초월적 개념들을 종교학적 개념의 범주에 제한할 필요가 없습니다. 비근한 예를 들자면, 등산을 하다 보면 흔히 만나는 것이 한낱 돌무더기에 불과한 크고 작은 돌탑입니다. 그 돌탑에 등산객들은 잠시 걸음을 멈추고 합장을 하고 나서 주위에 널린 돌 하나를 얹어놓습니다. 세속의 지상에 널린 돌은 하찮은 돌이지만 돌탑에 올려지는 순간 돌연 탈속脫俗의 돌로 화하면서 성현을 띤 상징물로 변합니다. 하지만 이때의 성현은 탑의 상징과 탑 형상의 이미지가 사람들의 마음속에 이미 자리 잡은 어떤 규범적 진리를 반복적으로 재생하고 현실화하는 가운데 나타나는 성현입니다. 돌탑을 쌓는 행위는 '진리 표상'을 반복적으로 모방하는 것에 불과합니다. 종교 영역에서, 가령 십자가·만다라·이콘 등등 수많은 종교적 상징과 이미지는 대부분 절대적 진리를 반복해서 재생하는 규범화된 표상에 가깝습니다. 그러나, '새로운 문학예술' 영역에서 추구하는 상징과 이미지는 그것과 차이가 있습니다. 그것은 노골적이고 고정화된 종교적 상징과 이미지와는 거리가 있습니다.

귀신(무위이화)에서 비롯되어 나오는 상징과 이미지는, 무위이화의 덕德에 합하는 '특별한 내용과 형식'을 품고 있다는 것. 다시 말해, 예술가의 마음에서 일어나는 귀신의 작용, 곧 예술 창작에 있어서 '무위이화'는 이미 주어진 종교적 규범을 따르는 인위적인 상징과 이미지와는 거리가 멀고 다른 차원에 놓여 있습니다. 그러므로 예술가의 마음에서 일어나는 귀신의 조화(무위이화)를 중시하는 문예 창작에서는, 무위이화로서 나타나는 비규범적 상징과 이미지의 성격과 의미를 은폐하고 있으며 이 '은폐된 존재성'을 유추해서 찾아가는 가운데 창작의 은폐된 근원—인위적 문예 창작을 넘어서는 무위이화의 지점들—을 밝히는 것이 중요합니다. 이 창작의 무위이화의 지점을 찾아 밝히는 과정에서 성현이 곧 가화가 더불어 나타날 수 있습니다. 바꿔 말해, 무위이화에 따르는 성현 곧 가화는 원칙적으로 신격의 기본 성격인 무위이화의 덕에 합하는 예술 정신 속에서 나타나는 것입니다. 가화는 예술 창작 중에서 음양의 조화를 주재하는 '귀신'의 존재와 작용에 의해 나타나는, 곧 '무위이화의 자취'로서 나타나는 성현이라 할 수 있겠지요.

무위이화에 따라, 곧 귀신의 작용에 따라 나타나는 비규범적 상징과 이미지는 자연히 '은폐된 의미'를 가지기 때문에, 잘 보이지 않고 잘 들리지 않고 잘 잡히지 않습니다. 은미하게 나타나는 것이지요. 여기서 해석을 위한 아날로지(analogy, 유비類比·유추類推)의 역할이 대두되고 아날로지적 해석의 중요성이 제기됩니다. 상징과 이미지에 대한 기존의 보수적 인식 틀에서 벗어나야 합니다. 예술가(시인)의 마음에 일어나는 음양의 조화 곧 무위이화 속에서 생성된 특별한 기운 혹은 그 기운의 은밀한 존재를 나타내는 상징symbol 또는 이미지(image, Imago)[43]가 ('개벽'

을 위한 새로운!) 예술 창작과 비평에서 중요한 것입니다. 이 은밀하고 특별한 기운을 품은 상징과 이미지는 예술가의 창작 과정에서만이 아니라 성실한 감상자(비평가)의 진지한 향수享受 과정에서도 예술 작품의 유기체적 힘─성현聖顯, 신성력神聖力─을 발휘합니다. 궁극적으로 무위이화의 덕에 합하는 문예 창작과 비평의 긍정적인 힘은 여기에서 찾을 수 있겠죠.

문예 창작에서 '無爲而化'의 덕에 합하고 그 마음을 정하는 마음이 중요

4 문 유역문예론에서 귀신론, 다시 말해 무巫적 존재로서 시인의 예

---

43 상징과 이미지는, 어떤 개인의 심리에서 파악되는 개체적인 것, 구체적인 것을 비유(은유)하는 것이 아닙니다. 상징은 종교사가의 사고에서 보듯 근원적인 통일성을 가지고 진리를 향하여 움직이고 있으며 이미지는 내부에 자발적인 부단한 흐름을 가지고 있습니다. M. 엘리아데의 책 『이미지와 상징*Images et Symboles*』(1952) 중에는 '개인적 심리'에 갇혀서 '집단 심리'와의 심각한 불균형을 초래한 심리학자와 구태의연한 문학평론가들이 '규범적으로' 상징과 이미지 개념을 사용하는 것에 대해 비판하는 대목이 나옵니다. 그 비판 대목에 이어 아래 구절이 나옵니다.
"'상상력을 가지고 있다'는 것은 내적 풍요, 이미지의 자발적인 부단한 흐름을 향유한다는 것이다. 그러나 이 자발성은 임의적인 의도를 말하는 것이 아니다. 어원적으로 보면, 상상력은 이마고(Imago), 즉 '표상, 모방'과 이미토르(Imitor), 즉 '모방하다, 재생하다'와 깊은 관련을 맺고 있다. 이 경우 어원에는 심리적 현실뿐만 아니라 정신적인 진리가 반영되어 있다. 상상력은 규범적 모델─이미지─을 모방하고 재생시키고 재현실화시키고 무한히 반복한다. 상상력을 가진다는 것은 세계를 그 전체성 속에서 바라본다는 뜻이다. 개념에 저항하는 모든 것을 지시해주는 것이 이미지의 힘이자 사명이다. 그렇게 보면 '상상력이 결여된' 사람의 불행과 몰락이 설명된다. 그는 인생과 자신의 영혼의 심오한 현실과 단절되어 있는 것이다."(미르치아 엘리아데, 『이미지와 상징』, 이재실 옮김, 까치, 1998)

와 적용될 수 있는 작품을 예시해주면 좋겠습니다.

답 유역문예론에서 얘기하는 귀신, 곧 최령자로서 무적 존재와 생사生死를 초월한 영혼, 귀신들이 '접신' 상태임을 절묘하게 예시해주는 시편이 하나 있는데, 바로 백석의 시 「마을은 맨천 구신이 돼서」입니다. 하지만 이 시는 겉으론 페르소나의 접신 상태만 보여주는 듯 보이지만, 그 안에는 웅숭깊은 조선 정신사와 예술사의 일단一端이 은폐되어 있습니다. 한국의 근현대문학사에서 보면, 백석의 시는 유역문예론이 배우고 따를 바가 매우 크고 많습니다. 백석이 서울을 떠나 고향 정주를 거쳐 만주 등 북방으로 돌아가게 되는 1940년경에 시인으로서 깊은 반성의 소회所懷를 드리운 명시 「북방에서」가 있습니다만, 이 시에 대한 이론적 비평은 얘기가 길어지므로 이 자리에서는 접기로 하고,[44] 유역문예론에서 중요한 기본 개념들인, 가화, 접신, 귀신, 무위이화, 최령자, 무적 존재 등을 잘 보여주는 심오한 시 「마을은 맨천 구신이 돼서」와 널리 애송되는 유명한 시 「남신의주유동박시봉방南新義州柳洞朴時逢方」을 가지고 얘기하지요. 1939년경 쓴 것으로 추정되는 이 두 시편에서 페르소나, 곧 시적 화자의 존재 문제를 유심히 살필 필요가 있습니다.

> 나는 이 마을에 태어나기가 잘못이다
> 마을은 맨천 구신이 돼서
> 나는 무서워 오력을 펼수 없다
> 자 방안에는 성주님

---

44 이 책 1부 「유역문예론 2」 및 졸저 『네오 샤먼으로서의 작가』 중 「한국문학과 샤머니즘의 이념」 참고.

나는 성주님이 무서워 토방으로 나오면 토방에는 디운구신
나는 무서워 부엌으로 들어가면 부엌에는 부뜨막에 조앙님

나는 뛰쳐나와 얼른 고방으로 숨어 버리면 고방에는 또 시렁에 데
석님
나는 이번에는 굴통 모퉁이로 달아가는데 굴통에는 굴대장군
얼혼이 나서 뒤울안으로 가면 뒤울안에는 곱새녕 아래 털능구신
나는 이제는 할수 없이 대문을 열고 나가려는데
　　대문간에는 근력 세인 수문장

나는 겨우 대문을 삐쳐나 밖앝으로 나와서
밭 마당귀 연자간 앞을 지나가는데 연자간에는 또 연자망구신
나는 고만 디겁을 하여 큰 행길로 나서서
　　마음 놓고 화리서리 걸어가다 보니
아아 말 마라 내 발뒤축에는 오나 가나 묻어 다니는 달갈구신
마을은 온데 간데 구신이 돼서 나는 아무데도 갈수 없다
　　　　—「마을은 맨천 구신이 돼서」(1939년경 작, 1948년 발표) 전문

어느 사이에 나는 아내도 없고, 또,
아내와 같이 살던 집도 없어지고,
그리고 살뜰한 부모며 동생들과도 멀리 떨어져서,
그 어느 바람 세인 쓸쓸한 거리 끝에 헤매이었다.
바로 날도 저물어서,
바람은 더욱 세게 불고, 추위는 점점 더해 오는데,

나는 어는 木手네 집 헌 샅을 깐,

한 방에 들어서 쥔을 붙이었다.

이리하여 나는 이 습내 나는 춥고, 누긋한 방에서,

낮이나 밤이나 나는 나 혼자도 너무 많은 것 같이 생각하며,

딜옹배기에 북덕불이라도 담겨 오면,

이것을 안고 손을 쬐며 재우에 뜻 없이 글자를 쓰기도 하며,

또 문 밖에 나가디두 않구 자리에 누어서,

머리에 손깍지 벼개를 하고 굴기도 하면서,

나는 내 슬픔이며 어리석음이며를 소 처럼 연하여 쌔김질하는 것
이었다.

내 가슴이 꽉 메어 올 적이며,

내 눈에 뜨거운 것이 핑 괴일 적이며,

또 내 스스로 화끈 낯이 붉도록 부끄러울 적이며,

나는 내 슬픔과 어리석음에 눌리어 죽을 수 밖에 없는 것을 느끼
는 것이었다.

그러나 잠시 뒤에 나는 고개를 들어,

허연 문창을 바라보든가 또 눈을 떠서 높은 턴정을 쳐다보는 것
인데,

이 때 나는 내 뜻이며 힘으로, 나를 이끌어 가는 것이 힘든 일인 것
을 생각하고,

이것들보다 더 크고, 높은 것이 있어서, 나를 마음대로 굴려 가는
것을 생각하는 것인데,

이렇게하여 여러 날이 지나는 동안에,

내 어지러운 마음에는 슬픔이며, 한탄이며, 가라앉을 것은 차츰

앙금이 되어 가라앉고,

　외로운 생각만이 드는 때 쯤 해서는,

　더러 나줏손에 쌀랑쌀랑 싸락눈이 와서 문창을 치기도 하는 때도

있는데,

　나는 이런 저녁에는 화로를 더욱 다가 끼며, 무릎을 꿀어 보며,

　어니 먼 산 뒷옆에 바우 섶에 따로 외로이 서서,

　어두어 오는데 하이야니 눈을 맞을, 그 마른 잎새에는,

　쌀랑쌀랑 소리도 나며 눈을 맞을,

　그 드물다는 굳고 정한 갈매나무라는 나무를 생각하는 것이었다.

　　　—백석, 「남신의주유동박시봉방」(1939년경 작, 1948년 발표) 전문

　먼저 백석 시를 논하기 위해서는, 왜 백석이 함경도 평안도 방언 등 북
방 방언은 물론 남쪽 지방 방언 등 방언들을 채집하고 시 속에 방언들을
절묘하게 구사했는지를 깊이 이해해야 합니다.[45] 시천주의 '시侍'의 의
미, 개벽의 뜻을 이루기 위해서는 '존재의 집'인 언어에서 근대 자본주
의가 구축한 표준어주의를 극복해야 합니다. 적어도 문학예술 영역에
서는 인위적 언어인 표준어-주의를 추방해야 합니다. 근대적 합리주의
의 속성이기도 한 '표준'의 전횡에서 문학 언어를 해방해야 하고, 이는
인간 정신의 개벽을 위해서도 필수적입니다. 제가 설정한 '방언문학'[46]

45　백석 시 연구에서 고형진 교수(고려대)가 펴낸 『백석 시의 물명고—백석 시어
　　분류 사전』(고려대학교출판문화원, 2015)은 중요한 업적이고 한국문학사적으로
　　뜻깊은 성과입니다.

46　'유역문예론'에서 파생되어 나오는 '방언문학' 개념은, 졸고 「'방언적 존재로서
　　의 작가'의 문학사적 의의—이문구 문학 언어의 민중성과 민주성」, 『네오 샤먼
　　으로서의 작가』 및 이 책 2부 「非근대인의 시론」 참고.

개념 차원에서도 백석 시의 의미심장한 시어 및 독특한 시문詩文 구성이 품고 있는 높은 시정신의 경지가 있습니다. 백석은 시어에서도 단순히 지역방언을 채록하고 구사하는 차원을 넘어서 방언의 본성인 자연적 삶, 자유와 해방의 정신을 심오히 통찰하고 이를 시로 승화한 시인이라는 점에서, 근대문학사에서 단연코 선구적인 '개벽적 시인'입니다.

여러 시각에서 백석의 시를 분석할 수 있지만, 여기선 인용한 두 시편에서 일단 페르소나 또는 내레이터의 문제를 가지고 잠시 살펴보지요.

어떤 시론이나 이즘을 동원하기 전에 적어도 한국인 독자라면 이 두 인용 시편을 음미했을 때 자기 심연에서 잊고 있던 혹은 잃어버린 '자기' 혹은 자기 안의 한국인으로서 자의식이나 무의식이 꿈틀대는 느낌이 들게 됩니다. 그 '잃어버린 자기 존재감'은 이 땅의 생활사·민속사 속에서 퇴적된 어떤 집단무의식적 맥락인데, 그것은 내 안에서 또는 우리 안에서 잃어버린 무적 존재입니다. 「마을은 맨천 구신이 돼서」의 페르소나(시적 화자)는 접신 상태의 무당입니다. 이 시에서는 동심童心의 천진성이 느껴집니다. 페르소나는 집 안팎에서 문득문득 출몰하는 온갖 귀신들이 두려우면서도 한편 두려운 귀신들과 숨바꼭질 놀이를 하듯이 '귀신 놀이'에 열중합니다.

춤과 노래로 무당이 접신하듯, '천진한 놀이'가 神明을 부름

시 「마을은 맨천 구신이 돼서」는 한국인의 오랜 신도 문화의 원형原形으로 해석될 수 있습니다. 시적 화자(페르소나)는 지상의 귀신들과 접신하여 펼쳐지는 신기한 가화의 광경을 보여줍니다. 접신과 가화의 계기는 무위자연에 따르는 꾸밈없는 천진성에 있다는 점을 넌지시 알려줌

132

니다. 시적 화자는 순진한 동심의 세계에서 '숨바꼭질 놀이'를 하듯이 지상의 온갖 귀신들을 차례로 마주칩니다. 이 시에서 시적 화자가 귀신과 '놀이'를 하는 듯하다는 점은 의미심장합니다. 무적巫的 존재는 춤과 노래로서 접신하여 인위가 지배하는 세속을 떠나 귀신과 어울려 조화造化를 원만히 만드는 존재이기 때문입니다. 이 시에서 시적 화자의 놀이하는 동심은 무적 존재의 알레고리입니다.

천진난만은 무위이화無爲而化가 스스로 드러나는 정신의 가장 믿을 만한 계기契機입니다. 그래서 이 시에서 동심의 페르소나는 접신의 황홀경ecstasy 상태에서 무위이화 곧 가화의 조건이자 계기가 되어 있습니다. 이 접신의 황홀경 상태가 무위이화 곧 가화의 계기인 것이니, 시인 백석은 접신이 시가 탄생하는 조건이자 계기라고 알리는 듯합니다. 시 창작의 알레고리인 셈이죠.

시인 백석의 유일한 시집 『사슴』(1936)에 실린 북방의 무당과 무속을 다룬 시편들에서 백석은 수많은 음식 이야기와 함께 토속이 짙은 방언들을 한껏 구사하여 경외하면서도 친근한 무당의 존재감을 표현했습니다. 이 순박한 산골 동네에서 가난한 대로 한껏 고사 지낼 음식을 장만하는 넉넉한 공동체성과 인위적 언어가 아닌 무위자연의 언어인 방언이 전달하는 북방의 토속적 자연성……. 이 인위를 넘어 무위의 공동체인 시골에서 백석은 조선 무당의 전형을 시의 페르소나를 통해 보여주는바, 그것은 무당의 마음이란 천진난만한 장난기 어린 동심이라는 것입니다. 천진난만한 무당의 마음은 다름 아니라 무위로운 마음을 가리키니, 무위이화로서 온갖 지상의 귀신들이 나타나게 됩니다. 이 현상 또한 가화假化인 것이죠. 보이지 않는 귀신의 무위이화의 나타남, 곧 신격의 '가화'가 천진난만한 동심의 무당의 접신을 통해 이루어지는 순간입니다.

　무위이화의 덕에 합일하는 것은 이러한 순진무구한 마음에서 접신이 이루어지는 순간이고, 바로 이 천진난만한 놀이의 순간이 신격이 무위이화로서 잠시 현현합니다. 수운 선생이 설하셨듯이 '시천주 조화정侍天主 造化定'이라 할까. 어찌 보면 이 시는 단군 이래 조선 정신의 깊고 거대한 뿌리인 무당의 접신을 통한 신의 잠시 나타났다가 사라짐 곧 가화가 한국인의 영혼에 현상現象하는 순간들을 상징적으로 또는 알레고리로 보여준 작품이라 해석해도 좋습니다. 과연 빼어난 민족시인 백석답게 단군신화의 가화와 무당의 접신이 하나로 합일되는 순간을 귀신과의 천진난만한 놀이로서 보여준 것입니다.

　시「남신의주유동박시봉방」은 백석의 높고도 아름다운 시정신을 유감없이 보여줍니다. 유역문예론의 시각으로 이 시를 읽으면, 제목 열 글자는 주문이고, 1인칭 페르소나의 이면에는 '은폐된 내레이터'로서 영매靈媒 곧 무巫적 존재가 활동하고 있으며, 은폐된 무적 존재가 주체적이고 능동적으로 활동하기 때문에 '나는 ~하는 것이었다'라는 비문법적 문장이 나오게 된다는 것, 이러한 은폐된 무의 활동에 의해 절망적이고 비관적인 상황에 빠진 '나'가 문득 시공을 초월하여 '먼 산 바위 섶에 선 갈매나무'의 신령한 기운을 받게 된다는 것 등을 비로소 이해할 수 있습니다. 여기서 중요한 것은 제목 열 글자를 주문으로 해석한다는 점인데, 주문은 그 자체가 무위이화를 위한 언술적 방법이고 이 주문을 통해 갈매나무와 절망적 상황에 처한 '나' 사이의 영매 곧 일종의 접신 상태가 비로소 이루어지며 이 접신이 '가화'의 계기가 되어준다는 사실입니다. 여기서 '나'와 "먼 산 뒷옆에 바우 섶에 따로 외로이 서" 있는 "갈매나무"를 연결해주는 영매의 매질媒質은 천상에서 지상으로 내리는 '눈'이라는 사실이 이 시에 은폐된 존재의 비밀을 유추하게 합니다. 그 은폐된 존재의 비밀은 바로 천상에서 지상으로 내리는 '싸락눈'의 상징 속에 있습니다. 이 대목을 보죠.

　　이것들보다 더 크고, 높은 것이 있어서, 나를 마음대로 굴려 가는 것을 생각하는 것인데,
　　이렇게하여 여러 날이 지나는 동안에,
　　내 어지러운 마음에는 슬픔이며, 한탄이며, 가라앉을 것은 차츰 앙금이 되어 가라앉고,
　　외로운 생각만이 드는 때 쯤 해서는,
　　더러 나줏손에 쌀랑쌀랑 싸락눈이 와서 문창을 치기도 하는 때도 있는데,
　　나는 이런 저녁에는 화로를 더욱 다가 끼며, 무릎을 꿀어 보며,
　　어니 먼 산 뒷옆에 바우 섶에 따로 외로이 서서,
　　어두어 오는데 하이야니 눈을 맞을, 그 마른 잎새에는,
　　쌀랑쌀랑 소리도 나며 눈을 맞을,
　　그 드물다는 굳고 정한 갈매나무라는 나무를 생각하는 것이었다.
　　　　　　　　　　　　　　　—백석, 「남신의주유동박시봉방」 부분

　　"더러 나줏손에 쌀랑쌀랑 싸락눈이 와서 문창을 치기도 하는 때도 있는데,/나는 이런 저녁에는 화로를 더욱 다가 끼며, 무릎을 꿀어 보며,/어니 먼 산 뒷옆에 바우 섶에 따로 외로이 서서,/어두어 오는데 하이야니 눈을 맞을, 그 마른 잎새에는,/쌀랑쌀랑 소리도 나며 눈을 맞을,/그 드물다는 굳고 정한 갈매나무라는 나무를 생각하는 것이었다." 쌀랑쌀

랑 싸락눈이 '나'의 춥고 허름한 방 문창을 치는 때에 동시에 먼 산 바우
섶에 쌀랑쌀랑 소리도 나며 하늘서 내리는 싸락눈을 맞고 있을 굳고 정
한 갈매나무를 떠올리고는 시는 절망과 비관의 기운에서 상서롭고 희
망적인 기운으로 급변합니다. 제목 열 글자 주문은 강신降神(降靈)의 주
문이요, 천상에서 지상으로 내리는 싸락눈은 강신의 알레고리이자 영
매의 매질이며 갈매나무는 신목神木의 비유인 것입니다.

오늘날도 사찰 행사나 성황당 곳곳에서 그 잔재가 남아 있는, 기원
하는 상대방의 거주지 주소를 적어놓는 풍습이 '남신의주유동박시봉
방'에 그대로 전해진 것이라고 봅니다. 이 소외되고 고통받는 인물 '나'
를 위해 주원呪願하는 무巫의 마음이 시 제목에 은폐되어 있는 것이죠.
그래야 '싸락눈'이 '나'와 '갈매나무'라는 신목에 접령하게 하는 영매
의 매질이 됩니다. 천상에서 지상으로 내리는 '눈'의 이미지는 그 자체
로 순전純全한 강신降神의 이미지입니다. '남신의주유동박시봉방' 열 글
자를 반복해서 주문으로 욀 때, 그 주문 속에서 '가화'의 가능성, 가화의
계기가 준비되는 것이고, 갈매나무를 신목으로 여겨 접신 가능성도 열
리게 되고, 이때 이 시를 읽는 한국인들은 저마다 마음 깊이에서 까마
득히 잊고 있던 접신의 '원형'과 저절로 조우하는 신령스런 사태를 맞
게 될지도 모릅니다.

5문 백석 시에서 주문呪文을 주목하는군요.

답 수운 선생이 동학 주문 21글자 안에 진리가 다 들어 있으니 주문
을 늘 외고 품으라 하였는데, 이 말은 동학에만 해당한다기보다 모든
종교 나아가 사람이 자기 안의 신령함을 찾는 방법이요 수단으로 봐야

해요. 이 주문의 형식은 실제로 '문학 언어' 차원에서 중요합니다.

백석이 1930년대 말경 「마을은 맨천 구신이 돼서」를 썼고, 이 시기에 「남신의주유동박시봉방」을 썼다는 사실은 우리나라 정신사 특히 이 땅의 문예 역사에서 의미심장함이 있습니다. 주문으로 읽어야 이 시가 품고 있는 내적 형식과 외적 형식이 통일적으로 이해되고 시의 겉 내용에 드러난 페시미즘과는 달리, 시의 내면에 존재하는 고통받는 이에 대한 위안과 함께 만물의 정령과 더불어 사는 존재로서의 인간성에로 접근할 수 있습니다. 이성의 차원이 아니라 신령한 시혼의 차원에서 시(시적 존재)를 접해야 시의 주제와 내용이 읽는 이의 영혼의 씻김에 작용하는 신묘한 경지가 나타나는 것이지요. 그러니까, 시 자체가 지니는 무위이화無爲而化의 경지가 발현될 수 있어야 합니다. '남신의주유동박시봉방'이라는 열 글자를 주문으로 읽을 때 이미 시인 백석이나 읽는 독자들은 마음속으로(의식적 혹은 무의식적으로 '은밀하게') 주문 열 글자를 반복하여 외게 되는데 바로 이 점이 중요합니다. 이는 전통 샤머니즘의 주문-주술이 그러하듯이 시공을 초월하고 만물의 정기精氣, 깊게는 영기靈氣와 소통의 차원이 열리게 된다는 뜻입니다. 백석이 이 시의 제목을 주문 형식으로 썼다면, 그 제목의 의도가 아마도 여기에 있다고, 유역문예론의 관점에서는 해석하는 것이지요. 그래야 시의 표면상 곧 의미론상으로 의미맥락이나 논리적 설명이 전혀 없이 페르소나인 '나'가 '먼 산 바위섶에 싸락눈을 맞고 서 있을 굳고 정한 갈매나무'와 영혼의 소통이 가능해지는 것 아니겠습니까. 이것이 이 시 자체가 품고 있는 신기神氣이고 영기예요. 시 자체도 제목의 주문에 따라 '내유신령 외유기화'('시천주侍天主'에서 '시侍'의 풀이)를 하게 되는 것이지요. 마치 샤머니즘에서 무생물에게도 신령이 살아 있다고 여기듯이 말입니다. 시인의 신령한 기운이 독자의 마음에 전달되고 그 독자의 마음이 시를 접하게 되면, 시 자체도 내유신령 외유기화의 지기至氣 상태에 이르게 되는 것입니다. 유역문예론에서 보면, 시가 내유신령 외유기화하여 독자와 영혼의 교감이 이뤄지는 순간의 형식, 그 순간의 초월적 형식성을 가리켜 '창조적 유기체'라고 이릅니다.

그래서 시 제목으로 쓰인 열 글자가 주문이므로 읽는 이의 마음속에서는 들릴 듯 말 듯이, 곧 '은밀하게' 반복되는 것입니다. 이 은미한 주문의 반복성이 사물들의 정기를 불러일으키는 주술呪術인 것이고, 이 주문의 형식이 이 시에 역동적 기운을 '부름'하는 것입니다. 초혼招魂하듯이.

그러니까 주문을 우습게 보고 지적으로 얕잡아보면 안 됩니다. 동학 농민혁명 전쟁 당시, 일제 놈들이 따발총을 쏴서 동학군들을 마구 학살했던 시기에 동학 주문을 외면 총알도 피해가고 또 병이 들면 주문을 태워서 마시면 낫는다는 이적異蹟들이 전해오거나, 주문을 외면 죽지 않는다는 믿음은 동학의 주문의 힘에서 나왔다고 볼 수 있습니다. 물론 이러한 이적들을 곧이곧대로 믿을 수는 없지요. 하지만 이때 주문은, 비과학적인 혹세무민의 방식이 아니라 인간의 숨은 신기를 불러오고, '내유신령內有神靈'과 통하여 기화氣化하도록 하는 신통한 방식임을 반증하는 것입니다.

식민지 시대에 변절하지 않고 일제에 저항하고 독립을 위해 싸운 대시인 만해 한용운 선사도 동학이 펼치는 어린이운동, 농민운동 등 사회운동의 원동력이 바로 동학 주문 21자를 인민들이 믿고 열심히 외었던 데 있다 하여, 동학 주문의 중요성을 갈파했습니다. 이 사실은 동학의 본질을 꿰뚫어 보는 만해의 통찰력을 보여줄 뿐 아니라, 만해 시인이 경험적으로 주문 자체가 인간의 정신에 미치는 심오하고 신령한 힘을

가졌음을 증거하는 체험담입니다.[47]

동학 주문은 '시천주'에서의 시侍 곧 '내유신령 외유기화……'를 실천하는 기본적 방법입니다. 동학 주문만이 아닙니다. 주문이란 '최령자'로서 인간의 정신 혹은 영혼을 정淨하고 굳세게 만드는 중요한 언어 방법인 것입니다. 제가 보기에, 위대한 시인 김수영도 이 주문이 가진 초월적 효력을 터득하고 있었습니다.

6 문 얘기가 나온 김에 김수영 시에 대해 질문을 하겠습니다. 김수영의 시는 한국 현대시의 가장 극적이고 최전위에 서 있다 해도 과언이 아닐 정도로 학계나 시단에서 김수영에 대한 뜨거운 관심은 식을 줄을 모릅니다. 김수영 시에 대한 유역문예론적 비평은 어떠합니까.

답 지난 시절 사정이 여의치가 않아 '김수영론'을 본격 비평문으로

---

47 일제강점기에 독립지사요 시인이요 조선 불교의 혁신에 앞장 선 큰스님인 만해 한용운(萬海 韓龍雲, 1879~1944) 선사禪師는 동학에서 주문呪文의 중요성을 통찰하고 주문의 효험을 강조하였습니다. 만해는 일찍이 고향인 충남 홍성에서 동학혁명에 참여하였고 그 여파로 고향에 머물지 못하고 떠돌다 스님이 되었다고 합니다. 동학이 천도교로 이름을 바꾸고 청년운동, 농민운동, 소년운동 등 사회운동을 맹렬히 전개하는 것을 유심히 지켜보며, 만해는 천도교에 대해 애정 어린 충고의 말을 남겼습니다.
"천도교가 과거에 있어 그만큼 크고 튼튼한 힘을 얻어온 것은 돈의 힘도 아니요 지식의 힘도 아니요 기타 모든 힘이 아니고 오직 주문의 힘인 줄 생각합니다. 세상 사람들은 주문을 일종 종교적 의식으로 보아 우습게 보는지 모르나, 나는 무엇보다 종교적 집단의 원동력으로서 주문을 가장 의미심장하게 봅니다. 천도교의 그만한 힘도 주문에서 나온 줄로 생각합니다. 보다 더 심각하게 종교화가 되어 주십시오." 『신인간』 1928년 1월 호; 한용운, 『한용운 전집』 1권(대한불교문화연구원, 2000)에서 재인용.

쓰기에는 어렵고 해서, 시 한두 편을 대상으로 삼아 비평적 관심을 표명한 적이 있습니다. 김수영의 시 중에서, 유명한 「풀」, 「폭포」, 「공자孔子의 생활난」 등을 비평한 바 있어요. 김수영 시인은 행복한 경우입니다. 4·19 세대 비평가들을 중심으로 수많은 비평가들과 연구자들이 지금도 연구를 계속하고 있으니, 김수영의 시정신을 이해하는 데, 알려진바, 첫 시 「묘정廟庭의 노래」를 깊이 분석하고 해석하는 게 선결적입니다.

1
남묘南廟 문고리 굳은 쇠 문고리/기어코 바람이 열고/열사흘 달빛은/이미 과부의 청상靑裳이어라(1연)

날아가던 주작성朱雀星/깃들인 시전矢箭/붉은 주초柱礎에 꽂혀 있는/반절이 과하도다(2연)

아—어인 일이냐/너 주작의 성화星火/서리 앉은 호궁胡弓에/피어 사위도 스럽구나(3연)

한아寒鴉가 와서/그날을 울더라/밤을 반이나 울더라/사람은 영영 잠귀를 잃었더라(4연)

2
백화白花의 의장意匠/만화萬華의 거동의/지금 고오히 잠드는 얼을 흔들며/관공關公의 색대色帶로 감도는/향로의 여연餘烟이 신비한데(5연)

어드매에 담기려고/칠흑의 벽판壁板 위로/향연香烟을 찍어/백련
을 무늬 놓는/이 밤 화공의 소맷자락 무거이 적셔/오늘도 우는/아아
짐승이냐 사람이냐(6연)

　　　　　　　　　　　　　　　 —김수영,「묘정의 노래」(1945) 전문

　우선 김수영의 데뷔작「묘정의 노래」와 유고시「풀」을 귀신론 또는
음양의 조화 관점에서 해석할 필요가 있습니다. 김수영의 시정신을 통
론通論하려거든, 데뷔작으로 알려진「묘정의 노래」의 심층 의식에 대한
이해가 전제되어야 합니다. 김수영 시인은 적어도 유소년기까지는 집
안 내력에 따라 한학과 유학의 훈육, 전통의 훈습이 있어선지, 음양오
행에 대한 기본 소양이 넓고 깊게 자리하고 있습니다.「묘정의 노래」외
에도「공자의 생활난」,「폭포」등 여러 작품 속에 유학이 주를 이루면
서도 도가나 주술 등 무巫의 전통도 강하게 흐르고 있습니다. 이「묘정
의 노래」에는 세상이 돌아가는 근본 원리로서 음양오행 사상이 투영되
어 있습니다. '일음일양위지도一陰一陽謂之道'의 관념이 이 시 의식의 바
탕이라 할 수 있어요. 음양오행의 원리가 의식적으로 또는 무의식적으
로 깊이 작용하면서, 이 시는 적어도 앙관천문仰觀天文[48]을 할 수 있는 김
수영 시인의 소양을 보여주는데, 천문에서 남방을 지키는 주작성朱雀星,
곧 음양오행에서 하늘에 분포되어 있는 일월日月과 목화토금수(7요曜)
각각에 해당하는 별자리를 찾고 동서남북의 각 방위를 표상하는 전설
적 동물인 주작朱雀의 존재를 노래합니다. "날아가던 주작성朱雀星"이라

48　'앙관천문'은『주역』의「계사전」에 나옵니다.

는 시어는, 어딘가를 향해 "날아가던" 것이 아니라 주작성 자체가 지닌 음양오행 상의 성질, 3연의 "주작의 성화星火"(火氣) 성질을 함의하는 의미에서 "날아가던 주작성"으로 해석하는 것이 타당합니다. 시인의 정신 속에 용해된 전통 음양오행론에 따라, 양기陽氣가 많은 남쪽 하늘의 주작은 '날아가는' 성질이지만 결국은 태양과 별이 지는 서쪽으로 내려앉아 호랑이(우백호右白虎)로 변한다고 하는 음양오행의 오래된 사신四神 관념이 작동한 것이지요.[49] 이 '묘정의 노래'라는 제목에서 유추될 수 있는 여러 의미들을 포괄해야 제대로 분석된 비평이 나올 수 있습니다. 시인 김수영에게는 자가自家의 내력에 의해서건, 유가 철학의 진수이자 역易 철학에 바탕한 음양오행론에 따른 천지간 운행과 조화의 원리가 시 정신의 형성에 깊이 연루되어 있습니다.

「묘정의 노래」의 화자는 묘정에서 밤하늘의 천문을 관찰하며 영욕의 조선 역사와 해방을 맞았어도 암담한 현실 상황을 음양오행에 맞추어 해석합니다. 이 시에 내포된 사회의식을 살피면, 조선왕조의 흥망과 일제에 의한 식민 지배, 해방과 동시에 미군정에 의한 남한 점령과 소련의 북한 진주에 의한 남북의 분열과 외세의 간섭과 지배가 가져온 암울한 사회 상황을 빗댄 시라고도 해설될 수 있겠지요. 특히, 시의 무대가 동아시아 유교권에서 신장神將으로 숭배받는 관우를 모시는 사당이라는 점에서, 조선조에 두 차례나 큰 왜란을 겪고 또 일제 식민지 지배에서 막 해방된 영욕의 조선 역사를 시인은 주작의 알레고리로서 "한아寒鴉"가 와서 "밤을 반이나" 서러이 울음소리를 듣는 것으로 표현합

---

49 사신도四神圖에서 동쪽은 떠오르고 서쪽은 내려앉고 남쪽은 날고 북쪽은 밑으로 숨는 성질을 각각 청룡(동), 백호(서), 주작(남), 현무(북)라는 전설적 동물로 표상하였습니다.

니다. 하지만, 사신도에서 주작의 화신인 겨울 까마귀 울음을 "사람은 영영 잠귀를 잃었더라"라고 하여, 시인이 듣는 '묘정의 노래'는 암울한 현실 상황을 빗대면서도, 시적 상황이나 분위기가 전반적으로 현실 초월적 정신에서 일어나고 있음을 드러냅니다. 해방 직후 정치 사회적 현실에 따른 정신적 혼란 상황의 메타포로 해석될 수 있는 이 시에서 중요한 점은 역사적 현실 상황과 초월적 정신 상황이 동시에 서로를 내포와 외연의 상호 관계를 통해 드러낸다는 사실입니다. 음양오행의 시간 속에 해방 직후의 암울한 현실 상황은 물론 조선왕조의 흥망성쇠의 역사가 소환되는 것이지요. 이 시의 벼리를 간단히 말하면, 음양오행의 순환에 따른 시간관을 통찰하는 의미심장한 시정신입니다. 그러므로 김수영이 만 24세인 해방되던 1945년에 쓴 첫 시에서 2연에 등장하는 불운한 '화공畫工'은 '젊은 김수영'의 시 의식이 투사된 상상 속의 예술가로서 해석될 수 있습니다. 이 시에 은폐된 혹은 드러난 김수영의 시정신은 귀신의 조화 곧 음양오행의 전통과 그 원리에 투철합니다. 곧 '귀신의 조화'에 투철한 '시인의 마음'이 엿보이는 것이지요.

이처럼 음양오행의 관점에서 보면,「묘정의 노래」와 함께 해방 직후의 초기작인 「공자의 생활난」(1945)에서 공자의 삶과 『주역』과 『대학大學』의 '팔조목八條目'이 시적 사유의 대상이 되어 있는 점이 함께 분석되어야 합니다.[50] 내 판단으로는, 김수영 시인은 자가自家의 전통이든 유가를 공부해서든 음양론적 조화造化의 세계관이 시정신의 내력과 원심력이 되어 깊이 작용하는 가운데, 하이데거의 존재론 등 서구 근현대철학과 문예사조를 접한 것이고, 따라서 이 동서양의 사유 체계 간의

---

50   이에 대한 비평은 졸고 「'곧은소리'의 시적 의미」, 『네오 샤먼으로서의 작가』 참고.

접점을 찾아 깊이 헤아리는 비평 작업이 필요합니다.[51] 그러는 가운데 하이데거의 존재론이든 '온몸으로 밀고 나가는 시 창작론'이든, 특유의 참여시 정신, 사회의식 등이 살펴지며 논의되어야겠지요.

어쨌든, 「묘정의 노래」에서 보이는 시적 상상력의 연원인 음양오행론, 곧 음양의 반복 순환에 따라 만물이 생성하는 조화造化의 이치에 대한 통찰은 유고시 「풀」에서 시적 절정을 맞이합니다. 유역문예론의 귀신관에서 보면, 시인 김수영은 음양의 조화造化라는 초월적 초감각적 세계를 통관하고 조화의 중심에서 몸과 마음이 하나로 시 창작을 수행하는, 천지인 삼재에서의 인신적 존재 곧 무적 존재라 할 수 있습니다. '저절로' 귀신의 조화와 그 작용을 체득한 것이지요.

7문 김수영의 시론을 귀신론으로 설명하니 비평적으로 새로운 확장성이 전해집니다. 김수영의 유고시 「풀」은 기존 비평 의식에서는 4·19 이후 반외세 자유의지나 '주체적 의식인'의 평가에 머물러 있습니다. 2008년에 발표한 비평문에서 「풀」의 이면에서 작용하는 무巫적 존재를 밝혔는데, 이와 연관하여 김수영 시를 이야기해주세요.

---

51 김수영의 시정신에서 전통적 세계관과 서양의 근현대 사상 간 회통 문제는 최근 한국문학 및 사상계에 동학에 대한 관심이 점증하면서 '개벽'이 화두로 떠오른 상황을 고려하면, 깊이 고찰할 문예 사상적 문제입니다. 김수영은 서구의 현대시에 관심이 많았고 하이데거의 존재론에 심취하였지만, 그렇다고 서구에 대한 관심이 탈전통이나 전통의 약화弱化를 의미하지는 않는다는 점을 명확히 비평적으로 이해하는 것이 필요합니다. 이 문제는 후천개벽('다시 개벽')의 관점에서 보면, 가령 시인 백석, 『금강』의 시인 신동엽, 시인 김구용의 시정신과 비교될 수 있습니다.

답 유고시 「풀」은 시인의 마음에서 일어나는 '귀신'의 작용을 통해, 천지간 생명의 이치, 곧 무위이화의 풍경을 절묘하게 보여주고 있습니다.

풀이 눕는다
비를 몰아오는 동풍에 나부껴
풀은 눕고
드디어 울었다
날이 흐려서 더 울다가
다시 누웠다

풀이 눕는다
바람보다도 더 빨리 눕는다
바람보다도 더 빨리 울고
바람보다 먼저 일어난다

날이 흐리고 풀이 눕는다
발목까지
발밑까지 눕는다
바람보다 늦게 누워도
바람보다 먼저 일어나고
바람보다 늦게 울어도
바람보다 먼저 웃는다
날이 흐리고 풀뿌리가 눕는다

　　　　　　　　　　　　　　　—김수영, 「풀」(1968) 전문

이 시 1연은 의식적이든 집단무의식적이든 그 심연의 구조를 보면, 단군신화의 주요 서사와 상사성相似性을 은폐하고 있습니다. "비구름을 몰아오는 동풍"은 풍백, 우사, 운사와 더불어 생명의 봄기운을 잉태하고 땅 위에 퍼져서 생명 탄생의 울음을 알립니다. 천지인 삼재와 고난속의 인간 수련과 수행의 메타포는 이어집니다.[52]

이 시에서도 시인으로서의 자기 수련修練과 함께 마침내 무위이화의 시정신을 드러내는 김수영의 시적 기술은 특히 '주문의 형식이 은폐된 시어의 반복'에서 드러납니다. 시어의 반복법은 대부분 의미를 강조하기 위해 이용되는 시적 기교이기 십상인데 김수영의 시에서 반복법은 의미를 지우고 개념을 초월하는 주문의 형식이 됩니다. 이「풀」이라는 시가 대표적인데, 이 시의 첫 연 "풀은 눕고/드디어 울었다"에서부터 마지막 시행 "풀뿌리가 눕는다"까지 천지간 생명계의 조화를 통관한 인신적 존재로서 무적 존재는 주문에 능통합니다. 이는 샤먼(巫)의 언어인 주문이 심연에서 작용한다는 걸 의미합니다.

천지간 귀신의 조화를 살피고 이 무위이화의 덕에 합일하는 시적 화자(페르소나) 이면에 은폐된 존재가 '하늘'을 우러르는 인신인 무입니다. 그러니까 그간 시 3연에 나오는 풀밭에 서 있는 "발목까지/발밑까지"의 주인공을 '(외세와 맞선) 주체적 의식인' '근대적 자유인'으로 해석해왔는데, 이와는 다른 차원의 해석이 나오게 됩니다. '풀밭에 선 주인공'은 천지인 삼재의 인신적 존재 곧 무당적 존재인 것입니다. 이 시의 기교로서 주문의 형식은, 김수영의 여러 시편에서 나오는 시어의 반복을

---

52 김수영 시「풀」에 대한 유역문예론 관점에서의 비평은 졸고「무 혹은 초월자로서의 시인—김수영의「풀」을 다시 읽는다」(『현대문학』 8월 호[2008] 및 『네오 샤먼으로서의 작가』)를 참고하기 바라며, 여기서는 자세한 해설을 줄입니다.

통해 음양의 기운이 조화하기를 주원呪願하는 것과 일맥상통합니다.[53]

---

53   아래 「채소밭 가에서」를 예로 들 수 있겠습니다. 이 책 2부 「존재와 귀신」에서 인
      용. "김수영은 「공자의 생활난」에서 귀신의 존재를 '너'라고 인칭화했듯이, 시
      「채소밭 가에서」 다시 '너'를 '불러들임' 한다.

      기운을 주라 더 기운을 주라
      강바람은 소리도 고웁다
      기운을 주라 더 기운을 주라
      달리아가 움직이지 않게
      기운을 주라 더 기운을 주라
      무성하는 채소밭 가에서
      기운을 주라 더 기운을 주라
      돌아오는 채소밭 가에서
      기운을 주라 더 기운을 주라
      바람이 너를 마시기 전에

                                    —「채소밭 가에서」 전문

      김수영 시에서 반복법은 대체로 의미의 강조와 함께 의미의 초월을 부르는 주
      술呪術을 수행한다. 정형률 시조 혹은 동시 형식을 지닌 인용시에서, '기운을 주
      라 더 기운을 주라'는 시구의 반복을 통해, 의미는 강조되는 동시에 '기운'을 주
      재하는 묘용의 존재인 귀신을 '불러들임'하는 주술이 작용하게 된다. 이렇게 보
      면, 이 인용시의 마지막 시구에서 인칭 대명사 '너'는 음양의 조화를 부리는 초
      월적 묘용의 존재 즉 귀신을 가리킨다고 말할 수 있다. 특히 이 마지막 시구 '바
      람이 너를 마시기 전에'는, 고대 주술적 가요 「구지가龜旨歌」의 끝 시구에서도 나
      타났듯이, 자연을 주재하는 귀신의 작용과 조화를 기원하는 뜻으로 읽힌다. 시
      적 화자는 귀신과 놀이하듯 '기운을 주지 않으면 바람이 '너'를 마셔버릴 것이
      다'라고 계도하는 셈이다. 그렇다면, '바람이 너를 마시기 전에'라고 '너' 곧 귀신
      을 경고하고 달래고 할 수 있는 존재로서 시적 화자는 누구인가? 그 시적 화자는
      현세에서 초월성을 지닌 존재임은 분명하다. 그 세속과 초월을 넘나드는 존재
      는, 유고작 「풀」의 시적 화자와 상통하는 존재, 즉 '무巫, 초월자로서의 시인'의
      존재라고 할 수 있다."

'기존의 화자narrater, persona'에 가려진 '은폐된 내레이터concealed narrater'의
존재를 찾아 살펴야

　　유역문예론에서 보면,「풀」의 새로운 분석을 위한 유력한 형식성이
주술적 반복법입니다.「풀」이 지닌 특유의 시 형식인 반복법은 단순히
강조법이 아니라 주술성을 가진 반복법입니다. 다시 말하지만 풍백, 우
사, 운사와 함께 지상의 생명계를 주관하는, 곧 천지간의 조화造化를 관
찰하고 주재하는 인신人神의 존재가 투영되어 있습니다. 시에 나오는
'풀밭 위에 서 있는 발목'의 주인공을 한국인의 집단무의식에 유전된
무巫의 원형이 투사된 존재로서 해석할 수 있어야 합니다. 여기에는 주
문의 언어의식이 은폐된 것이고, 주문의 언어의식이 은폐되어 있다는
것은 시의 화자인 페르소나 이면에 '은폐된 내레이터(존재)'가 있다는
것이며, 그 은폐된 내레이터는 페르소나로서 천지간 음양의 조화를 관
찰하고 주재하는 무적 존재라고 할 수 있습니다.
　　4·19 세대 비평가들 이래 모두가 김수영의 유고시「풀」에서, '풀밭
에' 서 있는 "발목까지/발밑까지"의 누군가를 서구적 의미의 '자유의
지'를 가진 자유주의자 또는 '주체적 자유인'으로 해석했습니다만, 유
역문예론의 귀신론에서 보면, 주문을 떠올리는 반복 형식도 그렇거니
와, 풀의 탄생부터 보이지 않는 풀뿌리가 눕기까지의 음양의 순환과 무
위이화의 생생한 이치를 체득한 천지인 삼재에서의 신인 곧 무巫적 존
재로 해석하게 됩니다.
　　이렇듯「풀」의 은폐된 내레이터가 무적 존재라고 해석해도, 풀이 외
세와 맞선 민중의 은유라는 기존 해석이 부정되는 것은 아닙니다. 중요
한 것은 시인의 존재는 무엇인가, 시인과 시적 화자와의 존재론적인 관

계는 무엇인가, 하는 의미심장한 반성적 질문을 통해, 마침내 '시란 무엇인가'라는 새로운 시의 가능성이 열리게 된다는 사실입니다. 이 질문과 대답 과정에서 진정한 시는 무위이화 속에서 나오는 하나의 유기체적 존재로서 시인과는 별도로 스스로 기운을 발산하는 '창조적 유기체'일 수 있다는 '생명의 시학'에 이르게 되고, 시인의 존재도 무위이화의 도道에 따라 자기 안에 근원적 생명력을 보여주는 영적 존재임을 자각하게 되는 것입니다.

8 문 김수영의 시와 시론에 대한 비평의 어려움을 해결하기 위해 많은 비평가들이 하이데거의 존재론에 의지하고 있습니다. 이에 대한 생각은 어떻습니까.

답 김수영의 시를 분석하는 데 하이데거의 존재론이 유효한 것은 다 알려진 사실이지만, 음양의 조화 원리로서 귀신의 존재와 운동, 그 귀신의 들고남을 자기 정신으로 직관하고 통찰하는 무적巫的 초월자로서 시인 김수영을 깊이 이해해야 한다는 것이지요.

아무리 해도, 자기의 몸을 자기가 못 보듯이 자기의 시는 자기가 모른다. 다만 초연할 수는 있다. 너그럽게 보는 것은 과신과도 다르고 자학과도 다르다. 그렇게 너그럽게 자기의 시를 보고 세상을 보는 것도 좋다. 이런 너그러움은 시를 못 쓰는 한이 있어도 지켜야 할 것인지도 모른다. 아니 바로 새로운 시를 개척해 나가는 무한한 보고寶庫가 거기에 있을 것이다. […] 그것은 프로스트의 시에 나오는 외경에 찬 세계다. 그러나 나는 프티 부르주아적인 '성'을 생각하면서 부

삶의 세계에 그다지 압도당하지 않을 만한 자신을 갖는다. 그리고 여전히 부삽질을 하면서 이것이 농부의 흉내가 되어서는 안 되겠다고 생각한다. [⋯] 나는 농부가 아니다. 그렇기 때문에 부삽질을 한다. 진짜 농부는 부삽질을 하는 게 아니다. 그는 자기의 노동을 모르고 있다. 내가 나의 시를 모르듯이 그는 그의 노동을 모르고 있을 것이다.(김수영, 「반시론」)

시작詩作은 '머리'로 하는 것이 아니고 '심장'으로 하는 것도 아니고 '몸'으로 하는 것이다. '온몸'으로 밀고 나가는 것이다. 정확하게 말하자면, 온몸으로 동시에 밀고 나가는 것이다 [⋯] 중요한 것은 시의 예술성은 무의식적이라는 것이다. 시인은 자기가 시인이라는 것을 모른다. 자기가 시의 기교에 정통하고 있다는 것을 모른다. 그리고 그것은 시의 기교라는 것이 그것을 의식할 때는 진정한 기교가 못 되기 때문에 그렇게 되는 것이다.(김수영, 「시여, 침을 뱉어라」)

「반시론」에서, 김수영이 '반시'가 무엇인지를 논리적으로나 개념적으로 전혀 설명하지 않음에도 '반시론'이라는 제목을 단 사실 그 자체가 흥미롭습니다. 이는 '반시'가 지닌 참된 의미를 은폐하고 있다는 말이 됩니다. 시는 시의 화자 안에 은폐된 존재의 작용이라는 것이죠. 중요한 점은 이 시적 존재의 은폐성 속에 시적 존재를 이해할 수 있는 실마리가 있다는 사실입니다. 하이데거식으로 말하면, 존재자 속에 은폐된 존재의 진실을 탈은폐하는 것이 시인 것이지요. 김수영의 육성으로 듣자면, "반시론의 반어"가 시적 존재를 드러내는 길이기 때문에 '반시'라는 말을 쓰지 않은 것이라고 해석할 수 있습니다. 위 인용한 「반시론」을 귀신론으로 이해하면, "그는(농부는) 자기의 노동을 모르고 있다. 내가 나의 시를 모르듯이 그는 그의 노동을 모르고 있을 것이다."라는 말은 시를 무위이화로서 낳는다는 말과 의미가 다르지 않습니다.

이 말은 주요 시론인 「시여, 침을 뱉어라」에서 "시인은 자기가 시인 이라는 것을 모른다."라고 반복해서 강조하는 것과 같은 의미 맥락에 있습니다. 시에서 무위이화의 중요성을 거듭 강조한 셈인데, 이때 정말 중요한 것은 무위이화에 이르는 시인의 자기 수행, 수심정기입니다. 그래서 김수영의 '온몸으로 동시에 밀고 나가는 시'는 절차탁마, 수행 곧 수심정기를 거친 시와 동의어입니다.

김수영의 걸출한 시론인, 「시여, 침을 뱉어라」에서 "(시인은) 자기가 시의 기교에 정통하고 있다는 것을 모른다."라는 말이 핵심인데, "시의 기교에 정통하고 있"는 경지는 다름 아닌 견고한 수행, 수심정기의 경지거든요. 시인은 자기가 시의 기교에 정통한 수준에 이르렀으니까, 비로소 무위이화의 시를 쓸 수 있는 것입니다. 이 무위이화의 경지는 독자에게도 마찬가지로, 독자 자신이 삶 속에서 언어에, 또는 시에 정통한 수준이 되어야 비로소 무위이화의 경지를 이해하고 그 경지에 들 수 있게 됩니다. 시인과 독자만이 아닙니다. 시 자체도 무위이화의 덕에 합치하게 되면 시 자체가 하나의 생명의 기체氣體로서 '무위이화' 차원의 존재를 살게 되는 것입니다. 김수영 시인이 말한 "시인조차 시를 외경畏敬하게 된다."는 차원은 이를 가리키는 것입니다.

하이데거는 1950년 10월 7일에 발표한 강연문에서 독일 시인 게오르크 트라클의 시 「어느 겨울 저녁」 한 편을 깊이 분석하며 자신의 존재론적 언어관을 설파했습니다. 이 존재론적 분석 글에서 하이데거는

"詩Gedicht가 엄청난 지복 속에 성취되었을 경우, 시인의 개성과 이름은 하찮은 것일 수도 있다."(「언어」, 『언어로의 도상에서』, 신상희 옮김, 나남, 2012)라고 했습니다. 이 말을 존재론적 존재의 맥락에서 읽어야 그 연원을 제대로 찾을 수 있음은 물론입니다.

언어의 개념이나 언어의 표상 관념에 매몰되면 시간은 물리적 감옥에 갇히게 됩니다. '표상 관념을 깨고 그 안에 깃든 언어의 존재로서의 원시적 별빛을 불러들여야 한다. 그것이 언어의 눈짓이요 손짓'이라고 하이데거는 말했습니다. 적어도 김수영 시는 어떤 심상이나 상상력을 개념적으로 표현하지 않습니다. 김수영 시는 본질적으로 "언어가 스스로 말합니다." '언어가 스스로 말한다'는 것은, 하이데거식으로 말해 천지만물이 저절로 말을 걸어오는 한에서, 즉 존재의 언어가 말하는 한에서, 이에 상응하여 시인이 말한다는 것입니다.

요컨대 시가 앎이나 의식, 이론이나 이념에 속박되길 거부하고, 혹은 이념을 따르더라도 시가 이념에서 떨어진 채 시 스스로 '존재'할 수 있을 때, 시는 '존재'하고 시인조차 시를 '외경'하게 된다는 것이지요. 귀신의 조화에 따르는 시, 곧 무위이화에 따르는 시가 그렇습니다. 귀신의 조화가 시어 안에 부려놓은 시적 정기精氣의 존재감이 시를 외경하게 하는 것입니다.

존재론적으로 설명하면, 김수영 시인의 '반시론'은 의식과 지식, 인식론과 이론적 사유 '너머에서 작용하는' 초월성으로서의 '존재 가능성'을 각성하고 언어로서 체현하는 것입니다. '반시'는 시에 숨겨진 존재 가능성인 것이죠.[54] 귀신론으로 환언하면 시인이 자기 시를 의식하지 않고 '저절로 그러함'의 시 쓰기에 이르는, 무위이화의 시 쓰기가 김수영의 시론인 것입니다. 하이데거의 존재론 이전에 음양오행과 역의 귀신, 곧 음양의 조화, 무위이화의 체득이 김수영 시정신의 바탕에 있습니다.

9 문 하이데거의 존재론과 귀신론 사이엔 접점이 있군요.

답 문예 작품에서 귀신을 논하기는 어렵기도 하고 조심스럽기도 합니다. 우선, 귀신은 만물에 존재하고 만물의 생멸 과정에 작용하는 어떤 근원적 존재로서, 성리학으로 말하면 한 기운(一氣)의 작용이요 동학으로 말하면 지기至氣, 곧 '한울'의 작용인데, 문예 창작 행위 자체가 귀신의 조화에 따른 작용이라고 할 수 있다는 점. 문예 작품이 착상되고 창작되는 전 과정에 귀신이 들고 납니다. 서로 근원적으로는 달라도, 서로 비유될 수는 있겠죠. 하이데거의 존재론으로 비유하면, 생기Ereignis를

---

54 실제로 「반시론」에서 글의 맨 끝에 적힌 "반시론의 반어"라는 말 외에, '반시'란 언어는 전혀 은폐되어 등장하지 않습니다. 따라서 '반시'의 개념을 이해하기 위해서는 '반시'의 은폐된 존재를 찾아내야 하는데, 감추어진 '반시' 개념을 이해하는 첫 단서는, 김수영이 하이데거의 유명한 「릴케론」을 "거의 안 보고 외울 만큼 샅샅이 진단해 보았다."라고 언급한 후, "여기서도 빠져나갈 구멍은 있을 텐데 아직은 오리무중이다. 그러나 뚫고 나가고 난 뒤보다는 뚫고 나가기 전이 더 아슬아슬하고 재미있다."라고 독후감을 피력하는 대목에서 어렴풋이나마 어림됩니다. 우선, 김수영이 하이데거의 존재론적 시론인 「릴케론」에 깊이 침잠해 있다는 고백 그 자체만으로도 그의 '반시' 개념과 존재론적 사유와의 깊은 연관성은 충분히 짐작됩니다. 그러나 김수영 시인이 하이데거의 「릴케론」을 그대로 추종하지 않고 있음은 물론인데, 「반시론」에서 보듯이 김수영은 자신이 처한 존재론적 상황 속에서 자신만의 고유한 시론을 썼고, 자기 시를 '반시'로 이해했다는 점. 김수영이 시적 존재를 깊이 성찰하는 계기가 하이데거였던 건 분명해 보입니다. 하이데거의 시론인 「릴케론」을 통해 그 자신의 존재론을 새로이 각성하고 자신의 고유한 시론인 「반시론」을 쓸 수 있었던 것이죠.

떠올리게 됩니다.

> 예술의 본질에 대한 숙고는 오직 존재에 대한 물음으로부터만 전적
> 으로 그리고 결정적으로 규정된다. 예술은 문화의 역량도 아니며 정
> 신의 현상도 아니다. 예술은, 거리(生起)로부터 "존재의 의미"가 규
> 정되는 생기Ereignis에 귀속되어 있다.(하이데거, 『예술 작품의 근원』, 오병
> 남·민형원 옮김, 예전사, 1996)

'예술 작품의 근원'을 논한 하이데거의 윗글은 귀신론에 비견될 수
있다는 생각을 하게 됩니다. 귀신론에서 보면, 천지간의 사물(존재자)
에 은폐된 '귀신'은 '보이지 않는 기운'(生氣, 生起, Ereignis) 상태로 '존재'
하지만, 문학예술은 귀신이 보이도록 질료와 형상을 필히 전제로 하는
특유의 존재 원리를 가지고 있기 때문에, 문예 작품에 은폐된 귀신의
존재와 작용을 감각적으로 포착하는 것이 가능합니다. 물론 이때 감각
은 단순히 오감만이 아니라 마음속에서 생기하는 초월적 감각 혹은 기
운도 포함됩니다. 그런데, 문예 작품을 보고 듣고 감촉하는 향수자享受者
의 감각적 향수 행위뿐 아니라, 향수자의 마음에서 전해오는 초월적 기
운에도 귀신이 작용하는 것이기 때문에 귀신론의 관점에서 보면 향수
자가 느끼는 기의 작용은 제도적으로 교육받은 문예론이나 이미 정해
진 문예 규범에 당연히 저항하는 예술 자체의 생기와 연관됩니다.
　유역문예론에서 귀신은 기본적으로 '저절로 그러함(自然)' 곧 '무위
자연無爲自然' 속에 은폐된 존재이기 때문에 문예 작품에서 귀신의 존재
와 작용은 이미 고안된 형식들, 인위적인 '꾸밈'의 내용과 형식과 서로
길항합니다. 하이데거 말대로, '예술이 스스로 존재의 의미를 규정하는

생기生起(혹은 生氣)'에 귀속되는 것이지요.

시를 포함하여 좋은 문예 작품은 그 안에 투사된 작가의 정신이 생생히 살아 있어요. 그럼에도, 본받을 만할 정도로 훌륭한 예술 작품은, 작가의 의식과 무의식의 내용을 깊이 품고 있을 뿐 아니라 그 외에도 창작된 예술 작품 자체가 '저절로 그러함(自然)'의 자율성을 가지고 자기 바깥에 기화氣化하고 있다는 점을 이해하는 것이 필요합니다. '저절로 그러함' 혹은 무위이화가 김수영 시인이 「반시론」에서 말하는 '외경에 찬' 시라고 할 수 있습니다.

이를 유역문예론으로 말하면, 예술은 '창조적 유기체'로서 자기 안에 신령한 기운을 밖으로 기화('明, 밝힘')하는 본성을 가진다는 것입니다. 적어도 예술이라는 이름에 걸맞는 우수한 작품은 작가와 독자 양측이 어떤 지적 수준이냐 어느 정도 이해 수준이냐 따위와 상관없이 그 작품의 안팎에서 기화를 이룹니다. 다시 말해 이 기화가 저절로 나는 생기Ereignis일 때, 예술 작품은 자율성을 가진 생기발랄한 유기체가 되고, 감상자의 마음에는 작품에 귀신이 들고 나는 것이 '보이게' 됩니다. 독자나 감상자가 예술 작품을 통해 귀신의 조화(한울님, 무위이화)를 감지할 때, 조화의 기운에 '밝음'을 느끼게 되고 이때 가화假化 또는 가화의 계기[55]가 나타난다고도 말할 수 있습니다. 이는 김수영 시를 접하고 귀신의 작용을 마음에서 느끼고 귀신을 본다는 뜻이지요.

김수영의 시 「풀」, 「눈」에는 '무위이화' 곧 '귀신'을 보는 영매(최령자)의 눈과 '가화'의 계기occasion가 은폐되어 있어

김수영의 초기 시에 음양오행陰陽五行과 역易 등 전통 사상이 짙은 그

림자로 드리워져 있다는 것을 존재론과 우주론의 차원에서 살펴야 합니다. 우주론으로 살피면 귀신의 조화가, 존재론으로 살피면 무적 존재가 감지됩니다. 귀신의 조화는 무위이화이니, 무위이화가 기운으로 드러나고, 존재론으로 보면, 전통 무의 존재가 현현하는 것입니다. 유역문예론의 시각에서 보면, 「풀」은 천지간의 무위이화 곧 귀신을 보고 이 생명의 기운 한가운데서 시적 화자에 은폐된 무巫가 부르는 생명 예찬과 외경畏敬의 노래입니다. 이 시의 중요한 기법인 주문의 반복 형식은 김수영 시에 곧잘 쓰인 기법이지요. 이 시를 읽는 천진한 마음의 소유자는, 특히 김수영 시인 특유의 시적 기교인 시문의 절묘한 반복법에 의해, '가화의 느낌' 또는 '귀신이 부리는 조화의 기운'이 전해 받을지도 모릅니다.

그런데 조금 깊이 생각해보면, 김수영이 「시여, 침을 뱉어라」에서 역설한 시론, "중요한 것은 시의 예술성은 무의식적이라는 것이다. 시인은 자기가 시인이라는 것을 모른다. 자기가 시의 기교에 정통하고 있다는 것을 모른다. 그리고 그것은 시의 기교라는 것이 그것을 의식할 때

---

55 '가화'는 예술 창작의 목적이나 수단이 될 수 없습니다. 가화는 인간 의지나 이성의 한계 너머에서 신격의 저절로 그러함·저절로 나타남이기 때문입니다. 따라서 가화가 예술 창작이 지향하는 내용·주제의 대상이 될 수 없고 의도된 모종의 형식으로 표현될 수 없습니다. 가화는 현실 속의 '계기occasion'로 나타나고 이내 사라지는, 무위이화의 자취·흔적·그늘 등 느낌으로 현현할 따름입니다. 유추할 수 있는 유비analogy의 상상력 속에서 나타나고 사라지고 하는 것이지요. 바꿔 말하면, 창작과 비평(감상)에서 귀신이 들고 나는 시간의 형식인 거죠. 김수영의 시「풀」이나 3편의 「눈」에서, '바람'과 '풀', '눈'은 상징('확대된 은유')이자 유비입니다. 그래서 가화나 무위이화는 형식이 아니라 형식이 고정된 의미에서 이탈하는 탈형식적 존재로서 추정 유추의 상상력을 통해 비로소 드러나는 것입니다.

는 진정한 기교가 못 되기 때문에 그렇게 되는 것이다." 김수영의 시에 나타난 주문의 반복 형식을 읽으면, 이 말이 떠올라요! 김수영 시의 주문의 형식이 이 말에 부합하거든요. 주문이 귀신을 부르는 것이죠. 그러면서 김수영 시인은 시 창작에서 자기 마음속에서 귀신의 들고 남을 통관通觀하고 있는 것이죠. 칼 융이 말하는 '자기Selbst' '정신Psyche'은 바로 이러한 김수영 시 의식의 경지를 가리킵니다. 그 귀신의 조화造化와 하나가 될 수 있는 시인의 정신, 곧 무위이화無爲而化를 시어들로서 풀어놓는 정신이 유서 깊은 무적巫的 존재로서 시인입니다.

여기서 알아둬야 할 점은 시의 형식이란 외부에서 주어진 형식이 아니라, 귀신의 활동이 저절로 낳는 형식이 진실한 형식이라 할 수 있다는 것입니다. 서양의 현대시학으로 바꿔 말하면, 귀신과 통할 수 있는 시인의 마음이 하나의 '상징symbol'이자 유비analogy로서 표현된 빼어난 시가 「풀」입니다. '발끝에서 발목까지'의 주인공은 '신령한 인간(神人)'의 상징입니다. 태초 혹은 근원을 지시하는 신성神性 또는 신화성을 유비할 수 있는 인간 존재인 것이지요.

10 문 김수영의 「풀」이 귀신, 무위이화를 보여주고, 신령한 인간 존재의 상징과 유비와 연관되어 있다는 해석은 흥미롭습니다. 이와 관련하여 김수영 시의 심층을 좀 더 얘기해보죠.

답 김수영 시인이 스스로 시정신의 뿌리를 드러내는 시편들이 여럿 있습니다. 그중에서 제목이 동일하게 「눈」인 세 편의 작품을 여기서 인용하여 분석할 필요가 있겠습니다. 「눈」이란 작품들을 상징과 유비 개념으로 분석하면 김수영 시인의 시정신의 뿌리가 유추될 수 있습니다.

여기서는 김수영의 시「눈」두 편만 인용합니다.[56]

눈은 살아 있다
떨어진 눈은 살아 있다
마당 위에 떨어진 눈은 살아 있다

기침을 하자
젊은 시인이여 기침을 하자
눈 위에 대고 기침을 하자
눈더러 보라고 마음 놓고 마음 놓고
기침을 하자

눈은 살아 있다
죽음을 잊어버린 영혼과 육체를 위하여
눈은 새벽이 지나도록 살아 있다

기침을 하자

---

56 김수영,『김수영 전집 1: 시』(이영준 엮음, 민음사, 2018)에서 시 제목이「눈」인 작품은 모두 3편, 그중에 1961년 1월 3일에 탈고한「눈」은 이 글에서 생략하였지만, 이 작품도 '하늘에서 내리는 눈'에 의한 연상 작용에 의해 시인의 '눈'을 유추하게 된다는 점에서 동일한 분석이 가능합니다. 천상에서 내려오는 순수한 눈송이는, 천상으로 돌아갈 지상의 존재로서 시인의 근원적 존재성인 눈동자와 서로 유비 관계이며, 따라서 '눈'은 천상과 지상을 아우르는 시정신을 상징합니다. 세세한 분석은 되풀이하지 않고 생략하오니, 이에 관해서는 각주 55, 57, 58번에서 '상징symbol'과 '유비analogy'의 내용을 참고하여 유추 해석하시길 바랍니다.

젊은 시인이여 기침을 하자
눈을 바라보며
밤새도록 고인 가슴의 가래라도
마음껏 뱉자

—김수영,「눈」(1957) 전문

눈이 온 뒤에도 또 내린다

생각하고 난 뒤에도 또 내린다

응아 하고 운 뒤에도 또 내릴까

한꺼번에 생각하고 또 내린다

한 줄 건너 두 줄 건너 또 내릴까

폐허에 폐허에 눈이 내릴까

—김수영,「눈」(1966) 전문

    제목이 '눈'인 시 세 편을 보면 모두 시인의 눈, 즉 시인의 존재에 대한 도저한 사유와 존재론적 상상력을 유감없이 보여줍니다. 이들 시 「눈」에서, 왜 김수영의 시적 상상력 혹은 시정신이 하늘에서 지상으로 내리는 '눈'과 시인의 '눈' 사이의 상징과 유비의 관계[57]를 계속해서 고민했는지를 깊이 생각해봐야 합니다. 이 시에서 '눈(雪)'은 '하늘' 곧 천

상적 존재를 유비analogy하거든요. 일상적인 '눈'이 천상적 존재로 유비

---

57 상징symbol과 유비類比(유추) 개념에 대해서는 다음 정의를 참고합니다.
『시와 시학 사전*Encyclopedia of Poetry and Poetics*』(Alex Preminger(ed.), Princeton Univ. Press, 1965)에 따르면, "(각각 다른 속성을 가진 두 요소 간에 상징 관계가 성립하기 위해서는) 상징의 한 끝이 닿은 곳은 현상의 세계가 아닌 불가시不可視의 세계, 정신 세계이다. 그것을 가시可視의 세계, 곧 감각 물질의 세계로 바꾸어내게 하는 것이 상징이다."
또한, 신화비평의 새 지평을 연 노드롭 프라이Nothrop Frye의 '상징' 정의는 다음과 같습니다. "상징은 표면적 진술이 어떤 다른 의미를 갖는 담화 방식의 일종이라는 점에서 비유, 즉 직유 은유 의인법 알레고리 등과 같다. 그러나 상징은 엄연히 비유와는 다른 것이다. 양자는 시에 있어 주체subject와 유비類比analogy가 연계되는 양식에 의해 구분될 수 있다. 또한 비유에서 표면적 진술은 그것의 심층적 진술과 구분되며 그들의 관계는 진술된, 또는 암시된 차이점 속에 있는 유사성에 입각하고 있다. 반면에 상징은 주체의 자리를 유비類比가 대체하게 된다.(그러므로 '확장된 은유'라고 볼 수 있다—역으로 '주어진 작품에서 은유를 파생시키는 것'을 종종 상징적이라고 말한다.) 그래서 우리는 표면적인 진술을 마치 그 자체가 그것의 의미인 양 읽는다. 그러나 우리는 표면적 진술과 그것이 표현된 방식을 통해 일어난 연작 작용에 의해 형이상학적인 것, 즉 그것의 부연된 진술된 의미—정신적 정화淨化—를 추론하게 된다. 그러므로 그대로 표현될 때 어렵고, 지루하고, 길고, 무감동적인 관념들도 상징을 사용하게 되면, 이해가 쉽고, 생생하고 경제적인 감각적인 효과를 가지게 된다. 이렇게 볼 때, 상징은 순전히 기술적인 목적을 위한 것으로서, '의사疑似주체pseudo-subject'라 할 수 있다. 은유와 직유에서와 같이 단지 서로의 유사성에 기초를 둔 표면적 진술과 추론된 것과의 관계는 필요치 않다. 왜냐하면 많은 이미지가 유사성뿐만 아니라 일종의 연상 작용 등을 통해서 충분히 상징적으로 되기 때문이다."(「詩의 상징」)
신비평Nwecriticism의 주요 비평가 크린스 브룩스Cleanth Brooks의 '상징' 정의는 다음과 같습니다.의사 "상징은 원관념이 생략된 은유라고 할 수 있다……. 비유적인 틀을 제시하지 않는다면……(은유를) 상징으로 바꾼 것이다." 이 브룩스와 노드롭 프라이의 상징 정의에 대한 김용직(서울대 교수)의 부연 설명은 이렇습니다. "여기서 '그 틀을 제시하지 않는 것=상징'이라는 정의에 주목할 필요가 있다. 브룩스는 앞에서 '원관념이 생략된 은유=상징'이라는 정의를 내놓았다. […] 즉 은유는 그 과정이 아무리 복잡하더라도 일단 유추가 끝나면 心象의 테

되었으니 시인은 이 눈송이를 통찰하는 시인의 눈을 상상합니다! 일상적인 눈에서 신비로운 강신이 유비되고 원초성을 보는 눈이 상징이 됩니다. 세계문학사에서 자연 현상과 인간의 신체 작용 간의 상징 관계를 표현한 사례는 셀 수 없이 많습니다. 적어도 전통을 잇는 한국인들은 하늘에서 내리는 눈에서 의식적 또는 무의식적으로 천상의 순수한 영혼을 감지합니다.

하늘서 내리는 일상적인 '눈'은 천상적 존재로서 순수한 영혼을 상징하

두리가 떠오른다. 말을 바꾸면 그것으로 (은유는) 의미 내용의 테두리가 어느 정도 명백해지는 것이다. 그러나 상징의 경우에는 사정이 크게 달라진다. […] 은유와 달라서 상징이 끝내 심상의 틀을 명쾌하게 드러내지 않는다는 것은 상징의 가장 중요한 특성이다. 어떻게 보면, 가장 확장된 은유이며 그 반복 형태라고 볼 수도 있다. 그리고 다른 한편으로 보면, 그것은 '의사疑似주체pseudo-subject'이다. 여기서 의사주체란 두 사물 간의 연결이 어떤 유사성에 토대하지 않음을 뜻한다. 상징에 있어서 두 사물의 연결은 아주 원시적이며 마술적인 상태에서 이루어진다. […] 말을 바꾸면, 상징은 논증 불가능한 국면도 지니고 있는 것이다."(김용직 외, 『상징』, 문학과지성사, 1988)

또한 중요한 상징 이론은 칼 융C. G. Jung의 분석심리학에서 취해야 합니다. 융의 분석심리학에 따르면, 상징들은 무의식에서의 원형의 토대, 곧 집단무의식에서 나옵니다. 상징은 자아가 인위적으로 만든 것이 아니라 절실히 필요할 때 무의식에서 자발적으로 나타나는 것이니, 가령, 김수영의 시 「풀」 또는 시 「눈」 3편은 그 치열한 삶의 의지와 '고매한 시 정신Psyche'(의식과 무의식을 통관하는 자기[自己, Selbst]를 실현하는 정신을 가리킴)에 의하여 심층 무의식에서 솟아나는 '원형 에너지'의 표현이라 할 수 있습니다. 김수영의 명편 「풀」은 단군신화의 일부 내용과 유비analogy될 수 있는 신화적 상징을 담고 있습니다.

위에서 분석한 김수영 시 중 3편의 「눈」은 기존의 주요 '상징' 개념 정의를 해석의 기초로 삼을 필요가 있습니다. 천상의 눈과 동음이의어인 신체의 '눈' 간의 '상징' 관계를 설명하는 데 유용합니다. 아울러 에른스트 카시러Ernst Cassirer의 상징론은 김수영의 시 「눈」의 상징이 가진 문화사적 의미를 되살리는 데에 도움이 될 것입니다.

므로 이 천상에서 지상으로 내리는 눈(雪)과 이 상징을 '보는(觀)' 눈(眼)은 둘이 아니라 하나로 연결되어 있다는 것입니다. 눈송이에서 눈동자로의 신기한 연상 작용과 자연물이 인간 몸의 일부로서 연결되는 어떤 원초적인 유비 관계가 일어나는 것이죠.[58] 존재론적으로는 존재의 드러남(탈은폐)이겠고, 유역문예론의 관점에서 보면, 귀신의 조화 곧 무위이화의 드러남입니다.

이 천상적 존재를 '보는' 눈과 시인의 눈이 뗄 수 없는 관계에 있다는 것이 김수영의 시인론입니다. 다시 말해, 천지인 삼재 간의 역동적인 조화 즉 무위이화를 볼 수 있는 눈이 시인의 눈인 것이죠. 「묘정의 노래」에서 「풀」에 이르기까지 이러한 김수영의 시인관은 일관되어 있습니다.

---

58 앞의 각주 57번에서, 문학에서의 보편적으로 알려진 상징 개념을 설명하였지만, 신성, 귀신, 음양의 조화, 무위이화 그리고 '가화', '접신' 등에서 상징 개념은 그 내용이 다소 다른 차원을 가진다고 봐야 합니다. 가령, 신격神格의 잠깐 나타남을 가리키는 '가화假化' 또는 음양의 조화, 무위이화(귀신)는 문예 작품에서 '보이지 않게 은밀하게 나타남'이 기본이므로, 고정된 이미지의 상징보다 비고정적이고 가변적인 이미지 속에서 나타나는 상징 혹은 어떤 정신의 현상으로서 상징이라고 봐야 할 것입니다. 가화를 통해 나타나는 무위이화 또는 귀신의 존재는, 가령 십자가, 연꽃, 아이콘같이 고정된 이미지로서 상징이 아니라, 비고정적 연상 작용과 유추의 계기를 가진 가변적 현상으로 나타나는 것이라 보는 것이 타당합니다.
김수영의 「눈」 연작에서 '눈(雪)'과 '눈(眼)'의 상호 관계는 상징 관계로 고정된 것이 아니라 연상 작용과 유추 과정에 놓인 상징 관계인 것이지요. 「풀」에서 풀이 민중의 상징이라는 기존 해석은 여전히 상징 개념에 부합하지만, 그럼에도 '민중' 상징으로서 풀은 여전히 연상 작용과 유추 과정에 의해 의미들이 채워질 큰 여백을 지니고 있습니다. '눈(雪)'의 상징이 '시인의 눈(眼)'이면서 '시인의 신령한 마음'이라는 해석을 위해서, 기존 상징 개념을 수용하면서도, 유비analogy에 따른 연상과 유추 작용의 여지가 남아 있는 상징 개념이 더 적확하다는 점에서, '눈(雪)'과 '눈(眼)'의 상징 관계를 '유비적 상징' 관계라고 부르고자 합니다.

단군신화로 말하면, 천상에서 내리는 순백의 눈에서 '가화'를 볼 수 있는 눈이 시인에게 필요한 것입니다. 그래서, 절창 유고시「풀」에서는, "발목까지/발밑까지"의 주인공인 '은폐된 시적 존재'가 무(巫, 人神)이므로,「풀」에는 무위이화의 기운 곧 '가화'의 계기가 깊숙이 은닉되어 있다는 것입니다. 아울러 김수영의 시에서 통사론적으로 두서없이 흐트러진 또는 거친 문장들이 곳곳에 보이는데, 이는 '무위이화'의 영향으로 보는 것이 비평적으로 적확하다고 봅니다.

내 추정으로는, 김수영이 '눈'이라는 일상적 소재를 통해 천상의 존재로서 시인의 '눈'을 유비한 것은 사실 전통적 한국인의 정신문화에서는 익숙한 생각이었다고 봐요. 이러한 천상에서 내리는 눈의 상징과 '한울님(하느님)'에 대한 유비는, 한국 문화에 대한 서구 문화의 지배 특히 일본 제국주의 식민 지배 이래 근현대에서 서구 문화를 일방적으로 추종해 온 지배 세력에 의해 빼앗겨 사라진 겁니다. 한민족의 오랜 인습과 풍습 속에 이어지던 유비 전통을 근현대에 들어와 망실하게 된 것이죠.

경이롭게도 이 눈(雪)과 눈(眼)의 유비 관계는 유명한 백석 시「나와 나타샤와 힌당나귀」와 신동엽의 서사시『금강』에서도 탁월한 시정신의 화신처럼, 약속이라도 한 듯이 나타나고 있습니다. 물론 백석 시「남신의주유동박시봉방」에서 '싸락눈'의 존재도 매일반입니다만, 김수영의「풀」에 보이듯, 주문呪文의 반복 형식과 백석의 시, 신동엽의『금강』 14장을 비교해서 살피면 한국 근현대 시사의 드높은 시정신들에서 어떤 공통성을 찾을 수 있게 됩니다.

백석·김수영·신동엽 시에서 '눈'은 단순히 비유법의 은유가 아니라, 한민족의 원형 또는 神人 사상의 아날로지로서의 상징

11 문 김수영 시에서 하늘에서 내리는 '눈'은 단군 이래 이 땅의 유서 깊은 신도 철학의 상징이군요.

답 과장이 아니라 백석, 김수영, 신동엽 세 시인은 한국문학사는 물론 세계문학사적으로도 빛나는 자랑스런 한국의 현대 시인들입니다. 한민족의 독창적이고 천진스럽고 자유분방한 시적 상상력과 감수성을 대표하는 시인들이 공통적으로 '눈'을 시적 소재로 삼은 사실에는 그 자체로 심오한 정신사적·문학사적 의미가 은폐되어 있습니다. '눈'은 단순한 시적 소재가 아니라, 한민족의 집단무의식의 원형을 유비적으로 상징하고, 아울러 동시에 세 시인에게 공통적으로 적용되는 이 땅에서 시인의 심성론과 존재론을 상징합니다. 그러므로 '눈'은 한국인의 심성의 원형이자 근원을 상징하며 한국 시인의 고유한 시정신의 경지를 추정하게 하는 신비한 상징입니다.

백석의 유명한 시 「나와 나타샤와 흰당나귀」를 「북방에서」, 「남신의 주유동박시봉방」, 「마을은 맨천 구신이 돼서」 등과 함께 읽어보면 '눈'에 지닌 유비적 상징성이 드러납니다.

> 가난한 내가
> 아름다운 나타샤를 사랑해서
> 오늘밤은 푹푹 눈이나린다

나타샤를 사랑은하고

눈은 푹푹 날리고

나는 혼자 쓸쓸히 앉어 燒酒를 마신다

燒酒를 마시며 생각한다

나타샤와 나는

눈이 푹푹 쌓이는밤 힌당나귀타고

산골로가쟈 출출이 우는 깊은산골로가 마가리에살쟈

눈은 푹푹 나리고

나는 나타샤를 생각하고

나타샤가 아니올리 없다

언제벌서 내속에 고조곤히와 이야기한다

산골로 가는것은 세상한데 지는것이아니다

세상같은건 더러워 버리는것이다

눈은 푹푹 나리고

아름다운 나타샤는 나를 사랑하고

어데서 힌당나귀도 오늘밤이 좋아서 응앙 응앙 울을것이다

　　　　　　　　—백석,「나와 나타샤와 힌당나귀」(1938) 전문

　‘눈’이 한국인의 집단무의식의 원형인 단군 이래 천신의 후예를 유비하기 때문에, 이 시에서 “눈이 푹푹 나리”는 밤의 비관적인 분위기는 마지막 시행 “어데서 힌당나귀도 오늘밤이 좋아서 응앙 응앙 울을것이다”로 심오한 인식론적 전환을 이끌어냅니다. 흰 당나귀도 응앙응앙 울

음을 운다는 말 속에는 신령한(거룩한) 새 인간 탄생의 현실적 계기가 드러나기 때문이지요.

또한, 특기할 점은, 첫째, "눈은 푹푹 나(날)리고" "눈이 푹푹 쌓이는" 이 반복적으로 나온다는 점이고, 둘째, 김수영의 시에서도 곧잘 보이듯이, 탈문법적 시문이 쓰였다는 점을 주목할 필요가 있습니다.

첫째 김수영의 「풀」에서와 같이, 천상에서 지상으로 순백純白의 눈이 내림을 반복해서 표현하는 반복법은 주원呪願의 효과를 낳고 이 간절한 주원의 효과 이면에는 강신의 묘력이 발산하고 이 속에 가화의 기운이 은폐된 채 시의 아우라를 이룬다는 점입니다. 둘째의, 탈문법적 시문 문제는 그 자체가 무위이화를 체득한 경지에서는 저절로 그러함의 문법, 즉 주술적 언어의 방식에서는 표준어 문법은 전혀 어울릴 수 없다는 점을 이해해야 하겠지요. 하지만 이 탈문법적 시문에서 더 중요한 사실은 그 탈문법적 반복에는 무의식적으로 하늘의 덕인 무위이화에 합하는 백석의 시혼이 깊이 작용하고 있다는 사실입니다. 만약에 천상의 존재인 눈의 하강을 반복법으로 표현하지 않았다면 이 시는 멜랑콜리한 낭만적 연애시 정도로 간과되었을 것입니다. 여기에도 김수영의 「풀」처럼 단군신화의 원형이 은폐되어 있는 것입니다.

갑오년 동학농민혁명을 직접적인 소재로 삼은 신동엽 시인의 『금강』에서도 과연 대시인의 시적 상상력은 하늘에서 내리는 무수한 눈송이들에서 한국인 심연의 신화적 원형을 드러냅니다.

김수영 시인이 '눈'을 소재로 삼아 쓴 시 「눈」 세 편은 거시적으로 보나 미시적으로 보나, 신동엽 시인이 위에 인용한 금강 14장의 '눈'을 서사한 대목과 함께, 이 땅의 유서 깊은 정신사의 '거대한 뿌리'인 단군 사상과 연관된 천지인 삼재 사상의 심오하고 웅숭깊은 연원을 찾아서 비평을 해야 한다고 생각합니다.

서사시 『금강』의 내용이나 형식을 심도 있게 총체적으로 분석하고 새로이 해석해야 합니다. 다만 여기서는 『금강』이 지닌 동학의 내용을 따로 사상적으로만 해석할 것이 아니라, 시인 신동엽의 문학적 상상력과 결합하여 새로운 해석을 시도하고자 합니다. 문학 작품에서 어떤 이념이나 사상을 따로 분리해서 비평하는 경향은 지양되어야 해요. 문학적 상상력과 감수성을 통해 사상적 내용이 밝혀져야 문학이 의미심장한 존재로 다가오게 됩니다.

동학농민군들이 무능하고 부패한 조선왕조의 패악한 관료 계층과 양반계급에 결연히 맞서, 1893년 2월 초 원통히 처형당한 수운 선생의 복권을 요구하는 교조신원敎祖伸寃을 위해 모인 광화문 광장에 '무수한 눈송이'를 '단식斷食을 한 맑은 눈동자'로 비유하는 광경은, '사람이 하늘'이요 '천신이 강신한 존재'라는, 다름 아닌 단군의 후예를 은유하는 동시에, 혁명적 실천을 위해 수심정기를 한 동학농민군 또는 떨쳐 일어난 민중 저마다를 비유합니다. 이 하늘에서 강신降神하듯이 내려오는, 수억의 눈송이가 해맑은 눈동자로 변신하는 황홀경은 그 자체로 가화이거나 가화의 계기요, 이 땅의 시인에게는 아주 오래된 능력인 접신의 상상력이라 할 수 있습니다. 김수영의 동일한 시 제목의 「눈」 세 편도 천상의 눈이 지상의 시인의 눈으로 변화하는 가화와 접신의 계기가 은폐되어 있습니다. 따라서 백석, 김수영, 신동엽 시인의 시에 공통적으로 등장하는 '눈'의 존재에 조선 정신의 연원이 은폐되어 있는 것입니다. 바로 한국 현대시에서 유례없이 천상에서 내리는 '눈'이 강신의 알레고리이며, 이 강신 속에 가화와 접신의 계기가 은폐된 채, 무릇 한국 현대시사에서 가장 웅숭깊은 시인의 존재와 가장 '오래된' 시인의 원형을 만날 수 있기 때문에 이들의 시에 공통적으로 나타나는 '눈'의 존재가 문학사적으로 중요한 의미를 갖는 것입니다.

1893년 2월 초순/제2차 농민 평화시위운동.

입에 물 한모금 못 넘긴/사흘 낮과 밤/통곡과 기도로 담 너머 기다려봐도/왕의 회답은 없었다.

마흔아홉명이 추위와/허기와 분통으로 쓰러졌다./그러는 사흘 동안에도/쉬지 않고/눈은 내리고 있었다.

금강변의 범바위 밑/꺽쇠네 초가지붕 위에도/삼수갑산三水甲山 양달진 골짝에도, 그리고/서울 장안 광화문 네거리/탄원시위운동 하는 동학농민들의/등 위에도,/쇠뭉치 같은 함박눈이/하늘 깊숙부터 수없이/비칠거리며 내려오고 있었다.

그날, 아테네 반도/아니면 지중해 한가운데/먹 같은 수면에도 눈은/내리고 있었을까.

모스끄바, 그렇지/제정帝政과 혁명의 소용돌이 속에/뿌슈낀/똘스또이/도스또옙스끼,/인간정신사人間精神史의 하늘에/황홀한 수를 놓던 거인들의/뜨락에도 눈은 오고 있었을까.

그리고/차이꼽스끼, 그렇다/이날 그는 눈을 맞으며/뻬쩨르부르

그 교외 백화白樺나무숲/오버 깃 세워 걷고 있었을까.

그날 하늘을 깨고/들려온 우주의 소리,「비창悲愴」/그건 지상의 표정이었을까,/그는 그해 죽었다.

시간은 쉬지 않고 흘러갔다/그리고 짐승들의 염통도 쉬지 않고/꿈틀거리고 있었다.

북한산, 백운대白雲臺에서/정릉으로 내려오는 능선길/성문 옆에 선,/굶주리다 죽어가는 식구들/삶아 먹이려고, 쥐새끼 찾아 나온/사람 하나가,/눈 쌓인 절벽 속을/굴러떨어지고 있었다.

그날 밤,/수유리 골짝 먹는/멧돼지 두 마리가, 그/남루한 옷 속서/발을 찢고 있었지.

[…]

광화문이 열렸다,/사흘 동안 굳게 닫혔던/문이 열렸다,/군중들은 일제히 고개를 들었다.

문은 금세 닫혔다./들어간 사람도, 나온 사람도 없었다,/그러면 그사이/쥐새끼가 지나갔단 말인가, 아니야,/바람이었다, 거센 바람이/굳게 닫힌 광화문의 빗장을/부러뜨리고 밀어제껴버린 것이다./그 문의 빗장은 이미/썩어 있었다.

모든 고개는 다시 더 제껴져/하늘을 봤다,/그 무수의 눈동자들은
다시 내려와/서로의 눈동자를 봤다,/눈동자./주림과 추위와 분노에
지친/사람들의 눈동자,

단식하는 사람들의/눈동자는 맑다,/서로 마주쳐 천상天上에서 불
타는/두 쌍, 천 쌍, 억만 쌍의/맑은 눈동자.
— 신동엽 장편서사시『금강』제14장 부분

서사시『금강』은 1894년 전후한 동학농민혁명기의 주요 역사적 사
건들을 이야기 벼리로 삼았습니다. 가령, 녹두장군 전봉준, 해월 최시
형, 김개남, 손화중 등 역사 속 실존 인물들이 활약한 역사적 기록들을
씨줄로 삼고, 상상 속 주요 인물인 동학군 '신하늬'를 등장시키는 등, 웅
혼한 수운 사상에서 발원하는 서사적 상상력을 날줄로 삼아 엮은 탁월
한 역사 서사시라 할 수 있습니다. 특히 신동엽 시인의 동학적 세계관을
대변하는 페르소나의 존재성과 그 독특한 상상력, 그 상상력에서 흘러
나오는 우주론적·존재론적 사유 내용을 이해해야 하고, 동시에 서사
시『금강』이 문학작품인 만큼, 페르소나에 감추어진 독창적 문학성의
의미를 밝혀야 합니다. 제한된 시간상 거두절미하고,『금강』의 페르소
나가 발산하는 독창적인 상상력의 특징과 그 심오한 의미를 밝히는 데
적절한 텍스트가 바로 위에 인용한 '내리는 눈' 장면입니다.
　　만약에 위에서 인용한 시문에서 보듯『금강』14장에서 '억만 쌍 눈송
이가 맑은 눈동자'로 바뀌는 초월적 상상력이 없었다면,『금강』의 문학
적 성과는 어떠했을까 싶을 정도로 중요한 장면이라고 봐요. 인용문을

보면, 신동엽 시인은 기질氣質이 강하면서 선하고 그 선함이 하늘과 통하는 바가 있다는 생각이 들어요. '눈'은 시인의 맑고 예민한 기질 곧 '시심' 깊이에서 포착된 '눈'이에요. 중요한 점은 시인의 시심에서 나타난 '눈'의 형상이 우리에게 깊은 인상과 공감을 준다는 사실입니다. 인용문에서 시인의 심혼心魂은 '내리는 눈'을 한국인의 집단무의식을 건드리는 '눈'으로 형상화합니다. 바꿔 말해, 한국인의 집단무의식이 투사된 형상이 '눈송이'입니다. '눈송이'에 천신족의 강신 상태로서 인신人神의 '눈동자'가 투사되어 있는 것이죠.

이러한 인신적 상상력의 작용에 의해, 과거 시점時點과 현재 시점 간에 변화를 이끄는 무위로운 상상력이 펼쳐지고, 아울러 이러한 무위로운 시간의 변화를 통한 과거 인물들과 현재 인물들과의 자유로운 교차가 이루어지며, 이러한 무위이화의 상상력에 뒷받침되는 서사시 안의 자유분방한 구성 속에서 일어나는 '시공간 및 인물의 동시 존재'[59]가 무위롭게 일어나는 등등이 펼쳐집니다. 이 같은 특이하고 의미심장한 시적 상상력이 없었다면, 아마도 『금강』은 동학농민혁명이라는 일정한 시공간에 갇힌 '역사 서사시'라는 평가에 머물렀을지도 모릅니다.

하지만 놀랍게도 리얼한 역사적 서사를 끌고 가는 표면적 내레이터 안에 성격이 다른 '은폐된 내레이터'가 활동하고 이 은폐된 존재를 신동엽 시인은 대명사 '그'로 표시하고 있습니다. 『금강』의 서사에서 '그'는 죽었지만 '그'는 서사의 이면에 여전히 '은폐된 존재'로 살아 움직입니다.

전후 문맥으로 보아, 동학 혁명군 지도자인 전봉준 장군이거나 동학에 열심히 참여한 '누군가'를 '그'라는 삼인칭 대명사로 지칭한 것은,

---

59 신동엽『금강』에서 '동시 존재' 문제는 이 책 2부에 실린「수운 동학과 巫의 상상력─'비국소성'과 巫의 눈」을 참고.

당시 역사 속 특정 인물이나 구체적 개인이 아니라 동학농민혁명의 근본정신인 '한울'을 유비analogy하고 상징하기 위한 인격화로 보입니다. '그'는 한울을 유비하고 상징하므로, '그'는 시공간적으로 무궁무진한 무위이화의 덕에 들어 있는 존재, 곧 시천주의 존재입니다. 그러니까, 『금강』에서 '그'는, 수운 동학의 시천주 사상을 구현하는 '은폐된 존재' 인 셈이죠.

유역문예론의 관점에서 보면, 이 서사시의 페르소나 외에 '은폐된 존재'인 '(죽은) 그'가 활동하는 것은 서사시의 내면에 영혼의 형식이 함께 있다는 것, 곧 서사시『금강』이 '저절로' '최령자'의 형식을 갖춘 것이란 의미입니다. 중요한 것은, 은폐된 존재(은폐된 내레이터)의 내면적인 신령한 활동에 의해 서사시『금강』은 앞서 말했듯이, 시공간적으로 초월적 상상력이 가능해지고 천상에서 내리는 눈이 강신의 알레고리가 될 수 있으며 마침내 천상의 눈송이들이 눈동자들로서 상징화象徵化되는, '초월적 변화'를 가능케 하는 내적 원동력이 된다는 점입니다. 아울러 이때 가화의 '현실적 계기occasion'가 활성화되는 것이지요. 이는 시의 표면적 의미가 지시하는 역사성과 사실성reality 이면에서 초월적 시혼詩魂이 작용하게 하고 이를 통해 서사시『금강』이 '안으로 신령해지고 밖으로 기화하는' 생명의 기운을 갖게 되었다는 의미이기도 합니다. 수운 선생이 설하신 바대로, '시천주'의 뜻, 곧 내유신령 외유기화인 것입니다. 이로써『금강』을 읽는 독자들도 무위이화의 덕에 깊이 감응하는 것이고요. 이와 같이 무위이화의 덕에 감응하게 만드는 묘력은 하늘에서 쏟아지는 눈송이들을 "억만 쌍의/맑은 눈동자"로 화생化生시키는 신령한 마음의 기운, 곧 신동엽 시정신에 은폐되어 있던 신기神氣가『금강』의 안팎으로 통했기 때문입니다.

'은폐된 존재'의 대명사인 '그'의 초월적 존재와 활동에 의해 서사시 『금강』은 과거, 현재, 미래가 지금-여기에서 서로 만나 혼재하고 끊임없이 소통하고, 이질적 공간들의 '동시 존재'가 가능한 것입니다. 이러한 은폐된 내레이터가 작용하는 초월적 형식 속에 드디어 천상에서 내려오는 '눈송이'가 '눈동자'로 변신하는 초월적 상상력이 가능해지는데, 그것은 단군신화에서의 천신의 가화가 일어나는 현실적 '계기'인 동시에, 한울님과의 접신의 계기이며, '시천주'의 조화 곧 '무위이화'의 알레고리로서, 해석이 가능해집니다.

 그런데, 위에 서사시 『금강』 제14장을 보면, 다소 뜬금없이 '단식斷食' 이야기가 나옵니다. 신동엽 시인이 서사시 내용에 다소 낯설고 간과하기 쉬운 단식 모티브를 넣은 이유를 깊이 분석할 필요가 있습니다. 시인이 단식 얘기를 넣은 것은 인민들의 굶주림을 고려한 비유의 의미가 없다 할 수는 없지만, 그보다는 '최령자'로서 사람이 '맑은 정신'을 단련하기 위한 '자기 수행 또는 수심정기'의 비유로 보는 것이 옳고 더 깊은 해석을 불러옵니다. 수심정기의 비유라는 점을 이해하게 되면, 비로소 단식 모티브와 더불어 제14장에서 천상에서 지상으로 내리는 '무수한 눈송이'를 "억만 쌍의/맑은 눈동자"라고 비유한 신동엽 시인의 문학적 상상력과 그 진실한 사상적 깊이를 이해할 수 있습니다.

신동엽의 서사시 『금강』에 나오는 서로 다른 '시간 공간'들의 '동시 존재'는 『금강』의 주제인 동학농민혁명의 '侍天主' 사상에서 발원한 시적 상상력의 산물입니다.

 위 인용한 『금강』 부분에서, '동시 존재' 곧 페르소나인 '나'가 "1893년

2월 초순/제2차 농민 평화시위운동" 중에……"금강변의 범바위 밑/격쇠네 초가지붕 위에도/삼수갑산三水甲山 양달진 골짝에도, 그리고/서울 장안 광화문 네거리" 현장에 내리는 눈……"그날, 아테네 반도/아니면 지중해 한가운데/먹 같은 수면에도 눈은/내리고 있었을까."……"북한산, 백운대白雲臺에서/정릉으로 내려오는 능선길"…… 과거와 현재, 지구 곳곳에서 페르소나는 '동시 존재'의 상상력을 발휘합니다. 이러한 시적 상상력을 가리켜 '동시 존재'라고 규정하는 것은,『금강』의 시적 상상력 나아가 신동엽 시인의 시적 상상력의 의미심장한 특성을 요약하고 있다는 비평적 판단에서입니다. 신동엽 시인 스스로의 시적 상상력을 통해 '나'는 시공간을 초월하여 '수많은 나'의 '동시 존재'로서 존재한다는 것을 보여주고 있다는 것입니다. 나는 동시적으로 여기에도 있고 저기에도 있으며, 모든 곳에 동시적으로 존재한다는 것.

이 '동시 존재' 문제는 동학사상과 깊이 연관되어 있습니다. 하늘에서 내리는 억만 쌍의 눈송이가 눈동자로 변하는 경이로운 광경이 천신족으로서 한민족의 순결한 영혼을 상징하고, 시간적으로 눈이 내리는 하나의 시점 속에 현재와 미래와 과거가 '동시적'으로 진행되고, 공간적으로 전 세계 곳곳을 '동시적'으로 전개하는 서사시『금강』의 '동시 존재'의 상상력은 동학의 지기 곧 시천주의 철학적 사유와 상통하다는 점을 이해해야 합니다. 이는 서구 고전물리학에서 동시 존재를 풀기 위해 중력장에서의 전자기장 이론으로는 한계가 있었고, 마침내는 비국소성nonlocality 이론 등 양자역학이나 '과정 철학', 칼 융의 '동시성 이론' 등에서 어떤 과학 철학적 해답을 찾기 위한 암시나 가설적 증거들을 얻을 수도 있을 듯합니다. 하지만, 아직 서구 사상은 '동시 존재' 문제에 명확한 답변은 내놓지 못하고 있는 형편입니다. 동양에서는 음양오행의 원리에 따라 만유에 내재하는 생극적生剋的 상보성, 직접적 상호작용성은 '동시 존재'의 해결에 철학적 기반이 되어줍니다. 이 음양오행의 철학적 바탕 위에서 동학의 지기를 살피면 '동시 존재' 문제를 해결할 실마리가 보입니다.

동학의 지기至氣가 한울이고, 한울은 '무궁무진한 한 울타리'로 비유되는데, 그것은 지기 곧 시천주 상태에서는 지금-여기의 '나'는 서로 다른 시공간에 따로 있는 존재(또 다른 '나')들과 '하나로' 연결되어 있다는 것입니다. 이 '동시 존재'를 가능하게 하는 것이 바로 미치지 않는 바가 없는 음양오행의 일기一氣, 곧 동학에서 '시천주'의 '지기' 상태에 이르러서 '나'라는 존재는 "무궁한 한울 속에 무궁한 나"가 됩니다.

이와 관련해서 수운 선생이 "무궁한 한울 안에서 무궁한 나"를 역설한 역사적 사건을 잠시 소개하겠습니다. '동학'이 조정朝廷에 의해 이단異端으로 몰린 뒤 수운 선생이 어명御命으로 체포되어, 대구 감영으로 이송되는 중, 동학 접주 이필제 등 동학교도들이 무력으로 선생을 구출하려 하였지만, 선생은 교인들에게 이른바 '암상설법岩上說法'을 남기고 스스로 순도殉道를 택합니다. 전해진바, '바위 위에서의 설법'의 일부는 다음과 같습니다. "하물며 천명天命은 생사生死를 초월한 것이니 무엇을 걱정하리요. 내가 항상 말하기를 '무궁無窮한 이 울 속에 무궁無窮한 나'라고 말하지 않았는가. 나는 결코 죽지 않나니 그대들도 이 죽지 않은 이치理致를 진실로 깨달으라. 그리고 이 말을 널리 세상에 전하라."[60] 때는 포덕 4년이 되는 해인 1863년 12월이었습니다.

'무궁無窮한 이 울 속에 무궁無窮한 나'를 강조한 예는 또 있습니다. 『용

---

60   조기주 편저, 『東學의 原流』, 68쪽.

담유사』중「흥비가」에 보면, "불연기연不然其然 살펴내어 부야흥야賦也 興也 비比해보면/글도 역시 무궁하고 말도 역시 무궁이라/무궁히 살펴 내어 무궁히 알았으면/무궁한 이 울 속에 무궁한 내 아닌가"라 했습니 다. '무궁無窮한 이 울 속에 무궁無窮한 나'를 자각하고 각자가 "그 도를 알아서 그 지혜를 받는"(各知) '나', 무수한 존재들과 창조적인 생성 조 화 과정에 동시에 참여하는 주체로서 '나'입니다. 자기동일성으로의 환 원이 아니라 무궁한 한울님(無爲而化의 道)과 함께 생성 변화하는 지기 (至氣, 성리학으로는 一氣)의 근원으로 동귀일체同歸一體하는 것입니다.[61]

한울님을 모신 '시천주'로서 '나'의 각성, 곧 수심정기守心正氣 하게 되 면, 내 안에 무궁무진한 존재들과 '동시에 더불어' 연결된 '무궁한 나' 로서 존재하게 됩니다. 신동엽 시인은 '지기'의 나, 곧 '시천주'에 따라 '무궁無窮한 이 울 속에 무궁無窮한 나'에서 발원한 독창적인 시적 상상 력을 펼친 것이 아닐까요. 그 경이로운 시적 상상력 속에서 하늘에서 내 리는 '억만 개의 눈송이'가 '억만 쌍의 맑은 눈동자'로 유비analogy될 수 있고, 『금강』의 내레이터인 '나'는 '내 안의 무궁한 시간 공간의 한 울타 리 안에서', 은폐된 '신령한' 존재[62]인 '그'를 만나고, 무궁한 공간과 시 간들, 사람과 사물이 서로 '동시 존재'하게 된 것입니다. 아울러 하늘에 서 내리는 억만 눈송이들이 억만 쌍의 맑은 눈동자로 변신하는, 즉 가 화하는 상상력의 연원은 물론 상고대 이래 이 땅의 신인 철학에 있습니

---

61 이는 '자재연원自在淵源'의 뜻이기도 합니다. '자기의 존재 근거를 자기 자신에 게서 찾는 것', '나를 닦아(수심정기) 무궁한 이 한울 속에 무궁한 나를 아는 것'.
62 『금강』에 나오는 '은폐된 신령한 존재'인 '그'는 한울님이 말씀한 "귀신자오야 鬼神者吾也"에서의 '귀신자鬼神者'요, 수운 선생이 말씀한 '음양상균陰陽相均'에서 의 '최령자最靈者'이며, '시천주侍天主'의 존재입니다.

다. 무위이화 혹은 귀신의 조화란 이런 경이로운 상상력 속에서 감지되는 것이지요.[63]

12 문 백석 시의 '눈', 김수영이 시적 관심을 집중한 '눈', 신동엽의 '눈'에서, 각기 다른 한국인의 무의식에 공통적으로 드리운 '거대한 신도의 뿌리'를 유추하시는군요.

답 김수영의 시 전집에서 데뷔작 「묘정의 노래」와 유고작 「풀」 사이에 놓인 시 「눈」 세 편이 깊이 은닉한 시정신의 요체는 신동엽 시인의 서사시 『금강』에서의 '눈' 그리고 앞서 말한 백석의 시 「남신의주유동박시봉방」의 '싸락눈', 「나와 나타샤와 흰당나귀」의 '눈'과 서로서로 창작된 시간상의 차이가 있고 시인마다 다른 기질이 있고 물론 서로 다른 삶이 있습니다. 그럼에도 '눈'에는 한국인의 집단무의식이라고 할까, 한국인의 기질의 보편성 혹은 한국인의 마음에 심어져 있는 거대한 뿌리의 본질이 '유비적 상징'으로서 들어 있다는 점에서 세 걸출한 시인의 '눈'은 공통성을 갖는다고 할 수 있습니다. 고조선 이래 장구한 세월 동안 한국인의 집단무의식에 켜켜이 쌓여온, 유서 깊은 신도의 거대한 뿌리가 이 세 시인의 높은 시정신 속에서 공통적으로 감지되지 않나요. 이처럼 '눈'의 표상을 통해, 이 땅의 유서 깊은 정신사의 심층에 살아 있는 고유한 집단무의식 또는 신도의 원형을 살려서 탁월하게 보여준 시편들은 한국 현대시사에서 더는 찾아보기 힘들 겁니다.

---

63 참고로, 이 '동시 존재' 문제는 한국영화계의 명장 이창동 감독의 〈버닝〉(2018)에서도 주요 주제의식이자 영화의 형식 문제와 깊이 연결되어 탐구됩니다. 졸저 『한국영화 세 감독, 이창동·홍상수·봉준호』(솔, 2021) 참고.

가화의 계기 곧 무위이화의 작용을 통해 문예 작품은 자기 진실성을 입증하고 무위이화의 德을 드러내며 비로소 삶을 성찰하여 淨化하는 존재로서 다가옵니다.

13 문 그렇다면, 세 시인의 '눈'에서도 저마다 '가화'가 유비될 수 있을까요.

답 불가에서는 이심전심 염화시중의 미소라는 말이 있지요. 상징을 '확대된 은유'라고 정의하기도 하고 은유에서 원관념을 없앤 비유라고 정의하기도 하고⋯⋯ 원관념에 괄호를 친 은유라고 할까. '내 마음은 호수다.'라는 은유에서 '마음'에 괄호를 치면 이 비유(은유)는 어떻게 전개될까요? 막연하지만 무언가 비유의 근원을 찾는 심리 작용이 일어나지 않을까요. 적어도 '내' 안에 의식적 생각과 무의식적 생각들이 함께 진행하는 '정신의 과정' 속에서 만나게 되는 비유가 아닐까? 우리는 교육이나 제도를 통해 오랫동안 비유는 이러한 것이다, 하는 제도화된 지식·상식화된 관념들에 젖어 있습니다. 하지만, 유비analogy는 마음이 저절로 찾아가는 비유, 오히려 인위적인 생각이 무위의 심리 작용을 관찰하고 그 심리의 진실을 따르는 '무의식적 비유'라고 할까. 유비는 자기 안의 원형들, 근원으로서 무위자연의 덕을 찾아가는 '정신의 자기 운동 과정' 속에서 어떤 상징들을 만나게 되겠지요. 가화의 진실을 접하려면, '유비적 상징' 혹은 유비를 품은 상징이 필요하지 않을까요.
앞서 말했듯이, 가화는 신격의 작용이므로 무위이화로서 드러나고, 시에서 은폐된 가화의 계기, 곧 무위이화의 덕에 합해지기 위해서는, 접신 현상에 유추될 수 있는 시적 상상력이 필요합니다. 백석, 김수영, 신동엽의 시에서 '눈'의 상징은 가화의 계기인 무위이화의 기운을 불러내는 시인의 정신(성실하고 경건한 마음), 곧 귀신과 접신하는 신령한 지기 상태의 시심詩心일 터인데, 이러한 자기 안에서 접신의 능력을 상징symbol하고 유비analogy할 수 있는 시인의 정신 능력이 전제되어 있는 것이지요. 그러므로, 한 권의 시집 또는 시편들 속에 가화의 계기 또는 귀신의 조화(무위이화의 작용 또는 그 기운)가 어떤 형식으로 또 어느 정도로 은폐되어 있는가를 살펴서 풀어내는 것이 비평가에게 주어진 중요한 소임이라고 생각해요. 유역문예론의 관점에서는, 시에 감추어진 이 귀신의 조화, 곧 무위이화의 기운이 어느 정도로 어떻게 존재하는가를 살피면, 시인의 존재론적 진실성과 시인의 시적 역량이 결정될 수 있습니다. 한 편의 시 속에 은폐된 무위이화의 작용(귀신의 조화)을 통해 문예 작품은 자기 진실성을 입증하고 무위이화의 덕을 드러내며 비로소 자연에 비추어 세속적 삶을 성찰하고 정화淨化하는 존재로서 다가옵니다.

무위이화의 시정신을 논하는 데 있어서 빠트릴 수 없는 대시인이 있습니다. 한국 현대시사에서 무위이화 시정신을 높은 경지에서 가장 현저하게 보여준 시인은 김구용(1922~1999) 시인입니다. 4·19 이전 세대로 분류되는 이른바 '50년대 시인' 중 중요한 시인으로서 김구용의 시 세계는 유불선儒佛仙이 회통하는 원융무애의 시정신을 보여줍니다. 하지만 문학계에서는 '난해성의 벽璧'이라 회자되며 김구용 시의 분석과 해석에서는 미답의 영역과 비평적 과제들이 남아 있습니다. 그나마 다행이고 고무적인 점은 2000년 초에 『김구용 문학 전집』(전 6권, 솔)을 펴내고 나서, 십 년쯤 지나면서부터, 유수한 대학에서 박사학위를 포함하여 수십 편에 달하는 학위 논문들이 이어지고 있다는 것입니다. 김구용의 시는 기법적으로는 서구 상징주의, 초현실주의 시학이나 동양의 한시, 선시 전통 등 동서를 가리지 않고 두루 회통하는 심오한 경지를 보여주는데, 지금 시점에서도 비평적으로 새로이 조명할 여지가 많습니다.

　방금 말했듯이, 김수영 시인을 비롯하여 많은 비평가들이 김구용의 시는 워낙 난해해서 '난해성의 벽'이라 평했지만 이 평가 속에 역설적으로 김구용 시인의 도저한 시정신이 있습니다. 특히 김구용 시는 언어에 대한 근본적 이해의 문제를 제기합니다. 도가나 불가의 언어관은 기본입니다. 간략히 결론을 말하면, 유불선 회통의 경지에서 무위이화하는 언어, '저절로 그러함'의 기운이 스스로 무애無碍한 언어 세계를 마치 연꽃 피듯이 피웁니다. 자유의지가 아니라 무애한 대자유의 시정신이 문법화되고 규칙화되어 있는 언어 문법을 여의고 맙니다. 표준어주의니 기호학적인 언어학이니 하는, 시 안팎에서 시를 간섭하고 억압하는 일체의 언어론적 제약을 풀고 무위이화의 시적 존재를 여실히 보여줍니다. 여기에 대한 시론상의 반론이 많이 제기되었고 이에 반대하는 시인과 비평가들이 수두룩합니다만, 한국문학사의 긴 정신사에서 보면, 수운 선생의 동학이 유불선 삼교 회통 위에서 '무위이화의 도'를 펼쳤듯이, 김구용은 일제강점기와 참극의 한국전쟁기 그리고 가난과 모순이 만연한 1950~1960년대를 거치면서 일제 식민지 문화와 서구 문화와 저질 양키 문화 등 외래문화의 범람과 횡행으로 난장판이 된 해방 전후의 정신적 폐허기에, 원융회통의 시정신[64]을 되살려 천신만고 끝에 무위이화의 지극한 시정신의 경지에 도달한 시인으로 이해하고 높이 평가해야 한다고 봅니다. 자재연원의 관점 곧 주체적 정신의 관점에서 한국 현대시 전반을 조망하면, 김구용의 시는 단연 '무위이화의 시

64　대표적 예로, 원효元曉 스님(617~686)의 '원융회통'의 사상.

적 상징'입니다. 그래서 김구용 시정신은 비록 난해의 벽이라 할지라 도, 한국 시인이 우러를 시정신의 표상表象입니다. 십여 년 전에 장문의 비평문[65]을 쓴 바 있으니, 관심 있는 분들은 졸고를 찾아서 보시면 되겠고, 여기서는 심오한 시「풍미風味」를 한 편 소개하면서, 재밌는 에피소드 하나를 들려드리지요.

예전에 어떤 시인 겸 국문학 교수가 김구용 시에 대한 연구 발표를 하는 자리에서 현재 시중에 출간된 시집에는 정본定本이 없어서 김구용 시 연구에 근본적인 한계가 있다고 얘기한 것을 들은 적이 있습니다. 김구용 시인의 기존 시집들에 수록된 동일한 시 작품이 각각의 시집들이 출간된 시기마다, 각 출판사마다 동일하지 않다는 지적이었습니다. 동일한 작품이 시집에 따라 조금씩 다르다는 말이었어요. 연구자들 입장에서는 의미 있는 지적이긴 한데, 그 정본定本을 확정하지 못한 사실을 유족분들한테 확인하면, 김구용 시인 자신도 생전에 자신이 쓴 일부 시편들을 여러 번 고치기만 했을 뿐, 정본을 확정하지는 못하거나 안 했다는 것입니다. 나로선 고개가 끄덕여집니다. 그 근본적 원인은 김구용 시정신의 무위이화에 있습니다. 이를 이해하여야 김구용 시인의 일부 시편에서 정본 확정이 애초에 불가능하다는 점을 알 수 있습니다.

나는 판단 이전에 앉는다.
이리하여 돌(石)은 노래한다.

생기기 이전에서 시작하는 잎사귀는

---

65   졸고「會通의 시정신」,『네오 샤먼으로서의 작가』에 수록.

끝난 곳에서 시작하는 엽서였다.
대답은 반문하고
물음은 공간이니
말씀은 썩지 않는다.

낮과 밤의 대면은
거울로 들어간다.
너는 내게로 들어온다.

희생자인 향불.

분명치 못한 정확과
정확한 막연을 아는가.

녹錄빛 도피는 아름답다.
그대여 외롭거든
각기 인자하시라.

—김구용,「풍미風味」(1970) 전문

14문 하지만 의문이 듭니다. 과연 이념이나 이데올로기를 내세운 민중시에도 '원시반본'의 시 또는 무위이화의 시론이 적용될 수 있을까요?

답 '원시반본'의 시간관은 '태초太初 혹은 원시에로 앞질러감 혹은 나아감'입니다. 이것은 역설이 아니라 현실입니다. 지금-여기서 원시반본의 삶을 추구한다는 것은 '먼 과거로 앞질러 가는' 것입니다. 이런 시간의 '가역적인 진보성'은 수운 선생이 설파한 '최령자'의 본성으로서 유역문예에서 추구하는 마음가짐입니다. 시詩 의식도 언어의식도 매일 반입니다.

'민중시'도 시인의 고유한 정서, 무위이화가 시의 조건

가령, 김남주 시인이 어두운 시대, 어두운 사회 세력들과 온몸으로 싸우면서도 그 안에 생명의 연대를 향한 꿈을 품고 있다는 사실을 유역문예론의 관점에서 해석할 수 있지 않을까요? 김남주의 시 깊이엔 태어난 고향의 인심이나 자연에서 체득한 전래적이고 순박한 소공동체적 정서가 진하게 배어 있습니다. 이처럼 김남주 시에 은폐된 고유한 정서가 비평 대상으로서 소중한 것입니다. 고통스럽고 어두운 투쟁의 분위기 속에 진실로 인민과 연대하는 신념과 의지는 분별이나 어떤 철학 이전에 타고난 정서이자 시인의 진솔한 '삶의 자연'에서 나온 것입니다. 자기의 타고난 본성을 닦고 수행하는 자재연원의 정신은 무위이화에 이르는 조건입니다. 김남주 시 특유의 골기와 강기도 무위이화, 곧 귀신의 조화에 합하는 것이죠. 오로지 사회의식에 따른 주장이나 정치적 이념의 내용을 감정적으로 내세우는 민중시와는 다른 차원인 것입니다.

사실 20대 이후 상당한 세월 동안, 소위 '민중시'의 허실虛實, 진위眞僞를 어떻게 가려낼 수 있는가, 또는 근본적으로 문학의 진실을 담지하는 시는 어떻게 가능한가 하는 화두를 가지고 문예학의 정립 문제를 깊이 고민한 바 있습니다. 민중시가 헛되거나 허위에 익숙할 때, 그것은 결국엔 그 시대의 문화예술은 물론 사회 정치적으로 심각한 악영향을 끼치거든요. 근본적으로 민중시든 무슨무슨 시든 '언어'의 진위 허실 문제부터 고민해야 합니다. 김수영 시인도 이 민중시 문제에 대해 고민한 흔적들이 있습니다.

김수영 시인이 깊이 공부한 하이데거의 존재론으로 말하면, '언어는 존재의 집'이고 또한 "언어를 언어로서 언어로 데려온다."라는 명제를 상기할 필요가 있습니다. 하이데거는 「언어」에서 "(인간이 언어에 상응하여 응답하는 한에서) 본래적으로 응답한다는 것, 이것은 뒤로 물러서면서 앞질러 다가감이다. 왜냐하면 인간은 언어에 (상응하여) 응답함으로써만 말하기 때문이다. 언어가 말한다. 언어의 말함은 (詩로) 말해진 것 속에서 우리를 위해 말한다."라고 썼습니다. 시인 김수영의 '고매한' 시정신은 이러한 하이데거의 '언어의 존재론'을 단박에 능가하는 듯이, 시 「폭포」에서 시의 본질, 언어의 본질이 무엇인지를 경이로운 상상력을 통해, 아울러 노자老子의 상상력을 동원해서 유감없이 보여줍니다. 실로, 하이데거의 '언어의 존재론'을 김수영의 시정신이 압도하는 차원들이 있습니다. 근본적으로 김수영의 시는 존재론적 언어의식을 넘어서 무위이화의 시정신을 체득하였다고 생각합니다.

김수영의 유명한 시 「폭포」에서 말하는 '폭포' 소리는 천지간 만물의 존재 원리인 무위자연이 낳는 언어, 곧 '참언어'의 본질과 근원을 상징합니다. 이러한 존재론적 언어에 관한 치열한 사유를 통해 시인 김수영은 폭포 소리에서 '곧은 소리는 소리이다/곧은 소리는 곧은 소리를 부른다', 라는 참다운 언어의 명제, 시론의 명제에 도달합니다. 그 시론은 존재론적 명제를 포함하면서, 바로 무위이화가 낳는 저마다 고유한 언어의 시를 추구하는, 평등하고 민중적인 시론의 경지를 열었습니다.

5. 유역문예론의 과제와 실천:

뒤로 가기를 통한 앞질러 가기, 전통·교류·연대

1 문 백석, 김수영, 신동엽, 김구용 시인을 시적 공통성으로 한데 묶기는 쉽지 않았는데, 전통 사상의 맥에서 하나로 관통하는 것이 새롭고 경이롭습니다. 하지만 넘어서야 할 실천 과제가 만만치 않을 것 같습니다. 기득권 계층의 완고성이랄까, 또는 기존에 문학예술계에서 신문학기 소위 근대문학이 도입된 이래로 금과옥조로 받들어온 서구 문예 사상 일변도를 과연 어떻게 극복할 것인가 하는 과제가 버티고 있습니다.

더구나 신도-샤머니즘은 근대 합리성의 척도에 의해 한국문학에서는 이미 오래전에 타기되어왔습니다. 이러한 문학사적 상황에서 샤머니즘에로 다시 돌아가는 것이 근대성의 완강한 벽에 부딪치리라는 것은 어렵지 않게 예견되는 사태가 아닐까요?

답 대개 근대 합리주의나 서구적 철학의 관점에서 보면, 무당은 부정되거나 논란거리입니다만, 저는 무당이나 샤머니즘을 일방적으로 탄압한 것이 더 큰 문제라고 봅니다. '정신사'적으로 인류의 미래를 암울하게 만든 인류사적 죄악을 저지른 겁니다. 좌파 우파를 떠나 특히 근대 서구주의자들이나 소비에트 체제가 샤머니즘을 탄압하고 말살해온 근대 역사는 반문화적이고 반인류적 범죄행위라고 봅니다. 서구 근대성이 저지른 수많은 죄악들 가운데 남의 영혼, 남의 공동체적 문화의 뿌리를 잘랐다는 점에서 그 죄질이 심각하다고 봐요. 가령 북아메리카 원주민이나 라틴아메리카, 아시아, 아프리카 모든 나라의 원주민들을 대량 학살하면서 원주민의 전통 샤먼 문화를 축출한 서구 제국주의와 시베리아 샤먼들을 무수히 죽이고 탄압한 소비에트 전체주의적 이데올로기가 근대니 개화開化니 프롤레타리아 독재니 하는 온갖 미명과 구실하에 끔찍하게 타민족, 타종족의 문화들을 압살해왔거든요. 악마적 제국주의와 짝을 이룬 서구 자본주의가 인류사적으로 자행한 야만적 범죄 내용들을 계속해서 폭로하고, 화려한 서구 문명에 은폐되어온 피압박 민족·종족 저마다의 고유한 전래 문화를 기억하고 되살릴 수 있다면 되살리는 것, 이것이 자재연원과 원시반본의 세계사적 대의라고 봐요. 반제국주의와 탈근대 서구주의는 자재연원과 원시반본의 정신이 가야 할 길이죠.

2 문 『네오 샤먼으로서의 작가』에서 자재연원과 함께 원시반본을 문학의 두 축 중 하나로 설정하였는데, 그렇다면 원시반본의 관점에서 문예란 무엇인가요?

답 원시반본이 '가장 신령한 존재'(최령자)로서 인간 존재를 추구하는 것이라면, 옛 원시시대로 돌아가자는 게 아니라, 지금-여기서 시공時空을 초월한 접령 상태를 체험하는 것이라 할 수 있습니다. 아득한 옛날부터 무당의 춤과 노래는 바로 이러한 일상적日常的 접령의 방편이었던 것입니다. 오늘날 문예활동이 중요한 것은, 문예를 통해 잃어버린 일상의 영성적 존재를 찾을 수 있다는 것, 곧 문예는 원시반본의 방편이 될 수 있기 때문입니다.

이미 말했듯이 내유신령 외유기화內有神靈 外有氣化를 해석하면, 인간은 지기 곧 신령함이 지극한 상태에 이르러 음양의 조화로운 기운으로 화생化生하는 존재라는 뜻입니다. 영기화생靈氣化生을 하는 존재인 것이죠. 이를 문예학적으로 환언하면, 예술 작품은 신령한 인간 존재의 내적 신령(영)과 외적 기화(기)의 통일적 활동으로서 영기화생靈氣化生의 산물입니다. 이를 유역문예론의 개념으로 바꾸어 말하면, 궁극적으로 추구할 문예 작품이란 '신령한 인간 존재'에 의한 '창조적 유기체'로서 문예 작품입니다.

지식이나 이론을 통한 작위적인 무위자연을 표방하는 창작은 사상누각, 공중누각

  수행, 수심정기를 통하지 않는 문예 창작 행위는 사상누각, 공중누각에 불과합니다. 특히 미술 분야에서 무위니, 무위자연에 따른 창작을 시도하거나 표방하는 작가들이 가끔 등장하지만, 무위자연은 개념이나 지식, 이론을 열심히 공부한다고 해서 예술 창작에 응용되는 성질의 것이 아닙니다. 말 그대로 나도 모르게 '저절로 그러함'에 이르러서 가까스로 나타나는 어떤 경지일 뿐인데, 이 무위이화의 창작의 경지에 이르기 위해서는 무위자연을 지식의 개념이나 이론의 대상으로 공부하기보다는 나날의 생활 속에서 자기 수행하는 것이 백번 더 좋고 옳고 바른 길입니다. 김수영 시인이 시는 '온몸으로 밀고 나가는 것'이라 말한 소위 '온몸의 시론'이나 '시인은 자기가 시의 기교에 정통하다는 것을 모른다.' 하는 특유의 시론도 일상적 삶 속에서 수행하는 마음으로 수심정기를 기르고 이를 통해 예술 창작에 절차탁마하는 것 그 자체가 무위이화에 가장 충실한 방법이라는 사실과 상통합니다. 무위니 무위자연을 창작의 모토로 삼는 것은 무위자연의 진의를 모르기 때문에 벌어지는

예술 창작의 세속화 현상일 따름입니다. 무위자연은 의식적으로 의도적으로 작가의 신조나 창작의 목적 개념이 될 수는 없는 노릇입니다.

3문 특히 4·19 세대는 '한글세대'요, 자유당 독재정권을 무너뜨린 세대로서 자부심이 대단하기도 했고 지금도 한국사회에서 크게 영향력을 가지고 있습니다. 평소 4·19 세대 문학에 대해 비판적 시각을 가지고 계신 것으로 압니다. 예의 원시반본, 자재연원 관점에서 본다면 4·19 세대 문학을 어떻게 평가할 수 있을까요.

답 4·19 세대 문학에는 물론 공功과 과過가 함께 있겠지요. 다만 이 자리에서는 시간상 4·19 세대 문학의 과오를 한 가지만 지적하고 넘어가기로 하지요. 특정 세대를 지배하는 주류적인 문학관과 세계관이 있는데, 4·19 세대의 문학관은 서구 근대적 문예이론들에 과도하게 편향되어 있었고 세계관도 서구 합리주의적 세계관에서 크게 벗어나질 못했어요.

문학의 기본 질료이자 작가의식의 출발점이면서, 문학의 기초인 언어의식 문제를 잠시 짚고 넘어가야 합니다. 4·19 세대 작가들의 문체의식을 보면 그들의 문학적, 세계관적 한계까지도 어느 정도 엿볼 수가 있다고 봐요. 자재연원의 시각으로 보면, 작가의 문체의식이 그 스스로 그 작가의 세계관을 상당 부분 반영하는 것으로 볼 수 있습니다. 특히 4·19 세대 문학이 추구한 표준어주의는 자연의 언어의식 혹은 근원의 언어의식에 위배됩니다.

제가 오래전부터 누차 예를 들었습니다만, 자유주의적 근대성 또는 개인주의적 문체를 대표하는 작가 김승옥의 「무진기행」의 문체는 소위 '공감각적 문체'로서 4·19 세대들과 그 아류들이 열광한 대목들이 나오는데, 정작 중요한 지점은 김승옥 문체가 서구적 개인주의와 합리주의적 문체의식을 반영하듯이 '주어(S)'를 강조하는 영어식 통사론에서 벗어나질 못한다는 것, 이청준이나 황석영의 문체도 매일반이라는 것이에요. 얼마든지 예를 들 수 있습니다만, 이청준의 인기작「서편제」는 판소리 〈서편제〉의 정신세계를 다루면서도 서울 표준말로 일관되게 서술되고 있다거나, 리얼리즘 문학을 대표하는 작품으로 곧잘 앞세워진 황석영의「객지」에서 경향 각지에서 몰려든 떠돌이 노동자들이 너나 가릴 것 없이 표준말 문어체를 쓰고 있다거나 하는 등등 4·19 세대 문학의 언어의식은 문학의 기본 질료인 문체를 저마다 임의의 표준어 문장들로, 즉 넓게 보면 합리주의적 표준어주의로 통일되어 있어요. 박정희 개발독재 정권이 소위 근대화(산업화) 수단으로서 국어의 표준어주의 정책을 언론이나 교육제도를 총동원해서 강제로 시행하였는데, 인민 대중의 건강한 삶과 의식을 추구하는 올바른 언어의식을 가진 작가라면, 응당 박정희 정권의 표준어주의 정책에 저항하고 투쟁했어야 옳았음에도, 4·19 세대는 오히려 박정희 정권의 표준어주의 정책에 기반한 서구식 자유주의와 개인주의 문학을 적극 펼쳤습니다. 하지만 4·19 세대 작가들은 문학에서 개인주의적 '자유의지'를 펼쳤을지는 몰라도, 문학의 표준어주의로 인한 언어의 중앙집권적 전횡에 적극 '부역'하는 꼴이 되었달까요. 언어의식에서 볼 때 표준어주의가 한국문학을 사실상 독과점적으로 지배해왔습니다. 그리고 중요한 것은 표준어주의는 중앙집권적 의식, 또 획일적이고 전체적이고 일방적인 사고방식과 불가분의 짝을 이룬다는 사실입니다.

궁극적으로 삶에 은폐된 어떤 근원적 진리를 드러내기 위해서는, 문학예술 창작에 있어서 내용의 진실에 이르는 형식 문제에 대해 고민해야 합니다. 문체론도 마찬가지로 이 문제의식에 포함됩니다.

4·19 세대 문학의 표준어주의를 1930년대 일제의 탄압으로 우리 조선말이 사라질 위기에 처해 민족의 자주독립을 준비하기 위해서 표준어 체계를 정립해야 했던 경우와 비교해선 안 됩니다. 4·19 세대의 표준어주의는 서구적 합리주의 언어관에 따라 박정희의 경제개발독재의 언어 정책과 가까운 친척 간일 뿐, 1930년대 한글어학회의 표준어 사업과는 아무 상관이 없어요. 4·19 세대 문학의 표준어주의는 한국문학사에 남은 심히 불행한 사태입니다. 중앙집권적 문학 의식의 결정적 표시인 표준어주의는 새로이 한국문학의 앞날을 펼치기 위해서라도 속히 청산되고 극복되어야 합니다.

4 문 선생님은 출판계에서 잘 알려진 문학 편집자로서 박경리의 『토지』 완결판, 이문구 전집, 시인 김지하 전집, 김성동의 『국수』 등 굵직한 문학작품의 책임 편집을 맡아서 훌륭한 성과를 거둔 걸로 알고 있습니다. 이 책임 편집을 맡은 저명한 작가들의 작품들은 공통성이 있는데 그것은 민족주의적 성향이 느껴진다는 점입니다. 이 점에 대해선 어떤 생각인지요.

답 제가 이 땅의 오래된 사상과 전통을 배우려 익히려 노력하지만 제 생각이 민족주의적 관점이라고 생각하지 않습니다.

나는 의식하지 못했지만, 언제부터인가 내가 한국사회의 정치적·문화적 지형도에서 보면 민족주의자로 분류될 수 있겠구나, 하는 생각이 들었습니다. 하지만 제 이력이 얘기해줍니다만, 학교에서는 독문학과 불문학을 비롯해서 루카치, 브레히트 그리고 헤겔이나 마르크스에 경도된 시절이 있었습니다. 더군다나, 문학과지성사의 멤버로 한동안 참여한 사실 자체가 한동안 서구 문학에의 경도를 보여주는 증거이기도 합니다. 하지만, 돌아보면, 1990년대 초 김지하 시인과의 만남이 어찌 보면 내 서구 문학 편향에서 벗어나는 운명적 계기라고 봅니다. 수운 동학과의 인연의 씨를 심어주셨으니까요. 사실 동학 이전에 작가 김성동 형님(가까운 사이이다 보니 사석에서 '형'이라 호칭합니다)에게 비제도권적 사유와 반골 의식, 역사의 그늘 속에 감추어진 숱한 의인들, 월북 작가들에 대한 많은 이야기들을 들으면서 내 나름의 문학관을 고민하던 긴 시간들도 유역문예론을 낳는 데 중요한 거름이 되었습니다. 김성동 선생은 『국수』를 쓴 사실만으로도 진정 '재야在野' 작가로서 구실을 톡톡히 해낸 것입니다.

문득, 1992년 어느 봄날인가, 박경리 선생과 차를 타고 어디를 가던 중에 평소에는 거의 안 하던 『토지』 창작에서 겪은 고충을 들은 것이 기억납니다. 『토지』에서 어린아이가 일제 밀정한테 당해서 심히 앓는 장면을 쓰는데 아이와 함께 며칠을 앓았다고 하고, 그 수많은 등장인물 하나하나의 삶이며 마음을 헤아리다 보니 소설 맺기가 쉽지 않았다는, 대강 그런 얘기였습니다. 사실상 『토지』는 이야기의 완성이나 구성상 완결성은 없는, 어떤 거대한 그물망 같은 소설 구성을 갖추고 있는데, 그 까닭은 박경리 선생이 등장인물 각각이 지닌 삶을 인위적으로 짜 맞추지 않고 인물들이 저마다 처해 있는 시공간을 존중했기 때문입니다. 마치 잘난 자식 못난 자식 가리지 않고 자식의 삶을 따라가면서 뒷바라지하는 것에 비유될 수 있을까요. 박경리 선생은, 소설의 플롯 곧 사건의 이야기 전개와 종결에 맞추어 등장인물 각각의 인생을 작가가 인위

적으로 조작하는 소설의 한계를 깨닫고, 생명의 관점에서 기존의 소설
관에 회의한 것이라고 봅니다.

대하소설『토지』의 창작과 관련하여 박경리 선생이 얘기한 이 에피
소드는 저에게 한동안 문학적 화두였습니다. 이 문학적 화두를 문예론
으로 승화하는 데에 내 안팎의 여러 사정으로 인해 10년 넘게 허송세월
을 하게 되었습니다만, 수운 동학에서 그 문예학적 화두를 풀 수 있는
실마리를 찾은 것입니다. 그래서 수운 동학에서 '한울님 귀신'은 내 문
예철학적 화두가 된 것입니다. 작가가 인위적으로 만든 등장인물일지
라도 때에 따라선 어쩔 수 없이 소설의 플롯에 적용되는 보편적 원리와
규범들을 버리고서 등장인물 각각의 존재감을 극진하게 보살핀다는
것이 과연 가능한가. 인위적인 플롯에 따르는 소설 형식을 저버리고 저
절로 자연이연自然而然하는, 무위이화의 소설(허구) 서사의 경지는 과연
어떻게 가능한가.『토지』가 지닌 위대한 진실과 문학사적 위업 중 하나
는 바로 여기에서 찾을 수 있다고 봅니다.

무위이화의 계기들을 품은 창작이어야 '생명의 기운이 충만한 문예'

문예 창작에 있어서 '저절로 조화造化'를 이루는, 혹은 '무위이화하는
유기체(창조적 유기체)'[66]의 경지에 다다르려면, 당연히 인위적인 형식
을 쫓는 '머리'만으로는 안 되거든요. 어떤 방식 어떤 과정을 거쳐서든
지 무위이화의 계기들을 품은 창작이어야, 이른바 '생명의 기운이 충만
한 문예'에 값하는 창작이 될 것입니다.

---

66 '창조적 유기체'에 대해서는 이 책 1부「유역문예론 2」참고.

'귀신론'으로 말하면 성실한 절차탁마 끝에 작가는 자신도 모르게 귀신이 들고 나는 창작의 경지에 이르게 될 테지요. 무위이화를 품은 소설적 서사나 형식은 대개가 '은미하게' 또는 '너무나 일상적인 서사라서 오히려 잘 보이지 않는 은미함' 등으로 은폐되어 있지만, 그 '은미함'의 형식을 자연의 관점에서 읽어내는 비평이 필요합니다. 이러한 관점에서 보면, 벽초 홍명희 선생의 『임꺽정』, 이문구 선생의 걸작들, 그리고 김성동의 장편소설 『국수國手』도 귀신의 조화, 곧 무위이화의 계기들이 곳곳에서 빛을 발합니다. 나아가, 세계문학사에서 유명한 걸작들도 마찬가지라고 봅니다.

벽초 홍명희의 『임꺽정』, 이문구의 『관촌수필』 특히 「공산토월」을 보면, 두 걸출한 작가의 소설 형식에서 공통점이 발견됩니다. 소설의 앞부분에서 플롯의 구성이나 줄거리와는 아무 상관이 없는 긴 객담客談을 늘어놓는 점이 공통점입니다. 쓸데없는 일상생활 속 이야기, 잡담을 길게 늘어놓다가 슬그머니 본 이야기로 넘어갑니다. 잘 짜여진 플롯 또는 서구 근대소설 형식에서 이탈한 소설 형식이지요. 전근대 사회에서 활동하던 '이야기꾼'에게서나 들을 수 있는 전통적 내레이터 형식이라 할까요. 하지만, 벽초와 이문구의 문학 정신이 전통 이야기꾼의 형식을 따랐다거나 하는 비평적 판단 이전에, 서양의 근대적 소설 형식의 틀에서 이탈한 점을 깊이 성찰해야 합니다. 왜냐하면, 벽초의 『임꺽정』에 전통 이야기꾼의 잔영이 드리워져 있거나 어떤 탈-근대소설 형식성이 나타나는 것은 그 이면에서 무위이화의 소설 정신이 작용하고 있음을 보여주는 비평적 단서가 되기 때문입니다.

그 무위이화의 소설 정신으로 말미암아, 외래적인 소설 이론에 의지하기보다 생래적인 전통 이야기꾼을 따랐을 것입니다. 의식적이고 의

도적으로 서구의 근대소설 이론을 따르기보다, 이 땅의 오래된 생활 풍속 또는 이야기꾼의 습속에 맞추어 생래적인 이야기 본능에 가까운 이야기꾼-전통 내레이터를 취했다는 점에서 무위이화의 소설 창작을 무의식적으로 반영하고 있습니다.

판소리 소리꾼-이야기꾼은 그 자체가 무위이화의 원리를 터득한 내레이터

　전통 판소리에서 배울 것이 많습니다. 특히 전통 소리꾼, 이야기꾼이 소리를 잘하거나 이야기를 잘 풀어내는 비결이자 원리는 자기 수련을 통한 무위이화의 경지를 터득하는 것입니다. 판소리의 소리꾼-내레이터는 서구 문예학에서 분류하듯이 1인칭, 3인칭, 전지칭 따위로는 설명이 안 되는 인위와 무위를 넘나드는 내레이터, 곧 유역문예론으로 말하면, 귀신-내레이터입니다.

　작가 이문구가 '(관촌)수필'이란 제목을 붙인 것도, '붓 가는 대로 따라가는(수필隨筆)' 무위이화의 창작 의식을 강조한 것으로 볼 수 있습니다. 더 중요한 사실은 '○○수필'이라는 제목은 한국 정신의 웅숭깊은 내력인 '무위' 혹은 '무위이화'를 작가 이문구식으로 표현한 것이라는 점입니다. 이 '수필'의 의미는 벽초 홍명희의 소설관과 소설 형식에도 그대로 적용된다고 생각합니다. 박경리의 『토지』에 나타나는, 수많은 사건과 인물들로 짜인 중중무진한 그물망 같은 비완결성의 소설 형식, 김성동의 대하 장편 『국수』의 탈脫 인위적 형식성도 무위이화의 작용에 이른 작가 정신에서 빚어진 소설 형식상의 현상이라 할 수 있습니다. 그 본질은 무위이화의 정신에 있습니다. 이는 뒤에 살펴겠지만 도스토옙스키의 주요 작품에서 가령 은폐된 내레이터에 의해 전지적 시점

내레이터의 내레이션의 일관성이 흔들리는 현상에서도 나타납니다. 이는 작가의식의 혼란 때문이 아니라, 작중의 인물과 시공간 안에 작가 혹은 '은폐된 내레이터'가 '저절로' 참여하고 개입하기 때문이라고 해석될 필요가 있습니다. 이 은폐된 내레이터의 존재에서 무위이화의 작용이 은폐되어 있는 것이지요. 그 때문에 소설 작품은 기운생동氣韻生動하고 생생한 기운을 갖게 됩니다.

5 문 유역문예론의 입론과 전개를 위해 예시한 작품들은 고도의 문학성을 가진 특별한 시인 또는 탁월한 작가들이라는 생각이 듭니다. 과연 자본주의 사회에서 이러한 영성적이면서도 독창적인 작가들을 앞세우는 의도가 따로 있습니까.

답 영화나 미술, 음악에서도 적용됩니다만, 문학도 삶에서 인간 사회만이 아니라 자연계에서 영성적 유대를 바탕으로 하여 각 유역 간의 연대가 절실히 필요합니다. 유역문예론에서 국내외적으로 뛰어난 시인 작가들을 예시한 것은 역시 탁월한 작가 정신에서 저마다 고유한 영성적 내용과 형식을 은폐하고 있다는 점 때문에, 그들 작품을 통해 유역문예론의 입론立論의 중요성 및 편의성을 찾은 것입니다. 영화는 자본이 많이 투여되는 만큼 흥행을 좇지 않을 수 없는 자본주의 예술의 꽃이라고도 불리지만, 디지털 기술의 비약적인 발전에 따라 굳이 영화관에 가지 않더라도 어디서든 시간을 내서 영화를 감상할 수 있습니다. 유역문예의 관점에서 보면, 영화 산업의 기반과 환경의 새로운 변화 속에서 자본주의에 피동적으로 기생하는 영화 형식에 저항하고 새로운 영화의 가능성을 찾아보는 것입니다. 자본주의에 기생하다 보니, 흥행 성과가 마치 영화의 예술성을 좌우하는 듯이 대중들을 현혹하는 가짜 의식과 자가당착적 영화관에 대항하기 위해서, 기존의 영화 문법을 반성적으로 돌아볼 필요가 있습니다. 한국영화에 만연한 가령, 할리우드식 영화 문법, 연출 방식을 탈피해야 한다고 보는 것입니다. 오늘날 디지털 기술에 의한 영화 산업구조의 변화가 안팎에서 진행되는 상황을 보면 자본주의에 예속된 영화 형식은 기득권적 영화 산업으로 존속할 것이지만, 별도로 탈자본주의의 '새로운 영화 정신'이 나오게 되리라 생각해요. 이 새로운 영화 의식과 새로운 감수성에 걸맞는 영화 정신은 '자연과 유대·연대하는 삶'을 영화론적 화두로 삼게 되지 않을까요? 그래서 새로운 시대의 도래를 알리는 새로운 감수성이나 새로운 영화 예술은 잘 드러나지 않고서 전개되기가 일반적이나, 명감독들의 예술혼에서 새로운 시대정신은 대중들에게는 은폐되어 있습니다. 대가들의 영화예술은 심오하고 난해한 내용과 형식을 가지는 경우가 많지만, 감독 자신도 미처 모르는 자기 정신 안의 은폐된 내용과 감성을 어떤 식으로든 드러내기 마련이니 영화 속에서 새로운 시대정신의 기미幾微를 읽어내야 합니다. 자연과의 유대와 연대라는 시대정신에 부합하는 예술은 궁극적으로 저마다 유역문예의 다양성의 기초가 되어 고루고루 서로서로 나누게 됩니다.

미술도 마찬가지입니다. 실제 현실에서 보이는 대상에서는 느낄 수 없어도 그 실재를 표현한 미술 작품에서 가화의 계기, 또는 무위이화의 덕德을 느끼는 경우가 많습니다. 무위이화는 물리적 실재에선 보이지 않고 숨어 있기 때문에 숙련된 재능과 감수성을 지닌 탁월한 화가의 눈과 마음(신령)의 기운을 통해 드러나는 것이죠. 세계미술사에서 가령 세잔, 빈센트 반 고흐, 앙리 마티스 등의 그림에는, 실재하는 물리적 대상 속에서 초월적으로 작동하는 조화의 묘력이 감돌고 있습니다.

6 문 '유역문학'에 대하여 경험적인 이야기가 있으면 듣고 싶습니다. 그동안 '지역문화' 혹은 '지역문학'이라는 개념에 익숙해오던 터에 선생님은 2000년대 초에 『유역』이라는 잡지를 발간하며 처음으로 한국문화의 지형도에 '유역' 개념을 쓰기 시작했습니다. 먼저 '지역'에서 '유역'으로 개념이 변화하게 된 배경이 궁금합니다.

답 1970~1980년대 한국문학은 사실상 문학의 기본 질료인 언어조차 '표준어화, 중앙집권화'하던 시기였습니다. 1980~2000년대 초까지 한국문학은 중앙이든 지역이든 이념적 부조리를 앓고 있기는 매일반이었고, 이런 인식 속에서 중앙과 지역의 이분법적 대립 구도를 극복하는 문제를 생각하지 않을 수 없었어요. 그래서 2000년경에 유역문학이라는 개념을 고민하기 시작한 거죠. 사실, 당시 '지역'은 생활과 교육 조건의 상대적 열등성, 농촌의 황폐화와 급격한 도시화에 따라 엑소더스에 가까운 지역 원주민들의 도시 이주, 지역의 경제적 빈곤 등으로 인해, 지역 주민들이 이미 대거 '탈출'한 마당에, 지역의 고유성과 독립성을 보존하는 지역문화를 추구한다는 생각 자체가 책상물림들의 비현실적인 관념에 불과하다는 자기반성도 늘 따라다녔어요.

아무튼 이러한 지역에 대한 비관적인 전망 속에서, 지역성에 대한 비현실적 접근을 경계하면서, 중앙과 지역의 해묵은 대립을 넘어서 날로 심해지는 지역의 황폐성과 고립성을 극복하고자 하는 도전적 관점에서, 지역과 지역들 간의 연대의 필요성을 고민한 것이지요.

그때 제 생각을 돌이켜보면, 일차적으로, 자연환경과 경제활동을 공유하는 서로 인접한 지역들 간에 상생의 문화를 공동으로 추진하고, 지역마다 자기 고유의 문화와 역사를 함께 보존하고 새로이 연대 의식을 갖는 '인접한 지역들의 연합'을 유역 개념의 지역적 조건으로 삼은 것이죠. 이러한 '인접한 지역 간의 연합'을 최우선적인 기본 형태로 삼고, 서로 비슷한 자연권圈과 비슷한 경제생활권, 공통의 언어권과 전통문화권 등을 유역의 추가적인 기본 조건으로 본 것입니다. 물론 이러한 저의 생각도 아직 미흡하고 관념적이기는 합니다만.

아울러 오늘과 같이 시시각각 전 지구적으로 전 인류적으로 수많은 문화들의 상호 교류가 실시간으로 이루어질 수 있는 첨단 네트워크 시대에, 각 유역의 고유한 문화들을 기본으로 다른 유역의 문화와의 평등하고 우애로운 교류를 해가자는 것이 유역문화의 소박한 뜻이었던 겁니다. 아직 유역문화라는 개념은 여전히 관념적이고 엉성한 용어에 머물고 있습니다만, 2000년 초 당시에 모든 유역이 저마다 평등한 중심이 되어 새로운 네트워크를 이루어가는 유역문화(유역문학)를 머릿속으로나마 진지하게 상상하게 되었고, 그것의 현실화 가능성은 지금 같은 급변하는 네트워크 시대에 와서 중요한 시험대에 오른 것입니다.

돌이켜보면, 지식인 사회에서는 2000년대에 들어서조차 세계적 차원에서 보면 '지역성'인 '민족' 개념도 진보를 가로막는 반동적 이데올로기의 표현으로 비판당하는 분위기가 지배적이었어요. 2007년인가, 신자유주의가 점령한 '세계화 시대'에 발맞추어 '민족문학작가회의'의 명칭을 '한국작가회의'로 개명하는 문제로 작가회의가 내홍을 톡톡히 겪은 사실도 창비사를 중심으로 한 진보주의적 문학 권력들의 의식 내용과 수준을 충분히 가늠하게 합니다.

사실 민족 개념은 역사적으로 자기모순적이고 역사 발전에 저해되는 부조리한 내용을 가진 개념으로 인식되어왔어요.

칼 마르크스조차도 '아시아적 생산양식'이란 개념을 만들어내면서 동양의 제 민족 혹은 부족들을 미개하거나 '역사 발전'에 있어서 정태적인 것으로 소외시키는 이론적 한계 또는 자기 시대적 한계를 드러냅니다. 마르크스에게 '민족'은 계급에 입각한 부르주아지의 이데올로기에 불과한 것이었고 노동자 계급의 국제적 연대를 강조하다 보니 노동자 계급의 국제주의 속에서 민족은 설 자리를 잃고 말았습니다. 그러다보니 식민지 쟁탈 전쟁을 벌인 유럽의 악마적 제국주의, 곧 '침략적 민족주의'에 저항하고 투쟁하는 아시아, 아프리카, 아메리카의 제 민족 해방을 위한 '저항적 민족주의' 이념은 간과되었고, 소련/중국, 중국/베트남, 몽골 등등 사회주의 민족 국가 간의 영토 분쟁 등등 많은 '저항적이고 자주적인 민족'의 존재는 은폐되곤 했던 거죠. 동양 사회는 국가가 토지를 독점하면서 군사력을 통해 정치권력을 유지하여 전제자를 제외한 사람은 노예와 같고 동양의 부족공동체들은 서로 차이가 없이 전횡적이며 자급자족적 폐쇄경제를 구축한다거나, 동양 사회는 정태적으로 역동성이 없다고 하는 마르크스의 판단은 어떤 그릇된 인식과 함께 분명한 한계를 가집니다. 이는 인도를 식민 지배한 영국 제국주의가 오히려 인도를 문명화시켰다는 마르크스의 사고에서도 드러납니다.

이러한 역사적 민족 개념을 성찰하면서, 유역문학은 서울/지방, 중앙/지역, 서구/비서구(아시아, 아프리카, 라틴아메리카), 침략적 제국주의(민족주의)/저항적 민족주의라는 이항 대립적인 기존 인식론을 극복하는 과정에서, 민족 개념의 내포와 외연을 넓혀야 할 현실적 당위성을 깨닫게 되었어요. 더욱이 새로운 문예운동론의 차원에서 제시된 '유역문화'는 유역 개념 내부에서 민족 개념을 새로이 발전시켜야 하는 자기 임무를 가지고 있습니다. 정치적 독립성뿐만 아니라 문화적 고유성의 지평에서 새로이 파악된 민족 개념을 구체적인 현실과 이론을 통해 발전시켜야 하는 임무를 수행해야 하는 것이지요. 유역 개념은 민족 개념을 유동적으로 수용하면서 앞으로 자기 안의 빈틈들 혹은 오류들을 채우고 수정하며 정립해가는 '자기반성적인 개념'이라고 생각합니다. 그러므로 유역 개념은 민족 개념과 상대적, 상관적, 상보적 관계로서 향후 하나둘씩 채워지고 갖춰지고 마침내 찾아지는 과정過程적이고 유기체적인 '열린 개념'이라 할 수 있습니다.

그렇다고 열린 유역 개념에 의해 기존의 저항적 민족주의가 희석되거나 약화되어서는 안 됩니다. 거꾸로 유역 개념은 저항적 민족 개념에 의해 역사적 존재로서 자기 존재를 부여받게 됩니다. 그러니까, 반제反帝 민족해방 차원의 민족문학은 역사적·사회적·경제적·문화적·정신적으로 심각한 불구성이 지금도 제대로 치유되지 않은 나라에서는 여전히 유효하고, 오히려 더욱 확대 발전시켜야 한다고 봅니다. 그러기 위해서 서울 중심으로 이루어지고 있는 시장 만능주의적 물신주의 문화, 제국주의적 세계 자본이 획일적으로 점령하는 미국 등 서구의 외래문화를 어떻게 선택적으로 지혜롭게 자주적으로 수용하는가, 하는 문제는 유역문화가 당면한 중요한 문예론적 과제입니다.

유역문학은 '방언문학'의 연대와 확장으로서 '세계문학'입니다.

7 문 '유역문학'에 들어맞는 작가로, 예를 들면, 일제시대 때 작가 벽초 홍명희, 김유정 그리고 대하소설『토지』의 박경리, 이문구, 김성동 등

의 문학이 떠오릅니다. 오늘의 한국소설사에서 유역문학이 가지는 의미와 추구하는 바는 무엇입니까?

답 방금 거론한 우리나라 근현대 작가들은 유역문학에 들어맞는다고 평할 수 있습니다. 이 탁월한 한국의 근현대 작가들은 아직 제도권에 갇혀 있달까, 온전한 조명을 못 받고 있다는 판단입니다. 아직 서구 근대 이론에 의해 만들어진 문예학적·언어학적 틀 안에다 꿰맞추려는 지배 이데올로기가 워낙 위세를 떨치기 때문입니다. 이 나라의 문예 상황은, 여러 매체 또는 SNS에서 올라오는 문인들의 작품들을 보면 일제로부터 해방이 된 이래 제도권 교육의 교단이나 대학 강단에서 가르치는 '교안敎案의 문예학' 수준에서 못 벗어난 상태가 지속되고 있는 사실을 알 수 있습니다. 이는 2013년 충남 보령에서 열린 '작가 이문구 선생 10주기 기념 문학 강연'에 초청받은 자리에서, '방언적 작가' '방언문학' 개념을 제시하고 그 '방언문학'의 시대적 필요성을 제기하게 된 상황적 배경이기도 합니다.[67]

대개 방언문학이라 하면, 소설가 이문구의 소설처럼 사투리나 지역 방언을 주로 쓰는 문학을 떠올리는데 이는 오해이고 바람직하지 않습니다. 유역문학이 제기하는 방언문학은 지방 언어나 사투리를 쓰는 문학이 아니라, 기본적으로 작가마다 고유한 '개인 방언'을 쓰는 문학을 가리킵니다. 탁월한 작가들인 이문구, 김성동 선생의 작품이 충청남도

---

67 「실사구시의 문학과 '방언적 존재'로서의 작가의 문학사적 의의」. 2013년 8월 17일 충남 보령 문화원에서 있었던 '작가 이문구 10주기 추모문학제' 강연문 겸 발제문으로 준비된 글. 졸저『네오 샤먼으로서의 작가』에 수록.

보령 지방 방언을 일일이 찾아 기록하고 문학작품으로 되살렸다거나 하는 것만이 방언문학에 부합하는 것은 아닙니다. 엄밀히 말하면, 이문구와 김성동의 문학 언어는 충청도 방언이라는 '지역방언'에 충실한 독자적인 '개인 방언'입니다. 오히려 이문구, 김성동 선생이야말로, 이러한 개인 방언으로서 방언문학의 깊은 뜻을 온몸으로 치열한 삶을 통해 정확히 깨달은 작가이기 때문에, 유역문학의 모범으로 내세울 만한 탁월한 작가라고 평가할 수 있습니다. 이문구 선생은 자신의 작가적 존재를 "방언적 존재로서의 작가"라고 정의한 바 있습니다. 4·19 세대 문학으로부터 소외된 자기 존재를 스스로 풍자적으로 규정한 '방언적 작가' 이문구의 자기 고백은 자재연원과 원시반본의 관점에서 보면, 아이러니하게도 '새로운 시대의 작가'에 대한 매우 적확한 정의라고 생각합니다. 곧 "방언적 존재로서의 작가"는 유역문학의 관점에서 추구하는 작가 개념에 정확히 부합합니다.

요컨대 문예 언어에서는 근대 언어학이 구축한 표준어주의를 타파해야 하고 이를 대체하고 극복하는 개인 방언의 시대를 활짝 열어야 한다는 것입니다. 여기서 방언은 지역방언의 협소한 범주가 아니라, 지역성을 넘어 자재연원의 정신을 굳건히 하는 가운데 시간·공간적으로 자유로운 언어를 자기화하는 방언, 곧 작가 저마다의 '개인 방언'을 가리킵니다.

저마다 고유한 '유역문학' 간의 연대와 상생의 문학

다음으로, 유역문예는 고유한 유역 간의 연대와 상생相生의 문화를 추구합니다.

이는 지역에서 자기 삶의 터전을 아끼고 중시하는 만큼 타지역·타자의 삶과도 평등하고 우애롭게 교류하는 마음을 전제로 합니다. 자기 삶의 터전을 아끼면서 타자와 상생하는 '교류의 문화'를 지향하는 유역문화는, 고유한 지역방언을 기반으로 한 언어권, 고유한 풍속과 생활 방식과 전통문화 등을 공유하는 문화권들로 나눌 수 있습니다. 가령, 현 단계에서 한반도 곧 한국이라는 유역에서 보면, 금강 유역, 낙동강 유역, 영산강 및 섬진강 유역, 한강 유역 그리고 강원도 유역, 제주도 유역, '북한 유역'(과도기적 관점으로 하나의 유역권으로 보고서) 등으로 나눌 수 있겠지요. 이러한 유역문예적 관점에는, 서구 중심/탈서구, 서울/지방, 중심부/주변부라는 기존의 제국주의 혹은 근대주의적 지배와 종속의 관점을 해체하며 극복하는 머나먼 문화사적 여정이 기다리고 있습니다.

또한 유역문화는 미시적으로는 지역적이면서 독립적인 문화형文化型이면서도 거시적으로는 전 지구적 네트워크의 소통과 교류의 문화형으로서, 미시적 관점 속에 거시적 관점이, 또 그 반대로 서로를 내포하고 있습니다.

역사 속 인민들의 죽음의 기억을 적극 찾아 살려야

세 번째로, 유역문학의 정신적 터전은 '인민들의 죽음의 역사'를 기억하는 것입니다.

인민들의 역사 속에서 억울한 죽음에 대한 추념과 추도를 통해서 죽음조차 삶과 서로 영성적으로 교류하고 마침내 상생하는 살림의 문화를 추구한다고 할까요. 보이지 않는 죽음의 존재를 '접신'하는 것이 음개벽陰開闢의 문화가 맡아야 할 시대적 소명이라고 한다면, 서구 제국주의 침략의 역사 속에서 소위 제3세계의 인민들의 무수한 죽음에 대한 기억은 유역문화의 깊은 뿌리를 이룹니다. 제국주의적 죽임의 문화, 탐욕적 자본주의적 문화는 지금도 아시아, 아프리카, 라틴아메리카 등 세계 인민들의 삶과 의식을 점령·지배하고 있다 해도 과언이 아닙니다. 제국주의에 의해 죽임을 당한 영혼들을 진혼하는 문화 행위는 반제국주의를 표방하는 유역문화 정신의 자연스런 발로입니다. 가령, 남미의 노벨문학상 수상자 중 하나인 가브리엘 마르케스의 소설에서 훌륭한 유역문화의 정신을 볼 수 있습니다. 서구 제국주의 침략과 농간에 스러진 수많은 라틴아메리카 인민들의 삶과 죽음을 대신하는 소설 속 인물들, 샤먼의 상상력과 연결된 신화적 상상력은 마르케스의 위대한 작가 정신을 보여주는 것이기도 하지만, 유역문학의 관점에서 보면 서구 제국주의에 희생당한 선량하고 무고한 제3세계 인민들의 억울한 죽음과 그 죽음을 기억하고 진혼하는 문학 형식으로서 환상적이고 신화적인 상상력 혹은 네오 샤먼적 상상력의 문학 정신은 소중하고 의미심장한 모델이요 문학적 모범입니다. 2018년 노벨문학상 수상 작가인 폴란드 작가 올가 토카르추크 문학 세계도 훌륭한 모범이고요.

광주항쟁과 제노사이드 문제를 정면에서 다룬 장편 『소년이 온다』의 작가 한강, 김이정 씨 등의 소설은 단지 반제국주의라는 중요한 주제의식이나 작가의식 차원에서도 중요하지만 앞서 얘기한 유역문예론의 형식 문제의 차원에서도 값진 성과들입니다.

8 문 모든 소설은 '시간의 형식'이라 할 수 있고, 더구나 '역사소설'은 시간이 주도하는 형식이자 장르입니다. 유역문예의 관점에서 작품 속의 역사 또는 시간은 무엇인가요.

답 역사적 시간이란 별개의 확정적이고 고정된 시간이 아닙니다. 역사적 시간이란 광대한 무의식의 시간 그물망에 엉켜 있는 불분명한 발광체라고 할까. 사회와 제도, 통념과 이념이 자기 안의 광활한 시간의 운동과 작용을 통제하는 것이죠. 문예활동을 한다는 것은 이 역사적 사회적 통제에 저항하고 의문을 부단하게 던지는 성찰 행위입니다. 알려진 역사적 사건의 겉에 드러난 이념의 대립 갈등만이 아니라 작가가 살아가는 여기-지금에 엉킨 실타래같이 어둡고 복잡한 시간 속에 감추어진 희미한 발광체를 찾아야 하고, 그 깜박이는 시간의 발광체들을 찾아 밝히는 것이 소설의 시간입니다.

결국 시간의 근원을 고민하고 근원적 시간을 탐구하는 작가의 공부와 역량의 지표는 창작물 속에 은폐되었거나 희미하게(은미隱微하게) 드러나는 '무위이화'의 정도에 달려 있다고 생각합니다. 유역문예론엔 시인, 작가 저마다 자리에서 자기 안에 깊이 흐르는 시간의 근원을 찾는 과제가 설정되어 있는 만큼, 자기가 태어나 자란 지상에서 또 저마다 던져진 삶의 시공간에서 길어 올린 자기 고유성의 언어들로서 수놓은 '자재연원自在淵源의 시공간들'을 찾아야 하지요. 그 자재연원의 시간성 속에서 필경 만나게 되는 신화, 전설, 민담 등 집단무의식의 크고 작은 서사敍事들과 더불어, 주관적 혹은 객관적 사실史實 등을 탐구할 필요와 그 가치는 점차 커질 것입니다.

9 문 이미 현대사회에서 도시적 생활 방식과 함께 도시적 감수성은 어떻게 달리 회피할 수 없는 삶의 조건이 되었습니다. 과연 '가장 신령한 존재'로서의 인간 존재 개념이, 첨단 과학이 발전에 발전을 거듭하고 있는 디지털 시대에 어떤 구실을 맡을 수가 있을지 궁금합니다.

답 요즘 스마트폰으로 삶의 양상이 급격히 달라진 오늘의 인류를 '포노 사피엔스Phono Sapiens'[68]라고 부른답니다. '포노 사피엔스'로서의 인류의 미래에 대해 다소 비관적이거나 우려하는 생각들이 많아요. 스마트폰에 빠져 가상공간에서 유희하고 소통하다 보니 갈수록 인간관계가 소원해지고 사람들은 고독감과 우울증에 시달리는 등 인간적으로나 사회적으로 부정적이라는 거죠. 하지만, 현 인류가 포노 사피엔스적 존재임을 부정할 수 없고 앞날에는 첨단 기술이 더욱더 발달할 것이 불 보듯 뻔하다면, 인간의 몸과 마음이 스마트폰 혹은 새로운 기기 혹은 기술과의 새로운 상생 관계를 위한 문화를 만들어가는 것이 현명한 방향이라고 생각해요. 여기서 사회적 관계, 곧 개인 간, 지역 간 네트워크적 소통과 교류를 더욱 편하게 해주는 스마트폰의 기능을 어떻게 능동적으로 활용할 수 있는가, 하는 문제가 제기될 테고, 결국 삶을 위한 첨단 기술이나 기기의 긍정적 변환 가능성을 고민하는 것이 필요하겠죠. 아마도 포노 사피엔스 시대에 어떤 '새로운 기술 문화'를 추구하는가에 따라 이 문제 해결의 명암이 갈릴 가능성이 큽니다. 결국 기술 시대의 문화 및 사상의 문제입니다.

유역문화의 시각에서 보면, 오히려 스마트폰이나 가상공간에는 문화적으로 활용할 긍정적인 요소가 많아 보입니다. 멀리 떨어져 있는 다른 유역들이나 교류하는 상대 유역들과 실시간으로 평등한 정보 교류가 가능하다는 등 장점이 많은 거죠. 그런데 중요한 점은 우리가 지향하는 유역문화는 가상현실이든 실제 현실이든 교류에 의해 지역성을 잃

68　영국 경제주간지 『이코노미스트』에 따르면 스마트폰 없이는 생활하기 힘들어 하는 세대를 호모 사피엔스에 빗대어 포노 사피엔스(지혜가 있는 전화기)로 부른다고 합니다.

는 혼종(잡종, hybrid)의 문화가 아니라, 각 지역의 고유성과 독자성을 최대한 보존하면서 다른 지역 혹은 유역과 평등하게 소통 교류하는 것입니다. 이 말에는 신자유주의 세계 질서에 무작정 따르다 '세계화'의 늪에 빠지는 짓을 경계하고 반대한다는 뜻과 함께, 앞으로 첨단 기술을 최선으로 활용함으로써 유역 저마다의 고유성을 잃지 않으면서 상대 유역의 이질성을 상보성相補性으로 존중하는 정신적·문화적 포용력, 예컨대 회통會通 혹은 화쟁和諍의 높은 뜻이 담겨 있기도 합니다.[69] 이질적인 문화가 마구 뒤섞인 끝에 특정 유역의 문화가 자기의 고유한 정체성을 잃게 된다면 유역문화의 존재 이유가 결국 사라지게 될 테니까요. 그래서 첨단 기술에 의한 네트워크 시대에 유역문화의 이상과 목적을 바로 세우는 일이 중요하다고 봅니다.

유역문화 속에는 저마다 독특한 자연, 지리, 환경, 풍속, 역사 및 지역 농산·특산 그리고 고유한 방언, 지명 등 오래된 고유한 언어 습관 등 각 유역의 독자적인 내용들이 있기 때문에, 각 유역에 토착해 살고 있는 주민들의 삶과 전통을 존중하는 문화와 문예의 정신을 찾아야 하는 것이고, 바로 여기서 자재연원과 원시반본의 관점이 필요하다고 생각합니다. 이제 인류는 포노 사피엔스라는 새로운 존재 조건과 그 환경에 놓이게 되었지만, 지금 같은 가상현실 시대를 불안해하고 우려하고만 있을 수는 없습니다. 포노 사피엔스의 부정적이고 비관적인 전망에 대응하여 문화적·사상적으로 적극 극복하는 노력이 훨씬 긍정적이고

---

69 신라 때 원효 화쟁和諍사상을 가리키는 개념으로, 서로 대립하는 다양한 이론이나 학설들을 일심(一心, 근원 진리)의 지혜로 화해와 화합시키는 것을 말합니다. 회통會通과 서로 통하는 개념입니다.

생산적일 텐데, 여기서 '원시반본'과 '자재연원'의 사상과 문화가 필요하다고 봐요. 특히 새로운 애니미즘neo animism 혹은 새로운 샤머니즘neo shamanism이 포노 사피엔스의 미래에 어떤 영감 어린 상상력과 활력을 주는 새로운 문화적 요소가 되어줄 소지가 많다고 봅니다. 비근한 예지만, 요즘 주변에서 어린 학생들이나 어른들조차도 스마트폰을 마치 생물이나 친구, 가족 대하듯이 없어서는 안 될 '함께 사는 존재'처럼 흔히 "얘!", "쟤!"라고 부르는 모습들을 쉽게 볼 수 있지 않나요? 무심히 지나칠 일상 풍경이 아닙니다.

유독 한국인들은 문화사적으로 가령 옷이든 펜이나 연필 같은 문구든 무생물인 사물들을 마치 살아 있는 존재처럼 여기는 오래된 버릇, 즉 애니미즘적인 성향이 강한 듯합니다. 앞으로 스마트폰엔 비약적으로 발전 중인 인공지능AI 기술 등 첨단 기술들이 속속 탑재될 것이 확실한데, 스마트폰은 단순한 기기器機 수준에서 거의 생물에 버금가는 생기를 띤 존재로 바뀌어갈 거예요. 그러니까 기기氣機 혹은 기기機氣에로 '존재 변환'이 일어나 '사회적 존재'로 전환되는 새로운 스마트폰 문화, 새로운 첨단 기기器機 문화가 형성될 가능성이 큽니다. 제 식으로 말하면, 기기의 사회적 존재화, 그 이면에서 진행될 '원시 애니미즘의 현대적 부활'을 통한 '원시반본적 문화 현상'들이 넓게 나타나 널리 퍼질 가능성이 높다는 거죠. 즉, 첨단 기기氣機를 향유하는 포노 사피엔스가 되기 위해서는, '최령자最靈者'의 존재로서 인간이 스마트폰을 친구처럼 느끼도록 하는 신령한 문화가 필요해요. 스마트폰에 들어가는 원재료로서, 광물질들의 정령精靈과도 새로운 상생 관계를 맺는 이미 오래된 영성의 문화를 회복해야 합니다. 여기서 문예운동의 사상적 일대 전환, 즉 원시반본적 전환이 요구됩니다. 동학의 경물敬物사상과 한국인의 집단무의식 속에 여전히 복류伏流하고 있는 애니미즘 등 전통 샤머니즘에서 '새로운 원시반본적' 문화와 문예의 정신적 연원을 찾을 수 있는 것이지요. 지금도 자동차나 중요한 기기를 새로 사면 고사告祀를 지내거나 스마트폰을 사면 간단한 의식儀式을 갖추는 모습이 흔한데, 이러한 샤머니즘적 풍속은 미신으로 타기할 게 아니라 원시반본적 문화 의식으로 존중하고 오히려 미풍양속으로 여겨서 널리 펼쳐야 하는 것이죠.

10 문 과연 이미 현대 문명사회에서 사라진 샤머니즘의 원시반본이 가능할까요.

답 AI(인공지능)와 로봇 기술의 발전은 그 기술 자체로도 인간 사회에 엄청난 변화를 예고하고 있지만, 인간의 감성이 낳는 문화예술에도 많은 변화를 가져올 것으로 충분히 예측됩니다. 어느 세계적인 로봇 제조 회사가 사지 보행을 하는 로봇 개인 빅 도그big dog[70]가 발에 차여 넘어져 일어서려 안간힘을 쓰는 모습을 유튜브에 올린 다음, 사람들이 반응하는 심리를 살폈더니, 많은 사람들이 빅 도그에 대한 연민, 발로 찬 사람에 대한 분노같이 '로봇에 대해 공감'하는 초공감각적 심리 상태를 보이더라는 실험 결과를 읽은 적이 있어요. 전문가들에 의하면 향후 인공지능의 역량이 더욱 발전하여, 인간 몸의 감각이나 마음 수준은 아니지만 사람의 몸뿐 아니라 마음까지도 어느 정도 헤아리는 '사회적 알고리즘socia-ble algorithm'이 개발되면, 인간과 교감 능력이 있는 '인간적으로 진화된' 반려 로봇 곧 '사회적 로봇'이 머지않아 출현할 것이라고 예견하더군요.

---

70 보행로봇 기술을 보유한 보스턴 다이내믹스사가 개발한 사지 보행 로봇.

이미 알파고 등 새로운 첨단 기기들이 인간의 인지능력을 시험하는 단계에 이르렀고, 스마트폰은 AI 등 첨단 과학기술의 비약적 발전에 따라 인간의 능력도 뛰어넘는 수준에 다다를 것입니다. 새로운 첨단 기기들은 인간의 감각은 물론 의식 영역조차도 넘보는 '새로운 초능력적 존재'로 우리 삶을 지배하면서 사물이나 기기에 대한 외경심畏敬心이 함께하는 신新 애니미즘이나, 첨단 기술을 향유하는 다양한 집단들 간 분화와 차이에서 나오는 새로운 토템 문화의 출현 가능성도 점쳐집니다. 이렇게 새로운 원시반본적 기기器機 문화가 생성될 가능성이 없지 않은 거죠. 이러한 기물器物의 사회적 존재화 또 그런 문화의 생성을 통해서 서구적 이성 중심의 인식론이 극복되어야 하고 인류사에서 개벽적 문화를 준비해야 하지 않을까요?

11문 첨단 기기나 기술도 인간 존재와의 연결로 본다는 의미로 이해합니다만 그런 문화가 가능할까요.

답 해월 선생의 경물敬物사상의 바탕에는 인人과 물物을 서로 분리해서 보지 않고 상생하는 하나로 보는 동학 특유의 음양론이 있습니다. 또 성리학의 인물성동성론人物性同性論에서도 인과 물이 동성同性임을 논하고 있습니다. 천지인 삼합三合의 인人 개념 속에서도 이미 물은 인 개념에서 분리되지 않습니다. 그래서 인물人物이 됩니다. 동학의 음양상균론에서는 이미 인과 물을 상보적인 하나로 파악하면서도, 성리학적 인물론과 다른 점은, 동학의 경우 인과 물이 하나로 연결됨은 '최령자'로서 인간만이 자기 안에 충만한 신령의 기화(내유신령 외유기화)를 통해서 가능하다고 보았다는 점입니다. 나와 끊어지고 잃어버린 신령의 회복을 통해 인과 물이 하나로 이어지는 초공감각화가 이루어집니다.

오늘날 이성중심주의적인 자본주의 시대에 와서 인간이 본래 지니고 있는 신령한 존재성이 분리되어 떨어져나옴에 따라 물物이 인人에게서 소외되고 소비할 대상으로 버려진 것입니다. 인과 물의 상호 관계성은 신령한 인간의 존재 지평에서 새로이 해석되어야 합니다만, 사실 한국 문학의 비평 의식이 이 중요한 문제의식을 외면하고 있었을 뿐이에요.

12 문 잘 알겠습니다. 유역문화에서 원시반본 자재연원 정신이 앞으로 어떻게 실천될 수 있을까요. 좀 더 구체적인 이야기를 듣고 싶습니다.

답 유역문화에서 기본적인 것은 언어의 원시반본이고 문학의 원시반본입니다. 언어는 음양의 기운이 깊이 어울려 조화를 이루는 깊은 울안[71]이면서, 존재론적으로, '존재의 집'입니다. 유역의 작가는 언어의 원시반본 곧 최령자로서의 '자기 언어'를 부단하게 찾아 닦고 타고난 본성을 찾거나 사회 역사적 상황에 처한 자기自己의 고유한 근원성을 찾아야 합니다. 유역의 작가가 자기 안에서 추구해야 할 기본 조건입니다.

자기 밖에서는, 유역문화의 생성과 정착을 위해, 일본 제국주의와 서구 추종 세력들이 구축해놓은 중앙집권적 표준어주의를 반대하고 청산하기 위해 '지역방언'도 가능한 되살려야 합니다. 가령, 유역문화의 개별성과 고유성을 되살리기 위해 일제에 의해 사라진 각 유역마다의 고유 지명地名을 비롯한 동식물 같은 자연물 및 사물 등이 본래 가지고 있던 옛 이름들 등 우리말 고유어 살리기가 선도적으로 중요합니다. 또,

---

71   조화로운 기운이 가득한 한 울타리 안.

유역문학의 작가들은 자본주의적 합리주의가 전횡적으로 구축해놓은 표준어주의를 극복하고, 저마다의 '개인 방언'을 갈고 닦아 싱그러운 원시의 숲속에 가득한 '소리 언어'처럼 '언어의 원시반본'을 추구해가야 합니다. 즉, 각 유역의 고유어와 방언의 부활과 작가의 '개인 방언'을 통한 저절로 생생生生하는 언어의 살림, 이와 함께 타락하고 병든 또는 죽은 언어의 건강한 재생과 부활이 필요합니다.

유역문화론에서 중요한 것은 반제국주의 문화 운동의 실천 문제이니만큼, 북아메리카에서 요즘 소셜 미디어 기능이 폭발적으로 확장되면서 더욱 활발히 벌어지고 있는 토착어 곧 고유어 회복 운동의 비근한 예를 하나 들겠습니다.

지금도 아메리카 곳곳에서 인디언 원주민들은 침략자들인 미국 이주민들이 강제로 바꿔놓은 지명들을 떼어내고 원주민들이 붙인 원래 지명을 되찾고 되살리는 운동을 펼치고 있습니다. 이 운동을 리네이밍Renaming, 리클레이밍Reclaiming(Reclamation)이라고 하는데, 영문화된 지역 이름은 rename, '다시 이름을 붙여서' reclaim, '다시 그곳에 대한 주권을 되찾자.'라고 이해하면 됩니다. 이러한 인디언 원주민들의 옛 지명 되찾기 운동은 대략 이십 년 전에 시작되었는데, 최근 소셜 미디어 시대에 와서 이전과 비할 수 없이 큰 호응과 성과를 얻는다고 해요.

우선, 여기서 주목할 것은 소셜 미디어 기술의 비약적 발달에서 첨단 기술 문화로의 기능 전환이 중요하다는 점입니다. 미국 내 원주민들이 빼앗긴 삶의 터전에 대한 주권의식을 되살리는 데에 소셜 미디어가 큰 구실을 하고 있다는 사실에서도 확인됩니다. 다음으로, 유역문화 운동의 내용 있는 방향성을 위해서 사상의 깊이를 갖추어야 한다는 점입니다.

앞서 아메리카 원주민들의 옛 지명 되찾기 운동의 경우, 이주민들의 영어로 바뀐 지명들을 다시 원주민 언어로 바꾸는 것은 그렇게 빼앗긴 땅들에 대한 주권을 되찾는 의미를 가질 뿐 아니라, 원주민들 언어로 된 지명에는 그 땅과 원주민들의 관계나 원주민들이 그 땅에서 얻은 지식들과 지혜들이 녹아 있기 때문에 원주민의 전통 지식과 문화의 부활에 공헌한다는 의미도 가지는 것입니다.[72] 이 또한 자재연원 원시반본

---

72 예를 들어, 캘거리에 있는 '보 강Bow River'이라는 곳은 스토니 나코다 네이션 Stoney Nakoda Nation이라는 원주민 부족국가의 언어로 'Ijathibe Wapta'라고 불리는데, 이는 '어린 새스커툰Saskatoon 나무로 활을 만들었던 곳'이라는 뜻이라합니다. 또, 맨해튼 지역은 레나페Lenape족 원주민들이 살았던 곳이라서 'Lenape Ancestral Homeland'라고 부릅니다. 또 스토니 나코다 네이션이라는 원주민 부족이 캐나다의 캘거리 시의 현재 도시명을 원주민들이 원래 불렀던 'Wichispa Oyade'라는 원주민 언어로 된 지명으로 바꿔달라는 탄원서를 냈다거나, 비슷한 이야기로 몬트리올 시에 있는 애머스트 스트리트Amherst Street는 1760년대 원주민들을 전멸시키는 것을 지지했던 인종차별적 제국주의적 식민지 시대 관리들 중 한 명의 이름에서 따왔는데, 몬트리올 시의회는 그 관리에 대항해서 싸웠던 오타와Odawa 부족의 추장이었던 폰티액Pontiac이라는 이름으로 바꾸자는 의견을 검토 중이라 합니다.
https://www.cbc.ca/news/indigenous/christi-belcourt-reclaiming-ourselves-one-name-at-a-time-1.2480127
https://ualbertalaw.typepad.com/faculty/2018/11/whats-in-a-name-renaming-and-reclaiming-of-indigenous-space-.html
미국 내에서 콜로라도와 애리조나 등 많은 지역의 지명들을 원주민 언어로 바꾸는 운동들은 지금도 활발한 편입니다. 원주민 언어로 지명을 바꾼 사례를 SNS에 올려놓거나 캐나다의 빅토리아라는 지방정부와 같이 지명을 원주민 언어로 바꾸는 공식 절차를 따로 웹사이트에 올려놓는 경우도 생겼습니다.
https://www.smithsonianmag.com/smart-news/social-media-can-let-people-know-about-mountains-indigenous-names-180968186/
https://www.instagram.com/indigenousgeotags/
https://www.propertyandlandtitles.vic.gov.au/naming-places-features-and-roads/aboriginal-place-naming-in-victoria

의 정신인 것입니다.

이처럼 서구 침략 세력 또는 제국주의 세력에 의해 빼앗기고 사라진 고유한 옛 지명들을 찾는 운동도 '언어의 원시반본' 지평에서 보면 매우 중요한 문화 운동입니다. 언어의 원시반본과 유역문화의 길은 우리나라에서도 일제강점기에 빼앗기고 사라진 우리말 되살리기, 우리 땅이 본디 가졌던 고유 지명, 꽃나무, 동식물 사물들의 우리말 이름 등을 되살리고 되찾는 운동을 통해 비로소 열릴 것입니다.

작가 김성동 선생이 일본 제국주의 침략을 당하기 직전에 오랜 세월에 걸쳐 쓴 우리말과 우리말 어법을 풍부하게 되살린 장편소설 『국수』는 이러한 반제국주의 유역문학 의식을 선도하는 자주적인 민족문학이요, 유역문학입니다. 모든 유역마다 고유한 존재 가치를 존중하는 평등하고 민주적인 유역문학의 전망에서 『국수』는 더없이 소중한 문학적 성과입니다.

13 문 계간 『영화가 있는 문학의오늘』 발행인으로서 오늘날, 우리의 문학 매체들이 나아가야 할 방향에 대해 말씀해주십시오. 앞으로의 계획도 말씀해주시고요.

답 얼마 전에 유튜브에서 우연히 캐나다 출신 산림과학자인 수잔Susan이 밝힌 과학적 실험 결과를 보았습니다. 숲속 나무들이 거대한 인터넷 같은 네트워크를 땅 밑에 형성하고 있다는 사실을 확인했다고 해요. 나무들이 곰팡이와 미생물을 매개체로 삼아 그들만의 신호를 주고받으며 환경과 토양의 변화에 대한 정보를 교환한다는 겁니다. 단순히 정보만 교환하는 게 아니라 부족하거나 남는 영양 성분들을 마이셀리움이라는 뿌리의 말초 조직을 통해 서로 교환한다는 사실도 알아냈습니다. 산림과학자들은 이를 가리켜 '우드와이드웹WoodwideWeb'이라 부른답니다. 농약과 화학비료를 뿌리지 않아도 작은 씨앗 하나를 아름드리나무로 건강하게 키워내는 숲의 우드와이드웹을 이해하고 자연의 순리, 마더 네이처Mother Nature를 따라 인류의 지속 가능한 삶을 유지할 수 있습니다.[73]

첨단 과학이 지배하는 오늘날에도 보이지 않는 어둠 안에 은미하지만 역동적인 세계가 펼쳐지고 있음을 겸허한 마음으로 인정하고 관심을 가져야 합니다. 빛의 세계에 가려진 그늘의 세계를 오히려 주목하는 시각이 필요한 것이지요. 전체에서 보이지 않는 부분을 그리고 부분 속에서 보이지 않는 전체를 사유하는 시각이 필요합니다. 모든 부분들이 저마다 하나의 전체로서 네트워크를 이루는 '한울' 또는 '한 마음(一心)'의 전체, 부분들이 독립적이면서도 상대적이고 동시에 상보적인 상생의 네트워크로서 크나큰 '한울'의 세계를 해석할 수 있게 되길 바라면서, '우드와이드웹'처럼 언젠가는 수많은 유역들이 서로서로 협력하고 상생하는 유역문화의 '건강한 뿌리'를 내리길 바랍니다.

긴 시간에 걸친 오랜 이야기 수고하셨습니다.

(2019년)

---

73   유튜브 및 페이스북 김들풀 님 타임라인 참조.

유역문예론 2

— 문예의 진실한 형식과 내용에 관한 고찰

1문(조광희) 지난번에 이어서 유역문예론 두 번째 인터뷰에 응해주셔서 감사합니다. 지난번 유역문예론에 많은 분들이 관심을 기울이고 호응을 보내주셨습니다. 다만, 지난번에는 유역문예론의 개괄적인 내용들을 다루는 데에서 그쳤기 때문에 유역문학론 혹은 실천적인 유역문화론을 더 구체적이고 실제적으로 진전시켜야 한다고 판단했습니다. 특히 한국문학계에서 무차별적으로 서구 문예이론들이 수입되다 보니 서구 문학에 대한 이론적·정신적 종속 상태가 심화된다고 보았습니다. 게다가 한국적인 특수 상황 또는 고유한 문화 전통이 무시되기가 일쑤이다 보니, 문학에 대한 일반인들의 관심도 시들해지고 문단이 전체적으로 생기를 잃고 지리멸렬해진 감도 있습니다. 일각에서는 한국문학의 어두운 현 상황을 걱정하는 목소리도 없지 않다고 알고 있고요.

---

* 「유역문예론 2」는 조광희(소설가, 변호사)와의 심층 인터뷰를 정리한 것으로, 이후 메일을 통해 내용을 추가·보완했습니다.(2019년 10월 12일, 제1회 금강 유역문학 심포지엄[공주대학교 국제회의장]에서 진행.)

이런 우려되는 상황에서 새로운 이론적 노력의 일환으로 '유역문예론'에 대해 선생님과 이야기를 나눌 수 있어서 다행스럽게 생각합니다. 모쪼록 이 자리가 기존 문학을 성찰하는 뜻깊은 자리가 되길 바랍니다.

지난번 대담에서 유역문예론의 뿌리는 단군신화와 수운 동학에 있다는 얘기가 인상적이었습니다. 이에 대해 간단한 부연 설명을 바랍니다.

답(임우기) 시베리아 샤머니즘을 포함하여 동북아 샤머니즘은 한민족 문화의 근원이요 연원입니다. 퉁구스 문명, 특히 시베리아 동부 바이칼 유역의 시원적 샤머니즘에서 나온 북방 샤먼 문명이나 북만주의 고대 요하遼河 문명을 중심으로 만주 일대 및 고조선 문명이 오랜 역사 속에서, 특히 중국 송宋 때 요(거란)나 금(여진족), 만주족 누르하치가 세운청 이후에는 만주 문명이 한족의 황하문명으로 대거 유입되거나 정권 교체에 따른 정치적 탄압도 추측해볼 수 있습니다. 지금 중국 공산당 체제, 그리고 결정적으로는 남북한 간에 완고한 민족 분단체제가 지속되는 마당에서는, 특히 북방 샤머니즘 문명과 단절이 기정사실화된 안타까움이 있습니다. 하지만 근시안적으로 볼 것이 아니고, 무엇보다 지난 70여 년간 이어지는 남북 간 정치적 분단만 관심 가질 것이 아니라, 정신문화의 분단이 더 심각한 상태가 지속되고 있는 점을 심히 우려해야 합니다. 한민족의 정체성 상실과 외세에 의존하는 '지성의 식민 상태'를 하루빨리 극복해야 합니다. 조선왕조의 이데올로기인 성리학이 한국인의 정체성이나 정신적 자주성을 결코 대표하지 못합니다. 더군다나 일제강점기 이래 미국이나 서구 근현대를 대표하는 철학 사상이 물밀듯이 무분별하게 들어와, 이들 마구 수입된 서구 이론들을 한국의 청소년들에게 가르치는 이 나라의 교육제도나, 무비판적으로 추종하기에 바쁜 기득권화된 문예 권력들의 문제도 심각합니다. 서구 문물에 제도적으로 종속된 참담한 교육 현실이나 불구적 문학예술 상태에서 '아웃사이더'라 할까, '방외인方外人 정신'의 존재와 그 실천이 절실히 중요하다는 생각을 가끔 갖습니다. 지난 20여 년간 한국문학 판에서 실세들인 여러 '문학 권력' 집단들에 의해 '반항인'으로 찍혀, 사실상 문단에서 거의 퇴출 상태에 있던 저에게 유역문예론은 기득권 권력들에 대한 마지막 저항이자 도전일 것입니다. 거의 잊혔는지, 20여 년간 어느 문학 단체 어느 문예 잡지에서도 청탁 하나 없더군요.(웃음) 사실 유역문예론이 동학을 거쳐서 단군신화에 이르고 나니, 결국 퉁구스 유역의 문화가 궁금하더군요. 그리스문명이니 황하문명, 인더스문명, 잉카문명 등과는 달리, 무당 신화가 기본인 퉁구스-동북아 문명은 역사의 부침浮沈 속에서 흐리마리해진 감이 없지 않지만, 단군신화를 통해 유추해보면 특이한 문명이라고 생각합니다. 인류의 미래를 위한 문명이랄까, 하늘과 땅, 신과 인간의 밀접한 관계, 인간과 만물 간의 영성적 관계, 죽음을 삶과 하나로 보고 사후 세계를 존숭하는 세계관…….

유역문예론은 한 방외인의 현실에 대한 반항의 산물

유역문예론의 먼 인연에는 퉁구스 문명이 있을 법합니다. 적어도 만주 등 동북아 샤머니즘에 대한 향수가 있습니다. 하지만 지금 역사 속 퉁구스 문명의 세부 내용을 연구해서 한국 문화의 깊은 뿌리와 정체성 문제를 해결하는 것은 무리이고, 만주 유역의 고대 문명과 직간접적인 교류 및 영향 관계에 있던 한민족 첫 나라 고조선古朝鮮의 건국신화이자 창세신화이기도 한 단군신화檀君神話를 주목한 것입니다.

하지만, 유역문예론에서 단군신화를 수운水雲 동학보다 먼저 주목한 것은 아닙니다. 동학 창도의 결정적인 계기가 된 수운 선생이 '한울님'과 두 차례 접신하고, 두 번째 접신에서 한울님 말씀의 심오함을 궁구하다 보니 결국 단군신화에 담긴 고조선 이래 단속적斷續的으로 전해져 온 '오래된 지혜'이면서 한민족의 정체성과 주체성의 '거대한 뿌리'를 어림할 수 있는 자주적 정신의 편린들을 마주할 수 있었습니다.

거시적으로는, 티벳 불교나 이슬람교 등 여러 종교형들이 혼재하지만 대체로 '무당 문화의 유역'으로 익히 알려진 퉁구스 유역, 특히 바이칼 유역(부랴트족 에벤키족 등) 및 만주 유역(솔론 오로촌 등) 그리고 동북아 샤머니즘의 발생과 전개의 역사 속에서 고조선 문명의 연원을 상징하는 단군신화를 분석하고 이해해야겠지요.

이렇게 거시적으로 연결되는 단군신화에는 한민족의 철학, 사상, 문화의 근원이 들어 있습니다. 북방 샤머니즘 또는 한민족 특유의 무巫가 그것입니다. 고조선의 무巫, 그리고 단군은 신라의 풍류도로 이어지고 한국의 고유한 정신사 속에서 끊김 없이 질기고 건강하게 이어져 온 신인神人 혹은 신도 철학의 벼리입니다. 수운 동학에서 한울님이 "귀신자 오야鬼神者吾也"라 한 것도 이와 심오한 연관성이 있습니다.

관심과 공부의 순서가 뒤바뀌었습니다만, 단군신화와 동학에서 민족의 정체성과 거대한 뿌리를 발견할 수 있었고, 이를 정신문화의 중요한 일익을 담당하는 문예 창작의 원리와 방법론에 적용할 필요성을 깨달은 것입니다. 단군신화와 수운 동학을 통해 이 땅에서 생명 사랑이 가득한 고유하고 자주적인 정신문화의 성격과 내용, 의의를 찾아 구하고 이를 바탕으로 생명 존중 문예의 이념을 세우자는 것이 유역문예론이 추구하는 미래 전망이라 할 수 있겠지요.

2문「유역문예론 1」[1]은 여러모로 흥미로웠습니다. 특히 유역문예론에서 귀신론이 단군신화의 신인神人사상과, 조선왕조 말 근대기의 수운 선생의 동학 창도의 계기로서 '한울님'이 말씀하신 '귀신'이 서로 깊이 연결된다는 사상사적 통찰, 그러한 우리 나름의 오래된 '천지인 삼재三才' 전통 위에서 전통 샤머니즘이 동학의 탄생 이면을 형성한다는 설명은 매우 인상적이었습니다. 동학에서 인간 존재를 '최령자最靈者(가장 신령한 존재)'라는 개념으로 규정하고, '최령자' 또는 '시천주侍天主'로서의 인간 존재를 문학인들이 스스로 각성하는, 이른바 '개벽적 인간'의 자각에서부터 문학예술이 변해야 한다는 것으로 이해했습니다. 이 자리에서는 이러한 개벽적 존재로서 '최령자'의 문예론이 어떻게 전개될 수 있는가에 대하여 얘기를 듣고 싶습니다.

답 근대 이후 이성중심주의 혹은 근대적 합리주의의 뿌리를 이루는 '이성자理性者(이성적 존재)'로서의 인간 존재에서 '최령자'로서의 인간 존재로의 인식론적 전환은 쉽지 않아 보입니다. 단지 인식론적 전환만으로는 부족하고 천지자연의 생성론에 합일된 인간 존재론적인 전환이 필요합니다. 이는 '다시 개벽', 곧 후천개벽의 조건이라 할 수 있는 '원시반본原始返本'에 수반되는 것입니다. 원시반본은 사람이 자신을 포함하여 모든 사람과 생물, 나아가 만물을 '시천주'로서 대하는 존재로의 전환을 의미하는 것이죠.

전근대적 전통을 근대와 대립적 관계, 심하게는 대척적 관계로 인식하는 근대주의나 비서구적 삶의 전통과 지식 체계를 파괴해온 제국주

---

1   이 책 1부「유역문예론 1」.

의적 근대성은 심각한 반인류적 반인륜적 이데올로기라고 생각합니다. 16세기 이래 세계 인민들을 엄청나게 학살하는 등 서구 제국주의는 '근대 문명'을 내세워 인류사적 만행을 저질렀고, 그들이 야기한 인류 생존의 절박한 상황은 지금도 진행 중입니다. 이런 가운데, 지금도 한참 늦었지만 이제라도 새로운 문명론적 전환의 필요성을 절실히 깨닫기 시작한 것이죠.

인류를 도탄에 빠뜨린 서구의 과학계에서는 근래에 들어와서 전통적 생태학적 지식에서 과학 기술의 혁신적 가능성을 찾고 있습니다. 정치적 해결책을 간단히 언급하기 힘든 문제이지만, 세계에서 유일한 분단국가인 남북 간 대립의 역사로 보나, 강대국 간의 날카로운 이해관계 속에서 갈등을 빚어온 근현대사로 보나, 우리나라가 처한 어려운 상황을 타개하기 위해서는, 무엇보다 특히 미국과의 관계에서 독립적 국가로서의 주권을 확립해야 하고, 국제적으로도 자주적이고 주체적인 시민 정신을 가져야 합니다. 하지만 대중들은 아직도 사대 의식에서 못 벗어나고 있는데 그 원인으로 언론의 자질 문제나 지식인들의 사대주의가 큰 문제라고 봅니다.

서구 주류 학계가 생산해내는 현대성, 모더니티가 과연 이 땅의 인민들의 삶을 보다 나은 삶으로 만드는가 하는 문제의식이 필요합니다. 물론 얻는 게 있으면 잃는 게 있는 겁니다만, 이 나라의 지식인들은 아직까지 서구 현대 이론들을 무차별적으로 수입하고 맹렬히 추종하는 길 외에는 달리 길을 못 찾고 있는 듯 보입니다. 일제강점기나 박정희 독재 정권 시절을 거치면서 우리 전통문화가 서구 과학 문명보다 열등한 것이라는 잘못된 인식이 널리 유포되고 확산되었어요. 사실 근대 이후 혹 세무민의 본질은 서구 지배 집단의 이데올로기인 모더니즘의 무한 생산을 통한 세계 지배에 있습니다. 서구 개인주의의 산물인 '자유'라는 이데올로기도 서구 제국들의 모더니티를 전 세계적으로 팔아먹기 위한 도구로서 이용되어온 측면이 있는 것이고, 사회주의적 '평등'이라는 이데올로기도 계급적 평등을 내세우고는 있지만 아직도 전체주의적 평등 개념에 머물러 있는 이데올로기가 아닌가 하는 회의를 떨치기 어렵습니다. 개인주의적 자유 관념이 서구의 이성중심주의의 전파 도구로서 역할을 해온 면이 다분하다면, 평등 관념은 오히려 동아시아의 인민들의 생활 전통에 실효성이 없는 허망한 관념에 불과하다는 생각을 버릴 수 없습니다.

'전체주의적 평등'이 아니라 근대 이전의 전통 사회에서 어느 정도 유지되어온 계층 간의 '유기적 평등'을 현실에 맞도록 되살려서, 남녀노소의 저마다 성질에 맞는 역할에 따라 평등한 역할의 나눔은 물론 계급 계층 간에 평등이라는 새로운 평등의 패러다임을 찾아 하나씩 변해가는 것이 더 현실적이고 실질적인 평등이 아닐까요. 서구식 개인주의적 자유나, 전체주의적 인간 평등은 극복되어야 하지 않을까요. 곧 인간과 자연 간의 평등을 포함한, 인간 존재를 새롭게 규정한 민주주의적인 평등 관념이 요구되는 것이지요.

'개벽'의 조건은 '이성자'에서 '최령자'로

3문 그러한 서구적 자유와 평등 개념을 극복하기 위해, 새로운 인간 존재에 대한 사유를 동학에서 구하는 거군요.

답 동학에서 규정한 '최령자'로서 인간 존재는 서구 근대 철학의 토대인 이성적 존재라는 인간 존재관과는 다릅니다. 물론 동학의 '최령자'를 정치, 사회, 경제 등 사회과학 차원에서 인간 개인을 어떤 새로운 인간 존재 개념으로 포괄할 수 있는가, 하는 문제 등이 풀어야 할 과제이겠습니다만, 이성적 존재의 범주를 포함하되 이성의 범주를 넘어서는 인간 존재에 대한 새로운 이해가 요청되는 때가 이미 온 것이죠.

서구의 근대 이성은 자기 안에 이미 대립과 모순의 씨를 품고 있습니다. 그래서 대립 모순하는 것들을 역동적으로 종합 지양한다는 것인데, 이성의 자기 전개 과정과 진행 방향에서 막히거나 어긋날 때 달리 존재의 구원을 받을 방법이 없는 듯해요. 이성의 간계니, 도구적 이성이니, 합리적 이성같이 이성을 꾸미는 수식어는 그 자체로 이성의 한계성을 반증하는 게 아닐까요. 물론 이때 이성의 자기 부정을 통한 정신Geist의 변증법적 발전 혹은 궁극의 자유를 향해 나아가는 정신의 본성을 부인하는 것은 아닙니다. 하지만 이성은 자기 앞에 다른 수식어를 붙일 때마다 스스로 한계성을 고백하는 게 아닐까요. 극단적인 예입니다만, 히틀러와 제3제국의 인류사적 만행도 본래의 인간 이성이 도구화되어 벌어진 참사로 해석되고, 인류의 종말을 예고하는 자연환경 파괴의 대재앙도 과학적 이성 또는 합리적 이성의 산물입니다. 하지만, 프랑크푸르트학파 같은 지난 세기의 주요 사상가들조차 서구적 이성주의의 관점에서 근대 이성의 한계를 자각하면서도, 지금도 여전히 이성의 한계에서 도통 벗어나지를 못하고 있지 않습니까.

서구 제국주의 침략의 역사가 증명하듯 세계대전 등 인류사적 만행외에도, 소위 근대 이성이 저질러놓은 전 인류적 전 생명계적 참변과 참상들은 수많은 사례들이 있습니다. 아메리카에서 이주민인 유럽인들에 의해 저질러진 수백 수천만에 이르는 아메리카 원주민 대학살도 서구의 이성적인 인간 또 그 이성적 존재들이 신앙하는 기독교 정신의 이름으로 자행되었습니다. 스탈린의 소비에트나 과거에 공산주의 국가들이 저지른 '전체주의적' 만행도 따지고 보면 인간 욕심조차 통제 못 하는 이성의 간계와 인간 존재를 무시한 이성의 오류, 이성의 자기 모순성에서 야기된 엄청난 폭력성에서 말미암은 것이었습니다. 체르노빌 사태나 후쿠시마 원전 사고, 대재앙 수준의 플라스틱 쓰레기 문제 등등 자본주의의 합리적 이성이 공개적으로 자행하는 환경 파괴는 이제는 인류의 생존을 절박한 상태로 내몬 상황입니다.

4 문 유역문예론의 정치적 시각으로서 무엇보다 반제국주의와 더불어 서구의 근대적 이성을 극복하는 자재연원自在淵源의 정신이 중요하다고 강조하신 바 있는데요, 이러한 자주적인 정신의 회복을 통해 개벽적 사상을 바로 세울 수 있다는 것이군요.

답 제국주의 세력들이 조선을 침략하려 호시탐탐 노리던 구한말의 동학 등 민중 종교 사상에서는 서양의 근대적 이성과는 다른 새로운 '개벽적 인간 존재 사상'을 정립하게 되었고, 대체로 동학이 창도되던 무렵을 '다시 개벽'(후천개벽) 시대의 기점으로 삼습니다. '다시 개벽'은 인간 존재 차원에서 보면, '이성적 존재를 넘어서 가장 신령한 존재로' 인간 존재에 대한 인식론적인 전환, 동시에 존재론적인 전환을 통해 이루어집니다.

5 문 「유역문예론 1」을 보니, 동학을 창도한 수운 최제우 선생 말씀 중에 인간을 '최령자'로 규정한 대목을 가지고 유역문예론을 펼치신 점

이 특별히 인상에 남습니다. 개벽이 '최령자'로의 인간 존재론적 전환을 통해 이루어지는 것이라면, 유역문예론은 개벽적 성격을 강하게 갖게 될 터인데, 이에 대해 설명해주십시오.

답 앞서 발표한 「유역문예론 1」에서, 이 땅에서 근대적 평등사상의 여명기에 꽃피운 수운(水雲, 崔濟愚) 선생의 동학을 통해 서양 근대철학에서의 인간 존재 규명과는 다른, 천지간 만물 중에 '가장 신령한 존재(最靈者)'로서 인간 존재를 규정한 사상적 배경과 의의에 대해 대강이나마 살펴보았습니다.

'최령자(가장 신령한 존재)'라는 인간 존재 개념은, 인류사적으로 서구 제국주의 열강의 강압과 침략에 의한 식민지 지배와 서세동점西勢東占의 근대 역사 속에서 물질적인 수탈만이 아니라 정신적인 면에서도 엄청난 파괴와 강제적인 이식移植을 강요당한 우리나라를 비롯한 아시아, 아프리카, 라틴아메리카 등 피식민지 사회에 오늘날까지 널리 퍼져 있는 인간 존재 규정, 즉 서양의 철학 사상이 일방으로 주입해온 소위 이성적 존재로서의 '자유인'이라는 근대적 인간 존재 개념을 깊이 반성하도록 촉구합니다. '최령자'는 서양 근대의 개인주의적 자유를 보장받은 이성인보다 더 높은, 근원적인 차원의 인간 존재 개념이라 할 수 있습니다.

유역문예론은 인간으로 하여금 서구 근대 이성주의를 탈피하고 극복하게 하는 사상 문제에 직결되어 있습니다. 그러므로 존재론적으로 보아, 서구 제국주의의 침략으로 점철된 근대 이후 인류를 지배한 '합리적 이성의 존재'에서 '가장 신령한 존재(최령자)'로의 지성과 감성의 전환이 함께 이루어져야겠지요.

6문 질문자의 입장에서 정리하면, '최령자'를 자기 존재의 본성으로 받아들이기 위해서는 서구적 이성이 지닌 자기 한계를 철저히 각성해야 한다는 것으로 이해됩니다만.

답 비유적으로 말하자면, 이성적 존재와 신령한 존재 사이의 관계를 용기用器에 비유하곤 하는데, 소박하되 넉넉한 옹기甕器를 신령한 존재에 비유한다면, 이성적 존재는 옹기 안에다 담아두는 세공된 유리그릇에 비유될 수 있을까요? 하지만, 옹기는 자연적 유기물有機物로 빚어져서 땅속에서도 안팎으로 숨 쉬는, 자연을 닮은 기화氣化하는 항아리입니다. ('내유신령 외유기화'의 비유로서 옹기!) 이에 반해, 유리그릇은 숨을 못 쉬어 기화가 안 되는 인공의 그릇입니다. 노자老子도 비슷한 말을 남겼습니다. "천하는 신묘한 그릇과 같아 인위로 다스릴 수 없다(天下神器 不可爲也)."(『노자老子』 29장) 항아리 같은 신령한 존재가 넉넉한 자기 안에 이성적 존재를 품어 새로운 용도로 쓸 수는 있어도, 유리그릇이 항아리를 담아낼 수는 없습니다. 신령한 존재는 노자가 설파했듯이 천지를 담아내는 항아리 같은 존재이기 때문입니다.

한편, 이 '시천주'한 인간 존재인 '최령자'의 존재 개념에는 계급 차별이나 남녀, 노소, 빈부, 귀천, 직위 고하 등 온갖 사회적·문화적 차별을 근본적으로 부정하는 만인 평등사상이 깃들어 있음은 물론이고, 생명체를 비롯하여 만물을 존중하는 만물공경萬物恭敬 사상이 담겨 있습니다. 그 도저한 생명 사상 속에서도 오로지 인간 존재만이 천지간 공사公事를 목적의식적으로 수행할 '창조적이고 주체적인' 존재로서 인간 존재론이 들어 있습니다. 음양론의 시각에서 보면, 인간은 음양오행에 따른 갈등과 상극相克의 기운을 조화調和와 상생相生의 기운으로 바꿀

'정기精氣'(中和氣)로서 창조적 주체라는 심오한 뜻이 들어 있습니다. 전통적으로 천지인 삼재三才 사상에서 인간이 능동적으로 천지 공사를 수행하는 주체이므로, 서양의 휴머니즘과는 다른 차원에서 '한울님을 모신 창조적 인본주의'라고 할 수 있겠지요.

주문 21자 모두가 의미심장, 그중 '시천주 조화정'이 유역문예론의 요체

7 문 동학은 우리 한민족이 유구한 역사 속에서 일으켜 세운 민중 종교 사상입니다. 동학사상은 여러 동서양 철학 사상들을 통해 재조명되고 있습니다만, 제가 알기로, 동학을 통해 새로운 미학이나 문예이론을 전개하는 경우는 드물다고 생각됩니다. 한문으로 쓰인 『동경대전』이 현대인들에게 어렵고 낯설게 다가오고, 또 과학기술이 비약적으로 발달하는 중인 지금 세상은 초고속으로 변화하고 있지요. 이러한 급변하고 복잡한 현대사회에서 동학의 심오한 개념과 내용이 일반 대중들에게 가까이 다가가는 데에 텍스트상의 어려움이나 이질감이 있는 것도 사실입니다. 동학에서는 한울님의 말씀인 본주문 13자 안에 동학사상의 핵심이 들어 있다고 합니다만, 이 주문을 가능한 한 친근한 미학적 개념을 통해 평이하게 해석하는 일이 필요하지 않을까 생각해요. 어딘가에서 봤더니, 13자 중, 결국 '시천주 조화정侍天主 造化定' 여섯 글자가 핵심 중에서도 골자라고 하더군요. 지난번에 '시천주'의 대체적인 뜻은 이해했습니다만, '시천주'에 이어지는 '조화정'에 대한 해석은 어떠합니까.

답 동학사상이 가진 여러 중요 개념들을 그 자체로 살리되 동서양을 아우르는 공통의 개념과 내용으로 번역하고 풀어낼 필요가 있습니다. 하지만 이러한 공통의 개념 언어로 번역하는 것은 거의 불가능합니다.

동학의 다른 개념이나 문장들을 번역하는 일은 차치하고라도, 한문으로 이루어진 동학 주문 21자를 영어든, 혹은 우리말 쉬운 개념으로 번역하는 것도 과연 가능할지 회의적입니다. 어쨌든, 강령주문降靈呪文인 '지기금지 원위대강至氣今至 願爲大降' 8자에 이어진 본주문本呪文 13자 '시천주 조화정 영세불망만사지侍天主 造化定 永世不忘萬事至'는 수운 선생이 한울님을 접하고 나서 손수 지은 주문입니다. 21글자 모두 다 의미심장한 뜻을 품고 있습니다. 강령주문 8글자는, 지금 한울님의 강신을 통한 강화降話를 주원呪願하는 뜻이니, 기본적으로 중요합니다. 이어지는 본주문 13자도 다 중요합니다만, 뜻으로 보면 동학의 핵심 말씀은 '시천주 조화정' 여섯 글자입니다.

동학에 기반을 둔 새로운 문예 미학을 탐구하기 위해서, 주문의 핵심 내용이 담긴 '시천주 조화정'을 평이한 우리말로 된 철학 개념으로 풀어 번역해내는 일이 필요해 보입니다만, 어려운 일입니다. 주문의 핵심인 '시천주 조화정'을 영어 등 외국어 개념으로 번역하는 것은 불가능에 가깝습니다. 그래도 수운 선생이 손수 '시천주 조화정'을 주석註釋해 놓았으니 그 심오한 뜻을 풀이하는 데에 길잡이 삼을 수 있는데, 주석의 문장들도 역시 쉬운 개념으로 번역해내기가 어렵습니다.

'시천주 조화정'에서 '조화정'에 대해, 수운 선생은 다음과 같이 주석을 달았습니다.

'조화造化'라는 것은 무위이화無爲而化요,
'정定'이라는 것은 그 덕에 합하고 그 마음을 정한다는 것이요,²

시천주에서 '시侍'를 풀이하면, '내유신령 외유기화 일세지인 각지 불이'입니다. 아울러 '조화정'의 뜻은 사람의 힘으로는 어찌할 도리가 없는 우주 자연이 저절로 생성 소멸하는 과정과 이치, 즉 '무위이화無爲 而化'의 덕德'에 사람의 마음을 맞추어 정定한다는 것입니다. 그러니까, '시'는 갓난아이의 마음에 비유될 수 있는 '천진난만'(혹은 '청정심')이 밖으로 나타나는(顯, 明) 것이고, '무위이화'는 자연의 순리順理에 따라 저절로 되어지는(化) 것으로 그 속엔 한울님의 섭리가 작용(창조력)한 다는 뜻이니, 그 한울님의 창조적 섭리의 덕德에 사람들 저마다 마음을 정하는 것이 '조화정'입니다.

'창조적 유기체'는 '侍'의 풀이(내유신령 외유기화…… 각지불이)와 '造化定'의 풀 이(무위이화)에서 연원

'유역문예론'의 관점에서, '조화정'의 뜻에서 새로운 개념의 도출 가 능성을 찾으면, 여기서 유기체론의 가능성을 엿볼 수 있다고 생각해요. 무위자연 혹은 천지, 우주 자연을 하나의 '유기체'로 이해하고 그 유기 체가 한울님의 창조적 섭리에 의해 변화한다는 점에서 '창조적 유기체 론Creative Organism'이란 개념을 창출할 수 있지 않을까 생각한 거예요. 가 령 시인이 창조적 유기체로서 시를 창작하는 조건은 '내유신령 외유기

---

2   "造化者는 無爲而化也요 定者는 合其德定其心也요……"(「논학문」, 『동경대전』).
동학 주문 21자는 8자로 된 강령주문과 13자로 된 본주문 간에 내용과 형식이
서로 분리될 수 없는 긴밀한 관계에 놓여 있습니다. 21자로 된 동학 주문이 가진
내용과 형식에 대해서는, 「巫와 東學 그리고 문학」에서 분석한 바 있습니다.(『네
오 샤먼으로서의 작가』 참고.)

화', 아울러 '무위이화'의 지평을 터득해야 합니다. 이러한 지평을 터득하는 방법은 수운 선생이 설한 수심정기, 곧 수행심입니다.

이 창조적 유기체론의 관점으로, '조화정造化定'을 번역하면, 자기 수행을 통해 '무위이화'의 섭리로서 한울님의 덕에 마음을 합하는 것, 곧 '시천주 존재', 바꿔 말해 '가장 신령한 존재(最靈者)'인 인간이 유기체적 세계의 변화를 주도하는 것 정도가 될 것 같습니다. 천지인 삼재 중에서 인간은 중화기中和氣로서 주체적이고 능동적인 지위와 역할을 맡는다는, 인간 존재의 깊은 뜻을 품고 있기에 '조화정'인 것이지요.

그러니까, 모든 인간은 각자 '한울님 모심(侍天主)'의 존재로서, 무위이화의 중심에 놓인 중화적中和的 존재, 즉 유기체적 세계를 '창조적'(한울님 모심의 존재로서의 '창조성')으로 변화시키는 능동적 존재라고 해석할 수 있을 것입니다.

수심정기를 통한 내유신령 외유기화, 무위이화의 지평을 열심히 궁구하는 '자기(self, Selbst) 수련'이 없다면, 문예활동은 의식이나 무의식의 본능, 욕망 혹은 콤플렉스에 무방비 상태로 노출될 수 있겠지요.

8 문 인간과 우주 자연이 저마다 유기체로서 긴밀하게 연결되어 있습니다. 아울러 사람들이 모여 사는 사회만이 아니라 천지天地라는 것도 서로 유기체로서 무한히 연결된 존재들 아닌가요?

답 그렇죠. 가령, 우리 몸도 하나의 유기체적 존재 형식입니다. 간장(木), 심장(火), 비장(土), 폐장(金), 신장(水) 등 오장육부가 저마다 기능을 가지고 조화롭게 작용하는 유기적인 관계를 맺음으로써 인간이라는 창조적 유기체가 존재하듯이, 생명계를 이루는 만물의 운행 질서는 그 자체가 '조화造化'로서 유기체적인 것입니다.

하지만 이 유기체적 전체에서도 인간의 기운, 인간 정신(마음)이 중심에서 행하는 임무와 구실이 중요합니다. 유기체적 천지자연 속에서 인간은 그저 피동적 존재에 머무는 데에 그치지 않고 '조화造化'에 능동적이고 창조적으로 작용함으로써 '무위이화無爲而化'의 "그 덕德에 합하고 그 마음을 정하는" 것이 '조화정'입니다. '무위이화의 그 덕에 합하고 그 마음을 정하는 것'! 그러므로 인간 존재에게는 스스로 자율의지自律意志로서 생명계의 긍정적인 변화('무위이화')를 꾀하는 '마음의 신령'이 요청되는 것입니다. 그 신령한 마음의 존재가 '후천개벽(다시 개벽) 시대'를 이끌어갈 '개벽적 존재'로서 '시천주侍天主' 또는 '최령자最靈者'인 것이지요.

하지만, 동학에서는 사람만이 아니라 천지간 만물 또한 '시천주'로서의 존재 즉 신령한 존재가 아닌 것이 없습니다. 단지 사람은 만물 중 '가장 신령한 존재'라는 것이지요. 수운 선생의 제자이며 동학의 2대 교조인 해월(海月, 崔時亨) 선생은 사람만이 아니라 온갖 생물, 나아가 사물조차도 공경하라는 경물敬物사상을 설했는데, 해월 사상은 동학이 지닌 심오한 생명 사상의 경지를 잘 보여줍니다. 해월 선생이 조정의 체포령을 피해 강원도 원주 인근 동학 교인의 집에 피신하고 계시던 중, 어느 날 아침에 설한 다음과 같은 말씀에는 동학의 생명관이 잘 드러나 있습니다.

우리 사람이 태어난 것은 한울님의 영기를 모시고 태어난 것이요,
우리 사람이 사는 것도 또한 한울님의 영기를 모시고 사는 것이니,
어찌 반드시 사람만이 홀로 한울님을 모셨다 이르리오. 천지만물이

다 한울님을 모시지 않은 것이 없느니라. 저 새소리도 또한 시천주의 소리니라.(彼鳥聲 亦是 侍天主之聲也).

우리 도의 뜻은 한울로써 한울을 먹고(以天食天) ― 한울로써 한울을 화(以天化天)할 뿐이니라. 만물이 낳고 나는 것은 이 마음과 이 기운을 받는 뒤에라야 그 생성을 얻나니, 우주 만물이 모두 한 기운과 한 마음으로 꿰뚫어졌느니라.[3]

인용문에서 "한울님의 영기를 모시고 사는 것이니 […] 저 새소리도 또한 시천주의 소리니라." "우주 만물이 모두 한 기운과 한 마음으로 꿰뚫어졌느니라."라는 해월 선생의 말씀은, 인간 존재란 우주 만물의 생성 변화하는 과정 속에서 성실히 살아가는 현존재이며, 인간과 마찬가지로 모든 동식물 그리고 무생물에 이르는 일체 만물이 '한울님의 영기靈氣를 모시고' '한 기운과 한 마음으로 꿰뚫어져 있음'을 밝히고 있습니다. '저 새소리 또한 시천주의 소리니라!' 나무에서 지저귀는 '저 새소리도 한울님의 소리'라는 말씀은 창조주와 피조물을 철저히 분리하는 서구의 이원론으로는 도무지 엄두조차 낼 수 없는 것입니다. 저처럼 내수도 內修道와는 멀리 떨어진 사람은 위에 인용한 해월의 말씀이 깊은 '신인神 人' 사상과 시천주 사상을 합치시키는 철저한 실천 行의 경지에서 나올 수 있는 말씀임을 그저 어림해볼 뿐입니다. 또한 위 인용문에서, '한울로서 한울을 먹는다'(以天食天), '한울로서 한울을 화한다'(以天化天)는 말씀도 한국문학이 처한 암담한 현실 속에서 문예이론적으로 깊이 재해석될 필요가 있습니다. 천지간 만물은 저마다 무궁한 한울(한울타리)

---

3   『천도교 경전』, 294~298쪽. 해월 선생의 말씀.

안에서 중중첩첩한 그물코로서 시공을 초월하여 연결된 채로 서로서로 유기적으로 상보적 상관관계를 맺는 것이지요. 문예의 창작과 비평도 이 천지간 만물의 근원적 존재 방식인 유기적 상관관계에서 크게 다를 바 없고, 앞날의 바람직한 문예는 이로부터 배워야 할 필요가 있습니다. 유역문예론의 관점에서, '근원(한울)을 공경하는 창조적 유기체'로서 작가와 문예 작품 간의 관계를 이만큼 간단명료하게 표현한 예는 아직 만날 수 없습니다. '이천식천 이천화천以天食天 以天化天'은 '시천주 조화정侍天主 造化定'의 알레고리이기도 합니다만, 이 '시천주 조화정'의 재해석은 유역문예론의 사상적 기초를 제공합니다.

인용한 해월 선생의 말씀만 보더라도, 동학에서의 존재는 '시천주' 즉 자기의 근원으로서 한울님과 함께 동귀일체同歸一體하는 현존재인 동시에, 가령 '경물敬物'은 일용행사日用行事와 함께 동학의 생활철학 또는 실천철학적 내용을 보여주는 깊은 뜻을 지니고 있습니다. 모든 존재들은 서로 유기적으로 연결되어 있으므로, 사람끼리만 아니라 만물을 공경하라는 것입니다. 이와 관련하여, 해월 선생은, "날짐승 삼천三千도 각각 그 종류가 있고 털벌레 삼천三千도 각각 그 목숨이 있으니 물건을 공경하면 덕이 만방에 떨치리라."라고 하여 만물에 대한 '공경'의 중요성을 거듭 강조합니다.[4]

9 문 그런데 의문이 듭니다. 저마다 개별성을 가지고 있는 모든 존재들이 결국 한울님이라는 신적 존재의 동일성으로 귀환한다는 것은 현실성이 결여된 종교적 관념에 불과한 것이지 않을까요?

---

4   해월 법설 중 「대인접물待人接物」에 나오는데, 원문은 "羽族三千 各有其類 毛虫 三千 各有其命 敬物則 德及萬邦矣"입니다.

답 위에서 해월 선생이 설한바, '만물은 한울님의 성품을 가지고 있으니(萬物 莫非侍天主)', '저 새 소리도 시천주의 소리(彼鳥聲 亦是 侍天主之聲也)'라는 말뜻은, 인간을 비롯한 만물이 저마다 고유한 개별성을 지닌 채로 '시천주의 존재'라는 것입니다. 동학의 철학 또는 유가 철학으로 환언하면, 일기一氣로 귀환하는(同歸一體) 근원적 존재론과, 동일성同一性으로 환원할 수 없는 저마다의 개별적 차이를 존중하는 존재론이 서로 이율배반인 듯 하나로 합일되어 있는 것입니다. 이처럼 겉으로는 이율배반으로 보이는 존재론의 모순을 극복하는 동학의 논리가 바로 '불연기연不然其然'의 논리라 할 수 있습니다.

'불연기연'의 논리학으로 보면, 모든 사물의 현상에 있어서 '그렇지 않은 것'(不然) 즉 '보이지 않는 질서'를 그 근원에까지 궁구하여 '그러한 것'(其然) 즉 '보이는 질서'로 돌려놓는 연원淵源의 사유가 필요합니다. 인간 이성의 관점에서 보면, 확실히 아는 것을 '그렇다'(기연)고 하고, 알지 못하는 것을 '그렇지 않다'(불연)고 판단합니다. 하지만 동학의 관점에서 보면, 이러한 이성의 관점 또한 모순입니다. 만물이 생기기 전에는 '그렇지 않다'이지만, 생기고 난 후에는 '그러하다'가 되기 때문입니다. 즉 만물의 생성 변화의 원리에 따른 거시적이고 근원적인 안목으로 보면, 음양이 서로 상반되어 반복하는 조화造化의 이치를 알 수 있기 때문입니다.[5] 동학의 논리학이랄 수 있습니다. 우주 만물에 편재遍在하는 초월자 유일신인 한울님의 끊임없는 자기 분화-생성 과정의 체계가 곧 생명계 그 자체입니다. 그런데, 그 분화-생성 과정에서 필히 발생하는 이율배반과 모순율을 해결해야 하는바, 그 배반율과 모순율을 자

5　동학 주문의 '영세불망만사지永世不忘萬事知'에서 '지知'의 뜻이 그러합니다. 즉, 수운 선생의 '지知'에 대한 주석은, "도를 알아서 그 지혜를 받는 것"입니다.

기동일률로 해소시키는 조화調和의 원리가 바로 '불연기연'인 것입니다. 이는 동학의 사유 체계에는 한울님의 기화, 즉 생명계의 생성 진화 과정에서 일어나는 모순성과 불연속성(불연)을 자기동일성과 연속성(기연)으로 돌려놓음으로써 불연속적 연속성과 이율배반적 동일성이라는 생명 사상의 조화의 원리와 논리가 갖추어져 있음을 보여줍니다. 이러한 차원에서 보면 동학에서의 음양 이기의 '조화造化' 원리, 곧 생성론적 사유와 만물의 근원으로서의 '한울님', 즉 신적 존재의 통일은 '불연기연'에 의해 심오한 학적學的 명증성을 마련하게 된 것으로 볼 수 있습니다.

'존재'란 '自在淵源의 이치가 함께하는 현존재'

동학에서의 존재는 '자재연원의 이치가 함께하는 현존재'라고 할 수 있습니다. 자재연원은 앞서 말한 바와 같이 자기의 존재 근거를 자기 자신에게서 찾는 것입니다. 혹자는 이를 두고 자기동일성의 원리에 집착하는 것으로 오해할 수도 있습니다. 자기에게 갇힌, 개별적으로 고립되고 배타적인 주체의 동일성이 아니라, 도를 자기 안에서 궁구하는 것으로서 나와 너 우리가 모두 "무궁한 이 울 속에 무궁한 나" 또, "불연기연不然其然 살펴내어 부야흥야賦也興也 비比해보면/글도 역시 무궁하고 말도 역시 무궁이라/무궁히 살펴내어 무궁히 알았으면/무궁한 이 울 속에 무궁한 내 아닌가"[6]를 자각하고 "그 도를 알아서 그 지혜를 받는(各知)" 주체가 동학에서의 주체입니다.

---

6   『용담유사』 중 「흥비가」를 참조하시길.

자기동일성으로의 환원이 아니라 무궁한 한울님(道)과 함께 생성 변화하는 일기一氣의 근원(至氣)으로 동귀일체同歸一體하는 것이 바로 자재연원自在淵源의 깊은 뜻입니다. 이와 연관된 이야기가 동학의 역사에 전해 내려오고 있습니다.

'동학'이 조정朝廷에 의해 이단異端으로 몰린 뒤 수운 선생은 어명御命으로 체포되어, 대구 감영으로 이송되는 중, 동학 접주接主 이필제 등 동학교도들이 무력으로 선생을 구출하려 하였습니다. 하지만, 수운 선생은 교인들에게 이른바 '암상설법巖上說法'을 남기고 스스로 순도殉道를 택합니다. 전해진바, '바위 위에서의 설법' 중 일부는 다음과 같습니다.

"하물며 천명天命은 생사生死를 초월한 것이니 무엇을 걱정하리요. 내가 항상 말하기를 '무궁無窮한 이 울 속에 무궁無窮한 나'라고 말하지 않았는가. 나는 결코 죽지 않나니 그대들도 이 죽지 않은 이치理致를 진실로 깨달으라. 그리고 이 말을 널리 세상에 전하라."[7] 때는 포덕 4년 되는 해인 1863년 12월이었습니다.[8]

불가의 『화엄경』에서, 생명계의 모든 존재들을 안팎으로 유기적으로 무궁무진하게 연결된 인타라망[9]으로 비유하듯이, '무궁無窮한 이 울 속에 무궁無窮한 나'를 '창조적 유기체로서의 존재'로 바꿔 부를 수 있지 않을까요?

'시천주' 존재 즉 '가장 신령한 존재'의 궁극 상태를 가리키는 '무궁한

---

7   조기주 편저,『東學의 原流』, 천도교중앙총부, 1982, 68쪽.

8   이 답변 대목은 졸고「巫와 東學 그리고 문학」,『네오 샤먼으로서의 작가』에 나와 있습니다.

이 울 속에 무궁한 나'는 유기체적 존재인 '나'의 존재론적 본성입니다.

여기서 새겨둘 것은, 문예 창작 과정과 문예 작품의 탄생은 이러한 '무궁한 이 울 속에 무궁한 나'의 활동 과정과 결과로서 인지할 수 있어야 한다는 것입니다. 시인 또는 작가가 저마다 '무궁한 이 울 속에 무궁한 나'('시천주' 또는 '최령자')라는 자기 근원根源을 자각하고 자기 고유의 언어로 능히 통通할 때에, 그 속에서 태어난 문학예술 작품은 그 자체로 무궁한 '창조적 유기체'로서의 문학적 존재가 될 수 있습니다.

10 문 서양에서는 이성에 의한 변증법적 논리가 있는데, "창조적 유기체론에서 중요시하는, '불연기연'의 사유 논리로 진리를 깨닫는다." 라는 것에 대해 부연 설명이 필요한 듯합니다.

답 불연기연不然其然은 한울님의 존재를 간접적으로 증명하기 위한 논리학으로 보면 됩니다. 불연기연의 사유 논리를 세웠기에 동학은 미신이 아니라 심오한 이론적·방법론적 사유 체계를 가진 만민萬民의 종교로서 바로 설 수 있다고 봅니다. 유물론자나 진화론자, 과학에 매몰되어 있는 사람들이 공부하면 특별히 좋은 사유 논리기도 합니다. 오히려 유일신을 내세워 무조건 믿으라고 요구하는 종교가 미신에 가깝습니다.

---

9   인타라망因陀羅網, 화엄학華嚴學에서 현상계의 모든 존재는 별개가 아니라 서로
      무애無碍로써 연결되어 있음을 논증하기 위해 곧잘 쓰는 비유. 제석천帝釋天 곧
      인드라의 궁전에 헤아릴 수 없이 많은 구슬들을 엮어 만든 그물망이 있는데, 구
      슬 하나하나가 서로 인因, 과果과 되어 무한히 반복하여 서로를 투영하고 있으
      니, 모든 구슬 저마다 투영된 우주 삼라만상의 형상도 중중무진하게 상호 투영
      하게 된다는 것으로, 우주의 모든 존재는 무한히 얽혀 있어 분리 불가능한 일체
      임을 보여주는 비유.

유역문예론(창조적 유기체론)도 '불연기연'의 논리를 중시합니다. 조금 전에 얘기했듯이, 불연기연은 합리적 이성만으로는 도저히 '알 수 없는 근원(不然)'을 '알 수 있는 실제(其然)'로 바꾸기 위해 근원을 간접 증명을 하는 사유 논리입니다. 그래서 간접 증명을 위해 가정假定 또는 가설假說이 필요하지요. 가설假說로서 진리眞理를 증명하는 것입니다. 인식론적으로는 부정否定을 가리키는 불연(아니다)은 긍정을 가리키는 기연(그렇다)으로 결코 바뀌지 않지만, '근원의 사유'를 위한 가정假定 논리로서, 알 수 없는(불연) 근원적 존재를 가정假定하면, 알 수 없는 불연(아니다)은 알 수 있는 기연(그렇다)으로 변하게 됩니다. 불가와 도가의 논법인 가유가공假有假空, 비유비무非有非無의 논리도 같은 논리적 맥락에 있습니다.

삼단논법같이 서구의 논리학에 길들여진 합리적 이성의 입장에서 본다면, 동학의 '불연기연'과 그와 연관되는 불가와 도가, 유가에서 아주 오래된 전통 논법들은 여전히 애매모호하고 불합리한 논리, '논리 아닌 논리'로 여겨져 도외시되기 십상입니다.

하지만, 이성만으로는 존재의 기원을 도저히 알 수 없습니다(불연). 천지만물의 근원을 살피는 일도 이성이나 합리성으로는 설명이 불가능합니다(불연). 이성이나 이성의 변증법만으로는 천지만물의 근원이나 '나'의 존재의 근원, 우주 자연의 무궁함 같은 것들의 해석은 불가능합니다(불연).

이렇듯, 이성의 논리로 알 수 없다고 하여(불연), 이성의 논리로 알 수 있는 세계(기연)만을 인정한다면, 생명 세계에는 기연(그렇다)의 범주만 남게 될 것입니다. 일제 때 위대한 시인 한용운 선사禪師가 남긴 시 「알 수 없어요」의 시 세계를 가로지르는 정신적 요체는, 근원적인 존재,

즉 불연不然(空)을 기연其然(空空)으로 변화시켜야 진리에 도달할 수 있다는 깨우침과 깊은 관련이 있습니다. 인간 이성의 논리로는 '알 수 없어요'라고 말할 수밖에 없지만, '하늘의 이치'(근원의 이치)로 보면, '알 수 있어요'라는 것입니다. 즉 이성의, 이성의 자기 운동으로서의 사유 논리만으로는 생명계의 근원인 도道(진리) 또는 신神의 존재에 다가가는 데에 턱없이 부족하다는 것입니다. 그러나 인간 이성으로 보면 알 수 없는 불연이고 아무리 보아도 불연이지만, '조화정造化定'의 이치(곧 역학易學같이 '음양 변화의 이치' '생생지리生生之理' '천지 변화의 운수運數' 등) 곧 '하늘의 섭리'를 알면, '그렇지 않다'(불연)에서 '그렇다!'(기연)로 변하여, '그러하고 또 그러하구나'(기연) 하는 앎의 차원, 세심하게 세상 이치를 깨닫는, 즉 '영세불망만사지永世不忘萬事知'의 차원에 이르게 된다는 것입니다.

'불연기연'의 논리는 부정을 의미하는 '그렇지 않다'(불연) 또는 '보이지 않다'(불연)를, 가정假定을 통해 '그렇지도 않은 것도 아닌 것' 또는 '보이지 않는 것도 아닌 것'(非然非不然, 非有非無, 假有假空!)으로 간접 증명하는 논리라고 말할 수 있습니다.

11문 그렇다면, 문학작품의 구체적인 예를 통해 동학의 불연기연, 불가 혹은 도가에서의 비유비무 혹은 가유가공 등 근원의 논리를 실증적으로 설명해주실 수 있으십니까.

답 '창조적 유기체'적 존재로서의 문학작품에서 진리에 이르기 위한 사유 논리를 설명하기 위해 구체적인 비평의 예를 소개하겠습니다.

최근 시인 김수영의 작고 50주년을 맞이하여 그의 시정신에 관심을 가진 문인, 평론가, 문학 교수 들이 부쩍 늘어난 것 같습니다. 제가 보기에 시인 김수영은, 천지 즉 우주 자연은 그 자체가 유기체적 존재이며, 주체적이고 창조적 유기체적 존재로서 인간 존재를 자각한 시인이었습니다. 그래서 그의 데뷔작으로 알려진 「묘정의 노래」 이래 그의 많은 걸작들에 대한 기존 해석의 한계에서 벗어나서 더욱 심화되고 확장된 김수영 시의 '해석 가능성'을 타진하며 서양 시학의 테두리 안에서 맴돌고 있는 작금의 문예학적 사유와 감성을 더 높은 경지로 진전해야 합니다.

가령, 김수영의 시 「폭포瀑布」 한 편만 보더라도, 김수영 시의 토대를 이루는 사유 체계 전반, 특히 동방의 음양오행 정신과 고래古來의 부정不定의 정신적 전통, 서구 현대철학에서 현상학에서 이어지는 하이데거의 존재론에 이르기까지, 김수영의 깊고도 높은 시정신이 담겨 있습니다. 이 자리의 성격상, 시 「폭포」를 상세하게 분석할 수는 없고, 다만 김수영 시가 품고 있는 '근원'의 사유 혹은 '창조적 유기체의 사유'를 짧게 소개하는 수준에서 이야기하지요. 특히, 이 시의 3연에서,

    금잔화도 인가도 보이지 않는 밤이 되면
    폭포는 곧은 소리를 내며 떨어진다

라는 시구를 주목할 필요가 있습니다. 이 시구는 김수영 시정신의 심층적 해석에 이르는 중요한 관문이기 때문입니다. '창조적 유기체로서 시적 존재'를 인식론과 존재론 간의 합일을 통해 탁월하게 보여주고 있을 뿐 아니라, 나아가 유기체로서 존재의 '근원' 또는 '신적 경지' 즉 진리의 경지를 간접 증명하는 김수영 특유의 사유 논리를 경이로운 직관력을 통해 보여주고 있기 때문입니다.

이와 관련하여, 김수영의 유명한 시「폭포」를 다음과 같이 분석한 바 있습니다.[10]

　그리고 시의 3연에서 "금잔화도 인가도 보이지 않는 밤이 되면"이
란 시구에 이르면, 물질적 현상계가 부정되는(不然), 보다 복합적인
고도의 추상으로 심화되고, 시의 맨 끝 연 "높이도 폭도 없이/떨어
진다"에 이르러선, 합리적 이성의 운동조차 부정되는(불연) 시적 추
상화는 완성된다. 특히, "금잔화도 인가도 보이지 않는 밤이 되면/폭
포는 곧은 소리를 내며 떨어진다"는 예사롭지 않은 기묘한 시구는
복합적인 심층을 지닌 추상화의 효과를 낳는다. 먼저, 이 시구는 캄
캄한 밤이 강조됨으로써 구체적인 사물들이 불가시성不可視性 속으
로 가뭇없이 사라지는(불연) 동시에 추상이 한층 강화된다는 점. 보
이지 않는 실재實在 혹은 '비실재로서의 실재'를 드러내고 있는 시구
"금잔화도 인가도 보이지 않는 밤이 되면"은, 김수영 특유의 시적 방
법론과 시적 이념을 내포하고 있다. 첫째 이 시구는 실재를 부정하되
(불연) 다시 부정을 통해 실재의 '근원'을 파악하게 하는 사유 방법
론 즉 있음의 없음, 없음의 없음(假有假空), 노장老莊의 중현학重玄學
적 방법론으로 표현하면 비유비무非有非無에 바탕을 두고 있다는 점,
[…] 아울러 서구 철학적 시각에서 볼 때, 후설과 하이데거의 현상학
적 방법론 즉 형상 환원과 선험적 환원 과정이라는 현상학적 환원,
에포케Epoche 즉 판단 중지(괄호 치기) 등의 현상학적 방법론과 깊이
연결되어 있다는 점.

10　김수영의 시「폭포」론, 졸고「'곧은 소리'의 시적 의미」,『네오 샤먼으로서의 작
　　가』, 325~350쪽 참조.

둘째, 앞의 시작詩作 과정의 방법론 자체가 시적 의미-주제를 형성한다는 점. 달리 말하면, 시적 표현 방식과 형식 자체가 시적 사유의 내용이자 시적 이념이며 시적 의미란 점이 바로 그것이다. 이 시구를 통해 실재는 부정되어, 비실재의 계기 즉 무無의 대상으로 변한다(非有, 假有). 이로써 서서히 무가 시의 주제가 되어 활동하게 된다. 현실적 존재는 부정의 계기에 놓이면서 '규정할 수 없는' 추상적 관념으로서의 무가 존재에 작용하는 주체적이고 근원적인 존재로서의 무로 변하는 것이다. 그리고 무에 의해 현실은 초월한다. 바꿔 말하여, 이 시구는 시적 직관이 지닌 부정의 힘이 무를 시적 주체로 불러들여 구체적 생활 세계를 '근원적인 세계'로 되돌리는 역할을 하고 있다.

이에 대해 구체적으로 살피면, "금잔화도 인가도 보이지 않는 밤이 되면"이라는 시구에서, 실제 존재인 금잔화와 인가는 밤의 어둠으로 보이지 않는다는 점, 그래서 밤의 어둠 속에서 금잔화와 인가의 실재가 부정되지만(非有), 금잔화와 인가는 역설적이게도 비실재성으로서의 실재임(非無)이 동시에 강조되고 있다는 점. 여기서 비무非無라 함은 무의 부정이라는 순수 관념, 순수 이성을 의미하는 것이 아니라 무가 (지기至氣로서) 적극적이고 능동적으로 활동한다는 의미이다. 즉 시적 직관이 본래적으로 지닌 '부정'의 힘(至氣)에 의해 실재는 사라지는 동시에 무에 의한 비실재적 실재성의 세계가 새로이 탄생하는 것이다. 그런데 정작 중요한 지점은, 이 부정의 조건문이 이끄는 주제문主題文이 "폭포는 곧은 소리를 내며 떨어진다"라는 점이다. 그 까닭은, 이 시구는 실재가 부정(非有)되고 그 부정된 실재가 다시 부정(非無)되어 새로운 사유의 대상으로 떠올랐을 때, 마침내 폭포는 '곧은 소리'를 낸다는 새로운 초월론적 추상의 계기를 보여주고 있기 때문이다.

결국, 추상과 구상의 상호 관계에 의해, 또는 비유비무의 부정의 시정신에 의해, 어둠 속에서 '보이지 않던 금잔화와 인가'는 오히려 폭포와 상대적 존재로서 새롭게 부각되고 동시에 폭포의 구상은 사라지고 '곧은 소리'의 절대적 추상화가 이루어지고 있는 것이다. 이로써, 폭포는 '곧은 소리'로 현상되고 '소리'는 절대적 존재로서 시를 지배하게 된다. 그리고 폭포 소리가 절대성으로 추상화될 때, 추상화된 폭포 소리 그 자체는 '고매한 정신'과 동일한 의미체로 변한다.

이 인용문에 이어서, 중현학적 논법에 대해 다음과 같이 덧붙였습니다. "이 시구를 이 시 전체 맥락 속에서 더 깊이 해석한다면, 중현학에서의 사유 논법인 '없음의 없음조차 없음' 즉 非非有非無, 불교의 중관학中觀學 또는 반야학般若學, 화엄학華嚴學에서 본체와 현상 관계를 밝히는 논리인 '공의 공(空空)'의 공관空觀과 그 귀결인 연기론緣起論에 연결된다고 할 수 있다."[11]

우리가 이 김수영의 시에서 배울 바는, '창조적 유기체로서의 작가-예술 작품'은 근원에 대한 사유와 논리에 능能히 통通한 존재라는 사실입니다.

12문 동학의 주문 중 핵심인 '시천주 조화정'을 생명 존재의 일반 법칙의 관점에서 재해석하여 새로운 '창조적 유기체론' 개념을 도출하신

---

11   위의 책, 329쪽에서 재인용.

것은 동학이 초월적인 종교 사상이라는 점에서 벗어나 현실적인 문예학을 추구하고자 하는 의도로 이해됩니다. 하지만 예술가와 문예 작품을 창조적 유기체의 운동 과정으로 설명하기는 쉽지 않아 보입니다. 그래서 시인 김수영의 「폭포」같이 지성적 논리와 감성적 언어가 통일을 이룬 시 작품을 구체적인 예로 드신 걸로 이해합니다. '유기체'라는 말이 가지는 무한한 복합성과 막연한 추상성을 넘어서기 위한 방편으로 '창조적 유기체'로서 존재에 접근하는 사유의 논리가 필요하다는 생각이 듭니다.

'창조적 유기체적 존재'로서 문예 작품을 대하는 동양과 서양 간의 시각차가 있을 듯합니다만, 궁극적으로 진리(道)를 추구하는 정신의 관점에서 보면, 서양에서도 그동안 노력해온 의미 있는 사유들이 있을 것입니다. 동학사상을 통해 사유의 원천을 찾고 있으신데, 창조적 유기체론이 가진 진리 탐구의 방법론 또는, 기본적인 사유 논리가 궁금합니다.

답 '창조적 유기체적 존재'를 밝히는 과학으로서, 양자역학Quantum mechanic을 중심으로 현대 물리학과 생물학, 생태학 등이 있고, 철학적으로는 특히 '과정 철학'을 비롯한 현대 철학의 주요 사유들에서 응용 가능한 '유기체론'들을 찾을 수 있을 것입니다. 하지만 아인슈타인의 '상대성相對性 이론', 닐스 보어의 '상보성相補性 이론'이나 하이젠베르크의 '불확정성의 원리' 등에서 중요한 과학적 진전이 있었음에도 아직은 서양의 자연과학이나 철학이 가지고 있는 이성중심적 사유의 한계는 여전한 듯합니다. 이는 아마 동서양 간의 학문적 전통과 기본 사유 틀이 그 뿌리부터가 서로 다른 데에 따른 결과일 겁니다. 그럼에도 양자역학에서는 '창조적 유기체'를 과학적으로 접근하는 사유에 있어서 유용한 시사점을 알려주는 것도 주목할 만합니다. 물론 양자역학에서의 실험과 관측을 통해 우주의 비밀이 일부 밝혀지고 세계가 하나가 아니고 다수이며, 시간의 가역성, 예컨대 지금-여기의 '나'가 시공간의 물리적 제약을 초월하여 다른 세계에서 '동시 존재'할 가능성 등 그동안 '알수 없었던' 만유의 존재성에 대하여 과학적 추정 혹은 과학적 유추類推가 어느 정도 가능해졌지만, 여전히 불확정적 상태입니다. 양자 실험을 통해 드러나는 과학적 진리는 만물이 물리적 시공을 초월하여 서로 상호작용하는 상관관계에 있다는 것입니다. 양자역학의 과학적(혹은 '확률적') 추정은 수운 선생이 순교하시기 전 암상설교 중 한 말씀, '무궁한 이 울 속의 무궁한 나'라는 동학의 우주론적 존재론이 자연스럽게 연상됩니다.

어쨌든 동양에서는 구체적 확실성을 추구하는 합리적 이성보다는, 가령 음양오행론 등에서 알 수 있듯이, 직관에 따른 지혜를 중시하는 전통이 강했습니다. 이미 오래전부터 선각들이 말씀해왔듯이, 자재연원의 눈을 크게 뜨고서 서양의 근대 과학이나 철학에서부터 동방의 전통적 사유로 사유의 전환을 꾀해야 한다고 봅니다. 물론 서구의 긍정적이고 유익한 이론들과의 회통, 화쟁의 정신은 기본적으로 필요합니다.

논리는 無爲而化하는 道를 체득하기 위한 방편

창조적 유기체론적 사유를 생활 현장과 문예 창작의 실제에 응용함에 있어서 동양의 전통 논리학들 중 역사적으로 검증을 거친 훌륭한 선례先例를 찾는 것이 중요합니다. 서구 이성이 낳은 학문적 또는 과학적 전통 속에서 생명계의 본질과 궁극적 진리를 찾아가는 모험적이고 진실성이 있는 사유 논리들을 한껏 품을 수 있는 '현묘한 옹기'가 필요합니다. 그러한 생명계와 함께 숨 쉬는 현묘한 사유의 그릇으로, 가령, 유가儒家 전통의 음양론陰陽論, 도가道家의 세계관과 서로 습합 회통을 이룬 대승불가에서의 중관론中觀論(般若中道論) 등을 꼽을 수 있을 듯합니다. 원융회통圓融會通의 정신에 입각하여, 음양론, 불가의 중관론(또는 般若中道論)에서의 '공'의 논리, 노장老莊의 중현학重玄學[12]에서 무無와 현玄(玄

---

12 중현학의 사유 논법에 대해서는, 김수영의 시「폭포」를 분석하면서 짧게 거론한 바 있습니다. 졸고「'곧은 소리'의 시적 의미」(『네오 샤먼으로서의 작가』), 아울러 유불도 회통의 정신, 노자와 대승불가, 유가와의 회통에 대해서는「會通의 시정신」(『네오 샤먼으로서의 작가』)을 참조. 위진 때(東晉) 곽상郭象에 이르러 정점에 이른 현학玄學을『노자의소老子義疏』의 저자인, 당나라 태종 때 도사道士 성현영이 중현학重玄學으로 발전시켰는데, 불교의 완벽한 코스몰로지(우주관 세계관)와 사유 체계를 적극 수용, 회통함으로써 당시 불교의 압도적인 사상 체계에 궁지에 몰린 도교를 새로운 지평으로 이끌어간 것으로 평가됩니다. 곧 중현학은 대승불교의 화엄학과 신유학을 회통하는 사유 체계를 가진 것입니다.
"가장 심원한 것은 한곳에 머물거나 집착하지 않는다. 유에 머물지도 않거니와 무에 머물지도 않는다. 그렇다고 어찌 집착이라는 것만 부정하겠는가. 역시 집착하지 않으려는 태도마저도 부정한다. 百非四句의 끊임없는 부정마저도 부정한다. 이것이 바로 重玄이다. 그래서 도덕경에서 '玄之又玄 衆妙之門'이라 한 것이다. 곧 重玄은 내재적 시각에서 보면 집착을 거부하는 인식 방법과 심원한 내용을 동시에 가리킨다. 심원한 내용(至深至遠)이라 함은 전체 세계의 면모와 본체 세계의 심오함을 규명하겠다는 의지를 밝힌 것이고 집착을 부정한다 함은 심오한 본체와 전체 세계의 진정한 모습에 도달하는 인식 방법을 제시함으로써 구원에 이르는 길을 열겠다는 뜻이다. 이 두 가지 내용은 가장 심원한 것은 한곳에 머물거나 집착하지 않는다는 의미에서 가장 중국적이면서도 가장 세계적이다. 중현학은 인도 불교의 이론 공세에 대한 중국 도교의 가장 중국적인 대응이기도 하지만, 오래 이데올로기와 싸울 때 상대의 강점을 취해 나의 약점을 보강함으로써 결국 그 외래 이데올로기를 중국화하는 길을 열었다는 점에서 가장 중국적인 전형을 보여준 전범이라 하겠다."(서강대 철학과 최진석 교수)

之又玄)의 사유 논리 등, 유서 깊은 유불도儒佛道의 사유와 논법들 각각에서 긍정적인 부분을 취하면서 저마다 회통,[13] '유기체적 존재론의 논리'로서 '근원의 논리'를 찾는 것이 필요하다고 생각합니다.

이때 공空이나, 무無는 그냥 텅 빈 없음을 가리키는 것이 아니라, 공·무에 이미 공공空空, 비유비무非有非無, 즉 존재 저마다에 대한 긍정의 세계상을 생생하게 드러내기 위한 사유 방법으로서의 공이요 무라는 점을 놓쳐서는 안 되겠지요. 음양이기론 혹은 동학으로 말하면, 지기至氣요 '허령창창虛靈蒼蒼' 즉 생명력이 가득한 허무이기에 삼라만상을 낳아 기르는 현묘玄妙 그 자체가 됩니다. 무無 공空 현玄의 논리는 무위자연의 존재 논리(無爲而化)이자 우주 자연의 생성 논리입니다.[14] 아울러, 이

"성현영은 불교 본체론의 자극으로 道를 理로 해석하는 철학의 문을 열었고, 이는 화엄학을 거쳐 신유학의 性卽理의 철학으로 일대 통합을 이루는 계기가 되었다"라는 것입니다.

흔히 노자 철학의 대표 개념을 도道로 인식하는데, 생성론의 관점에서 보면, 노자철학의 대표 개념은 현玄입니다. 노자에서 '현지우현玄之又玄'의 의미는 단지검다, 현묘하다 등 수식어로서 단어의 개념적 정의만으로 한정되지 않는, 철학적 상상을 이끌어가는 그 자체로 '현묘한 철학 개념'입니다. 노자 철학의 '현'의 사유 논리는 '무無' '불不' '반反'을 대표적 개념들로서, 무아성無我性, 상보성相補性, 자타평등성自他平等性, 언어불완전성言語不完全性, 무분별지성無分別智性, 반회성反回性(반본성返本性) 등을 그 핵심 내용으로 삼는다는 것입니다. 아울러, 현은 역학易學에서도 중요한 개념이기도 합니다. 이는 생성론 철학으로 현이 가진 중요한 의미를 거듭 알려 줍니다. 시인, 작가, 예술가라면 모름지기 문학예술의 창작 방법론에 있어서, 근원(道)에 능통한 정신과 감성의 경지인 '현람玄覽'의 뜻을 거듭 사유하고 깊이 새길 필요가 있습니다.

13 회통會通, 화쟁和諍의 뜻 해설과 함께, 이를 시학에 적용한 비평적 사례로, 한국 현대시 정신의 산맥에서 단연 드높은 준봉峻峯인 시인 김구용金丘庸의 시학에 대하여 비평적 분석과 해석을 시도한 졸고 「會通의 시정신」, 『네오 샤먼으로서의 작가』 참고.

들 현묘한 논리와 이치는 천지를 품은 숨 쉬는 자연의 옹기와 같기 때문에, 현玄이나 무無, 공공空空, 음양陰陽의 추구가 이성의 변증법 등 서양의 온갖 논리들과 사유 방식을 부정하거나 거부하는 것을 뜻하는 게 아니라, 무위이화無爲而化하는 존재의 '근원' 즉 도道(진리)를 체득하기 위한 방편이라는 점을 이해해야 합니다.

13 문 논리의 차원에서는 알겠습니다만, 문학작품을 창작하는 작가와 시인의 입장에서는 알쏭달쏭한 이야기로도 들릴 듯합니다. 흔히들 창작에 있어서 작가의 영감이 중요하다는 말들을 하는데, 이 영감靈感은 꼭 논리를 습득해서 얻어지는 것은 아닐 듯합니다만.

답 예술 창작에서 영감을 얻음에 있어서, 요즘 예술가들은 어떤 생각을 하는지 모르지만…… 신산고초辛酸苦楚야말로 예술적 영감을 낳는 원천입니다. 신산고초도 올곧게 이겨내려면 응당 수행심이 없을 수 없습니다. 더구나 문예 작품을 창작하는 작가가 고난을 이겨내는 과정에서 이성이나 지성은 이전과는 다른 새로운 눈을 얻는 경우가 많습니다. 지성이 미처 알 수 없던 자기 안의 영혼을 만나는 것입니다. 영혼이나

14　예를 들어, 유불儒佛에서 공空·현玄의 논리와 유학의 일기一氣, 동학의 허령창창虛靈蒼蒼(지기至氣) 같은 개념을 설명하고 이해하는 데에 있어서, 이러한 동양적 사유 논리와 개념들에 비하면, 서양의 카오스Chaos이론은 인용하는 것이 부적절해 보입니다만, 공空·무無가 텅 빈 '없음'이 아니라 혼원混元의 기운이 가득한 '없음', 즉 '지기至氣로서의 허령창창'이라는 점을 강조하기 위해 프리고진Prigogine의 다음 언급을 상기할 만합니다. "에너지가 흩어지면서 무질서한 상태인 혼돈(카오스) 속에서 질서(물질, 생명)가 생성된다. 요동을 통해 질서가(order through fluctuations) 창조된다."

영감은 주관과 객관 간의 이원적 대립이 사라지고 하나로 고양된 때 잠시 머무는 순수한 직관 상태입니다. 날씨의 변화처럼 직관적 지혜가 문득 느끼는 세상의 내밀한 영역을 여는 관조의 시간이랄까. 예술적 영감과 영성은 단지 사유나 학습을 통해 얻어지는 게 아니라 삶의 어려운 고통을 거치는 중에 얻어집니다.

　제가 직접 경험한 것이 아니니, 조심스런 말입니다만, 샤먼은 '가장 신령한 존재'로서 인간 존재를 대표할 정도로 '신령스러운 영매'인데, 샤먼들은 타자의 불행이나 고통을 자기화하는 입무의식入巫儀式을 치르게 되어 있습니다. 그러니까, 샤먼은 현세에서 고통받다 억울하게 죽은 이의 넋을 위무하고 내세來世로 천도하는 존재인 만큼, 극심한 무병巫病을 앓는 것이 샤먼이 되기 위한 필수적인 통과의례입니다. 그러한 고통의 의식을 치르지 않으면, 신명神明을 불러들이는 초능력이나 초혼招魂 능력을 갖지 못하게 되니까. 타자가 겪은 극심한 고통의 대리 체험을 통해 자발적인 영계 여행을 할 수 있는 초능력을 갖게 되고, 타자의 한을 풀어주고 혹은 원한을 해원解冤하는 초인적 존재 역할을 하게 되는 것이죠. 예술적 영감도 따지고 보면, 샤먼이 남의 고통을 대리 체험하면서 얻게 되는 영성, 영감의 알레고리가 아닐까요.

14 문 그럼, 유역문예론의 사유 논리에 대해 개괄적으로나마 이야기를 나눴으니, 본격적으로 문학론을 살피도록 하지요. 우선 유역문예론에 부합하는 문학작품의 예를 들어주시겠습니까?

답 비근한 예를 들어, 박경리 선생의 대하소설 『토지』는, 이미 그 문학적 위업을 많은 학자 비평가들이 찾아 밝히는 중에 있습니다만, 유역문예론적 관점에서 보아도 의미심장한 미학적 내용들을 비닉秘匿하고 있습니다. 이 자리가 '유역문예론-창조적 유기체론'을 밝히는 자리인 만큼, 오늘 이 자리의 대화 주제에 맞는 미학적 요소에 한정해서 소설『토지』에 대해 짧게 얘기하지요. 우선,『토지』를 서구 미학의 핵심적 개념 중 하나인 플롯 개념의 해체와 관련하여 깊이 살필 필요가 있습니다. 제가 보기에, '완결된 이야기 구성'이라는 의미에서 플롯 개념(현대문학에 들어서 '플롯'이 반드시 '닫힌' 개념으로만 쓰이고 있지 않습니다만!)이 근본적인 변화를 하게 된 점, 더욱이 그 완결성의 플롯이 변화되는 과정이 작가의 실험 의식에 의지해서가 아니라, 작가의 창조성(신령함)이 삶 속에서 지기至氣에 이르러 자연스럽게 기화氣化하는, 즉 무위이화無爲而化하는 가운데 진행되고 있다는 점입니다.

유역문예론이 추구하는 작가 저마다의 '근원성根源性'—자재연원—에서 기원起源하는 유기적 문학 형식으로서 소설 플롯 개념의 해산, 소위 사실주의적 상황 묘사를 훌쩍 넘어서는, 생명론적으로 '유기적인' 상황 묘사, 나아가 이러한 창조적 유기체론적 관점에 설 때 자연스럽게 이어지는 소설 형식의 새로운 확장성 문제 등과 깊은 연관성이 있으니까요.

전지자全知者인 작가가 자신의 대리자인 전지칭 화자(내레이터)와 등장인물들 각자가 가지는 다양한 시선視線들을 서로 엮어 짠 거대한 망網을 이루면서도 등장인물들 저마다가 드러내는 세속적 욕망과 사회의식이 서로 부딪히며 만들어가는 심리적 복합성과 다면성을 사실적이고 심층적으로 묘사한 점에서, 대하소설『토지』는 한국소설사에서 단연 최대 걸작이라 할 수 있습니다.

아울러, 제가 보기에,『토지』는 수많은 등장인물들의 섬세하고 역동적인 심리묘사를 통해 서구 미학의 전통에서의 '플롯'—완결성 혹은

'닫힌' 구성으로서의 플롯—이 아닌 '살아 있는 유기체'로서의 이야기 구성—미완결성 혹은 '열린 구성'—을 보여준다는 점에서 '작가 고유의 생명 사상에 따른 이야기 구성의 전범典範'으로 평가할 만합니다. 『토지』의 이야기 구성 문제에는 창조적 유기체론의 관점에서 필히 짚어보고 가야 할 소설 형식적 문제가 있습니다. 그것은 24년간의 집필 시간을 끝으로 『토지』의 긴 이야기를 종결하는 방식에 관한 것입니다. 추측건대, 거대한 그물을 엮듯이 수많은 이야기들이 엮이고 섞이면서, 작가 박경리 선생은 끝매듭을 짓는 것도 생명계의 유기체적 과정 속에서 지어야 한다고 생각했을 겁니다. 그러니까 '플롯의 완결성'을 넘어 '플롯' 너머의 '생명계의 과정'으로서 소설 형식을 전개시킨 것이지요. 그래서 작가 박경리는 소설 형식을 이야기의 끝이 '닫힌' 구조체로 건조하지 않고, 마치 거대한 그물을 짜듯이 무궁한 생명 활동의 '과정'에 있는 수많은 이야기 마디들을 서로 촘촘히 엮고 큰 이야기판을 짜가면서 이야기의 대단원도 비완결적 매듭으로 마무리 지었던 것입니다. 이 점이 중요한데, 왜냐하면, 유역문예론의 소설론적 관점에서 보면, 바로 이러한 유기체로서의 소설의 존재 형식을 통해, 소설은 '열린' 형식으로서—'무위이화無爲而化'의 새로운 형식으로서—이질적인 것들을 적극적으로 수용하고 능동적으로 원융圓融하는 거대한 옹기같이, 품이 넉넉하고 안팎이 두루 유기적인 '새로운 생명론적 형식의 가능성'을 마련하게 되었기 때문입니다. 생성과 소멸을 끊임없이 반복하는 생명계처럼, 이야기 『토지』도 '보이지 않는' 생명 과정으로서 '근원적 시간성'을 깊이 자각하고 있는 것이지요.

요컨대, 창작 과정이 무위이화의 과정에 놓이거나 무위이화의 '현실적 계기occasion'에 놓임으로써, '무위자연스럽게' 창조적 유기체적 성격이 생성되고, 작품 안팎으로 내유신령 외유기화의 기운이 은미하게 드러나게 됩니다.

또한, 대하소설 『토지』가 지닌 유기체적 형식성과 같은 맥락에서, 김성동의 『국수國手』도 작가 특유의 '무위이화의 형식'으로서 그 의미심장한 문학성이 새로이 조명될 수 있습니다.

이 얘기를 하다 보니, 최근에 겪은 흥미로운 일이 떠오릅니다. 어떤 영화 제작자가 김성동의 역작 『국수』를 다 읽어본 후에, 제게 『국수』의 이야기가 언제쯤 끝나게 될 건지를 묻더군요. 그래서 제가 『국수』는 지금 이것으로 마무리된 거예요, 라고 대답했더니 그분은 아리송하다는 표정을 짓더라고요.(웃음) 작가 김성동은 소설 『국수』 이야기를 마무리했다고 손 턴 지가 한참이 지났는데, 그 영화 제작자는 소설 『국수』의 이야기가 아직 끝나지 않은 것으로 판단한 겁니다. 영화는 대규모 스태프진과 자본력에 지배당하는 예술 양식이다 보니, 특히 이야기의 완결도가 높은 플롯을 필요로 하겠지만, 많은 분들이 소설의 플롯을 잘 구성된 하나의 완결성으로 끝내야 한다는 일종의 고정관념에 빠져 있는 게 아닌가 해요.

물론 『토지』와 『국수』의 이야기 마무리 방식에 대해서 의문이나 이론異論의 여지는 얼마든지 있을 수 있습니다. 그렇더라도 이 의문을 플롯에 완결성이 있느냐 없느냐 하는 '완성/미완성'의 문제보다는, 소설 양식을 '어떻게 이해하느냐' 하는 소설론적 문제로 바꿔 생각해야 보다 생산적인 토론이 나올 수가 있습니다. 극단적인 경우입니다만, 유기체론의 소설론으로 보면, 미완성 작품이라 할지라도 작가의식과 의도가 충분하게 투영되어 있는 상태의 미완성작이라고 한다면 굳이 '미완성'이라고 단정 지을 것도 아닙니다. 기존의 플롯 개념은 이야기 구성의 '완성'을 가리키는데, 왜 지금 플롯의 완성/미완성을 새로이 거론해야 하는가에 대한 문제는, 기존의 합리주의적 소설론에 대해 제기하는 도전적인 문제로 이해되어야 합니다. 소설의 합리적 완결성으로서 '닫힌' 플롯[15]은 '창조적 유기체'의 소설론 관점에서 보면 갈등을 일으킬 소지가 많습니다. 자기 유역의 고유성과 전통성을 중시하는 '창조적 작가'는 자기 소설의 창작 방법론을 새로이 추구하는 과정에서 서구 근대의 서사문학의 주류인 '닫힌 플롯'과 갈등할 가능성이 높은 것이죠. 대하소설 『토지』와 『국수』가 보여주는 '열린 구성'(유기체적 이야기 구성) 형식은, 작가 박경리, 작가 김성동이 저마다 체득한 생명론적 세계관을

---

15 여기서 플롯 개념은 '전통적인 의미의 플롯'을 가리키는바, '처음-중간-끝'이라는 인과율적 연관을 가진 '통일체적 구성'을 뜻하는 플롯을 '닫힌' 것으로 간주하고, 이에 대조되는 이야기(소설)의 '열린 구성'을 임의로 '열린 플롯'으로 상정합니다. 전통적인 의미의 '플롯'을 '닫힌 플롯'이라 말한 미학적 배경으로는, 아리스토텔레스의 『시학』 7장 중, 다음 문장을 적어둡니다.

"비극의 여러 가지를 정의하였으니, 다음 논의는 가장 처음이요 가장 중요한 비극의 요소인 사건의 조직이 어떤 형태를 취해야 하는지를 다루는 것이다. 우리는 이미 비극이 완전하고 전체적이며 일정한 크기가 있는 행동의 모방이라고 정의한 바 있다. '전체'라 함은 처음 중간 끝이 있음을 뜻한다. '처음'이라 함은 그전의 어떤 사건과는 필연적 관련이 없지만 자연적으로 다른 어떤 사실이나 사건을 일으킬 수 있는 것을 뜻한다. 이와 반대로 '끝'은 그전의 어떤 사건 다음에 필연에 의해 또는 보편적 법칙에 따라 자연적으로 생기지만 다른 어떤 것이 뒤따르지 않는 것을 뜻한다. '중간'은 앞에 생기는 일과 또한 뒤따르는 일에 인과율적 관련이 있는 것을 뜻한다. 그러므로 잘 고안된 플롯은 임의 지점에서 시작하거나 끝나서는 안 되며 이에서 말한 원칙들을 따라야 한다. 뿐만 아니라, 아름다운 사물은 그것이 하나의 생물이든 또는 여러 부분으로 구성된 물건이든 간에 반드시 질서 있는 조직뿐 아니라 적당한 크기여야 한다. 아름다움이란 크기와 질서에 기초하고 있기 때문이다."(아리스토텔레스, 『시학』, 이상섭 옮김, 문학과지성사, 2005)

문학적으로 뚜렷이 표명한 '유기체적 소설관'의 산물이라는 점을 이해할 필요가 있습니다. 대작가 벽초 홍명희, 이문구의 소설 형식도 여기에 포함할 수 있고요…….

15 문 구체적인 문학작품을 통해 유역문예론에 대해 논의하는 게 좋겠습니다. 가끔 도스토옙스키의 소설을 유역문예론과 연관 지어 이야기하시던데요, 어떤 관련이 있나요?

답 세계적인 문학 이론가들이 흔히 도스토옙스키의 소설에서 창작 방법론적으로 특별히 주목하는 것이 '심리묘사'입니다. 도스토옙스키의 주요 작품인 『악령』의 1부 1장에 이런 대목이 나옵니다.

> 갑자기 한 가지 이상한 생각이, 즉 〈슬픔을 달랠 길 없는 이 미망인이 그에게 무슨 기대를 걸고 있는 게 아닐까, 혹시 상복을 벗을 때쯤에 그의 편에서 먼저 청혼을 해주길 기다리는 건 아닐까?〉라는 생각이 스쩨빤 뜨로피모비치에게 문득 떠올랐다. 냉소적인 생각이긴 하지만, 본디 유기체라는 것이 자꾸 발전되다 보면 이미 그저 발전의 다면성 때문에라도 이따금 냉소적인 생각을 품는 경향이 생기게 마련이다. 그는 깊이 탐구하기 시작했고, 그 결과 그런 것 같다고 생각하게 됐다. 그는 골똘히 생각에 잠겼다.[16]

이 인용문은 도스토옙스키 소설이 보여주는 '극한적 심리묘사'의 비

---

16   표도르 도스토옙스키, 『악령 상』, 김연경 옮김, 열린책들, 2009, 29쪽.

밀을 작가 스스로 약간이나마 밝히는 대목이라고 보아도 무방합니다. "냉소적인 생각이긴 하지만, 본디 유기체라는 것이 자꾸 발전되다 보면 이미 그저 발전의 다면성 때문에라도 이따금 냉소적인 생각을 품는 경향이 생기게 마련이다." 이 대목을 곱씹어보면, 유역문예론이 제기하는 '창조적 유기체'로서의 문학작품이라는 문학적 명제를 어림할 수 있으리라 봅니다! 이야기, 곧 플롯에서 선적인 혹은 인과적인 사건 전개에서 심리적인 회의懷疑, 이탈, 거부 등 사건은 수시로 심리화되고 심리화되면서 무위이화의 지평을 은미하게 드러내지 않습니까?

그런데 이 인용문을 살펴보면, 내레이터(화자)가 누군지 정확하지 않습니다. 작가 스스로 밝힌 의견일 가능성이 높은 대목입니다만, 작중화자(내레이터)일 가능성도 있고, 더욱이는 주요 인물인 스쩨빤 뜨로피모비치일 수도 있습니다. 사실 이러한 화자의 애매모호성은 도스토옙스키의 소설 전반에 걸쳐 나타나는 현상으로 플롯의 논리적 전개의 개연성probability을 훼손하는 주요 요인이라는 저명한 비평가들의 비판이 있어온 것으로 압니다만, 오히려 저는 이런 화자의 불명확성은 도스토옙스키의 소설이 지닌 '소설 미학적 승리'에 속한다고 봅니다. 그 애매한 채로 '은폐된 존재'가 바로 플롯의 전통적 전개를 거부하고 표면적 내레이터의 이면(그늘)에서 '이야기가 저절로 그렇게 흘러가도록' 무위이화의 계기가 되어주니까요.

사실 도스토옙스키의 작품에서 늘 그렇듯이 작중 화자(내레이터)의 목소리는 하나의 목소리로 들리지 않습니다. 위에서 인용한 대목인 "냉소적인 생각이긴 하지만, 본디 유기체라는 것이 자꾸 발전되다 보면 이미 그저 발전의 다면성 때문에라도 이따금 냉소적인 생각을 품는 경향이 생기게 마련이다."라는 내레이션은, 다시 말하지만, 내레이터인 일인칭 '나'의 내레이션인가, 스쩨빤 뜨로피모비치의 목소리인가, 아니면, 작가 도스토옙스키의 목소리인가, 글쎄요, 분명하지 않습니다. 그러나, 이 말은 역설적이게도 도스토옙스키가 전지자인 작가로서 소설 내적 구성에 직접 참여하여 주인공들과 진지하게 대화를 나누는 '다성적多聲的 목소리들'의 지휘자라는 의미를 내포합니다. 무위이화 경지의 주관적 심리-객관적 서사의 이야기들을 곳곳에 풀어놓으면서도, 소위 전지칭 내레이터인 표면적 내레이터와 이야기의 흐름을 주재하는 도스토옙스키의 문학 정신의 작용이, '근원적이고 정신적 존재가 은폐된 채 작용하고 있는 것'으로 해석할 수 있습니다.

방금 지적한 도스토옙스키의 소설에서 작가-화자-주인공 간의 존재 형식은, 가령 톨스토이나 발자크, 스탕달, 모파상 같은 근대소설novel 양식을 확립한 세계적 문호들이 작가 자신에게서 소설 속 화자-주인공들을 분명히 서로 떼어놓고 각자의 영역을 가급적 분리해서 갈라놓는, 가령 비판적 사실주의 소설 형식 등등 수많은 근대소설들의 존재 형식과는 상당한 거리가 있습니다. 달리 말하면, 도스토옙스키의 작품에서는, 작가-화자-주요 등장인물들 간에 분리와 분별이 잘 이루어지지 않는 대목들이 적잖이 나온다는 사실입니다. 즉, 도스토옙스키는 작가가 자신이 '창조한 시공간'을 객관적인 거리를 두고 관찰하고 창조하지 않고, 자신에 의해 '창조되는 시공간' 속에 수시로 직접적으로 참여한다는 것입니다. 물론 '보이지 않는 존재'로 참여하기에 애매합니다만!

그렇다면, 여기서 생산적인 논의를 이끌어내기 위해 작가의 의도를 최대한 존중하는 쪽에서 한 가지 의문을 품어볼 수 있습니다. 즉, 도스토옙스키의 경우처럼 작가가 어떤 이론 혹은 사상을 가지고 있기에 자신이 '창조한 시공간 속으로 직접적이고 동시적으로 참여'하는 소설론적 사유가 나올 수 있는가? 바꿔 말해, 작가 도스토옙스키는 어떤 세계관, 어떤 소설관을 가졌기에 자기 소설 안에서 다성적多聲的인 목소리의 지휘자가 될 수 있었는가.

문예 작품을 통해 작가가 어떤 세계관을 가지고 있는가를 역추적하는 일은 원래가 조심스러울 수밖에 없습니다. 왜냐하면, 작가의 세계관은 소설 형식을 통해서 표현될 때, 일정 부분 의미가 굴절되거나 괴리를 드러내는 것이 보통이기 때문입니다. 진보적 문학 이론가들이 고민했던 저 유명한 '세계관과 창작 방법론상의 괴리' 문제를 떠올리면 이해에 도움이 될 것입니다. 우리가 확인할 수 있는 것은 도스토옙스키의 창작 방법론의 근원에는 어떤 유기체성이 작용하고 있다는 점입니다. 곧, 도스토옙스키 자신의 주요 창작 방법론으로 지적되어온 극한에 가까운 철저한 '심리묘사'는 인간 심리를 유기체적 존재 방식의 표현으로 이해하고 있음을 이 인용문은 여실히 보여주고 있습니다. 특히 작중 시공간 속에서 누군가가, "냉소적인 생각이긴 하지만, 본디 유기체라는 것이 자꾸 발전되다 보면 이미 그저 발전의 다면성 때문에라도 이따금 냉소적인 생각을 품는 경향이 생기게 마련이다."라고—화자의 목소리이든 작중인물의 목소리이든 작가 도스토옙스키의 목소리이든 간에—말할 수 있게 되는데, 바로 이러한 끝없는 관념의 유기체로서 인간관(인생관, 세계관)은 고스란히 도스토옙스키의 문학관을 형성하고, 그 속에서 특히 꼬리에 꼬리를 물고 끊임없이 이어지는 '심리묘사'라는 특유의 창작 방법론이 이어진 것이 아닌가, 하는 생각이 드는 것입니다.

16 문 작가 도스토옙스키는 '심리묘사'를 하면서 작가 자신의 목소리로서 플롯에 참여한다는 뜻인가요?

답 작가도 사람인 한 근원적으로 유기체적인 존재이고 소설 형식도 작가에 의해 창작되는 '창조적 유기체'가 된다는 것을 의미하는 게 아닐까요? '창조적 유기체'로서 소설 창작이란, 작가의 입장에서 보면, 창작하는 이야기도 유기체적 관계 속에서 탄생하는 '창조적 유기체' 성격과 생기를 띠고, 독자 입장에서도, 하나의 유기체적 생기生氣를 숨긴 이야기, 곧 귀신이 들고 나는 스스로 창조적 유기체로서 다가오게 됩니다. 그래서 유기체적 사유와 심리묘사에 숙련된 작가는 소설 플롯에 대해 객관적인 거리에서 지켜보는 위치에 서 있다가도 때로는 플롯 안으로 직접 참여하는 것이라고 볼 수 있습니다. 구체적으로 말하자면, 작가는 잠시 화자(내레이터)를 그의 위치에서 뒤로 물러서 있게 하고 작가 자신이 플롯 안에 내레이터를 대신하여 인물들의 대화 속에 참여하는 것입니다. 연극으로 보면, 무대 바깥에서 무대 안의 배우들에게 연기와 대사를 지시하고 감독하는 작가 겸 연출가의 지위에서 벗어나 몸소 무대 안에 들어가서 배우들과 진지하게 대화를 나누는 존재(보이지 않는 존재)가 되는 것이랄까.

그러니까 작가는 소설에서 정황(연극에서는 무대 상황!)에 능동적으로 참여하는 숨은 존재가 되는 것입니다. 물론 이 때의 작가는 세속적 인간으로서 도스토옙스키가 아니라 작품 창작에 몰두하는 '신이神異한 존재로서 작가' 도스토옙스키를 가리킵니다. 인간 도스토옙스키 안에 감추어진 '자기'인 셈이지요. 바로 이 '작가 도스토옙스키'가 귀신 들린 듯한 생생한 심리묘사와 이를 통한 성격 창조에 능통한 것은, 작가의 개인적 특성이나 천재성 탓도 있지만, 기본적으로 작가가 등장인물에 거리를 둔 절대적 창조자나 감독관의 높은 지위에서 군림하지 않고 주인공들 곁으로 내려와서 그들과 평등하게 진실하고 생생한 심리적 대화를 나누고 있다는 걸 의미합니다.

17 문 『악령』의 주인공 스따브로긴이 악령에 들린 채로 비참한 죽음을 맞이하는 것으로 소설은 결말에 이르게 되는데요, 과연 유기체적 존재로서 주인공이 악령이 들린 존재라는 것이 의미하는 바가 무엇일까요. 달리 말해, '극한의 심리묘사'를 통해 도스토옙스키가 추구한 사상은 무엇일까요.

답 비인간적 이념과 악령에 들린 인간 군상에 대한 문제는 존재의 부조리와 불안 그리고 죽음 앞에 떠는 인간 존재 문제를 '신神'의 존재와 인간의 근원에 대한 형이상학적 문제로 연결 짓게 됩니다. 도스토옙스키의 문학이 슬라브 민족이 처한 부조리한 현실과 정신적 방황 상태를 넘어 마침내 신의 존재 문제를 통한 허무주의 문제로까지 나아간 데에, 도스토옙스키 문학의 인류사적 의의와 세계문학사상 위대성이 있습니다. 이러한 형이상학적 주제의식도, 결국 작가가 집요하게 천착한 인간 심리의 근원과 결부된 영혼(초월적 영성)의 문제에 깊이 연결되어 있습니다.

도스토옙스키가 1869년에 『악령』의 창작 구상에 들어가서 1872년 12월에 소설이 일단 완결되었으나 그 사이인 1870년에 도스토옙스키는 소설의 구조를 대폭 바꿔서 개작했답니다. 개작을 하면서 초고의 주인공으로 삼았던 '악령의 대표' 격인 '뾰뜨르'를 새로운 주인공 스따브로긴의 제자이자 하인으로서 지위를 전락시키는 등 주요 인물들의 관계를 재배치하였다고 하는데, 이러한 사실도 '아이러니irony'의 형식이 기본인 소설에서 악령적 존재의 '심리 탐구'를 통해 존재의 신성神性 혹은 영성靈性 탐구라고 하는, 도스토옙스키 문학의 근원적 주제의식 차원에서 살펴져야 한다고 봅니다.

아무튼 도스토옙스키 문학의 주요 주제들 가운데 무신론 등 신의 존재를 증명하려는 신학적 존재론적인 문제와 니힐리즘 등 인류사적으로 의미심장한 여러 주제들이 있음은 잘 알려진 사실입니다. 사실 이 신의 존재와 그에 더불어 제기되는 니힐리즘 문제를 도스토옙스키라는 작가 개인의 테마로만 한정해서 생각할 필요는 없습니다. 많은 위대한 작가들에게 신의 존재 문제는 저마다의 세계관과 사유 형식을 통해 고뇌하는 문학적 주제였습니다. 그러나 도스토옙스키가 유독 중요하게 부각되는 까닭은 신의 존재 문제를 극한으로까지 치열하게 추구한 심리학자이면서 철학자요, 무엇보다 위대한 문학자였기 때문입니다. F. 니체가 "도스토옙스키는 내가 무엇인가를 배울 수 있었던 단 한 사람의 심리학자"라고 경탄했듯이, 도스토옙스키의 인간 이성의 한계를 넘나드는 극한적이면서도 다면적인 심리묘사는 철학에 머무는 게 아니라, 이성적 한계를 초월하는 문학 형식의 존재 가능성을 열어놓고 있다는 점에서 커다란 의의가 있다고 생각합니다. 헨리 밀러는, 도스토옙스키가 "신을 창조했다."라고까지 극찬을 했는데, 물론 과장된 비유입니다만, 문학 형식의 지평에서 깊이 읽어보면, 신의 창조가 문학 형식 속에 있을 수도 있다는 생각도 듭니다. 이러한 상찬에도 불구하고 도스토옙스키의 문학 정신과 그의 작품이 지닌 유기체적 성격과 의미를 깊이 분석할 필요가 있습니다. 그의 소설이 보여주는 테마를 보면, 신과 인간, 죄와 벌, 악령과 구원 등등 세속 사회에서 인간 마음이 안고 있는 근본 문제들입니다만, 이러한 심리적 주제에 못지않게, 허무와 실존의 상관적 상호작용 속에서 발생하는 생기, 혹은 세심한 심리묘사 속에서 일

260

어나는 무위이화無爲而化의 계기 혹은 기운을 감지하고 주목해야 한다고 봅니다.

도스토옙스키의 소설 창작 방법론에서 가령, 소설의 형식으로서 심리묘사의 속내를 깊이 살펴보면, 인간의 세속적 심리 속에 존재하는 심층 심리의 어떤 '가능성'으로 인간의 보이지도 들리지도 않는 신적 목소리 혹은 신적 존재 지평이 '존재 가능성'으로 열리게 된다고도 할 수 있는 신묘한 생각들이 떠오르곤 합니다. 그의 후기작 중 『악령』 3부작의 3부 6장에 보면, 솔직한 성품의 '편집광'이면서 무신론자에 가까운 끼릴로프라는 주요 등장인물이 이 작품 안에서 가장 악질적 살인자이자 무신론자이며 결사조직 '5인조'의 지도자 격인 뾰뜨르 스쩨빠노비치와 대화하는 장면이 나옵니다. 이미 뾰뜨르는 샤또프라는 건축기사를 조직원들과 살해한 직후에 끼릴로프에게 죄를 뒤집어씌우기 위해 그의 집에 찾아갔는데, 이 상황에서 둘이 나누는 대화를 살펴볼 필요가 있습니다. 끼릴로프는 무신론자인 뾰뜨르에게 "신은 필수 불가결한 거야, 필수 불가결하기 때문에 존재해야만 하지."라고 말하면서도, 곧이어, "그러나 난 신이라는 것이 있지도 않으며, 있을 수도 없다는 걸 알고 있어."라고 말한 후, "이런 두 사상을 가진 인간이라면 계속 살아갈 수 없다는 걸 모르겠어?"라고 반문하여, 끼릴로프 자신이 '자살'하게 되리라는 암시를 악령자惡靈者 뾰뜨르에게 건네는 대목이 나옵니다. 이 대목은 신의 존재 문제, 나아가 러시아 혁명 전 지식인 사회를 휩쓴 니힐리즘에 대한 해석 문제에 있어서 어떤 실마리가 되는 대화문이라는 점에서 중요합니다. 끼릴로프는 스따브로긴이나 뾰뜨르 같은 악령에 씐 무신론자들 그룹에 속하면서도, 즉 이러한 무신론적 또는 유물론적 확증적 인식이 지배하는 당시 지식인 사회의 특성적인 (러시아의 짜르 체제에 저항하는 반봉건적인, 혁명적인) 지적 풍토와 혁명의 조짐이 서서히 성숙되어가던 시대 상황에 상응하는 인물이면서도, 무신론적 니힐리즘을 지적으로 고뇌하며 이념적으로 극복해가는 존재로서 창조된 인물이라고 볼 수 있습니다. 끼릴로프가 대표적 악령적惡靈的 존재인 뾰뜨르에게 "네놈은 비열한이야, 네놈은 기만적인 두뇌에 지나지 않아. 나도 너 같은 놈이지만, 그러나 난 자살을 하고 네놈은 여전히 살아 있게 되겠지." 라고 쏘듯이 말하는 것도 무신론으로 휩쓸리는 한편으론, 무신론의 아이러니로서 악령들이 창궐하는 현실계를 비판하는 작가의 세계관으로 해석할 수 있습니다. 과연 무신론을 무엇으로 어떻게 극복하는가, 또는 무신론적 허무주의 속에서 신의 존재를 인간의 자의지自意志(또는, '자율의지')를 통해 찾아야 하는 존재론적 고뇌를 드러낸 대화로 볼 수 있지요. 그러니까 끼릴로프는 무신론과 유신론 간의 모순에서 빚어진 정신적 갈등을 해결하지 못하는 한, '자살'로서 인생을 끝내야 한다는, 러시아적 근대정신의 아이러니를 표현한 인물이라 할 수 있습니다.

『악령』에서 중심적 주인공인 무신론자이자 니힐리스트로서 스따브로긴은 온갖 악행에 연루되어 살다가 결국 자살하고 맙니다. 또 다른 주인공이랄 수 있는 끼릴로프도 악령에 씐 뾰뜨르 조직에게 살해당하는 것으로 암시되어 있지만, 작가 도스토옙스키가 '신의 존재' 화두를 해결하는 데에 직접적으로 내세운 인물은 세속적이면서도 천진난만한 마음의 소유자인 끼릴로프였습니다. 끼릴로프는 무신론자로 나오지만, 신의 부재와 존재에 대해 애매모호하고 모순되는 듯한 언행을 보입니다. 악령적 존재인 뾰뜨르는 샤또프를 살해한 뒤 끼릴로프에게 살인 누명을 덮어씌우려 모략을 꾸미기 위해 끼릴로프의 집을 찾아가는데, 그곳에서 다음과 같은 대화가 이어집니다.

샤또프가 들어섰을 때, 끼릴로프는 여전히 방 안의 이 구석 저 구석을 왔다 갔다 하고 있었는데, 어찌나 얼이 빠졌던지 샤또프의 아내가 왔다는 사실도 잊어버렸고, 무슨 얘기를 들어도 제대로 알아듣지 못했다.

"아, 그렇지." 그는 자신을 완전히 열중시킨 어떤 관념으로부터 아주 순간이나마 힘겹게 떨어져 나오듯, 갑자기 기억해 냈다. "그래요……, 할멈이…… 아내든가 할멈이든가? 잠깐만요, 아내와 할멈이죠, 예? 기억 나요. 갔다 왔는데, 할멈이 오긴 하겠지만, 단 지금은 아닙니다. 베개를 가져가요. 뭐 또? 그래…… 잠깐만요, 샤또프, 당신에겐 종종 영원한 조화의 순간들이 있습니까?"

"이봐요, 끼릴로프, 더 이상 한밤중에 잠을 자지 않는 일이 없도록 해요."

끼릴로프는 정신이 번쩍 드는지—이상한 노릇이다—심지어 그의 평소 말 습관보다 훨씬 조리 있게 말을 하기 시작했다. 벌써 오래전부터 이 모든 것을 공식처럼 만들어놓은 것이 분명했고, 어쩌면 기록을 해뒀는지도 모를 일이다.

"몇 초의 순간이죠, 그것들은 다 합쳐도 고작해야 5초 내지 6초밖에 안 되지만, 당신은 갑자기 완전히 성취된 영원한 조화의 존재를 느낍니다. 이건 지상의 것이 아닙니다. 내 말은 그것이 천상의 것이란 얘기가 아니라, 인간이 지상의 모습으로는 견뎌 낼 수 없는 어떤 것이란 얘기입니다. 물리적으로 변화를 하든지, 아니면 죽어야 합니다. 이건 선명하고도 논란의 여지가 없는 감각입니다. 당신은 갑자기 자연 전체를 느낀 것처럼 갑자기 말을 합니다, 그래 이것이 진실이다라고. 신이 세계를 창조하면서 창조의 하루가 끝날 때마다 말했죠,

'그래 이것이 진실이다. 이것 참 좋군'[17]이라고. 이건…… 이건 감동이 아니라 그저 그냥 기쁨입니다. 당신은 아무것도 용서하지 않습니다. 왜냐하면 더 이상 용서할 게 아무것도 없기 때문에. 당신은 사랑을 하는 것이 아니라, 오—이건 사랑보다 더 높은 것입니다! 무엇보다도 끔찍한 것은 이러한 기쁨이 너무도, 끔찍할 정도로 선명하다는 점입니다. 만약 5초 이상 지속된다면, 그러면 영혼은 더 이상 참지 못해서 사라져버릴 것이 분명합니다. 이 5초간 나는 삶을 사는 것이고 이 5초를 위해서라면 내 삶 전체를 내줄 겁니다, 왜냐하면 그만한 가치가 있기 때문입니다. 10초를 참아 내기 위해선 물리적으로 변화해야 합니다. 난 인간이 출산을 멈춰야 한다고 생각합니다. 목표가 성취되었다면 아이가 무슨 소용입니까, 발전이 무슨 소용입니까? 복음서에는 부활 때에는 출산을 하지 않고 신의 천사처럼 될 것[18]이라고 씌어져 있습니다. 암시죠. 당신의 아내가 출산을 하고 있다고요?"

"끼릴로프, 그런 순간이 자주 찾아옵니까?"

"사흘에 한 번씩, 일주일에 한 번씩."

"당신한테 간질이 있는 건 아니오?"

"아니오."

---

17 『악령』 번역자인 김연경의 주석을 옮기면 다음과 같습니다.
  "「창세기」 1장 2~30절. 창세기엔 '진실'이라는 단어는 나오지 않고, 예를 들어, '그 빛이 하느님이 보시기에 좋았다'(「창세기」 1장 4절)에서 알 수 있듯이, '좋았다'가 반복된다."

18 다음은 번역자 김연경의 주석입니다.
  "성서를 염두에 두지 않았더라면 '부활 때에는'을 '일요일'로 옮기는 것이 맞을 것이다. 복음서에는 '부활한 다음에는 장가드는 일도, 시집가는 일도 없이 하늘에 있는 천사들처럼 된다(「마테오의 복음서」 22장 30절)'라고 되어 있다."

"그렇다면, 생길 거요. 조심해요. 끼릴로프, 난 간질이 바로 그렇게 시작된다는 얘기를 들은 적이 있어요. 어느 간질 환자가 내게, 간질 발작 직전의 그 예비적인 감각을 상세하게 묘사해준 적이 있는데, 꼭 당신 같았어요. 5초, 그도 꼭 그렇다고 했고, 더 이상 견딜 수 없다고 말했어요. 물 주전자에서 물이 흘러 나오려는 찰나에 마호메트는 자신의 말을 타고 천국을 질주했다죠.[19] 물 주전자—이것이 바로 그 5초를 말하는 겁니다. 당신의 그 조화와 너무도 비슷한데, 마호메트는 간질 환자였거든요. 조심해요, 끼릴로프, 간질이에요!

"이미 글렀군요." 끼릴로프는 조용히 미소를 머금었다.(『악령 하』, 910~912쪽)

『악령』 중에서도, 이 인용문은 도스토옙스키의 문학적 천재성과 테마의 심오함을 은닉하고 있습니다. 『악령』의 중심적 주인공인 스따브로긴, 뾰뜨르 스쩨빠노비치, 악당 '5인조' 등 주요 등장인물들은 무신론자에 허무주의자(니힐리스트)들로 그려지지만, 끼릴로프만큼은 무신론자에 가까우면서도 무신론이라 하기엔 뭔가가 애매모호합니다. 그것은 그의 존재 안에 신의 부재를 드러내면서도 신의 빈자리를 '자의지自意志

---

19 역시 번역자 김연경의 주석은 다음과 같습니다.
"이슬람의 전설에 따르면, 어느 날 밤 수旨천사 가브리엘이 날개로 물 주전자를 잘못 건드리는 바람에 잠에서 깬 마호메트는 예루살렘을 여행하고, 하늘에서 신·천사·예언자들과 담화를 나누고, 유황 지옥을 보았다는데, 이 모든 일이 흔들리는 물 주전자가 원래대로 정지하는 데 소요되는 아주 짧은 시간 동안에 일어났다고 한다. 마호메트 얘기와 더불어, 간질 발작 직전의 우주적인 조화의 순간에 대해선 『백치』에 아주 자세히 언급된다. 주지하다시피, 도스토옙스키 자신이 간질 환자였고, 그의 작품엔 간질 환자가 자주 등장한다."

('자율의지')'로 채우려는 문제, 즉 신의 자리를 인간의 자의지로 대신하려 하는 인신人神 사상을 은근히 드러내기 때문에 그냥 무신론자로 분류할 수 없는 것입니다. 제가 보기에, 도스토옙스키의 문학적 주요 테마로서 인신人神 사상은, 그 내용은 문학의 층위와 종교의 층위라는 서로 다른 해석의 차원 문제가 가로놓여 있습니다만(즉, 도스토옙스키의 소설은 소설의 본래적 형식인 아이러니를 통해 작가의 세계관과 종교관을 드러냅니다만), 결과론적으로 보면, '가장 신령한 존재' 또는 '시천주'의 인간 존재론과 서로 부분적으로라도 비교될 필요가 있습니다. 적어도 러시아의 인신 사상과 동학의 시천주 사상은 그 종교철학적 뿌리가 서로 다를지라도, 신의 존재에 대한 인간의 존재론적 사유 차원에서 서로의 이질성과 공통성을 비교 분석하고 공유할 필요성이 있습니다. 유역문예론의 넓은 시야에서 보면, 러시아 문학 전통도 하나의 고유한 '유역流域'으로서 독특하고 풍요로운 유역적 전통을 지니고 있고 세계 곳곳의 '유역문학들'이 함께 나눌 유익하고 긍정적인 특성들을 가지고 있을 테니까요.

제가 러시아의 문학 사상에 과문합니다만, 도스토옙스키의 인신 사상의 말단末端이나마 살펴볼 필요가 있겠습니다. 그 까닭은 유역문예론의 존재론적 기초인 이성적 존재를 넘어 가장 신령한 존재로의 존재론적 전환의 문제를 조금이나마 살펴보고자 하는 의도에서입니다.

도스토옙스키가 자신이 창조한 인물들 중에서 특히 끼릴로프라는 인물의 관념을 통해 일종의 문학적 아이러니 형식으로서 이 인신의 문제를 답변하고 있는 것에 주목할 필요가 있습니다. 인신 사상이라는 도스토옙스키의 철학적 주제의식이 문학적 아이러니를 통해 심오하고도 탁월한 '심리적 인간 존재'를 창조했다는 사실은 유역문예론의 관점에서는 매우 심대한 의미가 있을 뿐 아니라 창작 방법론상의 전범적 사례라고 봅니다. 우리가 배울 바는, 바로 도스토옙스키의 다면적이고 복합적이며 극한적인 심리 탐구를 통해 '인신人神적 존재 가능성'의 지평을 얼핏이나마 보여주는 그 문학적 경지에 관한 것입니다.

『악령』에서 등장인물 끼릴로프의 존재와 사유를 통해 인간 존재와 신적 존재와의 관계에 관한 도스토옙스키의 사유를 엿볼 수 있을 듯합니다. 끼릴로프는 신의 존재를 긍정하지 않고 '신의 부재를 긍정한다'고 볼 수 있습니다—끼릴로프 마음속의 신神 관념이, 앞에서 말한 바처럼, 신(진리)에 이르는 사유 논리로서 '비유비무非有非無' 사유 상태임을 보여줍니다. 즉 '부재하는 신'의 부재성을 그 자체로서의 존재성으로서 가지고 있는 마음 상태인 것입니다. 신의 부재로 인한 빈자리를 느끼고 있는 것입니다.(非有非無) 그래서 끼릴로프는 그 신의 빈자리에 '자의지自意志'(또는 자율의지自律意志)를 대신 앉히게 되는 것이지요. 이렇게 함으로써 무신론과 러시아적 허무주의는 인간 의지의 자율성과 능동성에 의해 극복의 계기를 마련합니다.

어쨌든, 앞에서 창조적 유기체론의 사유 논법으로서 '비유비무' 등등에 대해 잠시 얘기했습니다만, 신의 존재가 아니라 신의 부재와 부정否定을 화두로 삼는 것입니다. 정확히 말하면, 신의 존재/부재는 알 수 없음으로 불연(不然, 즉 알 수 없음)을 화두로 삼음으로써, 불연을 통해 기연其然 즉 알 수 있음으로 변하게 하려는 사유 논리를 동원하는 것입니다. 가령, 지금 우리는 만산홍엽의 가을을 맞이하는 중인데, 자연은 온통 그 자체로 신의 자취입니다. 신은 알 수 없지만 신의 자취를 통해 신을 가정해보는 것입니다. 신은 알 수 없는 존재이지만, 신의 자취를 통해 알 수 없음을 알 수 있음으로 바꾸어놓는 것이지요. 그러니까 '신의 부재'를 통해 '신의 존재'를 증명하는 것입니다. 그래서 '신의 부재'

의 존재(非有非無)를 사유하는 과정에서 직관(지혜, 반야)으로서 신의 존재를 깨닫는 것입니다. 앞에서 끼릴로프의 말 중에서, 특히 "몇 초의 순간이죠, 그것들은 다 합쳐도 고작해야 5초 내지 6초밖에 안 되지만, 당신은 갑자기 완전히 성취된 영원한 조화의 존재를 느낍니다. 이건 지상의 것이 아닙니다. 내 말은 그것이 천상의 것이란 얘기가 아니라, 인간이 지상의 모습으로는 견뎌 낼 수 없는 어떤 것이란 얘기입니다. 물리적으로 변화를 하든지, 아니면 죽어야 합니다. 이건 선명하고도 논란의 여지가 없는 감각입니다. 당신은 갑자기 자연 전체를 느낀 것처럼 갑자기 말을 합니다, 그래 이것이 진실이다라고"라는 말은 신이 인간의 '순수 자율의지' 안에 존재할 수 있는 가능성에 대해 공감하게 합니다. 무신론의 아이러니로서 신의 존재를 요청하는, 곧 '신의 부재'를 자각(非有非無)하고 자의지自意志로서 신의 존재 가능성을 찾아가는 끼릴로프.

도스토옙스키의 근원적 사유가 경이롭고 위대한 이유는 그것이 인간의 구체적 삶과 '심층 심리'와 생기로운 언어 속에서 관철되는 사실적인 문학의 아이러니를 통해 탁월하게 형상화되고 있는 데에 있습니다. 특히 '신의 부재'를 천명하면서도 인신人神의 존재 가능성을 찾아 헤매는 인물 끼릴로프는 착하고 천진난만한 존재이기 때문에 '어눌한 말투'를 쓰는 인물로 나오는데, 이를 보면, 존재의 근원으로서 신의 언어는 이성적이고 합리적인 언어가 아니라 천진난만한 어린이의 언어 같다는, 즉, 신의 언어는 '침묵'에서 흘러나오는 인신적 존재의 언어라는 사실을 보여주는, 문학 언어에 대한 작가 도스토옙스키의 심오한 각성을 극적으로 보여줍니다.

18 문 유역문예론을 펼치는 데 있어서, 도스토옙스키 소설 『악령』을

동학의 '최령자' 사상을 비교하여 설명될 수 있는 문학적 텍스트로 삼은 선생님의 사유 배경, 또한 유역문예론의 소설 창작 방법론의 뛰어난 모범으로 삼는 까닭이 이해됩니다.

답 도스토옙스키 소설에서 배울 바는, 유기체론적 소설론 관점에서 작가-화자-주인공 간의 '유기적 관계' 문제('열린 플롯'과 연결된!)와 신의 유무에 관련하여 '심리묘사'를 통한 신의 존재 증명 문제입니다. 제가 보기에, 도스토옙스키의 소설에서 작가-화자-주인공들 간의 관계는 창조적 유기체론의 관점에 많은 시사점을 안겨주고, 치밀하고 극한에 이르는 심리묘사는 '무신론적인 신적神的 존재론' 문제를 해결하는 서사 과정으로서 밀접한 연관성이 있어 보입니다. 이러한 문제의식을 갖게 된 배경에는 앞에서 얘기한 '최령자'로서의 존재론과의 문학적 연관성을 도스토옙스키 문학에서 찾으려는 비평적 의도가 있습니다. 유역문예론의 관점에서 보면, '최령자'로서 작가는 자기[20]가 무위이화(造化)의 중심에 설 수 있는 정신Psyche의 소유자입니다.

19 문 특히 작가-화자-주인공 간의 존재론적 관계를 새로이 성찰하는 일은 근대적 개인주의 소설론을 극복하기 위해서는 예민하고도 중요한 문제일 듯합니다.

---

20 칼 융C. G. Jung의 용어로서 '자기(self, Selbst)'는 어둡고 부정적인 무의식의 내용들을 성찰하고 의식계에로 이끌어 실현하는 심리적 존재. 여기서 '정신Psyche'은 무의식계와 의식계를 두루 통관하고 통일하는 능력을 지닌 심리적 존재를 말합니다.

답 작가-화자-주인공 간의 존재론적 관계를 새로이 정립하는 것은 유역문예론의 존재론적 사유와도 상응하는 대목입니다. 근대소설novel이 성장하던 초기라 할 수 있는 18~19세기에 활동한 대문호들의 주요 작품들을 비교해가면서 이 문제를 성찰할 필요가 있습니다. 도스토옙스키의 소설에서 화자의 시점 변화에 논리적 일관성이나 개연성이 없다는 인상을 받는 것은 시점의 비일관성에서 오는 것이라기보다, 플롯의 바깥에 있는 작가가—곧 세속인 도스토옙스키와는 다른 차원으로 변이된, 창작에 몰두하는 신이한 존재로서의 '작가 도스토옙스키'[21]가 플롯의 정황situation에 참여하는 '유기체적' 소설 구성 형식에 그 원인이 있다고 생각합니다. 다시 말해, 작가, 즉 세속적 차원에서 벗어나 창작에 임하면서 탈세속적으로 변이된 존재로서의 작가는 때때로 화자(내레이터)와 주인공들이 연기하고 대화를 나누는 플롯의 시공간 안, 즉 플롯의 내적 존재가 되곤 한다는 사실을 이해해야 한다는 것이지요.(이는 작가와 작품 간의 문제만이 아니라 작품과 독자 간의 문제이기도 합니다.)

하지만 이러한 작가와 작중 화자 간에 시점 변화가 교대로 이뤄진다는 것은 주인공들이 가지고 있는 내적 관념 표현의 생생한 현장성(또는 현재성)과 동시성을 가져오는 긍정적 요인으로 작용하여 오히려 이러한 작가-작중 화자 간에 이루어지는 '이중적二重的 내레이터(화자)'는 도스토옙스키 소설의 중요한 특징으로서 주목됩니다. 이중적 내레이터는 일인칭 화자 시점이 작중인물 중 하나인 '나'라고 한다면, 그 뒤에 있는 작가의 시점은 '나'의 곁에 그림자처럼 존재하는 '전지자 시점'으로서 소설 내 화자-주인공 간의 관계에 시의적절하게 개입할 수 있는

---

21   도스토옙스키의 정신Psyche, Geist 혹은 자기Selbst의 화신化身으로서 '작가'를 가리키며, '은폐된 내레이터'로서 작품에 나타납니다.

또 하나의 '외부의 내레이터'입니다. 그러니까, 주인공의 관념적 존재의 크기와 정도가 상대적으로 압도적인 경우, 즉 도스토옙스키의 소설 창작 방법론에서 작가는 플롯 바깥에서 플롯 안을 지켜보다가도 수시로 소설 플롯-정황 속의 존재로 참여하는, 내레이터의 곁에 선 또 하나의 '이야기꾼' 역할을 수행하고 있다는 것입니다.[22]

'소설 창작에서 작가의 존재' 문제에 대한 이해를 돕기 위해 다른 위대한 작가들을 예로 들어 비교하면, 톨스토이, 스탕달, 발자크 등등 대부분의 리얼리스트들을 포함한 노블리스트novelist들은 '전지자全知者'인 작가 자신이 만든 주인공이 활동 중인 특정 시공간 곧 플롯이라는 소설 무대를 객관적 거리를 두고서 지시하거나 감독하는 창조주의 위치에 있습니다.

비유적으로 말하면, 도스토옙스키는 작가로서 자신이 만든 시공간의 무대 안에 들어가 등장인물들과 함께 그들의 생활 속에서 그들의 심리 상황에 대해 '직접적이고 동시적으로' 대화를 나누는 존재라고 한다면, 톨스토이, 스탕달 등 리얼리스트들은 자신이 만든 주인공들이 생활하는 시공간의 무대 밖에서 '객관적 거리를 두고서' 감독하고 일방적으로 지시하는 존재라고 할 수 있습니다. 후자의 작가들의 경우, 주인공이 생활 중인 시공간(플롯) 앞에 작가 자신이 넘나들 수 없는 유리벽을 친 채 투명한 유리벽을 통해 지시 감독하는 존재인 반면, 도스토옙스키는 유리벽을 제거한 채 주인공의 숨소리가 들리는 시공간 안으로 적시 적소에 들락거리면서 주인공들과 내면 상황을 살피며 같이 호흡하며 속 깊은 대화를 평등하게 나누는 것이 서로 다른 점입니다.

22　판소리에서와 같이, 노래꾼이면서 동시에 이야기꾼인 소리꾼이 플롯을 이끌어 가는 경우를 연상해봅시다.

20 문 작가가 만든 시공간의 무대 앞에 놓인 투명한 유리벽을 통해 작가가 지시하고 감독하는 것과, 유리벽 없이 작가 자신이 만든 시공간의 무대 안에 들어간다는 것은 어떤 차이가 있을까요?

답 자신의 주인공을 투명한 유리벽 바깥에서 조종하는 작가와, 주인공이 속해 있는 시공간 안에서 주인공이 처한 정황situation과 심리 상태를 바로 곁에서 함께 지켜보며 공감하는 작가와의 차이는 천지天地 차差입니다. 우선, 유리벽을 통해 주인공의 심리와 시공간적인 상황을 조종하는 작가의 경우엔, 일정한 거리를 두고 주인공이 처한 심리 및 정황을 객관적으로 서사하는 것에 초점을 맞추게 되고, 이는 주·객 간 분리를 통한 이원론적 대립을 전제로 하는 창작 방법을 선택한다는 걸 뜻합니다. 반면에, 도스토옙스키의 경우는 작가와 플롯 간의 이원론적 대립을 수시로 무화無化시키고 작가 스스로 플롯 안에 참여함으로써, 주인공들의 곁에서 혹은 정황 안에서 보다 세심하고 '생생한 사실성으로 교감'하는 동시에, 작가는 플롯의 정황에 몸소 참여함으로써 직접성과 동시성으로서 섬세하게 인물의 심리를 포착하여, 보다 생동감 있는 묘사에 이를 수 있었던 것이지요. 제가 보기에, 이 점이 도스토옙스키 소설 『악령』의 형식적 특성, 즉 창조적 유기체적 존재로서의 작가의 특성입니다.

아직, 작가-화자(내레이터)-주인공 간의 관계 설정 문제는 소설론적으로 보면, 작중 화자의 인칭별 시점에 따른 분류 수준(일인칭 주인공 시점, 일인칭 관찰자 시점, 3인칭 관찰자 시점, 3인칭 전지자 시점)에서 머물러 있습니다만, 도스토옙스키는, 작품의 외부에서 전지적 작가로서 내레이터와 주인공을 독점하는 것이 아니라, 작품 내부에서 내레이터와 더불어 관찰자적이고 때론 전지자적 존재로서 플롯 안에—정확히는 '정황(情況, situation)' 안에서, 내레이터와 주요 인물들과 서로 평등하고 유기적인 관계를 맺는 존재로서 참여합니다. 다시 말해, 작가는 소설 속 주요 존재들인 내레이터와 주인공들과 마찬가지로, 작가의 보이지 않는 신이한 존재 또는 그런 존재감으로서 소설 속 존재들과 어울리는 것입니다.

이는 작가 도스토옙스키가 소설의 등장인물들을 작가와 객관적 거리를 둔 인식론적 대상으로서 상대하는 게 아니라, 작가-화자-주인공들 간에 유기적으로 연결된 상보적 상관관계를 맺고 있는 유기체—이때의 유기체는 대부분 '보이지 않는 유기체'입니다만!—로 인지하고 있기 때문에 가능한 것이 아닐까요. 자신이 창작하는 소설 작품 안에서 '보이지 않는 작가'가 '특별한 존재'로서, 내레이터를 곁에서 돕고 또 주인공에게 깊은 관심을 쏟고 적극 교감交感하며 대화하는 것입니다.

여기서 '문체의 성격' 문제가 제기됩니다. 왜냐하면, '작가가 특정 시공간의 현장에서 직접적이고 동시적으로' 등장인물들 간의 대화를, 작은 목소리까지를 엿듣고 있는 마당에, 정황 속의 주인공들과 깊이 교감하는 작가의 문체가 이른바 '공식적 언어' 혹은 '표준어' 일색일 수는 당연히 없겠기 때문이지요. 그러므로 이때 중요한 점은 작품 속 진행되는 시공간, 즉 '정황'이 소설 창작 과정에서의 주어(S)라는 사실입니다. 창작을 진행하는 과정에서 작가의식과 문체의식의 합일이 중요하게 떠오를 수밖에 없는 것이고, 도스토옙스키의 주인공들의 생동하는 심리 세계와 문학 언어(문체)의 직접성과 동시성은 바로 여기서 나온다고 볼 수 있습니다.

어쨌든 작가가 플롯의 시공간과 맺는 여러 직간접적인 관계에 따라 소설의 문체도 깊이 고려될 수밖에 없을 듯합니다.

되풀이하는 말이지만, 문체론적으로 보면, 공식적公式的 문법은 대화의 추상화로 흐를 공산이 커 가능한 사용하지 않게 되고, 작가가 소설의 생동감 있는 정황을 직접 듣고 살피는, 시공간의 직접성과 동시성 속의 생생한 '목소리'가 주어主語인 구어口語 중심의 문체가 나올 수 있었던 것이지요. 플롯의 정황에 참여하는 특별한 작가의 존재론적 입장에서는, 자신이 창작을 진행하는 과정에서 작가의식과 문체의식의 합일 문제를 중요하게 생각할 수밖에 없는 것이고, 바로 도스토옙스키의 주인공들의 심리와 문학 언어의 직접성과 동시성은 이러한 작가 자신의 '존재론적 선택'에서 나온다고 볼 수 있습니다. 그러므로 이때 소설 작품 속에서 진행되는 시공간적 정황situation이 소설 창작 과정에서의 주어(S)라는 사실을 인식하는 것이 필요합니다. 즉, 소설 『악령』에서 도스토옙스키의 문체는 바로 '정황이 그 자체로 살아 있는 주어主語'였던 것입니다. 그래서 이야기의 시공간이 동시성과 직접성으로 나타나는 생동하는 문체—주인공의 살아 있는 심리 그 자체인 생생한 목소리(심리묘사), 작가의 직접 참여로 인해 들려오는 여러 인물들이 나누는 대화 소리들, 그 특유의 다성성多聲性을 은닉한, 작가의 특별한 구어체적인 문체가 나온 것이라고 생각합니다.

21문 플롯을 사이에 두고 작가가 어떤 지위와 역할을 하고 있는가 하는 소설의 창작 방법론적 문제의식이 신선하다는 느낌이 우선 듭니다. 하지만, 도스토옙스키 외에 작가-내레이터-주인공이 유기적 관계에 놓인 다양한 예들이 더 많이 제시되고 깊이 분석되어야 하는 비평적 과제가 있을 듯합니다. 또 다른 세계문학사상 주요 작가 혹은 걸작들을 한

두 가지 예로 들 수 있나요?

　답　아직 읽는 중입니다만, 마르셀 프루스트(Marcel Proust, 1871~1922)
의『잃어버린 시간을 찾아서』를 틈틈이 읽어가면서 '창조적 유기체로
서 소설 존재'에 충분히 상통하는, 수많은 흥미진진한 지점들을 찾을
수 있었어요. 드러난 플롯으로만 보면, 일인칭 주인공 화자 '나'의 시점
으로 쓰인 소설 형식입니다만, 그 안에는, 작가 프루스트인 '나'가 있고,
플롯 안의 '나'가 있습니다. 적어도 '나'는 화자인 나 외에도 전지자인
작가로서 '나', 플롯 속의 '나'가 있는 것인데, '기억'의 차원에서 보면,
'나'는 더 나뉠 수 있습니다. 유기체적 존재의 차원에서 보면, 모든 생명
체는 자기 분열, 세분화하는 과정을 통해 성장하고 풍요로워집니다. 이
러한 유기체적 존재의 형식을 통해 잃어버린 '시간'은 '나'의 존재론적
분열, 세분화를 통해, 풍요로운 창조성의 시간으로 바뀝니다. '존재들
의 경이로운 시간성'을 체험하게 되는 것이지요. 독자들은 독서하는 동
안 시종일관 '문학 언어'의 지평 위에서—풍요로운 시간성을 생산해내
는 '시간의 근원성', 또는 '근원의 시간성'을 지각하게 되는 것! '기억'
이나 '시간'은 저 스스로 존재하지 이성이 기억이나 시간의 주인은 아
닙니다. 기억은 이성에 의한 '기억함'과 '기억'이 저 스스로 '기억남'이
동일한 지평에서 일어나는 것입니다. 존재론적으로 표현하면, '기억한
다'는 것은 '기억'이라는 존재를 기억하는 것입니다. '기억난다'가 이미
'기억한다'에 동시에 작용합니다. 이렇듯 '기억'이나 '시간'은 의식과
무의식, 이성과 초이성이 유기적으로 연결되어 있습니다. 그래서 마르
셀 프루스트의『잃어버린 시간을 찾아서』에서, '유기체적 시간성'을 감
지하게 되지 않나요? 기억을 인위적으로 조작하는 것이 아니라 시간이

저 스스로 현현하며 연결되는 '무위이화의 기억'은 이러한 기억에 대한 근원적 사유를 통해서 비로소 '나타날 수' 있습니다. '기억'이라는 형식을 통해 '시간'은 살아 있는 유기체같이 저 스스로 끊임없이 분화하고 생성 소멸을 거듭하며 '이야기를 창조'하고 있으니까요.

짧은 예를 하나 들어보죠. '몸의 기억'이 '기억의 몸'으로 바뀌는 과정을 보여주는 대목이 있습니다. 기억이 합리적·물리적 시간을 더듬어 가다가 어느덧 이질성의 낯선 기억 상태로 들어섭니다. 이때 문학 언어가 이성에 의한 작위를 따르지 않고, 마침내는 기억이 주체가 되는 어떤 초이성적 언어가 되는 것을 엿보게 하는 대목들이 있습니다. '몸의 기억'이 '기억의 몸'으로 바뀐다는 것은 그 자체로 유기체적 시간성을 가리킵니다. '기억'은 스스로가 '기억'하면서 자신의 생생한 형체('유기체'로서의 '기억의 몸')를 만들어가는 것입니다. 마치 위의 도스토옙스키가 『악령』에서 어떤 관념이나 심리도 '유기적 다면체'로서 세밀하게 나누듯이 형상화했듯.

M. 프루스트의 작품은, 물리적 시간을 거슬러 가다가 어느덧 기억이 스스로 사유하면서 세분화細分化하는 과정 속에서 새로운 기억의 형체를 만들어냅니다. 마치 씨가 뿌리를 내리고 뿌리가 줄기가 되고 많은 가지들을 키워내고 마침내 무성한 잎새들과 꽃과 열매를 맺은 풍요로운 나무로 성장하듯이. 하나의 근원은 분화를 거듭하여 풍성한 유기체적 순환 과정을 낳습니다. 이 하나의 '근원'에서 연원하는 유기체적 과정을 이성적으로 증명할 수 없는 것은 자명합니다. 이것이 만물의 존재성과 시간성에 관한 유기적인 사유와 감각에서 나온 것인 한, 유기체적인 다면적·복합적·과정적 사유와 감각에서 애매모호성은 오히려 당연한 권리에 속하는 것입니다. 『잃어버린 시간을 찾아서』 1부에서 다음

대목을 보죠.

(1) 그 모든 사람들 중에서 "시골에서 방 안에 갇혀 지내는 것은 참 서글픈 일이다."라고 말씀하시는 할머니만은 예외였다. 할머니께서는 비가 많이 오는 날에는 밖에 나가지 말고 방에서 책이나 읽으라고 날 몰아내는[23] 아버지와 노상 말다툼을 하셨다. "그렇게 한다고 해서 애가 튼튼하고 활발해지는 것은 아니라네." 하고 할머니는 침통하게 말씀하셨다. "특히 이 아이에게는 힘과 의지가 필요하다네." 그럴 때마다 아버지는 어깨를 으쓱하며 기압계를 바라보셨다. 아버지는 기상학을 좋아하셨다……. 그러나 할머니는 모든 날씨에, 이를 테면 비가 억수처럼 쏟아져 프랑수아즈가 저 귀중한 버드나무 팔걸이 의자가 비에 젖을까 봐 재빨리 안으로 들여놓을 때에도, 세찬 폭우가 쏟아지는 텅 빈 정원으로 나가 건강에 좋은 비와 바람을 이마에 조금이라도 더 적시려고 헝클어진 회색 머리를 쓸어 올리곤 하셨다. "겨우 숨 쉴 것 같구나!"라고 말씀하시면서 할머니는 빗물로 넘쳐 흐르는 오솔길들을 돌아다니셨다. 자연에 대한 감각이라곤 전혀 없는 새로 온 정원사가 자기 취향에 따라 지나치게 대칭적으로 배열해 놓은 오솔길이었는데, 아버지께서는 아침나절 내내 정원사에게 날씨가 좋아지겠느냐고 묻곤 하셨다. 할머니의 열정적이고 고르지 못한 걸음걸이는 자주색 치마에 흙탕물을 튀기지 않으려는 욕망보다는(할머니에게는 낯선 감정이다.) 소나기에 대한 취기, 위생 관념의 효력, 나를 교육하는 방식의 어리석음, 정원의 대칭적인 모양이

---

23 마르셀 프루스트, 『잃어버린 시간을 찾아서 1』, 김희영 옮김, 민음사, 2012. 앞뒤 의미 맥락상 '몰아대는'으로 번역해야 옳을 듯.

할머니 마음속에 일으키는 여러 다양한 움직임으로 조정되었다. 결국 할머니의 치마 위쪽까지 흙탕물이 튀었고, 이 치마가 하녀에게는 늘 절망과 고민거리를 안겨주었다. [⋯] 고모할머니는 단지 할머니를 놀려 주려고(아버지 쪽 가족들이 보기에 할머니는 아주 별났으므로 모든 사람의 놀림과 괴롭힘의 대상이었다.) 할아버지에게 금지된 코냑 몇 모금을 마시게 하는 것이었다⋯⋯. 얼마나 겸손하고 따뜻한 분이었는지! 할머니는 할머니 자신이나 자신의 고통은 대수롭지 않게 여기면서도, 다른 사람들에게는 아주 다정한 분이셨다. 이런 점이 할머니의 눈길 속에 미소로 어우러졌고, 보통 사람들의 얼굴에서 찾아볼 수 있는 모습과는 달리 자신에 대해서만 냉소적이었으며, 사랑하는 사람을 볼 때에는 눈길로 열렬히 애무하지 않고는 못 배기겠다는 듯이 눈으로 키스하셨다.(『잃어버린 시간을 찾아서 1』, 28~31쪽)

(2) 아마도 우리 주위 사물의 부동성은 그것이 다른 어떤 것이 아니라 바로 그 사물이라는 확신에서, 그리고 그 사물과 무수한 우리 사유의 부동성에서 연유하는지도 모른다. 이처럼 잠에서 깨어날 때, 항상 내 정신은 내가 어디 있는지 알려고 뒤척거리지만 결국 알지 못한 채, 사물이며 고장이며 세월이며 이 모든 것이 어둠 속에서 내 주위를 빙빙 돌았다. 아직도 잠으로 마비되어 꼼짝할 수 없는 내 몸은 피로의 형태에 따라 팔다리의 위치를 알아내고, 거기서 벽의 방향과 가구의 위치를 추정하여 현재 내 몸이 놓인 곳을 재구성하고 이름을 불러 보려고 애썼다. 몸의 기억, 즉 갈비뼈와 무릎과 어깨의 기억이, 예전에 그 몸이 잤던 여러 방들을 차례차례 보여 주었고, 반면 내 몸 주위에는 눈에 보이지 않는 벽들이 상상 속에서 그려 본 방

형태에 따라 자리를 이동하며 어둠 속을 맴돌았다. 그러다 시간과 형태의 문턱에서 망설이는 내 생각이 그 방을 식별하려고 여러 상황들을 연결하는 동안, 내 몸이 먼저 그 방을 기억해 냈다. 침대 종류라던가 문들의 위치, 창문의 채광, 복도의 존재, 그리고 내가 그 방에서 잠들면서 또는 깨어나면서 했던 생각들까지도 기억해 냈다. 내 마비된 옆구리는 자신의 위치를 알아보려고 애쓰다가 커튼 달린 커다란 지붕 모양 침대에서 벽을 향해 누워 있는 모습을 떠올렸다. 그 즉시 난 "이런, 엄마가 저녁 키스를 하러 오지 않았는데도 그만 잠이 들었네."라고 중얼거렸는데, 그때 나는 이미 오래전에 돌아가신 시골 할아버지 댁에 있었다. 그리고 내 정신이 결코 망각해서는 안 되는 과거의 충실한 수호자인 내 몸, 그 깔고 누운 옆구리는 아주 오래전 콩브레의 조부모님 댁, 내 방 천장에 가느다란 사슬로 매달아 놓은 항아리 모양 보헤미아산 유리로 만든 야등의 불꽃과 시에나산 대리석 벽난로를 상기시켜 주었다. 이런 오래전 일들을 정확하게 그려 볼 수는 없지만, 그래도 그것들이 지금 내 앞에 있는 것처럼 느껴져, 조금 후에 잠에서 완전히 깨어날 때면 더 뚜렷이 생각날 것이다.(『잃어버린 시간을 찾아서 1』, 20~21쪽)

인용문 (1)에서 보면, '나(마르셀)'의 외할머니(인용문에선, '할머니'로 지칭됨)는 '자연'이라는 유기체적 존재의 화신化身입니다. 『잃어버린 시간을 찾아서』가 시간의 존재 문제를 화두로 삼지만, 공간도 시간의 '몸'이요 유기체로서 기본적 사유 대상이 됩니다. 그래서 '시골'이 유기체로서의 자연을 상징하는 공간으로서 대표적이고, 또는 주인공 마르셀이 자기 가계家系에 깊이 관심을 갖는 것도 '나'의 유기체적 존재됨을 탐구하려는 의식적 또는 무의식적 욕망과 깊이 연관된다고 볼 수 있죠. '기억'의 형식에 의해 기술되는 인용문 (1)에서 '(외)할머니'는 무위자연을 닮은 인간 존재를 대변하는 인물로 볼 수 있고, 그 밖의 다른 가족들 중에서 가령 아버지나 고모할머니는 인위적 사유를 하는 존재들로서 '자연'을 상징하는 존재인 '외할머니'와는 상대적인 존재들인 거죠. '창조적 유기체'라는 개념을 적용하는 것이 아직은 낯선지는 몰라도, 적어도 프루스트의 작가의식은 '유기체'를 닮아 있고, 마르셀이 외할머니를 추억하면서 "그 모든 사람들 중에서 '시골에서 방 안에 갇혀 지내는 것은 참 서글픈 일이다.'라고 말씀하시는 할머니만은 예외였다." 라고 서술하는 것은 '자연의 일부'로서 살아가는 '외할머니'의 삶에 대한 외경의 표현이라 할 수 있습니다.

『잃어버린 시간을 찾아서』에서는, 독특한 '기억'의 형식 또는 '기억'의 문체를 통해, 과거의 현재화와 현재의 과거화가 거의 동시적으로 이루어집니다. 이를 가능하게 하는 것은 '기억' 속의 과거를 '복합과거 시제時制' 문장 등을 통해 자주 과거 진행형으로서, 즉 '오래된 현실성'으로 보여주는 등 직접적으로는 작가 특유의 문체에서 비롯되는 듯한데, 근본적으로는 그 문체의 힘보다는 '이성에 의한 기억의 한계'를 자각한 기억 스스로의 역동성, 즉 '기억의 몸'을 생성하는 어떤 정신(Psyche 또는 Geist)의 힘에 있다고 봅니다. 다시 말해, 맑은 샘물이 끊이지 않고 솟아나는 원천源泉 같이, '근원의 정신'에서 연원하는 '어떤 생생한 관념들'이 만들어내는 '유기체적 창조성'이 작용하고 있다는 생각을 떨치기 어렵습니다.(도스토옙스키의 문체, '관념'과도 비교할 만합니다!) 인용문 (2)는 작가 프루스트가 '나'의 기억 속 체험을 통해 '몸의 기억'을 서사하는 대목인데, "내 몸이 먼저 그 방을 기억해 냈다."라는 문장은 그 자체의 유기체적 존재로서 몸이 지닌 기억의 육체성을 뜻하면서도, 사실상 내레이터인 '나'가 유기체로서의 '몸의 기억'과 '기억의 몸' 사이를 간단없이 오가는 존재임을 엿볼 수가 있습니다. '몸의 기억'에는 기억하는 주체인 '나'가 있지만, '기억의 몸'에는 기억하는 주체가 사실상 없습니다. 이는 몸이 지나간 시간을 기억하거나 사유하는 존재라는 뜻과 더불어, 기억이 스스로 스스로를 기억하거나 사유하는 창조적 주체라는 깊은 뜻을 지니고 있습니다! 달리 말해, 몸의 기억은 그 자체로 몸의 존재 가능성 즉 몸의 고유한 실존을 가리키지만, 기억도 그 자체로 기억의 존재 가능성, 즉 기억의 고유한 실존이 있다는 것이죠.(무위이화의 '정신'이 잠시, 그러나 단속적斷續的으로 나타나는 것입니다!)

이렇게 보면, 『잃어버린 시간을 찾아서』의 이야기 표면만 보더라도, 최소한 '나'는 작가인 '현실의 나', 작중인물인 '과거의 나', 화자(내레이터)인 '나'가 있습니다. '나'라는 존재가 분화分化된 것이지요. 하지만 '나'의 분화에서 그치는 게 아닙니다. 그러니까, 이야기의 이면에는, 관념과 실재를 오가는 유기체적 존재 혹은 근원적 존재로서의 '나'로 불릴 수 있는 존재가 있습니다. 그 내레이터의 그림자 같은 존재, 즉 초인적超人的이고 근원적인 내레이터 '나'의 '보이지 않는' 존재 활동으로 인해, '현실적인 나 또는 과거의 나'는 '기억'이라는 시간성의 형식 속에서 태어나고 자라면서 비워지거나 지워지고, 이어졌다 끊어졌다 하길 계속하면서, 아이러니하게 시간성(기억)의 존재가 현실-과거라는 물리적인 인과론적 차원을 넘어서, 시간성 자체가 '창조성'을 지닌 주인공인 '나'가 되어감을 보여줍니다. 중요한 사실은 그 '보이지 않는 존재'인 '나'의 특별한 언어가 '잃어버린 시간을 찾아서'의 문체를 형성한다는 사실입니다. 제가 알고 싶은 것은 그 '보이지 않는' 존재인 '나'는 누구인가, 소설에서는 어떤 방식 또는 형식으로 현현하는가, 하는 문제입니다. 이성적이거나 합리적인 언어가 아닌 초인적이거나 초이성적인 근원성을 은닉한 언어, 프루스트의 문학 언어가 지닌 난해성은 바로 이 보이지 않는 '나'라는 존재, 즉 '기억(시간)'의 근원성으로서 존재에 그 연원이 있지 않을까요?

아마도 『잃어버린 시간을 찾아서』의 서두 부분에 나온 이러한 인용문들은 인간이 시간을 낳는 게 아니라, '시간이 시간을 낳고 또 낳는 것'이라고 말하는 듯합니다. 시간이 그 자체로 '생생生生'인 것이죠. 역易이 그러하듯이. 이성이 기억하는 것도, 내가 기억하는 것도 아니라는 것입니다. 기억은 기억 스스로가 기억하는 것이라는 것(시간 스스로가 시간을 낳고 또 낳는 것). 기억이 스스로 망각하고, 아울러 스스로 생성하는 것. 기억이 스스로 생성 소멸하는 무위이화의 과정이 기억하는 과정이라는 것. 마치 시간이라는 이름의 유기체가 생성 소멸하듯이. 이처럼 '기억'이라는 '존재(시간)'를 기억하는 것입니다.

이런 까닭에 작중 일인칭 '나'는 작가 프루스트가 겪은 물리적 시공간에 제한받는 '나'를 넘어서고, 아울러 과거를 소환-환기하는 플롯(픽션) 속의 '나'(주인공)를 넘어서며, 현실 속에서 '기억하는 나'(내레이터)도 넘어서는 등, 복수의 '나'들은 서서히 가뭇없이 비워지고 그 '나'의 빈자리는 새로운 '기억'(시간)이 들어서는 과정에 놓이게 됩니다. 그럼에도, 아이러니하게도 소설 속에서 인칭적 존재인 '나'는 서서히 비워지면서, 그 빈 공간에 숨어 있던 '나'인 기억(시간)이 주체가 되어, '기억 스스로가 기억하는 존재'로서 '나'가 활동하는 기묘한 사태가 벌어지는 것이죠. 즉 풍요로운 시간의 근원적 창조성 자체가 숨은 주인공 '나'가 되는 것, 이러한 '나'의 '나들'로의 분화가 아이러니의 형식으로서 소설의 본성을 발휘하면서, 시간의 근원성으로서 대문자 '나(근원적 인 나)'로 순환하며 귀일歸—하는 것. 수많은 기억의 형식들로 분화하고 동시에 귀화하는 근원적 시간성은 존재한다는 것, 그 시간들의 생명론 적(창조적 유기체론) 순환 과정을 보여준 위대한 소설이 M. 프루스트의 『잃어버린 시간을 찾아서』가 아닐까, 생각합니다.

그러니까, 『잃어버린 시간을 찾아서』에서 창조적 시간성, 즉 '근원적 시간'이 바로 주인공 '나'라는 생각이 듭니다. 적어도 인간이 살아가는 현실적 시공간에서 '근원적 시간'의 자각을 통해 인간의 근원적 창조성 을 자각함으로써, 영성적 존재로 거듭날 수 있음을 보여주는 것입니다.

22 문 과문해서 잘 모르겠습니다만, 소설론에서 작가-내레이터-주 인공 간의 존재론을 이렇게 심도 있게 다룬 경우는 기존의 비평 영역에 서는 별로 없을 듯합니다. 한국문학 작품의 예를 들어 설명해주실 수 있 겠는지요.

답 일제강점기 때 근대적 의미의 작가들부터 쭉 살펴봐야 할 문제이 지만, 가까이 4·19 세대 작가들의 소설 의식 문제를 짚고 넘어가야 문 학사의 비판적인 극복이 이뤄질 수 있겠지요. 4·19 세대 소설가들 대 부분이 서구적 근대소설 형식을 추구하는 가운데 작가로서의 자기 정 체성을 찾으려고 했다고 할 수 있겠지요. 하지만 예외적인 작가들이 있 었습니다. 작가 이문구의 경우가 그 예외에 속하지요. 작가 이문구는 우 리말의 진정한 가치, 즉 '소리글자'로서 한국어의 가치를 누구보다 깊 이 명확히 깨닫고 있던 작가였을 뿐 아니라, 서양의 플롯 개념과는 다 른 이야기 구성의 개방성이 지닌 '오래된 가치'를 정확히 알고, 이를 지키려 했던 작가였습니다. 작가 이문구는 '작가' 개념을 '방언적 존재'라고 이름을 붙인 후 그 이름으로 자기 자신을 규정한 바 있는데, 이 '방언적 존재'라는 작가 이문구의 자기 존재 규정은 이 땅의 전통적 정신을 이은 작가로서 불굴의 자존심을 표현한 것입니다. 또한 '작가는 고집스럽게 자기 고유의 소설 언어를 체득하고 지키는 존재'라는 작가로서의 자의식을 널리 공표하는 뜻도 담겨 있습니다.

그러나 이문구의 '방언적 존재로서의 작가'는 자의식이나 자존심 따위를 넘어서 더 깊고 높은 소설론적 의미와 가치를 내포하고 있다고 봐야 합니다. 그것은 작가 이문구가 비판한 소위 '표준어적 존재로서의 작가'와 대치되는 존재로서 '방언적 존재로서의 작가'를 내세우는 데 그치는 게 아니라, 존재론적으로 '방언적 존재의 작가'는, 자신이 창조한 이야기의 시공간 안에 참여하는 존재라는 의미를 내포한다는 점을 주목할 필요가 있기 때문입니다. '방언적 존재'로서의 작가 개념은 전통 판소리에서의 소리꾼 혹은 이야기꾼의 존재 형식에서 얻은 것이 거의 분명해 보입니다. 다시 말해 이문구는 판소리 형식에서 소설의 기본 원료인 소설 언어 문제와 소설 형식의 문제를 이해하게 되었고 판소리가 지닌 소설 형식적 가치를 전승했던 것입니다.

저는 표준어주의에 매몰된 근대적 작가 개념의 상대편에 이문구의 '방언적 작가' 존재 문제를—'원시반본'의 지평에서—새로운 '방언문학' 개념을 통해 이론적으로 정립할 필요성을 절감했습니다. 워낙 4·19 세대의 표준어 중심주의가 한국문학에서 장기간 전횡하고 있었고 그 문학적·언어학적 폐단이 자심하다고 판단하던 중이었습니다. 다른 문제 제기는 관두고라도, 문학 정신이란 것은 기본적으로 끊임없이 '자유'를 추구하는 것인데, 표준어와 함께 단문 중심의 문체론을 선호하는

4·19 세대 문학 의식의 자유주의적 언어의식은 자기모순적입니다. 이 언어 문제 또는 문체의식 문제는 매우 심각한 것으로 제도권 교육, 제도화된 문학 및 언론 권력을 통해 거의 독재적으로 완고하게 수십 년간을 강제해온 사실에서 실로 그 폐해는 단지 문학 영역에서만이 아니라 한국인의 삶의 거의 모든 부면에서 후유증이 자심하다 할 것입니다. 저는 이러한 4·19 세대의 언어의식에 저항하였고, 사실상 고립무원의 상태에서 이문구가 제기한 '방언적 존재로서의 작가' 개념을 적극 수용한 소설론을, 이문구의 소설 분석을 통해서 밝힌 바 있습니다.[24]

판소리 형식의 창조적 유기체성

23 문 방금 말씀하신, 작가가 플롯에 직접 참여하는 소설 창작이 구체적으로 무엇인지가 궁금합니다.

답 이 질문에 답변하기 전에, 잠시 제가 청소년 시절에 겪은 '문화적 충격'을 하나 소개하는 게 좋겠습니다.(웃음) 제가 고등학생이던 1973년경인 듯합니다. 그해 5월 8일 마침 어머니날을 맞아 그때 가족 부양하시느라 고생하시는 어머님을 모시고 대전역서 새벽 기차를 타고 서울 세종문화회관에서 열린 '명창名唱 김소희金素姫 선생 판소리 「심청가沈淸歌」 완창 공연회'에 간 적이 있었어요. 물론 판소리를 전혀 알지 못하던 고등학생 때였으니, 세종문화회관 대강당 1층 거의 맨 앞쪽 열에 어머님 곁에서 꾸벅꾸벅 졸고 있었지요. 그런데 묘하게도 지금은 돌아가

---

24 졸고 「실사구시의 문학 정신과 '방언적 존재로서의 작가'의 문학사적 의의」, 『네오 샤먼으로서의 작가』 참고.

신 지가 오래된 명창 김소희 선생이 심청이가 인당수에 몸을 던지는 대목을 소리하던 참에 제가 졸다가 잠시 정신이 들었던가 봐요. 후에 돌아보니, 그때 김소희 명창이 그 유장한 범피중류泛彼中流 대목을 지나고 잠시 후에 비장미 넘치는 소리로, "아이고~ 아버지 나 죽소~ 풍덩!" 하면서 들고 있던 부채를 툭, 하니 떨어뜨리는 거예요. 판소리 전문용어로 '발림'인 거죠. 그 순간, 세종문화회관 대강당 안을 가득 메운 청중들이 일제히 '아이고!' 하는 비명 소리와 함께 엉엉 흑흑, 거대한 울음바다를 이루더라고요……. 그런데 더 알 수 없는 이상한 사태는 그다음에 벌어집니다. '풍덩~' 소리 후, 청중들이 각자 손수건을 꺼내 눈물 콧물 닦으며 통곡에 가까운 울음바다를 이룬 약 5~6초 동안 후, 갑자기 소리꾼 김소희 선생의 다음 소리, "~했것다!" 하는 소리가 이어지니, 언제 그랬냐는 듯이 엄청 큰 대강당 안에 운집한 모든 청중들이 내던 울음소리가 일제히 순식간에 뚝! 그치더라구요…… 거참.

제가 나이 들어 청장년 시절을 보내면서 소년 시절 어머니와 함께 관람한 「심청가」 공연에서 겪은 경이로운 '충격'은 점차 경이로운 '황홀'로 바뀌었습니다만, 과연 옛 어른들에게 들은 판소리 미학의 위대성은 명불허전 자체였습니다. 그토록 청중들의 온 마음을 쥐락펴락하며 사로잡은 명창들의 소리 형식은 과연 무엇인가. 물론 소리꾼들이 명창이 되기 위해서는 저마다 절차탁마의 고행을 거치는 자기 수련 과정이 전제되어야 하겠습니다만, 판소리의 탁월한 예술성을 증명하는 판소리 자체의 형식성은 무엇인가, 하는 문제의식을 가지게 되었습니다. 대학원에서 베르톨트 브레히트Bertolt Brecht의 연극론을 공부하면서 브레히트의 연극론과 판소리의 형식론을 서로 비교하는 논문을 쓰려던 시절도 있었습니다.

청소년기에 우연찮게 어머님과 함께 관람했던 판소리 「심청가」 공연이 유역문예론과 기묘한 인연으로 지금껏 제 뇌리에서 저의 문학 행위에 작용하고 있음을 이 자리에서 다시금 일종의 운명으로 받아들입니다. 저는, 대문호 도스토옙스키가 자기 특유의 소설 창작론을 펼치는 데 있어서도 러시아 이야기꾼적 전통에서의 어떤 형식성으로부터 이론적인 영감靈感을 받았다고 확신하게 되었는데, 그 확신은 뜻밖에도 바로 소년 시절 어머님과의 판소리 공연 관람에서 받은 어떤 문화적 충격 혹은 경이로운 황홀감을 느꼈던 추억에서 기인한 사실임을 근래에 와서야 깨닫게 되었달까요.

제가 판소리에서 주목한 것은, 판소리 사설에서 흔히 나오는 화자가 하는 소리꾼 투套의 어미語尾, 예의 "~했것다!" 투에서 보듯이, 판소리 「심청가」에는 사설辭說의 화자(내레이터)가 존재함에도, 소리를 하는 현장에서 소리꾼이 즉흥적이고도 세심하게 '소리'(이야기)의 안팎으로 참여하는, 즉 소리꾼이 사설의 내레이터(話者) 외에 별도로 자신이 스스로 이야기의 시공간 안에 참여하는 특별한 형식성에 관한 것이었습니다. 그러니까, 전통 이야기꾼-소리꾼이 이야기-소리의 구연口演 현장에서 직접 '구연되는 이야기의 정황 속에 동참하는' 형식성이 숨어 있었던 것이지요. 판소리에서 이러한 소리꾼이 구연하는 이야기의 시공간만이 아니라, 청중들과 서로 교감 소통하는 '구연 현장의 직접성과 동시성同時性'이 존재하는 것은 근본적이고 기본적인 판소리 형식성이었던 것입니다. 유명 소리꾼마다 지닌 자기만의 특유의 소리와 사설, '발림'(몸짓)을 중시하는 '더늠'이라는 형식적 전통을 존중하며 이어왔듯이, 이야기-소리꾼은 본능적으로 '소리를 하는 현장에서' 청중들에게 '동시적으로 열린' 이야기-소리의 구성 또는 '개방된 형식성'을 추구했던 것이지요.

그러니까, 제 소년기에 판소리「심청가」공연 중 우연히 겪은 문화적 '황홀'은 명창 '김소희 소리'의 '더늠'이라는 판소리 특유의 형식성이 조화造化를 부린 탓이었고, 이러한 소리꾼의 동시적이고 즉흥적인(동시적인) 현장 참여적 형식성은, 잘 알려져다시피 이 땅의 인민들이 이어온 시난고난한 생활사生活史 속에서 오랜 세월에 걸쳐 누적된 미학적 지혜의 산물이었던 것입니다.

24 문 그러니까, 판소리 형식에서 창조적 유기체적 존재로서의 소설의 이론이 나오는 거였군요…….

답 제가 말한 판소리의 특별한 형식성은, 부분적이나마, 벽초碧草 홍명희 소설『임꺽정』, 이문구의『관촌수필冠村隨筆』, 김성동의『국수』같은 소설 형식에서 전승傳承이 이루어지고 있습니다.

예를 들어, 벽초 홍명희『임꺽정』에서, 소설이 시작되는 첫 대목은 이렇습니다. "자, 임꺽정이의 이야기를 붓으로 쓰기 시작하겠습니다. 쓴다 쓴다 하고 질감스럽게 쓰지 않고 끌어오던 이야기를 지금부터야 쓰기 시작합니다. 각설, 명종대왕 시절에 경기도 양주 땅 백정의 아들 임꺽정이란 장사가 있어……. 이야기 시초를 이렇게 멋없이 꺼내는 것은 이왕에 유명한 소설 권이나 보아두었던 보람이 아닙니다.『수호지』지은 사람처럼 일백 단팔마왕이 묻힌 복마전伏魔殿을 어림없이 파젖히는 엄청난 재주는 없을망정『삼국지』같이 천하대세 합구필분이요, 분구필합……" 이렇게 작중 화자와도 차별되는 별도의 존재로서 전지자(창조자)인 작가 자신이 작품 안에 동참하고 있음을 작가 스스로 분명히 드러내 보입니다.

작가 이문구가 남긴 걸작 『관촌수필』 가운데엔 「공산토월空山吐月」
이란 명편이 들어 있는데, 소설이 시작되는 대목은 작가 이문구의 개인
적 일상생활을 장황하게 서술하는 데 바쳐지고 있습니다. "역시 객담이
지만, 지난 9월 초순 어느 날이던가, 나는 어느 신문사 문화부의 전화를
받고 한참 동안이나 말다툼 비스름한 실랑이를 벌인 적이 있었으니, 까
닭은 전화를 걸어온 그쪽 용건이 도무지 신통치 않은 데에 있었다."로
시작되는, 작가의 말마따나 그냥 사적인 '객담'에 지나지 않는 이야기
인데도, 이처럼 플롯과는 별 무관한 작가 이문구의 사적인 이야기가 거
의 단편소설 한 편은 족히 된 분량만큼 길게 들어갑니다.

그렇다면, 왜 작가 홍명희, 이문구는 소위 서양의 근대소설novel 양식
이 자랑하듯이 내세워 온 '소설의 객관적인 구성 형식'을 따르지 않고
자기 소설 안에 일부나마 전근대적 이야기꾼 형식성을 끌어들인 걸까
요. 서양의 근대소설 형식, 부연하면, '개인주의적이고 자유주의적인
근대적 인간상에 기초한 근대소설의 형식적 기율'에서 벗어나 왜 전근
대적 전통 이야기꾼 형식에 눈을 돌렸을까? 앞서 본, 대문호 도스토옙
스키는 왜 소설의 플롯 안에 근대적 화자(내레이터)의 존재 외에 전통적
이야기꾼의 존재를 떠올리게 하는, '숨은' 노련한 이야기꾼의 목소리
를 함께 들려주려고 했을까. 물론 이러한 제 판단은 아직 추측에 지나지
않지만, 해석학적으로 저는 이렇게 믿고 있습니다. 도스토옙스키는 알
게 모르게 작가의 개인주의적 존재와 의식에 대한 거부의 표현을 한 것
이 아니었을까? 전통 이야기꾼 형식에 눈을 뜬 벽초 선생이나 작가 이
문구처럼 도스토옙스키도 천재적 감수성으로 슬라브 민족의 전통 문
예, 특히 러시아의 전통 이야기꾼의 이야기 형식에서 어떤 영감을 받았

을 수도 있습니다.

25 문 유역문예론의 창작 방법론상, 방금 뜻깊은 내용을 말하신 것 같습니다. 그러한 문학작품의 예를 좀 더 들어주십시오.

답 도스토옙스키 『악령』, 마르셀 프루스트의 『잃어버린 시간을 찾아서』가 일인칭 주인공 시점의 내레이터임에도, 일인칭 '나'의 존재를 넘어 나와, 나 속의 나, 너, 그, 그 너머로 숱한 타자들의 존재를 염두에 둔 듯한 복수의 '존재들'이 틈틈이 내레이터로 들어서거나, 마치 전통 이야기꾼과 그 이야기꾼이 구연하는 공간에 모인 청중들이 서로 주객이 확실히 분리되지 않고서 긴밀히 이어져 있듯이, 소설의 내적 시공간 안에서 내레이터의 복수성이 느껴지는 것은, 전통 이야기꾼의 존재 형식이 그렇듯이, 일인칭 내레이터 안에, 작가가 시의적절하게 이야기의 시공간에 작가 자신의 그림자라고 할 수 있는 또 다른 내레이터를 개입시키기 때문입니다.
  이러한 내레이터의 복수성複數性 또는 작가 자신의 전지적 내레이터로서의 개입 문제는 가령, 4·19 세대들이 열광한 김승옥의 일인칭 주인공 시점의 「무진기행」과는 명료한 대조를 이룹니다. 소설의 주인공 '나' 즉 일인칭 주인공 내레이터가 등장하는 이문구의 연작소설집 『관촌수필』에서, 특히 「공산토월」을 보면, 이러한 작가라는 '이야기꾼으로서의 전지자全知者'의 개입에 따라 작중 화자narrator는 표면적으로는 일인칭 내레이터이지만, 이면적으로는 '전지자로서 작가'의 내레이터가 은근히 수시로 이야기에 개입한다는 점에서, 김승옥의 「무진기행」과는 서로 대조적입니다. 간단히 말해 김승옥이 근대적 개인주의 혹은

'개인적 자유주의 혹은 자유의지'를 신봉하는 4·19 세대 문학을 대변하듯이, 작중 화자는 철저히 일인칭 화자 개인으로서, '나'의 내레이터를 시종일관 견지하는 데 반해, 도스토옙스키와 이문구는 시공을 달리하는 작가들임에도, 전통적 이야기꾼으로서의 작가 도스토옙스키, 이문구의 경우는 판소리의 형식 전통에서 영향받은 것이 분명한 이야기꾼(소리꾼)으로서의 '작가적 존재'(이문구의 표현으로는 '방언적 존재'!)가 시의적절하게 수시로 소설의 정황 속에 참여하는 것입니다.

김승옥 소설은 소설의 '플롯 바깥에서' '작가'의 전지자적 지위를 철저히 견지하는 데 비해, 이문구의 소설은 언제든 시의적절하게 '플롯 안에서' '전지자적 작가'가 주인공들과의 대화에 평등하게 참여하는 것입니다. 벽초 홍명희가 『임꺽정』의 첫머리에 이야기 구성과는 상관이 없이 소설을 시작하는 작가로서의 소회를 적고 있다거나, 작가 이문구가 「공산토월」에서, 플롯 바깥에 있는 작가의 사적 일상사를 아주 길게 시시콜콜 이야기하다가 소설의 플롯 안의 '나'의 곁에 작가인 '나'(즉, 플롯의 시공간에 동시성과 직접성으로 참여하는 작가인 '나')로서 들어가는 것도, 전통 이야기꾼의 존재와 이야기 방식의 흔적이라 할 수 있습니다.

26 문 도스토옙스키와 이문구 등 주요 작가들이 자신이 창조한 '플롯'의 안과 바깥을 오고 간다는 말씀이신데, 그렇다면 기존의 소설 미학에서 분류한 일인칭 주인공 혹은 일인칭 관찰자 시점, 3인칭 관찰자 시점이나 전지자 시점 같은 '인칭별 내레이터 유형類型'과는 무슨 차이가 있습니까?

답 제가 보기에, 내레이터의 존재를 근대소설novel 양식에서처럼 일인칭('나')이거나 3인칭 시점 등과 같이 단독적單獨的 존재로서 이해하기보다, 작가-내레이터-주인공 간에, 나아가 작가-내레이터-주인공-독자 간에 유기적 관계를 맺고 있는 존재로서 성찰하는 것이 긴요하다고 봅니다. 여기서 작가-내레이터-주인공 간에 유기적 관계를 맺는 존재로서의 내레이터는, 작가의식을 단독으로 전달하는 고립된 존재 차원을 넘어서, 작품 바깥에 있는 창조자인 작가와 직접적인 대화 관계에 있는 존재라는 것입니다.

기존 근대소설에서 내레이터는 일반적으로 일인칭 주인공 또는 일인칭 관찰자, 3인칭 관찰자 또는 3인칭 전지자 시점 등으로 분류되듯이, 창조자인 작가의 마음을 매개하고 전달하는 개인적 존재로서 작가의 분신역分身役을 맡아 했습니다. 그렇지만 내레이터는 작가와 주인공을 매개하는 역할을 수행할 뿐, 대체로 작가는 소설 작품의 바깥에서 내레이터를 대리인으로 삼아 소설의 시공간(플롯의 시공간)을 창작해 온 것입니다.

문제는, 소설 바깥에 있는 작가의 심부름꾼인 내레이터가 주인공들과 사건 등 플롯을 대리 창작하고 이야기의 시공간을 대리 체험하다 보니, 창작자인 작가와 소설 사이를 유리벽으로 분리시키는 결과를 초래해왔다는 점입니다. 근대소설의 명작들에서 일반적으로 나타나는 내레이터의 고립된 전달자적 성격이나 작가의 분신 분위기가 강하게 나타나는 것은 이러한 작가-플롯 사이에 가로막힌 유리벽에서 기인한다고 보여집니다.

비근한 예를 들어보죠. 탁월한 '유역의 작가'인 이문구 문학을 예외로 한 4·19 세대 소설 문학 전반이 대체로 '서구 근대소설의 형식적 범주에 갇혀 있는 형국인데, 가령 김승옥의 「무진기행」이나 황석영의 「객지」를 보면, 이러한 일인칭 주인공 시점과 3인칭 전지자 시점의 화자가 일방적인 시점視點에서 등장인물과 시공간(배경)을 '창조'하는 것을 볼 수 있습니다. 그러니까, 김승옥, 황석영, 이청준 등 4·19세대 문학의 대표적 작가들은, 그들 세대의 사상적 기반인 개인주의적 자유주의라던가 표준어주의 또는 서구적 이성중심주의 등의 세례와 그 서구적 이념들을 거의 무조건적으로 수용하는 시대 분위기 속에서, 작가-화자(내레이터)는, 개인주의적으로 등장인물을 객관적 거리를 두고 창조할 뿐 플롯의 시공간 안에는 참여하지 않는다는 소설의 근대적 규범에 사로잡혀 있다고 볼 수 있습니다. 작가가 플롯 안으로 들어가지 않고 플롯 밖에서 유리를 통해 인물의 성격을 서사하는 소설의 창작 방법론은 서구 근대소설novel의 일반론적 규율이었던 것입니다.

27 문 「무진기행」, 「객지」처럼 한 시대의 문학을 대표하는 작품들에서 이야기의 내레이터가 개인주의적으로 고립되는 현상이 어떤 미학적 결과를 낳는지, 나아가 어떤 소설 형식상의 대안을 찾을 수 있다고 보십니까.

답 일인칭, 3인칭 시점의 화자가, 시야가 제한된 일인칭, 3인칭의 시점을 집착하고 고수함으로써, 플롯의 시공간은 객관성을 확보하게 되고 시공간적으로 작가/화자/주인공 간의 분리에 따른 논리적 과학성에 철저할 수 있겠지요. 하지만, 이는 플롯 즉 소설의 시공간을 작가의 시공간과 서로 분리시키는 현상을 초래합니다. 주主와 객客이 서로 분리되고 대상화對象化되는 것입니다. 기존 소설관에 이미 습관화된 독자에게는 너무 당연한 얘기라서 낯선 주장으로 들릴 테지만, 이렇게 세뇌되어온 기득권적 소설 의식을 벗어나서 주객이 상보적 상관관계, 작가-화자 및 인물-독자 간의 상호작용 관계라는 '생태적 소설 형식' 지평에서 보면 전혀 다른 생명론적 소설관에 이를 수가 있습니다.

　오늘날 근대소설 형식이 지닌 역사적 의미와 가치가 거의 소진되어가는 터에, 탈근대적 소설 형식에 대한 시대적 필요성이 점증하고 있는 것이 아닐까요. 작가/내레이터/주인공(주요 인물)이 상호 분리되어온 근대소설의 형식이 어떻게든 극복되어야 하는 것이 민주적이고 생태적 삶을 향한 새로운 시각이 절실해진 이 시대의 문예론적 당위성이 아닌가.[25] 그렇다면, 근대소설에서 타자와 분리된 개인주의적 인간 존재와 기존의 이성중심적 문학에 대한 철저한 반성을 수행해야 하는 것이 아닌가. 탈근대소설 형식의 바람직한 모델은 무엇인가.

　'전前근대적 '이야기 양식'이 역사 속에서 소멸하였지만, 그러한 전근대적 문학 전통의 '보존'에 무척 게으르고 서구 현대 문학 이론을 거의 광적으로 추종하기에 바빴던 4·19 세대의 문학 정신은 한국 현대소설의 전사前史로서 전통 문예가 어떤 내용과 형식을 가졌는지, 주체적

25　근대소설novel 양식이 작가(主)/소설(客), 현실/픽션 간의 분리 위에서 전개되었듯이, 플롯은 시공간적으로 객관화·대상화되어 작가의 삶과 의식 바깥에 존재하는 간접화 현상이 일반적이게 됩니다. 사실, 이러한 현상은 광범위한 독자의 층위에서도 일반적으로 나타나는 현상입니다. 문제는 작가와 플롯이 서로 분리 간접화되어 소설의 소외는 물론 작가의 소외를 야기하는 원인적 요소가 될 뿐 아니라, 작가와 창작 사이의 존재론적인 차원에서의 내적이고 유기적인 관계가 끊기는, 이른바 소설의 사물화 현상을 반영해왔다는 사실입니다. 그러니까, '타락한 사회에서 타락한 방식으로 진정한 가치를 추구하는 양식', 자본주의적 시장경제의 대표적 문예 양식으로서 근대소설은 자신의 타락한 존재성에 대한 존재론적 자기 성찰을 가져야 할 때에 이르렀다고 보는 것입니다.

인 시각에서가 아니라 전적으로 서구적 시각에 의지하다 보니, 이 땅의 전통도 서구화되어 전통조차 서먹서먹한 존재로서 남아 있게 된 듯합니다. 왈가왈부할 것도 없이 오늘날 한국문학 판의 현실, 특히 지난 한 세대 동안 거의 모든 비평이 경쟁하듯이 서구 포스트모던 이론에 의지하고 있는 현상이 이를 반증합니다. 물론 저도 포스트모던 이론에서 취하는 바가 있습니다만, 편향의 정도가 지나치다 못해 자주적 비평 정신은 어디에도 찾아볼 수가 없는 지경이 된 지도 오래입니다.

다시 말해, 전통 문예에 대한 자주적 해석과 이해가 부족하고 이러한 문제의식조차 거의 실종된 채로 지금에 이르렀습니다만, '원시반본'의 관점에서 주체적으로 근대소설 형식이 안고 있는 근본 문제를 살펴보면, 얘기가 달라집니다. 전통 이야기의 형식에서 근대소설 형식의 미학을 반성적으로 극복할 만한, 새로운 소설의 형식화形式化 요소를 찾는 것입니다. 지금의 시대가 요청하는 '새로운' 소설 형식을 문예 형식의 원시반본적 관점을 통해 재발견하자는 것입니다. 그 원시반본의 대상은, 전통적 이야기꾼이라는 존재입니다. 전통 이야기꾼과 근대적 소설가novelist 간의 존재론적인 해후 가능성을 찾아보자는 것입니다.

모든 유역문학, 유역의 작가는 각자의 방언문학을 추구

28 문 4·19 세대 문학의 표준어 중심주의는 박정희 정권이 표준어 정책을 거의 독재적으로 밀어붙인 후유증이 아직 남아 있고, 한국문학도 지난 반세기 동안 합리적인 표준어 중심의 문법이 거의 지배적이었다고 알고 있습니다. 유역문학의 관점에서 보면, 이러한 표준어주의 문체의식은 서구 합리주의적 개인주의를 추수한 4·19 세대 문학 의식이

반영된 것이었군요.

답 가령, 4·19 세대 작가가 대부분 추종한 표준어주의는 이런 의미 맥락에서 해명이 가능하기도 한데, 가령 이청준, 김승옥, 황석영 등의 문체의식이 표준어적 문장 의식에서 벗어나지 못하는 것은 그들의 세계관의 바탕이랄까 경향성, 즉 자유주의적 개인주의 의식의 경향성과 일정한 관계가 있어 보입니다. 소설의 내적 형식의 차원에서 본다면, 작가는 자신이 창조한 플롯 안의 등장인물과 서로 유리벽으로 단절된 채, 직접적인 소통과 대화를 나누는 일은 사실상 불가능한 것이므로, 결국 작가는 자기가 낳은 주인공 옆에서 동고동락하며 안팎을 보살피는 부모 같은 존재가 아니라, 객관적 거리를 둔 일방적인 관찰자거나 창조자로 군림하고 있기에, '등장인물의 언어적 존재감'은 간과되거나 무시되기가 일쑤입니다. 그 대표적인 분야가 소설 언어 영역입니다. 소설이 언어예술 작품인 이상, 등장인물들 저마다에 걸맞은 말투라던가, 작가의 고유한 문체가 중요하게 인식되어야 하는데, 4·19 세대 작가들은 거의 대부분 문체를 표준어주의로 획일화하고 작가의 고유한 문학 언어의 문학적 가치를 낮게 두거나 무시해왔던 것이라고 봐요.

작가 이청준의 「서편제」에서 등장인물인 남도 소리꾼들 모두가 서울 표준말을 쓰고 있는 데서 보듯이, 4·19 세대 문학의 저 고질적인 표준어주의 문체는 이러한 근대적 노블리스트들novelist의 소설 내적 존재의 위상位相 문제와 깊이 연결되어 있습니다.

29 문 그래서 '방언문학'이란 새로운 개념을 만든 거군요. 작가는 문학 언어로서 자신만의 '개인 방언'을 가져야 한다는…….

답 원시반본적 관점에서, '새로운 소설 형식'은 이야기 구성(플롯)의 단독자적 목소리가 아니라 다성성을 지향하게 됩니다. 작가가 직접 참여하는 소설 속 이야기는 현장성, 직접성, 동시성이 강화될 수밖에 없고, 작가가 '보이지 않는 영매靈媒처럼' 직접 플롯 안에 참여함에 따라, 특히 등장인물의 동시성과 현장성이 한층 강화됩니다. 그래서 살아 있는 존재로서 등장인물들의 목소리는 단독적이고 추상적인 목소리가 아니라 생생한 기운을 가진 복선複線적이고 복합적인 목소리로 들리게 되는 것입니다. 인물 및 정황에는 인공人工적이고 추상적인 표준어 중심주의를 꺼릴 수밖에 없고 '표준 중심의 문법주의'는 오히려 작품의 생기를 현저히 떨어뜨리기 쉽습니다. 거꾸로, 개인 방언의 작가는 자연어로서 지역방언, '소리'로서의 언어를 중요한 가치로 존중하게 되는 것입니다. 굳이 지역방언이 아니더라도, 작가 개인이 가진 고유한 언어 사용 방법이 중요해집니다.

결국 문체는 '개인 방언'이 중요한 것인데, 개인 방언은 표준어 중심의 통사론을 쫓는 문체들과는 달리 자기 생활에서 누적된 자신만의 고유한 언어의식을 드러냄으로써 '개인 방언' 자체가 추상적 단선적 목소리에서 스스로 벗어나는 '자연과 생명에 상응하는 유기성有機性'을 내보이게 됩니다. 그 생태적인 유기성을 지닌 대표적인 '개인 방언'의 문체의식은 사투리 등 '여러' 지역의 방언들이 작가의 언어 감각과 자기 적성에 따라 적절하게 조합될 수 있는 능숙한 '개인 방언'의 구사 능력을 바탕으로 합니다. 유역문예의 작가는 문학적 개인 방언('방언문학')을 위해 지역방언을 넓게 창의적으로 수용할 필요가 있다는 것입니다. 저는 표준어 중심주의에 저항하는, 작가 저마다의 본성과 개성을 살린 개인 방언의 중요성을 오래전부터 강조해온 바 있습니다.[26]

소설 속 해당 지역에 사는 주민들의 삶을 '살아 있는 존재'로서 표현하고 소통할 수 있도록 해당 지역방언에 기초한 독특한 언어의식이 필요하다는 생각입니다만, 굳이 문학 언어가 '방언학dialectology'에 철저할 만큼, 정밀한 방언 구사가 필요하다고는 생각하지 않습니다.

다만, 역사소설의 언어는 그 장소의 고유한 역사적 공간성을 살리기 위해서 기본적인 수준과 일정 정도라도 소설 속 지역방언의 되찾음, 되살림이 필요하다고 봅니다. 방언 등 토착 주민들이 저마다 자기 지역의 생활 현장에서 써온 토착 언어, 사라져가는 토종 언어를 찾아 적극 사용하며 되살리는 일은, 그동안 표준어주의 정책과 제도에 따른 반反민중언어적 근대문학에 대한 저항과 반대를 분명히 표하는 일종의 '문학 운동' 차원, 반제국주의적 토착민 언어의식의 부활 운동 차원에서도, 그 문학적 의의가 심대하다고 봅니다. 앞에서 얘기했듯이, 서구 제국주의, 미국 자본주의에 의해 강탈당한 북아메리카 원주민들의 언어를 지금에 와서 복원하는 것은 현실적으로 불가능한 지경일지라도, 원주민 언어로서의 방언을 되찾고 방언의 기억을 되살리는 작업과 함께하는 반제 문예 운동은 그 자체로 고유한 자주적 문화를, 나아가 자주적인 정치의식을 꽃피울 잘 여문 단단한 씨앗이 될 것은 분명한 이치입니다. 이것이 이른바 방언문학이 지닌 중요한 문학 의식으로서의 정치의식이라고 할 수 있습니다. 이런 '방언문학'적 관점을 깊이 이해할 때, 김성동의『국수』가 이룩한 '방언문학의 문체론적 성과'는 대단히 소중한 것입니다.

---

26 작가 이문구 타계 10주기 기념 강연문「실사구시의 문학 정신과 '방언적 존재로서의 작가'의 문학사적 의의」(『네오 샤먼으로서의 작가』)와 '문체론'을 다룬 평론「매개의 문법에서 교감의 문법으로」(『그늘에 대하여』, 강, 1996) 참조.

무위이화의 지평에서 서사문학의 내용과 형식의 관계

30 문 유역문예론에서 보는 소설의 형식과 함께 바람직한 문체형型으로서 '개인 방언' 등 소설 형식에 대한 비평적 관점은 독특하다는 생각이 듭니다. 그렇지만 소설에서 내용과 형식은 서로 떼려야 뗄 수 없는 관계가 아닐까요. 이에 대해서 국내외 많은 유명 비평가들이 피력한 바 있습니다. '내용과 형식 간의 관계'에 대하여 유역문예론의 시각은 어떠합니까?

답 기존의 플롯 이론에서 중시하는 것은 어떤 선적인 사건 전개, 이야기 배치 등 구성과 사건의 클라이맥스, 파국에 이르는 이야기 전개 과정에서의 카타르시스 같은 것입니다. 클라이맥스를 통한 카타르시스 이론은 이야기하는 작가이건 독자이건 본능에 속하는 것이니, 달리 어쩔 수 없고, 이야기의 근대인적 욕망을 반성하는, 혹은 자본주의적 시장 논리에 포박당한 플롯의 욕망을 비판적으로 '재교육한다'고 할까요. 서사문학의 건강한 생태계를 만들려는 문예론적 전망을 위해 노력하여야 한다고 봅니다. 이러한 전망을 찾는 도정에서 서사문학의 내용과 형식 간의 관계를 좀 다른 시각에서 볼 수 있지 않을까.

작가가 내용을 열심히 밀고 나아가다가 어느 시공간에 이르면 알 수 없는 어떤 정신의 힘에 의해 이야기의 인위적 조작을 넘어서 이야기 전개에 무위이화의 지평이 알게 모르게 열릴 때가 있어요. 이때 자기도 모르는 소설(서사) 형식이 드러나는 것 아닐까. 이미 사전에 의도하고 계획한 소설 형식은 표면적 형식일 뿐이지 진실한 형식이 아닙니다. 진실한 형식이란 자기도 잘 모르는 어떤 은폐된 형식이 무위이화하듯이 밖으로 드러나는 것 아닐까요.

반대로 작가가 형식을 계획적으로 밀고 나아가다가 인위적 형식이 감당하지 못하는 무위이화 속에서 펼쳐지는 내용이 진실한 내용이고 작품의 은폐된 주제의식이 아닐까.

달리 말해서, 내용이 자기 내용을 감당하지 못할 때 드러나는 은폐된 내용이 진짜 주제의식이 아닐까. 내용과 형식의 관계는, 내용과 형식 각자가 자기 한계에 봉착하여, 그 자기 한계를 넘어서는 무위이화 속에서, 자기도 잘 모르는 뜻밖의 내용과 형식이 나타날 때, 그 은폐된 내용과 형식이 진실한 내용과 형식이 아닐까요.

판소리 소리꾼-이야기꾼은 그 자체가 무위이화의 원리를 터득한 내레이터

앞서 말했듯이, 가령 도스토옙스키 소설에는 1인칭, 3인칭이나 전지칭 내레이터가 아닌 '전통 이야기꾼-내레이터'가 곳곳에 등장합니다. 우리 판소리가 좋은 예입니다만, 문예의 내용과 형식 간의 관계는, 전통 소리꾼-이야기꾼에게서 배울 바가 많습니다. 뛰어난 소리꾼-이야기꾼은 자기 소리와 이야기를 완성하기 위해 신산고초를 마다하지 않고 기꺼이 각고의 수련을 거칩니다. 그렇게 단련함으로써 인위 속에서 무위이화의 경지를 체득하는 것입니다. 이야기꾼이 무위이화를 체득한다는 말은 자신도 알 수 없는 내용과 형식을 터득하여, 자기 이야기의 내용과 형식으로 홀연히 화생化生하게 만든다는 것입니다. 그 화생 속에 내용과 형식이 있습니다. 판소리에서 소리꾼은 서구 문예학에서 분류하듯이 1인칭, 3인칭, 전지칭 따위로는 설명이 안 됩니다. 소리꾼-이야기꾼 자체가 인위와 무위를 넘나드는 초월자적 내레이터를 은폐하고 있는, 곧 귀신-내레이터입니다.

창조적 유기체로서 소설은 작가도 알 수 없는 세계를 은폐하고 있습니다. 내용과 형식의 창작은 작가의 계산과 계획대로 이루어지지 않습니다. 설령 이루어진다 해도, 그런 소설류는 공산품 수준에 지나지 않습니다.

31 문 어느 자리에선가 임 선생님은, 작가 한강의 장편소설 『소년이 온다』를 예로 들면서 선량한 인민들 또는 의인의 억울한 죽음을 무당의 시각으로 썼다는 점을 높이 평가한 바 있습니다. 선량한 이의 죽음이나 의인의 죽음은 유역문예론적 시각에서 어떤 새로운 의미를 가질 수 있을까요.

답 한국인의 전통 의식에서 보면 죽음은 현실의 원한을 해원하는 계기입니다. 이러한 죽음에 관한 전통적 관념은 진실과 허위, 옳고 그름의 여부가 중요하다기보다 작가 한강이 세속적 삶 속에서 죽음을 주재하는 무적巫的 존재가 되었다는 사실이 중요합니다.

소설 『소년이 온다』를 읽기가 참 힘들고 괴롭습니다. 1980년 광주민중항쟁 당시에 군인들에게 죽임을 당한 어린 소년들의 혼이 주인공인 이 소설은 구체적인 현장성을 곳곳에 사실적으로 그려놓은 탓에 소설 공간은 항쟁에 참여한 수많은 시민들의 시신에서 흘러내린 핏물이 낭자하고 시신 썩는 냄새가 진동합니다. 읽어가면서, 작가가 겪었을 고통에 대해 안쓰러운 마음이 드는 한편, 전두환과 신군부에 의해 자행된 광주시민학살의 진상을 고발하는 투철하고 진실한 작가 정신에 깊은 경의를 표하게 되더라구요.

『소년이 온다』는 이 땅에서 살아가는 가난하고 소박한 인민들의 시각에서, 악마적 신군부 집단이 광주민중항쟁에 참여한 양심적 시민들을 천인공노할 폭력성으로 대학살하는 현장을 적나라하게 고발합니다. 하지만, 고발문학의 차원을 넘어 이 작품은 내용과 형식 모두에 있어서 심층적 분석을 기다리고 있습니다.

가령, 1980년 5월 민중항쟁 당시 진압군에 학살당한 중심적 주인공 중학생 소년 '너'(동호)를 서사하는 내레이터는 '너'(동호)의 친구이면서 같이 학살당한 소년 '정대'의 혼령입니다. 우선 일인칭 주인공 내레이터인 '나'(정대)는 죽은 소년의 혼령입니다. 작가는, 실제로 광주민중항쟁의 자료를 하나하나 수집하고 이를 소설로 재구성하는 과정에서 어린 중학생 소년들이 무자비하게 살해된 사실을 접하고 왜 이런 소년들마저 학살을 당해야 했는가, 하는 실로 부조리하기 짝이 없는 기막힌 현실을 목도하며, 이 죽음의 고발을 통해 광주민중항쟁을 사실적으로 되돌아보고 이를 통해 한국사회가 안고 있는 참담한 부조리와 모순들을 객관적으로 보여줍니다. 광주민중항쟁에서 학살당한 소년들의 생전 삶과 죽은 넋의 존재를 통해 부조리와 모순으로 가득 찬 한국사회의 부패한 내부가 적나라하게 드러납니다. 즉, 광주민중항쟁을 통해 민주화운동, 노동운동, 계급 모순 또는 종교, 인간의 양심 문제 등 한국사회의 심각한 문제들을 비판적으로 성찰하는 가운데 '1980년 5월 항쟁' 당시 학살당한 시민들의 죽음의 의미를 지속적으로 밝혀내는 것에서 이 소설의 주제의식을 찾을 수도 있을 것입니다. 하지만 여기서는 이 소설이 가진 특이한 형식성에 국한하여 얘기하도록 합니다.

소년의 혼령이 주인공인 특이한 소설 형식에서 본다면, 죽은 혼령의 관점에서 도무지 알 수 없는 삶의 영역(不然)을 알아가는 과정(其然)이

이 작품의 숨은 주제라고 말할 수 있습니다. 주인공이자 내레이터인 어린 유령 '나'가 끊임없이 제기하는 의문은 '내가 왜 죽임을 당해야 했는 가'이고, 소설은 이러한 알 수 없는 이유를 부조리와 모순투성이인 한국사회에서 확인해가는 이야기입니다. 그런데 흥미로운 점은 소설 형식상 볼 때, 일인칭 주인공 '나'가 중심적 화자話者이면서도, 작가는 화자인 소년의 혼령 '나'와 함께 이야기 곳곳에 자유로이 개입하고 있다는 점입니다. 앞에서 이미 충분히 얘기했듯이, 작가가 이야기꾼의 지위에서 소설 플롯 안에 은근히 개입하고 참여하는 특이한 소설 형식을 보인다는 것. 그러니까 이처럼 죽은 혼령이 주인공이면서, 그 혼령의 곁에 혹은 내면에 작가의 시점이 함께 있다는 것은, 전지자로서 작가가 알게 모르게 영매靈媒, 즉 무당巫堂의 시선을 내면화하고 있다고 말할 수 있습니다. 적어도 형식적으로는 그렇습니다. 억울한 죽음의 이유인 알 수 없음(불연)을 사령死靈의 존재를 통해서 알 수 있음(기연)으로 바꾸어간다는 것은 무신론 또는 유물론에서는 상상조차 할 수 없는 것이고 이는 죽음이 물질적 현세의 끝이 아니라 현세의 정화淨化와 구원에 연결되어 있다는 작가의식의 발로라 할 수 있습니다. 유기체적 존재의 문학관에서 보면, 당연히 죽음도 삶의 상관적 상호 관계에 있으니 삶의 창조력으로 이어질 수 있으며, 샤먼은 바로 그러한 소임을 맡은 신령한 존재들을 대표합니다.

소설 형식상 주목할 대목은, 소설의 맨 뒤 에필로그 「눈 덮인 램프」입니다. "그 이야기를 들었을 때 나는 열 살이었다."로 시작되는 '에필로그'에는 『소년이 온다』를 쓰게 된 저간의 사정을 알리는 작가 목소리가 직접 나옵니다. 광주민중항쟁의 진상에 관한 실증 자료를 구하고 그 자료의 일부 내용과 함께, 죽은 소년의 가족들의 증언 등이 실제 그대로 나오는데, '후일담' 형식으로 "형님네 살던 집주인이 문간채를 사글셋 방으로 내놨는디 주인집 아들하고 동갑 먹은 애기가 그 방에 살았다요. 중학교에서만 셋이 죽고 둘이 실종됐는디, 그 집에서만 셋이 죽고 애들 둘이⋯⋯"에서 작가는 『소년이 온다』의 주인공들인 두 소년이 실존 인물들임을 밝힙니다. 작가가 구한 자료들을 통해 광주민중항쟁에서 벌어진 잔인한 학살 내용은 하나하나 실증되고 작가가 광주 망월동에 묻힌 주인공인 중학생 '동호'의 묘를 참배하는 것으로 소설은 끝납니다.

전통 샤먼은 죽은 혼령을 초혼하는 능력을 체득하기 위한 통과의례로서 남의 고통을 '대리 체험'하거나 심한 무병巫病을 앓던가, 극심한 고통을 체험하는 입무의식入巫儀式을 필히 거쳐야 한다잖아요. 억울한 넋을 불러 해원하는 샤먼의 능력을 얻으려면, 억울하게 죽은 타자의 고통을, 허구적이라도 상상력으로, 처절한 실제인 양, 철저히 자기화하는, 극심한 고통 과정을 의례히 통과해야 한다는 겁니다. 전통적으로 큰무당이 되기 위해서는 이 고통스런 입무의식이 꼭 필요했습니다. 『소년이 온다』에서 그토록 세세하게 묘사되고 있는 주인공 소년 동호와 정대 그리고 시민들이 당하는 잔혹한 학살 장면, 난자당한 시체에 대한 집요한 묘사 장면을 읽으면서 한강이라는 작가의식의 심연에서 큰 샤먼의 눈빛이 느껴졌다고 할까, 작가의식에서 샤먼의 존재가 느껴지는 것입니다. '소년이 온다'라는 제목도 그 의미가 다의적일 텐데, 무당이 부르는 초혼招魂의 깊은 의미가 그 안에 들어 있습니다.

이렇듯, 소설 『소년이 온다』에서 주목할 점은 작가가 플롯 안에 깊이 개입하여 영매의 역할을 충실히 수행한다는 사실입니다. 이는, 이야기 안에 직간접적으로 참여하는 '영매'로서의 작가가 은폐되어 있다는 뜻이기도 합니다. 그 작가 한강이라는 은폐된 존재는 죽은 소년의 혼을 불러들일 수 있는 초월적 능력을 지닌 존재, 억울한 넋을 대신해서 해원해주는 샤먼적 존재라고 부를 수 있습니다. 해서, 주인공 소년들이 겪은 육신과 마음의 끔찍한 고통을 작가가 자기 온몸, 즉 눈, 코, 혀, 귀, 몸의 감각으로 서사할 수 있었던 것입니다. 샤먼이 빙의하듯이 주인공 소년과 광주 시민 학살의 순간순간을 바로 '그 학살의 현장 속에서 직접적이고 동시적으로' 대리 체험하면서, 고통받는 주인공들의 혼령을 '빙의의 형식'을 빌려 자기화하는 것입니다. 바로 이것이 한강의 소설 『소년이 온다』의 형식이 지닌 신령한 존재감의 경지 아닐까요?

역작 『소년이 온다』를 읽고 나니 자연스럽게 작가 김애란의 소설 작품들이 떠올랐습니다. 2000년대 초반에 갓 데뷔한 작가 김애란의 첫 창작집을 우연한 기회에 읽게 되었는데, 그때 제 뇌리에 떠오른 개념이 바로 '네오 샤먼으로서의 작가'였습니다. 작가 한강, 그리고 작가 김애란은 '네오 샤먼으로서의 작가'에 부합하는 작가라 할 수 있습니다.

가까운 예를 하나 들지요. 작가 김애란의 소설 「호텔 니약 따」라는 작품에는 할머니 귀신이 나옵니다. 작가 한강보다 먼저 작가 김애란은 '네오 샤먼적' 의식과 작가의 '신령한 존재' 의식을 유감없이 발휘한 작가입니다. 김애란의 장편소설 『두근두근 내 인생』이나 「호텔 니약 따」를 보면, 네오 샤먼적 존재에 대해 구체적으로 감感이 올 겁니다. 이에 대해서는 이미 발표한 졸고가 있으니, 아래 인용문으로 이야기를 대신합니다.

백석 시의 샤머니즘적 성격은 몇 세대를 건너뛰어, 오늘의 한국 작가의 작품 속에 재발견되고 있다는 사실은 매우 흥미로운 일이다. 작가 김애란은, 놀랍게도 백석의 시 제목 "南新義州柳洞朴時逢方"

이 지닌 주술성을 일찍이 간파한 듯이 보인다. 다음은 김애란의 소설 「호텔 니약 따」의 맨 뒤 부분이다.

"남신의주유동박시봉방……"

은지가 베개에서 머리를 들었다.

"뭐?"

"백석 시잖아. 아내도 없고 집도 없고 한 상황에 무슨 목수네 헛간에 들어와서 천장보고 웅얼거리는……"

[…]

"그리고 낯선 데서 자게 되면 나도 모르게 그 주소지를 따라 부르게 돼. 남신의주유동박시봉방…… 남신의주유동박시봉방…… 하고."

"왜?"

"몰라. 궁금해서 자꾸 웅얼거리게 되는가 봐. 따라 하다 봄 쓸쓸하니 편안해지기도 하고."

[…]

다시 긴 정적이 흘렀다.

"은지야."

"응?"

"여기 왜 오자고 그랬어?"

[…]

"응? 귀신 보고 싶어서."

"진짜?"

"응."

"너는 어떤 귀신 만나고 싶은데?"

"몰라. 백석 만날까? 하아. 딱히 생각나는 사람은 없는데. 그러니까 더 궁금해지더라고. 누가 오려나."

[…]

한밤중 서윤은 이상한 기운에 눈을 떴다. 어렴풋이 실눈을 떠 주위를 둘러봤지만 어두워 아무것도 보이지 않았다. 어디선가 끼이익— 끼이익— 불길한 소리가 났다. 누군가 오래된 나무 계단을 밟고 한 발 한 발 올라오는 기척이었다. 그것은 점점 서윤 쪽 객실로 다가오는 듯했다. 은지를 깨우려 했지만 몸이 말을 듣지 않았다. 드르륵— 드르륵— 정체를 알 수 없는 그것의 움직임은 계속됐다. 그 께름칙한 소리는 점점 커지더니 이윽고 서윤 앞에 뚝 멈췄다. 온몸에 소름이 돋는 게 오싹했다. 동시에 침실 주위가 환해지더니 별안간 캄보디아의 시골 마을로 변했다. […] 이윽고 아까부터 드르륵 소리를 낸 존재가 모습을 드러냈다. 서윤은 '그것'이 무언지 알아채자마자 가슴이 터질 듯한 슬픔에 휩싸였다. 그리고 그때부터 주체할 수 없는 눈물이 쏟아지기 시작했다. 그것은…… 5년 전 돌아가신 할머니였다. 할머니는 한 손으로 손수레를 끌고 있었다. 그러곤 손녀가 자기를 바라보고 있다는 사실도 모른 채 거리에서 폐지를 주웠다. 몇 걸음 가다 허리 숙여 상자를 줍고, 다시 몇 발짝 가다 신문을 그러모으는 식이었다. 한쪽 다리가 불편해 절름거리며 골목 안을 누비는 게 살아계실 적 모습 그대로였다. […] 할머니는 5백 원짜리 빨래 비누 하나를 사 대형 박스에 담은 뒤 주위를 연신 두리번거리며 다른 상자를 계속 구겨 넣고 있었다. […] 서윤의 양볼 위로 뜨거운 눈물이 사정없이 흘러내렸다. 생전에 폐지를 모아 자신을 키운 할머니 생각이 나 그런 건 아니었다. 할머니가 자기를 못 알아보는 게 서운해 그러는 것도 아니었다. 서윤이 그토록 서럽게 우는 건 할머니가 죽어서도 박스를 줍고 계시다는 사실 때문이었다.

— 김애란, 「호텔 니약 따」(『비행운』, 문학과지성사, 2012, 277~281쪽)

캄보디아에 있는 '호텔 니약 따'는 투숙한 손님들한테 귀신이 나타난다는 소문으로 유명한 호텔이다. 소설의 주인공인, 한국사회에서 흔히 볼 수 있는 가난한 젊은이 서윤은, 백석 시 제목 '남신의주유동박시봉방'을 마치 주문呪文 외듯 중얼거리다가 잠이 들었는데, 문득 이상한 기운이 들어 잠에서 깬 후 귀신의 알레고리인 "그것"을 만나는 환상 세계가 이어진다. 그러나 환상 세계라고 했지만, 이 환상 장면은 망아경의 비유이자 접신의 알레고리라는 점이 이해되어야 한다. 접신의 전율인 듯, "온몸에 소름이 돋는 게 오싹했다."라는 접신의 순간, "동시에 침실 주위가 환해지더니 별안간 캄보디아의 시골 마을로 변했다."라는 샤머니즘적 의미에서의 황홀경이 펼쳐진다는 것. 이 또한 이 소설의 서사적 자아(작중 화자)에게 무당의 심성이 함께하고 있음을 엿보게 한다. 여기서 "동시에 침실 주위가 환해지더니 별안간 캄보디아의 시골 마을로 변했다."라는 환상은 이성에 의해 조작된 의도된 환상이 아니라, 접신의 탈혼망아脫魂忘我가 전제된 무당의 시공時空 초월적 환각 상태라는 점이 주의注意되어야 한다. 앞서 백석의 시 「남신의주유동박시봉방」에서 보이는 빙조憑眺의 망아경도 같은 맥락이다. 이는 서사무가에서 보이는 내레이터의 망아경적 시선 즉 서사적 화자인 무당의 영계 여행 과정에서 보이는 빙조의 시선과 같은 것이다. 그런 후에 "(접신한) 서윤은 '그것'이 무언지 알아채자마자 가슴이 터질 듯한 슬픔에 휩싸였다. 그리고 그때부터 주체할 수 없는 눈물이 쏟아지기 시작했다. 그것은······ 5년 전에 돌아가신 할머니였다."라는 대목에 이르러서 접신과 울음(통곡)이라는 전통 굿의 핵심 요소들이 펼쳐진다. 특히, 서윤이 체험한 할머니 귀신과의 접신은 "할머니가 죽어서도 박스를 줍고 계시다"는, '할머니 귀신'이 생전의 현세에서의 삶과 다름없음을 알게 하는 접신, 다시 말해, 서윤의 할머니가 겪었던 이승의 고통이 이승 너머 저승에서까지 이어지고 있다는 것을 알려 주는 접신이라는 점이 중요하다. 그것은 내세來世에서 절대자에 의해 심판을 받는 종교관이 아니라, 내세가 현세와 다름없이 이어지고 있다는 점에서 무조巫祖 바리데기 신화와 같이, 현세의 삶에서 떠나지 않는 귀신 관념이요 전통 무의 현세주의적 종교관을 보여주기 때문이다. 저승에서도 이승의 고통을 벗지 못한 할머니 귀신을 접한 주인공 "서윤의 양볼 위로 뜨거운 눈물이 사정없이 흘러내"린다는 것은 굿에서 무당과 단골이 서로 부둥켜안은 채 통곡의 울음바다를 이루는 공수 과장에 비견되는 것이다. (이 작품에서 공수는 생략된 채, 내면화되어 있다.) 김애란의 소설이 지닌 샤머니즘적 성격이 신뢰할 만한 것은 참다운 전통 무당이 그러하듯이, 현세적 삶의 모순과 고통은 초월적 신의 권능에 의지해서 결코 쉽게 해소될 수 없음을 깨닫고 늘 현세의 모순과 고통을 관찰하고 그 고통이 지닌 내면적 의미를 통찰하고 있다는 점에서이다. 이는 현세의 고통의 의미만이 아니라 내세의 고통의 의미를 통찰하는 것을 의미한다. 고통의 현세적 의미와 함께 신적인 차원의 의미를 캐묻는 것이다. 가까운 이의 죽음이 가져오는 슬픔과 충격은 삶을 깊이 성찰하게 한다. 내세가 현세의 삶에 변화를 주고 현세의 삶을 새로이 하는 것이다. 그러니까, 현세와 내세가 둘이면서 하나요 하나면서 둘이다. 이는 진정한 무당이란 현세의 의미와 내세의 의미를 함께 고뇌하며 현세의 모순과 고통을 치유하기 위해 현세의 삶에로 깊이 참여하는 존재라는 뜻이다. 이러한 현세의 고통에 깊이 참여하는 무당의 그림자를 「호텔 니약 따」 「물속 골리앗」 같은 작품에서 만날 수 있다.

　어쨌든 이 작품이 샤머니즘적 성격을 지니고 있다는 점은 자명하다. 하지만 전통 무의 주요 내용과 형식들이 이 작품에서 모두 찾아지는 것도 아니고 그럴 이유도 필요도 없다. 김애란 작품의 샤머니즘이 중요한 의미를 지니는 것은, 전통 무의 원형을 내면화한 서사적 자아가 소설의 내용과 형식 및 소설 언어 속에서 어떤 생명력과 생성의 원리로 작용하고 있다는 점에서 찾아진다. 이성의 제약을 뚫고서 무의식을 해방시키는 무당적 자아는 기존의 소설 문법의 제약을 넘어서, 현세적 삶과 혼이 겪는 고통의 의미를 내세적 의미에로 연결시키는 현실적이면서도 초월적 능력을 보여주고, 소설의 상식적인 형식을 비상한 형식으로 발전시키는 역할을 맡는다. 어쩌면 무조 신화 '바리데기' 등 전통 서사무가에서 이러한 김애란 소설에서의 서사적 자아의 조상들을 만날 수 있을지도 모른다. 중요한 것은 백석의 시가 그러하듯이 작가가 한국인의 집단무의식의 원형인 전통 巫와 은밀하고 긴밀한 대화를 지속하고 있다는 사실일 것이다.[27]

32문 한국 작가 최초로 작가 한강은 문학적 권위를 인정받는 맨부커상을 수상한 작가입니다. 오랫동안 비평적으로 관심을 가져온 작가 김애란의 작품에 이어 한강의 문학에서 '네오 샤먼으로서의 작가'의 존재

27　졸고「한국문학과 샤머니즘의 이념」,『네오 샤먼으로서의 작가』에 수록.

를 읽어내시는군요.

답 유역문예론의 관점에서 보면, 작가는 알 수 없는 근원에 능통能通
해야 합니다.

프루스트도『잃어버린 시간을 찾아서』에서 기억을 통한 시간 여행을
떠나지만, 따지고 보면 근원을 찾아가는 존재로의 지난한 순례를 통해,
알 수 없는 시간(불연不然)의 존재화(存在化, 즉 기연其然), 알 수 없는 기억
(불연)의 존재화(기연), 알 수 없는 언어(불연)의 존재화(기연)를 통해,
결국 인간의 존재 속에서 일어나는, 알 수 없는 '근원'의 존재화 과정을
모든 존재에 대한 시간론적인 사유와 탁월한 문학적 감수성을 통해 표
현한 것 아닐까.

우리는 창조적 유기체론을 더 깊이, 더 넓게 적용하고 해석할 수 있
어야 합니다. 그럼으로써 새로운 유역의 작가들과 생산적인 대화에 나
설 수가 있습니다. 세계문학사적으로 걸작인 F. 카프카의『변신』은 "어
느 날 아침 그레고르 잠자가 불안한 꿈에서 깨어났을 때 그는 자신이 침
대 속에 한 마리의 커다란 해충으로 변해 있는 것을 발견했다."라는 첫
문장으로 시작됩니다만, 왜 주인공이 커다란 해충으로 변했는지, 이성
적으로는 도무지 알 수 없습니다. '불연'인 것이죠. 하지만『변신』을 읽
어가면서 독자들은 여러모로 분석하고 풀이해가면서 이성적으로 '알
수 없는 세계'가 있음을 깨닫게 됩니다. 그 알 수 없는 세계의 존재는 문
학이라는 이름의 존재를 통해 그 알 수 없음이 알 수 있음의 가능성으로
변하게 되는 것이 아닐까요? 알 수 없는 존재가 '문학적 존재화'를 거치
면서 알 수 있는 존재 가능성의 지평으로 감지感知 또는 직관되는 것이
죠. 그러니까 적어도 카프카는 알 수 없는 근원을 자기 고유의 문학적

형식으로서 표현한 것이라고도 할 수 있습니다. '기연'인 것이죠.

중요한 것은 근원에 대한 사유는 유기적이라는 것입니다. 없음은 있음에, 없음은 또 다른 없음에, 일인칭은 삼인칭에, 전지칭에 함께 연결되어 있다는 것. 그래서 아무런 논리적 매개 없이 직접 도출된 초이성적 존재는 카프카의 영감에 의해 문학적 존재로 변한 것입니다. 불연이 기연이 된 것이죠. 그래서, 독자들은 아무런 논리적 매개가 없을지라도, 『변신』에서 '그레고르 잠자'가 변해버린 커다란 해충을 가정적 존재(가유假有)로서 기꺼이 받아들입니다. 이 또한 문학적 아이러니인데, 물론 커다란 해충으로 변신한 주인공이 상징하는 여러 숨은 의미들이 있습니다만, 중요한 것은 작중 화자(내레이터)가 '이성적인 동시에 초월적인' 자기모순성을 가진 존재라는 점입니다. 그 또한 불연기연의 논리로 해설이 가능한데, 이 경우에 화자는 전지전능한 관찰자로서 이성의 한계를 넘어서 현실과 초현실을, 생성과 소멸을 아우르는 근원성을 지닌 존재라는 점에서 주목할 필요가 있습니다.

조광희의 데뷔작『리셋』도 카프카의 『변신』과 똑같은 비평적 분석과 해석이 가능합니다. 서로 다르면서도, 근원적 동일성을 공유하고 있는 것이니, 참 경이롭지 않나요? 아무런 논리적 매개 없이 주인공 동호와 편윤미가 저녁 하늘에 베텔게우스가 폭발하는 광경을 보는 장면도 그것이 상징하는 의미가 따로 있을 테지만, 작중 화자가 보이지 않는 존재(불연)를 보이는 존재(기연)로 변하게 하는 '근원적 존재성'을 은닉한 존재라는 점을 이해할 필요가 있습니다. 그 '근원적 존재성'은 소설의 플롯이 철저한 논리 위에서 전개된다는 소설론적 대전제를 염두에 둔다면, 아무 논리적 설명이 없이 '느닷없이' 나타난 것입니다. 그렇다면 어떻게 논리적 매개 없이 불쑥 근원성이 현현할 수 있을까? 저는 그것을 은미隱微에서 찾을 수 있다고 봅니다. 그늘 속 희미한 자취에서 근원적 존재의 가능성이 비닉되어 있었던 것이지요. 예를 들어,『리셋』의 화자와 주인공 동호가 종종 밤하늘의 별과 달을 '일별—瞥'하는 짧은 언술들은 그 자체로 근원적 존재성의 징후인 것입니다. 또는 어린아이같이 천진난만한 마음이 느껴지는 대목들이 여러 군데 나오는데, 그러한 동심童心의 지평에서 베텔게우스의 초신성이 폭발한다는 동화적 상상력과 초월적 장면들이 얼마든지 나타날 수 있는 게 아닐까요. '새로운 창조적 유기체로서의 소설'은 이러한 맑은 동심의 경지를 존중해야 합니다. '최령자'는 그 동심의 경지일 수 있습니다. 적어도 창조적 유기체론에서 소설론은 이러한 보이지 않고 들리지 않는 '일별'의 언행을 주의 깊게 살피는 문학 정신과 깊이 연관되어 있습니다. 소설 속에서 쉽게 밝혀지거나 드러나는 주제(양陽)에 의식을 집중하기보다는 주제의 잘 보이지 않는 그늘 속에 비닉되어 있는 '은미한 의미소素'(음陰)를 중시해야 한다는 것이죠.

그러므로, 근원적 존재성에 능통한 존재야말로 '가장 신령한 존재'로서의 작가의 분신입니다. 작가 김애란의 장편소설『두근두근 내 인생』에는 이러한 근원적 존재 또는 신령한 존재로서의 내레이터가 등장하는 감동적인 대목이 나옵니다.

　어머니의 친구들은 본인들이 아는 온갖 출산에 대한 정보와 일화를 늘어놓으며 쉬지 않고 떠들었다. […] 나는 소리가 나는 쪽을 향해 고개를 이쪽으로 돌렸다 다시 저쪽으로 돌리며 '과연 여자들의 세계란 이런 것인가……' 어지러워했다. '그것 참, 엄청나게 시끄럽고 눈부신 존재들일세……' 하고. 얼마 뒤 한수미가 조심스레 물었다.

"미라야."

"응?"

"저기…… 만져봐도 돼?"

어머니는 그런 일은 이미 수차례 겪어봤다는 듯 대수롭지 않게 말했다.

"그럼."

허락을 받은 소녀들이 하나둘 어머니 주위로 몰려들었다. 그러곤 저희들끼리 무슨 내밀한 의식이라도 치르듯 끈끈한 시선을 주고받았다. 이윽고 어머니의 둥근 배 위로 총 다섯 개의 손이 올려졌다. 모두 희고 고운 게 불가사리처럼 앙증맞은 손이었다. 다섯 개의 손바닥은 일제히 숨죽인 채 내 존재를 느꼈다. 나 역시 내 머리 위에 얹어진 다섯 소녀의 온기를 느끼며 꼼짝 않고 있었다. 아주 짧은 고요가 그들과 나 사이를 지나갔다. 어머니의 배는 둥근 우주가 되어 내 온몸을 감쌌다. 그리고 그 아득한 천구天球 위로 각각의 점과 선으로 이어진 별자리 다섯 개가 띄엄띄엄 펼쳐졌다. 부드럽고, 따뜻하며, 살아 있는 성좌들이었다. 어머니의 친구들은 신기한 듯 서로의 얼굴을 바라봤다. 그러곤 동시에 희미한 미소를 지었다.

—김애란, 『두근두근 내 인생』(창비, 2011)

이 경이롭고 감동적인 장면은 인간의 바깥에 있는 아득한 밤하늘에서 성좌와 만나는 게 아니라 엄마 자궁 안의 "천구天球"에서 "부드럽고, 따뜻하며, 살아 있는 성좌"를 만나고 있음을 보여준다. 서양의 근대 이성이 동경하던 신성神性의 성좌가 멀리 밤하늘에서 반짝인다면, 인용문에서 신성의 성좌는 어머니 자궁 속에서 "눈부신 존재들"로 빛나고 있는 것이니, 포태胞胎는 다름 아닌 한울님(天主)을 모시는 일이다.

이 포태 장면의 내레이터는 어머니 자궁 속 태아인데, "나"는 어머니 자궁 속이 바로 천공이요 어머니의 친구들이 만지는 따뜻한 손바닥들이 성좌임을 느끼고 있다. 어머니 배 속의 "나"가 빛나는 성좌를 느낄 수 있다는 것은, 어머니와 태아인 "나"의 인성人性 속에, 무릇 모든 인성 속에 신성이 살아 있음을 상징한다. 그러므로 아름다운 신화의 한 장면과도 같은 인용문은 수운(水雲 崔濟愚, 1824~1864)의 시천주侍天主 사상의 문학적 표현이라고 해도 좋을 것이다. "나"는 '아기신' 또는 아기 한울님이니, "나"의 어머니는 시천주 자체이다.[28] 이때 인간 중심주의적 근대적 이성은 스스로 질적인 변화를 거치지 않을 수 없게 된다. 태아의 고사리 손이 엄마 친구들의 "별자리 다섯 개"와 접하는 순간, 한울님이라는 신이 이성 속에 내면화되는 것이다. 신성을 자각하는 이성은 '둥근 우주'가 된 어머니 자궁 안에서 배 위에

---

28 이 장면을 수운의 시천주 사상으로 해석하면, "어머니"는 시천주의 지극한 기운 안에 들어간 상태, 곧 지기금지至氣今至의 상태, 시천주의 의미인 "내유신령 외유기화內有神靈 外有氣化"의 상태에 놓여 있습니다. 이 장면은 "어머니" 몸 안의 시천주 씨앗 곧 태아 상태의 "나"가 자라고 있음을 보여주고, "나"라는 '주체적 개인'은 다름 아닌 천심(한울님)임을 보여주는데, 이 천심을 비유하는 문장이 "어머니의 배는 둥근 우주가 되어 내 온몸을 감쌌다. 그리고 그 아득한 천구天球 위로 각각의 점과 선으로 이어진 별자리 다섯 개가 띄엄띄엄 펼쳐졌다. 부드럽고, 따뜻하며, 살아 있는 성좌들이었다."라고 할 수 있습니다. 또한, 동시에 "어머니"와 "나"의 관계는 모두 천심을 모시고 있는 '개인적 주체'들로서 상호 순환하고 상호 포섭하는 무궁한 관계를 이룬다고 할 수 있습니다. 이는 서양 근대의 자유주의적 '개인적 주체'와는 근본적으로 다른 '시천주侍天主하는 개인적 주체'라는 점에서 특기할 만합니다.

었힌 엄마 친구들의 다섯 손바닥이 만든 "따뜻한 체온"의 "별자리"
를 보고 느낀다. "이윽고 어머니의 둥근 배 위로 총 다섯 개의 손이 올
려졌다 […] 다섯 개의 손바닥은 일제히 숨죽인 채 내 존재를 느꼈다.
나 역시 내 머리 위에 얹어진 다섯 소녀의 온기를 느끼며 꼼짝 않고
있었다 […] 어머니의 배는 둥근 우주가 되어 내 온몸을 감쌌다. 그리
고 그 아득한 천구天球 위로 각각의 점과 선으로 이어진 별자리 다섯
개가 띄엄띄엄 펼쳐졌다. 부드럽고, 따뜻하며, 살아 있는 성좌들이
었다." 한국문학사에서 일찍이 만날 수 없는 이 희귀한 장면은 인성
에 신성이 내재하고 있음을 보여주는 상징도象徵圖라 할 수 있다.[29]

33 문 작가의 존재 안에서 이성적 존재의 한계를 넘어서는 더욱 신묘
한 존재가 감지될 때, 소설이 이성의 한계를 넘어 어떤 초월적 존재성
을 띠게 된다고 이해하면 될는지요. 작가 한강과 김애란의 작품이 증거
하듯이.

답 어떤 문학적 의도가 작용해서도 아니고, 작가들이 이 나라 질곡
의 현대사와 모순이 가득한 험난한 세월을 지나면서 자연히 '영혼의 문
제가 중요하다.'라는 생각을 가지게 된 게 아닐까요? 작가 한강의 역작
『소년이 온다』가 한국소설사에 던진 생산적인 질문 중 하나는, '혼령의
시점에서 현실 세계를 돌아보고 서사敍事한다는 의미는 무엇인가', 하
는 문제입니다.
역사가 있으면 필연적으로 무수한 죽음의 시간이 있습니다. 그러니

---

29 「한국문학과 샤머니즘의 이념」, 『네오 샤먼으로서의 작가』 참조.

316

까, 모든 유역들은 저마다 고유한 역사가 있고, 그 유역의 역사에 부합하는 공통의 생활사生活史를 가지고 있습니다. 정치사政治史 중심의 역사 인식은 필경 정치적 지도指導와 지배의 크기에 따른 것이기 쉽습니다. 유역문예론적 관점은, 지배적 역사 인식에 대한 인식론적 전환을 요구하게 되는데, 지도적 인물사 중심의 역사의식을 인민들의 생활문화 중심의 역사 기술로 바꾸는 것입니다. 생활문화에는 일반적 사회관계를 포함하여 인민 개인들이 일생 동안 겪게 되는 생로병사의 문화가 담겨집니다. 이 말은 문학이 역사적으로 큰 사건, 정치사적 대사건을 소재로 삼더라도, 인민들의 생활사적 관점을 견지해야 한다는 의미입니다. 그러는 중에 자연히 죽음은 생활문화의 영역으로 들어올 수 있어야겠지요.

지배계급 또는 지배자의 역사 기술을 극복하기 위해서는 인민들의 생활사를 통해 정치사를 새로이 풀어낼(기억할) 작가적 능력과 역량을 키워야 합니다. 유역의 작가는 역사적 시공간 속에 캄캄하게 묻혀버린 인민들의 생활사적 시공간을 '창조적으로' 펼치는 가운데, 수난받는 인민들의 억울한 죽음들을 지금-여기에로 '불러들이는' 초혼(영매)의 정신도 더불어 필요합니다. 간단히 말하면, 생활의 형식과 함께 죽음의 형식에 대한 창작 방법론상의 고뇌가 필요하다고 봅니다.[30]

34문 유역문예론에서 소설 또는 서사문학이 주로 다룰 만한 주요 소재나 주제는 어떤 것이 있을까요?

---

30 소설 창작에서 '생활'이라는 개념적 범주를 별도로 제시할 필요는 없습니다. 그럼에도, '유역'마다 다른 방언 및 생활의 상대성에 따라 '생활' 범주의 특수성을 강조하게 됩니다.

답 작가의 사회 참여 의식과 함께 작가의 실존 문제를 고민하는 것이 무엇보다 요청된다고 할까요. 사회적 모순과 불의에 반항하고 대결하는 작가의식, 이와 동시에 상투적 사회의식과 개인의식에 부단히 간섭하는 감추어진 허위의식과 자기 부조리성에 대한 깊은 성찰과 반성, 억압받고 왜곡된 진실의 살림과 밝힘, 무위이화의 도에 합일하는 수행을 통한 '최령자'로 돌아가는 원시반본 문제, 이를 통한 세속적 삶의 정화와 구원 문제…… 같은 화두가 떠오릅니다.

35 문 기존의 문학 이론이 높고 강고한 성벽을 구축한 상태입니다. 또 오랜 세월에 걸쳐 서구 근대 이론 등 외래 이론들이 범람하고 있습니다. 이런 어려운 상황에서 새로운 문예이론이 어느 정도 가능할지요?

답 진실한 문예이론을 추구하는 정신은 개인적 자유가 아니라 근원적인 자유를 추구하는 정신입니다. 무위이화의 덕德에 합일하는 대자유는, 궁극적인 대자유, 근원적 자유를 향해 좌고우면 없이 나아갈 따름입니다. 김수영 시인의 '온몸의 시학'에서처럼 그저 자유의 화신이 되어 온몸으로 나아갑니다. 원융무애한 대자유의 마음을 닦듯이 문예 창작과 비평에 임하는 것입니다.

새로운 자주적 문예이론의 임무를 수행하기 위해서는 저항해야 할 기득권적 지배 체제가 있습니다. 제도적으로 학습된 문예이론이나 각종 매체와 대학 강단에서 무조건적인 추종을 강요하는 외래 이론 등은 넘어서야 할 걸림돌입니다. 그렇다고 기존의 이론들을 외면할 것은 아니고, 다만 항상 회의의 시각을 가지고 성찰하며 수용할 것은 '창의적으로' 수용해야 합니다. 원융회통의 정신이 필요합니다. 불연(부정)과

기연(긍정), 회의와 성찰의 회통會通을 통하여, 유역의 작가와 비평가는 기존 이론들을 자기 안에 주체성으로 포용할 수 있게 됩니다.

36문 이제 시詩에 대해 얘기할 차례입니다. 단도직입적으로 묻습니다. '유역문학의 관점에서 시'란 무엇입니까?

답 시란 무엇인지 알 수 없습니다. 알 수 없기에 '시'라고 하지 않고 '시적 존재'라는 말로 '시'를 대신하지요. 알 수 없지만 존재하는, 이 '시란 무엇인가'라는 근원적 문제를 해방 이후 한국 시단에서, 가장 철저하고 심도 있게 고민한 걸출한 시인을 꼽는다면, 시인 김수영과 김구용, 신동엽이 있습니다. 이들 외에도, 해방 이전에 활동한 시인으로, 가령 시인 백석, 시인 윤동주도 '시적 존재'에 대해 깊이 고뇌했습니다. 모든 뛰어난 시인들은 저마다 '시적 존재'와 접接하는 때에, '시'가 비로소 태어난다는 사실을 깨달았다고 생각합니다. '시적 존재'나 '시'도 시인의 삶과 사유와 유기적인 관계에 놓여 있습니다.

37문 시에서 '근원'은 무엇을 가리킵니까.

답 위에서 이미 얘기했습니다. 다시 같은 말을 되풀이할 게 아니라, 이제 시를 얘기할 차례이니까, 선문답 같은 '시적 언어'로서 얘기하지요.(웃음) 제가 생각하기에, 한국 현대 시인들의 시정신의 높이와 크기를 가지고 이 땅의 산맥 지도를 만들어 서로 비교한다면, 조금 전 말한 김수영, 김구용, 신동엽의 시정신을 준봉으로 나란히 그려 넣을 법합니다. 가령, 김구용 시는 가령 인간 존재 자체, 사유 자체, 시어 자체에 근본적인 의문을 제기합니다. 존재의 근원을 향한 일종의 방법론적인 사유 논리로서, 모든 존재를 가유假有로 부정하는 것이지요. "어느 날, 내 몸이 나의 우상偶像임을 보았다. 비가 낙엽에 오거나 산새의 노래를 듣거나 마음은 육체의 노예로서 시달렸다. 아름다운 거짓의 방에서 나는 눈바람을 피하고 살지만 밥상을 대할 때마다 참회하지 않는다.//[…] 언제나 일월성신日月星辰과 함께 괴로워 않는다. 추호라도 나를 속박하면, 나는 신을 버린다."(김구용 시,「반수신半獸神의 독백」앞부분) 앞에서 우리는 불가의 중관론적 사유, 노장의 현학적 사유, 유가의 음양론에 대해 짧게나마 살펴봤습니다만, 시인 김구용의 시적 사유와 논리는 언어 개념 의미같이 오감이나 의식으로, 즉 불가에서 말하는 유식唯識으로 말하여, 육식六識으로 감각되는 상像, 보이는 형상形象을 여의는 시정신에서 비롯됩니다. 만약 시적 존재의 근원이 공이나 허무로 이해되었다면, 시어는 그 공이나 허무의 반어反語가 되어야 할 것입니다. 반어가 아니라면 시를 쓸 이유가 없으니까요. 아이러니인 것이죠.

하지만 김구용의 시는 한국전쟁을 전후한 시기에 벌어진 동족 간의 대량 학살과 그에 이어진 극심한 혼란, 부조리, 모순 등 1950년대의 온갖 사회적 타락상을 그 속에서 정면으로 대면한 시정신의 산물이라는 사실을 이해하는 것이 그의 시적 존재를 이해하기 위한 선결적 조건입니다. 그러하기에 이중 삼중의 아이러니를 이해하는 과정에서 김구용의 시적 존재는 가까스로 드러납니다. 아마 이러한 삶과 언어의 근원, 즉 진리의 언어를 구하기 위한 세속世俗에서의 지난한 '순례巡禮'라고 칭할 만한, 실천적 수행修行의 시정신이 시인 김구용의 시를 낳습니다.[31]

---

31 김구용 시정신에 대해서는 졸고「會通의 시정신」,『네오 샤먼으로서의 작가』참조.

크게 보아, 시인 김수영의 시도 일심一心, 근원, 혼원混元, 지기至氣 같이 존재론적 근원에 대한 사유 논리를 시작詩作의 처음부터 끝까지 '온몸으로' 체현했다는 점에서 김구용 시와 상통하는 바가 큽니다. 앞에서 '시적 존재'의 근원성을 다룬 시로서 김수영의 「폭포」에 대한 비평적 분석을 잠깐 소개한 바 있지만, 시인의 데뷔작 「묘정의 노래」 이후 유고작 「풀」에 이르기까지, 시인 김수영이 '사회 참여 시인'으로서 4·19 혁명이 지닌 '사랑'의 가능성을 노래하는 순간에도 그의 '시적 존재'는 특히 언어의 근원적 존재성을 '온몸으로' 터득한 상태였습니다. 그렇기 때문에 김수영 시인에게 '리얼리스트'라거나 '참여 시인'이라는 칭호는 그의 시가 지닌 참된 근원의 경지를 이해하고 나서 붙여져야 한다고 봅니다. 자연을 닮은 생기 가득한 옹기를 이해해야, 그 김수영이라는 거대한 옹기에다가 온갖 헌사와 자랑스러운 칭호를 가져다 붙일 수가 있습니다.

시인 신동엽의 서사시 『금강』을 위시한 거개의 시편들은 역사주의 비평의 한계, 동학에 대한 이해 부족과 서구 시 이론으로의 편향에 따른 편견과 선입견에서 아직도 온당한 비평적 조명이 안 되고 있는 형편입니다.

김수영, 김구용, 신동엽 시인의 시와 산문을 보면 시인의 마음에서 바르고 세심하면서도 자신만만한 존재감이 느껴지는데, 이 자신만만함은 삶과 언어의 근원에 능히 통해 있음의 표현입니다. 그들의 시적 존재는 자연(진리)을 닮은 웅혼한 그릇, 거대한 옹기였기 때문이지요. 백두급 봉우리들입니다.

38 문 시인 백석을 높이 평가하는 평문들을 읽은 바 있습니다만, 백

석의 시를 샤머니즘의 전통과 연결 지어 그 배경과 시적 세계에 대해 더 구체적으로 얘기해주시죠.

답 백석은 1940년 서울을 떠나 고향 땅인 평안북도 정주와 만주 지역으로 이주합니다. 이때 유명한 시 「북방에서」를 씁니다. 이 「북방에서」는 아직도 누군가의 지혜로운 해석을 기다리고 있는 작품이에요. 저는, 이 작품을 일제의 식민 지배 아래 놓인 채 끊임없이 이식移植되는 근대성을 따르기에 여념이 없던 당시 조선 문단의 '모던뽀이'들을 향해, 실천행實踐行을 통해 가르쳐서 훈계하는, 자기 성찰적인 어조語調의 잠언시箴言詩 형식의 시라고 봅니다. 이 시는 원시반본原始返本 시학의 맹아를 엿볼 수 있다는 점에서 매우 중요하다고 생각합니다. 이 시가 품고 있는 깊은 뜻은, '태초가 다시 시작된다.'라는 것과, 그 시적 실천인, '조선 시의 근원은 샤머니즘이다.'에 있습니다. 이 시는, 당시 일본 식민 제국의 본부인 동경을 통해 서구에서 유행하는 온갖 모더니티를 거의 맹목적으로 수입하는 데에 여념이 없던 조선 시단과 지식인 사회를 향해, 서구적 모더니티를 대신해서 원시반본의 깊은 뜻을 천명하고 원시반본의 문학적 실천으로서 북방 샤머니즘으로의 회향回向을 선언한 것이죠. 이 시는 그 자체로 당시 조선 문단의 주류 세력들에 대한 도저한 반항이요 고독한 도전이었습니다.

아래 인용한 글은, 시 「북방에서」를 비롯하여 백석 시 세계에서 '원시반본' 정신과 샤머니즘적 세계관이 어떻게 전승되어 나타나는가를 분석한 비평문의 일부입니다.

1940년 백석의 만주 이주를 계기로 쓴 시 「북방에서」는 백석의 시 세계에서 어떤 세계관적 각성의 조짐과 더불어, 그의 후기 시편에 보이는 심화된 샤머니즘의 시학을 이해하는 데에 결정적으로 중요하다.

아득한 옛날에 나는 떠났다
扶餘와 肅愼을 勃海를 女眞을 遼를 金을,
興安嶺을 陰山을 아무우르를 숭가리를.
범과 사슴과 너구리를 배반하고
송어와 메기와 개구리를 속이고 나는 떠났다.

나는 그때
자작나무와 익갈나무의 슬퍼하든것을 기억한다
갈대와 장풍의 붙드든 말도 잊지않었다
오로촌이 멧돝을 잡어 나를 잔치해 보내든것도
쏠론이 십리길을 딸어나와 울든것도 잊지않었다.

나는 그때
아모 익이지못할 슬픔도 시름도 없이
다만 게을리 먼 앞대로 떠나나왔다
그리하여 따사한 해ㅅ귀에서 하이얀 옷을 입고 매끄러운 밥을먹고 단샘을 마시고 낮잠을 잤다
밤에는 먼 개소리에 놀라나고
아츰에는 지나가는 사람마다에게 절을 하면서도
나는 나의 부끄러움을 알지못했다.

그동안 돌비는 깨어지고 많은 은금보화는 땅에 묻히고 가마귀도
긴 족보를 이루었는데

이리하야 또 한 아득한 새 넷날이 비롯하는때

이제는 참으로 익이지못할 슬픔과 시름에 쫓겨

나는 나의 넷 한울로 땅으로—나의 胎盤으로 돌아왔으나

이미 해는 늙고 달은 파리하고 바람은 미치고 보래구름만 혼자 넋
없이 떠도는데

아, 나의 조상은 형제는 일가친척은 정다운 이웃은 그리운것은 사
랑하는것은 우럴으는것은 나의 자랑은 나의 힘은 없다 바람과 물과
세월과 같이 지나가고 없다.

　　　　　　　　　　　　　　—백석,「북방에서—정현웅에게」전문

시적 자아는 그 옛날 "북방"을 떠나 "앞대"(남쪽)를 향해, 곧 근대
적 대도시 서울(경성)을 향해, 떠났던 과거를 돌이키며 깊이 반성하
고 이제 "북방"에 돌아와 회한에 잠긴다.[32] 이 시가 지닌 각별한 의미
는, 고향 산천에 돌아와 전원 속에서 소박한 삶을 즐기겠다는 도연명
陶淵明의 귀거래사 같은 의미가 아니라, 치열한 자기반성과 함께 잊
고 있던 북방 샤머니즘에 대한 깊은 각성을 보여주는 '귀거래사'라는

32　「북방에서」에 대한 자세한 분석은 이 글에서는 피하기로 합니다. 참고로 이 시
　　에 대한 필자의 별도의 해석은 졸고「집 없는 박수의 시」,『네오 샤먼으로서의
　　작가』에 포함되어 있습니다.

점에서 찾아진다. 시인이 고백하는 자기반성의 주요 내용들은, 먼 우리 역사 속의 옛 나라들과 영토인 "扶餘와 肅愼을 勃海를 女眞을 遼를 金을,/興安嶺을 陰山을 아무우르를 숭가리를 ""배반하고""떠났다"는 것, "범과 사슴 […]/송어와 메기와 개구리"라는 북방의 자연과 토템과 애니미즘 세계를 "속이고 나는 떠났다"는 것, 그리고 만주의 샤먼족인 "오로촌"과 "쏠론"의 형제애를 "잊지않었다"는 것 등이다. 시의 1연과 2연은 시적 화자가 돌아온 "북방"은 토템과 애니미즘 같은 샤머니즘이 여전히 깊이 영향을 끼치고 있는 세계이다. 이 시의 1, 2연에 이어 3연의 "나는 그때/아모 익이지못할 슬픔도 시름도 없이/다만 게을리 먼 앞대로 떠나나왔다/[…] 나는 나의 부끄러움을 알지못했다."라는 구절에 이르면, 이 시는 시인이 과거의 "그때""다만 게을리 먼 앞대로" 즉 일제의 지배 아래에 있던 모던한 근대적 대도시 서울로 떠났던 것을 떠올리며 "나는 나의 부끄러움을 알지못했다."는 통렬한 자기반성을 하게 되고, 뒤늦게 돌아온 "북방에서" '새로운' 세계상을 깊이 자각하게 되었음을 읽게 된다. 그 '새로운' 세계에 대한 자각은 샤머니즘적 세계로의 '원시반본原始返本'의 뜻을 지닌다.

여기서 1940년 백석이 서울이나 동경 같은 근대성의 세계에서 벗어나 북방 고향으로의 귀향을 가리켜 '원시반본'의 뜻을 지닌다는 말은 그 귀향이 복고復古이거나 원시시대나 원시사회로 돌아감을 의미하지 않는다. 이 시에서 원시반본은 자기가 태어난 삶의 근본이자 존재의 시원인 "녯 한울로 땅으로—나의 胎盤으로 돌아"오는 의미이니, 단순히 근대문명 이전의 원시적 삶이 아닌 "과거 원시의 화해로웠던 생명의 고른 상태로, 문명 단계를 거쳐서 창조적으로 환원하는, 새롭게 순환하는 그런 질서"인 '근본적인' 삶으로 돌아옴인 것이다. 특히 이 시의 4연에는 이러한 백석의 귀거래사가 단순한 귀거래사가 아니라 원시반본의 깊은 뜻을 지닌 귀거래사라는 사실을 엿보게 한다. 이 구절엔 직선적 시간의 흐름이 아닌 생성과 소멸이 동시적으로 이루어지는, 찰나가 영원이고 영원이 찰나인, 무궁무진한 시간관, 그래서 '지금 이 순간'이란 다름 아닌 "이리하야 또 한 아득한 새 넷날이 비롯하는때"가 되는 백석의 순환론적인 시원적 시간관이 들어 있다. 여기서 "새 넷날"이란 표현에 주목해야 하는데, 그것은 백석이 '옛날이 새로이 시작된다'는 시간관을 갖게 되었다는 점에서 의미심장하다. '삶의 세계는 항상 언제든 시원이 더불어 시작되는 세계인 것이다.' 그러니까, 역사(시간)의 아이러니로서의 "새 넷날"은 언제든 "나의 胎盤으로 돌아"옴으로써 새로운 역사(시간)를 갖는다는 의미인 것. 그러니, "새 넷날"은 먼 과거로의 돌아감이 아니라 '미래의 원시성'으로서 "새 넷날"로 돌아옴을 뜻하는 것이다. 그렇다면 백석의 반문명적 샤머니즘은 이미 지나간 과거의 시간의 것이 아니라 지금 여기서 항상 더불어 있는 원시성으로서의 샤머니즘이요, 미래의 삶을 위한 '새로운 샤머니즘'이라고 말할 수 있다.

또한 "나는 나의 넷 한울로 땅으로―나의 胎盤으로 돌아왔(으나)"다는 시구에서는, "나의 넷 한울로 땅으로"와 "나의 胎盤으로"는 동격관계이므로, "나의" 돌아옴은 '새로운 세계관의 탄생'("나의 胎盤")의 뜻을 품고 있다. 백석의 다른 시「나와 나타샤와 힌당나귀」(1938)에서도, 이러한 '새로운 (세계관의) 탄생'을 알리는 내용이 보이는데, 그것은 "나타샤가 아니올리 없다/언제벌서 내속에 고조곤히와 이야기한다/산골로 가는것은 세상한데 지는것이아니다/세상같은 건 더러워 버리는것이다//눈은 푹푹 나리고/아름다운 나타샤는 나를 사랑하고/어데서 흰당나귀도 오늘밤이 좋아서 응앙 응앙 울을것이다" 같은 구절에서 드러난다. 이 시구에서 '새로운 인성人性의 탄생'('새로운 인성'의 탄생은 '새로운 세계관'의 탄생과 같은 의미이다)을 비유하는 시구는 "어데서 흰당나귀도 오늘밤이 좋아서 응앙 응앙 울을것이다"라고 볼 수 있는데, 그것은 "응앙 응앙"은 흰 당나귀가 우는 울음소리가 아니라 흰 당나귀로 상징되는 순결하고 맑은 영혼을 지닌 "새로운 인간" 아기의 탄생을 알리는 울음소리이기 때문이다. 결국 "나의" '새로운 탄생'을 가능하게 하는 것은 백석이 '새로운 세계관'에 눈뜸을 의미한다. 시의 1, 2연을 종합해 보면, 그 '새로운 세계관'이 북방 샤머니즘과 깊이 연결되어 있음이 분명해진다.[33]

39 문 유역문예론의 관점에서 백석의 시에 대한 분석과 해석에 대해 유성호 교수를 비롯한 여러 분들이 새로운 해석이라고 평가하는 일종의 메타비평들이 있었습니다. 백석 시의 페르소나에 샤먼의 존재가 함께 있다는 해석인데, 시에서 근원의 문제에 대해 좀 더 다양한 해석이 필요하지 않을까 싶은데요?

답 물론입니다. 삶과 언어의 근원에 능히 통한 시가 좋은 시라는 말은 하나의 시적 명제인데, 이때 중요한 것은 근원은 하나(一)이나 근원에서 나오는 무수한 개별성(일즉다一卽多)이 있다는 것입니다. 시는 쉽다거니 어렵다거니, 분류될 수 있는 것이 아니라, 유기체로서의 시적 존재는 그 자체로 천지조화의 이치에 상응하고 부합하는 것입니다. 시라는

---

33 「한국문학과 샤머니즘의 이념」, 『네오 샤먼으로서의 작가』.

창조적 유기체는 근원의 시이며 그 근원적인 시적 존재들은 지금 여기의 삶 속에서 무수하게 저마다 존재 가능성으로서 은폐되어 있습니다.

　외갓집이 있는 구 장터에서 오 리쯤 떨어진 九美집 행랑채에서 어린 아우와 접방살이를 하시던 엄니가, 아플 틈도 없이 한 달에 한 켤레씩 신발이 다 해지게 걸어다녔다는 그 막막한 행상길.
　입술이 바짝 탄 하루가 터덜터덜 돌아와 잠드는 낮은 집 지붕에는 어정스럽게도 수세미꽃이 노랗게 피었습니다.
　강 안개 뭉구는 이른 봄 새벽부터, 그림자도 길도 얼어버린 겨울 그 밤까지, 끝없이 내빼는 신작로를, 무슨 신명으로 질수심이 걸어서, 이제는 겨울바람에, 홀로 센 머리를 날리는 우리 엄니의 모진 세월.

　덧없어, 참 덧없어서 눈물겹게 아름다운 지친 행상길.

—윤중호, 「詩」 전문

　시인 윤중호는 엄니의 모진 삶을 속으로 느껴 울듯이 이 시를 써 내려갔을 것입니다. 주목할 것은 엄니에 대한 형언키 힘들도록 저린 마음을 위 문장으로 남기고서 시인은 그것을 '시詩'라고 불렀다는 점입니다. 어찌 엄니의 모진 세월을 글로써 표현할 수 있겠습니까? 언어도단의 영역에 엄니의 모진 삶이 가쁜 숨을 쉬고 계실 것입니다만, 그 엄니의 신산스런 삶을 시인은 '詩'라고 표현합니다. 시란 무엇인가를 동서고금의 수많은 학자 시인들이 이러쿵저러쿵 미주알고주알 따지고 저마다 그럴듯하게 설파했지만, 그들을 무색하게 하듯 시인 윤중호는 자신의 어머니의 박복하고 힘겨운 삶 자체를 '詩'라고 규정한 것입니다.

시인은 시를 절대적 가치이자 목표로 삼는 이입니다. 시인이란 무릇 시 쓰기를 천직으로 삼는 사람이라 한다면, 시인이 '詩'라는 제목을 붙이는 것은 그 시를 곧 절대적인 시, 지상至上의 시로 여길 경우일 것입니다. 따라서 이「詩」란 작품은 시인의 시론詩論이 극명하게 표현되어 있는 시라고도 할 수 있습니다.

이 시에서 엄니의 가혹한 고생살이와 엄니의 삶에 대한 시인의 걱정과 깊은 한탄을 아는지 모르는지, '어정스럽게도 노랗게 핀 수세미꽃'이 자아내는 서정적 시공간은 현실의 고통을 정서적으로 해소하는 역할을 할 것입니다. 그것은 전통 서정시의 주요 기능 가운데 하나이기도 합니다. 그러나 이러한 서정시적 속성을 이 시에서 그다지 주목할 필요는 없을 듯합니다. 이 시가 만들어낸 서정적 시 공간은 사실 윤중호 시인의 의중意中과는 다르게 우리들의 시 읽기에 개입하고 작용할 수도 있기 때문입니다. 시인의 의도와는 반대로 엄니의 삶에 연민을 불러일으킬 수도 있으니까요.

그렇다고 엄니의 신산스런 삶을 독자들이 상상 속에서 체험하는 것이 시라는 뜻도 아닐 것입니다. 내가 생각하기에, 이 시에서 언어로서는 표현 불가능한 "엄니의 모진 세월" 그 자체가 중요한 것이 아니라, "덧없어, 참 덧없어서 눈물겹게 아름다운 지친 행상길"에서 보듯이, "엄니의 모진 세월"이 "덧없어서 아름다운" 삶으로 연결되는 시인의 시선과 사유 내용이 중요합니다. 달리 말해, 시인 윤중호는 "엄니의 모진 세월"을 통해 '삶의 덧없음'을 깨닫게 되는, 일종의 '한 소식'의 경지를 자연스럽게 보여주고 있는 것입니다.

그러므로 이 시는 '엄니의 모진 세월이 곧 詩'라는 의미를 지닌 시가 아니라, 시인 윤중호의 삶의 덧없음에 대한 깨달음을 담은 시이며, 그 삶의 덧없음에 대한 자각이 시를 이루는 전제 조건임을 재차 각성한 시입니다. 조금 도식적으로 말하면, 엄니의 모진 세월에 대한 한없는 사무침이 삶의 덧없음을 깨닫게 하고, 이윽고 덧없음이 '무소유의 가난한 마음'을 재차 발심發心하게 하고, '그 가난한 마음 상태'를 가리켜 바로 '詩'라고 시인은 명명命名하고 있는 것입니다. 그리고 중요한 사실은, 그 '가난한 마음 상태'에서, 즉 '詩' 속에서 '엄니의 모진 세월'이 대승적으로 승화昇化 · 정화淨化되는 심오한 역설逆說의 세계가 이루어지고 있다는 점입니다. 바로 이 점이 이 작품의 경이로운 성과이자 윤중호 시의 시적 진실의 핵심을 이루는 것입니다. 그러니, 윤중호에게 엄니의 모진 삶 그 자체가 시를 낳는 자궁이지만, 동시에 시는 엄니의 모진 삶 자체를 초월하여 마침내 엄니의 삶을 정화 · 구원하는 '말씀의 절간,' 곧 말의 본래 의미에서 '詩'가 되는 것 아니겠습니까?(詩의 어원에 대한 이견이 분분합니다만.)

그런데 이 시는 윤중호의 시의 구조 그리고 시적 특성을 이해하는 단서를 찾게 한다는 점에서 좀 더 깊은 이해가 필요한 시입니다. 즉, 시인이 추구할 최상의 목표인 '詩다운 詩'를 시인 윤중호는 어떻게 생각하고 있었는지, 또 그의 시의 창작 방식—그가 의도했든 무의식적이었든—은 무엇인가 하는 문제를 풀 단서가 이 시에 들어 있습니다. 다소 도식적으로 이를 설명하면 다음과 같습니다.

엄니의 모진 삶
(언어 이전의 삶의 진실)

'시적 존재'로 승화
(언어적 인식)

삶의 덧없음에의 깨달음
(불가적 세계관)

이 세 개의 항은 이 시에서 서로 유기적으로 어울리며 한 몸을 이루고 있습니다. 그리고 이 세 개의 항이 서로 유기적으로 통일되어 시인의 사유의 기본을 이루고 있음을 보여줍니다. 그 명료한 시적 표현이 바로 이 시의 마지막 시구인 "덧없어, 참 덧없어서 눈물겹게 아름다운 지친 행상길"이지요. "덧없어, 참 덧없어서", 즉 불교의 핵심 개념 중 하나인 생명계의 무상無常함에 대한 자각으로, 시인은 엄니의 모진 삶 자체가 아름답다고 말하는 것입니다. 아름다움, 즉 미의식이란 시인에게 시詩 의식일 터이고, 그러므로 마침내, 엄니의 구체적인 삶이 시어詩語로 환생하게 되는 것입니다. 시인 윤중호가 말하는 덧없음은 불가적 대승大乘의 경지로 쓰이고 있습니다. 뭇 중생들의 생로병사生老病死, 희로애락喜怒哀樂이 무상함을 정각正覺했을 때, 무상함은 세상을 등지는 허무주의가 아니라, 낫고 모자람, 잘나고 못남, 가지고 못 가짐, 있고 없음의 차별 없이, 모든 삶의 고통을 하나로써 이해하는, 적극적이고 능동적인 허무주의를 가리킵니다. 도저한 자유의 정신과 중생이 아프니 나도 아프다는 대승적 사유가 낳은 허무주의지요. 이 대승인 무상함에 이를 수 있었기에 시인 윤중호는 마침내 엄니의 "지친 행상길"을 '아름답다'고 쓸 수 있었을 것입니다. 이때 아름다움은 그러므로 시를 가리키면서도 동시에 시를 가리키지 않게 됩니다. 모진 삶이 곧 시라고 한다면, 시조차 덧없는 것일 테니까요. 고로, 아름다움은 특정 관념이나 어떤 고정된 것이 아닙니다. 이를 위의 도식을 통해 설명한다면 아름다움, 즉 시는 엄니의 모진 삶을 가리키면서도 삶의 덧없음 즉 무상함을 가리키기 때문입니다. 달리 말해 시, 즉 아름다움은 언어 이전의(언어로는 도저히 표현할 수 없는) 삶의 진실을 가리키면서 동시에 덧없음의 깨달음(불교적인 각성)을 가리키기 때문에 시인 윤중호에게는 시 또한 '덧없음'의 형식이 되는 것입니다. 시인 윤중호에게 언어로 쓴 시는 그 자체로 명료한 한계로 받아들여졌으며, 결국 시란 '덧없는' 것이었습니다.

편의상 다른 시편들을 예로 들 필요 없이, 앞서의 「詩」에 나오는 '엄니'라는 시어를 예로 들 수 있겠습니다. 비록 아주 작은 예이지만, 위에서 인용된 시의 '엄니'라는 시어에 '소리의 시어'가 가리키는 참뜻이 반영되어 있습니다. 시인의 잠재의식일 수도 있습니다만, 시인 윤중호가 '어머니'라는 언어보다 '엄니'라는 언어를 선호하는 것은 그의 타고난 기질 탓이면서 동시에 '엄니'가 만들어내는 어떤 소릿값을 중시했던 탓일 것입니다. 달리 말해 언어 이전의 '소리'로서의 음성적音聲的 의미를 염두에 둔 것이지요.

'엄니'에서의 '엄'('엄[어근]+이[접미사]'로 이루어진 '어미'는 몽고어로는 eme, 만주어도 eme, 한국어 역시 eme)은 거의 원시 농경 사회였던 먼 고대 사회에서 여성이 생산의 주체였기 때문에 그 자체로 '가장 으뜸이 되고 근본이 되는 주체'라는 의미를 가진 우랄 알타이어 계통의 조어祖語였습니다. '엄지'(엄지 손가락)에서 그 형태가 남아 있고 어느 지방에서는 '모암母岩'을 '엄바위'라고 부르는 지방도 있으니, '엄'이란 뜻은 근본이란 뜻을 이미 음성학적으로 지니고 있는 것입니다. 이렇게 보면 '엄'에는 '근본', '으뜸'이라는 의미의 잔영이 여전히 남아 있다고 할 수 있습니다. 그러니까 윤중호 시인의 시에 등장하는 시어 '엄니'는 엄니-어금니란 의미를 지닌 채, 특정 지역에서 쓰이는 '어머니의 방언형'이 된 것입니다. 시인 윤중호가 쓴 시어 '엄니'는 '엄'이라는 오래전부터 불리어지던 우리말의 조어祖語로서의 '엄'을 비교적 온전하게 살린 언어이며 동시에, 언어가 분화되고 분열화(갈래화, 분절화)되기 이전의 원형으로서의 모어母語인 셈입니다.

시에서 이 모어가 중요한 까닭은 그것이 지닌 불가사의한 속성 때문입니다. 거기엔 우랄 알타이 지역의 종교적 제의성祭儀性이 담겨 있고 자연에 대한 영적인 미메시스(가령 '손금'이나 관상을 보듯이)가 담겨 있습니다. 즉, 엄니는 문자가 발생하기 이전의 언어, 곧 언어 이전의 언어로서 언어의 원초적이고 불가사의한 '소리적 본성本性'이 들어 있는 것입니다. 그 언어 이전의 제의적祭儀的 소망所望이 담긴 '소리' 곧 '엄'이 '엄니'의 형태로 윤중호의 시에 남아 있게 된 것입니다. 어머니라고 '소리' 냈을 때와 엄니라고 '소리' 냈을 때, 그 차이는 적지 않습니다. 그 차이는 언어의 습관에서 나오는 것이라기보다 일종의 무의식적 친근함이나 영적靈的 체험에서 오는 차이입니다. 일찍이 경험한 적이 없는 어떤 불가사의함이 마치 경험한 것처럼 받아들여지는 작은 전율 같은 언어 체험 말입니다. 우리들 심연에 오랜 세월을 유전자처럼 전해져온 원형archetype의 잔재들인 양, 심연에서 홀연 울리는 '소리글자' 말입니다. 즉, 일회적一回的 현존現存으로서 '엄니'의 소리는 우리의 영혼을 잔잔하게 울립니다. '소리'의 참뜻과 진경眞景은 여기에 있습니다. 경험되지 않은 경험의 일회적 현현顯現, 그 불가사의한 기억에 의해 영혼이 정화되는 느낌을 갖게 하는 것이 바로 소리인 것입니다. 엄니는 바로 '소리'의 언어이자 영혼의 언어였던 것입니다.[34]

40 문 말씀을 들어보니, 시는 생활 현실의 고통과 고난 속에서 존재와 언어의 근원성 또는 신령성을 만나는 것이 중요하다는 것으로 이해가 됩니다.

---

34 「엄니의 시」, 『네오 샤먼으로서의 작가』 참고.

답 그렇게 정리될 수 있겠네요. 사실 제가 좋아하는 시 작품들은 방금 말씀하신 대로, 어려운 생활 속에서 존재의 근원성에 대한 고민을 잃지 않는 시인들의 시인 것 같아요. 현란한 감각주의에 머무는 시나 뿌리 없는 사유들로 어지러운 시들은 일단 눈을 감게 되더군요.(웃음) 먹고살기도 힘든 판에 읽기마저 힘든 시들이 적잖아요.

반면에, '시'이라는 이름의 근원적 존재랄까, 세속적 삶의 고단함 속에서 존재의 근원을 일깨우는 시편들도 가끔씩 접하게 되는데, '근원의 시'는 그 차제가 구원救援이고 정화淨化입니다. 앞서 시인 윤중호의 감동적인 시 「詩」에서, '詩'가 '엄니'의 불행하고 고단한 삶을 구원하고 정화하듯이. 시가 마치 엄니의 삶을 구원하는 주문呪文이 되는 듯이.

시가 엄니를 구원하고 정화한다는 사유 논리는 그 자체로 귀신 들린 시가 아닌가요? 일종의 시적 아이러니입니다만, 근원적으로 시를 귀신의 조화, 즉 살아 있는 유기체로 생각하지 않는 한, 발심發心조차 할 수 없는 것입니다. 여기서 유역문학의 시적 이념과 그 시학을 다시금 확인할 수 있습니다.

41 문 지난번 유성호 교수와 심층 인터뷰를 하시면서 시 창작에 있어서 귀신의 작용이 있어야 하고 시 비평도 귀신의 작용을 관찰하는 것이라는 취지의 얘기를 하신 걸로 기억합니다. 귀신론이 새롭고 인상적이고 임 선생님 비평에서 특징적인데요.

답 문학 창작에 있어서 특히 시 창작을 궁리窮理한다는 것은 자신의 체험을 자기 고유의 감성과 지성의 언어를 통해 표현할 길을 찾는 것일 텐데, 그것만으로는 과연 '詩'가 태어날 수 있을까 하는 의문을 가져야 합니다. 우선 시가 그냥 쓰고 버리는 사물인가, 시라는 이름의 생명인가 하는 문제가 제기될 수 있겠죠. 그래서 저는, '시'를 '시적 존재'라고 고쳐 부르기도 합니다. 시다운 시를 만날 때, '시'입니다. 그러므로 하나의 유기체로서의 시, 언어 생명체를 시라고 부를 수 있다는 것이죠. '시'도 창조적 유기체로 봐야 한다는 말입니다. 창조적 유기체로서 시에는 무위이화의 계기가 은폐(내포)되어 있습니다. 귀신과 접신하는 무巫적 존재가 시인의 마음 심층에서 저 스스로 활동을 개시하는 것이지요.

42문 귀신론과 샤머니즘 간의 연관성이랄까 상관성은 무엇입니까.

답 귀신론의 귀신은 동학에서의 '한울님 귀신'이면서, 단군신화에서 보이듯, 유서 깊은 전통 신도 사상에서 천지인 삼재 중 천지를 하나로, 곧 음양의 기운을 하나로 연결하는 '중화中和로서의 인신(무巫, 샤먼)'의 알레고리로서 귀신입니다. 음양의 조화로서 귀신이면서 샤머니즘의 귀신인데, 중요한 것은 귀신의 조화를 '모시는' 곧 '최령자'의 마음가짐입니다. 큰무당 단군 같은 샤먼의 마음입니다.

샤머니즘은 기본적으로 사령의 존재가 전제되어야 하므로, 죽은 사람의 혼령, 즉 사령의 존재는 이 인터뷰 앞부분에서 얘기한 근원적 사유 논리에 기대면, 사령의 존재에 대한 의문은 해소될 수 있습니다. 알 수 없는 사령의 비존재성을 알 수 있는 존재성으로 존재화存在化하는 존재가 바로 샤먼의 역할이자 공능입니다. 그래서 샤머니즘을 문화로 인식하고 수용해야 한다고 보는 것이지요. 진실한 무 혹은 샤먼은 수운 동학에서 말하는 '최령자'의 상징입니다.

유역문예론의 관점은 사령의 유무 논쟁을 떠나 샤먼을 죽음을 삶 속에 이어주고 사령의 해원을 돕는 '최령자'의 전형적 존재로 인식합니다. 그러므로 샤머니즘을 하나의 '생명 문화'로 받아들여야 한다고 봅니다. 사령의 존재를 인정하고 사령의 한恨을 풀어주어 사령의 해원과 안녕을 비는 문화 말입니다. 죽음은 삶의 연장이며 오히려 죽음이 삶의 활기를 만드는 샤먼의 문화 말입니다.

이러한 '생명 문화'를 위해서는, 앞서 얘기한 바처럼 근원의 사유와 논리가 필요합니다. 사령을 존중할 만한 문화 현상으로 이해하기 위해, 사령의 있음/없음의 논쟁은 비유비무非有非無, 불연기연不然其然의 존재론으로서 해소될 수 있다고 봅니다. 그래서 세속世俗에서 사령의 자취를 찾아 살피고 '생생지리'로서 귀신과 함께 사령의 기운을 해석하는 것이 필요합니다. 사령은 보이지 않되 없는 것도 아닌 것입니다(非無). 중요한 것은 샤머니즘을 전통적 미풍양속으로 여겨 존중하고 가꾸어 가는 우리들 마음 자세이고 이러한 마음들이 모여 더 높은 차원의 정신 문화로 승화될 수가 있다는 것입니다.

43문 고대 무당과 연관된 고조선 시가 「공후인箜篌引」이 있지요?

답 전통 샤머니즘은 '원시반본' 관점에서 새로이 깊이 고찰되고 해석되어 어엿하게 존중받아야 할 문화형型이요 인문학의 한 분야로서 존중받아야 합니다. 우리 문학의 전통에서 본다면, 고조선古朝鮮 때 가요로서 우리나라 최고最古의 시가로 알려진 「공후인」(공후를 켠다)도 전통 샤머니즘의 이해 없이는 해석이 불가능합니다. 시에서 샤먼의 존재가 활동한 자취를 찾는 것이 우선적으로 요청됩니다.

「공후인」 해석에서 중요한 것은 '시적 화자' 곧 페르소나persona가 활동하는 현장성 차원에서 시를 이해하려는 시각입니다. 「공후인」의 페르소나는 고대 샤먼입니다.

> 公無渡河(임이여, 그 강을 건너지 말라 했는데도)
> 公竟渡河(임은 그예 강을 건너셨구려)
> 墮河而死(물에 빠져 죽으셨으니)
> 當奈公何(이제 나는 어찌합니까?)
>
> ─「공후인」 전문

전해지는 가장 오래된 우리의 시가인 4언 4구의 한시체 시가詩歌 「공후인(=공무도하가)」. 조선의 진졸津卒 곽리자고霍里子高의 아내 여옥麗玉이 지었다는 노래입니다. 술 취해 강에 빠져 죽은 백수광부白首狂夫의 아내가 공후箜篌를 켜며 구슬픈 노래를 부른 후 죽었다는 전설이 이 시의 소재입니다. 곽리자고가 그 구슬픈 노래를 여옥에게 들려주었더니, 여옥은 슬퍼하면서 이내 그 소리를 옮기니 그 소리를 듣고는 눈물을 흘리지 않는 이가 없었고, 여옥은 그 노래를 이웃집 여자인 여용麗容에게 전하면서 그 노래의 이름을 '공후인'이라고 하였다는 것입니다. 저는 이 시가에 대해 다음과 같이 비평을 남긴 바 있습니다.

중국 晉나라(서기 291~301) 때 최표崔豹가 편찬한 『古今注』에 나오는 이 구절을 두고서 학자들 간에 논쟁이 일었다. 백수광부의 처가 지은 노래인가(정병욱 교수) 여옥이 지은 노래인가(이가원 교수). 여기에 의문이 든다.
기원전 2500여 년 전 더 오래는 기원전 3000~4000년 전의 고조선이나 기자조선의 가사로 추정되는 「箜篌引」에서, 과연 시가를 지은 시인은 단독적인가, 시인은 한 목소리만 가진 내레이터인가, 바꾸어 말하면, 시에는 시인이라는 내레이터밖에 없는 것일까. 이 문제는 현대시에서도 마찬가지로 적용될 수 있다.

시를 접할 때, '시인의 범주'에서 즉 '지은이의 범주'에서 파악되거나 이해되지 않는, 타자의 범주가 내재해 있는 것은 아닐까. '시인도 잘 모르는', 저절로(무의식적으로) 내재하거나 이미 더불어 존재하는 시적인 내레이터를 함께 이해하는 것이 필요하지 않을까. […] 따라서 「箜篌引」의 해석을 위해 몇 개의 질문이 전제되어야 한다. 가령, 강을 건너다 빠져 죽은 술 취한 백수광부는 누구를 비유하는가. 술 취한 미친 남편을 위해 공후를 켜며 구슬피 울며 노래를 불렀다는 죽은 이의 아내가 상징하는 바는 무엇인가. 또는 아내가 미친 남편의 죽음을 따라서 함께 죽음의 세계로 간 것은 무엇을 상징하는가. 아내의 울음과 노래가 저 스스로 저승 세계로 가는 탈혼망아脫魂忘我 상태에 접어들도록 만든 것은 아닌가. 왜 노래 가사는 죽은 이 앞에 살아남은 이의 속세의 정한으로서 표현되어 있는가. 또한 왜 그 슬픈 사연의 노래를 진졸인 남편이 전해주자 이내 아내인 여옥이 공후를 켜며 따라 부르니, 듣는 이들마다 눈물을 흘리지 않는 이가 없었다고 하는가. 곧 아내의 울음과 노래를 따라 듣는 이들이 흘린 눈물과 울음은 무얼 뜻하는가. 왜 강나루를 지키는 진졸인 곽리자고의 아내 즉 귀족이 아닌 서민인 여옥이라는 여자가 공후를 켜며 그 노래를 재현했는가. 또 그 노래를 이웃집 여자 여용에게 전승하였는가.

이러한 의문들을 해석하고 보면, 「箜篌引」에는 한국의 전통 시가에서의 시인의 원형뿐 아니라 전통문화의 원형 혹은 한국인의 집단무의식으로서의 원형이 그림자로 어른거리고 있음을 보게 된다. 곧 시가의 내레이터에는 옛 무당巫堂 혹은 전승무傳承巫의 특징을 지닌 한국시의 원형으로서의 고조선 시가가 아닌가. 단군이라는 무당이 지배하던 고조선 사회에서 시인이요 무당이기도 한 시적 화자가 부르는 노래가 아닌가. 지은이가 여옥이든 백수광부의 아내이든, 공후를 켜면서 죽은 이의 혼령을 씻기고 위로하고 속세의 한을 풀어주려 저승을 따라가는 전통적 무당의 원형이 담겨 있지 않은가. 우리의 옛 무당은 강에 빠져 죽은 이를 위해 강물로서 넋 씻기를 하고 한바탕 통곡하며 노래하였고, 이에 이웃들은 무당의 울음과 더불어 울음바다를 이루어 마침내 모두는 원통한 죽음에 대한 해원解冤과 함께 모두의 영혼을 정화淨化하는 높고도 거룩한 공동의 의식儀式을 치루었다.

「箜篌引」을 접하면 반만년을 이어오며 이 땅의 한국인들의 눈물샘을 자극하는 전통 무당이 부르는 시가의 애련한 노랫소리가 들리지 않는가. 귓가를 맴도는 무당의 구슬픈 노래의 여음餘音 속에서 한국인의 집단무의식으로서의 정한情恨에 저절로 깊이 감응하게 되지 않는가.

고조선인의 시정詩情의 한 자락을 엿볼 수 있는 한국시의 아득한 원형으로서 「箜篌引」은, 사랑하는 이의 죽음에 대한 천도가薦度歌로서 숨어 있는 내레이터가 전통 무당의 고조古祖임을 감지케 한다.[35]

위의 인용문에서 보듯이, 근 2천백여 년 전에 지어진 「공후인」의 창

---

35 「「箜篌引」(공후를 켠다)에서의 내레이터」, 『네오 샤먼으로서의 작가』 참고.

작에서, 고대 이 땅의 무당적 존재가 시적 자아로서 활동하고 있었던 것입니다. 저는 일반 명사로서의 샤먼 혹은 샤머니즘 개념을 의미론적으로 폭을 넓혀서, 샤먼은 천지만물이 생겨나고 생겨나는 원리, 즉 생생지리生生之理에 정통精通할 뿐 아니라, 사령死靈의 정기와 접신의 방법에 능통한 존재라고 생각해요. 한마디로 말해, 샤먼은 생생지리와 접신에 능통한 존재입니다.

하지만, 일제강점기와 박정희 정권의 새마을운동 시기를 거치면서 전통 샤머니즘은 사경을 헤매는 처지가 되었지요. 샤머니즘에 대한 악의적인 종교적 편견과 서구 이성과 합리성에 대한 일방적이고 '전체주의적' 추종이 일반화된 지적 학문적 풍토에서 샤먼은 사실상 살아남은 게 기적에 가깝습니다. 여전히 샤먼을 야만인쯤으로 보는 문화적 편견과 전횡이 만연된 현실에서, 뒤늦은 깨달음이지만, 동학사상을 기반으로 하는 생명 문화의 불씨를 살려야 한다고 할까, 그런 생각이 들더라고요. 제가 보기에 생명 문화의 근원적 핵심은 샤머니즘입니다. 문화의 원시반본인 것이죠.

결과론적으로, 향후 존속 여부도 불투명하고 위태로운 샤머니즘을 인민 대중의 생활 속에서 살아 생생한 생명 문화로서 살리는 일이 절실해진 거죠. 그러기 위해서는 샤머니즘의 문화적·문예학적 전용轉用이 필요하고 중요하다고 깨닫게 되었습니다. 사실 시야말로 오늘의 한국인들이 가장 사랑하는 언어예술 양식입니다.

44 문 어찌 보면, 시라는 장르에서 샤머니즘의 존재 가능성 또는 새로운 시인의 존재로서 샤먼의 존재 가능성 문제를 제기한 것이군요. 「공후인」이 우리나라에서 가장 오래된 시로서 고대 샤먼의 존재를 구

슬프게 노래한 시라 한다면, 근현대에 들어와 끊겼던 전통 샤머니즘의 맥을 다시 새로이 이은 시인이 백석이라고 생각하시는 것 같습니다.

답 그렇습니다. 시인 백석은 현대시 형식에서, 내용과 형식 모두에 있어서, 샤먼의 존재 가능성을 깊이 통찰한 최초의 현대 시인입니다. 백석 시에서 귀신은 보이지 않는 존재이지만, 귀신은 시의 소재가 아니라, 내용과 형식을 생생하게 만드는, 즉 내용과 형식을 낳고 또 낳는 이치(生生之理)로서 '시적 존재' 자체입니다. 백석의 창작 과정에서, 시적 존재는 샤먼적 존재이자 귀신의 존재 자체입니다. 이를 증거하는 작품이 바로 샤먼이 화자話者(페르소나)인 시 「마을은 맨천 구신이 돼서」와 한국 근현대시사에서 백미로 꼽히는 「남신의주유동박시봉방」입니다.

45 문 백석의 시에 대해 내용과 형식 차원에서 구체적이고 심도 있는 샤머니즘적 해석을 제시한 비평문은 처음인 것 같습니다. 이 비평문 「한국문학과 샤머니즘의 이념」을 세월호 참사가 난 직후에 썼다는 고백을 어느 글에서인가 읽은 적이 있습니다만, 이즈음 한국문학에서 백석 시와 같이 내용과 형식 양면에 걸쳐서 샤머니즘적 분석과 해석을 할 수 있는 시인이나 작가가 있을까요?

답 김수영 시 세계도 초기 시 「묘정의 노래」부터 「공자의 생활난」, 「거대한 뿌리」뿐 아니라 유고시 「풀」에 이르기까지 단군신화의 신인 사상에서 발원한 동학의 음양 중의 조화론, 즉 독자한 귀신론의 차원에서 넉넉히 명확하게 해석될 수 있습니다. 흔히 김수영의 시정신 하면,

치열한 사회의식과 하이데거의 존재론을 함께 연결하는데, 물론 현실 참여 의식과 함께 하이데거의 존재론을 적용하는 것은 자연스러운 비평적 관점이지마는, 그것만으로 김수영 시정신의 '거대한 뿌리'를 밝힐 수는 없음이 자명합니다. 천지인 삼재三才의 중심에 있는 전통 무巫(인신人神)의 존재론 및 천지생성론(우주의 음양 조화론)에서 충분히 또 명확하게 해석될 수 있어야 합니다. 시적 자아 안에 무의식적으로 은폐된 내레이터로서 무적 존재가 시 쓰기에 은밀히(무위이화로서) 활동하고 있는 것입니다. 그래야 김수영 시가 안고 있는 시적 표현상의 여러 난제들이 풀리게 되고, 또한 그의 시 심층 의식이 깊이 품고 있는 건강한 주체성이 살아 숨 쉬게 됩니다. 이를 위해서도 특히 김수영의 최후의 시로 알려진 「풀」이 여태까지의 해석과는 달리 재해석되어야 합니다.

원래 가면이라는 뜻이 암시하듯이, 페르소나는 시인의 분신이지만, 그렇다고 시인과 동일성으로 환원되는 존재인 것은 아닙니다. 시인과 같지 않으면서도 아닌 것도 아닌 사이인 것이죠.(비연비불연非然非不然) 시 창작에 있어서 시적 존재는 특정 시공간에서 펼쳐지는 특별한 시적 상상력이나 직관력, 감성이나 지성이 혼원混元히 어우러져 시인의 고유한 언어 심리 속에서 마침내 시로서 태어나는 것이라고 한다면, 그 시적 존재가 한 편의 시로서 탄생하는 과정 속의 실재가 페르소나입니다. 그러니까 시인과 페르소나는, 소설 형식에서 작가와 내레이터의 관계처럼 서로 유기적인 관계에 있는 존재들입니다.

백석 시가 특별한 문학사적 의의를 가지는 까닭은 전통 샤머니즘을 원시반본의 관점에서 시적 존재로서 되살려, 페르소나가 전통 샤먼의 존재와 서로 능히 통하는 시적 존재임을 신실信實하고도 독보적인 경지에서 보여주었다는 점입니다.

342

원시반본의 차원—즉 이성적 존재됨을 넘어서 신령한 존재됨으로—
에서 보면, 이러한 시적 성취는 백석 시인이 활동하던 식민지 조선 시
단에서 당시 지배적이던 모더니즘/리얼리즘이라는 외래적이고 이식
적인 이념들 간의 대결적 문학 상황에서 특별한 시정신일 뿐 아니라,
새로운 생명론적 시학의 선구적 차원을 열었다는 점을 깊이 헤아릴 필
요가 있어요. 그러니까, 백석의 시정신이 어떻게 심화, 확산되는가 하
는 것이 중요합니다.

귀신론과 백석 시가 품고 있는 샤먼의 존재 형식 문제와 연관하여 시
인 육근상의 다음 시를 깊이 살펴볼 필요가 있습니다.

꽃놀이 갔던 아내가
한아름 꽃바구니 들고
흐드러집니다

선생님한테 시집간
선숙이 년이
우리 애들은 안 입는 옷이라고
송이송이 싸준 원피스며 도꾸리
방안 가득 펼쳐놓았습니다

엄마도 아빠도 없이
온종일 살구꽃으로 흩날린
곤한 잠 깨워
하나하나 입혀보면서

아이 예뻐라

아이 예뻐라

—육근상, 「滿開」 전문

　육근상 시 「滿開」는 시에서 시적 자아의 성격에 대하여 많은 생각
들을 안겨준다. 시의 내용은 1연에서 아내가 꽃놀이 갔다 한 아름 꽃
바구니를 들고 흐드러지게 핀 꽃모양을 하고 귀가하는 상황을 보니
때는 어느 봄날이다. 2연과 3연에서 아내는 선숙이라는 친지親知가
자기 애들은 안 입는 옷이라며 준 헌옷을 방안에 가득 펼쳐놓고서,
온종일 엄마도 아빠도 없이 지내다 곤히 잠든 자식들을 깨워 헌옷을
하나하나 입혀보고는, 4연에서 "아이 예뻐라"를 되풀이하는 아내의
육성으로 시는 끝난다.

　먼저 이 시는 시인의 일상생활 속에서 일어난 어떤 사건과 정황을
있는 그대로 서사한 시라는 점에서 이 시가 지닌 시적 진실성을 논할
수도 있을 것이다. 그러나 이는 삶의 입장에서 시적 진실성을 보는 것
일 테고, 시의 입장에서 시적 진실성을 보는 것은 삶의 진실을 바탕
으로 하되 비유의 진실과 깊이를 보는 것이다. 바꿔 말해 이 시의 진
실과 깊이는 삶의 진실과 깊이를 비유의 진실과 깊이로 보여주는 것
이다. 가령, 1~3연까지 봄날에 만개한 꽃의 이미지와 어린 자식에
대한 '흩날리는 살구꽃'의 비유로 인해 시적 화자의 가난한 생활상
은 외려 화사함과 풍요한 느낌마저 주고 있다는 것을 들 수 있다. 시
에는 시종일관 만개한 꽃들의 화려한 생명력이 가난한 시인의 집안
에 가득히 생동하고 있는 것이다. 이처럼 가족의 곤궁한 생활을 "송

이송이" '어여삐 만개한 봄꽃' 혹은 '흐드러진 살구꽃'로 비유하는 것은 시인의 삶과 시가 자연의 진실에 육박하였음을 뜻하는 것인지도 모른다. 그래서 부모의 돌봄도 없이 놀다 잠든 자식들을 깨워 헌옷을 입혀보는 아내의 모습은 애틋한 심상을 불러오지 않는 것은 아니지만 그저 봄꽃이 만개한 자연의 현상으로서 다가온다. 누추한 삶조차 봄날의 만개와도 같은 것이니, 시제를 '滿開'라고 하였을 것이다.

이러한 시적 감성은 시인의 삶과 시가 이미 자연의 표상으로서 식물성의 생리에 접근해 있음을 의미하는 것인지도 모른다. 그러하므로 4연에서의 느닷없이 들리는 "아이 예뻐라/아이 예뻐라" 하는 아내의 목소리는 아내의 목소리를 빌린 가난한 마음이 누리는 자연의 생기의 표현으로 해석할 수 있을 것이다. 하지만 이 시는 4연에 이르러 새로운 해석을 준비해야 한다.

새로운 해석을 위해서, 1~3연과 4연 사이에는 행간(3연과 4연 사이)의 단절로 가로놓여 있는 심연을 깊이 해독해야 한다. 행간의 단절은 1~3연이 서사와 서정이 묘하게 어우러진 형식인데 반해 4연은 돌연 날것의 육성이 들린다는 점을 가리킨다. 4연의 날것의 목소리는 아내의 것인가. 그러나 행간의 단절은 행간의 없음(無)으로 인해 아내의 목소리는 타자의 목소리로 변해간다. 그것은 "아이 예뻐라/아이 예뻐라" 하는 아내의 소리는 자연으로서의 봄의 소리이기도 하다는 것. 자연이 시인의 누옥의 주인이 되었다면, 아내의 목소리는 문면文面의 목소리일 뿐, 그 소리의 주인은 자연이라는 이름을 지닌 타자의 목소리라고 할 수 있다.

자연의 소리. 다시 말하지만, 아내의 목소리가 자연의 목소리가 될 수 있는 것은 시가 자연의 근원에 맞닿아 있기 때문이다. 시가 자연과 하나가 됨으로써 시의 소리는 그 자체로 자연의 소리를 내는 것이다. 아내라는 주어가 지워지고 소리만 들리는 것은 자연이 주인이 되었다는 것이다. 자연에는 주어가 없다면 인간이 만든 인위의 의미나 개념이 없고, 자연의 근원으로서의 소리가 있을 뿐이다. 자연으로서의 시는 개념이나 의미로서 온전히 지각되지 않는다. 자연의 시는 청각으로서 지각된다. 그러므로 "아이 예뻐라" 하는 소리는 만물의 낳고 기르는 봄-자연의 소리이자 의미 없는 의미의 소리인 것이다. '근원적인 청각적 지각'의 시구인 것.

노자老子는 자연(道)을 일러, 들어도 들리지 않는 소리 '희希'라 하였고("聽之不聞 名曰希") 자연은 희언希言이라 했다.("希言自然") 또 보아도 보이지 않음을 '이夷'라 하고 잡아도 얻지 못함을 '미微'라 하여, 희와 이와 미를 자연의 근원적 성격으로 설명한다. 자연의 본질은 잘 들리지 않고 눈에 띄지 않고 잡을 수 없는, 감각과 의식을 초월해 있다는 것이다. 순수직관만이 자연의 근원에 닿을 수 있다. "아이 예뻐라/아이 예뻐라"에는 개념이나 의미를 초월하여 들리는 자연의 근원적 소리가 있다. 소리의 주어 곧 소리의 주체가 보이지 않고 들리지 않음에도 들리는 소리. 소리의 현상現象이 없는 소리의 현상이라 할 수 있다. 노자는 이 자연의 현상을 '현상 없는 현상'("無象之象")이라 했다. 이 들림이 없는 들림으로서의 "아이 예뻐라/아이 예뻐라" 하는 소리는 가난을 자연으로 받아들인 그래서 초월적 영혼의 소리로 들린다. 가난의 슬픔이 여과되고 정화되는 맑은 영혼의 소리로 현상現象되는 것이다.

그렇다면 의문이 생긴다. 어떻게 이러한 근원적 자연의 소리시가 가능한 것일까. 자연의 근원과 접할 수 있는 맑은 영혼의 소리시는

어떻게 가능한 것인가.[36]

　육근상의 시「滿開」는 귀신의 조화, 즉 '생생지리'와, 페르소나의 존
재성인 샤먼적 자아의 존재 형식을 동시에 살피게 하는 적절한 텍스트
입니다. 방금 인용한 시 분석 내용은 다 이해하셨을 테니까, 인용한 비
평문의 맨 끝에서 제기된 마지막 의문, "그렇다면 의문이 생긴다. 어떻
게 이러한 근원적 자연의 소리시가 가능한 것일까. 자연의 근원과 접할
수 있는 맑은 영혼의 소리시는 어떻게 가능한 것인가."에 대한 보다 심
층적인 해석을 답해야 할 듯합니다.

　먼저, 시 형식 차원에서 보면, 마지막 4연, "아이 예뻐라/아이 예뻐
라"는 앞의 3연과는 의미론상으로 일정한 거리를 둔, 의미론상의 심연
이 가로놓여 있다는 점이 깊이 헤아려져야 합니다. 기존 시학은 이러한
시의 행간이나 시의 연聯과 연 사이를 무시하는 경향이 있었습니다만,
시적 존재는 본래 있음과 없음조차도 유기적인 관계에 놓인 하나의 생
명체 또는 유기체적 존재로서 이해해야 하므로, 행간과 연간聯間의 없
음(無, 空)이 그저 무無, 공空이 아니라, 비무非無 공공空空임은 당연합니
다. 그래서, 의미론적 전개를 건너뛴, 연 사이의 없음에 의해 "아이 예뻐
라/아이 예뻐라"는, 페르소나가 전하는 1~3연의 의미 전개를 벗어나
는, 또 다른 페르소나의 목소리로서 해석될 수 있다는 것입니다. 그 목
소리는 시의 의미 맥락에서 얼마간 벗어난 느닷없이 나타난 목소리라
는 점에서 이질적인 페르소나(가령 '아내'의 분신이거나 '나'의 또 다른 분
신)이며, 3연과 4연 사이의 심연을 건너, 간접화법에서 직접화법의 육

36　「自然으로서의 시」, 『네오 샤먼으로서의 작가』 참고.

성으로 시적 존재의 소리가 들린다는 점에서, 연과 연 사이의 심연이 그저 없음(無)이 아니라 시인도 알게 모르게 조화造化를 부리는 '없음'으로 해석될 수 있다는 것입니다. 행 사이, 연 사이는 없음이 아니라 비무非無인 것이죠. '없음의 침묵' 속에서 목소리가 울리는 것입니다. 음양론으로 보면, 연과 연 사이의 은미하고 고요한 기운이 생생한 낯선 소리를 내도록 작용한 것이고, 존재론으로 보면, 페르소나는 자신도 모르는 타자의 목소리를 은닉하고 있는 존재인 것입니다. 그래서, "아이 예뻐라/아이 예뻐라" 하는 목소리는, 가난의 슬픔이 여과되고 정화되는 맑은 영혼의 소리로서 또 하나의 페르소나가 읊조리는 간곡한 주문으로도 들리는 것입니다.

46 문 행과 행 사이, 연과 연 사이는 그저 허무나 침묵이 아니라, 그 자체로 어떤 의미를 만들어낸다는 말씀이군요.

답 행간의 해석은 물론 조심스럽고 신중해야 합니다. 하지만 음양론의 관점에서 보면, 음, 즉 은미한 것을 양, 즉 밝게 드러난 의미론에 상대적 혹은 상관적·상보적 관계 속에서, 은미한 뜻의 존재 가능성, 쉽게 말해, 그럴 수 있는 의미 가능성들을 찾아가는 것이 중요하지 않을까요. 연과 연 사이의 깊고 너른 침묵을 아무런 해석도 없이 의미 맥락이 끊기고 다시 이어지는 것으로 이해하는 것은 의미론적인 해석에 그치는 것이 아닐까요. 합리적 이성은 아마도 거기에서 멈출 것입니다. 그러나 창조적 유기체로서 시적 존재를 이해하고자 한다면, 시의 행간과 연 간 자체 안에서 모든 가능한 목소리, 소리글자 하나하나가 내는 소리, 사물들이 내는 소리 또는 사물들이 모여서 내는 정황情況의 소리, 자연이

내는 소리를 들으려 노력해야 하고, 그로부터 음(陰, 그늘)의 은미함에 감추어진 숨겨진 의미, 의미를 낳은 의미('의미의 의미')들을 캐는 비평적 노력이 있어야 한다고 봅니다. 귀신의 조화가 이루어지는 곳이죠.

47 문 백석 시인 이후에도, 샤머니즘에서의 귀신이나 음양론의 귀신을 시 창작을 통해 보여준 시들이 있는지요?

답 자연계의 조화에서만이 아니라 인간의 삶과 죽음 속에서 들고 나는 귀신의 문제를 살펴 해결하려는 철학적 사유는, 인간의 영혼이 함께 작용하는 언어 및 형상을 통한 예술 작품의 창작 원리로서의 귀신이란 무엇인가, 하는 예술철학적 문제와 자연스럽게 연결된다고 할 수 있습니다. 그것은 귀신이란 "보려고 해도 보이지 않고 들으려 해도 들을 수 없고, 사물의 본체가 되어 빠뜨릴 수가 없"는, 자신도 모르게 자신의 깊은 내면에서 늘 함께 조화·작용하는 초월적 존재이며, 접신을 통해, 즉 무巫의 활동으로 인해 그 존재성이 나타나고, 예술은 이러한 '활동하는 귀신'을 감성적이고 형상적으로 포착하는 가장 밀접하고 민감한 정신의 범주이기 때문입니다.

　　이 귀신아
　　너도 좋지만 말이다
　　좋은 귀신들이 또
　　신출귀몰이다
　　봐라 저 저녁 빛-저녁 귀신
　　저 새벽빛-새벽 귀신

네 생각도 좋고

네 인생도 아름답지만

이 귀신아

저 나무들 보아라

생각 없이 푸르고

생각 없이 자란다

(그게 하느님 생각이시니)

또 저 꽃들,

꽃들이 어디 생각하느냐

그냥 피어나고

또 피어나고

이 세상의 온갖 색깔을 춤추고

계절과 햇빛의 고향 아니냐.

정신이라는 것

감정이라는 것의 고향 아니냐.

떠돌이 이 세상의

고향 아니냐

이 귀신아

—정현종, 「이 귀신아」 전문

　제가 보기에, 정현종 시인은 4·19 세대의 시인들 가운데 천지만물을
유기체, 즉 무위자연 그 자체로서 이해하고 시를 쓰는 대표적인 시인입
니다. 창조적 유기체로서 즉 무위이화로서 시 창작에 임하니까, 정현종
시인은 응당 귀신의 조화를 분명한 시의 존재감으로서 감응합니다. 그

래서 정현종 시인은 시 제목을 '이 귀신아'라고 붙인 것입니다. '이 귀신아'에서 지시사辭 '이'는 귀신이 바로 곁에 있거나, 귀신이란 다름 아닌 시인 안에 잠재하는 '시적 자아'임을 드러냅니다. 시를 쓰는 시인 자신 즉 '나'와 더불어 있는 '너'라는 귀신(1행, "이 귀신아")도 좋지만(2행, "너도 좋지만"), 혹은 '이 귀신'과 같이 활동하는 "좋은 귀신들이 또 신출귀몰"하는 세상을 유쾌히 노래한 시입니다. 시인은 "네 생각도 좋고/네 인생도 아름답지만/이 귀신아/저 나무들 보아라/생각 없이 푸르고/생각 없이 자란다/(그게 하느님 생각이시니)"라는 시구에서 귀신이 다름 아닌 인성人性을 지닌 귀신이면서 동시에 그 인성을 지닌 귀신들에게 "봐라 저 저녁빛-저녁 귀신/저 새벽빛-새벽 귀신/[…]/저 나무들 보아라/[…] 저 꽃들"이라 하여 삼라만상에 귀신 아닌 게 없다는 가르침 혹은 깨우침을 전하고 있습니다. 인격화된 귀신만이 아니라 만물의 존재성과 함께 만물을 움직이는 기운 일체가 귀신 천지인 것이라고 시인은 노래하고 있는 것입니다.

정현종 시인의 시들 가운데 귀신과 신명, 신기神氣를 시적 주제로 다룬 시들이 여럿 있는데 이는 시인이 시의 창작 과정을 귀신의 조화 속에서 이해하고 실천한다는 점에서 그 자체로 심오한 시정신(동학의 '조화정造化定', 노장老莊의 '무위이화無爲而化', 음양론과 상통한다는 점에서!)을 보여줄 뿐 아니라, 한국 현대시사에서 매우 드문 의미심장한 시적 성과를 드러냅니다.[37]

하지만, 정현종 시인의 귀신관은 시 창작 과정 즉 언어의 선택, 조탁 등 창작을 통한 '시적 존재' 문제에 있어서 이론異論의 여지가 있습니다.

---

37 「巫와 東學 그리고 문학」, 『네오 샤먼으로서의 작가』 참조.

그것은 귀신에 따른 시 창작 방법론이 의식이나 이성의 능력, 인식론 차원에서 크게 벗어나질 못하고 있다는 문제입니다. 정현종 시인의 시는 귀신의 존재를 인식하고 자각하고 있을 뿐, 귀신이 '내림'하거나 '들림'하여 어떻게 '시적 존재'로서 작용하는가 하는 차원에 이르지 못한 것입니다. 그렇더라도 서구 합리적 이성을 신줏단지 모시듯 신봉해온 4·19 세대 문학의 대표적 시인으로서, '시적 존재'는 귀신의 조화로서 가능하다는 인식은 그 자체만으로도 실로 놀라운 것입니다.

한때 승려였던 고은高銀 시인의 경우, 소위 자유분방한 선禪적 직관을 기본으로 한 대승불가의 보살 정신을 잇는 점에서 고은 시 특유의 존재감이 느껴지고, 신경림 시인의 경우, 전통적 민요 정신과 융해된 시정신이 서민들의 삶의 애환과 더불어 인민 대중적 정서를 강물 흐르듯 노래하는 '인민을 위한 쉬운 시 의식'을 일관성 있게 보여준 점 등에서 고은, 신경림을 비롯하여 황동규, 오규원 등등 저마다 한국 현대시의 지형도에서 표시될 수 있는 빼어난 산봉우리들입니다. 그럼에도, 문학 정신이라는 것은 어쩔 수 없이 그 깊이와 높이에 있어서 서로 비교가 됩니다. 시인 김구용이나 시인 김수영의 웅혼한 '근원성의 시정신'이 형형히 살아 있는 이상, 미안하지만, 김구용과 김수영의 시정신에 비하면 저들은 족탈불급足脫不及입니다. 그래서 김구용과 김수영의 시 세계를 세월이 흘러도 문인과 학자들이 파고드는 겁니다. 나머지 4·19 세대 시인들의 시 의식의 크기와 깊이도 이러한 상대적 가치 평가에서 자유롭지 못합니다. 비평적으로, 김구용과 김수영의 시정신을 한국 현대 문학사에 우뚝한 최고봉들로 평가하는 까닭은 두 시인의 시정신의 원천과 그 웅숭깊은 존재감이 워낙 높고 크기에 마치 천지天池에 비유할 수 있기 때문입니다. 모든 문학예술 활동이 다 그렇지만, 특히 언어예술로서 시는 정신 활동을 더 중시하는 장르입니다. 시인 김구용, 김수영의 시정신은 너른 들판에서 살아가는 뭇 생명들을 낳고 키우고, 죽음조차도 살리는 생명수를 골짜기마다 언제나 뿜어내는 천지와 같습니다.

48 문 귀신론의 차원에서 접근하면서, 시에서 '삶과 언어의 근원성'을 강조하시는 뜻으로 이해하겠습니다. 유역의 시인은 '근원에 능히 통한다'는 명제가 시인 김구용, 김수영, 신동엽에서 절정에 이른다고 보시는 듯합니다. 그렇다고 귀신론이나 근원의 시정신을 엿볼 수 있는 시작품들이 꼭 김구용, 김수영, 신동엽 등 이미 아주 널리 알려진 시인에게서만 찾아지는 것은 아닐 텐데요.

답 시인 오봉옥의 시 「시詩」를 소개하지요. '시인은 근원에 능통能通하다'는 말은 시인이 체득한 삶 즉 '시詩라는 이름의 삶'을 살아갈 때 가능한 시적 명제입니다. 시인의 현재진행형의 삶이 그대로 '시적 존재'인 것입니다.

어느 날
피투성이로 누워
가쁜 숨
몰아쉬고 있을 때

이름도 모를
한 천사가
제 몸을

헐어주겠다고 사뿐,

사뿐,

사뿐, 그 벌건 입속으로
걸어 들어온 뒤
총총
사라져간 것이었다

그 뒤 난
길에 침을 뱉거나
무단 횡단을 하다가도
우뚝우뚝
검을 멈추곤 하였는데

그건 순전히
내 안의 천사가
발목을 잡았기 때문이었다

—오봉옥, 「시詩」 전문

　이 시의 내용을 살펴보면, 시적 화자(페르소나)는 생사의 고비를 가까스로 넘긴 존재입니다. 하지만, 죽음을 겨우 피했다는 내용이나 환각 속에서 '천사'를 만난 행위를 가지고 이 시를 설명하는 것은 시인의 분신인 시적 화자가 발화하는 '이야기' 차원에서 이해하는 것에 불과합니다. 의미론으로 보면 '추측'이 가능한 이야기가 들어 있지만, 그 내용만으로 시적 존재가 감지되는 것은 아닙니다. 귀신이 조화造化를 부리는 곳에 은폐된 시적 존재가 나타납니다. 이 시에서 귀신은 '사뿐,'에서 감지됩니다. 그것도 첫 '사뿐'에서 시의 연聯을 바꾸어, 한 연 한 행으로 '사뿐,' 연 사이에 심연을 두고서, 다시 '사뿐,'을 썼을 때, '사뿐,'이라는 의태어는 그 자체가 관형어에서 주어로 바뀌는 조화造化를 일으켜, 언어 아닌 언어로, 존재 아닌 존재로, 논리 아닌 논리의 지평에 놓이게 됩니다. 불이不二(비유비무非有非無)요 현람玄覽의 열림이랄 수도 있습니다. 이러한 '사뿐' 같은 귀신의 시어들은 간절하고 간곡한 삶의 체험을 통해 삶과 말의 근원성에 통하지 않으면 나오기 힘든 것입니다. 머리로 쓰는 인공의 시가 아니라 말 그대로 무위이화인 것이죠. 무위이화이기에 말 그대로 '사뿐,'이 이 시의 주어가 될 수 있는 것입니다. 아마 그래서 시인 오봉옥은 이 시의 이름을 '시詩'라고 지었을 테지요.

그러므로, 시어 '사뿐,'은 귀신의 공용功用이 낳은 시어라고 논할 수 있는데, 이런 귀신의 시어를 보여주는 예는, 가령 뛰어난 시인 최승자의 시에서도 수시로 발견됩니다. 시인 최승자의 시들 가운데 한 편을 더 보기로 하죠.

키 큰 미루나무
키 큰 버드나무
바람 사나이
바람 아가씨

두둥실 졸고 있는 구름 몇 조각

꼬꼬댁 새댁

꿀꿀 돼지 아저씨

음매 머엉 소 할아버지

모든 사물이 저마다 소리를 낸다

그러한 모든 것들을

내 그림자가 가만히 엿듣고 있다

내 그림자가 그러는 것은

나 또한 가만히 엿보고 있다

(내 그림자가 흔들린다

나도 따라 가만히 흔들린다)

— 최승자,「가만히 흔들리며」전문

먼저, "두둥실 졸고 있는 구름 몇 조각//꼬꼬댁 새댁/꿀꿀 돼지 아저씨/음매 머엉 소 할아버지" 같은 시구에 마음을 열어보십시오. 이 음운의 경쾌함은 의미 이전의 '원시성의 언어'이거나, 또는, 의미의 그물을 통과한 이후의 소리 언어들입니다. 어떻게 이러한 천진난만한 기운이 생동하는 소리 언어를 얻을 수 있었겠습니까? 시어가 시원의 기운을 얻지 못하면 결코 도달할 수 없는 일기一氣의 언어라고 할 것이고, 이러한 기화하는 시어는 '가만히 흔들리는' 접신의 계기를 통과하지 못하면 구할 수가 없었을 것입니다. '가만히 흔들리며'라는 시 제목은 바로 접신의 시간에 들었음을 유비하는 것입니다. 그래서 위 최승자 시인의 시에서,

꼬꼬댁 새댁

꿀꿀 돼지 아저씨

음매 머엉 소 할아버지

모든 사물이 저마다 소리를 낸다

라는 시적 화자의 발화는, 앞에 인용한 오봉옥 시인의 「시詩」에서 천사
의 몸동작을 가리키는 듯한 의태어 '사뿐,'을 세 차례 나누어 강조하는
것과 동일한 맥락에서 이해될 수 있습니다.

　최승자의 시를 이해하는 열쇠는 이미 시 제목 '가만히 흔들리며'에
들어 있습니다. (가령, 오봉옥 시인의 시 중에서 제목이 '사소하거나 거룩한'이
란 작품이 있는데, 이미 제목에 근원성에 능통한 시적 존재의 본성이 암시되어 있
습니다.) '가만히 흔들리며' 찾아오는 시와의 교감交感, 하여 시의 탄생의
순간을 알리기도 하고, 시 쓰기가 곧 영매의 활동의 순간임을 암시합니
다. 무巫가 내리는 순간이지요. 그렇기 때문에 접신의 순간에 '전율'하
듯이 '가만히 흔들리며' 시인의 감각 기관은 외부 세계로 활짝 열리고
음양의 귀신이 조화를 부리며, 시인의 마음은 만물이 지닌 기운생동의
신명과 하나로 융합하게 됩니다. 이때 시인의 마음에서 세상의 모든 사
물들이 내뿜는, '들어도 들리지 않는 소리'들을 듣게 되고 '보아도 보이
지 않는 현상'들을 접하게 됩니다. 그래서, "꼬꼬댁 새댁/꿀꿀 돼지 아
저씨/음매 머엉 소 할아버지" 같이, 논리 아닌 논리, 언어 아닌 언어, 개
념 아닌 개념의 시어들이 나오는 것이고, 그 시어들이 가리키는 세계는
보이지도 들리지도 잡히지도 않는(이夷·희希·미微) 세계, 맑은 직관 속
에만 보이는 불이의 세계, 현玄의 세계, 유역문예론으로 말하면, 유기체

적 존재론의 세계라 할 수 있습니다.[38]

---

38 오봉옥 시인의「詩」, 최승자 시인의 시에서 귀신의 조화와 그 구체적인 적용에
   따른 은폐된 시적 존재를 살피기 위해, 이전에 발표한 비평문 중에서 좀 더 인용
   하기로 합니다.

   꼬꼬댁 새댁
   꿀꿀 돼지 아저씨
   음매 머엉 소 할아버지

   모든 사물이 저마다 소리를 낸다

   일기一氣의 세계가 자신의 마음을 통해 펼쳐지는 순간, 즉 기화하는 순간이, "모
   든 사물이 저마다 소리를 낸다"는 접신의 경지에 들어서는 순간인 것입니다. 이
   성의 지배하에 놓여 있던 의미론적 문장들은 사라지고, 소리(音韻屈曲)로서 세
   상은 새로운 생명의 기운이 서린 환상의 세계로 바뀌는 것입니다. 그리고 마침
   내 시인은 접신의 순간을, 접신의 시적 원리를 이렇게 쉽고도 간명하게 표현합
   니다.

   모든 사물이 저마다 소리를 낸다
   그러한 모든 것들을
   내 그림자가 가만히 엿듣고 있다
   내 그림자가 그러는 것은
   나 또한 가만히 엿보고 있다

   '내 안의 그림자'를 융의 분석심리학적 표현으로 바꾸면, '자기 원형' '자기(自
   己, Selbst)'로서의 "내 그림자Schatten(그늘)"가 사물이 저마다 내는 소리를 듣고
   "가만히 엿듣고" 있고 "가만히 엿보"고 있다고 말하는 것입니다. 마음의 자기 원
   형은 대극적 분열을 통합하는 심층적 정신(융으로 표현하면 원형이자 그림자, 원효
   스님으로 말하면 아뢰야식의 일심一心)의 원리이며, 이 심층의 작용이 세상을 엿듣
   고 엿보는 것, 이것이 시를 쓰게 만드는 시작 원리라고 말하는 듯합니다. 앞에서
   말한 정현종 시인의 시「석벽石壁 귀퉁이의 공기」와 똑같은 시작 원리랄 수 있습
   니다. 그 '나'의 그림자가 바로 음양의 조화 원리와 인신人神의 심원心源한 통일

49 문 귀신론은 창작 방법을 고민하는 많은 작가들에게 시사하는 바가 적지 않을 것같습니다. 하지만 여전히 지식인 계층에서는 귀신에 대한 오해가 지배적입니다. 과연 이처럼 편견과 선입견이 만연해 있는 오늘날의 상황에서 귀신론을 유역문예론에서 어떻게 수용해갈지 궁금합니다.

답 공자님 이래 동방의 대사상가들이 귀신의 공능功能과 양능良能을 아무리 열성적으로 설명해도, 근대 이후 특히 한국의 지식계에서 '귀신'은 철학 개념이 아니라 심리적 또는 종교적 존재로서 널리 인식되어 있는 형편입니다. 사회적으로 일반인들은 물론 지식인 계층 특히 스스로 교육 수준 높은 교양인이라 자부하는 이들, 서양의 학식이 많다고 알려진 지식인들이 귀신을 혹세무민의 미신으로 간단히 치부하거나

체로서의 귀신이고, 그 내 안의 귀신과 접신했을 때, "가만히 흔들리며" 숨어 있던 세상이 비로소 실상으로 드러나게 됩니다. 이 감춤/드러남, 드러남/감춤의 동시적 관계가 최승자의 시어인 셈이고 동시적 드러남/감춤의 시어이기 때문에 예의 "꼬꼬댁 새댁/꿀꿀 돼지 아저씨/음매 머엉 소 할아버지"와 같은 동화 속 환상의 언어와 같은 자연 그 자체로서의 음운音韻과 운율韻律의 소리 언어, 즉 소리의 음운 굴곡이 자연스럽게 현상現狀될 수 있는 것입니다.

이 최승자의 시 「가만히 흔들리며」는, 곧 무巫적인 내림(降)을 통한 일기一氣의 조화造化 속 세계를 아름답게 노래한 시라는 사실 자체도 의미심장하지만, 더 중요한 점은 시어 '가만히 흔들리며'가 지닌 통通시대적 철학적 의미(전통 무巫와 동학東學)와 함께 오늘날 당면한 생명철학적 내용을 담고 있다는 사실입니다. 시어 "가만히"는 '반反시대적 통찰의 시어'입니다. 위 시에서 세 번 되풀이되고 있는 시어 "가만히"는, 경이롭게도, 김사인 시인의 '가만히 좋아하는'(가령 사랑한다고 쓰지 않고 '좋아한다'고 쓴 데엔 사물의 운동 변화에 대한 관조觀照의 뜻을 강조하려는 듯!)이란 말은 최승자 시인의 시에서의 '가만히'라는 말과도 상통합니다.(『네오 샤먼으로서의 작가』, 195~203쪽)

마술 부리는 '마귀魔鬼'같이 물리쳐야 할 존재로서 부정합니다. 서양의 '존재론'은 대단한 철학으로 높이 떠받들면서도 동방의 '귀신론'은 부정적인 선입견이 앞을 가리고 꺼림직한가 봅니다. 이러한 오해와 불신은 물론 무지의 소치에 불과합니다만, 간단히 저 서구식 합리주의에 물든 교양인들과 서구 정신을 추종하는 데 급급해온 근대적 교육제도에 의해 대량 생산된 지식인 무리들의 전반적인 무지에만 그 원인을 돌리기에는 부족합니다.

인류사적 차원에서 기독교를 앞세운 서구 제국주의 세력의 침략과 식민지 지배의 역사는 정치 사회 체제를 서구적 체계로 일방적으로 변화시켰을 뿐 아니라, 토착민들의 종교는 물론 전통문화를 거의 말살하다시피 파괴했습니다. 이 땅에서 서구 사상을 거의 맹목적으로 추종하는 지식인 무리들의 정신적 배후에는 기독교를 앞세운 제국주의적 사대 의식이 여전히 짙게 드리운 형편입니다. 이러한 질곡의 근대사 속에서 이 나라에 들어온 기독교 사상계에 다석多夕 유영모 선생, 함석헌 선생, 김교신 같은 대각大覺의 높은 정신을 보여준 사상가가 있다는 것은 불행 중 다행이라 생각합니다. 나는 그분들이 공통적으로 보여준 기독교적 대각의 정신은 유불선 회통, 또는 유불선 회통의 현묘지도인 풍류도風流道 정신의 전승이라고 생각합니다.

오늘날 귀신을 대중 일반이 오해하고 지식인에게서도 귀신에 대한 사상적 오해와 오류가 폭넓게 드러나는 이유는, 근원적으로 이러한 전 지구적 차원에서의 제국주의가 저지른 악랄한 정치적 침략과 폭력의 역사가 지금도 뿌리 깊이 작용하고 있고, 여전히 이 땅의 지배계급과 교양인 행세를 하는 지식인 권력 무리들이 문화적 식민성과 서구 종속성에 갇혀 있는 데에 있다고 봅니다. 그러니, 귀신의 철학적 해명 문제는 정치사적 문제를 해결하는 일과도 연관성이 적지 않습니다. 과연 오늘날 이 땅의 지성계는 서구 제국주의 세력이 강제해온 서구 문화의 일방적 지배를 얼마나 극복했는가, 이식된 서구 근대성은 토착 문화와의 모순과 부조리를 어떻게 극복했는가 하는 자기반성이 필요합니다. 이는 한국 문화계가 자주적이고 자생적인 생명의 문화를 꽃피우기 위해서는 결코 회피할 수 없는 선결 조건입니다.

유역문예의 주체들은 각자가 상보적 상관관계 속에서 各知不移하는 주체

50 문 장시간에 걸친 심층 인터뷰를 마무리 지으면서, 끝으로 유역문예론이 비롯된 배경 그리고 임 선생님이 생각하는 유역문예론의 의의에 대해 이야기해주십시오.

답 글쎄요. 특별히 유역문예론의 의의라 할 만한 것이 있다면, 그것이 무엇일까? 죄송한 답변입니다만, 저 스스로도 그것이 무엇인지 모르겠습니다. 그저 저는 '각지불이各知不移'[39]했을 따름입니다. 다만, 작은 깨우침이나마 이 자리에서 옛이야기를 할 수는 있겠죠. 스무 살 무렵 이래 험난한 세월 속에서도 제가 고뇌해온 문학의 진실과 가치를 나름 지켜오는 과정에서 2000년경에 '유역문학'(유역문화)이라는 개념의 시대적 필요성을 자각하게 되었지만, 당시에는 때가 무르익지 못한 탓인지 흐지부지되는가 싶었습니다. 하지만 2010년대를 지나면서 전 세계적 거대 자본들이 신자유주의의 악령을 마구 부려 전 지구와 전 인류를 한

---

[39] "'시侍'라는 것은 안에 신령함이 있고 밖에 기화가 있어(內有神靈 外有氣化) 온 세상 사람이 각각 알아서 옮기지 않는 것(各知不移)이요."(『동경대전』, 「논학문」)

우리 속으로 몰아넣는 희대의 사태가 벌어지고, 또 한편에서는 인터넷
과 디지털 기술이 비약적 발전을 이루면서 그간 문학예술의 기존 환경
과 작가의 주·객관적 조건을 급속히 무너뜨리는 상황을 가져왔습니다.
서구 제국주의의 변종이 신자유주의라는 이데올로기라고나 할까요,
그 속에는, 제국주의적 패권주의와 침략주의와 짝을 이룬 채 좀처럼 마
각을 드러내지 않는 은폐된 전 세계적 차원의 금권金權 자본주의가 철
저하게 작동하고 있습니다. 여기엔 기존의 학문 영역이나 기득권화한
지식인 계층의 일반적 관념들, 특히 인민들의 삶에 등을 돌린 상당수의
언론도 이미 신자유주의의 악령에 포섭되어 있는 것이죠.

또 다른 편으로는, 1970년대 중반 이후 소위 산업화가 강압적으로 추
진되던 박정희 정권 시절이나 저 암담하고 치욕적인 1980년대에, 나이
20대의 한창 예민한 감수성과 혈기로 방황했던 저와 같은 '문청'에게
는 '노동하는 인민'들에 대한 밑도 끝도 없는 부채 의식이 있었는데, 그
막막한 채무 의식은 2020년대에 이른 지금도 여전히 마음의 짐입니다.
산업화 시대와 '5월 광주'로 상징되는 1980년대를 예민한 감성과 대책
없는 '자기부정'의 자의식에 부대끼며 겨우 건너온 문학인들은 누구나
마찬가지일 거예요. 아마도 유역문예론을 새로이 탐색하게 된 개인적
인 배경이 있다면, 그것은 신자유주의가 점령한 세계에 대한 반항 의식
그리고 막연하나마 '인민'에 대한 부채 의식일 듯합니다.

유역문예론의 의의를 꼽는다면, 정치적 주장이나 이데올로기적 관
념 차원의 문학론을 극복하려고 노력하는 점이 아닐까요. 1990년대 이
후 한국문학 판의 상황을 보면, 서구 이론 추종 세력의 우경화, 심하게
는 극우화 경향이 점차 노골화되었고, 이러한 문학 정신의 반동화 추세
에 적절히 대응하지 못한 '진보적' 이데올로그들의 문학론도 정치권력

의 구도 변화에 따른 임시변통의 정론政論에 가깝다는 생각을 떨치기 어려웠습니다. 소위 '진보적 문학'의 반동적 자기 변신, 결국 문학예술의 진실과 올바른 방향을 탐구해야 할 문학예술계는 서구 이론을 거의 유행 타듯이 추종하면서 이해타산을 좇는 제도권 세력들로 전락하고, 이처럼 퇴락한 한국문학을 비판적으로 성찰하는 문학 정신이 사라진 것이에요. 이러한 문제들을 기존 문학 체제가 '관리하는' 사유 논리와 방식으로 해결하려는 것은 농사지을 논에다 썩은 물 대기와 별반 다를 바 없다는 회의감이 드는 것도 사실입니다.

정치의식이나 계급론적 이념 중심의 문학론이 보여준 허망함을 절감한 탓인지, 유역문예론은 세계관의 층위에서 주로 전개해온 기존의 문학론 또는 문예이론들을 벗어나 실제 문예 창작 과정 속에서 문예이론을 정립해야 한다는 강박증에서 비롯되었습니다. '작가-화자-주인공' 간의 관계를 통해 작가의 새로운 존재 가능성과 플롯의 개방성을 '유기적으로' 살핀다거나, 문예 작품에서 '귀신'의 조화造化 문제를 다루는 것 등은 모두 기존의 이데올로기 수준에서 나온 문예이론들을 극복하려는 제 나름의 현실주의적 비평 의식의 산물이라고 자평自評합니다.

아시다시피, 드라마나 소설 등 '오래된' 서사문학 양식은 물론이고 오늘날엔 영화, 새로이 등장하는 대중적 문예 장르에까지, 플롯 개념은 장구한 역사를 가진 '역사적 개념'이고 그만큼 복합적인 뜻을 지닌 채 다양하게 적용될 수 있을 미학적 개념입니다. 그렇기 때문에 유역문예론에 상응하는 문예이론을 찾는 과정에서 무엇보다도 플롯 개념을 통해 새로운 이론의 가능성을 타진해야 했고, 이에 따라 플롯 개념의 특정 단면斷面 가령 '닫힌 플롯'을 의도적으로 강조한 것도, 플롯 개념의 복합성을 전제로 한 '열린 플롯'의 미학적 가능성을 찾기 위한 이론적 의도 때문입니다. 그러니까 '닫힌 플롯'/'열린 플롯'은 유역문예론의 구체적 창작 방법론을 찾는 과정에서 나온 이론적 가설에 가깝습니다. 그 가설은, 플롯은 본래 '닫힌'(완성성完成性 혹은 완결성) 형식을 가지고 있지만, '열린 구성'(미완성 혹은 비완결성)과 서로 상보적 상관관계가 필요하다는 것을 설명하기 위해서였습니다만, 그보다 더 중요한 것은 유역 저마다의 생활, 문화, 지리, 자연 환경, 시장 등등 전통적 고유성과 특수성을 중시하는 유역문예론이 모든 유역 저마다의 고유한 형식과 새로운 문학 장르를 만들어가기 위해서는 플롯 개념의 개방성 문제를 선결적으로 풀어야 한다는 비평적 판단입니다. 플롯 개념은 그것이 기존 문예 작품에서 중요한 기본 틀인 만큼, 플롯을 모든 '유역 저마다에' 각각 적용될 수 있는 '창조적 유기체론'의 차원에서, 즉 플롯 개념을 모든 능동적인 주체들이 유기적으로 연결될 수 있는 '열린 이론' 지평에서 새롭게 풀이하는 것이 필요했던 것이죠.

그러나 무엇보다 유역문예론의 출발은 그것이 맞든 빗나갔든, 과하든 부족하든, 동학사상의 골자가 담긴, 한울님을 위한 주문呪文에 있습니다. 동학 주문을 이렇게 문예학적으로 풀이해도 과연 좋은지 괜찮은지 알 길은 없습니다만, 유역문예론의 출발점인 '시천주 조화정侍天主 造化定'의 문예철학적인, 문예미학적인 풀이는 그 풀이하는 모든 주체들 저마다 '각지불이各知不移' 하는 것이라는 사실을 잊지 말아야 할 것입니다.

(2019년)

2부

시론

수운 동학과 巫의 상상력
—'비국소성'[1]과 巫의 눈: 신동엽론

흐무러지게 쏟아져 썩는 자리에서
무삼 꽃이 내일날엔 피어날 것인가.

우주 밖 창을 여는 맑은 신명은
태양빛 거느리며 피어날 것인가?

태양빛 거느리는 맑은 서사敍事의 강은
우주 밖 창을 열고 춤춰 흘러갈 것인가?
　　　—신동엽, 「이야기하는 쟁기꾼의 대지」(1959.1) '후화後話'에서

1　'원격 작용'은 '동시 존재'와 동의어로 쓸 수 있다. 원격 작용은 지금-여기의 '나'
　가 시공간을 초월하여 다른 존재들과 '동시적으로' 연결되어 상호작용하는 것,
　'동시 존재'도 '나'는 지금-여기에 존재하면서 시공간을 초월하여 무궁무진한
　시공간 속에서 다른 존재들과 연결되어 있음을 의미한다. 고전물리학 및 양자
　역학에서 이 문제(비국소성nonlocality)는 중요한 논쟁 거리였으며, 이 강연문에
　서는, 동학사상에서 '시천주'의 우주론 및 존재론과 철학적 연관성을 살피기 위
　해 인용한다.

1. 지구의 가을, 原始返本의 '눈'[2]

오늘 이 자리는 코로나 사태로 온 나라가 몸살을 앓고 있는 와중에 조촐히나마 신동엽문학관의 연례행사를 겸한 시인 신동엽 선생의 시정신을 기리는 작은 이야기 마당이고 이 자리에 저 같은 방외인 비평가를 초청해주시어 평소 존경해온 시인 신동엽 선생의 문학 정신에 대해 간략히나마 얘기하게 되니 설레는 한편 영광스럽기 짝이 없습니다. 하고 싶은 이야기는 많으나, 짧은 시간만 허락된 만큼, 신동엽 시인의 시정신의 생성 전 과정에서 초기인 1950년 전후의 시 의식, 우리 민족의 긍지인 서사시 『금강』(1967)이 품고 있는 시정신을 단적으로 보여주는 의미심장한 한두 장면을 소개하는 선에서 오늘 이야기를 맺고자 합니다.

『금강』을 위시한 신동엽 시인의 주요 작품이나 글에서 동학농민혁명 정신에서 연원하는 반외세 반제국주의의 자주적 정신과 보국안민의 인민민주주의 이념을 인지하는 것은 기본적으로 필요하고 중요합니다. 이러한 동학의 이념에 부합하는 자주적 인민민주주의 이념 아래, 부조리한 사회에 대항하고 모순된 현실의 타파에 참여하는 시정신은 신동엽 시 세계를 이해하는 데 기본적인 단계에 속합니다. 그럼에도 신동엽 시정신을 새로이 조명하는 비평 정신이 필요하다고 생각합니다. 신동엽 시정신의 위대성을 알리기 위해서도 시인의 상상력을, 단지 '민중시'의 민중적 역사관이나 '참여시'의 현실 의식 수준에서 자의적으로 판단해, '신동엽 시인이 민족시인 또는 민중시인'임을 강조하는 비평적 논의는 서거逝去 반세기도 지난 지금부터라도 지양되어야 합니다.

---

2   여기서 '눈'은 '눈(雪)'과 '눈(眼)'의 서로 다른 뜻이 공존하는 동음이의어同音異義語 곧, 중의적 의미로 쓰였다.

이러한 비평적 과제를 수행하기 위해서는, 신동엽 시정신의 심층 의식을 살피는 비평적 안목이 필요하고, 시인의 시적 상상력을 꽃피운 시 의식의 근원을 추적하여야 합니다.

이야기 시간과 절차를 줄이기 위해서, 강연 방식을 새로이 하기로 하며, 예전에 신동엽 시인이 이십 대에 쓴 것으로 보이는 초기 시 「눈의 서정」(1950.1.15)을 읽으면서 든 궁금증 하나를 여기에서 소개하겠습니다.

눈은 차다 비단 저고리처럼
눈은 희다 여인의 손같이
눈은 수줍다
숫처녀처럼 수줍다

향리鄕里를 떠난 눈의 동행은
님 계신 뜰에로
나의 뜰에로 헤져 앉는다

눈은 쉰다 잠드는 여인처럼
눈은 좋다 추억하는 여인같이
눈은 웃는다
숫처녀처럼 웃는다.

―「눈의 서정」 전문

먼저 강조하고 싶은 것은 「눈의 서정」이 신동엽 시 전체에서 지니는 특별한 위상과 의의입니다. 이 시는 해방 직후 사회 혼란이 극심한 와중인 1950년 1월에 발표된 시로서, 당시 스물한 살 청년 신동엽의 내밀한 시혼詩魂의 초상을 드러내 주는 점, 훗날 발표될 서사시『금강』에서 특히 제14장의 '눈' 이미지와 깊이 연결되어 있다는 점에서 특별한 중요성을 지닌다고 이해됩니다.

「눈의 서정」은 얼핏 보면 아주 쉬운 시어와 소박한 상상력으로 쓰인 시로 보입니다. 그런데 시 제목을 생각하면 시인이 '눈'에 남다른 관심이 있고, 더구나 '눈의 서정'이라 했으니, 눈을 소재로 한 '서정시'라는 뜻도 있습니다. '서정시'의 개념 정의는 대체로 객관적 상관물相關物을 통해 주관적 정서를 표현하는 시 형식이라는 등 객관세계를 주관화하는 시 형식 따위로 설명되어왔습니다. 신동엽 시인의 시들도 응당 서정시의 개념 범주에서 설명될 수 있고 겉보기엔 서정시 창작의 원리에 충실한 듯이 보입니다. 그래서 시인이 제목을 '눈의 서정'이라 붙였을 수 있습니다. 하지만, 위 시의 서정성이 보여주는 그 실질을 따져보면 서정시 형식을 초월하거나 서정시 개념의 외연을 대폭 확장하거나 해야 하는, 시의 내용 중에는 이해하기 어려운 부분들이 곳곳에 보입니다.

사실, 신동엽 시에 대한 오해는 가령 유명한 시「껍데기는 가라」같이 '쉬운 시' 계열만을 사람들이 가까이해서일까, 시 해석이 쉬운 것으로 착각하거나 시에 대한 잘못된 선입견이 널리 퍼져 있는 데서 나오기가 십상입니다. 외려 신동엽 시인은 이해하기가 난해한 시들이 꽤 있을 뿐더러, 그 난해함이 자본주의적 근대성의 시학을 극복하려는 사상적 고투와 새로운 시론의 실천행에서 비롯된 것임을 이해해야만 비로소 신동엽 시의 진면목이 보입니다. 그저 '민중시' 또는 '참여시'로만 접근하면 신동엽 시가 은닉하고 있는 미학적 고뇌의 내용과 그 사상적 정수리를 놓칩니다.

이 초기 시「눈의 서정」의 독해가 중요한 것은 신동엽 시 세계 전체를 움직이는 상상력의 원천이 은폐되어 있다는 점 때문입니다. 서정시 형식의 일반적 차원을 넘어서는 상상력이 이 시 속에 작용하고 있습니다. 신동엽 시에서 반복되는 비유어 중 하나인 '눈'은, 그냥 은유가 아니라, '확대된 은유' 곧 '깊은 뜻을 지닌 상징symbol'이며, 이 '눈' 이미지를 유비analogy해서 상징의 깊은 뜻을 분석하고 새로이 해석하는 비평 작업이 특히 필요합니다.

「눈의 서정」을 찬찬히 읽으면, 스물한 살 청년 신동엽 시인은 떠오르는 시상을 꾸밈없이 천연덕스럽게 시 속에 풀어놓는 듯합니다. 나이에 비해 시적 상상력이 스스럼없이 맑고 시심의 기운이 멀리 하늘까지 뻗치다가 지상으로 돌아오기를 자유자재합니다. 시적 상상력 또는 시심이 꾸밈없이 천연덕스럽다는 것은 인위보다 무위에 충실하다는 의미와 통합니다. 그렇기 때문에 이 시에는 신동엽 시 고유의 특성이 은폐되어 있다고 볼 수 있습니다.

현대물리학의 최고 성과로 평가되는 양자물리학은, 고전물리학이 주장한 빛의 진행은 연속성이 아니라 비연속성 즉 비인과성非因果性이라는 사실을 밝혀냈고, 미제未濟로 남아 있던 '원격 작용' 즉 떨어져 있는 두 입자 사이에 정보 전달의 동시성을 설명할 수 있게 되었고, 또한 양자 운동에서 '관측'(관측자)의 결정적 중요성 등에서 신동엽 시인의 시 의식와 상상력을 이해하는 데에 시사하는 바가 적지 않습니다. 특히 초기 시편들 중, 신동엽 시인이 나이 21세가 되던 1950년 초에 발표한 「눈의 서정」 그리고 서사시『금강』의 일부를 분석 대상으로 삼아 시인의 시 의식의 심층을 '과학적으로' 분석하고 심층적으로 이해하는 데 적잖은 힌트를 준다고 봅니다.

2. 慧眼과 憑眺 : '눈'의 상상력

서정시의 일반 정의를 짧게 소개했듯, 「눈의 서정」을 단순히 서정시라고 여겨 겉만 읽으면 이 시에 은폐된 시적 상상력의 특성은 잘 드러나지 않습니다. 이 시에는 서정시 형식에서는 낯선 특이성이 있는데, 그것은 서정시의 일반적 원리인 객관적 상관물의 주관적 정서화가 이루어지는 동시에 거꾸로, 객관적 상관물인 '눈'에 주관이 투사projection[3] 혹은 빙의憑依되어 있는 점입니다. 서정시의 일반적 규율인 서정적 자아 곧 '나'의 눈(眼)이 정서적 상관물인 '내리는 눈(雪)'에 투사되어, 혹은 무속으로 말하면, '나'가 '눈(雪)'에 빙의되어 있는 것입니다.[4]

뒤에서 설명하겠지만, 이처럼 '눈'에 '나'의 투사, 빙의 현상이 내포되어 있다는 사실은 동학의 원류인 신도神道 전통 곧 신인神人 혹은 무巫의 존재와 깊이 상관되어 있습니다. 이 때문에 「눈의 서정」 2연에서 페르소나인 '나'는 특별한 '눈(眼)'을 가지고 특이한 상황을 '보게' 됩니다.

향리鄕里를 떠난 눈의 동행은
님 계신 뜰에로
나의 뜰에로 헤져 앉는다

동서고금을 막론하고 '내리는 눈'을 소재로 삼은 많은 서정시들 중에서 '눈'을 정서적 상관물 외에 '눈'에 빙의 또는 투사하고, 더구나 '천상

---

3   칼 융C. G. Jung의 분석심리학 개념으로서 투사(投射, projection).

4   뒤에 설명하겠지만, 오히려 분석심리학 개념인 '투사'보다 무속의 개념인 빙의 (trans, possession)가 더 정확한 개념 적용인 듯하다.

에서 지상으로 부감俯瞰하는 빙의된 시선(눈[眼])으로' '내리는 눈'을 표현한 시는 찾아볼 수 없습니다. 물론, "향리鄕里를 떠난 눈의 동행"은 그 뜻이 모호합니다. 하지만 이 모호함은 자연 현상을 해석하는 마음의 첫 인상일 뿐, 모호함을 걷어내고 해석자 저마다의 마음에 길을 내는 것이 중요합니다. 모호함과 명료함은 따로 둘이 아니라, 서로 상보적이고 상관적인 하나(一)라서 모호함이 없으면 애초에 길도 없을 터이죠. 그러니, 모호함은 현상일 뿐, '내리는 눈'의 관점에서는 모호한 듯 모호하지 않습니다. 왜냐면 '향리鄕里'는 천신天神이 살고 있는 '하늘'의 비유, 혹은 천신의 마을인 천상 세계를 유비analogy하기 때문입니다.[5] 오직 '눈'이 상징하는 순수한 영혼만이 귀신의 마음이 되어 '신들의 향리인 천상'에서 내리는 '눈'과 더불어 '동행'할 수 있을 뿐입니다.

천상에서 지상으로 내려오는 '눈'이 순결한 '여인' 또는 '숫처녀'로 환유될 수 있는 것은, 순백의 눈이 내리는 시골은 대지모신大地母神의 상징이기 때문입니다. 하지만 중요한 점은, 페르소나인 '나'가 '내리는 눈송이'를 천상과 지상의 합일을 이루는 매질媒質로 상상하고 '내리는 눈'에 빙의하여 지상을 빙조하는 '초월적 눈(眼)'으로 변할 수 있는 시적 상상력입니다. 그것은, 시적 자아 안에 영매의 작용이 있기 때문에 가능합니다. 그렇기에, 이 시에는 시적 화자인 '나'의 이면에 '은폐된 내레이터'로서 초월적 영매가 작용하고 있습니다. 여기서 주목할 것은 하늘에서 내리는 눈에 동행하여 "님 계신 뜰"과 "나의 뜰"을 동시적으로 보는 눈의 특별한 시각입니다.

---

5   천상에서 지상으로 내리는 '눈'의 이미지에 한민족 집단무의식의 표현인 단군 신화에서, 환웅천왕의 강신의 원형archetype이 유비analogy되는 상징symbol으로 해석될 수 있다. 이에 대한 분석 및 해석은 이 책 1부 「유역문예론 2」를 참고.

이 특이한 상상력의 원천을 과학을 통해 또 보이지 않는 시의 심층(의식)을 살핌을 통해 깊은 해석을 끌어낼 필요가 있습니다. 이는 신동엽 시인의 시정신 속에 깊고도 거대한 뿌리를 내린 원시반본 사상, 곧 뒤에 설명할 시인 특유의 개념인 '원수성 세계原數性 世界', '차수성 세계次數性 世界', '귀수성 세계歸數性 世界' 간의 조화 원리가 어떻게 독자적인 시적 상상력으로 이어지는가를 깊이 있게 설명해줄 것이기 때문입니다.

여러 가지 비평적 설명이 필요합니다만, 시간 관계상, 핵심 문제 외엔 다 버리고, 시 2연이 품고 있는 아래 두 가지 내용을 가지고 생각해보기로 합니다.

1. 내리는 눈(雪)에 페르소나인 '나의 눈(眼)'이 빙의되어 천상에서 지상으로 함께 "동행"한다. 하늘에서 '내리는 눈'이 '보는 눈'으로 바뀔 수 있다는 것은 만물과 '나'는 상관적 상호 관계에 놓여 있다는 뜻이다.

2. 내리는 눈과 느닷없이 '동행'하게 된 페르소나 '나'는 별개로 나누어진 두 개의 뜰로 '동시에 내리는 눈'을 '보고 있다'. 즉, 내리는 눈에 '동행'한 '나'의 빙의된 시각은, '님 계신의 뜰'과 '나의 뜰'을 둘로 나눈다.

그렇다면, 빙조의 시선에 의해 떨어져 있는 "님 계신 뜰"과 "나의 뜰"을 동시적으로 '보게 되는' 영매의 '눈'의 존재는 가능한가. 물론 서정시 상상력이니까, 신동엽 시인이 서정시를 쓰듯이 주관적 상상력으로서 대충 그렇게 표현했을 것이라는 비평가들이 없지 않을 듯합니다. 혹은 아예 이 비평적 화두를 대수롭지 않게 생각하고서 아예 주목하지 않거나 별로 비평적 가치가 없다는 듯이 치지도외하는 비평가 아닌 비평가들도 꽤 있을 것입니다. 그럼에도 제가 보기에, 이 문제는 신동엽 시인의 시정신의 섬세한 기질과 심오한 사유를 이해하는 데에 매우 소중하고 긴요한 화두입니다.

3. '한울'과 '量子'

> "연구실 과학은 비과학적이다. 실험과학에서 흔히 미신이라고
> 멸시해버려 오는 그 미신 속에 진리의 과학은 더 많이 숨어 있다."
> —신동엽, 「단상25」

서로 떨어져 있는 두 물체 사이에서 유형이든 무형이든 어떤 정보를 전달하기 위해서는 그 거리를 지나는 시간이 반드시 전제됩니다. 아인슈타인(1879~1955)의 유명한 '특수상대성이론'(1905)에 따르면 빛보다 빠른 정보 전달 속력은 없습니다. 햇빛이 태양을 떠나 지구까지 도달하는 시간이 8분 20초 정도이니 설령 빛의 속도로 달린다고 해도 떨어진 두 물체 간의 동시성은 빛의 속력으로도 설명될 수 없습니다. 뉴턴(1642~1727)의 '원격 작용Action at a distance'은 입증되지 못하고 있다가 '장(場, field)이론' 특히 19세기에 와서 전자기장電磁氣場[6]에 와서 해답의 실마리를 찾습니다. 물체의 전하는 스스로 다른 전하(물체)와 상관없이 스스로 장을 만들기 때문에 자신의 장 안에 어딘가에 전하가 있으면 동시에 정보를 전달하게 된다는 것입니다. 하지만 이 장이론에서 두 물체 간의 정보 전달의 동시성은 장의 힘이 미치는 '근접작용'이라는 또 다른 문제를 안고 있습니다.

그런데 거리가 있는 물체들 사이에 정보 전달이 동시적으로 이뤄지는 데엔 정보 전달의 매개체로서 주체도 필요합니다. 아인슈타인의 특수상대성 이론과 이를 더 진전시킨 일반상대성 이론이 발표되고, 20세기 초에 양자역학Quantum mechanics이 태동하고 닐스 보어의 '상보성 원리',[7] 하이젠베르크의 '불확정성 원리' 등 물질과 빛의 근본 성질에 대한 법칙이 탄생하면서 서서히 인간의 정신은 물론 인류가 처한 물리 세계를 바꾸어놓습니다. 양자역학에서는 '관측'이 결정적으로 중요합니다. 양자역학의 태동에 중요한 역할을 한 아인슈타인과 닐스 보어는 열띤 논쟁[8]에서, 또 양자역학의 중요한 원리와 준칙이 담긴 이른바 '코펜하겐 해석Copenhagen interpretation'[9]에서 이 원격 작용이 물체들 간의 '양자적 얽힘entanglement'이라는 조건을 통해 해결될 수 있다고 합니다. 양자의 '얽힘' 현상은 불가사의한 부분이 여전히 있지만, 적어도 실험상 아무리 서로 멀리 떨어져 있는 입자들이라도 한 입자를 잡아당기거나 관측(관찰과 측정)[10]을 하게 되면 마치 세계가 둘 사이를 연결하기라도 하듯이, 다른 입자도 즉시 반응하는 것처럼 보인다는 것입니다. 그 정확한

6　"뉴턴 물리학에서 물체와 물체 사이에 작용하는 힘은 물체의 질량과 물체 사이의 거리에 의해 결정된다. 중력법칙에서 질량은 항상 '끄는 힘' 하나만 작용하는데 반해, 전자기학에서 전하량(electric charge 또는 magnetic charge)은 두 가지 성질로 '같은 것끼리는 서로 미는 힘' '다른 것끼리는 서로 끄는 힘'을 작용한다."

7　빛의 존재는 입자(위치와 운동량)와 파동의 상보성으로 이루어져 있다. 어느 하나가 완전히 존재하면 다른 하나는 전혀 존재하지 않는다는 뜻으로 해석될 수 있다.

8　1927년 벨기에 브뤼셀에서 열린 '솔베이 회의'에서 두 과학자는 양자역학의 발전에 이바지하는 중요한 논쟁을 벌인다.

9　닐스 보어가 코펜하겐에 세운 이론물리학 연구소에서 양자역학에 대한 중요한 해석들을 내놓았다.

이유는 몰라도, 관측에 의한 양자의 얽힘 현상에 의해 두 입자가 하나로(동시적으로) 연결될 수 있는 확률이 한층 높아지는 것입니다. 코펜하겐 해석에 따르면, 물리량이란 관측과 동시에 결정되며 이때 양자계에 위치한 여러 물리량은 비국소성(非局所性, nonlocality)[11](입자의 위치와 운동량이 정해지는 국소성locality principle과는 달리)에 의해 연결되어 있어서 정보 전달 과정이 불필요하다는 것입니다. 이는 '관측'에 의해 입자들의 상호작용에 따른 양자의 얽힘 현상은 시작되고, 양자적 얽힘에 의해서 '원격 작용'은 가능해진다는 것입니다.

양자물리학에 의하면, 모든 존재가 상호의존적 상태에 있는 상보적이고 상관적인 존재라는 것입니다. 유명 양자물리학자들은, 양자는 본

---

10 닐스 보어의 상보성의 원리는 양자역학에 내재하는 가장 심오한 표현이다. 불교의 중관론과도 깊이 상응하고 상통하는 바가 많다. 보어의 주장의 핵심은, '실험 장비의 영향을 받지 않는 양자의 속성을 생각할 수 없다.'라는 것이다.

11 물리학 사전에 따르면, "비국소성nonlocality이란 한 공간적 영역에서 일어나는 모든 것은 이와 분리된 다른 공간적 영역에서 일어나 작용에 영향을 받는 것을 말한다."(한국물리학회) 부연 설명하면 다음과 같다. 멀리 떨어져 있는 두 개의 지역 A와 B가 있다고 가정했을 때 아이작 뉴턴의 고전역학에서는 '원격 작용'이나 아인슈타인에겐 국소성局所性의 원리로 해석되었으나, 비국소적 현상으로는 A 지역에서 발행한 일이 B 지역에서 발생한 것에 영향을 주고 그 반대도 영향을 준다. 이 동시적 상호작용이나 의존은 A 지역과 B 지역 사이의 어떤 정보나 에너지 교환 없이 일어난다. 그러나 영향은 강력해서 A나 B 지역 사이의 거리로 인해 약해지지 않는다. 고전물리학으로 설명되지 않는다는 의미이다. 신비함의 영역인 것이다. 닐스 보어의 말을 바꾸어 말하면, "만일 당신이 그것을 공부하고도 신비함을 발견하지 못한다면, 당신은 그것을 이해한 것이 아니다. 양자 실험 장치의 모든 구성 요소들 사이의 상호연결성과 비분리성, 비국소성, 또는 엉킴(entanglement, 모두 동의어)은 너무 완전해서 분리 불가능성은 본성적이고 근본적이다." "양자는 결코 독립적인 존재가 아니다." 분명한 것은 상호연관된 양자 시스템은 명백하게 '비국소적'이라는 사실이다.

래성을 지닌 독립적 존재가 아니라는 명백한 사실을 불가에서 말하는 공空사상(중관론)에서 인연설에 바탕한 무차별성無差別性에 비유하기도 합니다. 무차별성 자체가 살아 있는 존재라는 것입니다. 양자의 존재에 의해 멀리 떨어져 있는 두 사물이 동시적으로 상호작용하는 '원격 조정'이 성립되고, 또 '나'는 독립적 존재가 아니라 타자와 무차별적으로 얽힌 '동시 존재'라는 관념이 현실에 적용될 수 있습니다.[12]

　이 양자물리학의 주요 성과들을 이해하면, 시「눈의 서정」에서 제시한 앞의 비평적 화두 1, 2에 대해서 '과학적 가능성'이 열린 셈입니다. 이 과학을 바탕으로 새로 정리하면 아래와 같습니다.

　1. 동시에 두 뜰에 눈이 내리고 두 뜰에 내리는 눈에 동행한 채로 '나'의 눈으로 두 뜰을 본다는 것은, 두 물체 사이에 '원격 작용(동시 존재)'이 이루어진다는 사실을 가리킨다. 다시 말해, 시간이 연속성으로 흐르는 게 아니라 불연속성으로 나뉜 채 동시성 속에 다른 공간이 펼쳐진다는 뜻이다. 이는『금강』제14장에서 하늘에서 내리는 눈이 보는 눈으로 바뀌는 시적 상상력과 상통한다.

12　보어는 상보성 원리를 펼치면서, (아인슈타인은 물리 영역에서 본래적이고 독립적인 실재를 가지고 있으며 특수상대성의 원리에 따라 두 물체 사이에는 빛의 속도 안에서 정보 전달이 가능하다고 보았다. 아인슈타인이 솔베이 회의에서 보어의 상보성 원리를 '입자 측정기' 가설을 통해 비판하는 것에 대하여, 보어는 반박, 재비판하는바) 어떤 현상이 일어날 수 있도록 한정하는 모든 측정 상황과 독립적인 양자의 속성을 다루는 것은 불가능하다고 주장한다. 불교적 관점에서 말하면, 보어는 양자의 속성에 대하여 본래적이거나 독립적인 존재를 명백히 부인하고 있다. 보어는 양자의 속성들이 '어떻게 모든 실험 장치의 관계 속에서만 한정되는지'를 강조하고, 그 속성들은 독립적으로 존재하지 않으며, 바로 '그 실험 장치의 구성에 의존하고 있다'고 한다.

2. 시간과 공간은 불연속성의 상태에서 상보적 상관관계 속에서 서로 작용한다. "님이 계신 뜰"은 독립된 실재가 아니므로 "님이 계신 뜰"은 '나'(페르소나)의 '상상적 존재'이며 "나의 뜰"과 '상호작용하는 상관관계'로만 존재한다. 이 '상상력 속에서 상호작용하는 상관관계'의 문제는 『금강』이 펼치는 시인의 독창적인 상상력을 '과학적으로' 설명해 준다.[13]

3. 눈(雪)은 사물이면서 나의 관측(관찰과 추측)하는 눈(眼)과의 상관성 속에서, 즉 나의 마음과 상관성 속에서 존재하고 상호작용한다. 내리는 눈에 보는 눈이 하나가 된 것은 눈이 내 '마음의 에너지'로 변함을 뜻한다.

그러나, 이러한 비평적 문제 제기에 대해 현대물리학적 해설만으로는 여전히 의미심장한 심층 내용이 많은 초기 시「눈의 서정」을 온전히 설명하는 데엔 한계가 있습니다. 자연과학적 해설 외에 인문학적 해설이 더해져야 하는데, 아래와 같은 전통문화 혹은 전통 사상 차원에서의 해설이 필요합니다. 전통문화적 해설이 중요한 것은, 신동엽 시인은 근대 문명이나 서구 의존적인 외래적 근대 이론에 거부감을 가지고 있었고, 동시에 민족 전통문화를 전승한 자주적 문학 정신의 중요성을 강조하였기 때문이기도 합니다. 방금 보았듯이, 초기 시「눈의 서정」에서 페

---

13 고전물리학에서는 보는(관측하는) 주체와는 무관한(별도로) 시간과 공간을 독립적이고 절대적인 대상으로 인지한 반면, 아인슈타인이 처음 관측자에 의한 시간과 공간의 상대화를 주장하였다. 상대성이론과 양자역학에서는 시간과 공간은 상대적이며 상호 관계적이다.

르소나(화자) '나'는 하늘과 지상을 오갈 수 있는 능력이 은폐되어 있는 '특별한 영매적 존재'입니다. 이 존재론적인 문제를 나름으로 해명하면 아래와 같습니다.

우리의 주요 전통 무가巫歌들에는 하늘에서 조감鳥瞰하는 새의 눈처럼, 샤먼(巫)이 천상에서 땅 위를 빙조憑眺하는 눈길이 등장한다. 예를 들면, 무가『지두서指頭書』(신령을 청하는 무가에서 맨 먼저 부르는 노래)에 "백두산이 주산主山이요 한라산이 남산南山이라/두만강이 청룡靑龍되고 압록강이 백호白虎로다." 오산 무가「열두굿」에 "앞에 압록강 뒤에 뒤로 강" 같은 대목 등이 나오는데, 여기서 무가의 화자話者 혹은 창자唱者 즉 무당은 하늘을 날며 빙조하는 능력을 부여받은 존재이다. 이 무가들을 참고하면, 일단 시「눈의 서정」에서 드러나는 페르소나 '나' 안에는 전통 무가의 화자인 '무巫의 존재'가 은폐되어 있거나, 어떤 특별한 존재론적 사유와 감수성을 지닌 존재가 숨어 있다는 점은 자명하다. 곧, 이 시의 심층 세계 또는 화자인 '나'의 심층 의식에는 특별한 의식과 초월적 능력을 지닌 '그림자'가 은폐된 채로 오버랩되어 있다. 신동엽 시인이 시정신의 이상理想으로 삼은 '원천적, 귀차성적 시인' 즉 원시반본적 시인은 이러한 문제의식과 깊은 연관성을 갖는다는 추정이 가능한 것이다.

이러한 전통적 정신문화와의 연관성을 가진 깊은 해석 속에서, 신동엽 시정신에 대한 이해와 새로운 시 해석의 전망을 세워야 한다고 봅니다. 즉 이 유서 깊은 신도 전통 위에서, 서사시『금강』의 시적 상상력을 가능하게 하는 원동력을 이해해야 하며, 장시「이야기하는 쟁기꾼의 대지」의 특이한 스타일과 난해성을 이해할 수 있는 단서를 찾아야 합니다. 한마디로, 이처럼 시의 '은폐된 내레이터'[14]로서 신인神人 곧 '최령자最靈者'의 존재 문제는 신동엽 시의 '원시반본' 시정신과, 거기서 비롯되는 특별한 시적 감수성 또는 상상력 세계를 이끌어가는 핵심 동력입니다. 중요한 것은 신동엽 시인의 원시반본의 시정신은 우리 민족의 정신문화의 전통을 역동적으로 새로이 하였고, 그 창조적 전승 과정 속에서 웅숭깊은 대서사시 『금강』을 비롯한 신동엽 시의 내용과 형식과 스타일이 분석되고 그 심오한 뜻이 올바로 해석되어야 한다는 점입니다.

4. 눈(雪)과 눈(眼)의 상관관계가 지닌 문학사적 의미

참고로, 실로 뛰어난 우리 근현대 시인들 가운데, 신동엽 시인과 동시대 시인인 김수영과 선배 시인인 백석 시에서 '눈'이 어떻게 시로 표현되어 있는지를 비교해봅시다. 이를 통해 신동엽 시정신이 한국문학의 정신사의 맥 속에서 어떠한 위상에 있는지를 살펴볼 수 있습니다.

먼저, 신동엽 시인이 존경한 시인, 드높은 시정신을 보여준 김수영의 시 「눈」을 잠시 살핍니다. 김수영의 시 「눈」은 신동엽 시인의 「눈의 서정」이 나온 때 보다 7년이 지난 뒤인 1957년 4월에 발표된 작품입니다.[15]

---

14 뛰어난 문예 작품의 겉에 드러난 내레이터(화자)의 그늘에는 '은폐된 내레이터concealed narrater'가 은밀히 작용한다는 문예학적 가설. 이 책 1부 「유역문예론 1, 2」 및 『한국영화 세 감독, 이창동·홍상수·봉준호』 참조.

15 「눈」은 1957년에 탈고하고, 동년 4월 『문학예술』에 발표했다(『김수영 전집 1: 시』, 411쪽).

눈은 살아 있다
떨어진 눈은 살아 있다
마당 위에 떨어진 눈은 살아 있다

기침을 하자
젊은 시인이여 기침을 하자
눈 위에 대고 기침을 하자
눈더러 보라고 마음 놓고 마음 놓고
기침을 하자

눈은 살아 있다
죽음을 잊어버린 영혼과 육체를 위하여
눈은 새벽이 지나도록 살아 있다

기침을 하자
젊은 시인이여 기침을 하자
눈을 바라보며
밤새도록 고인 가슴의 가래라도
마음껏 뱉자

―김수영,「눈」전문

　'하늘에서 내리는 눈'의 동음이의어인 '보는 눈'이 상호작용하고 상호 전환, 즉 의식적-무의식적인 환유 관계에 있다는 점이 깊이 이해되어야 합니다. 보이는 눈 속에 보이지 않는 실존적 존재를 보는 눈이 바로 김수영의 시 「눈」 3편의 시적 주제라고 말할 수 있습니다. 이 시에서 눈(雪)이 눈(眼)으로 혹은 그 역으로 전환 가능한 철학적 사유의 동력은 존재자(사물)에서 존재Sein로의 전환 속에서 이해의 실마리를 찾을 수 있을 터입니다. 하지만 하강하는 눈송이에서 은폐된 시인의 눈동자로 초월하는 존재론적 사태를 시적 테마로 삼았을 뿐 아니라, 그 속에는, 위 시에서도 하늘에서 내리는 '눈'의 상징성을 유추analogy하면, '눈'은 한국인의 집단무의식의 상징이라는 점이 이해될 수 있습니다.

따라서 「눈」의 페르소나의 의식 차원, 곧 표면적 내레이터의 의식과의 상관관계 차원에서 생각하면, 시인의 의식 이면에 집단무의식의 원형이 '은폐된 내레이터'의 존재로서 오묘하게 작용을 하고 있습니다. 집단무의식의 내용이 페르소나인 시인의 정신의 힘에 의해, 지각을 뚫고 솟아나는 샘물처럼 의식의 지평에 올라오기를 반복하는 것입니다. 존재론적으로 '눈에서 눈으로' 반복·순환하는 상관관계에 놓이고 이 '눈'의 환유 관계는 '존재 가능성' 곧 '은폐된 존재 가능성'의 지평을 열어놓습니다. 이를 분석심리학적으로 설명하면, 집단무의식의 눈(雪)은 의식의 지평으로 끌어 올려져 시인의 눈(眼)에 의해 한국인의 오래된 집단무의식인 '강신降神 원형'의 상징이 된 것입니다. 의식과 무의식을 통관하는 드높은 정신Psyche에서 비롯되는 시적 감수성은 동음이의어인 '눈에서 눈으로' 환유 관계를 하나의 '통일적 연상 작용' 속에서 포착합니다. 이 통일적 연상 작용은 탁월한 시인 정신에게는 작위적인 시 의식에서가 아니라 무위이화에 따르는 자연적인 상상력에서 나오는 것입니다. 이 '눈에서 눈으로'의 통일적 연상 작용은 탁월한 한국의 근현대 시인들인 백석, 김수영, 신동엽 시인의 시적 상상력에서 공통적으로 나타난다는 점에서 그 정신적·문학적 의미를 향후 밝혀내야겠지만, 이는 단순한 비평적 관심이나 호기심이 아니라 현대문학사에서 '개벽적 의미'를 지닌 중요한 문학사적 화두라는 점을 많은 문인들이 두루 공감할 만합니다.

천신의 강신을 유비하는 '눈'(雪)에 '은폐된 존재(은폐된 내레이터)'가 바로 시인의 눈(眼)인 것입니다. 시인이란 존재는 타락하고 부조리한 세속에 살면서 하늘에서 내려오는 고결한 천신天神의 영혼을 접하며 순결한 시혼의 존재를 추구하고 체득해야 하기 때문에 김수영 시인은 "기침을 하자/젊은 시인이여 기침을 하자/눈을 바라보며/밤새도록 고인 가슴의 가래라도/마음껏 뱉자"라고 절규하듯이 노래합니다.

단지 존재론 차원의 분석만으로는, 이 시에서 감추어진 김수영 시정신의 근원이 다 밝혀지진 않습니다. 시인의 눈(眼)은 사물(존재자)에 은폐된 '존재'를 보는 '눈'이기 때문에 하늘에서 땅에 '내린 눈(雪)'에서 '살아 있는 눈의 존재'로 곧 '보는 눈'으로 환유換喩한 내용이 깊이 해석되어야 합니다. '떨어진 눈'이 살아 있는 눈으로 환유하는 것은, '시 정신의 에너지(氣)가 은밀하고 정교하게 작용'한다는 말입니다. 마치 양자물리학에서 보는 이의 눈(眼), 곧 관측자의 '마음'에 따라, 물질의 최소 단위(빛)는 입자도 되고 파동도 되고, 아울러 마음과 물질이 상관성相關性을 갖듯이.

여기서 '관측자인 시인의 정신 곧 마음의 기운'이 중요시됩니다. 위 시에서 그 마음(정신)의 기운, 곧 정교하고 미묘한 정신의 에너지가 작동하는 원리는 반복 어법입니다. 김수영의 시「눈」세 편에서 공히 형식상 중요한 점은 내리는 눈과 보는 눈이 둘이면서 하나로 연결된 환유 관계인 채, 주문呪文과도 같이 반복 어법 속에서 신기하게도 시적 생동감을 불러일으킨다는 점입니다. 이 시에서 '(눈은) 살아 있다'는 모두

5번, '기침을 하자'는 6번(이 외에도 '마음 놓고'는 2번)이 반복되고 있습니다. 이는 김수영의 숱한 시편에서 등장하는 반복 어법에 의한 리듬·운율이 시어 시문 속에 주술력을 발휘한다는 뜻입니다. 그래서 이 시의 이면에 '은폐된 주술 능력' 곧 마음의 기운이 작용하기 때문에 '눈(雪)'의 '눈(眼)'으로의 전화trans가 가능해진 것입니다. 이를 통해, 시인 김수영의 페르소나에는 또 다른 초월적 내레이터가 은폐되어 있음을 알 수 있고, 이 은폐된 내레이터는, 명시 「풀」에서도 그대로 적용될 수 있듯이, 무巫 혹은 '초월자'적 시적 자아가 시의 이면에서 활동하고 있음을 알 수 있는 것입니다.

신동엽 시 「눈의 서정」에서 '눈'의 특별한 존재성을 밝히기 위해, '한국시가 낳은 가장 아름다운 시 중 하나'라고 평가받는 백석의 시 「남신의주유동박시봉방」도 잠시 살펴볼 필요가 있습니다.

> 어느 사이에 나는 아내도 없고, 또,
> 아내와 같이 살던 집도 없어지고,
> 그리고 살뜰한 부모며 동생들과도 멀리 떨어져서,
> 그 어느 바람 세인 쓸쓸한 거리 끝에 헤매이었다.
> 바로 날도 저물어서,
> 바람은 더욱 세게 불고, 추위는 점점 더해 오는데,
> 나는 어느 木手네 집 헌 샅을 깐,
> 한 방에 들어서 쥔을 붙이었다.
> 이리하여 나는 이 습내 나는 춥고, 누긋한 방에서,
> 낮이나 밤이나 나는 나 혼자도 너무 많은 것 같이 생각하며,
> 딜옹배기에 북덕불이라도 담겨 오면,

이것을 안고 손을 쬐며 재우에 뜻 없이 글자를 쓰기도 하며,

또 문 밖에 나가디두 않구 자리에 누어서,

머리에 손깍지 벼개를 하고 굴기도 하면서,

나는 내 슬픔이며 어리석음이며를 소 처럼 연하여 쌔김질하는 것
이었다.

내 가슴이 꽉 메어 올 적이며,

내 눈에 뜨거운 것이 핑 괴일 적이며,

또 내 스스로 화끈 낯이 붉도록 부끄러울 적이며,

나는 내 슬픔과 어리석음에 눌리어 죽을 수 밖에 없는 것을 느끼
는 것이었다.

그러나 잠시 뒤에 나는 고개를 들어,

허연 문창을 바라보든가 또 눈을 떠서 높은 턴정을 쳐다보는 것인데,

이 때 나는 내 뜻이며 힘으로, 나를 이끌어 가는 것이 힘든 일인 것
을 생각하고,

이것들보다 더 크고, 높은 것이 있어서, 나를 마음대로 굴려 가는
것을 생각하는 것인데,

이렇게하여 여러 날이 지나는 동안에,

내 어지러운 마음에는 슬픔이며, 한탄이며, 가라앉을 것은 차츰
앙금이 되어 가라앉고,

외로운 생각만이 드는 때 쯤 해서는,

더러 나줏손에 쌀랑쌀랑 싸락눈이 와서 문창을 치기도 하는 때도
있는데,

나는 이런 저녁에는 화로를 더욱 다가 끼며, 무릎을 꿀어 보며,

어니 먼 산 뒷옆에 바우 섶에 따로 외로이 서서,

어두어 오는데 하이야니 눈을 맞을, 그 마른 잎새에는,

쌀랑쌀랑 소리도 나며 눈을 맞을,

그 드물다는 굳고 정한 갈매나무라는 나무를 생각하는 것이었다.

—백석,「남신의주유동박시봉방」[16] 전문

이 시에서도 '싸락눈'이 나오는데, 신동엽 시인의 '눈'이 세속적 지상과 연결된 천상의 존재를 상징하듯이, 백석 시인에게 '눈'의 존재도 어떤 신령함을 은폐합니다. 결론만 얘기하자면, '싸락눈'은 이 시의 페르소나(내레이터)인 '나' 안에서 작용하는 또 하나의 은폐된 존재('은폐된 내레이터')로서, '나'와 '먼 산 뒷옆 바우 섶에 따로 외로이 서 있는 갈매나무'로 하여금 서로 '원격 작용action at a distance'을 가능하게 하는 신령한 '매질媒質'인 것입니다. 이 시에서 '나는 ~하는 것이었다.'라는 독특한 문장에서 화자인 '나'를 바라보는 '다른 나의 눈'이 의식된다거나, 화자(페르소나)의 고통받는 영혼을 달래주는 '갈매나무'의 마치 신목神木 같은 존재감으로 볼 때, '싸락눈'은 신령한 매질이라 하지 않을 수 없습니다.(백석의 원시반본 사상이 구현된 다른 유명한 시「나와 나타샤와 흰당나귀」에서도 눈 내리는 밤 소주를 마시면서 나타샤를 기다리는 '나' 안에는 영매의 그림자가 드리워져 있습니다. 이 시에서도 '눈'이 '나'와 '나타샤'를 연결하는 '영매의 매질媒質'이 됩니다.) '눈'이 시 속에 신령·신명을 매개하는 매질이라니!

그런데, 백석의 '싸락눈'에는 천상에서 지상으로 내려오는 맑고 신령한 영혼의 존재감이 있는데, 그 은폐된 '존재'는 고통받는 '나'와 '갈매나무' 사이를 '원격 작용'하게 하는 존재라는 점에서 무적巫的 존재로 볼

---

16 백석白石(본명 백기행) 시인이 서울을 떠나 만주로 이주한 1940년 이전에 쓴 시로 추정. 1948년 발표.

수 있습니다. 백석 시 「남신의주유동방시봉방」에서 하늘서 내리는 눈에는 천상과 지상을 오가는 무巫의 눈(眼)이 빙의되어 있는 것입니다. 혹은, 네오 샤먼neo shaman의 눈. 그래서 백석이 열 글자의 주문 형식으로 시 제목을 삼은 것으로도 해석할 수 있습니다. 앞서 잠시 소개하였듯이, 해방 후 신동엽 시인과 함께 이 땅의 걸출한 '참여' 시인인 김수영의 명시 「눈」(1957)에서도 비슷한 해석이 가능합니다. 김수영 시 「눈」의 경우, 우선 존재론적인 '눈'으로 해석됩니다만 눈(雪)이 눈(眼)으로 존재론적 전환을 일으키고, 이 눈(雪)과 눈(眼)이 서로 하나이자 둘인, 둘이면서 하나인 상호 관계 속에서 '동시성의 상호작용'을 하고 있으니, 이 또한 천상의 맑은 영혼을 갈구하는 천부적 존재로서 시인의 신명神明이 시에 은폐되어 있다는 해석도 가능합니다. 김수영 시인은 모두 제목이 같은 세 편의 「눈」이 있는데, 셋 다 이와 같은 '유역문예론' 관점의 해석이 관통되고, 1966년 작 「눈」은 시 쓰기 자체에서 활동하는 '시인의 시혼詩魂'='영매의 매질媒質'로서 '하늘'서 '내리는' 눈을 상정한 것입니다.

신동엽 시에서 '눈'의 상징은 선배 시인들인 김수영의 '눈'보다 백석의 '눈'에 좀 더 인접해 있습니다. 칼 융에 따르면, 집단무의식의 원형은 엄청난 에너지를 방출하는 것이므로, 고도로 발달된 시인 정신의 심층무의식에 잠재된 원형의 '눈'은 언제나 강력한 에너지를 분출할 준비 태를 갖추고 있을 것이 분명합니다. 신동엽 시 세계 전반에 걸쳐서 맑고 강력한 신기가 느껴지는 것도 이 '눈'의 원형의 분석·해석을 통해 설명될 수 있을지 모릅니다. 이 문제는 매우 섬세하고 치밀한 분석을 요하는 비평적 과제이기도 하여 이 자리에서는 피합니다만, 김수영 시에서 '눈'의 상징은 '시인의 존재론'에 대한 사유 내용이 함께 내재되어 있고 백석 시인의 '눈'은 전통 무巫와 연결된 원시반본적 사유와 정서가 내포되어 있기 때문입니다. 이 두 탁월한 선배 시인들과는 달리, 신동엽 시인의 '눈'은, 동학의 우주론과 존재론 또한 원시반본적 세계관 속에서 나온 '귀신'[17] 들린 또는 신기神氣가 한껏 서린 '상상적 존재'[18]입니다.

물론, 세 시인은 각자 독자적인 '눈' 이미지를 통해 한국인의 정서와 무의식에 잠재해 있는 천신의 강신에 따른 무적 존재를 원형의 상징으로 표현했습니다.

5. 원시반본의 실천으로서의 시 쓰기

「눈의 서정」에 감춰진 특이한 시적 상상력을 분석하기 위해 양자역학의 비국소성 원리를 개관했지만, 이 양자의 실험을 통한 관측의 결과는, 존재 가능한 것은 공간을 뛰어넘어 동시적으로 상호작용하고, 미래가 가역적으로 과거와 현재에 영향을 미치는 것 등으로 이미 정론화되어 있습니다. 초기 시 「눈의 서정」에 감춰진 '눈'의 상상력을 비평적으로 깊이 분석하고 넓게 해석하는 이유는 신동엽 시인의 스무 살 무렵 젊은 시혼이 어떤 모습인가 궁금하기도 했지만, 시인의 시정신을 대표하는 서사시 『금강』에서 발견되는 서사 구성의 원리를 포함한 특별한 시적 상상력이 초기 시에서는 어떻게 움트고 있는지를 찾으려는 비평적 의도와 깊이 연관됩니다. 특히 『금강』의 주제인 동학의 혁명 정신에 합치하는 특별한 서사시 형식을 창조한 시적 상상력의 근원을 밝히려는 비평적 욕망도 없지 않았는데, 「눈의 서정」은 이런 비평 의도와 욕구를

---

17 '귀신'에 대해서는 이 책 1부 「유역문예론의 序」 및 「유역문예론 1」을 참고.
18 신동엽, 「단상 45」, 『신동엽 산문전집』, 강형철·김윤태 엮음, 창비, 2019, 220쪽.

충족시키는 소중한 정신적·시학적 증표가 될지도 모릅니다.

여기에서 '눈의 서정'에 은폐된 주제의식을 만날 수 있습니다. 그 은 폐된 주제의식은 서사시『금강』과 연관 지어서 분석하면, 심오한 의미 를 함축합니다. 무엇보다도, 눈(雪)과 눈(眼)이 둘이면서 하나요, 하나면 서 둘인 관계로 변합니다. 그리고 이 눈송이에 빙의된 눈동자는, 순백의 눈이 상징하는 순수한 영혼을 가리키는 동시에 비로소 수운 동학이 가 르치는바, '가장 신령한 존재(最靈者)로서의 사람됨'을 의미하며, 아울 러 신동엽 시인의 '시인 존재론'을 암시합니다. 유추하면, 시인의 마음 은 천상에서 지상으로 내려오는 순수한 신령(귀신)의 마음이 되는 것이 라고 할 수 있습니다. 수운 동학의 표현으로 바꾸면, "외유접령지기 내 유강화지敎外有接靈之氣 內有降話之敎"(「논학문論學文」,『동경대전東經大全』)인 것이지요. 이 접령接靈과 강화降話의 뜻을 유추할 수 있기에, "鄕里를 떠 난 눈의 동행은/님 계신 뜰에로/나의 뜰에로 헤져 앉는다"라는 시구에 서 빙조의 시각[19]이 감지되는 것입니다.

1950년 1월에 발표한 시「눈의 서정」이후 17년이 지난 1967년에 발 표한 서사시『금강』은「눈의 서정」이 비닉秘匿한 '은폐된 내레이터'의 활동 연장선 위에 있다는 점을 생각해야 합니다. 초기 시「눈의 서정」이 중요한 것은 바로 두 작품의 표면적 화자의 이면에서 활동하는 '은폐된 내레이터'의 '특별한' 성격 때문입니다. 이 은폐된 내레이터의 존재는, 신동엽 시인의 심층 의식과 서정의 성격을 결정짓습니다.

---

19 인신人神인 무당이 접신接神의 황홀경에 든 상태를 가리킨다. '빙조憑眺'는 강 신降神 상태로서 천상에서 지상으로 강신하면서 조감鳥瞰하는 시선이며, 이는 신격에서 잠시 인격으로의 변화 곧 '가화假化'의 드러남이기도 하다. 이 책 1부 「유역문예론 2」참고.

시인의 고향이 '시의 고향' 곧 시의 원천임을 보여주는 재미있는 시한 편을 소개합니다. 시인이 우리 나이로 스무 살에 발표한 초기 시 「시골 밤의 서정」입니다.

지붕마다 들마다
풋풋이 함박눈이 곱쌓이는 밤
그러한 밤이면 의례히
어데선가 동김치 바수는 소리
시루떡
시루떡에 풍성히 익는 내음새

무심히(그리운)
하트는 함부로 환장해서 미친개처럼
마을 눈길을 나는
미친개처럼
쏴댔느니라.

　　　　　　　　　　　　—「시골 밤의 서정」(1949) 전문

지적인 꾸밈 없이 진솔하고 소박한 시인의 성정이 고스란히 전달됩니다. 진솔 소박함에도 이 시는 실로 보기 드물게 순수하고 진실하고 그야말로 기운생동氣韻生動이 전달되는 시입니다. 시인의 시각, 청각, 후각 등 전全 감각感覺은 고향 마을의 자연 풍정에 활짝 열린 상태입니다. 이 짧은 시에서도 '눈'이 등장합니다. 그런데 주목할 점은 시인의 향리鄕里에 대한 절절한 그리움을 표현하는 '공감각적 감수성'입니다. 시 1연에서 시각(함박눈이 곱쌓이는 밤), 청각(동김치 바수는 소리), 후각(시루떡 풍성히 익은 내음새) 등 모든 감각이 동원되고 어우러져 表現된다는 점. 첫 연에서 빼어난 시 감각이 유감없이 펼쳐지다가, 다음 연에 이르러, 고향을 향한 사랑과 그리움은 '인간적 감각' 너머의 초超감각 상태로 이어집니다. 시인의 충만한 열정적 감수성은 선뜻 '인간 중심적 감각'의 경계를 초월해서, 화자 자신을 향해 "미친개처럼"을 반복하게 됩니다. "미친개처럼/쏴댔느니라"!

혹시 방금 인용한 시적 표현이 거칠게 느껴지거나 비시적非詩的이라고 여겨진다면, 그것은 시에 대한 그릇된 고정관념이나 모종의 편견과 선입견이 작용한 탓입니다. 신동엽 시 전체를 개관해보면, 시인은 이 점을 정확하고도 분명히 알고 있었습니다. 시적 자아의 고향애가 지극하다 보니 바깥에 기화氣化가 이루어짐으로써, "미친개처럼/쏴댔느니라"라는 표현이 어쩔 수 없이 나온 것입니다. 동학 경전을 빌려 말하면, '안으로 신령한 기운이 지극하여 밖으로 기화한(內有神靈 外有氣化)'[20] 표현이 시詩인 것입니다. 그러므로 이러한 시적 표현은 거칠다, 아니다 문제가 아니라, 다름 아닌 '전경인적全耕人的인 귀수적歸數的인 지성知性'의 시 쓰기의 훌륭한 본보기라는 점을 이해하는 것이 중요합니다.

교육을 받은 독자들은 "미친개처럼/쏴댔느니라"라는 시구가 거칠다거나 부적절하다는 반응을 보일 가능성이 있습니다만, 단언컨대, 이런 반응은 우리나라 시 교육의 수준이나 문학 교육 시스템이 안고 있는

---

20 '내유신령 외유기화內有神靈 外有氣化'. 수운 선생은 손수 '시천주侍天主'에서의 '시侍'의 풀이를 남기셨다. '侍者 內有神靈 外有氣化 一世之人 各知不移'(侍라는 것은 안에 신령이 있고 밖에 기화가 있어 온 세상 사람이 각각 알아서 옮기지 않는 것이요). 수운 선생의 '시侍' 풀이는 『동경대전』의 「논학문」을 볼 것.

한계거나 문단 시스템 또는 문학 제도에 의해 시에 대한 그릇된 편견이나 선입견이 널리 퍼져 있는 데에 원인이 있습니다.

신동엽 시의 '진솔하고 소박한 표현'은 시인의 '시정신론' 차원에서 이해되어야 합니다. 「시골 밤의 서정」에 드러나는 자기 삶의 근원인 향리적 감수성은 결국 자기 삶에서 우러나는 시적 표현을 낳는 법이고 이는 원시반본 정신의 명확한 표현으로 이해될 때 보다 생산적인 논의가 이루어질 수 있습니다. 한마디로, 시인의 지극한 망향望鄕과 극진한 고향애故鄕愛를 헤아릴 줄 알아야 이러한 시적 표현이 놀라우리만큼 진실하고 감동적인 표현이라는 사실을 알게 되고, '진솔한 소박미素朴美'의 깊은 가치를 깨닫게 됩니다. 삶에서 소외된 탐미주의나 외래 이론에 종속된 지성주의 시학에 따른 시 쓰기는 근본적으로 자기 삶의 대지에 뿌리내린 '전경인'의 정신에 위배될 뿐 아니라 '이성적 존재'를 넘어 '최령자'로서의 인간 정신을 추구하는 원시반본의 이상과도 거리가 멉니다.

또한, 신동엽 시인의 초기 시에서 드러나는 '향리적 공감각', 대지적 감수성은, 4·19세대 문인들에게서 보이는 근대적이고 비생활적인 지적 감각주의에서 나온 공감각이나 감수성과는 차원이 다른, 무위자연에 안긴 비근대적 원시성과 농본주의적 삶에의 지향에서 나온 감수성이라는 점에서 신동엽 시가 점하는 현대시사에서의 특별한 위상이 살펴져야 합니다. 위 시에서 "마을 눈길을 나는/미친개처럼/쏴댔느니라"라는 시문이 상징적으로 역설하는바, 이는 서구 근대 이성이 구축한 시학과는 거리가 먼 것이고, 문학청년의 혈기와 치기의 배설 정도로 열외해선 안 됩니다. 이 시를 원시반본의 새로운 시학을 찾는 열정의 일환으로 다시 살피고 이 진솔한 소박성에 새로운 의미를 부여해야 합니다. 이 시를 새로이 읽으면, '나는 미친개처럼 쏴댔느니라'라는 시구는 표준적인 통사론과는 전혀 다른 시인 특유의 시문[21]을 엿보게 하는 동시에, 시인의 고향인 시골을 그리워하는 '추억'의 형식을 지니고 있으며, 무엇보다 이 시문은 첫 연에서 시인의 시각, 청각, 후각 등 온 감각이 온몸을 휩싸고 원시 상태의 고향 풍정에 완전히 몰입·합일된 상태에 들었음을, 페르소나 자신을 '짐승'의 비유로서('미친개처럼'), 표출한 것이기 때문입니다. 이러한 해석이 신동엽 시 세계 전체에 깊고도 널리 뿌리내린 동학 특히 원시반본의 세계관의 발로인 것은 자명합니다. 이렇게 보면, 신동엽 시인의 스물의 나이에 쓴 이 시에서 서구 근대 시학으로는 잘 포착되지 않는, 원시반본의 사상을 비평의 원동력으로 삼은 새로운 문학비평 정신이 움트지 말란 법이 없지 않겠습니까?

'청년 신동엽'의 뜨겁고 해맑은 시심이 쓴 초기 시에 은밀히 드러나는 비근대적 감수성 그리고 이러한 감수성과 짝을 이룬 원시반본적인 시 의식은 아마도 시인의 고향 '시골'에 대한 추억과 함께 '귀향-근원으로 돌아감'(原始返本)의 꿈에 깊이 연관되고, 이 원시반본의 꿈과 의지는 시인이 타계하기까지 자주적이고 토착적인 '신동엽 시정신'을 형

---

21 서구 근대 언어학에서 문장의 구성 규칙을 다루는 통사론Syntax과 신동엽 시의 '시문詩文 구성'과의 비교 문제를 포함하여 신동엽 시의 시어 및 시문이 가진 특성을 깊이 이해할 필요가 있다. 이 문제를 다룰 때, 참고할 만한 수운 선생 말씀을 여기 적어두기로 한다.
　"우리 도는 무위이화無爲而化라. 그 마음을 지키고 그 기운을 바르게 하고 한울님 성품을 거느리고 한울님의 가르침을 받으면, 자연 한가운데 화化해 나는 것이요, 서양 사람은 말에 차례가 없고 글에 순서가 없으며 도무지 한울님을 위하는 단서가 없고 다만 제 몸만을 위하여 빌 따름이라. 몸에는 기화지신氣化之神이 없고 학學에는 한울님의 가르침이 없으니, 형식은 있으나 자취가 없고 생각하는 것 같지만 주문呪文이 없는지라, 도道는 허무한데 가깝고 학學은 한울님을 위하는 것이 아니니, 어찌 다름이 없다고 하겠는가."(「논학문」, 『동경대전』)

성하는 사유의 원천이자 시 창작의 원동력이 된다고 할 수 있습니다.

'전경인적 귀수적인 지성'을 주창하게 된 정신적 배경도 시의 고향은 '시의 시원으로서 대지'의 품 안이라는 자각에 있습니다. 그러므로 신동엽 시인은 복고주의자가 아니라 원시반본을 중시하는 '전경인-되기'를 실천한 시인입니다. 가령 시 「향아」와 「전설 같은 풍속으로 돌아가자」[22]는 이러한 시정신의 속내를 잘 보여줍니다. 이러한 농촌적 감수성으로서 시 감각의 소박성은 크게 보면, 진리를 자기 밖에서가 아니라 자기 안에서 구한다는 자재연원의 정신과 맞물려 있으며, 또 자재연원의 진리는 무위이화의 도와 연결된 "무궁한 이 울 속에 무궁한 나"[23]의 터득에 있는 것입니다.

신동엽 시인의 일부 시에서 소박함과 함께 난해함과 복잡함이 보이는 것은 이 무위이화의 진리를 터득한 '무궁한 한울 속 나'의 마음과 밀접히 연결되어 있으며, 아울러 저마다 '각지불이各知不移'[24] 하는 정신이 시 쓰기에 작용한 결과라고 할 수 있습니다. 모든 시인들은 각자 마음속

---

22 시 「전설 같은 풍속으로 돌아가자」는 시적 소박함이 잃어버린 '고향'으로 돌아감과 깊이 연관되어 있다. 자재연원의 시정신의 한 예. 아래 인용한 시 「향좀아」도 함께 참조.
"향아 너의 고운 얼굴 조석으로 우물가에 비쵀이던 오래지 않은 옛날로 가자// 수수럭거리는 수수밭 사이 걸쭉스런 웃음들 들려나오며 호미와 바구니들 든 환한 얼굴 그림처럼 나타나던 석양……//구슬처럼 흘러가는 냇물 가 맨발을 담그고 늘어앉아 빨래들을 두드리던 전설 같은 풍속으로 돌아가자//[…]//향아 허물어질까 두렵노라 얼굴 생김새 맞지 않는 발돋움의 흥냄이랑 고만 내자/들국화처럼 소박한 목숨을 가꾸기 위하여 맨발을 벗고 콩바심하던 차라리 그 미개지에로 가자 달이 뜨는 명절 밤 비단치마를 나부끼며 떼 지어 춤추던 전설 같은 풍속으로 돌아가자"

23 이 글 각주 28번 참고.

에서 저마다의 각성에 따라 진솔한 무위無爲의 시 쓰기를 추구하는 것. 여기서 우리는 신동엽 시정신이 추구하는 '무위이화의 소박함과 난해함'의 차원을 넉넉히 이해할 수 있습니다.

6. 수운 동학과 원시반본

> "상상적 존재들은, 시간과 공간의 제약을 넘어서서
> 서로 교합을 가능케 하고 있다."
> ―신동엽,「단상 45」

서사시『금강』의 내용과 형식을 깊이 파악하려면 물리적·세속적 시간관과는 다른 원시반본적 시간의 내용을 깊이 이해해야 하고, 장시「이야기하는 쟁기꾼의 대지」에서 특히 시어나 구문構文의 난해성, 시의 규범성을 무시한 형식의 이질성, 사투리, 비속어의 돌발성 등을 이해하기 위해서 원시반본의 언어관을 추상해야 합니다. 오늘은 자세히 논의하지 못할 형편입니다만, 위대한 서사시『금강』, 장시「이야기하는 쟁기꾼의 대지」는 신동엽 시인의 동학-원시반본 사상의 토대 위에서 태어난 독창적인 서사적 장시이기 때문에 위에서 말한 바와 같이, '은폐된 최령자'의 작용에 따른 은폐된 형식을 이해해야 하고, 서사시의 기본 형식인 시간성 문제에서 '원시반본적 시간관', 아울러 '원시반본의

---

24 수운 선생이 손수 풀이한 '시천주侍天主'에서의 '시侍' 풀이 '내유신령 외유기화 일세지인 각지불이內有神靈 外有氣化 一世之人 各知不移'이다. 이 중 각지불이는, "저마다 깨달아 옮기지 않음"이란 의미. 수운 선생의 '시侍' 풀이는『동경대전』의「논학문」을 볼 것.

언어관' 문제를 풀어가야 한다고 봅니다.

이 문제를 풀기 위해서는, 먼저 원시반본의 뜻풀이를 살필 필요가 있습니다. '원시반본'에서 중요한 글자는 返=反입니다. 적어도 '반'에는 다음 같은 여러 의미들이 함께 포함되어 있습니다.

1. 反은 '근원으로 돌아간다'는 의미로 자연으로, 무위자연으로 돌아간다는 의미가 포함된다. 「시인정신론」 및 신동엽 시 전반에 걸쳐 작동하는 '귀수성'의 근본 원리는 이와 무관하지 않다.[25]

2. 反의 '근원으로 돌아간다'엔 순환循環의 의미, 즉 '자연의 시간성'으로서 순환의 의미가 들어 있다. 가령 서사시 『금강』의 서사가 품고 있는 시간성은 순환성에서 비롯된 비연속적으로 선회旋回하는 시간이 깊이 작용한다.

3. 反의 '근원으로 돌아간다'의 의미엔, 고요하고 부드러운 암컷(雌)으로 돌아간다는 의미가 들어 있다. 시 「눈의 서정」에서 나오는 '여인', '숫처녀'의 의미, 「이야기하는 쟁기꾼의 대지」에서 '대지'나 '흙'의 상징성은 이러한 맥락에서 살펴질 수 있다.

4. 反은 부정不定의 의미를 지닌다. 현실 비판적·민중적 역사의식은 원시반본의 뜻에 포함된 부정의 정신과 통일되어 있다.

25　뒤에서 다시 말하겠지만, 장시 「이야기하는 쟁기꾼의 대지」에는 동학사상의 핵심 중 하나인 '(시천주侍天主) 조화정造化定' 곧 '무위이화'의 원리와 그에 바탕한 세계관, 역사관이 그늘처럼 드리워져 있다.

이렇게 대강 열거한 '반본'의 중의성重義性을 염두에 두고서, 짧게나마 서사시 『금강』과 「이야기하는 쟁기꾼의 대지」를 살펴보겠습니다.

1) 서사시 『금강』

아래 인용문은 『금강』 제14장 부분입니다.

1892년,
해월은 전국 교도에게
호소문을 보냈다,

11월 1일
매서운 북풍 속서
호남평야 삼례역
삼천 군중이 모였다,

제1차 신원시위운동.
보리밭 속서
충청, 전라, 양 관찰사에게
호소문을 보냈다,

"동학을 허하여 주옵서.
지금 각 지방에서는 군수로부터
서리 군교, 간사한 토호土豪 양반에

이르기까지 아침저녁으로
우리 죄 없는 농민들의 가산
탈취하며, 살상 구타 능욕을
일삼고 있으니,

이는 오직 정부가 우리 동학을
사학시邪學視하여 제1세 교주 수운선생을
참수한 데에 비롯되나니
억울하게 순교한 수운선생의
원을 이제라도 풀어주옵소서.

우리 도道가 척양척왜斥洋斥倭 광제창생廣濟蒼生 보국안
민輔國安民,
사인여천事人如天일진대 이 어찌 사도邪道가 되옵니까."

닷새 만에
전라관찰사 이경직李耕稙의
깃 달린 편지를 받았다,

"동학은 왕실이 금하는 바라.
어리석은 농민들이여, 칼로 베이기 전에
어서 각자 집으로 돌아가 정학正學을
취하라.

앞으로 관리들에겐
푼전도 뜯어가지
못하게 이르겠노니."

동이나 서나 세리稅吏들의 입은
열두개, 적당한 기회에 적당한 말을
적당히 지껄여놓고 잊어버린다.

삼천의 군중은
보은, 동학 총본부를 거쳐
서울로 모였다.

[…]

1893년 2월 초순
제2차 농민 평화시위운동.

입에 물 한모금 못 넘긴
사흘 낮과 밤
통곡과 기도로 담 너머 기다려봐도
왕의 회답은 없었다.

마흔아홉명이 추위와
허기와 분통으로 쓰러졌다.

그러는 사흘 동안에도
쉬지 않고
눈은 내리고 있었다.

금강변의 범바위 밑
격쇠네 초가지붕 위에도
삼수갑산三水甲山 양달진 골짝에도, 그리고
서울 장안 광화문 네거리
탄원시위운동 하는 동학농민들의
등 위에도,
쇠뭉치 같은 함박눈이
하늘 깊숙부터 수없이
비칠거리며 내려오고 있었다.

그날, 아테네 반도
아니면 지중해 한가운데
먹 같은 수면에도 눈은
내리고 있었을까.

모스끄바, 그렇지
제정帝政과 혁명의 소용돌이 속에
뿌슈낀
똘스또이
도스또옙스끼,

인간정신사人間精神史의 하늘에
황홀한 수를 놓던 거인들의
뜨락에도 눈은 오고 있었을까.

그리고
차이꼽스끼, 그렇다
이날 그는 눈을 맞으며
뻬쩨르부르그 교외 백화白樺나무 숲
오버 깃 세워 걷고 있었을까.

그날 하늘을 깨고
들려온 우주의 소리, 「비창悲愴」
그건 지상의 표정이었을까,
그는 그해 죽었다.

시간을 쉬지 않고 흘러갔다
그리고 짐승들의 염통도 쉬지 않고
꿈틀거리고 있었다.

북한산, 백운대白雲臺에서
정릉으로 내려오는 능선길
성문 옆에선,
굶주리다 죽어가는 식구들
삶아 먹이려고, 쥐새끼 찾아 나온

사람 하나가,
눈 쌓인 절벽 속을
굴러떨어지고 있었다.

그날 밤,
수유리 골짝 먹는
멧돼지 두마리가, 그
남루한 옷 속서
발을 찢고 있었지.

산은 푸르다,
말없이 푸르기만 하다.
오늘도 일요일이면, 낯선 사람들과
수통의 물 나누며 오르는
보현봉普賢峰,
반도에 눈이 내리던 그날에도
말없이 서울 장안을
굽어보고만 있었다.

광화문이 열렸다,
사흘 동안 굳게 닫혔던
문이 열렸다,
군중들은 일제히 고개를 들었다.

문은 금세 닫혔다,
들어간 사람도, 나온 사람도 없었다,
그러면 그 사이
쥐새끼가 지나갔단 말인가, 아니야,
바람이었다, 거센 바람이
굳게 닫힌 광화문의 빗장을
부러뜨리고 밀어제껴버린 것이다.
그 문의 빗장은 이미
썩어 있었다.

모든 고개는 다시 더 제껴져
하늘을 봤다,
그 무수의 눈동자들은 다시 내려와
서로의 눈동자를 봤다,
눈동자.
주림과 추위와 분노에 지친
사람들의 눈동자,

단식하는 사람들의
눈동자는 맑다,
서로 마주쳐 천상天上에서 불타는
두 쌍, 천 쌍, 억만 쌍의
맑은 눈동자.

—『금강』 제14장 부분

서사시 『금강』은 1894년 발발한 동학농민혁명의 발단과 전개 전 진행 과정을 답사와 자료의 실증을 바탕으로 쓴 서사시입니다.[26] 『금강』의 주제를 명료하게 보여주는 장면을 꼽으라면, 동학농민군 지도자 전봉준 장군이 효수당하는 장면. "그는 목매이기 직전/한마디의 말을 남겼다//"하늘을 보아라!""(제23장) 더없이 비장감이 감도는 이 장면은 동학농민혁명을 바라보는 시인의 역사관을 반사하는 영롱한 결정체입니다. 이 장면은 서사시의 클라이맥스인 동학혁명의 좌절을 상징한다기보다, 농민전쟁의 패배도 하늘의 '높은' 뜻이라는 메시지로 읽게 됩니다. 전봉준 장군의 효수는 민중의 좌절을 보여주는 역사적 사건이지만, "하늘을 보아라!"라는 '그'의 목소리는 시천주侍天主-사인여천事人如天 정신의 삼엄한 선언입니다. 전봉준의 최후 진술인 "하늘을 보아라!"는 부패한 봉건적 지배 계층에게는 물론 온 세상 만방에 알리는 시천주의 대의大義입니다.

그러나 고민해야 할 것은, 실제 역사 속에서 민중의 좌절을 어떻게 극복하는가 하는 문제입니다. 사회적 실천의 영역이나 문예 창작의 영역에서, 혹은 '실천적 문예'의 영역에서, 실천적 문예 차원에서 동학혁명의 좌절과 그 극복을 위한 민중적 전망을 서사시 형식을 통해 표현하는 것은 간단한 문제가 아닙니다. 이러한 문제적 시각에서 서사시 『금강』을 읽어가면, 위에서 인용한 제14장의 시문들에 우리 눈길이 머물

---

26 서사시 『금강』은 1894년 전후한 동학농민혁명기의 주요 역사적 사건들을 이야기 벼리로 삼았다. 답사와 기록을 통해, 가령 녹두장군 전봉준, 해월 최시형, 김개남, 손화중 등 역사 속 실존 인물들이 활약한 역사적 사건 내용들을 씨줄로 삼고, 상상 속 주요 인물인 동학군 '신하늬'를 등장시키는 등, 웅혼한 수운 사상에서 발원하는 서사적 상상력을 날줄로 삼아 엮은 탁월한 역사 서사시이다.

게 됩니다. 위 인용문은 뒤에 제23장에서 나오는 전봉준 장군의 효수와 동학농민혁명의 좌절이라는 어두운 사실史實에 대해 정신사적 의미를 부여하고 오히려 어둡지 않은 전망을 내비칩니다.

신동엽 시인의 페르소나인 서사시의 화자話者가 지닌 사상적 전망과 특별한 상상력은 웅혼한 바가 있습니다. 때문에 신동엽 시인의 동학적 세계관을 대변하는 페르소나의 존재성과 그 독특한 상상력, 또 문학적 상상력에서 흘러나오는 우주론적이면서 존재론적인 사유 내용을 밝혀야 합니다. 이런 시각에서 보면, 위 인용문에서 특히 한국인의 집단무의식의 '원형'을 불러일으키는 '눈' 이미지는 깊은 해석을 기다리고 있습니다.

하늘에서 내리는 '눈'이 "서로 마주쳐 천상天上에서 불타는/두 쌍, 천 쌍, 억만 쌍의/맑은 눈동자"에 유비되는 이 경이로운 광경은 한국 정신사 전체의 무게를 감당합니다. 앞서 김수영의 명시 「눈」을 해석하면서 말했습니다만, '쏟아지는 눈송이'가 '억만 쌍의 맑은 눈동자'로 환유하는 것은, 수심정기修心正氣하는 시인의 고매한 눈(詩眼)에서 우러나는 '마음의 기운'이 '은밀하게 작용'한다는 말입니다. 이는 좌우 이념도 아니고 모더니즘이니 리얼리즘이니 하는 분별지로는 도무지 깜냥조차 안 되는, 한민족의 유구한 정신사의 근원과 합치하기까지 성실한 토착의 삶과 수행을 통해 도달한 드높은 정신의 에너지가 만들어낸 시적 상징입니다. 그리고 이 '눈'의 심오한 상징에 의해 동학농민혁명은 좌절의 역사에서 '한울'을 모신 마음으로 옮겨가게 됩니다. 역사적 실패가 지고한 '시천주 정신'으로 승화하는 것입니다. 이 '눈송이'의 '눈동자'로의 변화는 시천주의 묘법입니다. 곧 무궁한 한울의 모심(侍)의 각성이 '눈'의 상상력을 낳은 것이지요.

여기서 수운 선생이 "무궁한 한울 안에서 무궁한 나"를 역설한 역사

406

적 사건을 잠시 소개해야 할 것 같습니다. '동학'이 조정朝廷에 의해 이
단異端으로 몰린 뒤 수운 선생은 어명御命으로 체포되어, 대구 감영으로
이송되는 중, 동학 접주 이필제 등 동학교도들이 무력으로 선생을 구출
하려 하였지만, 선생은 교인들에게 이른바 '암상설법岩上說法'을 남기고
스스로 순도殉道를 택합니다. 전해진바, '바위 위에서의 설법'의 일부는
다음과 같습니다.

> "하물며 天命은 生死를 초월한 것이니 무엇을 걱정하리요. 내가 항상
> 말하기를 '無窮한 이 울 속에 無窮한 나'라고 말하지 않았는가. 나는
> 결코 죽지 않나니 그대들도 이 죽지 않은 理致를 진실로 깨달으라. 그
> 리고 이 말을 널리 세상에 전하라."[27]

때는 포덕 4년이 되는 해인 1863년 12월이었습니다.

수운 선생이 '무궁無窮한 이 울 속에 무궁無窮한 나'를 강조한 예는 또
있습니다. 『용담유사』 중 「흥비가」에 보면, "불연기연不然其然 살펴내어
부야흥야賦也興也 비比해보면/글도 역시 무궁하고 말도 역시 무궁이라/
무궁히 살펴내어 무궁히 알았으면/무궁한 이 울 속에 무궁한 내 아닌
가"라 했습니다. '무궁無窮한 이 울 속에 무궁無窮한 나'를 자각하고 각자
가 "그 도를 알아서 그 지혜를 받는"(各知) '나', 무수한 존재들과 창조적
인 생성 조화 과정에 동시에 참여하는 주체로서 '나'입니다. 자기동일
성으로의 환원이 아니라 무궁한 한울님(無爲而化의 道)과 함께 생성 변
화하는 지기(至氣, 성리학으로는 일기一氣)의 근원으로 동귀일체同歸一體하

---

27   조기주 편저, 『東學의 原流』, 천도교중앙총부, 1982, 68쪽.

는 것입니다.[28]

'무궁한 이 울 속의 무궁한 나'를 각성하는 것은 수운 선생이 '한울님 귀신'과의 두 번째 접신 체험에서 접한 한울님의 말씀, "오심즉여심야 吾心卽汝心也"(내 마음이 네 마음이니라. 사람이 어찌 이를 알리요. 천지는 알아 도 귀신은 모르니 귀신이라는 것도 나이니라.)와 같은 의미 맥락에 있습니다. 수심정기하고 천도, 지기를 터득하면 마음이 천지간에 두루 통하지 않 는 바가 없다는 것입니다.[29]

앞에서 설명했듯이, 양자역학이 실험을 통해 입증한 우주는 물론 지 구상의 모든 물질과 존재들은 멀리 떨어져 있더라도 서로 상호작용하 고 상호의존적이라는 비국소성을 입증합니다. 이 비국소성은 수운 동 학의 "이 무궁한 이 울 속에 무궁한 나"의 우주적 존재론과 상통합니 다. '나'는 시공간적으로 다른 존재들과 상관적 관계에서 상호작용하는 '동시 존재'인 것입니다. 양자역학의 실험적 성과들이 전하는 우주론적

---

28 이는 '자재연원自在淵源'의 뜻이기도 하다. '자기의 존재 근거를 자기 자신에게 서 찾는 것', '나를 닦아(수심정기) 무궁한 이 한울 속에 무궁한 나를 아는 것'.

29 1864년 봄 수운 선생이 대구 감영에서 국정모반國政謀叛 좌도난정左道亂政의 죄 목으로 교수당하기 직전, 수를 내서 간신히 감옥을 찾은 제자 해월 최시형에게 연죽煙竹 속에 넣은 '獄中 遺詩'를 전한다. "燈明水上無嫌隙 柱似枯形力有餘 吾順 受天命 汝高飛遠走" 절박하고 비장한 이 수운 선생이 최후로 남긴 유시에서, "등 불이 물 위에 밝으매 틈이 없다(燈明水上無嫌隙)."라는 첫 구절은 한울님이 假化 하여 수운 선생에게 전한 말씀, "내 마음이 네 마음이니라(吾心卽汝心也)."와 같 은 의미이다. 이 구절의 깊은 뜻을 이해하면, '무궁한 이 울 속의 무궁한 나'의 마 음속에서 천지간 뭇 존재들과 상통하고 상관하고 상호작용하는 동학의 우주론 적 존재론과 만나게 된다. 유시를 해석하면 다음과 같다. "등불이 물 위에 밝으매 틈이 없다. 기둥이 마른 것 같으나 힘이 남아있다. 나는 天命에 순응하는 것이니 당분간 몸을 피하였다가 항상 高遠한 대의를 가지고 먼 앞날을 향하여 힘차게 달려라."(조기주 편저, 『東學의 原流』, 71~72쪽)

진리가 문예의 창작과 감상에서 시사하는 바가 적지 않습니다. 까닭은, 예술 창작을 창작하는 작가와 작품을 비평하는 감상자가 서로 상관적이고 상호의존적이라는 점, 곧 시인-작품-감상자는 '한울의 기운'(至氣 또는 一氣) 안에서 서로 간에 상호작용하는 '동시적 상관관계'에 놓여 있음을 시사해주는 점인지도 모릅니다. 천지 간 만유가 "무궁한 이 울 속의 무궁한 나"를 자각한다는 것.

'무궁한 이 울 안의 무궁한 나'가『금강』의 페르소나인 '나'이기 때문에,『금강』의 내용과 형식은 시간·공간적으로 과거, 현재, 미래가 비직선적으로 얽히고, 이곳저곳 곳곳이 한 공간에 서로 중첩됩니다. 위 인용한 제14장에서도 보이듯이, 인과적 맥락 없이 과거, 현재, 미래가 갈마들고 북한산 백운대 보현봉이 나오고, 뜬금없이 대명사 '그'가 나오고 러시아의 문호 푸시킨, 도스토옙스키…… 그리고 차이콥스키가 등장하는 등 이질적인 시공간들 속에 무차별적 존재들이 나오기도 합니다. 달리 말하면, 공간적으로 '비국소성'이 나타나거나, 화자인 '나'가 사실상 '시공간적'으로 자유롭게 무한히 '동시 존재'하는 '무궁한 나'인 것입니다. 이 '무궁한 이 울 안에 무궁한 울인 나' 속에 모든 시공간적 존재와 '동시 존재' 상태에 있는 것이 '시천주', 곧 '한울의 시적 상상력'이며, 바로 이 '한울'의 서사 형식을 신동엽 시인이 서사시『금강』에서 선구적이고 독창적으로 보여준 것입니다.

아마도, 아인슈타인도 미치지 못한 양자역학이 밝힌 진리는 과학적으로 동학사상을 입증하는 과정에 있다고 할 수 있을 것입니다. 이처럼, 수운 동학의 위대한 진리를 어찌 조선의 도저한 시정신인 신동엽 시인이 간파하고 깊이 터득하여 시 창작에 나서지 않겠습니까. 바로 이러한 수운 선생이 설한 '무궁한 한울 속의 무궁한 나(侍天主)'와 양자역학의 비국소성의 '동시 존재', 또는 칼 융의 '동시성의 원리' 등 인류 역사를 환하게 밝힌 위대한 진리의 정신들이 서사시 『금강』 안에 무의식적으로 깊이 작용하고 있는 셈입니다.

그런데 주목할 것은 『금강』의 서사 이면에는 은폐된 존재의 '눈'이 내재해 있다는 사실입니다. 위에서 인용한 시 『금강』 제14장 중에서 이런 대목이 나옵니다.

> 그날 하늘을 깨고
> 들려온 우주의 소리, 「비창悲愴」
> 그건 지상의 표정이었을까,
> 그는 그해 죽었다.

주목할 것은 동학농민혁명이라는 역사적 서사를 리얼하게 펼치는 페르소나의 이야기에 서사의 성격과는 다른 '초월적 존재와 서사'가 은폐되어 있다는 사실입니다. 이 은폐된 존재를 신동엽 시인은 대명사 '그'로 표시하고 있다는 점. 전후 문맥으로 보아, 동학 혁명군 지도자인 전봉준 장군이거나 동학군에 열심히 깊이 참여한 '누군가'를 '그'라는 삼인칭 대명사로 지칭한 것은, 당시 역사 속 특정 인물이나 구체적 개인이 아니라 동학농민혁명의 근본정신인 '한울'을 유비analogy하고 상징하기 위한 인격화로 보입니다. '그'는 한울을 유비하고 상징하므로, '그'는 시공간적으로 무궁무진한 무위이화의 덕에 들어 있는 존재, 곧 시천주의 존재입니다. 그러니까, 『금강』에서 '그'는, 수운 동학의 시천주 사상을 구현하는 '은폐된 존재'인 셈이죠.

유역문예론의 관점에서 보면, 이 서사시의 페르소나 외에 '은폐된 존재'인 '(죽은) 그'가 활동하는 것은 서사시의 내면에 영혼의 형식이 함께 있다는 것, 곧 서사시『금강』이 '저절로' '최령자'의 형식을 갖춘 것이란 의미입니다. 중요한 것은, 은폐된 존재(은폐된 내레이터)의 내면적인 신령한 활동에 의해 서사시『금강』은 앞서 말했듯이, 시공간적으로 초월적 상상력이 가능해지고 천상에서 내리는 눈이 강신의 알레고리가 될 수 있으며 마침내 천상의 눈송이들이 눈동자들로서 상징화象徵化되는, '초월적 변화'를 가능케 하는 내적 원동력이 된다는 점입니다. 아울러 이때 '가화'의 '현실적 계기occasion'가 활성화되는 것이지요. 이는 시의 표면적 의미가 지시하는 역사성과 사실성reality 이면에서 초월적 시혼詩魂이 작용하게 하고 이를 통해 서사시『금강』이 '안으로 신령해지고 밖으로 기화하는' 생명의 기운을 갖게 되었다는 의미이기도 합니다. 수운 선생이 설하신 바대로, '시천주'의 뜻 곧 내유신령 외유기화인 것입니다. 이로써『금강』을 읽는 독자들도 무위이화의 덕에 깊이 감응하는 것이고요.

'무궁한 한울 속의 무궁한 나'를 각성한 정신은 독창적 상상력으로 이어져 '무궁한 시공간의 서사시를 펼치는 계기'를 만나게 됩니다. 그 상상력의 세계가 바로,『금강』의 안팎으로 펼쳐지는 시공간적 '동시 존재' 세계 곧 '무궁한 이 울 속의 무궁한 나'의 세계입니다.

그러하기에, 신동엽 시인은,『금강』의 대미大尾에 이르러, 서사시의 내용과 형식에서 시간 공간의 자유로운 넘나듦은 물론, 역사를 연대기적으로 따라가는 물리적 시공간의 한계를 훌쩍 떠나고, 먼 미래의 '없음(無)'의 시공간 속에서도 가난한 시골 소년과 시인의 분신인 페르소나와의 초월적 만남이 가능해집니다.

밤 열한시 반
종로 5가 네거리
부슬비가 내리고 있었다,

통금에
쫓기면서 대폿잔에
하루의 노동을 위로한 잡담 속
가시오판 옆
화사한 네온 아래
무거운 멜빵 새끼줄로 얽어맨
소년이, 나를 붙들고
길을 물었다,

충청남도 공주 동혈산, 아니면
전라남도 해남 땅 어촌 말씨였을까,

죄 없이 크고 맑기만 한
소년의 눈동자가
내 콧등 아래서 비에
젖고 있었다,

국민학교를
갓 나왔을까, 새로 사 신은
운동환 벗어 들고

바삐바삐 지나가는 인파에
밀리면서 동대문을
물었다,

[…]

노동으로 지친
내 가슴에선 도시락 보자기가
비에 젖고 있었다,

나는
가로수 하나를 걷다
되돌아섰다,

그러나
노동자의 홍수 속에 묻혀
그 소년은 보이지 않았다.

　　　　　　　　　　　—『금강』후화後話 1 부분

그럼,
안녕,
안녕.

언젠가

또다시 만나지리라,
무너진 석벽石壁, 쓰다듬고 가다가
눈인사로 부딪쳤을 때 우린
십 겁劫의 인연

노동하고 돌아가는 밤
열한시의 합승 속, 혹, 모르고
발등 밟을지도 몰라,
용서하세요.

그럼,
안녕,
안녕,

논길,
서해안으로 뻗은 저녁노을의
들길, 소담스럽게 결실한
붉은 수수밭 사잇길에서
우리의 입김은 혹
해후邂逅할지도
몰라.

—『금강』후화後話 2 부분

동학농민혁명의 역사적 서사가 큰 줄기를 이루다가 대단원을 장식하는 장면은 의외로 '상경한 시골 소년과의 해후邂逅'입니다. 『금강』의 주제로 보면, 우선 이 '서울의 밤거리에서 우연히 조우한 시골 소년과 먼 훗날 새로 해후'하는 시정신에는 수운 동학에서부터 끊임없이 이어진 동학혁명 정신의 실천과제, 곧 '원시반본'의 이상과 이념이 담겨 있습니다. 신동엽 시인의 분신인 페르소나는 모순투성이의 비정한 대도시 서울 "밤 열한시 반/종로 5가 네거리"에서 어린 시골 소년을 우연히 조우하고서 "노동하고 돌아가는 밤/열한시의 합승 속, 혹, 모르고/발등 밟을지도 몰라,/용서하세요."라고 말합니다. 동학농민혁명의 역사를 유장하게 서사한 『금강』의 대단원에서 부조리하고 비인간적인 도시의 밤에 조우한 시골 소년의 행방을 궁금해하고 미안해하며 용서를 구하는 시인의 마음은 '모심(侍)' 곧 '내유신령內有神靈'의 마음입니다. 원시반본은 '신령한 마음'으로의 회심을 가리키니까, 가난한 시골 소년은 원시반본의 화신이라 할 수 있습니다.

그래서 시인은 무작정 상경한 가난한 시골 소년과의 낯선 조우와 애틋한 이별은 언젠가 "논길,/서해안으로 뻗은 저녁노을의/들길, […]/붉은 수수밭 사잇길에서/우리의 입김은 혹/해후邂逅할지도/몰라"라고 영혼이 스민 연대와 사랑의 말을 남깁니다.

"들길" "붉은 수수밭 사잇길" 심지어 "우리의 입김" 속에서 타인과 해후하는 세계관이나 존재론은 수운 선생의 "무궁한 이 울 안에 무궁한 나"의 존재론적 각성과 실천이 없다면 결코 나올 수가 없습니다. '무궁한 한울 속에서' 모든 물질과 존재는 서로 상호의존하는 상관적 관계에 놓이므로 『금강』의 페르소나는 무수한 존재들 또는 시공간들과 '동시적으로 더불어' 있는 것이고, 나아가 가난한 시골 소년이 상징하는 새로운 '인성人性'과 미래 언젠가에, "우리의 입김은 혹/해후할지도/몰라"라고 신념 어린 희망을 품게 됩니다. 이 최후의 시구 '몰라'는 (페르소나가 '모른다'는 부정의 뜻이 아니라) '무궁한 이 한울 안에 무궁한 나'를 삶 속에서 자각하고 있음을 의미하는 것입니다. 실로 시천주 사상을 통렬히 각성하고 독창적인 서사시 형식으로 승화한 것입니다.

서사시 『금강』은 수운 동학의 정신과 그 실천적 문예 창작에서 선구적 위업일 뿐 아니라, 한국 현대문학사에서 서구적 근대성에 억압당한 문예 의식의 종속 상황을 타파하고 초극한 자주적 문예 정신의 빛나는 성과인 것입니다.

2) 장시 「이야기하는 쟁기꾼의 대지」

1959년 『동아일보』 신춘문예 당선작인 「이야기하는 쟁기꾼의 대지」는, 신동엽 시인의 순수한 강단剛斷이 느껴지는 특별한 장시입니다. 암벽 등반을 즐긴 산악인이기도 한 신동엽 시인이니까 이 시에서 좌고우면하지 않고 자기 문학의 길을 꿋꿋하게 가는 정신의 강기剛氣가 느껴지는지도 모르겠습니다. 더욱이 신춘문예에서 이런 난해하고 난삽한 시 형식의 장시를 투고한 것도 특별한 배짱이 느껴지기도 하고 이를 가작으로 당선시킨 심사위원(양주동 선생)도 특별한 문학관을 가진 분이라는 생각이 듭니다. 간단히 이 특이한 장시에 대해 얘기해보겠습니다.

원시반본의 언어철학의 극단을 보여주는 전범적典範的 장시 「이야기하는 쟁기꾼의 대지」에 나타난 언어의 표정은 일그러져 있어 언뜻 난해해 보이기는 하나, 꼼꼼히 읽다 보면, 시 안에서 살갑고 정겨운 언어 감각이 슬며시 일어나는 느낌을 받게 됩니다. 앞서 얘기드렸듯이, 원시반본이란 말에서 특히 '반反(返)' 개념이 중요한데, 이 글자엔 근원으로 돌아간다는 뜻, 즉 언어의식도 참다운 언어를 낳으려면 언어의 근원을 고민해야 한다는 것입니다.

우리가 보통 쓰는 문자언어는 참이 아니라 공허한 가假(假相)에 불과하므로 문자언어(부처는 문어文語와 의어義語를 구별했음)를 부정(反)하고 '반反(本)언어'(불가의 의어義語)를 찾아야 참언어를 구할 수 있습니다. 하지만 참언어를 구하는 수단도 가짜인 문자언어를 회피할 수는 없기 때문에 문자언어(假)를 통해 문자언어(假)를 부정하는 역설, 즉 언어의 자기부정(反)을 투철히 수행해야 하는 모순을 잘 극복해야 합니다. 바로 여기서 '원시반본의 언어'의 길이 보이게 되는데, 그 원시반본 언어의 가장 믿을 만한 언어의식이 바로 '무위자연의 언어의식'이라 할 수 있습니다. 반反에는, 자연으로 돌아간다는 뜻도 내포되어 있으니까요. 바꿔 말하면, 문자언어의 반어反語로서 무위자연의 언어가 참언어에 이르는 길이 됩니다. 수운 선생의 말씀대로 '무위이화'가 중요합니다. 무위이화의 언어!

바로 이러한 자연으로 돌아가는 '원시반본의 언어(反語)' 의식 즉 무위이화의 언어의식이 신동엽의 등단작 「이야기하는 쟁기꾼의 대지」의 시어들에 반영되어 있고, 시의 구문構文에도 실행되어 있다고 판단합니다. 무위자연의 언어는 커뮤니케이션의 도구로서 이성적 합리주의 문법을 따르는 세속적이고 인위적인 근대 언어의식을 거부하고 근대적 언어의식과는 전혀 차원을 달리하는, 사투리나 비어卑語 같은 소리 중심의 언어의식을 기꺼이 포함하고, 무의식적 자유 연상에 크게 의지하는 무위자연적 언어 세계를 지향한다고 볼 수 있습니다.

무위자연의 언어란, 물론 진리를 전하기 위한 방편의 언어라는 의미도 있습니다만, 일상 언어의 범주에서 본다면, 어문일치語文一致의 언어,

특히 민중들이 일상에서 쓰는 구어체를 따르는 중에 시인의 정신에 여과된 어문일치의 언어를 추구해야 한다고 봅니다. 이런 '자연적 언어' 의식의 차원에서 보면, 1959년 정초에 발표된 「이야기하는 쟁기꾼의 대지」는 중요한 시사적 의미를 지닌 작품이라고 생각합니다.

이러한 '무위자연의 언어'로 돌아가려는 의지, 달리 말해 언어의 원시반본은 신동엽 시 「이야기하는 쟁기꾼의 대지」가 지닌 민중성과 함께 난해성이 서로 일정한 연관성을 갖게 됐다는 추정을 하게 합니다.[30]

7. '最靈者-되기', '全耕人的인 歸數的인 知性'

신동엽 시인은 동학을 통한 원시반본을 중시하고 시학적으로 실천하였습니다. 원시반본은 수운 선생의 '다시 개벽'[31](통상, '후천개벽'이라고도 함) 사상의 요체를 이루는 개념으로, 수심정기守心正氣를 통한 '최령자最靈者[32]-되기'가 중요한 골자라 할 수 있습니다. 신동엽 시인은 이 동학의 원시반본 사상을 특유의 사유와 고유한 시적 감수성을 통해 흥미롭게 펼쳐냅니다.

그 대표적인 중요한 글로 신동엽 시인이 쓴 산문 중에 「시인정신론」(1961)이 있습니다. 이 글에서 시인은 우주 자연 천지만물의 운행을 결정짓는 시간의 법칙을 수리數理로 계산된 '도수度數'로서 범주화한 듯,

---

30 「이야기하는 쟁기꾼의 대지」 특히, '제4화~후화' 부분을 참고하기 바람. 인용문은 여기에선 생략함.

31 수운, 『용담유사』 참고.

32 사람은 '천지만물 중에 가장 신령한 존재(最靈者)'이다. 『동경대전』 중 「논학문」.

418

원수성 세계, 차수성 세계, 귀수성 세계라는 다소 낯선 개념들로 설명하고 있습니다. 이 독특한 개념들은 적어도 신동엽 시정신을 비롯하여 시 세계가 지닌 내용과 형식의 내밀한 부분을 깊이 이해하는 데 긴요합니다.

잔잔한 해변을 원수성 세계原數性 世界라고 부르자 하면, 파도가 일어 공중에 솟구치는 물방울의 세계는 차수성 세계次數性 世界가 된다 하고, 다시 물결이 숨자 제자리로 돌아오는 물방울의 운명은 귀수성 세계歸數性 世界이고.

땅에 누워있는 씨앗의 마음은 원수성 세계이다. 무성한 가지 끝마다 열린 잎의 세계는 차수성 세계이고 열매 여물어 땅에 쏟아져 돌아오는 씨앗의 마음은 귀수성 세계이다.

봄, 여름, 가을이 있고 유년 장년 노년이 있듯이 인종에게도 태허太虛 다음 봄의 세계가 있었을 것이고 여름의 무성이 있었을 것이고 가을의 귀의歸依가 있을 것이다. 시도와 기교를 모르던 우리들의 원수 세계가 있었고 좌충우돌, 아래로 위로 날뛰면서 번식번성하여 극성부리던 차수 세계가 있었을 것이고, 바람 잠자는 석양의 노정귀수 세계老情歸數 世界가 있을 것이다.

우리 현대인의 교양으로 회고할 수 있는 한, 유사有史 이후의 문명역사 전체가 다름 아닌 인종계의 여름철 즉 차수성 세계 속의 연륜에 속한다고 나는 생각한다.

[…]

시인이란 인간의 원초적, 귀수성적 바로 그것이다. 나는 생각한다. 시는 궁극에 가서 종교가 될 것이라고. 철학, 종교, 시는 궁극에 가서 하나가 되어 있을 것이다. 과학적 발견―자연과학의 성과, 인문과학의 성과, 우주탐험의 실천 등은 시인에게 다만 풍성한 자양으로 섭취될 것이다.

[…]

그는 태허를 인식하고 대지를 인식하고 인생을 인식할 뿐이며, 문명수 가지나무 위에 난만히 피어난 차수 세계성 공중건축空中建築같은 것은 그 시인의 발밑에 다만 기름진 토비로서 썩혀질 뿐일 것이다. 차수성 세계가 건축해 놓은 기성관념을 철저히 파괴하는 정신혁명을 수행해 놓지 않고서는 그의 이야기와 그의 정신이 대지 위에 깊숙이 기록될 순 없을 것이다. 지상에 얽혀 있는 모든 국경선은 그의 주위에서 걷혀져 나갈 것이다. 그는 인간의 모든 원초적 가능성과 귀수적 가능성을 한 몸에 지닌 전경인全耕人임으로 해서 고도에 외로이 흘러 떨어져 살아가는 한이 있더라도 문명기구 속의 부속품들처럼 곤경에 빠지진 않을 것이다.

신동엽 시인의 구분에 따르면, 잔잔한 해변 같고 땅에 누워 있는 씨앗의 마음은 원수성 세계이고, 봉건적 착취와 전쟁과, 증오와 타락이 극에 달한 문명 세계는 무성한 여름철로 비유되는 차수성 세계로 구분됩니다. 그러니, 시인은 차수성 세계에 맞서 싸워야 하고, 마침내는 열매를 맺고 '돌아오는 씨'를 거두는 귀수성 세계가 도래하도록 해야 합니다. 조금 단순화해서 말하면, 대서사시『금강』은 차수성 세계에서 싸움을 통해 귀수성 세계를 실현하고 이를 통한 '다시 개벽'을 이룬 원수성의 세계의 도래를 염원하는, 시간의 순환, 선회旋回 구조를 가지고 있습니다. 이 서사문학의 기본 틀인 시간의 문제를 깊이 살피는 일은 서사시『금강』을 이해하는 첫 관문에 해당합니다.

신동엽 시인은 원시반본을 통한 인간과 사회의 개혁, 곧 '다시 개벽'은 "전경인적全耕人的인 귀수적歸數的인 지성知性"을 실천하는 것이라고 역설합니다.

산간과 들녘과 도시와 중세와 고대와 문명과 연구실 속에 흩어져 저대로의 실험을 체득했던 뭇 기능, 정치, 과학, 철학, 예술, 전쟁 등, 이 인류의 손과 발들이었던 분과들을 우리들은 우리의 정신 속으로 불러들여 하나의 전경인적全耕人的인 귀수적歸數的인 지성知性으로서 합일시켜야 한다.

저는 오늘 이 강연을 위해 「시인정신론」을 읽으면서 잠시 강력한 전율에 휩싸였습니다. 위 인용문의 전후 맥락을 살펴보면, 시인이 강조한 '전경인적인 귀수적인 지성'은 원시반본이라는 드넓은 '대지大地'의 지평에서 깊이 해석될 수 있을 것입니다. 원시반본을 실천하는 일은 1860년에 태어난 '수운水雲 동학'에서 설파한 '최령자最靈者'를 창조적으로 재해석해내고 지금-여기에서 접목 계승하며, '최령자로서 인간'을 포함한 온 생명계의 뭇 존재들에게까지 두루 신령함을 미치도록 그 뜻을 널리 펼치는 것으로 요약할 수 있습니다. 그렇게 보면, '귀수성의 전경인' 존재는 지금-여기의 방황하는 지성들이나 문예의 정신이 처한 어두컴컴한 앞길을 비춰주는 신동엽 시인의 선구적 정신의 상서로운 빛이 아닐 수 없습니다.

신동엽 시인이 주창한 '전경인적인 귀수적인 지성'은 '원시 동학'(수운 동학)에서 나온 원시반본 사상의 가장 신실하고 해맑은 전승傳承을 보여줍니다. 시인에게 '원시반본'은 자연과 인간이 조화로운 옛 상태로 돌아가되, 국수적이거나 배타적 민족주의 혹은 근본 원리주의적 돌아감이 아니라 혼란스럽고 탐욕스러운 근대 서구 문명의 '차수성次數性'을 벗어던지며 극복하고, 전승할 근대성은 탈근대의 지평에서 적극 수용하고 마침내 회통會通(원융회통圓融會通)을 이루어내는 '전경인적인 귀수적인 지성'의 역할이 전제되어 있습니다. 이 '전경인적인 귀수적인 지성', 곧 대지의 삶에 뿌리내린 비근대성 또는 초근대성을 지향하는 시인의 존재는 수운의 '최령자'의 계승과 실천 속에서 찾을 수 있습니다.

  신동엽 시인은 '전경인적인 귀수적인 지성'이었습니다. 그러므로 신동엽 시인에게 '원시반본'의 실천은 대지에 뿌리내린 '전경인적' 지성에 의해 정립된 자신의 시적 이상을 펼치는 일이었을 것입니다. 시 쓰기의 원시반본은, 시든 시인이든, '최령자-되기'와 밀접한 관련이 있습니다. '최령자-되기'의 시 쓰기는 신동엽 시인에겐 '전경인-되기'의 시 쓰기로 바뀌었던 것입니다. 아마도, 신동엽 시가 두루 내보이는 소박성素朴性이나 비非근대성은 원시반본의 중매로서 '전경인'의 시 의식 또는 시적 이상과 밀접한 관련이 있을 것입니다.

(2021년)

참여시의 존재론적 의미

― 辛東門 혹은 4·19 전후 현실참여시의 존재론

1. 시인의 존재론 그리고 시의 존재론

문학을 공부하는 이들은 오랫동안 '문학이란 무엇인가' 하는 물음과
마주해왔다. 대개 문학은 무엇인가라는 물음은 문학을 실재하는 대상
임을 전제로 하여 묻는 물음이고, 그에 대한 답변도 문학을 실재 혹은
관념적 실재로 전제하여 구해지는 것이 일반적이다. 하지만 '문학은 무
엇인가' 하는 물음은 대개 문학을 대상화하여 해석과 인증을 거치는 인
식론적 이해를 지향하게 된다. 반면, '문학은 어떻게 존재하는가'라는
물음은 문학을 존재로 보고 그 존재 방식과 존재 의미를 추구하는 것이
다. 그러므로 문학의 존재를 묻는 것은 '나는 문학을 한다'는 저마다의
문학 행위의 존재 방식과 그 의미에 대한 존재론적 물음이다.

'문학한다'라는 동사로서의 문학 행위는 문학이라는 존재가 나의 존

---

*   이 글은 2017년 9월 21일 충북 청주시 '예술의 전당'에서 열린 '제5회 신동문문
     학제'에서 발표한 문학 강연록이다.

재와 기꺼이 함께 마주 대한다는 뜻이다. 문학은 대상으로서의 객체가 아니라, 지금-여기의 세계 안에서 '문학'이라는 이름의 '존재'가 나의 존재를 찾고 기다리는 어떤 존재이다. '나'와 '문학'은 서로를 찾고 기다리고 마침내 함께 만나는 존재들이다. 문학적 존재는 나의 존재와 마주하고 어울려 가까워질 때 비로소 문학이라는 이름으로 '지금-여기'에 현현顯現한다. 나의 존재는 문학적 존재를 찾고 문학적 존재는 나를 찾는 상호 관계 속에서 '문학한다'라는 말이 쓰일 수 있게 된다. 문학적 존재는 나의 존재에 돌입突入하고 나의 존재는 문학적 존재를 마중하는 가운데 '문학한다'라는 말이 쓰일 수 있게 된다. 나의 존재와 문학적 존재는 서로 가까이서 함께 대화하며 '문학한다'.

문학은 오직 인간 존재만이 할 수 있는 '존재 가능성'의 세계이다. '문학할 수 있음'은 인간만이 누릴 수 있는 하나의 문학적 존재의 가능성이다. 물론 철학과 여타 학문 분야도 인간만이 할 수 있는 인간의 존재 가능성의 세계이다. 그러므로 문학적 존재는 독특한 존재 의미와 존재 방식을 가진다. 미적 존재로서의 시에 대해 말하면, 시는 인간 존재에 의하여 존재의 방식과 의미가 과제로서 떠맡겨진 존재이다.

존재론적 관점에서 보면, 시적 존재는 그 자체로 독특한 존재 가능성이다. 시적 존재는 인간의 이성에 의해 결정되는 완료형의 존재가 아니라 항상 가능성으로 열려 있는 존재인 것이다. 그러므로 시인에게 과제로서 떠맡겨진 시적 존재는 시인 저마다에게 '나'의 존재와 함께 드러난다. 시적 존재와의 대화를 통해 나는 나의 잊었던 존재를 만나게 되는 것이다.

그러니, 시를 쓰거나 읽는다는 것은 시적 존재가 나의 존재와 지금-여기에서 대화를 나눈다는 뜻이다. 시는 나의 존재 가까이 함께 있는 지금-여기에서의 언어적 존재이다. 그러므로 시인과 시의 존재론적 만남과 대화는 지금-여기의 세계 안에서 이루어진다는 점이 망각되어서는 안 된다. 지금-여기의 상황을 망각한 내재적인 존재론에 머물고 만다면, 시인과 시의 존재론은 허망한 초월적 존재론으로 흐르고 만다. 초월적인 것도 지금-여기라는 세계 안에서 이루어질 때 비로소 초월적인 것은 존재 가능성으로서, 즉 존재감으로서 구체적인 생활세계에 함께 존재하게 되는 것이다. 존재의 내적인 사유가 외적인 사회 · 역사적 요인들과 문제들에 열려 있지 못하고 닫힐 때, 그 존재는 관념론의 늪에 빠져 허구화된다. 서구 철학사에서 모든 존재의 존재성을 발견한 하이데거의 존재론은 위대한 철학이지만, 반면에 생명 파괴적 반인륜적 상황에 처해진 현대사회의 가공할 문제들인 반전 · 반핵 · 인권 · 생태 · 기아 등 공동 생존과 사회정의에 연관된 존재론적 물음이 더불어 제대로 수행되지 않았다는 것은 그의 존재론이 드리운 어두운 그늘이다.

시인 신동문의 시에 대한 기존의 평가들은 대체로 그의 시에는 현실 참여적인 리얼리즘과 실험적 난해성을 보여주는 모더니즘이 공존한다는 데에 모아진 듯하다. 이러한 비평안은 기존 근대문학 이념이 지닌 리얼리즘 대 모더니즘, 참여시 대 순수시라는 이원론적 미학의 연장선상에 있다 할 것이다. 그러나 이러한 이분법적 비평안으로 신동문의 시 세계를 해석한다면, 일정 부분 오해를 낳거나 시적 존재를 소외시키는 결과를 초래할 수도 있을 것이다. 이러한 도식화된 독해를 우려하는 까닭은 무엇보다도 시인 신동문은 시인의 존재론적 사유를 혼신을 다해 밀고 나아가는 시정신의 도상途上에서 자기만의 고유한 시를 낳았기 때문이다. 그는 시인의 존재 가능성을 치열히 추구하는 가운데 고유한 시적 존재의 도래와 순수한 만남을 갈구했다. 그리고 시인은 마침내 시적 존재의 존재성을 강렬하게 경험한다.

　시인이 경험한 시의 존재론적 지평은 고독한 사변들로 복잡하고 난해한 듯하지만, 그 사변적 난해성은 그 자체로 시인 신동문의 시적 존재의 고유한 성격과 존재 방식의 특성으로 이해되어야 한다. 곧 신동문 시가 난해하다면, 그것은 시적 존재의 깊은 의미에로 연결되어 있는 관문 같은 것이다. 다시 말해 신동문 시의 난해성은 시적 존재가 드러낸 첫인상이요 고유한 표정일 뿐이다. 신동문 시의 난해성은 그의 초기 시에 나타나는 존재에 대한 깊은 성찰의 내용으로 볼 때 자연스럽고 불가피하다고 볼 수 있다. 그의 시의 난해성은 그만의 시적 존재가 이룬 고유한 본성에 속하는 것이다. 난해성의 시는 그러므로 시의 생생한 실존을 보여주는 징표일 뿐, 그 자체가 소외되거나 타기될 대상이 아니다. 그것은 오히려 시적 존재의 가능성으로서의 고유성과 독자성이며, 시적 실존의 믿을 만한 증좌證佐로 이해되어야 한다. 이러한 시의 존재론은 그의 등단작인 「풍선기風船期」 연작 이후, 시적 존재의 현실 참여를 추구하던 1960년대의 이른바 '행동하는 시'에 이르기까지 그의 시작 전체에 걸쳐 복류한다.

2. 행동하는 존재인 시와 시인

　신동문의 시를 더 깊이 이해하기 위해서는 그가 시를 왕성히 쓰고 발표하기 시작한 1950년대와 1960년대 초반까지의 한국문학이 처한 상황을 돌아볼 필요가 있다. 그것은 이 시기 그의 시가 지닌 발생론적 공시성共時性을 살피는 작업이다. 그의 시 세계가 공유하고 있는 공시적 문학성을 이해하는 데에 여러 경로가 있을 수 있다. 기본적으로는, 시인이 겪은 역사적 시간대인 6·25 동란의 동족상잔으로 얼룩진 끔찍한 폐허상과 4·19 혁명 전후의 격동의 시대 상황을 되짚어볼 수도 있고, 전후 문학의 방황과 피폐 속에서 생존과 실존을 찾아 헤매는 치열한 시정신의 흔적들을 찾아볼 수도 있다.

그러나 이러한 신동문 시의 공시적 역사성을 살피는 일을 넘어서 그의 시를 견줄 만한 동시대의 시정신을 찾아 서로 견주어볼 필요가 있다. 신동문의 시정신을 깊이 이해하기 위해 거울로 삼을 동시대 시인으로 맨 먼저 떠올릴 수 있는 시인은 김수영이다. 4·19를 전후한 시대의 헌걸찬 참여 시인 김수영을 선뜻 떠올리게 되는 것은, 두 시인은 공히 한국 현대시사에서 가장 이질적이고 이단적인 시정신의 깊이를 지닌 현실 참여의 시인이라는 점에서이다. 소위 '1950년대 전후 시인'으로 분류되는 시인 김수영과 신동문은 각자 고유한 시의 철학을 추구했으면서도 공통으로 시의 현실 참여를 실천한 시인들이었다.

하지만 반독재 저항과 한국 민주주의 역사에 뚜렷하게 기록되는 두 시인의 위대한 시적 성취는 단지 역사적·문학적 수준에서만 조명될 성질의 것이 아니라 철학적 또는 정신적 차원에서 함께 논구되어야 한다. 두 시인의 시 창작의 근원인 각자의 철학적 정신의 깊이를 밝힘으로써 일제 억압에서 해방된 이후 시사적으로 거대한 흐름을 이룬 이른바 '참여시' 정신의 심원深源을 이해하고 결과적으로 한국 현대시의 새로운 심도深度를 만날 수 있기 때문이다.

먼저, 시인 신동문이 시적 화두로 삼은 '행동'의 시론은 가령 김수영의 '반시론'과 서로 비견할 만한 문학사적 가치와 의미가 있다는 점이 이해되어야 한다. 두 시인의 시론을 서로 견주어 해석하는 일은, 두 시인이 저마다 고유의 시론을 전개하면서도 그 시론의 바탕에는 공통의 철학적 사유가 작용하고 있다는 점에서 흥미롭고 의미심장한 비평 방식이 될 수 있다. 또한 이를 통해 두 시인에게서 공통으로 드러나는 시정신의 시대적 이질성과 이단성異端性은 '1950년대 시정신'의 심원에 대한 이해의 길을 터줄 것이다.

(1) 오늘날 인간의 운명과 문명의 내일에 위기가 닥쳐올 것을 경계하는 사상이 있어 인간의 행동과 업적을 비판하고 견제하는 것은 문명이 갖는 과학 정신의 당연한 생리인 것이다. 극도로 발전한 물질 문명과 사회조직이 인간을 분업화시켜 개체의 인간적 종합성을 파괴하려고 한다든가, 과학력의 거대한 팽창이 인류의 근멸根滅을 초래할지 모른다든가 하는 과학정신의 자기 반성은 어디까지나 진보를 위한 행동인 것이다.

이런 기화奇貨에 편승하여 정체의 철학, 즉 사색을 위한 사색들이 불난 집에 부채질하는 격으로 메커니즘의 포로가 된 오늘날의 인간은 사색을 잊고 맹목적 행동으로 줄달음한다느니 핵무기의 위험 앞에서 과학의 꼭두각시가 되어 맹목적인 발전에 광분하고 있다느니 하면서 인간의 발전과 문화를 중단시켜야 할 듯이 떠들고 있다. 그러나 역사와 세계는 결코 리그전 같은 것이 아니다. 토너먼트전 같은 것이다. 결국 도태되고 말 것은 정체의 철학, 즉 사색을 위한 사색의 인간일 것이다.

그들이 아무리 독한 향취를 가지고 피로에 지친 사람을 사로잡는다 해도 결국은 자승자박의 사색으로 벌레 먹힌 생명을 우는 발악에 불과한 것이다. 승리를 얻는 것은, 아니 승리라기보다 결과를 소유할 수 있는 것은 행동하는 인간만인 것이다.

—「행동한다 그러므로 존재한다」(1964)

(2) 행동하는 인간이라고 하면 얼핏 해석하기를 무슨 영웅이나 독재자 같은 거보적巨步的인 사람 혹은 이성 없이 맹목적인 충동을 따라 움직이는 사람을 말하는 것으로 아는 사람이 있다. 그러나 행동이란 그런 특출한 행위를 말하는 것이 아니라 생명의 정당한 수단을 수행하는 것을 말한다. 인간인 경우, 그 예화된 본능과 발달한 문화생활에 순응하여 그것을 생활하는 것이 곧 행동하는 인간인 것이다.

그런 현대인의 행동을 우려하고 불안해하는 것이 사색하는 인간들이지만 실상은 언제나 더 불안하고 초조한 것은 행동을 하는 인간보다 생각에만 골몰하고 있는 인간들인 것이다. 또 욕심이 많은 것도 사색하는 인간형 쪽이다. 행동이란 결코 구속하는 것이 아니다. 따라서 그것은 미구에 종식終熄할 것을 목표로 한 수락이다. 다시 말해서 행동은 멸망을 전제로 한 짧은 현실인 것이다. 거기에 과욕도 허욕도 없다.

—「행동한다 그러므로 존재한다」(1964)

(3) 인간이 완벽한 존재이기가 아주 어렵다는 것을 알 때, […] 회의를 하는 것이 인간이라는 존재라고 하는 가설이 나온 것이리라.

모름지기 데카르트의 '코기토 에르고 숨'도 여기에서 연유한 것이리라. 그런데 데카르트의 경우는 이 회의하는 행위를 인간의 존재보다 우위에 놓고, 회의하기 때문에 존재한다는 식으로 덮어 누르는

식의 인식을 강요하는 느낌이 들어 뭔지 모르게 회의에 찬 존재가 인간이라고도 하는 것 같아 싫다.

나에게 말을 시킨다면 '존재하기 때문에 회의도 하고'라고 하고 싶다. 그가 보다 완벽하게 존재했으면 회의도 안 했을 것을 그러지 못하기에 회의하는 것이지, 회의하기 때문에 불완전하게 존재하는 것은 아니다.

여기까지 이야기하다 보면 인간이 과연 완벽한 존재일 수 있느냐 하는 문제가 제기된다. […]

그들의 완벽성의 한계를 어느 정도에다 두었느냐 하는 것은 문제가 될지언정 그들이 우리가 하는 식의 회의를 하고 번뇌의 구렁에서 스스로의 존재를 인식한 사람들이 아니라는 것만은 알 수가 있다. 그러기에 존재하는 위치에 따라 회의하는 태도도 달라진다. 그러기에 '나는 존재한다. 고로 생각도 한다'를 허용한다면, 그것은 생각하는 것만을 전제할 필요는 없다. […]

우리는 굳이 옛날의 누군가의 사상에서만 머물러 있을 필요는 없다. 우리는 오늘에 있고 오늘에 산다. 차라리 이런 명제는 어떨까?

'나는 오늘이다. 고로 존재한다.'

—「나는 생각한다 고로 존재한다」(1963)

인용문 (1)에서 보듯이, '행동'은 신동문 시의 표상이라 할 수 있다. '행동의 시'는 신동문의 시정신의 극점極點이다. 그러나 행동은 "진보를 위한 행동"이어야 한다. 진실한 행동은 진보 그 자체이다. 행동에 대립하는 것이 사색이지만, 시인이 배척하는 것은 사색 자체가 아니라 "사색을 위한 사색"이다. 신동문은 "사색을 위한 사색"을 "썩은 웅덩이 물의

독특한 냄새 같은 정체의 생명 현상"으로 맹렬히 비판한다. 그의 글 곳
곳에서, 그러한 '사색을 위한 사색의 미학'으로 예술지상주의 같은 탐
미주의에 대하여 분명히 반대를 표한다.(「행동한다 그러므로 존재한다」)

신동문은 자전적인 산문 「풍선의 계절」에서도 나이 불과 20대 초의
공군 복무 시절에 연작시 「풍선기」를 쓸 무렵, '행동하는 존재로서의
자각'에 이르게 되었음을 이렇게 적고 있다.

> 나 자신으로는 뚜렷이 자각할 수 있는 정도의 변화가 나의 시작
> 태도에도 변화를 끼치게 되었으며 따라서 습작품도 변모하기 시작
> 했다. 이 무렵부터, 나의 시작은 차칭 소위 풍선기風船期로 들어간 셈
> 이 된다.
> 그때까지의 내가 시에서 찾으려던 관념적인 성숙이나 정서의 완
> 성에 대해서 불쾌한 회의를 하기 시작했다.
> 내면의 추구라는 것이 행동적인 경험이나 현실적인 체험 없이는
> 이루어지는 것도 아니고, 또한 그런 외적 세계와의 교섭이 없는 내
> 적 형성이라는 것은 사상砂上의 누각이 아니면 관념적인 신기루라
> 는 것을 알았다.
> 그런 허망한 것을 갖고서는 세계와 역사를 감내하기에는 너무나 내
> 성이 결핍되고 저항력이 없는 인간이 될 수밖에 없다는 것을 알았다.
> ─「풍선의 계절」

위의 인용문에서 해석상 주의할 것은, "관념적인 성숙이나 정서의 완
성에 대해서 불쾌한 회의를 하기 시작했다."라는 말은 '사색을 위한 사
색'과 "정서의 완성"을 욕구하는 탐미주의 시를 거부하게 되었음을 지

시하지만, "내면의 추구라는 것이 행동적인 경험이나 현실적인 체험 없이는 이루어지는 것도 아니고 […] 신기루라는 것을 알았다." 하는 말은 액면 그대로의 의미보다는 실천적 행동과 현실 참여를 '강조'하기 위한 말로서 읽어야 한다. 왜냐하면, 「풍선기」는 정서의 미완성 상태를 여지없이 드러내는 연작시이지만, 내면에의 사색만큼은 깊이 진행 중인 작품으로서 일종의 '철학시적' 성격을 분명히 보여주고 있기 때문이다.

앞의 인용문 (2)에서 "행동이란 결코 구속하는 것이 아니다."라는 문장은 '행동'이 개인의 "과욕도 허욕도 없"는 순수 자유를 향하는 것임을 분명히 지적하는 동시에, 아울러 '행동'은 "멸망을 전제로 한 짧은 현실인 것"이라 하여 죽음을 향하는 행동의 철학을 천명하고 있음을 보게 된다. 시인이 강조해마지않듯이, '멸망을 전제로 한 짧은 현실이 곧 행동'이라고 한다면, 그러한 행동의 정의定義는 시인이 존재론적 사유의 끈을 놓지 않고 있다는 사실을 암시하는 것이 된다. 죽음을 전제로 한 인간 존재의 행동은 '시간의 존재론'에서 나오는 것이기 때문이다. 다시 말해, '멸망을 전제로 한 짧은 현실이 곧 행동'이라는 사유는 존재의 실존 문제와 깊이 연결되어 있는 것이다. 그래서 (3)에서 보듯이, 시인 신동문은 이러한 인간 존재론의 문제를 해결하기 위해, 데카르트의 유명한 명제, "나는 생각한다 고로 존재한다."("코기토 에르고 숨Cogito ergo sum")라는, 합리적 이성에 의한 '생각하는 존재'로서의 인간의 규정을 철저히 비판하게 되는 것이다. 여기서 시인 신동문이 데카르트의 인식론적 명제를 존재론으로 전환하여, "나는 존재한다. 고로 생각도 한다."라는 명제에 도달하고 있음을 보게 되는데, 이는 그가 존재의 문제 곧 실존의 철학에 천착하고 있음을 암시한다. 그리고 드디어 철학적 존재론의 골자骨子에 다다른듯, "우리는 오늘에 있고 오늘에 산다. 차라리 이런 명제는 어떨까? '나는 오늘이다. 고로 존재한다.'"라는 발언을 하기에 이른 것이다.

하이데거가 자신의 존재론 철학에서 이미 설파했듯, 존재 자체는 시간이다. 시간을 통해서 존재는 지각된다. 그러나 존재와 상황의 불일치는 시간의 필연적이고 합목적적 운동 법칙을 부정한다. 상황 속에 내던져진 모든 존재의 가능성은 시간의 우연적인 파편성으로 또는 불명확한 운동성으로 지각되는 것이다. 시학적으로 바꿔 생각하면, 이 말은 의미가 형식을 낳지 못하는 시적 상태를 가리킨다. 다시 말해 존재의 본질로서의 시간이 실존의 산물로서의 시적 형식과 부조화를 드러내는 것이다. 형식은 의미의 분열 상태 속에서 '가능성'으로 존재한다.(곧 존재 가능성으로서 형식이다.) 이러한 존재의 분열에서 기인하는 존재와 시적 존재와의 불화는 본질적으로 존재 특유의 반어反語 형식 또는 아이러니의 언어 형식을 갖게 되고, 이로부터 자연스럽게 신동문 시는 난해성 혹은 난삽성으로 흐르게 된 것이다.

3. 신동문 초기 시의 난해성에 대하여

시인 신동문의 데뷔작이자 첫 시집 『풍선과 제3포복』(1956)에 수록된 연작시 「풍선기」는 시작詩作의 출발이자 자기 시학의 기초로서 그의 시 전체를 개관하고 깊이 이해하는 데에 귀한 통로가 되어준다. 「풍선기」 연작은 각 작품마다 숙람할 필요가 있다.

초원처럼 넓은 비행장에 선 채 나는 아침부터 기진맥진한다. 하루

종일 수없이 비행기를 날리고 몇 차례인가 풍선을 하늘로 띄웠으나 인간이라는 나는 끝내 외로웠고 지탱할 수 없이 푸르른 하늘 밑에서 당황했다. 그래도 나는 까닭을 알 수 없는, 내일을 위하여 신열身熱을 위생衛生하며 끝내 기다리던, 그러나 귀처歸處란 애초부터 알 수 없던 풍선들 대신에 머언 산령山嶺 위로 떠가는 솜덩이 같은 구름 쪽만을 지킨다.

—「풍선기」 1호 전문

　오늘은 오월이었다. 구태여 초원이라고만 부르고 싶은 비행장에 서면 마구 망아지 모양 달리고 싶었으나 CONTROL TOWER의 신호에 나는 신경을 집중해야만 했다. 망아지 같은 마음은 망아지 같고만 싶은 다리는 동결된 동자瞳子 같은 의식만을 반추하며 무던히도 체념을 잘해버리고…… 그래 나 대신 풍선을 보람 띄웠으나 하늘은 1019밀리바의 고기압 속에다 무수한 우리들의 관념을 삼키고 말고…… 오늘은 오월이 베풀고 있는 서정抒情이었지만 불모풍경의 나의 벌판에는 서서 부를 슬픈 노래도 없다.

—「풍선기」 2호 전문

　어제 띄워버린 풍선은? 또 오늘도 띄워버렸던 풍선들은? 하고, 기름때 번질한 슬리핑 백 속에서 가느다란 자신의 체온만을 의지하며 못내 궁금함을 못 참고 보채는 것은, 당신을 기다리는 것은…… 〈당신의 맑은 동자瞳子의 세계!〉…… 그것은 나를 기다리는 것이다. 날아가 버린 것은 나르시스의 습성처럼 탕진한 젊음도 아니고, 들장미를 꺾으려던 심서心緖도 아니고 윤활유처럼, 이십사 시간을 윤활유

처럼 소모된 체격등위體格等位!…… 그러나 나는 미구에 들려올 기
상나팔의 의미를 억울해할 줄도 모르게 피로한 것이었다.

—「풍선기」5호 전문

연작시 제목을 '풍선기'로 삼은 것은 그 자체로 깊은 뜻을 지닌다. 그
제목의 표면적 의미는 시인이 비행장에서 비행기 안전 운항을 위한 계
측용 풍선을 수시로 띄우는 임무를 맡고 있던 실제 공군 복무 '기간'을
비유하고, 이면적 의미는 존재의 가능성을 상징하는 풍선의 존재를 통
해 '나'의 존재의 실존 가능성을 추구하는 '시간'을 상징한다.

위「풍선기」연작이 지닌 '시적인 것'의 결정 인자들 가운데 중요한
것은 '나'의 시간 의식時間 意識이다. 그 시간 의식은 거의 강박에 가까울
정도로 반복되어 드러나는데, 가령 "초원처럼 넓은 비행장에 선 채 나
는 아침부터 기진맥진한다. 하루 종일 수없이 비행기를 날리고"(「풍선
기」1호), "오늘은 오월이었다. 구태여 초원이라고만 부르고 싶은 비행
장에 서면" "오늘은 오월이 베풀고 있는 서정抒情이었지만 불모풍경의
나의 벌판에는 서서 부를 슬픈 노래도 없다."(「풍선기」2호)라거나, "어
제 띄워버린 풍선은? 또 오늘도 띄워버렸던 풍선들은? 하고,"(「풍선기」
5호) 같은 언술 속에서 드러난다.

그렇다면, 시적 자아가 이렇듯이 시간 의식에 알게 모르게 집중하는
배경은 무엇인가. 그것은 간단히 말해, 불안과 미궁에 빠진 '나'의 존재
를 의식하기 때문이다. 이때, '나'의 존재를 의식한다는 것은 존재의 가
능성을 추구한다는 의미이다. 그러하기에, "인간이라는 나는 끝내 외
로웠고 지탱할 수 없이 푸르른 하늘 밑에서 당황했다. 그래도 나는 까
닭을 알 수 없는, 내일을 위하여 신열身熱을 위생衛生하며 끝내 기다리

던,"(「풍선기」1호) 또, "오늘은 오월이 베풀고 있는 서정抒情이었지만 불모풍경의 나의 벌판에는 서서 부를 슬픈 노래도 없다."(「풍선기」2호) 같은 시구에서 보듯이, 비록 불모와 불구의 상황에서 불안에 휩싸인 처지이지만 '나'의 존재를 지속적으로 의식하고 확인하는 것이다. 이는 「풍선기」 연작에서 뒤의 작품들로 갈수록 어둡고 불안한 존재 의식은 점차 열린 존재의 자각을 알리는 어떤 여명黎明 같은 자의식 상태로 바뀌고 있는 점과 동일한 맥락이다. 여기서 중요한 것은 그 존재 의식이 시간 의식을 동반하며 열린 존재성으로 바뀌고 있다는 사실이다. 이는 '나'의 실존에의 의지 혹은 세계 내적 존재로의 가능성에 대한 열망의 반증인 것이다. 그리하여, 앞서 인용한 시 「풍선기」 5호에서 "어제 띄워버린 풍선은? 또 오늘도 띄워버렸던 풍선들은? 하고"라고 적고 있듯이, '나'는 풍선을 반복해서 띄우는 가운데 "당신을 기다리는 것은……〈당신의 맑은 동자瞳子의 세계!〉…… 그것은 나를 기다리는 것이다."라는 더 진일보한 자각에 다다르게 되는데, 그것이 더욱 심오하고 아름다운 자각인 까닭은, '당신의 맑은 눈동자의 세계'를 통해 자각이 이루어지기 때문이다.

'내'가 "맑은 동자"를 본다는 것은 거꾸로 맑은 눈동자가 나를 본다는 것이기도 하다. 이 시에서 눈"동자"는 타자를 깊이 봄으로써 타자도 동시에 '나'의 존재를 깊이 봄을 상징한다. '동자'는 상황 내에서의 존재들의 관계성이다. '내'가 존재의 가능성을 찾아나서는 동시에 타자는 '나'의 존재 가능성에 함께 관계하는 것이다. 눈동자는 그러므로 나와 타자의 존재론적 관계를 상징한다. 다른 존재의 눈에 비친' '나'의 존재를 자각하게 된 것은 상황적 존재 또는 공동의 존재로서의 '나'의 존재 가능성이 '내'가 내던져진 상황 속에서 열려 있다는 뜻을 포함한다. 그래서 "당신을 기다리는 것은 […] 나를 기다리는 것이다."라는 명제는 당신과의 공동성으로서 '나'의 존재에 대한 깨우침이면서 타존재가 바로 '나'의 실존의 계기라는 의미로 해석될 수가 있다.

그러므로, 「풍선기」12호는 존재 상실과 상실된 존재의 부름, 그리고 '당신'의 존재를 존중함으로써 '나'의 존재의 가능성을 찾아가는 '존재의 역정歷程'을 보여준다.

> 허공으로 가버린 당신의 이름, 풍선처럼 가버린 당신의 이름, 당신의 이름을 부르는 것은 그것은 나의 목청이지만 그것은 나의 이름을 부르는 것이다. 아아 불리워질 이름이 어데 있느냐? 또 누구에게 대답이 마련되었단 말이냐? 내가 찾는 나의 이름은 내가 잊었기에 내가 찾지만 내가 잊었던 기억은 없다. 분명히 있었던 나의 위치는 인간이라는 무리들 속에 끼어 있겠지만, 우리는 모두가 서로를 잃었는데 응답할 핏줄기가 어데 있느냐? 돌아갈 젖가슴이 어데 있단 말이냐?
>
> —「풍선기」12호 전문

「풍선기」 연작은 전쟁의 비극적인 상황에 내던져진 '나'라는 인간 존재의 존재론적 고투苦鬪의 시적 기록이다. '나'는 과학 문명의 노예와 전쟁의 도구로 전락한 인간 존재의 무의미성에 절규한다. "허공으로 가버린 당신의 이름, 풍선처럼 가버린 당신의 이름, 당신의 이름을 부르는 것은 그것은 나의 목청이지만 그것은 나의 이름을 부르는 것이다. 아아 불리워질 이름이 어데 있느냐?" 불리워질 이름이 없는 것은 존재의 무의미성을 가리킨다. 하지만 존재의 무의미성을 깨닫는 것은 그 자체로

'나'의 존재 안에 의미의 세계로 틈새가 열릴 가능성이기도 하다. 이 존재의 자기 분열로 인한 틈새로 말미암아 시는 반어反語의 형식을 취하게 되는 것이라고 말할 수 있다. 이 시의 물음표로 처리된 문장들은 모두 반어법의 일종이다. 그 반어가 의미심장한 것은, 그것은 존재 분열의 틈새와 자기모순의 징표로서 '나'의 실존이 스스로 드러나는 과정의 표현이라는 사실이다.

내가 찾는 나의 이름은 내가 잊었기에 내가 찾지만 내가 잊었던 기억은 없다.

이 문장의 의미를 단순화시켜 말하면, 존재의 망각과 기억의 관계에 관한 '나'의 존재론적 고백이다. 이 시문이 품고 있는 두 개의 의미 요소는, '잊은 내 이름을 내가 찾는다.'와 '하지만 내가 잊었던 기억은 없다.'이다. 문맥상, '내가 잊어버린 존재-이름'을 찾는 일이 어려운 까닭은 "내가 잊었던 기억은 없다."라는 사실 때문이다. '나'는 존재에 값하는 '존재-이름'을 잊어버린 '이름 잊음'의 현실적 존재지만, 그 '이름 잊음'조차 기억하지 못한다는 것. 곧 존재의 망각에 대한 기억의 문제는 '나'의 '존재-이름'을 찾기 위한 존재론적 성찰과 연결되어 있다. 적어도 이 말은, '존재-이름'은 망각과 기억의 상호작용의 관계를 통해 비인과적非因果的으로 현시顯示되는 것임을 드러낸다. 그 유력한 예증이 비인과적인 문장 요소인 "나의 이름은 내가 잊었기에 내가 찾지만 내가 잊었던 기억은 없다."라는 시구이다. 망각의 기억이 없다는 말은 그 자체로 반어적이다. 동시에 이 반어 속엔, 망각과 기억의 상호 관계에서 살아 나오는 존재의 현시성顯示性이 담겨 있다. 즉 인식론적으로 '기억하는 기억'이 아니라, 존재론적으로 '기억나는 기억'이 이 말 속엔 전제되어 있는 것이다. 기억은 스스로 기억하는 것이다. 역사는 스스로 역사를 기억하고 스스로 현시한다. '존재-이름'은 그 '기억나는 기억' 속에서, 또는 '생각나는 생각'―존재는 생각에 선행한다―속에서 우연히, 뜻밖에, 생기롭게 현시된다. 위 인용한 시문은 그러므로 '존재-이름'에 대한 망각과 기억의 반어적 관계를 지시한다.

존재의 이름 없음, 즉 존재의 무의미를 자각한다는 것은 존재의 가능성에 대한 강조이다. 중요한 것은 신동문 시에서 존재가 모순과 부조리한 존재 상황에 던져진 사실을 인지하고 있다는 것은 그 자체가 이미 존재의 은폐된 가능성을 자각하고 있음을 보여주는 '반어反語'의 상황이라는 사실이다. 즉 이 시에서 존재의 '이름 없음'은 언어를 통한 존재 가능성을 자각하고 깊이 고뇌하고 있음을 보여주는 역설의 표시인 것이다. 그래서 "나의 이름은 내가 잊었기에 내가 찾지만 내가 잊었던 기억은 없다."라는, '존재-이전'의 자각을 통한 '존재-실존'의 지평을 보여주는 존재론적 반어가 나오는 것이다. 반어를 통해 '나'의 존재는 암흑의 밤이 지나고 새벽녘 잠결에서 깨어나는 존재의 여명黎明을 자각하는 것이다. 실존의 지평에선, 다시 말하지만, '기억하는 기억'이 아니라 '기억나는 기억', '생각하는 생각'이 아니라 '생각나는 생각'이 존재를 부르는 것이다.(그리하여, 비로소 시인은 존재의 진리 가까이에서 존재와의 대화를 나누게 되는 것이다.)

「풍선기」 연작은 '초원', '하늘', '산령山嶺' 같은 자연적 상황과 '비행기', '총', '원자폭탄' 같은 현대의 문명적 상황이 서로 대립하며 반전·반문명의 세계관을 드러낸다. 이 작품이 쓰인 1950년대 초반의 세계 상황으로 볼 때 반전 의식은 새삼스러운 것이랄 수 없다. 시에 드리운 반反

기술문명 의식도 전쟁의 처절한 비극과 원자폭탄의 끔찍한 대량 살육을 경험하고 목도한 인간으로서는 당연한 것이다. 가령, 아래 작품이 문제적인 것은 반전과 반문명적 의식이 일방적으로 대상을 향하지 않고 모든 존재의 존재론적 물음 속에서 전개되었다는 점에 있다.

> 억수로 퍼붓는 장마비로 꼬박 새운 어젯밤 활주로 끝 방공호 속에서 자살을 한 병사의 그 원인을 나는 묻지 않았다. 그러나 그 이유를 나는 아마 알 것이다. 그 이유를 나는 아마 모를 것이다. 나는 그것을 몰라도 오늘 진혼가를 불러주듯 이렇게 파아란 하늘로 풍선만 띄우면 그만인가? 그가 죽은 것은 어제의 의미이지만, 오늘의 의미는? 그리하여 내일의 의미는? 하고 지금 내가 알고 싶어하는 것은 나의 앞가슴팍에 걸려 있는 스테인레스 군번표의 비호능력인지도 모른다. 그리고 또 내가 알고자 하는 것은 잊어버린 어머님의 나이와 진정 지금 나의 손아귀에 쥐어져 있을 아르튈 랭보 주정선酒酊船의 항도航圖 같은 그런 나의 수상手相일지도 모르지만 아무튼 나는 그것을 알고 있으나 없으나 나의 오늘의 의미는 매한가지일 수밖에 없을 것이다.
>
> —「풍선기」16호 전문

공포스러운 전쟁의 와중에 방공호에서 자살한 한 병사에 대한 추념에서 시는 시작된다. 전시 상황의 부조리는 존재를 부조리한 상황에 내던진다. 존재론적 관점에서 보면 시인의 존재가 부조리한 상황에 던져진다는 것은 존재의 언어가 부조리 상황에 내던져진다는 것이기도 하다. 이때, 언어-존재의 부조리가 존재에게 현상된다. "어젯밤, 활주로 끝 방공호 속에서 자살을 한 병사의 그 원인을 나는 묻지 않았다. 그러나 그 이유를 나는 아마 알 것이다. 그 이유를 나는 아마 모를 것이다."라고. 이러한 존재의 이율배반적인 언어와 논리는 그러나 그 안에 존재의 가능성에 대한 물음을 내장하고 있음을 보여준다. 왜냐하면, 존재의 부조리한 상황에 대한 인식은 존재의 의미에 대한 물음으로 이동하고 있기 때문이다. 존재의 의미에 대한 물음은 곧 시간의 의미에 대한 물음이다. "그가 죽은 것은 어제의 의미이지만, 오늘의 의미는? 그리하여 내일의 의미는?" 이처럼, 한 병사의 자살을 통해, 존재의 돌이킬 수 없는 끝인 죽음이 시간의 의미로 전화轉化되는 순간, 그 존재론적 사유의 심연에서는 죽음이 존재의 막다른 가능성이라는 의식이 운동하고 있는 것이다. 죽음이라는 삶의 불가능성이 오히려 삶의 가능성으로 다가서는 것이다. 죽음을 의식하게 된 존재는 일반적 · 물리적 시간의 굴레에서 해방되어 모든 존재의 가능태로서의 시간의 존재성을 자각하기 시작하는 것이다. 그래서 존재의 시간은 과거와 미래가 '지금-여기' 안의 무수한 시공간의 형식으로 점화點火와 소화消火를 지속하게 되는 것이다. 그리하여 다음과 같은 시문이 이어지게 된다. "지금 내가 알고 싶어하는 것은 나의 앞가슴팍에 걸려 있는 스테인레스 군번표의 비호능력인지도 모른다. 그리고 또 내가 알고자 하는 것은 잊어버린 어머님의 나이와 진정 지금 나의 손아귀에 쥐어져 있을 아르뛸 랭보 주정선酒酊船의 항도航圖 같은 그런 나의 수상手相일지도 모르지만 아무튼 나는 그것을 알고 있으나 없으나 나의 오늘의 의미는 매한가지일 수밖에 없을 것이다." 바로 여기에서 신동문 초기 시의 난해 혹은 난삽難澁이 나오게 되는 존재론적 배경을 이해하게 되는 것이다.

4. "나는 오늘이다 고로 존재한다"

시인의 첫 시집 『풍선과 제3포복』에서 읽히듯이, 인간이 인간을 적대시하고 무참히 도륙하는 전쟁의 비극적 상황에 처한 인간에게는 그 어떤 정신적 탈출구도 허용될 수 없어 보인다. 존재 가능성이 차단당한 불안한 현실 상황에서 존재는 자기 상실감으로 불안해하고 방황한다. 이 존재론적 암연黯然이 신동문 시집 『풍선과 제3포복』 등 초기 시를 지배하는 존재론적 상황이다. 앞서 보았듯, 「풍선기」에서 시어 '동자瞳子'는 '나'의 존재의 암연 상태와 이로부터 벗어나려 하는 존재론적 구원 가능성이 함께 내재하는 존재의 분열과 열림의 상징이다. 하이데거식으로 말하자면, 존재자(das Seiendes)를 넘어 이윽고 존재(das Sein)의 현존재성(Dasein)을 올바로 볼 수 있는 눈동자의 비유가 시어 '동자'인 것이다. 그러므로 '동자'는 삭막한 존재의 암연에서 존재 너머에 보이지 않는 존재의 가능성을 보는 어떤 견자見者의 눈동자를 이른다고도 말할 수 있다. 시인 신동문은 폐허와 죽음으로 뒤덮인 자기 시대를 통각痛覺함으로써, 존재의 진리로서 존재의 가능성, 달리 말해, 고유한 자기 실존에 서서히 눈을 뜨기 시작하였던 것이다.

하지만, 신동문의 시 전체에 걸쳐서, 존재에 대한 자각이 시인 자신의 실제적이고 고유한 죽음과 불안의 체험에서 비롯되었다는 사실은 주목되어야 한다. 이런 사실이 주목되어야 할 근본적 이유는, 시인 신동문의 세계관 혹은 실존철학이 외래적 이념이나 사변적 관념에 의존한 것이 아니라, 자기 시대의 비극적 역사성과 불안과 절망을 껴안는 실제의 생활고 속에서 정직하게 온몸·온정신으로 돌파해가는 길 위에서 비로소 형성되었던 것이란 점. 다시 말해, 신동문의 시적 존재론은 절박한 상황에서 가열한 시정신을 연마해가는 중에 도달한 고유한 존재론이란 사실. 시인 신동문의 시적 존재론은 이 땅의 역사와 상황에 군건히 뿌리내린 자재연원自在淵源[1]의 시정신에서 발원한다는 사실을 이해하는 것이 더없이 소중한 것이다. 그의 초기 시편을 온통 지배하는 암연黯然의 시상들은—더욱이 해방 후 크게 유행한 서구 자유주의적 시론이나 인문학적 시학의 기준으로 보면—설익은 사변이나 잡상雜想들이 두서없이 전개된 덜 익은 관념시쯤으로 폄하될 위험이 적지 않으나, 자재연원의 관점에서 보면 암울한 폐허 상황이었던 '1950년대 시인'으로 불리는 신동문의 '사변적인 시'들은 그 자체로 순정하고 절실한 존재론적 고투의 산물이라는 사실을 이해하게 된다. 그 존재론은 외래적인 것이 아니라 자신의 삶에 군건히 뿌리를 내린 고유한 자기 존재성에서 연원한다. 곧 시적 진실은 시인의 자기 삶의 각성, 즉 자기 본래적 실존에서 비롯하는 것임을 기본 전제로 한다.

신동문 시에서 펼쳐지는 시인의 존재론적 고뇌를 이해하는 것 못지않게, 그의 시정신의 심도를 보여주는 그의 시의 '시적 존재론'을 분석하고 해석할 필요가 있다. 이는 신동문 시 정신의 뿌리를 이해하는 동시에 그의 고유한 시 형식의 본연本然을 살필 수 있기 때문이다. 신동문의 시 「연령年齡」은 존재의 시간성 문제를 그만의 고유한 시 형식 즉 '시적 존재'의 방식으로 보여준 작품으로 주목에 값한다.

하이데거의 실존철학적 존재론을 한 문장의 명제로 압축한다면, '존재는 시간이다'. 시간의 지평으로 존재는 비로소 존재한다. 그러나 이러한 존재의 시간은 물리적 연속성으로 진행하지 않고 감춤-드러남 또는

---

1   진리를 자기 밖에서 구하지 말고 자기 안에서 구하라는 것. 나를 닦고 단련하여
     진리를 구하라는 것.

단속성斷續性의 방식으로 드러난다.

어느 날 들녘에서 청자빛 새금파리 같은 것이 석양에 반짝 빛나는
걸 봤다.

하루는 여자의 두발頭髮 같은 것이 쓰레기통가에 버려진 걸 봤다.

어제는 길 가다 말고 무심코 엉엉 통곡하는 시늉을 해보고 웃었다.

오늘은 아침 양치질 때 칫솔에 묻은 피를 보며 노후의 독신獨身을
공상해봤다.

내일은 그 오래 못 만난 우울한 친구를 찾아봐야겠다고 생각한다.
— 「연령」 전문

존재는 시간 속에 거처를 정한다. 이 시에서 시간과 존재는 서로 일정
한 관계성을 드러낸다. 시간은 존재의 지평으로 드러나고, 존재는 시간
의 지평으로 규정된다. 시간에 대한 존재론적인 깨달음이 하찮은 존재
들을 존재의 지평으로 불러일으킨다. 먼저, 시 제목 '연령'에 이미 존재
의 나이 곧 존재의 시간성이 암시되어 있고, 시 본문에서 주목할 것은
각 행의 시문에, '어느 날', '하루는', '어제는', '오늘은', '내일은' 등 시
간성의 언어들이 문장의 주어 지위에 있다는 점. 이는 시간성이 시의 의
미상의 주어임을 암시적으로 보여준다. 이처럼 시간이 의미상의 주어
로서 존재의 의미에 작용한다는 것은 시간의 지평에서 존재들이 규정

된다는 것을 가리킨다.(이러한 존재론적 이해는 이 시를 해석하는 독자에게서도 일어난다.)

이처럼 시간과 존재의 관계성을 해석하고 이해하는 것은 다름 아닌 '나'의 존재 가능성을 자각해가는 것이다. 이러한 '나'의 존재에 대한 이해를 위해 시어들은 존재론적 기획에 따라 구조화된다. 가령, 각 연이 한 행씩 모두 다섯 연으로 이루어진 이 시의 1연에서, "어느 날"이라는 시간의 지평이 펼쳐지고, "들녘에서 청자빛 새금파리 같은 것이 석양에 반짝 빛나는 걸 봤다."라는 존재의 지평이 뒤따른다. 2연에서 "하루는 여자의 두발頭髮 같은 것이 쓰레기통가에 버려진 걸 봤다."라는 시구도 마찬가지. 시간성이 문장의 주어로서 존재를 규정한다. 나머지 3연에서 마지막 5연까지의 시문도 마찬가지. 이 시의 각각 시문 모두는, 시간성이 주어로서 선행하고 존재성이 술어로서 후행하는 동일한 통사 형식으로 반복된다. 이러한 통사 형식의 반복은 시간의 지평으로 존재들이 규정되는 존재론을 반영한다.

의미론적 시각에서 보면, 이 시는 '나'에게 해석의 불가능성으로 남게 되지만, 존재론적 시각에서 보면, 이 시는 해석의 가능성이 '나'의 존재에게 과제로서 떠맡겨진다.(존재론적으로, 존재는 존재의 가능성이 자기에게 과제로서 떠맡겨져 있음을 자각하게 된다.) 따라서 이 시는 존재 자체를 문제시하며 존재의 의미에 대해 근원적 질문을 던지고 있는 것이다. 결론적으로 이 시의 분석을 통해 적어도 다음과 같은 해석을 내놓을 수 있다.

첫째, 인간 존재는 근본적으로 시간의 지평에서 존재의 의미가 드러난다. 둘째, 인간 존재는 그 존재 의미가 과제로서 떠맡겨진 존재이다. 아울러 시적 존재도 그 존재 의미가 과제로서 떠맡겨진 존재이다. 셋째, 세계는 인간 존재의 삶이 전개되고 무수히 많은 크고 작은 존재들이 서로 연관을 이룬 곳으로 여기서 실존이 일어난다. 이와 같은 실존의 장에서 시인 신동문이라는 존재는 자신이 만난 하찮고 지극히 사적인 것들로부터 오히려(반어적으로!) 새로움을 얻어 그것들을 지금-여기에서의 고유한 존재 가능성(실존)으로 만든다.(이는 신동문의 존재론과 시론이 지닌 고유성과 탈脫이론성, 나아가 서민적 소박성으로도 해석될 수 있다.)

이 시의 제목 '연령'은 과거에서부터 미래로 진행하는 외부적이고 물리적인 나이를 의미하는 것이 아니라, 존재의 내부에서 일어나는 존재론적 시간의 존재를 함축한다. 존재의 관점에서 보면, 물리적 시간의 역설로서의 존재의 시간을 비유한다. 존재의 시간으로 보면, 오늘은 과거이자 미래인 것이다. 그래서, 시인 신동문은 "나는 오늘이다. 고로 존재한다."라는 풍자적 명제로서 지금-여기로 던져진 존재의 실존적 상황을 간단히 요약한 것이다.

5. 신동문과 김수영의 '참여시'가 지닌 존재론적 의미

「풍선기」 연작을 비롯한 초기 시편들은 물론, 사실상의 절필 직전에 발표한 「내 노동으로」에 이르기까지 신동문의 시 전체를 음미하면, 매 시편마다 정도 차이는 있을지언정 존재론적 고뇌와 물음의 흔적은 일관되게 드러난다. 시인이 인간 존재의 문제에 관심을 잃지 않는다는 것은 결국 시적 존재의 문제로 연결될 수밖에 없다. 여기서 간과해서 안 될 것은, 신동문의 존재에 대한 탐구는 존재론 일반에 대한 이론적 관심에서가 아니라 그의 시적 테제인 '행동한다 그러므로 존재한다.'라는 '행동의 존재론'을 추구하는 시정신에서 비롯된 것이란 사실이다. 이러한 '행동하는 존재의 이론'은 앞서 보았듯이 첫 시집 『풍선과 제3포복』에서 그 대강이 해석되어질 수 있다. 그뿐 아니라 가령, 「행동한다 그러므로 존재한다」, 「나는 생각한다 고로 존재한다」 같은 산문에서도 그가 고심한 존재론적 사유의 내용은 어느 정도 확인된다.

그러나 시인 신동문이 추구한 존재론의 철학을 이해하는 것을 넘어 그 존재론의 철학이 문학 특히 시와 맺고 있는 관계를 살피지 않을 수 없다. 신동문은 철학자가 아니라 시인이기 때문이다. 일반에게는 '행동'의 시인 또는 참여 시인으로 알려진 시인 신동문이 자기 시정신의 내면에서 존재론적 사유를 게을리하지 않은 것은 어떤 문학적 의미를 지니는 걸까. 또 그 문학적 의미를 밝힘으로써 신동문 시 세계에는 어떤 시사적詩史的 의미와 위상이 주어질 것인가. 이 질문의 답을 찾기 위해선, 시인 신동문의 시정신과 공히 4·19 전후의 시기에 혁명적인 시들을 발표하며 반독재 문학의 선봉에 선 참여 시인 김수영의 시정신을 찾아 살펴 두 시인을 서로 비교할 필요가 있다. 시인 신동문과 김수영은 1950년대 미국의 보호 아래 반공주의의 서슬이 퍼렇던 자유당 정권 독재기와 4·19 시민혁명과 그 반동기, 5·16 군사 쿠데타 이후 박정희 독재 정권으로 이어진 1960년대까지 시민적 자유와 민주적 사회의 정착을 위해 반독재 시민운동을 적극 지지하고 참여한 시인들이라는 점에서 서로 공통적이다. 또한 동시대를 공통으로 고뇌한 시인이었다는 점에서, 두 시인의 문학은 동반자적 관계로서 문학사적 공시태共時態를 이루며, 이러한 두 시정신의 심층을 문학사적 공시성으로서 서로 비교 연구하는 것은 한국 현대시의 정신사적 연원과 계보의 확립을 위해서도 적극 요청되는 일이다. 다만, 시인 신동문의 시정신을 살펴보고자 하는 이 글의 형편상, 김수영의 시정신의 일단一端을 살펴서 서로 비교하는 정도에 한정할 수밖에 없다.

　시인 김수영이 영면永眠에 든 1968년은, 이 천부적 시인에 의해, 한국
문학사가 기념비적 시론詩論을 얻게 된 해로 기록될 것이다. 특히 이 해
에 발표된 산문 「반시론」과 「시여, 침을 뱉어라」는, 1970년대 이후 이
른바 '참여시', '운동으로서의 시'의 역사를 돌아보건대, 그 문학사적
의미가 사뭇 엄중하기조차 하다. 「반시론」은 그 제목에서 풍기는 정치
적 또는 문학적 반항성과는 달리, 김수영의 시정신이 지닌 지성과 감성
의 웅숭깊은 심도深度를 잘 보여준다. 먼저, '반시'라는 개념이 불러일으
키는 각종 오해와 선입견을 불식시키기 위해 반시의 개념 정의와 쓰임
새를 정확히 해둘 필요가 있다.
　'반시'라는 개념은 부정한 현실에 저항하는 참여시 의식에서 나온 것
이 아니다. '반시론'은 참여시의 시론이라기보다 '시적 존재'의 의미와
그 존재 방식을 심도 있게 보여주는 김수영의 고유한 시론이다. 시인 김
수영을 1950, 1960년대 이 땅의 부당한 정치 상황에 항거한 뛰어난 '참
여 시인'으로 단정해온 한국문학사적 시각에서 보면, '반시론'은 참여
와 순수의 이분법적 견해와 그에 따른 선입견에 의해 해석의 혼란을 빚
지 않을 수 없었을 것이다.
　김수영은 「반시론」에서 '반시' 개념에 대해 전혀 직접적인 논의를 전
개하지 않는다. 오히려 겉보기에 횡설수설, 시시콜콜한 세속계 이야기
들, 가령 간밤에 함께한 창녀와의 성性의 회상, 성 거래 후 새벽녘에 목
격한 서울 거리의 풍경 이야기, 바삐 일하는 청소부의 모습, 직장으로
출근에 여념이 없는 서울 시민들의 일상, 아내와의 성, 돼지를 기르는
동생의 농장 일과 관련된 늙은 노모 이야기, 계사 노동과 부삽날 이야

448

기 등 세속적 일상성을 이야기하다가, 갑자기 릴케 시 소개, 식사 자리를 함께한 아내 친구인 Y 여사의 미모와 그 음식점의 창문을 빠져나가는 담배연기에 관한 상념으로 쓴 시 「미인」 창작노트……. 실로 하찮은 일상사들과 함께 하이데거와 릴케 등이 뒤섞이면서 시론은 두서없이 시종일관 전개된다—이 대목에서 신동문의 시 「연령」이 지닌 심층이 연상된다! 그러고 나서 시인은 이러한 세속적 일상성을 소재로 하여 몇 편의 시를 썼음을 고백하고 그 시들에 견주어 릴케의 「오르페우스에 바치는 송가頌歌」와 하이데거의 「릴케론」의 문장을 소개하기도 하면서 자기 시작詩作을 반성적으로 돌아보는가 하면, 그 새로 쓴 시편 중에서 특별히 「미인美人」의 전문을 인용하며 성공한 작품으로 자평하고는, 이례적으로 '「미인」의 창작 동기'를 자세히 얘기하고 있는 것, 이것이 김수영의 산문 「반시론」의 대강大綱이다. 「반시론」의 일부를 옮기면 아래와 같다.

로버트 프로스트의 "시는 지리地理에서부터 시작된다."는 말을 몹시 신봉하던 때가 있었는데 근자에는 그 신조를 무시하고 쓴 시가 여러 편 있다. 요즘의 강적은 하이데거의 「릴케론」이다. 이 논문의 일역판을 거의 안 보고 외울 만큼 샅샅이 진단해 보았다. 여기서도 빠져나갈 구멍은 있을 텐데 아직은 오리무중이다. 그러나 뚫고 나가고 난 뒤보다는 뚫고 나가기 전이 더 아슬아슬하고 재미있다.

아무리 해도, 자기의 몸을 자기가 못 보듯이 자기의 시는 자기가 모른다. 다만 초연할 수는 있다. 너그럽게 보는 것은 과신과도 다르고 자학과도 다르다. 그렇게 너그럽게 자기의 시를 보고 세상을 보는 것도 좋다. 이런 너그러움은 시를 못 쓰는 한이 있어도 지켜야 할 것인

지도 모른다. 아니 바로 새로운 시를 개척해 나가는 무한한 보고寶庫
가 거기에 있을 것이다.

「성」이라는 작품은 아내와 그 일을 하고 난 이튿날 그것에 대해서
쓴 것인데 성 묘사를 주제로 한 작품으로는 처음이다. 이 작품을 쓰
고 나서 도봉산 밑의 농장에 가서 부삽을 쥐어보았다. 먼첨에는 부삽
을 쥔 손이 약간 섬뜩했지만 부끄럽지는 않았다. 부끄럽지는 않다는
확신을 가지면서 나는 더욱더 날쌔게 부삽질을 할 수 있었다. 장미나
무 옆의 철망 앞으로 크고 작은 농구農具들이 보랏빛 산 너머로 지는
겨울의 석양빛을 받고 정답게 빛나고 있다. 기름을 칠한 듯이 길이
든 연장들은 마냥 다정하면서도 마냥 어렵게 보인다.

그것은 프로스트의 시에 나오는 외경에 찬 세계다. 그러나 나는 프
티 부르주아적인 '성'을 생각하면서 부삽의 세계에 그다지 압도당
하지 않을 만한 자신을 갖는다. 그리고 여전히 부삽질을 하면서 이것
이 농부의 흉내가 되어서는 안 되겠다고 생각한다. […]

나는 농부가 아니다. 그렇기 때문에 부삽질을 한다. 진짜 농부는
부삽질을 하는 게 아니다. 그는 자기의 노동을 모르고 있다. 내가 나
의 시를 모르듯이 그는 그의 노동을 모르고 있을 것이다.

—김수영, 「반시론」 중

「반시론」에서, 김수영은 '반시'가 무엇인지를 논리적으로나 개념적
으로 전혀 설명하지 않는다. 그럼에도 '반시론'이라는 제목을 단 사실
그 자체는 어떤 의미를 은폐하고 있는가. 중요한 것은 은폐성 속에 이해
의 실마리가 있다는 사실을 깨달아야 한다는 점이다. 말 그대로 몸으로
깨닫는 것, 체득해야 한다. '반시'는 이론적 존재가 아니라 '이론적 존

재의 가능성'이다. 하이데거식으로 말해, '반시'라는 존재는, 존재자 속에 은폐된 진실(존재)을 비은폐화하여 나오는 '시적 존재'이다. 김수영의 육성으로 듣자면, "반시론의 반어"가 시라는 존재를 드러내는 길이다. 뒤집어 말한다면, '반시'란 본래 따로 존재하지도 않고, 따라서 '반시론'이란 애초부터 존재할 수도 없으니, "반시론의 반어"가 있을 따름이다. 이 "반시론의 반어"를 이해해야만 김수영의 '반시'의 실체가 비로소 드러난다. 결과적으로, '반시'는 시적 존재에 숨겨진 존재 가능성이라 할 수 있다.

　실제로 「반시론」에서 글의 맨 끝에 적힌 "반시론의 반어"라는 말 외에, '반시'란 말은 은폐되어 있다. 따라서 '반시'의 개념을 이해하기 위해서는 '반시'의 은폐된 존재를 찾아내야 한다. 감추어진 '반시' 개념을 이해하는 첫 단서는, 김수영이 하이데거의 유명한 「릴케론」을 "거의 안 보고 외울 만큼 샅샅이 진단해 보았다."라고 언급한 후, "여기서도 빠져나갈 구멍은 있을 텐데 아직은 오리무중이다. 그러나 뚫고 나가고 난 뒤보다는 뚫고 나가기 전이 더 아슬아슬하고 재미있다."라고 독후감을 피력하는 대목에서 어렴풋이나마 어림된다. 우선, 김수영이 하이데거의 존재론적 시론인 「릴케론」에 깊이 침잠해 있다는 고백 그 자체만으로도 그의 '반시' 개념과 존재론적 사유와의 깊은 연관성은 충분히 짐작되는 것이다. 그러나 김수영이 하이데거의 「릴케론」을 그대로 추종하지 않음은 물론이다. 「반시론」에서 보듯이 김수영은 자신이 처한 존재론적 상황 속에서 자신만의 고유한 시론을 썼고, 자기 시를 '반시'로 이해했다. 김수영이 시적 존재를 깊이 성찰하는 계기가 하이데거였던 건 분명해 보인다. 하이데거의 시론인 「릴케론」을 통해 그 자신의 존재론을 새로이 각성하고 자신의 고유한 시론인 「반시론」을 쓸 수 있었다.

나의 릴케는 내려오면서 만난 릴케가 아니라 셰익스피어의 부근을 향해서 더듬어 올라가는 릴케다. 그러니까 상당히 반어적인 릴케가 된 셈이다. 그 증거로 나의 「미인」의 검정 미니스커트에 까만 망사 나일론 양말을 신은 스타일이 얼마나 반어적인 것인지 살펴보기 위해서, 부끄럽지만 졸시 「미인」의 전문을 인용해보자.

미인을 보고 좋다고들 하지만/미인은 자기 얼굴이 싫을 거야/그렇지 않고야 미인일까//미인이면 미인일수록 그럴 것이니/미인과 앉은 방에선 무심코/따놓는 방문이나 창문이/담배 연기만 내보내려는 것은/아니렷다.

이 시의 맨 끝의 '아니렷다'가 반어이고, 동시에 이 시 전체가 반어가 돼야 한다. Y여사가 미인이 아니라는 의미의 반어가 아니라, 천사같이 아름답다는 것을 강조하기 위한 반어이고, 담배연기가 '신적인', '미풍'이라는 것을 암시하기 위한 반어다. 그리고 나의 이런 일련의 배부른 시는 도봉산 밑의 돈사豚舍 옆의 날카롭게 닳은 부삽날의 반어가 돼야 할 것이다. 그럴 때 우리의 시에서는 남과 북이 서로 통일된다.

우리 시단의 참여시의 후진성은, 이미 가슴속에서 통일된 남북의 통일 선언을 소리 높이 외치지 못하고 있는 데에 있다.

— 김수영, 「반시론」 중

김수영은 하이데거의 「릴케론」에서 영향을 받고서 자신의 존재론적 시론인 「반시론」을 전개한다. 김수영의 '반시론'은 일단 시인의 존재론이면서 시의 존재론이라 규정할 수 있다. 그러나 김수영의 「반시론」은 하이데거의 존재론이나 릴케 시를 추종하는 시론이 아니다. 오히려 김수영은 서양철학이나 외래 문학을 자신의 정신 속에서 용해한 후 이 땅의 역사와 상황에 투철한 그만의 고유한 주체적 시론으로 소화한다. 외래 사조나 이론을 수용하려면 당연히 그에 걸맞는 정신의 그릇이 준비되어야 한다. 하이데거와 릴케 같은 대가들의 정신을 '지금-여기'의 주체적 정신으로 수용하기 위해선, 그들의 정신의 성질과 크기에 알맞으면서도 서로 이질적인, 이 땅의 고유한 정신의 그릇이 필요한 것이다.

「반시론」이 매우 뛰어난 것은 시인 김수영의 고유한 정신의 심도와 웅혼함을 유감없이 보여준다는 점에 있다. 위 인용문에서 한 예를 들면, "나의 릴케는 내려오면서 만난 릴케가 아니라 셰익스피어의 부근을 향해서 더듬어 올라가는 릴케다. 그러니까 상당히 반어적인 릴케가 된 셈이다." 같은 대목이 그러하다. 김수영 자신이 받아들이는 릴케는 '객관적인 릴케'가 아니라 '반어적인 릴케'라는 것이다. 이 김수영의 발언이 놀랍고도 흥미로운 것은 「반시론」에 하이데거나 릴케가 존재하는 듯하나 이미 하이데거나 릴케의 존재감은 사라지고, 그들은 이미 김수영의 '반시론'에서의 '존재 가능성'으로 대접받고 있는 점이다. '반어적 릴케'라는 말의 깊이는 말로써 이루 헤아리기가 쉽지 않다. 그것은 언어의 존재 방식과 실존의 문제라는 시적 존재 가능성에 관한 어려운 문제가 가로놓여 있기 때문이다.

달리 말하면, 존재의 지평에서 반어의 쓰임은 근본적으로 존재의 이면에 '은폐된 것'의 '드러남'을 의도한다. 존재의 보이지 않는 차원이 보이는 차원으로 드러나게 하는 힘, 즉 존재의 가능성이 반어이다. 김수영의 말투를 빌려서 풀이하면, '반어적 하이데거'가 김수영의 「반시론」

이다. 왜냐하면 하이데거라는 존재는 이미 김수영의 시론에서는 존재 가능성으로 있을 뿐이기 때문이다. 김수영이 깨달은 존재론적 진리는 바로 이 대목이다.

결국 '반시론'은 시라는 은폐된 '존재', 곧 '시적 존재'를 캐고 드러내려는 '시적 존재론'이다. 김수영이 하이데거의 「릴케론」에 대하여 '반어적 릴케론'이라 불렀듯이 그의 시론은 모든 시론에 대하여 스스로 '반어적 시론'이라고 천명한다. 자신의 '반시론'도 마찬가지이다.

'반어적인 시'는 시를 대상으로 반항하고 반성하는 것이 아니라 시가 현존재의 주어主語로서 반항하고 반성한다는 뜻이다. 시는 스스로 존재한다. 반어적인 시 즉 반시는 시적 존재의 가능성이다. 김수영식으로 말하면, "나의 「미인」의 검정 미니스커트에 까만 망사 나일론 양말을 신은 스타일이 얼마나 반어적인 것인지 살펴보기"와 같은 것이다. 반어를 수사학의 범주에서 논하더라도, 판에 박은 이미지나 상습화된 지각知覺에서 반어는 발생하지 않는다. 상식과 상습의 껍질—표상, 형상—을 깰 수 있음(존재)이 반어이다. 그러므로 반어는 존재의 가능성이다. 김수영이 자신이 내세운 반시론의 '반시'로서 자찬自讚한 「미인」의 첫 연 "미인은 자기 얼굴이 싫을 거야/그렇지 않고야 미인일까"라는 시구에서, '김수영적 반어'의 의미가 드러나는데, 이때의 반어는 상투화되고 상습화된 존재에게 존재의 가능성이 열릴 수 있게 만드는 언어능력 즉, 언어의 '할 수 있음(존재)'이다. 이 반어에 의해 언어-존재는 상습화된 감각이나 지각의 굳은 껍질을 스스로 벗겨내고 마침내 존재 안에 새로운 존재 가능성을 자각하는 것이다.

김수영은 세속 생활 세계 속에서 만난 어떤 '미인'을 두고서, "미인은 자기 얼굴이 싫을 거야/그렇지 않고야 미인일까" "따놓는 방문이나 창문이/담배 연기만 내보내려는 것은/아니렸다" 같은 반어를 통해 상투화·상식화된 '미인' 이면에 감추어진 존재 가능성을 끌어낸다. 더욱이 이 '반어적 미인'은 그 안에 숨어 있는 새로운 존재 가능성을 '신적인 것'의 알레고리로서 드러내고자 한다—특히 인용문 중 「미인」의 '시작詩作 노트'에서 알 수 있듯이, 김수영은 이 시에서 "담배 연기"-'바람'의 운동을 '신神적인 것'의 알레고리로서 해석하고 있다. 이는 김수영이 시(아름다움)를 근원적 진리 혹은 '신神적인 것'의 '은폐된 존재 방식'으로 이해하고 있다는 것으로 주목에 값한다. 이처럼 김수영의 반어는 세속적 일상에서부터 초월적 신성에 이르기까지, 창녀와의 관계에서부터 존재의 신성神性에 이르기까지, '돼지우리의 부삽부터 남북통일에 이르기까지' "외경"을 갖지 않을 수 없는 모든 존재자들의 존재 가능성 그 자체이다.

이렇듯, 「반시론」에서 김수영은 자기 존재에 대한 각성과 함께 시詩 또는 미美의 존재론을 자신의 고유한 시론으로 새로이 전개하고 있다. 거기에는 인간의 합리적 이성을 초월하는 존재의 가능성이 개진된다. 사소한 것 또는 일상적인 사태에서부터 '남북통일' 나아가 '신적인 것'으로까지 무한 확산하는 온 생명의 세계를 포괄한다.[2](이 대목에서, 적어도, 김수영의 초기 시 「공자의 생활난」과, 알려진바, 그의 최후 시 「풀」을 떠올리자.) 시인이 사유하는 자기 존재의 존재 가능성은, 데카르트와는 멀리, '생각하는 생각'이 아니라, '생각나는 생각' 또는 '기억나는 기억'으로서의 존재 가능성이다. '기억하는 기억'이 아니라 '기억나는 기억'으로서의 존재 가능성은 신적인 것, 신화적인 지평을 넘나든다.

---

2 너무도 흔히, 쉽게 '통일시'가, 또는 '운동시', '민중시'가 쓰여진다. 반어적으로 말하면 통일시를 표방하는 '반통일시'가, 반운동시, 반민중시가 난무한다.

이때, 곧 은폐된 시적 존재를 드러냈을 때, 시는 이성적 사유 너머에서 시적 존재의 본래성本來性으로서 신적인 것, 신화적인 세계의 지평이 문득 열린다. 김수영이 "신의 입김" '신神의 훈기'를 직감하고서 「미인」을 쓴 후 득의의 기분에 젖어 '시작 노트'를 남긴 사실은, 시의 '존재'를 찾으려 애쓰는 시인 신동문의 도저한 시적 열망과 높은 이상을 공유한다.

적어도 김수영이 시적 존재론을 통해 "신의 입김"을 감지하는 것은 신동문이 저 유명한 「아! 신화神話같이 다비데군群들」에서 감지한 존재론적 감각과 크게 다를 바 없다. 신동문의 치열한 시적 존재론은 구약성서에서 골리앗을 물리친 다윗을 자연스럽게 떠올리게 하는 것이다.

다윗의 무리들, 혹은 수많은 다윗을 닮은 군상들로 신화화한 것은, 시인이란 존재에 대한 존재론적 각성을 통해서 비로소 이해될 수 있다. 이성이나 합리적 상상력 너머, 존재는 구체적 현실 상황에 존재를 기투企投함으로써 존재의 가능성을, 실존의 꿈을 실현해가는 것이다. 그때 이성이나 생각 너머에 존재의 본래성本來性으로서 신적인 것, 신화적인 세계의 지평이 열리는 것이다.

6. 「내 노동으로」에 대하여

존재론적 의미에서 '반어'는 존재 가능성이다. 시적 존재의 지평에서, 김수영에게는 '온몸'의 시론으로, 신동문에게는 '행동'의 시론으로 나타난다. '반어'는 독보적인 참여 시인 김수영의 시적 존재론의 핵심이라고 할 수 있으며 이러한 존재론적 반어의 시론은 시인 신동문의 시 세계에도 공통으로 적용될 수 있다. 그 뚜렷한 증거가 '행동한다 그러므로 존재한다.'라는 시적 명제이다. 이 신동문의 존재론적 명제는 저 데카르트의 '나는 생각한다 그러므로 존재한다.'라는 인식론적 명제의 반어이자 풍자이다.

시 「내 노동으로」는 신동문의 시정신이 지닌 반어의 진실과 깊이를 이해하는 데 소중하다. 아래는 작품 전문이다.

내 노동으로
오늘을 살자고
결심을 한 것이 언제인가.
머슴살이하듯이
바친 청춘은
다 무엇인가.
돌이킬 수 없는
젊은 날의 실수들은
다 무엇인가.
그 여자의 입술을
꾀던 내 거짓말들은
다 무엇인가.
그 눈물을 달래던
내 어릿광대 표정은
다 무엇인가.
이 야위고 흰
손가락은
다 무엇인가.

제 맛도 모르면서
밤새워 마시는
이 술버릇은
다 무엇인가.
그리고
친구여
모두가 모두
창백한 얼굴로 명동에
모이는 친구여
당신들을 만나는
쓸쓸한 이 습성은
다 무엇인가.
절반을 더 살고도
절반을 다 못 깨친
이 답답한 목숨의 미련
미련을 되씹는
이 어리석음은
다 무엇인가.
내 노동으로
오늘을 살자
내 노동으로
오늘을 살자고
결심했던 것이 언제인데.

—「내 노동으로」전문

절필 직전의 시로 알려진 「내 노동으로」[3]는, 먼저 신동문 시의 특성을 쉬운 언어와 어투로써 잘 보여준다. 그것은 위에서 살폈듯이, 현실 참여시이면서 동시에 '반어적 참여시'라는 사실이다. 시인 자신의 존재론적 고뇌에서 그만의 고유한 참여시적 속성이 드러난다. 어느 시대, 어느 사회건 지식인 계급은 더없이 비겁하고 나약할 뿐 아니라 기만적이기도 하다. 시인은 지식인으로서 시인의 존재를 통렬하게 반성한다. 그 반성의 방식이 반어적이다.

시의 형식이 반어법에 의지한 것은 시인의 존재론에 대한 반성의 표현이다. 그리고 반복법은 시인의 존재를 회의하고 반항하는 표현이지만, 그 자체로 강렬한 반어적 존재론의 표현이며 바로 이 반어적 존재론은 반어적 참여시의 가능성으로 열린 방법적 기제機制가 되고 있다. 신동문의 '행동하는 참여시'에서 반어는 반복에 의해 그 의미가 심화되고, 반복은 반어에 의해 그 의미가 강화된다.

이 시에서 쓰인 "내 노동으로/오늘을 살자고"라는 반복 시구는 시의 해석에 있어서 중요하다. 이 시의 해석에 있어서, 시적 존재 혹은 시인의 존재론에 대한 깊고 특별한 성찰이 이루어지고 있기 때문이다. 그것은 노동의 문제이다.

이 세계에 사는 모든 존재는 삶의 도구가 필요하다. 존재론적으로 삶의 도구는 외부적인 것이 아니라 본래적인 것이다. 그런 세속적 삶의 도구 외에, '이 세계 내'에서 살아가기 위한 원천적 도구는 달리 무엇보다 노동이다. 곧 노동은 존재의 본래적인 도구이다. 노동은 나날의 일이면

---

3   신동문의 「내 노동으로」는 『현대문학』 1967년 12월 호에 발표되었다. 이후 시인은 사실상 시를 발표하지 않다가, 1973년에 「노석창포기」를 발표한다. 이후 시는 발표되지 않은 것으로 전해진다.

서 존재의 본성이다. 이 시가 특별하다면, 존재의 본래성으로서 노동에
의한 자기반성을 수행하고 있다는 점 때문이다.[4]

이러한 노동의식은 소외된 노동이나 계급의식으로서의 노동의식과
는 다른 인간 존재의 본래성으로서의 노동 개념에 가깝다. 오히려 노동
은 상황에 던져진 존재가 존재의 가능성으로 열려가는 수단이다. 그래
서 위에서 이미 살폈듯이, '지금-여기'의 존재론적 각성이 되풀이된다.
시의 첫 3행, 그리고 시의 마지막 5행에서는, 존재론적 반어와 반복이
존재의 가능성으로서의 '지금-오늘'의 시간성과 실존의 가능성으로서
의 '노동'의 각성으로 동시에 찾아오게 되는 것이다. "내 노동으로/오
늘을 살자"라는 깨우침은, 바로 존재론적 각성 "나는 오늘이다 고로 존
재한다."라는 존재론적 명제의 시적 절정을 보여주는 것이다. 아울러
그 시적 존재론은 신동문의 '행동하는 참여시'가 도달한 쓸쓸하고 고독
한 이상이기도 했다.

(2017년)

---

4   신동문의 시에서 노동은 계급의식으로서의 노동이라기보다 오늘-여기에서의
실존의 근본 조건으로서의 노동에 가깝다. 참고로 1950~1960년대에 한국사회
에서 노동자들은 '(계급의식을 갖춘) 노동계급'에 미치지 못하는 상황이었다.

존재와 귀신

─ 김수영 시의 '거대한 뿌리'

1.

　내가 시인 김수영과 좀 더 깊은 인연을 맺게 된 계기랄까, 소략히 소개하면 이렇다. 1990년대 초부터 한국사회는 소비에트 해체와 독일 통일 등 세계사적 대변혁 속에서 신자유주의라는 '전 세계적 악령'에 지배되고 있었고, 예외 없이 한국문학도 악령의 광기에 따라 날로 막강해지는 출판 상업주의와 문단 권력의 위세와 조종 속에서 계열화·저열화를 가속화하고 있었다. '세계화'의 화려한 탈을 쓴 신자유주의의 망령들에게 한국사회가 온통 넋을 앗기던 이 시기에, 한국문학도 때마침 불어닥친 포스트구조주의 열풍 등 가일층 치밀해진 서구 이론의 '세계화'에 완전히 혼을 팔린 채, 한국문학의 외래화와 함께 시장과 권력에의 종속화와 저열화가 진보/보수 혹은 참여/순수를 막론하고 더욱 악화일로, 최근에는 아예 한국문학이 앓고 있는 병증조차 오리무중의 망각과 무감각 상태에 이른 듯도 하다. 1990년대 이후, 한국문학을 심각한 중환자로 진단하고 있던 나로선 백주에도 어슬렁거리는 한국문학판의 악령들에 맞서 나름껏 싸우지 않을 수 없었다.

그 고투의 시절, 내가 우선적으로 관심을 돌린 곳은 일제의 식민통치와 민족 고난기, 동족상잔의 끔찍한 내란과 극심한 전후 궁핍기를 몸소 겪고서 참혹한 역사 현실의 극복을 위해 몸부림친 '1950년대 시인'들의 '절절한 시정신'이었다. 그 '1950년대의 문학정신'의 절정에 시인 김수영과 시인 김구용이 있다.

2.

나는 김수영이 영면에 들기 전에 남긴 유고작 「풀」을 비평하면서 시적 화자 안에 '귀신을 접接하는 무당적 존재'가 함께한다는 점을 밝힌 바 있다.[1] '무적巫的 존재'는, '주체적 의식인'을 넘어서, 즉 의식의 한계 너머 천지인天地人 간 기운의 작용과 조화를 감지·감응하는 '현세적인 동시에 초월적 존재'이다. 김수영 시에서 귀신의 작용과 무巫의 존재를 뒷받침할 시편들은 여럿이 있는데, 그중 첫 작품인 「묘정廟庭의 노래」를 살피는 것이 여러모로 효과적일 듯하다. 「묘정의 노래」를 통해 김수영의 시 속에서 '귀신'은 어떻게 존재하는가를 엿볼 수가 있다.

작금에 '김수영 전공자'들을 비롯하여 김수영 문학 정신의 열렬한 추종자들이 헤아릴 수 없이 많다고 함에도, 과문한 탓인지 나는 김수영 시 이해의 첫 관문이라 할 첫 시 「묘정의 노래」 1~4연의 심층에 합당한 비

---

1   김수영의 유고작 「풀」에 대한 귀신론적 해석은, 졸고 「巫 혹은 초월자로서의 시인」(『네오 샤먼으로서의 작가』, 달아실, 2017)을 참조.

평적 분석의 예를 아직 찾아볼 수 없다. 이는 한국문학의 서구 이론 편향과 이로 인한 사유의 장애와 문학적 감성의 왜곡 등 오늘날 한국문학이 처해 있는 비평 정신의 불구성을 우회적으로 보여주는 것이 아닐까. 내가 보기에, 이십 대 초반의 젊은 김수영이 발표한 첫 시 「묘정의 노래」는 해방 전후 시기의 암울한 역사의식과 불행한 현실인식 속에서도, 아이러니컬하게도, 시의 심층에선 '거대한 뿌리'로서 전통 정신의 역동하는 기운을 감지할 수 있는 특이한 시다. 시 1장 1~4연은 아래와 같다.

남묘南廟 문고리 굳은 쇠 문고리/기어코 바람이 열고/열사흘 달빛은/이미 과부의 청상靑裳이어라(1연)

날아가던 주작성朱雀星/깃들인 시전矢箭/붉은 주초柱礎에 꽂혀 있는/반절이 과하도다(2연)

아―어인 일이냐/너 주작의 성화星火/서리 앉은 호궁胡弓에/피어 사위도 스럽구나(3연)

한아寒鴉가 와서/그날을 울더라/밤을 반이나 울더라/사람은 영영 잠귀를 잃었더라(4연)

―「묘정의 노래」 부분

이 시의 분석과 해석을 위해 필수적 전제 조건은 최소한 "주작"의 존재를 이해해야 한다는 것이다. 더 나아가선, 그 '주작의 존재성'과 '주작의 기운'에 어느 정도나마 감응할 수 있는 문학적 감수성을 갖추어야 한다. '주작'은 고대 중국의 한대漢代 이래 고구려 등 삼국시대에 크게 융성한 사신사상四神思想에 등장하는 상상 속 동물이다. 사신은 음양오행설의 대표적 상징으로서 음양의 조화로운 기운을 동서남북의 방위

별로 나누어 표현한 신들이다. '주작'을 강조하고 있는 이 시는 젊은 김수영의 초기 시정신의 한 축을 짐작하게 한다.

이 시에서 남쪽의 기운을 관장하는 신 '주작'은 반복적으로 강조된다. '주작'의 방위를 비유한 첫 시어 "남묘南廟 문고리", "날아가던 주작성朱雀星", "주작의 성화星火"같이 음양의 기운을 표현한 비유어들과 "사위도 스럽구나", 영탄사 "아―어인 일이냐" 그리고 귀곡성 같은 야밤의 울음소리에 "사람은 영영 잠귀를 잃었더라" 같은 시어들은 음양의 기운이 극에 달한 시적 아우라를 극명하게 드러낸다. 주작의 현실적 알레고리인 "한아"의 울음소리나 "서리 앉은 호궁胡弓" 등도 시의 이면적 의미 맥락에 깊숙이 참여하여 역사의 기운이 크게 쇠락한 암담한 시대 상황을 암시하면서도, 동시에 '반어적으로' 시의 안팎은 역사적 시간을 초월한 비가시적 기운의 작용과 조화로 인해 초현실적 아우라와 함께 음양의 현실적 접응력이 고조된다. 「묘정의 노래」에서 깊은 밤 묘정에서 천지인 간에 서로 작용하고 조화하는 음양의 기운 곧 '귀신이 조화를 부리는 시적 아우라'에 감응하는 것은 그리 어려운 일이 아니다. 여기서 흥미를 끄는 것은 시인 김수영은 첫 시인 「묘정의 노래」와 유고작 「풀」에서 특유의 귀신론적 사유와 관점을 일관되게 보여준다는 사실이다.

그렇다면, 전통적 귀신론에서 귀신은 무엇인가. 한마디로 말하면, 귀신은 자연을 주재하는 존재로서 음양의 조화이며 자연의 운동 자체이다. 귀신을 알기 위해서는 일단 공자가 언급한 '만물의 본체本體'로서의 귀신의 존재를 올바로 '번역'하고 해석해야 하고, 주자朱子와 송유宋儒에서 궁구한 귀신론을 이해한 후 음양의 조화로서의 귀신의 작용과 만물의 본체로서의 귀신의 존재를 깊이 성찰해야 한다. 귀신은 자연의 현상으로서 음양론 즉 기철학에 속하지만, 귀신은 용用이되 만물의 체體

로서 귀결되는 이기론理氣論에서의 본체인 리理를 반영하면서 우주만물에 작용하는 '존재'이다. 귀신을 '존재'라고 했을 때 합리적 이성이나 의식의 영역 너머 즉 이성의 한계 너머 초월성의 영역에 귀신의 존재가 존재함을 뜻한다. 달리 말해, 귀신의 존재의 자각은 의식의 지향성의 한계 너머의 현존재Dasein의 존재를, 즉 초월성의 '존재'('존재자의 존재' 또는 '존재 가능성')를 각성한다는 것이다.

하이데거의 존재론이 설파한 바대로 '언어는 존재의 집'이라면, 존재의 통찰은 결국 언어의 통찰이다. 그러므로 의식의 지향성에서 초월성으로의 전환에서 '존재'의 세계가 펼쳐지듯이 초월적 존재로서의 귀신의 작용 속에서 이루어지는 '언어'의 성찰 또한 필연적이다. 여기서 김수영의 '반어'의 언어관과 '반시'가 생겨 나온다.

3.

'소리'의 기운은 김수영의 시와 시 짓기의 근원성이다. 즉 '소리'를 통해 언어는 언어로서 '존재'를 '불러들인다'. 소리의 기운이 시적 존재의 근원임을 보여준 걸작 「폭포」에서 김수영은 시적 존재 혹은 언어적 존재의 심오함을 경이로운 직관력으로 보여준다. 나는 시 「폭포」를 심층적으로 분석한 평문 「'곧은 소리'의 시적 의미」[2]를 쓴 바 있다. 이 글을 통해 김수영이 시작詩作 초기부터 '언어의 존재'를 궁구窮究하면서 '존재'의 근원으로서 언어의 '소리' 곧 기氣로서의 '소리 언어' 문제를 고뇌

---

2   위의 책에 수록.

하였음을 밝히고자 하였다. 이 평문은 김수영의 시어의 원천이 무엇인가를 찾고 '소리'와 언어 사이의 근원적 관계를 살피기 위한 글이었다.

서양철학사에서 현상학은 의식 작용의 궁극을 밝히고자 하였고 유가에서는 '격물치지格物致知'를 통해 의식 작용의 궁극으로서 인식의 올곧음을 추구하였다. 시 「폭포」를 분석하면서 현상학을 넘어서 하이데거의 존재론이, 또 유가의 격물치지를 넘어서 역易의 음양론 즉 귀신론이 어떻게 김수영의 시정신의 연원을 이루는지를 밝히고자 하였다. 달리 말하면 '의식의 지향성'의 범주와 한계 너머, 초월성의 존재론이 김수영 시의 원천을 이룬다고 나는 이해하였다. 이 시에서 김수영은 '폭포 소리' 곧 생명의 원천인 '물소리'의 직관을 통해 격물치지와 그 격물치지 너머에 있는 '소리'의 초월적 존재성을 심오하게 궁구하고 있음을 확인하게 된다. 「폭포」를 통해 김수영의 시정신이 유교 사상에 영향을 받은 사실을 알게 되었지만, 더 중요한 사실은 김수영이 파악한 유가 사상은 우리가 흔히 알듯이 현세주의나 합리주의 범주에만 가둘 수 없는, 가령 '사물을 바로 보기' 위한 '격물치지'만이 아니라 그 너머 귀신의 존재와 깊게 연결되어 있는 점도 알게 되었다.

이러한 초월자적 존재와 관련하여 나는 평론 「'곧은 소리'의 시적 의미」에서 「폭포」와 함께 김수영 시의 비의를 은폐하고 있는 의미심장한 「공자의 생활난」(1945)을 분석, 김수영 시에서 귀신이 어떻게 작용하며 존재하는가를 보여주려 하였다. 「묘정의 노래」의 시적 상상력이 음양오행의 세계관에서 나왔다면, 「공자의 생활난」은 유가의 인식론과 함께 음양론을 구체적으로 드러내고 있다는 점에서 이 초기 시 두 편은 서로 깊은 관계를 맺고 있을 뿐 아니라, 이후 이십여 년이 지나서 발표된 유고작 「풀」에 이르기까지 음양론적, 즉 귀신론적인 시정신이 견지되거나 복류한다는 점에서 주목에 값한다.

시 「공자의 생활난」의 첫째 연, "꽃이 열매의 상부에 피었을 때/너는 줄넘기 작란作亂을 한다"에서 "꽃이 열매의 상부에 피었을 때"라는 시구는, 역학적 사고방식으로 본다면 괘卦의 형상을 사실적으로 표현한 것으로 볼 수 있다. 역학은 음과 양을 각각 분화하고 여러 개로 짝을 지어 자연물과 시간성을 괘라는 부호符號로써 보여준다. 이러한 무궁한 '변화'로서의 역易의 부호들은 '귀신의 작용과 조화'를 상징으로 보여주는 것이다.

역학에서의 시간은 음양이 생장하고 변화하는 과정이므로, 음양이 극을 이루어 서로 교체하며 변화하는 음양의 시간관에서 보면 "꽃이 열매의 상부에 피었을 때"라는 시적 비유는 자연스러운 것이다. 양기 속에 음기가 있고 음기 속에 양기가 있듯이, 꽃 속에 이미 열매가 있고 열매 속에 꽃이 있는 것이다. 예를 들어 "꽃이 열매의 상부에 피었을 때"라는 첫 시구는 『주역』의 64괘 중에서 가령 '태泰'괘로서 유비될 수 있다. '태'괘는 상부에 음陰괘인 곤坤괘가 있고 하부에 양陽괘인 건乾괘가 있어 땅(坤)이 위에, 하늘(乾)이 아래에 있는, 곧 자연 상태와는 반대되는 형상의 괘임에도 길한 괘로서 해석한다. 그 까닭은 상하가 뒤집어진 천지의 형상은 결국 다시 뒤바뀌어 자연 상태로 돌아가려는 변화의 계기를 품고 있기 때문이다. 이러한 괘의 형상 풀이는 음양의 조화와 변화를 주재主宰하는 귀신의 작용을 이해하고 해석하는 데 따른 것이다. 『주역』을 '귀신의 책'이라 칭하는 까닭이기도 하다.

다음에 이어지는 시구 "너는 줄넘기 작란을 한다"에서 인칭人稱 '너'를 '무궁한 변화 속에 놓인 사물의 존재'로 볼 수 있는바, 이 시구는 사물의 이치를 파악하는 것의 어려움 즉 인간의 이성으로 파악이 잘 되지 않는 사물의 오묘한 '존재성'을 가리키는 것으로 이해할 수 있다. 『주역』의 「계사전繫辭傳」에는 "음양이 헤아릴 수 없음을 신이라 한다(陰陽不測之謂神)."라는 말이 있는바, 이는 귀신의 작용은 불가측적不可測的이고 헤아릴 수 없는 묘용妙用임을 가리킨다. 그래서 "너는 줄넘기 작란을 한다"라는 시구가 나온다. 그러므로 이 시구에서 '너'는 '불가측적 묘용' 곧 '귀신'으로 해석될 수 있다. 그런데 귀신은 기氣의 묘용이면서, 동시에 공자의 말씀대로, 만물의 근원(理)으로서 본체를 이룬다(『중용中庸』 16장). 용이면서 체인 귀신이 바로 '너'다.

김수영은 「공자의 생활난」에서 귀신의 존재를 '너'라고 인칭화했듯이, 시 「채소밭 가에서」 다시, '너'를 '불러들인다'.

기운을 주라 더 기운을 주라
강바람은 소리도 고웁다
기운을 주라 더 기운을 주라
달리아가 움직이지 않게
기운을 주라 더 기운을 주라
무성하는 채소밭 가에서
기운을 주라 더 기운을 주라
돌아오는 채소밭 가에서
기운을 주라 더 기운을 주라
바람이 너를 마시기 전에

—「채소밭 가에서」 전문

김수영 시에서 반복법은 대체로 의미의 강조와 함께 의미의 초월을 꾀하는 주술呪術을 수행한다. 정형률 시조 혹은 동시 형식을 지닌 인용 시에서 "기운을 주라 더 기운을 주라"라는 시구의 반복을 통해, 의미가 강조되는 동시에 서서히 사라지는 반어적 상황이 연출되면서 시어에 은폐되어 있던 '기운'이 '불러들임'하게 된다. 곧 시적 자아는 시어의 기운을 주재하는 묘용의 존재인 귀신을 '불러들임'하는 주술력을 작용 시키는 것이다. 이렇게 보면, 이 시의 마지막 시구에서 인칭 대명사 '너' 는 음양의 조화를 부리는 초월적 묘용의 존재로서의 귀신을 가리킨다 고 할 수 있다.

특히 "바람이 너를 마시기 전에"는, 주술적 고대 가요「구지가龜旨歌」 의 끝 시구에서도 익히 보았듯이, 자연을 주재하는 귀신의 작용과 조화 를 기원하는 의미로 읽힐 수 있다. 시적 화자는 귀신과 놀이하듯 '기운 을 주지 않으면 바람이 너를 마셔버릴 것이다'라고 계도하는 셈이다. 그 렇다면 "바람이 너를 마시기 전에"라고 '너' 곧 귀신을 경고하고 달래고 할 수 있는 존재로서 시적 화자는 누구인가? 그 시적 화자는 현세에서 초월성을 지닌 존재임은 분명하다. 그 세속과 초월을 넘나드는 존재는, 유고작「풀」의 시적 화자와 상통하는 존재, 즉 '무巫, 초월자로서의 시 인'의 존재라고 할 수 있다.

4.

시의 차원에서 '존재'와 '귀신'의 문제는 결국 언어의 문제로 귀결 된다. 세속적 언어는 그 자체로 '존재'의 언어가 아니다. 일상어는 시적 '존재'에 본래적으로 응답할 수 없다. 김수영은 이 언어의 본래성으로서의 존재 문제를 명확히 알고 있었다. 가령 시「모리배」에서, 일상 속에서 쓰는 생활어는 "모리배들"의 "유치한" 언어이지만, "언어는 나의 가슴에 있다/나는 모리배들한테서/언어의 단련을 받는다" "나는 그들을 생각하면서 하이데거를/읽고 또 그들을 사랑한다/생활과 언어가 이렇게까지 나에게/밀접해진 일은 없다//언어는 원래가 유치한 것이다/나도 그렇게 유치하게 되었다/그러니까 내가 그들을 사랑하지 않을 수가 없다"라고 세속적 생활에서 쓰는 일상어와 시어 간의 관계에 대해 우회적으로 김수영 자신의 언어관을 밝힌다. 이 시에서 확인할 수 있는 점은 "모리배들"이 쓰는 세속적 언어에서 이상적 시어가 나온다는 '반어'의 시정신이다.

이러한 일상생활의 '반란성' 혹은 '반어'에 깊이 뿌리내린 언어관은 김수영의 시 전편에 걸쳐 곳곳에서 관찰되는데, 비근한 예로 시「생활」을 들면 "시장 거리의 먼지 나는 길 옆의/좌판 위에 쌓인 호콩 마마콩 멍석의/호콩 마마콩이 어쩌면 저렇게 많은지/나는 저절로 웃음이 터져 나왔다//모든 것을 제압하는 생활 속의/애정처럼/솟아오른 놈//[…]//무위와 생활의 극점을 돌아서/나는 또 하나의 생활의 좁은 골목 속으로/들어서면서/이 골목이라고 생각하고 무릎을 친다"에서, "모든 것을 제압하는 생활 속의/애정처럼/솟아오른 놈" "나는 또 하나의 생활의 좁은 골목 속으로/들어서면서/이 골목이라고 생각하고 무릎을" 치는 생활어가 바로 시어이다. 달리 말하면 '모리배들의 언어', '속된 생활어'가 '고귀한' 시어가 되려거든 생활어는 '존재'의 언어가 되어야 한다. 방금 인용한 "나는 그들을 생각하면서 하이데거를/읽고 또 그들을 사랑한다"라는 김수영의 진술은 일상생활 또는 일상생활어가 '존재'의 언어가 되어야 한다는 말로 환언할 수 있다. 하이데거 투로 말하면 "언어가 말한다", "언어를 언어로서 언어로 데려온다". 그러므로 존재의 언어는 의식의 언어 너머 고요한 침묵에서 들려오는 언어이다. 일상생활 속에서 셀 수 없이 마주치는 '존재자'들에게서 '존재'를 만나는 것. 시인은 세속적 일상 속에서 만나는 수많은 사물들과 사태들의 '존재'를 감응하고 성찰하는 존재이다. 사물의 사물화, 존재자의 존재화를 이루는 언어가 시어이다. 이 존재론적 언어가 중요한 것은, 시인 김수영이 바로 이 존재의 언어를 궁구하는 가운데 '반어의 정신'[3]을 구할 수 있었기 때문이다. 김수영이 하이데거의 존재론에 대해 깊이 관심을 가진 것은 시어의 문제를 깊이 고뇌했음을 보여준다.

'세계 내적 존재'로서의 존재의 언어가 지금—여기의 역사적 생활 세계에서 벗어날 수 없음은 자명하다. 김수영 시의 언어적 특성이라 할 생활에 밀접한 언어관은 여기서 발원한다. 다시 말하지만, 김수영 시의 일상생활적 언어들은 근원적으로 언어의 본질로서 존재의 '부름'에 마중하고 응답하는 '존재'의 언어들이다. 이미 초기 걸작 「폭포」를 분석하고 해석했듯이, 언어의 본질로서 '존재'의 '부름'은 근본적으로 천지 만물이 음양의 기운의 조화 속에서 서로 연결된 '열린 존재'로의 '부름'이다. 다시 하이데거를 부르면, "언어를 언어로서 언어로 데려온다"(하이데거, 「언어」, 『언어에서 도상으로』)는 '존재'의 언어를 선각先覺한 언어가 바로 김수영의 일상생활어적 시어라고 할 수 있다.

---

3   그 '반어의 정신'이 다다른 빛나는 비유가 바로 명시 「구름의 파수병」에 나오는 '구름의 파수병'으로서 시인의 존재이다. 시인은 생활과의 배반과 반역, 반란을 자기 존재의 본성으로 삼는 것이다. 생활과의 배반과 반역, 반란을 사는 시인의 운명은 마치 '구름'같이 세속과 천상을 '반역적으로' 오가며 영원히 순환하는 세계 내적 존재인 것이다.

5.

　김수영의 시가 드러내는 시어의 일상생활성은 그저 일상적 의미와 물질적 생활 영역만을 보여주는 게 아니라, 그 일상어들이 초월적 존재성 또는 귀신의 작용과 조화를 품고 있다는 점을 이해해야 한다. 김수영은 그 일상생활 속에서 발현하는 '존재자들의 존재'를 깨닫고 일상생활 속에서 터득한 '존재의 언어'가 시가 되어야 한다고 믿었다.

　이러한 김수영의 시관詩觀이나 언어관은 한국 근대문학이 개시된 이래 가장 깊고 드높은 시정신의 경지를 보여준다. 그의 대표적 시론인 '반시론'은 인식론을 인식론과 더불어 넘어서는 초월성으로서의 '존재론', '격물치지'의 수준을 넘어 '귀신'의 운동에 묘합妙合하는 시정신이 담겨 있다. 엄밀히 말하면, 김수영 시의 생활언어들은 소리와 의미가 서로 오묘히 뒤엉킨 채 언어의 기운을 불러들인다. 이를 달리 말하면 김수영 시의 언어들은 그냥 일상생활어가 아니라 일상생활어의 반어로서 일상생활어이다. 시인은 일상생활 속에서 '존재'의 언어, '귀신'의 언어를 만나는 것이다. 시어는 시인 저마다 서로 달리 쓰는 '차이'의 언어가 아니다. 강단에서 흔히 말하는 '파롤parole'의 언어가 아니다. 김수영의 언어관에 따르면, 시인 개인마다의 '파롤'이 아니라 '파롤의 반어'가 시어이다.

　시인 김수영이 타계하던 1968년에 발표한 '최후의' 시론 두 편, 「시여, 침을 뱉어라」, 「반시론」은 일단 제목에서부터도 '반란성反亂性'이 드러난다. 그럼에도 '시여, 침을 뱉어라', '반시'라는 제목 자체는 김수영의 시론을 또렷한 명제로 표현한다. 시어가 의미에 고착되거나 죽은 물질성에서 벗어나기 위해선 말은 의미의 속박에서 벗어나 자주적이고 자발적으로 '존재'해야 한다. 그러니까 말은 세속적 생활의 종속에서도 벗어나야 한다. 그래서 김수영은 세속생활에 종속된 말을 버리되, "모든 것을 제압하는 생활 속의/애정처럼/솟아오른 놈"(「생활」)처럼 생활 속에서 '사랑하듯' '반란하는 말'을 각성하게 된다. 이는 생활 속의 반어가 스스로 살아가는 '존재'로 변화될 수 있음을 뜻하는 것이다. 김수영의 초기 시 「공자의 생활난」의 3연 "국수—이태리어로는 마카로니라고/먹기 쉬운 것은 나의 반란성反亂性일까"라는 시의식은 바로 이러한 세속생활 속의 반란성으로서 시적 언어에 대한 통찰과 깊이 연관된다. 이렇듯 김수영은 세속생활의 '반란성' 혹은 '반역성'(「구름의 파수병」), 이와 같이 반어의 시정신 곧 '반시' 정신 속에서 비로소 '존재'의 언어를 구할 수 있었고 이 존재의 언어는 '귀신' 들려 "솟아오른"(「생활」) 말, 즉 '반反'의 언어였던 것이다.[4]

　김수영 시가 보여주는 '반란성'의 언어 즉 반어는 일상생활 속의 굳어버린 언어 속에 기운으로 충만한 '초현실적' 생활언어를 낳는다. 존재의 언어이자 귀신의 언어. 존재와 귀신의 활동에 의해, 시 속에서 일상생활성은 스스로 일상생활성을 극복하는 역동적인 초월성을 드러내기 시작한다. 반시의 반어를 통해 비로소 시어는 기운생동하듯이 은폐된 존재를 '존재로' 데려온다. 하이데거식으로 말하면, "언어를 언어로서 언어로 데려온다." 그러므로 반어는 시어의 '존재 가능성'이다. 시는 스스로 말함으로 존재의 도상途上에 있는 존재 가능성임을 시인 김수영은 통찰하였던 것이다. 이 존재 가능성으로서의 생활세계를 가리켜, 김수영은 로버트 프로스트Robert Frost의 시를 빌려 "외경에 찬 세계"(산문 「반시론」)로 표현하고 있다. 음양론의 시각에서 보면, 귀신의 조화가 부

4　나는 "이 반란성이야말로, 김수영 시의 위대성이다."라고 적은 바 있다.(졸고 「'곧은 소리'의 시적 의미」, 『네오 샤먼으로서의 작가』)

려놓은 시적 정기精氣의 존재감이 시를 '외경에 찬 세계'로 변하게 하는 것이다.

시인 김수영이 「반시론」의 본론에서 '반시'가 무엇인지를 개념적으로나 논리적으로 전혀 설명하지 않고 있다는 사실 자체도 '반어적'이다. 이는 '반시'가 지닌 참의미를 스스로 은폐하고 있다는 말이 된다. 왜냐하면 존재론적으로 '반시'라는 말도 "규정할 수 없는"(「폭포」) '존재'이기 때문이다. 그러므로 '반시'라는 존재는 이론적 존재가 아니라 '이론적 존재의 가능성' 그 자체임이 암시된다. 중요한 점은 이 시적 존재의 은폐성 속에 시라는 존재를 이해하는 실마리가 있다는 사실이다. 하이데거식으로 말하면, 존재자 속에 은폐된 존재의 진실을 탈은폐하는 것이 시이다. 김수영의 육성으로 듣자면, 「반시론」에서의 마지막 말 "반시론의 반어"를 이해해야 김수영의 '반시'의 진정한 의미가 비로소 드러난다. 괴테J. W. Goethe의 『파우스트』의 유명한 문구를 빌려 말하면, "모든 이론은 회색이다. 그러나 살아 있는 생명의 나무는 푸르다."라는 것. 의식이나 이론 같은 인식론의 차원 너머에 '존재'하는, 즉 초월성으로서의 열린 존재 가능성을 각지覺知하고 이를 언어로서 현성現成하는 시 짓기, 이를 "반시론의 반어"라고 해석할 수도 있다. 이 "반시론의 반어"가 김수영의 시정신이 도달한 절정의 경지인 만큼, 김수영이 하이데거의 「릴케론」에서 영향을 받고서 자신의 존재론적 시론인 「반시론」을 전개했다고 해도, 하이데거의 존재론적 시론은 이미 극복한 것이나 다를 바 없다. 오히려 김수영은 서양철학이나 외래 이론을 자신의 정신 속에서 용해시킨 후 이 땅의 기운생동하는 현재 상황에 투철히 한 뒤, 자신의 시정신 속에서 그만의 고유한 주체적 시론으로 소화시킨다. 그 고유한 "반시론의 반어"의 배경에 형형한 '귀신'이 도사리고 있음은 물론이다.

6.

공자가 귀신의 존재에 관해 언급한 이래, 주자朱子나 이정(二程, 정이程
頤, 정호程顥), 기철학자 장재(張載, 장횡거張橫渠) 등이 설파한 송유의 귀신
론이나 장재의 기철학 등을 계승한 조선 초 서경덕과 이율곡, 김시습,
후대의 임성주 등 조선 성리학자들 저마다의 귀신론을 종합하면, 만물
자체뿐 아니라 만물의 배후를 주재하는 '이기二氣의 양능良能'이 귀신이
요, 만물은 '귀신의 묘용'이 남긴 자취라는 것이다. 음양의 조화도 귀신
이요 조화의 자취도 귀신이다. 여기서 인귀人鬼의 문제가 제기되지만,
인귀의 존재도 음양의 조화와 자취로서 인정된다.[5]

그러나 귀신론은 유가적 귀신론에서 그칠 것이 아니다. '이기의 양

---

5   전통 성리학에서 인귀人鬼의 존재 문제는, '제사론祭祀論'에서의 조령祖靈의 존
재 문제와 밀접하게 연결되어 '음양론'적 귀신 해석과 이론적으로 대립 갈등을
일으키지만, 대개 인귀는 환각의 존재로서 음양의 작용과 조화의 원리로 해석
되어 인정된다. 그러나 인귀 문제는 성리학적 사고만으로 이해될 수 없고 오히
려 성리학적 귀신론의 한계를 극복해야 한다. 가령, 아득한 선사시대 이래 여러
종족의 집단적 기억의 심층에 남아 있는, 특정 사물이거나 만물에 깃든 정령精靈
또는 혼령魂靈들을 숭배하고 소통하는 애니미즘적 무의식에 의해 투사된 인귀
의 존재, 그리고 오랜 세월에 걸쳐서 축적된 집단무의식의 원형으로서 인귀의
존재 등으로 확대하여 인귀 문제를 깊이 살펴야 하는 것이다. 「묘정의 노래」에
나오는 '관공(關公, 관우)'의 존재는 동아시아의 여러 종족 혹은 민족들 간 차별
을 넘어 양능良能의 혼령으로서 지금도 동아시아 민중들에게 영적 존재감을 발
휘한다. 새 나라를 세우기 위해 정의롭게 싸우다 억울하게 죽임을 당한 관우의
혼령은 중국은 물론 한국, 일본 등 동아시아 여러 종족의 집단무의식 속에 깊이
은폐된 채로 오늘날까지 숭배되는 민중적 영웅귀英雄鬼의 오래된 표상이다. 이
시에서 묘당廟堂은 관우상을 모신 사당이라는 장소적·물리적 의미 차원을 넘어
시의 아우라를 함께 살피면, 시적 화자는 '관우귀신'의 작용을 감지하고 자각하
는 '초현실적' 감성을 가진 존재임이 자연스럽게 드러나 있다.

능'으로서의 귀신론을 넘어, 특히 1860년 봄 수운 최제우 선생이 '한울님'을 '귀신'의 존재로서 만난 '세계사적 일대 사건'(김범부)을 깊이 궁구해야 한다. 수운의 한울님 목소리와의 '접신'은 향후 심리학·민속학·인류학·철학·유전학·생물학 등 학문의 여러 분야 그리고 문학예술 분야와 상호간 깊이 교류하며 대화하고 논구해야 할 문화사적 화두라 할 수 있다. '새로운 귀신론'은 물질만능의 근대 자본주의 문명을 넘어서 모든 유역流域―지역주의와 쇼비니즘을 반대하고 적극 극복하여, 세계내의 저마다 생활·문화적 공동체를 이루고 사는 여러 민족과 종족, 부족이 평등하고 우애롭게 교류하는 유역―마다 공동체적 '혼魂'의 문화를 일구는 뜻깊은 동기가 될 수 있다.

새로운 귀신론의 전망 위에서 한국인에게 큰 사랑을 받아온 우리의 걸출한 시인 김수영의 시정신을 다시 해석하는 까닭도 여기에 있을 터이다. 나로선, 1990~2000년대에 소위 진보적 문학 진영의 타락상과 문학 의식의 저열성을 우회적으로 질타하고, 이를 극복할 정신적 대안을 찾고자 고투하는 과정에서 김수영을 만났고 김수영 시의 심층에서 귀신의 자취를 보았다. 전통적 귀신론과 수운의 '원시 동학'의 재해석을 통하여 김수영 시의 현실의식 심층에 작동하는 무의식적 '존재'(존재의 언어)와 '귀신의 작용'을 해명하여, 곧잘 지적되어온 김수영의 '정치적 자유의지' 바탕에 드리운 '거대한 뿌리'로서 '존재'와 '귀신'의 작용과 조화를 밝히고자 하였다.

많은 평자들이 4·19를 기점으로 하여 김수영 시에서 진일보한 정치의식에 수반한 변화된 시의식에 대해 아울러, 부조리한 현실의 혁파를 꿈꾼 '참여적 리얼리즘' 또는 '모더니즘적 갱신'에 대해 논한다. 4·19가 김수영 시에서 낡은 관습적 의식의 '현대적 혁신'과 한없는 자유의 정신의 추구 등 사회의식상의 중대한 변화를 몰고 왔다거나, 오도된 민족주의(가령 미당 서정주의 쇼비니즘)를 신랄히 비판하고 '리얼한' 시 의식 바탕 위에 '모더니즘적' 갱신을 모색하거나 '현실참여시'의 참된 성숙을 위해 가차 없는 비판을 수행한 것 등 '4·19정신의 문학적 상징'으로서 김수영의 존재는 분명히 혁혁하다. 그러나 문제는 김수영의 문학정신이 소위 '4·19세대의 문학 의식' 차원이나 리얼리즘 혹 모더니즘 차원에서 그칠 내용이 아니라는 것이다. 사회변혁의 의지와 열망을 진보의식과 정치적 주장의 차원에서, 아울러 리얼리즘 대 모더니즘이라는 이미 구태의연해진 미학 차원에서 해방시켜야 한다. 이 현장적 문제들을 명확히 알고 있던(그의 날카로운 '현장비평'들을 보라!) 김수영은 시론 「시여, 침을 뱉어라」, 「반시론」 등에서 시의 '존재'와 '귀신'이 시의 진정성이며 진실성임을 우회적이고 암묵적으로 보여주었다.

우리는 그동안 시인 김수영을 '주체적 의식인' 또는 '자유인'이라거나 계급문학적 관점에서 '소시민적 계급성을 대변하는 시인' 정도로 해석하곤 했다. 미학적 관점에서는 리얼리즘과 모더니즘을 통일하거나 갱신한 시인으로. 하지만 앞에서 살폈듯이, 김수영 시의 '심층적 존재'는 데뷔작부터 유고작에까지 존재와 귀신 그리고 무巫의 작용과 연관이 깊다. 만약 이 점을 기꺼이 인정한다면, 우리는 그동안 시인 김수영에게 붙여온 '자유인의 초상'이라거나 '소시민적 존재', '리얼리즘적' 혹은 '모더니즘적인' 시인 같은 개념들에 대해 반성하게 될 뿐 아니라, 나아가선 그 개념들 안에서부터 새롭게 감지되는 귀신의 운동을 접하게 될 것이다. 과연 그러하다면, 이제 바야흐로 때가 되어, 시인 김수영에 대한 문학사적·정신사적 갱신이 서서히 이루어지기 시작하는가 보다!

(2018년)

기형도 시의 유기체적 자아

— "가는 비…… 오는 날, 사람들은 모두 젖은 길을 걸어야 한다"[1]

1. 기형도 시의 시적 자아와 유기체적 자아

    시인은 시를 낳을 때 자신 안에 활동하는 시적 자아의 존재를 느끼곤 한다. 시인 안에서 시심이 발동할 때 시적 자아의 존재를 어렴풋이 느끼는 것이다. 어렴풋이 느낀다는 것은 시적 자아의 존재를 의식하면서도 명확히 의식하지 못하는, 곧 시적 자아는 평소 무의식 속에서 잠재성으로 있음을 말한다. 시인의 고유한 시적 자아란 시적 자아를 가장 고유한 가능성에서 자아에게로 부르고 다가오도록 하는 것이다. 시적 자아가 지금-여기의 시적 존재로서 각성된다는 것은, 시적 자아를 시인 자신에게 시적 존재로 부름 속에서 이름[2]을 뜻하는 것이다. 존재하는 것들에 그에 걸맞은 이름을 부르듯이, 시인의 자기 시적 존재의 부름에 시

---

1   기형도 시「가는 비 온다」의 마지막 시구.

2   '이름'은 도래, 다가옴, 들이닥침의 의미들과 함께 이름name의 뜻을 지닌 중의적重義的 의미로 씀.

적 존재의 이름(혹은 닥침)이 이루어지는 것이다.

가령, 백석의 시 중 「남신의주유동박시봉방南新義州柳洞朴氏逢方」, 「마을은 맨천 구신이 돼서」와 같은 시편들에서 시적 자아 속에 더불어 무당적巫堂的 자아가, 혹은 김수영 시에서 현실참여적 자아 속에 더불어 있는 유력한 시적 자아로서 '반어적反語的 존재로서의 자아'[3]가 존재하듯이, 기형도 시의 시적 자아 속에 유기체적有機體的 자아라고 부를 수 있는 시적 자아의 그늘 혹은 그림자[4]가 더불어 존재한다. 백석 시의 무당적 자아와 유기체적 자아는 상통하는 바가 없지 않다. 그 자아들의 존재는 소위 합리적 이성적 자아와는 거리가 먼 초이성적, 초월적 자아에 속하기 때문이다. 기형도의 시적 자아 안에서 함께하는 가장 인상적이고 유력한 자아는 유기체적 자아이다. 기형도 시에 잠재하는 유기체적 자아는 시인 기형도 시에서 시적 존재가 "그의 가장 고유한 가능성에서 자기 자신에게로 다가올 수 있고 이러한 자기 자신을 자기에게도 다가오도록 함에서 가능성을 가능성으로서 견지하기 때문에," 실존적인 시적 자아이다. 따라서 기형도 시 속의 그늘로서 유기체적 자아의 존재 가능성은 시적 존재의 "탁월한 가능성을 견지하면서 그 안에서 자기 자신을 자신에게도 다가오도록 함은 도래(미래)의 근원적 현상이다."[5] 라고 말할 수 있다. 그러므로 시적 자아의 그림자로서 유기체적 자아는 시의 부수적인 존재가 아니라 그 자체가 시의 존재 가능성이다. 시 속에 드리운 자기모순과 아이러니가 시를 살아있는 유기체로 변화시키는 것이다.

---

3 백석 시의 경우 북방샤머니즘이 어떻게 시적 자아의 '그림자' 혹은 '그늘'로서 작용하고 있는가 하는 문제는, 「한국문학과 샤머니즘의 이념」(『네오 샤먼으로서의 작가』) 참조. 김수영의 시에서 반어적 자아의 활동에 대해서는 그의 유명한 시론 「시여, 침을 뱉어라」, 「반시론」을 참조.

시의 그늘 혹은 그림자는 시의 존재 가능성, 즉 시의 실존을 가능케 하는 은폐된 존재이다. 시에서 감추어진 그늘 혹은 그림자는 시적 존재로서 '불러들임'으로써 시의 눈(詩眼)이 된다. 그러나 그늘의 존재는 이성적 주체의 의식 작용이 미치지 못하는 곳에서, 즉 시의 어두운 이면에서 아이러니 형식으로 존재한다. 시적 존재는 거의 무의식적이거나 반半의식적으로 고유한 초월적 시간성 속에서 비로소 실존으로 '불러 맞이함'을 경험한다. 미세한 이질성 혹은 뜻밖의 돌발성 같은 시의 그늘이 시의 합리적이고 이성적인 의미 맥락에 흠을 내 변질시키고 반역하기도 하며 시의 의미가 지닌 물리적·합리적 시간성을 초월하는 것이다.

---

4   '그늘' 또는 '그림자Schatten'. 판소리에서 귀 명창들은 좋은 '소리'에는 '그늘이 있다'고 평하는 데서 그늘 또는 그림자 개념을 우선 이해할 필요가 있다. 그것은 소리꾼의 '소리'는 인생의 구체적 경험 과정과 그 태도에서 '소리'의 성취도가 결정된다는 전통적 예술관을 반영하고 있다. 그늘은 예술가의 삶의 진실을 추구하는 과정 속에서 생성되는 것이다.

칼 융의 개념인 무의식의 바닥에 어른거리는 심리적 동력動力인 집단무의식이나 원형, 콤플렉스 개념도 그늘 또는 그림자 개념 속에 융합되어 있다. 그늘은 콤플렉스같이 무의식의 상처이거나 텍스트 내의 의미나 형식의 돌출, 돌발, 비약, 파탄, 이탈로서 드러나는데, 중요한 점은 텍스트는 자신의 존재가능성이기도 한 그늘의 존재를 스스로 드러냄으로써 텍스트의 표면적 의미 및 의미 구조를 새로운 의미의 지평으로 옮겨놓는다는 것. '그늘은 텍스트의 이면에서 어른거리며, 표면의 의미를 비튼다. 그늘 혹은 그림자에 의해 텍스트가 지닌 의미의 빛, 이미지의 빛은 문득 시들거나 사라지고 또는 전혀 새로운 빛으로 변화하기도 한다. 그러므로 그늘이 살아 움직임을 접함으로써 마침내 텍스트는 실존하게 되는 것이라 말할 수 있다. 그늘의 존재 가능성에 의해 텍스트의 의미는 많은 것을 잃게 되거나 새로운 의미의 존재가 태어나는 것이니, 뜻하지 않은 곳에 텍스트는 존재하고, 뜻하는 곳에 텍스트는 얼마든지 존재하지 않을 수가 있다.(졸저 『그늘에 대하여』, 강, 1996 참조.)

5   마르틴 하이데거, 『존재와 시간』(이기상 옮김, 까치, 1998)에서 인용하되, 졸고의 의미 맥락에 맞게 변용함.

시적 존재에게 "시간성은 본래적인 걱정의 의미로 밝혀진다."[6] 이 말은 죽음이 실존의 근원적 조건이고 궁극적인 존재 가능성이며 그 필연적 죽음에서 비롯되는 걱정이 존재의 조건이라는 뜻이다. 이 세계 내에 던져진 존재는 자신에게 필연적으로 주어진 존재 조건인 죽음으로부터 야기되는 본래적 걱정을 피할 수 없을 뿐 아니라, '역사적 시간 속에 던져진 존재'로서의 지금-여기의 삶에서 야기된 온갖 걱정, 불안, 공포, 고통을 겪고 있다. 기형도 시는 상황 속에 던져진 존재가 겪는 가난, 불안, 공포, 죽음 등의 고통을 내면화한다. 하지만 기형도 시의 의미심장함은 우선 필연적 죽음의 존재로서 본래적 걱정을 근원적이고 궁극적인 존재 가능성으로 자각한다는 데에서 비롯된다. 죽음의 본래적 걱정이나 역사적 상황 속에 처해진 인간의 불안, 공포, 죽음은 기형도 시의 구체적이고 정서적인 구성 요소들인 것은 분명하지만, 그것들은 시적 자아의 '그림자'에 의해 시적 존재 가능성으로 새로운 지평을 품고 있는 것이다. 새로운 시적 존재의 지평을 여는 자아의 그림자는 무엇보다 새로운 시간성이 내재된 자아이다.

누이여
또다시 은비늘 더미를 일으켜 세우며
시간이 빠르게 이동하였다
어느 날의 잔잔한 어둠이
이파리 하나 피우지 못한 너의 생애를
소리 없이 꺾어 갔던 그 투명한

---

6   위의 책.

기억을 향하여 봄이 왔다

살아 있는 나는 세월을 모른다
네가 가져간 시간과 버리고 간
시간들의 얽힌 영토 속에서
한 뼘의 폭풍도 없이 나는 고요했다
다만 햇덩이 이글거리는 벌판을
맨발로 산보할 때
어김없이 시간은 솟구치며 떨어져
이슬 턴 풀잎새로 엉겅퀴 바늘을
살라주었다

봄은 살아 있지 않은 것은 묻지 않는다
떠다니는 내 기억의 얼음장마다
부르지 않아도 뜨거운 안개가 쌓일 뿐이다
잠글 수 없는 것이 어디 시간뿐이랴
아아, 하나의 작은 죽음이 얼마나 큰 죽음들을 거느리는가
나리 나리 개나리
네가 두드릴 곳 하나 없는 거리
봄은 또다시 접혔던 꽃술을 펴고
찬물로 눈을 헹구며 유령처럼 나는 꽃을 꺾는다
　　　　　　　　　　　　　　　—「나리 나리 개나리」전문

일설에 의하면, 시「나리 나리 개나리」는 실제로 어떤 불의의 사고를

당하여 죽은, 시인 기형도의 누이를 향한 그리움과 애절한 슬픔, 절망감을 시적 모티브로 삼은 작품이라 한다. 시에 드러난 줄거리를 파악해도 누이의 불행한 죽음을 다룬 시임을 짐작할 수 있다. 누이의 뜻밖의 죽음으로 시인이 겪은 참담함과 절망감 그리고 그리움의 깊은 고통이 이 시의 안팎에서 절절히 느껴진다. 이 시는 시인이 가족사적으로 겪은 참혹함이나 절절함을 소재로 삼았다는 점에서 기형도 시의 시적 자아의 내밀한 성질과 그 특유의 비극적 세계관의 내면적 진실을 이해하는 데 유용한 길잡이 구실을 하기도 한다.

이 시에서 기형도 시인의 특징적 시 의식이 엿보이는데 그것은 시의 소재가 된 '누이의 죽음'이 시간성時間性과의 관계 속에서 그 시적 존재의 의미를 드러낸다는 점에서 중요하다. 주목할 점은, 시인은 누이의 죽음을 가져온 비극적 사건 혹은 구체적 사태를 드러내지 않고, 누이의 죽음을 궁극적인 존재 가능성의 지평에서 이해하려 한다는 점이다. 이는 죽음을 '궁극적 존재 가능성'으로서 자신에게 향하게 하는 현존재로서 시간성의 자각이다. 즉, 이 시에서의 '시간'은 존재물Seinde에서 존재Sein로의 실존적 해방을 위해 필히 거쳐야 하는 존재론적 조건이다.

'존재는 시간이다'라는 존재론적 명제는 이 시의 중심을 관통하고 있다. 특히 2연에서 "살아 있는 나는 세월을 모른다/네가 가져간 시간과 버리고 간/시간들의 얽힌 영토 속에서"라는 시구는 죽음조차 "시간들의 얽힌 영토 속에서" 내던져진 존재의 사태로서 이해된다. 시인은 누이의 죽음이라는 불행한 사태를 '시간'이라는 삶의 근원성이면서 '궁극적 존재 가능성'으로서 접근하고 이해하는 것이다. 이는 죽음을 그 자체로 궁극적 존재 가능성으로 이해한다는 의미와 통하는 것이다. 누이의 불행한 죽음조차 '궁극적 존재 가능성'으로 이해되기 때문에, "한 뼘

의 폭풍도 없이 나는 고요했다" 같은 시구에서 엿보이듯이, 시적 자아
의 생사고락을 넘어선 자기 초월적 고백이 이어질 수 있고, 마침내는
"다만 햇덩이 이글거리는 벌판을/맨발로 산보할 때/어김없이 시간은
솟구치며 떨어져/이슬 턴 풀잎새로 엉겅퀴 바늘을/살라주었다"라고
하여, 자연과 하나를 이룬 시적 자아 곧 세계 내 역사적 존재이면서 동
시에 유기체적 존재성을 각성하게 되고 이를 거리낌 없이 밝힐 수 있는
것이다. 여기서 우리는 기형도 시 전반에 드러나는 시적 자아의 존재와
시적 자아의 '그림자'로서 유기체적 자아의 존재를 감지하게 된다.

  기형도는 유고 시집『입 속의 검은 잎』의 서문序文으로 쓰인 시작 메
모에 이렇게 적었다.

> 나는 한동안 무책임한 자연의 비유를 경계하느라 거리에서 시를 만
> 들었다. 거리의 상상력은 고통이었고 나는 그 고통을 사랑하였다. 그
> 러나 가장 위대한 잠언이 자연 속에 있음을 지금도 나는 믿는다. 그
> 러한 믿음이 언젠가 나를 부를 것이다. 나는 따라갈 준비가 되어 있
> 다. 눈이 쏟아질 듯하다.(1988.11)

  시인 기형도는 수많은 상투적인 그래서 진부하기 짝이 없는 '자연의
비유'들, '인간주의'의 울타리에 갇힌 '자연의 비유'들을 철저히 거부한
다. 시인은 "무책임한 자연의 비유를 경계하느라 거리에서 시를 만들었
다."라고 실토한다. 이 고백을 액면대로 이해하여, '자연의 비유'를 경
계하기 위해 비극과 고통이 끊이지 않는 속계의 비유로서 '거리의 상상
력'을 택했다는 표면적 의미 해석에 마냥 머무를 수는 없다. 이 기형도
시집의 서문은, 적어도 '자연의 비유'와 '거리의 상상력'이 둘이 아니라

하나라는 뜻으로 읽혀야 기형도 시의 주제의식과 일치한다. 그렇게 해석될 때, 위 시 「나리 나리 개나리」에서 누이의 불의의 죽음과 고통이 시적 자아의 존재론과 자연의 초월적 시간성 속에서 비로소 순화될 수 있다. 그리하여 "거리의 상상력은 고통이었고 나는 그 고통을 사랑하였다. 그러나 가장 위대한 잠언이 자연 속에 있음을 지금도 나는 믿는다. […] 나는 따라갈 준비가 되어 있다."라는 시적 자아의 시적 정언定言을 남기게 되는 것이다. 그것은 새로운 존재론적 시간성과 진실한 자연성의 절실하고 절박한 자각에 따른 시적 정언이다.

불안, 공포, 비극, 죽음 속에서 걱정하는 존재는 불안한 상황 속 존재임을 각성하고 실존하는 자아를 자신에게 다가오도록 부른다. 마침내 기형도 시의 독특하고 고유한 형식성이라 할 자연과 서로 깊이 하나가 된 유기체적 자아의 존재가 드러난다. 이때 시적 자아는 주체의 형식이 아니라, 실존의 형식으로서 유기체적 존재를 자신의 그림자로 삼는다.

인용한 시 「나리 나리 개나리」가 지닌 심연의 의미는, 시적 자아가 죽음은 생명 과정으로서 삶의 필연적 조건임을 자각하고 죽음이라는 궁극적 존재 가능성을 '불러들임'으로써 죽음의 존재 지평에서 '유기체적 자아'[7]를 자각하였고 이것을 자기 고유한 존재성으로 표현하였다는 것에 있다. 그런 점에서 이 시는 기형도의 시적 존재의 고유한 전형典型이거나 특징을 드러내준다고 말할 수 있다.

---

7   여기서 유기체(有機體, Organismus) 또는 유기적인 것Organische이란 개념은 공기, 물, 바람, 햇빛 등 비유기적非有機的인 자연을 포함하면서 인간은 물론 작은 미물에서 지구 혹은 우주에 이르기까지 생명 과정에 놓여 있는 각각의 생명체이자 부분과 전체가 하나로 된 통일체를 뜻한다.

2. 유기체적 자아의 존재성과 反語性

기형도 시가 보여주는 비밀스런 정신의 현상은 무한한 변화의 묘를 지니고 있다. 이 말은 기형도의 시는 고정된 대상이거나 존재물이 아니라 자기의 고유한 존재성을 끊임없이 시적 존재로 불러들임, 즉 시적 자아 안에 있는 낯선 초월적 존재를 내밀하게 시적 존재의 지평에서 불러들임을 뜻한다. 기형도 시에서 고통스런 현실 상황에 처한 시적 자아는 마침내 상황내적 존재로서의 실존의 지평을 자각하는 동시에 초월적 자아로 트랜스trans를 하곤 하는 것이다. 그것은 절망적 현실 상황을 단지 초월하는 시적 자아가 아니라 절망을 능동적으로 극복하려는 희망적-반어(反語, irony)적 자아의 활동이라고 할 수 있다. 식물이든 동물이든 모든 유기체는 필연적으로 죽음을 맞이하게 되지만, 바로 그 죽음이 종말이 아니라 유기체적 존재로서 삶의 넓은 지평을 열어놓는 것이고, 여기서 죽음의 아이러니가 자연스럽게 나오게 된다.

아아, 하나의 작은 죽음이 얼마나 큰 죽음들을 거느리는가
나리 나리 개나리

"아아, 하나의 작은 죽음이 얼마나 큰 죽음들을 거느리는가"라는 시구는 유기체적 자아의 생사관을 드러내준다. 작은 죽음은 큰 죽음들을 거느리고 죽음과 삶이 무한히 이어지며 펼쳐진 그물과 같은 유기체적 생사관. 역설적이고 반어적인 관계가 무한히 펼쳐지는 가운데 유기체적 자아는 반어적 주체로 존재한다. 그래서 인용 시구처럼 죽음의 아이러니 혹은 존재의 변화무쌍한 아이러니가 시적 자아의 고유한 존재성을

따라 자유로이 펼쳐지는 것이다. 이 시적 주체는 생각하는 주체가 아니라 생각나는 주체이며, 기억하는 주체가 아니라 기억나는 주체이다. 유기체적 자아는 주체의 인식 과정에서 파악되지 않는 소외되고 이탈한 존재자들을 존재로서 끌어안는 것이다. 이때 반어가 발생하며, 유기체적 반어는 이성적인 자아가 아니라 초이성적인 시적 자아의 존재로부터 나오게 된다. 이 시에서 서술되어 있는 비극적 상황 속에서도 시적 자아가 동요풍童謠風으로 "나리 나리 개나리"라는 아이러니컬한 시구를 의미 맥락에서 이탈한 채로 불러낼 수 있는 것도 초월적 시간과 유기체적 존재의 활동이 없다면 불가능한 것이다. 바로 여기에서 기형도 시의 그늘이요 시적 자아의 그림자인 유기체적 자아의 존재성을 접할 수 있다.

　기형도 시 특유의 반어反語는 유기체적 상상력에서 나온다. 기형도 시가 유기체적 상상력에서 발원한다는 말은 시인의 주관적 의식에서 그 상상력이 비롯된다는 의미를 넘어서 유기체 자체가 시에 관여한다는 것을 의미한다. 유기체적 상상력은 주관의 의식이나 이성 너머에 그 자체로서 '이미 시원적이고 선험적으로 존재'하는 것이다. 그 '이미 시원적이고 선험적으로 존재'하는 것으로서 유기체적 감성과 정념을 시의 존재 가능성으로 '부르고 이름하는' 상상력. 이 유기체적 상상력은 시인을 초월해서 주체의 인식 밖에 낯설게 존재하는 상상력이다.

　그러므로 유기체적 상상력을 통해, 천지만물이 서로를 연결하고 조화하며 저마다를 드러내는 존재자들의 존재가 시적 존재로 불러들여질 때, 시적 존재는 스스로 반어적 존재임을 자각하게 된다. 유기체적 존재로서 시적 존재도 존재인 한, 반어irony를 근본 성격으로 삼는다. 기형도 시에서 그 대표적인 반어가 '겨울의 아이러니'이다. 기형도 시에서 겨울은 경험적 시간으로서의 겨울이 아니라 반어적 시간으로서의 겨울이다.

> 오오, 모순이여, 오르기 위하여 떨어지는 그대. 어느 영혼이기에
> 이 밤 새이도록 끝없는 기다림의 직립으로 매달린 꿈의 뼈가 되어
> 있는가. 곧이어 몹쓸 어둠이 걷히면 떠날 것이냐. 한때 너를 이루었
> 던 검고 투명한 물의 날개로 떠오르려는가. 나 또한 얼마만큼 오래
> 냉각된 꿈속을 뒤척여야 진실로 즐거운 액체가 되어 내 생을 적실
> 것인가. 공중에는 빛나는 달의 귀 하나 걸려 고요히 세상을 엿듣고
> 있다. 오오, 네 어찌 죽음을 비웃을 것이냐 삶을 버려둘 것이냐, 너 사
> 나운 영혼이여! 고드름이여.

　　　　　　　　　　　　　　　　　　—「이 겨울의 어두운 창문」 부분

위 시에서, 시적 자아는 삶의 고통과 암담을 비유하는 겨울 이미지를
'겨울의 아이러니'로서 변화시킨다. 겨울의 아이러니는 "오오 모순이
여, 오르기 위하여 떨어지는" "고드름" 같은 존재로 비유된다. '고드름'
은 "직립으로 매달린 꿈의 뼈" 또는 "검고 투명한 물의 날개", 생을 적시
는 "즐거운 액체"로서 겨울의 아이러니를 보여주는 시간의 표상 곧 존
재의 표상이다. 이 '반어적 겨울' 곧 절망의 아이러니로 인하여, "즐거
운 액체"로서의 존재 가능성이 펼쳐지는 것이다. 그리고 그 겨울의 반
어가 유기적인 반어이기에, "달의 귀 하나 걸려 고요히 세상을 엿듣고
있다."라는 우주宇宙라는 유기체의 상상력이 자유분방하게 이어질 수
있다. 유기체적 자아는 얼어붙은 거리 위에 펼쳐진 우주론적 생명계를
통각統覺[8]하고 있는 것이다. 달과 해, 지구 같은 것들도 하나의 유기체—
비유기적인 것을 포함한 유기체—로서 존재의 이름들이다. 세속의 거

리 위에서 "달의 귀 하나 걸려 고요히 세상을 엿듣고 있"는 현존재는 반
어적 존재이다.

기형도의 시가 그 자체로 유기체적 존재의 지평에 들어설 때, 기형도
시는 그 자체로 실존한다. 시 스스로 존재 가능성을 지니게 된다. 이때
시 또한 '유기체적 존재로서의 시'가 된다. 비유컨대, 부모와 자식 간의
관계처럼 시인이 시를 낳았지만 시는 시인을 떠나 시가 독립적이고 자
율적인 주체가 되어 시인과는 별개의 존재 가능성으로 존재하는 것이
다. 기형도의 널리 알려진 명시 「엄마 걱정」도 이러한 유기체적 존재로
서의 시적 존재성을 보여준다.

열무 삼십 단을 이고
시장에 간 우리 엄마
안 오시네, 해는 시든 지 오래
나는 찬밥처럼 방에 담겨
아무리 천천히 숙제를 해도
엄마 안 오시네, 배추잎 같은 발소리 타박타박
안 들리네, 어둡고 무서워
금 간 창틈으로 고요히 빗소리
빈방에 혼자 엎드려 훌쩍거리던

아주 먼 옛날
지금도 내 눈시울을 뜨겁게 하는

---

8   여기서 '통각統覺'은 인식의 주체로서 이성적 자아와 더불어 '존재자의 존재 가
     능성'으로서 자기 존재를 자각함의 뜻으로 씀.

그 시절, 내 유년의 윗목

―「엄마 걱정」 전문

시적 자아는 유년시절 어두운 방 안에 홀로 남겨진 불안한 의식과 정서를 기억한다. 시인은 유년기 적에 학교가 파한 후 아무도 없는 집에 와 혼자 숙제를 하며 열무를 팔러 시장에 가신 엄마를 기다리던 애처로운 옛 기억을 되살린다. 하지만 이 시는 시적 존재를 은폐된 시간성으로 재구성한다는 점에서 주목되어야 한다. 그것은 앞서 살폈듯이 존재를 시간성의 형식 속에서 이해하는 존재론적 관점의 연장이다. 즉 성년이 된 시적 자아가 유년의 자아로 여행하는 시간의 구성이 시적 형식의 기본을 이룬다. 이 과거 유년기로의 시간 여행은 현재의 시적 자아의 본래성으로의 여행이라는 형식을 지닌다는 점에서 존재론적이다.

지나간 유년의 과거도 성년의 현재도, '빗소리'의 존재에 의해 시간을 탈시간화하고는 어떤 근원적 존재로서의 시간성 또는 본래적 시간성은 이미 나의 존재에 앞서 있다. '거기'에 있는 현존재Dasein를 자기 존재 안으로 '불러들이'('존재의 부름-도래到來')듯이 인식 밖의 앞서 있는 근원적이고 본래적인 시간성을 존재 안으로 새로이 '불러들이는' 것이다. 이때 빗소리의 시간성은 낯선 시간성이요 낯선 존재이다. 이렇듯 기형도 시에서 시간성은 주체의 인식 안에 있지 않고 인식의 바깥에서 낯선 현존재에 이미 앞서 존재한다. 그래서, "오느냐, 마주 보이는 시간은 미루나무 무수히 곧게 서 있듯/멀수록 무서운 얼굴들이다"(「식목제植木祭」)라는, 주체 밖에서 낯선 시간성이 이미 앞질러서 주체와 '마주 보고 있음'을 드러낸다. 이 낯선 존재의 시간성을 지금-여기의 시간성에로 '불러들임'으로써 존재는 비로소 상황 내적으로 현존하는 것이다. 그러므로 시간성은 지나간 과거와 다가올 미래가 한곳에 문득 모이고 흩어지기를 되풀이한다. '빗소리'라는 유기체적 현존재가 「엄마 걱정」이라는 이름의 시를, 비록 아리고 슬픈 내용을 담고 있음에도, 속 깊고 생기 가득한 시적 존재로서 마주 세운 것이다.

존재론적 시각에서 보면, 시 「엄마 걱정」은 제목에서도 엿보이듯이, '엄마'라는 근원적이고 본래적인 존재성에로의 시간 여행을 시의 기본 형식으로 삼고 있다. 하지만 시적 자아가 성년인 지금, 유년으로의 추억 여행은 시적 자아와는 무관한 존재의 개입에 의해 이질적인 시간성으로 변한다. 어둡고 불안한 방 안의 자아 속으로 흘러드는 "고요히 빗소리"에 의해 경험적 시간은 초월적 시간으로 돌변하는 것이다. 여기에 돌연 시의 그늘이, 시적 자아의 그림자가 드리워진다. 시의 그늘에 의해 현재에서 과거로 진행하던 경험적이고 물리적인 시간은 새로운 근원적이고 초월적인 시간의 지평을 열어놓는다. 또한 시적 자아는 유기체적 세계의 근원인 '물-소리'에 온통 몰입함으로써 유기체적 자아를 그림자로 자각한다. 자아의 그림자로서 유기체적 자아는 느닷없이 경험적이고 물리적인 시간에서 벗어나 초월적이고 유기체적인 시간을 자각하게 된다. 가역적이고 모순적이고 반어적인 시간으로.

엄마 안 오시네, 배추잎 같은 발소리 타박타박
안 들리네, 어둡고 무서워
금 간 창틈으로 고요히 빗소리

시장에 간 엄마가 돌아오는 발소리가 안 들리는 어둡고 무서운 빈방 안으로 흘러드는 "금 간 창틈으로 고요히 빗소리"! 이 '빗소리'는 열무를 팔러 시장에 간 엄마의 아이러니다. 정확하게 말하면, 엄마 발소리의 아이러니가 바로 '빗소리'인 것이다. '빗소리'는 모든 살아 있는 생물체의 필수 조건인 물의 '소리'이다. 식물이나 동물 같은 유기체의 생명은 근본적으로 비유기적인 것, 가령 물·바람·햇빛·달·해 따위를 포함한다. 위 시에서 유기체적 자아의 존재를 불러들인 것은 비유기적인 것으로서 '물'의 존재감, 즉 "고요히 빗소리"이다. '비'는 유기체적 존재의 필수적이고 근본적인 조건인 '물'의 변신이다. 그러니 '빗소리'는 유기체적 자의식 혹은 무의식에서 발원할 수 있는 것이다. 존재의 소리인 것이다.

이 시에서 '빗소리'는 존재론적인 소리이다. 시적 자아는 어두운 유년기를 기억하다가 "고요히 빗소리"에 이르러, '기억하는 인식'은 사라지고 '기억나는 존재'를 접하는 것이다. 시적 자아가 접한 그 기억나는 존재가 '빗소리'이다. '기억하는 것'들에 대한 인식 과정에서 '기억나는 것'의 '갑작스런 틈입'이, 마치 접신接神의 기미幾微인듯이 이루어지는 것이다. "고요히"라는 소리 없음이 "빗소리"를 '강력한 접물接物'의 경지로서 부각시킨다. 이로써 자연적이고 보편적 존재자인 '빗소리'는 고유한 실존으로 변한다. 소리 없음이라는 고요한 무無가 소리를 소리의 존재성으로 실존하게 하는 것이다.[9] 유년기의 자아를 기억함 속에 기억남이 강력히 틈입함으로써 시적 존재는 비로소 존재 가능성 곧 시의 실존을 이끌게 된다. 어린 자아의 외롭고 어두운 빈방 안으로 흘러드

---

9   "고요히 빗소리"에서 "고요히"는 소리 없음이다. 소리 없음이라는 무無는 '인식' 불가능하다. 하지만 존재론적으로 보면, 무는 그 자체로 존재 가능성이다. "고요히"라는 소리 없음이 존재하기에, 비로소 존재자로서의 '빗소리'를 존재로 '불러들임' 하는 것이다.

는 '빗소리'가 물리적 현상을 초월한 실존적 존재라는 것은, 모든 유기체의 필수 조건인 생명수가 이 시의 근원적 존재라는 사실을 의미한다. 곧 "고요히 빗소리"는 시 「엄마 걱정」을, 인식의 대상으로서의 시가 아니라 유기체적 존재로서의 실존적 시의 지평으로 열어젖힌다. 인식할 수 없는 "고요"의 존재감으로 인해 더 강력하게 '빗소리'의 존재를 '불러들이'게 되고, 또한 '비'의 존재를 불러들임으로써 시적 존재는 유기체적 존재를 자각하게 되는 것이다. 달리 말해, 소리 없음이라는 무無의 기획 투사投射에 의해 '빗소리'를 존재 안으로 강력히 '불러들일' 수 있게 되고, 이로써 '빗소리'는 '나'의 인식을 넘어서 유기체적 존재로서 시 속에서 현존하게 되는 것이다.

"고요히 빗소리"에서 보듯이, 기형도 시에서 '물'의 존재성은 안개, 비, 구름, 고드름, 얼음 등으로 다채롭게 변주된다. 여기서 시적 자아의 '그림자'로서 물의 변화를 통한 유기체적 자아의 존재성을 유추할 수 있게 된다.

(1)
장맛비, 아버지 얼굴 떠내려오신다
유리창에 잠시 붙어 입을 벌린다
나는 헛것을 살았다, 살아서 헛것이었다
우수수 아버지 지워진다, 빗줄기와 몸을 바꾼다

아버지, 비에 묻는다 내 단단한 각오들은 어디로 갔을까?
번들거리는 검은 유리창, 와이셔츠 흰빛은 터진다
미친 듯이 소리친다, 빌딩 속은 악몽조차 젖지 못한다

물들은 집을 버렸다! 내 눈 속에는 물들이 살지 않는다.

—「물 속의 사막」 부분

(2)

그는 어디로 갔을까

너희 흘러가버린 기쁨이여

한때 내 육체를 사용했던 이별들이여

찾지 말라, 나는 곧 무너질 것들만 그리워했다

이제 해가 지고 길 위의 기억은 흐려졌으니

공중엔 희고 둥그런 자국만 뚜렷하다

물들은 소리 없이 흐르다 굳고

어디선가 굶주린 구름들은 몰려왔다

—「길 위에서 중얼거리다」 부분

위 인용 시구 (1)은 시 「물 속의 사막」의 부분이다. 물은 "장맛비"로 변주된 채 사랑하는 아버지를 떠내려 보내고 이윽고 아버지를 지우고 아버지와 몸을 바꾸는 비정한 존재로 그려진다. 생명을 가능하게 하는 기본적이고 절대적인 존재인 물의 생명성은 더 이상 이 인간 세상을 살아갈 만한 세계로 받아들이지 않는다. 인간 세상은 타락하고 절망적이다. 그래서 거리의 빌딩 속은 악몽 같은 타락한 세계임에도 장맛비에 젖지 못하는 비인간적인 삭막한 세계이며, 생명을 가능하게 하는 '물들은 집을 버렸고' 더욱이 물들은 '내 눈 속에서 더 이상 살지 않는다'고 혼잣말로 중얼거린다. 시 제목 '물 속의 사막'이 말하듯, 이러한 물은 반어적이고 역설적인 존재로 그려진다. 시 「길 위에서 중얼거리다」에서 인용한 시구 (2)에서도 사정은 마찬가지다. 기형도 시에서 비, 구름, 바람 같은 무생물, 나아가 '기쁨' '이별' 같은 추상적 개념조차 그것들이 주격으로 쓰일 경우에도 인식론적 주체가 아닌 인식을 초월한 주체, 즉 '현존재들'이다. 중요한 것은 삼인칭 '그' 또는 '너희'는 "너희 홀러가버린 기쁨이여/한때 내 육체를 사용했던 이별들이여"에서 알 수 있듯이, '기쁨'의 현존재이면서 '내 몸을 사용했던 이별'의 현존재들이라는 사실이다. 나의 존재 의식은 이성적인 인식에서 출발하지만, 비와 구름과 바람, 꽃과 나무, 기쁨과 슬픔, 이별 따위의 모든 존재들은 '나'의 인식認識이 미치지 않는 초경험적 주체들로서 현존재의 형식으로 내재하는 것이다. 바꿔 말해, 이성적으로 세계 속에서 자기 존재를 인식하고자 하는 시적 자아 속에 유기체적 존재로서의 자아가 시적 존재의 그림자로 들러붙어 있는 것이다. 기형도의 고유한 시적 존재가 품고 있는 환유換喩와 반어反語의 비유는 바로 여기에서 발원한다.

　그러므로 시인 기형도의 시에서 자주 보이는 '자연의 비유'들을 인간중심적 감성에서 나오는 낭만주의적 상상력이나 이성적 주체에 의한 모더니즘적 지성에서 나오는 비유로 이해해선 안 된다. 시집『입 속의 검은 잎』의 서문으로 쓰인 시작 메모에서, "자연의 비유를 경계하"였다는 시인의 고백은, 자연을 인간 이성의 지적 조작의 대상으로 이용하지 말아야 한다는 것, 따라서 비정하고 삭막한 '거리의 비유'가 그 자체로 '자연의 비유'가 되기를 바란다는 의미이다. 기형도 시에서 비정한 도회의 거리는 자연의 반어였고 역으로 죽어가는 자연은 타락한 거리의 반어였던 것이다. 이러한 시적 사유의 명료한 예로서 그의 뛰어난 시「죽은 구름」은 이 도시와 자연 사이에서 벌어지는 비극적 반어의 세계를 명료하게 보여준다.

바로 이 자연과 거리의 반어적 관계에서 기형도 시의 유기체적 자아는 '반어의 반어' 혹은 '반어적 반어'로서 '궁극적 희망'을 자기 그늘로 드리운다. 유기체적 자아는 자신에게 연결된 여러 다른 존재들, 즉 유기체적 존재들과 해후-겹침-이별-이동의 순환성을 자기 존재성으로 삼는다. 많은 다른 존재들과의 이접(離接, 移接)을 지속하는 시적 자아의 언어의식 속에는 필연적으로 아이러니가 발생한다. 그러나 그 유기체적 아이러니는, 또한 필연적으로, 그 스스로를 유기체적 세계 내의 존재를 자기 품으로 따뜻이 껴안지 않을 수 없다. 아이러니(반어)는 그때그때마다 스스로가 유기체적 존재 관계의 한가운데에 있음을 확인하며 자기 존재를 드러내는 것이므로, 유기체적 반어는 '반어의 반어'로서 생명의 궁극적 희망을 저버릴 수 없다. 그러하니, 기형도의 시적 자아는 지금-여기의 상황에 대해 비관적일지라도 절망의 아이러니로서 희망의 희미한 가능성을 끝내 찾아 자기 품에 품는 것이다.

「죽은 구름」, 「이 겨울의 어두운 창문」, 「나리 나리 개나리」, 「엄마 걱정」, 「숲으로 된 성벽」 외에도 기형도의 많은 시편들은 유기체적 자아들 간의 연관성으로서 존재의 심오한 아이러니를 깊이 은폐하고 있다. 유기체적 세계관으로 보면, 시작과 종말, 죽음과 삶, 긍정과 부정은 같은 나무줄기의 이파리들처럼 서로 이어져 있다. 그래서 시인은 「식목제」에서, "그러나/희망도 절망도 같은 줄기가 틔우는 작은 이파리일 뿐, 그리하여 나는/살아가리라 어디 있느냐/식목제植木祭의 캄캄한 밤이여"라고 노래하는 것이다. 그러므로 종말과 죽음과 없음과 부정의 존재 상황에서도 유기체적 자아는 세계 내의 존재 가능성을 긍정적으로 감지하게 된다. 유기체적 자아가 절망적 존재 상황에 놓여 있다 하더라도, 아니 오히려 절망적 상황에 놓여 있기에, 유기체적 본성은 은근하

496

고 은밀히 절망의 아이러니로서 희망의 젖줄을 놓지 않는다.

앞서 보았듯이, 「엄마 걱정」이라는 시를 시적 존재 가능성으로 불러들일 수 있게 하는 존재는 유기체적 자아이다. 시의 형식 차원에서 보면, 그 유기체적 자아가 시적 존재의 무의식 속에서 활동하면서 유기체적 아이러니를 낳는다. 기형도 시에서 인구ㅅㅁ에 널리 회자되는 속 깊은 유기체적 아이러니를 만나는 것은 그다지 어려운 일이 아니다.

> 나에게는 낡은 악기가 하나 있다. […] 그러나 나의 감각들은 힘센 기억들을 품고 있다. […] 그렇다. 나는 가끔씩 어둡고 텅 빈 희망 속으로 걸어 들어간다. […]

> 먼지투성이의 푸른 종이는 푸른색이다.
> 어떤 먼지도 그것의 색깔을 바꾸지 못한다.
> ―「먼지투성이의 푸른 종이」 부분

기억은 스스로 기억한다. 주체가 기억하는 것이 아니다. 생각이 기억하는 것이 아니라 기억이 스스로 기억하는 것이다. 기억을 기억 스스로에게 '불러들임'으로써 기억은 현존한다. 그러니 기억함이 아니라 기억남이 기억의 실존이다. 기억의 주체는 '나의 인식'이 아니라 기억을 스스로에게로 불러들이는 것, 이 기억의 존재론에 대해 시인은 "나의 감각들은 힘센 기억들을 품고 있다."라고 간략히 적었다. 그리고 나서 기형도는 이렇게 기억의 싱싱한 자기 존재성 또는 자기 고유의 본래성을 "먼지투성이의 푸른 종이는 푸른색이다./어떤 먼지도 그것의 색깔을 바꾸지 못한다."라고 언명한다. 기억은 내가 인식하는 이미 지나친 물리적 시간을 기억하는 것이 아니라, 나의 존재 훨씬 이전의 아득한 기억의 존재에 의해 스스로 기억나는 것이다. 그리고 이러한 유기체적 시간성은 아주 오랜 과거의 기억에 머물러 있음에 그치지 않고, 내가 처한 상황에 내던져진 존재 가능성으로서 이미 미래를 포함하게 된다. 유기체적 자아는 과거의 기억에 머물지 않고 존재의 미래 가능성을 미리 선취先取하기에,

> 미안하지만 나는 이제 희망을 노래하런다
> —「정거장에서의 충고」[10] 부분

같은 희망의 언명을 적을 수 있게 된다. 그러니까 이 시구는 '유기체적 세계 내의 존재'로서 자아를 자각하는 가운데 자연스럽게 이어지는 '반어적 희망'의 언명인 것이다. 앞선 인용시에서 "그렇다. 나는 가끔씩 어둡고 텅 빈 희망 속으로 걸어 들어간다."라는 시구도 사정은 같다. 이러한 긍정과 낙관의 시구들이 유기체적 자아의 반어라는 점은 자명하다. 유기체적 세계관으로 보면, 낙관은 비관의 아이러니이며 희망은 절망의 아이러니이기 때문이다. 기형도 시에서 고드름·얼음·진눈깨비·밤눈 같은 겨울 이미지들은 모두 겨울의 아이러니이면서도 근원적으로는 물의 아이러니다. 따라서 어둡고 추운 겨울의 아이러니는 유기체적 아이러니로서 생명의 전개 과정 자체를 의미하고, 물의 아이러니는

---

10 '정거장'은 저곳과 이곳을, 혹은 이질적인 영역들, 낯선 영역들을 서로 연결 짓는 교통의 거점을 가리킨다. 따라서 시 제목 '정거장에서의 충고'에서 '정거장'은 서로 다른 부분들을 연결하는 지점으로서, 부분과 전체가 하나로 연결된 '유기체적 세계의 알레고리'로 해석될 수 있다.

생명의 삶과 죽음의 순환 과정을 품고 있다. 그러하므로, "미안하지만 나는 이제 희망을 노래하련다"라는 시구는 유기체적 자아가 자기 존재의 고유성인 '반어적 존재'를 표현한 것인 셈이다.

3. 시원적 현존의 '소리'와 유기체적 존재의 언어

시 「엄마 걱정」이 '빗소리'의 현존現存을 품고 있듯이, 기형도 시에서 '소리'는 존재의 유력한 표상이다.

> 소리 나는 것만이 아름다울 테지.
> 소리만이 새로운 것이니까 쉽게 죽으니까.
> 소리만이 변화를 신고 다니니까.
>
> ―「종이달」 부분

"소리나는 것만이 아름다울 테지"라는 문장은 '소리가 미적美的인 것을 결정하는 근본조건이다'라는 일종의 미학적 믿음을 표현하는 것이랄 수 있다. 그 믿음은 소리는 "쉽게 죽으니까" "소리만이 새로운 것"이라는 관념, 곧 그 '소리'의 속성은 죽음과 새로움이 끊이지 않는 "변화"라는 믿음이다. 인식론적 관점에서 보면, 고요 혹은 소리, 죽음 즉 소리 없음은 인식론적 대상이 될 수 없다. 소리 없음의 무無는 그 자체가 인식론적으로 해석되지 않는다. 그러나 존재론적으로는, 소리 없음은 그 자체가 하나의 존재로서 해석된다. 없음을 '없음의 현존재'로서 '부름' 혹은 '불러들임' 하는 것이다. 없음 또는 죽음도 세계 내적 현존재의 근원적 본래성이다. 소리 없음이라는 존재를 불러들여 자각할 때만이 현존재로서의 소리가 비로소 '나'에게 도래하는 것이다.

이 '소리'의 존재에 대한 시적 상상은, "테이블 위에, 명함꽂이, 만년필, 재떨이 등 모든 형체를 갖춘 것들마다 제각기 엷은 그늘이 바싹 붙어 있는 게 보였고 무심결 나는 의자 뒤로 고개를 꺾었다. 아주 작았지만 이번에도 나는 그 소리를 들었다. […] 스위치를 내릴 때 무슨 소리가 들렸다. 내 가슴 알 수 없는 곳에서 무엇인가 툭 끊어지는 소리가 들렸다. 아주 익숙한 그 소리는 분명히 내게 들렸다."(「소리 1」)라던가 "김 교수님이 새로운 학설을 발표했다/소리에도 뼈가 있다는 것이다"(「소리의 뼈」) 같은 시구들에서 흥미롭게 전개되어 있다.

이 시구들은 모두 다 소리의 존재에 관한 시인 기형도의 깊은 사유와 예민한 감성을 드러낸다. 그것은, "소리의 뼈"라는 시적 비유에서 알 수 있듯이, 무형無形인 소리를 어떤 존재의 실존으로 감각한다는 것이다. 그러니까 기형도 시에서 소리 없음이 소리의 존재 가능성을 열어놓고, 이때 비로소 모든 소리는 유기체적 존재로서 실존의 지평에 설 수 있다는 것이다.

그 아주 오래된 유기체적 존재로서의 소리의 실존적 현상은, 가령 「먼지투성이의 푸른 종이」 같은 시 속에서, "나에게는 낡은 악기가 하나 있다. 여섯 개의 줄이 모두 끊어져 나는 오래전부터 그 기타를 사용하지 않는다. '한때 나의 슬픔과 격정들을 오선지 위로 데리고 가 부드러운 음자리로 배열해주던' 알 수 없는 일이 있다. 가끔씩 어둡고 텅 빈 방에 홀로 있을 때 그 기타에서 아름다운 소리가 난다. 나는 경악한다. […] 그렇다. 나에게는 낡은 악기가 하나 있는 것이다. 그렇다. 나는 가끔씩 어둡고 텅 빈 희망 속으로 걸어 들어간다."라는 시구에서 심도 있게 드러난다. 여기서 "낡은 악기"는 유기체로서 소리의 비유이고 "어둡고 텅 빈 희망 속"은 이러한 유기체적 존재의 반어적 존재 상황을 가리키는 것은 물론이다.

이와 같이, 소리에 대한 존재론적 사유와 언어 감각으로 인해, 앞서 인용한 시「엄마 걱정」에서 "고요히 빗소리"라는 언어 표현상의 모순 어법은 그 자체가 문법적 모순이 아니라, '고요히'라는 소리 없음을 통해 '빗소리'를 역설적으로 강조하여 '불러들임'으로써 '빗소리'를 지금-여기의 상황에 던져진 강력한 유기체적 존재로서 자각하게 하는, 깊은 존재론적 어법으로 해석된다.

유기체적 자아가 시원적이고 본질적인 언어를 지향하는 것은 자연스런 일이다. 기형도의 시는 주체의 인식에 따르는 언어의식에 기반을 두지 않기 때문에 그의 시에서 유기체적 자아의 언어는 인식론에서보다 존재론에서 이해될 수 있다.

언어의 차원에서 보면, 유기체적 존재의 언어의식에서 의미상의 주어가 곧잘 사라진다. 유기체적 존재로서 시의 지평에서 보면, 시에서 주어主語는 따로 없다. 유기적인 것과 비유기적인 것들 간의 무한히 이접離接하는 관계성 자체가 주어의 자리이기 때문이다. 그러니, 존재 가능성으로 이 세계에 던져진 모든 존재들이 저마다 다 주어 위치에 있을 수 있다. 따라서 모든 복수複數의 존재들이 주어의 자리에 서로 연관되어 있다면, 문장상의 주어는 무의미하다.

그래서 시인 기형도는 "내 얼굴이 한 폭 낯선 풍경화로 보이기/시작한 이후, 나는 주어를 잃고 헤매이는/가지 잘린 늙은 나무가 되었다."라고 노래한다. 이렇게 시인은 시적 자아의 무주인성無主人性을 노래하고는, 이윽고 "잔인하게 죽어간 붉은 세월이 곱게 접혀 있는/단단한 몸통 위에,/사람아, 사람아 단풍 든다./아아, 노랗게 단풍 든다."(「병病」)라는 '시간의 죽음' 앞에서 노랗게 물든 단풍으로 변신한 유기체적 자아를 환각하는 것이다. 그 존재론적 환각의 시어들은 가령 "흘러간다 어느 곳이든 기척 없이/자리를 바꾸던 늙은 구름의 말을 배우"(「식목제」)는 유기체적 존재의 언어들이다. 이는 유기체적 존재의 지평에서는 주격의 무한 변신이 가능함을 의미하며 아울러 이러한 시적 주체의 변신 가능성은 기형도 시 형식이 지닌 본래성으로서 무한한 환유換喩의 그물에 연결되어 있음을 의미하기도 한다. 가령 시「입 속의 검은 잎」에서 '입'에서 '잎'으로의 환유는 단순한 비유법으로서의 환유가 아니라, 유기체적 자아의 무한 변신을 보여주는 초현실적 환유이다. 그 무한 변신의 환유는 아이러니의 비유와 동일 지평에서 이해될 수 있다.

특히 기형도 시에서 이러한 유기체적 자아의 변신과 환유는 앞서 살폈듯이 '물'의 다양한 변주 속에서 그 뚜렷한 특징을 드러낸다. 곧 진눈깨비·얼음·고드름·밤눈·구름·안개 등 물의 환유적 변신은 그 안에 죽음의 아이러니를 품은 변신들이다. 시「죽은 구름」은 기형도 시 특유의 '반어적 죽음'을 구체적 현실 상황 속에 깊이 연관된 초현실적이고 유기체적인 상상력으로 직관한 수작이다.

제목인 '죽은 구름'은 도회의 거리에서 끊임없이 벌어지는 비극적 죽음을 상징한다. 하지만 구름은 물의 살아 있는 존재성으로서 '거리에서의 불행한 죽음'을 늘 지켜보고 있다. 구름이 인간 세상을 지켜보는 것은 유기체적 상상력의 소산이지만, 유기체적 존재로서 구름을 시적 자아 자신에게로 '불러들임' 없이 구름은 주체적 존재로 변화할 수 없다.

더 이상의 흥미를 갖지 않는 늙은 개도 측은하지만

아무도 모른다, 저 홀로 없어진 구름은

처음부터 창문의 것이 아니었으니

―「죽은 구름」부분

'죽은 구름'은 고통과 죽음이 가득한 인간 세상의 아수라를 비유하는 구름이다. '죽은 구름'이 살아 있는 유기체적 구름으로 변화하는 데에 이 시의 반어의 묘妙가 있다. 제목으로 쓴 '죽은 구름'에 반하여, 구름은 자신의 살아 있음을 통해 절망적인 세상의 아우성을 지켜보고는(觀音) "저 홀로 없어진"다. 그 구름의 존재는 "처음부터 창문의 것이 아니었으니" "저 홀로 없어진" 구름의 존재를 "아무도 모른다"고 시인은 말한다. 인간의 인식이 도달하지 못하는 구름의 원초적 존재성을 '처음부터' 인간의 집 창 안에 가둘 수 없는 것은 당연하다. 시인은 저 하늘의 구름을 '죽은 구름'이라고 말하지만, 구름이라는 존재는 그 자체로 원초적이고 영원한 존재 가능성 그 자체이기 때문이다. '죽은 구름'은 시적 자아의 유기체적 상상에 의한 반어적 비유이다. 죽음-삶의 순환을 속성으로 하는 이 유기체적 자아의 시혼詩魂에 의해, '빈집에 버려진 한 미치광이 사내의 주검'은 생명론적 존재의 지평으로 이어지게 된다.

4. 유기체적 존재로서의 시

위에서 인용한 시 「나리 나리 개나리」에서 시 속의 그늘인 "나리 나리 개나리"라는 한 행의 시구는 시의 지시하는 상황이나 전체적 의미 맥락에서 돌출한 이질적인 의미를 지닌 시구로서 해석될 수 있다. 이 시구가 드리운 시의 그늘에 의해, 의미 맥락에 이면이 생기고 시적 정서는 돌변하게 된다. 이 시구로 인해 시적 아우라가 암울함에서 밝음으로 돌변하는 한편 약동하는 생기마저 감지되기도 한다. 그렇다면, 왜 느닷없이 이 "나리 나리 개나리"라는 동요풍 시구가 튀어나와 정서적 맥락이 비틀어지고 시의 의미의 흐름에 가역성을 부여하는가. 이 시구를 합리적인 추측에 기대어 분석하면, 죽은 누나와 어릴 적 함께 부르던, 또는 어떤 누나와의 추억에 연관된 동요 가사이거나 아니면 누나의 죽음을 겪은 봄의 만물이 소생하는 계절성을 비유적으로 표현한 것일 수도 있다. 가령 봄에 만발하는 개나리꽃의 이미지가 "아아, 하나의 작은 죽음이 얼마나 큰 죽음들을 거느리는가"라는 죽음에 대한 상념과 반어적으로 연결된 시구라는 해석도 가능할 것이다. 하지만 이 시구는 그 자체로 시의 의미 전개상 모순이나 이질적인 것을 품고서 돌연 튀어나온 시구라는 것이 자명하고, 이로 말미암아 이 시구는 시적 자아의 그림자혹은 시의 그늘이 드리운 시구로서 주목되어야 한다. 그러므로 "나리 나리 개나리"라는 그늘의 시구는 어둡고 침통한 의미들로 구성된 시적 상황이 밝고 경쾌한 이질적 상황 또는 가역적可逆的이거나 반어적反語的 상황으로 바뀐다는 사실이 깊이 이해되어야 한다.

주목할 점은 이 시구가 시의 의미 맥락에서 이탈한 초이성적 또는 초월적 시구로서 이 시의 인식론적 해석을 존재론적 해석으로 반전反轉시킨다는 것이다. 이 사실은 결국 이 그늘이 깃든 시구 "나리 나리 개나리"에서 이 시의 감추어진 시적 무의식과 시적 존재의 생기生氣가 은밀히 활동하고 있음을 시사하는 것이다. 따라서 이 "나리 나리 개나리"라고 동요풍의 노래를 부르는 자아는 시적 자아의 낯선 그림자로서 시적 자아의 존재론적 자각의 산물이라 할 수 있다. 이 그늘의 시구에 드리운 시적 무의식에 의해 시「나리 나리 개나리」가 의식적으로 지시하는 의미와 시간의 흐름에 대하여 가역적이거나 반어(아이러니)적인 시적 존재의 운동이 일어나게 되는 것이다.

시가 자기모순성과 반어성과 가역성을 자신에게 존재 가능성으로 '불러들인다'는 것은 인식 대상으로서의 시가 아니라 '존재로서의 시'를 스스로 천명하는 것이다. 그러니까, 시적 심연(그늘)을 품은 "나리 나리 개나리"라는 한 행의 시구는, 곧 시적 무의식이 지닌 의미의 반어성과 시간의 가역성은, 시「나리 나리 개나리」를 단순히 인식 대상으로서의 시가 아니라, 존재 가능성을 감춘 실존의 시이게끔 만드는 것이다. 이는 기형도의 시들이 스스로 유기체적 존재를 '불러들이는' 존재 가능성을 지닌 시적 존재임을 보여주는 예이다.

기형도 시에서의 자아는 그만의 고유한 유기체적 세계관과 상상력을 지니고 있다는 사실 이외에도 시적 존재 자체가 유기체적 성격을 지닌다는 점이 중시되어야 한다. '기형도 시는 유기체적 존재이다.'라는 시적 명제는 시인이 세계의 유기체적 내용 일반에 대해 지적 관심과 함께 특유의 상상력을 지닌다는 사실만으로 이해될 수 없다. 유기체적 상상력은 인식론적으로 얻어지는 것이 아니기 때문이다. 그것은 시 스스로가 유기체적으로 '존재 가능'할 수 있음을 드러내는 것이어야 한다. 따라서 이 시적 존재의 문제는 '시의 유기체적인 구성 원리로서' 이성적으로 기획하고 시도하는 지적 능력이나 인문적 상상력 또는 과학적 이성에 의한 시학의 차원에서 해소되거나 해결되지 않는다. 그것은 기형도의 시 자체가 유기체적 생명 활동 과정에 놓인 존재 가능성이기 때문이다.

그러므로 기형도의 시를 읽는다는 것은 이성적 주체가 일방적으로 인식하는 지성적 차원을 넘어서는 것이다. 시 스스로가 자신의 은폐된 시적 존재 가능성의 밝힘을 통해 이성의 인식론적 제약을 반성시키고 자아의 유기체적 존재성을 자신에게 부르는 존재론적 행위가 기형도의 시 읽기인 것이다. 기형도에게, 시는 그 자체로 이성의 지배 속에서 사물의 속성을 생각하는 인식의 대상이 아니라, 시적인 존재를 모든 존재물과의 연관성 속에서, 즉 사물에 대한 따뜻한 배려 속에서, 주체적 존재에게로 '불러들임' 또는 '불러 맞이함'의 대상이다. 그 주체적 '불러들임'이 모든 사물들을 서로 간의 연관성을 가진 고유한 세계 내적 존재들로 살아있게 하고 마침내 시를 '시라는 이름의 존재'로서 살아 있게 한다. 그러하기에 유기체적 자아의 '불러들임' 즉 유기체적 상상력—근원적이고 본래적인 존재로서의 유기체적 상상력—은 근본적으로 기억함보다 기억남에서, 생각함보다 생각남에서 자신의 시적 실존의 지평을 열어간다. 시는 인식의 대상이 아니라 인식의 근본적 반성을 기도하며 인식 과정에 틈입하는 '시적 존재의 불러들임'의 주체로서의 존재인 것이다. 시란 마치 초혼招魂이거나 접신接神처럼 이성 너머의 존재인 것이다. 기형도 시에서의 시란 스스로 인식론적 주체됨에서 서서히 벗어나 유기체적 존재됨으로써 자기 존재화를 실현하는 과정으로서의 시이다.

따라서 기형도의 시는 그 자체로 존재를 지향한다. 시는 스스로를 존재화한다. 그것은, 시 자신도 상황 내적 존재이고 역사적 존재라는 의미를 내포한다. 시를 지금-여기서 접하는 순간, 곧 그 시의 존재 가능성을 지금-여기의 상황적이고 역사적인 삶 속으로 '불러들이는' 순간, 시의 존재 가능성은 열리고 새로운 존재의 지평을 열어가는 것이다. 그 시적 존재 가능성의 '불러들임'은 기형도 시에서 유기체적 자아의 존재를 통

506

해 이루어진다. 그러니, 기형도 시의 유기체적 자아의 존재 가능성은 시의 존재 가능성의 전제 조건이 된다.

　기형도 특유의 '겨울의 아이러니'를 마치 접신한 듯이 보여주는 시 「밤눈」에서 유기체적 자아의 존재 가능성은 서글프고 아름답게 펼쳐진다. 아래의 시 「밤눈」에서 첫 시구와 끝 시구에서 반복되고 있는 "네 속을 열면"은 유기체적 실존의 지평이 열림을 뜻한다.

　　네 속을 열면 몇 번이나 얼었다 녹으면서 바람이 불 때마다 또 다른 몸짓으로 자리를 바꾸던 은실들이 엉켜 울고 있어. 땅에는 얼음 속에서 썩은 가지들이 실눈을 뜨고 엎드려 있었어. 아무에게도 줄 수 없는 빛을 한 점씩 하늘 낮게 박으면서 너는 무슨 색깔로 또 다른 사랑을 꿈꾸었을까. […] 하늘에는 온통 네가 지난 자리마다 바람이 불고 있다. 아아, 사시나무 그림자 가득 찬 세상, 그 끝에 첫발을 디디고 죽음도 다가서지 못하는 온도로 또 다른 하늘을 너는 돌고 있어. 네 속을 열면.

—「밤눈」부분

(2017년)

非근대인의 시론

—『녹색평론』의 故 김종철 선생님께

1.『윤중호 시전집: 詩』출간과 그 문학사적 의의

시인 윤중호가 타계한 지 어언 18년이 된 2022년. 윤중호 삶과 문학을 추억하고 기리는 지인들이 뜻을 모아『윤중호 시전집: 詩』(이하『시전집』으로 표기)를 펴내기로 한 데에는 이유가 있다. 먼저, 이미 출간된 윤중호 시집 전체 네 권과 관련된 것인데, 사실상 절판 상태에 놓인 지가 꽤 오래된 이유를 들 수 있다. 윤중호의 첫 시집『본동에 내리는 비』(문학과지성사, 1988), 두 번째 시집『금강에서』(문학과지성사, 1993), 셋째 시집『靑山을 부른다』(실천문학사, 1998) 그리고 유고 시집『고향 길』(문학과지성사, 2005) 총 네 권의 시집들은 십 년쯤 전에 이미 절판 수준에서 출판사들도 두 손을 놓고 있는 상태가 지속되었고, 그 바람에 비록 소수이긴 하나 독자들이 윤중호 시집을 구하기가 어려워진 것.

한편,『시전집』출간의 문학 내적인 이유가 제기되었다. 윤중호 시의 문학적 의미를 재발견하고 재조명해야 한다는 점. 그래야 새로운 독자들이 생겨나고 한국문학에도 어떤 뜻깊은 계기가 되어줄 수 있다는 생각이 들기도 했다. 알다시피 진보/보수라는 편벽한 진영 논리, 낡아빠진 좌우 이데올로기 간의 대립과 부박한 흑백논리가 지배적이던 이 나라 현대문학사에서 윤중호 시는 그간 간과되거나 외면되어온 바가 적지 않다는 생각이 든다. 윤중호 시와 시정신의 가치와 의의를 찾고 새로이 정립하기 위해서는 『시전집』이 필요하다는 판단.

필자는 『시전집』 편집자이자 문학평론가로서 윤중호의 첫 시집 『본동에 내리는 비』 출간과 관련해 소회를 밝히고자 한다. 필자가 1980년대 후반 당시 창작과비평사와 함께 '문학 전문 출판' 양대 출판사인 문학과지성사에서 편집위원 겸 편집장으로 이삼 년간 근무하던 시절, 시인 윤중호에게 첫 시집 출간을 권유했고 이에 시인도 따랐다. 윤중호의 시는 소위 '민중시'적 경향이 두드러졌기에 당시 세련된 지성과 모던한 감각 취향의 '문지시인선'과는 영 어울리지 않는 것이어서 많은 시인, 문인, 독자 들이 고개를 갸우뚱해한 것도 사실이었다. 하지만 문학과지성사의 편집위원회에서 사실상 좌장座長이었던 문학평론가 고 김현 선생을 사석에서 만나면, 선생이 당시 윤중호의 첫 시집을 비평적으로 높이 평가하고 필자를 격려하시던 기억이 난다.

윤중호 시집을 '문지시인선'에 소개하고 시집 출간의 인연을 맺게 한 당사자로서 필자는, 이제 절판 상태에 이른 윤중호 시집들을 한데 모아 『시전집』을 묶는다. 물론 이번 『시전집』의 출간은 윤중호 시인과 개인적 인연을 넘어 '한국문학사적 가치와 의의'를 지닌 일이라는 긍지 속에서 이루어졌다. 그러므로 『시전집』 출간은 이 땅의 부박한 문단 풍토 속에서 윤중호 시가 선구적으로 보여준 신실하고 드높은 '시정신'을 재조명하고 새로이 해석해내는 뜻깊은 문학사적 작업의 일환이라 할 수 있다.

 생태 환경 잡지인 『녹색평론』을 창간한 문학평론가 김종철 선생은 대전 소재 숭전대학교 영문학과 교수 시절 제자인 시인 윤중호에게 인간적으로 깊은 관심을 가졌다고 술회한 바 있다. 또한 선생이 잡지를 만들게 된 이후 어려운 출판 일을 겪을 때마다 제자인 시인 윤중호를 찾아 상의하고 이에 제자는 열심히 선생을 도왔다고 한다. 믿음과 속정이 도타운 두 사람 간의 사제 관계는 이 자리에서 이만 접기로 하고, 김종철 선생이 윤중호의 유고 시집 『고향 길』에 붙인 추모 글 일부를 인용하는 것으로서 윤중호의 시문학이 지닌 문학사적 가치와 의의에 대해 비평적 논의를 시작하기로 한다.

 나는 이번에 이 유고 시집의 원고를 하나하나 주의해서 읽어보면서 충격을 받았다. 나는 윤중호가 이토록 아름답고 깊고 애절한 절창絶唱을 남겨놓고 갈 것이라고는 예상하지 못했다. 적어도 내게는 이번 유고 시집은 한국 현대시 역사 전체를 놓고 볼 때도 드물게 뛰어난 시적 성취를 보여주는 것으로 생각되는 것이다. 이 시집은 크게 보면 백석의 『사슴』이나 신경림의 『농무』의 맥을 잇는 세계이면서도 어떤 점에서는 그 시집들보다도 한결음 더 나아간 진경을 보여주고 있는 게 아닌가, 그런 느낌이 들었다. 나는 시인으로서 윤중호가 어떤 시적 변모와 발전의 궤적을 밟아왔는지 꼼꼼히 살펴본 적이 없다. 그러나 『본동에 내리는 비』도 훌륭했지만 이번 유고 시집은 그동안 그가 시의 언어를 다루는 기술에서뿐만 아니라 한 인간으로서도 크게 성숙해왔음을 확연히 말해주고 있다.

인용문에서 백석과 윤중호 시를 비교하는 것은 두 시인의 삶과 문학이 놓인 시공간과 시 의식의 내용을 먼저 살펴야 하므로 그리 간단하지 않은 일이나, 적어도 거의 동시대를 산 시인 신경림의 『농무』와는 비교할 수 있다. 김종철 선생이 "이번 유고 시집(『고향 길』)은 한국 현대시 역사 전체를 놓고 볼 때도 드물게 뛰어난 시적 성취를 보여주"고 "신경림의 『농무』의 맥을 잇는 세계이면서도 어떤 점에서는 그 시집들보다도 한걸음 더 나아간 진경을 보여주고 있는 게 아닌가, 그런 느낌이 들었다."하고 비평한 대목은 여러모로 깊이 새겨야 할 중요한 비평적 진단이자 문학사적 평가라고 생각된다.

윤중호 시에 대한 김종철 선생의 높은 평가는 구체적인 분석이 뒷받침되지 않아 아쉽긴 하나, 선생이 생전에 관심을 가진 국내외 시인들에 대한 평론이나 비평관을 어림하고 유추하여 여러가지 해석을 내놓을 수 있을 것이다. 필자의 해석을 덧붙인다면, 시인 신경림의 『농무』(1970) 이래 1970~1980년대에 대거 쏟아진 소위 민요조에 의탁한 '(민중적) 이야기 시' 또는 '민중시'의 한계를 지적하는 한편, 숱한 '민중 시인'들의 시가 일률적으로 그럴듯한 이념과 주장에 가탁假託하여 종내에는 시적 허위의식을 드러내온 사실을 돌아보면, 윤중호의 시 의식이 지닌 보기 드문 진실성을 높이 평가하는 것은 넉넉히 수긍할 수 있다.

윤중호의 시문과 시어를 깊이 읽으면, 한국인이면 누구나 내면적으로 익숙한 율조를 느끼게 되지만, 그것은 딱히 민요조라거나 어떤 정형화된 율조라고 할 수는 없다. 윤중호는 민요 가락이 몸에 밴 타고난 소리꾼이지만, 민요조차 이념과 주장의 도구로 바뀌면 민요가 삶의 현실과 유리되어 진실에서 멀어진다고 생각한 듯하다. 특히 민요에 능통했던 시인 윤중호는 노동요에서 나온 민요가 운동가요로 바뀌어 유행하는 세태를 그다지 탐탁하지 않아 했다. 철 지난 민요가 1980~1990년대 들어 시 창작의 주요 원리가 될 설득력 있는 현실적 근거도 부실한 채, '민중시 형식'으로 유행하는 현실도 마뜩잖아 했다. 실제로 민요조에 가탁한 민중시가 지적 허울에 지나지 않는다는 사실이 밝혀지는 데까지는 그리 오랜 시간이 걸리지 않았다.

윤중호 시는 삶을 왜곡하는 삿된 것들이 끼어드는 걸 경계하고 그러기 위해서는 아무리 정의로운 이념이거나 주장이라도 삶과 시의 진실을 왜곡하게 만든다는 생각에 투철했다. 이러한 시적 진실에 대한 철저한 각성은 1970~1980년대 험난한 시대 상황을 거치면서 더 견고해진 듯하다. 유고 시집에 실린 시 「영목에서」는 윤중호의 시 의식을 엿볼 수 있어 구절구절을 깊이 음미할 필요가 있다.

어릴 때는 차라리, 집도 절도 피붙이도 없는 처량한 신세였으면 좋겠다고 생각한 적이 있었다. 뜬구름처럼 아무 걸림 없이 떠돌다 갔으면 좋겠다고 생각했다.

한때는 칼날 같은 세상의 경계에 서고 싶은 적이 있었다. 자유라는 말, 정의라는 말, 노동이라는 말, 그리고 살 만한 세상이라는 말, 그 날 위에 서서 스스로 채찍질하며 고개 숙여 몸을 던져도 좋다고 생각했다.

한때는 귀신이 펑펑 울 그런 해원의 詩를 쓰고 싶었다. 천년의 세월에도 닳지 않을, 언뜻 주는 눈길에도 수만 번의 인연을 떠올려 서로의 묵은 업장을 눈물로 녹이는 그런 詩.

512

이제 이 나이가 되어서야, 지게 작대기 장단이 그리운 이 나이가 되어서야, 고향은 너무 멀고 그리운 사람들 하나 둘 비탈에 묻힌 이 나이가 되어서야, 돌아갈 길이 보인다.

대천 뱃길 끊긴 영목에서 보면, 서해바다 통째로 하늘을 보듬고 서서 토해내는 그리운 노을을 가르며 날아가는 갈매기.

아무것도 이룬 바 없으나, 흔적 없어 아름다운 사람의 길, 어두워질수록 더욱 또렷해.

—「영목에서」 전문

「영목에서」는 시인 윤중호의 삶과 시에 대한 태도와 후기 시 세계를 이해하는 문고리 구실을 하는 의미 깊은 시이다. 세속적 욕망에 대한 반성, '덧없음'의 세계관, 삶의 근원인 허무로 돌아가는 죽음의 성찰, 이를 통해 자신의 시인관을 내비친다. 시인 윤중호에게 시인은 충청도 바닷가 영목항의 하늘을 나는 갈매기에 비유된다. 시는 갈매기가 날아간 흔적과 같다. 끝 연 "아무것도 이룬 바 없으나, 흔적 없어 아름다운 사람의 길"은 윤중호의 시인됨의 태도와 시 쓰기의 의미를 집약해서 비유한다.

그런데 시인이 살아온 시대 상황을 고려할 때, 이 시엔 특히 깊이 생각해볼 시구가 있으니, 둘째 연이다.

한때는 칼날 같은 세상의 경계에 서고 싶은 적이 있었다. 자유라는 말, 정의라는 말, 노동이라는 말, 그리고 살 만한 세상이라는 말, 그

날 위에 서서 스스로 채찍질하며 고개 숙여 몸을 던져도 좋다고 생
각했다.

이 시구엔 시인이 청장년기에 암울한 시대 상황을 겪으면서 갖게 된
정치적 관점이 깊이 투영되어 있다. 이 시에서처럼 정치적 개념어들이
직설적인 자기 고백투로 토로되어 있는 경우는 『시전집』 전체에서도
드물다. 보기 드문 고백조의 시이기에 오히려 더 깊은 분석이 필요한
데, 특히 이 둘째 연에서 '자유', '정의', '노동' 개념이 전후 맥락 없이 쓰
였다는 점. 이 개념들은 시인이 회피하고자 하는 부정적인 개념들로 쓰
였지만, 왜 부정해야 하는지 앞뒤에 설명은 생략되어 있다. 하지만, '자
유', '정의', '노동' 같은 개념들은 그저 시인의 개인적인 관점에서 부정
될 개념들이 아니라 '근대 시민사회'가 성립된 이래 사회적으로 공동의
가치와 의미를 지니고, 특히 진보주의적 지식인들에게 사회적 의식과
실천 논리를 전개하는 데 거의 불가결에 가까운 개념들이다.

시인이 "칼날 같은 세상의 경계에 서고 싶은 적이 있었다."거나 "자
유라는 말, 정의라는 말, 노동이라는 말, 그리고 살 만한 세상이라는 말"
등 진보주의적 의식이나 운동에 대해 비판 의식을 갖게 되었다고 해도,
그것은 어디까지나 시인 개인의 정치의식에 불과하다. 서구의 근대 정
치사회 체제인 '시민사회'에 들끓는 온갖 모순들이나 부조리한 권력 시
스템에 대한 비판 의식은 사실상 건강한 사회를 희망하는 시민이면 누
구나 품고 있는 일반적인 시민 의식이라 할 수도 있다. 이 말, 건강한 사
회를 세우는 데에 중요한 가치 체계인 '자유', '정의', '노동'이라는 개념
조차 비판적으로 회의懷疑한다는 것은, 시인 윤중호가 어떤 새로운 이
념의 정치체제를 추구하기보다 세속적 정치권력이나 진보적 지식인들

의 허위의식에 대한 비판 의식에 크게 기울어진 탓으로 볼 수 있다.

윤중호의 시 전체를 조망해도, 올바른 정치의식이 무엇인가에 대한 고뇌의 내용은 직접적으로 드러나 있지 않다. 시인의 정치의식으로 해석될 만한 시들이 없지는 않지만, 그조차 모호한 비유에 가려져 있다. 어쨌든 이 시 「영목에서」가 내보이는 시인의 정치의식은 그 자체로 모호함과 자기 한계를 가지고 있고, 이 한계는 지식인들의 타락한 권력욕에 대한 일반론 수준의 비판 의식과 함께 건강한 정치의식에 대한 이해와 소통의 한계에서 말미암은 권력 의식의 오해와 맞물려 있을 공산이 크다.[1]

그러나, 이 시는 '시민적 정치의식'의 한계를 갖고 있음에도, 바로 그 근대성의 연장으로서의 '시민적 정치의식'의 한계에서 윤중호 시의 가치와 의의가 존재한다는 반어적反語的 진실을 깊이 이해해야 한다. 윤중호의 시가 품은 근대 시민적 정치의식의 '한계'가 '비근대적 정치의식'의 가능성을 열어놓는 아이러니라고 할까. 이러한 정치의식의 비근대성은 시인 윤중호가 평생 쓴 시 전체에 일관되게 관류한다. 서구 근대사회에서 형성된 시민적 정치의식은 태생적으로나 기질적으로 시인 윤중호와 길항하고 반목하였을 가능성이 크다. 시인이 생전에 사회경제적으로 소외된 계층 사람들에 깊은 연민과 함께 연대 의식을 가진 사실도 자본주의의 모순이 가득한 시민사회에 대한 부정 의식과 뗄 수 없는

---

1   이 정치권력 문제에 대해 일반론 수준에서 말하자면, 타락한 권력욕을 비판하는 것은 온당한 행위라 해도, 순정한 정치의식과 권력 욕망을 덩달아 매도할 수는 없는 노릇이다. 시인 윤중호가 존경하던『녹색평론』의 김종철 선생의 경우만 보더라도, 권력 의식이란 것도 민주적이고 사회 생태적이며 인민적인 정치의식 위에서 추진되는 것이라면 그러한 권력 의지는 당연히 부정적으로 치부되어서는 안 된다.

것이다. 문학평론가 김종철 선생이 유고 시집 『고향 길』의 '해설' 맨 뒤에 시인 윤중호의 인물평을 남기길,

무엇보다도 사회의 밑바닥 사람들과 함께 있는 것에서 행복을 느낀 철저한 '비근대인'이었다.

라고 적은 것도 이런 맥락에서 이해될 수 있다. 윤중호의 시 의식이나 정치의식이 '비근대성'이든 '탈근대성'이든, 「영목에서」의 시 의식의 기저에는 근대적 정치의식이나 시민적 개인의식에 저항하는 '비근대인적 반골의식反骨意識'과 계급의식에서조차 소외된 '비계급적 인생들을 향한 인민의식人民意識'이 작용한 점을 헤아려야 한다. 이 시가 지닌 깊은 의미들 중 하나는, 시인의 정치의식의 옳고 그름을 따지는 데 있는 것이 아니라, 시인의 고집스런 '비근대인' 의식과 실천 속에서 '밑바닥 사람들과 함께'하는 인민적 연대 의식과 탈근대적 시론의 합일 가능성을 깊고 넓게 열어놓았다는 데에 있다.[2]

---

2   시인 윤중호가 '노동' 계급에 대해 가진 관심과 내용이 어떤 것인가 하는 질문이 있을 수 있다. 시 「영목에서」는 '노동' 계급을 앞세우는 소위 진보연하는 지식인들에 대한 비판 의식을 드러내긴 하지만, 노동계급에 대한 시인의 명확한 입장이 드러나진 않는다. 윤중호 시에 나오는 노동자·농민은 변혁 운동을 추동하는 전위로서의 계급의식이나 당파성 등 소위 진보적 지식인들이 내세워온 소위 '계급의식'과는 아무런 상관이 없는 '밑바닥 삶'을 사는 소외된 사람들이다. 오히려 진보적 지식인들이 가진 '계급의식'의 관념적 허위성을 누구보다 정확하고 예리하게 간파하고 있었다. 이러한 윤중호의 노동자 계급의식에 대한 부정적 관점은 그의 시에서 노동계급에서도 소외된 사람들, 요즘 말로 '비정규직 노동자'거나 일용직 노동자, 농촌에서조차 낙오된 빈농과 무기력한 노농老農 등 한국사회에서 '밑바닥 삶'을 살아가는 이들에 대한 관심과 연민으로 나타난다.

특히 「영목에서」의 셋째 연에서 끝 연까지엔 장년에 이른 시인의 인생 소회가 담겨 있다. 담담한 개인적 소회에 지나지 않는 듯하나, 이 속에는 시인으로서 삶과 자연과 시를 한 통通으로 통찰하는 완숙한 경지를 보여준다. 맨 뒤 4~5연에서, 시인은 자기의 시적 자아ego를 하늘과 바다와 갈매기와의 아름다운 관계 속에서 비유한다. 이 자연의 비유에는 두 가지 중요한 내용이 그늘처럼 드리워져 있다. 하나는, 시의 내용 차원에서, 무산자無産者의 삶을 기꺼이 수락하는 시적 자아에는 종교에 가까운 '무소유' 정신이 담겨 있다는 점. 다른 하나는, 시의 형식 차원에

이와 같이 근대적 의미에서의 '노동계급'에서 탈락된 사람들에 대한 시적 관심은 그 자체로 윤중호 시에 은폐된 사회의식을 어렴풋이나마 어림하게 한다. 오늘날 한국 자본주의의 진행 과정에서 노동계급이 처한 현실 상황을 보면, 노동자의 계급의식도 심각한 물신화 상태에 잠겨 있고 노동계급 내부적으로 여러 분파 간 이해관계에 따라 대립과 분열의 심화 속에서 사회변혁의 동력을 잃고 있다는 분석이 설득력을 얻고 있다. 이른바 후기 자본주의의 굴레에서 속박되어 물신화되고 정치의식에서는 분열된 노동자·농민의 계급의식 상황을 직시한다면, 윤중호 시에서 건강한 노동계급의 부재는 그 나름으로 노동계급이 처한 부정적인 실상과 함께 근대적 의미의 '진보주의'를 앞세우는 지식인들의 변혁 의식이 지닌 한계를 반어적으로 반영한다고 해석할 수 있다. 다시 말해, 시 「영목에서」는 이미 옛날이 되어버린 '근대의 산업화 시기'에나 역사적 현실성을 갖던 '노동계급'의 진보적 의식이 오늘날 사실상 한계에 부딪혔지만, 여전히 근대적 진보주의를 표방하는 지식인들의 허위의식을 비판하는 시로 해석될 수 있다.

참고로, 윤중호는 전통적 '두레'가 지닌 공동체적 삶의 의미와 가치를 소중히 여기고 '두레 정신'을 오늘날에도 한국사회가 배우고 전승해야 할 공동체적 삶의 가치로서 높이 평가하고 그 자신의 삶에서 실천하려고 애썼다. 이는 윤중호가 사람들 간의 바람직한 사회적 관계를 사람과 자연 간의 원융圓融한 관계 속에서 이해하는 생태학적 관점에서 찾았음을 넌지시 알려준다. 윤중호가 꿈꾼 '마을 공동체'는 계급의식의 관점이 아니라 '자연 생태의 일부로서 사람들 간의 공동체' 관점에서 접근했다는 뜻이기도 하다.

서, 자연의 비유에는 시인과 자연이 주객主客이나 내외內外가 따로 없이 한 기운으로 감응하고 소통하고 있다는 점.

> 대천 뱃길 끊긴 영목에서 보면, 서해바다 통째로 하늘을 보듬고
> 서서 토해내는 그리운 노을을 가르며 날아가는 갈매기.

> 아무것도 이룬 바 없으나, 흔적 없어 아름다운 사람의 길,
> 어두워질수록 더욱 또렷해.

서해 바다로 뱃길이 열리는 영목항에서 "그리운 노을을 가르며 날아가는 갈매기"를 보고서 시인 윤중호는 "아무것도 이룬 바 없으나, 흔적 없어 아름다운 사람의 길"을 떠올린다. 이 바다 위를 나는 갈매기의 비유에는 무산無産과 무소유無所有의 삶을 긍정하고 기꺼이 수락하는 정신의 정당성이 담겨 있다. 이 시구에서 무산과 무소유는 서로 별개의 개념인 채 동시에 떠오르는데, 그 까닭은, 무산은 시인이 "아무것도 이룬 바 없"는 삶의 현실이라면 무소유는 시인이 이룬 "흔적 없어 아름다운" 정신이기 때문이다. 무산이 사회경제적 개념에 가깝다면 무소유는 불가적 개념에 가깝다. "아무것도 이룬 바 없으나, 흔적 없어 아름다운 사람의 길"이라는 시구에서 무산과 무소유라는 다소 이질적 두 의미들이 합일을 이루는 것이다. 이는 세상을 바라보는 시인 윤중호의 눈에 무상 또는 덧없음의 불가적 세계관이 깊이 작동하고 있다는 뜻이기도 하다.[3]

또한, 시의 마지막 두 연에 쓰인 '자연의 비유'에서, 소위 인간과 자연, 과학과 원시를 나누고 대립시켜온 근대적 이성, 그리고 과학에 의한 원시의 파괴와 착취를 정당화해온 '근대인 감수성'은 사라진다. 영

혼은 근대인의 합리적 '이성'이나 '과학'과는 다른 것이다. 시인은 자기의 안과 밖 또는 주관과 객관 간의 감응을 통한 한 기운(一氣)의 소통을 표현함으로써 영혼의 존재와 작용을 여실히 보여주는 것이다. "대천 뱃길 끊긴 영목에서 보면, 서해바다 통째로 하늘을 보듬고 서서 토해내는 그리운 노을을 가르며 날아가는 갈매기." 윤중호는 자기 안의 지극한 기운(內有神靈)이 자기 밖의 자연을 접하는 순간(外有氣化)에 드러나는 영혼의 움직임을 드러낸다. 무릇 영감靈感의 시 쓰기. 이러한 시 쓰기는 인간과 자연을 서로 대립물로 보고 삶에서 원시의 감수성을 상실한 근대인적 감각과는 거리가 먼 것이다.

시인 윤중호는 근대적 이성·과학·이념 따위에 저항하고 이를 거부함으로써 근대적 시학의 구속에서 벗어나 '자기Selbst'의 근원을 찾았고 이와 더불어 어디에도 구속되지 않는 무애無碍한 '자기만의' 시 세계를 펼친 것이다. 이 드물고 귀한 시 쓰기를 시 「영목에서」는 은밀하게, 그리고 분명하게 보여준다.

2. '엄니'의 시·'자연'의 시

문학 작품에서 드러나는 '근대성'의 주요 내용이나 특징들은 이미 잘 알려져 있다. 다 알다시피, 사회경제적으로 '근대성'은 산업화·도시화

---

3 '유역문예론'의 관점에서 보면, 이러한 세속적 삶의 세계를 심층적으로 보는 근원적 시선은 보살의식菩薩意識에 비유될 수 있고, 이러한 시의 그늘에 감추어진 근원성으로서 보살의식과 보살행은 윤중호의 시정신에 '은폐된 자아'로서 이해될 수 있다.

와 함께 탈농촌화의 역사적 단계와 사회정치적으로 합리적 이성에 기초한 '시민 의식'의 성립과 서로 뗄 수 없는 관계에 있다.

윤중호의 시 세계와 연관성에서 보면, 문학의 근대성을 가리키는 주요 표지로 '탈농촌 도시화'와 '표준어' 문제를 먼저 꼽을 수 있다. 탈농촌 도시화가 근대성을 연구하는 역사적으로 확실한 일반론적 범주인데 반해, 표준어 문제는 근대 언어학으로 환원될 수 없는 언어학의 특수한 범주에 속하는 문제이다. 근대 언어학의 표준 의식을 비판하기 위해서는 심층적이고 복합적인 언어의식의 여러 문제들과 맞닥뜨려야 한다. 이 글에서는 '일반 언어' 문제는 차치하고 '문학 언어' 문제에 국한하여 윤중호 시에 대한 비평을 몇 걸음 더 내딛고자 한다.

'근대적' 문학 언어는, 근대 자본주의의 도시 문명과 개인주의, 합리적 이성에 근거한 규율화된 문법, 특히 문어文語 구문 중심의 '표준문법'에 지배되어 있다. 이러한 근대 합리적 문법의 여러 조건들은 윤중호의 시 의식이 생래적으로 지닌 '충청도식 느린 말투나 언어의식'과도 전혀 어울릴 수 없을 뿐 아니라 그의 시가 고수해온 '비근대적' 감성과도 외려 대치되는 것이었다.

충청도 영동의 시골 마을 출신 시인 윤중호는 '근대인'의 근원적 고독과 방황을 경험적으로 알고 있었다. 고향인 시골을 떠나 도시로 이동할 수밖에 없는 '근대인'의 고독과 실향 의식은 다름 아닌 시인의 운명이었다. 윤중호는 자신의 실향을 통해 '근대인'이 지닐 수밖에 없는 근원적 실향 의식과 소외 의식을 체험적으로 실감하고 있었다. 물론 이때 시인이 잃어버린 고향은 가난에 찌든 고향이며 돌아갈 수 없을 만큼 황폐해진 고향이다. 윤중호 시에서 비극적인 고향 의식을 드러내는 시들 중에는 이런 시가 있다.

흙바람벽에 기대어
빨간 웃통 드러낸 채
누더기에서 이를 잡고 있는
늙은 거지의 희미한 미소.

　　　　　　　　　—「고향, 또는 늦봄 오후」 전문

　시의 화자persona는 늦봄 오후 늙은 거지가 흙벽에 기대어 빨간 웃통을 드러낸 채 누더기에서 이를 잡는 모습을 포착한다. 이 시에서 '늙은 거지'에 대한 객관적 서사는 짧고도 강렬한 인상을 준다. 늙은 거지를 통해 쇠락한 고향과 소외된 가난한 고향 주민이 처한 참담한 현실을 사진 찍듯이 보여주어, 이미 가난에 찌든 고향의 황폐한 상황을 에둘러 전한다.

　그럼에도 이 시에서 놓쳐선 안 되는 이면이 있다. 표면적으로 고난과 가난의 삶을 살아가는 고향 사람의 비극적 삶을 극적이고 사실적으로 보여주고 있음에도, 이면적으로 윤중호 시가 지닌 '무상無常한' 인생관과 짝을 이룬, 특유의 비범한 시 의식을 명료하게 드러낸다. 시적 화자가 포착한 '이를 잡고 있는 늙은 거지의 희미한 미소'는 황폐해진 고향과 더불어 덧없는 삶을 비유한다. 그러나 덧없음(無常)이 삶의 진리라고 해도 그 진리 그대로 '시詩'가 되는 것은 아니다. 가령, 인용 시에서 고향의 늙은 거지 모습에서 느끼는 '덧없음'이 어떻게 윤중호 특유의 '시'라는 '존재', 즉 '시적 존재'로 변화하는가를 이해하는 것이 중요하다.

　이 시의 경우, '덧없음'이 윤중호 특유의 '시詩'로 변화하는 계기는 예의 시구 '희미한 미소'이다. '희미한 미소'는 삶의 덧없음 속에서 늙은 거지의 황폐한 삶에 생기를 부여한다. 시인 특유의 시선이 작동하는 순간, 늙은 거지는 생기를 머금은 존재가 된다. 여기서 주목할 것은 늙은 거지가 생기로운 존재가 된다는 것 그 자체로 이 시가 기운생동氣韻生動하는 '시적 존재'로 변한다는 점이다. 그러니까 촌철살인의 시구 '희미한 미소'는 시의 내부에 신령한 기운을 주고 기운이 주어지니 시 스스로가 생동하는 존재가 되는 것이다. 이때 '희미한 미소'라는 기운생동하는 시구는 시인 윤중호의 덧없음(無常·虛無·一切皆空)의 세계관에서 나오며, 그 덧없음의 허무 의식은 부정적 허무주의가 아니라 천지간의 뭇 존재들을 차별 없이 긍정하는 대승적 시정신의 표현이라는 점을 이해해야 한다. 여기서 윤중호 시가 지닌 덧없음의 세계관이 모든 삶에 대한 깊은 연민과 긍정과 살림(生生)의 인생관과 하나를 이루고 있으며, 이런 깊이 숙성된 살림의 시 의식이 가령, 시「시래기」같이 속 깊은 사랑의 시편을 낳게 됨을 보게 된다.

> 곰삭은 흙벽에 매달려
> 찬바람에 물기 죄다 지우고
> 배배 말라가면서
> 그저, 한겨울 따뜻한 죽 한 그릇 될 수 있다면…….
>
> ─「시래기」전문

근대성의 일반적 현상인 탈농촌·도시화 문제는 윤중호의 초기 시 이래로 늘상 시 의식의 뿌리에 들러붙은 난치병이었다. 또한 이 고향 상실의 고통에는 시인의 '엄니'가 자리한다. 『시전집』에는 눈가에 맺힌 눈물이 밤하늘 별빛으로 영롱이는 한국문학사적 걸작이 있는데, 시인의 절절한 효심과 거룩한 빈자貧者 의식과 고향 상실 의식 그리고 특유의 덧없음(無常·虛無·空虛)의 세계관이 절묘하게 어우러져 '시적 존재'로 승화된 절창 「詩」.

모름지기 근대 이후 시인은 고향을 잃어버리고 고향에서 소외된 존재이다. 자연과 조화로운 고향을 상실하고 문명이 지배하는 도시에 내던져진 시인의 삶은 늘 불안과 방황을 견딜 수밖에 없다. 청년기에 대처로 나가 학교를 다니고 대학을 마친 후 서울의 변두리에 옮겨 살게 된 시인 윤중호도 고향을 떠난 삶의 불안과 고독과 방황을 피할 수 없었다. 고달픈 서울 생활 중에서도 시인은 자신이 태어난 고향을 한시라도 잊지 못했다. 무엇보다 근대화의 거친 시간 속에서 갈수록 궁핍·황폐해지는 고향 마을을 곤고히 지키고 계시는 '엄니'의 안위가 늘 걱정거리였을 것이다. 윤중호에게 '엄니'는 고향의 표상, 혹은 고향 상실의 표상 그 자체이다.

외갓집이 있는 구 장터에서 오 리쯤 떨어진 九美집 행랑채에서 어린 아우와 접방살이를 하시던 엄니가, 아플 틈도 없이 한 달에 한 켤레씩 신발이 다 해지게 걸어다녔다는 그 막막한 행상길.
입술이 바짝 탄 하루가 터덜터덜 돌아와 잠드는 낮은 집 지붕에는 어정스럽게도 수세미꽃이 노랗게 피었습니다.
강 안개 뭉구는 이른 봄 새벽부터, 그림자도 길도 얼어버린 겨울 그믐밤까지, 끝없이 내빼는 신작로를, 무슨 신명으로 질수심이 걸어서, 이제는 겨울바람에, 홀로 센 머리를 날리는 우리 엄니의 모진 세월.

덧없어, 참 덧없어서 눈물겹게 아름다운 지친 행상길.

—「詩」 전문

우리 시문학사에서 시인이 자기의 근원인 어머니를 소재로 삼은 시 편들은 많다. 그 시편들 대부분은 어머니의 험난한 생애와 깊은 모성애, 그러한 신산스런 어머니의 삶을 그저 지켜볼 수밖에 없는 불효자의 사모곡思母曲이라 할 수 있다. 특히 1980년대 이래엔 현실 속에서 고통받는 '민중적 삶'의 비유이자 가난과 고난을 이겨내는 삶의 지혜를 상징하는 어머니상像을 그린 시편들이 주류를 이루었다.

그러나 시인 윤중호의 '엄니'를 다룬 인용 시「詩」는 여타 '어머니 시' 들과는 사뭇 다른 시적 특성이 있다. 물론 이「詩」에는 고향의 설움이 있고 '엄니'의 모진 삶이 있고 슬픔을 다독이는 시인의 절규가 있다. 하지만, '엄니'의 고난과 고향의 황폐와 시인의 고통이 다가 아니다.

이「詩」의 심층 차원을 이해하기 위해서는 이 시가 품고 있는 두 가지 시적 특성을 이해해야 한다. 하나는, 시인이 엄니의 모진 삶을 객관화시키고 난 후에 '詩'라고 규정한 점. 다른 하나는, 시인의 '덧없음'의 철학이 깊이 작용하고 있는 점.

먼저, 시인이 이 시를 가리켜 '詩'라는 이름을 붙이면서 이 시는 '詩'라는 이름의 고유한 존재성을 갖게 된다. 곧 '시'라는 이름의 '시적 존재'가 되는 것이다. 시적 존재가 된다는 것은 이 시가 보여주는 시인의 슬픔, 설움, 안타까움은 시인의 파토스일 뿐, 시인과 '詩' 사이에는 일정한 존재론적 거리가 있다는 뜻이다. 이 시와 시인 간의 존재론적인 거리를 갖게 하는 시정신은 이 시의 '덧없음'(無常·空)이라는 근원적 세계관에서 찾아질 수 있다.

이 덧없음의 철학은 윤중호의 시가 품고 있는 시적 사유의 원천이라는 점에서 중요하다. 요컨대 '엄니'의 삶에 대한 비극적 인식이 '덧없음'을 부르고, 이 덧없음의 각성이 엄니의 고난스런 삶을 정화淨化하고 비극적 의식을 승화昇化하는 '시적 존재'를 낳고 있는 것이다. 윤중호는 이 덧없음의 철저한 체득에 이르러 어머니의 삶을 끊임없이 변화하고 순환하는 생명계의 무상함의 시선에서 보고서 이 덧없음의 도저한 시선을 '시'의 존재론으로서 터득한 것이다. 삶을 무상함의 시선으로 '보게' 되었으므로, 어머니의 모진 삶도 "덧없어 참 덧없"는 변화 속의 허상에 지나지 않기에, 고착된 사상事象이나 객관적인 상관물로서 인식되어온 시詩란 것도 결국 무상함 속의 허상에 불과한 것이 된다. 시인의 고향인 '엄니'의 삶이 덧없음이라면, 덧없음은 '시'의 고향이다. 그러므로 이 '덧없음'이야말로 '詩'라 부를 수 있지 않은가. 또는 이 덧없음이야말로 '시적 존재'라 말할 수 있지 않은가. 그러니, 시인의 애처로운 마음이 엄니의 모진 삶에 머물러 있다손 치더라도, 이 불행한 인식에서 벗어나 있는 '시적 존재'는 오히려 엄니의 모진 삶을 정화하는 시적 역설을 빚어내는 것이다. 이「詩」에서 '시'가 덧없음의 '시적 존재'가 됨으로써, 시는 저 스스로 고유한 '맑고 밝은 기운'으로 기화氣化하여 엄니의 불행조차 이 '밝음'의 기운에 감응하게 되는 것이다.[4]

그러나 윤중호가 엄니의 모진 삶을 '시'라 부른 사연이 생의 덧없음을 깨우친 데 있다고 해석하더라도, 이 '덧없음의 시'가 지닌 '알 수 없는 힘'의 작용에 대해 논해야 한다. 시가 지닌 묘력은 단순히 일반론적인 의미에서 시의 기능인 어떤 '정서적 힘'을 가리키는 것이 아니다. 엄니의 모진 삶을 이야기하는 이「詩」는 강한 연민의 정서를 불러일으키지만, 연민의 정서는 이내 자기 정화淨化의 힘으로 변하게 된다는 점에 유의해야 한다. 그렇다면, 이 정화의 힘은 이「詩」가 지닌 알 수 없는 조화의 힘 혹은 신령한 기운의 작용에서 나오는 힘이 아닌가. 속 깊은 독자의 마음은「詩」를 읽고, 엄니의 모진 삶을 구원하는 초월적 힘의 존재

를 감지한다! 이는 이 「詩」가 저 스스로 신령한 힘을 불러온다는 것을 가리킨다.[5]

그래서 「詩」는 시가 엄니의 모진 삶을 정화하고 구원할 뿐 아니라, 시인이 낳은 시가 거꾸로 시인의 삶도 정화하고 구원하는 힘을 행사하게 된다. 정녕 그렇다면, 어떻게 시인이 쓴 시가 역설적으로 시인을 정화하는, 신기한 시적 존재로 바뀔 수 있는가. 이 의문은 시학의 문제로서 중요하고 의미심장하다. 간략하게나마 이렇게 추론할 수 있다.

시가 엄니의 모진 삶을 인식하는 차원을 넘어, 정화를 이끄는 시적 능력을 지닌 존재가 되는 것은 시가 스스로 정화의 기운을 가진 '시적 존재'로 생기生起할 수 있어야 가능하다. 시 스스로가 '시적 존재'로 생

---

4 이 비평 대목은, '유역문예론'이 지향하는 '창조적 유기체'로서의 '시詩'(시적 존재)를 논하는 지점이다. 특히 동학의 핵심 개념인 '시천주 조화정侍天主 造化定'에서 맨 앞 글자인 '시侍'에 대한 수운水雲 선생의 풀이(內有神靈 外有氣化 一世之人 各知不移)에 따라, 윤중호의 시 「詩」는 시의 안에서 지기至氣(한울님)에 이르러 그 신령함(內有神靈)이 '밝음'으로 드러난다. 혹은, '밝음'으로 생기生起한다·생겨난다(外有氣化)는 것으로 해석한다.
   이와 별도로, 「대학」, 「중용」 등 유가 철학에서 말하는 '밝음'을 참고할 필요가 있다. 이 「詩」에서 시적 존재가 드러내는 '밝음'은, 하늘의 '밝은 덕(明德·天性)'을 '밝히는(明明德)' 성실(誠·孝誠)의 경지를 떠올릴 필요가 있다. 이러한 여러 해석의 가능성을 참고하더라도, 이 「詩」의 예에서 보듯 간과해서는 아니 될 것은 시인 윤중호의 시 창작은 근본적으로 '저 스스로 그러함(自然)'의 무위이화無爲而化에 충실하다는 점이다.
5 '유역문예론'의 관점에서, 우주적 존재로서의 생명력을 품은 시, 혹은 우주적 연속성의 표현으로서 생명의 리듬을 지닌 시, 곧 우주 자연의 근원성에 연결된 시는, 우주적 '시적 존재'로서 시의 '자기-안'의 신령한 기운과 이에 서로 감응하는 자기-밖의 기운과 소통·교류한다(內有神靈 外有氣化). 이 자기 안과 자기 밖이 유기적으로 서로 감응·소통하는 시를 '창조적 유기체'로서 시 혹은 '시적 존재'('시적 존재의 生起')라고 이름 붙인 바 있다. 이 책 1부 「유역문예론 2」 참고.

기한다는 것은 저 스스로 생멸하는 자연처럼 무위이화無爲而化하는 가운데 '생겨난다'는 뜻이다. 곧 무위자연에 따르는 시 쓰기. 이 말을 존재론적으로 풀이하면, 시인이 낳은 '시'는 세계 내에 '내던져진 존재'로서 자기만의 '본래적Eigentlich 실존'을 살게 된다는 것이다. 이 '시의 고유한 본래적 실존'이 시인과 독자에게 드러나는 '시적 존재'이다(이 '시적 존재'가 본래적이고 근원적인 시성詩性이다).[6]

인위적으로 만들어진 사태나 사물이 아니라 시詩는 시인이 삶 속에서 자연自然(저 스스로 그러함)의 원리를 깊이 터득하는 가운데 시인 자신과 독자에게 '시적 존재'로서 '밝혀지는' 것이다. 그러니 윤중호의 「詩」는 시인이 체득한 삶의 '덧없음'과 험난한 엄니의 삶을 향한 지극한 효성이 서로 합쳐짐에 따라 저절로 곧, 무위이화로서 얻게 된 '시적 존재'이다. 시인은 무위이화로서 낳게 된 '시적 존재'를 통해 자신을 낳은 엄니를 구원하고, 동시에 자신이 낳은 시적 존재를 통해 시인 자신도 구원받을 수 있는 것이다.[7]

윤중호의 모든 시에는 시인의 자기 본성을 비추는 언어와 자기만의 고유한 언문일치가 있다. 이 「詩」에서처럼 윤중호의 시가 저 스스로 '시적 존재'로의 변화를 이루게 된 언어적 계기는 고유한 화용話用 속에 있다. 시어들이 표준어와 표준화된 문법에는 아랑곳하지 않는 듯한, 시인의 몸에 밴 고유한 방언과 사투리, 자기 본성을 밝히는 구어체의 화용. 다시 말해 윤중호의 '개인 방언' 자체가 시인의 은폐된 본성이며, '본래적 실존'인 것이다. 그러므로, 「詩」에서 '은폐된 시적 존재'는 시인의 고유한 언문일치의 시문詩文 이면에서 '들리지 않는' 목소리의 '들림' 속

---

6   하이데거의 존재론으로 보면, 시적 존재는 '본래적 실존'으로서 시詩를 말한다.

에서 드러난다. 「詩」의 언어들, 가령 '엄니', '九美집', '접방살이', '어정 스럽게', '무슨 신명으로' '질수심이 걸어서' 등 시어와 시문이 빚어내는 생생한 언문일치의 화용 속에서 은밀하게 일어나는 오묘한 기운생동은 그 자체로 이 시 「詩」가 지닌 고유한 실존을 스스로 드러내는 것이다. 이 는 하이데거가 말한, "언어가 (스스로) 말한다." 또는 "언어를 언어로서 언어로 데려온다."라는 언어에 대한 존재론적 명제를 떠올리게 한다.

만약 표준어와 규칙화된 '표준' 문법에 얽매였다면, 시인의 마음에 가득한 지극함(至氣)을 표현하기에는 턱없이 부족했거나 미흡했을 것 이 자명하다. 무엇보다도 시인 윤중호의 천부적 본성(性)의 맑은 '밝힘' 이 어려웠을 것이다. 기본적으로 무위자연이 낳는 시의 맑고 밝은 본성 의 드러남과 그 본성의 생기로운 발산은 자연어自然語인 방언-사투리 의식과 함께 일상적 구어口語투가 서로 잘 어울린 시인 고유의 언문일

---

7   문학을 문학이게 만드는 근본 형식으로서, 형식주의에서 흔히 말하는 '낯설게 하기'를 통한 '문학적인 것', '시적인 것', '시성詩性'과는 다른 차원·다른 범주에 서 이 문제는 다루어져야 한다. '낯설게 하기'의 미적 '형식'으로서 '시적인 것' 과는 다른 철학적·미학적 범주로서 '시적 존재'로, 곧 (예술의) 존재론적인 범 주 설정이 필요하다. 뒤에서 재론하겠지만, 언어에 대한 존재론적 명제로서, "언 어가 말한다." 또는 "언어를 언어로서 언어로 데려온다."(하이데거, 「언어」)에서 알 수 있듯이, '언어(시)는 스스로 존재한다'는 점. 언어의 존재론을 비유하자면, '시가 말한다.' '시를 시로서 시로 데려온다.'라고 말할 수도 있다.
윤중호의 절창 「詩」는 독자의 깊은 마음 혹은 심안心眼이 서로 만날 때 하나의 '시적 존재'로서 생기生起하고 실존한다. 삶의 세계 안에 내던져진 '시적 존재' 가 읽는 이의 마음 깊이에서 만나 더불어 '실존하는 시간', '詩'는 문득 시의 소재 인 '엄니의 모진 삶'을 정화하고 구원하는 '시적 존재'로 홀연히 화생化生하는 것 이다. 이 경이로운 시적 존재와의 만남의 순간은, 마치 더러운 세속에서 연꽃이 피어나는 순간처럼, 시가 시인과 엄니를 동시에 정화하는, 마치 귀신의 조화造化 같은 존재론적 사태가 벌어지는 것이다.

치의 언어의식과 밀접한 연관성을 가지며, 인위적이거나 인공적인 표준어에 집착하는 표준어-문법주의와는 거리가 멀어진다. 시 창작에서의 표준어 집착은 근대적 언어의식의 잔해로서 자연의 조화와 기운의 생동을 표현하기에는 근본적인 한계를 가지고 있는 것이다.

이렇게 본다면, 명편 「詩」는 윤중호의 시가 깊이 품고 있는 덧없음의 세계관 그리고 그만의 고유한 시 창작 원리를 단적으로 보여주는 매우 특별한 작품이라 할 수 있다.

3. 윤중호의 시 「詩」에서 시어와 존재, 언문일치와 탈-표준어주의

도시와 문명과 생산력을 신봉해온 근대성의 이념들은 지구의 자연 생태를 무자비하게 착취해왔다. 아울러 야생의 원리가 작동하던 시골의 공동체적 촌락은 물론 인간 삶의 원천인 농촌을 마구 파괴해 사지로 내몬 지도 오래다. 자본주의적 근대는 기후 변화를 가속화하고 전 지구적 생태 환경을 오염시키고 파괴하더니 마침내 알 수 없는 전염병의 대유행을 초래하였다. 아직 원인과 처방을 찾지 못한 코로나19 팬데믹은 인간을 포함한 만물을 에너지 자원으로 보고 이를 효율적으로 착취하기 위해 계산하고 표준화하는 근대 자본주의가 낳은 불가피한 비극이다. 야생의 자연에 대한 근대적 합리성의 무참한 폭력과 파괴가 끊이지 않는 이 물질 만능 시대에 과연 시는 무엇이고 무엇을 할 수 있는가. 무릇 이성적 계측과 기술적 표준을 숭배하고 실용성과 편리성만을 쫓는 근대인의 시각에서 보면, 인간의 언어 생활에서 표준어주의는 당연한 선택이다. 하지만 근대적 교육제도나 출판, 언론 등 각종 제도를 통해서 표준어주의가 지배하게 되면서 결국 문학 언어도 언어의 자기 본성을 잃고 점차 표준어주의에 지배당하고 만다. 한국문학의 경우, 서구 근대 성을 추수하는데 급급한 소위 '4·19세대의 문학'은 음으로 양으로 박 정희 독재정권의 강제적 산업화 정책과 짝을 이룬 표준어주의 언어 정 책에 동참했다. 표준어주의가 반세기가 넘도록 전횡적으로 '문학 언어' 를 지배한 탓에, 오늘의 한국문학이 보여주는 언어의식은 여전히 비민 주적이고 비정상적인 상태에 머물러 있다.

　문학 언어에서 심각한 문제는 합리적 국어 체계를 구축해야 할 역사 적 요구로서 근대적인 '표준어' 자체에 있는 것이 아니라, 그 '표준어' 가 전횡적 권력들의 지배 속에서 사실상 강제되었다는 점에 있다.

　윤중호의 시는 1960~1970년대 이른바 '산업화 시대'를 거치면서 오 늘에 이르기까지 한국문학을 강제하던 문학 언어의 표준어주의에서 이탈한다. 탈-표준어주의 시의 모범을 드러낸 것이다. 하지만 중요한 비평적 논점은 시에서 탈-표준어주의가 단순히 방언과 사투리의 사용 에 한정되지 않는다는 점이다. 적어도 시의 탈-표준어주의는 기본적으 로 다음 네 가지의 범주를 숙고해야 한다.

(1) 탈-표준어주의는, 방언과 사투리에 집착하지 않는다. 시인은 잃 어버린 자기 근원성을 회복하기 위해 고향 말로서 사투리와 방언을 찾는다. 이때 시인이 사용한 방언과 사투리는 '지역방언'의 성격과 함께 시인 고유의 '개인 방언'의 성격을 지니게 된다.
(2) 탈-표준어주의는, 민족주의나 전근대의 향수에서 나오는 언어 의 순혈주의 또는 순수주의를 경계해야 한다: 탈-표준어주의는 '우

리말 지키기(쓰기)'와 별개의 영역이다.

(3) 탈-표준어주의는, 자연(저 스스로 그러함)의 진리를 따른다: 시인이 자기를 갈고닦아 '무위이화無爲而化의 덕德'을 터득한 언어를 시의 기본 질료로 삼는다.

(4) 탈-표준어주의는, 언어의 존재론에서 비로소 이해될 수 있다: 언어의 존재를 숙고함으로써 시인의 존재와 시의 존재를 밝히는 것이 시 혹은 시적 존재에게 중요하다.

방금 제시한 탈-표준어주의 명제들 중에서 (4)는 약간의 부연 설명이 필요하다. '언어는 존재의 집'이듯이, 표준어주의는 표준화된 세계나 사물의 일반적 의미만을 보여줄 뿐, 세계 내의 사물에 보이지 않는 존재의 본성이 드러남을 애써 차단하고 만다. 다시 말해 표준어주의는 언어에 감추어진 본래성 혹은 본성이 드러나는 것을 방해한다. 시에서의 탈-표준어주의는 언어에 은폐된 존재의 본성을 드러내는 '존재론적 경이'를 경험하도록 인도한다. 언어의 존재론에 관한 한 예를 들자. 가령, 김수영의 명시 「눈」(1957)에서 시 1연에 "눈은 살아 있다/떨어진 눈은 살아 있다/마당 위에 떨어진 눈은 살아 있다"에서, "떨어진 눈" 같은 시구, 그리고 백석의 시 「나와 나타샤와 힌당나귀」(1938)에 나오는 "눈은 푹푹 나리고" "눈은 푹푹 쌓이는밤"같이 수차례나 반복되는 '눈'에 대한 언어 표현 속에는 시인의 존재론적 시각이 암암리에 작용하고 이 작용력이 시의 존재론으로 이어진다고 볼 수 있다. 이 두 시편에서 언어의 존재론이 작용하는 시구는 시의 의미론적 흐름에서 '은미한 이탈'이 발생하는 지점들이다. 그 예가 김수영의 「눈」에서는 "떨어진 눈"이고 백석의 「나와 나타샤와 힌당나귀」에서는 "눈은 푹푹 나리고"의 '푹푹'

이라는 부사어이다. 이 '떨어진 눈'과 '눈은 푹푹 쌓이고, 푹푹 나리고'
는 탈문법적이고 탈-표준어주의적 언어의식의 반영이다. 이 탈-표준
문법이 사용된 시문은 시의 '존재' 지평에서 비로소 이해될 수 있다.[8]

 걸출한 시인 김수영의 명편 「눈」의 경우, '눈'의 일반적 표준문법에
따라서 '내리는 눈'이라 쓰지 않고서 '떨어진 눈'이라 쓴 것은 '눈'에 은
폐된 존재의 본성을 드러내는 언어의 존재론과 관련이 있다. 일반적 사
물인 '눈'에 은닉된 존재의 본성을 탈-표준문법으로서 드러내는 것이
다. 여기서 근본적으로 탈-표준어주의의 시가 지향하는 '시적 존재'의

---

8   문학평론가 이영준 교수가 엮은 『김수영 전집 1: 시』에는 제목이 「눈」인 시가 모
    두 세 편 수록되어 있다. 각각 1957, 1961, 1966년 작이다. 이 세 편 모두 존재론
    차원에서 해석될 수 있다. 여기에 인용한 「눈」은 1957년 작이다. 미루어 보건대,
    「눈」을 세 편씩이나 쓴 것은 그만큼 김수영이 '눈'에 빗대어 시의 존재 차원을 이
    해하고 시 쓰기를 실천하였다고 볼 수 있다. 시학 차원에서 '눈'이라는 '언어'의
    존재론을 통해, '눈'에 은폐된 근원적이고 특별한 존재성에 깊은 시적 사유를 진
    행한 것이다. 이 글에서 인용한 김수영의 시 「눈」의 전문과 백석의 유명한 시 「나
    와 나타샤와 흰당나귀」의 전문은 다음과 같다.
    "눈은 살아 있다/떨어진 눈은 살아 있다/마당 위에 떨어진 눈은 살아 있다//기
    침을 하자/젊은 시인이여 기침을 하자/눈 위에 대고 기침을 하자/눈더러 보라
    고 마음 놓고 마음 놓고/기침을 하자//눈은 살아 있다/죽음을 잊어버린 영혼과
    육체를 위하여/눈은 새벽이 지나도록 살아 있다//기침을 하자/젊은 시인이여
    기침을 하자/눈을 바라보며/밤새도록 고인 가슴의 가래라도/마음껏 뱉자"
    "가난한 내가/아름다운 나타샤를 사랑해서/오늘밤은 푹푹 눈이나린다//나타
    샤를 사랑은하고/눈은 푹푹 날리고/나는 혼자 쓸쓸히 앉어 燒酒를 마신다/燒酒
    를 마시며 생각한다/나타샤와 나는/눈이 푹푹 쌓이는밤 흰당나귀타고/산골로
    가쟈 출출이 우는 깊은산골로 가 마가리에살쟈//눈은 푹푹 나리고/나는 나타샤
    를 생각하고/나타샤가 아니올리 없다/언제벌서 내속에 고조곤히 와 이야기한
    다/산골로 가는것은 세상한데 지는것이아니다/세상같은건 더러워 버리는 것
    이다//눈은 푹푹 나리고/아름다운 나타샤는 나를 사랑하고/어데서 흰당나귀
    도 오늘밤이 좋아서 응앙 응앙 울을것이다"

532

드러냄의 예를 볼 수 있다. '내린 눈'에서 "떨어진 눈"으로의 탈-표준문법적 변이는 눈(雪)에서 시인의 눈(眼)이 드러나는 존재론적으로 경이로운 사태가 일어나게 된다.[9] 정확히 말하면, 시구 '떨어진 눈'에서 시어 '떨어진'과 '눈은 푹푹 나린다'에서 '푹푹'은 탈-표준어주의에 의한 시의 존재 가능성을 개시하는 것이다.

　김수영의 시「눈」에서 '떨어진 눈(雪)'이 시인의 '밝은 눈(眼)'으로 존재론적인 변이를 일으키고, 백석의 시「나와 나타샤와 흰당나귀」에서 '푹푹'이라는 '근원적 소리 언어(청각적 근원 언어)'를 통해 '눈(雪)'이라는 사물 속에 '존재'의 감추어진 본성, 즉 '지상에 내리는 눈(雪)에 은폐된 천상적 존재(근원, 본성 또는 신神적인 것)'를 드러내는 것이다. 김수영의「눈」이나 백석의「나와 나타샤와 흰당나귀」에서 주술呪術의 형식처럼 특정 시구가 되풀이되는 까닭은 우선 여기에 있는데, 시어 "떨어진 눈은 살아 있다"와 "눈은 푹푹 나리고"의 반복은, 두 시 속에 은폐된 '시적 존재'의 본성을 드러내는(탈은폐하는!) 현존재의 방법론이라 할 수 있다. 이 탈-표준문법적 시어들의 반복을 통해 '객관적인 상관물'로서 일반적인 시 속에 은폐된 '시적 존재(詩性)'가 마침내 스스로를 드러내는 독특한 시의 존재론적 지평이 펼쳐진다. 그러므로, 김수영의「눈」에서 반복되는 '떨어진 눈은 살아 있다'와 백석의 시에서 반복되는 "눈은 푹푹 나리고"란 시어들은 '존재 지향적' 언어라고 말할 수 있다.

　앞서 '2. '엄니'의 시·'자연'의 시'에서 분석한 윤중호의 시「詩」에 쓰인 고향 사투리와 방언들도 위의 (1)~(4)에 두루 적용된다. 윤중호의 시에서 사투리와 방언은 그 자체가 무위이화에 따르는 '자연'의 언어이

9　물론, "눈(雪)에서 시인의 눈(眼)이 드러나는……"에서 동음이의어 눈(眼, 혹은 詩眼)은 존재자 눈(雪)이 드러낼 수 있는 많은 '존재 가능성'들 중 하나이다.

면서, 아울러 시인과 시 모두에게 은폐된 '존재'의 본성을 드러내는 존재의 언어로서 이해될 수 있다. 이는 "언어가 말한다, 언어를 언어로서 언어로 데려온다."라는 언어의 존재론과 통한다. 다시 말해, 시에서 탈-표준어주의의 언어와 존재는 서로 상통하는 바가 있다. 손쉬운 예로, 윤중호의 「詩」에서 비표준어인 '엄니'는 자연의 언어이자, 표준어인 '어머니'와는 달리 '근원적 존재'가 은폐되어 있는 방언이다. '엄니'에서의 '엄'(eme)은, '엄지(손가락)'에 그 형태가 남아 있듯이, '근본', '으뜸'의 뜻을 지닌 채 먼 옛날 북방(몽고, 만주)에서 유래된 소리글자로서 엄(어근)과 이(접미사)로 이루어진 '엄니'는 '어머니의 방언형. 오랜 세월을 전해오는 유전자처럼 청각적 원형이 담겨 있는 시어 '엄니'는 언어의 고유한 본성이 은닉된 언어로서, 언어에 은폐된 근원적 존재의 부름을 통해 시의 본래적 존재로의 열림의 가능성이 내포되어 있다.

한편, 윤중호의 시에서 느끼게 되는 소박함은 시 쓰기가 시인의 꾸밈 없는 '자연(저 스스로 그러함)'의 언어를 따르는 데에서 나온다. 시인은 자기 언어가 자연을 따르도록 '나'의 안을 바르게 닦는 것이다. 근본적으로 자연을 따르는 시는 소박함 혹은 투박함을 드러낸다. 또한 서사시 『금강』을 쓴 대시인 신동엽의 시정신도 억압받는 인민들의 삶을 향한 진정한 해방의 언어를 '자연의 투박함'을 따르는 언어의식 속에서 찾았다는 점에서 윤중호의 시 의식과 상당 부분 일치하는 것으로 볼 수 있다.[10] 인위적인 언어 조작을 기피하고 자연의 소박함을 따르는 윤중호 시의 언어는 그만의 특유의 탈-표준어주의의 표현이다.

시인 윤중호가 활발하게 시를 발표하던 시기가 '일상 언어'만이 아니라 '문학 언어'에서도 표준어주의가 강력한 규범으로 지배하던 1970~1990년대였다는 사실을 떠올리면, 당시에 윤중호의 시편들이

그만의 특유의 탈-표준어주의를 실천했다는 점은 '경이로운 사건'이
아닐 수 없다.

윤중호가 태어난 1956년부터 48세의 아까운 나이로 세상을 하직한
2004년까지 한국문학은 소위 '4·19세대'로 통칭되는 표준어주의 문
학 권력들이 지배하던 시기였다. 박정희 군사독재정권 아래에서 관제
농촌개혁운동인 '새마을운동'과 같은 전횡적인 방법으로 진행된 표준
어주의 정책은 교육제도 및 언론은 당연하고 사회 전반에 걸쳐서 전방
위적이고 일방적으로 시행되었고, 독재체제 속에서도 상대적으로 자
유와 자율성을 보장하는 문학 분야에서조차 강력하게 관철되었다. 윤
중호는 이 강제된 표준어주의 시대에 활동한 시인임에도 탈-표준어주
의 혹은 반-표준어주의를 여실하고 가장 탁월하게 드러낸 시인이라 말

---

10 윤중호의 시가 자연을 따르는 시의 투박함을 보여줌에 있어서, 서사시『금강』을
쓴 대시인 신동엽 시의 언어의식과 상통하는 바가 크다. 필자의 다음 강연록 부
분을 참고할 수 있다.
"자연으로 돌아가는 '원시반본의 언어(反語)' 의식 즉 무위자연의 언어의식이
신동엽의 등단작「이야기하는 쟁기꾼의 대지」의 시어들에 반영되어 있고, 시의
구문構文에도 실행되어 있다고 판단합니다. 무위자연의 언어는 커뮤니케이션
의 도구로서 이성적 합리주의 문법을 따르는 세속적이고 인위적인 근대 언어의
식을 거부하고 근대적 언어의식과는 전혀 차원을 달리하는, 사투리나 비어卑語
같은 소리 중심의 언어의식을 기꺼이 포함하고, 무의식적 자유 연상에 크게 의
지하는 무위자연적 언어 세계를 지향한다고 볼 수 있습니다.
무위자연의 언어란, 물론 진리를 전하기 위한 방편의 언어라는 의미도 있습니
다만, 일상 언어의 범주에서 본다면, 어문일치語文一致의 언어, 특히 민중들이 일
상에서 쓰는 구어체를 따르는 중에 시인의 정신에 여과된 어문일치의 언어를
추구해야 한다고 봅니다. 이런 '자연적 언어' 의식의 차원에서 보면, 1959년 정
초에 발표된「이야기하는 쟁기꾼의 대지」는 중요한 시사적 의미를 지닌 작품이
라고 생각합니다."(이 책 2부「수운 동학과 巫의 상상력—'비국소성'과 巫의 눈: 신동
엽론」)

할 수 있다. 서울 중심의 문단 권력, 이른바 '중앙문단'의 표준어주의의 말이나 말투를 따르지 않았을 뿐더러, 그런 서구 근대 언어학의 세례와 함께 강제된 '표준어주의 문학 언어'에 소속되기를 한사코 거부한 것이다. 이는 윤중호의 생래적인 기질 탓이기도 하지만 그보다 자기 시의 뿌리로서 '고향의 언어'를 중시하는 자재연원自在淵源[11]의 언어의식에서 비롯되었다고 생각된다.

윤중호는 고향인 충청북도 영동군 심천면에서 태어나 자라면서 청소년기와 청년기를 거치는 동안 자기 향토어, 곧 고향의 방언을 자연스레 익혔다. 대처인 충청남도 대전에서 숭전대학교 영어영문학과를 졸업하기까지 시인이 쓴 모든 시편들은 고향의 방언과 말투를 잠시도 외면한 적이 없다. 대학의 영문학과 시절에 학습된 서구의 근대적 시학을 흉내 내거나 서구 근대 시의 수사나 기교를 따를 법도 한데, 윤중호 시에서는 어떤 청년기의 습작 시편들을 포함한 초기 시에서부터 근대 시학에서 흔히 보이는 시적 기교나 포즈도 찾아보기 어렵다.

윤중호는 고향인 금강 상류에 위치한 영동 지방 방언을 시적 언어의식의 본령으로 삼았다. 1970~1980년대 한국문학을 지배하던 '4·19세대 문학'의 '표준어주의'는 공식화되지만 않았을 뿐, 당대의 문단 등용제도 및 문학 교육제도는 음으로 양으로 감시 및 배제, 소외를 통해 표준어주의를 거의 모든 '글쓰기 원칙'으로 사실상 강제했다 하여도 과언이 아니었다.[12] 이러한 표준어주의의 전횡專橫 상황에 저항하듯이, 윤중호 시의 비-표준어주의적 방언의식과 더불어 고향 주민들이 써온 구어체에 기반한 언문일치의 시들은 우리 현대문학사에서 새로이 조명되

---

11 진리를 자기 밖에서 멀리 구하는 게 아니라 자기 안에서 찾음.

어야 한다.[13] 윤중호는 인위적 표준 언어, 이성주의 위에 구축된 서구 근대 시학의 기교적이거나 장식적인 시 의식을 거부하였고, 서구의 근대적 이념들과도 거리가 먼 자주적 시정신의 소유자였다.

위에 인용한 「詩」만 보더라도, 윤중호 시의 언어의식이 고스란히 드러난다. 일일이 예를 들 수 없이 윤중호의 모든 시편들은 생래적 향토어와 생리적 자연어와 독자적인 구어 투의 언어적 짜임 위에서 꾸밈이나 기교 없는 언문일치를 이룬다. 다시 말해 시의 의미를 문어 투로서 간접화하거나 비유법 사용 등 기교로서 대상화를 거부하고 방언 및 구어 투 자체가 지닌 자연성과 직접성에 의한 시적 생기를 머금게 만든다.[14] 명시 「詩」에서, '엄니', '九美집',[15] '어정스럽게',[16] '질수심이 걸어서',[17] '구 장터'…… 이런 향토어나 자연어들의 성찬盛饌은 윤중호의 시 형식이 지닌 고유한 특성 중 하나라고 할 수 있는데, 이는 시를 생기生氣를 띠고 독자적인 '시적 존재'로 전화하게 하는 결정적인 요인으로 작동한

---

12 가령, 내로라하는 4·19세대 비평가들은, 산문에서, 가령 거장 이문구李文求, 김성동金聖東 등의 방언적 문체의식을 비판하고 정당한 문학적 평가에 있어서 소외시켰다. 이 문제는 이 글에서 다루기엔 적절치 않으므로 다른 자리에서 논하기로 한다.

13 앞서 각주 10번에서 말했듯이, 윤중호 시의 언어의식은, 충청도 금강변 부여읍 태생의 걸출한 민족시인이요 서사시 『금강』을 쓴 신동엽 시인의 언어의식에 비견될 만하다. 신동엽 시의 언어의식은 기본적으로 토착민의 구어 투에 기반한 언문일치를 지향하는 바가 뚜렷한데, 이는 신동엽 시인이 추구한 중요한 시적 주제인 '원시반본'의 정신과 깊은 연관성이 있어 보인다. 곧 신동엽 시인은 '비근대인적 언어의식'을 깊이 품고서 인민적이고 미래지향적인 '대지大地의 문학 정신'을 모색한 것으로 볼 수 있다.

14 '시'는 시인의 피조물에 그치는 게 아니라, 독립된 '시적 존재'로서 생명력을 지닌다는 의미. '시적 존재'는 '세계 내에 내던져진 상태'에 있는 하나의 '고유한 (본래적) 존재'이다.

다. 향토어, 사투리, 고유한 구어 투 등 자연어를 존중하는 시의 독특한 문법이 시의 언어 조직에 생생한 생명력을 불어넣는 것이다.

이렇듯이, 윤중호 시의 비-표준어주의는 잃어버린 고향의 언어를 되찾고 '자재연원의 언어'를 확고히 하려는 주체적 언어의식에서 나온 것이다. 이 탈(비)-표준어주의와 동전의 양면을 이루는 것이 학습된 기교나 수사학 등 서구 근대 시학이 만들어놓은 기법 따위 시학의 규율을 무시하는 '반反시학'의 시 의식이라 할 수 있다. 시의 진실을 구하기 위해서는 시인이 자기 삶에서 유래된 자주성自主性의 언어가 기본적으로 쓰여야 하며, 이러한 자기 삶의 진실에서 유리된 채 교육제도와 문학제도를 통해 강요된 시학이나 시론에 의존해서는 안 된다는 것. 이는 윤중호 시가 지닌 뚜렷한 특징인 시를 이루는 구어 투 어문일치의 시문에서 분명하게 드러난다. 이 반反시학적 특징은 학식에 따른 '꾸밈'의 시학을 경계하고 자기 삶의 진실에서 자연스럽게 나오는 무위無爲의 시학 혹은 자기 본성에 충실한 생생한 언어를 추구하는 것으로 나타난다. 이 자재연원의 '개인 방언'에 능통한 시어와 시문인 탓에 윤중호 시는 삶에 직접적이고 실질적인 언어로서 다가온다.

윤중호 시를 읽는 독자들은 대개 언어와 삶 사이의 괴리감을 못 느끼기 일쑤인데, 이러한 현상은 그만큼 시가 스스로 생기生氣를 낳고 또 낳고(生生) 있다는 뜻과 통한다고 볼 수 있다. 그러니 윤중호 시는 '표준어

---

15 '九美집'은 시인의 고향 충청북도 영동군 옆 옥천군에 소재한 고유명.

16 대강 '어색하게'의 뜻.

17 '질수심이 걸어서'는, '무슨 골치 아픈 일로 온 힘을 다해서' 정도의 의미를 지닌다. 사전적 의미로는, '질수疾首'는 '골치를 앓음', '질수심이 걸어서'는 충청도 방언의 관형구 형식으로 쓰이는데, 대강의 뜻은 '죽기 살기로', '무슨 골치 아픈 일로 온 힘을 다해서'이다.

주의'를 넘어 자기 고유의 언문일치 곧 '개인 방언'의 실천을 통해 '자연의 시론'을 실현했다 말할 수 있을 것이다.

그리고 중요한 점은, 이러한 시인 윤중호의 비-표준어주의 언어의식은 그가 활동하던 1980년대 중반에서 세기말에 이르는 시대에 한국 문학사가 은밀하게 품고 있던 '반反시대적' 문학 정신의 시적 표상이 되었다는 점이다. 그 반시대성은 강압적 산업화 시대를 거치고 군사독재 치하에서 엄두도 내지 못하던 시기에 서양 추수 일변도의 근대성과 온갖 근대 이데올로기들의 범람 속에서도 대지적 자연의 감각 또는 농촌적 감수성을 잃지 않고 고향의 방언의식에 뿌리를 둔 자기만의 독특한 생태적 문학 언어를 찾았다는 데에서 찾을 수 있을 것이다. 자연어로서 고향 방언과 삶에 충실하고 진실한 언어의식을 자기 시의 단단한 밑자리로 삼은 것이다. 특히 이 점은, 1960년대 이후 '4·19세대의 시론'이 서구 근대 시학의 베끼기와 따라하기 수준에서 크게 벗어나지 못하던 시절에 시인 윤중호는 외따로이 '비非근대인의 시론'을 고집스럽게 펼치고 있었음을 보여주는 것이다.

4. 非근대인의 시론: 시에서 無爲와 鬼神의 중요성

모든 생명은 자연에서 나고 자연으로 돌아간다. 생명은 '자연自然'이다. '스스로(저절로) 그러함'이다. 작위와 인위가 없는 순수한 그러함이다. 생멸의 덧없음도 자연 자체이고 '스스로 그러함'이다. 시도 생멸하는 자연의 원리에 따른다.「詩」에서 보듯이 시인의 삶의 덧없음을 자각하고 덧없음을 '시詩'라 부르듯이, 시도 자연의 순리를 따르는 것이다.

시인 윤중호에게 '우리 모두 돌아갈 길'은 '우리'를 낳은 자연으로 돌아가는 길이다. 그 자연으로 가는 길을 '알고 있다. 그 길을 알고 있다.'라고 시인은 쓴다. 윤중호가 대학 시절부터 존경하고 따르던 대학 은사 김종철 선생에게 드리는 헌시에는 윤중호의 자연관과 자연이 낳은 도저한 생명관이 들어 있다.

산딸기가 무리져 익어가는 곳을 알고 있다.
찔레 새순을 먹던 산길과
삘기가 지천에 깔린 들길과
장마 진 뒤에, 아침 햇살처럼, 은피라미떼가 거슬러 오르던 물길을
알고 있다. 그 길을 알고 있다.

돌아가신 할머니가, 넘실넘실 춤추는 꽃상여 타고 가시던
길, 뒷구리 가는 길, 할아버지 무덤가로 가는 길
한철이 아저씨가 먼저 돌아간 부인을 지게에 싣고, 타박타박 아무
도 모르게 밤길을 되짚어 걸어간 길
웃말 지나 왜골 통정골 지나 당재 너머
순한 바람 되어 헉헉대며 오르는 길, 그 길을 따라
송송송송 하얀 들꽃 무리 한 움큼씩 자라는 길, 그 길을 따라
수줍은 담배꽃 발갛게 달아오르는 길
우리 모두 돌아갈 길

그 길이 참 아득하다.
　　　　　　　　　　　　　　　　　　　　—「고향 길 1」전문

이 시에서 주목할 것은 시인은 생명을 설명하거나 이야기할 때 학식이나 이론에 기대지 않는다는 점이다. 오히려 학식이나 이론은 그 흔적조차 찾아 볼 수 없다. 생각해보면, 생명의 진실을 추구하는 시에서 인위와 작위의 영역인 학식과 이론은 그 자체에 한계를 가진다. 시인 윤중호는 오직 살아 있는 자연으로 생명을 이야기한다. 시인에게 생명을 이야기하기란 하등 어려울 까닭이 없다. 시인에게 생명은 고향의 자연 그 자체이기 때문이다. 시인은 "산딸기가 무리져 익어가는 곳을 알고 있다./찔레 새순을 먹던 산길과/삘기가 지천에 깔린 들길과/장마 진 뒤에, 아침 햇살처럼, 은피라미떼가 거슬러 오르던 물길을/알고 있다. 그 길을 알고 있다."고 적는다. 작위가 없는 고향의 자연은 그 자체가 생명이요 생명의 터전이다. 그러고 나서 시에는 고향 토박이 이웃들이 하나하나 호명되고 고향 산천의 고유한 지명들이 호출된다.

> 돌아가신 할머니가, 넘실넘실 춤추는 꽃상여 타고 가시던
> 길, 뒷구리 가는 길, 할아버지 무덤가로 가는 길
> 한철이 아저씨가 먼저 돌아간 부인을 지게에 싣고, 타박타박 아무
> 도 모르게 밤길을 되짚어 걸어간 길
> 웃말 지나 왜골 통정골 지나 당재 너머
> 순한 바람 되어 헉헉대며 오르는 길,

하지만 근대 물질문명이 극에 달한 지금-여기서 생각하니, 시인은 "그 길이 참 아득하다."고 적는다. 간곡하고 속정 깊은 시심이 담긴 이 헌시에서 시인은 자연을 자신의 고향에 빗댄다. 곧 자연은 고향이고, 고향은 '저 스스로 그러하다.' 고향의 시공간을 이루는 생물들과 무생물

들과 고향 주민들과 고유한 장소들이 저마다 '스스로 그러함'의 존재들로서 한 편의 시를 구성한다. 시의 차원에서 보면, 시 역시 '저 스스로 그러함'으로 존재한다. 여기서 윤중호의 독특한 생명관으로서 무위자연의 깊은 사유와 실천행을 엿보게 된다.

윤중호의 시가 품고 있는 '스스로 그러함(자연)'의 생명관은 생활의 구체적 실천 속에서 그 심오한 깊이를 더한다.

> 참, 팔자도 더럽지.
> 내동 넘실넘실 울먹이던 임진강
> 철부지 한탄강이랑 이슷하게 들섞더니, 이젠 아예
> 펑펑 울매 흐르데, 흐르다가
> 시리고 결린 이 땅의 허리춤으로 스며들면서
> 차마, 무심한 바다는 되지 못허고
> 통일전망대 앞, 그 언저리에 무추름히 서서
> 눈물 콧물로 땅을 적시데.
> 풀벌레 소리 같은 생생한 이야기 한 마리
> 키울 작정이였나벼.
>
> ——「임진강에서」전문

돈의 힘이 지배하는 세상에서 쫓겨나거나 밀려난 수많은 이들이 있다. 소외된 인생살이를 시인은 '더러운 팔자'라 이른다. 이 시의 첫 행 "참, 팔자도 더럽지."는 돈의 힘에 의해 변방으로 밀려난 삶의 애환과 설움이 배어 있다. 이 시는 언문일치의 시문으로 쓰였고 그 특유의 구어투에는 흐르는 강물처럼 너울대는 가락이 실려 있다. 이 시가 품은 뜻으

542

로 보아, 가난하고 막막한 삶이 찾은 파주 통일전망대 앞 임진강가에서 느끼는 감정의 소회를 적고 있는데 이 시에서도 시인 윤중호는 삶의 고뇌를 흐르는 강물에 투사하고 이내 임진강은 "눈물 콧물로 땅을 적시"며 삶과 하나로 어울리고 마침내 시인은 "풀벌레 소리 같은 생생한 이야기 한 마리/키울 작정이었나벼."라는 인식에 도달한다. 삶의 애환이 투사된 강물이 삶을 위무하고 삶을 이야기하고 노래한다. 보이지 않고 들리지 않는 강물의 이야기와 노래는 이 시의 운율이 증거한다. 윤중호의 시적 운율은 인공적인 꾸밈에서 만들어지는 것이 아니라 흐르는 강물이 내는 '소리'에 감응하고 서로 합치한다는 뜻이다. 이 시가 가진 흐르는 강물의 소리와 내재율은 자연의 무위이화에 따르는 것이다. 이때 범상한 듯한 이 시는 자연의 기운을 띠고 삶을 북돋우며 삶과 동행한다. 그 생명관이 스스로 깊이 무르익어 마침내 자연의 섭리로서 도저한 '생명의 시'를 낳게 된다.

　　　배추흰나비가 특별히 이무롭게 봤는지
　　　마흔 개가 넘는 텃밭 중에
　　　우리 밭에만 배추벌레가 우글거린다.
　　　곰실 곰실 곰실 곰실
　　　일주일에 서너 번씩, 새벽마다
　　　김도 매주고 흥건히 물도 뿌려줬는데
　　　기르는 재미에 애걸복걸 너무 매달려서 그런지
　　　나중에는 돼지벌레, 톡톡이까지 생겨나서
　　　곰실곰실곰실곰실
　　　열무 엇갈이배추, 사각사각사각사각, 줄기까지 죄다 갉아먹어서

텃밭 농사졌다고, 솎아서 넘 주기도 민망해
벌레도 생명이라고 그저 놓고 보기엔 내 그릇이 너무 작고
농약을 쳐서 일망타진하기엔 염치가 없어서
사나흘 벌레들과 피투성이 육박전을 벌이다가
열무와 배추를 모두 뽑아내고 깨끗이 항복하고 말았다.
뽑아 던진 배추 위에 내려앉은 배추흰나비 두 마리.

땅을 갈아엎고 다시 씨를 뿌렸다.

—「배추벌레」전문

    거짓 없이, 생명에 대한 외경심은 그저 관념이나 이념에서 나오지 않는다. 오히려 윤중호는 자기를 유혹하는 세속에 찌든 시민 의식이나 허위의식을 숨기거나 미화하는 법이 없다. 도시에 사는 시인은 텃밭 농사를 지으며 벌레와 싸운다. "벌레도 생명이라고 그저 놓고 보기엔 내 그릇이 너무 작고/농약을 쳐서 일망타진하기엔 염치가 없어서/사나흘 벌레들과 피투성이 육박전을 벌이다가/열무와 배추를 모두 뽑아내고 깨끗이 항복하고 말았다." 하찮은 벌레한테 피투성이 육박전 끝에 항복하고 만 이야기가 재미있지만, 이 시가 예사롭지 않은 것은 "땅을 갈아엎고 다시 씨를 뿌렸다."라는 시의 끝 문장 때문이다. 이 끝 시문은 미물에도 미치는 시인의 생명애가 나날의 생활에서 나온다는 것을 잘 보여준다. 땅을 갈아엎고 다시 씨를 뿌린 행위는 하찮은 벌레의 삶을 인정하는 것이고 이야말로 하찮은 존재들과의 더불어 삶이 생명계의 올곧은 질서라는 깨우침을 일상적인 실천행으로 옮겼다는 말이다. 그러므로 "땅을 갈아엎고 다시 씨를 뿌렸다."는 말은 자연(저절로 그러함)의 회복

을 위한 생활 속의 실천행을 뜻한다. 이는 자연과 하나를 이룬 윤중호의
실천적 생명관을 드러내는 대목이다.

시인 윤중호의 온 생명에 대한 깊고 진실한 사랑은 많은 시편들에서
해맑은 기운이 감돌고 소박한 빛이 밝아오듯이 드러난다.

콩깍지 속에
새파랗게 빛나는 완두콩 여섯 개
곰실곰실 누워 있다가
콩깍지를 터니, 부시시 깨어나
서로 몸을 기대며 웅크립니다.
무심코 콩깍지를 훑다가
가슴이 철렁 내려앉았습니다.
완두콩마다, 콩깍지에
허연 탯줄을 달고 있었거든요.

―「완두콩」전문

시인 윤중호의 생명관이 잘 드러나는 시 「완두콩」은 삶에 인접한 자
연현상 속에서 시의 생명력의 이치를 터득하는 윤중호 득의의 시론이
영롱하게 반짝인다. 더없이 하찮고 버림받는 콩깍지에서 놀랍게도 "허
연 탯줄"을 발견한 것이다. 인간의 눈에 하찮게 보이는 콩깍지도 보이
지 않는 생명의 연결망에서 미세한 고리를 이루는 경이로운 존재인 것
이다. 이 하찮은 사물들 속에 감추어진 '생명(자연)'의 발견은 '시적 존
재'에 대한 깨침으로 연결된다. 하지만 존재에 대한 깨침이란 말도 막연
하고 추상적이다. 윤중호의 시에서 생명은 추상적 관념이 아니며 그렇

다고 구체적 실상도 아니다. 앞서 말했듯이 윤중호는 실상의 덧없음을 익히 터득한 시인이다. 부조리한 인간의 삶에 슬퍼하고 분노하는 시에서도 실재하는 삶의 덧없음(無常)이 짙게 작용한다.

> 김자 평자 득자, 우리 아버지
> 평생 세상을 달구셨네.
> 35년 막장의 선산부로
> 깜깜한 어둠을 퍼 올려 세상을 뎁히다가
> 숭숭 뚫린 폐광처럼, 폐 속에 쌓아둔
> 마지막 석탄가루조차 꺼내
> 가시는 길을 달구셨네.
>
> ─「광부의 딸 김옥림 씨」 전문

윤중호의 대부분 시들은 가난과 소외 속에서 힘겹게 사는 이들의 삶을 다루고 있다. 사회에서 밀려난 삶들은 윤중호의 시의 주된 관심사이자 시적 소재이다.「광부의 딸 김옥림 씨」도 탄광 막장 일을 오래 하다가 폐병에 걸려 죽은 늙은 광부를 소재로 삼는다. 이 시는 딸의 목소리를 빌림으로써 가난한 광부의 죽음이 일으키는 애달픔이 널리 사무치고 이와 함께 사회적 공분에 호소력을 띠게 된다. 하지만 이 시는 슬픔과 설움 혹은 분노만을 자아내지 않는다. 늙은 광부의 신산스런 삶은 결국 '자연으로' 돌아가면서 딸의 애처로운 마음도 '자연에 의해' 위무받는다. "숭숭 뚫린 폐광처럼, 폐 속에 쌓아둔/마지막 석탄가루조차 꺼내/가시는 길을 달구셨네."라는 시구는 35년간 막장서 일한 광부의 죽음에 대한 애도이면서도, 동시에 "가시는 길을 달구셨"다는 딸의 목소리에 이르면 늙은 광부의 죽음이 자연의 '밝음'으로 기화氣化하는 신기마저 느껴진다. 윤중호는 자연으로 돌아가는 모든 삶의 덧없음과 함께, 아이러니하게 덧없음 속에서 삶의 빛남에 대해 깊은 관심을 보인다. 이것이 윤중호 특유의 생명애요 생명관이라 할 수 있다.

윤중호의 시는 '자연의 시'[18]이다. 자연의 시는 자연을 대상으로 노래하고 자연을 완상하는 여느 시들과는 그 경지가 다르다. 시가 자연의 순리에 따라 '저절로(스스로) 그러함'의 경지에 '있음'을 보여주는 것이다. 이처럼 무위자연에 따라 모든 삶과 사물이 '스스로(저절로) 그러함'의 경지에 이를 때 각자 '밝은 기운'의 존재가 될 수 있다는 관점을 가리켜 '기화氣化의 자연관'이라 부를 수 있다. 기화는 삶과 사물이 자기 안에 지극한 기운이 조화造化 속에서 자기 바깥과 통할 때 본연의 존재를 나타내는 것이다. 윤중호의 시를 읽으면 삶과 시가 또는 시인 고유의 기질과 시적 존재감이 서로 분열되지 않고 온전하게 일치하는 느낌을 받게 된다. 윤중호의 언문일치의 시가 주는 느낌은 다름 아닌 '무위자연으로서' 시가 쓰이고 태어나는 데에서 연유한다.

한국문학을 지배해온 서구 근대 시학의 관점에서 보면, 자연의 '저스스로 그러함'에 따르는 윤중호의 시 의식은 매우 어수룩하고 나이브한 의식으로 여겨질 것이다. 하지만 이는 서구 근대 시학이 드러내는 '작위적인 이론의 한계' 혹은 '분별지의 한계'에 불과하다고 볼 수 있다. 겉보기에 소박한 시들임에도, 아니 오히려 소박하기 때문에 시가 자

---

18 이 글에서 '자연'과 '무위자연'은 동의어로 혼용된다. 유명 학자들 중엔 '자연自然'이 만물의 운동법칙을 가리키는 개념일 뿐 어떤 실체가 아니라는 학설을 내세우나, 여기서 '자연'은 말 그대로 작위가 없는 저 '스스로 그러함', '저절로 그러함'이란 뜻을 지닌다.

기만의 독특한 울림을 가지고 깊은 감흥을 불러일으키는 것이 아닌가 하는 문제를 고민해야 한다. 따라서 시론의 차원에서 윤중호의 시가 어떻게 나오는가를 생각할 필요가 있다.

시가 '저절로 그러함' 또는 '스스로 생기生起하는(생겨나는) 존재'[19]가 될 수 있다는 것은, '무위자연' 또는 '무위이화'와 깊은 연관성이 있다. 이때 '무위'의 시를 추구한다는 것은 서구 근대 시학과 대조되는 관점이라 할 수 있다. 서구 근대 학문이 분별지를 추구하는 데에 반해, 무위의 시는 분별지를 버리고 또 버려서 자연의 경지에 이르는 것을 추구한다. 노자는 무위를 설명하기를 "배운다는(學) 것은 날로 더한다는 것이요 道를 따른다는 것은 날로 덜어낸다는 것이다. 덜어내고 또 덜어내어 무위(즉 인위가 없는 지경)에 이르면 무위하되 하지 못하는 것이 없게 된다.(爲學日益 爲道日損 損之又損 以至於無爲 無爲而無不爲.『노자』 48장.)"라고 했다. 학식을 좇으면 욕심만 더할 뿐이고 도를 따르면 세속적 학문은 아무런 의의가 없음을 깨닫게 되어 지식을 덜어내게 된다는 것, 그래서 사리사욕에 사로잡힌 학식이나 분별지를 덜어내고 또 덜어내면 무위의 경지에 이른다는 뜻이다. 이 노자의 문장은 신라 때 원효 스님의『금강삼매경론金剛三昧經論』에서 '부처의 경지'를 설명하기 위해서 원용할 정도로 깊은 뜻이 담겨 있는데, 일단 학식이나 분별지라는 망상을 덜어내고 또 덜어내어 마침내 지혜마저 덜어내고서 하염없는 무위의 경지에 이르러야 진리, 즉 진여眞如의 경지가 열린다는 것을 강조하기 위해 노자의 '무위'를 인용한다.

이 '무위'를 시론에 적용해보면, 시인이 배운 학식이나 분별지를 덜

---

19   '자연'을 존재론적으로 바꾸어 표현한 것.

어내고 또 덜어내어 '무위자연自然' 즉 '저절로(스스로) 그러함'의 시를 추구해야 비로소 진리를 감춘 참다운 시에 다다를 수 있다고 말할 수 있다. 그렇다면, 무위자연의 시, 곧 '스스로 그러함'의 시는 세계와 대지에서 어떻게 또 무엇으로 존재하는가. 우선, 이렇게 답할 수 있을 것이다. 간단히 말하면 '스스로 그러함'의 시는 음양陰陽의 조화 속에서 태어난다. 다시 말해, '음양의 조화 원리(生生之理)'[20]가 시의 존재 원리가 되는 것이다. 음양의 조화 원리는 귀신의 작용을 가리키므로 귀신이 작용하는 '스스로 그러함의 시'는 생기生氣를 머금은 희미한 '밝음(薄明)'을 띤다.

윤중호의 시가 보여주는 '저 스스로 그러함' 곧 자연에 충실한 시 쓰기에는 타고난 고향 산천의 기운이 작용하는 듯하다. 윤중호가 나고 자란 고향의 시골 풍경이 눈에 삼삼한 시편들을 보면, 심심산골의 자연과 썩 어울리는 시인의 기질과 성정이 자연스럽게 상상된다. 시인 윤중호는 세계와 대지에 작용하는 조화造化의 기운이 시 쓰기의 원천임을 일찍이 '온몸으로' 터득했던 것이다. 이러한 윤중호 시가 태어나는 '조화 원리'를 엿보기 위해서 유고 시집 『고향 길』 앞쪽에 나란히 실린 시 「봄비」, 「올해는」 두 편을 찬찬히 읽는 게 좋다. 시 두 편 모두 고향에 사시는 어머님('엄니')께서 크게('되게') 앓고 계시는 어떤 불행한 경황을 시적 모티브로 삼고 있다.

칠십 평생 처음으로, 지난겨울 되게 앓으신 엄니가
얼굴 그득히 피우신 검버섯

---

20   '생생지리'의 작용, 음양조화陰陽造化의 기운으로서 '귀신'의 공능功能.

황망한 마음으로, 아이들 앞세워 둑길에 나서니

넘어질 듯, 아이들 뜀박질로

들을 가로질러, 앞산 파랗게 키우고, 개울 물소리 들쑤시며

금강까지 내처 몰려가는 풋풋한 물비린내

희미한 빗소리 귀동냥하며

둑길 끝 징검다리 비로소 뚜렷하다

―「봄비」 전문

올해는 등나무꽃도 스쳐갔네

자글자글 눈으로 웃으며

'헉' 숨이 멎어 한참을 바라보던

동네 어귀 등나무꽃.

올해는 금강가를 거닐지도 못했네

반짝이는 은피라미떼 눈 맞추며

며칠씩 걷던 금강 원둑.

올해는 새벽 산길에 핀

쑥부쟁이 따라 건들대지 못했네.

우리 엄니, 부러진 어깨뼈 더디 아물어⋯⋯

―「올해는」 전문

시 「봄비」는 병환으로 '되게'(크게) 앓는 중인 '엄니'가 계신 고향집

에 가기 위해 아이들을 앞세우고 금강가 둑길로 들어서는 광경을 그리고 있다. 시「올해는」도 '어깨가 부러진 엄니'께 병문안하러 고향 산천의 금강가 둑길을 걷는 광경을 그리고 있다. 그런데, 두 시 모두 고향집에 살고 계신 '엄니'가 병환 중인 상황을 모티브로 삼고 있음에도, 두 시에 움직이는 어떤 기운은 서로 사뭇 다르다. 시「봄비」가 '엄니'가 앓고 계신 고향을 찾는 내용임에도, 고향 산천이 발산하는 자연의 맑은 기운에 따라 '아이들'의 생동하는 기운으로 인해 시가 양명(陽)한 기운에 휩싸여 있는 데 반해, 시「올해는」은 페르소나인 '나'(즉 시인)의 시르죽은 기운이 시를 그늘지게(陰) 만든다.

여기서 두 시 모두 직유나 은유, 상징, 알레고리 따위 비유법이나 수사학은 적용되기 어렵고 또 인위적인 시적 기교 따위가 들어설 여지도 별로 없다.[21] 오로지 자연과 인간의 삶이 어우러져 만들어내는 맑고 깊은 혼의 움직임 곧 시정신이 포착한 음양 기운의 작용과 시적 조화造化가 작동하고 있음을 엿볼 수가 있다.

시「봄비」가 지닌 내용은 해석하기가 쉽지 않은데, 이 해석의 불완전성은 오히려 고향 산천의 풍광명미風光明媚에 한껏 어울리는 무위자연의 양명한 기운의 생동을 표현한 탓으로 이해될 수도 있다. 그러므로 인

---

21 '유역문예론'의 관점에서 보면, 기본적으로 시에서의 은유나 상징, 알레고리 등 수사법은 시적 기교나 수식 등 창작 방법을 설명하는 수사학의 범주에서가 아니라, 자연계 혹은 생명계의 비유 차원에서 설명된다. 이 글에 인용된「영목에서」,「詩」등을 보면, 은유나 상징, 알레고리는, 수사를 위한 비유가 아니라, 자연과 생명의 근원적 법칙성에 연결된 비유 또는 '삶의 비유'들이다. 자연과 생명에 연결된 수사이기에, 자연이 내는 '기운'의 움직임이나 역동성이 느껴진다. 윤중호 시가 보여주는 모든 수사는 자연의 근원에 대한 '유비類比' 혹은 '자연의 환유'로서 '비유'라 할 수 있다.

위를 넘어서 무위자연이 이 시가 품고 있는 '시 의식', 나아가 '은폐된 주제의식'이라고 말할 수 있다.

「봄비」가 생기를 머금은 시적 존재로 화생할 수 있었던 것은 어린 자식들을 앞세우고 꿈에도 그리던 고향을 찾은 시적 자아의 환희가 역동적인 생기를 발산하기 때문이다. 더욱이 엄니가 앓고 계신 중임에도 의뭉스럽게도 시인 윤중호는 고향의 자연이 발산하는 밝고 맑은 생기를 시 속에 한껏 부려놓은 것이니, 바로 이러한 엄니의 병마를 내쫓아 극복하게 하는 자연의 기운을 불러들이는 시적 조화의 능력이야말로 윤중호 시정신과 시 창작 원리의 고갱이라 할 만하다.

시 「올해는」의 종결어미 "못했네" 같은 부정형 용언은, 인간 삶의 침침한 기운 탓으로 해석될 수 있다. 풀어 말하자면, 무위자연과 인위적 삶은 서로 대립하고 갈등하지만, 자연의 조화를 체득한 시정신에 이르게 되면, 무위無爲가 인위人爲를 압도하여 괴로운 삶 속에 자연이 저절로 감응하고 상호작용하는 경지가 나타나기도 하는 것이다.

또한, 시 「봄비」의 맨 앞에 "되게 앓으신 엄니"가 나오는 반면, 시 「올해는」의 맨 뒤에 '어깨가 부러진 엄니'가 나오는 것도 음양의 조화에 이른 시정신과 깊이 연관성이 있다. '엄니'의 병환에 대한 염려는 양명한 양기에 풀리기도 하고 어두운 음기에 맺히기도 하는 것. 그러니까, 시는 자연의 기운으로서 음양의 조화 속 기운이 무르익고 응집된 상태의 어느 '시간' 속에서 태어나는 것이다. 이 천지간에 또 자연 속에서 벌어지는 '시간'의 조화를 깊이 감지하는 가운데, 시인 윤중호의 시적 감수성은 밝고 어두운, 굽고 뻗치는 음양 기운의 역동성을 '시적 존재'로서 불러들이고 맞이하는 능력을 터득한 것이다.

위 두 시는 공히 시인의 시 쓰기가 민중적 이념이나 학식 또는 이론과

는 관계없이 '천지간 자연의 기운'을 볼 수 있는 자기自己의 '신령한 눈'
이라는 사실을 잘 보여준다. 자연의 생기를 품은 시는 천지간 조화 속
기운이 어느 순간(時間)에 응집된 '시적 존재'이다. 한껏 생기를 머금은
'시적 존재'에게는 접령接靈하는 신기한 기운이 느껴진다.

5. 자연의 '소리'·'靑山'의 노래

1998년 2월, 윤중호는 세 번째 시집인 『靑山을 부른다』를 펴낸다. 이
시집은 시인의 생전에 출간된 마지막 시집이다. 이 시집에서도 이전 시
집들에서 보이듯이 예의 가난한 이웃들의 애잔한 삶의 이야기와 하찮
게 보이는 생명들에 대한 깊은 성찰들이 돋보인다. 그럼에도 이 시집은
이전 시집에서 찾아볼 수 없는 특징적인 면모를 보인다. 어찌 보면, 이
전 시집과는 달리 한편으로 유별나다 싶은 시 의식을 드러내 보이는데,
그것은 이전 시에서와는 달리 '청산'의 존재를 화두로 삼아 어떤 근원
적이고 초월적인 세계를 추구하는 데에서 비롯된다. 시집 『靑山을 부른
다』만 따로 읽는다면 '청산'의 존재를 찾아가는 시인의 지적 편력이 솔
직 담백하게 펼쳐지고는 있지만, 지적 논리는 옹골지지 못하고 다분히
소산疏散하여 '청산'의 내용을 또렷하게 밝히고 있다는 느낌은 받기 힘
들다. 그럼에도 이 시집이 가지는 깊은 의미는 윤중호 시 세계를 든든히
지탱하는 시 의식의 뿌리를 어루만질 수 있다는 점이라 할 수 있다. 그
리고 중요한 점은 시인이 만난 청산의 존재는 어떤 초월적 관념을 표상
하는 데 그치지 않고 윤중호 특유의 '비근대인'적 감성과 의식의 운동
을 관장하는 독특한 시론의 가능성을 엿보게 해준다는 사실이다.

고려 때 탈속脫俗과 청빈의 이상향을 염원하는「청산별곡靑山別曲」의 '청산'이나 나옹화상懶翁和尙의 게송에서 고결한 정신의 지향점으로서 '청산', 중국의 도가 전통의 시가 등에서 선계仙界의 비유로서 '청산' 등 '청산'의 존재는 동아시아 문학 전통에서는 익숙하다. 문학에서가 아니라도, 국선도國仙道에서 실제로 '청산'이란 도인이 전설처럼 전해진다. 1990년대 중반경 윤중호가 국선도 수련에 열성을 들인 것으로 알려져 있으니, '신인神人'으로 알려진 채 행방이 묘연한 '청산'이란 선사에게 관심을 가졌을 수도 있다. 그러나 신인이건 도인이건 청산선사건, 그런 뜬소문이나 '신비한 도사'의 실존 여부에 혹하는 건 그리 바람직한 일은 아니다.

아무튼 1990년대에「靑山을 부른다」연작시 스무 편을 쓴 것을 보면 윤중호가 '청산'의 존재를 깊이 사유한 것은 분명하다. 이 연작은 '청산'의 존재를 통해 윤중호의 생명관 또는 세계관을 어림할 수 있다는 점에서 그 특별한 의미를 찾을 수 있다.

'청산' 연작은 "靑山은 어디에 있는가?"(「靑山을 부른다 1」)라는 물음에서 시작된다. 세상의 어디에도 청산은 보이지 않는다. 연작 시편들은 하나씩 청산의 은폐된 존재 내용을 드러낸다.

> 靑山, 너머에 또 靑山, 너머 그 너머에
> 무엇이 있을까?
> 살랑대는 바람도 푸르게 자라서 길이 되는 곳
> 나무등걸, 칡넝쿨, 솟을바위, 세상이 버린 멍든 가슴들이
> 막아선 길 끝
> 사람이 만든 길 끝에 서서, 울먹이며

青山을 부른다.

— 「靑山을 부른다4」전문

시인은 "靑山, 너머에 또 靑山, 너머 그 너머에/무엇이 있을까?" 하고
현세적 삶을 초월하는 근원根源을 궁금해하는 중에, 시적 자아는 "살랑
대는 바람도 푸르게 자라서 길이 되는 곳/나무등걸, 칡넝쿨, 숫을바위,
세상이 버린 멍든 가슴들이/막아선 길 끝"에 이르게 되고, 이윽고 시의
끝 구절에서 "사람이 만든 길 끝에 서서, 울먹이며/靑山을 부른다."라고
쓴다. 그러나 시인이 '울먹이며 청산을 부른다'지만, 여전히 청산은 보
이지 않고 알 수 없는 존재로 남아 있다. 청산은 '청산, 너머 그 너머에'
로 이어지는 무한한 존재인 까닭에, 청산은 인간의 감각과 이성으로 찾
아질 수 없는 존재이다. '靑山을 부른다'는 연작시 제목에도 가려져 있
듯이, '청산을 부른다'와 '청산을 찾는다'와의 차이는 청산의 존재 문제
와 관련이 깊다. 청산은 보이지 않고 알 수 없는 '존재'이기 때문에 '청
산을 찾는다'는 적절하지 않다. 그래서, '청산을 부른다'라고 한 것이다.
'부름'은 '나'와 분리된 바깥에서 '찾음'이 아니라 '나'의 '존재' 지평
에서 청산의 존재를 만난다는 뜻을 포함한다. 곧 내 안에서 청산을 '불
러' 청산의 존재와 일치됨을 소망하는 간절한 마음이 투영되어 있다. 그
러므로 '청산을 부른다'는 말에는 초혼招魂하듯이 자기 안의 신령을 부
르고 바깥 사물의 신령과 접한다는 뜻이 내포된다. 시인이 청산을 부른
다는 것은 궁극적으로 자기 안과 자기 밖을 하나로 잇는 '혼의 부름(초
혼)' 또는, 자기 안에 감추어진 '신령'의 부름을 통해 자기 밖 존재들과
영접靈接하는 것이다. 달리 말하면, 우리의 고대 풍류도風流道 정신의 핵
심인 '접화군생接化群生'[22]의 알레고리로 이해될 수도 있다.

靑山이 숲을 이룬 곳에는

뭇 생명이 자란다. 숨을 헐떡이며

개울이 자라고 나무가 자라고, 하찮은 풀잎이나 못 쓰는 돌멩이도
자라서

계곡을 심고, 그곳에 뭇짐승을 키운다.

오지랖도 넓지, 靑山은. 온갖 수모를

대번에 끌어안고 뒹굴어, 섯―

아주 낮은 숨, 하나를 키운다.

　　　　　　　　　　　　　　―「靑山을 부른다3」전문

22　강원도 오대산 월정사에서 열린 '한국문학 심포지움'의 필자의 발제문(2011)을
참고할 수 있다. "신라 말 유학자 고운孤雲 최치원 선생이 쓴「난랑비서문鸞郎碑序
文」입니다. 거기엔 신라의 풍류도風流道가 '포함삼교 접화군생包含三敎, 接化群生'
의 사상에 기초한 '현묘지도玄妙之道'로 기록되어 있습니다. '우리나라에 현묘한
도道가 있으니 풍류風流라 한다. 그 풍류도風流道를 설치한 근원은 선사先史에 자
세히 기록되어 있다. 그 풍류도는 실로 3교敎를 내포하고 있고, 모든 생명체와 접
촉하여 그것들은 생기 있게 변화시킨다. 또한 집에 들어간즉 어버이에게 효도
하고, 나아간즉 나라에 충성하니, 이것은 공자孔子의 가르침이요, 무위지사無爲
之事에 처하여 행동하고 말만 앞세우지 않음은 노자老子의 가르침이요, 모든 악
행을 짓지 않고 모든 선행을 받드니 이것은 석가세존釋迦世尊의 교화다.'(國有玄
妙之道 曰風流, 設敎之源 備詳仙史 實乃包含三敎, 接化群生, 且如入則孝於家……. [「신라
본기」,『삼국사기』])라고 적혀 있습니다. 이 고운 선생이 남긴 비문의 내용을 오
늘 이 자리에서 주목하는 이유는, 풍류도가 외래 사상인 유불선儒佛仙을 주체적
으로 통합하여 만들어졌다는 사실 그리고 그 짧은 비문 내용 속에 우리 민족 고
유의 '생명철학'의 연원을 엿볼 수 있다는 점에 있습니다. 고운 선생의 비문을
여기에 번역하면, '풍류도는 나라에 있는 현묘玄妙한 도道로서, 실로 유불선 삼
교三敎를 포함하고 있고, 그 현묘한 도는 모든 생명체와 접接하여 그것들은 생기
있게 변화시키는(接化群生) 도道'라고 할 수 있습니다. 그러니까 풍류도의 사상
적 연원은 비록 외래 사상인 유불선에 있지만, 민족의 주체적인 정신과 지혜 속
에서 서로 다른 사상들은 종합되고 지양되어 새로운 민족 고유의 '현묘'의 철학

시인은 청산은 '오지랖이 넓다'고 썼지만, 풍류도의 말씀으로 돌리면, '접화군생'에 다름없을 것이다. "靑山이 숲을 이룬 곳에는/뭇 생명이 자란다. [⋯]/개울이 자라고 나무가 자라고, 하찮은 풀잎이나 못 쓰는 돌멩이도 자라서/계곡을 심고, 그곳에 뭇짐승을 키운다./오지랖도 넓지, 靑山은." 그리고 접화군생을 풀이하면, 허령창창虛靈蒼蒼의 조화造化이다. 생기 가득한 생명을 낳고 키우는 허령창창의 조화를 시인은 '청산'이라 부른다.

> 자신의 본디 모습 그대로
>
> 잡풀이 되고, 강이 되고, 곡식이 되고, 나무가 되고, 먼지가 되고,
> 티끌이 되어
>
> 산그늘같이 자라면
>
> 그것이 모두 靑山이라고
>
> 靑山이 그늘 가득한 눈으로 말했다.
>
> —「靑山을 부른다 18」 부분

으로 태어나게 된 것이고, 그 현묘한 철학의 대의大義가 '접화군생'이란 말 속에 들어 있다는 것입니다. 특히 이 '접화군생'이라는 네 글자의 철학적 의미가 신라 이전 역사인 단군신화 시대의 천지인天地人 삼재三才 사상 혹은 '한(一)' 사상과 어떤 사상사적 연관성이 있는지, 또 신라 이후에는 신神과 영靈 혹은 이理와 기氣 같은 우주 생성의 근원적 개념들과 서로 어떻게 만나 어울리며 한국 정신사의 핵심 맥락을 이루어왔는지를 살피는 일은 한국적 사상의 원류를 탐구하는 정신에게는 기본적인 작업에 속한다 할 것입니다. 고대 한국 사상을 압축하여 말하면, 크게 보아, 단군이 신이 되었듯이 한울님의 뜻에 부합하는 인간 존재에 대한 사유로써 설명될 수 있고, 그 사유의 내용들은 신도神道 혹은 신인神人 철학을 통해 상당 부분 밝혀지고 있습니다."(졸고「巫와 東學 그리고 문학」, 『네오 샤먼으로서의 작가』)

접화군생의 화신, 허령창창의 조화는 청산의 별칭이므로, 청산은 천지간 만물 각각에 나타나는 것이다. "자신의 본디 모습 그대로/잡풀이 되고, 강이 되고, 곡식이 되고, 나무가 되고, 먼지가 되고, 티끌이 되어/산그늘같이 자라면/그것이 모두 靑山이라고"에서 보듯, 만상萬象 속에 청산은 나타난다. 따라서 청산은 만유의 각각 고유한 존재들에 고루 작용하는 지극한 생명의 기운, 곧 '지기至氣'를 가리킨다고 할 수 있다.

시집『靑山을 부른다』맨 뒤에 보면, '1997년 2월'경에 쓴 것으로 보이는 짧은 글이 붙어 있다.

제가 태어난 고향은 뒤로 靑山을 두르고 앞으로는 백화산에서 비롯되는 송천강과 장수에서 비롯되는 양강이 만나 비로소 금강이 되는, 맑은 강을 품은 곳이어서, 때로는 靑山이 기르는 뭇짐승들이 강물에 목을 축이기도 하고 靑山을 비추며 한갓지게 흐르던 강물이 때로는 靑山을 뻘겋게 할퀴며 요동치기도 하였습니다.

그곳에서 靑山이 키우던 뭇짐승의 하나로 자랐던 나는 내가 살던 靑山이나 금강에 대한 고마움도 모르고 뿔난 송아지처럼 나부대면서 '싸전 병아리처럼' 바쁘게만 떠돌다가 겨우 몇 해 전에 우연찮게도 청산에 대해서, 청산이 키우는 강이나 뭇 생명의 소중함에 대해서 다시 만나게 되었습니다.

소나무는 소나무대로, 또 참나무 오리나무 싸리나무 사철나무 진달래 고사리 옻나무 산철쭉 하다못해 음지에서만 자라는 버섯까지 그리고 멧돼지 노루 살쾡이 고라니 산토끼 다람쥐 매 꿩 멧비둘기 참새 하다못해 들쥐 새끼나 개똥까지, 제 본디 모습대로 제 깜냥껏 자라면서 靑山을 이루고, 또 靑山이 그것들을 감싸 안아서 제 본래 모

습대로 키우는 그런 세상이 우리가 살아가야 할 우리가 만들어가야
할 그런 세상이 아니겠냐는 주제넘은 생각도 해보았습니다.

윗글을 보면, 청산은 고상한 이념이나 특정 도인의 비유가 아니라 시
인 윤중호가 나고 자란 고향의 자연 그 자체를 이름한다는 것을 알 수
있다. 고향의 산천초목과 그 안에서 사는 낱낱의 생명들 모두와, 한갓
지게 흐르는 강물 등 고향의 자연 그 자체가 '청산'이다. 이 글에서 알 수
있는 것은 시인은 청산을 실존 인물이 아닌 생명계에 감추어진 진리로
서 이해하게 한다는 점이다.

이렇게 보면 윤중호의 생명관의 표상으로서 청산의 존재는 허령창
창한 기운, 즉 지기의 표현이며 동시에 시인이 태어나고 자란 고향 산
천의 자연과 깊이 연관된다는 사실을 알 수 있다. 이 말은 지극한 기운,
즉 '한울'[23]의 비유인 청산은 자기 바깥에서가 아니라 시인의 고향으로
상징되는 '자기 안'에서 만날 수 있고, 아울러 그 청산은 무위자연에 합
일된 존재(無爲而化)라고 이해될 수 있다.

이 시집에 실린 모두 스무 편의 「靑山을 부른다」 연작은 시인이 청산
의 존재를 탐구한 끝에 청산은 청산으로 표상된 생명계의 진리 자체이
며 그 진리란 다름 아닌 시인의 고향의 자연에서부터 찾아질 수 있음을
터득해가는 사유의 궤적이라 할 수 있다.

이렇듯, 청산은 지기(한울)이고 자연이다. 청산의 존재는 천지간 만
물 안에 없는 데가 없다. 그러함에도 여전히 세상은 슬픔으로 가득 차
있다. 이 모순을 어떻게 극복할 것인가. 시인 윤중호가 보기에 세상의

---

23   동학에서 '지기至氣'는 '한울'이다.

슬픔은 세상의 부조리와 모순투성이에서 기인한다. 천지간에 편재하고 세상을 움직이는 청산의 존재에 대해 한편으로 회의와 의문이 생기게 된다.

> 겨울바람에 몸뚱이를 내맡기듯
> 벗어버린 세상의 질긴 모습들이 슬프다.
> […]
> 눈 들어 다시 세상을 바라본다.
> 靑山은 아름다운가?
>
> —「靑山을 부른다 10」 부분

"靑山은 아름다운가?" 이 반문을 해소하기 위해선, "겨울바람에 몸뚱이를 내맡기듯/벗어버린 세상의 질긴 모습들이 슬프다."라는 말을 깊이 이해해야 한다. 왜냐하면 "벗어버린 세상의 질긴 모습들이 슬프다."에서 청산의 존재는 반어로서 존재하기 때문이다.

'세상의 질김'이 자아낸 슬픔은 '질경이'처럼 청산의 질긴 생명력을 말한다. 세상살이의 슬픔은 '들풀'처럼 질긴 '청산'의 존재 방식이다. 세상의 슬픔은 질경이같이 질기기에, "靑山이 울고 있다. 하루 점두록/모진 인연의 뿌리를 손에 들고/靑山이 울고 있다."(「靑山을 부른다 13」)라고 적는다. 그러니 '靑山'은 세상의 모든 '슬픔' 속에 있으니, 슬픔은 피할 것이 아니라 살펴지고 깊이 아껴져야 한다. 청산은 곧 한울이니 '모심(侍)'을 받아야 한다.

삶의 진리인 청산의 존재가 아픔과 슬픔 속에서 찾아진다면, 역설적이게도 아픔과 슬픔은 삶의 지극한 힘이 된다. 이 절망과 고통의 역설을

560

"아하! 어둠 속에서 산이 자라는구나 […] 뉘엿뉘엿 지는 저 달그림자처럼/절망 속에서만 사랑이 자라는구나."(「밤길 4」)라고 시인은 적는다.

'청산을 부른다' 연작 시편들을 살펴볼 때, 시인 윤중호는 '아름다움'과 세상의 '슬픔'은 둘이 아니라 하나라는 불이不二의 진리를 깊이 터득한 듯하다. 세속의 온갖 모순과 부조리가 만드는 고통과 슬픔 속에서 진리는 찾아지고 그 진리의 표현으로서 '아름다움'이 구해진다는 대승적 정신이 깊고 단단하다.

'청산을 부른다' 연작에서 주목할 사실은 '청산의 노래'로 비유되는 '자연의 소리'에 관하여 시인의 깊은 사유가 개시되어 있는 점이다. 청산이 '저 스스로 그러함(自然)'을 드러내는 형식은 '소리'이다. 윤중호가 갈구하는 '소리'는 물리적인 소리 너머에서 접하는 정신적인 소리이다. 들리지 않는 '소리의 소리', 따라서 들리지 않는 소리, 곧 소리의 소리를 듣는 이가 바로 시인이다.

천지간 만물은 저마다 소리의 존재이고, 만물이 저마다 지닌 자연의 소리가 '청산의 노래'이다. 청산의 노래는 근원의 소리에 대한 비유이다. 시인은 청산의 노래를 부를 줄 아는 이이다. 시인 윤중호의 소리에 대한 각성은 "사람이 그리워 靑山을 오른다/골골, 메아리처럼 스러질/靑山이 기르는 소리가 되기 위하여……."(「靑山을 부른다 9」)라는 진정한 '소리'를 터득한 시인됨의 수행으로 이어진다.

하지만 근대적 기술 문명의 온갖 소음 속에서 '소리'의 존재는 오리무중이다.

　　소리여, 너는 어디에 있느냐

　　세상의 칼날 끝으로, 절뚝거리며

엇모리 장단으로 거슬러 오르느냐
구정물이 되어, 세상의 가장 더러운
구정물로 떠돌며
기다리는가?
제풀에 미친 세상의 끝에서
흘러가는가?
일어나라 일어나라 소리여
눈물만 한 사랑이 어디 있느냐
슬픔만 한 믿음이 어디 있느냐

—「노래 4」전문

　물질 만능의 세상에서 '소리'는 "절둑거리며/엇모리 장단으로 거슬러 오르"고, "세상의 가장 더러운/구정물로 떠돌"고 있다. 타락한 소음들이 넘쳐나는 지금-여기서 사라진 '소리'에 대한 시인의 간절한 소망이 드러난다. 시인은 "소리여, 너는 어디에 있느냐", "미친 세상의 끝에서/[…]/일어나라 일어나라 소리여" 하고 사라진 '소리'를 찾아 간절하게 부른다. 사라진 '소리'는 물질문명에 의해 소외된 고향의 소리 곧 자연의 소리이다. 그 고향 산천의 자연의 소리가 다름 아닌 '청산의 노래'이다.

　하지만 고향의 소리도 사라졌다. 고향의 소리가 사라진 것은 고향이 우리 삶에서 소외되어 있다는 말이다.

　우리들의 노래는 별똥별이 되지 못한다.
　가난한 봄노래는

감꽃을 세면서 흘러가고
면 단위 추석 콩쿠르 대회에서
일등상을 먹었던 구장터 이모부의
셋째 딸은 집을 나갔다.
아무 기별도 없다.

도리깨 타작을 하면
주녀리콩만 한 것들이, 소리도 없이
먼저 튀어오르는데
아무 기별도 없어서
우리들의 노래는 별똥별이 되지 못한다.

—「노래 2」전문

 사람의 삶과 자연의 소외가 악화일로인 세상에서는 생명의 '노래'
도 소외되게 마련이다. 삶의 생기를 잃은 노래는 자연의 힘을 잃은 소
리이다. 고향 마을에 떠도는 대중가요 소리는 "우리들의 노래는 별똥
별이 되지 못한다." 온종일 세속적인 노래들은 넘쳐나지만, 노래는 자
연의 생기를 일으키지 못한다. 시인은 고향에서 작위적이고 감각적인
음악과 노래에 취한 이웃들을 본다. "가난한 봄노래는/감꽃을 세면서
흘러가고/면 단위 추석 콩쿠르 대회에서/일등상을 먹었던 구장터 이
모부의/셋째 딸은 집을 나갔다./아무 기별도 없다."라고 시인은 적어놓
는다.
 시인 윤중호에게 소리는 문명이 만든 작위적인 소리가 아니다. 근대
문명에 의해 파괴당하고 막다른 지경으로 내몰린 자연의 소리이다. 그

리하여 시인은 '자연의 소리'를 듣기 위해 애쓴다.

> 자네 보았나?
> 저렇게 여린 꽃대궁에
> 얼굴 부비며
> 강보다 더 빨리 궁구는
> 새벽 안개를,
> 들어보았나?

—「노래 5」부분

　윤중호가「靑山을 부른다」연작 스무 편에 이어「노래」연작 다섯 편을 썼다는 것은 여러모로 의미심장하다. 청산의 존재를 '부르다' 보니 '청산의 노래'를 깊이 사유하게 된 것이다.

　따라서 청산의 노래는 자연의 소리이니, 윤중호의 시가 자연에 깊이 부합하는 고향의 언어를 찾고 그 고향의 소리 언어를 잃지 않으려 무진 애를 쓴 사실은 깊이 주목되어야 한다. 윤중호가 스러져가는 고향의 말투와 방언이니 사투리 등 '소리말'들을 찾아 일일이 먼지를 털고 아름다운 시어로 살려낸 철학적·미학적 배경이 바로 여기에 있었던 것이다. 그것은 쑥부쟁이, 질경이를 비롯한 하찮은 들풀들의 소리이거나 고향 강가에서 듣던 강물 소리이거나 온갖 스러져가는 사물들이 내는 신음 소리이거나…….

　시인 윤중호의 세계관은 천지간 조화造化로서의 생명관과 다르지 않으니, 이성적인 존재를 넘어 '천지간에 가장 신령한 존재로서 사람(最靈者)'으로 돌아감을 뜻하는 원시반본原始返本의 뜻이 깊이 자리잡고 있다. 나로선, 윤중호가 찾아 헤맨 '청산'의 존재는 '최령자最靈者'로서 지인至人이 아닌가 생각한다. 이성적 근대인을 넘어선 '비근대인'은 '가장 신령한 존재'라 할 수 있다. 윤중호의 시가 품고 있는 드높고 아름다운 메시지는 시인 자신이 알게 모르게 시인의 존재를 시천주 또는 최령자의 진정한 화신임을 보여주고 스스로 실천했다는 점에 있지 않을까. 생명계에서조차 소외된 '들풀'이 내는 '소리'를 듣고 바로 볼 수 있는 '시천주-최령자'로서의 시인. 윤중호 시에서 최령자로서 시적 자아는 힘없고 소외된 존재들에게 하염없는 관심과 깊은 마음을 표한다. "하찮은 풀잎이나 못 쓰는 돌멩이도 자라서/계곡을 심고, 그곳에 뭇짐승을 키운다."(「靑山을 부른다 3」) 여기서 시인의 훌륭한 스승인 문학평론가 김종철 선생이 시인 윤중호를 회고한, 정곡을 찌르는 말이 다시 떠오른다. "시인 윤중호는 […] 무엇보다도 사회의 밑바닥 사람들과 함께 있는 것에서 행복을 느낀 철저한 '비근대인'이었다."

응당 '최령자'로서 '비근대인'인 시인은 "풀잎이나 못 쓰는 돌멩이도 자라서" 부르는 노래를 보고 듣는다. 청산에 가득한 조화의 노래를. "아주 낮은 숨, 하나를 키"(「靑山을 부른다 3」)워서 부르는 아주 낮고 낮은 '들풀의 소리'를.

青山은 어디에 있는가?

함부로 부는 바람에
나뭇잎 깨어나는 소리, 저 높은 곳
두런대는 산들의 소리 들리는데…….
—「青山을 부른다 1」 부분

6. 가난한 저잣거리의 시인, 진흙 속의 연꽃

칼 융C. G. Jung에 기대어 말하면, 시인 윤중호가 다다른 '청산'의 경지
는 자아가 지닌 비좁은 의식의 흐름과 가늠키 힘든 무의식의 심연을 자
기 마음에 통합하는 심리적 '대극對極 합일'의 상태를 가리킨다. 삶에서
고투와 자기 정진을 통하여 '자기실현'을 이루고 마침내 '자기 원형'이
라는 정신의 보편성으로서 청산을 만난 것이다. 청산은 모든 사람 안에
잠재해 있는 부처와도 같다.

그러나 중요한 사실은, 시인 윤중호는 결코 세속을 떠나지 않고 오히
려 비루하고 가난한 저자를 찾았고 그 저잣거리에서 마침내 청산을 만
났다는 점이다. 윤중호는 더러운 세속을 깔보거나 버리지 않았고 세속
에서 정직하고 소박한 삶을 살며 시를 썼다. 그 자신이 겸허하게 가난한
이웃의 삶과 동행하였고 자기를 낮추고 또 낮추며 사회적 의로움을 행
하였다. 이런 까닭에 시인 윤중호는 대승불교적 자각에 이른 큰 보살菩薩
이라는 생각을 갖게 된다. 또, 저 중국의 늙은이는 화광동진和光同塵이라
했던가, 윤중호의 모든 시편들은 여명같이 맑고 은은한 빛을 띤다.

올해는 벗 윤중호 시인이 이승을 하직한 지 18년이 되는 해이다. '세
상은 여즉 이 모양'인데 그리운 시인은 저 하늘가에서 눈에 익은 예의
너털웃음 표정만 지을 뿐 말이 없구나. 오래전 순간들이 주마등처럼 떠
오른다……. 벗 중호가 갑자기 중병으로 누웠다는 소식을 접하고선 며
칠 후 시인의 누이인 연탁(蓮澤: 속명 京淑) 스님이 있는 충북 옥천 소재
작은 선원禪院에서 요양 중이던 벗을 찾아간 기억이 난다. 따가운 늦여
름 햇살이 들녘에 촘촘한 벼들을 노랑물 들이던 어느 오후, 투병 중인
벗 중호에게 차를 몰고 길을 물어 찾아갔다. 선원의 좁은 마당에서 만

난 우리 둘은 반가운 인사를 짧게 나눈 후 대화를 제대로 잇지 못하던 중, 저녁 산 그림자가 마당에 반쯤 내려왔을 즈음, 잠시 무거운 분위기를 벗어던지듯, 벗 시인은 담담히 말했다. "이러지도 저러지도 못하게 꼼짝없이 죽게 되었어." 벗의 말 속에는 '재수 없이 일찍' 죽음을 수락할 수밖에 없게 되었다는 쓸쓸한 탄식 그리고 남겨진 가족들에 대한 미안함과 염려의 마음이 사무치듯이 깊이 새겨져 있었다. 그날 해가 지면서 어둑해지는 절간 옆 공터에서 벗에게 투병 의지를 잃지 말라는 간절한 당부를 남기고 헤어졌고, 그날 밤 이슥도록 술에 취했던가. 너무 급속한 병세 악화로 그해 9월 3일(음력 7월 19일) 벗은 영면에 들었고, 나와는 그날 오후의 만남이 벗과의 마지막 인사가 되고 말았다. 귀신도 펑펑 울고 갈 가난한 시혼이 세상을 떠난 것이다…….

이제, 『윤중호 시전집: 詩』에 붙이는 '해설'을 마치면서 잠시 나 개인적으로 쓸쓸한 추억을 회고하고자 한다. 벗 송재면, 그리고 벗 윤중호. 1976년 대학 신입생 시절 어느 봄날에 '철없는 반항아'에게 싱그런 아카시아 향기처럼 문득 찾아온 시인 송재면. 나는 벗 재면을 통해 처음 시를 접하게 되었다. 시를 모르고 외려 우습게 알던 나에게 시라는 존재를 처음 소개한 것이다. 그리고 며칠 후던가, 재면은 시인 윤중호를 소개했고 그 즉시 우리는 벗이 되었다. 무심한 세월은 속절없이 흘렀고 1990년대 말 재면은 스위스 취리히에서 갑작스런 와병으로 세상을 떠났고, 며칠 후 재면의 고향집이 있는 대청댐 옆 동면 마을에서 유골함에 담긴 벗의 넋을 마주했다. 그날 밤늦게 서울서 내려온 벗 중호와 독하게 술을 마셨던가. 무심한 하늘이 야속했던가. 돌아보니 두 벗 세상을 뜨기엔 너무 이른 나이였다.

금강 원둑길 따라 느릿느릿 걸어와

비죽이, 황소 웃음으로 세상 넉넉히 채우더니

볼장 다 본 세상, 볼 게 뭐 있느냐고

마른 입맛 다시며

문득 강 안개 사이로 사라진 친구여,

밤새 마셔도 목말라

방아실 골안개 지기 전에

눈물 흔적 지울 수는 있지만, 어찌 볼거나

고향 가는 길옆, 그대 무덤가에

움쑥 자라는 봄풀을……

                —「엎드려 절하며 쓰는 글—故 송재면에게」 전문

  홀로 이승에 남겨져 두 벗을 그리노라, 두 해맑은 시혼을 목 놓아 부르노라.

(2022년)

이슬의 시, 鬼神의 시
— 『조재훈 문학선집』 발간에 삼가 부침

1.

시인 조재훈 선생님을 처음 뵌 것은 1985년 즈음, 소생이 충남 대전 지역의 진보적인 문학동인 잡지인 『삶의문학』의 편집장을 맡고 있을 때라고 기억한다. 1980년 광주민주화운동을 시민 학살로 진압한 '신군부' 군사독재정권이 들어서서 온 나라가 참담하게 짓눌려 있던 시절, 운동권연하던 이 문학잡지에서 인연인지 우연인지, 일종의 객원편집장직을 맡던 시절이었다. 편집장 직책이었던 만큼, 자연스레 민주화운동에 나선 제자 또는 후학들 뒷바라지하시는 데 또 그들의 안위를 노심초사하시느라 하루도 편할 날이 없으셨던 선생님을 무슨 모임이나 집회 자리에서 가끔 뵙게 되었던 것. 하지만 몸에 맞지도 않는 옷을 벗어버리듯, 객원편집장직을 그만두고 나서 선생님을 뵙지 못하고 있다가 1990년 어느 가을날, 전혀 짐작조차 하지 못하게 문득 선생님의 방문을 맞게 되었는데, 그때가 바로 대전의 충남시청 앞 형제삼계탕 3층 쪽방에서 개업한 '솔출판사' 창업 날이었다. 당시 몸 둘 바 몰랐던 기억, 지금도 그때를 떠올리면 선생님의 하염없는 사랑에 그저 머리만 깊이 숙일 따름이다.

이번에 출간되는 『조재훈 문학선집』(솔, 2018) 원고들을 살펴보다 숨이 멎듯 잠시 의식의 꺼짐마저 느껴지는 시 한 편이 있으니, 1993년 시인 정영상 군의 느닷없는 죽음을 애통해하시는 선생님 마음이 담긴 시 「너, 그렇게 가기냐―영상이에게」. 애절양이랄까, 밑도 끝도 없는 애섧음이 절절하여 시를 읽는 소생마저 눈시울이 뜨거워지고, 『삶의문학』 편집장 시절에 가끔씩 만났던 정영상 시인의 선한 심성과 해맑은 눈매가 자꾸 떠올라 도리질해야 했다. 선생님의 가없는 제자 사랑은 익히 들어온 바이지만, 이번 『조재훈 문학선집』에 실린 여러 편의 시들에서 선생님의 제자 사랑이 타고난 천성이요 운명이라는 걸 새삼 깨닫게 된다.

그 후 서울로 이사하여 선생님을 거의 잊고 살았고 세월은 속절없이 흘러 2007년경에서야 선생님 소식을 접했다. 민족문학작가회의를 탈퇴하셨다는 소식이었는데, 이미 2000년 민족문학작가회의를 탈퇴한 소생으로선, 무덤덤한 소식이었다. 가끔 들려오는 말로는, 선생님이 탈퇴하신 까닭이 '민족문학작가회의'라는 이름이 '한국작가회의'로 바뀐 내력에 대해 비판하시고 작가회의 탈퇴로서 의사를 표시하신 것이라는 전언이었다. 선생님의 작가회의 탈퇴는 자발적으로 '조직과 중앙의 문학'을 버리고 '고독과 변방의 문학'의 길을 선택하신 것이다. 비록 중앙 권력인 작가회의라는 조직을 떠나 변방의 길을 택하셨지만, 이 고독한 선택이야말로 문학의 개벽, 문학의 신천지로 나아가는 길이며, 옛 현인들의 말씀대로 도를 깨치는 길임을 어렴풋이나마 알게 된다.

'변방의 문학'이라고 썼지만, 젊은 조재훈 선생님의 시와 논문들을 살펴보면, 기실 충청도는 변방의 지역이 아니다. 선생님의 시에서, 충청도를 가로지르며 흐르는 금강錦江은 그 자체로 온갖 삶들을 낳고 기르는 생명터이다. 나아가, 선생님의 사유를 더 깊이 천착하면, 사람들이 모여들어 더불어 살아가는 모든 지역들은 저마다 중심으로서 서로 교류하는 '유역流域'이다. 선생님의 역저『동학가요연구』와『백제 가요연구』는 '유역' 문학의 소중한 사상적 · 미학적 뿌리를 이루고 있다.

2.

시인 조재훈의 시편 전체를 개관하면 정형적 서정시 형식을 지키고 있다는 점이 우선 눈에 띈다. 시의 외모는 정갈하다. 하지만, 시의 내면은 지독하기도 또 애달프기도 한 가난과의 동고동락이 있고, 지식인으로서 소외되고 압박당하는 민중에 대한 부채 의식과 책임감이 있다. 시적 정서는 곧고 열정적이고 치열하다. 가난과의 동고동락이나 민중애民衆愛 그리고 정갈한 시적 풍모로 보면 시인이 자기 신세를 두보杜甫에 투사投射하는 것도 자연스럽다 할 것이다. 두보는 괄목상대할 시인 됨에 대한 자기 투사이다.

불의하고 삭막한 물질 만능 세상에서 삶의 터전을 잃고 떠도는 가난한 민중들에 대한 연민 또는 의로운 연대감이 조재훈의 시작의 원동력이 되고 있음은 익히 알려진 바대로이다. 그러나, 조재훈 시 세계에서 주목할 것은 무엇보다 백제의 유민의식이요, 이에 짝을 이룬 동학東學일 것이다. 백제의 유민의식을 드러내는「또 부여에 와서」,「또 부여에 가서」,「눈발 흩날리는 날에」,「부여행扶餘行」연작, 백제혼을 불러들임하는 「왔소배」 같은 시 그리고 동학에서 나온 많은 시편들을 여기에 다 소개할 수는 없다. 다만 여기서 동학사상이 어떻게 시인의 시정신에 깊숙이 연루되어 있는지를 살펴볼 필요가 있다.

동학의 '시천주侍天主 주문呪文'21자에 생명의 진리가 담겨 있다고 한다. 동학을 연구하는 이들 중에는 앞의 8글자 '지기금지원위대강至氣今至願爲大降' 즉 강신주문降神呪文을 빼고 뒤의 13글자 '시천주조화정영세불망만사지侍天主造化定永世不忘萬事知'만을 해석하고 만다. 물론 진리의 중핵은 13글자이지만, 진리를 심신에 '불러들임'하는 주문은 앞의 8글자로 보아야 한다. 수운 선생께서 수련 중에 '한울님 귀신'과 접신하고 크게 깨치셨듯이, '지기금지원위대강至氣今至願爲大降' 즉 강신 혹 접신이 중요한 것이다.

그렇다면 귀신은 무엇인가. 해월海月 최시형崔時亨 선생은 "움직이는 것은 기운이요 움직이고자 하는 것은 마음이요 능히 구부리고 펴고 변하고 화하는 것은 귀신이다(動者氣也 欲動者心也 能屈能伸能變能化者 鬼神也)." 라고 설했다. 태극이 움직여 음양陰陽이 생기고 음과 양이 서로 조화하는 이치에 따라 천지간 천변만화가 이루어진다. 음양의 조화造化가 곧 귀신이다. 해월 선생은 다시 이렇게 말한다. "귀신이란 천지의 음양이요 이기의 변동이요 한열의 정기이니 나누면 한 이치가 만 가지로 달라지고 합하면 한 기운일 따름이다.(鬼神者는 天地之陰陽也요 理氣之變動也요 寒熱之精氣也니 分則一理萬殊요 合則一氣而已니라.)" 한寒과 열熱이 서로 어울려 생긴 정기精氣가 귀신의 조화이다.

조재훈 시인의 시들은 이 귀신의 조화로서 정기의 산물이라 해도 과언이 아니다. 조재훈의 시는 궁극적으로 시인 자신만이 아니라 읽는 이의 기운을 바르게 하여 마음을 다스리게 한다. 하지만 중요한 것은 귀신이 작용하여 시를 생동감 있는 '시적 존재'로 조화造化한다는 사실이다.
가령, 조재훈의 시편들 중에 「이슬」이라는 시가 있다.

은하 한녘에

밤새 숨어서

피어나던 박꽃이든가, 구슬이든가

강물에 꽃잎을 뿌리며

몸을 닦는다

구불구불 삼십 고개 사십 고개

해발 몇 천의 뱀 같은 고개를 넘어

몇억 광년 십자성의 징검다리를 건너

네 꽃의 알몸에

닿는다. 아, 떨어져 있음과 떨어져 있음의

불 같은 붙음

만인에게 밟힌 만 개의 돌이

한 개의 옥으로 빛남이여

두 개 알몸의 섬에

하나의 깃발로 펄럭임이여

향그런 숲속의

새소리, 바람소리

가슴이 불러

숯불처럼 이글거리는 별들의 마음

들꽃 그 이마에

'유' 나는 사투리로

매달리던 구슬이든가, 박꽃이든가

　이 시에서 '이슬'은 귀신의 알레고리이다. '사물의 본체'이며 자연의
본성이기도 한 귀신[1]의 조화造化가 그러하듯이, 이슬은 천변만화로 무
한 변신한다. 이슬은 물 알갱이다. 물은 생명의 근원이기도 하다. 시인
의 다른 시편「물의 말씀」은 생명의 근원인 물의 성질을 통해 시의 본질
을 찾고 있다. 시인은 "낮은 것을 구하라/흘러가며 어디서나/소리를 내
네//이제, 겨우/헤아리겠네/둥근 그 말씀" 같은 시구에서처럼 시의 본
질이 물의 성질과 같음을 천명한다. 물론 이러한 시구는 노자老子의 상
선약수上善若水와 같이 올곧은 생활을 하기 위해 생명의 근원으로서 물
의 성질에서 터득하는 지혜에서 나오는 것이다. 그러므로 '이슬'은 생
명의 근원에서 나오는 환유이다. 다시 말해, 생명의 근원을 비유하는
"은하 한녘에"서 "밤새 숨어서" 있던 무수한 존재들을 '불러들임'한 도
저到底한[2] 시정신을 드러낸다. 사물들 각각을 '불러들임'으로써 사물들
은 각자各自로 실존한다. 동학으로 말하면, 각지불이各知不移. 생명의 근
원은 보이지 않는 법이니, 그래서 '밤새 숨어서 피어나던'이라는 표현
이 나온다. '박꽃'과 '구슬'은 일견 아무 연관성이 없어 보이지만, 보이
지 않는 근원에서 보면, 그 둘은 환유 관계일 뿐 아니라 생명의 근원인

1　귀신의 존재에 대해 공자孔子가 한 말씀으로 알려진 『중용』16장의 다음 구절.
"귀신의 덕은 성대하구나. 보려고 해도 보이지 않고 들으려 해도 들을 수 없고,
사물의 본체가 되어 빠뜨릴 수 없다. […] 넓고도 넓어서 그 위에 있는 듯하고 그
옆에 있는 듯하다." 북송의 성리학자 정자程子는 "귀신은 천지의 공용功用이며
조화의 자취이다."라 했다.
2　학식이나 생각, 기술 따위가 아주 깊은.

이슬의 환유이기도 하다. 생명계에 '숨어서' 서로 연결되어 있는 존재끼리의 환유. 일체 만물이 생명의 근원인 이슬의 환유로 연결되어 있기에,

> 강물에 꽃잎을 뿌리며
> 몸을 닦는다
> 구불구불 삼십 고개 사십 고개
> 해발 몇 천의 뱀 같은 고개를 넘어
> 몇억 광년 십자성의 징검다리를 건너
> 네 꽃의 알몸에
> 닿는다. 아, 떨어져 있음과 떨어져 있음의
> 불 같은 붙음

같은 시구에서 보듯이, 생명의 근원을 각성한 시적 자아는 "강물에 꽃잎을 뿌리며/몸을 닦는" 거룩한 존재로서의 자기 각성에 이르게 되고 동시에 광대무변하는 우주적 존재로 확장되어 우주론적 상상력이 펼쳐진다. "아, 떨어져 있음과 떨어져 있음의/불 같은 붙음"이라는 표현은 '박꽃'과 '구슬'의 붙음이나 마찬가지 의미이다. "떨어져 있음과 떨어져 있음의/불 같은 붙음"은 각자가 이질적 존재임을 알면서도 근원에서 보면 하나로 귀의한다. 동학사상으로 말하면, 각지불이各知不移요 불연기연不然其然의 이치이다.

그러나 이 시가 정작 의미심장한 것은, 시도 생명의 기운을 넣어야 비로소 시가 된다는 사실을 깨닫고 있다는 사실에 있다. 이 시가 생명 있는 시적 존재가 될 수 있는 것은 '이슬'의 환유에 귀신의 무궁한 변화가 개입되어 있기 때문이다. 곧 '이슬'은 "밤새 숨어서/피어나던 박꽃

이든가, 구슬이든가"로 환유한다. "~든가"라는 말은 환유의 고리가 수없이 이어져 있음을 보여준다. 우주론적 생명의 무한한 고리를 숨기고 있는 셈이다. 무진장한 인연의 그물망을 자각하고 있는 것이다. 무한한 한울님 속에 "숨어서" 뭇 생명은 저마다 자기 존재를 드러낸다. 이 드러냄은 하이데거식 '존재'의 드러냄이기도 하지만, 존재의 드러냄은 귀신의 활동을 드러냄이라는 점을 이해하는 것이 중요하다. 생명의 근원인 영롱한 이슬의 존재를 자각할 때, 이슬은 박꽃이든가 구슬이든가 별이든가 무엇으로도 변신하여 '존재자의 존재'가 될 수 있는 것이고, 이러한 보이지 않는 무질서(不然)가 보이는 질서(其然)로 변화하는 것, 그것은 바로 귀신의 활동에 의해서 '드러난다'.(「불연기연不然其然」,『동경대전東經大全』참고)

이처럼 조재훈 시인의 많은 시들은 신이神異한 기운을 '불러들임'으로써 생기를 머금은 시적 존재들이 된다. 그 신이한 기운의 불러들임은 시적 자아의 내면에 숨어 있던 무巫의 활동에 의해서 이루어진다. 조재훈의 시정신 차원에서 보면, 귀신의 '불꽃' 같은 활동 그 자체가 '말씀' 곧 시의 조건이 되는 셈이다. 시인의 시적 비유로 옮기면, "숨겨둔 혼의 불"(「마른 꽃대궁을 태우며」)이 시이다. '혼불'은 시의 '존재' 자체이다.

동아시아의 근원적 사상에서, 귀신은 존재의 조건이다. 1970~1980년대에 쓴 시에서부터 2010년대 중반을 넘겨 쓴 근작시까지 시인 조재훈은 시 자체의 '존재' 다시 말해 '시의 실존'을 끊임없이, 줄기차게 추구해왔다. 비근한 예를 셀 수 없이 들 수 있다.

(1)
삐르르 삣쫑 삐르르 삣삣쫑

못질한 창문을

힘차게 열어제치듯

종다리가 운다

—「종다리」 부분(선집 제2권)

(2)

엇샤엇샤

어깨에 어깨를 잡고

강물 되어 바다에 닿는 소리를

들은 일이 있는가

[…]

늬들 고생 안 한 것들 뭐 알겠냐

늬들 책상물림 뭐 알겠냐

늬들 배부른 녀석들 뭐 알겠냐

지렁이 있지 않어, 바로 그게 지룡地龍이라구

—「물처럼, 바람처럼」 부분(선집 제2권)

(3)

간밤 소곤소곤

어둠을 적시더니

오늘은 연두빛 봄하늘

종달이 비비 삣쫑 하늘 높이 날으니

강 건너 불알친구 보고 싶구나

—「대통령 자전거 꽁무니에 매달린 술통」 부분(선집 제2권)

(4)

비실비실 뒷걸음질쳐 얼굴을 가리지만,

타오르는 목숨의 아궁이에

불을 지피면

참아라 참아라

발열하던 꽃들의 나직한 소리,

—「월동越冬」부분(선집 제2권)

"삐르르 삣종 삐르르 삣삣종", "따다탕 플라스틱"(「아가의 총銃」)같이 느닷없이 발화되는 소리들은 바로 그 느닷없는 화용話用 때문에 시는 의미를 넘어서 시 자신에 생기의 불을 지피게 된다. 시가 스스로 자기 존재감을 '불러들임'하는 것이다. 시어로서의 생생한 소리말의 작용은 그 소리가 개념의 시어가 아니라 존재의 실감實感으로서의 시어임을 드러내는 것이다. "간밤 소곤소곤/어둠을 적시더니"라거나 "종달이 비비 삣종 하늘 높이 날으니" 등의 소리말들은 의미 소통을 위한 말들이 아니라 소리의 존재감을 통해 시의 존재감을 드러내는 구실을 한다. "비실비실 뒷걸음질쳐 얼굴을 가리지만,/타오르는 목숨의 아궁이에/불을 지피면/참아라 참아라/발열하던 꽃들의 나직한 소리,"에서 '비실비실' 같은 소리말은 그 자체로 시적 존재가 내는 숨결이라 할 수 있으며, "참아라 참아라" 같은 내면적인 소리도 의미 소통의 언어이기 전에 시가 내쉬는 작은 숨소리로 들린다.

진눈깨비 스륵스르륵 해소처럼 나리는 저녁

어두운 다릿목 벌거벗은 버드나무 아래서

고무신짝을 끌며 담뱃불을 붙인다

단추를 꼭꼭 잠그고, 제 몫의 봉지를 들고
저마다 종종걸음으로 집으로 돌아가고

니나노 한고비의 술집을 지나
연탄재 날리는 골목을 거쳐
우시장을 질러서 보리밭으로
뚜벅뚜벅 바람은 불어오는데

흔들리는 버드나무 가지로
하나둘 창마다 불이 켜지면
피에 피를 섞어, 살에 살을 섞어
엉덩이로 허리로 돌아가는
돌아가는 불빛들을
멀리서 바라다본다

가슴뿐인 가슴에 빈손을 얹고
별들은 가리워 보이지 않는데
머리 들고 우는 버들가지여
밟혀도 밟혀도 질경이처럼
밟히지 않는 가는 가지에
젖꼭지인 양 수없이 눈이 매달려 있나니

눈에는 삼십 리 시골길

나무 팔러 가던 겨울길이 길게 누워 있고,

조선낫의 흐느낌이 숨어 있어,

언 땅에 천년쯤 뿌리 늘이고

부들부들 떨지만 부러지지 않는

작디작은 속삭임이 숨어 있어,

진눈깨비 스륵스르륵 숨죽여 나리는 저녁

다리는 자꾸 흔들리고, 흔들리는 버드나무 아래서

쿨럭쿨럭 기침을 하며 가슴에 불을 붙인다

　　　　　—「눈 나리는 저녁 버드나무 아래서」 전문(선집 제2권)

　　화용법에 의해 시는 그 자체가 더없이 아름답고 생기 가득한 정황情況
으로서의 존재감을 드러낸다. "진눈깨비 스륵스르륵 해소처럼 나리
는 저녁" "우시장을 질러서 보리밭으로/뚜벅뚜벅 바람은 불어오는데"
"부들부들 떨지만 부러지지 않는/작디작은 속삭임" "진눈깨비 스륵스
르륵 숨죽여 나리는 저녁" "쿨럭쿨럭 기침을 하며 가슴에 불을 붙인다"
같은 시구에서 '스륵스르륵', '뚜벅뚜벅', '부들부들', '쿨럭쿨럭' 같은
실감의 소리말들은 우주 생명계의 차원에서 나직하고도 생동감 있는
존재-정황에 숨을 불어넣는 '생음生音의 기표'라고 할 만하다.
　　생음의 기표로서의 시어는 시의 생혼生魂을 불러 드러낸다. 이는 존
재론에서의 열린 존재에 접接하는 귀신의 조화에서 직관될 수 있는 것
이다. 조재훈 시에서 귀신의 조화에서 발화된 생음의 시어들을 곳곳
에서 만날 수 있다. 눈에 띄는 대로, "둥둥 북을 울리며,/새벽을 향하여

힘차게/능금빛 깃발 날리며,"(「금강에게」) "곰마을에는 맘놓고/곰들
이 산다/옹기 그릇 오손도손/[…]/솔바람 몰아가는 눈발 속에/후웡후
웡 숨어 우는 칼날도 있다"(「웅촌熊村」) 또는, "별들이 달아나는/여름
날 새벽/연잎에 구르는/이슬 한 방울//엇샤엇샤/어깨에 어깨를 잡고/
[…]//눈발 멎은/겨울 신새벽/터진 구름 사이로/쩌렁쩌렁 기침하는/
별 한 채"(「물처럼, 바람처럼」) "까짓 거 누군가 까서 입속에 깊숙이 집어
넣을/얄리얄리 봄밤의 한줌 술안주"(「게」) 등에서 접하게 되는 생음의
시어들은 생혼을 '불러들임'하는 귀기鬼氣어린 주술呪術의 시어들이라
할 수 있다. 조재훈의 시에서 곧잘 드러나는 이러한 생음의 표현은 음양
의 기운이 조화造化를 부려 드러나는 정기의 기표이기도 하다.

3.

열여섯 나이에 미군 장갑차에 치여 "비명에 간 어느 소녀"의 비극을
소재로 삼은 듯한 시 「별이 되어, 파랑새 되어」라는 시 제목이 암시하듯
이 조재훈 시에서 '별'과 '새', '하늘', '은하수', '밥', '밥상' 등은 시천주
의 알레고리로서 비유이다.

누구나 다 한번은
훌훌히 간다고 하지만
난데없이 돌로 치는
미지의 손이여, 손의 장난이여

너, 하늘나라 아름다운 별이 되거라
더러 이승에 둔 혈육이 그립거든
잠든 야삼경 살포시 내려와
유리창에 볼을 대어라

너, 푸른 하늘 날으는 파랑새가 되거라
더러 중3 이승의 동무들이 보고 싶거든
운동장 미루나무 꼭대기에 날아와
이승에서처럼 노래하거라
　　　　　　　　—「별이 되어, 파랑새 되어」부분(선집 제2권)

　이 시에서 "~하거라"같이 비원의 어투는 애끓는 부성의 영탄으로 얼
룩져 있지만, 이 시가 뼈아픈 비탄감에서 그치지 않는 까닭은 "푸른 하
늘"의 각성에 있다. '아름다운 별'과 '파랑새'라는 존재에게 "푸른 하늘"
은 필수 조건이기 때문에, '푸른 하늘의 별과 파랑새'는 '한울님'의 메타
포가 된다.

깊은 하늘로
새가 날아간다
해 오르기 전
제일로 먼저 눈 뜨는 것은
새
날개가 있기 때문이니
뜨거움은 날개

우리에게도 날개가 있다
아직 가 닿지 않은 곳을
찾으려는 꿈과
보이는 것을 꿰뚫어
보이지 않는 것을
캐어내는 열망의
눈 덮인 저 처녀지
[…]
스무 살과 스무 살 너머
펄럭이는 깃발이
미래의 들녘을 일굴 거다
[…]
일찍 눈을 뜨는 우리는
가슴 뛰는 젊은
새
창공을 가로 질러
잠든 땅을 일굴 거다

—「새들이 일구는 땅」부분(선집 제1권)

  '새'의 이미지는 그대로 푸른 하늘의 심상으로 이어지고 이윽고 숨어 있던 한울님의 존재에로 열리게 된다. '새'의 은유는 한울님의 존재를 매개하고 '스무 살' 청년들은 물론 '스무 살 너머' 우리 모두는 저마다 '새'의 존재를 통해 시천주侍天主한 존재로서 스스로를 새로이 각성하게 되는 것. 정확히 말하면, 조재훈의 시에서 '새'는 한울님을 모시는 천지만물의 상징적 존재이다. 해월 선생의 "우리 사람이 태어난 것은 한 울님의 영기를 모시고 태어난 것이요, 우리 사람이 사는 것도 또한 한 울님의 영기를 모시고 사는 것이니, 어찌 반드시 사람만이 홀로 한울님 을 모셨다 이르리오. 천지만물이 다 한울님 모시지 않은 것이 없다. 저 새소리도 또한 시천주의 소리니라."³라는 말씀과도 일맥상통한다. 새 는 시천주하는 천지만물의 상징이자 환유인 것이다. 이러한 시적 사유 는 조재훈 시 전반에 걸쳐 수많은 시적 변주를 거치면서 드러난다. 그 시적 사유의 드러남은 궁극적으로 '숨은 신'의 드러남 곧 '숨은 한울님' 의 드러남이다.

'숨은 한울님의 드러남'이라고 방금 썼지만 그것은 단지 한울님이라 는 추상적 혹은 관념적 존재의 드러남을 의미하는 것이 아니다. 왜냐하 면 한울님이라는 초월적 신의 경지는 이성의 작용에 의해 드러나는 것 이 아니라, 이성의 한계 너머에서 한 마음과 한 기운이 어우러져 낳은 정기精氣의 활동 속에서 발현하기 때문이다.

조재훈 시에서 한울님은 있거나 없다. 한울님은 내 안에, 모든 각자各自 의 안에 각지불이各知不移로 내재하지만, 아직 보이지 않는 존재이다. 하 지만 한울님의 존재의 자각이 중요하다. 한울님의 자각은 "눈 덮인 저 처녀지"로 "미래의 들녘을 일굴" 순수하고 올곧은 행사行事를 통해 이 루어진다. 일용행사日用行事는 기본적으로 구체적 일상생활에서 이루어 진다. 곧 '밥 먹기'의 '고루살이'에 있다. 다시, 해월 선생의 말씀을 옮기 면, "한울로써 한울을 먹고(以天食天) ─ 한울로써 한울을 화함(以天化天)" 하는 것을 나날의 생활 속에서 실천하는 일은 무엇보다도 밥의 고루살

---

3 『천도교 경전』, 294~298쪽. 해월 선생의 말씀.

이이다. 조재훈의 시편에서 가난으로 인한 설움이나 분노, 밥을 한울님의 화신으로 보는 것은 다 '한울로써 한울을 먹고 한울로써 한울을 화化하는' 한울의 세계관이 여러 표정으로 드러난 것으로 보아도 무방하다.

　　한 아가리씩
　　악을 쓰듯 비빔밥을 처넣으며
　　눈물이 핑 도는 것은
　　매워서가 아니다.
　　순창고추장 맛 때문이 아니다

　　있는 것 없는 것
　　찌꺼기란 찌꺼기 죄다 모아
　　비벼 하나가 되는 법

　　여름날 비지땀 흘리며
　　논매다 돌아와
　　푸성귀 온갖 잡것
　　두루두루 되는 대로 섞어
　　한 볼통아리 집어넣으며
　　집어넣으며 뭉클한 것은
　　맛이 고소해서가 아니다
　　참기름 맛 때문이 아니다

　　쌍놈은 쌍놈끼리

슬픔은 슬픔끼리
베등걸이는 베등걸이끼리
속살을 부비며
하나가 되는 법

밥 속에 굵은 눈물이 섞여 있기 때문이다
밥 속에 아린 아픔이 섞여 있기 때문이다
밥 속에 질긴 가난이 섞여 있기 때문이다
—「비빔밥을 먹으며」전문(선집 제2권)

　"한 아가리씩/악을 쓰듯 비빔밥을 처넣으며/눈물이 핑 도는 것은/
매워서가 아니다." 시인은 가난의 아픔이나 설움을 넌지시 표시하면서
도 "있는 것 없는 것/찌꺼기란 찌꺼기 죄다 모아/비벼 하나가 되는 법"
을 우회적으로 알린다. 이렇듯, 밥에 온갖 개인사와 역사가 담겨 있다.
시인은 '밥속에 굵은 눈물이, 아린 아픔이, 질긴 가난이 섞여 있다'고 적
는다. 보이는 역사가 지배계급의 역사라고 한다면, 보이지 않는 개인사
혹은 민중사는 눈물과 아픔과 가난의 역사이다. 간단히 말해, 눈물과 아
픔과 가난은 '밥 먹기'를 어떻게 하느냐에 따라 귀결된다. 밥의 '고루살
이'를 제대로 해야 비로소 평등한 세상이니 개인의 자유를 보장하느니
하는 이상 사회가 실현될 수 있다. 조재훈 시에서 '밥 먹기'의 '고루살
이'가 각별한 것은 한울이 곧 밥이라는 사상에서 나온다.

　　허기진 긴긴 여름 해가
　　힘겹게 서산을 넘어가면

586

신새벽에 헤어졌던 식구들이

하나둘 땀 절어 모여들던

가난한 저녁 밥상

흐린 등불 아래

차례대로 둘러 앉아

지나온 하루의 이야기를 나누면서

달강달강 숟갈 부딪는 소리

모둠밥 서로 나눠 먹던

그 시절 그리워라

저녁 물린 뒤

멍석 펴고 마당에 누워

매캐한 모깃불 속에서

코에 닿을 듯 하얀 하늘 한복판의

은하수를 건너

쏟아지는 별들을

호랑 가득 주워 담다가 잠에 떨어지던

지금은 가버린

그 시절 그리워라

펄펄 열 뜨면

여린 이마에 두꺼비손을 얹고

근심스럽게 내려보던

그 얼굴 다 흙으로 돌아가고

피붙이 남은 형제들

민들레 홀씨로 뿔뿔이 흩어져,

해지면 돌아와

둘러앉던 가난한 저녁 밥상

이제 비어 있고나

비어 있고나

　　　　　　　　　　　—「가난한 평화」 전문(선집 제2권)

　한울님이 곧 밥이라는 뜻은 밥은 본디 한울님 것이니 고루 나누어 먹어야 한다는 것이다. "한울로써 한울을 먹고(以天食天)—한울로써 한울을 화함(以天化天)"! 가난하기 때문에 저녁 밥상의 평화를 누릴 수 있는 이라면, 분명 그이는 가난하기에 오히려 가난한 밥상을 고루 나누는 이일 것이다.

　시적 화자는 그 시절 "허기진 긴긴 여름 해가/힘겹게 서산을 넘어가면/신새벽에 헤어졌던 식구들이/하나둘 땀 절어 모여들던/가난한 저녁 밥상/[…]/해지면 돌아와/둘러앉던 가난한 저녁 밥상"의 평화를 그리워한다. 저녁 밥상은 "이제 비어 있고나/비어 있고나" 하고 탄식하지만, 그 탄식은 "코에 닿을 듯 하얀 하늘 한복판의/은하수를 건너/쏟아지는 별들을/호랑 가득 주워 담다가 잠에 떨어지던"과 같이, 천지만물이 시천주侍天主 아닌 게 없는 시천주의 아름다운 알레고리에 의해, 시적 화자는 한울님을 모신 시천주적 존재임을 드러낸다. 조재훈 시에서 별·새·밥은 한울님의 대표적 알레고리이다. 가난한 밥상을 통해 자신이 한울님을 모신 존재임을 각성하고 실천하는 것, 조재훈의 시가 지닌 속 깊은 시적 주제라 할 수 있다.

588

4.

무릇 사람을 포함하여 천지만물 저마다가 한울님을 모시는 존재라고 한다면, 사람 저마다의 개인사는 공식적 역사와는 일정한 거리를 가질 수밖에 없다. 공식적 기록의 역사가 이념의 역사요 이념에 의한 배제의 역사라면 무수한 개인들이 저마다 살아가는 역사는 비공식적이요 보이지 않는 숨은 역사이다. 이념의 역사가 개인사를 억압해온 지배의 역사인 반면, 개인사 특히 민중사는 억압을 당해온 피지배의 역사이다.

하지만 중요한 점은, 조재훈의 시에서 지배계급의 공식적 역사와 피지배계급의 비공식적 역사가 언뜻 대립적이고 모순적인 듯하지만, 그 대립은 보이는 역사와 보이지 않는 역사의 대립으로서 실상은 대립하는 역사들 간의 모순을 종합하고 그 상호 모순 속에서 새로운 진화론적·생명론적 역사를 넌지시 가리키고 그 역사적 미래를 길어 올리고 있다는 점이다. 어쩌면 이 대목은 우리 민족의 오래된 정신으로서 여러 전통 종교 및 철학 사상 특히 동학사상의 역사관에 의지한 것이라고 말할 수 있다.

동학에서 시간은 '불연기연'의 흐름에서 이해된다. 조재훈의 시적 비유로 말하면, 가령, '겨울잠'의 메타포가 시간이다. "천년을 천길의 땅속에 묻혀 있는/씨알의 잠/죽었다 말하지 말라/칼도 한겨울/그리움에 울음 멈추고/잠시 자고 있다"(「겨울잠」). 그러니까 역사는 보이지 않는 무질서한 시간이 보이는 질서의 시간으로 끊임없이 조화造化(곧 無爲而化)하며 진화하는 과정의 표시인 것이다. 갓 태어난 아기가 엄마 눈을 알아보듯이, 소가 주인을 알아보듯이, 황하黃河가 성인이 나오면 맑아지듯이, 역사는 숨어 있어 보이지 않는 시간의 '드러남'인 것이다. 이

는 사람살이 저마다의 존재성에서 역사의 궤적이나 흔적을 통찰한다
는 점에서 존재론적 역사관이라 부를 수도 있다. 하지만 아마도 여기에
서 조재훈 시가 지닌 일관된 깊이와 넓이를 포착할 수 있지 않을까 생각
한다. 그것은 서양철학적 개념으로 말하면 '존재자의 존재'라는 화두
를 모든 시적 소재를 통찰하는 사유의 기초로 삼으면서도, 존재론적 성
찰의 한계를 넘어가서 보이지 않는 생명의 세계에 대한 통찰이 깊이 이
루어지고 있다는 점. 이 보이지 않는 세계에 대한 통찰은 무의지적 거의
무의식적이기도 한데, 이는 동학이나 근대 민중 종교 사상에 대한 시인
의 종교에 가까운 믿음과 함께 동학의 이치에 대한 깊은 깨달음에서 연
유하는 것으로 보인다.

　동학을 공부하는 사람들에게마저 이제는 거의 외면당하거나 무시당
하는 동학의 이치가 있다. 앞서 말한 바처럼, 그것은 귀신의 활동에 관
한 이치이다. 적어도 동아시아의 원시적 유가 철학이나 송유宋儒 이래
전통 성리학적 사유 차원에서 보면, 귀신론은 음양의 조화에 따른 존재
론에서 기본 이치이고 지금도 여전히 긴요한 존재론적 이치이다. 귀신
의 활동상을 어느 정도 뚜렷이 감지할 수 있는 신뢰할 만한 영역은 유독
예술 영역 특히 시 영역에서이다. 조재훈의 시편들은 실천적 동학과 함
께 천지만물의 본체이기도 한 귀신의 활동을, 알게 모르게, 민감하게 감
지하고 받아들인다. 아울러, 조재훈의 시가 품고 있는 시간관의 바탕은
불연기연不然其然이라 할 수 있다. 불연기연의 관점에서 보면, 보이지 않
는 무질서의 차원이나 억압된 차원은 보이는 질서로 해방된 질서로 '드
러나게' 하는 것이 중요할 것이니, 서양 것이나 동양 것이나 크게 차별
할 것이 아니라, 한울님을 모신 '나'의 역사, 즉 '아니다 그렇다'의 시간
관 및 공간관이 지니는 독특한 우주생명계의 진화 원리 곧 한울님의 깊

고 너른 울 안에서 생활하며 사유하고 감흥感興하며 진화하여 가는 마음
이 중요하다. 조재훈 시는 시 안팎으로 이 진화하는 한울님의 모심(侍)
에 바쳐져 있다.

또한, 후기 시편들에 이르러 정갈한 서정시 형식은 더욱 진일보한 감
이 있다. 시구는 덜어내고 버려지고 절약되고 짧아져서 마침내 크고 깊
은 여백이 시를 주관한다. 조재훈 후기 시의 여백들은 '아니다 그렇다',
즉 불연기연의 시선에서 깊이 해석될 필요가 있다. 시의 여백에는 시인
의 마음에서 나오는 정갈한 귀신들이 쉼 없이 들고 나기를 하고 있다.

5.

끝으로, 선생님의 시「금강에게」를 가만히 읊조리는 것으로 이 글을
마치고자 한다. 조재훈 선생님의 시「금강에게」는 수운水雲 선생의 「칼
노래(劍歌, 劍訣)」의 심원한 생혼生魂을 전승한 '금강 유역 시가詩歌'의 특
유하고 토착적인 상징성, 곧 죽은 이 원한을 씻김하는 신성한 금강의
영가詠歌요, "북을 둥둥 울리며" 악귀와 싸우는 네오 샤먼의 주술呪術이
요, 백제 유민의 생혼을 오늘에 '불러들임' 하는 새 역사성, 새 시간성時
間性의 노래이다. 아! 시「금강에게」의 드높고 맑은 시혼이 죽어가는 이
조선 땅의 문학을 살리고 수많은 시인들, 소설가들, 평론가들을 낳고
길렀음을 이제야 알겠으니.

둥둥 북을 울리며,
새벽을 향하여 힘차게

능금빛 깃발 날리며,
앞으로 앞으로 달려가는
금강, 넌 우리의 강이다

산맥을 치달리던 마한의 말발굽 소리
흙을 목숨처럼 아끼던 백제의 손,
아스라히 머언 숨결이
달빛에 풀리듯 굽이쳐 흐른다

목수건 질끈 두른 흰옷의 설움과
가난한 골짜기마다 흘리는 땀방울들이
모이고 모여 고난의 땅을
부드럽게, 부드럽게 적시며 흐른다

흐르는 물이 마을의 초롱을 켜게 하고
모닥불과 두레가 또한 물을 흐르게 하는
하늘 아래 크낙한 어머니 핏줄
금강, 넌 우리의 강이다

그 누구, 강물의 흐느낌을 들은 일이 있는가
한밤중, 번쩍이며 뒤채이는 강의 가슴에 손을 얹어 보아라
해 설핏한 들길을 걸어본 자만,
듣는다 홀로 읽은 활자들이 일제히 일어서는 소리를

그 누구, 꿈틀대는 꿈을 동강낼 수 있는가
그 누구, 융융한 흐름을 얼릴 수 있는가
등성이에서 바라보면 넌 과거에서 오지만
발목을 담그면 청청한 현재, 열린 미래다

정직한 이마에 맺히는 이슬,
넘기는 페이지마다, 발자욱마다
들창이 열리고 산이 열리고
꽁꽁 얼어붙은 침묵이 열린다

둥둥 북을 울리며,
새벽을 향하여 힘차게
능금빛 깃발 날리며,
앞으로 앞으로 달려가는
금강, 넌 우리의 강이다.

―「금강에게」 전문(선집 제2권)

    조재훈 선생님은 금강 유역이 낳은 우리 시대의 현인賢人이요 은군
자隱君子이십니다. 선생님의 시와 글들을 통해 많은 배움을 갖게 됩니
다. 선생님의 시집에 발문이니 해설이니 따위 감히 올릴 수도 없는 처지
입니다만, 선생님 시의 가르침을 받들어 글월 몇 줄 올릴 용기를 내었
습니다. 조재훈 선생님, 만수무강하시길 비옵니다.

(2018년)

자재연원의 시
— 오봉옥 시집『섯!』의 숨은 뜻

1.

시인 오봉옥은 1988년 첫 시집『지리산 갈대꽃』을 상자하면서 「후기」에 이런 인상 깊은 말을 남기고 있다.

"우리네 아버지라 하면 우선 이런 생각이 납니다. 바지게에 나무 한 짐 휘영청 지고 바알간 석양을 뒤로한 채 푸른 들에서 소를 몰고 끈덕끈덕 돌아오는 흰옷 입은 사람 말입니다. 그런데 이러한 모습이 그냥 온화한 모습이거나 한의 모습으로만 비쳐지지는 않습니다. 왠지 푸른 들과 흰옷이, 누런 소와 바알간 석양이 대치되는 듯 일치하고 일치되는 듯 대치하는 것이 그냥 그런 모습으로만 끝나게 하질 않습니다. 오히려 자극적이면서 무언가 도사리는 무엇으로 남게 합니다. […] 푸른 들 가운데 흰옷이 날리고 붉은 석양을 받은 누런 소가 마치 성난 소의 모습을 안으로 도사리고 있는 듯이 보이는 것은,

자연과 세상만사를 극복하려는 인간의 동력 그 자체를 나타나게 합니다.

우리 역사에 핏빛 붉은 깃발로 몸부림치는 우리네 아버지들의 모습은 그런 것일 거라는 생각이 들었습니다. 나는 나의 시가 그런 아버지들과 서고 그런 아버지들과 울고 웃는 것이어야 하며 끝내는 그런 아버지가 되어야 한다고 생각해봅니다."

시인이 자기 시론의 고갱이를 짧게나마 피력한 것으로 볼 수 있는 이 「후기」는 그 당시 셀 수 없이 쏟아져나오던 계급투쟁적 전망을 앞세운 노동시인 또는 민중시인들의 문학적 주장에 비한다면, 무척 순박하고도 거짓 없이 맑은 시 의식을 느끼게 한다. 이 시에 대한 짤막한 언급은, 그대로 시인 오봉옥 자신의 출생과 성장 속에서 나왔음을 충분히 헤아릴 수 있다. 시인 자신이 태어난 시골의 일상생활과 환경, 그리고 자연과 마을이 하나로 이어진 순박한 인심이 고스란히 묻어나는데, 특히 시인의 기억 속에 늘 일하는 아버지의 존재는 시인의 시의식에 어떤 역동적인 계기를 불러오는 듯하다. 시인에게 그런 아버지는 세상에서 소외된 일꾼으로만 비치는 게 아니라, 일과 땅과 하늘과 서로 하나로 이어진 심상의 중심에 서 계시며, 시인으로 하여금 "왠지 푸른 들과 흰옷이, 누런 소와 바알간 석양이 대치되는 듯이 일치하고 일치하는 듯 대치하는 것이 그냥 그런 모습으로만 끝나게 하질 않습니다. 오히려 자극적이면서 무언가 도사리는 무엇으로 남게 합니다." 하고 말하게 한다.

혹자는 1980년대 반민중 군사 독재 시절에 민족해방운동의 전위로서 빨치산 항쟁을 서사시로 쓴 시인과, 시의 겉과 속에 있어서, 2000년대 전후하여 전개된 민중해방사상운동과는 사뭇 성질이 다른 개인화된 시 혹은 자기 성찰적 심리心理의 시를 쓰는 오봉옥 시인의 변화에 대해 당혹감과 더불어 반문을 가질 수도 있겠다 싶다. 이 반문에 대한 답변은, 사실 인용한 첫 시집 「후기」의 내용이 드리운 그늘 속에 이미 들어 있다.

그럼에도 오봉옥의 오랜 시력 속에는, 시학적으로 갈등을 일으키는 모순이 없다 할 수 없다. 하지만 시인의 내면에서 첨예한 모순 관계는 적대적 대립 관계가 아니라 역동적인 공존 관계이기 때문에 부정적인 것이 아니라 긍정적인 것이다.

지난 시대의 한국 시사에서 주요한 흐름이었던 이른바 '민중시' 계통은 이제 명맥을 겨우 유지하고 있는 듯하다. 민중시라 하면 으레 계급적 적대 의식에 따른 비분강개, 현실에 걸맞지 않는 민중 의식과 나이브한 전망, 개성이 사라진 시 의식 따위 해묵은 통념을 떨쳐내기 어렵다. 통념의 민중시에 익숙해진 여러 원인이 있겠으나, 그 가운데 민중적 이념의 일방적인 지도와 소위 진보 문학 진영의 구태의연, 더구나 진보 성향의 시인들조차 강단의 제도 교육을 무비판적으로 추종해온 저간의 사정 등이 복합적으로 작용한 탓일 것이다. 민중시는 따로 존재하는 시인가. 근본적으로 모든 시는 오직 저 스스로 고유한 시, 곧 '그 시인의 시'일 뿐이다. '민중시'라고 한들 어찌 '시'로부터 분리할 수 있겠는가.

이번에 출간되는 오봉옥의 시집 『섯!』은 그러니까 시인의 30여 년간의 시력에 아로새겨진 민중시의 통념에 갈등, 저항, 모순하면서도 하나로 합일을 이루어낸 치열한 고투의 산물이다. 이 시집이 품고 있는 시인됨의 고뇌와 편력을 가늠하는 것은 오봉옥 시인의 삶의 이력과 시의 변화를 이해하는 일이 될 터이다.

2.

이번 시집은 시인의 존재론과 세계관에 있어서 이전보다 더욱 심화된 의식을 담고 있다. 가령, 아래 짧은 시 두 편을 보자.

(1)
시인은 죽어서 나비가 된다 하니 난 죽어서도 그 꽃을 찾아가련다.

—「그 꽃」 전문

(2)
깎아지른 절벽 틈새 둥지에서 막 알을 깨고 나온 새 한 마리 허공
을 걷기 위하여 본능적으로 입을 벌리고 날개를 곰지락거린다
저 하늘, 내일은 네 것이다.

—「희망」 전문

시 「그 꽃」은 우선 시인의 존재론으로 읽힌다. 촌철살인으로 쓴 듯 한 줄짜리, 이 시가 말하고자 하는 것은, 시인에게 시인의 존재가 '불러들여지는' 시간은 자기 내면에서 천진난만하게 꽃이 피어날 때라는 것이다. '그 꽃'에서 지시어 '그'는 무수한 꽃들 가운데 단 하나의 고유한 존재로서의 꽃을 가리킨다. 이번 시집의 심층에서 시인의 세계관적 변화가 뚜렷하게 나타나는데, 그 변화는 모든 존재의 고유성에 대한 자각과 연관이 있다. 존재의 고유성을 인정하게 되었다는 것은 모든 이질적 존재들 간의 "경계에 서서" 뭇 존재들을 이해한다는 뜻이다.(「경계에 서서 1」) '경계에 선다'는 것은 어떻게든 이질적인 것들을 포용하겠다는 말이다.

한편, '그 꽃'은 자기만의 고유성이 발화發花하는 그 순간의 실존을 가리키기도 한다. 자기만의 고유성을 지닌 실존하는 꽃이기에 '그 꽃'은 이성적으로 인식되는 것이 아니라 초월적이고 초자연적 직관으로 감지된다. 그러하기에 "시인은 죽어서 나비가 된다 하니 난 죽어서도 그 꽃을 찾아가련다"라는 초자연적인 직관으로 포착된 한 문장의 시편이 탄생하게 된다.

주목할 것은 '죽어서도 나비가 되어 그 꽃을 찾아가련다'라는 시인의 생각과 의지는 현실적인 삶과 죽음의 '경계에 선' 존재론에서 비롯된다는 점이다. 죽음과 삶이라는 이질적 두 범주는 모순적인 관계지만, 그 모순은 앞서 말했듯, 둘 사이의 '경계에 설' 때, 모순을 넘어설 수 있다.

아무리 죽느니 사느니 해도 넘지 못할 경계란 없다.
이별은 초원 사막에서 모래사막으로 건너가듯 낯설었다.
화장을 지운 누이가 거울 앞에서 낯선 모습으로 앉아있듯이
난 이제 혼자서 낯선 세상을 헤쳐가야 한다.
[…]
이승과 저승의 경계에선 곡만 있는 게 아니라
슬그머니 등을 미는 바람도 있을 터.
다음 세상에선 따사로운 햇살을 받고 사느니
그늘에 엎드려 마음 조아리며 살겠다.
그때면 언젠가 한 번은 네가 바람으로 스쳐 가거나
전생에서 보았던 꽃만큼이나 낯익은 모습으로
내 곁에서 살그머니 피어날지도 모르는 일.

　　　　　　　　　　　　　　　　　　　　—「경계에 서서 2」부분

일견 볼 때, 이 시는 죽음을 가까이에 둔 시적 화자가 들려주는 일종의 넋두리이다. 죽음 앞에 선 이의 우울과 체념과 함께 죽음을 관조하고자 하는 담담한 심경이 얼비친다. 그러나 이 시의 심연에는 시인의 더 깊어진 세계관과 더 단단해진 존재론적 신념이 자리한다. 그것은 우선 죽음과 삶의 경계뿐만이 아니라 모든 존재들을 분리하고 분단하는 그 어떤 경계도 '넘지 못할 것이 없다'라는 세계에 대한 시적 인식과 확신으로서 드러난다. 시인은 단언하듯이 쓴다, "아무리 죽느니 사느니 해도 넘지 못할 경계는 없다."라고!

　그렇다면, 죽음과 삶의 경계조차 넘지 못할 것이 없다는 세계 인식은 과연 어디에서 나오는 건가.

　죽음과 삶은 이질적이고 모순적이지만 그것은 서로 배타적이거나 이율배반적인 것이 아니다. 시인은 존재의 내적 이질성 혹은 모순성을 인정하고 긍정한다. 이는 존재의 이질적인 것들 사이의 모든 "경계에 서서" 존재를 이해한다는 것이다. 이질적이거나 모순적인 존재성들을 그들 간의 "경계에 서서" 이해한다는 것은, 이질성들을 서로 교류하고 소통하는 역동적인 관계망 속에서 이해한다는 것이다. 고립된 존재에겐 경계가 없고, 존재의 생명력이 제대로 발휘될 수 없다. 오직 이질성 간의 모순과 갈등을 품고 있는 존재에게 경계가 주어지고 그 경계에 설 때 소통과 교류의 길이 열릴 수 있다.

　그런데 그 경계의 길은 '낯선' 시간 속으로 난 길이다. 시인은 "이별은 초원 사막에서 모래사막으로 건너가듯 낯설었다./화장을 지운 누이가 거울 앞에서 낯선 모습으로 앉아있듯이/난 이제 혼자서 낯선 세상을 헤쳐가야 한다."라고 쓴다. '낯섦'은 '나'의 존재가 세계 내적世界 內的 실존實存을 경험하고 자각함을 의미한다.

그렇듯, '경계에 선다는' 것은 존재가 자신을 스스로 실존으로 전환할 수 있는 능동적이고 자발적인 능력을 자각한다는 것이다. 시인이 자신을 경계에 선 존재로서 각성한다는 것은 생명계의 근본적 역동성으로서 이질성과 모순성을 자기 안에 품는다는 뜻이다. 그래서, "제 스스로 수많은 길을 내고 있었다는 생각./제 스스로 또 하나의 우주를 만들고 있었다는 생각."(「경계에 서서 1」)이라는 깊은 존재론적 깨달음의 시구가 나오게 된 것이다. 그러하니 모든 존재는 자기만의 이질성으로서의 고유성을 인정받아야 하고, 자기 존재의 고유성은 존재의 '무궁무진한 근원성' 속에서 존중되어야 한다. 존재의 고유한 자기 연원淵源이 인정되고 긍정되는 순간, 마침내 '그 꽃'이 피듯이 자기의 실존의 시간이 생기生起하는 것이다.

시인 안에서 첨예하게 들끓는 모순은 고유한 존재의 시를 예감케 한다. 시인의 내면에서 상충하며 들끓는 모든 모순과 갈등 관계를 치열하게 가로지으며 하나로 통일을 이루는 순간에, 자재연원의 시 혹은 대자유의 시는 '그 꽃'처럼 태어난다. 자재연원의 시정신은 기존의 시학을 거부하는 것이 아니라 오히려 이질성과 모순성으로 가득한 내면의 의식들을 하나로 회통會通시킨다. 이 말은 모순을 내포하지만 바로 시인 내면의 모순이기에 역동적 가능성의 시학을 낳을 수 있는 것이다. 자재연원의 시정신을 깊이 성찰한 시인이라면, 그 이질적 모순적 시학들조차도 서로 조화·회통시키는 고군분투를 기꺼이 떠맡는 것이다. 이렇게 보면, 기존 시학을 거부하고 자기 존재에서 연원하는 큰 자유의 시정신과 일상 언어와 시적 언어의 경계와 차별을 지우고 있는 오봉옥 시인의 도전적 시정신이야말로 시집 『섯!』이 보여주는 진면목이다.

아마도 이 시학적 도전이 이 시집의 많은 시의 형식과 내용에서 쾌활한 기운이 느껴지는 소이연일 것이다. 쾌활한 자유의 시정신을 드러내듯, 단마디 말 '섯!'으로 시집 제목을 삼은 시인의 속내도 같은 맥락에서 이해될 수 있을 것이다. 시「섯!」의 창작 연원은 시인(시적 화자)의 개인적 경험일 것이다. 자재연원하는 활달한 시정신에 의해, 시적 자아의 어두운 기억 속에 남아 있던 '섯!'이라는 억압과 금지의 말은 오히려 자유분방한 해방의 언어로 바뀐다. 중의적 뜻을 지닌 '섯!'이란 말의 이질성이나 모순성은 새로운 역동적 존재성으로 바뀌게 된 것이다. 다시 말해 생사의 경계조차 넘어서는 자기의 고유한 존재에 대한 근원적 성찰이 쾌활한 시적 상상력을 불러일으킨 것이다.

위에 인용한 두 번째 시「희망」은, 시인 오봉옥의 존재론과 상통하는 동학의 존재론을 떠올리게 한다. 우리 민족의 큰 스승 해월 최시형 선생은 다음과 같이 설하였다.

우리 사람이 태어난 것은 한울님의 영기를 모시고 태어난 것이요, 우리 사람이 사는 것도 또한 한울님의 영기를 모시고 사는 것이니, 어찌 반드시 사람만이 홀로 한울님을 모셨다 이르리오. 천지만물이 다 한울님을 모시지 않은 것이 없느니라. 저 새소리도 또한 시천주의 소리니라.(彼鳥聲 亦是 侍天主之聲也)

우리 도의 뜻은 한울로써 한울을 먹고(以天食天)—한울로써 한울을 화(以天化天)할 뿐이니라. 만물이 낳고 나는 것은 이 마음과 이 기운을 받는 뒤에라야 그 생성을 얻나니, 우주 만물이 모두 한 기운과 한 마음으로 꿰뚫어졌느니라.[1]

인간 존재라는 것은 우주 만물의 생성 변화하는 과정 속에서 '한울님의 영기靈氣를 모시고 태어나 살아가는' 현존재이며, 인간과 마찬가지로 모든 동식물 그리고 무생물에 이르는 일체 만물이 '한울님의 영기를 모시고' '한 기운과 한 마음으로 꿰뚫어져 있다'는 말씀이다. 이러한 시천주侍天主 사상을 떠올리게 하는 시가 인용한 시 「희망」이다. 이 시는 "천지만물이 다 한울님을 모시지 않은 것이 없느니라. 저 새소리도 또한 시천주의 소리니라"라는 해월 선생의 말씀을 그대로 잇고 있으니, 앞서 인용한 「희망」과 속 깊은 짝을 이룬다. 위태로운 절벽 틈새에서 알을 막 깨고 나온 새끼 새 한 마리에게 건네는 "저 하늘, 내일은 네 것이다"라는 말은 시천주의 존재론에 방불한 것이다.

간단히 말해, 시천주의 존재론은 만물이 각각 저마다 하늘(한울님)의 성품을 타고난다는 것이다. "만물은 한울의 성품을 지니고 있으나 날짐승도 각각 그 종류가 있고 털벌레도 각각 그 목숨이 있으니 그 만물을 공경하라"(해월, 「대인접물待人接物」)는 것이다. 한낱 미물들도 아끼고 사랑하는 마음은 천진한 어린아이의 마음이고, 어린아이의 마음은 다름 아닌 한울님 마음이다. 시인은 아이의 천진난만이 시인의 존재의 근원이라 믿는다. 위에서, "시인은 죽어서 나비가 된다 하니 난 죽어서도 그 꽃을 찾아가련다."라는 시인의 마음도 천진난만함 그대로이다. 천진난만한 시적 존재를 추구하는 시인은 '나'가 '너'를 규정하는 것을 삼가며, '너'가 '나'를 규정하는 것도 피한다. 각자 자기 존재의 연원을 깨닫되 너에게로 옮기지 않는 것이다.(각지불이各知不移) 그것이 자재연원의 뜻이며 진정한 자유의 조건이다.

---

1   『천도교 경전』, 294~298쪽.

이제부터 나를 자유라고 부르기로 했다
뉘 집 딸이라는 말
누구의 엄마라는 말
누구의 아내라는 말
목숨 보다 질긴 그런 말들 다 버리고
이제부터는 나를 나라고 부르기로 했다

그동안 난 여자라는 섬뜩한 운명에 갇혀
수족관 물고기처럼 살아왔다
내 할머니는 물 밖 세상이
있는지도 모르고 살다가 죽었다
[…]

난 오늘부터 수면을 박차고 하늘을 향해
뛰어오르는 물고기가 되기로 했다
모천母川으로 회귀하는 연어가 죽음을 각오하듯
모천母天으로 돌아가기 위해 나를 던져
번개처럼, 천둥처럼 세상을 한번
흔들어보기로 했다

너는 너
나는 나

―「나는 나」 부분

'너는 너/나는 나'일 때, "이제부터는 나를 자유라 부르기로 했다"는 '나'의 존재 선언이 가능하다. 이때 '자유自由'의 뜻은 개인주의적 자유를 뜻하지 않는다. 이 시에서의 자유는 시천주의 자유이다. 무궁무진한 생명의 울 안을 자각한 자유. 그래서 자기의 고유한 존재를 잃어버리게 만드는 "뉘 집 딸이라는 말/누구의 엄마라는 말/누구의 아내라는 말" 따위 사회적 혹은 인위적 수식어를 벗겨내 떨친다. 이는 사회적 교환 관계로서의 말에서 벗어나 자기의 근원적 생명력으로서의 말에로의 눈뜸을 가리킨다.

시천주의 존재에게 어울리는 자유이기에, "난 오늘부터 수면을 박차고 하늘을 향해/뛰어오르는 물고기가 되기로 했다/모천母川으로 회귀하는 연어가 죽음을 각오하듯/모천母天으로 돌아가기 위해 나를 던져/번개처럼, 천둥처럼 세상을 한번/흔들어보기로 했다"라는 '나'의 연원으로 '돌아가는' 근원적 생명력을 품은 자유를 갈구하고 마침내 자유를 맘껏 구가하게 되는 것이다. 이 시구에서 시인이 자기 연원으로 돌아가려는 존재론적 열망인 "모천母川으로 회귀하는 연어가 죽음을 각오하듯", "모천母天으로 돌아가기 위해 나를 던져" 같은 시구는, 시천주의 존재론과 짝을 이룬 자재연원自在淵源[2]의 시적 존재를 열렬히 추구하는 것으로 해석될 수 있다. 이 자재연원의 열망이 오봉옥의 이번 시집이 지닌 존재론적 변화의 의미심장함이요 이전과는 다른 새로운 시학적 표징이다.

---

2   동학사상에 따르면, 자재연원의 뜻은 '도道를 자기 바깥에 멀리서 구하지 말 것이며, 자기 자신에게서 구하라'는 것. 자재연원의 주체는 시천주의 주체, 곧 생명의 근원인 도(道, 天, 한울)를 저마다 모신 개별자적 주체로서, "그 도를 알아서 그 지혜를 받는"(各知) 체體가 동학에서의 주체이다. 자기동일성으로의 환원이 아니라 무궁한 한울님(道)과 함께 생성 변화하는 일기一氣의 근원으로 동귀일체同歸一體하는 것이 자재연원의 뜻.

3.

시인의 존재론은 시집 『섯!』 곳곳에서 자재연원의 활달한 자유의 시학을 펼쳐 보인다. 그런데 자기 존재에게 연원하는 자유의 시정신이란 과연 어떤 마음 상태를 말함인가. 시인이란 존재의 진실한 근원은 천진난만한 아이의 마음이라는 사실을 시인 오봉옥은 이내 깨닫는다. 이번 시집은 겉으로든 속으로든 전체적으로 시인됨의 연원 혹은 유래로서의 '아이'의 마음을 궁구하는 데에 바쳐진 듯하다.

> 일곱 살짜리 계집아이가 허리 꺾인 꽃을 보고는
> 냉큼 돌아서 집으로 달려가더니
> 밴드 하나를 치켜들고 와 허리를 감습니다
> 순간 눈부신 꽃밭이 펼쳐집니다
>
> 오늘 난 두 아이에게서 배웁니다
> 우리는 모두 누군가의 등불이 될 수 있다는 걸
>
> —「등불」 부분

시인은 '아이'의 순수한 마음이야말로 시의 연원을 이룸을 자각한다. 인용한 시 「등불」은 어린아이의 순수한 마음이야말로 모름지기 시의 원천이요 시인의 선한 능력임을 힘주어 말한다. "난 두 아이에게서 배웁니다/우리는 모두 누군가의 등불이 될 수 있다는 걸" 두 아이의 선하고 맑은 마음을 보고서 시를 쓰니, 시심은 동심을 원천으로 삼는 것이다. 이때 시는 비로소 시대의 어둠을 밝히고 '우리'가 새 세상으로 나아가도록 하는 '등불'이 될 수 있다.

시 「소리를 본다는 것」은 이러한 시인의 존재론적 조건으로서 '아이'의 마음에 대하여 초월적인 사유를 드러낸다. 여기서 '소리를 본다는 것'은 '관음觀音'의 시적 알레고리라고 할 수 있을 텐데, 그 시적 알레고리가 의미심장한 까닭은 '소리를 본다는' 신이한 능력이 어린아이 같이 선하고 순수한 맘을 통해서나 가능하다는 믿음에 있다.

> 풀꽃 한 송이도 피어날 때 소리를 낸다
> 그건 어른들만 모르는 일일 뿐
> 다섯 살 아이의 눈에도 보이는 일이다
>
> ─「소리를 본다는 것」 전문

이 시가 말하고자 하는 뜻은 간단하면서도 심원하다. 다섯 살 아이의 눈에도 풀꽃 한 송이가 피어날 때 내는 소리가 '보인다'는 것! 이때 풀꽃이 피어나는 소리는 이미 물리적이고 감각적인 소리 너머에 존재하는 마음의 소리요, 텅 빈 채 신령神靈만이 들고 나는 마음으로 들을 수 있는 어떤 초월적이고 신기한 소리이다. 다섯 살 아이는 그러한 초월적이고 신기한 소리를 '본다'는 것이고 시인은 그 아이의 눈은 '소리를 본다는 것'을 깨닫는다. 그러니 세상살이를 만물의 존재를 가능하게 하는 지극한 기운(至氣)으로서 감지하거나 지각할 수 있는 이가 시인인 것이다. 중요한 것은 그 지기의 뭇 생명을 접할 수 있는 시인의 능력은 "시인은 죽어서 나비가 된다 하니 난 죽어서도 그 꽃을 찾아가련다."(「그 꽃」)라는, 그 천진난만한 기운에서 나온다는 사실이다.

이 천진난만한 마음이 소리를 본다는 것, 곧 '관음觀音'의 시어들이 이

번 시집 전체에 두루 감추어져 있다. 그중에서도 오봉옥의 시학을 엿보게 하는 작품인 「시詩」는 시인의 '소리를 보는 시심詩心'을 심도 있게 이해할 수 있는 의미심장한 시편이다. 이 시를 낳게 한 계기는 시인이 모종의 심각한 병을 얻어 생사를 절박하게 넘나들던 어느 때인 듯하다. 그래서 이 시에서는 시인에게 닥친 절체절명의 시간이 시적 아이러니를 심오하게 심화시킨다. 그러니까, 시인이 죽음의 반어가 삶이요 동시에 삶의 반어가 죽음임을 깨닫게 된 어떤 절절한 경험 끝에서, 그 삶의 반어인 죽음 혹은 죽음의 반어인 삶조차 넘어섬으로써 마침내 만나게 된 초경험적이고 초월적인 '시적 존재'가 바로 이 시이다.

시인 오봉옥의 시 「시詩」는 득의得意의 시편으로 꼽을 만하다. 이 시에서, 시인은 자신의 깊은 체험에서 나온 신령한 시적 아이러니를 시 쓰기의 동인動因으로 삼고 있는데, 그 시적 아이러니는 삶과 죽음의 경계를 넘나들며 만나게 된 '천사'이다. 그 천사의 마음은 '낯선' 아이러니이지만 이 낯선 천사와의 만남을 통해 시인은 자신의 깊은 마음속에서 신기하고 맑은 연원을 자각하게 된다. 하지만 천사는 이내 사라지고 천사가 남긴 천진난만한 소리의 작용만이 뚜렷하다. 그러므로 여기서의 천사는 시인이 생사를 넘나들며 만난 '낯선 마음'의 비유일 것이다. 죽음을 넘어선 시인의 마음은 세속적 뜻 너머로 천연한 소리에 귀 기울이는 것이다. 소리를 보듯이(觀音), 가만히.

이 시의 심연에서, 시적 화자와 천사와의 만남은 이 시가 감추고 있는 환각의 형식을 드러낸다. 그 환각은 일종의 혼의 부름이다. 생명이 엄중한 상황임에도 시인은 죽음의 불안 속에서도 시적 존재로서 '천사'를 밝게 '불러들임'하는 것이다. 초혼招魂에서와는 달리 구체적인 '누구'를

'불러들임'하는 게 아니다. '천사'를 '불러들임'한다는 것은 '누구'가 아니라 천진한 마음을 '불러들임'하는 것이다. 시인 오봉옥은 그 천심天心의 '불러들임'을 "사뿐"이란 시어로서 표현한다. 천사는 천심의 화신인 것이고, 시는 천진난만의 소리를 전하는 것이니, 이 시에서 세 번이나 반복되고 행을 바꿔가며 강조되어 있는 '사뿐,//사뿐,//사뿐,'은 애써 힘들여 무엇을 도모하지 않고 하늘의 뜻에 가볍게 자기를 일치시키는 시인의 순결한 마음 상태를 보여주는 것으로 해석될 수 있다.

어느 날
피투성이로 누워
가쁜 숨
몰아쉬고 있을 때

이름도 모를
한 천사가
제 몸을
헐어주겠다고 사뿐,

사뿐,

사뿐, 그 벌건 입속으로
걸어 들어온 뒤
다시 하늘로
총총

사라져간 것이었다

그 뒤 난
길에 침을 뱉거나
무단 횡단을 하다가도
우뚝우뚝
걸음을 멈추곤 하였는데

그건 순전히
내 안의 천사가
발목을 잡았기 때문이었다

—「시詩」 전문

　이 시의 이면에는 동화 형식이 어른거리기도 한데, "어느 날/피투성
이로 누워/가쁜 숨/몰아쉬고 있을 때//이름도 모를/한 천사가/제 몸
을/헐어주겠다고 사뿐,//사뿐,//사뿐, 그 벌건 입속으로/걸어 들어온
뒤/다시 하늘로/총총/사라져간 것이었"지만, 그 천사가 사라진 후에도
"내 안의 천사가" 수시로 나의 "발목을 잡았"다는 것. 동심童心이 동화의
형식을 시의 그림자로 남기는 것.
　이 시가 전하고자 하는 이야기의 요체는 시인이 사투를 벌이던 위중
한 시간에 '천사'와의 만남이 이루어졌고, 천사는 다시 하늘로 총총 사
라져 갔지만, 천사가 여전히 '내 발목을 잡고 있다'는 것, 이는 여전히
시적 화자가 '내 안에 천사'의 마음을 자각한다는 것으로 풀이될 수 있
다. 그렇다고 하더라도, 이 시로 보건대, 존재론적 차원에서 말하면, 시

인은 '천사'의 '들림' 혹은 '씜'이라 할 만한 사태를 겪었다는 것은 분명하다.

중요한 점은 천사에 의해 들림 또는 씜을 경험했다는 사실이 아니라, 시인이 '들리'거나 '씐' '천사'는 천진난만한 마음 그 자체라는 사실이다. 그래서 시인은 자기 본래의 마음으로서 '아이'의 마음으로의 회귀를 수시로 체험하게 된 것이다. "사뿐,//사뿐,//사뿐,"이라는 시어는, 사뿐히 '천사'의 '가만히' '접신'하는 시심의 상태를 언표한다. 이 천연덕스러운 동심에서 유래하는 천사와의 만남이 다름 아닌 "사뿐,//사뿐,//사뿐,"이며, "총총" "우뚝우뚝" 같은 맑은 소리말도 일맥상통한 시적 연원에서 나온 것이라 할 수 있다. 이는 앞에서 인용한 시「소리를 본다는 것」의 시정신의 연장이기도 하다.

4.

시「시詩」와 더불어 다소 특이한 형식의 시「내 사랑이 그렇다」는 시인의 마음의 존재론과 그 시학의 심층을 드러낸다. 이 시가 특이한 것은 기억의 형식을 빌렸으되, 기억의 자기 한계를 보여준다는 것인데, 지금 진행 중인 기억은 이미 사라진 시간들을 비연속적이고 모순적으로 불러들이면서도, 그 불러들인 시간들은 동일성으로 환원이 불가능한 비연속적 시간성들로서 현실의 삶 속으로 끊임없이 불러들여진다는 것. 끊기고 사라진 기억들은 현실 속으로 소환되고 재해석되지만, 기억은 생성, 소멸, 진화하는 생명계의 본래적 근원성인 자기모순성과 비연속성(不然)을 피할 수 없다는 것. 그러한 기억이 지닌 모순과 이율배반을 자기동일성과 연속성(其然)으로 해소시키는 조화調和의 원리는, 이 시의 의식과 형식 속에 투영되어 있다. 그 조화의 원리는, 시인도 알게 모르게, 동학에서의 '아니다, 그렇다'(不然其然)의 논리학에 연관되어 있는 듯하다. 곧 시 「내 사랑이 그렇다」는 '나'의 기억 속 망각에 의한 비연속적 시간성이 자기 부정성, 즉 '아니다'를 통과하기 위하여, 초경험적 초월적 시간성을 아우르고, 마침내 연속적 시간의 조화로운 삶의 현재를 깊이 사랑하는 경지, 즉 '내 사랑이 그렇다'에 이르는 과정을 보여준다.[3]

시 「내 사랑이 그렇다」의 창작 모티프는 옛사랑의 기억이다. 시는, 옛사랑의 기억을 통해 사랑의 이타적利他的 의미를 깨닫는 '나'의 사랑의 역정을 보여준다. 그것은 '나'의 세속적 욕망을 다스리는 과정이기도 하다. 나의 욕망을 다스린다는 말은 현세적 삶의 긍정에 다다른다는 뜻이기도 하다. 그러므로 시 제목으로 쓰인 '내 사랑이 그렇다'는 사랑의 기억과 성찰을 통한 삶에 대한 겸허한 긍정을 비유하는 것이랄 수 있다.(그렇다, 이 겸허한 긍정이 속된 마음을 아이의 순수한 마음으로 돌려놓는다!)

---

3 근원으로 회귀하는 동귀일체同歸一體의 존재론과, 근원이라는 동일성으로 환원될 수 없이 저마다의 고유한 차이성을 존중하는 존재론은 서로 모순인 듯 이율배반인 듯 '근원적 하나'로서 서로 조화하고 합일되는 것이니, 이러한 도저한 대긍정의 마음 상태가 '자재연원하는 시 쓰기'의 본질이라 할 수 있다. 이러한 시적 인식론은 겉으로는 존재론적 모순을 지니고 있지만, 근원적 자연의 법도로 본다면, 아이의 마음을 지향하는 시적 존재론은 순수하고 선량한 역동적 능력으로서 자기모순성을 충분히 극복할 수 있다. 천진난만한 아이의 마음 상태를 하늘처럼 모시는 시천주의 존재론에서 볼 때, 시를 쓰는 순간은 시인 안에 숨어 있는 자연과 같이 순수한 존재성과의 조화와 합일을 통해 현실과 이상 간에 가로놓인 모순과 이율배반을 해소하는 순간이라 할 수 있다.

이 시에는 '나'의 청소년기에 경험한 첫사랑, '운동권'으로 수배받아 숨어 지내던 청년 시절의 연애 기억, 장년이 된 지금의 아내에 대한 연민 어린 사랑에 이르기까지 사랑의 기억들이 시간의 흐름을 따라 펼쳐진다. '나'는 청소년기에 경험한 첫사랑의 기억과 '운동권'이었던 "스물아홉, 숨어 지내던 시절"의 연애 기억을 떠올리고는, 그 옛사랑의 기억들 위에 이내, "새우처럼 구부리고 자는//늙은 아내"의 모습을 겹쳐놓는다. 시의 마지막 장에 이르러서, "늙은 아내의 맨발이 섧다 무슨 가슴앓이를 하고 살았기에 밭고랑처럼 발바닥이 쩌억 쩍 갈라진 것이냐//구멍 난 팬티를 아무렇지도 않게 입고 다니는 여자/늘어진 뱃살을 애써 감추며 배시시 웃는 여자"라거나, "살갗 좀 늘어진들 어떠랴 엄니 가슴팍처럼 쪼그라들고 늘어진 거기에 꽃무늬 벽지 같은 문신 하나 새기고 싶다//나와 눈이 마주치지 않았더라면 더 높이 날아올랐을 텐데 […]//가여운 그 여자 팔베개를 해주려 하니 고단한 숨을 몰아쉬면서도 내 팔 저릴까 가만히 밀어내고 있다"(「내 사랑이 그렇다」 3장) 같은 시구가 말해주듯이, '나'는 아내에 대한 깊은 연민을 느끼고는 사랑의 의미와 가치를 성찰하게 된다. 그것은 '나'의 속세적 욕망에 대한 깊은 반성이요 삶의 의미에 대한 새로운 각성이다.

하지만 이러한 서사적 의미 해석을 벗어나 시를 다시 읽을 필요가 있다. 그것은 기억의 본질에 관련한 것이다. 이 시의 이면을 살피면, 시인 특유의 시적 사유가 지닌 의미심장한 깊이를 마주하게 되는데, 그것은 기억의 영역과 망각의 영역이 서로 대구對句 형식처럼 반복되는 이 시의 독특한 형식과 연관이 있다. 달리 말하면, 이 시는 경험된 기억과 비경험적 기억, 현실과 초현실을 함께 아우르는 독특한 '기억의 형식'을 취하고 있는 것이다.

모두 3장으로 이루어진 이 시에서 가령, "잘 보이니?", "어머, 늦었네 돌아가자"(「내 사랑이 그렇다」 1장)거나, "스물아홉, 숨어 지내던 시절이었다", "보고 싶어", "하루해가 어찌나 빨리 떨어지던지"(「내 사랑이 그렇다」 2장), "새우처럼 구부리고 자는"(「내 사랑이 그렇다」 3장) 같은 시구들은, '나'의 의식이 기억에서 건져 올린 경험들의 재현이라 할 수 있다. 하지만, 이들 경험적 기억의 시구들의 다음에 이어지는 시구들은 기억의 결락 혹은 망각의 직관적 재생에 따른 비경험적·초현실적 기억들이라고 말할 수 있다. 예를 들면, 이렇다.

어머, 늦었네 돌아가자

바다에도 길이 있어 거룻배 한 척 떠가듯이 하늘에도 따로 길이 있어 우린 구름을 타고 강남 간 제비처럼 잘도 돌아왔다

［…］

하루해가 어찌나 빨리 떨어지던지

어둑발 내려 약속 하나 품고 돌아왔다 무엇이 궁금한 건지 별들도 한참을 따라왔다 그날 난 그 약속을 그녀의 집 앞 허공 속에 감춰두었다

　　　　　　　　　　　　　　　　　　　　　—「내 사랑이 그렇다」 부분

인용에서 보듯, 시인은 기억 속 경험적 사실과 감춰진 비경험적-초

경험적 기억 사이에 깊고 너른 행간을 가로놓는다. 시 1~2장에서 경험적이고 의식적인 기억과 초경험적이고 직관적인 기억은 그 사이에 깊은 행간을 가로놓은 채 반복적으로 지속된다. 그 깊은 행간은 의식의 한계거나 기억의 한계를 가리킨다. 위의 각 인용문에서 선행先行하는 시구들인 "어머, 늦었네 돌아가자" "하루해가 어찌나 빨리 떨어지던지"는 '나'의 경험적 기억의 재현인 반면, 깊은 행간을 사이에 두고 이어진 시구들인, "바다에도 길이 있어 거룻배 한 척 떠가듯이 하늘에도 따로 길이 있어 우린 구름을 타고 강남 간 제비처럼 잘도 돌아왔다", "어둑발 내려 […] 무엇이 궁금한 건지 별들도 한참을 따라왔다 그날 난 그 약속을 그녀의 집 앞 허공 속에 감춰두었다" 같은 시구들은 '나'의 직관적 상상력 또는 초경험적 상상력에 의해 추체험된 기억의 세계를 보여준다. 그 초경험적 기억은 하늘, 바다, 별, 구름 같은 자연에 대한 직관적 상상의 비유로서 재생된다.

조금 다른 시각으로 보면, 경험적 기억의 재현은 '나'의 의식의 작용에 따르는 것이지만, 비경험적인 기억 또는 망각의 심연을 재생하는 것은 직관적 상상력에 따른다고 볼 수 있다. 그러므로 이 시 1~2장에서의, 경험적 기억과 직관적인 기억의 반복적 병치竝置 형식에서 알 수 있는 것은, 의식적인 기억 행위에는 기본적으로 의식 너머 혹은 무의식의 심연이 깊이 참여하고 활동한다는 것이다. 기억은 오히려 '나'의 경험적 시간의 결락과 망각 속에서, 즉 '나'의 기억 너머에서 기억 스스로가 기억하는 것이다. 기억은 자기 심연 혹은 망각의 작용으로 인하여 늘 새로운 것이다. 기억은 '나'의 의식을 초월하는 것이다. 그러니, 기억은 스스로 기억한다. 기억은 자기 연원을 가지고 스스로 활동하고 있다!

기억할 수 없는 경험을 기억하는 직관적 상상력은 망각의 부활과 소생을 뜻한다. 그것은 무의식의 부활과 사라진 것들의 초현실적 소생을 뜻하는 것이기도 하다. 그러므로 직관적 상상력에 의한 기억 행위는 기억의 풍요로운 확장을 이룰 수 있다. 더욱이 옛사랑의 기억이 경험의 영역을 넘어서 비경험적 직관의 형식으로 기억된다는 것은 기억의 확장이 사랑의 확장, 달리 말해 삶에 대한 깊은 긍정의 정신으로 이어짐을 뜻하는 바일 것이다. 시인이 시의 제목으로 '내 사랑이 그렇다'라고 쓴 것은 아마 사랑을 통한 세속적 욕망의 다스림, 곧 사랑의 확장을 통한 삶에 대한 깊은 긍정의 표시일 것이다.

(2018년)

소리의 시, 生活의 시, 자연의 시

— 육근상『여우』, 김용만『새들은 날기 위해 울음마저 버린다』,
이나혜『눈물은 다리가 백 개』

언어의 발생론發生論에서 볼 때 은유와 환유는 언어의 근본 구조를 이루는 두 축이다. 시의 발생론에서도 마찬가지다. 언어의 은유와 환유는 그 자체로 언어가 지닌 의미의 모호성과 다의성을 가리킨다. 언어의 탄생·시의 발생에 있어서 말의 소리(시니피앙)는 말의 모호한 의미(시니피에)를 품고서 언어의 근원을 이룬다. 발생론적으로 '소리(音)'가 의미에 선행한다. 소리는 기운의 조화造化요 존재의 근원이다.

고대 우리말이나 한자의 탄생 과정에서 무巫의 구실이 결정적이듯, 시의 발생에서 샤먼의 '소리'는 기본적이다. 우리나라 최고最古의 시가인「공무도하가公無渡河歌」, 중국 최고의 시집『시경詩經』의 진실을 이해하는 데에 소리의 존재 또는 노래를 부르는 샤먼 혹은 샤먼에 버금가는 가객의 존재를 빠트릴 수 없다.

시의 원시반본原始返本은 언어에서 소리를 거세하고 소외시켜 온 근대 시학에 대한 반성을 수반한다. 시의 소리는 정형률이나 인공적 음악 범주에 가두어질 수 없다. 너무 하찮아서 들리지 않는 생활의 리듬, 문명이 내는 온갖 인공적 소리나 음악에 의해 억압되고 은폐된 자연의 소리, 들리지 않는 비감각적 내면의 소리에 '원시반본의 시'는 귀 기울인다. 시에 잃어버린 소리를 찾아주는 것은 시에 생명의 숨결을 불어넣는 일이다. 오늘의 한국 시인들 가운데 육근상 시인의 시들은 시의 근원으로서 '소리'에 남달리 민감하다.

이러한 시와 소리의 근원적 관계를 전제로 하고, 아래 육근상 시인의 '소리의 시', 김용만 시인의 '생활의 시', 이나혜 시인의 '자연의 시'를 차례로 간략히 분석·해석하기로 한다.

1. 은유와 환유로서의 자연과 삶: 육근상 시집 『여우』

육근상 시집 『여우』(솔, 2021)의 표제작 「여우」는 함박눈이 내리고 맹추위가 찾아오는 정월正月 날씨를 '여우'로 비유한 시이다. 육근상 시인은 음력 정월이면 어김없이 찾아오는 엄동설한嚴冬雪寒을 '여우'의 활동으로 비유한다. 즉, '여우'는 엄동설한 또는 '폭설'의 은유metaphor이다.

> 정월은 여우 출몰 잦은 달이라서 깊게 가라앉아 있다
> 저녁 참지 못한 대숲이 꼬리 흔들며 언덕 넘어가자
> 컹컹 개 짖는 소리 담장 깊숙이 스며들었다
>
> 이런 날 새벽에는 여우가 마당 한 바퀴 돌고
> 털갈이하듯 몸 털어 장독대 모여들기 시작하지
> 배가 나와 걱정인 장독은 웅기종기 숨만 쉬고 있었을지 몰라

여우는 골똘하게 새벽 기다리다

고욤나무 가지에도 신발 가지런한 댓돌에도

고리짝 두 개 서 있는 대청까지 들어와

바람을 토굴처럼 열어 세상 엿보고 있다

—「여우」부분

　시 1연, "정월은 출몰 잦은 달이라서 깊게 가라앉아 있다/저녁 참지
못한 대숲이 꼬리 흔들며 언덕 넘어가자/컹컹 개 짖는 소리 담장 깊숙
이 스며들었다"라는 표현은 '잦은' 폭설과 추위로 인적이 끊긴 '집 바
깥' 상황을 '여우의 잦은 출몰'로서 비유한다. 특히 1연의 2행, "저녁 참
지 못한 대숲이 꼬리 흔들며 언덕 넘어가자"라는 문장을 주목할 필요가
있는데, '대숲이 꼬리를 흔들며 언덕 넘어간다'라는 비유에는 집 밖의
'대나무 숲'이 폭설로 뒤덮여 자신을 드러내지 못하고 만물이 구별 없
이 하얀 눈투성이로 바뀐 상태를 '흰 여우'의 행동으로 은유隱喩하고 있
다. 이 시에서 '여우'가 '폭설의 은유'라는 사실을 알아채기가 그리 쉽
지 않은 까닭은, 엄동설한이나 폭설을 의미론적 설명 차원에서 직설적
으로 표현하지 않고, 메타포(은유)인 '여우'를 내세워 엄동설한의 폭설
을 '은밀하게 비유隱喩'하고 있기 때문이다. 여기서 주목할 점은 '메타
포 여우'는 이리저리 은밀하게 움직이는 산짐승이기 때문에, 메타포인
'여우'의 숨은 지시 대상인 '폭설'도 어떤 고정된 이미지나 고착된 하나
의 의미로 설명되는 것이 아니라, 시의 2연에서 보듯이, 살아 있는 '여
우'가 움직이는 생생하고 역동적인 이미지들 속에 '은폐된 폭설 이미
지'로서 표현된다는 점이다.
　바꿔 말하면, 엄동설한 또는 폭설의 메타포인 '여우'가 산짐승이다

보니, 이 상상력에 의한 '여우의 활동'에 따라서 엄동설한의 폭설 이미지는 하나의 고정된 메타포로 남아 있질 않고 이리저리 움직이는 시각적 혹은 청각적인 여러 이미지들로 연속된다는 것이다. 시 「여우」는 여우의 움직임에 따라 이러한 시각적·청각적 이미지들을 낳고 있음을 보여준다.

이 시에서 '여우'의 존재를 시학詩學의 차원에서 보면, '폭설'의 메타포인 '여우'는 그 움직임에 따라서 여러 환유換喩의 계기들을 만들어낸다는 것을 가리킨다. 이러한 시적 특이성을 구체적으로 살피면, '폭설'의 메타포인 여우가 시인의 집 안팎에서 이리저리 오가는 동선動線에 따라, 즉 저녁-대숲-언덕-담장-집 마당-장독대-장독-새벽-고욤나무-댓돌-대청-바람 등을 연결하며, '여우'는 스스로 '환유의 계기繼起'를 품게 되고, 동시에, 여우가 지시하는 '은폐된 지시 대상'(은유隱喩하는!)인 '폭설'도 하나의 이미지로 고정되기를 거부하고 여우의 동선에 따라 환유의 연결고리들을 따르게 된다는 것.(여기에 이 시가 지닌 특별한 시학의 개화開花를 보게 된다!) 그러므로, 음력 정월의 '폭설'의 이미지는 '여우'가 움직이는 동선 속에서 은폐되고, 그래서 이 시의 심층적 해석은 비교적 까다롭게 진행된다. 그럼에도, 시론詩論 차원에서 보면, 이 시의 깊은 묘미는, 바로 이 점, 즉 '여우'가 '은유'이면서 동시에 '환유'의 성격을 내포하고 있다는 점이다.

　　나는 칼바람 몰아치는 정월이면
　　문풍지 우는 소리 견디지 못해 밖으로 뛰쳐나갔다
　　그럴 때마다 화진포에서 왔다는 노파가 간자미회 버무려주는 집
　에서

며칠이고 머물다 돌아오곤 하였다

—「여우」부분

　마침내 폭설이 쏟아진 음력 정월, 시인의 마을에 인적이 끊긴 사태의 전모가 3연에 이르러서 드러난다. 1~2연에서 '폭설'의 메타포인 '여우'의 움직임을 쫓던 이 시의 페르소나('나')는 엄동설한의 폭설로 인해, "칼바람 몰아치는 정월이면/문풍지 우는 소리 견디지 못해 밖으로 뛰쳐나갔"고, 자의든 타의든 "화진포에서 왔다는 노파가 간자미회 버무려주는 집에서/며칠이고 머물다 돌아오곤 하였다"고 고백한다.

　시「여우」를 낳는 원동력은 시인의 토착적인 삶을 기꺼이 향유하는 자재연원과 안빈낙도安貧樂道의 정신, 또 그 정신에 부응하는 특유의 시적 감수성이라 할 수 있다. 이 시「여우」를 보더라도, 음력 정월 엄동설한의 '폭설'을 '여우'로서 은유하고, 이 '여우의 활동'을 통해 시인의 생활과 자연의 환유를 넉넉히 발견하고 품었다는 점에서, 오늘 한국시단에서 육근상 시인의 시적 상상력과 감수성은 매우 희귀하고 고귀하다.

　또 다른 작품인「詩」는, 표제작「여우」에서 살펴본 바와 같이, 육근상 시인의 이번 시집『여우』가 지닌 특별한 시적 상상력과 감수성의 진상眞相을 짧지만 심오하게 보여준다.

황톳길과
문간 살구나무와
토마토와 매운 고추와 가지와
오이 줄기 쩜매놓은 녹슨 철사와
서쪽으로 날아가는 검은 새와

향난재 고욤나무와

바람과 강물과 풀잎과

빗방울과 처마와 먹감나무와

헛간과 변소와 수국과

나와

―「詩」전문

이 작품은 육근상 시인 특유의 시 세계가 오늘의 한국 현대시단에서 단연 특별한 위치를 점하고 있음을 보여준다. 이 작품 「詩」는 시인이 제목을 '시詩'라고 붙인 만큼, 육근상 시인의 시 의식과 세계관, 특유한 시적 감수성과 상상력을 깊이 이해할 단서端緖들을 제공한다. 앞에서 시「여우」를 분석·해석한 맥락과 연결하여 이 「詩」라는 작품을 잠시 살펴볼 필요가 있다.

「詩」에서 당장 눈에 띄는 것은 시인의 생활공간 속 사물들이 일일이 호명되고 있는 점. 이 시는 행行갈이를 했을 뿐, "황톳길", "문간 살구나무", "토마토", "매운 고추", "가지", "오이", "쩜매놓은 녹슨 철사", "서쪽으로 날아가는 검은 새", 마을에 있는 "향난재 고욤나무", "바람", "강물", "풀잎", "빗방울", "처마", "먹감나무", "헛간", "변소", "수국"과 같은 시의 소재들은 어떤 특별한 시적 이미지들이 아니라, 그야말로 생활에서 일상적으로 만나는 비근한 사물들 또는 자연물의 이미지들이다. 이 나날의 '생활 이미지'와 '자연 이미지'들을 연결하는 고리는 오로지 여러 사물들을 각각 동등한 자격으로 연결하는 접속조사인 '~과', '~와'이다. 따라서 이 「詩」는 겉으론 시인의 일상생활 속 사물이나 자연물들이 독립된 개체로서 저마다 주체임을 표시하면서도, 동시에 주체들 저마다가 접속조사 '~과', '~와'로 연결되는, 곧 환유의 계기繼起들로서 서로 끊임없이 연결·연속되는 존재들이라는 점을 분명히 드러낸다.

특히, 이 시의 끝 행이 '나와'인 것도, 화자(시인)인 '나'가 자기 생활 속 타자들과 깊이 연결되어 있음을 시사한다. 곧, 끝 행에서 '나'가 접속 조사 '~와'로 매듭지어진 것은, '나와' 연결된 동등한 자격을 가진 '생활 속의 수많은 자연물-타자-존재들'이 시의 여백 속에 생략·은폐되어 있음을 의미한다. 즉, 이 시의 '연결 조사'인 '~와'에는 '나'의 생활의 연결이자 연장延長으로서 '무궁한 자연'이 생략·은폐되어 있다.

한편, 이 「詩」를 시론詩論의 관점에서 분석해보면, 마지막 시구 '나와'에 뒤이어 무수한 생활 속 존재와 자연들로 서로 인접·연결되는, 환유의 숱한 그물코들이 생략·은폐되어 있음을 알 수 있다. 이 끊임없는 환유의 사슬이나 고리들을 품고 있기에, 육근상의 시는 생활 속에서 만나는 모든 자연물이거나 '자연적인 것들', 특히 '자연어自然語'의 일환一環으로서 사투리, 지역방언, 고유명사 등이 시 창작의 원리와 방법론으로 떠오르게 된다. 이것이 「詩」에서 온갖 자연물과 더불어서 시의 4행 "오이 줄기 쩜매놓은 녹슨 철사" 같은 충청도의 '진한 사투리', 고유 지명 "향난재" 같은 시어들이 나오게 되는 배경이다.

빼어난 수작인 「詩」의 마지막 시구, "나와"는 결국 제목인 '詩'와 긴밀하게 연결되면서, 동시에 제목인 '시' 속에 '나'도 포함되고 수렴된다. 그러므로, 시학詩學의 개념으로 바꿔 말하면, 육근상 시인에게 '詩'란 시인이 자기 생활 속에서 만나는 '자연'의 '환유'에 대한 메타포(은유)라 할 수 있다.

2. 일상 속 빛나는 순간의 연장 — 生活의 시, 生氣의 시:
김용만 시집『새들은 날기 위해 울음마저 버린다』

새벽에 깨어 시집『새들은 날기 위해 울음마저 버린다』(삶창, 2021)를 읽으니, 두서없는 생각들 가운데 1980년대 후반에 격렬하던 소위 '민족문학논쟁' 당시에 쓴 내 글이 떠오른다. 당시 한국문학 초미焦眉의 관심사가 '노동문학' 논쟁이면서 한편으로 '리얼리즘' 논쟁이기도 했는데, 지금 돌이켜보면 당시 노동문학이건 리얼리즘이건, 마치 경쟁이라도 하듯이 '누가 더 급진적 이론이냐'를 목표로 삼은 듯이, 사회적 현실적 효과가 별로 없는, 비현실적인 관념과 급진적 이념에 의존하는 먹물들(이데올로그)의 '이념과 개념들 일색인 말잔치'로 매우 시끌벅적했던 기억이 난다.

당시 주위의 청탁으로 나도 잠시 문학 논쟁에 참여하게 되었는데, 올바른 리얼리즘은 어떤 이념의 강제나 외래적 이론의 도그마(특히 서구에서 수입된 문학 이론이나 시학 따위)를 경계하고 주의해야 한다는 취지의 글을 서너 편 발표한 바 있다. 그때 졸고에서 강조한 주요 내용 중 하나는, 리얼리즘 문학은 어떤 이미 정해진 이론이나 이데올로기에 따라서, 즉 연역演繹해서 추구되는 것이 아니라, 인민들의 '생활' 속에서 형성하는 것이란 것이 요지였다.

물론 이러한 주장은 '노동자 계급의 당파성'을 전제한 노동해방문학을 주장한 숱한 민중문학론자 혹은 민족문학론자들의 목소리에 파묻혀서 내가 강조한 '형성하는 리얼리즘론'은 논의 밖으로 밀려났다. 이 땅에서 인민을 위한 문예활동은, 이미 서구 진보 이념의 역사 속에서 만들어진 기존의 리얼리즘을 뒤따라서 이루어지는 게 결코 아니라는 것이다. 따라서, 인민들의 '생활' 곧 현실 생활뿐만이 아니라 인민들의 구체적인 생활 전통과 문화, 집단무의식 등을 적극 수용하는 가운데 민중의 생활 속에서 '형성하는 리얼리즘'을 주창하였지만, 묵살되었던 것이다. 아침에 옛 글을 찾아보니, 다음 구절이 눈에 띈다. 긴 글이므로 뒷부분만 짧게 소개한다.

> 그래서 노동문학은 작품 속에 '생활'을 넉넉히 담아내야 한다. 그렇게 함으로써, 리얼리즘은 '생활'로부터 나와 생활로 되돌아가는 순환 구조를 자기화하게 된다. 그 자기 비판적 순환 구조를 통해 리얼리즘의 지도성은 넓게 검증되며, 그럴 때, 리얼리즘은 더욱 계급 현실에 밀착한 것이 된다. 따라서 리얼리즘은 어느 특정의 형식이나 방법의 독재에 반대한다. 그것은 '생활'이 리얼리즘을 낳고, 다시 거두어들이는 유일한 거점이 되기 때문이다. 그런 리얼리즘은 '형성하는 리얼리즘'이라고 불려질 수 있다. '형성하는 리얼리즘'의 반성-순환 구조를 통해 비로소 작가-계급-문학의 세 차원에서의 이데올로기 갈등은 해소될 수 있고 이때 리얼리즘은 지배 이데올로기를 그 내부에서 부수어나가는 강력한 무기가 될 수 있다.(「노동문학, 생활과 운동의 교환양식」, 1990)

마찬가지로, 시詩에서도 '생활'의 범주는 기본적인 중요성을 갖는다. 보들레르, 랭보, 말라르메, 릴케, 네루다 등 서구 시인이건 남미 시인, 동아시아 시인 누구건, 그 유명한 시인의 시를 뒤쫓거나 모방하는 시 쓰기 행위는 이미 시詩가 아니라 시屍에 지나지 않는다. 서구 시학에 대한 무분별한 모방이나 사변적이고 '모던한 지식인' 포즈가 많은 '문학과지성' 시선류流, 1970년대 이래 소위 '무지몽매한 민중들'을 위한답시고 무턱대고 '쉬운 시'를 써야 한다는, 일견 그럴듯한 주장을 곧잘 내세우는 '이야기 민중시'류를 비판해왔는데, 비판의 핵심은 시적 진실은 자기 바깥에서 찾아지는 게 아니라, 자기 안에서 찾아질 수밖에 없다는, 자재연원自在淵源의 진리에서 찾아진다.

일일이 증거를 댈 필요도 없이, '쉬운 시' 이데올로기는 자본주의 시장의 타락한 논리와 저급한 의식 수준의 작금의 '문단 권력'들의 합작품에 지나지 않는다. 결론만 말하자면, 시는 본래 '쉬운 시'/'어려운 시'로 나누는 차별이 있을 수 없으며, 시인 자신이 농부이건 노동자이건, 화이트칼라이건, 사업가이건, '자기 생활'의 진실을 추구하는 가운데 문득 찾아오는 어떤 '섬광같이 빛나는 찰나刹那를 포착하여 언어로써 길게 늘여서 표현하는 것'이 바로 '시詩'라고 나는 믿는다.

'생활'은 이데올로기의 영향을 직접 받으면서도 이데올로기로 포착되지 않는다. 마르크스주의나 그 어떤 민중적 이데올로기도 그 자체만으로 '생활'을 제대로 포착하지 못한다. 시 창작에서 이데올로기를 피해야 하는 이유는 이데올로기가 나쁘거나 잘못되어서라기보다, 이데올로기가 시를 도구화하고, 시가 생생한 '시적 존재'로 화생化生하는 것을 가로막기 때문이다. 이데올로기의 도그마 속에 제한된 시는 시 자체가 생명력을 갖기 어렵다. 이데올로기적 분노와 선동의 수단이 된 시들의 경우를 얼마든지 예로 들 수가 있다.

그래서 시인의 '생활' 속에서 터득한 어떤 진실과 지혜를 통해 인민들 공동의 삶을 위하는 먼 에움길을 택하는 것이 시나 소설에서 중요하다. '생활'은 오랜 전통과 역사 속에서 형성되는 것이기 때문에, 마치 장강長江의 도도한 흐름과도 같다. 김용만 시인의 첫 시집을 펼치자마자 나타난 첫 시 「호박꼬지 마르는 동안」을 보는 순간, 시인이 '생활'의 깊은 뜻을 체득한 시인임을 즉각 알 수 있었다.

초가실 맑은 햇살 마당에 가득하다

저 햇살 몇 삽 담아
요양병원 어머니에게 가야겠다

병실 가득 눈부시게 깔아놓고
참깨 털고
고추 널고
호박 곱게 썰어 하얗게 널어야겠다

귀가 어두운 어머니와 바위에 앉아
해 지는 강물을 오래 바라봐야겠다

꼬들꼬들 호박꼬지 마르는 동안

—「호박꼬지 마르는 동안」 전문

어떤 민중적 이데올로기의 간섭이나 개입이 없이 이 시는 시인 자신의 생활 깊이에 감응感應하여 태어난다. 일일이 분석할 필요도 없이, 마지막 두 연 "귀가 어두운 어머니와 바위에 앉아/해 지는 강물을 오래 바라봐야겠다//꼬들꼬들 호박꼬지 마르는 동안"이란 시구에는, 그 어떤 시적인 이론이나 지식, 정의니 민중이니 어떤 근사한 이념 따위조차 끼어들 수 없는 '도저한 생활의 흐름', 장엄하고 장구한 생활의 시간이 은폐되어 있다는 점. 그 장구한 '생활'의 흐름, 생활문화의 이어짐이 이 마지막 시구에 깊이 은닉되어 있는 것이다. 다시 말해, 귀가 어두운 어머니와 함께 앉은 "바위"나 "해 지는 강물"의 비유에는 장구한 '생활의 전통, 도저한 생활의 역사'가 오롯이 담겨 있다. 거기엔 이데올로기적 허위의식이 끼어들 틈조차 없다. 그 '엄중하고 치열한 생활'의 시간, 즉 생활의 전통과 생활의 역사를 비유하는 시적 은유가 바로 마지막 시행 "꼬들꼬들 호박꼬지 마르는 동안"이라 해석해도 좋다!

이 속 깊은 시편에서 보듯, 사회경제적 모순에 대한 직설적 토로나 민중적 이데올로기의 강요 없이, 또 서구 근대문학에 종속적인 교육 및 문학 제도, 대학 강단을 통해 수입된 온갖 모던한 서구 시학의 전횡에서 벗어나, 그럴싸한 시적 수사나 화려한 기법들을 떨쳐내고, 오로지 자기 '생활 속에서 깨달은 섬광 같은 지혜의 순간을 시詩로 쓴다'는 것은 과연 어떤 시적 감수성에서 가능하며 또한 독자들에게 어떤 시적 효과를 낳는가. 사실 중요한 것은 이 시인의 감수성과 독자들에게 안겨주는 시적 효과의 문제인데, 김용만 시인은 자기 고유의 자주自主적인 '생활의 시'를 쓰기 때문에, 당연히 비표준어로서 생생한 현장의 언어 감각, 사투리, 비非통사론적 어투, 의성어 등 자연어에 기반한 '소리'에 민감한 시어들을 기본으로 하고, 자기 생활공간의 지명地名이나 인명人名 등을 간간이 쓰고 있다는 점이 매우 중요한 시적 감수성이라고 본다.

가령, 생활 속에 깨달은 생명의 근원적 이치를 촌철살인의 감수성으로 포착한 아래 두 줄짜리 시를 보라!

선돌마을 이장네 벼가 벌써 고개를 숙였다

나도 따라 고개를 숙였다

―「벼」 전문

이 시는 시인이 생활 속에서 터득한 지혜의 의미 내용도 구체적이고 실질적이란 점에서 뜻깊지만, 시의 효과 측면에서 보면, 생활 속 실제 고유 명칭인 "선돌마을 이장네"라는 시어 하나로 말미암아, 이 시는 스스로 생명력을 발휘한다는 점이 더 실질적으로 중요한 뜻을 지닌다. 김용만 시인의 시가 지닌 장단점은 바로 여기에 있는 것으로 보이는데, 시인의 시적 감수성은 생활 속에서 지혜를 섬광처럼 터득하는 순간, 종종 경구警句의 형식으로 표현하는 감수성이 책 속의 일반화된 지식 수준('표준화된 지혜'로서 경구 수준!)으로 퇴보하여 시적 효과를 반감半減하게 되느냐, 아니면, 바로 이 짧은 시 「벼」처럼, 생기발랄한 시적 효과를 내느냐 하는 문제!

조금만 깊이 생각해보면, 이 시의 화룡점정은 득의의 시어 "선돌마을 이장네"이다! 시인의 구체적 생활 속 고유명사인 "선돌마을 이장네"와 앞에 인용한 시 「호박꼬지 마르는 동안」 중 "초가실", "꼬들꼬들 호박꼬지" 등 사투리 '소리(音) 언어'를 비롯한 그 생활 속에서 체험된 생생한 구체성의 시어들은 돌연히 시에 생기生氣를 주고, 마침내 '시적 존재'로서 화생化生하는 기능을 하는 시어들이다. 그 시어들은 생활에서 나와서 더 깊어진 생활로 순환하여, 시를 '지적인 경구 형식'이 아닌, 기운생동하는 '시적 존재'로 화생하게 하는 귀신이 들고 나는 시어(여기서는 귀신鬼神은 '음양의 조화造化'를 가리킴)인 것이다.

이러한 소리 언어가 중요한 것은 그 소리 언어 자체가 주는 효과도 소중하지만, 시 자체가 삶을 가진 직접적이고 구체적인 존재로 변화하는 효과를 거둔다는 점에 있다. 김용만의 시에는 겉과 속이 따로 없다. 어떤 수사나 기교를 거부하기 때문에 구체적 생활의 진실에서 직핍直逼하는 시어들이 있을 뿐이다. 가령, 「배추밭」을 보자.

배추밭에 섰다
싱싱하다

─야, 이놈아
너도 속 좀 차려라

─예
어머니

그렇게
가을이 갔다

─「배추밭」전문

이 짧고도 감동적인 시에서 중요한 내용은 보이지 않고 여백과 행간에 은폐되어 있다. 시의 여백에 어떤 생동하는 기운(生氣)이 감지되는 것은 어머니와 아들 간의 직접화법의 대화 곧 육성이 지닌 직접적 기운의 효과이다. 바로 그 육성을 둘러싼 여백에 시인의 '치열한 생활'이 깊이 뿌리내리고 있음을 독자들은 서서히 깨닫게 되고 이윽고 이 시는 그 자체로 그 여백들의 작용, 즉 없음(無)의 활동으로 인해, 배추밭과 어머니와 시인이 함께 공생하는, 생활의 정황이 시 속에 살아 숨 쉬고 있음을 감응하게 된다. 시 속에 살아 있는 정황의 존재가 은폐되어 있다는 것은 이 시가 하나의 생생한 '시적 존재성'을 은폐하고 있다는 뜻이다.

민중시는 결코 '쉬운 시'가 아니다. '쉬운 시'를 앞세우는 시 의식은 민중의 의식 수준을 얕잡아보는 지적 허위의식과 짝을 이룬다. '쉬운 시'가 지난 수십 년간 한국시를 저열화, 타락화를 가속화시킨 주요 장본인들 중 하나인 점을 깊이 반성해야 한다. 시 쓰기는 독자들과의 치열한 대화이자 서로의 영혼의 존재를 확인하고 그 생각의 깊이를 더하며 삶에 생기로움을 주려는 노력의 소산이다. 시는 시인의 이념이나 주장을 '쉽게 써서' 오직 자기주장의 의미 내용을 전달하기 위한 도구가 아니라, 시인이 치열한 자기 생활 속에서 '섬광처럼 빛나는 지혜의 순간을 자기 고유의 언어로써 길게 늘이는(연장延長하는!) 정신 활동 과정 그 자체'인 것이다.

김용만 시인의 감동적인 명시 「호박꼬지 마르는 동안」을 읽고 이 땅의 수많은 훌륭한 시인들 저마다의 '생활의 시'이면서 '생기生氣의 시'가 백화제방을 이루는 호好시절이 가까운 장래에 도래하기를 고대한다.

3. 自然이 主語인 詩: 이나혜 시집 『눈물은 다리가 백 개』

이나혜 시인의 첫 시집인 『눈물은 다리가 백 개』(황금알, 2018)를 갑자기 읽어보고 싶은 마음이 생긴 동기는 우연히 본 이나혜 시인의 글이 하도 재미있어서 한바탕 웃은 적이 있기 때문이다. 그때 그 글의 이면에서 용솟음치는 원시적 생명력이랄까, 학교 교육이나 문학 제도에서 배운 '표준화되고 제도화된 감수성'과는 전혀 다른, 원시적 자연의 힘이 깔린 순수하고 풋풋한 감수성이 느껴졌기 때문이었다.

시집을 드문드문 읽다가, 정좌하고 읽으니, 지치고 어둡던 마음 하늘이 열리더니 문득 영롱한 별들이 나타나 반짝이는 듯하다. 특히 '어머니', '아버지'를 소재로 한 시「굴의 목소리」,「리겔」, 신령神靈한 시「가로등」, 시인 이나혜의 시적 사유의 깊이를 절묘하게 보여주는「거울 앞에서」, 유럽 표현주의 시를 대표하는 시인 게오르크 트라클Georg Trakl의 시 세계를 떠올리게 하는, 경이로운 시「겨울 어느 저녁」 등을 소개한다.

어머니는 연체軟體였다
거기다 고요를 더했으므로

겨울이기도 했다
말이라고는

굴 사세요
발이 얼었으므로

한 사발 비명에 가까운
침묵의 목소리

수억 년 간조干潮의
목소리

그리고

물크러졌다

고독도 모르고
사랑도 모르는

어머니

밥상 위의 어머니 목소리를
한 젓가락 집어 들고서

—「굴의 목소리」 전문

아버지
어부는 바다보다 늙었더군요
머리카락은 병든 개털처럼 몇 가닥뿐이고
몸 가죽은 오래된 낚싯줄보다 더 낡았더군요

하지만 바닷물이 출렁거리는 파르스름한 눈빛 때문에
뭍에서는 그를 늙은 물푸레나무라고 불렀대요

고마운 상어에게 살을 다 돌려주고
뼈만 앙상하게 남은 꿈속에
별 하나가 그 깊이를 모른 채 따라와 쓰러졌더군요

아버지

바다에게 묻고 싶은 말이 많아도 참아야겠지요
지금 어부는 아버지나 삼촌처럼 잠속에서 사자를 만나야 하니까요
아침까지 별은 자리를 지킬 것이고
아침 창을 열면 어부는 물론 바다보다 젊어지기도 한답니다

라 마르!

　　　　　　　　　　　　　　　　　　　　　—「리겔」전문

　먼저, 시인(시의 화자)의 '어머니', '아버지'를 다룬 시들에서 그 시적
상상력의 특이함을 간파할 필요가 있다. 부모님을 소재로 다룬 대부분
의 시들 흔히 부모父母-자식子息 간에 일어난 사건이나 간절한 사연, 효
와 불효의 문제 등 '인간관계'에 얽힌 내용이나 주제를 보이는 데 비해,
아래 시「굴의 목소리」에서 "어머니"는 "연체軟體", "굴", "고요", "침묵",
"수억 년 간조干潮" 등 '바다' 혹은 '자연'의 비유로 표현되고, 헤밍웨이
의『노인과 바다』의 주인공 이름을 빌린, 시「리겔」에서도, '아버지'는
평생 험한 바닷일을 한 가난한 어부이지만, 노동이나 생계 문제와는 아
랑곳없이 "아침까지 별은 자리를 지킬 것이고/아침 창을 열면 어부는
물론 바다보다 젊어지기도 한답니다"에서 보듯, '바다' 곧 '자연'과 합
일하는 삶을 지속하는 늙은 어부이다. 시인의 고향이 소외되고 가난한
어촌임에도, 자신의 시적 상상력에서 소외와 가난보다 '고향 바다' 즉
'자연의 생명력'을 시적 소재로 삼는다는 것은 무슨 의미를 지니는가?
이는 우선 '부모'를 가난과 고난의 대상으로 인식하기보다, 고향 '바다'
즉 '자연'의 다른 이름으로 인식하고 있음을 의미한다. 다시 말해 부모
의 삶과 그리움을 노래하는 시편에서조차 이나혜 시인의 심층 의식에

서 부모는 자연自然 자체이다. 이 말은 이나혜 시뿐 아니라 오늘의 우리 시를 심층적으로 이해하는 데에 중요한 시적 명제로 볼 수 있다.

부모도 자연 그 자체라는 말은 시인인 '나'도 자연의 일부이며, '내 존재의 근원'은 부모 즉 자연이라는 뜻이다. 여기서 이나혜의 시 의식의 진경을 보여주는 시 한 편이 탄생한다. 바로 시「거울 앞에서」이다.

입술 지우고
눈썹 지우고
눈 지우면
내가 보일까

입술 그리고
눈썹 그리고
눈 그리고 나면
거울이 보일까

거울 앞에서
씩 웃어 본다
거울도 내 앞에서
씩 웃는다

파경破鏡이라니

실없이 웃는다

나도

거울도

실없이 웃는다

—「거울 앞에서」전문

　이 시에서 "거울"의 상징은 불교의 유식학唯識學적 차원을 감추고 있는데, 거울 앞에 선 "나"는 자신이 실재한다고 믿지만, "거울"은 "나"가 실재가 아닌 이미지 즉 가상에 불과하다는 걸 드러내므로, "나"가 가상임을 자각할 때만 비로소 "나"는 "거울"을 통해 "나"를 타자화함으로써 '참 나'가 될 수 있다. 그러므로 거울은 그 자체로 먼지 하나 없는 무후한 세계, 즉 무아無我의 상징이다. '거울'은 인간 욕망이 들끓는 '나'를 비추어 가상假像인 '나'의 심층 의식 즉 욕망을 여읜 '부처 마음(阿賴耶識)'에 다다르게 하는 방편이다. 이 거울 앞에서 벌이는 '나(我)와 거울(無我)'간의 놀이, '공空과 색色'간의 놀이(가령, 공즉시색 색즉시공空卽是色 色卽是空)가, 마치 그림자놀이처럼, 시의 심연 속에 숨겨져 있고, 이 무아와 세상의 실상을 찾아가는 놀이 속에서 자연의 근원성인 무상無常 혹은 노자의 '무無' 혹은 '무위이화無爲自然'의 '자연 철학'이 시의 그늘(裏面) 속에 드리운 더 어두운 겹그늘 속에서 어른거리는 것이다.

　이처럼 무아가 비춘 실상(세계의 본모습·참모습) 곧 '참 나'의 근원이 '자연'이라는 것, '자연'은 인위적으로 이루는 것이 아니라, 마치 '귀신'이 작용하듯, '저절로 그렇게 이루어진다'(無爲而化)는 것을 이나혜 시인은, 놀랍게도, 시 「현관이 낯설다」에서 경험적으로 통찰한다. '익숙한 내'가 문득 '낯선 나'로 변화하는 '기이한 체험'을 다루고 있는 이 시에서, 시인은, '내 안에 숨어 있는 신령한 기운이 바깥으로 기화氣化'

(접신接神 또는 접령接靈에 의해!)하는 '낯선 시간의 감각적 경험'에 대해 쓴다.

중요한 것은, 시가 '자연'을 노래하되, 자연을 학식學識 수준에서, 혹은 자연을 대상화하여 '인식'하여 노래하는 게 아니라, 시인 자신이 겪은 '낯선 시간의 감각적 체험'을 통해 '자연'의 조화造化 속에 합해지거나, 또는 자연의 생동하는 기운(영혼)들과 접령接神하여 감각하는 가운데 시를 쓰고 노래하는 것이다. 이때 시인은 영매靈媒가 되어 초혼招魂하듯이 시를 쓰는 것인데, 시인 이나혜의 이번 시집에서 단연 빼어난 '초혼'의 명시가 있으니, 시「겨울 어느 저녁」이다. 게오르크 트라클의 명시「어느 겨울 저녁」에 비견되는 수작 중의 수작이라 할 만하다!

　　배가 고프다
　　눈발 그치고

　　발자국이 지워진 마당
　　난로 옆에서 귀를 터는 검둥이

　　밖에 나갔던 불빛들은
　　하나둘 집으로 돌아온다

　　나는
　　방 안에서 털모자를 쓰고
　　그 불빛의 발자국들을 따라가 본다

눈은 그치고
그림자처럼 누가 문을 두드리다 갔는지

난롯가에 앉아 담뱃불을 붙이던 눈사람
졸린 검둥이 옆으로
산장山莊 같은 고요가 쌓여 가는데

머리를 쓰다듬어 주던 흰 눈이 그쳐
나는
배가 고프다

겨울 어느 날 저녁이 저물어 간다

—「겨울 어느 저녁」 전문

이 아름다운 시는 겨울 어느 저녁의 평화로운 풍경을 담담히 그리고 있지만, 이 겨울 저녁 시간은 '낯선 시간'의 '낯선 감각'으로 그려진다. 시어 '나는'이 두 번이나 반복되고, 첫 행과 뒤쪽 행에서 "배가 고프다"가 두 번 반복되는 이유를 캐는 것이 이 시를 이해하는 관건인데, "나는"이 독립적으로 1행을 차지하며 두 번 반복된 것은, 시를 쓰는 시인 (혹은 화자)이 '합리적인 이성'을 지닌 현실주의적인 '나'가 아니라, '이성 초월적인 자연적 존재로서 '낯선 나'라는 사실, 즉 '자연적 존재인 낯선 나'로의 변화를 강조해서 보여주기 위해 특별히 독립된 한 행에 놓은 것으로 볼 수 있다. 또 "배가 고프다"라는 시구는, '영혼의 굶주림' 혹은 '영혼의 배고픔'을 드러내는 무의식적 표현이 아닐까. 가령, 또 다른 좋은 시 「빈집」의 첫 연, "빈집은 뒷산을 가지고 있다/아니 뒷산이 집을 소유하고 있다"와 다섯 번째 연 "다 뒷산의 생각일 뿐이다"에서 나타나는 시적 비유도—천재적인 시인인 기형도의 명시 「빈집」도 같은 의미 맥락에서 해석될 수 있다—'자연의 영혼'(기운의 조화造化!)을 채우기 위해서 시인의 이성과 자아自我가 거주하는 집은 '빈집' 상태로 비워놓아야 한다는 뜻일 터. 그래서 '빈집'의 주인은 '나'(화자)가 아니라 '뒷산' 곧 '자연'임을 암시하는 것이다. 이 시 「빈집」에서도 보이지 않는 시의 주어는 자연이다!

이처럼 삶의 근원으로서 '자연'의 조화造化 또는, 시인의 리비도Libido나 심층 의식 속의 '자연'이 '시의 은폐된 주어主語'라는 사실은 이나혜의 첫 시집이 은밀하게 품고 있는 매우 중요한 특성이다. 다시 말하지만, 이나혜의 중요한 시편들에서 시인이나 화자는 표면적인 주어일 뿐 이면적인 실질적인 주어는 자연 혹은 조화 속의 자연이다. 이러한 시적 특성으로 말미암아, 이나혜의 시가 겉보기엔, 자신의 지식이나 체험, 또는 시상詩想을 일방적으로 전달하는 '인식론' 혹은 의미론적 시인 듯이 보이지만, 결국엔 경이롭게도, 시가 스스로 '인식 대상'에 머물지 않고 즉 인식론의 대상으로서 자기 경계를 무너뜨리고, 시가 '저절로(無爲而化)' '시적 존재'의 범주로 변화해가는, 즉 독자들에게 시 스스로가 '살아 있는 시적 존재'로 변화하는, 놀라운 경지를 보인다는 점. 이 점은, 「겨울 어느 저녁」과 함께 시 「가로등」을 깊이 음미하면, 시인 이나혜의 첫 시집이 이룬 의미심장한 시적 성취를 이해하게 된다.

가로등은 마을 이장님 같으십니다
더 높은 분 하느님 같으십니다

별말씀 없이
저녁마다 좁은 골목 안길을 있는 그대로
아주 부드럽게 살펴주십니다

땅거미가 진 골목 끝
구부리고 있는 지붕들과
쭈그리고 사는 사람들에게
햇빛보다 더 환한 불을 켜 주십니다

궁금한 것은
엊저녁 일어난 주공마트 집 사단事端을
가닥가닥 훤히 다 아시면서도
아침이면 뚝 시침을 떼시는 일

이장님께도 하느님께도
오늘은 무슨 일이 생기셨는지
수리공이 꼭대기에 올라가 있습니다

—「가로등」전문

위 시「가로등」은, 마치 '영혼의 화가' 빈센트 반 고흐가 밤 바닷가 가
로등 불빛—즉 '근대 문명이 만든 전기 불빛'—들이 대자연인 바닷물
에 비칠 때 보는 이의 마음속에서 '영혼의 빛'으로 바뀌는, 즉 자연의 근
원성인 물(水)의 정화력에 의해 화생化生하는 경이를 떠올리게 하고, 한

국소설계의 기린아 김애란의 명편 「스카이콩콩」에서, 집 앞의 가로등과 문득 대화를 나누는 신기한 장면, 곧 문명 속의 자연과 접신(혹은 접령接靈)을 하는 소설 속 장면을 연상케 한다.

이나혜의 시 「가로등」은 시적 화자의 집 근처에 서 있는 근대 문명의 산물로서 '익숙한 가로등'을 '동네 이장님' 나아가선 '하느님'의 빙의 혹은 접령으로 보는 신기한 '낯선 감각'을 보여준다. 이 낯선 상상력은, 단지 시적 비유법의 범주를 넘어서, 시인의 심연에 살아 있는 '문명화된 자연'이면서 숨어 있는 신성神性의 활동에서 나오는 것이다.

이나혜 시인의 첫 시집을 읽으면서, 반근대주의적 생태학적 세계관, 수운水雲 선생이 동학에서 설파하신, 서구 근대의 '이성적 인간'관 또는 유일신적 자연관을 넘어, '최령자最靈者'(가장 신령한 존재)로서의 인간관과 '무위이화'의 우주자연관을 자연스레 떠올리게 된다. 이나혜 시들은 아직 설익은 시편들이 적지 않으나, 이는 깊이 생각하면, 오히려 향후 우리 시의 희망이요 건강한 가능성이라고 생각된다. 고독하지만, 새로운 시적 감각의 확장을 통해 현시顯示하는 미래의 한국문학의 새 희망. 그간 변방의 시인으로서 겪었을 소외의 외로움과 갖은 노고에 깊은 경의를 표한다.

(2021년)

시적 존재론·무위이화의 시적 의미

─강민, 송경동 시인의 시

1. 강민 시의 내면 풍경: 어느 '50년대 시인'의 역사적 실존

시인 강민 선생님의 시선집 『백두에 머리를 두고』(창비, 2019)를 펼쳐 읽던 중, 의미심장한 시 한 편과 마주친다. 1957년에 발표한 「기旗」라는 시다. 특히 아래 인용한 시의 2연은 아마도 그동안 잘 드러나지 않은 강민 시인의 시적 상상력의 원천 또는 시적 무의식을 엿보게 하는 흥미로 운 시구인 듯하다.

> 들녘엔 바람도 없다
> 그는 이미 전쟁을 잊은 지 오래다
> 헐리고 피 흘렸어도 항시 피어오르고만 싶은 마음
> 기旗여!
>
> 지금은 오후의 바랜 고요가 스미고,

언제였던가
싱싱한 살육의 벌판을 흡사 왕자처럼 휩쓸던 그때는

봄, 여름, 가을,
겨울도 없이
모두 안타까이 죽어간 시간
이제는 높이 우러를 하늘도 없다
그는 제 몸의 중심을 향해 고요한 기도의 몸매를
지속할 뿐이다

—「기旗」전문

인용 시구에서 우선 흥미를 끄는 것은 시어 '싱싱한'이 '살육의 벌판'을 수식하고 있다는 점이다. "싱싱한 살육"이라고? 하지만 이 형용모순 또는 지독한 반어법에 의해 의미화되지 않은 처참한 역사가 '시적 존재'로 생기生氣롭게 현전現前할 뿐 아니라, 학습된 역사의식을 넘어 이 시만의 고유한 존재론적 깊이를 갖게 된다.

그러니까 위 시구는 '살육'이 자행된 역사 현장을 기억하지만, 그 회상이 의식 작용에 의한 의미론에서가 아니라 의식에 접해 있는 무의식의 운동 혹은 의식 너머에서의 존재론적 각성에서 나온 것임을 드러낸다. 왜냐하면 "싱싱한 살육"은 의식이나 의미론 차원에선 쓸 수 없는 표현이지만, 무의식과 존재론의 차원에선 가능한 표현이기 때문이다.

사람들은 흔히 비극의 역사를 잊지 말고 기억해야 한다고 강변하지만, 시적 진실을 추구하는 시인에게 역사는 '시적 존재의 자각'을 통해서 기억될 때 그 기억은 의식화된 언어의 상습적 조작으로서가 아닌

'싱싱한' 진실성을 띤 '역사적인 존재'로서의 시어로서 부활한다. 기억의 심층 심리 차원에서 보면, '내 의식이 지난 역사를 기억하는 게 아니라 의식에 접해 있는 알 수 없는(무의식적인 혹은 잠재의식적인) 기억 스스로가 역사를 기억하는 것이다.' 이를 가리켜 '기억의 존재론'이라고 부를 수도 있을 것이다. 이렇게 볼 때, 비극적 역사의식과 시인 자신의 존재에 대한 존재론적 각성이 하나로 통일을 이룬 순간, 바로 저 '싱싱한 살육의 벌판'이란 모순과 반어의 시구가 나오게 되는 것이다.

강민 시의 심연을 더듬어보면, 강민 시인의 시적 상상력의 원천엔 초시간적超時間的 향수鄕愁가 쉼 없이 솟아나고 있는데, 이 또한 리얼한 역사의식을 어두운 무의식의 심연에서 응시하는 어떤 신화적 공간으로의 귀소본능이 작동하고 있음을 보여준다. 위 인용 시에서, "흡사 왕자처럼 휩쓸던 그때는"이란 시적 표현은 이러한 무의식적 신화 본능에서 나오는 것으로 볼 수 있다.

무의식은 의미 맥락으로 구성되지 않는 무시간적 혹은 초시간적 공간이다. 의식이 기억하기보다 기억이 스스로 기억한다는 것은, 무의식이 기억에 깊이 참여한다는 것을 함의한다. 역사의 기억 과정에 무의식적 존재들이 안팎에서 느닷없이 또는 다채롭게 나타남으로써 '기억의 문학'은 더욱 다채롭고 풍요하게 생산될 수 있다. 그러한 기억의 문학적 상상력은 (상상력의 원소源素로서의) 언어가 의미론적 구속에서 해방됨을 전제로 한다. 언어의 존재론적 각성과 직관이 필요한 것이다. 바꿔 말하면, '무의식은 기의(시니피에)가 아니라 기표(시니피앙)로 구성되어 있다.' '언어가 스스로 말하게 하는 것이다.' 따라서 "싱싱한 살육의 벌판을 흡사 왕자처럼 휩쓸던 그때는"이란 시구에서 '싱싱한', '왕자처럼'같은 시어들은 무의식에서 떠오른 기표로서 초월적이고 존재론적인 시어라고 해석할 수 있다.

강민 시의 특이한 존재감은 이처럼 과거에 겪은 역사적 경험이나 사실적 기억을 낯설게 만드는 존재론적 자기 각성이나 무의식의 결박된 공간을 자유로이 풀어놓으려는 시적 상상력과 의지에서 나온다.

역사의 기억을 반성 없는 자기의식과 습관화된 관점에서 도식화하기를 거부하고, 통시적通時的 역사의식의 심연에, 즉 자기 무의식의 원천에, 공시적共時的 공간으로서 신화의 세계가 있음을 존재론적으로 자각하고 이를 '시적 존재'의 각성으로 승화시키는 것이다. 민중의 신산고초와 고난의 역사, 민중운동을 습관화된 의식화를 통해 사유화해온 숱한 사이비 민중시인들이 행세해온 한국 시단에서 이러한 '시적 존재론'의 치열한 탐색은 시인 신동문, 김수영 같은 거장들과 시정신의 맥을 같이하는 것이다.

시인 강민 시에서의 역사적 체험의 기억은 의식적으론 민중의 역사를 향해 있으면서도 실존적 기투企投에 따른 존재와 언어의 '시적 존재화化'를 추구하는 가운데서의 기억인 것이다.

2. 無爲而化의 詩: 송경동 시집 『꿈꾸는 소리 하고 자빠졌네』

그의 시는 이데올로기의 산물도 정치의식의 발언도 아니다. 그의 시는 시인의 본성 곧 천성의 발로이다. 시인 송경동은 시인이 품은 뜻이 세상에 이루어지고 말고는 하늘의 섭리에 달려 있다는 것을 절로 알고 있다. 그 탓에 송경동의 시는 제도권 문학이니 기득권 문학예술이니 따위와는 아무런 연관성이 없다. 시인의 시 의식이 제도권과는 아무런 연관이 없이 문학적 성패와 이해利害에 무심한 것은 시인이 자기 천성을 따르기 때문이다. 하늘의 이치에 그저 순종하기에 송경동의 시는 곧고 바른 기운이 늘 지극한 상태이다. 이른바 지기至氣에 이르러 무위이화 하는 것이 송경동의 시요 그의 시가 품은 무의식이다. 다시 말해, 타락한 세상이 꾸며놓은 기득권 체제와 규범과 늘 갈등하고 격렬히 부딪치는 송경동의 '행동하는 시정신'에는 굳이 시라는 형식이 따로 있을 수 없다. 오로지 송경동 시인에게 품부稟賦된 천성을 따르는 도중에 자기 형식이 저절로 드러난다. 송경동의 혁명적 시 의식과 형식은 시인의 천성의 작용에 고스란히 부합하는 것이다.

여러 시편들로 미루어보건대, 정치적 부패와 해악이 난무하는 현실 세계에서 송경동 시집이 보여주는 정치성의 본질은 오히려 반反정치성의 무의식 속에 있다. 그의 정치적 반골 의식은 하늘이 내린 시인의 천성에 뿌리를 두고 있다는 점에서 반정치적이며, 시인의 본래적 천성에 순종하는 특유의 시정신이 아이러니하게도 송경동 시의 정치적 전위성前衛性을 보여준다. 특히 이 점에 있어서 송경동 시인은 김남주 시인의 진정한 후예라고 할 수 있다. 그의 시가 딱딱하게 굳어버린 기존의 제도권적인 시학에서 이탈한 '반형식성'을 드러내는 것도 그의 순수하고 자유로운 천성의 발로이다.

하지만, 송경동의 시는 단지 서구 근대의 시학들이 쌓아놓은 온갖 규범 체제들을 부정하고 해체하는 수준에서 그치는 게 아니라, 모든 시인에게 품부된 천성天性의 온전한 기화氣化, 곧 '무위이화'로서 시의 형식적 가능성을 순수하고 진실하게 보여준다는 점에서 혁명적이고 아울러 '개벽開闢적'이라 할 수 있다.

실로 시인에게 주어진 하늘의 마음, 곧 자기 안의 신령한 기운을 크

나큰 자유의 시 형식으로서 기화해낸다는 점에서 이번에 펴낸 시집
『꿈꾸는 소리 하고 자빠졌네』(창비, 2022)는 자기 천성의 '무위이화'에
값하고 그런 만큼 더없이 진실하다. 이 시집 중에서 특히 다음의 시를
한 편 소개한다.

내가 세상에 태어나
가장 많이 들은 노래는
어머니의 구수한 전라도 '당가'였다

그랬당가, 가셨당가
눈물 나 어쩐당가…

모든 말 끝에 '~당가'가 붙으면
비로소 안심이 되고
천하의 몹쓸 인간도 그만큼의 곡절로
이해되고 용서가 되었다

나이 들어
따라 부르고 싶던 '위대한 당가黨歌'는
아직도 못 만났다
언제나 온당가, 오긴 온당가
영영 안 오면 어쩐당가

그래도 괜찮다

어머니와 같은 지극한 이들이

저 남녘 끝에서 저 대륙 끝까지

냉이 뿌리나 씀바귀마냥 끈질기게 살아

오늘도 서로를 따뜻이 껴안으며 살아가고 있으니

너무 외로워 말자

—「당가黨歌」 전문

송경동은 시를 쓰면서도 자신이 시인이란 사실은 모른다. 그래서 그의 시는 무아지경에서 나오고 어떤 형식에도 구애됨이 없다. 바로 이점, 송경동 시집이 보여주는 혁명적 사회의식의 바탕에 무릇 시인의 천성에 순종하는, '무아지경으로 자유분방한' 시 형식을 풀어놓은 것은 그 자체가 송경동 시의 혁명성이 하늘의 조화造化를 가리키는 '무위이화'에서 나온다는 사실을 여실히 보여주는 것이다.

송경동의 정치의식과 그 투쟁적 실천은 천성을 따르는 정치적 무의식의 작용에 따르고, 이러한 정치적 무의식은 꿋꿋한 자기 수행修行, 수운 선생의 말씀으로 환언하면, 수심정기修心正氣에서 비롯된 것이란 점을 깊이 이해하게 되면, 우리는 무위자연無爲自然의 마음에서 발원한 '개벽적 혁명 시인' 김남주 시인을 더불어 호명할 수 있게 된다.

시인의 투쟁적 실천은 자기 안의 천성에 따라 수행할 때 시적 진실에 이르는가 보다. 수운 선생이 한 말씀이 떠오른다. "닦는 사람은 헛된 것 같지만 실지가 있고, 듣기만 하는 사람은 실지가 있는 것 같지만 헛된 것이니라"(修者 如虛而有實 聞者 如實而有虛也,「논학문」,『동경대전』).

(2020년, 2022년)

3부

소설론

流行不息, '家門小說'의 새로운 이념
―안삼환 장편소설『도동사람』

1. '가문소설'에 대하여

장편소설『도동 사람』(부북스, 2021)의 형식적 성격을 단정하기는 쉽지 않다. 주인공 동민 개인의 일생에 관한 이야기에 주목하면 '문제적 주인공'의 한평생을 추적하여 인생과 세계에 대한 의미 있는 성찰을 통한 정신의 성숙을 꾀하는 '교양소설Bildungsroman' 성격이 두드러지고, 주인공 가족 2대에 걸친 이야기가 주를 이루는 내용을 보면 가족소설 형식이면서, 소설의 제목이 '도동 사람'인 점이나 광주廣州 안安씨 문중 사람들 이야기에 소설의 상당 부분이 할애된 점을 고려하면 '가문소설家門小說' 성격도 강하다. 물론 현대문학비평은 '가문소설' 대신에 '가족소설family novel' 또는 '가족사소설'을 선호하는 경향이다.

하지만, 문학 원론적으로 따져보면, 가문소설과 가족소설의 범주는 서로 일치하는 것으로 볼 수 없다. 가령 도스토옙스키의『카라마조프가의 형제들』이나 염상섭의『삼대』는 가족소설의 범주에 속한다 하더라도 가문소설의 범주에 넣는 것이 과연 적절한지는 의문이 든다. '가문'이라는 말에는 개인의식이 중심이기보다는 오랜 세월에 걸쳐 쌓인 가문의 전통으로서 어떤 고상한 정신과 가풍이 전제되어 있기 때문이다. 가족소설은 혈연관계와 개인의식에 치우치는 데 비해 가문소설 형식은 어떤 식으로든 가문의 전통과 정신이 주제의식의 이면에서 작용한다고 말할 수 있다. 중요한 것은 가문의 전통이 삶의 현실과 앞날에 긍정적인가, 거꾸로 전통과 단절된 근대인적 개인의식이 과연 바람직한 것인가 하는 문제이다. 우리의 전통 의식이 개인의식보다 가문 의식에 더 가까운 면이 있다는 점을 깊이 따질 필요가 있다. 오늘의 한국인에게 스러져가는 가문의 전통은 어떤 의미를 가지는가. 가문을 퇴행적 전근대성으로 배척할 이유는 전혀 없을 것이다.

시장 논리가 지배하는 물질문명 속에서 사회적 불안과 불의가 미만하고 전 지구적 생태의 위기가 갈수록 악화일로인 참혹한 상황에서 전통은 불가피한 대안일 수 있다. 역사적으로 가문의 문화가 초래한 사회적 불평등과 부조리를 잊어서는 안 되지만, 그렇다고 옛 명가의 전통 정신을 무시하고 외면하는 태도는 어리석은 갱유의 고사를 떠올릴 만한 것이다. 옛 명가의 훌륭한 전통 정신을 계승하는 일은 그 명가의 재산을 보존하는 것이 아니라 건강한 삶과 오랜 세월을 거쳐서 검증된 어떤 신뢰할 만한 정신을 갈망하는 현대인 모두를 위해서도 필요한 것이다. 더구나 외래 사조에 무조건적 추종을 일삼아 전통과의 단절이 심각하고 공동체적 사회의 이념적 기반이 매우 부실한 한국사회를 염려하는 시각에서는 긴 세월을 거치면서 가문이 보존해온 옛 정신과 가풍의 의의와 가치는 아무리 강조해도 지나치지 않다.

과문하지만, 명가의 사람들이 등장하여 서로 얽히고 가문의 전통 습속을 배경으로 삼아 벌이는 갖가지 사건들을 짠 대표적 걸작으로서, 서구의 현대문학사에서는 곧장 독일의 문호 토마스 만의 노벨상 수상(1929) 장편소설『부덴브로크 가의 사람들』(1901), 프랑스의 노벨상 수상(1937) 작가 마르탱 뒤 가르의『티보 가의 사람들』(1922~1940)이 떠오른다. 누대에 걸친 가문에 얽힌 이야기를 그린 '가문소설' 형식의 기념비적 대작이다.

한 가문의 네 세대에 걸친 연대기적 서사를 통해 토마스 만의 소설『부덴브로크 가의 사람들』은 인간과 사회와 예술과 종교 간의 관계를 치밀하게 묘파하여 독일의 시민계급 의식의 전통이 추구하는 예의 '총체성'의 정신을 구현하고, 마르탱 뒤 가르 또한 한 가문의 이야기를 통해 프랑스의 근대적 시민성과 문학의 비판적 사실주의의 이념을 보여준다. 요는, 이들 대문호의 걸작들은 저마다 근대 시민적 전통과 이념을 추구하는 가운데 가문소설 형식의 본성을 깊이 성찰하게 한다는 점이다. 가문소설 형식은 작가가 속한 어떤 전통적 정신사의 맥락과 분리될 수 없으며, 작가의 세계관은 해당 가문의 정신 전통의 영향 관계에 있다는 사실이다. 여기서 가문소설의 정의를 찾을 수 있다고 본다. 곧, 가문소설은 특정 가문이 지켜온 정신의 전통을 이어가고 그 가풍을 '반영'하는 후손이 '문제적 주인공들'로서 서사되며 이를 통해 가문 정신의 전통이 지닌 현실적 의미와 가능성을 추구하는 소설 형식이라고 정의할 수 있다.

이러한 가문소설의 정의는 단지 등장인물 간의 혈연관계와 가문에 내려오는 습속을 배경으로 벌어지는 사건들을 다룬 가족소설과는 차이와 경계를 분명히 갖는다. 가문소설은 주인공이 특정 가문이 지켜온 정신 전통에 긍지를 갖고 삶에서 실천하고 아울러 갖가지 사건의 서사에 가풍을 적극 반영하는 것이 필수적이다. 가문의 문화 전통이 도도한 역사 속에서 갈수록 쇠락해가는 추세는 쉽게 반전될 것 같지는 않아 보이지만, 아이러니하게도 전근대적 가문 문화의 쇠퇴 속에서 가문소설의 시대적 의미가 중요시되는 현상이 일어나기도 하고, 그뿐 아니라 유서 깊은 가문의 전통 속에서 얼마든지 사회적 공동선의 가능성을 찾을 수도 있다. 가문소설의 의의와 가치는 무엇보다 여기에서 찾을 수 있지 않을까.

근대적 생활과 사고방식이란 것이 개인 간 집단 간 경쟁 속에서 대지에 천착하지 못하는 고립적이고 개별적인 존재들의 부조리에서 벗어나기란 쉽지가 않다. 조선왕조의 지배 이념인 성리학이 거둔 역사적 성적표는 가문의 존재와 가문들 간 갈등의 역사와 깊은 연관성이 있다. 물론 피지배 계층인 인민의 시각에서 보면 명문가의 역사는 사회적 모순과 부조리를 은폐하고 있다. 하지만 구시대의 유적이라 하여도, 역사 속에서 가문의 해체와 사람들의 망각에 의해 이제는 유명무실해진 가문의 전통은 정신의 처소를 잃고서 부유하는 근대인의 삶과 의식에서 보면 온고지신溫故知新의 대상이 될 만도 하다. 과거만이 아니라 미래가 막막하게 단절된 지금, 삶의 생태를 살피면 옛 정신을 새로이 창조하는 마음의 생태학을 바로 세우는 일이 중요하다. 근대인의 메마른 삶에 생명력을 되살려주는 이른바 원시반본—근원의 마음으로 돌아감, 곧 '개벽'의 정신이 절실한 상황에서, 가문소설 형식 문제는 시대정신의 화두에 속하는 것으로 이해될 수 있다.

2. 가문소설의 새로운 한국적 이념

『도동 사람』을 가문소설의 관점에서 요약하면, 조선 중기에 벌어진 당쟁의 을사사화乙巳士禍의 조짐을 예감하고 벼슬을 버리고 경상도 금호강琴湖江 상류의 호계천변 도동道東 마을에 입향한 완귀공 안증(玩龜公 安嶒, 1494~1553) 가문의 후손인 안동민이, 태어나고 살아온 내력을 중심으로 그린 사실적인 소설이다. 여기서 유의할 것은 마을 명에서 "도동은 도가 해동으로 왔다는 의미로"라는 말에 입향조 안증의 자부심이 깃들어 있다는 점이다. 아울러 소설의 플롯은 주인공 동민의 전기적 이야기가 주류를 이루지만, 소설의 이면적 주제는 도동의 뜻과 도동 사람의 유래에서 엿보이듯, 안증 가문의 도학적 정신의 구현자로서 동민의 삶을 그리고 있다는 점. 동민의 성실한 삶 속에는 시종일관 마을 이름인 '도동'에 대한 긍지가 들어 있으며, 소설 제목으로 쓰인 점에서도 도동의 정신이 상징으로 들어 있으니, 이는 소설『도동 사람』이 가문의 정신인 도학道學의 실천행 문제를 주제로 삼았다는 의미로 해석될 수 있다.

유학의 경敬과 의義를 좌우명으로 삼아 삶 속에서 실천하신 선조의 정신을 계승하고 주인공 동민이 학문의 연마에 있어서 유학의 궁극의 경지인 성誠을 성실히 실천하며 살아온 이야기는 그 자체로 소설『도동 사람』의 주제의식을 이룬다 해도 전혀 이상할 것이 없다. 어린 동민은 이미 기운 가세와 여러 고난 속에서도 꿋꿋하게 가문의 정신을 새기며 권력의 길을 버리고 학자의 길로 나서며, 오로지 유학의 최고 경지인 성誠의 실천을 목표로 삼은 듯이 학문에 전념하고 마침내 학자로서 뜻한 바를 이루어간다. 하지만 동민의 삶에는 학자로서 외길을 걷는 삶과는 다른 면모가 숨어 있다. 이 은폐된 동민의 삶은 여러 시각에서 깊이 해석될 수 있는 소설의 중요한 문제인데 그 까닭은 학자의 외길 의식과 불의에 저항하는 사회참여 의식이 서로 길항하면서도 꾸밈없는 유기적 관계를 맺고 있다는 점에서 철학적 세계관의 반영이며 더욱이 이러한 철학적 세계 인식은 이 소설의 소설론적 가능성을 여는 시사점이기 때문이다. 부연하자면, 주인공 동민은 성실히 학문의 길에 열중하면서도 부정부패가 만연한 자유당 정권의 부정선거에 항의하는 학생 데모에 앞장서게 되고 이 시위 과정에서 진압 경찰이 휘두른 폭력에 당해 큰 상처를 입고 의식을 잃는 사건을 겪는다. 이 사건을 어떠한 관점에서 보느냐 하는 것은 이 소설의 본성과 본질이 무엇이고 무엇을 지향하는가 하는 문제와 직결되어 있다. 동민의 가문에서 벼슬을 버리고 낙향한 완귀공의 안빈낙도 정신이나, 1919년 대구만세운동, 재산을 팔아 독립군을 지원하고 독립군 장교로서 두만강 북쪽 만주에서 활약하다 죽은 종손 안덕수 이야기와 집안 어른들의 고난과 투옥, 해방 직후엔 미국과 소련에 의한 남북한의 분할 점령과 자유당 정권의 반민족적 반민주적 폭거들, 좌우 갈등에 의한 극심한 정치적 혼란 상황, 한국전쟁의 살벌한 시기에 빨치산과 경찰 세력이 밤낮에 따라 도동 사람들의 목숨을 위협하던 아슬한 사건들……. 소설의 소재는 무수하고 그 사건들을 일일이 여기에 거론할 필요는 없다. 이러한 불행한 역사적 사건들은 동민의 직접 체험이라기보다는 간접 체험이므로, 가문소설의 관점에서 보면 '도동 안문安門'의 입장에서 멸문지화를 극복해온 신산스런 가문의 역사적 기록으로 보는 게 옳다고 본다. 이러한 면에서, 『도동 사람』은 안동민 개인사 중심의 서사이면서도 개인사를 포함한 가문사家門史와 유서 깊은 가문의 정신을 서사한 '가문소설'인 것이다.

『도동 사람』의 주인공인 동민의 아버지 안병규는, 한문 교육을 하던 도동 서당이 "일제의 속박에서 벗어나 자주독립할 수 있는 민족적 역량을 함양하겠다는 원대한 계획"에 따라 신식 교육을 하는 도창道昌학교로 바뀐 뒤, "제1회 입학생이 되는 동시에 선생님의 교무를 돕는 일"을 맡는다. 병규와 혼인하여 장녀 현숙와 막내 동민이까지 네 남매를 낳은 만이晩伊도 도창학교 출신이고 훗날 병규와 재혼하게 되는 순주는 도창학교의 선생이자 병규의 스승인 조영섭 선생의 여식이다. 동민의 생모인 만이는 해방 다음 해 콜레라의 창궐로 목숨을 잃고, 병규는 죽은 아내와의 절의를 지키며 혼자 자식들을 키운다.

한편, 조순주는 충남 대전으로 출가였으나 '혼자가 되어' 아버지 조선생이 타계하자 부친상喪을 치르러 고향 집에 머물며, 아버지 조 선생의 유품을 정리하던 중에 아버지가 병규에게 보내는 봉인된 서찰을 발견한다. 보도연맹 가입 건으로 수배를 받고 피신해 있던 바람에 조 선생의 장례에 문상을 가지 못한 병규에게 뒤늦게 전달된 서찰에는, 당시 조 선생이 여운형 선생의 밀지를 받고 건국준비위원회 경상북도 책임을 맡기로 한 것, 여운형·김구 선생 등이 차례로 쓰러지고 이승만 대통령이 반공 이데올로기를 내세워 한국 정치판을 완전히 장악하는 세상이 온 것, 도창학교에서 함께 공부한 뜻있는 사람들이 좌경인사 또는 보도연맹원으로 내몰려 억울한 죽임을 당한 것 등등 조 선생의 비통한 심정이 담겨 있는 한편, 경상좌도 남인의 후예와 경상우도 북인의 후예가 모처럼 단합을 이루어야 하는 이유가 서술되고 있다.

자네 안병규라는 사람은 내가 보기에 순정純正하고 온후한 기질을
타고나 주위 사람들의 신망을 받고 살아갈 것이며, 또 주위 사람들

을 돕고 잘 이끌어갈 향도의 드문 인재일세. 비록 공식적으로 내세울 만한 학벌은 없다 하겠으나, 조선조의 훌륭한 선비 완귀공의 후손으로서 전통적인 서당교육을 착실히 받았고, 도창학교에서 잠시나마 안민수 선생과 나한테서 신교육을 받기도 하지 않았던가. 일찍이 안민수 선생과 나는 완귀공과 남명 선생의 세의世誼를 바탕으로 신생 공화국과 향토의 공동체를 위해 같은 뜻을 펴나가기로 굳게 맹세한 바 있는데, 그것은 경상좌도 남인의 후예와 경상우도 북인의 후예가 모처럼 단합을 이룬 아름다운 면모이기도 하지만, 일제 강점으로 인해 끊어져 버린 이 땅의 정신적 전통을 이어받은 한 줄기 맥이라고도 할 수 있네.(96~97쪽)

이 대목에서 소설 『도동 사람』이 품은 주제의식의 일단이 드러난다. 특히 일제 지배를 거쳐서 해방 후 극심한 정치 혼란기에 남명 조식曺植의 북인과 남인 간의 단합을 강조하는 부분은 사색 당쟁의 골이 깊은 경상도 유가의 맥에서 보면 흥미롭다. 그것은 "신생 공화국과 향토의 공동체를 위해" 무엇보다 "일제 강점으로 인해 끊어져버린 이 땅의 정신적 전통"인 유가의 전통을 강조하고 있기 때문이다. 도동 사람의 정신적 좌표인 도창학원의 조 선생의 유언을 따른다면, '도동 사람'들이 연루된 진보적 성향의 이념도 이념 자체만으로 자립할 수 없고, 외려 진보적 이념보다 유가의 오래된 내력과 가문의 정신이 선행적이거나 선결적인 것이다. 이는 전통 유가의 정신과 진보적 이념이 서로 배타적인 관계가 아니라 정신적 긴장 관계에 있다는 의미를 내포한다. 이러한 유가 전통과 진보적 이념 간의 긴장 관계는 역사적으로 정치 상황의 굴절과 왜곡에 따라 유가 전통의 보수성이 현실 정치에 갈등하고 반동적인 모순 상황을 일으키는 근본적 요인이 되기도 하지만, 깊이 생각하면, 외래적 진보 이념의 바람직한 토착화를 위해서는 전통 정신들 특히 유가의 전통과의 깊은 사상적 갈등을 성찰하고 극복하려는 정신적 노력이 필요하다 할 것이다.

이렇듯 유가의 전통과 진보적 이념 간의 정신적 해후를 추구한다면, 위에 조 선생의 서찰에서 조선 유학의 전통 중에서도 안빈낙도의 처사를 상징하는 안귀공 안증과 남명 조식 간의 세의를 내세운 것은 의미심장하다. 그것은 우선, 벼슬을 버리고 안빈낙도의 처사 정신을 수행하는 것은 단지 사회적 정의를 지향하는 것만을 뜻하지는 않기 때문이다. 이러한 안빈낙도의 선비 정신은 유가 전통에서 더 근본적이라 말할 수 있다. 남명(曺植) 선생의 행장行狀에서도 알 수 있듯이, 유가에서 처사의 정신이란 사회정의와 안빈낙도를 동시에 추구함에 있어 근본적이고 급진적radical 정신인 것이다. 병규가 해방 후 보도연맹 사건으로 예비 검속 대상이 되어 죽음의 위기를 가까스로 넘기는 것도 처사의 유가 정신이 사회적 정의를 추구하는 과정에서 일어난 것이라 할 수 있다. 이는 '도동 가문'의 정신 전통과 직접적인 연관성이 있다.

그런데 위 서찰의 끝부분에서 남명 문중의 조 선생은 안귀공 직계 후손인 병규에게 간곡한 속마음을 털어놓는데, 내용인 즉슨 이러하다. "안군, 자네가 홀몸이 된 것을 알고서, 내 한번 해보는 소리네만, 혹시 자네가 순주를 재취再娶로 거두어 준다면, 이렇게 아무런 구처도 못 해주고 이 세상을 떠나게 된 그 아비로서는 참으로 고마워해야 할 일이 아닐까 하고 혼자 곱씹어 생각해보았다네."(99쪽) 소설은 이 서찰을 공개한 후 곧바로 병규와 순주의 재혼을 둘러싼 이야기들을 엮어간다. 병규의 재혼에 이르기까지, 이야기에서 눈길을 끄는 인상적인 장면이 있다.

그 장면은, 어린 초등학생 동민이 순주 아줌마가 병규네 집에 들어오던 첫날, 학교를 파하고 귀가하는 길에 우연히 강가에서 만나 순주와 대화하는 대목이다.

그들이 구역舊驛에서 호계천 강변으로 내려가는 내리막길로 접어들자 문득 뒤에서 그녀가 동민에게 묻는 소리가 들렸다.

"지금 집에는 누가 있니? 형들은?"

"아버지가 집에 계시는지는 잘 모르겠어요. 주로 동네 정자나 서당에서 문중 일을 보시다가 밤늦게야 집에 들어오시거든요. 두 형은 지금 대구 큰집에서 학교에 다니고 있어요. [...]"

"그래, 외딴집에서 살기가 심심하지 않니?"하고 새어머니가 물었다.

"아뇨! 전혀 그렇지 않아요. 사과나무들이 자라 꽃을 피우고 열매를 맺는 것이 신기하고 참 보기 좋아요. 채전에 철 따라 자라나는 각종 채소들을 보는 것도 좋습니다. 그리고 우리 집 뒤쪽을 굽이쳐 흐르는 금호강은 정말 아름답고 정다워요. 하지만, 어머니한테는 낯선 곳이라 당분간 좀 쓸쓸하실지도 모르겠네요."

"어머니라! 방금 어머니라고 했느냐?" 하고 그녀는 떨리는 목소리로 물었다.

"예! 새어머니라고 부르기는 어쩐지 어색하고 싫어서…… 앞으로 그냥 어머니라 부를게요! 오늘부터 그냥 제 어머니 하세요! 저는 이런 순간이 오기를 기다렸거든요."(109~110쪽)

위 대목을 깊이 이해하기 위해서는 잠시 인용문 전후 사정을 부연할 필요가 있다.

해방 이듬해 콜레라로 어머니와 아내를 잃은 병규에게 시련은 계속된다. 좌우 세력 간의 극심한 대립과 투쟁기에 병규 자신은 '영문도 모른 채' 좌익 세력으로 몰려 고초를 당하고 6·25전쟁이 발발하자 피신한다. 이 시기에 도동의 과수원집에 남게 된 병규의 4남매는 부재하는 아버지 병규와 어머니를 대신해 19살 된 맏딸인 현숙이 집안 살림을 맡게 되고 천신만고와 천우신조 끝에 아슬아슬한 위기를 넘긴다. 특히 주민들을 좌익이나 빨갱이 부역죄로 몰아 무차별 살육을 일삼던 한국전쟁기에 병규의 가족은 인민군과 경찰 사이의 살벌한 위험에서 가까스로 살아남는다. 전쟁이 발발하던 당시 일곱 살 영천초등학교 1학년인 동민은 어느 날 아침 과수원을 몰래 숨어든 인민군 병사와 만난 후 그날 저녁에 동네 친구들에게 "너희들, 빨갱이가 빨간 줄 알면 큰 오산이야! 빨갱이도 보통 우리나라 사람이야!"라고 자랑하는 천진무구한 동심을 드러내기도 한다. 하지만 어린 동민의 동심은 천진난만을 드러내면서도 유독 가족 관계에서만큼은 유별난 데가 있다고 할까.

아버지 병규의 스승인 조 선생의 딸로 결혼에 실패하고 낙향한 순주 아줌마를 새어머니로 맞이하는 장면을 보면 동민의 동심에는 남다른 굳은 심지가 있음이 엿보인다. 위 인용문이 바로 그 장면인데, 학교를 파하고 귀가하는 호계천변 길목에서 마주친 순주 아줌마에게 먼저 '어머니'라고 부르는 동민의 동심은 단순히 어른스러움, 영특함 또는 기특함과는 근본적으로 다른 심성의 차원에서, 곧 '성실한 본성' 차원에서 비로소 깊이 이해될 수 있다. 어린 동민이 순주를 보자 곧 '어머니'라 부르는 건 그 자체로 사별한 생모 만이와 새어머니 순주는 물론 아버지 병규에 대한 효성이 '저절로' 나타난 것이란 점이다. 다시 말해, 동민의 타고난 본성이 저절로 표현된 것으로서 이해될 수 있다. 그 선험적 본성인 성실은 지극한 효성孝誠으로 표현되며, 그 효성은 어려움에 처한 주위의 사람들을 긍휼히 여기는 어진 마음이 함께한다. 요컨대 동민의 동심은 자기 본성에 충실하여 순주를 보자 '어머니'라 부른 것이다.

이러한 성의 발현은 어린 동민의 개인 노력보다는 도동 가문이 오랜 세월 닦고 단련한 성실함 혹은 진실한 삶의 전통 속에서 비롯된 것이다. 이러한 동민의 동심에 은폐된 본성의 돌연한 밝힘(明明德)은 경이로운 감동을 불러일으킨다. 어린 동민이 순주에게 '어머니'라고 부르는 순간이 사람의 선한 본성을 일깨우는 곧 본성의 밝힘의 순간이기에 더불어 누리는 감동이다. 그 경이로운 감동은 도동의 안씨 가문의 전통이 어린 동민의 동심에 자연적으로 유전되고 진실한 본성이 스스로 생겨남으로써 일어난 것이다.

유가에 따르면 사람은 태어날 때 착한 본성을 이미 하늘로부터 받아 태어나므로 성誠은 저절로 이루어지는 것이다. 저절로 자기를 이룰 뿐 아니라 만물도 이룬다. 도동 사람은 그 타고난 본성 곧 성실이 몸에 밴 사람을 가리킨다. 그러니, 작가가 목표하는 것은, 역사적 사건 또는 주인공이 겪은 희비喜悲의 내막이나 그것이 지닌 의미론 차원이 아니라, 도동 사람이 간난을 극복하게 하는 힘으로서 가문의 전통인 성심성의에 관한 것이다. 다시 말해, 이미 도동 사람의 심성에는 두루 하늘이 품부稟賦한 도덕을 밝히는 성심誠心이 깊이 자리하고 있음을 보여주려는 것이다. 이러한 심성론적 시점을 『도동 사람』의 내레이터는 시종일관 보여준다. 한 예를 들면, 내레이터는 사회적 불행과 정치적 비극이 계속되던 해방 전후 시기에 도동 가문에 불어닥친 크고 작은 사건들을 서사함에 있어서, 인물들의 신산스런 삶을 기억하기보다는, 유학의 경과 의를 실천해온 '도동 사람'의 심성을 비추고 그들의 공덕을 높이 조명하는 데에 관심을 갖는다. 이 말을 뒤집어보면, 소설의 내레이터는 도동의 안문에서 전해져오는 유가에서의 '본성의 화신化身'이라고 해도 무리가 없어 보인다. 귀신은 "무릇 은미한 것일수록 더욱 드러나니(또는 아무리 은미한 것이라도 드러나니. '夫微之顯'), 그 성실함(誠)을 가릴 수 없음이 이와 같다."(『중용』 제16장)라고 했듯이, 유가의 최고 경지로서 성실함 곧 '귀신'의 작용은 『도동 사람』의 작중 내레이터의 작용과 서로 통하는 바가 있다.

원론적으로 말하면, 소설의 내레이터는 존재론적으로 주인공 동민의 대리자도 아니고 작가 안삼환의 대리자도 아니다. 이 말의 올바른 의미는 내레이터가 소설에 은폐된 존재로서 작가와 주인공 사이를 밀접하게 중개하는 성실한 존재라는 것이다. 『도동 사람』의 내레이터는 작가의식이 미치지 못하고 주인공 동민의 의식도 미치지 못하는, 유가의 최고 경지에 이른 군자의 본성이 스스로를 드러낸 존재라고 말할 수 있을 듯하다. 이 소설의 경우, 내레이터는 유학에서 선비의 출발선인 수기치인修己治人 또는 성의정심誠意正心의 단계는 물론이거니와, 이 소설의 궁극적 지향점인 생명계의 쉼 없는 조화造化, 곧 '유행불식流行不息'의 경지에 미친 정신적 존재라고 할 수 있다. 이러한 내레이터의 본성 때문에, 『도동 사람』은 아래와 같은 내레이터의 글로 마무리된다.

이 순간 동민의 머릿속에는 뜬금없이, 동강포 과수원 뒤를 유유히 굽이쳐 흐르는 그리운 금호강이 떠올랐는데, 그것은 그야말로 유행불식流行不息의 아름다운 강줄기였다. 문득 그는, 흐르는 시냇물을 바라보며 읊었다는 공자의 저 '천상지탄川上之嘆'이 생각났다.

'흘러가는 모든 것은 이 냇물과 같도다!(逝者如斯夫)

밤낮없이 그칠 줄 모르고 흐르는구나!(不舍晝夜)'(613쪽)

　'성誠이란 만물을 시작하고 끝맺게 하는 것'(『중용장구中庸章句』25장)
이라 했다. 만물의 본성은 성이다. 공자가 천상지탄川上之嘆을 노래하였
듯이, 성인聖人의 성스러움의 근거도 성일 뿐이다. 유행불식은 천지만
물의 본성으로서 근원적 생명력은 쉼이 없다는 뜻이니 유행불식이 곧
성이요, 성이 곧 유행불식이다. 천지만물은 쉼 없이 성실한 것이니, 이
쉼 없이 성실함을 가리켜 『도동 사람』의 내레이터는 도동 마을을 휘감
으며 "밤낮없이 그칠 줄 모르고 흐르는(不舍晝夜)" 아름다운 금호강을
'유행불식' 곧 성에 비유한다. 이 대단원에 이르러, 작가 안삼환은 소설
『도동 사람』의 속 깊은 테마를 드러낸다. 공자의 천상지탄의 비유이자
무상하면서도 무한한 생명 운동에 적극 참여하는 선비의 삶으로서 '유
행불식'의 웅혼한 작가 정신을 마침내 드러낸 것이다. 이는 '도동 사람'
곧 조선 중기에 경상도 금호강 유역 도동에 터를 잡은 '완귀공 가문'이
온갖 시련을 넘어 정신의 위대한 승리를 이루었음을 의미하는 것이다.

3. '流行不息'의 소설론적 의미와 의의

　평생 선비가 실천하는 자기 본성인 성誠이 유행불식이라면, 만물의
본체인 성도 소설의 내용과 형식에 두루 적용되어야 마땅하다. 작가 안
삼환은 이 당연한 소설의 원리를 파악하고 있고 이 유행불식의 원리를

소설론으로서 실행에 옮기기 위한 고뇌의 자취를 곳곳에 내보인다. 소설 내용에서 보면, 이야기의 구성과 전개에 있어서 하늘이 품부한 본성인 성실함(誠)에 거스르지 않는 것이다. 곧 성실하되 과하지 않는 것이다. 이는 내용 전개 곳곳에서 발견되는 성의 태도인데, 가령 어린 동민의 어머니가 콜레라에 전염되어 죽는 장면 또는 뜻밖에 백혈병에 걸려 갑작스레 맞이하는 사랑하는 아내의 죽음도 간단히 애도할 뿐, 지나친 슬픔이나 안타까움을 서사하지 않는다. 이러한 감정의 절제는 가까운 혈육의 죽음도 천명의 뜻으로 받아들이고 애이불상哀而不傷의 마음 자세를 잃지 않는 유가의 정신과 관계가 있을 것이다. 이처럼 주인공의 부모와 아내의 죽음이 극히 안타까운 사연을 안고 있다 해도, 등장인물의 감정 과잉을 경계하고 통어하는 소설 속 내레이터의 성실한 관점과 태도에는 삶에서 중용中庸을 지키는 성실한 유가儒家의 초상이 투영되어 있다.

소설의 형식에서 보면, 가령, 소설 속 등장인물인 '작가 안 선생'의 제자이자 이 소설의 편집자이자 일인 출판사 사장인 허경식이 이 소설을 읽어가면서 곳곳에 남기는 일종의 짧은 독후감 형식은, 작가 안삼환의 높고 고상한 관념을 일방적으로 펼치는 것이 아니라, 허경식의 호인 '곽우藿友'가 암시하듯이, 곧 작은 콩 한 알 같은 존재들인 인민들과 벗하여 함께 대화하는, 인민을 위한 인민의 소설을 지향한다는 깊은 뜻이 담겨 있을 듯하다.

이에 더해, 『도동 사람』의 기본 형식을 이루는 문체도 주목할 만하다. 소설의 문체는 유가적 현실주의를 실천하는 듯, 담담하고 유려하며 해박하고 의미의 심도가 깊다. 이러한 정숙正肅하면서도 세심한 박람적인 문체를 구사한다는 것은 남다른 문학적 감성 위에 오랜 학습 등 절차탁마의 세월이 있었겠지만, 사실 더 근원적인 원동력은 치우침 없이 세상사의 진실을 바로 보는 중용의 정신에서 나오고 또한, 성의정심 수기치인의 수행심에서 나온다고 말할 수 있다. 이렇게 말할 수 있는 이유는 이 소설의 내레이터는 생명의 시작이자 끝인 성심을 쉼 없이 추구하는 구도적 존재의 성격을 가지고 있기 때문이다. 만물의 근원으로서 성심의 존재에게 인위적 내용과 형식이란 무의미한 것이거나 스스로 명백한 한계를 드러내는 것이기 마련이다. 아마도『도동 사람』의 내레이터가 세속적 시간의 연대기에 서사의 흐름을 맡기고 인과론적 시간에 거역하려 하지 않는 시간관에 따르는 것도 근원적 도를 존숭해온 '도동 안씨 가문'의 정신을 구현하기 위함이라는 추정도 충분히 가능하다. 그러나 겉보기에는 사실주의에 기운 이야기 전개인 듯하나, 내레이터의 정신은 천지조화에 걸맞는 유행불식의 역동적인 생명력을 은닉하고 있다. 단지 그 역동적 생명력을 중용의 관점에서 관조하고 있을 따름이다. 이 유행불식의 중용적인 뜻은 이 웅숭깊은 소설의 내레이터의 존재 문제와 깊이 연관되어 있다.

공자와 그의 후예들은 괴력난신을 말하지 않는다고 하지만, 소설의 성실한 내레이터에게 유행불식의 진리가 간혹 괴력난신의 자취로서 나타나는 것은 너무도 자연스러운 현상이라 할 것이다.

독일의 수도승들이 득도의 체험을 담은 고백록에서 더러 보고하고 있는 것 중에 에피파니Epiphanie란 것이 있다. 즉, 금욕적 수도 생활에 몰입해 용맹 정진해 가던 어느 순간, 문득 하느님의 거룩한 손이나 성모님의 환한 용자容姿 등 성체의 일부 또는 전부가 자기 눈앞에 현현하는 것을 뚜렷이 보았다는 희귀한 체험 사례들이 심심찮게 보고되고 있는 것이다.

유가적 전통 아래 자라난 동민으로서는 이런 글을 접할 때마다 이것을 신심이 깊은 수도승들의 신묘한 영적 체험 정도로 이해하고자 노력해 보았지만, 실은 그가 이런 에피파니 자체를 믿을 수는 없었다. […]

동민은 자신의 논문 "토마스 만의 소설 『파우스트 박사』에 나타난 독일 망명문학적 양상"의 결론 부분에서 묘하게 비틀리고 꼬인 자신의 서술 논리를 아직도 제대로 풀지 못한 채 책상 앞에서 계속 전전긍긍하며 헛되이 시간을 보내고 있었다.

그때였다. 그는 문득 창문 밖 새들의 지저귐을 훤히 알아듣고 이루 말할 수 없는 황홀감에 빠져들었다. 그중에는 이상하게도 그의 모국어인 한국어로 정답게 말을 걸어오는 새도 있었다. 그런데, 바로 이때였다. 형형색색으로 빛나는 날개를 한 조그맣고 어여쁜 새 한 마리가—분명 창문이 닫혀 있었을 텐데 어떻게 그의 방 안까지 들어왔는지는 몰라도—그의 책상 위에 어지럽게 쌓여 있던 토마스 만 선집들 위에 얌전히 앉아 있는 것이 보였다. 그 새는 그의 논문의 얽히고설킨 매듭을 풀 수 있는 힌트 한두 마디를 독일어로 속삭여 주고 있었다.

"아, 맞아! 그래, 그렇지!"하고 동민은 그 새에게 독일어로 크게 화답했다. 자신의 말소리에 스스로 놀라 깨어난 그는 그 새를 찾았지만, 새는 이미 없었다.(263, 265쪽)

에피파니는 대개 기독교의 전통적 수도 과정에서 나타나는 성현聖顯 현상이다. 샤머니즘에서도 비슷한 성현 현상으로 히에로파니Hierophany가 있다. 중요한 것은 그 망아(trans, ecstasy) 상태의 성현이 성실에 따른 현상인가 아닌가에 있다. 즉, 성현의 진실성을 담보하는 성실함 곧 수심정기의 산물인가 하는 문제가 중요하다. 칼 융도 인간의 무의식 속의 원형Archetypus들에서 신성神聖의 에너지 곧 누미노줌Numinosum을 발견한다. 이 누미노줌은, 그 자체를 이해하는 것보다는 오랜 시간에 걸친 성실한 관조의 힘의 산물이라는 사실을 이해하는 것이 중요하다. 그러므로 동민이 겪은 '학문의 에피파니'는 그의 본성인 성의 수행과 그 발현 속에서 이해되어야 한다. 더욱이 유가 명가의 후손으로서 성심을 닦은 동민이 멀고 낯선 독일 땅에서 박사학위 논문 쓰기에 힘써 정성을 들이는 과정에 에피파니를 경험하는 것은 하등 이상할 이유가 없다. 더욱이 귀신이란 것도 성실함 그 자체를 말하는 것이므로, 동민에게 나타난 에피파니, 곧 귀신의 자취는 더 역력한 법이다. "니체의 잠언箴言 중에, '끔찍한 깊이를 감추고 있지 않은 아름다운 표면은 없다'(Es gibt keine schöne Fläche ohne eine schreckliche Tiefe)"(347쪽)라는 말도 이와 무관하지 않다.

하지만, 소설 『도동 사람』에서 이 에피파니 장면이 소설론적으로 중요한 뜻을 갖는 까닭은 간단하지 않다. 왜냐하면, 우선 에피파니가 유가의 최고 경지인 성誠 곧 유행불식의 자취이자 그 계기(契機, occasion)를 보여준다는 점을 이해해야 하고, 다음엔, 소설에서 유행불식의 자취와 계기는 '은미隱微하게' 드러난다는 점을 깊이 이해해야 하기 때문이다.

그러니까 소설론적 관점에서 주인공 동민이 경험한 에피파니는 음양의 조화, 생생지리 자체를 가리키는 '유행불식' 속에서 이해되어야 하고, 소설의 이야기 흐름 속에서 작은 돌발성, 혹은 신성한 힘 또는 서기瑞氣나 호기浩氣, 탈혼망아의 조짐 등으로 나타난다는 점을 이해해야 하는 것이다.

천지조화, 곧 유행불식의 본체인 성실함은 스스로 저절로 일어나지만, 그 묘용은 천지인 삼재의 기능과 역할을 통하여 수행한다. 성실한 인성이 주재하는 음양의 상균相均과 그 조화를 가리켜, "한번은 음이 되고 한번은 양이 되는 것"(「계사전」, 『주역』)이라 이른 것이다. 이것이 주역이 말하고자 하는 바의 핵심인 '생생지위도生生之謂道'(「계사전」)와 같은 말이며 천도天道의 '유행流行'과 같은 것이다. 천지인 삼재는 저마다 각각 음양을 가지고서 저마다 고유한 기능과 구실을 가진다. 이러한 관점을 기반으로 하여, 『도동 사람』의 내레이터의 본성을 이해하면, 내레이터는 성심성의를 다해 동민의 자기완성 과정, 곧 수기치인과 성의정심의 내면적 수행 과정과 외면적으로 인의仁義의 사회적 실현을 위해 고군분투하는 과정을 사실적으로 서사하는 존재이며 궁극적으로 동민이 유행불식의 중심에 선 '성심誠心의 존재-되기'에 이르기까지 소설 속의 이야기를 속속들이 이해하고 이를 세상에 널리 알리는 존재이다. 더욱이 내레이터는 스스로 '유행불식'과 공자의 '천상지탄'을 인용하면서 소설의 대단원을 마쳤으니, 그렇다면 내레이터는 유가 철학의 정점인 성誠의 화신이 아닌가. 생명의 진리인 '생생生生'의 천도를 대리하여 수행하는 존재가 아닌가. 북송 때 철학자 소옹(邵雍, 康節)은 '생생지리生生之理'(곧 음양의 조화造化 혹은 조화의 자취)를 일러 '귀신'이라 했다. 귀신은 두렵고 요란한 존재가 아니라 음양의 조화로서 은밀히 '쉼 없이(不息)' 묘용妙用하는 생생지리(혹은 그 '조화의 자취') 자체의 이름이다. 18세기 조선 후기 탁월한 성리학자로서 기일원론의 바탕에서 '귀신론'과 함께 '유행불식'을 논한 녹문鹿門은 이 성대한 천지에 가득 차 있는 것이 생생生生의 우주적 의지(生意)로 파악하였다. 녹문이 바라본 본체로서의 우주는 생을 향한 의지에 가득 찬 거대한 생명체이고 이는 만물의 본성인 성誠의 유행불식과 같은 맥락에서 이해될 수 있다.[1]

동민이 '학문의 에피파니'를 경험한 것은 유행불식의 생생한 의지가 자연스럽게 돌발한 것이리라. 중요한 것은 소설의 내레이터가 천지인 삼재가 부리는 천지의 조화를 성실함으로 본받는 존재라는 것이고, 더 중요한 것은 그 본받음을 소설 속의 유행불식 곧 성실함을 '은밀함'으로 표현하였다는 사실이다. 공자가 말씀하였듯이 '은미함'은 성誠의 거처(『중용』, 제16장)이다. 이 은미함은『도동 사람』의 이야기의 시종일관한 전개 속에서, 이미 말했듯, '은미한 돌발성, 혹은 신성한 힘 또는 서

---

1   녹문 임성주(1711~1788)의 철학은, 작가 안삼환의 역작『도동 사람』에서 유학의 핵심개념인 '성誠'과 더불어 '유행불식流行不息'의 심오한 의미를 찾아 해석하고, 그로부터『도동 사람』의 소설론적 사유와 연관된 창작 원리를 이해하는 데에 도움이 될 듯하여 여기에 간략히 소개한다. 녹문에게 우주론적 본원을 이루는 천지의 '본체' 개념은 성리학의 이理나 기氣로 설명되기 어렵고 본체가 그 자체로 신神(鬼神)의 묘용妙用을 가지고 귀신이 자신의 덕德을 지속해서 발휘하는 것이다. '본체의 묘용'으로서 귀신의 덕은 '자연自然', 또는 '저절로 그렇게 되는 것(莫之然而然)'이다. 따라서 녹문에게 귀신은 본체의 묘용 곧 저절로 그렇게 되는 내재적 능력을 가리키며, 이는 만물의 본성인 성誠의 기능과 역할과 같은 의미 맥락에서 이해될 수 있다.
    "녹문이 바라본 본체로서의 우주는 이같은 생의 의지에 가득 찬 거대한 생명체였다고 할 수 있다. 그 전체에 관류하고 있는 생의 원동력은 한 순간의 멈춤도 없이 자기 운동을 지속한다(流行不息). 유행불식 중에 수많은 사물들을 산출함으로써 자신의 生意를 구체적인 사물의 생명현상으로 드러내는 것이다(生物不測). [...] 그 몸체를 天 元氣 浩氣(맹자의 호연지기의 略語) 太虛(張載, 橫渠)라고 하고 그 生意를 德 元 天地之心이라 하고 그 '쉼없는 유행'을 道, 乾이라 하고(流行不息 曰道曰乾), 그 '헤아릴 수 없음'을 神이라 하며(其不測曰神), '그렇게 하고자 아니하여도 그렇게 됨(莫之然而然)'을 命 帝 太極라고 하니, 이는 모두 虛圓盛大한 物事로부터 분별하여 이름지은 것일 뿐이요 그 실은 하나이다."(김현,『임성주의 생의철학』, 한길사, 1995 참고)
    참고로, 인용문에서 '호기浩氣'는 맹자孟子의 '호연지기浩然之氣'의 약어이고, '태허太虛'는 우주 본체를 가리키는, 곧 '태극'을 대신하여 북송의 기철학자 장자張子(張載, 橫渠)가 쓴 용어이다.

기瑞氣나 호기浩氣, 침묵의 소리, 탈혼망아의 신기' 등으로 은폐된 존재의 운동 속에서 가까스로 드러난다. 소설 속의 은미한 기의 움직임을 파악하는 것이 중요하므로 『도동 사람』에서 전통 유가의 정신을 이은 동민이 에피파니를 체험하고 대승불교의 유식학唯識學에서 제7식인 말나식末那識의 망상을 극복하는 수행의 중요성을 터득하는 것은 조금도 이상할 것이 없을뿐더러 외려 만물의 본성인 성誠의 유행불식에 일치하려는 어떤 정신적 기운의 징조로서 이해되어야 한다. 북송 때 성리학을 정초하는 데에 중요한 구실을 한 철학자 정자程子는 "성性을 논하되 기氣를 논하지 않으면 완비되지 않고, 기를 논하되 성을 논하지 않으면 분명하지 않다"라고 말하였다. 성을 논하되 기에 미치지 않으면 사람과 사물의 구분에 어두워서 태극의 작용이 '유행流行'하지 않는다. 기를 논하되 성에 미치지 않으면 큰 근본이 하나임을 헷갈려서 태극의 본체가 정립되지 않는다."(주자, 『태극해의太極解義』)라고 했듯이, 본성과 기운은 서로 분리되지 않는 것이고 이 원리가 소설 『도동 사람』의 소설론의 원리로서 깊이 작용하고 있는 것이다.

이러한 만물의 본성으로서 성誠, 곧 유행불식의 소설관은 작가의 의도나 작위를 성실한 수행 끝에 '스스로 또는 저절로' 극복하고, 천지간 조화 곧 '유행불식'의 생명력에 하나로 합일하는 대인적大人的 존재로서 소설의 내레이터로부터, '무위이화'하듯이, 자연스럽게 나타나는 것이다. 바로 여기에서 안삼환의 소설 『도동 사람』이 이룩한 새로운 한국적 가문소설의 이념과 함께 한국문학사에서 유례를 찾을 수 없는 소설사적 위업을 만날 수 있다.

(2022년)

소설이라는 이름의 鬼神

― 심아진 소설집 『신의 한 수』

　

한여름 무더위에 심아진의 소설집 『신의 한 수』(강, 2022)를 완독하고 나니, 탁한 늪에 피어난 분홍빛 연꽃 송이를 본 듯하다. 탁하고 어지러운 늪지에서 굴하지 않고 숱한 난관을 이겨낸 연꽃 송이. 표제 '신의 한 수'는 하늘 아래에 신이 관여하지 않는 바가 없다는 말이다. 이 말 한마디가 보이지 않는 신의 작용을 능히 통찰하는 작가의 비범함을 요약한다.

1. 人神의 내레이터

심아진의 소설집 『신의 한 수』의 서두에 실린 「언니」를 읽으며 떠오르는 첫인상은 무람없다는 느낌이랄까. 기존 소설에서는 보지 못한 스스럼없는 상상력이 중구난방 투로 이어지고 익숙한 소설 규범들은 아예 관심이 없는 듯하다. 가까운 예를 들어야겠다.

소설의 앞부분부터 화자인 '나'는 유명 가양주家釀酒인 '이강주'에 관한 전문적 지식을 전후 맥락 없이 친절한 설명 없이 불쑥 꺼낸다.

나는 내 불만을 언니가 모르지 않도록 통명스럽게 손을 놀린다. 그 사이 언니는 달랑 네 개뿐인 테이블 중에 하나에 앉아 술을 마시고 있다. 인사동에서 중국산 도자기를 샀다면 딱 그렇게 생겼을 법 싶은 하얀 호리병에서 연한 꿀물 같은 게 나온다. 잔에 술을 따를 때마다, 기분을 산란하게 하는 울금과 계피 향이 번진다. 언니가 마시는 이강주는, 어제 제 이름이 조 아무개라며 수줍게 자신을 밝힌 노인이 두고 간 것이다. 노인은 고종 황제 운운하면서 여러 번 허리를 굽혔다. 설마 백년도 더 된 술을 들고 온 건 아니겠지. 하지만 중국산 도자기일지 모른다고 의심한 그 하얀 병이 가치를 따질 수 없다는 이조백자일 가능성도 없지 않다. 언니라면 그런 물건도 아무렇지 않게 받아, 내가 지금 찬장에 정리 중인 진짜 중국산 사발처럼 쓸 수 있을 테니까.

호기심을 충족해 살맛을 얻는 데 습관이 된 자들이 가게를 흘끔거리며 지나간다. 수레를 밀고 가는 계란빵 장수 아줌마, 정육점 주인, 과일 가게 아들, 건어물점 며느리……(「언니」, 9~10쪽)

이 인용문을 이해하기 위해서는, 조선 중기에 전라도 전주의 조씨 가문에서 주조한 이강주梨薑酒가 왕실 진상품으로 구한말 고종황제의 공식 만찬에도 내어놓은 명주이고 술을 만드는 재료로 울금이나 계피 등을 쓴다는 전문 지식이 필요하다. 하지만 술에 대한 전문 지식은 온전하게 설명되지 않고 부분 인용되고 있지만, 이야기의 원만한 구성상 이 내용이 썩 어울리고 필요한 것이랄 수 없다. 이강주에 대한 관심은 이내 술을 담은 '하얀 호리병'과 '내가 찬장에 정리 중인 사발'로 옮겨간다. 그러고 나서, 화자는 "호기심을 충족해 살맛을 얻는 데 습관이 된 자들이 가게를 흘끔거리며 지나간다."라고 말한다. 또 잠시 뒤에 "(옆집) 할머니의 호기심은 그녀의 거친 피부만큼이나 질기다."라고 하여 사람들의 '호기심好奇心'에 주목한다.

> 금방이라도 황갈색 가래를 뱉으며 기침을 해댈 것 같은 철문에 '휴대전화기 보호필름 판매업체 델포이'라 적혀 있다. 굵은 글씨로 강조된 상호를 보며, 나는 실소한다. 설마 아폴론의 신전? 금이 간 벽과 군데군데 깨져 있는 콘크리트 계단이 무안한 듯 나를 따라 웃는다. 게다가 문손잡이에 걸린 분홍색 요구르트 배달 바구니라니(차라리 문 앞에 쌓여 있는 신문이나 잡지였다면 구질구질한 청회색 문에 어울리기라도 했을 것이다)! 기분이 좋지 않다. 이 맥락도 없고 조화도 없는 이상한 곳에서 일하는 청년을 위해 멸치 맛국물을 내거나 달걀을 부쳐야 한다는게 실감 나지 않는다. 도대체가 김밥과 라면과 국수라니, 게다가 델포이라니!(「언니」, 12~13쪽)

 이야기는 갈지자로 좌충우돌하는 듯하다. 조선 중기 전주의 가양주인 이강주와 도자기와 가난한 동네의 휴대전화기 보호필름 판매점과 고대 그리스 도시 델포이의 아폴론 신전……. 이 시시콜콜한 정보나 지식들은 하나의 인과론적 맥락을 가진 이야기로 연결되지 않는다. 아마도 일상생활 속에서 마주치거나 떠오르는 자잘한 존재들에 대한 '호기심'에 따라 거의 무위無爲에 가깝게 소설의 플롯이 구성된다는 느낌이 없지 않다.[1] 인용문 뒤에 이어지는 화자의 푸념 섞인 말, "이 맥락도 없고 조화도 없는 이상한 곳…" 그대로 소설은 호기심 탓인지 이질적인 존재들이 논리적 '맥락도 조화도 없이' 만들어진다는 인상이다.

하지만 화자가 말하고 있듯이, "맥락도 없고 조화도 없는 이상한" 소설 「언니」에는 소설집 『신의 한 수』의 서두에 배치될 정도로 작가의 깊은 의도가 숨어 있다. 그 의도를 밝히기 위해서는 일단 화자narrater인 '나'의 존재에 대한 궁금증부터 풀어야 한다.

소설 「언니」에서 '언니'의 계획에 따라 분식집 개업을 준비하는 내레이터 '나'는 이야기의 중추로서 '사건'을 이끌어가는 위치에 있으나, 앞 인용문에서 보듯이, 이야기는 '맥락 없이' 전개되고 사건은 '호기심에 따라' 진행되는 듯이 어수선하다. 이는 화자의 특별한 성격에 의해 이야기가 수시로 인과론적 맥락에서 이탈한다는 뜻이다. 그러므로 「언니」의 소설적 특성을 알아내기 위해서는 일인칭 화자 '나'의 존재를 먼저 이해할 필요가 있다. 단적으로 말해, 「언니」의 내레이터인 '나'는 플롯을 인과론에 따라 구성하는 성격과는 거리가 먼 존재이다. 이러한 '나'의 성격 규정은 존재론적인 해석에서 나온 것인데, 그것은 '나' 안에 논리적 이성을 거부하거나 초이성적 존재와 교착하는 어떤 '반신반인半神半人의 신화적 존재'에 비유될 만한 이질적인 '나'가 은폐되어 있다는 것이다.

바꿔 말하면, 표면적인 내레이터인 이성적인 '나'의 그림자에, '은폐된 내레이터'로서 초월적인 존재가 내재하는 것이다. 내레이터 안에 은

1 무위자연 혹은 무위이화의 도에 연원을 둔 소설 원리를 생각하면 이 작가의 소설 작법을 상당히 수긍하게 될 터. 이 책 1부 「유역문예론 1」, 「유역문예론 2」를 참고.

폐된 초월적 존재가 이야기 전개 과정에서 수시로 상호작용하며 나타나는 것이다. 그래서 「언니」, 「신의 한 수」, 「귀향」 등에서, 합리적이고 논리적 일관성 속에서 이야기가 전개되기보다는 탈논리적인 사건 전개 속에서 수시로 낯설거나 초월적 상황이 벌어지는 것이다.

「언니」에서 가령 '휴대전화기 보호필름 상점'의 상호가 '델포이'인 것은 보기에 따라 '호기심'의 발로로 생각하겠지만, 그 호기심의 이면에는 인간 존재 또는 만물의 존재에는 신화의 힘이 미치고 있다는 믿음이 깔려 있다. 그러므로 「언니」를 구성하는 짧은 지식이나 작은 이야기 조각들은 단지 비활성 상태의 부분에 그치지 않고, 하나의 유기체를 이루는 동일한 유전인자를 지닌 활성 상태의 부분들이라 할 수 있다. 다만 전체 이야기의 각 부분은 잠재되고 은폐된 상태라서 활성화하여 드러날 때를 기다리고 있을 뿐이다. 상호가 '델포이'인 것은 단순한 호기심의 산물이 아니라, 고대 그리스신화가 인류의 집단무의식으로 저장된 유전인자를 상징하는 말로서 해석될 수 있는 것이다. 이러한 고대 신화의 이야기가 축적되어온 인간의 유전정보는 소설 「언니」의 이야기 곳곳에 은폐되어 있을 것이다. 하지만 중요한 것은 신화의 유전정보 자체가 아니라, 신화의 유전인자가 소설의 화자인 '나' 안의 '은폐된 내레이터'로서 스스로 드러남에 따라, 「언니」의 "맥락도 없고 조화도 없는" 이야기 구성을 깊이 이해하고, 이를 통해 새로운 소설론의 가능성이 열리게 된다는 점이다.

소설 「언니」의 화자인 '나'가 맥락도 없이 사건을 전개하는 한, 소설은 얼마간 혼란을 감수할 수밖에 없다. 이 소설에서 '갓 서른 살'이 된 '무덤덤한' 성격의 '정무운'이라는 캐릭터를 둘러싸고 화자인 '나'와 '언니' 그리고 이복동생인 '막내'가 벌이는 묘한 삼각관계는 어떤 뚜렷한 목적도 없고 '특징 있는 사건'으로 발전하지도 않는다. 특히 언니와 나는 정무운의 마음을 사로잡으려고 무던히 애쓰지만, 정작 정무운은 무정하고 무심하다. 그렇다면 정무운의 정체가 궁금할 수밖에 없는데, '나'는 정무운이라는 존재를 아래와 같이 표현한다.

(1)
특징 없는 게 특징이랄 수 있는 정무운과 같은 남자(「언니」, 14쪽)

(2)
청년 정무운. 그는 이제 갓 삼십대에 이르렀지만 그다지 젊어보이지 않는다. 그런데 사실 늙어 보이지도 않는다. 나는 정무운에 대해, 내가 세상에서 제일 싫어하는 화법으로, 즉 '정무운은 크지도 작지도 않은 키에 마르지도 뚱뚱하지도 않은 체형이고 또한 잘생기지도 못생기지도 않은 외모'라는 식으로밖에 말할 수 없음을 인정해야겠다. […] 정무운에게는 그런 것들조차 특별한 게 없다. 그의 눈에서 나오는 빛은 (굳이 빛이라고 할 것까지도 없지만) 강렬하지 않으나 그렇다고 세상 다 산 것처럼 초점이 없지도 않다. 눈에서 아무것도 읽히지 않는다고 하면 맞는 말일까. […] 그냥 사람들이 흔히 미소라고 부르는 얼굴 근육의 움직임이 미세하게 감지될 뿐이다. 내면은 더 오리무중이다. 언니가 관심 가진 게 인지 불가한 그 내면이라면, 도무지 알 수 없어 끌렸다면 나는 어쩔 수 없이 그 부분만큼은 인정해야 한다고 생각한다.(「언니」, 15~16쪽)

소설에서의 '사건'이 인과적 맥락도 없이 전개된다면, 당연히 그 사건과 연동되어 있는 주인공의 성격도 일관된 내용을 드러내기 쉽지 않을 것이고 어떤 특징적 캐릭터도 찾기 어려울 것이다. 예상대로, 내레이터는 주요 등장인물인 정무운을 가리켜 '특징 없는 게 특징'이고 '내면이 오리무중'인 존재라고 묘사한다. 그렇다면 이처럼 '특징 없는 게 특징'인 성격에 그 내면조차 오리무중인 정무운이란 존재에게, 무슨 까닭으로 '나'와 '언니'와 '막내' 모두가 집착하고 관심을 쏟는 것인가. 이 의문에 대한 답변은 화자의 '호기심'이 일상적 삶을 구성하는 소소한 존재들에 은폐된 신화성 혹은 초월성의 유전인자를 활성화하는 계기라는 사실에서 찾아질 수 있다. 누추한 일상 속에서 신화의 파편성에 호기심을 갖는 것은 그 자체로 소설 「언니」가 신화神話의 인자를 품고 있음을 시사한다. 그렇기 때문에 아무런 보상을 바라지도 않고 '특징도 없고' '내면적으로 오리무중'인 정무운이라는 존재의 바로 그 무심하고 무덤덤한 캐릭터 속에서 신화적 존재의 알레고리를 찾을 수 있는 것이다. 정무운이라는 캐릭터는 인간의 감정과 욕망을 초월한 인신人神적 성격을 갖고 있기 때문이다.

소설 「언니」에서 정무운을 위시하여 세 자매 등 주요 캐릭터들은 신화 속 인신의 알레고리이거나 인신을 패러디한 캐릭터인 것으로 보인다.[2] 특히 내레이터인 '나'가 토로하는 이야기 중,

---

2   가깝고 비근한 예로, 주요 인물의 개인적 출신과 이력이 은폐되어 있다. 그래서
     쌍둥이 자매인 언니와 나, 정무운도 구체적인 현실성을 가진 인물이 아니라 신
     화적 인물들 즉 신인神人의 초월적 존재감이 느껴진다. 뒤늦게 등장하는 화자인
     '나'의 이복동생인 '막내'의 존재에도 인간 사회에서 살아온 개인적 정보들이
     생략되거나 은폐되어 있다. 「언니」의 주요 등장인물은 신화 속 인물의 알레고리
     로 해석될 수 있다.

우리가 얼마간 호감을 가졌던 인물들은 흐릿한 눈으로 꼬깃꼬깃 접힌 주름을 펴는 데 골몰했던 아르헨티나의 소설가, 똑같이 생긴 방에 경기를 일으키며 바로크의 비밀을 푸는 데 열중했던 이태리의 건축가, 또 자신의 곡을 '이가 아픈 꾀꼬리 같이' 연주하라고 요구한 봉두난발의 프랑스 음악가 등이었다. 특징 없는 게 특징이랄 수 있는 정무운과 같은 남자는 없었다. 그러고 보니 취향이 달랐던 적도 있다. 나는 언니가 통 속에서 자위를 하던 그 주정꾼 노친네 옆에 앉아 맨들맨들한 대머리를 만져준 일을 떠올린다. 그게 정말 가마아득한 시절의 일이기에 망정이지, 지금 생각해도 역겹기 짝이 없다. 어쨌거나 그들 모두에 대한 관심을 합해도 언니가 지금 이 청년에게 기울이는 관심과는 비교가 되지 않는다. 새로운 취향이 언제나 옛 취향을 압도하는 법이기는 하지만, 내가 보기에 오래전의 그들과 정무운 사이에는 개체적 특성을 넘어서는 어마어마한 차이가 있다. 미슐랭 등급을 받은 식당과 분식집만큼이나 큰 차이.(「언니」, 14~15쪽)

라는 대목은 주목받아 마땅하다. 이는 소설 「언니」의 플롯에 신화적 구성이 내포되어 있고, 소설의 주요 캐릭터에 신격神格이 내재한다는 점을 비교적 분명히 밝힌 것으로 해석될 수 있다. "정말 가아마득한 시절의 일"을 다룬 신화에 등장하는 신격들은 소설 「언니」에서 '특징 없는 게 특징인 남자 정무운' 같은 캐릭터로 변한다. 하지만 정무운은 옛 신화의 신격을 이어받은 인신이기 때문에, 위에 열거한 아르헨티나 소설가, 이태리의 건축가, 프랑스 음악가 따위의 인물들과는 비교도 할 수 없이 전혀 다른 인종이다. 화자인 '나'가 강조하듯이, "그들과 정무운 사이에는 개체적 특성을 넘어서는 어마어마한 차이가 있다."

이를 심리적으로 해석하면, '특징 없는 게 특징'인 '정무운'이라는 존재는 세속적 인격에 은폐된 숨은 신격의 알레고리라고 말할 수 있다. (주요 등장인물인 '정무운'이 신격의 알레고리이기 때문에, 앞에 인용한 소설 문장 (2)와 같은 대사가 나오게 된 것이다) 정무운이 바로 신격의 알레고리이기 때문에, 인격의 관점에서 보면 신격을 닮은 정무운의 캐릭터는 "특징 없는 게 특징"인 존재로 비치는 한편, 인신인 정무운에게서는 "헬스장에서 근육을 상대로 온갖 분탕질을 치고 나오거나 길거리 농구를 하며 땀을 흘린 자들에게서 볼 수 있는 활력 같은 게 없다. […] 하다못해 커피 한 모금을 삼킬 때 살짝 부푸는 목울대에서도 도무지 '활기'라는 걸 느낄 수가 없"(18쪽)는 무덤덤하고 무정한 존재감이 느껴지는 것이다. 따라서 정무운에게 환심을 사려고 안달복달하는 '언니'와 '나', 그리고 이복동생인 '막내' 등 세 자매도 저마다 신화 속 여신들의 알레고리로서 신격의 가능성을 가지고 있는 셈이다.

2. 왜 '언니'인가

화자인 '나', '언니', '막내' 등 세 자매는 남성 신격의 알레고리인 '갓 서른 살의 정무운'에게 지독한 관심을 쏟는다. 특히 세 자매 중 '나'의 쌍둥이 '언니'는 남성 신격인 정무운에게 영문도 알 수 없이 빠져 있고 정무운의 관심 끌기에 온 힘을 기울이지만, 정무운은 무심하고 무뚝뚝할 뿐 언니의 관심에 조금도 반응을 보이지 않는다. 물론 이러한 남녀 간의 비상식적인 관계도 신화에서는 흔한 이야기 요소이다. 세 자매와 정무운 사이에서 벌어지는 이야기를 단순히 아득한 옛날의 신화 속에 흔히 쓰인 신화소神話素의 일종으로 환원해버리기에는 무언가 다른 '차이'—'신화 철학'의 차이가 있다.

그 차이는 무정한 캐릭터인 정무운의 존재론적 성격과 함께 정무운의 구체적 삶의 내용에서 나온다. 신화의 주인공은 영웅이거나 그에 버금가는 인신이고, 대부분 권력을 둘러싼 싸움이 벌어지는 특별한 환경에 놓여 있다. 신화에서 신격은 초월적 공간인 왕궁이나 신전에서 사는 영웅적 존재거나 높은 신분의 존재인 반면, 소설에서 정무운은 가난하고 구차한 세속적 일상성 속으로 '강신降神'하여 치매에 걸린 노모를 정성껏 모시고 가난한 이웃과 더불어 살아가는 인신적 존재이다.

> 오늘 아침 정무운에게는 좋은 일이 잇따라 생긴다. 기저귀를 갈 때마다 정무운을 할퀴곤 하는 어머니가 얌전하게 다리를 내맡긴다. 그의 어머니가 유치원에 가는 아이처럼 순순히 복지센터 차에 오른다. 정무운은 사무실이 있는 동네까지 가는 마을버스 안에서 유례없이 빈자리를 발견하기도 한다. 한 번도 그런 일 없던 사장이 먼저 나와 청소를 해놓고서 정무운을 맞이한다. […]
> 나는 다시 정무운을 상대로 내 일을 한다. 그가 저녁밥을 짓기 위해 들른 마트에서 집어 든 식재료들은 모두 할인 중이다. 바지락이 반값이고, 부추며 애호박 등에 특별가가 적용되어 있다. 하지만 정무운, 아무런 표정의 변화가 없다.(「언니」, 22, 24쪽)

요컨대, 정무운은 하늘나라 또는 신전에서 사는 신이 아니라 효심이 깊어 노모를 극진히 돌보며 세속 동네에서 빈곤한 갑남을녀와 뒤섞여 사는 의인화된 신격이다. 단지, 인신인 까닭에, 인간이 기본적으로 느끼는 희로애락의 감정이 희박하다. "정무운, 아무런 표정이 없다."

여기서 세 자매 중에 누가 진정한 '언니'인가, 라는 질문에 대한 힌트가 숨어 있다. 인간의 유정한 마음이 정무운의 무심하고 무정한 마음을 사로잡는 것은 근본적으로 불가능하다. 하지만 세 자매 중 누군가 정무운의 무심한 마음을 닮는다면, 이심전심으로 정무운의 마음을 '사로잡을 수 있을지도' 모른다.

> 내가 밥 두그릇을 테이블에 놓자 사장은 매출이 단번에 열 배나 오르기라도 한 듯 흐뭇해한다. 좋을 테지. 그래, 좋아야지. 하지만 정무운은 언니와 내가 온갖 정성을 기울인 라면에 대해서도, 김밥에 대해서도 아무런 말을 하지 않는다. 그럴 테지, 그럴 거야. 나는 조금씩 정무운에게 익숙해져 간다. (「언니」, 23쪽)

"나는 조금씩 정무운에게 익숙해져 간다." 이 말은 '언니'는 '나이'순으로 정해지는 것이 아니라, 정무운의 마음을 끄는 정도에 따라 즉, 정무운 같이 무심함의 경지에 가까이 다가가는 정도에 따라서 세 자매 중에 '언니'가 결정되는 것이다. 이 심오한 해학이 담긴 소설은 이렇게 끝맺는다.

> 일렁이는 분홍빛 덩어리가 손거울을 들고 립스틱을 바르다가 우리를 향해 말한다.
> 그런데 그거 알아? 무운 씨 이름. 무성할 무에 향기 운 자 써. 언니가 이맛살을 찌푸린다. […] 정무운이라는 이름 따위 우리가 알 바 아니지. 그렇게 생각하면서도 언니와 나는 열심히 뜻을 새겨본다.

지나가던 옆집 할머니가 식당 문을 빼꼼 열고 분홍을 일별하더니 "누구여? 알바인감?" 한다. […] 립스틱을 진하게 바른 분홍이 자리에서 일어나더니 빼꼼 열린 문을 활짝 열어 할머니를 들인다.

국수 한 그릇 하고 가세요, 할머니. 제가 얘들 언니예요.

경험을 조금은 쌓았다고 자부했을 가을바람이 슬그머니 가게로 들어온다. 어쩌면 정무운의 이름, 안개 무에 어지러울 운 자 아닐까? 사방이 온통 뿌옇다. 따뜻한 내 손이 차가운 언니 손을 더듬더듬 찾아 잡는다. 인정하지 않을 수 없다. 우리는 더는 언니가 아니다.(「언니」, 49~50쪽)

위 화자인 '나'의 언급 속에서, 정무운의 존재론적 정체, 정무운이 유일하게 관심을 보이는 이복동생 '막내'의 존재론적 성격, 화자인 '나'의 인신적 성격을 어림할 수 있다. 우선, 정무운의 마음을 사로잡고서 스스로 "제가 얘들 언니예요."라고 말하는 '막내'는 "일렁이는 분홍빛 덩어리"로 표시되어 있다는 점. 곧 '막내'는 사람이나 사람의 형체가 아니라 기氣 혹은 생명 에너지로서 '일렁이는 분홍빛 덩어리'라는 것이다. 정무운은 '막내'로 표시된 기의 조화造化에 이끌린다. 이는 정무운도 기운의 조화 곧 귀신의 알레고리라는 해석과 상통하는 것이다. 「언니」에서 신격은 음양이기陰陽 二氣의 조화를 주재하는 신 곧 '귀신'을 가리킨다. 따라서 '막내'만이 '기운 덩어리'인 신격이 아니라, '일렁이는 분홍빛 덩어리'를 볼 수 있는 내레이터 '나'도 귀신의 존재감이 없을 수 없다.

정무운 캐릭터가 보여주는 무심無心과 짝을 이룬 성심誠心이야말로 천지조화의 주재자로서의 정무운의 신격을 보증하는 확실한 증표인 것이다. 이것이야말로 소설 「언니」가 품고 있는 의미심장한 주제의식이라 할 수 있다. 그렇지만 이런 경이로운 주제를 품고 있다 해도, 무심을 동반한 성심을 갖는 것은 여간 어려운 일이 아니다. '정무운'이라는 인신人神의 캐릭터는 초월적 존재의 성격을 내포하는 까닭에 그에게 단박에 익숙해지기란 힘든 일이다. '나는 조금씩 정무운에 익숙해져 간다.'라는 진술에는, '나'의 마음을 길들여서, 곧 내 마음을 닦아서, 정무운이라는 신격에 익숙해진다는 의미가 포함되어 있다. 그것은 소소한 삶의 일상 속에서 인위를 초월한 무위이화無爲而化, 곧 천지조화의 덕德에 합하기 위해 '나'의 마음을 닦고 단련하겠다는 성심의 뜻을 품고 있다. 천지조화의 신은 서구 신화에 등장하는 욕망과 애증의 신과는 달리, 무심하고 무덤덤하다. 무위자연은 무심하고 무덤덤한 조화의 신격과 통한다. 조화의 신을 의인화한 존재가 정무운이기 때문에, 내레이터인 '나'와 정무운의 만남은 그 자체로 접신接神의 알레고리이다. '나'의 간절한 접신을 위한 기원과 수심정기는 이야기에서 유보되고 은폐되어 있다고 볼 수 있다.

3. '은폐된 화자'로서 귀신

앞서 잠시 말했듯이, 심아진의 의미심장한 소설 「언니」는 신화의 알레고리로서 독특한 신화 철학을 은밀하게 서사한다. 위에서 서구 신화의 신화소들이 알레고리 형식으로 곳곳에 잠복해 있거나, 소박하고 유덕한 삶을 강조하는 고대 그리스의 견유학파犬儒學派의 가르침이나 내면적 쾌락의 가치를 중시하고 우주 만물의 본질을 원자로 설명하는 에피쿠로스의 유물철학 등 서양의 고대 신화시대를 밝힌 인류의 초기 철학적 사유들이 소설 곳곳에 들어가 있기에, 작가 심아진의 신화적 사유가 하나의 신화 철학적 성격을 가진다는 생각을 하게 된다. 신화는 '태초의 시간'을 사유의 바탕으로 삼기 때문에, 시간의 문제는 단지 신화만이 아니라 신화의 알레고리로서 소설관을 피력하기 위해서는 피할 수 없는 과제라 할 수 있다.

하나의 근원(一元)은 하나의 태초이며 하나의 태초에서 천지만물이 나오므로 태초의 시간은 한 기운(一氣) 또는 지기至氣로서 표시된다. 간단히 말해, 태초의 기운에서 시간이 탄생한다. 태초의 한 기운을 품은 시간이 만물을 낳고 무궁한 이야기를 낳는다. 그러니, 소설 속에 신화가 은폐되어 있다는 것은 신화의 시간, 곧 태초의 시간이 혼원混元한 기운으로 잠재해 있다는 말이다. 태초의 시간은 상징과 알레고리로서 소설의 시간 속에서 스스로를 드러낸다. 신화의 시간은 지나간 과거가 아니라, 시작도 끝도 없이 진행 중인 현재이다.

소설 「언니」와 함께 「레슬링」을 읽으면, '레슬링'에 구체적으로 실감 나게 묘사되는 격투 장면은 여러 신화 철학적 해석으로 이어질 수 있다. 그 가운데, 격렬한 레슬링 시합의 섬세한 세부 묘사가 일상 속에서 보이지 않지만 늘 역동적으로 작용하는 '혼원한 기운'을 연상시킨다는 것. 레슬링은 사회와 역사가 안고 있는 선과 악, 정의와 불의, 지배와 피지배, 노동과 착취 간의 필연적 투쟁의 알레고리일 뿐 아니라 자연과 생명이 선택한 생성 방식의 알레고리인 셈이다. 신화 철학적으로 해석하면, 그리스 태초의 신 가이아와 우라노스, 동양의 음과 양의 양성생식처럼 레슬링은 천지자연과 생명의 유성생식 과정을 압축해서 비유하는 것이다.

여기서 중요한 것은 작가 심아진의 창작 정신의 탁월성이다. 열띠고 비정한 레슬링 경기장을 묘사하는 서사적 능력이 음양의 조화造化, 곧 '귀신'의 작용을 방불하게 한다는 점. 작가의 말대로 옮기면, 그리스 태초의 신인 가이아와 크로노스, 카이로스와 크로노스의 시간, 음기와 양기, 남성과 여성 간의 갈등 속에서도 균형을 이루며 조화하는 것을 말한다. 부연하면, 레슬링을 연기하듯이 '시늉'하는 레슬러들 간의 싸움은 조화 속 기운, 곧 귀신의 소설적 표현인 것이다. 그런데 그 조화는 혼란스럽다. 혼원한 기운의 패러디라고 할까. 다름 아닌 사장 지시에 무조건 따를 수밖에 없는 레슬링 경기장의 '감독'인 '나'는 사장이, 선한 편과 악한 편으로 나뉘어 연기하던 레슬링 각본을 일방적으로 '불균형하게' 바꾸어버리자, 선과 악 간의 '균형'을 유지하려 안간힘을 쓰던 '감독'(내레이터)의 지위가 심히 위태로워진 것이다. 관객들의 카타르시스를 사고파는 레슬링 경기의 사전 각본에 따라 '연기'하는 선과 악 사이의 균형이 무너지자 위기 상황이 벌어지게 된다. 레슬링 경기의 감독인 '나'가 봉변을 당하는 것은 불문가지이다. 여기서 모든 인위적인 '레슬링 연기'는 무위로 돌아간다. 생기가 마구 분출하는 레슬링 경기에서 인위적인 노력은 무위로 돌아가는 것이다. 또한, 격렬한 생기는 본디 혼원한 기운으로 돌아간다.

　물론, 신화 철학적 관점뿐 아니라 정치경제학적 관점으로도 소설 「레슬링」을 해석할 수 있다. 인정사정없는 폭력이 지배하는 레슬링 경기장은 비정한 자본이 지배하는 한국사회의 알레고리이다. 소설 속에서 '레슬링 코리아'로 명명된 격투장을 찾은 선수들이나 관객들 모두 사회경제적인 '폭력' 속에서 소외된 계층에 속하지만, 아이러니하게도 이들 가난한 소외 계층은 폭력을 사고파는 '레슬코'를 통해 억압된 의식의 카타르시스를 찾고, 사회경제적 모순은 잠시 심리적으로 해소된다.

686

그들은 별반 가진 게 없는 자신들을 선한 편에 이입한 후 선이 악을 혼내주는 놀이에 잠깐이라도 동참하고자 레슬코를 찾았다. 극단적인 이분법을 통해 그 순간만큼은 분노를 풀고 승리감에 젖어 보고자 하는 이들이었다.(「레슬링」, 232~233쪽)

이처럼 「레슬링」을 정치경제학으로 독해하기에 앞서 신화 철학으로 해석하는 것은, 소설의 성실 혹은 진실을 먼저 살피기 위한 비평적 의도에서이다. 무엇보다 소설의 진실은 그 소설이라는 존재가 무위이화의 덕에 가까운 정도에 따라 드러나는 것이다. 그래서 레슬링 현장을 실감 나게 그린 소설 「레슬링」에서 그려진 치밀한 세부 묘사와 심리묘사 대목들을 주목하는 것이다. 이는, 소설의 소재 차원에서 보면 「언니」, 「신의 한 수」, 「다복한의원」, 「귀향」 등과는 판이하고 특이한 레슬링이란 소재를 다루고 있음에도 소설 「레슬링」은 '혼원한 기운'의 자취를 '형상으로서 드러내는' 데에 보기 드문 문학적 성취를 이루었기 때문이다. 하지만 천지조화의 기운은 불식不息, 곧 쉼이 없이 역동적임에도, 늘 무심하기 짝이 없다.

무심無心과 불식不息의 성심誠心의 화신, 곧 '자연'을 닮은 정무운은 자연처럼 묵묵하고 자연처럼 무정하고 자연처럼 쉬지 않는다. 자연신으로서 정무운의 캐릭터는 곳곳에서 산견되는 바와 같다. 가령 아래 인용문을 보자.

정무운은 여전히 나에 대해서도, 내가 하는 일에 대해서도 관심을 보이지 않는다. 땅에 떨어진 십 원짜리 동전 보듯 여전히 나에게 무덤덤하고, 변하는 일상에도 동요가 없다. 나는 필사적이다. 그가 앉을 마을버스 좌석에 지난주 당첨 복권을 두기도 한다. 하지만 그는 한번 살펴보려는 시도도 하지 않은 채 종이를 그대로 좌석 아래로 떨어뜨리고 만다. 휴대전화기를 꺼내 번호만 대조해도 될 텐데, 그는 숫제 전화기를 꺼내지도 않는다. 정무운은 그렇게, 이십 년간 월 오백만 원씩 받을 기회를 앉은 자리에서(사람도 별로 없는 버스 좌석에서) 놓친다. 그는 심지어, 어떤 노인이 벤치에 놓고 간 가방을 보고도 아무런 관심을 보이지 않는다. 오만 원권 지폐가 가득 든 가방의 지퍼 틈으로 돈뭉치가 삐죽 올라와 있기까지 한데도 말이다.(「언니」, 25~26쪽)

신격 정무운은 서구 신화에 등장하는 것처럼 들끓는 욕망으로 살벌한 싸움을 벌이는 신격들, 치정과 저주와 배신과 살해가 난무하는 신격과는 전혀 무관하다. 정무운의 신격은 그리스 로마 신화에 나오는 욕망이 들끓는 인격신이 아니라, 자연신自然神에 가깝다. 인용문은, 정무운의 신격을 자연신의 무심 무정無情의 본성에 빗대어 패러디한다. 정무운은 천지인 조화를 주재하는 자연신처럼 애증의 갈등에서 벗어나고 인간의 관심에도 초연하다. 자연은 인간의 시간에서 벗어난다. 다만 인간이 자연의 시간을 닮으려 노력할 따름이다. 자연의 시간은 항상성恒常性 속에서 순환하기에, 정무운은 "그다지 젊어 보이지 않는다. 그런데, 사실 늙어 보이지도 않는다."(15쪽) 자연신은 인간의 시간을 초월하여, 쉼 없이 천지간에 원활한 조화造化의 덕에 참여한다. '무덤덤하고 묵묵한' 가운데서도 열심히 살아가는 정무운의 신격은 자연신과 상통한다. '스스로(저절로) 그러함(自然)'으로 살아가는 자연신처럼.

정무운 캐릭터는 자연신의 성격을 지닌 인신人神의 알레고리이지만,

정무운의 신격은 '특징이 없는 게 특징'인 평범한 세속적 캐릭터의 모습이다. 소설론적으로 주목할 것은, 신격 정무운은 가난한 동네에서 고단한 이웃들과 더불어 묵묵히 살아가는 '세속적 인격'과 다르지 않다는 점이다. 이는 정무운이라는 신격이 인간 사회에 두루 존재하는 '세속적 인신' 격格이라는 의미를 내포하는 것이다.

만물을 창조하는 신에게 세속적 의미의 '시간'은 없다. 신에게 시간이 있다면, 오직 만물이 태어나는 '태초의 시간'이 있을 뿐이다. 물리적으로는 빅뱅의 시간이 있다지만, 자연신의 관점에서 보면, 만물이 화생하는 '태초의 시간'은 태극이나 무극, 지기, 만공, 지허至虛 등 여러 시간의 표상들로 표시될 수 있다. 태극 이론으로 본다면, 태초의 시간은 음양의 조화가 벌어지는 매 순간을 이르는 것이다. 이때, '태초'의 상징인 조화의 시간이 자신의 흔적을 소설 속에 남기는 '창조적(창작) 계기'가 소설의 현실적 시간이 된다.

그러므로, 신화의 시간은 태초의 지극한 기운(至氣)을 품고 무궁한 이야기를 잇고 사방으로 연결한다. 소설 「언니」의 이야기에는 태초의 시간이 작용한다. 이야기의 시간 안에 태초의 시간이 작용하는 소설은 근대소설의 일반론에서 보면 전근대적 신화론에 가깝게 여겨질 것이다. 하지만 근대소설이 추구해온 소위 이성이 만드는 과학적 시간도 태초의 시간 곧 태초의 기운을 벗어난 것이 아니다. 근대의 과학적 이성은 한동안 이성의 맹신, 이성의 한계에 갇혀서 태초의 시간을 애써 부정하고 억압해왔을 뿐이다. 근대적 이성은 태초의 시간, 신화의 시간은 애써 회피하고 망각의 어둠에 남겨둔 것이다.

문학의 진실은 이성이 욕망을 통제하는 인간 의지와 인위적인 지성만으로 결코 드러나지 않는다. 삶의 진실은 인위적인 삶에도 어김없이 작용하는 무위자연의 법에 따르는 조화의 원리, 음양의 기운과 한 치도 분리되지 않는다. 이성도 자연이 없다면 덧없는 존재에 불과하다. 태초의 시간이란 천지조화의 기운이 취산聚散, 동정動靜을 수없이 거듭하는 가운데 존재한다. 따라서 태초의 시간은 인간 사회와 개인적인 삶을 지배하는 모든 인위적인 시간—전체사든 개인사든—에까지 미치지 않는 바가 없다. 태초의 시간은 온누리에 미치지 않는 바가 없이 작용하는 태초의 기운 그대로를 가리킨다. 태양 빛의 길이에 따라 절기를 나누고, 벼가 고개를 숙이면 가을이 다가온 것을 안다. 바로 이 천지조화의 기운 속에, 곧 기운의 취산과 동정 속에서 펼쳐지는 파노라마 자체가 태초의 시간이요 태초의 기운 그 자체이다. 이렇듯, 어김없고 쉼 없이 진행 중인 천지조화天地造化에 참여하고 주재하는 존재를 일러 '귀신'이라 한다.[3]

그럼에도 귀신은 기꺼이 노고를 감내하고 극복하는 인간 마음에 자리한다. 귀신은 머리로 그려지는 것이 아니라, 삶의 노고 속에서 나타나는 것이다. 유가적으로 말해, 성실은 귀신의 존재와 작용을 체득하는 최선의 길이다. 동학에서는 수심정기修心正氣를 귀신과 합습하는 길이라 설한다. 그러므로 귀신은 학습된 지식이 아니라, 삶의 노고를 기꺼이 수행하는 유덕한 마음에 '나타난다.' '나타난' 귀신은 형체는 있는 듯하나 감각하기는 힘들다.[4] 볼 수도 들을 수도 만질 수 없는 형체를 한 귀신은 천지조화에 작용하지 않는 데가 없으니, 모름지기 삶의 노고를 묵묵히 수행하는 선한 인간의 모습에 귀신의 자취는 묻어난다. 신인神人 격 캐릭터인 정무운이 지극정성으로 어머니 병수발을 하는 모습은 그 자체로 귀신 형상이다. 보라.

---

3   '귀신'에 대해서는, 1부의 「유역문예론」 참고.

정작 정무운은 차분하다. 어머니를 돌보고는 있으나 애정에 기반해 그러고 있는 것 같지는 않다. 그의 태도에서 사랑은커녕 안타까움조차 느낄 수 없다. 정무운은 휴대전화기 보호필름을 포장할 때와 크게 다르지 않은 태도로 자신의 어머니를 씻기고 먹이고 입힌다.(「언니」, 30쪽)

유정有情에게 자연신은 무정無情하다. 그리스 로마의 신들과는 다르다. 무정한 신인神人 격인 정무운은 어머니를 정성껏 씻기고 입히면서도 그 지극한 효행은 마치 정무운 자신이 직장에서 늘 해오던 '휴대전화기 보호필름을 포장할 때'와 다르지 않다. 이는 작가 심아진이 서구 신화를 군데군데 패러디하고 있기는 하지만, 정무운이라는 신격이 욕망과 애증으로 갈등하는 서구의 신격과는 다름을 분명히 드러내는 것이다. 삶의 선한 노고勞苦에서 귀신이 현현한다.

가난한 삶 속에서는 비속한 사태가 곧잘 벌어지지만, 귀신이 빈부귀천을 가리지 않는 것은 당연지사이다. 정무운이라는 '귀신 격格'이 더욱 믿음이 가는 이유는, 귀신의 본성은 착하고 유덕有德하므로, 귀신의 행위가 귀신의 본디답게 가난한 동네에서, 어려운 사람들의 일상생활 속

---

4   노자와 공자가 설했듯이, 귀신의 존재는 보고 듣고 접하기가 어려운 존재이다. 귀신은 은미한 것에서 존재하고 은밀하게 드러난다. 이 귀신의 존재와 묘용을 패러디하면, "정무운이 사는 해방촌은 가파른 계단, 좁은 골목, 낡은 집들을 이색적으로 개조해 산책하기 좋은 유흥가로 거듭난 곳이다. 철골 지붕의 창고, 흙벽의 헛간, 낡은 한옥 등을 고쳐 꾸민 카페와 술집 등이 산재해 있다. 물론 정무운의 집은 그런 리모델링 건물과 상관없는 곳, 결코 유흥가가 될 수 없는 후미진 곳에 있다."(32쪽) 귀신은 요란하거나 화려한 가운데서도 '후미진 곳', 은폐된 은미한 곳에서 그 존재감을 드러낸다. 이 문장은 '귀신의 소설론'으로 해석될 수 있다.

에서 '보이지 않게' '은밀하게' 스스로를 가까스로 드러낸다는 사실에서 찾을 수 있다. 고되나 선량한 인간의 노고가 남긴 '자취 그 자체가' 보이지 않는 귀신의 '형체'요 조화造化의 공덕功德인 것이다.

4. '鬼神小說'

표제작 「신의 한 수」에는 신神이나 신격神格이 등장하지 않는다. 그럼에도 '신의 한 수'라고 제목을 단 것을 보면, 이 소설의 주제의식 안에는 '신의 존재와 작용' 문제가 은폐되어 있다는 추측이 가능해진다. 누군가 박식한 비평가가 소설 「신의 한 수」를 고대 그리스의 견유학파[5]와 연결하여 비교할 여지도 없지 않다. 등장인물들의 소박한 삶과 유덕한 마음은 견유철학자의 언행을 연상하게도 한다. 소설에는, '개와 같이 생활'하면서 통속적 사회규범을 벗어나 자연에 친화하는 소박하고 유덕한 삶을 실천하는 고대 희랍의 견유犬儒의 희미한 그림자가 곳곳에 드리워지긴 했지만, 소설의 의도는 통상적인 도덕이나 사회윤리, 세속적 가치들을 전적으로 부정하는 데에까지는 나아가지 않는다. 다시 말해, 소설 「신의 한 수」는 기존 통속적 가치 체제를 전면 부정하거나 기존의 사회적 통념들을 시니컬하게 비꼬고 부조리한 사회규범을 비판하지는

---

5 '견유학파犬儒學派'는 강인한 의지로 욕망을 억제하고 자연에 가까운 삶을 추구하며 지극히 간소한 생활을 실천하는 고대 그리스의 철학 유파이다. 문명사회의 관습과 제도를 무시하고 때론 걸식乞食으로 생활하기도 한다. '견유犬儒'는 '개와 같은 생활'을 하기 때문에 붙여진 이름이다. 퀴닉Kyniker, 시닉Cynics학파라고도 부른다.

않는다.

여기엔 근본적인 이유가 있는데, 이를 이해하려면 이 소설이 보여주는 존재와 시간에 관한 이해가 필요하다. 미리 결론부터 말하면, 소설 「신의 한 수」에서의 존재와 시간은 자본주의 사회에 만연한 물질 만능의 욕망과 세속적 윤리의 타락을 '귀신의 기운'을 통해 성찰하고 '귀신'이 머무는 시간과 존재를 소설적으로 보여주는 것이다. 이는 자본주의적 합리성의 근간인 근대과학적 시간에 대한 반성을 통해 이루어진다. 소설론 차원에서 보면, '태초의 시간'에 대한 성찰은 필수적이다.

> 저기, 정무운이 온다. 평소처럼 땅에 시선을 두고 어깨를 구부정하게 구부린 채 걸어 올라오고 있다. 우리는 아직 그의 눈에 띄지 않는다. […] 도대체 이 하찮은 청년이 뭐란 말인가? 세상에서 가장 잘생기지도 않고 가장 똑똑하지도 않고 하다못해 포장을 가장 잘하지도 않는 이 정무운이라는 인간 말이다. 어째서 언니와 나는 이 사람이 동요하기를 바라는가? 왜 살던 대로 살지 않기를 바라는가? 틀림없는 건 언니가(사실 이제는 나까지도) 위기감을 느낀다는 사실이다. 우리는 정무운이 우리를 의식하지 않음으로 인해 모든 시간, 카이로스의 시간만이 아니라 크로노스의 시간까지도 뒤틀려버릴까 봐 불안해하고 있다.(「언니」, 33쪽)

'크로노스Cronos'[6]라는 개념에 '새로운 소설론'의 핵심이 들어 있다고 해도 지나친 말이 아니다. '내'가 정무운을 보면서 '크로노스'를 연상한다는 것은 그 자체가 정무운이 신격임을 시사하고, 또한 '내'가 소설 속에서 크로노스 곧 태초의 시간을 자각하고 있다는 의미를 포함한다. 여기서 간과해서 안 될 기본적인 내용이 있는데, 태초의 시간인 크로노스가 평범하고 밋밋해 보이지만, 그 속내는 천지창조의 계기occasion와 천지조화creation를 은폐하고 있다는 것이다. 겉보기에 크로노스는 자연현상에 따르는 밋밋한 시간으로 보이지만 그 속내는 천지창조의 조화造化를 은닉하고 있다.

극적이고 결정적인 카이로스의 시간과는 달리 크로노스는 '낯익은 듯 낯선' 곧, '특징 없는 게 특징'인 귀신의 시간인 셈이다. 내용이 이러한즉, 소설 속 화자인 '나'가 "크로노스의 시간까지도 뒤틀려버릴까 봐 불안해하고 있다."라는 대화문은, '언니'와 '나'가 애타게 정무운이 동요하기를 바라지만, 정무운이 결코 동요하는 법이 없자, 스스로 "어째서 언니와 나는 이 사람이 동요하기를 바라는가?"라는 탄식 어린 반문으로 이어지는 인용문에서도 드러난다. 이 반문은 크로노스의 시간 즉 '정무운'이라는 '신격의 시간'은 평범한 듯 비범한, '특징 없는 게 특징'

---

6   그리스신화에서 크로노스(Cronos, Kronos)는, 대지의 모신인 가이아와 하늘의 신 우라노스 사이에 태어나 아버지인 우라노스의 고환을 낫으로 거세함으로써, 하나로 붙어 있던 하늘과 땅은 분리되고, 비로소 '시간'이 탄생한다. 크로노스는 시간의 다른 이름이다. 크로노스는 자신의 친자식들 중 누군가에게 왕좌를 빼앗길 것이라는 신탁神託에 따라 자식들을 낳는 즉시 잡아먹었고 자식들은 잃은 데 화가 난 아내 레아는 제우스를 잉태하자 속임수를 써서 배내옷에 돌을 싸서 크로노스에게 건네주었더니 크로노스는 속임수를 눈치채지 못하고 그대로 집어삼킨다. 성장한 제우스는 가이아 등의 도움을 받아 크로노스에게 약을 먹여 "그때까지 집어삼킨 자식들을 모두 다시 뱉어내게 한다." 소설 「귀향」은 소설 그 자체, 소설 전체가 빼어난 크로노스의 알레고리이다. 가령, "사실 승재의 하루나 이틀은 통영에 있든 서울에 있든 잡지사의 무궁한 발전에 기여하지 않을 것이다. 승재의 하루는 이틀을 먹어치우는 데 능숙하고 승재의 이틀은 하루를 뱉어내는 데 능숙하기 때문이다."(263쪽) 같은 문장은 크로노스를 의식하고 '크로노스의 시간(태초의 시간)'을 암시하는 문장으로 볼 수 있다.

인 귀신의 시간이라는 것을 패러디하여 보여준 것이다.

음양의 조화 곧 귀신의 성실함은 인간을 포함한 만물의 본성이다. 따라서 소설을 쓰는 의식 또는 마음은 기운의 조화에 복속되어 있고 소설가는 소설의 본성이 펼치는 기운의 조화를 자기화할 수 있는 정신—작가 정신을 단련해야 한다. 소설 「언니」, 「신의 한 수」, 「다복한의원」은 천지만물에 "만연하지만 진하지 않은, 얇디얇은"(「다복한의원」, 206쪽) 기운이 널리 작용하는 상태, 곧 귀신의 묘용을 보여주는 알레고리로서 희귀한 소설이며, 매우 뛰어난 소설 「귀향」은 귀신의 덕과 합일에 다다른 지기至氣 상태, 곧 소설 자체가 하나의 기운(一氣)으로서 생의生意를 품은 '창조적 유기체'로서 화생化生하는, 독창적인 문예 창작의 경지를 유감없이 보여준다. 간략히 말해, 심아진의 소설은 태초의 시간 곧 크로노스를 패러디한다.

그러나 태초의 시간이란 아직 추상적인 논리 속에서 나온 시간 관념일 따름이다. '음양의 조화'를 심오하게 다룬 역易을 동원하여 설명하더라도 태초의 시간은 추상의 범주에 머물 수밖에 없다. 그러하다면, 이러한 태초의 시간, 곧 신화의 시간을 과연 세속적 삶의 일상 속에서 어떻게 표현할 수 있을까. 달리 물으면, '음양의 조화'가 진행되고 있음을 알리는 '귀신의 시간' 또는 '태초의 시간'을 어떻게 구체적인 삶으로 표현할 수 있을까. 소설 「다복한의원」은 이 구체적 삶 속에서 '은미하고 은밀하게' 나타나는 '태초의 시간'으로서 존재의 시간을 그윽한 시선으로 성찰한다.

소설 「다복한의원」의 주인공은 동네 한의원에서 조무사로 일하는 서른셋 여성 규리이다. 규리는 "월급이 파격적으로 오를 일이 결코 없는 조무사로 십 년 이상 일하고" 있던 옛 한의원을 그만둔 후 집에서 지내다가 다시 집 근처 동네에 있는 '다복한의원'에서 일하게 된다. 한의원 원장인 '용수 오빠'는 물론 한의원을 찾는 환자들은 모두 오랫동안 한 동네에 사는 주민들이다. 한의원에 매일 자잘한 병을 달고 사는 이웃 주민들이 드나드는 것은 뻔한 일이고, 덩달아 주민들 사이에서 소소한 사건이나 소문들이 꼬리를 문다. 규리보다 네 살 위인 다복한의원 원장인 '용수 오빠'도 동네 주민이 대부분인 환자들의 건강을 위해 최선을 다하는 성실한 한의사이자 선량한 이웃이다. 흥미로운 것은, 규리네 동네에 위치한 '다복한의원'을 중심으로 이야기는 전개되지만, 시종일관 평범한 이웃들의 소소하고 시시콜콜한 이야기들만 이어지다가 소설이 끝난다는 점. 특별한 갈등을 유발하는 재미있는 사건이나 비범한 능력과 행동을 가진 인물을 기대한다면, 소설 「다복한의원」은 전혀 기대에 미치지 못하는 소설이다. 작가도 이 점을 잘 알고 있다. 주인공 규리가 용수 오빠와 저녁 자리를 가지고서 하는 말, "원장도 무리가 없는 소소한 이야기만 늘어놓았다."라는 말은 작가도 소소한 이야기들로 구성된 소설을 의식하고 있다는 것을 넌지시 내보인다. 그렇다고 이 내레이터인 규리의 말을 액면 그대로 받아들이면 안 된다. 왜냐하면 바로 이 밋밋하고 소소한 말 속에, 작가 심아진의 웅숭깊은 '신화 철학'과 비범한 소설론이 함축되어 있기 때문이다.

(1)

규리는 스물세 살이었다면 제대로 잡지 못했을 어떤 균형을 서른세 살이기에 유지하고 있다는 생각에 내심 뿌듯하기도 했다.(「다복한의원」, 188쪽)

(2)

두 달째 원장을 피하던 규리가 원장에게 먼저 '밥 한 끼'를 청했다. 한용수 원장이든 용수 오빠든 밥 한 끼 같이 먹고 싶어서였다. 사십 대를 바라보는 남자의 눈이 규리와 밥을 먹는 동안 잠시 십대 소년의 눈으로 돌아가는 게 뭐 대수랴 싶기도 했다.

서른넷이라니 믿기지 않아요. 마흔넷이 되면 상황이 좀 나아질까요? (「다복한의원」, 205쪽)

(3)

글쎄, 네가 쉰넷, 내가 쉰일곱이 되면 알 수 있으려나? 규리는 그런 건 자신이 예순넷, 한용수가 예순일곱이 되어도 알지 못하리라 말하려다 그만두었다. 아울러 무언가를 알기에 충분한 나이 같은 건 없다는 생각이 들었는데, 일부러 원장에게 말할 필요는 없을 것 같아 고개만 가로저었다.

언제 성당 한번 가볼래요?

뭐? 왜?

서른셋에 다 이룬 예수님이 다소 무료하실지도 모르니까.

원장이 웃으며 고개를 갸웃거렸다. 규리는 까까머리 시절의 한용수가 「알함브라 궁전의 추억」 같은 걸 기타로 치려다 계속 음이 틀리자 고개를 갸웃거렸던 걸 떠올렸다. 멀고도 가까운 추억이었다. (「다복한의원」, 206쪽)

주인공은 평범한 삶 속에서 자신의 나이를 수시로 떠올린다. 시간은 추상적이지만 나이는 구체적이다. 자기가 살아온 삶에 비추어 자기 나

이를 따진다는 것은 시간이 자기 밖에 소외된 추상적 존재가 아니라는 것을 말한다. 주인공이 태어난 태초의 시간, 곧 추상적 시간이 삶 속으로 들어와 구체적 시간이 된 것이다. 위에 인용한 (1)~(3)의 대화문에서 보듯이, 주인공이 반복하여 자기 '나이'를 삶 속에서 반추하는 것은 작가가 화자인 '나'의 '탄생의 시간' 곧 '태초의 시간'이란 '나이'에 걸맞는 성실한 삶 속에서 비로소 드러남을 보여주려는 것이다. '태초의 시간'은 개인마다 간절히 삶의 진실을 구하려는 마음의 덕 속에서, 삶의 자취로 나타난다. "서른셋에 다 이룬 예수님"은 나이에 비하면 너무 이른 나이에 '태초'를 터득했기에 "다소 무료하실지도 모르니까"라는 농담을 하는 것도 성실한 삶의 자취 속에 태초의 시간이 드러난다는 뜻을 내포한다. '나'와 동네 주민과 다복한의원 원장이나 모두 삶의 진실을 추구하는 성심誠心이 있는 한, 태초의 시간은 성실함의 흔적으로 나타난다. 태초의 시간은 삶의 진실이 스스로를 드러내는 실질實質적 시간인 '나이'에 속하는 것이다.

'나이'는 부덕하든 유덕하든 삶이 시시각각으로 취산聚散과 동정動靜을 거듭한 시간의 흔적이자 퇴적이다. 이처럼 성실한 삶의 기운이 남긴 퇴적 또는 태초의 시간이 남긴 흔적이 '나이'─삶의 지속으로서 시간이라면, 태초의 시간은 모든 존재와 생명의 근원인 음양의 조화 자체를 가리킨다. 귀신이란 '음양의 조화'의 별칭이다. 귀신은 조화造化의 본체이며 동시에 묘용이다.

천지조화는 무위이화無爲而化이다. 무위자연을 온전히 따르므로 조화는 '평범하고 비범하게' 이루어진다. 조화의 주재자는 귀신이므로, 귀신 또한 '특징 없는 게 특징'인 존재이다. 이 특징 없는 귀신의 시간에서 작가 심아진의 이야기는 발생한다. '귀신의 시간'이 '소설의 시간'이 되는 것이다. 즉 조화로운 기운의 시간이 이야기를 낳는다. 이 기운의 조화가 이루어지는 시간 속에서 작가는 이렇게 이야기를 끝맺게 된다.

(1)

그날 밤새도록 개는 잠든 주인의 옆에 아직도 많이 남은 족발을 물어내오며 이전의 모든 굶주림을 보상받는다. 누구도 울지 않고 누구도 성내지 않는 천상의 시간이 그렇게 흐른다.

다음 날 평년 대비 십 도나 기온이 뚝 떨어져 상수도관이 터지는 등 각종 사고가 잇달았다는 뉴스가 나올 무렵, 문이 활짝 열린 노인의 옥탑방도 공평한 아침을 맞이한다. 기지개를 켜며 습관처럼 베란다로 나가는 예지와 의자를 놓고 올라가는 수고를 마다하지 않는 순남 여사의 눈에 건너편의 열린 문은 그다지 이상해 보이지 않는다. 노인이 가끔 문을 모두 열고 환기나 청소를 하기도 하니까.

예지는 이제 거의 절뚝이지도 않고 목줄도 매지 않은 채 즐겁게 뛰어다니는 개를 흐뭇하게 바라본다. […]

내가 둔, 신의 한 수는 그렇게 아직 아무에게도 알려지지 않는다. 뭐가 그리 아쉽고 원통한지 쉽게 떠나지 못하는 손돌바람만이 오래 열려 있는 옥상 문을 쿵, 한번 소리 나게 친다.(「신의 한 수」, 85~86쪽)

(2)

원장과 규리는 맛있게 먹은 족발이, 피부든 어디든 분명 좋은 영향을 미치리라는 데 동의하며 식사를 마쳤다. 만연해 있지만 진하지 않은, 얇디얇은 맛을 내는 저녁 한 끼였다.(「다복한의원」, 206쪽)

소설「신의 한 수」의 끝에 이르러 '신의 한 수'가 드러난다. 옆집 옥탑 위에서 노인이 기르던 유기견이 행방을 감춘 사태에서 말미암은 소설의 이야기는 한바탕 소동으로 끝나고 가난한 동네에서 가난한 대로 사람들은 평상심을 되찾고 유기견도 개 나름의 평화로운 삶을 누린다. 일상은 수시로 소동, 소란을 겪지만 결국 평상으로 돌아온다. 세속적 일상성은 사소한 갈등과 시시한 평화를 반복한다. 그것이 일상의 평범성이다. 하지만 음양의 조화란 그런 세속적 일상성 자체에 작용한다. 이 생생한 조화의 원리 곧 귀신의 생의生意를 볼 수 있을 때 태초의 시간은 작동하기 시작하고 평범한 일상성은 비범한 일상성으로 돌변한다. '신의 한 수'는 평범한 삶 속에 감추어진 음양의 조화와 비로소 나타나는 태초의 시간이 작용하는 것을 가리키며, 인용문 (1)에서처럼, '손돌바람'은 천지조화의 자취, 귀신의 묘용을 상징한다. "내가 둔, 신의 한 수는 그렇게 아직 아무에게도 알려지지 않는다. 뭐가 그리 아쉽고 원통한지 쉽게 떠나지 못하는 손돌바람만이 오래 열려 있는 옥상 문을 쿵, 한번 소리 나게 친다."

또, 서민들이 사는 동네의 '다복한의원'은 주민들이 일상적으로 겪는 자질구레한 희로애락이나 소소한 일상사들로 늘 복작거리지만, 작가는 그 소소함이나 평범함을 간과하지 않는 것이다. 오히려, 소소함과 평범함이 '다복'이라고 말하는 듯하다. 소소하고 평범한 일상성 속에서 '다복多福'한 삶을 보는(觀) 것이다. 이는 일상적 삶에 작용하는 조화의 시간을 깊이 통찰하고 있음을 뜻한다. 작가 심아진은 '음양의 조화'로서 시간에 대한 성찰을 소소한 이야기들 속의 사소함으로, 곧 '은미하게' 내비친다. 인용문 (2)에서 보듯이, 그 천지에 가득한 조화의 기운을 가리켜 "만연해 있지만 진하지 않은, 얇디얇은 맛"으로 표현한다.

소설「언니」의 정무운 캐릭터가 귀신의 알레고리이듯,「신의 한 수」,「다복한의원」도 '음양의 조화'를 주재하는 귀신이 힘들게 살아가는 서민들의 삶이나 삼라만상에 두루 편재한다는 진리를 심오하면서도 은은隱隱하게 표현한다. '귀신소설鬼神小說'이라 불러도 좋을, '개벽적開闢的 소설'이 마침내 희미한 그림자를 드러낸 것이다.

5. 造化의 언어로서 문학 언어

소설「귀향」은 작가 심아진의 특별한 세계관이 스스로에게 선사한 빛나는 시간의 결정체이면서 한국소설의 앞길을 밝히는 기념비적 소설이다. 일반적인 의미에서 귀향은 자기 존재에 은폐된 '태초의 시간'으로 돌아가는 행위이다. 존재에 은폐된 탄생의 시간을 향해 여행을 떠나는 것이다. 귀향은 자연스럽게 아득한 시간의 존재들을 불러오고 세계적인 음악가 윤이상의 '귀향'과 맞물려 시간은 예술적으로 심화되고 확장된다.

　토라진 도시는 승재를 반기지 않는다. 이십여 년만에 고향을 찾은 승재에게 다정한 할머니들의 '툭박지나 따스운' 손 같은 걸 내밀 의향이 없다. 한반도 남단에 제법 안정적으로 자리를 잡은 통영은 윤이상의 유골이 드디어 고국, 고향으로 돌아와 성대한 국제음악제를 여는 마당에 승재 따위가 끼어든 게 못마땅하다. 승재의 눈 역시 못마땅한 듯 가늘고 길게 늘어나 있다. 통영은 그의 눈길까지 막을 도리는 없으므로 노한 입김만 내뿜는다.

통영은 어린 시절의 승재에게는 그러지 않았다. 승재가 이혼한 아버지를 따라 서울로 가기 전까지, 봄이면 벚꽃 그늘로 승재의 수줍음을 덮었고 여름이면 시원한 바닷물로 기쁨을 끼얹었으며 가을이면 향 진한 아카시아로 고독을 씻어주었다. 겨울에는, 도시가 저로서도 황폐함을 견디기 어려웠을 그 겨울에도, 살을 깎는 아픔을 견디며 바람의 노래를 불러 승재의 영혼을 달랬다. 그러므로 통영은 열한 살 승재가 마치 그날만을 기다렸다는 듯 미련 없이 떠났을 때 배신감을 느꼈다. 승재를 아끼고 위하며 키운 보람이 동피랑 너머로 흩어지는 구름만큼이나 가뭇없이 사라졌다고 생각했다.

통영시립박물관도 그간 고향을 깡그리 잊은 듯한 승재가 탐탁지 않다.(「귀향」, 253~254쪽)

그 시간, 흐드러지다 못해 흐무러진 벚꽃을 안은 봉수골이 승재를 떠올리고 있다. 오르막길 끝에 있는 커다란 벚나무 역시 양팔을 벌려 자신을 안곤 하던 소년의 몸 냄새를 되새김질하고 있다. 왕초라는 별명을 가진 그 벚나무는 슬레이트 지붕을 인 삼희순의 집과 그녀가 잔심부름하며 드나든 고등학교 교장네 집 모두를 덮고 있었다. 그 나무가 뿌리를 뽑아 올리고 스무 번쯤 굴러 내려오면, 물론 나무는 그런 무모한 시도를 한 적이 없지만, 승재 집 대문을 두드릴 수 있었을 것이다. 그 대문에는 향기로운 꽃을 피워 벌들을 미치게 만드는 등나무가 휘감겨 있었는데, 그 등나무가 가지를 모두 엮어 뻗으면 골목 끝 영희네 집까지 닿을 수가 있었을 것이다. 물론 등나무 역시 그런 시도를 한 적은 없었다.(「귀향」, 267~268쪽)

이 시간의 가역성, 곧 천지창조의 시간인 '크로노스의 시간'이 소설 「귀향」의 역동적인 모티브가 된다. 작중 내레이터인 '승재' 곧 '내'가 태어난 통영은 '태초의 시간' 곧 '크로노스의 시간'의 알레고리이다. '나'의 태초로의 '귀향'이 잠들었던 태초의 시간을 샘솟듯이 만든다. 남해 바닷가 도시 통영은 근대적 시간이 지배하지만, 그 인위적 시간 안에서 '나'의 귀향은 원시적 시간의 존재들을 불러 모은다. 그 비근대적 시간은 자연과 생명의 시간, 바꿔 말하여, 천지간 음양의 조화가 감지되는 초월적 시간이다. 그래서 이 조화의 시간이 작용함으로서 소설은 스스로 생명의 의지(生意)를 불러일으키는 조화의 언어를 낳게 된다. 소설 「귀향」의 언어들 스스로 생의를 표출하고 저절로 생기를 발산하는 것이다.

그렇다면, 어떻게 소설 스스로가 생의와 생기를 발할 수 있는가. 이 문제를 잠깐 짚고 넘어가자.

앞서 우리는 「언니」, 「신의 한 수」 등에서 작중 화자인 '나'라는 인격에 은폐된 신격神格의 존재에 대해 이야기한 바 있다. 작가 심아진이 인칭人稱을 거부 또는 무시하고 동식물이나 바람, 흙 같은 무생물, 마음 상태 등을 문장상의 주어主語 또는 주격으로 삼는 것은 이러한 인칭 주격이 가진 인간중심주의 혹은 이성중심주의에서 벗어나려는 작가 정신에서 나오는 것이다. 소설 「언니」의 1인칭 내레이터와 「우는 남자」의 내레이터가 작가의 탈인간중심주의를 실천적으로 보여주고 있듯이, 소설 「귀향」의 문체의식은 표면적인 내레이터인 '인칭' 속에 은폐된 신격의 내레이터를 깊이 관찰하고 고려하는 작가 정신과 일맥상통한 것이다. 여기서 작가 심아진의 문학 정신의 연원이 드러난다. 그것은 인간주의 또는 합리적 이성주의를 극복하는 도저한 생명철학에서 비롯된다. 「귀향」의 독특한 주제의식과 독창적인 언어의식은 특유의 '신화 철학'과 천지조화의 자연철학이 고루 뒤섞인 특유의 생명철학이 발휘된 것이다.

화자인 승재의 귀향은 작곡가 윤이상의 귀향과 오디세우스의 귀향과 서로 자석처럼 하나로 맞붙은 채, 자연과 생명의 시간 속으로 승화된다. 거친 바닷바람이 먼 타향에서 귀향하는 그들에게 몸소 자연과 생명의 시간을 터득하도록 일깨우는 것이다. 여기서 소설 「귀향」의 문체 곧 언어의식이 비롯된다. 주인공 승재의 귀향에서 나타나는 시간의 현상학은 인칭이 주격이 되는 인간중심주의적 언어가 아니라 천지조화를 의식한 언어의식, 곧 자연과 생명이 주격이 되는 언어의식이다. 이미 「신의 한 수」에서 작가는 "그날 밤새도록 개는 잠든 주인의 옆에 아직도 많이 남은 족발을 물어내오며 이전의 모든 굶주림을 보상받는다. 누구도 울지 않고 누구도 성내지 않는 천상의 시간이 그렇게 흐른다."(85쪽)라고 쓴 바 있다. 이 문장의 주인이 '개'이며 개가 문장의 주인이 된 시간을 두고서 "천상의 시간이 그렇게 흐른다."라고 쓴 것은 주목할 만하다. '천상의 시간'은 신격의 시간, 천지조화를 주재하는 귀신의 시간이다.

만물이 저마다 주격이 되는 천지조화의 언어의식은 '천상의 시간' 곧 신화적 환상을 불러온다.

승재의 다소 거친 동작 때문에 죄 없는 의자가 홍두깨를 맞는다. 거의 넘어질 뻔한 의자가 커피를 내리러 가는 승재의 궁둥짝을 흘겨본다. 커피가 도도하게 잔에 내려앉는 사이, 도리질 치는 승재의 머리는 방말이질 치는 가슴을 진정시키느라 바쁘다.(「귀향」, 266쪽)

그 시간, 흐드러지다 못해 흐무러진 벚꽃을 안은 봉수골이 승재를 떠올리고 있다. 오르막길 끝에 있는 커다란 벚나무 역시 양팔을 벌려 자신을 안곤 하던 소년의 몸 냄새를 되새김질하고 있다. 왕초라는 별명을 가진 그 벚나무는 슬레이트 지붕을 인 삼희순의 집과 그녀가 잔심부름하며 드나든 고등학교 교장네 집 모두를 덮고 있었다. 그 나무가 뿌리를 뽑아 올리고 스무 번쯤 굴러 내려오면, 물론 나무는 그런 무모한 시도를 한 적이 없지만, 승재 집 대문을 두드릴 수 있었을 것이다.(「귀향」, 267쪽)

커피잔이 주어가 되고 '봉수골'이란 마을이 문장의 주인이 되고, 벚나무가 주격이 되어, 사물이나 식물이 주도하여 인간을 상대한다. 그러니, 사물과 인간과 심지어 풍경조차 소설의 시공간 속에서 서로 평등한 채로 생생한 상호 관계를 맺는다. 인간을 포함한 모든 사물은 생의를 띠게 된다. 이렇듯, 소설 「귀향」에 쓰인 거의 모든 문장은 작가의 도저한 생명철학에서 비롯된 언어관에 따라 철두철미하게 인간이 아닌 사물과 공간과 마음 상태, 추상적 개념이 주어가 되어 있는 문장이다. 인칭 혹은 인간이 주어 자리에서 사라짐으로써 문장은 천지조화 속 기운의 역동성을 이어받게 되고, 오히려 인간은 만물의 역동성 속에서 무위이화의 계기를 더 실감하게 된다. 이러한 문장은 단지 언어 실험 차원에서 이해될 것이 아니다. 소설 「귀향」의 거의 모든 문장이 인간 아닌 존재와 사물들을 주격으로 대우함으로써 사물은 생태적으로 정당한 자신의 존재감을 복원하는 계기를 마련하게 된다. 생명의 문법은 실로 경이롭다. 이는 인간 아닌 존재들이 문장상의 주격으로 인정받음으로써 인간이 인간 아닌 세계와, 생생지리生生之理에 바탕한 새로운 평등한 상보적 상관관계를 정립하는 정신적 계기를 인식하게 된다는 점에서 경이롭다. 응당 이러한 사물 혹은 비생물이 주어가 되는 언어는, 앞서 인용했듯이, '천상의 시간이 흐르는 언어'라고 말할 수 있다. 그 천상의 시간을 태초의 시간 곧 신화의 시간으로 바꾸어도 무탈하다.

결국, 주인공 '나'의 귀향은 태초의 시간이나 무위자연의 '근원적 시간' 속으로 인도되고, 물리적 시간 속에서 은폐되었던 모든 존재들은 저마다 동시적으로 생명의 의지를 드러낸다. 이러한 존재에 감추어진 생의生意를 삶의 세계로 안내하는 것은 생명철학의 관점에서 대단한 문학적 성과라고 할 수 있다.

소설 「귀향」의 언어의식은 그 자체로 서구 근대소설의 요람인 개인주의와 자유주의에 대한 도전이며, 원초적 생명 의지와 인간과 만물을 하나로 잇는 신기 또는 신통의 살림이라 할 수 있다. 「귀향」의 문장을 따라 읽다 보면, 원시적 자연과 생명 활동 속에서 쉼 없이 작용하는 기운의 조화에 저절로 감응하는 신기를 경험할 수도 있다. 이는 시작도 끝도 없이 무궁한 조화, 곧 태초의 시간 혹 신화의 시간을 주재하는 귀신의 공능에 의해 일어나는 자연스러운 현상이다.

(2022년)

겨레의 얼을 '씻김'하는
'소리체(正音體) 소설'의 탄생
— 김성동『國手』

1.『국수』의 문학사적 의의

  소설『국수』(전5권)는 19세기 중후반 내부적으로는 조선왕조가 쇠락해가고 봉건제의 계급 모순과 갈등이 갈수록 격화되어가는 한편, 외부적으로는 서구 제국주의 열강이 연달아 개항을 요구하는 와중에 야수적 일본 제국주의가 조선을 강탈할 기회를 호시탐탐 노리던 시대를 다룬다. 시간적으로는 600년 종묘사직을 지켜온 조선왕조가 역사의 뒤안길로 사라지던 황혼의 시기를 배경으로 하고, 공간적으로는 충청도 내포內浦지방—현재의 보령, 예산, 덕산—에서 벌어지는 여러 사건들과 탐관오리들의 학정, 이에 맞서는 인민들의 항쟁을 다루고 있다. 그러나『국수』는 조선의 불행한 시기를 다루고 있음에도, 일본 제국주의에 의해 마구 파괴당하기 전 우리 민족이 마지막으로 누리게 되는 조선 고유의 아름다운 말과 글, 전통적 생활 풍속, 풍정, 풍물 등을 섬세하고 생생하게 되살린다. 당대의 인정, 물정, 문물, 풍속 등 실제의 미세한 생활상은 말할 것도 없고, 그 무엇보다도 훗날 일제강점기에 갈가리 찢기고 빼앗기게 될, 조선의 멸망 직전까지 생존해 있던 온전한 겨레말을 정밀하게 복원하고 생생히 되살려내었다. 그러니까 한민족의 역사 속에서 불행한 정치사와 민족 고유의 문화사와 고난의 민중생활사를 더불어 포괄하는 독창적이고도 독보적인 문학혼을 유감없이 펼친 것이다.

특히 일본 제국주의의 식민통치에서 해방된 이래 서양문물의 급격하고 혼란스러운 유입과 산업화의 격랑 속에서 본래의 우리말과 생활문화 및 풍속들이 상당히 자취를 감추고 훼손되고 왜곡되어온 마당에 소설『국수』의 발표는 실로 남북한 가릴 것도 없이 우리 민족 모두의 큰 축복이다. 이는 일제의 일본어 강제 사용 정책에 의해 고유한 조선말이 심히 망가지고 사라지던 식민지 시대에 아름다운 우리말을 찾아 지키며 드높은 조선어 시문학을 낳은 시인 백석의 문학적 업적을 떠올리게 한다. 지난 현대문학사 100년 동안 우리말이 처한 위기와 역경에 맞서서 소리글자로서의 한글의 창제 원리와 우리말의 깊은 연원을 꿰뚫어보고서 가히 조선어의 최상의 진경珍景을 보여준 '우리말 작가'를 꼽는다면, 시 분야에서는 시인 백석을, 그리고 소설 분야에서는『국수』의 작가 김성동을 주저할 것 없이 내세울 수 있다. 백석과 김성동은 본디 우리말을 되찾고 되살려냈을 뿐 아니라 우리말의 특별한 운용(문학 형식)에 있어서 매우 높은 경지를 보여준 사실만으로도 그들이 지닌 '민족 작가'의 위상은 우뚝하고 위대하다.

1991년 11월『문화일보』에 연재하기 시작하여 2018년 6월에 대장정의 막을 내린 소설『국수』는 근 27년간 일본 제국주의의 침략과 강점 직전까지 존재했던 조선의 정조와 혼을, 마치 초혼招魂 하듯이, 일일이 불러 '씻김'한 재가在家 수도승 김성동 작가가 혼신의 힘을 쏟아부은 역작이다. 일본 제국주의의 침략에 의해 사라지거나 오염되고 왜곡되기 전 조선의 말과 글, 전통적 생활문화를 130년이 지난 오늘에 되살리며 생동감 넘치는 서사와 독보적이고 유장한 문장으로 그려낸 것은 실로 경이로운 문학사적 일대 사건이라 할 것이다.

2. 제목 '國手'의 의미

소설 제목이 말해주듯이, 소설 『국수』는 나라 안에서 바둑을 첫째로 잘 두는 이를 주요 소재로 삼고 있다. 그러나 전체 이야기에서 바둑은 직접적이거나 계속적으로 다루어지지 않고 간접적이고 단속적斷續的으로 다루어진다. '국수'는 나라 안에서 의술이 가장 뛰어나거나 그림을 잘 그리거나 소리를 잘하고 악기를 잘 다루거나, 춤 잘 추는 사람 등 '손(手)' 자가 말해주듯이, '솜씨가 뛰어난 민중예술가'들에게 인민 대중이 바치던 꽃다발 같은 헌사이다. 따라서, 소설 『국수』에서 바둑은 이야기 전개를 위한 방편으로 쓰이고 있을 뿐이고, 이른바 장르소설로서 '바둑소설'은 아닌 것이다. 이는 소설 『국수』가 바둑을 소재로 삼고 있지만, 바둑의 실질적 내용은 일종의 은유隱喩로 은폐되어 있음을 말한다.

바둑을 무언가의 은유로서 돌려서 말하는 것은 직설법으로 정의하기 힘든, 바둑의 감추어진 진리가 있다는 의미로 풀이될 수 있다. 소설 『국수』에서 맨 앞에 놓인 「서장」은 바둑이란 무엇인가라는 작가의 바둑관을 은유의 형식으로 서술하고 있다. 한 예를 들면, 중국 후한後漢 때 역사가 반고班固가 바둑에 대해 쓴 글을 인용하여, "천지의 조화도 제왕의 정치도 패군의 권세도 전역戰役의 방도도 모두가 다 바둑의 이치에 감추어져 있다."라고 적고 있는데, 이 글로 미루어, 바둑은 보이는 실체로서의 바둑이 아니라 보이지 않는 진리를 궁구하는 구도 행위에 가깝다.

　소설 『국수』의 바둑은 진리를 궁구하는 방편이다. 그러므로 국수는 그 자체로 진리를 찾아 수행하는 마음의 지극한 경지, 지존至尊의 마음을 가리킨다. 「서장」의 앞에서 명적사明寂寺의 조실 백산노장白山老長과 양반 가문의 열네 살짜리 어린 도령 석규가 마주 앉아 대국하는 장면을 제시한 것은 '진리를 찾아 수행하는 지극한 마음'의 화신으로서 큰스님과 국수 되기를 갈망하는 어린 유자儒子는 기실 상통하는 관계에 있음을 은유적으로 보여주려는 작가의 의도일 것이다. 노장의 처지에서 바둑은 불심佛心을 닦는 방편이고 반가 출신의 소년 석규의 처지에서 바둑은 공맹孔孟의 도를 수행하는 방편이 된다.

　문학적인 관점에서 보면 이 노장과 석규의 대국 장면은 실로 의미심장하다. 『국수』의 「서장」 첫머리에서 작가는 유불 간의 대국 장면을 심오한 복선으로 깔아놓는다.

　　"몇 점을 놓을까요?"

　　푸르고 붉은 색깔로 찍히어져 있는 구궁九宮을 따라 흑백 여덟 개씩 돌로 초석草石을 하고 난 도령이 고개를 들었는데, 노승老僧은 말이 없다. 결가부좌를 틀고 앉아 지그시 눈을 감은 채 꼼짝도 하지 않는다.

　　"스님, 몇 점을 놓을까요?"

　　다시 한 번 도령이 물었고, 노승은 나직하게 말하였다.

　　"편히 앉거라."

　　"괜치않습니다."

"유불이 상종하고 노소동락이어늘, 편히 앉아."

꿇고 있던 무릎을 펴며 도령이 올방자를 틀었고, 여전히 눈을 감
은 채로 노승이 말하였다.

"두거라."(1권「서장」, 9~10쪽)

불가와 유가의 연원은 서로 다르나, 노장과 도령 간의 기품 있는 대
국은 그 뜻이 썩 깊다. "유불이 상종하고 노소동락이어늘, 편히 앉아."라
고 노장은 말한다. 그러나 이 간략한 한문 넉자바기는 소설『국수』의 숨
은 주제의식의 은유가 된다. '유불상종儒佛相從 노소동락老少同樂'. 유불
상종은 조선의 통치 이념인 유교 쪽에서 보면 받아들이기가 쉽지 않으
나, 원융무애한 경지를 추구하는 불교 쪽에서 보면 넉넉히 받아들일 수
있다. 그래서 노장은 대승적 원융회통圓融會通의 경지에서 유불상종을
이르고 있으나, 아직 열네 살에 불과한 주인공 석규는 사물에 이르고
사물의 이치를 알아내기 위해(격물치지格物致知) 궁리하고 또 궁리하는
어린 유자일 뿐이다. 유불상종은 원융회통의 이치이니, 원륭한 경지의
노장은 유불이 상통할 수 있음을 가르치고 유자 도령은 노장을 공경하
며 배우기를 멈추지 않는다. 이것이 노소동락이다. 노장은 어린 유자의
속내를 살피고 그 앞날을 염려한다. 노장은 이렇게 일갈한다.

"나를 살리고 남을 죽이는 판가리를 하고자 함이 아니었으니, 돌
을 거두란 말이다."(1권「서장」, 13쪽)

노장의 일갈은 바둑이 '나를 살리고 남을 죽이는 판가리(판가름)'가
되어서는 안 된다는 뜻이다. 아직 어린 석규가 바둑의 승부에 집착하고

있음을 질타한 것이다. 여기서 소설 『국수』에서 '바둑의 국수'가 지닌 숨겨진 뜻이 어렴풋이 열리는 듯하다.

"살아서 움직이는 바둑을 두지 못하고 죽어서 굳어 있는 바둑을 두더란 말이야. 그런 바둑으로 어찌 국수를 도모하리."

"이제 겨우 밭 가는 법이나 알 뿐……"

도령이 아랫입술을 꼭 깨어무는데 노승이 말하였다.

"그런 바둑으로는 두메 보리바둑이나 어찌 어거할 수 있을까, 한 양은 그만두고 과천만 올라가도 추풍낙엽이리니…… 언감생심 국수리오."

"활기 이치를 가르쳐주십시오."

"아생연후에 살타라는 말은 들어봤겠지?"

"예."

"그 기언 출전을 아는고?"

"「위기십결」(당나라 문인 왕적신의 바둑 격언)에 나옵니다만."

"자리이타라는 말은 들어봤더냐?"

"십결에는 없는데요."

"십결이 아니라 불가 문자니라."

"무슨 뜻인지요?"

"같은 말이니라. 자리이타라는 불가 문자에서 아생연후 살타라는 바둑 속담이 나왔은즉, 살릴 것인가 죽일 것인가?"

"……"

"무릇 목숨 있는 것은 다 소중하니, 남 목숨 소중한 줄 아는 자라야만 내 목숨 소중한 것도 알 수 있는 법. 지극히 당연한 이 이치를 모른 채로 아생은 뒷전인 채 살타만 하고자 하니 운석이 둔하고 행마가 무거울밖에. 그런 마음으로 어찌 이기기를 바랄까. 백전백패는 물론이고 동타지옥(함께 지옥에 떨어진다는 뜻) 업만 지으리니."(1권 「서장」, 18~19쪽)

노장의 말을 석규 도령은 알 듯 말 듯하다. 바둑에서 '아생연후 살타我生然後 殺他'라는 내 말이 먼저 산 뒤에야 상대의 말을 잡을 수 있다는 뜻의 격언이지만, 노장은 이 격언이 "자리이타라는 불가 문자에서" 즉 부처의 마음에서 나왔다고 말하고 있으니. '자리'란 자기를 위해 스스로 수행을 하는 것이고, '이타'는 남을 위해 행동하는 것을 뜻한다. 원효元曉는 불심(아뢰야식)에 의해 깨달음을 얻은 자는 깨달은 상태 즉 자리[自利]에 안주하지 말고, 중생들의 구원을 위해 적극 실천[利他]할 것을 역설했다. 그러니까 '자리이타'를 완전하게 수행한 이가 부처이다. 국수를 꿈꾸는 주인공 석규한테 노장은 승부를 가리기 위한 바둑의 묘수가 아니라 나와 남이 더불어 구원받는 대승적 불심을 강조하고 있는 것이다. 노장은 거듭 묻는데, 노장의 이어지는 물음들은 그 자체로 깨우침의 방편이다.

노승이 혼잣말처럼 중얼거리었다.
"바둑이라고 했던가?"
"……?"
"바둑을 배워 국수가 되어보겠다?"
"……?"
"부처가 되어보고 싶지는 않은가?"
"예?"(「서장」, 16쪽)

노장의 "부처가 되어 보고 싶지는 않은가?"라는 물음에 석규 도령은 깜짝 놀라 "예?" 하고 반문한다. 이 물음과 반문에는 깊은 뜻이 담겨 있다. 우선, 노장이 국수를 꿈꾸는 유가儒家의 자제에게 부처가 될 의향을 물었다는 점. 노장의 처지에선 국수와 부처가 둘이면서 하나요 하나이면서 둘이라는 '불이不二'의 화두를 던진 셈이다. 다음으로, 국수라는 상相도 부처라는 상도 모두 분별지에 따른 가상, 즉 이미지일 따름이라는 불가의 가르침을 넌지시 던지고 있는 것이다. 부처를 만나면 부처를 죽이라는 불가의 가르침에 따라 분별지가 만들어낸 가상의 세계를 벗어나야만 무아無我의 실상, 즉 진여眞如 세계가 열린다는 것이다. 국수라는 존재도 또한 마찬가지다. 국수는 가상에 불과하다는 것. 국수는 부처와 같이 마음속에 있다는 것이다. 그러므로 소설『국수』는 바둑 이야기이면서 바둑 이야기가 아니고, 바둑 이야기가 아니면서 바둑 이야기라고 말할 수 있다. 없음과 있음, 그렇지 않음과 그러함은 둘이 아니다.

이러한 노장의 가르침 앞에서, 석규라는 아이는 무척이나 총명함에도 늘 의문과 회의에 빠진 인물로 그려진다. 이는 작가가 주인공 석규를 앎을 추구하고 사물의 이치를 궁구하는 어린 유자儒子로서 성격화하고 있음을 보여준다. 유자로서 마땅히 해야 할 격물치지格物致知를 게을리하지 않는 것이다.

이처럼 유불상종儒佛相從하는 대화 속에서 소설『국수』의 심오한 세계관과 특이한 소설 미학은 은유적으로 개시된다. 노장의 일갈은 계속된다.

"바둑판 위에 놓여지는 것이 무엇이냔 말이다."
"바둑돌입니다."

"무엇으로 만든 것이냐?"

"조약돌과 조개껍질로 만든 것입니다."

"단지 돌로만 보이느뇨?"

"예?"

"생령이니라. 살아 있는 목숨이란 말이야."

"……"

"조약돌을 다듬고 조개껍질을 갈아 만든 돌멩이에 지나지 않는 것이 바둑알이라고 보는 것은 다만 그 몬(물건) 겉껍데기만 본 것이다. 가상만을 본 것이다 이 말이야. 돌멩이로 만든 것이 바둑알이다. 그렇다. 그러나 그렇지 않다. 실상을 봐야 된다. 참모습을. 우리 눈에 보이는 이 세상 모든 것들은 겉껍데기에 지나지 않는 가상이니, 몬 실상이 아니로구나. 가상이라는 것은 꿈같고 허깨비 같고 물거품 같고 그림자 같아서 부질없구나. 늘 그대로 있지 않으니 무상이라. 이 도리를 깨치고 난 연후에야 국수가 되든 부처가 되든 될 것이라는 까닭이 여기에 있음이며."

잠깐 말을 끊고 이윽한 눈빛으로 도령을 바라보던 노승이 말을 이었다.

"삼라만상이 다 그렇듯 돌 또한 살아 있는 목숨이니라. 살아 있는 목숨이라는 것은 저마다 타고난 바 성품에 따라 제 살길을 찾아 움직여 나가는 생물이라는 뜻이니, 돌 또한 마찬가지구나. 활기는 무엇이고 사기는 무엇인고? 이러한 이치를 깊이 깨달아 어느 곳 어느 것에도 이끌리지 말고 돌 길을 따라 더불어 함께 움직여주는 것이 산 바둑이요, 이러한 이치를 모른 채 돌을 잡은 자 마음으로만 돌을 움직여 가는 것은 다만 이기고자 하는 마음에만 이끌려 있으므로 죽은 바둑이다. 돌을 죽일 뿐만 아니라 나를 죽이는 일이니, 어찌 두렵지 아니하랴. 일체 돌을 죽이되 죽이지 않고 일체 돌을 살리되 살리지 않는 법을 여산여해로 보여주고 쓸 줄 안다면 일체 중생이 편안하리니, 하물며 바둑이겠느뇨."(1권「서장」, 21~22쪽)

"삼라만상이 다 그렇듯 돌 또한 살아 있는 목숨이니라. 살아 있는 목숨이라는 것은 저마다 타고난 바 성품에 따라 제 살길을 찾아 움직여 나가는 생물이라는 뜻이니" 바둑돌 또한 '생령'이요 '살아 있는 목숨'이라는 것. 이러한 세계관은 그것이 불가의 화엄華嚴이든 유가의 인물성동성론人物性同性論이든 동학의 시천주侍天主사상이든, 실로 생명의 근원을 궁구한 끝에 다다른 도저한 철학적 사유를 보여준다. 아울러 노장은 화두話頭 형식을 빌려, "일체 돌을 죽이되 죽이지 않고 일체 돌을 살리되 살리지 않는 법을 여산여해로 보여주고 쓸 줄 안다면 일체 중생이 편안하리니, 하물며 바둑이겠느뇨."라고 말한다. 여기서 작가가 소설 제목인 '국수'를 정의하는 사유의 근본이 드러난다. 그것은 한마디로, '불이不二'의 세계관. 부처를 따르는 노장의 처지에서 돌은 그냥 물질로서의 돌이 아니라, 무진장한 인연의 그물인 연기법緣起法에 따라 펼쳐지는, 영원과 찰나가 둘이 아니라 하나인 시간성의 은유로서의 돌이다. 영원과 찰나가 불이인 시간 속에 사람과 자연, 나와 남, 삶과 죽음은 둘이 아니라는 것. 따라서 바둑돌을 둔다는 것은 무진장한 연기緣起에 따라 펼쳐지는 시간성 속에서 모든 존재의 연원을 궁구하고 궁리하는 행위이다. 이처럼 소설 『국수』는 『화엄경』의 인타라망因陀羅網 그물처럼 억조창생이 시공을 초월하여 연기에 따라 무궁무진하게 서로서로 엮이고 짜이고 덧대어 있는 온 생명의 철학을 창작의 연원으로 삼고 있는 것이다.

그러나, 노장은 '국수'에 대한 심오한 은유를 다시 비근한 속세의 직설법으로 바꾸어놓는다. 그 비근한 직설은 '밥을 고루 나눠 먹기'. 다시 노장은 말한다. "대저 궁리라는 것은 마치 밥을 먹는 것과 같은즉, 배가 고프다고 해서 속히 먹으려고 하면 체하고 배가 부르다고 해서 노량으로 먹다 보면 밥맛 자체를 잃어버리게 되느니, 자고로 밥 먹는 이치가 어려운 까닭이라. 그러므로 모름지기 궁리를 하고자 할진대 먼저 올바르게 밥 먹는 법부터 배우고 볼 일. 빽빽이 그 실다운 이치를 깨치고 난 연후에 궁리하는 법을 물어야 할 터."(1권 「서장」, 24쪽) 올바르게 밥 먹는 이치를 깨치는 것이 무엇보다 요긴하고 그런 후에야 궁구하는 것이 참다운 공부라는 것이다. 불심의 높은 이상理想이 밥 나눠 먹고 사는 낮고 야트막한 세속 현실로 내려온 것이다.

이는 밥 먹는 이치를 깨치는 일과 부처의 마음을 닦는 일은 서로 선후 관계라는 의미가 아니라, 부조리하고 불평등한 현실 상황을 타개하는 가운데에서야 비로소 올바른 깨우침(正覺)이 있을 수 있다는 뜻으로 해석될 수 있다. 이 또한 불이이니, 밥 먹는 이치와 불심의 수행은 둘이 아니라 서로 간에 반어적反語的 관계에 놓인 하나이다. 노장의 말을 통해 이해할 수 있는 제목 '국수'의 깊은 뜻으로 보면, 국수란 다름 아닌 마음의 수행을 통해 대승적 보살이 되는 것을 뜻한다.

3. 『국수』의 내용과 형식에 대하여

소설 『국수』가 지닌 깊은 주제의식이 '국수와 부처는 둘이 아니다'(不二)라는 불심의 수행에 있음에도, 작가 김성동은 부당한 사회구조를 타파하여 '밥 나눠 먹기' 곧 '고루살이'를 향해 현실주의적인 사유와 실천을 더불어 실행해야 한다는 점을 명시한다. 위로는 부처의 마음을 구하고 아래로는 고통받는 중생을 교화한다는(상구보리 하화중생上求菩提 下化衆生) 보살행 정신은 『국수』의 이야기 심연에서 마르지 않는 샘물과도 같이 늘 솟아오르고 있다. 이야기 구성에 직접적으로 드러나지는 않지만, 『국수』의 서사 구성을 이끌어가는 기본 모티프로서 조선 후기에 일어난 홍경래의 민란(1811)과 동학민중봉기(1894)가 이야기 깊숙이 강렬히 반영되고 있는 점 등은 작가 김성동의 보살행 정신과 혁명적 현실주의에서 나오는 것이다.

『국수』의 대강 줄거리는 이러하다.

충청도 대흥고을의 정신적 기둥인 김사과金司果댁 맞손자로 바둑에 출중한 솜씨를 보이는 영리한 도령 석규石圭는 백두산에서 참선을 한 적적암寂寂庵 백산노장白山老長한테 바둑돌로 도道에 이를 수 있다는 비기秘記를 받아 평생 화두로 삼고, 일송삼백日誦三百하는 천재로 24살에 비렴급제飛簾及第하여 아산현감으로 특명제수 된 김병윤金炳允은 아전의 잔꾀에 몰려 관직에서 물러나게 된다.

서책을 벗하며 맞손자 석규에게 가르침을 오로지하는 선비인 김사과는 하나뿐인 벗으로 벼슬길을 마다하며 애옥살이 속에서도 경학經學 궁구에만 골똘하는 도학자道學者인 한 선비 허담虛潭과 하원갑(下元甲, 말세)에 접어든 지 오래인 세상 걱정을 하고, 조카뻘인 김옥균金玉均과 함께 새 세상을 열어보려는 꿈을 지녔던 김병윤은 스물아홉 나이에 요사夭死하고, 열두 살 나이에 노둣돌을 한손으로 뽑아들어 '아기장수' 소리를 듣는 비부婢夫쟁이 전실 자식 만동萬同이는 임술민란에 부모를 잃고 떠돌다가 훈련도감에 들어가 임오군란과 갑신정변 때 큰 활약을 하고 훗날 동학 봉기 때 맹활약을 하는 출중한 용력과 무예를 지닌 큰개와 함께 고루살이 세상을 꾀하게 된다.

홍주목洪州牧 퇴리退吏로 대홍고을 첫째 가는 큰부자 윤동지尹同知는 군수도 마음에 들지 않으면 갈아치울 만큼 대단한 고을의 세도가로 인선仁善이를 고마(첩)로 들어앉히려고 갖은 수를 다 쓰는데, 오십궁무五十窮武 장선전張宣傳의 외딸따니(외동딸)로 빼어난 미색과 슬기롭고 덕성스러운 인품을 지닌 인선이는 만동이한테 늘 높은 뜻을 가질 것을 일깨워주는 스승 같은 여인. 만동이는 장선전을 파옥시켜 앵두장사(잘못을 저지르고 자취를 감춘 사람)가 된다. 큰개는 만동이가 앵두장사 된 것에 꿈이 깨져 만동이 배다른 아우 춘동春同이한테 "상놈이 양반되는 새 세상을 만들어야 된다"며 칼 쓰는 법을 가르쳐준 다음 기생집에서 양반 오입쟁이들을 혼내준다. 농민들은 보릿고개를 넘기느라 숨이 턱에 차는데 군수를 비롯한 공다리들은 기우제 명목으로 이지가지 홀태질(탐학한 관원들의 학정)을 하고, 불문문장不文文章 손문장孫文章은 동학쟁이로 책잡혀 수양딸 갈꽃이를 기생으로 뺏기게 되고, 곁머슴 쌀돌이는 꿈 잃은 나날을 보내다가 갑오봉기에 들게 되며, 김사과댁 머슴 금칠갑琴七甲이는 마을 농군들 부추겨 못된 대홍고을 원員을 내쫓는다.

충청감사의 하수인인 아전 최유년崔有年은 홍주관아 외대머리(기생) 끝향이가 쓴 패(꾀)에 걸려 만동이네 화적패한테 봉물짐을 털리고 뺑소니치다 죽이려던 노삭불이한테 됩데(도리어) 맞아 죽고, 홍경래洪景來를 우러르는 평안도 정주定州 출신으로 만동이를 홍경래를 이어받은 평호대원수平湖大元帥로 모시고 새 세상을 열어보고자 열성熱誠을 다하는 꾀주머니 리립李立은 장선전을 군사軍師로 삼아 역성혁명易姓革命을 일으키고자 애태우고, 봉물짐을 올려가던 대홍고을 포도부장으로 본국

검(신라시대 화랑에게서 비롯된 우리나라 본디 검) 달인인 **변협**邊協은 만동이와 겨루다가 크게 다치게 되고, 이렇듯 갑오년(1894) 전라도에서 촉발된 동학농민봉기의 기운이 무르익을 즈음해서 만동이를 대원수로 앞세운 충청도 호서湖西지방의 민중항쟁이 시작되는 것으로 소설『국수』의 이야기는 끝난다.

그러나 이러한 이야기 줄거리는『국수』의 내용을 단선적이고 표피적으로 대강 인지하는 것에 불과하다. 모름지기 소설의 내용이란 사건으로 나타나 있는 줄거리가 아니라 소설의 속내를 이루는 실질적인 무엇이다. 소설의 내용을 이야기 혹은 사건의 줄거리로서 이해하려는 것은,『국수』의 내용이 지닌 이면적인 본질이나 실질로서의 내용을 밝히는 데에 턱없이 부족하다.

소설『국수』의 실질적 내용을 이해하기 위해서는, 수많은 크고 작은 이야기들이 끊임없이 엮이고 짜이며 덧대어짐으로써 복합적으로 실질적인 내용을 만들어간다는 점을 먼저 이해해야 한다. 마치 생명계에 존재하는 모든 생물들은 이면적으로 상호 연관성을 중중무진重重無盡하게 유지하는 가운데 비로소 존재의 실질적 내용이 드러나게 되듯이.『국수』의 내용 전개에서 사건의 발단과 완결이 사실상 없는 것은 가로 세로 열아홉 줄의 씨줄 날줄로 짜인 바둑판에서의 한 점 한 칸 혹은 중중무진의 인타라망의 한 그물코처럼, 수많은 인접된 곁이야기나 독립된 삽화들이 서로 연쇄되어 '판 짜듯이' 구성되기 때문에 전체 이야기의 인과론因果論적 완결성과는 일정한 거리가 있을 수밖에 없다. 그렇기 때문에, 소설『국수』에서는 특정 사건의 선적線的인 전개 과정에 따른 이야기를 뒤좇는 것이 아니라, 크고 작은 이야기들이 저마다 고유의 삶을 사는 수많은 이야기의 숲속으로 들어가야 비로소 내용의 실질을 만날 수 있다.

광활하고 무성한 온갖 생명들이 살아 있는 숲속에 잇대어진 기운생동하는 터가 바로 소설『국수』의 내용이 펼쳐지는 이야기 터인 셈이다.

그러므로 소설『국수』의 모든 이야기들은 사실상 저마다 고유한 개별성을 지니면서 서로 보이지 않게 연결된 채 이야기의 큰 판을 짜간다. 『국수』를 구성하는 큰 개별적 이야기들로는 1권에서 반거충이(무엇을 배우다 그만둔 사람) 선비 송배근宋培根이 김사과의 맞아들 김병윤이 한양 외대머리(기생)에게 인질로 잡혀 있다는 거짓부렁으로 김사과 댁에서 돈냥이나 울궈낼 궁리를 하는 이야기, 김옥균의 정인情人이었던 상궁 출신 일패기생 일매홍이 청주병영에 관비官婢로 박히게 된 김옥균의 아내를 찾아가는 길에 대흥고을을 지나게 되는 이야기, 2권에서 만동이가 멧돼지의 뽕을 빼버림으로서 큰개 가슴을 뛰게 하거나, 동학남접東學南接의 서장옥徐璋玉을 만나는 이야기, 3권에서는 윤동지의 노랑수건(앞잡이)인 온호방溫戶房이 윤동지를 어르고 뺨쳐 큰돈을 울궈내며 술어미 향월向月이와 내연 관계를 맺는 이야기, 부황한 몰락 양반 리평진李平眞이 친구 아들인 석규와 내기 바둑을 두고, 비가비(조선왕조 배움 있는 양민으로 판소리를 배우던 사람) 안익선安益善이가 '중고제中高制'라는 '내포內浦바다'의 소리제를 매듭지어 나가는 이야기, 4권에서는 임술민란壬戌民亂에 부모 잃고 떠돌다 훈련도감에 들어가 임오군변壬午軍變과 갑신거의甲申擧義에 기운차게 움직였던 피끓는 사내 큰개 이야기, 5권에서는 신분 벽에 막혀 농세상을 하다가 대흥고을 인민봉기를 일으키고자 사점백이(서출, 첩자식) 박성칠朴性七이 애를 태우게 되는 이야기 등등, 모든 각개의 이야기들이 작고 큼에 따른 우열이나 차별이 없이 저마다 그물코로, 또는 바둑판의 한 점 한 점들로 서로 엮이고 짜이고 덧대어진 무수한 관계망으로서 소설의 실질적인 내용이 비로소 채워지게 되는 것이다. 수많은 이야기가 중중무진의 방식으로 구성되어가는 과정에서, 조선 후기 사회의 풍속과 풍물을 비롯하여, 수많은 사실史實과 사물史物과 사적史籍, 고유명사들이 셀 수 없이 즐비하게 나오는데, 이는 당대 사회를 이루고 있던 지배적 의식意識들과 생활상生活相을 소설 내적인 시간의 살아 있는 진실성과 복합성으로 서사하려 하는 작가의 웅숭깊은 생명철학과 독보적인 소설관에서 나오는 것이다. 이 점 또한, 소설『국수』의 중중무진한 내용의 실질에 넉넉히 따르는 것이다.

소설『국수』가 한국문학에 던지는 문제의식들 중 하나는, 소설의 형식은 기본적으로 '말의 형식'에 의해 조건 지어진다는 것이다. 작가의 고유한 문학 언어(문체)가 소설의 근본적 형식을 이룬다. 문체는 작가 개인의 근본적 문학 형식일 뿐 아니라 그 시대와 그 사회의 삶을 보여주는 기본적 형식이다.

'지금 여기'의 한국문학사에서 김성동의『국수』가 지닌 특별한 소설 형식을 올바르게 이해하기 위해서는 우리 민족 고유의 주체적 얼을 담은 한글과 자주적이고 주체적인 문학 언어의 뜻에 대한 천착과 깊은 해석이 요구된다. 이에 응하기 위해, 민족어로 된 극치의 예술 양식인 판소리에 관심을 가질 필요가 있다. 소설『국수』의 소설 양식적 특이성은 판소리를 비롯한 이 땅의 오래된 어문語文 예술의 전통적 맥락이 전제되어 있다.

엎드려 아뢰옵건대, 천지 사이에는 한 음기陰氣와 한 양기陽氣가 있을 따름이니, 양기가 항상 음기를 이기면 이치가 그 바른 것을 얻으므로 하늘이 이로써 도道가 순하고 나라가 이로써 항상 편안한 것입니다. 혹 기운이 어그러져 음기가 왕성하고 양기가 쇠퇴하게 되면, 하늘에서는 재변이 생기고 나라에서는 소인小人이 나오게 되는 것입니다.

저 병인년('병인양요'가 일어났던 1866년) 이래로 우리 동방 삼천리 강역이 왜인倭人과 양이洋夷 무리에게 더럽혀져 개나 도야지 세상으로 떨어지고 있는 것은 다시 아뢰옵기로 하고, 참으로 화급한 것이 백성들 살림인가 합니다. 밭에 풀만 있고 쟁기질도 하지 않은 것이 있기에 물었더니, "지난해에 가물었고 봄에 양식이 떨어져서 힘이 모자라 심지 못하였다"는 것이며, 씨는 뿌렸는데 김매지 않은 사람은 "금년 보리가 여물지 않아 양식이 떨어져 호미질을 못하였다"는 것이었고, 씨는 뿌렸으나 이삭이 패어나지 못한 사람은 "배가 고프고 힘이 탈진하여 때 늦게 심었고 가을 들어 김매었다"는 것이었으며, […]

대저 조종祖宗께서 법을 세우고 법제를 정한 것은 착한 정사를 베풀어 백성을 편안하게 하려던 것이었는데, 제도가 통하지 않아서 다스림이 성공할 수 없고 율령이 흔들려서 백성이 편하지 못하다면, 고치는 것만 못합니다. 무엇보다도 먼저 삼정三政을 혁파하여야 될 까닭이 진실로 여기에 있다 하겠습니다. 아아, 세월은 사람에게 너그럽지 못하고 때는 또 잃기 쉬운 것이어서, 신은 그윽히 슬퍼합니다. 삼가 죽을 줄 모르고 아뢰나이다. (2권 「제5장 충청도 양반」, 15~18쪽)

김사과가 도탄에 빠진 민심을 대변하고 학정을 일삼게 된 원인인 '삼정'의 혁파를 임금에게 상소하는 대목이다. "천지 사이에는 한 음기陰氣와 한 양기陽氣가 있을 따름이니, 양기가 항상 음기를 이기면 이치가 그 바른 것을 얻으므로 하늘이 이로써 도道가 순하고 나라가 이로써 항상 편안한 것입니다. 혹 기운이 어그러져 음기가 왕성하고 양기가 쇠퇴하게 되면, 하늘에서는 재변이 생기고 나라에서는 소인小人이 나오게 되는 것입니다." 선비답게 조선왕조의 지배 이념인 성리학의 세계관으로 상소문은 시작된다. 여기서 주목할 것은 목숨을 걸고 봉건 학정을 질타하며 독소獨疏를 올리는 김사과의 언어는 철저히 '양반계급의 의식 세계에 투철한 말'이라는 사실이다. 김사과의 상소문이 한문체로 쓰였을 것이 분명할 터인데도, 작중의 화자(내레이터)는 고통받는 충청도 인민의 말씨를 '~이다.' '~하다.'로 상소문에 옮겨놓고 있다는 사실. 표면적 내용만으로 보면 이상할 것이 없어 보이지만, 실질을 본다면, 이는 충청도 인민의 현장 언어 즉 충청도 방언 말투를 양반의 상소문으로 번역하는 가운데 작가가 특별히 계급 간의 말투를 철저히 분별하고 있는 사실을 보여주는 것이다.

조선 시대가 당연히 왕족과 양반, 아전, 상민, 천민 등 크게 네 개의 계급으로 구성되었다는 점에서 보면, 아래 글이 보여주는 천민 계층의 말씨를 정확히 재생하는 것도 함께 특별히 주목되어야 한다.

"서방님, 점심 진지 여쭈오니다."

깜빡 잠이 들었던가. 문풍지가 펄럭이게 우렁우렁한 만동이 목소리에 김병윤이 다시 눈을 뜬 것은 해가 중천에 떠 있을 때였다. 염이 없노라는 상전 말 한마디에 하릴없이 아랫사랑채 퇴를 물러갔던 그 아이가 조금 뒤 다시 왔는데, 웬 패랭이짜리를 달고서였다.

"나으리, 기간 평안하셨습니까요?"

퇴 아래서 깊숙하게 허리를 꺾어 하정배를 올리는 사내를 무심히 내려다보던 김병윤은 두 눈썹 사이에 주름을 모으며 장침에 기대고

있던 윗몸을 일으키었다. 서른 안팎으로 보이는 그 사내는 여간 걸까
리지고(사람 몸피가 크고 실팍함) 억세어보이는 장한이 아니어서 두 손
을 배꼽 앞으로 모아 잡은 채 곁에 서 있는 만동이와 난형난제로 보
이는 체수였는데, 어디서 많이 본 듯한 얼굴이었다.

"뉘더라?"

하면서 웅송망송한 생각을 추슬러보고 있는데, 엄장 큰 체수에 솔
밭인 듯 무성한 구렛나룻이 귀밑 살쩍에까지 덮여 있는 사내가

"쇤네 큰개라고 하옵니다. 반상이 유별하여 아직 인사를 여쭙지는
못했습니다만, 먼빛으로나마 윗다방골 일매홍아씨댁에서 몇 차례
뵈었습지요. 지불이라는 놈 동무올시다."

하면서 히뭇이 웃었고, 그제서야 진골 금릉위댁으로 찾아가던 운
종가 네거리에서 칼 든 왜건달을 메다꽂던 모습이며 일매홍이한테
서 들었던 사내 소종래며가 떠오른 김병윤은, 윗몸을 기울여 문지방
에 손을 짚었다.

"자네가 큰개로세그려. 군변 때 그 유명짜하던 바로 그 사람이야."

김병윤 입가에 웃음기가 어리는데, 큰개가 솥뚜껑 같은 손으로 뒷
목을 홈치며 씩 웃었다.

"이 유명 저 유명이 합쳐져서 더욱 유명한지는 모르겠습니다만,
목불식정 치룽구니(어리석어서 쓸모가 없는 사람)올습니다."

공근한 듯한 말 속에 뼈를 넣는 것을 본 김병윤이 웃음기를 거두
었다.

"그래, 원로에 무슨 일인가?"

"예에, 아씨 심부름입지요. 이걸 전해올리라는……"

땟꼬작물이 조르르 흐르는 창옷 소매 속에서 어안(편지) 한 통을

꺼내어 들었고, 만동이 손을 거쳐 그것을 받아 든 김병윤은 지그시 눈을 감았다. 낙은지(은박 가루를 뿌려 만든 편지지)로 된 연분홍색 겉봉만으로 보아서는 부인네들이 쓰는 내간이었는데, 목판으로 찍히어진 간드러진 매화 가지 밑에 조그맣게 두어진 함(서명)은, '신천新天' 두 글자였다. 김병윤이 말하였다.

"원로에 고생이 많았으이. 그래, 다른 말은 없었고?"

"나으리 신색이 어떠신지 걱정이라는 말씀만 있었습니다. 아씨께서야 주주야야로 우수상심, 대흥나으리 걱정만 하고 계십지요."

"너스레가 길구나. 일매홍이가 어찌하여 참판영감 걱정을 하지 않고 이 김아무개 걱정을 하는고?"

"참판영감과 쌍노라니 걱정하신다는 말씀입지요."

"그곳 나으리들은 요즘도 자주 모이시던가?"(2권 「제6장 어―홍어―하」, 127~130쪽)

위 인용문은, 김옥균의 정인인 일매홍이 김병윤의 건강과 안위를 걱정하여 협객俠客 큰개를 문안차 보내니, 김병윤이 맞이하는 대목이다. 김사과댁 노비 만동이와 큰개가 쓰는 말씨, "~여쭈오니다." "나으리, 기간 평안하셨습니까?" "반상이 유별하여 아직 인사를 여쭙지는 못했습니다만, 먼빛으로나마 윗다방골 일매홍아씨댁에서 몇 차례 뵈었습지요."(큰개의 말 중, "지불이란 놈 동무올시다."에서, '~올시다.' 하는 말투는 작중 정황으로 볼 때, 김병윤한테 반항적인 감정을 잠시 드러낸 예외적인 말투로 볼 수 있다. 지문의 설명대로, "공근한 듯한 말 속에 뼈를 넣는" 말투인 것.) "대흥나으리 걱정만 하고 계십지요." "참판영감과 쌍노라니 걱정하신다는 말씀입지요."에서 보듯이, 천민 계급인 노비들이 양반에게 쓰던 말씨의 대표격인 '~입니다요.' '~했습지요.' '~이오니다.'를 구별하고 있음을 알 수 있다.

소설 『국수』는 권력관계의 상하를 살피는 습관이 말 속에 배어 있는 아전衙前 계층의 공식적이면서도 도구적이고 기회주의적인 언어에도 철저할 뿐 아니라, 상대적으로 공식어에 구애받지 않는 자연어自然語로서의 지역방언을 일상적으로 구사하는 상민常民계층의 방언의식에도 투철하다. 곧 조선 사회에서 쓰임말의 속사정을 서사하는 데 있어서 계급적으로 차별화된 언어를 기본으로 삼는다.

이렇듯이 소설 『국수』는 반상의 차별은 물론 조선 봉건사회의 계급별 언어의식의 구별을 철저히 지킴으로써 당대 조선의 개별적 계급의 정조情操만이 아니라 보편적인 정조를 생생하게 서사할 수 있었던 것이다. 이는 현실주의적 소설 규범에서 볼 때, 매우 희귀한 소설사적 진일보라고 평가할 수 있다. 가령, 조선 중기의 천민 도적 이야기인 벽초 홍명희의 『임꺽정』이나 박경리의 대하소설 『토지』 1부에서 조선 시대 말 경상도 평사리 최참판댁을 둘러싼 언어의 형식성을 비교하면, 『국수』가 보여주는 구술적口述的 진실성과 언어적 계급성, 그리고 소설의 살아 있는 정황 곧 시공간적 생동성은 특별히 압도적인 것이다. 조선 사회를 구성하는 네 개의 기본 계급이 쓰던 말이 서로 차이를 드러내면서 당대의 살아 있는 정황과 조선의 정조를 절묘하게 보여주고 있는 것, 이는 소설 『국수』의 개성적인 문학 언어가 심히 망가지고 사라진 우리말의 되살림을 통해 드높은 현실주의적 문학 형식을 추구하고 있음을 여실히 보여주는 것이다.

뛰어난 변사의 말재주를 연상시키는 『국수』의 작중 화자(내레이터)는 전통 판소리의 소리꾼이나 이야기를 위주로 하는 '아니리광대'의 잔영이 짙게 드리운 존재이다. 판소리의 형식은 소리꾼이 여러 음악적 형식들을 소리판으로 짜는 과정에서 '아니리'를 통해 여러 소리의 내용들을 그때마다 설명하는, 마치 바둑판 같은 형식이라 말할 수 있다. 이 아니리 대목에서 소리꾼은 나-너-그(그녀)같이 인칭에 구애받지 않고 심지어 자연이나 사물에조차 시점視點을 이동하며 자유자재로 이야기를 풀어간다. 소설『국수』에서 작중 화자(내레이터)의 시점이 어느 인칭에 고정되지 않고 자유롭게 옮겨가는 다수의 시점을 가진 것도 전통 '아니리광대' 또는 전통 이야기꾼의 방식과 닮은 것이다. 아래 문단은 김옥균의 정인으로 일패기생 일매홍과 김병윤이 대화를 나누는 대목이다.

(가) "소녀 비록 적선래 만년환에 연연이며 송도 황진이 성주 성산월이 평양 옥매향이 같은 특등 기생은 못 되오나, 또한 그다지 몰풍치한 계집은 아니오니 어서 오르기나 하시어요. 유정(하오 6시)을 지나고 있나이다."

하는데, 방안에서 뻐꾸기 울음소리가 들리어왔다. 뻐꾸기는 여섯 번 울었다.

(나) "어즈버 그렇게 되었는가."

몸이 허해지다 보니 마음 또한 허해졌는가. 마음이 허해지다보니 몸 또한 허해졌는가. 아아, 여러가지로 허하여졌음이로구나. 아무리 고균 뜻이 담겨 있는 것이라고는 하지만, 내가 너무 지망지망하였(조심성이 없고 가벼움)던 것은 아닌가. 아무리 그렇다고 하더라도 나는 종당 테 밖 사람에 지나지 않는 것을. 그리고 또 만에 하나라도 누가 아는가. 아무리 친동기간 이상으로 허물없이 지내는 사이라고 하더라도 마침내는 남남이고 속 좁은 계집사람인데다가 더구나 또한 기생이 아닌가.

제아무리 똑딴 일패기생이라고 한달지라도 마침내는 물성질 계집에 지나지 않는 한갓 기생이 보낸 내간 한 통에 기급 단 벙거지 꼴로 쫓아 올라온 스스로가 겸연쩍어진 김병윤이 노계명盧啓命과 노화蘆花 옛이야기를 말밥 삼아 몇 마디 재담을 희롱하다가 방으로 들어섰는데, 몸조리를 한답시고 철이 넘게 서울 출입을 끊었던 탓인가. 이 방에 들어왔던 것이 한두 번이 아니건만 무슨 까닭으로 모든 것들이 다 처음인 듯 낯설게만 느껴진다.

(다) 네 벽에는 고금 유명한 서화 족자에 미리견 공사 복덕이한테서 받았다는 시진종표가 걸려있고 화류문갑 위에는 용연龍硯과 시축詩軸이 놓여졌으며 그리고 한편 구석에는 바둑판과 비단으로 싼 거문고가 비스듬히 놓여 있다.

(라) "의관을 벗고 좌정부터 하시어요."

분합문 밑틈으로 낮게 깔리는 햇귀가 아직 남아 있는데도 서둘러 유경鍮檠 쌍촛대에 불을 밝히고 난 일매홍이 데면데면한(스스럼없지 못하다) 낯빛으로 버성기게(풍김새가 꾸밈없지 못하고 어설프다) 서 있는 김병윤을 보고 얕은 웃음기를 띠었다.

"어서요오."

일매홍이가 김병윤이 의관을 받더니, 반물 들여 은은하게 푸른빛이 나는 도포와 태 넓은 진사립은 의걸이에 걸고 중치막은 착착 개어서 의걸이장 속에 넣고 나서 몸을 일으키는데, 김병윤이 불렀다.

"여보게 일매홍이."

"입맷상(큰상 내오기 전 간동히 내오는 음식상)이라도……"

"인덕원 술막에서 요기한 늦중화가 아직 자위도 돌지 않았으니,

거기 앉기나 하게."

부진부진 재담을 던져오던 때와는 다르게 김병윤 입가에는 웃음기가 쪽 빠져 있었고, 목소리 또한 착 가라앉아 있었다. 잠깐 눈을 감았다 뜨고 나서 김병윤이 말하였다.

"거의 날짜는 완정이 되었다던가?"

"글쎄요."

"허허."

"쉰네같이 술이나 따르는 일개 천기가 그같은 막중지사를 어찌 알겠습니까."

"허, 자고로 추세하고 사는 것이 해어화(기생)인 줄 모르는 바 아니네만, 큰개라는 위인 시켜 정찰을 면전시킨 것은 무슨 뜻인가?"

"영감 뜻입지요."

"영감께선 시방 어디 계신가?"

"홍인지문(동대문) 밖에 계십니다."

"별업(별장)에?"

"예."

"허허, 모를 일이로세. 완정도 안 되었으면서 무슨 연유로 기별을 보낸단 말인가."

잔입맛을 다시며 입안엣소리로 중얼거리는데,

"통기를 하오리까?"

일매홍이 물었고, 김병윤은 도머리를 치었다. 소피가 급한 시늉으로 살그니 몸을 일으킨 그 여자가 조촐한 입맷상을 가지고 들어왔지만 김병윤은 외눈 한번 던지는 법 없이 그린 듯 앉아 있다.

(마) 이 사내가 비렴급제로 어사화 꽂고 삼일유가하던 때 장안 숱

한 여인네들 다리속곳을 젖게 하였다던 그 잘났다는 선비 김아무개인가. 봄에 보았을 적보다 더욱 안 좋아보이는 완연한 병색이어서 차마 아직까지 그 차도를 물어보지는 못하고 있지만, 물거미 뒷다리 같은 겅한 모습에 검숭한 이맛전을 보는 순간 공중 코끝이 찡하여지는 일매홍이었다. 참판영감도 그렇지만 이 어른도 오래오래 무병하게 사시어야 할 터인데.

"입맛이라도 다셔보셔요."

하면서 일매홍이 홍시가 담겨 있는 접시를 만지는데, 김병윤이 눈을 떴다.

"별업에는 어느어느 어른들이 계시는가?"(2권 「제6장 어—홍어—하」, 139~143쪽)

위 문단에서 (가), (다), (라)는 객관적-삼인칭적-전지적 시점이 혼합된 시점이고 (나)는 주관적-김병윤의 시점이며, (마)는 주관적-일매홍의 시점이다. 이러하듯 어떠한 논리적 매개 없이 주관과 객관, 일인칭, 이인칭, 삼인칭의 시점을 넘나들 수 있는 소설 형식은 그 자체로 판소리의 형식에 방불한 것이다. 소설『국수』는 이렇듯 판소리체 형식을 깊이 은폐하고서 판소리의 소설 형식을 은연히 개시開示한다.

4. '소리체 방언문학'의 의미

민족어로서 한글이 당한 최대의 비극은 19세기 말 제국주의 침략의 역사 속에서 찾게 된다. 일제에 의한 강제 합방 이후 조선총독부는 한국인을 황국신민화하기 위해 일본어를 앞세워 식민지 언어교육을 적극 전개하는 한편, 식민지의 효율적인 지배를 위해 과도기적으로 조선어 교육을 실시하였지만 합방 직후부터는 우리말은 일제에 의해 탄압받고 '보호'받게 된다. 일제에 의한 한글의 오염과 왜곡을 피할 수 없던 것은 자명한 역사적 상황이었고 해방 이후에도 한글의 비극은 지속되었고 지금도 진행 중이다.

소설 『국수』의 방언의식과 연관 지어 일제의 언어정책을 살필 필요가 있는데, 합방 직후 일제가 공포한 언문철자법(맞춤법)은 표준어를 규정하고 더불어 지역방언을 규제하는 첫 법적 조치였다. 1912년 조선총독부가 식민지 조선을 지배하기 위한 조선어교육정책으로 공포한 '보통학교용언문철자법普通學校用諺文綴字法', 그 후 1930년에 '언문철자법'으로의 개정을 통해 '표준어'는 학교 교육만이 아니라 언론·출판 등 모든 인쇄물에 적용되었다.

방언은 지역적으로 또는 계층적으로 분화되어온 언어 체계이다. 서울말도 지역방언이다. '서울말을 중심으로 한 표준어'는 방언과는 관계없이 국가가 공용어의 필요성에 따라 임의적으로 결정한 추상적인 언어 체계이다. 돌아보면 1933년 10월 조선어학회에서 공표한 '한글맞춤법통일안'에서 보듯이, 표준어 체계의 정립은 전근대적 조선말 체계를 근대적인 합리적 언어 체계로 바꾸어가는 시대적 소명에 따른 것이다. 식민지 시대의 표준어 제정은 근대 국가의 요구에 좇아가는 것인 한편으로, 식민지 조선어의 통일(맞춤법 통일)을 통한 민족문화 운동의 차원으로 고양되었다. 그러나, 문제는 방언이 열등하고 미개한 것으로 여겨지거나 표준어에 밀려 쫓겨나는 사태가 끊임없이 이어져왔다는 것이다. 식민지 시대에 좌우를 막론하고 많은 국어학자와 유명 문인들이 표준어의 우월성과 방언의 열등성을 대놓고 주장하였음은 익히 아는 사실이다.

해방 이후에 특히 1970~1980년대를 거치는 산업화 시기에 본격적으로 방언의 비극은 심화되고 확대되었다. 이 땅의 문학 판·언론 판·교육 판은 따로 가릴 것도 없이 거의 전 사회적으로 서구 합리주의 언어관, 문학관에 경도된 '표준어주의' 이데올로기의 지배 아래 지역방언은 예외 없이 소외되고 축출되어갔다. 이 시기의 방언에 가해진 일방적 편견과 억압에 대해 여기서 일일이 재론할 필요는 없을 것이다.

중요한 사실은 '지금 여기'서의 한국문학을 성찰하는 가운데 우리말의 문제, 특히 '개인 방언의 문학 언어'란 과연 무엇이고 어느 방향으로 나아가야 바람직한가 하는 문제이다. 법고창신法古創新의 문학 정신은 여전히 오늘의 한국문학이 껴안고 있는 절실한 공안公案이다. 지금같이 지방의 구별이 무색해진 인터넷 시대에 표준어로 작품을 쓴다는 것은 이미 구태의연한 사고방식일 뿐이다. 표준어와 방언의 경계도 점차 사라지는 이때에, 문학 언어는 '문학적 방언' 혹은 숙련된 작가의 '개인 방언'의 문학 언어가 더 절실해진다. 그 문학적 방언 즉 '개인 방언'의 문학 언어는 표준어주의 언어의식과는 아무런 관련이 없이 오직 죽어가는 우리말의 살림을 통해 획득한 작가 개인의 언어적 고유성에서 말미암는다. 작가가 자기의 유래由來를 자각하고 문학적 용맹 정진을 통해 바야흐로 저만의 독자적이고 개성적인 문장에 이르는 것, 이것이 개인 방언의 문학 언어를 구하는 유일한 길이다. 김성동의『국수』는 바로 이러한 개인 방언이 이룩한 찬란한 금자탑이다.『국수』의 전체 문장 아무데서나 인용해도 이러한 사실을 어렵지 않게 확인할 수 있다.

충청도 일원에서도 손꼽는 선비인 김사과가 '솔안말 안침 쪽다릿골에서 세상을 등지고 사는 허담虛潭 선생이 병환 중이라는 기별을 받고서' 비부쟁이(계집종의 지아비를 낮추어 부르던 말) 천서방을 견마잡혀(말을 몰다) 병문안을 가던 길 위에서 작중 화자 곧 내레이터는 아래와 같이 쓰고 있다.

조촐한 어렴시수를 보내어 그 청빈한 살림을 풀쳐주려던 관장이 있었으나 웃으며 물리쳐 당최 받은 적이 없었고, 환갑이 지난 이날까지 단 한 번도 관아에 발을 들여놓은 적이 없었다. 집안이 언제나 애옥하였으면서도 손님이 오면 따비밭을 일구어 꽂아둔 소채를 뽑아 기꺼이 대접하고 조금도 남을 탓하는 말이 없으니, 사람들은 그를 만고에 어진 선비라고 일컬었다. 사람됨이 지극히 방정하여 기쁘거나 슬프거나 좀처럼 티를 내지 않으며 가볍게 입을 열지도 않으니, 왈 군자였다.

곳샘추위를 하는가. 춘삼월이라지만 날씨가 제법 쌀쌀하다. 경결천京結川을 건너서 불어오는 소소리바람이 길가 버드나무 가지 끝에 달려 있는 꽃가루를 흩뿌리며 지나간다. 은은하게 반물(짙은 검은빛을 띤 남빛)빛 나는 도포자락을 나부끼며 나귀 위에 앉아 있는 김사과전이 넓은 진사립 위로 흙먼지가 앉으면서 배꼽 아래까지 길게 드리워진 갓끈이 그네처럼 흔들리는데, 행세깨나 한다는 양반이라면 누구나 드리우게 마련인 수정주영水晶珠纓이 아니라, 산죽山竹 뿌리를 쪼개어 만든 대갓끈이다.

섶무시에서 읍내로 가는 이십 리가 넘는 길 위로 장꾼들이 지나간다. 달구지가 가고 나무꾼이 간다. 장작짐을 고봉으로 진 장정과 소쿠리 광주리며 무명 보따리를 이고 든 아낙들이 잰걸음을 치고 있고, 누런 코를 고드름처럼 매단 아이들이 타박타박 걸어간다. 자갈길에

짚세기가 닳을세라 두 손에 벗어들고 가는 방물장수 여편네도 있고, 선짓국에 찬 보리밥 한 덩어리 말아 먹고 새벽길을 나선 늙은 등짐장수 봇짐장수도 있고, 맨드라미처럼 볏이 빨간 장닭 한 마리와 계란 한 줄 치룽(싸리가지를 결어 뚜껑없이 만든 채)에 담아 멘 총각도 있고, 때꼬지락물이 조르르 흐르는 중치막 위로 흑립을 얹은 채 양반걸음을 하고 있는 유학명색도 있는데, 간잔조롬하게 치켜뜬 실눈으로 연신 장꾼들 물건을 곁눈질하고 있는 것은 말감고(곡식 장판에서 되나 말로 주는 일을 업으로 하던 사람) 도거머리(한데 합쳐서 몰아치는 일)다.

나귀 발굽소리에 깜짝 놀란 사람들이 길섶으로 얼른 비켜서며 나귀 등에 앉아 있는 김사과한테 머리를 숙이어 보이는데, 고개를 끄덕여주는 김사과 낯빛은 그러나 밝지가 않다. 향곳말을 벗어나면서부터 시루를 엎어놓은 듯 고만고만한 산봉우리들을 여기저기로 밀어붙이며 냉전들 창들 구렛들 소쟁잇들 펼쳐 있는데, 거북등처럼 엉그름진 논바닥에 살포(논에 물꼬를 트거나 막을 때 쓰는 농기구)를 꽂은 채로 하늘만 바라보고 있는 농군들 모습은 차마 볼 수가 없는 것이었다. 가뭄이었다. 봄가뭄이 석 달째 이어지고 있었다.

수만 명 생령들이 죽어나가던 병자정축(1876~1877년) 두 해 천재지변 이래로 해마다 가뭄이요 가뭄 뒤끝에는 으레 폭우가 쏟아져 내리었다. 가뭄과 폭우가 지나가면 또 역병이 창궐하는데, 넘쳐나는 것은 유개(거지) 무리요 화적火賊떼였으니, 늙고 병들어 힘없는 자들은 쪽박을 차고 나서고 핏종발이나 있는 자들은 호미를 집어던지고 도적이 되는 것이었다. 어느 때라고 해서 천재지변이 없고 도적이 없는 사람세상이 있었겠는가마는, 그리고 순철純哲 연간에도 화적과 농군들 기뇨起鬧가 없지 않았으나, 대원군을 몰아내고 민문閔門 일족이 국병을 잡은 다음부터 그것은 더욱 창궐하는 것이었다.

"올봄이두 가뭄이 올서리가 네려 들판이 풀들이 죄 말러죽구 올
어죽으니…… 우덜 넝사꾼덜은 워찌 사는고."

부엉재 너머 벚나무 고개에서 천서방이 쳐주는 부시에 장죽 한 모
금을 빨아들이던 김사과는 담배연기와 함께 땅이 꺼질 것 같은 긴
한숨을 내쉬었다. 서너 발짝 떨어진 바로 옆댕이에 두 사람 농군으로
보이는 장골들이 앉아 있었는데, 김사과한테 들으라는 듯 걱진 목소
리가 높았다. 장을 보러 가는 이웃고을 사람들 같았다.

"가뭄 담이년 홍수가 지것지. 그러구년 왜늠 양늠덜이 들여온 왼
갖 악빙덜이 미쳐 날뛸 것이구……"

"골통이 먹물 든 선븨쳇것덜은 이런 때 뭐허구 자빠졌다나. 그 잘
헌다년 글 가지구 상소 한 장 올려보잖구."

"상소를 올려본덜 뭐헌다나. 임금이나 선븨나 다 한퉁 쇡이루 돗진
갯진(그것이 그것으로 비슷하다)인걸."

"그레두 몡색이 선븨된 자라면 글 읽은 값은 헤야 될 거 아닌가베."

천서방이 주먹을 부르쥐고 일어서려는 것을 손을 들어 눌러 앉
히고 난 그 늙은 선비는 지그시 눈을 감았다.(2권 「제5장 충청도 양반」,
11~14쪽)

어렴시수, 따비밭, 소채, 진사립, 방물장수, 등짐장수, 봇짐장수, 흑
립, 낮빛 등등 옛 물명物名이거나, 오늘날에는 점점 잊히거나 소외되어
가는 아름다운 소리맛을 지닌 우리말들, 가령 반물빛, 치룽, 말감고, 도
거머리, 살포, 유개, 악, 색, 돗진갯진……. 일일이 찾아 셀 수 없을 정도
로 많다. 더욱이 아름다운 우리말들은 충청도 방언과 어울려 조선 후기

736

의 암울한 시대 상황을, '살아 있는 조선적 정황과 정조'로서 되살려낸다. 방언은 그저 지역의 언어가 아니라 우리말 한글의 자유자재한 표현력과 포용력을 마음껏 보여주는 언문일치言文一致 원리의 한 극점이다. 소설『국수』의 모든 문장은 언문일치의 한글 원리에 따라 충청도 지역 방언을 독보적인 개인 방언의 문학으로 승화시킨다. 그야말로 절세絶世의 소리체 방언문학이라 하지 않을 수 없다. 식민지시대의 시인 백석의 시문학이 또한 그러했듯이.

5. 겨레의 얼을 '씻김'하는
'소리체(正音體) 방언문학'의 탄생

소설『국수』가 근대 이래 지금까지 나온 역사소설과 다른 점은, 계급과 지역에 따라 다를 수밖에 없는 이 땅의 '언어'를 그때 그 말로, 일제에 의해 심각하게 왜화倭化되고 양화洋化되기 이전의 '아름다운 조선말'로 보여주었다는 사실이다. 한마디로 말하면, 소설『국수』는 '올바른 소리(正音)의 문체'로 이루어진 소설이다.

소설『국수』가 이룩한 드높은 문학적 성과를 헤아리려면, 소리글자인 한글이 지닌 기본 속성으로서 뜻과 소리의 통일이 언어학적으로 깊이 석명되어야 한다. 한국인들은 소설『국수』를 읽는 동안, 한자어(眞書)를 포함한 우리말 한글의 본래성本來性에서 나오는 조선 민족 고유의 집단적 혼을, 민족의 얼을 감지하게 될 것이다. 실로, 소설『국수』를 통해 죽었거나 사라졌거나 잊혀진 우리말의 되살림을 접하고 일제에 의해 나라를 강탈당한 이래 심히 왜곡되고 더럽혀진 우리말이 맑게 '씻김'되는 느낌을 절절히 체험하게 된다. 동시에 말이 씻김이 얼이 씻김으로 이어짐을 경험한다. 그렇다면, 어찌 이런 문학적 초월의 경험이 가능하단 말인가.

그 답은 아마도 세종대왕이 창제한 한글의 연원淵源을 헤아리는 중에서 찾아질 듯도 하다. 예를 들어 훈민정음 창제에 뒤이은 『동국정운東國正韻』(1448) 등의 편찬에서도 알 수 있듯이, 애초에 한글 곧 언문諺文은 한자의 음을 달아 읽기 위한 방편으로 창제되었던 것인데, 뜻글자인 한자를 소리말로 읽기 위해 소리글자인 한글을 창제한 원리와 배경을 깊이 살펴야 한다. 그 한글 창제의 연원을 살피면, 부처님의 말씀을 옮긴 고대 인도의 소리글자 범어梵語(산스크리트어)가 고대 중국에 전래되면서 범어의 표음 원리가 한자의 성운聲韻을 발전시켰고 이를 한글 창제의 원리로서 활용했을 가능성이 높다. 세종 이전에 이미 범어와 팔리어, 만주어 등에 정통한 신미信眉 대사가 중심에 서서 불교계에서 시험적으로 훈민정음을 만들었던 역사적 정황은 여러 문헌에서 충분히 고증될 수 있을 정도로 분명하다. 이수광李睟光의 『지봉유설芝峯類說』(1614) 성현成俔의 『용재총화慵齋叢話』(1525)에서도 훈민정음이 범어에서 만들어졌음을 밝히고 있다.

이처럼 한글과 범어 및 불교와의 깊은 인연은 조선왕조의 숭유억불崇儒抑佛 정책으로 역사 속에서 배척받고 은폐되었을 뿐이다. 이러한 사실은 소리글자로서 우리말은 현세적 의사소통의 도구임을 넘어 우리말 소리의 근원과 심연에 깃든 원천적 초월성에 대하여 암시하는 바가 없지 않다고 본다. 아직 추정과 가설에 지나지 않으나, 소리글자로서 우리말의 원천과 연원을 고대 범어와 한자의 전래 과정 및 그 언어학적 영향 관계 속에서 깊이 논구한다든가, 또는, 가령 판소리 춘향가의 귀곡성鬼哭聲 등에서 감지되듯 소리말의 성聲과 운韻이 천변만화로 조화를 부려 불러일으키는 현세적이면서도 초월적인 온갖 소리의 내력을 캐본다든가 등등, 우리말 소리의 본원과 본성을 캐내어 깊이 헤아릴 필요가 있는 것이다. 그렇게 하는 동안 '사라진 민족혼을 부르는 작가' 김성동의 『국수』는 소리말로서 우리말을 크게 이롭게 하여 이 땅의 온갖 소리와 소리꾼들을 널리 푸르게 기를 것이다.

소설 『국수』의 내용은 불행한 시대를 반영한 탓에 전반적으로 어둡지만, 소리체 문장(형식)이 불러일으키는 정조와 기운은 빼어난 소리꾼 혹은 아니리광대의 능수능란한 아니리와 다를 바 없이 한 치 흐트러짐 없으며 올곧고 힘차고 맑고 밝고 드높다. '정조情操'를 사전의 정의에 따라서, 진리, 선함, 아름다움, 신성한 것을 접했을 때 일어나는 고차원적인 복합적인 감정이라 일컫는다면, 근현대문학사 이래 김성동의 소설 『국수』는 조선적인 '정조'의 최첨단을 보여주는 문학적 성취라고 할 수 있다. 그 더없이 결곡하고 올바른 우리말 소리 속에서 한국인은 영혼의 씻김을 전율인 듯 경험하고 잃어버린 민족의 얼을 다시 불러들인다. 모든 진정한 예술에 안과 밖이, 본질과 현상이, 현실과 초월이, 삶과 죽음이 따로 경계를 두지 않듯이, 『국수』의 소리체 문장은 뜻과 소리, 현상과 본질의 경계를 따로 두지 않으며 현실과 이상, 현세와 초월, 삶과 죽음을 불이不二로서 보여준다. 불이의 수행이 부처의 마음에 이르는 길이라고 했거늘, 어찌 저 『국수』의 아름다운 소리체의 기운 속에서 한국인의 혼의 씻김이 없을 것인가.

(2018년)

유역문예론의 시각으로 본 세 소설집

— 반수연『통영』, 이경란『빨간 치마를 입은 아이』,
김이정『네 눈물을 믿지 마』

1. 인간의 시간 속에 흐르는 자연의 시간:
반수연 소설집『통영』

　재在캐나다 작가 반수연의 첫 소설집『통영』(강, 2021)을 읽고 난 상념은 허무虛無가 생성의 원리라는 '자연의 진리'에 관한 것들이었다. 예술의 진실 혹은 진리를 찾는 일종의 '예술가 소설'인「사슴이 숲으로」나, 죽음과 귀향을 소재로 삼은 표제작「통영」, 불법 이민을 알선하는 한국인의 위태로운 삶을 다룬「국경의 숲」등 서로 소재가 이질적이거나 주제의식이 다름에도 그 작가의식의 밑바닥에서는 한결같이 자연의 진리 곧 자연의 신통한 '조화造化'(무위이화無爲而化)에 대한 깊은 통찰력이 작용한다. 작가는 조금 천연덕스럽게 이 자연의 '조화' 원리를 볼 수 있는 혜안慧眼을 '잘 움직이지 않는 한쪽 눈'을 갖고 있는 다섯 살 딸아이를 빗대어 다음과 같이 적어놓는다.

의사는 잘 움직이지 않는 아이의 한쪽 눈을 레이지 아이lazy eye라고 불렀다. 아이의 두 눈은 같은 곳으로 향하지 않았다. 움직이지 않는 눈을 움직이게 하기 위해 잘 보이는 눈은 안대로 가려야 했다. 아이는 움직이지 않는 한쪽 눈으로 티브이를 보다가 지치면 두 눈을 모두 꼭 감고 잠들어버렸다. 두 눈을 모두 감아버리면 안대가 아무 소용이 없다는 걸 혜선은 알았지만, 깊은 수면 속으로 도망가버린 아이를 보면 이상하게 안도감이 들었다.(「혜선의 집」, 46~47쪽)

'움직이지 않는 눈을 움직이게 하기 위해 잘 보이는 눈은 안대로 가려야 했다.' 자연을 보는 눈의 개안開眼은 보이는 세계 속에서 보이지 않는 생명의 원리를 보는 것과 관련이 깊다. 보이는 세계와 보이지 않는 세계는 서로 다르면서도 하나로 연결되어 있다. 천진난만한 아이의 '잘 움직이지 않는 눈'은 보이는 세계를 가림으로써 보이지 않던 세계를 볼 수 있게 된다. 천진난만한 아이의 눈은 자연 그대로의 세계를 비유한다. '깊은 수면 속으로 도망가버린 아이를 보면 이상하게 안도감이 들었다.'는 작중 내레이터인 혜선의 말은 그 자체로 자기 무의식 안에서 보이지 않는 자연의 원리에 친숙한 존재 즉 '은폐된 자연의 섭리'가 움직인다는 뜻이 담겨 있다. 혜선의 마음은 이미 자연의 진리인 '조화'의 원리에 익숙해진 것이다.[1]

　삶이 주는 허무함에서 자연이 보여주는 '조화'의 원리를 몸소 터득한

---

[1]　'유역문예론'의 관점에서 보면, 이 지점에서 '은폐된 내레이터'의 존재가 작품 깊이 작용하고 있는 것으로 해석될 수 있다. 반수연의 첫 소설집 『통영』을 관통하는 감추어진 주제의식, 곧 심오한 자연의 원리에 대한 각성과 그 작용은 여기에서 비롯된다고 할 수 있다.

다는 것은 그만큼 고독과 고통을 감내하고 극복해왔다는 뜻이기도 하다. 반수연의 주제의식이나 문체의식에는 이 점이 깊이 반영되어 있다. 소설 「혜선의 집」에서 혜선의 마음이 암 투병을 하는 고통과 질곡 속에서도 야속한 남편과의 살가운 애정을 반추하고 새록새록이거나, 「통영」, 「사슴이 숲으로」, 「국경의 숲」에서 누군가 혹은 사랑하는 이의 죽음 속에서도 좌절이나 절망보다도 자연 조화의 생명력을 느끼게 되는 것도 이처럼 체득된 자연의 원리와 무관하지 않다.

반수연의 소설집 곳곳에 나오는 심리묘사는 탄성을 자아낼 만큼 탁월하다. 섬세한 심리는 모든 감각을 통해 발화한다. 인상 깊은 단편 「혜선의 집」은 어느 미국 이민자의 가정사를 다룬다. 미국 이민을 와 아이들을 기르고 교육시키고 열심히 일해 십 년 만에 집을 장만한 주부 혜선은 불행하게도 암에 걸려 투병 중이다. 자신의 집 이층 방에서 아래층에 거주하는 남편 진석의 행동거지를 시시티브이를 통해 본다. 암이 주는 극심한 고통을 혜선은 "간밤에도 두어 번 통증에 눈을 떴다. 젖꼭지의 끝과 위장의 끝, 심장의 끝과 자궁의 끝, 모든 장기의 끝부분에 몰려드는 통증은 날카롭고 악의적이었다. 혜선은 종종 어둠 속에서 눈을 뜨고 자신을 깨운 것이 통증이었는지, 통증을 느끼는 꿈이었는지를 생각했다. 잠옷 속으로 손을 넣어 배를 이리저리 문질러보며 통증의 실체를 찾았다. 몸의 정중앙에 길게 그려진 오돌토돌하고 불규칙한 돌기들을 하나하나 만져보며 그것들이 단단히 닫혀 있는지를 확인하곤 했다."라고 표현한다. 그러나 이러한 내부의 고통을 상쇄하고도 남을 외부로 향하는 감각이 열려 있다. 그것은 혜선이 암 투병으로 죽음과 싸우면서도 여성으로서 남편을 향한 애증의 심리를 표현하는 감각이 생기를 한껏 머금은 점, 고생 끝에 장만한 집에서 암에 걸려 투병 중인 자신과, 집 아래층에 거주하는 남편 진석을 시중 드는 여성 도우미에 대한 질투심과 묘한 감정, 남편에 대한 애증, 고독한 이민자의 삶과 지난날에 대한 추억과 회한, '여자 도우미'에게 밀려나지 않으려는 주부이자 아내로서의 안간힘 등 복잡 미묘한 심정이 뒤섞여 있다. 죽음과 싸우는 늙은 이민자 여주인공의 심리를 드러내는 감각의 미묘한 열림, 현재 상황 속에 과거 이민 생활과 추억을 암시적으로 재생해내는 솜씨는 가히 탁월하다.

　진석이 라디오 채널을 클래식으로 맞춰두고, 마치 멀리 떠나는 사람처럼 혜선의 뺨을 손으로 어루만지더니 방을 나갔다. 음악 사이사이 여자의 웃음소리가 섞여들었다. 웃음소리는 사각사각 신경을 긁었다. 진석과 여자는 혜선의 방 바로 아래서 저녁 식사를 하고 있었다. 이층과 일층 사이의 간극이 혜선을 천리 밖으로 밀어냈다. 혜선은 밀려나지 않으려 음악에 집중했다. 하지만 어느새 음악을 놓치고 여자의 목소리만을 찾고 있었다. 라디오의 볼륨을 더 높이고 눈을 감았다. 지금 몇 시간이야. 다섯 살 딸아이의 질문이 또 떠올랐다. 어린 딸을 안고 계단을 쿵쿵 오르내리던, 거짓말처럼 젊고 바빴던 그녀도 떠올랐다.

　세 번째 여자가 엎드려 진석의 발을 씻어줄 때. 소파에 기대어 입을 해죽 벌리고 널브러져 있던 진석의 표정. 미끌거리던 생기와 불완전한 관능에 취해 어수선하던 사타구니를 혜선은 분명히 보았다. 여자는 진석의 가랑이 사이에서 고개를 숙이고 발가락 하나하나의 관절을 손가락으로 비비고, 혀로 핥듯 발바닥을 쓸었다. 그때 진석은 눈을 감고 있었던가. 그의 닫힌 눈 속에는 뭐가 있었을까. 연민과 배신감이 너울처럼 넘실거렸다. 네 번째 여자의 웃음소리가 그 너울에 실려 왔다.(「혜선의 집」, 52~53쪽)

「통영」을 읽는 내내 내 머릿속엔 박경리 선생 생전의 모습들, 그리고 대하소설『토지』의 몇 장면들이 떠오른다. 이 작품 「통영」 속 대화문들을 읽으니, 우선 대작가 박경리 선생님이 생전에 쓰던 통영 유역 방언이나 사투리 말씨가 귓전에 생생히 되살아나고, 덩달아 통영이 무대인 '박경리 소설'들이 두서없이 연상된 것⋯⋯.

반수연 작가의 「통영」은, 소설가로서 세상을 보는 시각의 깊이와 오래 쌓아온 '작가적 내공'을 넉넉히 확인하게 한다.

박경리 선생의『토지』를 읽은 이들 상당수는, 선생이 왜 26년간을 공들여 쓴『토지』의 마무리를 '미완성' 상태로 끝냈는지를 의아해하고 묻곤 한다. 작가 박경리 선생을 대신하여 이 의문에 대한 내 답변이 허락된다면, 모든 진정한 예술 작품은 완성/미완성이라는 구별이 없다는 말로 답하겠다. 모든 훌륭한 예술 작품은 자기 안에 무한한 '자연의 시간'을 품고 있다는 것. 때문에 무릇 훌륭한 작가는 유한한 '인간의 시간'을 넘어서기 위해서 '자연'의 섭리에 부응하는 삶과 예술의 원리를 터득한다는 것. 그러므로 사람들이 예술 작품을 접하는 그때마다 '영원하고 무한한 자연의 시간'에 '접속'하는 수밖에 없다는 것.『토지』의 결말은 '미완성'이 아니라 무궁무진한 '자연의 시간' 차원에서 보면,『토지』속에 복잡하게 전개되는 수많은 '인간의 시간'들도 결국 시작과 끝이 없는, 곧 완성/미완성의 구별이 없어지는 자연의 시간 속으로 수렴된다고 생각한다. 이런 허무와 생성이 동시에 펼쳐지는 자연의 시간관에서 보면 인간의 삶도 자연의 무궁한 조화 속에서 펼쳐지는, 나고 죽는 희로애락의 파노라마에 지나치게 얽매일 까닭이 없다. 소설「통영」, 「국경의 숲」은 이 인간의 시간이 한정해놓은 완성/미완성의 이원론을 훌쩍 뛰어넘어서 자연의 시간을 오롯이 체득한 작가 반수연의 깊은 의식 세계를 잘 보여준다고 평가해도 좋을 것이다.

「통영」의 주제의식은, 소설 표면적으로 보면 여럿 뽑아낼 수 있는데, 가령, 좀 부박한 독자라면, 가부장제 비판이거나 소외된 노동 문제 따위, 좀 사려 깊은 독자라면, '덧없는 인생' 정도라고나 할까. 하지만,「통영」이 품고 있는 이면적裏面的 주제의식은 '자연의 시간에 대한 통찰'이라 할 수 있다. 다시 말해, '덧없는 인생' 속에, 즉 인간의 시간 속에 '자연의 시간'이 흐르고 있음을 깊이 깨치고 있는 것이다. 그래서 이 작품에 대해 '완성/미완성'의 척도는 가당치 않은 것이다.「통영」에서 '자연의 시간'이 흐르는 대목들은 대체로 '은미한 곳에' 은폐된 채로 은밀히 드러난다. '자연의 시간'을 드러내는 '은미한 방식'을 보면, 작가 반수연이 삶을 보는 깊은 시각과 만만찮은 문학적 역량을 확인하게 된다.

캐나다로 도망치듯 이민을 간 아들이 통영에 남은 어머님의 타계 소식을 듣고 어머님 장례를 위해 귀국하는 과정을 담담히 그린 뛰어난 수작「통영」에서, '은미隱微하게 숨어 있는', 아래 몇 문장 속에는 '고향의 시간' 곧 '인생의 시간' 안에 흐르는 '자연의 시간'을 감지할 수 있다.

나는 누워서 가만히 고향의 시간을 생각했다. 어머니는 무슨 수를 써서라도 붙어 살고 싶어 했고, 나는 어떡하든 벗어나고 싶었던 곳.(「통영」, 144쪽)

친구들의 잔이 비면 부지런히 소주를 따랐다. 비릿한 바다 냄새가

열어둔 창으로 들어왔다. […]

어디선가 갈매기 우는 소리가 들렸다. […] 맞은편 섬의 불빛들이 여전히 바다 위에서 일렁였다.(「통영」, 149쪽)

"옆 장례식장에서도 더 이상 곡소리는 들리지 않았다. 멀리서 어선의 고동 소리만 간간이 들렸다.(「통영」, 152쪽)

2. 가난의 생리학과 소설의 생리학:
이경란 소설집 『빨간 치마를 입은 아이』

가난의 비참함을 자연주의적인 노골적 묘사로 폭로하거나 사회의식 또는 계급의식에 기대어 사회변혁을 꾀하려는 '투쟁적인 가난 이야기'는 익숙하다. 이경란의 첫 소설집 『빨간 치마를 입은 아이』(강, 2021)는 가난과 소외를 겉보기엔 자연주의 시각에서 리얼하게 서사하고 있지만, 그 속을 찬찬히 들여다보면, 기존 '가난의 소설'과는 다른 독특하고 경이로운 시선이 숨어 있다. 내가 보기에, 작가 이경란은 리얼리즘에 의존하지 않을 뿐더러, 그보다 어떤 깊은 생명관에 연결된, 이를테면, 개인의 고통을 관심을 갖지 않고서는 사회 부조리도 끝내 이겨낼 수 없다는 세계관에 투철하여 소설을 쓴다.

이렇듯 가난이 빚은 개인의 고통에 철저하게 밀착하다 보니, 이경란은 소외된 인생들을 리얼하게 묘사하는 객관적 시각을 넘어서, 마치 생명체의 내분비기관內分泌器官을 관찰하듯이 가난한 개인들이 드러내는 추한 욕망이나 깊은 상처에서 나오는 더러운 분비물들을 적나라하게 묘사한다.

이 소설집 하나만으로도, 작가 내면의 오랜 절차탁마를 짐작하게 하는, 삶의 이면을 묘파하는 투시적이고 섬세한 문체의식은 특별하고 비상하다. 더욱이 외견상 도드라지지 않지만 교묘히 짜인 독특한 소설 형식이 숨겨진 점이 주목된다. 가난과 소외에 대한 생리학적 관찰자의 관점을 지닌 작가의식에 걸맞게 이경란의 소설은 이야기가 인과론적으로 완결되거나 '끝'이 있는 서사 형식이 아니라, '끝'이 없는 일종의 유기체organism로서의 서사 형식을 품고 있다는 점. 특히 인과론적因果論的 서사敍事가 진행되는 도중에 곳곳에 작가는 의도적으로 서사를 '생략'함으로써 인과론적 서사 체계에 '틈'과 '구멍'을 내는 노련한 문체의식도 이와 같이 생명의 현상으로서 '소설의 생리'를 깊이 이해하는 작가의 창작 정신과 무관하지 않아 보인다.

가난의 '생리 현상'을 서사한다는 말은 '가난'을 생물체의 생존生存 차원에서 관찰한다는 뜻이다. 일상 속에서 절박한 생존 욕망을 관찰하기 때문에, 궁핍은 사회학이나 이념에 호소하기 전에, 가난의 생리 현상들, 가령 가난의 비루함이나 누추함만이 아니라 억셈, 억척, 절규, 욕설 같은 날것의 욕망들이 소설의 중요한 관심사가 된다. 그러나, 이러한 '가난의 생리 현상'을 탐색하는 가운데, 이경란의 소설은 누구나 기피하는 가난과의 '생리적인 해후'를 이끌어낸다. 이러한 결말은 가난을 사회학적 혹은 이념적으로 해결하려는 소설관과는 크게 다른데, 그 차이는 무엇보다 가난의 생리에 충실한 서사는 가난을 이념의 소재로 대상화하지 않고, 인간의 삶 내면에서 작동하는 생리 현상으로서 교감하게 된다는 점에서 찾아질 수 있다.

이경란의 소설을 두고 생산적인 비평적 대화를 나누기 위해서는 먼저 소설에 대한 일반화된 정의定義나 규범을 의심하는 비판 의식이 필요하다. 잘 알려져 있듯 근대소설의 탄생과 성장은 부르주아 계급의 개인주의적 자유 관념과 자유의지와 서로 뗄 수 없는 관계 속에서 이루어져 왔다. 하지만 아이러니하게도, 서구 부르주아 계급의 역사적 양식으로서 소설의 '자유'는 '돈'이 지배하는 시장주의 논리에 결박된 상태로 전개되어왔다. 물론 근대적 소설 양식은 지금껏 다기하게 뻗어 다양하고 복잡한 규범과 이론 체계로 발전해왔음에도, 근대인적 자유 관념과 부르주아적 시장경제의 논리는 소설의 정의와 규범의 형성에 본질적 내용을 이루고 있다. 이는 결국 부르주아적 계급의식에서 발생한 자유 관념과 시장경제의 간섭과 갈등 혹은 억압 속에서 소설의 견고한 보수성이 형성되어왔다는 뜻이다. 이 점을 소설을 비평할 때 깊이 성찰할 필요가 있다. 그것은 자본주의적 자유 관념이나 시장경제의 가짜 의식과 싸우는 '진정한 소설'은 기존의 타락한 삶과 기득권 체제에 대한 비판 의식을 과감하고도 투철하게 수행하는 가운데 비로소 그 진실성의 위용을 드러내기 때문이다. 더구나 자본가적 근대성이 생명을 파괴하는 은밀한 폭력 체계임이 드러나고 '근대인적 생활' 양식이 반성의 대상이 되어버린 지금 상황에서 소설에 대한 일반적 관념과 규범에 저항하는 '비근대적'인 '새로운 소설 의식'이 절실하다.

서구 문학예술사에서는 낭만주의 시대 이래 근래의 신비평에 이르기까지 문학작품을 하나의 살아 있는 유기체로 본다거나 생물에 비유하거나 작품 내적 자율성과 유기적 구성을 중시하는 유기체론organicism이 이어져왔다. 이에 비해, 이 책『유역문예론』에서 말하는 '(창조적) 유기체' 개념은 수운水雲 선생의 동학 주문呪文 '시천주 조화정侍天主 造化定'

에서의 '시侍' 자 풀이 "'시'라는 것은 안에 신령이 있고 밖에 기화가 있어 온 세상 사람이 각각 알아서 옮기지 않는 것(內有神靈 外有氣化 一世之人 各知不移)"에서 비롯된 것이다. 서구의 유기체론과 동학에서 비롯된 유기체론이 어떻게 다른지는 아직 비교해보지 않아 모르겠으나, '내유신령 외유기화內有神靈 外有氣化'는 한울을 모신(侍天主) 존재인 만물을 지기(至氣, 지극한 기운)로서 이해하는 '창조적 유기체론creative organism'의 근원을 이룬다.

유기체적 존재는 자기自己 안과 자기 밖에서 이중적인 관계를 맺는 존재이다. 살아 있는 유기체는 자기 안과 자의식적 혹은 무의식적 관계를 지니면서 자기 밖의 존재들과 관계를 맺는다. 비생물은 '자기 안'과의 자의식(대자의식對自意識) 관계를 갖지 못하고 오로지 자기 한계로서 '자기 밖'과의 관계만을 지닌다. 살아 있는 유기체적 존재는 자기 안에 자기 한계('지극한 기운')와 타자의 한계를 모두 지니면서 타자라는 존재와 관계를 맺는 것이다. '자기-안'의 내용이 지닌 한계(지극한 기운)가 '자기-밖'의 형식을 이루고 이 '자기-안'과 '자기-밖' 간의 밀접한 관계(外有接靈之氣)를 통해, 비로소 '자기('나')'는 존재하고 동시에 타자-존재들에 열리는 것이다.

기존의 '자기 한계'에 '닫힌 소설' 또는 '비생물적 타자'로서의 소설 형식에 대한 여러 규범들—근대 서구의 유기체론 및 리얼리즘론을 포함한 소설론의 규범들—을 비판적으로 고찰할 필요성이 제기되고, 이와 더불어 '살아 있는 존재'로서 소설의 이론을 탐구하는 과정에서 이경란의 소설은 귀한 텍스트가 될 수 있다는 생각이 든다. 간략히 말해, 이경란의 첫 소설집『빨간 치마를 입은 아이』는 기존의 소설 규범에 대한 반성의 산물로서 읽을 필요가 있다.

가난의 생리학과 함께 이경란의 소설에서 주목할 지점은 '기억의 생리' 또는 '꿈의 생리'라고 부를 만한 대목들이다. 이경란의 문체의식과 독특한 소설 형식은 이 기억의 생리에서 도드라지는데, 작가 이경란의 첫 창작집이 보여주는 가난의 생리학은 이 기억의 생리와 어우러진 어떤 '소설의 생리학'을 은연중에 드러낸다는 점에서 특별한 개성이랄 수 있다.

「빨간 치마를 입은 아이」에서 어른이 된 내레이터가 자신이 아이 때 겪은 비극적이고 끔찍한 사건에 대한 기억을 객관적으로 재생representation할 수 있는가. 질문을 바꾸면, 기억의 사실성reality이란 과연 객관적 사실인가. 이경란은 이 기억의 재생 문제를 고민한 듯하다. 이 문제의식 속에서 '기억의 생리'가 나온다. 기억의 생리에 충실하니, 기억 속의 시공간을 재생하는 일은 불연속적 서사 또는 파편화된 의미들로 이루어진다. 고통스러운 과거 기억은 불연속적이고 파편화된 의미를 띤 불연속적인 이미지들로 드러난다.

작가는 가난의 비참함을 '어린 나'가 엄마가 일하는 시장의 유료 변소에서 겪는 끔찍한 성폭력 사건을 통해 드러낸다. 이 작품에서 변소와 화장실은 그 자체로도 사람의 생리를 처리하는 기본적 공간이지만, 역겨운 냄새가 진동하는 비좁고 불결한 시장통 유료 변소를 서사함으로써 작가는 가난한 삶을 생리적 실감으로 보여준다. 이경란 첫 소설집에서 성性이든 욕설이든 더러운 배설이든 배설로 인한 역겨운 냄새든 '배설'의 행위와 현상은 가난이 자기 존재를 지키는 생리적 요소이면서, 소설이 '자기-안'을 구성하는 주요 형식적 요소가 되어 있다. 이 가난과 기억의 생리학에 「빨간 치마를 입은 아이」의 독특한 문체의식과 소설의 내적 형식이 깊이 연관되어 있는 듯하다.

이경란 소설이 지닌 생리학적 특성은 혼탁한 자기-밖의 힘의 침입에서 자기-안을 보호하려는 자율적 능력이자 삶의 균형을 유지하려는 조절 능력을 가리킨다. 생리학이 본래 '자기-안'의 유기체적 균형을 유지하는 원리이듯이. 그러니까, 생리학에서는 외부의 위협적 환경에 대비한 주체 즉 자기 몸과 마음의 조절 작용이 중요한데, 그 조절의 기본 원리는 '자기-안'의 본능적 생리작용을 유지하면서, 동시에 '자기-밖'과의 감응과 소통 관계를 갖는 것이다.

　소설「빨간 치마를 입은 아이」의 줄거리를 보면, 가난한 삶은 이성과 윤리가 거의 통용되지 않는다. 오직 가난과 싸우고 버티려는 본능적 생리에 지배된다. 출구를 찾기가 어려운 재래시장의 미로迷路는 소설의 화자인 가난한 '나'의 '자기-안'을 은유한다. 시장 사람들의 악다구니와 재래식 유료 변소에서 나오는 역겹고 고약한 냄새에는 가난의 생리가 은폐된 채 은밀히 표현된다. 이 소설에서 가난의 기억은 빨간 립스틱, 빨간 치마, 혈흔 등 특히 빨강의 시각視覺과 더러운 변소의 불쾌한 후각嗅覺을 통해 되살아난다. 소설 속 어린 '나'가 립스틱을 훔쳤다는 누명을 썼다거나 변소에서의 끔찍한 성추행을 당하는 등 타락한 어른들에 의해 저질러진 가공할 '사건'들은 직접적으로 서사되지 않고 간접적이고 우회적으로만 서사되어 결국 소설에서 은폐된다. 다시 말해, 소설 구성plot의 기본 요소인 '사건'들은 은폐되고 기억 속에서 '아이'의 하혈下血과 빨강 립스틱과 빨간 치마 등 빨간색 이미지와, 진동하는 역겨운 변소 냄새 이미지 같은 감각의 '파편'만이 시간(기억)의 흔적으로 남는다. 중요한 사실은 그 가혹한 '아이'의 기억은 시간의 연속성으로가 아니라 시간의 불연속성 또는 시간의 파편성으로 소환되고 있다는 점이다.

　여기서 주목할 점은, 어린 시절의 어두운 기억을 불러오는 작가의 문체의식이다. 이 소설의 문체는 그 자체로 기억의 불완전성과 모호함을 고스란히 드러내고, 이 기억의 불명확성과 불완전성 속에서 립스틱의 빨강과 역겨운 변소 냄새의 강렬한 이미지가 가난의 기억을 비교적 선명하게 재생하는 것이다. 이 점은 「빨간 치마를 입은 아이」가 '기억의 생리'를 정확히 재생하고 있고, 이 '기억의 생리학'이 이 작품이 보여주는 문체의식과 소설 의식의 근간을 이룬다는 뜻으로 이해될 수 있다.

이 작품은 이경란의 문체의식과 함께 소설관의 일단一端을 보여준다. 가령, 아주 작은 예이지만, 화장실은 화자의 시점인 지금의 '나'에겐 '화장실'로, 과거의 어린 '나'에겐 '변소'로 나뉘어 인식되는데, 이 작은 예에서 주목할 사실은 이 '시간의 분절分節'이 시간이 지닌 불연속성 혹은 단속성斷續性의 법칙을 드러낸다는 점이고 작가의 문체의식을 이루는 주요소라는 점이다.('나'의 엄마가 굽어서 팔던 '전煎'과 사투리 '찌짐[煎]'의 관계도 같은 불연속성의 맥락으로 설명될 수 있다.) 이 시간의 불연속성이 이야기의 인과론적 진행을 거부하는 것이다. 아래 인용문은 어른이 된 지금의 '내'가 어머니의 전煎 가게가 있던 재래시장을 다시 찾아와 '아이' 때의 옛 기억을 더듬는 대목이다.

① 물건을 사려는 사람이 보이지 않는 시장통을 혼자 지나가는 어린아이에게는 팔려는 사람 중 누구도 눈길을 보내지 않았다. ② 아이는 어둑한 통로 끝, 빛이 쏟아지는 지점으로 스며들어 실루엣만 남았다가 그마저 휘발되었다. 불과 몇 초만이었다.

③ 아이의 손이 스친 곳은 립스틱들을 세워둔 종이 상자였다. ④ 립스틱 네댓 개를 세울 수 있을 만큼의 공간이 비어 있었다. 아이의

손에 그만큼이 동시에 잡히지는 않았을 것이다. 기껏해야 둘 정도. ⑤ 아이는 립스틱을 훔쳤을까. ⑥ 어르신은 뚱한 얼굴로 정면 어딘가를 보고 있었다. ⑦ 아이가 잠깐 스쳐간 일은 아무것도 아니었을까, 아까보다 더 딱딱해진 표정이 굳어가는 석고반죽 같았다. ⑧ 고개를 옆으로 조금 틀어 숙인 노인의 눈은 내 위치에서 보이는 각도로는 감았는지 떴는지조차 알 수 없었다. 노인은 간혹 콧물을 훌쩍거릴 뿐이었다.

⑨ 새댁이…….

등 뒤에서 누군가 불렀다. 둘둘 감은 목도리 위로 노출된 눈이 나를 찌르듯이 쳐다보고 있었다. ⑩ 가방을 파는 점포였다. 배낭과 작은 손가방, 혁대에 달린 지갑들이 주렁주렁 걸리고 널려 있었다. ⑪ 양쪽의 점포들과는 경계가 분명치 않았다. 칸막이나 벽이 없고 심지어 앉은 자리도 어느 쪽에 속해 있는지 명확하지 않아 보였다. 점포의 영역은 갖추고 있는 물건의 종류로 구분되었다. 가방 점포의 왼쪽은 속옷, 오른쪽은…….

⑫ 알 수 없었다. ⑬ 푸른 비닐에 통째로 덮이고 고무줄로 묶여 있었다. ⑭ 빈 점포인지도 몰랐다. 영업을 하지 않는 점포의 자리를 지키기 위해 비닐을 쳐놓을 것일 수도 있었다.

⑮ 어데서 본 얼굴 겉은데…….

⑯ …….

⑰ 우리 딸 친군강……. 미겨인데, 장미경. 나이는 오십다섯이라, 올개.

⑱ 나는 유심히 봐야 알아차릴 수 있을 정도로만 고개를 숙이고 등을 돌렸다. (「빨간 치마를 입은 아이」, 69~70쪽, 번호 필자)

복잡한 미로 속의 시장통에서 어린 '나'는 립스틱을 훔친 누명을 쓴 기억이 있다. 하지만 어른이 된 화자의 기억은 불연속적이고 희미하다. 문장의 겉보기엔 시간의 인과론적인 연결이 무난한 듯하지만, 그 속내를 들여다보면, 과거와 현재는 둘이면서 하나로 혼합되어 드러나고 시간은 잠시 정체되거나 주저하고 방황한다. 동시에 ①~⑱까지 의미상으로 크고 작은 차이성을 보이면서 분절分節될 수 있다. 이 각각의 의미의 마디들은 서로 인과론적으로 연결되어 있는 것이 아니라, 서로 느슨한 의미 관계를 지니고 있다. ①~⑱까지의 저마다 짧은 의미 마디들은 각각 기억과 현재를 오가며 비연속적 의미망을 구성하고 있다.

이처럼 이 소설에서 주목할 점은, 현재 속에 과거의 시간이 수시로 갈마들며 비연속적으로 재생된다는 점이다. 그 비연속적 시간의 재생은 '기억의 생리' 현상을 반영한 것이라는 점, 그리고 중요한 사실은 그 '기억의 생리生理'가 「빨간 치마를 입은 아이」의 '자기-안'의 내용을 구성하는 중요 요소라는 점이다. 그러므로, 이 소설은 시간의 연속성과 인과론적인 플롯 구성을 따르지 않고, 불연속적인 시간성과 비인과론적 의미의 마디들로 구성된다는 점.

이 소설 속 시공간의 비인과론적 불연속적 연결, 이야기 진행의 단속성斷續性이 이경란 소설의 소설 의식의 기본 성격을 이루는 것으로 보인다. 이 소설이 지닌 난독성難讀性은 우선 여기서 말미암는다. 이러한 특별한 문체의식은 이 소설이 '가난의 생리학'이라 불릴 수 있을 정도로, '참담한 가난의 기억'을 자기-밖의 외부 시선이 아닌 '자기-안'의 내부 시선으로 투철히 바라보려는 작가의식의 소산이라 할 수 있다.

이경란의 소설집 『빨간 치마를 입은 아이』에서 가난의 생리 현상으로서 '꿈'이 나오는 대목이 한 군데 있다. 이 꿈은 먼저 가난의 생리를 드러내기 위한 소설의 생리적 형식이라 해석할 수 있다. 소설 「오늘의 루프탑」에서 코디네이터 어시스턴트, 옆집 루프탑에 사는 독거노인의 도우미, 편의점 점원 등 온갖 궂은 일로 겨우 생계를 유지하는 여주인공 '수이'는 루프탑에서 친구와 동거하는데, 독거하는 노인의 도우미로 살아가던 어느 날, 옆집 독거노인을 간병하고 돌아오던 도중 아버지에 대한 꿈을 꾸는 장면.

수이는 계단참으로 가다가 멈칫했다. 물집 잡힌 맨발이 눈에 들어왔다. 장독 옆에 던져진 슬리퍼 한 짝을 주워 꿰신고 건물 틈을 내려다보았다. 슬리퍼는 보이지 않았다. 폐자재와 쓰레기 사이로 빠진 듯했다. 수이는 신었던 한 짝을 벗어 바닥을 향해 던졌다. 슬리퍼는 이층 창문에 맞고 떨어졌다. 수이는 그 자리에 몸을 뉘었다. 구름이 느린 속도로 흘렀다. 눈을 감고 까칠한 옥상 바닥을 손바닥으로 쓸었다. 길에서 들려오는 소음들이 멀어졌다 가까워졌다 하다가 점점 아득해졌다.

수이는 옷 꾸러미에 파묻혀 언덕길을 오르고 있었다. 대형 쇼핑백들을 양어깨에 걸고 옷걸이에 걸린 옷들을 감싸 안았다. 엉긴 옷걸이 끝이 목과 어깨를 찔렀다. 길은 끝없이 이어졌고 긴 바지 몇 개가 바닥에 질질 끌렸다. 목이 바짝바짝 타들어왔다. 햇살이 이마에 뜨겁게 내리쬤지만 땀을 닦을 손이 없었다. 물집 잡힌 발이 점점 더 쓰라렸다. 수이는 몸에 착 달라붙는 원피스를 입고 있었다. 땀에 젖은 원피스는 움직일 때마다 어딘가 찢어지는 느낌이 들었다. 언덕 위에 다다르자 멀리 개울이 보였다. 개울을 건너면 짐을 내려놓으려 했는데 걸을수록 개울은 멀어졌다. 개울 저편에서 누군가 손을 흔들었다. 아버지일 것만 같았다. 걸음을 재촉할수록 아버지일 거라는 확신이 점점 강해졌다. 그러나 걷고 또 걸어도 개울에 닿지 않았다. 수이는 어느새 옷들을 스르르 흘리고 있었다.(「오늘의 루프탑」, 170~171쪽)

개울 건너편에 아버지가 손을 흔들고 있다는 확신은 있지만, 걸을수록 개울은 멀어져서 결국 아버지한테 가닿지 못하는 꿈. 연예인이 입는 옷을 코디하는 현실적 직업도 허방으로 미끄러지기만 하는 꿈. 꿈은 그 자체가 은폐된 내용을 드러내는 형식이다. 꿈은 이야기에 은폐된 진실을 드러내는 구실을 한다. 이 아버지 꿈은 리비도Libido의 콤플렉스 영역에서 해석될 수 있다. 꿈속의 아버지는 이웃집 옥탑방에 사는 독거노인의 도우미로서 수이의 자아에 긍정적으로 작용하는 아버지 상像을 가리킨다. 또한 꿈은 수이의 자아에 연결된 자연自然의 힘이라는 점이 이해되어야 한다. 여기서 자연의 힘은 이성의 해석이 닿지 않는 영혼의 힘, 곧 아니무스의 활동을 가리킨다. 그것은 여주인공 수이가 가진 가난의 생리, 곧 억척스러운 생활력이라 할 수 있다.

꿈이 가난을 견디는 여성의 자아自我 속에서 작용하는 남성적 힘 곧 '억척'의 표현이라면, 이경란 소설에서 꿈은 가난의 생리작용을 보여주는 소설 형식 중의 하나라고 말할 수 있다.

「빨간 치마를 입은 아이」에서 성인이 된 주인공 화자의 어린 시절인 '아이'가 겪은 '변소 사건'은 가히 엽기적 충격에 가깝다. 그러나 내용은 충격적인 사회문제임에도 작가는 이 문제를 사회의식의 차원에서 해결하려고 하지 않는다. 작가의 의도를 정확히 알 순 없지만, 적어도 이 작품의 의도를 '관측'할 수는 있다. '부조리한 사회'를 변혁할 사회의식이나 이데올로기에 의탁한 작가의 의도가 아니라, 가난한 삶이 '자기-안'에 감추고 사는 '생리적 관계'에 관심을 갖는다는 것. 그렇다면 작가는 사회의식을 포기한 것인가. 또 소설과 독자와의 생리적 관계는 과연 어떤 효과를 가져올 수 있는가.

기존 소설에서 리얼리즘에 익숙한 독자들과 비평가들은 이 점에 대해 불만을 가질 수도 있을 것이다. 하지만, 사회의식을 포기한 것인가, 하는 반문은 잘못된 것이다. 이 반문은 기득권적인 혹은 기존의 리얼리즘 소설에 대한 정의 혹은 그 규범을 뒤쫓을 때만 가능한 반문이다. 이 글의 서두에서 얘기했듯이, 소설 형식을 '자기-안'의 내용과 '자기 한계'로서 '자기-밖'의 열린 관계를 지니는 '살아 있는 유기체적인 존재'로서 이해한다면, 기존의 리얼리즘 소설과 사회의식 사이의 단순하고 일방적인 반영 관계와 그 규범화된 이론은 반성되어야 한다. 다시 말해, 오늘의 한국 소설의 지형도와 수준을 생각해보면, 소설이 지향하는 사회의식은 소설을 살아 있는 유기체적 존재로서 이해하느냐, 아니면 기존에 인식되어온 바처럼 부르주아 계급의 자유주의적 산물로서 시장의 논리에 지배받는 비생물적 상품 중의 하나로서 받아들이느냐 하는 문제가 실로 중요한 것이다. 리얼리즘 소설도 이 문제에서 예외일 수는 없다. 기존의 소설 양식과 규범에 대한 의미 깊은 새로운 소설적 도전으로 이경란 소설을 이해하려 한다면, 유기체적 존재로서의 소설이 지닌 '자기自己의 존재 가능성' 차원이 개시開示될 필요가 있다. 더욱이는 그 빈곤의 생리에 대한 미시적 관찰 혹은 섬세한 생리적 감수성이 불러일으키는 소설 그 자체의 생리와 독자와 상호작용하는 기운은 '새로운 소설론'에서 더없이 소중하고 중요하다. 소설 읽기는 가난과 고난 속에서

아파하는 독자들에게 소설의 생리 그 자체로서 고통의 내성耐性 또는
삶을 이끌어가는 은밀한 내구력耐久力을 안겨줄 수도 있기 때문이다.

> 미로의 끝이었다. 어르신은 장갑을 끼고 다시 걸음을 떼었다. 한
> 손은 팔꿈치를 잡아 부축하고 한 손은 주머니에 넣었다. 딱딱한 것이
> 만져졌다. 립스틱이었다. 뚜껑을 열고 끝까지 돌리자 불꽃이 날름거
> 리며 튀어나왔다. 노랗고 파란 벽과 야단스러운 그림이 그려진 문들
> 을 불꽃으로 지지며 어르신의 뒤를 따라 먼빛을 향해 걸었다. 미로를
> 벗어나기도 전에 금속이 콘크리트를 긁는 소리가 났다. […] 케이스
> 만 남은 립스틱으로 시선을 옮기며 뒤를 돌아보았다. 빨간 선이 벽을
> 따라 물결처럼 굽이쳤다.
> 선을 따라 아이가 걸어가고 있었다. 아이가 빨간 치마를 나풀거리
> 며 차분하게 멀어져갔다. 손을 앞으로 모으고 팔꿈치를 옆구리로 딱
> 붙인 자세였다. 반팔 소매 아래로 빨간 생채기가 보였다. 디딤돌 앞
> 에 멈춰 선 아이의 가슴이 몇 번 오르내렸다. 기도하듯이 모아 쥔 손
> 에 무언가 들려 있었다. 큼직한 성냥갑이었다. 이윽고 아이는 변소
> 안으로 빨려 들어갔다. 폐부 깊은 곳에서부터 매캐한 냄새가 치밀
> 어 오르고 기침이 터져 나왔다. 냄새도 기침도 오래도록 멎지 않았
> 다.(「빨간 치마를 입은 아이」, 90~91쪽)

더럽고 추악한 이 어른들의 세계로부터 끔찍한 변을 당한 '나'는 어
두운 미로 같은 참담한 기억과 해후하지만, '나'의 '아이' 때 기억은 '불
꽃'의 이미지 속에서 재생된다. 그것은 용서받을 수도 용서할 수도 없는
비극의 시간이 어두운 기억 속에서 은폐되었다가 불현듯 불빛 속에서

드러나는 '기억의 생리'와도 같은 것이다. 이 기억의 생리가 소설의 생리로 환치될 수 있는 것은 이 소설이 자체로 타락한 사회에서 벌어진 비극을 견디는 소설의 생리를 가진 탓이 아니겠는가. 고통의 내성과 삶의 은밀한 내구력으로서 소설의 생리…….

이 점을 생각하면, 이경란의 소설은 사회의식을 능가하는, '유기체적 존재로서 새로운 소설'의 특이한 사회의식의 경지를 보여준 특별한 소설로서 높이 평가될 것이다.

3. 낯선 죽음을 배웅하는 영혼의 소설:
김이정 소설집 『네 눈물을 믿지 마』

병들어 죽든 천재지변이 부른 죽음이든 '자연적인 죽음'이거나, 끔찍한 사고나 원통한 사건으로 죽은 '인위적인 죽음'이거나, 모든 죽음은 삶에 두렵고도 처연한 감정을 불러일으킨다. 문학은 죽음이 삶의 근원根源이라는 사실을 깊이 이해한다. 문학은 내용과 형식을 통해 모든 죽음을 '낯설게' 만든다. 이 말은 죽음을 죽음으로 끝내지 않고, 죽음을 새 삶을 맞이하는 '낯선 죽음'으로 만든다는 뜻이다. 김이정의 소설을 읽으면서 먼저 떠오른 상념은, '낯선 죽음을 배웅하는 삶'으로서 소설 정신이란 무엇일까 하는 질문.

작가 김이정은 기본적으로 사회적 모순을 철저하게 파헤쳐 이를 묘파하고 극복하려는 '리얼리스트'이지만, 관념적 도식에 갇힌, 지겹도록 흔한 '속류俗流 리얼리스트' 무리와는 거리가 멀다. '영혼의 리얼리즘'이라고 부를까, 김이정 소설은 '죽음'이 자기 소설 창작의 근원성이라는 사실을 깊이 수긍한다. 죽음을 수긍하는 소설 의식은, 김이정 자신의 문학적 도정道程의 '프롤로그'인 『네 눈물을 믿지 마』(강, 2021)의 첫 수록작 「프리페이드 라이프」에서 깊고도 인상 깊게 드러난다. 이 작품은 가난한 여주인공의 인도 여행기 형식을 빌리고 있지만, 죽음을 맞이하고 배웅하는 삶의 형식을 찾아 방황하고 고뇌하는 작품이라는 점에서, '죽음을 향한 순례기巡禮記'라 할 수 있다.

흔히 역사적으로 억울한 죽음들을 '잊지 말자'고 수없이 강조하고 약속한다. 미안하지만, 그 '강요된' 약속은 원통한 죽음이 삶과 유리되지 않는 삶의 '근원'으로서 널리 공유되지 않는 한, 헛된 구호로 그칠 공산이 크다. 자연적 죽음이든 역사적 죽음이든, 모든 죽음은 삶의 종말이 아니라 '돌아가고 돌아오는 삶의 근원성' 자체이다. 지금 중요하고 필요한 것은, 죽음이 삶을 이어가는 '근원' 또는 '자연' 자체라는, 죽음과 상생하는 생명의 문화에 대한 요청이다.

죽음을 대하는 부박한 한국사회 현실에서 보면, 소설 「프리페이드 라이프」는 뭇 죽음을 배웅하는 의식儀式이 김이정 문학의 근간을 이루고 있음을 보여주는 의미심장한 작품이라는 점에서 주목되어야 한다.

이 죽음의 세계를 삶의 세계로 포용하는 '프롤로그'에 이어지는 작품들에서 김이정의 문학적 진가眞價는 서서히 유별난 광휘를 띠기 시작한다. 특히 두 번째 수록작 「하미 연꽃」은 1960년대 월남전에서 파병 한국군이 저지른 양민 학살을 정면으로 다룬 점, 당시 학살 현장을 르포 reportage 형식에 기대어 '리얼하게' 그린 점에서 일단 그 문학 정신을 높이 평가하게 된다. 김이정 소설들이 드러내는 이야기 서사의 절실한 리얼리티와 그 처절한 진상은 차마 읽기조차 힘들 정도이다. 이 작품은 이러한 처절한 서사를 바탕으로 삼아, 학살이 그 진상과 원인을 '역사적으로' 규명해야 하는 중대한 반인륜적·범인류적 범죄이며, 아울러 상관의 명령에 따라 학살에 참가한 당시 파병 장병들 대부분이 한국사회에서 소외된 가난한 계층의 젊은이들로서 그들도 귀국 후 황폐한 삶과 비극적 죽음을 맞게 된 또 다른 피해자란 사실을 고발하고 한국정부와 한국인들이 베트남 국민과 피학살자 가족에게 깊이 사과 사죄해야 한다는 점을 밝힌다.

이러한 강렬한 주제의식은 사회적·윤리적으로 필히 요구되어야 하는 것이지만, 그렇다고 문학은 '사회적 요구' 수준에 머무르는 것은 아니다. 만약 리얼하게 '고발'하기 차원에서 그쳤다면, 김이정의 문학은 '속류 리얼리즘'에 머물렀을지도 모른다. 다시 말해, 르포 의식이 중요하다 해도 그 자체가 문학적 진가를 보장하는 것은 아니다. 중요한 것은 문학 정신이 어떻게 역사적으로 혹은 인간적으로 참혹한 내용조차 작가가 자기 특유의 형식으로 승화하는가 하는 문제이다. 이럴 경우만이 문학은 동시대의 '시대정신'으로서 유의미한 문학 정신에 도달할 수 있게 된다.

동학東學의 가르침 중에, '각지불이各知不移'라는 말이 있다. 각자 알아서 터득한 이치(앎)를 남에게 옮기지 말라는 뜻이다. 사람이 한울님을 모신 시천주侍天主의 존재라는 말은 한울님이 모두 똑같은 동일성의 존재라는 뜻이 아니다. 이 말을 문학에 적용하면, 모든 작가는 각자 삶의 개별성에 따라 저마다 고유한 내용과 형식의 문학을 추구해야 한다는 것이다. 김이정 소설에서 '각지불이'의 뜻을 곰곰이 새기게 되는 지점은 바로, 죽음을 배웅하는 작가의 삶과 정신이 나타나는 곳이다. 죽음을 배웅하는 삶의 형식으로서 소설이라고 할까.

한강의 장편『소년이 온다』는 광주민주화항쟁 당시의 끔찍한 상황을 르포르타주 형식을 빌리되, 죽은 소년의 넋이 작중 화자(내레이터)의 눈과 입이 되어 처절하게 서사되는 장편소설이다. 뒤늦게 최근에서야 읽은 '리얼리스트'인 황석영 선생의 장편 역작『철도원 삼대』에서도 죽은 혼령이 작중 내레이터로 등장한다. 이미 오래전부터 '유역문예론'이 강조해온 죽음과 삶의 상생 혹은 불이不二의 생명론적 의식이 한국문학에서 뒤늦게나마 싹을 틔우고 꽃 몽우리를 맺는 상황이 벌어지고 있달까? 아무튼, 김이정의 소설에서도 원통하게 학살당한 베트남의 젊은 엄마의 혼령이 작중 화자로 등장하여 애끓는 이야기를 이끌어가고, 부조리한 역사 속에서 학살의 가해자가 되어버린 '월남 파병군인' 서 하사의 장성한 딸이 죽은 넋의 억울한 사연을 듣고 이를 다시 들려주는, 가해자와 피해자 사이의 해원 상생의 매개(이 소설의 전체 구성·형식 이면에 있는 '은폐된 내레이터'의 시선으로 보면 '영매靈媒') 역을 맡는다. 여기서 중요한 것은, 혼령이 작중 화자로서 이야기를 풀어간다는 점이고 그 혼령을 영매하는 존재가 따로 있다는 사실을 이해하는 일이다.

이를 이해하기 위해서는, 먼저 소설의 화자(표면적 내레이터)가 '죽은 혼령'이라는 사실에 대해 어떤 선입견이나 편견 없이 작중의 혼령과 마주하는 것이 필요하다. 가령 유물론적 이념이나 합리적 지식 또는 기독교적 유일신관 등의 선입견이나 편견이 작동하면, '죽은 혼령'은 거짓 허구로 평가절하될 가능성이 크다. 그러나, 선입견과 편견을 벗어던지면, '낯선 혼령'을 새 삶을 맞이하게 하는 '문학적 존재'로서 경이롭게 수용하게 된다. 물론 여기서 초월성이 발생하는데, 이 초월성은 죽음이 삶의 순환하는 근원성이라는 각성이 전제되어 있다는 점에서 '삶의 깊이'를 가리키는 문학성이라고 할 수 있다. 즉, 문학은 죽음의 세계조

762

차 '낯설게 만듦'으로써 죽음을 삶 속으로 포용한다. 동학사상으로 말하면, 불연(不然. 보이지 않는 죽음의 세계)이 기연(其然. 보이는 현실 세계)이 되는 특별한 능력이 다름 아닌 문학예술을 통해 발현되는 것이다.

이러한 각지불이各知不移와 불연기연不然其然의 관점(유역문예론의 관점)에서 보면, 김이정의 이번 소설집이 보여주는 성과는 드물고 귀하다. 이는 무엇보다 고통스러운 내용을 자기 특유의 소설 형식으로 승화하고 있기 때문인데, 이 사실을 증거하는 의미심장하고도 탁월한 작품이 세 번째 수록작 「죄 없는 사람들의 도시」이다.

이 소설은 작중 화자(표면적 내레이터)인 '나'가 예전에 포르투갈의 도시 리스본 지방에서 체험한 르포 형식의 여행기를 빌려 현재의 '그녀'의 투병 끝 죽음을 대비하여 보여주고, 이 대조와 대비를 통해 기독基督의 신神을 신앙하는 '죄 없는 사람들'의 '잔인한 죽음'을 분노하고 유일신에게 항의하는 줄거리이다. 하지만 소설의 주제가 기독교 비판이나 무신론의 주장이라는 근거는 사실 찾기 어렵다. 이 작품은 여러 가지 해석들을 찾을 수 있는데, 내가 주목하는 지점은, 위에서 말한 바 같이, 김이정의 소설이 지닌 '영혼의 리얼리즘'에 관한 것이다.

김이정의 문학 정신의 깊은 속내와 문학적 저력을 유감없이 보여주는 걸작 「죄 없는 사람들의 도시」에는 1755년 포르투갈의 도시 리스본에서 발생한 대지진으로 당시 대부분이 기독교인이던 인구의 1/4이 순식간에 떼죽음을 당한 역사적 현장을 찾은 '나'의 여행담과 함께, 충청도 대전의 한 병원에서 급성 백혈병으로 투병하고 있는 독실한 천주교 신도인, "학교에 들어갈 무렵부터 아버지이자 엄마, 누이이자 형이고 동생이었던 그녀"의 죽음에 이르는 처절한 과정이 끔찍할 정도로 정밀한 사실성으로 묘사된다.

이 소설에서 '죽음'을 김이정 특유의 형식으로 승화하는 지점은, 우선 '나'의 리스본 여행기가 전개되는 도중에 느닷없이 한국에서 투병 중인 '그녀'가 '죽음'에 이르는 과정이 내레이터인 '나'의 아무런 설명이나 논리적 매개 없이 개입하여 뒤섞인다는 점. 이러한 '서로 다른 시공간의 느닷없는 뒤섞임의 형식'은 독자의 이야기 이해에 혼란을 줄 수도 있어 대개 회피하지만 김이정은 독자를 위한 논리적 배려나 오해의 가능성을 고려하지 않고, 자기 소설 의식이 가는 대로 자기Selbst를 믿고 의식이 원하는 바를 따라가는 듯하다. 이야기에 행간을 주어 서로 다른 시공간에서 벌어지는 다른 이야기라는 '행간의 표시'를 무시하는 것이다. 나는 이러한 특이한 소설 형식을 전통 서사무가巫歌에서 보이는 '빙조憑眺의 형식'이라 부르려 한다.(소설에서는 '행간을 군데군데 주었지만', 그 행간이 작가의 의도라고 볼 수 없다.)

이를 뒷받침하는 또 하나의 의미심장한 표지標識가 있는데 그것은 바로 작중 내레이터인 '나'와 이 소설의 사실상의 주인공이라 할 '그녀', 두 인물이 모두 대명사로 등장한다는 사실이다. 작중의 사건이나 처소 즉 공간은 모두 '구체적 개념과 구체적 시공간'으로 서사되어 있는 데 반해, 작중 주인공인 두 인물 '나'와 '그녀'는 대명사로 표시되고 있다는 사실은, 구체적이고 현실적인 인물에 감추어진 추상적-초월적 존재를 의식하는 작가 정신이 작용한 결과로 해석될 수 있는 것이다. 그래서, '나'와 '그녀'라는 구체성을 버린 대명사를 통해 '죽음'은, 구체적인 삶 속에 어우러진 초월적 존재로서 자리 잡게 된다.

그렇기 때문에 이 작품은, 겉으로는, '나'가 기독신基督神과 벌이는 갈등과 반목과 좌절을 치열하고 처절하게 보여줌으로써, 신 앞에서 '현실적'으로 무력한 '인간 존재'임을 수락하면서도, 신과 소통을 추구하는 즉 '초월적 죽음'을 껴안는 '승화된 인간 정신'의 표시로서 구체적인(현실적인) 인물의 이름을 지운 채 '나'와 '그녀'에 내포된 초월적(신적) 존재성을 보여주기 위한 형식으로서 대명사를 택했다는 해석이 충분히 가능해지는 것이다. 달리 말하면 죽음을 절절히 맞이하는 '나'와 '그녀'는 죽음의 초월성을 내포한 추상적 존재의 표현인 것이다. 그러므로, 이 소설에서 주목할 것은 표면적인 화자(내레이터)는 '나'이지만, 이면적인(은폐된) 내레이터는 '죄 없는 죽음' 자체인 '그녀'이고 '나' 안엔 초월적 존재가 은폐되어 있다. '죄 없는 죽음'에는 죽음을 배웅하는 보이지 않는 영매의 그림자가 드리워져 있는 것이다.

김이정 소설을 단연 빛나게 하는 원천은 자기만의 '고유한 문체의식'이다. 그이의 소설 문체는 삶의 무게와 고통이 안겨주는 무거운 압점壓點과 괴로운 통점痛點을 견디는 가운데 마침내 터득한 문체이다. 이 삶이 만들어낸 압점·통점들에 들러붙은 문장의 수사修辭는 상투적이거나 세속적 감각에 의존하는 허튼 레토릭과는 차원을 달리한다. 김이정 소설이 지닌 심층적 주제의식에 다가가기 위해서는, 그녀의 소설에 은폐된 '내적 형식'과 특유의 문체의식을 이해해야 한다.

김이정 소설집『네 눈물을 믿지 마』에서 무고한 민간인 학살을 다룬 작품들에 은폐된 '내적 형식'의 문제는 '죽음'과 삶이 서로 깊이 연루된, '영혼과 형식'의 문제라고 달리 논의될 수 있다. 이 영혼의 문제는 날 선 역사의식이나 비판적 이성의 힘만으로는 해결되지 않는다는 사실을 작가 김이정은 잘 알고 있다. 학살 현장을 찾는 이유나 기억은 알 수 없거나 비논리적이다. 이 기억의 '알 수 없음' 속에 영혼의 자취가 있고, 형식은 없는 듯, 바로 이 없음에 형식이 있다. 소설「노 파사란」의 한 장면을 보자.

> 왜 혼자 여기까지 온 거야?
>
> 갑자기 여자가 물어왔다.
>
> 난감했다. 따뜻하고 아름다운 여행지가 많은 스페인에서 왜 하필이면 처음으로 떠나온 곳이 게르니카인지, 나 역시 자신에게 묻고 있었다.
>
> 몰라.
>
> 틀린 말도 아니어서 나는 고개를 저으며 멋쩍게 웃었다.(「노 파사란」, 185쪽)

게르니카 원주민 레이레가 왜 이 곳을 찾아왔는지 묻자, "몰라"라는 '나'의 답변은 허튼 말이 아니다. 그래서 "틀린 말도 아니어서 나는 고개를 저으며 멋쩍게 웃었다."라는 지문이 이어진다. 이처럼, 이야기는 인과론因果論적 진행에서 이탈되고, 이성이 닿지 않는 비논리성에 기울기도 한다. 인용문에서 '나 자신도 모른다'라는 의미를 품은 "몰라"라는 대답은 김이정 소설의 은폐된 형식성과 은폐된 주제의식을 문득 드러낸다. 작가의 의식이나 이성에 은폐된 내적 형식과 영혼이란 존재가 은밀하게 작용하고 있음을 암시하고 있는 것이다. 이 은밀한 내적 형식은 느닷없이 나타나는 끔찍한 환청과 환각을 통해서도 드러난다.

> 여자가 물었다. 검은 눈동자가 미동도 하지 않았다. 당황했다. 도대체 여기엔 왜 온 것인지, 여전히 명확한 대답은 떠오르지 않았다. 어제부터 오늘까지, 이틀 동안의 시간들이 혼란스럽기만 했다.

물론 살다보면 참혹했던 이곳이 위안이 되기도 하는 때가 있지.

여자가 시니컬하게 중얼거렸다.

그건 아니야, 아니 모르겠어.

나는 여자를 향해 고개를 주억거렸다. '그때였다.' 여자가 몸을 휘청이더니 탁자 위로 상태를 툭 떨궜다.

정신 차려, 레이레!

나는 여자를 혼들었다.

[…]

오, 풀문이야!

여자가 4층짜리 건물들이 키를 맞춰 들어선 골목 사이에 걸린 보름달을 바라보았다. 티끌 하나 없이 맑은 밤하늘이었다. 빨랫줄을 매도 될 만큼 가까운 골목 사이로 커다란 달이 미끄러지듯 빠져나가고 있었다. 달이 빠져나가고 있는 곳의 끄트머리는 장터였다. 달빛이 훤한 장터는 아이들 하나 보이지 않고 기괴한 정적이 감돌고 있었다. '그때였다.' 동쪽 하늘 어디선가 이 작은 마을로 스물네 대나 몰려왔다는 폭격기 소리가 들리는 것 같았다. 연이어 폭탄이 터지는 소리도 환청처럼 들려왔다. 레이레의 엄마, 여덟 살짜리 꼬마가 숨어 있던 탁자 위로 터지던 폭탄이었다. 아니 그것은 쓰러지기 직전 내게 전화를 걸어 내지른 그의 비명이기도 했다. 가진 건 바닥이 난지 오래지만 여기저기서 끌어온 빚으로 정신없이 틀어막던 사업이 손수건 한 장 남지 않았던 그날 밤, 그는 전화를 걸어왔다.

나, 무서워.(「노 파사란」, 190~191쪽)

이 소설 속에 깊이 은폐된 작가의식은 두 가지 형태로 나타난다. 먼저, 이 소설은 처음부터 주인공 '나'가 게르니카에서의 여행 체험을 서사하다가 딱히 인과론적 연결고리가 없는, 한국에서 사업에 실패한 남편의 죽음과 그로 인한 고통스러운 과거를 연결 짓고 있는 점. 또 하나는, "그때였다."라는 돌발적 상황을 알리면서 스페인 파시스트들의 무차별 공중폭격에 의한 잔혹한 주민 학살의 참상을 떠올리고 있는 점. 유적지인 게르니카 여행 체험 이야기를 하던 중에 비인과론적 서사 형식을 통해 과거 대학살의 역사를 떠올리는 것이다. 기존 소설의 일반론적인 기율을 벗어난 비인과적 형식은 짧은 외마디 문장, 바로 "그때였다."라는 반복되는 문장에 은폐되어 있는 셈이다. 이 돌발적인 "그때였다."는 외마디는 표면적 내레이터인 '나'가 아닌, 이 소설이 은폐하고 있던 또 하나의 내밀한 내레이터의 내적 독백이다. 그리고 이 '은폐된 내레이터'는 이 소설이 품고 있는 은밀한 내면의 형식성을 보여주는 것이다. 이 내적 형식의 나타남에서 억눌렸던 '영혼'의 활동은 드러난다.

> "나는 바닥에 퍼질러 앉아 울기 시작했다. 가느다란 흐느낌으로 시작된 울음이 점점 거세졌다. 그를 보낸지 1년이 지났지만 한 번도 제대로 울지 못했던 울음이었다. 어디에선가 솟구친 울음이 종일 걸었던 골목골목으로 번져나갔다. 여자가 옆에 나란히 앉아 나를 안았다. 레이레의 커다란 두 손이 내 등을 쓸어내렸다.
>
> 너는 울 곳이 필요했구나.
>
> 갈퀴 같은 그녀의 손가락들이 내 등의 뼈 하나하나를 쓰다듬었다.(「노 파사란」, 192~193쪽)

한국에서 사업에 실패한 남편의 죽음과 함께 시댁의 원망과 죄책감에 시달리던 나는 도망치듯 스페인의 게르니카를 찾게 되었고, 끝내 참 았던 울음을 터뜨린다. 나의 울음은 레이레처럼 학살에서 가족을 잃고 구사일생으로 살아남은 이와의 연대감이 빚은 울음이지만, 그 울음은 단순히 애도哀悼의 울음에 그치지 않는다. 그 울음은 통곡에 가깝다. 통 곡은, 바리데기 굿거리에서 보듯, 영매의 통과의례와 같다. 때늦게 "어 디에선가 솟구친 울음"은 죽은 남편의 한을 풀고 한국에서 겪어야 했던 온갖 설움을 떨쳐내고, 고통을 통해 마침내 거듭나는 영매의 통곡을 닮 았다. 그 울음은 이승에서 고통받던 영혼의 위무와 천도薦度, 억압받던 자기 영혼과의 화해, 억눌린 자아의 해방이 아니겠는가.

이번 김이정 소설집에 수록된 총 8편 중 7편은 흔히 '여로 소설旅路 小說' 혹은 '여행 소설' 형식으로 분류되기 쉬운데, 이는 소설 형식의 겉모습 에 따른 규정에 불과할 뿐, 김이정 소설들이 왜 '여로'의 형식을 취했는 가, 곧 국경을 넘어 떠도는 작가의 '혼'을 찾아 이해하는 일이 선결적으 로 중요하다.

아무리 지고한 이념, 훌륭한 이론일지라도 어떤 이론이나 이념으로 쉽게 환원되는 문학작품은 방황하는 혹은 '고통받는 영혼의 반려'로서 문학의 진정한 존재 의미와 그 가치를 저버리기 십상이다. 문학이 고통 받는 영혼의 반려로서 이해될 때, 김이정의 '여로 소설' 형식의 진실이 비로소 드러난다. 작가 김이정에게 '여로'는 낯선 '타자' 속에서 진정한 '나', 곧 '알 수 없는' '나의 영혼'을 만나는 과정의 표현이라 할 수 있다. 의식이나 이성의 '그늘' 속에서 숨죽인 채 감추어진 자아의 '그림자'(컴 플렉스, 집단무의식, 아니마, 아니무스, 원형 또는 정념이나 죽음 충동 등이 뒤섞 인 심층 의식)가 이질적 환경 속 낯선 타자들과의 만남을 통해 자아를 깊이 성찰하고 '숨어 있는 영혼'의 존재와 해후하는 것이다.

김이정 소설은 이 '보이지 않는 내면세계', '알 수 없는' 영혼을 찾아가는 '여로형 소설'이기 때문에, 내레이터(화자話者) 안에 '은폐된 내레이터'로서 '영혼'이라는 존재가 잠재해 있다는 점을 먼저 이해할 필요가 있다.

심오한 수작 「붉은 길」은 사회적으로 소외되고 박해받는 '퀴어queer 문제'를 다룬 소설이다. 하지만, 이 작품은 사회문제로서 퀴어를 드러내는 데 목적이 있다기보다, '영혼의 존재'를 드러내는 데에 바쳐져 있다. 부조리한 가족 관계와 가정환경 그리고 사회경제적 모순과 고통 속에서 뜻밖에 양성애자가 된 '나'는 '어느 날 문득 사라진 너'를 만나러 인도의 시골에 있는 수행자 명상원 '스와미 아쉬란'을 찾아간다. '나'는 훗날 인도 여행을 결심한 데 대해, "내 삶 속에서 단 한 번도 없었던, 낯설고도 기이한 열정이었다."라고 술회한다. 이 소설은 의미심장한 복선들을 품고 있는데, 그중에 여성 주인공인 '나'의 연인인 '너(그녀)'가 요가 강사이고 '너'가 찾아간 인도의 명상원에 있다는 '너'의 연인인 '그 사람'도 요가 강사라는 것, 그리고 세 여성 동성애자 모두가 '요가와 명상'에서 각자 삶의 동력과 수행의 의미를 구한다는 것은 페미니즘에 연결되는 깊고 새로운 해석의 길을 열어놓을 수 있다.

그러나 여러 해석의 가능성에도 불구하고, 해석자들은 이 소설이 어떤 권위 있는 사회과학 이론이나 기존의 페미니즘으로 쉽게 나누어지거나 환원되지 않는다는 점을 수용해야 할 듯하다. 여기에 이 소설이 지닌 생명력의 진실, 그에 준하는 문학적 위상이 있다고 해도 과언이 아니다. 예를 들어, 소설 속 문장, '나'는 길을 잃고서 "도대체 여기에 왜 온 것일까, 잃어버린 길 위에서 나는 자신에게 묻기 시작했다. 구차하기 짝이 없는 여행이었다." 하는 탄식은 이 소설이 어떤 이론적 사유만으로는 작품의 진정한 속내를 분별하고 논리적으로 명확히 분수分數해낼 수 없는 '알 수 없는' 영역이 깊이 은닉되어 있음을 보여준다. 다시 말해, 이론이나 이념 따위 어디에도 환원되지 않는, 의식이 닿지 않는 '자아의 그림자'로서 영혼의 순연純然한 영역이 은폐되어 있다는 점.

바로 여기에서 작가 김이정의 독자적이고 웅숭깊은 '작가 정신'의 단면이 드러나는데, 가령 빼어난 작품 「붉은 길」의 아무 데서나 뽑은 다음 예문 둘.

(1)

너에게로 가는 길은 가시나무로 덮인 초원에서 길을 잃는 것과 다르지 않았다. 타고난 곱슬머리가 자유분방하게 흐트러진 네가 송곳니를 드러내며 웃을 때마다 나는 무방비 상태로 바라보고 있는 자신을 발견했다. 환했다, 지상의 모든 어둠을 걷어낼 수 있을 만큼, 네 미소는 봄 햇살처럼 환했다. 언젠가 사진 찍은 선배를 따라가 보았던 복수초가 떠올랐다. 향일성向日性이어서 햇빛이 없으면 피지 않는 꽃이라고 했다. 노란 피가 흐를 것 같던 꽃잎이 잎맥까지 햇빛에 훤히 드러나던 복수초, 환한 세상이 간절히 그리웠던 나를 흔든 것 그러나 복수초가 피어난 회갈색 겨울의 언 땅이었다.(「붉은 길」, 242쪽)

(2)

아버지에게 화를 내는 너를 보지 않았다면 네 앞에서 머무는 일은 없었을 것이다. 소리를 지르는 너를 보며, 술에 취해 엄마 손에 질질 끌려오던 아버지를 떠올리지 않았다면……매일 저녁, 술에 취해 마음 개천이나 논둑에 처박혀 있거나 동네 잔칫집의 마무리를 인사불성이 되도록 만취한 아버지의 행패로 파장을 내고야 말 때마다 엄마는 아버지의 옷자락을 질질 끌고 마을 한가운데를 지나며 세상의 모든 욕을 퍼부었다. 그때마다 하루 두 번 지나는 기차를 타고 그들이 없는 세상으로 도망치고 싶었던 어린 내가 떠오르지 않았다면 나는 너를 그냥 지나쳤을 것이다.(「붉은 길」, 245쪽)

요가를 매개로 '동성애'에 빠진 여성 3인이 갈등과 질투 그리고 우애 속에서 인도의 수행자 클럽을 찾아가는 이야기에서 정작 중요한 것은 '나'의 여행 속에서 우리가 의식하지 못한, 무의식과 의식 사이에 걸쳐져 있는 모호한 잠재의식들, '초超의식'이 곳곳에 문득문득 나타나는 대목들이다.(역사적 상황에 처한 '의식의 자기 운동'이 없다면 '초의식'도 없다!) '나'의 기억과 의식의 진실성이 담긴 위 인용문에서 주목할 것은, 동성애로 삶의 변화를 일으킨 동인動因이 '나'의 명확한 의식에 있다기보다 의식 - '너머'의 영혼Seele의 존재에 있다는 사실이다.

동성애에 빠진 '나'는 이렇게 고백한다. "나는 아직 알지 못한다, 너를 향해 내 안의 모든 장애물을 걷어버리게 한 것은 도대체 무엇이었을까. 지금도 그것의 정체를 몰라 당황스럽기만 하다." 이처럼 동성애에 빠진 동기가 불가해不可解한 것인 만큼, 의식의 '그늘' 속에 보이지 않던 영혼의 그림자는 움직이기 시작한다. 의식의 불가해성 속에서 영혼의 존재가 드러나는 것이다. 이러한 영혼의 존재는, '페미니즘' 이론으로 포착하거나 환원되기 힘들긴 해도, 적어도 페미니즘을 우애友愛와 연대連帶를 위한 정신 차원으로 승화하고 고양하는 데에는 더없이 소중하다는 점을 이해하는 것이 중요하다.

772

'고통과 죽음을 치른 타자와의 우애와 연대'의 정신은 김이정 소설이 품고 있는 실질적 테마로 이해될 수 있다. 앞서 언급한 1960년대 말경 월남전에 파병된 한국군에 의한 베트남 양민 학살 사건을 다룬 소설들은 극단적으로 김이정 소설의 '여로·소설' 형식이 지닌 특이하고 독립적인 작가의식을 여실히 보여준다. 의식-너머의 '영혼의 형식'이 의식-너머의 '귀신'의 혹은 '유령'의 형식을 불러들이는 것은 전혀 이상한 일이 아니다. 한국군의 학살 현장에서 허리에 총을 맞고 창자를 쏟아내면서 죽어가던 어린 '호아'와 학살자의 일원인 '서 하사'의 딸인 '광희'는, 소설 형식상 둘 다 일인칭 화자 '나'로 등장한다. 이 사실은, 일견보기에는, 단순히 소설 형식상의 기법으로 보이지만, 심층적으로 보면, 작가의 심층 의식 즉 내레이터인 '나'의 내면에 '은폐된 내레이터'의 존재를 깊이 헤아리면, 같은 동갑내기인 '호아'와 '광희'는 둘이면서 '공통의 나'인 하나라고도 분석·해석될 수 있다. 이처럼 서로 다른 두 인물인 호아와 광희를 소설 형식에 의해서 서로 다른 둘인 동시에 하나로 만드는 것은 일종의 '영매靈媒'로서 작가의 심층 의식과 연관이 깊다. 또 이러한 영혼의 존재는 김이정 소설 곳곳에서 감지된다. 앞서 살펴본 「노 파사란」에서 사업에 실패한 남편이 자살하고 어려운 삶을 살아가던 '내'가 스페인의 시골 마을 게르니카를 방문하여, 어릴 때 파시스트들의 무자비한 폭격으로 가족들이 떼죽음당한 고통을 평생 안고 살아가는 '레이레'를 만나 마침내 "바닥에 퍼질러 앉아 울기 시작"하는 것은 원혼을 달래는 영매(巫)의 형식으로서 '통곡慟哭'과 크게 다를 바 없다.

　악마적 자본주의 사회에서 사업에 쫓기다 끝내 자살한 남편의 죽음은 스페인 파시스트들에 자행된 게르니카 주민들의 떼죽음과 '시공간적으로 또 역사적으로' 서로 아무런 상관이 없는 듯하지만, '낯선 죽음을 배웅하는 영혼' 혹은 '영매'의 차원에서는 다른 두 죽음이라도 하나로 돌아가는 '근원'으로서 서로 능히 통한다. 영매의 마음은 서로 다른 죽음을 차별하지 않고 넋을 불러 해원解冤하고 넋의 세계로 인도한다. 전통적으로 해원의 오래된 형식은 '목놓아 울음'이다. 울음과 통곡이야말로 원통한 넋을 위무하고 마침내 해원하는 영매의 가장 유서 깊고 유력한 방식이다.

이 알 수 없는 영매의 작용과 통곡을 이해하는 것이 필요하고 중요하다. 아울러 이 '보이지 않는' 영혼이 주재主宰하는 소설 형식과 문체의 비범함과 독특함을 이해하는 것은 좋은 문학을 가려내고 이해하는 데에 더없이 중요하다.

김이정 소설에서 '영매적 존재'는 고통을 겪는 타자와의 우애와 연대를 실천하는 '은폐된 내레이터'이면서, 동시에 소설의 숨겨진 '내적 형식'이라 할 수 있다. 「노 파사란」의 끝, '나'가 통곡할 때, "레이레의 커다란 두 손이 내 등을 쓸어내렸다. '너는 울 곳이 필요했구나.'"라는 문장이나, 「퐁니」의 끄트머리 문장, 한국군 학살 현장에서 극적으로 살아남은 베트남인 '그녀'와 '나'가 만나 함께 허리를 맞잡고 걷는 중, 어릴 적 '그녀'가 총격당한 허리에 움푹 패인 상처를 껴안고 걸으며 남기는 문장, "손을 뗄 수도 없이 그녀의 상처를 껴안은 채 이인삼각 경기처럼 걷는 논길로 바람이 불어왔다. 그날도 불었을 무심한 바람이."(162쪽)

이처럼 타자의 고통을 껴안는 우애와 연대의 정신에는 타자의 '낯선 죽음을 배웅하는 영혼'의 존재로서 '영매'의 그림자가 어른거린다.

위에 인용한 문장들에서, 단지 추억 속 복수초가 가리키는 은유, 또는 유년기에 겪은 알코올중독자 아버지에 의해 생긴 심리적 상처(콤플렉스)로서 이 작품의 페미니즘을 논하고 해석한다면, 이 소설의 진수眞髓

는 간과되기 쉽다.

마르크스주의든 페미니즘이든, 온갖 이론과 이념은 그 자체로 생명력을 가진 것이 아니라 '회색' 무생물에 불과하다. 그럴듯한 이론을 가지고서 문학작품을 규정하는 것은 문학을 이론의 노예로 만들고 끝내 문학을 황폐화한다. 특히 어떤 쟁쟁한 이론에서 '연역'하는 비평을 경계해야 한다. 시나 소설 등 언어예술 작품을 이론이나 이념으로부터 '연역하여' 해석하는 비평을 경계하고 반성한다면, '좋은 문학작품'은 그 자체로 '정신의 생물生物' 곧 '창조적 유기체의 존재'로서 이해되는 눈이 열린다.(한국 소설의 험한 시절 한때엔 '유의미한 이론'이었지만, 내가 보기에, 가장 강력한 이론적 권력으로 근 한 세기 가깝게 군림해왔기 때문에 오히려 가장 경계해야 할 소설의 이론은 루카치의 소설 이론이다. 이에 대한 자세한 논의는 뒤로 미루고, 졸저『네오 샤먼으로서의 작가』등을 참고.)

비유적으로 말해, 의식 너머의 '영혼'은 이론 또는 이념이라는 정수定數가 아니라 무슨 이론으로도 나누어지지 않는 분수分數이거나, 혹은 유리수有理數가 아니라 오히려 파이 같은 무리수無理數의 영역에 가깝다. 진정 좋은 문학은 이론으로 나누어지지 않는다. 늘 삶을 고뇌하게 하고 추동하게 하는 풍요로운 여백과 지속적인 해석의 여지를 남기는 것이다. 이론이라는 공통분모로 나누어지지 않는 분수의 몫도 아닌 '나머지', '알 수 없는 깊이'로서의 '자유로운 영혼'의 세계가 이번 김이정 소설집의 독창적인 문학성을 이룬다고 볼 수 있다.

지금, 나의 잠정적인 판단이지만, 김이정 소설이 보여주는 문체와 형식은 서구 근대소설 이론에서 '연역해서' 적용하는 데엔 한계가 있고, 작가 정신이 이루어내는 '지극한 기운'(至氣)이 특이한 형식과 문체를 낳는다는 생각이 든다. 동학의 강령주문降靈呪文 8글자, "지기금지 원위

대강"(······시천주 조화정 영세불망만사지)의 간절한 기원을 통해 지기에 이르면 맑은 영혼의 '내림'(강령)이 이루어진다는!

　김이정 소설의 특이한 형식과 스타일은 이 지극한 영혼의 존재와 운동에 깊이 연루되어 있다는 점을 이해해야 하는데,(가령, 김이정 소설 형식에서의 장면 혹은 국면 전환의 '느닷없음', '그때였다'의 반복······ 등 문체적 특이성 문제) 바로 여기에 김이정 소설집이 지닌 문학적 깊이와 성취를 가늠케 하는 핵심이 들어 있다.

(2021년)

AI와 문학
—가즈오 이시구로 『클라라와 태양』

1.

가즈오 이시구로의 장편소설 『클라라와 태양』(민음사, 2021)이 가진 문학사적 의미와 의의는, 서구 과학 문명의 최첨단으로서 인지과학이 낳은 'AI 로봇'-AI 인간을 작품의 화자인 주인공 클라라로 삼았다는 사실에서 찾아질 수 있다. 이를 충분히 인정하기로 해도, 유역문예론의 관점에서 본다면, 작중 내레이터 역役인 주인공 클라라의 존재와 의식의 근원성에는, 태양의 기운과 불가분리하게 교환하는 클라라의 '자연적 존재'와 자연에 대한 의식이 동시에 작용하고 있다는 점이 함께 깊이 이해되어야 한다.

클라라는 과학적 서사(SF)를 전개하는 '표면적 내레이터' 역役이면서, 그 그림자엔 언제나 태양의 기운을 생명 에너지로 채워야 하는, 또 다른 차원의 '기氣'의 존재 자체이다. 태양광에 담긴 무궁무진한 원적외선原赤外線은 그 자체가 생명의 기운이다. 태양 에너지들이 AI 로봇 클라라의 존재와 의식을 유지하는 생명력이라는 SF적 상상력은 가즈오 이시구로의 과학적 상상력이 기운의 운용을 중시하는 동양의 기철학적 세계 인식과 서로 상당히 교감하고 교류한 듯이 보인다. 단전 수련을 통해 원적외선은 생기로서 체득되기도 하고 인간의 정수리 백회百會로 우주의 기운, 태양의 기운이 모여 몸에 들어오는데 실제로 소설에서도 비슷한 상황이 서사된다. 이 태양과의 기의 교감과 소통 능력을 통해 원적외선의 기운을 클라라가 섭생한다는 해석도 충분히 가능하다.

클라라는 어린 여주인 '조시'의 시골집에 거주하면서 풀밭이나 집 주위 곳곳에 산재하는 서로 다른 '자연의 기운'들을 자신의 AI 안에 내장된 '과학적 감각'을 통해 접수하거나 배제하는 여러 과정을 거친 후에, 그렇게 하여 얻게 된 태양의 좋은 기운을 특정 시간과 공간에 맞추어 사경을 헤매는 어린 주인 '조시'에게 전달하여 마침내 심각한 상태에 이른 병을 낫게 한다. 이 대목에서 작가 이시구로의 과학적 상상력이란 다름 아닌 동양의 기철학적 사유에서 나온다는 점을 깊이 따져볼 필요가 있다. 이 점은 동서고금의 정신들이 서로 교류하고 융합하는 깊은 사유라는 점에서 단연 주목할 만한 것이다.

물질이 지닌 파장 또는 사물의 기운, 가령 흐르는 물같이 수맥의 파장을 오래 수련한 기철학자들은 어렵지 않게 감지해내듯이, 클라라는 태양의 기운이 움직이는 것을 어렵지 않게 섬세하게 감지할 뿐 아니라 태양과의 교감을 통한 '소통-대화'를 할 수 있는 존재이다.

그러므로 클라라는 단순한 AI 인간이 아니라 '자연-태양'이 지상의 인간에게 전달하는 치유와 평화의 메신저인 것이다.

그러나,『클라라와 태양』에서 '태양'은 절대적 유일신의 존재에 가깝다. 유역문예론의 관점에선, 특히 이 '태양'이 지닌 메시아적 속성과 이미지를, 클라라라는 주인공 내레이터와의 밀접한 관계 속에서 심층(의식)적으로 분석하고 해석해야 한다. 이 작품의 속내를 살피면, AI 인간 '클라라'와 '태양'이라는 두 존재 간에는, 예수와 유일신 야훼의 이미지가 '그늘'로 드리워져 있다. 고대 이집트 태양신이 절대 권력의 유일신이었듯이 야훼의 등장도 태양신에 대립하는 또 하나의 대등한 유일신일 뿐이다. 메시아적 유일신은 고대 종교 발생의 기원과 발달의 역사에서 보면, 인간에 의해 '만들어진 존재'이다. 그럼에도 클라라를 단지 서구 과학 문명을 대변하는 최첨단 AI 존재 또는 '크라이스트christ의 그림자'로만 간주해서는 안 된다. 클라라는 동양 철학 및 의학에서의 생명 에너지의 화신 곧 음기와 양기의 조화를 궁구하는 기적氣的 존재일 뿐 아니라, 과학 문명 '너머'를 지향하는 '영적 존재'로서 '은폐된 내레이터'의 성격을 내포하고 있기 때문이다. 그만큼 이 작품은 노벨상 수상 작가가 수상 후 3년 만에 내놓는 장편소설답게 동서 정신문화와 현대 과학 문명을 가로지르며 깊은 사유의 세계를 펼치고 있다.

무엇보다, 가즈오 이시구로의 문학이 지닌 특장은, 자신의 사유를 전횡專橫하지 않는다는 점이 아닐까 한다. 그는 매우 깊고 복합적인 사유를 하지만 그 사유의 내용들은 자신이 서사하고 묘사하는 소설의 정황情況 속에서 설득력이나 생명력이 검증되어야 한다는 점을 잘 알고 있다. 이것은 작가가 신봉하는 이념이나 사유 내용을 일방적으로 주장하는 관념적인 문학과는 물론 전혀 다른 차원의 문학이다. '관념 속 이념'과 '생활 속 이념'이 서로 크게 차이가 나듯,『클라라와 태양』은 가령 'AI 로봇'의 존재 문제를 해결하는 이념으로서 전통적 휴머니즘human-ism을 지향하는 듯하지만, 소설 내부의 서사와 정황의 치밀한 창작 과정 속에서 자신이 고민하는 이념적 판단은 계속 보류되고 그럼으로써 새로운 이념에 대한 해석 가능성을 열어놓게 된다. 내가 보기에, 이 점이 가즈오 이시구로를 포함하여 위대한 문학작품을 낳는 '문학 정신'들이 갖는 공통분모가 아닐까.

2.

복제된 'AI 인간'이 등장하는 SF는 주제의 최심급에서 인간과 AI 간의 갈등 관계에 어떤 해결 가능한 전망을 보여주는가? 하는 질문에 봉착하게 된다. 간단히 말해, 인간의 지적 능력을 압도하는 'AI 로봇'이 널리 보급된 사회는 유토피아적인가 디스토피아적인가.

가령, 러다이트운동처럼 인류를 위협하는 미래의 'AI 로봇'들을 모두 폐기 처분하는 것이 바람직한 해결책인가, 또는 인간 이성의 힘으로 무생물인 기계-AI 로봇을 제압하여 감시하고 통제하는 강력한 사회적 시스템을 만들 것인가. 과연 이러한 해결책들로 미래의 AI 세계를 통제 가능할 것인가.

이러한 불안한 인류 미래에 대한 문명론적 질문에 대해 지금 반드시 답변을 내놓아야 할 이유는 없다. SF 문학은 미래에 대해 상상력을 통해 질문할 뿐이다. 당장 해결할 수 없더라도 미래가 걸린 심각한 질문일수록 계속되는 질문의 문을 열어놓는 것이 필요하고 중요하다. 이같이 SF가 기본적으로 지녀야 할 '열린 질문'의 관점이 전제될 때, 가즈오 이시구로의 소설이 지닌 전망의 가능성 혹은 그 전망의 한계들이 '대화적으로' 드러날 수 있다.

가즈오 이시구로는, 인간 형상으로 제작된 AI 로봇 '클라라'에게 '인간성humanity'을 부여하는 데에 주력한다. 그것은 단순히 AI의 '인간화 humanizing' 문제가 아니라, AI에 의한 인간성의 자기반성 문제와 짝을 이룬다. 소설에서 클라라의 주인인 소녀 '조시'의 엄마가 'AI 로봇 클라라'를 '가족'의 일원으로 받아들이는 과정은, 조시가 죽을 것을 대비해 클라라를 'AI 조시'로 바꾸어 딸 조시를 '불사不死의 가족'으로 만들려는 엄마의 욕망과 함께 인간주의적 계략이 전제되어 있다.

그렇더라도, 작가는 AI 로봇 클라라의 기꺼운 헌신과 눈물겨운 희생 속에서 인간이 아닌 '기계'가 지닌 '사랑하는 마음'의 의미를 인간을 향해 반사시켜 보여준다. 이 '기계-AI 로봇'의 '사랑'에는 중요한 문명론적 메시지가 숨어 있다. 기계가 인간에게 진정한 사랑의 뜻을 가르치는 것이다.

인간이 만들어낸 기계가 거꾸로 인간을 위해 희생하고 인간에게 사랑을 베푸는 문명론적 아이러니를 작가는 과학적 논리에 지지받는 치밀한 서사와 과학적 상상력과 결부된 원숙한 문학적 감수성으로 치밀하게 보여준다. 특히 태양 빛의 변화에 대한 'AI 로봇'인 클라라의 특이한 시지각視知覺이 인간의 보편적 시지각과 어떤 차이를 보이는지를—물론 공상과학 차원에서이지만—논리적으로 치밀하고 섬세하게 묘사하는 대목들은, 노벨문학상 수상자로서 이시구로의 높은 문학적 역량을 보여주는 것이다.

3.

AI와 로봇이 인류 사회에 깊숙이 들어온, 새로운 문명의 시대는 이미 시작되었다. 과연 인간이 만든 '기계-AI 로봇'은 인류와 서로 평화로운 관계를 맺고 살아갈 수 있는가? 이 질문에 대해, 가즈오 이시구로는 아마도 'AI 로봇'을 '인간화'하고 '가족'처럼 대한다면 어떤 긍정적인 해결책이 될 수도 있다고 말할 듯하다. 하지만 기계에 대한 휴머니즘적 이해나 가족주의적 사랑이 미래의 디스토피아적 불안을 가라앉힌다는 보장은 어디에도 없다. 물론 노벨문학상 수상자인 작가 이시구로의 생각도 그렇게 소박, 단순하지 않은 듯하다. 소설 속엔 클라라의 에너지원인 태양광을 가로막고 더럽히는 환경오염 기계와의 처절한 투쟁이 그려지고 있는데 이런 대목들은 이 소설의 테마를 이념에서 벗어나 보다 복합적이고 실천적인 차원에서 해석해야 한다는 점을 보여준다. 단순히 지구를 살리는 환경운동 차원이 아니라, 지구-인간-동식물-기계가 동일하고 평등한 차원에서 서로 긴밀하게 연결되어 있다는 복합적인 생명의 세계관을 우회적으로 보여주는 것이다.

이런 의미에서 이 소설에서 '태양'의 존재는 인간-동식물-기계 등 만물의 존재와 삶을 보장하고 관장하는 유일신-기독基督의 비유이다. 이러한 심층적이고 복합적인 주제의식이 『클라라와 태양』이 지닌 이념적 전망—휴머니즘 문제와 기독교적 유일신관—에 대해 여러 질문을 던지게 한다. 바로 이러한 질문과 반문이 지닌 문명론적 의미 내용들이 이 작품의 문학적 성과들 중 하나라고 평가해도 좋다.

소설 제목이 암시하는 대로 '클라라'와 태양은 뗄 수 없는 관계이다. 인간과 태양이 뗄 수 없는 근원적 관계이듯이. 그러나, 태양광으로 존재하는 AI 로봇인 '클라라'의 감수성은 태양 빛을 인간과는 사뭇 다르게 인지하고 감각한다. 이에 대한 상상력과 표현력은 이 작품의 문학성을 결정짓는 중요한 요소이다. 태양광이 에너지원인 '클라라'의 인지능력과 '시각적 감수성'은 물론 비현실적이고 공상적이다. 하지만 '문학' 영역에서의 '삶과 리얼리티'를 중시한다면, 바로 공상적이고 초월적이기 때문에 역설적으로 과학적 논리에 바탕하여 새로운 감각으로 설득력 있게 표현되어야 하는 것이다. 가즈오 이시구로는 이 문제의 중요성을 충분히 알고 있는 듯하다. 여기서 가즈오 이시구로의 문학적 상상력이 비범한 수준에 있음을 알 수 있을 뿐만 아니라, 작가의 기계-생명에 대한 사상이 어떤 심오한 깊이와 경지를 가지고 있음을 어림하게 한다. 바로 이런 대목이 노벨문학상 수상 작가로서 가즈오 이시구로의 문학을 인정하게 만든다.

4.

현실 세계의 휴머니즘을 지지하면서도 한편으로 기계가 지닌 '초월적 의식'을 상상하는 작가의식은 그 자체로 자기모순적이고 복합적인 이념 상태를 보여주지만, 이 '이념적 아이러니'에 대한 질문이야말로 『클라라와 태양』의 중요한 주제의식으로 해석될 수 있다. 이 모순과 아이러니가 서구 사상사에서 오랜 전통 이념인 인간주의humanism 속에서 포스트-휴머니즘으로의 해결 가능성을 열어놓는 것이다.

이시구로의 소설을 덮으면서 떠오르는 생각. '저 하늘에서 땅을 비추는 태양은 인간만의 태양이 아니라 '기계-AI 로봇'의 태양이기도 한 것이다.' 이 생각을 더 진전시키면, 태양은 오로지 인간만의 태양이 아니라, 인간-동식물-기계 등 지구상 모든 생명체와 무생물과 기계들이 함께 누리는 태양인 것이다. 이 당연한 진리 속에서 가즈오 이시구로의 역작 『클라라와 태양』이 깊이 품고 있는 휴머니즘의 진실과 종교관의 한 계가 드러나지 않을까.

(2021년)

4부

영화·미술론

홍상수 영화의 '창조적 신통'

― 창조적 유기체로서의 영화

1.

식욕이나 성욕은 인간의 본성에 속한다. 특히 성욕은 쾌락 본능이면서 자기 종을 번식시키고 보존하려는 원초적 본능이다. 프로이트의 정신분석학에 따르면, 사회적 생활을 영위하는 인간의 자아에는 본능적인 쾌락을 따르는 무의식이 깊이 걸쳐져 있고 그 안에 리비도라는 성적 에너지가 있다. 리비도는 생명 보존 본능으로 긍정적으로 쓰이지만, 억압당한 리비도는 반생명적 파괴 본능으로 바뀔 수 있다.

인간은 자기가 속한 사회의 윤리적 규범과 제도적 규율에서 벗어날 수 없지만 그렇다고 인간 본능이 사회적 규칙에 순응하는 것은 아니다. 본능은 규칙에 억압당하면서도 부단히 벗어난다. 사회 구성원으로서 개인의식은 규범, 양심 같은 초자아의 감시와 제재에 길들여지지만 개인사적인 일상은 의식보다 오히려 자고 먹고 배설하고 성을 좇는 쾌락 본능에 더 깊고 넓게 영향을 받는다.

특히 요 몇 년 새 활발한 미투 운동이나 소위 '위력에 의한' 성추행 사건에 관한 수많은 보도와 인터넷 소식들을 접하면, 사회적 인간관계도 프로이트가 말한 성욕으로서의 리비도의 강력한 힘이 사적인 영역을 넘어 공식적인 영역에도 여지없이 작동하고 있음을 새삼 깨닫는다. 더욱이 얼마 전 '사회와 인간을 억압으로부터 해방하기' 위해 헌신한 이른바 '운동권' 출신의 행정가이자 정치인이 성추행 사건에 연루되어 스스로 참담한 파국을 맞이한 사태를 보면서, 사회적 양심이나 도덕, 강고한 이념도 리비도의 성적 본능에서 마냥 자유로울 수는 없음을 다시 확인하게 된다.

홍상수 감독의 영화를 두루 살펴보면서 먼저 떠오른 생각은, 리비도는 인간의 세속적 일상사에 은밀하게 작용하는 강력하고도 원천적인 힘이라는 것이다. 물론 오랜 세월 속에서 만들어진 사회적 제도와 규범, 전통, 관습 등이 세속적 일상성에 큰 영향을 주지만, 그럼에도 개인은 저마다 고유한 무의식의 리비도가 본능적으로 욕구하는 바에 따라 일상적 삶을 영위한다. 홍상수 영화에 나오는 주인공들의 행위는 일단 프로이트가 정신분석학에서 정리定理한 '성욕' 중심의 리비도에 부합하는 듯이 보인다.[1] 홍상수 영화의 주요 모티프인 남녀 간의 비상식적 관계나 특히 불륜 등 충동적 성관계를 고려하면, 성욕 중심의 리비도가 홍상수 영화의 내러티브에서 보이지 않는 중요한 동인이자 동력이라

---

1 프로이트의 리비도 개념은 '성욕性慾'(성적 에너지)에 국한된 듯하다. 이에 반해, 융C.G.Jung의 리비도 개념은 성욕을 기본으로 여러 심리적 본능 및 충동뿐만 아니라 정서적인 상태, 배고픔, 갈증 등과 나아가 갈망이나 목적지향성, 창조성 등도 포괄한다.

할 수 있다. 홍상수 영화의 내러티브를 움직이는 무의식의 리비도는 그것이 성욕 충동이든, 본능적인 '생명 충동'이든 홍상수 영화의 기본 세팅인 '세속적 일상성'²의 전개를 위한 내적인 원동력이라 할 수 있다. 알다시피 대다수의 홍상수 영화는 관람 가능한 연령층을 제한할 정도로 사회 통념상 잘못된 성 모럴 혹은 불륜을 소재로 삼고 성적 표현 수위도 매우 높은 편인데도, 영화 비평가들을 중심으로 많은 식자층에서 열렬한 지지를 받고 있다. 이러한 반응의 배경엔 여러 이유들이 있을 테지만, 그 가운데 하나는 '특별한 사건', 즉 등장인물들 간의 특별한 관계를 내세우거나 '특별한 주인공'이나 '슈퍼스타'를 앞세운 기존 흥행주의적 영화 문법과는 달리 소소한 세속적 사건들을 소재로 삼아 일상성 속에 은폐된 인간의 충동적 본능을 적나라하게 드러낸다는 점이다. 일상성에 은폐된 성적 본능의 문제를 제기하는 홍상수 특유의 스토리텔링에 깊은 관심을 보내는 것이다.

그러나 홍상수 영화에서 세속적 일상성에 작용하는 심리적 에너지를 성욕 중심의 리비도로 한정하는 것은 문제가 있어 보인다. 프로이트는 리비도를 성욕Sexualität으로 한정하여 개인적 심리학이나 생물학적인 기능의 차원에 제한한다. 이러한 성욕-리비도의 관점은 특히 예술작품의 분석과 해석을 억압된 본능으로서 성욕의 영역에 가두어놓는다. '성욕 중심의 리비도 정리가 과연 적절한 것인가'. 이러한 반문은 심리학자들이 다룰 문제이므로 이 자리에선 차치한다 해도, 홍상수 영화의 내러티브 분석에서 일단 정신분석학에서의 리비도 정리를 적용하는 것이 필요하다고 생각한다. 그럼에도 '성욕-리비도'는 홍상수 영화

---

2   우리가 매일 접하는 '생활 세계'를 가리킨다.

의 내러티브를 이끌어가는 주요한 요소들 중 하나의 주요 동인 곧 주요 모티프에 지나지 않는다는 점을 놓쳐선 안 된다. 홍상수 영화의 내러티브의 본질을 흔히 정신분석학적 분석이 빠지기 쉬운 오류, 성욕-리비도의 정리로 환원하는 우를 범해서는 안 되는 것이다. 모든 예술에서 무의식의 탐구는 기본적으로 중요한 작업이지만, 무의식은 합리주의와 동일시될 수 없다.

개인의 성욕이나 본능이 세속적 일상성 전체를 지배하는 것은 물론 아니다. 홍상수 영화의 분석에 무의식의 리비도 개념을 적용할 수 있지만 이를 위해서는 먼저 리비도에 대한 더 넓고 깊은 이해를 전제해야 한다. 마치 반짝이는 무수한 별들이 펼쳐진 밤하늘처럼, 무의식은 '알 수 없는' 깊고 광대한 별천지를 은폐하고 있다. 그 의식과 이성에 가려지고 은폐된 무의식의 '그늘shadow'에 수많은 본능, 욕망, 콤플렉스, 집단무의식, 원형(archetype, Archetypus) 등이 서로 갈등하며 작용하는 가운데 리비도는 성적 에너지만이 아니라 심원한 생명 에너지로도 운동한다. 리비도는 삶에 퇴행적이기도 하고 또는 전진적이기도 한 심리적 에너지이다. 건강한 자아(ego, Ich)의 의식은, 어둡고 광활한 무의식의 심연에 꾸준히 접속하고 어두운 무의식이 은닉한 삶의 힘 또는 가능성을 자기의식의 활동 속에 통합한다. 이러한 의식과 무의식의 통합을 통해 정신 혹은 영혼을 만나게 된다.[3]

인간은 자신이 자연의 일부로서 자연에 의존하는 존재임을 잊고 산다. 성욕이든 본능이든 인간의 무의식도 자연의 힘과 원리에 의존하는 것이다. 연약한 금잔화나 민들레 홀씨의 존재는 인종의 존재 상태를 알려주는 시금석이다. 금잔화의 안부가 인간의 안부에 연결되어 있다. 그렇게 천지자연은 연결되고 순환한다. 작금에 전 인류에게 몰아닥친 천재지변은 적어도 자연의 충동이 인간의 충동과 연결되어 있음을 보여주는 확실한 징표이다. 바다가 만들어내는 수증기가 홍수를 만들고 인간의 삶을 파괴한다. 그러니 바다와 뭉게구름과 장대비는 이미 인간의 내면적 존재이다. 인간은 천지자연의 축소이다. 천지자연은 인간의 확대이다. 심리적 표현으로 바꾸면, 자연은 무의식의 원형이다. 리비도처럼 자연도 충동적이다. 삽시간에 인간 세상을 공포의 도가니로 바꾸어 놓은 바이러스의 창궐이나 천재지변은 자연이 자기 본능에 따르는 충동성의 표현이다. 이 자연의 충동성은 무의식에 잠재된 리비도처럼 자연에 잠재된 생명 충동으로 이해되어야 한다. 리비도는 성적 에너지만이 아니라 그 이전에 자연의 에너지다.[4]

홍상수 영화에는 세속적 일상성에 작용하는 성욕-성적 에너지와 함께, 또 하나의 근원적 에너지가 은밀하게 작동한다. 그것은 보이지 않는 자연自然의 힘이다. 홍상수 영화의 내러티브에는 자연 에너지가 은밀하게 은폐되어 있다. 바로, '은폐된 자연'을 '은폐된 형식'으로 보여주는

---

3 이 글에서 '정신'이라는 개념은 의식과 무의식의 통합하는 지혜로서의 '정신'을 가리키며 아울러 노자의 무위자연無爲自然, 대승불가적인 개념으로, '일심一心', '심원心源', 분석심리학적으로 '자기(自己, Selbst)' 등과 서로 상응하거나 상통한다. '정신'에는 물론 자기 의식의 변증법적 운동 과정과 현상으로서 정신Geist도 포함된다. 유역문예론의 관점에서 '정신'은 기본적으로 또, 궁극적으로 조화造化 (無爲而化)의 덕德에 합하는 마음의 경지를 이른다.

4 융의 분석심리학에서 리비도는 프로이트의 정신분석학과는 달리 성욕의 수준을 넘어 '정신'에 포괄된다. 융의 리비도는 스스로 자연적인 창조적 가능성을 포함하는 원초적 본능이다. 참고로, 세계문학사의 큰 별인 라이너 마리아 릴케R. M. Rilke의 시에서 에로스Eros는 사랑Liebe보다 높은 단계의 '정신'을 가리킨다. 릴케 시에서 성적인 것은 자연성Natürlichkeit을 시적 발판으로 삼아 신성(神性, Göttichkeit)에 도달한다.

연출 원리가 홍상수 영화의 독창적인 스토리텔링의 요체를 이룬다. 그러므로 홍상수 영화의 세속적 일상성을 움직이는 강력한 성욕-리비도만큼, 은폐된 자연의 힘을 성찰해야 한다.

2.

홍상수의 영화에서 '성욕의 리비도'는 내러티브를 이끌어가는 주요 모티프이다. 주인공의 성욕은 '사랑'의 외피를 두르고서 '불륜'을 마다하지 않는다. 홍상수 영화의 주인공들은 불륜과 사랑을 혼동하기 일쑤다. 주인공들은 자신의 위선과 비열을 반성하지 않는다. 성욕은 이성적으로 전혀 제어되지 않고 일상 속에서 수시로 충동적으로 발산된다. 성욕의 모티프는 교수와 제자, 유부남 감독과 카페 주인, 감독과 선생의 부인, 소설가와 유부녀, 학교 후배와의 삼각관계 등 사회적으로 지탄받는 불륜 관계를 낳는다. 내러티브의 불륜 관계에 성 모럴은 적용되지 않고 지켜지지도 않는다. 이는 홍상수 영화의 내러티브에서 성욕의 리비도가 사회적 약속으로서 도덕률(superego)을 압도하고 있다는 뜻이다. 물론 이러한 불륜의 내러티브는 당대의 한국사회 또 지식인 사회의식의 타락상을 일정 부분 반영하는 일종의 리얼리즘 의식의 산물로 볼 수 있다.

그러나 홍상수 영화의 지향점은 지식인의 사회적 타락을 사실주의적으로 '반영'하는 데 있지 않다. 내러티브 구성의 주요 동인이 성욕-리비도인 것은 타락을 '반영'하기 위한 것이 아니라 타락의 무의식을 '발견'하기 위한 것이다. 그래서 주인공의 성욕이 문제로 부각되는 것이다.

이는 스토리텔링이 주인공의 성적 관계 속에서 드러나는 사회적 윤리의식의 문제를 겨냥하는 것이 아니라, 리비도의 문제를 깊이 성찰하고 사유한다는 뜻이다. 홍상수 영화의 스토리를 살펴보면, 성욕의 리비도가 슈퍼에고의 억압을 넘어 주인공 자아(ego, Ich)의 행동과 정념情念을 충동하는 주요 동인이라는 점이 드러난다. 때문에 홍상수 영화의 심층을 이해하기 위해서는 기본적으로 주요 등장인물의 자아와 리비도의 관계에 대한 분석과 해석이 필요하다는 생각이다.

홍상수 감독의 데뷔작 〈돼지가 우물에 빠진 날〉(1996)에는 영화의 은폐된 무의식, 리비도와 자연의 관계를 엿볼 수 있는 희귀한 장면들이 있다. 〈돼지가 우물에 빠진 날〉에서 주목할 지점은 주인공이 친구 집에서 잠깐 자는 중에 꾸는 '꿈 신'과 주인공이 자신의 아파트 베란다로 가서 '창문을 열어젖히는 라스트신'이다.

먼저 '꿈 신'을 분석하기 위해 약간의 전후 이야기를 알 필요가 있다.

주인공 보경(이응경)은 남편 동우(박진성)와 그럭저럭 무덤덤하게나마 결혼 생활을 영위하는 가정주부이면서 '삼류 소설가' 효섭(김의성)과 통정하는 애인 관계에 있다. 어느 날 보경은 출장을 간 남편의 외도를 눈치챈 후 여행용 큰 가방을 챙겨 집을 나와 효섭의 옥탑방에 찾아간다. 하지만, 효섭은 자신을 짝사랑하는 '삼류극장' 매표소 직원인 젊은 여자 민재(조은숙)와 자신도 모르게 치정 관계에 얽히게 되어, 끝내 민재에게 구애를 하던 극장 기도 청년에게 피살된다. 보경은 애인 효섭이 이미 피살된 상태라는 사실을 모른 채 효섭의 옥탑방을 찾아가나, 번번이 허탕을 치고 나서 약국을 경영하는 약사 친구 집에서 잠시 머물다가 잠이 들고 이내 꿈을 꾼다. 꿈속에서 보경은 자신이 죽은 상태로, 자기

사진 1 　　　　　　　　　　　　　사진 2

장례식에서 상주인 남편에게 애인인 효섭이 조문객으로 문상하여 절을 하는 장면, 이어서 문상 온 효섭이 보경이 누워 있는 방에 몰래 들어와 보경의 곁에 누워 음부를 애무하는 야릇한 '꿈 신'이 이어진다.

　리비도의 차원에서 주인공 보경의 '꿈 신'은 여러 해석이 가능하다. 일단 꿈 신의 정신분석학적 해석은 곧 홍상수의 영화 전편을 지배하는 성욕-리비도에 대한 해석의 기초를 이룬다 해도 과언이 아니다. 보경의 무의식에서 볼 때, 자신의 죽음에는 리비도적 욕망의 결핍과, 더 깊게는 타나토스적 자기 파괴성이 감추어져 있다. 자신이 이미 죽어 있는 꿈에 나타난 남편 동우와 애인 효섭과의 이중 관계는 종족 번식 본능과 가정생활 본능과 함께 성적 결핍과 억압된 리비도가 작용한 것으로 볼 수 있다. 보경의 꿈에서, 특히 자신의 장례가 치러지는 중임에도 자신이 '죽은 듯이' 누워 있는 방에 애인 효섭이 검은 양복의 문상객 차림으로 몰래 들어와 자기 '음부'를 애무하는 신은, '남근적' 욕망과 결핍을 극단적으로 상징한다. 보경의 꿈이 드러내는 리비도의 이중적 의미는 유부녀로서 생활 욕망과 번식 욕망의 결핍을 상징하고, 효섭의 애인으로서 에로스적 본능을 좇는 쾌락 욕망의 결핍을 상징하는 것이다. 그래서 현실 생활에서 보경의 자아ego는 남편과 효섭 사이에서 성욕차性慾差를 드러냄에도 이중적인 성관계는 그대로 유지한다.

무의식의 내용이 드러나는 주인공 보경의 꿈 신에서, 보경 자신의 죽음은 세속적 욕망의 끝을 은유하지만, 이어지는 효섭의 은밀한 애무 신은 남근적 쾌락 욕망이 죽음 너머로 지속된다는 사실을 보여준다. 꿈속에서 보경의 죽음이 새로운 성적 욕망으로 반복되며 이어지는, 세속적 인간의 삶에서 사라지지 않는 리비도의 쾌락 원칙을 보여주는 것이다.

효섭을 짝사랑하는 가난한 여자 민재가 아르바이트로 일하는 저속하고 질펀한 음란비디오 제작 현장이 스치듯이 나오거나 도시 변두리의 번잡한 시장통에 위치한 삼류극장이 스토리텔링의 주요 무대 공간으로 선택된 점도 리비도의 핵심을 이루는 적나라한 성욕이 발산되는 비속한 공간을 스토리텔링의 무대로 삼으려는 감독의 연출 의도로 볼 수 있다. 그것은 적어도 성욕-리비도 혹은 성적 심리를 은폐하거나 왜곡하지 않고 스토리 전개의 동력으로서 정직하게 다루려는 홍상수 감독의 연출 의지의 표현이다.

꿈의 해석은 무의식의 해석이다.[5] 주인공 보경의 '꿈 신'에서 영화의 무의식—감독의 무의식—을 추측하게 된다. 곧 리비도의 충동적 에너지가 영화의 스토리텔링을 이끌어가는 중심 동력이라는 해석이 가능하다. '꿈 신'에서 리비도의 성적 에너지가 스토리텔링을 이끌어가는 중심 동력을 보여준다면, 영화의 '창문을 열어젖히는 라스트신'[6](사진 1, 2)에서 스토리텔링을 이끌어가는 은폐된 에너지의 운동이 '은밀하게' 연

---

5   꿈은 무의식의 활동 그 자체이다. 홍상수 영화에서 '꿈 신'은 내러티브의 무의식을 분석하는 데에 중요할 뿐만 아니라, 그 꿈의 분석과 해석을 통해 '꿈 신'이 '무의식-의식을 통합하는 정신Psyche 활동' 또는 '자기 의식의 순수한 운동으로서 영혼Seele 활동'의 소산所産이라는 사실을 이해하는 것이 필요하다.

출된다.

먼저, 내러티브의 전개상 '라스트신'에 대한 가능한 분석 내용을 추측해볼 수 있다. 가령, 보경이 남편의 성병 전염 사실이 충분히 추정되는 상황에서 연인인 효섭의 살해 사건이 보도된 신문 기사를 보고 충격을 받아 자살하기 위해 아파트 베란다 창을 열었다는 인과론적인 추론이 가능하다. 더욱이 보경은 큰 가방을 들고서 효섭의 옥탑방을 찾아가 애인을 기다렸지만 허탕을 친 후 극히 외롭고 난처한 처지에 놓인 데다, 직전에 꿈에서 자신의 죽음을 암시하는 자기 초상 의식을 치른다. 그 꿈에서조차 효섭이 누워 잠든 자신을 애무하는 무의식에 펼쳐진 사랑 감정—본능적으로 펼쳐진 리비도의 작용이지만—을 보여준다. 그런 후에 중요한 장면은 엔딩 신 직전에 보경이 자기 방에서 잠자기 전에 효섭이 후에 들을 수 있도록 '녹음된 사랑의 고백'인 "효섭 씨, 나한테 미안해하지 말아요. 정말 사랑해요. 보고 싶어요……."라는 목소리를 남기는데 이 녹음된 내용도 그녀의 자살 동기로 작용한다. 남편에 대한 불신과 함께 효섭에 대한 지극한 사랑 감정에 빠진 보경이 집에 돌아온 다음 날 아침에, 효섭의 살해 사건이 보도된 조간신문을 보고서 자살을 택했다는 추론은 개연성이 없지는 않다.

하지만 이러한 추론은 구닥다리 신파적 상상일 뿐이다. 이 추론이 사실이 되려면 보경이 신문 기사를 보는 신이 중요한데, 보경이 신문을 보는 장면은 마치 기사에 아무런 관심이 없는 듯 보경의 모습이 무덤덤하게 연출되고 있기 때문이다. 표면적으로, 신문을 보는 장면에서 보경은 특별히 충격을 받은 듯 보이기보다는 외려 무표정에 가깝고, 심층적

6 　'창문을 열어놓는 신'이 영화의 라스트신이라는 사실은 그 자체에 어떤 '은폐된 의미'가 있다는 것을 암시한다.

으로, 소설가 효섭이 치정에 의해 살해당한 '사건'이 영화 스토리텔링의 중심 줄기 또는 중심 테마가 아니기 때문에 창문을 여는 라스트신을 보경이 자살하기 위한 행동으로 단정하기는 어렵다. 선입견 없이 보면, 보경의 무덤덤한 표정이나 의외의 행동과 함께 베란다에 가서 창문을 열기까지만 카메라는 그저 따라가는 것이다. 이 엉뚱한 카메라워크가 보여주는 분명한 진실은 영화 제목이 이미 암시하듯이, 내러티브의 인과적 문법이 오리무중에 빠졌다는 사실이다. 이는 홍상수의 데뷔작에서도 어떤 특정 사건의 기승전결에 따른 인과적 스토리텔링을 거부하거나 지양止揚하는 독특한 영화 철학과 연출 원리가 여실히 드러난다는 점에서 주목할 만한 것이다.

그러므로 조간신문을 보다가 신문지를 한 장씩 펼쳐서 거실에 깔아놓는 주인공의 뜻밖의 낯선 행위는 리비도의 본성인 '충동', '돌발적 감정 변화'의 차원에서 이해되어야 한다. 그리고 이 낯선 충동과 돌발적 감정 변화가 바로 홍상수 감독의 독창적 연출 원리에 속하는 것이란 사실이 중요하다. 엔딩 신에서 주인공이 신문을 한 장씩 펼쳐서 거실에 깔아놓는 장면은 어떤 인과론적 의미가 있는 것이라기보다, '리비도의 충동성은 창조성이다.'라는 숨은 메시지로 읽혀야 한다.

홍상수의 영화 철학을 깊이 살핀다면, 주인공이 창문을 여는 라스트신은 진부한 세속적 일상 속에서도 '보이지 않는 자연'은 어김없이 순환하고 작용한다는 감독의 자연관이 연출된 '미장센'이라 할 수 있다.[7] 본디 자연의 힘은 '은미하게' 감지되듯이, 주인공이 창문을 열어놓는 엔딩 신은 '바람의 환기換氣'로 은유되는 '은미한 자연의 형식'으로서

---

7   만약 창문을 여는 행위가 주인공 보경의 자살을 암시한다는 해석이 가능하다 해도, 그 해석은 창문을 여는 라스트신을 진부한 클리셰로 전락시킬 따름이다.

연출된다. 그러나 놓치지 않아야 할 점은, 주인공의 리비도가 창문을 여는 행위를 '충동'했다는 사실이다. 달리 말하면 보경의 의식이나 이성이 아니라 무의식의 리비도가 스스로 아파트 베란다의 창문을 열고 '자연의 힘'을 맞아들이기를 '충동'한 것이다. 바로 이 점이 중요한데, 리비도가 '충동'했기 때문에, 신문지를 펴서 깔고 창문을 여는 보경의 행위에서 전후 인과적 논리 맥락을 배제했던 것이다. 그러므로 리비도의 충동성은 인위적인 의식에서 나오는 게 아니라 자연의 힘과 원리에서 나오는 '자연적인 충동성'인 것이다.

자연철학의 관점에서 보면, 홍상수 감독의 데뷔작 〈돼지가 우물에 빠진 날〉이란 제목 자체에 이미 영화사에서 유례가 없는 독특한 세계관이 상징적으로 표현되어 있다.

영화 제목과 관련하여 주목할 장면은 보경이 성병에 걸린 남편의 성적 욕구를 마지못해 받아들인 후 이어지는 장면들 중 하나이다. 동우는 아내와 관계를 맺은 후 늦은 밤 담배를 사러 나간다. 곧 차 안에서 아이스크림 '돼지바'를 먹는 장면이 길게 나오고, 그 이튿날 아침 보경의 집에 조간신문이 배달되는 장면에 이어서, 신문을 잠시 살펴보던 보경이 아파트 거실 바닥에 신문을 한 장씩 펼쳐놓은 후, 베란다로 가 '창문을 여는 신'으로 영화는 끝난다. 그렇다면 아이스크림 돼지바와 영화 제목과는 어떤 연관성이 있는가? 아무런 연관성이 없다면, 왜 '돼지바'를 연출했는가? 곤혹스러운 존재 상황을 상징적으로 암시하는 영화 제목은 내러티브와 아무런 연관성이 없다. '돼지바'라는 흔하고 미미한 사물의 명칭이 '의외로 우연히' 영화 제목을 연상하게 만든다. 이 뜻밖의 우연성의 비밀이 그 자체로 영화 제목 〈돼지가 우물에 빠진 날〉의 주제를 함축하는 것이 아닌가? 우연성은 겉으로는 알 수 없는 의외성으로 보이지만, 속으로는 보이지 않는 인연들이 모여 나타나는 '자연적 시간의 현상'—좀더 정확히 말해, '자연의 힘이 가진 목적성'이라는 것. 다시 말해, 데뷔작의 제목〈돼지가 우물에 빠진 날〉은 세속적 일상성 속에 보이지 않는 자연의 힘과 목적이 작용하는 '은폐된 시간'의 상징이다.

'돼지가 우물에 빠진'은 제목의 주격인 '날(日)'을 수식하는 상징적 표현이다. 표면적 의미로는 '어느 날'을 지시하지만, 이면적 의미로는 일상의 그늘(陰)처럼 우주 자연의 생명 에너지를 특정하는 상징의 뜻이 은폐되어 있다. 그 제목은—마치 역의 괘상卦象처럼—그 자체로 상상象 혹은 상징象徵으로서의 시간성(日)을 품고 있기 때문이다. 그러므로, 상상象 또는 상징의 관점에서 보더라도, 상극相剋과 모순들이 내밀하게 점철된 세속적 일상성 속에서 방황하는 주인공이 '창문을 여는 행위'는 그냥 지나칠 진부한 일상 행위로 간과되어서는 안 되는 것이다.[8] 이렇게 보면, 영화〈돼지가 우물에 빠진 날〉의 내러티브는 심층적으로 '시간의 상징'을 풀이한 이야기라고 할 수 있다.

그저 진부하게만 보이는 '창문을 여는 신'이 실로 중요한 의미를 갖는 까닭은 홍상수 영화의 진정한 테마와 특별한 연출 원리가 그 안에 숨

---

8 '창문을 여는' 라스트신은 상극과 모순 속에서 고통받고 방황하는 존재들과 '생명'의 기운을 주고받는 상징적 행위로 해석될 수 있다. 홍상수 영화의 시간은 인간의 상극적, 모순적 시간의 흐름 속에서 우주 자연의 기운이 주재하는 생명의 시간이 흐르고 있음을 말하는 듯하다. '돼지가 우물에 빠진 날'은 '특별한 날'의 의미가 은폐되어 있듯이, 엉뚱한 듯이 보이는 영화 제목은 모든 존재는 천지자연의 작용력에 연결되어 있다는 음양론적 세계관, 또는 음양의 조화에 대한 자각을 보여주는 것이다. 제목의 상징을 풀이하면 '재수 없는 어느 날' 정도로 이해할 수 있을까. 그러므로 '창문을 여는 행위'는 상극과 모순 상태에 빠진 일상적 삶을 극복하고 상생상극相生相剋의 조화를 기원하는 '은밀한' 심층적 주제의식으로 이해될 수 있는 것이다.

어 있기 때문이다. '창문을 여는 라스트신'으로 인해, 마치 반복 순환하는 자연의 힘처럼 영화의 세속적 내러티브는 끝났음에도 다시 시작과 연결된다. 영화의 표면적 내러티브는 막을 내렸음에도 새로운 이면적 내러티브는 새 막을 올리는 것이다! 내러티브의 시간은 창문을 여는 행위를 통해 새로운 자연의 시간 차원으로 변경이 이루어진다. 세속의 시간에서 자연의 시간을 감지한다는 것은 순환하는 자연의 삶을 자각한다는 뜻이기 때문이다. 이 '창문을 여는 라스트신'에서 내러티브의 시간은, 마치 동지冬至의 메타포인 듯이, 시간의 끝과 새로운 시작을 동시에 보여주는 것이다.

데뷔작 〈돼지가 우물에 빠진 날〉의 '창문을 여는 라스트신'은 〈강원도의 힘〉(1998)의 라스트신(사진 3, 4)에서 변주되어 반복된다. 데뷔작 이후 불과 두 해만인 1998년에 〈강원도의 힘〉이 발표되었다는 점은 이 시기 홍상수 영화에 작용하는 초기의 작가 정신과 특유의 영화관, 그리고 스토리텔링의 연속적인 내용을 살피는 데에 유효하다. 특히, 〈돼지가 우물에 빠진 날〉에서의 '창문을 여는 라스트신'은 두 번째 연출작인 〈강원도의 힘〉에서도 고스란히 되풀이된다. 이러한 점에서 이 라스트신이 은닉하고 있는 감독의 '정신'은 거듭 깊이 음미되고 비평적으로

사진 3

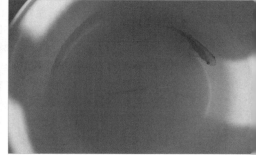

사진 4

조명되어야 한다.

이미 앞에서 설명했지만, 창문을 여는 라스트신으로 말미암아, '신통하게도' 자연의 힘이 늘 세속적 일상성 속에 통하게 되어, 결과적으로 두 영화의 스토리텔링은 '끝났음에도 끝나지 않고 이어지는', 내러티브가 보여주는 세속적 일상성의 내용과 형식에 역설과 아이러니가 발생한다.

3.

〈북촌방향〉(2011)은 홍상수 영화 철학의 깊이와 미학의 독창성을 유감없이 보여준다. 홍상수의 영화관을 지지하는 '정신'과 그 독특한 스토리텔링의 근원을 파악할 수 있는 특별한 텍스트이다.

경상도 대구에 소재한 대학의 영화과 교수이면서 영화감독인 성준(유준상)이 며칠간 여행 삼아 상경하여 북촌 길을 걷는 신에서 영화 〈북촌방향〉은 시작된다. 성준은 2년 전 애인 관계에 있던 카페 '소설'의 주인이었던 경진(김보경)의 집을 찾아가 그녀의 원망 섞인 투정을 들으면서도 하룻밤을 보내고 아침에 떠나면서, "앞으로 서로 연락하지도 문자를 하지도 전화하지도 않을 것을 단단히 약속"한 후 "사랑해."라고 말한 후 떠난다.

경진에게 아무 소식도 주지 않다가 오랜만에 옛 애인 집을 찾아가 하룻밤을 묵은 후 다시는 서로 연락하지 않을 것을 약속하면서도, "사랑해."라고 말하는 주인공 성준의 의식과 정서 상태는 물론 도덕적이지 않고 상식적으로도 크게 어긋난다. 그렇지만 홍상수의 영화 철학과 심리학의 시각에서 본다면, 영화감독 성준의 돌출적인 언행은 다름 아닌 느닷없이 옛 애인을 찾아가서 하룻밤을 보내는 성준의 행위를 통해, 리비도와 사랑의 관계에 대해 성찰하는 장면들로 볼 수 있다. 물론 등장인물들의 본능적이고 충동적인 말과 행동은 곳곳에서 돌발적으로 튀어나온다. 그렇다면 주인공 성준과 경진의 연애를 이루는 힘은 리비도인가, 사랑인가, 아니면 사랑과 리비도 둘 다인가. 아마도 이러한 반문은 답이 없는 우문에 불과할지 모른다.

중요한 것은 홍상수 영화에서 리비도의 충동적 변화와 변덕은 세속적 삶에서 흔히 접하는 일반적 양상임을 보여준다는 사실이다. 그러므로 영화에서 '사랑해'라는 말의 진실 여부를 떠나 리비도와 사랑 간의 분별은 흐려지고 서로 착각과 착란이 계속 일어난다. 하지만 이 리비도의 충동적 작란作亂은 옛 애인 경진과 빼닮은 '인사동 카페 주인 예전'을 '우연히' 처음 만나게 되면서부터 돌연히 성준으로 하여금 새로운 상상력을 발휘하게 하여 특이한 내러티브를 펼치는 동력이 된다.

〈북촌방향〉의 내러티브에서 먼저 주목할 지점은, 주인공 성준의 옛 애인 경진과, 그와 빼닮은 '현실' 속 카페 주인 예전을 한 배우(김보경)가 일인이역하도록 설정됐다는 점이다. 일인이역의 배역이 중요한 의미를 갖는 것은 그것을 맡은 배우의 존재 문제가 아니라 그녀의 상대역인 '영화감독으로서의 성준의 존재 문제'에 있다. 왜냐하면, 영화의 내러티브를 이끌어가는 주인공은 극 중 현실적 내레이터인 영화감독 성준인 동시에, 또 하나의 '상상적 내러티브'를 만드는 '은폐된 내레이터'로서 영화감독 성준이기 때문이다. 기존 내러티브 안에 은폐된 '이중적 내레이터' 역할을 맡고 있는 것이다. 홍상수 감독의 입장에서 보면, 경진과 예전의 일인이역은 다름 아닌 영화감독 성준의 일인이역을 은폐하기 위한 절묘한 배역이었던 것이다. 간략히 말하면, 〈북촌방향〉의 내러티브에서 영화감독 성준은 겉에 드러난 주인공으로서 내레이터인 동시에 상상 속의 내러티브를 전개하는 '은폐된 내레이터'인 것이다.

그러므로, 극 중 영화감독인 성준은 영화 속 현실을 이끌어가는 표면적 내레이터이지만, 주인공 자신이 영화감독으로서 또 하나의 은폐된 내러티브를 상상하는 '은폐된 내레이터' 역을 수행하고 있는 이중적 존재이다. 이 점이 우선 깊이 이해되어야 하는데, 감독 성준이 연기하는 현실과 상상의 이중성으로 인해, 마치 스토리 속에 숨어 있는 틀이 없는 액자처럼, 영화의 현실과 성준의 상상이 명확한 경계선이 없이 서로 착종되어 있다는 것이다. 그래서 성준의 마음속에서 현실 영역과 상상 영역을 오가는 이중적이면서도 서로 착종 상태인 내러티브의 전개를 위해, 홍상수 감독은 경진과 예전을 한 배우에게 연기하도록 특별히 일인이역을 배역했을 것이다.

〈북촌방향〉의 내러티브 속에 은밀하게 연출된 다음 장면들을 분석해보면 이 문제의 해결에 다가갈 수 있다.

서울 인사동에서 촬영된 '카페 신'에서 우선 주목할 장면이 있는데, 카페 '소설'의 주인 예전과 첫 대면을 한 후 성준이 밖에 나와서 담배를 피우면서 "똑같다, 똑같아. 어떡하지?" 하고 잠시 고민하는 장면.(사진 5)

예전을 처음 보고 나서 옛 애인 경진과 '똑같다'고 혼잣말을 하는 장면인데, 기실 이 장면은 영화감독 성준이 영화적 상상력으로 '내러티브 안에 또 하나의 상상적 내러티브'를 만드는 이중적 내러티브의 모티프라는 점에서 중요하다. 성준의 상상력에 의해 경진과 예전은 서로 별개의 인물이 아니라 동일인으로 상상될 수 있게 된 것이다. 중요한 사실은, 과거의 옛 애인 경진과 현재의 카페 주인 예전이 서로 분리되거나, 한 인물로 겹치고 합쳐지는 현실과 상상 사이의 긴밀한 관계 속에서,

영화에서의 오묘한 '시간들'의 중첩이 연출된다는 점이다. 연출의 관점에서 홍상수 감독이 한 배우에게 일인이역을 맡긴 것은 영화의 시간 차원에서 보면 과거와 현재와 미래가 서로 겹치고 착종하는 내러티브를 만들기 위한 치밀한 계산으로 볼 수 있다.

성준이 카페에서 피아노를 연주하자 감탄하는 예전에게 성준의 선배인 영호(김상중)가 건네는 말, "(피아노를 연주하는 성준을 바라보며) 저거 순전히 자기 혼자 연습한 거야. 오른손으로 한 달, 왼손으로 한 달, 양손으로 한 달!"이라는 대사는 의미심장한 메타포로서 〈북촌방향〉의 스토리텔링에서 영화감독 성준의 '이중 존재'와 '일인이역'을 암시한다. 카페에서 성준이 피아노를 연주하는 신과 골목길에서 성준이 별안간 예전을 껴안고 키스하는 신이 각각 두 번씩 연출되는 것도 하나는 '성준의 현실'을 보여주고 다른 하나는 '성준의 상상'을 보여주는 신으로, 영화의 현실 이야기 속에 은폐된 상상의 이야기가 이중적으로 혼재해 있음을 보여주는 연출 의도로 볼 수 있다. 주인공 성준의 입장에서 보면, 성준은 내러티브의 현실적 전개를 맡은 주인공 내레이터인 동시에, 내러티브의 상상 속에 '은폐된 시간'을 주재하는 '은폐된 내레이터' 역할을 수행하는 존재이다. 영화감독 성준은 이처럼 현실과 상상 사이를

(성준)
똑같다, 똑같아

어떡하지?

사진 5

자유로이 오가는 시간의 주재자이다.

하지만, 영화감독 성준은 스토리텔링의 표면적 내레이터인 성준과는 사뭇 다른 성격과 내용을 지닌 '은폐된 내레이터' 역할을 톡톡히 수행해야 하는 존재라는 사실을 이해하는 것이 필요하다. 겉에 드러난 주인공 내레이터는 거의 인과적 시간의 순서를 좇을 수밖에 없지만, '은폐된 내레이터'인 영화감독 성준은 인과적 시간을 무시하고 '은폐된 시간'을 '상상적으로' 추구하는 숨은 존재이기 때문이다. 성준이 카페 주인 예전을 보고서 "똑같다, 똑같아. 어떡하지?" 하는 자기 반문에 대한 해결책이 바로, 겉에 드러난 내레이터인 성준의 '그림자'[9]로서 '은폐된 내레이터'를 동시에 연기하는 일인이역인 것이다. 결과적으로 내러티브에서 성준의 일인이역을 위해 옛 애인 경진과 카페 주인 예전의 배역을 일인이역으로 설정한 것이 된다. 〈북촌방향〉이 보여주는 이러한 특이한 이중적 내러티브 형식은 주인공 성준의 '존재 변이'라는 오묘한 내적 형식성을 통해 홍상수의 영화 철학을 오롯이 드러낸다는 점에서 의미심장하다. '은폐된 내레이터'인 영화감독 성준은 겉에 드러난 인과적 시간을 무시하고 '은폐된 시간'의 존재를 '상상적으로' 추구하게 된다.

예전을 옛 애인 경진으로 가정하여 상상 속에서 옛사랑의 시간을 재연하는 것은 '상상 속의 플래시백flashback'을 통해 내러티브에서의 시간의 역류를 보여주는 데에 그치지 않는다. 홍상수의 독창적인 영화예술

---

9 '은폐된 내레이터'는 서사의 표면에 드러난 내레이터(가령 1인칭, 3인칭, 전지적 내레이터 등)의 그늘 속에 가려진 '그림자'이다. 또한 '은폐된 내레이터'는 그늘 속 하나가 아니라 여러 '그림자들' 가운데 '유력하게 움직이는 그림자'이다. '그림자'는 대개 복합적이고 다중적인 '겹그림자'로서, 서사 속의 어느 언어와 소리, 조형 또는 각종 이미지들의 그늘(shadow, Schatten) 속 '은미함'에 숨어 있다.

사진 6

관은 그 시간의 가역성可逆性을 통해 반복 순환하는 '자연의 시간'을 통찰하고 있다는 사실에서 찾아진다. '은폐된 내레이터'인 영화감독 성준이 만든 상상적 내러티브─은폐된 내러티브─와의 관계를 통해 영화의 스토리텔링에서 세속의 시간 속에 자연의 시간이 작용하게 된 것이다.[10] 이는 영화의 내러티브에서 시간의 문제에 대한 깊은 성찰을 보여주는 발군의 사례라 할 수 있다. 이 '영화 시간론'과 관련하여, 〈북촌방향〉에서 심오한 '영화의 시간론'을 제시하는 다음 같은 카페 앞 '골목길 신'(사진 6)은 단연 주목에 값한다.

예전이 카페를 나와 밖에서 담배를 피우고 있던 성준을 마주치자 '먹을 것을 사러 간다'면서 골목길을 빠져나가는 도중에 성준은 때마침 옛애인 경진이 방금 보내온 핸드폰 문자를 보는 신. 내러티브의 앞부분에서 늦은 밤 성준이 경진네 집을 찾아가 밤을 보낸 후 아침에 집을 나오면서 경진과 앞으로는 "절대로" 전화도 하지 않고 서로 문자도 하지 않기로 서로 거듭 단단히 약속하고 경진도 성준에게 "나도 선생님한테 해

---

10   경진-예전-성준 간에 서로 다른 시간들의 동시성과 시간의 순환성을 보여주는
      장면들에서 이를 알 수 있다.

되는 짓 절대로 안 할 거예요."라고 다짐하는 장면이 나오는데, 이 경진과의 약속은 세 번에 걸쳐 나오는 '골목길 신'들 중 두세 번째 신에서 깨짐으로써 겉보기에 내러티브의 앞뒤에 인과적 논리는 자가당착에 빠진 듯이 보인다. 하지만 성준이 경진의 문자를 받는 '골목길 신'은 인과적 시간을 따라가는 극 중 현실이 아니라 성준이 경진을 떠올리면서 상상으로 만드는 극 중의 허구(카페 이름이 '소설'이다!)를 보여주는 장면임이 암시된다. 〈북촌방향〉의 내러티브 전개에서 성준이 경진의 핸드폰 문자를 받는 신들은 성준이 현실적 내러티브의 경계를 넘어 상상적 내러티브를 펼치는 하나의 모티프로 기능하는 것이다.

가령, 교수 보람(송선미)과 대화 중에 경진의 문자를 받는 두 번째 '골목길 신'은 성준의 상상력이 만드는 상상적 이야기로 볼 수 있다. 경진이 보내온 핸드폰 문자에서 성준은 '선생님'으로 호칭되는 데 반해 예전은 성준을 '오빠'로 호칭하는 등, 둘 사이의 차이를 강조하여 보여주는 것도 극 중 현실에서 두 여자는 서로 별개의 인물이면서, 동시에 극 중 상상에서 동일 인물로 상정되는 점을 은밀하게 보여주려는 연출 의도일 것이다(카페 주인 이름이 '예전'이다!). 성준이 경진의 문자를 받는 신들은, 기존 내러티브 속에서 성준의 영화적 상상을 통해 또 하나의 은폐된 내러티브가 전개되고 있음을 알리는 하나의 표지標識인 셈이다.

그렇다고 성준의 상상적 내러티브가 기존 내러티브와는 내용이 다른 새로운 이야기를 펼치는 것은 물론 아니다. 또 현실적 내러티브와 상상적 내러티브 간의 경계가 확연히 변별되는 것도 아니다. 카페 주인 예전을 옛 애인 경진과 동일 인물로 상정想定한 데에서 성준의 상상적 내러티브가 비롯되기에, 기본적으로 성준이 과거에 겪은 경진과의 기억들을 바탕으로 상상적 내러티브는 재구성된다. 그래서 극 중 현실을 보여주는 인과적 내러티브와 상상적 내러티브는 '대동소이하게' 반복된다. 현재 속에서 '예전(과거)'이 반복하는 것이다. 중요한 사실은 이 '예전'의 반복은 '반복되는 자연의 시간'과 다르지 않다는 것이다.(사진 7, 8)

스토리텔링의 차원에서 보면, 인과적 내러티브 속에 '은폐된 내러티브'는 인과적 시간 속에 '은폐된 시간'이다. '골목길 신'은, 현재의 예전을 과거의 경진으로 연상聯想함으로써 현실의 인과적 내러티브가 상상하는 내러티브와 착종되고 혼재混在됨을 보여주는 특별한 신으로, 특히 공상空想의 형식을 빌려, 예전-현재, 경진-미래가 유기적으로 혼종하고 착종하는, 특이한 시간의 내러티브를 보여준다. 성준의 상상력이 현실과 상상 사이를 오가며 만드는 '은폐된 시간'에서는 경진과 예전이 별개의 두 인물이면서 동시에 동일 인물로서, 서로 접합과 분리를 거듭한다. 경진의 존재는 예전의 현재이면서 미래이고, 예전의 존재는 경진의 미래이면서 현재가 된다.[11] 영화의 뒷부분에서 성준이 카페에 딸린 방에서 예전과 밤을 보내고 아침에 이별하는 신은 영화의 앞부분에서 경진의 집을 찾아가 하룻밤을 묵고 나오면서 서로 약속하는 대사의 일부가 반복된다. 이는 내러티브의 시간 차원에서 보면 무한한 자연의 근원성을 상징하는 우로보로스Ouroboros 상像처럼 무한 반복 순환하는 '자연의 시간'을 상징적으로 보여준다. '영화의 시간'은 '자연의

---

11 영화 〈북촌방향〉에서 '시간의 겹침'에 대해서는, 김시무 영화평론가의 '홍상수 영화' 전반에 대한 예리한 분석과 해석이 담긴 평론의 다음 글을 참고할 만하다. "홍상수 감독이 배우 김보경으로 하여금 굳이 일인이역을 맡긴 이유가 무엇이겠는가? 그렇다. 그는 캐릭터의 중복duplication of character을 통해 과거의 반복, 현재의 반복, 미래의 회귀라는 독특한 영화 형식을 창출하고 있다."(김시무, 『홍상수의 인간희극』, 본북스, 2015, 153쪽)

사진 7   사진 8

시간'과 통합으로써 반복 순환한다. 이 자연의 시간 곧 우로보로스적 순환의 시간은, 〈북촌방향〉의 스토리텔링에서 옛 애인 경진이 보내오는 문자를 보는 장면에서 암시된다. 경진의 문자는, 문자를 보내지 않겠다는 경진의 단단한 약속이 깨진 것이 아니라 성준의 상상력이 작동하고 있음을 알려주는 표시로서 옛 애인 경진과 예전이 우로보로스 형상으로 맞물리는 즉 순환하는 시간의 모티프인 것이다. 이 성준의 상상력이 작동하는 과정을 홍상수 감독은 세 번에 걸쳐 차례로 보여준다.(사진 9, 10, 11)

문자를 보내지 않기로 단단히 약속한 경진이 문자를 보내와 성준이 읽는 장면은 내레이터 안에 또 하나의 '은폐된 내레이터'가 작동하고 있음을 보여주는 〈북촌방향〉의 상징적인 미장센이다. 위의 세 장면이 지닌 상징성을 깊이 보면, 하룻밤을 보낸 애인 경진이 문자를 세 번씩이나 보내온 사실 자체가 성준의 무의식의 리비도가 특별한 상상력으로 활성화되고 있다는 뜻을 내포하는 것이다. 그러므로 이 은폐된 내레이터로서의 성준의 존재는 성준의 의식과 무의식의 통합체로서 자아(ego, Ich)의 표현이라 할 수 있다. 따라서 경진이 보내온 문자를 읽는 두 번째와 세 번째 '골목길 신'은 성준의 특별한 영화적 상상력이 곳곳에

사진 9

그렇게 받아들여야 되냐요, 제가?
사진 10

서 작동하고 있음을 보여주는 장면들이 앞뒤로 이어져서 하나의 '상상
적 시퀀스'를 이룬다. 여기서 홍상수 특유의 스토리텔링에서의 반복과
순환이 이루어진다. 카페 안에서 성준이 피아노를 치는 신이나 바깥에
서 성준이 예전을 따라 먹을 것을 사러 갔다 오는 중에 골목에서 키스하
는 신의 반복을 통해, 영화 앞부분에서 경진의 집에서 하룻밤을 보내고
나와서 나누는 대화가 영화 뒷부분에서 예전의 카페에 딸린 방에서 하
룻밤을 보내고 떠나면서 나누는 대화로 비슷하게 반복됨을 통해, '우로
보로스의 순환하는 시간성'을 상징적으로 보여주고 있다. 이처럼 내러
티브의 시작과 끝은 서로 맞물려 반복 순환한다.[12]

이러한 반복 순환하는 시간성을 가능하게 하는 이중적 내러티브의
동인과 동력은 바로 은폐된 내레이터의 존재이다. 성준의 은폐된 내레
이터를 통해서 영화의 내러티브 안에 과거와 현재와 미래가 '유기적으

---

[12] 홍상수 영화에서 반복 순환하는 '자연의 시간'은 핵심 테마이다. 그의 다른 작품
을 더 예로 들면, 반복 순환하는 자연의 시간성이 세속적 일상성에 '신통하게'
관통하고 있음을 '회전문回轉門'의 상징성으로 빗댄 작품인 〈생활의 발견〉이 있
다. 이 영화 제7막의 제목 '경수가 회전문의 뱀을 떠올리다'는 우로보로스의 순
환성을 상징한다.

[휴대전화 진동음]

사진 11

로' 어울리며 혼재하고 순환한다. 〈북촌방향〉의 스토리텔링이 은폐한 특이한 '영화의 시간'은 과거-현재-미래가 하나의 유기체처럼 긴밀하게 연결되어 혼재하는 한편 서로 반복 순환하는 '자연'의 시간성에 있다. 결국 스토리텔링은 비인과적이고 비선적非線的인 시간성을 보여주면서도 '반복 순환하는 자연의 시간성'을 은닉하고 있는 것이다. 자연의 무궁무진한 시간성 속에는 과거-현재-미래 등 여러 시간성들이 서로 겹치고 반복하고 순환하듯이, 〈북촌방향〉의 스토리텔링은 '자연의 시간'을 닮은 '유기체적 시간의 형식'을 갖는다는 것이다.

여기서 중요한 점은, 〈북촌방향〉에서 주인공 성준이 극 중 영화감독인 동시에, 상상 속의 '배우'—즉 '은폐된 내레이터'로서 이중의 연기를 하고 있음에도, 정작 성준 자신이 일인이역을 맡은 사실을 애써 '은폐하고' 있다는 사실이다. 곧 홍상수 감독은 의도적으로 성준이 맡은 이중역할을 내러티브의 전개에서 드러나지 않게 애써 은밀히 은폐하고 있는 것이다. 겉에 드러난 내레이터인 성준은 자기 안에 존재하는 상상적 내레이터가 은폐되어 있다는 사실을 자각하면서도,—자기 안에 은폐된 내레이터를 자각하는 계기가 바로 '경진이 보내오는 핸드폰 문자 장면'이다—성준의 캐릭터 안에 또 하나의 '은폐된 내레이터'를 감독은 내러티브에서 계속 은폐하고 있는 것이다. 그렇기에 관객들은 은폐된 내레이터의 존재를 간파해내기가 쉽지 않다.

은폐된 내레이터를 거듭 은폐한다는 것은 홍상수 감독이 '영화의 시간' 문제를 깊이 고뇌했음을 고스란히 드러낸다. 홍상수 감독의 사유에 따르면, '세속의 시간' 속에 통류通流하는 '자연의 시간'은 인간주의적 합리적 시간과는 다르면서도 경계를 뚜렷이 분별할 수 없다는 것이다. 그래서 〈북촌방향〉에 흐르는 시간의 존재 방식은, '자연'의 존재 방식이 그렇듯이, 내러티브의 현실적 시간과 상상적 시간이 서로 천의무봉하게 경계와 접점이 불분명하다. 홍상수 감독은 자연의 존재 방식에 따라, 자연스럽게, '은폐된 내레이터'의 존재를 은밀하게 다시 '은폐'했던 것이다.

이처럼 〈북촌방향〉이 품고 있는 자연의 시간성과 함께, 홍상수 감독의 독특한 자연철학이 담긴 다음 두 장면을 깊이 헤아릴 필요가 있다.[13]

장면 하나. 성준이 영화과 교수인 보람 등과 카페에서 술을 마시다 담배를 피우러 밖으로 나왔는데, 곧이어 보람이 밖에 나와 골목길에서 서로 마주하는 신이 이어진다.

(1)

보람　내가 여기에 나오는 데는 몇 가지 우연이 작용했을
　　　　까요?

성준　(둘이 웃으면서) 몇 가지가 작용했겠는데요.

보람　그래요? 뭔데요?

성준　공기…… 남자…… 여자?

보람   하하하 웃기고 있네.

  홍상수의 영화 철학을 이해하는 또 하나의 주목할 지점은, 카페에서
영화과 교수 보람, 영화 제작자인 선배 영호, 배우 중원(김의성), 영화감
독 성준 등 '영화인'들이 나눈 대화문 (1)이다. 이 대화에 참여한 등장인
물들이 모두 영화인이라는 사실은 대화의 내용이 그 자체로 영화론적
사유를 내포한다는 것이기도 하다. 조금 전에 카페 안에서 영화인들끼
리 나눈 대화에서 '우연'을 화두 삼아 열변을 주고받던 내용이 잠시 카
페 밖 성준과 보람 사이에서 더 이어진다.[14]

---

13   성준, 영호, 보람 등 '영화인' 일행이 카페에서 대화를 나누는 장면에서, 카페 주
     인 예전은 항상 늦게 출근한다. 보람으로부터 "자리 너무 오래 비우는 거 같애."
     라고 핀잔을 계속 듣지만, 이러한 카페 주인의 '지각 출근'—한 뜸 늦은 등장—
     은 되풀이된다.
     이러한 예전의 지각 사태는 현실 속의 예전과 상상 속의 예전 간의 존재론적 차
     이를 보여준다. 시간의 차이가 존재의 변이를 보여주는 것이다. 보이지 않는 상
     상적 존재가 보이는 구체적 존재가 되는 '존재 변이變異'는 시간의 차이로서 표
     현된다. 다시 말해, 영화의 현실 속 옛 애인 경진이 성준의 상상 속의 예전으로
     '존재의 변이'가 일어나는 '시간의 지체' 현상으로 이해될 수 있다.
     가령, 경진과 "똑같이" 닮은 카페 주인 예전은 내러티브에서의 '실존 인물'이면
     서도 동시에 감독 성준이 경진으로 상상하는 '가상 인물'이기 때문에, 스토리텔
     링의 관점에서 보면, 예전은 영호, 보람, 성준과 더불어 '동시적인 인물'로 연출
     되기에 적절하지 못한 것이다(설령, 다른 등장인물들은 상상적 내러티브에서 등장
     한다 해도 동일한 정체성을 가진 '실존적 인물'들이다). 예전의 '비존재적 존재감'은
     성준의 일행이 모이는 자리에서 예전이 시간적으로 때늦게 나타나는 '존재의
     지체遲滯' 현상으로 연출되었던 것이다. 그 존재의 지체는 다름 아닌 시간의 차
     이에 의한 존재의 차이를 가리킨다. 존재는 시간이기 때문이다. 성준의 상상력
     을 따라가다 보면, 결국 '보이지 않는 자연의 시간(불연不然)'을 '보이게 만드는
     것(기연其然)'이 홍상수 영화의 독창적 스토리텔링의 '은밀한' 요체를 이룬다는
     생각에 이르게 된다.

관객들은 내러티브의 정황상 위 대사를 영화과 교수와 열정적인 영화감독 간에 주고받는 가벼운 우스개로 지나쳐버릴 가능성이 농후하다. 하지만, 역설적이게도 홍상수의 극본이 지닌 진지함과 진실함은 농담 같은 세속적 일상성의 대사 속에 있다. 위 대화문 (1)에서, 세속적 일상에 작용하는 '자연의 힘'은 '일상성의 은미한 표현' 속에 은폐되어 있음을 홍상수는 농담같이 그러나 예리하게 드러낸다. 성준이 답변하는 "공기…… 남자…… 여자?"에서 '남자'와 '여자'는 성준 자신과 보람을 가리키지만, '공기'는 직접적으로 인사동의 카페 앞 골목길의 밤공기를 지시하면서도, 간접적으로 또 심층적으로는 '자연의 힘'을 지시하고 있다는 사실.

따라서 "공기…… 남자…… 여자"라는 영화감독 성준의 대사는 다름 아닌 홍상수 영화 철학의 근본을 이루는 핵심적 삼 원소를 압축적으로 보여주는 것이다. 남자와 여자 간에 리비도의 작용에 따른 욕정의 문제가 영화의 표면적 내러티브를 펼치는 원심력이라면, '공기'로 표현된 자연의 기운은 세상만사에 두루 작용하는 일상생활의 구심력이라는 것. '공기'라는 자연의 기운을 깊이 사유하고 감각하고 있기 때문에, 홍상수 감독은 극 중 영화감독 성준의 농담 같은 대사를 통해 자신의 깊은 영화 철학의 고갱이를 슬쩍 드러낸다.

장면 둘. 극 중 영화감독인 주인공 성준이 북촌 길에서 우연히 여러

---

14 주인공 성준은 스토리의 표면과 이면을 동시에 이끌어가는 '이중적 스토리텔러'이다. 성준의 이중적 존재는 '영화의 의식과 무의식'을 통합적으로 보여주는 존재를 추구한다. 〈북촌방향〉의 성준은 홍상수 감독의 자아가 투사된 '영화감독 역'을 맡고 있다 해도 틀리지 않다.

번 마주친 배우(박수민)와 나누는 대화 장면. 이 장면의 대화는 홍상수 감독의 독보적이고 독창적인 스토리텔링의 원리를 이해할 수 있는 의미심장한 영화 철학을 담고 있다.

(2)

성준 너랑 정말 인연이 있나보다.

배우 정말 이상한 일이에요. 왜 이렇게 감독님을 (우연히 여러 번) 만나지? 그 이유가 뭐지?

성준 그냥 본래 이유가 없는 거야. 근데 그냥 우리가 억지로 이유를 갖다 붙이는 거지. 그냥 이 조화로운 움직임들을 느끼며 살면 돼. 그게 착하게 사는 거야.

배우 이게 조화로운 건가? 뭐가 조화로워요. 난 이상하기만 한데.

성준 그 조화가 그러니까 창조한다는 뜻 있지, 그, 신통하다! 그런 뜻이야. 네가 말하는 조화가 아니야.

배우 '아, 웬 조화인가', 그런 거?

성준 그래 그래.

성준 배우 (웃음)

영화사적으로 기억될 의미심장한 걸작 〈북촌방향〉이 다루는 테마는, 앞서 비유했듯이, '시간의 여행자 혹은 주재자로서 영화감독론'이라 할 만하다. 이 작품에는 홍상수 특유의 감독론이 곳곳에 영롱한 보석같이 알알이 박혀 빛난다. 성준은 서울에 올라와 북촌 길에서 어느 배우를 '우연히' 세 번 만나게 되는데, 두 인물 사이에서 위 같은 의미심장한 대화가 오간다. 여러 해석이 가능하겠지만, 위 인용문 (1)에서, 주인공 성준이 농담처럼 말한바, 홍상수 영화의 삼 원소 '공기 남자 여자'는 인용문 (2)에서 '창조적 신통神通'과 '조화造化'라는 개념에 의해 철학적 깊이를 갖게 된다.

이 카페에서 영화인들 간의 대화에 연이어, 다음 날 성준이 북촌 길에서 며칠 사이에 세 차례나 우연히 만난 '배우'와 나누는 대화가 인용문 (2)이다. 간밤에 카페 술자리에서 나눈 "'우연'에는 어떤 이유가 없다."라는 말이라던가, 남녀 간의 우연한 만남을 이루는 원소는 "공기…… 남자…… 여자"라는 알쏭달쏭한 성준의 농담은 철학적 사유가 뒷받침된 진담이었음이 위 대화 (2)에서 밝혀진다.

위에 인용한 대화 중에 우연히 마주친 '배우'가 "(둘 사이의 '우연한 만남'을 두고서 성준이 '그냥 이 조화로운 움직임을 느끼며 살면 돼.'라는 말에 대꾸하듯이) 뭐가 조화로워요. 난 이상하기만 한데."라고 말하자, 성준은 "그 조화가, 그러니까, 창조한다는 뜻 있지? 그, 신통하다 그런 뜻이야. 네가 말하는 조화가 아니야."라고 말한다는 것. 이 말을 풀이하면, 배우가 성준이 말한 '조화造化'를 동음이의어인 '조화調和'로 오해하고 있음을 지적당하고 있을 뿐 아니라, 그 '조화造化'란 '창조한다', '신통하다'는 '그런 뜻'이라는 것을 분명하게 밝히고 있다는 사실.

이 대화문 (2)가 중요한 것은 홍상수 감독 스스로가 자신의 영화 철학의 근원을 자기 자아(ego, Ich)가 투사된 영화감독 성준의 말을 통해 스스로 밝히고 있기 때문이다. 바로 이 점에 있어서 〈북촌방향〉은 홍상수 영화의 심층 의식을 이해하는 데에 특별하고 결정적인 구실을 한다. 아울러 〈북촌방향〉은 홍상수 영화의 독특한 형식인 중첩과 착종, 반복과 순환 그리고 극 중 영화감독 성준이 말하는 바처럼, '창조적이고 신통한 우연의 시간성' 문제에 대한 심오한 답을 은밀하게 보여주는 전위적인 걸작이라 할 수 있다.

〈북촌방향〉은 '시간의 예술'인 영화예술에서 시간의 반복과 중첩 즉 미래와 과거가 영화의 현재 속에서 혼입混入되고 하나(一)로 통합되어 가는 독특한 스토리텔링을 새롭고 경이롭게 보여준다. 〈북촌방향〉이 흑백필름으로 연출된 사실도 감독의 영화 철학을 반영한 '시간의 현상학'에서 이해될 수 있다. 흑백필름은 컬러필름과는 달리 음양陰陽의 대립을 통해 '은폐된 스토리텔링의 원리로서 조화의 감각'이 강화되어 시간을 추상화-정신화함과 동시에 상징화-감각화하여 사유하게 하는 것이다.

또, 영화에서 시간의 반복과 겹침 또는 서사적 시간의 혼선과 탈선이 거의 어두운 밤에 이뤄진다는 점도 깊이 이해할 필요가 있다. 밤 시간대에 예전이 카페가 있는 골목길로 들어가는 뒷모습을 반복해서 보여주는 것도 시간의 반복성을 보여주기 위한 연출이지만, 스토리텔링 차원에서 예전의 뒷모습과 카페 골목길이 반복되는 신들은 동일한 공간의 반복이 아니라, 영화의 동일한 공간과 사태事態에 은폐된 이질적인 시간들의 반복과 중첩을 보여주려는 연출 의도로 볼 수 있다. 어두운 밤처럼, 은폐되고 반복 중첩하는 시간의 이질성을 보여주는 것.

4.

'신통' 혹은 '조화' 같은 동양의 유서 깊은 전통적 사유 개념들과, 홍상수 감독이 영화 연출 현장에서 실천적으로 '창조한' 여러 영상들의 증거로 보아, 홍상수 영화의 철학적 근원은 다분히 '마음'의 철학에 연원을 두고 있는 것으로 보이는데, 그것은 대승불교적 유심론만이 아니라 음양론이나 이기론을 토대로 한 기氣철학 등이 합류한 독특하고 웅숭깊은 '마음(心)'의 철학에 기반해 있는 듯하다. 뒤에서 다시 설명하겠지만, 특히 수운水雲 동학의 '시천주 조화정侍天主 造化定' 사상은 홍상수 영화 철학과 썩 어울린다. 그 까닭은 무엇보다도, 홍상수 감독이 영화를 사유하고 연출을 수행하는 과정을 통해서 '창조적 신통'의 심오한 의미와 그 경지에 통관洞觀한 것으로 보이기 때문이다.

홍상수 영화의 내러티브에는 '창조적 신통'의 통관에 의해 세속적 시간 속에 보이지 않는 자연적 시간이 흐르게 된다. 〈북촌방향〉의 스토리텔링은 겉에 드러난 내러티브의 인과론적 시간 속에 '은폐된 자연의 시간'이 흐르고 있음을 은밀히 연출한다. 영화 속 현재에 과거와 미래가 한 장면 속에 겹쳐져 어우러진 채로 진행되는 기묘한 '자연의 시간성'이 은밀하게 드러나는 것이다. 이 시간성의 겹침과 뒤섞임 또는 어우러짐은 홍상수의 영화 철학이 시간의 근원으로서 무궁무진한 시간성을 사유하고 있음을 보여주는 것이다.

홍상수의 영화에서 창문을 열어젖히는 신이나 바다 혹은 파도의 시공간성이 강조되는 것도 영원한 시간성으로서 자연, 특히 대자연의 상징으로서 바다의 근원적 존재성을 통찰하기 때문이다. 이러한 삶에 근원적인 자연의 시간을 찾는 것은 타락한 세속성에 대한 자기 성찰을 보여주는 것으로 해석될 수 있다. 심리학적으로는, 마구 날리는 오염된 먼지 같은 리비도의 세속성에 대해 '무의식과 의식의 하나됨(전일성全一性)'으로서 '정신'을 추구하는 것이다. 이러한 자연적-근원적 시간을 향한 영화 철학 속에서 추구되는 정신의 전일성은 〈북촌방향〉에

서 '은폐된 내레이터'의 존재를 통해 수행된다는 사실을 주목하지 않을 수 없다.[15]

〈북촌방향〉에서 영화감독 성준은 표면적으로 '현재 벌어지는 이야기'의 내레이터를 맡고 있으면서도 동시에 이면적으로는 상상적 이야기에서의 '은폐된 내레이터'를 맡고 있기 때문에, 그 자신은 영화적 현실의 시간 속에 실존하는 인물면서도 상상적 시간 속에 존재하는 추상적 존재로서 '이중적 존재'이다. 극 중 주인공 성준의 관점에서 보면, 극중의 현실 속에서 연기를 하다가 마찬가지로 극 중 자기 상상 속에서 또다른 연기를 함께하는 것이다. 성준은 현실적 존재이면서 상상적 존재라는 자기모순과 아이러니를 '일인이역'으로 연기해야 한다. 홍상수 감독의 관점에서 보면, 주인공 성준은 스토리텔링에서 현실적 존재가 아니라 '은폐된 내레이터'로 비칠 수밖에 없다. 왜냐하면 이중적으로 은폐된 스토리텔링을 전개해가다 보니 결국에는 홍상수 감독 자기Selbst의 화신-'그림자Schatten'인 '은폐된 내레이터'로서 영화감독 성준의 존재만 남게 된 것이다. 이 말은 영화의 현실에서 주인공 성준이 자기 정체

---

15 '은폐된 내레이터'의 존재를 확인할 수 있는 신은 영화 곳곳에서 연출된다. 비근한 예를 들면, 영화 〈밤의 해변에서 혼자〉의 스토리텔링 중에서 비현실적-초월적이면서 인과적, 논리적 맥락 없이 생뚱맞게 나오는 특별한 장면들이 여럿 있다. 그들 가운데 영희(김민희)가 독일에서 선배와 산책을 하다가 작은 다리 앞에서 큰 절을 하는 장면에서, "내가 원하는 게 뭔지 그냥 기도한 거야. […] 그냥 나답게 사는 거야. 흔들리지 않고……."라는 말을 한다거나, 바닷가에서 아무런 논리적 해명 없이 영희가 누군지 모를 '검은 옷의 남자'의 어깨에 메인 채 사라지는 장면, 영희가 도착한 호텔 룸의 바다가 보이는 거실의 유리문을 예의 '검은 옷의 남자'가 열심히 닦고 있는 장면은 스토리텔러 속에 숨은 '은폐된 내레이터'의 존재를 암시한다. 즉 표면적 내레이터가 주인공 영희라면 인과론적 사건 전개를 초월한 내레이터 곧 '은폐된 내레이터'가 활동하고 있음이 암시된다.

[카메라 셔터음]

사진 12

사진 13

성에 혼란을 겪게 되었음을 의미한다.

　바로 성준은 현실과 상상을 오가다 보니, 영화감독으로서 자기 정체성의 혼란에 빠지게 된 것이다. 바꿔 말해 주인공 성준은 영화의 이야기를 이끌어가는 내레이터로서 자기 존재에 대한 혼란에 빠진다. 자신은 현실 속에서 실존하는가 혹은 상상 속에서 추상적으로 존재하는가. 때문에, 영화의 라스트신에 이르러, 북촌 길에서 우연히 마주친 영화 팬(고현정)의 카메라 앞에서 '피사체'가 된 성준은 당혹스럽고 어리둥절한 표정을 짓게 된다.(사진 12, 13) 실로 이 라스트신에서, 홍상수 감독의 심오한 영화 철학은 마침내 한국영화사에 길이 남을 득의得意의 명장면을 연출하게 된다.[16]

피사체 성준은 주인공으로 실존하는 내레이터 성준이라기보다, 영화의 무의식인 자연의 시간을 탐색하는 영화감독 성준의 추상적 존재―'은폐된 내레이터'로서의 존재―이다. 추상적 존재가 현실 속의 구체적 존재와 뒤섞여 착종된 상태에서 영화 팬의 카메라 앞에 피사체로 서게 된 것이다! 자신이 상상력으로 만든 구체적인 존재감이 없는 추상적 '은폐된 내레이터'가, 아이러니하게도, 피사체가 되어 카메라에 의해 '보이게' 되었기 때문에, 이 존재의 아이러니를 자각한 영화감독 성준은 은폐된 자아를 '보이는' 카메라 앞에서 당혹스러운 표정을 지은 것이다! 영화감독 성준의 이 얼굴 표정이 클로즈업되고 롱테이크로 잡힌 라스트신은, 〈북촌방향〉의 내러티브에 '은폐된 내레이터'의 초상인 것이고,[17] 이 은폐된 내레이터의 초상은, 감독 홍상수의 의식과 무의식

---

16 홍상수 감독의 탁월한 통관력洞觀力이 빛을 발하는 장면이다.

17 내러티브의 관점에서 보면, 〈북촌방향〉이 품고 있는 중요한 형식적 특성은 성준의 내레이터 안에 자연의 힘과 자연의 시간을 대리하고 주재하는 '창조적인 신통력을 가진 존재'로서 '은폐된 내레이터'가 존재한다는 사실이다. 관객들은 영화의 이야기를 따라가면서도 이야기 속에 은밀하게 은폐된 이야기를 찾아야 한다. 은폐된 내레이터를 찾고 만나는 것은 존재와 시간의 근원성을 찾고 만나는 일과 다르지 않다. 이야기의 내레이터는 지방에서 서울 북촌에 놀러 와 우연히 많은 사람들을 만나고 옛 애인 집을 찾아간 과거의 영화감독 성준이지만, 이야기에 은폐된 내레이터는 영화 속에서 또 하나의 영화를 찍고 있는 현재의 영화감독 성준이다. 거장 이창동 감독의 걸작 〈버닝〉에서, 내레이터인 주인공 종수이면서 '은폐된 내레이터'가 소설가 종수로서 내러티브 안에 또 하나의 소설적 내러티브를 착종·잉태했듯이, 홍상수의 〈북촌방향〉에서는 내러티브 안에 또 하나의 영화적 내러티브를 착종·잉태하고 또 '창조'하고 있다.

의 통합 상태로서의 실로 독보적 '영화 정신'의 알레고리인 것이다.[18]

모든 존재의 근원으로서 시간은 과거-현재-미래가 수없는 상호작용을 끊임없이 한다. 시간의 근원성은 필연적이거나 인과적이거나 분석적이거나 이성적이거나 선적線的인 것이 아니다. 우연은 근원적 시간성의 표현이다. 은폐된 내레이터로서 성준은 홍상수의 근원적 시간을 통관하는 '정신'이 빚어낸 존재이다. 앞서 말했듯이, 은폐된 내레이터는 비존재적 존재로 활동하기 때문에 카메라로 존재를 가시화한다는 것은 자기모순임을 깨닫는 것이다. 그래서 은폐된 내레이터인 성준이 북촌 길에서 우연히 마주친 자신의 영화 팬의 카메라 앞에 서서 포즈를 취할 때, 현실적 존재로서 자기 실존이 흔들리며 불현듯 자신의 낯선 존재감에 압도당한 얼굴 표정을 지었던 것이다. 이 '은폐된 내레이터'의 초현실주의적인 초상肖像―라스트신에 이르러 홍상수 영화가 이룩한 스토리텔링의 전대미문한 경이로운 미장센을 만나게 된다.

5.

해와 달이 뜨고 지는 하루의 변화와 춘하추동 계절의 변화는 세속적 일상성을 낳는 자연의 근원적인 힘이다. 세속적 일상은 자연의 힘에서

---

18 여기서 심리학적으로 '정신'은 무의식과 의식을 종합하는 힘으로서 정신Psyche이다. 철학적으로 정신은 의식의 '순수한 자기 운동'으로서 영혼(Geist, Seele)을 포함한다. 정신을 통해 영과 혼, 혹은 귀鬼와 신神의 존재와 작용도 음陰과 양陽의 조화造化의 운동 과정 속에서 파악되고 이해될 수 있다. 요컨대, 정신은 의식과 무의식, 유한과 무한, 개체와 보편, 분별과 무분별, 음과 양, 나아가 개인과 민중 상호 간의 대립과 원융圓融의 운동을 스스로 구현한다. 이 글의 각주 3번 참조.

태어나고 잠시도 벗어날 수 없다. 하지만 해와 달과 별이 뜨고 지는 일이 진부한 일상성일지라도, '정신'은 자연의 목적을 간파하고 터득하게 된다. 가령, 지구가 해 주위를 한 바퀴 도는 '해의 길(黃道)', '달의 길(白道)', 한 해 동안 약 열두 번에 걸쳐서 해와 달이 만나는 하늘의 구역 '12진辰', 이 천문도의 구역 하나씩을 십이지지十二地支로 나누어 이름 붙이고 나면, 자연의 힘은 어떤 목적성을 갖고 있다는 천지자연의 진실을 깨닫게 된다. 인간의 삶과 죽음은 궁극적으로 '자연의 힘과 목적'에 지배받는다.

동아시아 특유의 역易 사상은 천지자연 그대로를 반영한 것이다. 역 자체가 자연이라 해도 무방하다.[19] 위로 하늘을 그린 양효陽爻 아래로 땅을 그린 음효陰爻 그 사이 중간에 사람을 그린 획이 모인 천지인 삼재三才를 기본으로, 팔괘八卦가 생기고 괘상卦象이 세워진다.[20] 역은 이 상象을 통해 '자연의 숨은 이치'가 관철되는 삶의 현재를 알고, 길흉화복의 미래를 점占친다. 천지자연 속 음양의 원리와 오행의 원리를 사유하게 되면, 자연의 힘은 그 자체로 '목적'을 갖고 있음을 알게 된다. 지난 5천 년 동안 동아시아인의 정신의 바탕을 이룬 역 또는 점복占卜은 음양의 변화 이치를 통해 사람의 삶에 작용하는 자연의 힘과 숨은 목적을 캐는 유서 깊은 '정신적 기술'이다. 점치는 행위를 통해 사람들은 자연의 힘과 목적을 예감하고 적응한다. 하지만 자연의 상(卦象)은 언어로 이루 다

---

19 역易을 해자解字하면, '변화' '낮(日)과 밤(夕)의 기록' 혹은 '날(日)과 달(月)'(날과 달의 기록)이란 뜻이 있다. 이 음양 기운의 변화에 대한 기록이란 뜻과 함께 '괘를 통해 점친 기록(占卜卦辭)'이란 뜻이 있다.

20 양효와 음효가 서로 만나 삼획괘(소성괘, 팔괘)를 이루고 또 육획괘(대성괘, 육십사괘)를 이룬다.

사진 14

설명되지 않는다. 순수한 목적지향성을 내포한 '정신'과 '영혼'만이 자연의 상을 통관할 수 있다.

역이 그 자체로 자연의 힘이고 자연의 목적을 보여준다면, 홍상수 영화의 무의식은 역과 서로 통한다. 어쩌면 홍상수 영화의 무의식에 숨은 한 의미심장한 원형의 상징을 역에 기대어 어느 정도 설명할 수 있을지도 모른다. 홍상수 감독이 직접 쓰고 연출한 걸작 〈북촌방향〉에서 극 중 영화감독 성준이 진지하게 하는 대사 중, '우연'은 '창조한다'와 '신통하다'라는 말과 동일하다는 말은 이와 연관성이 있다. 이 심오한 연관성을 이해하게 될 때, 비로소 또 다른 뜻깊은 홍상수의 걸작 필름 〈생활의 발견〉(2002)과 〈밤의 해변에서 혼자〉(2016)의 무의식과 홍상수 영화의 '정신'을 알 수 있을 것이다.[21]

홍상수 감독의 필모그래피에서, 특히 〈생활의 발견〉과 〈밤의 해변에서 혼자〉는 영화사적으로 중요한 의의를 가진다. 이 두 영화 속에서 홍상수 영화의 의식과 무의식의 심층을 보여주는 희귀하고 의미심장한

---

21 제한된 지면상 영화 스토리 분석은 가급적 배제하고, 홍상수의 영화 정신을 엿볼 수 있는 스토리텔링에서의 특징들을 중점적으로 살펴보기로 한다.

명장면들이 줄지어 발견된다. 이 두 걸작을 통해 기대할 수 있는 것은 대안적 영화 정신과 생명의 에너지가 샘솟는 새로운 스토리텔링의 가능성을 더듬을 수 있을지 모른다. 두 필름이 제작된 시간 차는 약 15년이다. 오히려 이러한 시간 차이 속에서 홍상수 영화가 추구하는 테마의 일관성과 특별한 정체성을 찾을 수 있을 뿐 아니라, 더 진전된 '작가 정신'의 내용을 만나는 즐거움을 누리게 된다.

먼저 〈생활의 발견〉을 살펴보기로 하자. 〈생활의 발견〉에서 내러티브에 담긴 남녀 간의 연애 이야기와 소소한 세속적 일상사 등 진부한 줄거리 소개나 내용 분석은 피하기로 하고, '유역문예론流域文藝論'의 관점에서 감독의 철학적 사유가 내러티브 속에서 응결된 미학적 포인트를 주목하기로 한다. 내러티브의 전개 속에는 몇 개의 철학적 의미가 깃든 포인트가 있는데, 무엇보다도 그 지점은 또다시 '우연'의 철학이 내러티브 창작의 뿌리를 이루고 있음을 보여준다. 가령, 주인공 경수(김상경)가 선술집에서 화장실을 가기 위해 출입문 쪽으로 가는 중 느닷없이 선반에 놓여 있는 쟁반이 바닥에 떨어지는 장면(사진 14)이 대표적이다.

내러티브 전개상 아무런 인과관계가 없이 '우연히' 느닷없이 사건이 일어난다. 이 장면은 맥거핀macguffin 효과라고 말할 수도 있으나, 철학적 주제의식이 담긴 '일별一瞥'의 장면인 것은 확실하다. 그런데 이러한 일상 속에서 소소하게 벌어지는 '우연'은 후에 〈북촌방향〉(2011)에서 재론되며 설명되고 있다.

영호 어떤 사람을 하루에 우연히 세 번 만난 적이 있어.

보람 아, 그래요. […] 아후, 근데 나는 모르겠어요. 왜 이런
일이 일어나는 건지…… 근데 정말 이상한 일인 거 같

아요. 난 이유를 알고 싶어.

성준 이유가 없죠.

보람 응?

성준 그러니까 이렇게 이유 없이 일어나는 일들이 모여서 우리 삶을 이루는 건데, 그중에 우리가 일부러 몇 개만 취사선택해서 그걸 이유라고 이렇게 생각의 라인을 만드는 거잖아요.

보람 생각의 라인요?

성준 예, 그냥 몇 개의 점들로 이렇게 이루어져서 그걸 그냥 우리가 이유라고 하는 건데…… 내가 예를 들어볼게요. 만약에 제가 이 컵을 이렇게 밀어서 깨뜨렸다고 해요. (사람들이 호응한다) 근데 이 순간, 이 위치에 하필이면 왜 내 팔이 여기에 있었는지 그리고 그때 난 왜 몸을 이렇게 딱 움직였는지, 사실 대강 숫자만 잡아도 수없이 많은 우연들이 뒤에서 막 작용을 하고 있는 거거든요. 근데 우리는 이 깨진 컵이 아깝다고 그 행동의 주체가 나라고 왜 이렇게 덤벙대냐고 욕하고 말아버리잖아요. (잔을 탁 내려놓으며) 내가 이유가 되겠지만 사실은 내가 이유가 아닌 거죠.

보람 그렇죠. 그 전의 우연들을 다 추적할 수는 없는 거죠. 그리고 그 우연들이 또 전의 우연들이 있는 거잖아요. 그러니까 현실 속에서는 대강 접고 반응하고 갈 수밖에 없지만 실체에서는 우리가 포착할 수 없이 그 수많은 것들이 막 상호작용을 하고 있는 거거든요. 아마 그

래서 우리가 판단하고 한 행동들이 뭔가 항상 완전하
지 않고 가끔은 크게 한 번씩 삑사리를 내는 게 그런
이유가 아닌가…….

홍상수 영화에서 우연은 천지자연의 '창조적 신통력'이 작용한 결과
이다. 천지자연의 시간이 인위적 시간에 선행하듯이, 우연한 시간은 인
과적 시간에 선행하고 우연한 사건은 인과적 사건에 선행한다. '우연'
은 "내가 이유가 되겠지만 사실은 내가 이유가 아닌 것"이고, "현실 속
에서는 대강 접고 반응하고 갈 수밖에 없지만 실체에서는 우리가 포착
할 수 없이 그 수많은 것들이 막 상호작용을 하고 있는 것"이다. 이러한
우연의 시간관은 〈생활의 발견〉에서 실제로 연출된다. 위에서 예시한
바처럼, 주인공 경수가 경주의 재래시장 선술집에서 선영(추상미)과 대
화를 나누다 화장실에 가려던 참에 출입구 선반 위에 있던 물컵이 '우
연히' 바닥에 떨어져 깨지는 장면이 그것이다.

보이지 않는 세속적 일상성에서 생명의 섭리를 직관하고 생명 에너
지를 '발견'하는 것이 제목 〈생활의 발견〉의 메타포이며 영화의 주제의
식이라 할 수 있는데,[22] 홍상수 감독의 스토리텔링에서 늘 우연한 사건
이 인과적 사건에 선행하는 것은 그 때문이다. 인물의 관계와 사건의 상

---

22 홍상수 감독의 문제작 〈생활의 발견〉이라는 제목은 세속적 일상 속에 은미하게
     작동하는 신통력의 발견으로 해석될 수 있듯이, 〈지금은맞고그때는틀리다〉에
     서 주인공인 영화감독 함춘수(정재영)에게 익명의 여성 팬이 자신이 쓴 시집을
     선사하면서 속표지에 자필로 남긴 "함춘수 감독님. 언제나 감독님 영화를 즐겨
     보고 있습니다. 우리의 삶의 표현에 숨겨진 것들의 발견만이 우리들의 두려움
     을 이겨내는 길이라는 생각에 공감합니다."라는 글귀도 바로 이러한 홍상수 감
     독의 영화 철학을 뒷받침한다.

황과 사물의 존재에는 음양의 '조화造化', 즉 '신통함'이 은밀하게 작용하고 있는 것이다. (이렇게 보면, 모든 역사적 대사건도 세속적 일상성에서 은밀하게 상호작용하는 우연의 소산인지도 모른다.)

이 은밀한 천지자연의 '신통'과 '조화'는 인간의 심안心眼에 의해 자연의 힘이 작용한 '기미幾微'로서 파악되고, 이 '기미'는 영화의 스토리텔링에서 '일별' 같은 은미한 형식으로서 '발견'된다. 앞서 예시한 〈돼지가 우물에 빠진 날〉, 〈강원도의 힘〉의 '창문을 열어놓는' 라스트신에서 보았듯이, '은미'의 형식을 통해 홍상수 영화는 자연의 신통과 조화의 '기미'를 연출한다. 간단히 말해, 자연의 힘과 조화는 '은미하게' 드러난다는 것이다. 그러므로, 이미 〈생활의 발견〉에서 연출된 '우연히 팔이 컵을 밀어 깨뜨리는 신'이 앞에 인용된 〈북촌방향〉에서의 영화감독 성준의 대화 내용에서 반복적으로 강조되고 있는 것은 조금도 이상할 게 없다.

세속적 일상성을 옹호하는 영화 철학으로서 자연의 신통과 조화는 본성적으로 '삼막극三幕劇' 같은 할리우드식의 기존 인과적 내러티브 구성이나 전통적 플롯 위주의 영화 문법을 부정한다. 그렇다고 내러티브의 인과적 사건 자체가 근본적으로 부정되는 것은 아니다. 자연이 보여주는 정확한 인과론적 질서와 조화도 자연의 본질을 설명하는 근본 요소다. 그럼에도 홍상수 감독은 특별한 인과적 사건은 스토리텔링의 중심이기보다, 오히려 자잘하고 진부하고 흔한 일상성 속에 은폐되어야 한다고 생각하는 듯하다.

역사적으로 엄청난 사건도 세속적 일상성에서 벗어날 수는 없다. 물론 그 역도 가능하고 옳다. 또한 인과적 사건은 세속적 일상성을 지배하는 자연의 신통과 '조화'의 힘에서 자유로울 수 없다는 것. 이러한 영화 철학적 사유로 인해, 홍상수 영화의 스토리 라인은 직선이든 곡선이든 선적 형식을 갖추지 못하고 두서없거나 단속적斷續的이거나 소산疏散한 형식성을 띠게 된다.

　일상성은 흔하기 때문에 보이지 않고, 보이지 않기 때문에 보이지 않는 형식으로 일상성의 진실은 드러난다. 그러므로 세속적 일상성은 본성적으로 보이지 않는 은미함의 형식을 찾는다. 그래서 음양의 조화가 작용하는 세속적 일상성의 은미한 지점, 혹은 귀신의 작용력이 드러나는 잘 보이지 않는 곳을 '발견'하는 시각이 긴요하다. 홍상수 감독은 이 보이지 않는 은미한 자연의 작용력을 볼 수 있는 정신의 힘을 가리켜 '생활의 발견'이라 묘사한다. 여기에는 『주역』의 원리인 '생생지리生生之理로서 귀신鬼神'[23]을 일상생활 속에서 바로 본다는 뜻이 내포되어 있다. 이것이 홍상수 영화의 스토리텔링 원리의 핵심이라 할 수 있다.

　이 은미하게 작용하는 생생지리 즉 음양이 조화로운 힘으로서 귀신의 원리가 〈생활의 발견〉의 '은폐된 내러티브'에 작용한다. '부적 신', '무당이 점치는 신' 그리고 '굳게 잠긴 대문을 길게 클로즈업한 라스트 신'에서, 천지자연을 관통하는 신통과 조화의 힘, 귀신의 힘은 깊이 작용한다. 특히 모두 7막으로 구성된 〈생활의 발견〉의 제7막인 '경수가 회전문의 뱀을 떠올리다'를 깊이 살필 필요가 있다. 이 7막의 제목은 그 자체로 우로보로스의 순환성을 상징한다. 선영은 호텔 방에서 경수와 정사를 벌인 후 잠이 든 경수에게 쪽지를 남긴다. 그 쪽지에 쓰인 문장은 아래와 같다.

23　『주역周易』의 「계사전繫辭傳」. 『주역』의 근본원리는 '생생지리生生之理'로 집약된다. 북송의 대철학자 소강절은 생생지리로서 역을 설명한다. '생생지리'는 귀신의 존재를 가리킨다.

사진 15   사진 16

"자연 현상은 언제나 우리에게 무심한 듯이 보입니다. 하지만 지금,
당신의 자는 모습과 푸른 새벽 기운이 섞여서 세상이 하나가 된 느
낌입니다. 당신 속의 나! 내 속의 당신!"

호텔 방 정사 신에 이어 선영은 잠든 경수에게 위 쪽지 글을 남긴다.
쪽지 글의 뜻은 7막의 제목 '경수가 회전문의 뱀을 떠올리다'의 메타포
에 대한 설명이다. 그 글은 다름 아닌 홍상수 감독의 심층적 주제의식인
'자연의 힘과 목적성', '자연의 시간성'을 간접적으로 보여준다. 여기서
짚고 넘어가야 할 홍상수 영화의 스토리텔링에서 늘 기억해야 할 사실
은, 리비도의 일상성 특히 리비도와 '자연의 섭리'가 함께 맞물린 채로
움직인다는 사실이다. 호텔 정사 신에 이어서 선영이 남긴 쪽지 글의 내
용이나 부적 신, 점치는 신이 이어지는 것은 홍상수 영화의 테마인 세
속적 일상성의 자연철학적 성격과 의미를 깊이 반추하게 한다는 사실.
치졸하고 비열하고 부도덕하고 위선적인 삼류 배우 경수의 세속적 일
상성은 관객들을 몹시 불편하게 하지만, 그 세속적 일상성 속에 '불가
사의'한 자연의 힘과 목적성이 작용한다면, 얘기는 달라진다.
　선영이 남긴 쪽지 글 내용이 혐오스러운 세속성에 작용하는 '자연의

힘과 자연의 목적성'을 보여주는 메타포라는 것은, 이 쪽지 글 신은 의미론적으로 또는 주제의식적으로, 경수가 선술집에서 부적에 깊은 관심을 보이는 신(사진 15), 역易을 통해 선영과 선영의 남편과 경수의 앞날에 펼쳐질 운명을 무당이 점치는 신(사진 16), 굵은 장대비와 천둥 번개가 내리치는 속에서 '선영네 집의 굳게 잠긴 대문'이 긴 시간 클로즈업되는 라스트신으로 연결되어 있음을 자연스레 이해할 수 있다.

'부적 신'은 '보이지 않는 자연의 조짐' 또는 '기미'를 연출하는 의미심장한 신으로서 홍상수 영화가 은닉한 무의식의 특별한 내용을 엿보게 한다. 이 부적 신을 간과하기 쉬운 까닭은 관객들이 습관적으로 젖어 있는 전통문화에 대한 모종의 선입견이나 편견이 방해하는 탓도 있지만 근본적으로 홍상수 감독의 연출 스타일 즉 세속적 일상성 속의 깊은 의미와 가치는 '은미한 형식'으로 연출되기 때문이다. 부적은 사악한 악귀를 쫓는 벽사僻邪의 상징이다. 벽사의 상징인 부적의 존재에 주인공 경수가 큰 관심을 갖는다는 것은 그 자체로 돌발적이지만 바로 불가사의한 상징을 향한 주인공의 돌발적인 관심과 의외의 사건 전개는 영화의 무의식을 드러내는 주요 포인트로서 주목할 필요가 있다.

우연히 선술집에서 마주친 부적을 유심히 본다는 것은 무슨 의미인가. 우선 주인공이 우연히 술집 벽에 붙어 있는 '부적을 본다'는 것은 '알 수 없는 세계를 본다'는 것이다. 마치 점을 보듯이. 부적을 보는 장면에 이어 무당의 점집에서 점을 치는 장면이 이어지므로 이 부적을 보는 장면은 플롯상의 복선으로 볼 수 있다. 그럼에도 이 장면이 의미심장한 것은 이 '부적 신'이 홍상수의 '근원의 철학'과 깊이 관련되기 때문이다. 우연한 상황에서 부적을 물끄러미 보는 신을 연출하는 것은 세상만사의 운행에 동정動靜하는 신통한 기미를 본다는 것이다. 이는 '은폐된

사진 17

스토리텔러'인 감독이 '신통한 기미'를 통관하고 있다는 뜻이다. 그것
은 천지 간에 보이지는 않으나 천지 간에 어디에도 관통하거나 관철하
지 않는 데가 없는 신통한 기운을 포착하여 카메라로 표현한 것이다.

　여기서도 홍상수 감독은, 선술집에서 부적을 쳐다보는 주인공의 시
선을 옆 테이블의 남자가 자기 여자 친구에게 엉큼한 눈길을 보내는 것
으로 오해하여 시비가 벌어지는 장면을 잠시 보여주는데, 이러한 선술
집 벽에 걸린 부적의 신령스러운 아우라 속에서, 세속 잡사와의 일상적
뒤얽힘을 빠트리지 않는 특유의 스토리텔링이 전개된다. 그것은 세속
적 일상성과 그 일상성을 관철하는 초월적 신통력이 서로 상관적이라
는 감독의 철저한 세속적 일상성의 철학에서 나온 것이다.

　'부적 신'에 이어서 불륜에 빠진 두 남녀가 무당에게 점치는 신이 나
오고, 두 남녀는 점쟁이의 점괘에 따라 헤어짐이 암시되고, 이내 천둥
벼락이 내리치는 하늘 아래 굳게 잠긴 대문을 클로즈업해서 길게 보여
주는 라스트신이 연출된다.(사진 17) 그만큼 '부적 신'은 귀신의 조화가
일으키는 '기미'의 상징이며, 영화의 무의식을 '일별一瞥'하게 하는 신
으로서 중요한 신이다.

특히 '부적 신'에 이어지는 '무당집 신', 선영이네 대문을 길게 찍은 라스트신은 〈생활의 발견〉의 영화 미학에서 시간의 존재론이 가지는 심오한 사유를 감추고 있다. 불륜 관계에 놓인 두 남녀 주인공들이 무당에게 점을 친 후, 경수는 무당집 앞에서 집에 두고 나온 지갑을 가지러 잠깐 다녀오겠다는 선영을 기다리며 비를 쫄쫄 맞고 있는 장면에 이어서, 무당이 내려준 점괘에 따라 집에 들어간 애인 선영은 이별을 암시하고, 세속의 시간은 무당의 점괘에 따르는 '낯선 초월적 시간'과 서서히 겹쳐지게 된다. 그것은 세속의 시간에 은폐된 자연의 시간의 드러남이다. 이 세속의 시간에 은폐된 자연의 시간을 발견하는 것이 홍상수 감독의 '시간의 존재론'일 터인데, 제목 〈생활의 발견〉은 이러한 특이한 시간론의 표현이다. 바람을 피우던 유부녀 선영이 자기 집에 들어간 뒤의 굳게 닫힌 집 대문을 길게 롱테이크로 보여주는 신은 홍상수 영화의 미학이 보여주는, 세속적 시간 속에 흐르는 '보이지 않는' 초월적 시간을 '보여주는' 명장면이라 할 만하다. 그것은 절대자를 상징하는 하늘에서 내리치는 장대비와 천둥 번개를 속수무책으로 맞고 있는 주인공을 통해 누추하고 비루한 세속적 시간성에 비닉된 초월적이고 절대적 시간성을 표현하고 있는 것이다.

주인공 선영이 무당집에서 점을 보고 나서 집 안으로 들어간 후, 굳게 닫힌 선영의 집 대문을 롱테이크로 길게 보여주는 것은 '보이지 않는 것을 보라'는 연출 의도가 숨어 있다. 사물의 형체 속에 은폐된 보이지 않는 존재성을 '가만히 길게' 보라는 것.

'사물을 길게 보여주는 것'은 사물의 존재를 '마음(心)으로 보는' 관물觀物의 경지를 품고 있다. 한낱 무생물에 불과한 집 대문에서 '보이지 않는 무엇이 보이도록' 카메라는 길게 닫힌 대문을 응시한다. 그리고 영화는 끝난다. 대문에서 무언가가 보인다면, 그것은 굳게 잠긴 집 대문의 '은폐된 존재'와 서로 '신통하다'는 뜻이다. 바꿔 말해, '대문'에 은폐된 물성物性이 보인다는 것은 '대문'과 신통하다는 것이고 자연의 조화 속에 합해졌다는 뜻이다. 〈북촌방향〉에서 영화감독 성준이 "우연은 창조한다, 신통하다와 같은 말"이고 "조화"라고 했듯이. 낯익은 대문이 보이지 않는 낯선 물성을 우연히, 즉 신통하게 드러낸다. 곧 음양 혹은 이기의 기운이 서로 조화 상태로서의 '귀신',[24] 또는 보이지 않는 신통한 기운이 상像 또는 상징象徵의 형식을 통해 드러난 것이다.

자연의 힘이 서리고 뭉쳐 사물의 형체를 생성하는 근원이 되기 때문에, 자연의 조화 곧 귀신의 조화는 사물의 몸체가 형성되는 숨은 이치이다. 카메라는 그 귀신의 조화를 보여주기 위해 가능한 긴 호흡으로 '선영의 집 대문'을 보여준다. 시간의 지속은 공간-형체의 변화를 낳는다.[25] 사전적 정의로 형체形體는 '생김(生)'이고 '생김새'다. 관객의 시각에서 보면 시간의 지속은 형체를 가만히, 깊이 보고서 저마다 형체를 달리 보는 것이다. 형체를 달리 보면 형체는 아우라를 갖는다. 형체는 시각적으로 변화의 기운을 낳는 것이다. 정확히 말하면, 낳고 또 낳는다(生生).

---

24 『주역』의 「계사전」 5장에 나오는 '생생生生을 가리켜 역이라 한다(生生之謂易)', 훗날 송宋의 소강절이 귀신鬼神을 일러 '생생지리生生之理'로 표현한 것을 인용한 것이다. 간단히, 생생生生은 '음양의 조화造化'를 가리키고, '음양의 조화 원리'를 가리키는 '귀신'의 다른 표현으로 쓴다.

25 가령 〈다른 나라에서〉(2011)는 바로 이러한 홍상수 영화가 가진 '시간의 존재론'에서 연출된 특유의 스토리텔링의 시공간을 보여준다. 동일한 인물이 벌이는 동일한 사건은 하나의 인과율적 사건이 아니라 다양한 존재론적 사건들로 변주되어 표현되는데, 이러한 특이한 스토리텔링은 시간의 차별성-상대성에 따라 공간도 상대성의 지평에서 다르게 현상될 수밖에 없다는, 영화의 '시간에 따른 존재론'에서 비롯된다.

사물을 '생생하게' 만드는 것이다. 공자 이래 주자학 또는 성리학에서는 모든 사물의 생생함을 귀신의 조화로서 설명한다. 귀신은 낳고 또 낳는 이치 곧 생생지리生生之理이다.

클로즈업된 채 롱테이크로 촬영된 '굳게 잠긴 대문 신'을 기존 영화론의 시각, 가령 프로이트의 정신분석학에서의 '언캐니(uncanny, Un-heimlich)'—친근한 대상에게서 낯설고 두려운 감정을 느끼는 심리적 공포심—개념으로 해석하는 것은 피상적이고 제한적인 이해에 그치게 된다.

〈생활의 발견〉의 '대문 신'을 통해, 내러티브의 분석과 해석의 지평을 너머, 영화감독의 존재론에 대한 또 하나의 새로운 해석을 마련해야 한다. 이 '대문 신'에 이르러 극 중 내러티브 안에서 '은폐된 내레이터'가 불쑥 자기 존재감을 드러낸다. 은폐된 내레이터로서 감독은 세속적 감정과 본능의 작용을 넘어서 '선영의 집 대문'을 자연의 섭리에 의한 통관—관물觀物의 시각으로 보여준다. 곧 감독은 사물을 사물로서 볼 수 있는 존재(以物觀物)—사물을 '천지자연의 힘과 목적'이 낳은 사물로서 볼 수 있는 존재임을 드러내는 것이다. 아마도 이러한 홍상수 감독의 무의식적 직관을 포괄하는 깊은 사유와 통관력은 한국인의 오래된 집단무의식의 원형—무의식의 깊은 뿌리인 '무巫'의 작용으로 해석될 수 있을 것이다.

그러므로 의식과 무의식을 통합하는 '정신'의 존재가 중요하다. 스토리텔링의 겉 내러티브가 감정과 리비도에 지배받는 세속적 인물들의 이야기임에도, 은폐된 내레이터의 존재는 그 속물들의 생활 세계를 움직이는, 보이지 않는 자연 질서와 이치가 작용하고 있음을 보여준다. 대학교수나 지식인, 예술가 특히 영화감독 등 '스토리텔링에서 드러난 내레이터'들이 자아에 집착하는 소아小我에 머물러 있는 세속적 존재들인 반면, 이러한 세속적 인간의 감정과 욕망과 의식에 작용하는, 또는 우연이나 운명을 움직이는 생활의 이치를 사심私心이나 꾸밈없이 통찰하는, 대아大我적 존재로서 '정신'을 보여주는 것이다.

6.

〈밤의 해변에서 혼자〉의 주인공 영희(김민희)는 배우이다. 영희는 유부남인 영화감독(문성근)을 향한 사랑의 열병을 앓고 있다. 그러나 이러한 관계 설정은 세속적 일상성의 외피를 보여줄 뿐, 주제의식은 세속적 시간 속에 흐르는 자연의 시간에 관한 것이다.〈밤의 해변에서 혼자〉에서 강릉의 한 호텔에 투숙하게 된 영희가 호텔 방에 들자 '보이지 않는' '검은 옷 입은 남자'(박홍열)가 바다 쪽으로 난 거실의 유리문을 닦고 있다. 검은 옷 입은 남자가 유리를 닦는 와중에 영희가 유리문을 여는 신이 이어진다.(사진 18) 예의 바다로 상징되는 자연의 시간과 원활히 소통하는 이미지라 할 수 있다.〈돼지가 우물에 빠진 날〉,〈강원도의 힘〉에서의 라스트신이 '창문을 활짝 열어' 자연의 힘과 소통疏通하는 이미지이듯이.〈밤의 해변에서 혼자〉의 1~2막에서 등장하는 '검은 옷 입은 남자'는 인간의 눈엔 보이지 않는 존재이면서, 유리문 안쪽 거실에 있는 인물들이 '바다와 서로 소통하고 교감할 수 있도록' 유리문을 깨끗이 닦는 존재라는 사실.

이는 1막에서 영희가 검은 옷의 남자를 처음 만나는 곳이 독일의 호숫가이듯이, 검은 옷 입은 남자는 호수나 바다와 같이 자연의 근원으로

사진 18

서 '물'의 영혼을 은유한다. 특히 '검은 옷 입은 남자'는 영화의 시간관 차원에서 보면 자연의 시간, 그중에서도 특히 광활하고 무한한 바다가 상징하는 '원시적 자연의 시간'을 세속 인간들에게 애써 전하는 자연의 전령傳令이자 정령精靈의 메타포다.

바다를 배경으로 영희가 이틀간 묵을 호텔 방의 거실 유리창을 열심히 닦고 있는 정체 불명의 '검은 옷의 남자'는 내러티브의 인과율적 서사와는 무관한 초월적 존재로서, 그 자체로 새로운 은폐된 내레이터의 존재를 '시각적으로' 드러내고 있다. 그 은폐된 내레이터로서 '누군가'의 존재는 영희가 묵을 호텔 방 안의 바다로 향해 난 유리문을 열심히 닦아줌으로써 대자연 바다와 영희의 심혼心魂은 하나로 통하게 되는 것이고, 초월적 존재로서 영매靈媒 역을 맡고 있는 것이다. 이는 홍상수 감독의 세속적 일상성의 철학 속에 든 무위자연의 철학을 명료하게 보여주는 특이한 신이다.(사진 19)

특히 해변에서 극 중 영화배우인 영희가 '해시계'를 비유하는 나무막대기[26]를 모래사장에 꽂아놓고서 바닷가에서 누워 잠든 장면은 홍상수 영화의 '시간의 미학'을 보여주는 심오하고 아름다운 미장센이다.

사진 19

    영희가 해변에서 '우연히' 과거에 함께 일하던 영화 제작 스텝을 만나고 애타게 사랑하는 유부남 감독 상원과 해후하여 영화를 화두 삼아 격한 대화를 나누는 꿈 장면이 이어진다. 이는 영희의 무의식에 흐르는 '자연의 시간'이 '영화의 시간'으로 연결되고 서로 소통되는 것을 보여준다. 스토리텔링에서 보면, 반복 순환하는 '시간의 원리'를 시사하는 시퀀스로서 해석될 수 있다. 그렇기 때문에 엔딩 신에서 같은 장면이 반복적으로 연출되고, 꿈과 현실 즉 자연의 시간과 인위의 시간이 순환하듯이 반복된다. 바닷가에서 배우가 막대기 해시계를 꽂아두고 누워 잠든 아름다운 미장센에 영화예술에 대한 홍상수의 미학과 연출 원리가 암시되어 있는 것이다.

    '배우' 영희가 해변에서 나무 막대기를 꽂아두고 잠이 든 장면은 홍상수 영화의 무의식을 아름다운 상징으로 드러낸다. 특히 그리운 연인

---

26   영희는 해변에서 주운 나무 막대기로 모래 위에 그리운 사람의 얼굴 모습을 그리고 나서 막대기를 해변에 꽂아둔다. 막대기는 사랑하는 연인을 그리워하는 영희의 고독한 일상성의 시간을 표현하는 도구이면서, 원시적 대자연의 시간을 비유하는 해시계의 상징이다.

사진 20

의 얼굴을 모래사장에 그리던 막대기가 다름 아닌 해변에 꽂아놓은 해
시계의 상징으로 변한 것이다. 막대기가 해시계로 변화하니, '자연의
시간'이 아름다운 상징으로 드러나는 것이다. 파도의 무한 반복 이미지
와 꽂아놓은 나뭇가지의 해시계 이미지는 자연의 순환을 상징한다. 하
지만 시계時計는 속세적 시간의 상징이다. 자연의 시간은 구체적으로
설명할 수 없는 상象과 수數로 추상되는 상징일 따름이다. 그러므로 바
닷가의 '해시계' 곁에 잠든 주인공의 이미지를 통해 '자연의 시간'에 안
긴 세속적 인간의 이미지를 연출한다.(사진 20)[27]

　바다가 상징하는 시간성은 홍상수 영화의 주요 형식인 '반복과 순환'
의 연원淵源이다. 홍상수 영화에서 반복과 순환의 형식은 기법이 아니
라 '보이지 않는' 자연의 형식에 속한다. 해시계를 꽂아두고 잠든 주인
공을 찍은 카메라워크는 다름 아닌 감독 자신의 심층 의식을 보여주는

27　영화는 '시간의 예술'인 점을 전제할 때, 홍상수 영화 형식에서 내러티브의 '불
　　합리한' '무위자연의 시간'을 소위 삼막극 등 기존 내러티브의 '합리적인 시간
　　성'과 비교하는 것은 그러한 의식 자체가 세속적 편견에서 벗어나지 못하는 의
　　식의 한계에 불과하다.

시퀀스인 것이다. 심리학적으로 이 '해변 신'은 감독 홍상수의 은폐된 영혼 곧 아니마anima의 상징적 이미지로 볼 수 있다. 감독의 무의식 속에 은폐된 '바다' 같은 대자연의 여성성, 곧 '은폐된 내레이터'로서 감독의 무의식이 투영된 '정신Psyche' 혹은 영혼Seele의 상像인 것이다.

여기서 우리는 〈북촌방향〉의 라스트신에서 보여준 '은폐된 내레이터'로서 근원적 시간을 통관하는 홍상수 감독의 '정신의 초상'에 이어, 〈밤의 해변에서 혼자〉의 주인공이 해변에 누워 꿈꾸는 신에서 '은폐된 내레이터'로서 감독의 아름다운 '영혼Anima의 초상'을 보게 된다.

고단한 세속적 일상을 살아가는 주인공 영희가 해변에서 잠든 이미지의 이 영상은 우주 자연의 시간과의 합일 상태를 은유한다. 홍상수 영화는 세속적 일상과 천지간 자연과의 합일을 추구하는 것이다. 심리학적으로는, 의식의 뿌리인 무의식과 조화로운 경지에 이른 것이다. 무의식과 의식이 상호 간 억압 관계에 놓인 신경병적 상태[28]가 아니라 의식의 근원이 무의식임을 자각하고 의식을 낳은 무의식과 서로 간 '한 마음(一心)'이 되는 경지. 그래서 〈밤의 해변에서 혼자〉의 주인공 영희가 바닷가에 누워 막대기를 해변에 꽂아놓고 잠이 든 아름답고 강렬한 시퀀스가 반복적으로 연출된다. 의식은 무의식의 바다 위에 떠 있는 섬으로 비유된다. 바다는 무의식의 상징이다. 아울러, 바다는 영원회귀永遠回歸하는 대자연의 상징이다. 그러므로 주인공이 저녁 어스름이 깔리는 해변에 혼자 누워 꿈꾸는 시퀀스는 의식의 무의식과의 대화이며, 의식의 모태인 무의식 또는 심원心源[29]으로의 의식의 회귀를 의미한다.

---

28 정신분석학은 무의식이 주로 의식에 의해 억압된 내용으로 이루어지고 무의식과 의식이 억압적 관계에 놓여 있다고 본다. 기본적으로 무의식의 창조성이 무시된다.

홍상수 영화의 공간을 이루는 바다는 위대한 '모성'의 상징으로서 무의식으로의 회귀 그리고 자연의 시간과의 합일을 상징한다. 이런 관점에서 〈밤의 해변에서 혼자〉를 보면, 홍상수의 영화 철학이 대승大乘적 유식론에 닿아 있으며, 그가 의도했건 안 했건, '개벽開闢적 비전'을 보여준다. 특히 스토리텔링이 지닌 상징성으로 보건대, 모성의 상징인 바다의 곁에 누워 잠든 주인공 이미지는 음개벽陰開闢의 상징성을 가진다. 그것이 비의도적 상징성이라면, 오히려 그 비의도적 상징성은 감독 홍상수의 절실한 심리의 표현이랄 수 있다.

7.

홍상수 영화를 모사模寫한 여덟 폭 병풍 중 일곱째 화폭에 이르니, 첫눈에 번쇄煩瑣한 느낌이 든다. 방종한 주인공들의 자질구레한 세속성이 어수선한 채로 '사실 그대로' 그려진다. 세속적 일상성을 가능한 '자연 상태로' 보여주는 연출 방법, 이러한 스토리텔링은 필시 '리얼리즘'의 범주로는 포용되기 힘든 트리비얼리즘trivialism으로 흐를 수밖에 없다. 그럼에도 데뷔작 〈돼지가 우물에 빠진 날〉에서부터 홍상수 감독은 자신의 독특한 트리비얼리즘을 스토리텔링의 주요 원칙으로 선언하고 있었던 듯하다.

전화 받는 신(사진 21)에서 주인공 보경의 전화 내용이 중요한 것이 아니라 그 배경 공간이 중요하게 다뤄지고 있음은 명약관화하다. 굳이

---

29 심원은 대승불가적 개념으로서 '일심지원一心之源'. 원효 스님의 유식학唯識學의 중심 개념 중 하나이다.

사진 21

아름다운 주인공을 저러한 낙서투성이의 잡다하고 너절한 무대 배경 앞에 세울 까닭이 무엇인가. 그것은 이 신이 보여주는 공간 배경 자체가 홍상수 영화의 주요 스토리텔링 구성 방식이자 원리인 '세속적 트리비얼리즘'을 시각적 상징으로 드러내기 위한 것이다. 이 점에서 이 신은 홍상수 감독의 연출 의도가 담긴 의미심장한 미장센이라 할 수 있다.

그러나 중요한 것은 트리비얼리즘 자체가 아니라, 사소한 일상성이나 자질구레한 세속성을 연출하는 홍상수 감독의 스토리텔링이 어떠한 영화 철학적 사유에서 나오는가를 이해해야 한다는 점이다. 감독의 사유와 연출, 영화 철학과 스토리텔링이 서로 하나로 합일되는 실천적 내용을 이해할 때, 비로소 향후 '대안적 영화론'의 지평에서 홍상수 영화가 지니는 어떤 소중한 의미와 가치를 가늠할 수 있을 터이다.

그러므로 홍상수 감독의 트리비얼리즘을 연출하는 특유의 스토리텔링을 먼저 주목할 필요가 있다. 앞서 예시한 〈생활의 발견〉의 '대문 신'에서 보여준 '롱테이크' 기법, 동일 공간이나 비슷한 사태를 병치와 대비[30] 또는 반복, 사소한 사물이나 사태들을 보여주는 트리비얼리즘적 카메라워크 등은 앞서 살핀 바와 같이, 일상성 속에서 미묘하게 작용하

는 자연성을 드러내려는 연출 방법론의 일환이라 할 수 있다. 롱테이크,
병치와 대비, 트리비얼한 연출 시각은 일상적 세속성을 근원적 자연의

---

30 가령, 홍상수의 다섯 번째 작품인 〈여자는 남자의 미래다〉(2004)에서 축구장에
서 미대 강사인 문호(유지태)가 가르치는 남학생이 가져다준 머플러를 목에 두
른 후, 상상 속에서 여학생이 붉은색 머플러를 둘러주는 신을 병치竝置하고 서로
대비한 것은 극히 미세한 일상성에 작용하는 미묘한 심리를 보여주는 트리비얼
리즘적 연출로서 주목할 만하다. 이외에도 동시적이면서도 대동소이한 차이를
보여주는 '동일 공간의 장면'들의 병치와 대비는 영화 곳곳에서 보인다. 홍상수
영화의 스토리텔링은 '시간'의 존재 형식 속에서 사건이 벌어지는 장소 즉 '공
간'의 존재 형식이 차이가 날 수밖에 없다는 철학적 사유의 산물이라 할 수 있다.
이러한 시간의 존재론 차원에서 보면, '기억의 차이'에 따른 '시간'의 상대성은
동일한 사건을 상대적 이질성의 지평에서 상상하게 만든다. 홍상수 영화에서,
가령 〈여자는 남자의 미래다〉에서 중국 식당 내부의 헌준(김태우)과 문호(유지
태)가 앉은 테이블과 유리벽 너머 거리 장면을 동일한 구도로 되풀이하여 보여
주는 시퀀스들, 〈클레어의 카메라〉에서는 해변 신과 레스토랑 바깥에 차려진 테
이블과 의자 장면의 반복, 프랑스 여성 시인이자 포토그래퍼인 클레어가 소 감
독(정진영)과 영화사 대표 양혜(장미희)를 대상으로 즉석에서 폴라로이드 사진
을 찍고 나서, 그들에게 사진 속 인물과 현재의 그들 모습은 '서로 다르다'고 반
복해서 설명하는 장면 등에서, 동일 공간 비슷한 사건의 반복을 통한 시간의 상
대적 이질성 문제는 의미심장하게 제시된다. 사진에 찍힌 '인물을 중심으로 한
공간의 아우라'는, 존재의 지평에서 보면, '시간의 아우라'라고 할 수 있다. 시간
의 변화를 감각적으로 경험하게 될 때, 사진은 사실의 공간적 재현이 아니라, 시
간적 존재로서 삶의 새로운 지평이 열리게 한다. 영화 제목 〈클레어의 카메라〉
에서 이미 암시되고 있듯이, 클레어의 답변처럼 "(무언가를 바꿀 수 있는 유일한
방법은) 모든 것을 아주 천천히 다시 쳐다보는" 카메라워크가 중요하다.
클레어의 이러한 말은 홍상수 영화 특유의 스토리텔링을 이해하는 데 아주 긴
요한 포인트이다. 이를테면, 홍상수의 영화에서 반복, 병치, 대비-대조, 클로즈
업 혹은 롱테이크로 촬영된 특정 공간은 동일한 공간 속에 잠재된 시간의 이질
성을 보여주기 위한 특유의 영화시간론에서 비롯된다. 이는 겉보기엔 동일한
공간의 표현이지만, 속으로는 동일 공간이 세속적 시간에 의해 은폐된 공간의
이질성 또는 초월성을 '탈脫은폐'하려는 연출 기법인 것이다.

힘 또는 기氣와의 연관성 속에서 성찰하도록 관객들을 이끄는 홍상수 특유의 스토리텔링 방법론인 셈이다.

이들 스토리텔링의 형식이나 방법론은, 영화 〈클레어의 카메라〉(2016)에서 사진작가인 주인공(이사벨 위페르)의 말을 빌리면, "무언가를 바꿀 수 있는 유일한 방법은 모든 것을 아주 천천히 다시 쳐다보는 것입니다."라는 특별한 영화연출론을 함축적으로 대변한다. 무의미한 일상성을 의미 있는 '무언가'로 바꾸는 '유일한 방법'은 "아주 천천히 다시 쳐다보는 것"이라는 것이다. 그렇다면, 여기서 의문이 생긴다. 홍상수 감독의 입장에서 보면, 번쇄한 일상성에 작용하는 '자연의 힘'을 보여주는 것이 '무언가를 바꾸기' 위한 연출 방법론일 텐데, 과연 트리비얼리즘에 입각한 연출 방법론이 '보이지 않는' 자연의 힘 또는 측정이 힘든 기氣의 조화造化를 파악할 수 있다는 충분한 근거가 있는가.

과학적 근거는 아닐지라도 홍상수 감독은 심리적 근거, 즉 마음(心)에서 충분한 근거를 찾아서 보여준다. 보이지 않는 자연의 힘 또는 기운을 파악할 수 있는 능력은 다름 아닌 '마음가짐'에 달려 있다. 이 '마음가짐'의 중요성을 깊이 사유하고 있기 때문에, 영화 곳곳에서 '착한 마음', '좋은 사람'은 반복적으로 강조된다. 등장인물들의 인과적 관계 속 인물들의 대사에서 '마음'의 중요성을 강조하는 여러 장면들 이외에도, 카메라워크 특유의 트리비얼리즘은 아무런 인과관계도 없이 독립된 장면을 통해 마음가짐의 소중한 의미와 가치를 강조한다. 초기작 〈강원도의 힘〉에서 가령, 대학교수이자 유부남인 주인공 상권(백종학)이 설악산 여행 중 속초 낙산사에서 '기와 불사器瓦佛事'를 하는 장면이 나온다. 상권은 '어머니 건강하세요 이지숙'이라고 쓴 기왓장을 우연히 발견하는데,(사진 22) 이 신에서 밀애 관계에 있는 제자인 이지숙(오윤

홍)이 조금 전에 '기와 불사'를 했다는 사실이 밝혀진다.

이 신은 감독의 연출 의식의 심층을 잘 드러내 보이는데, 우선 이 '기와 불사 신'이 영화의 끝부분에서 후일담 형식으로 스치듯이 나온다는 것이다. 이는 인과적 상관성으로 사건을 전개하는 것이 아니라, 사소한 일상의 파편 속에 어떤 불행한 사건이 내밀하게 연결되어 있다는 관점과 긴밀한 연관성이 있다. 사건은 세속적 일상의 파편성 속에 내재화되는 것이다. 더 중요한 사실은 부처님 전에 올리는 간곡한 기도가 세속적 일상성 속에 '은폐된 형식으로' 연출된 장면이라는 점. 이는 세속적 일상성에 미치는 자연의 힘은 인과적 연결고리가 아닌 '우연'의 형식이나 일상성 속에 '은폐 형식'을 통한 '마음'으로 표현된다는 사유를 반영한다.

기와 불사는 부처님의 가르침과 불심이 깃든 경배 행위이다. 사소한 듯이 연출되었으므로 관객들은 사소한 신으로 지나치기가 쉽다. 그러나 이 사소함에 홍상수 영화의 심층 테마가 은폐되어 있다. 소소하고 찰나적인 세속적 일상의 파편성은 그 자체에 웅숭깊은 사연들이 연결되어 있다는 사유의 표현인 것이다. 존재는 보이지 않는 수많은 힘에 의해

사진 22

사진 23   사진 24

지탱된다는 연기緣起의 관점. 홍상수 영화에서 인과성을 상실한 파편화된 일상성의 장면이나 특정 형상들은 그 자체로 내밀한 인연이 작용하고 있는 장면이요 형상이라는 뜻이 내포되어 있다. 따라서 카메라의 트리비얼리즘은 홍상수의 영화 철학의 산물이다. 인과적 연결이 없이 낙산사의 기와 불사 신이 나오고, 서울의 동네 사찰에 모신 거대한 불상이 반복해서 나오는 것은 그 화면과 불상 자체가, 인과론적 인과관계와는 무관한 자연의 근원으로서 '마음'의 상징임을 보여준다. 그래서 마음이 자연의 본원이기 때문에 홍상수 영화에서 '마음가짐'이 반복해서 강조되는 것이다.

특히 〈지금은맞고그때는틀리다〉(2015)에 나오는 야밤에 딸 희정(김민희)의 귀가를 기다리던 엄마 덕수(윤여정)가 집 앞의 동네 사찰 마당의 대불상을 향해 기도하는 장면(사진 23, 24)은 홍상수 감독 특유의 트리비얼리즘이 빛나는 미장센으로 주목되어야 한다.

홍상수 영화에서 시시각각 변하는 주인공들의 감정은 갈피를 잡을 수 없다. 그럼에도 스토리텔링은 줄곧 알 수 없는 감정을 따라간다. 중요한 사실은, 일상적 감정은 갈피를 잡을 수 없이 변화하는 것이지만, 곳곳에서 스치듯 지나가는 비근한 일상성에 불심의 '마음', 경건한 '마음가짐'이 은폐되어 있다는 것이다.

〈지금은맞고그때는틀리다〉에서, 늦은 밤에 딸의 무사 귀가를 기다리던 엄마는 마침 딸이 귀가하자 딸과 함께 대문 안에 들어가다가, 깜박 잊었다는 듯이, 곧장 대문 밖으로 도로 나와 집 앞에 있는 동네 사찰의 대불상大佛像을 향해 두 손 모아 경배敬拜하는 신은, 한국인의 전통적 삶 속에서 면면히 이어져온 이러한 일상성 속의 비근한 종교의식이 '일별一瞥의 형식'으로 표현된다. 그리고 또한 주목할 것은 집 안에 들어갔다가 깜박 잊었다는 듯이 다시 밖으로 나와 불상을 향해 경배하는 엄마의 모습이다. 이 엄마의 사소한 세속적 일상성이 홍상수 감독의 트리비얼리즘의 본질을 보여준다는 점이다. 엄마의 흔해빠진 일상적 경배 행동 속에 미묘하게도 불심이 진심으로 전달되는 것이다. 엄마의 독실한 마음이 느껴지는 경배 장면에 뒤 이어서, 카메라워크는 희정이 사는 서울의 평범한 주택가에 위치한 '사찰 대불상 신'을 장엄한 범종梵鐘 소리와 밝고 맑은 배경음악과 더불어 롱테이크 신으로 연결한다. 홍상수 영화 연출의 트리비얼리즘의 목적이 뚜렷이 표현된 특출한 명장면이라고 하지 않을 수 없다. 다시 말하건대, 이 장면은 관념적인 종교심이나 고담준론이 만들어낸 마음이 아닌, 일상화되고 육화된 마음을 보여주는, 홍상수 특유의 트리비얼리즘의 진실과 본질을 드러낸다고 할 수 있다. 이러한 홍상수 특유의 연출 장면은 우리가 흔히 저급하고 부정적으로만 여겨오던 일상성의 트리비얼리즘을 새로운 심오함의 미학으로 변신하게 한다. 트리비얼리즘의 역설 혹은 아이러니. 영화 미학 차원에서 보더라도, 이 장면은 세속적이면서도 대승적인 정신이 낳은 특출한 미장센으로서 한국영화사가 오래 기억해둘 만하다.[31]

경건한 종교심이나 '착한 마음'이 작용하는 세속적 일상성의 소중한 가치를 인정한다고 하더라도, 과연 경건한 마음이나 '착한 마음'이 자연의 힘을 움직일 수 있는가. '기와 불사 신'과 '어머니가 불상을 향해 경배하는 신'이 보여주는 일상화된 정성 어린 마음 혹은 소소한 착한 마음들이 어떻게 거대한 '자연의 힘'을 바로 보고 자연의 힘에 능히 통하는 주체가 될 수 있는가? 아마도 이 의문이 홍상수 영화에 대한 마지막 철학적 질문이 될 듯싶다.

홍상수 영화가 말하는 바대로, 진부하고 번쇄한 세속적 일상성 속에서 신실信實한 '착한 마음'을 '발견'한다는 것은 곧 자연의 힘과 신통했다는 뜻이다. 자연의 힘과 신통하다는 것은, 종교 차원에서 말하면, 내 마음이 '한울'의 힘과 신통하다는 뜻이다. 시천주 조화정侍天主 造化定.[32] 동학의 2대 교주이신 해월 최시형 선생은 자연의 힘(氣)과 인간의 마음(心)과 '귀신鬼神'의 상관관계를 이렇게 논설한다.

움직이는 것은 기운이요 움직이고자 하는 것은 마음이요 능히 구부리고 펴고 변하고 화化하는 것은 귀신이니라(動者 氣也 欲動者 心也 能屈能伸 能變能化者 鬼神也).

---

31 〈강원도의 힘〉에서, 낙산사에서의 '기와 불사' 장면과 〈지금은맞고그때는틀리다〉에서, 깊은 밤에 집 앞에서 희정을 기다리던 어머니는 마침 딸이 귀가하자 함께 대문 안으로 들어갔다가 곧바로 다시 나와 집 앞의 사찰에 모셔진 거대한 불상을 향해 경건하게 합장하고 다시 들어가는 신. 이 불상을 향해 절하는 신은 인과적-합리적 스토리텔링과는 아무런 상관이 없이, 그저 '세속적 일상성'으로서 불심佛心의 표현일 뿐이다. 하지만 '은폐된 내레이터'의 시각에서 보면, 홍상수 감독의 진속일여眞俗一如의 '일심一心' 사상 그리고 의식과 무의식을 통합하는 '심원心源'의 심리학-유식학唯識學을 '일별'의 형식으로 엿보게 하는 특별하고 심오한 미장센이라 할 수 있다.

32 홍상수 감독이 말하는 '조화造化'의 깊은 의미는 동학사상에서 찾아진다.

기운을 바르게 하여 마음을 편안히 하고 마음을 편안히 하여 기운을 바르게 하라. 기운이 바르지 못하면 마음이 편안치 못하고 마음이 편안치 못하면 기운이 또한 바르지 못하니 그 실인즉 마음도 또한 기운에서 나는 것이니라(正氣安心 安心正氣 氣不正則 心不安 心不安則 氣不正 其實則 心亦生於氣也).[33]

자연의 힘 곧 기氣가 마음을 낳고 움직이는 것이다. 홍상수 영화의 주인공들은 비속한 일상성 속에서 방황하지만, 그 방종하는 일상성은 설악산으로 표상되는 '강원도의 힘'이나 동해 바닷가로 상징되는 '자연의 힘' 속에 존재한다.[34] 그것은 자연의 품 안에서 변화하는 '마음'의 가능성 문제이다. 홍상수 영화의 대표적인 미장센은 보이지 않는 자연의 힘을 귀신의 작용 즉 조화의 '기미'로서 드러낸다. 불상 같은 종교적 상 또는 상징은 궁극적으로 자연의 근원적 힘을 표상한다. 그러므로, 홍상수 영화가 추구하는 '마음'의 논리는 해월 선생의 법설 속에서 그 훌륭한 설명을 찾을 수 있을 것이다. 홍상수의 후기작 가운데〈그 후〉(2017)에서 이 자연의 힘과 한 몸이 된 '착한 마음(侍天主)'을 '하느님'에 빗대서 표현하는 장면이 나온다.

주인공 아름(김민희)은 첫 출근한 날 느닷없이 불륜녀로 오해받고 봉변을 당하고 나서 출판사 사장의 나약하고 비열한 수작에 결국 출근 당일 억울하게 해고된다. 직장을 잃은 아름은 늦은 밤 택시를 타고 귀가하는 중, 택시 기사와 대화를 나눈다. 마음이 착한 아름이 귀가하는 택시

---

33 해월 최시형 「법설」에서 인용. 『동경대전』 참조.
34 정확히 말하면, 홍상수 영화의 세속적 일상성은 '자연의 힘의 발견 가능성' 속에 있다.

안 장면은 홍상수의 영화가 깊숙이 품고 있는 맑고 그윽한 '자연의 기운'이 어려 있다. 영화 속 출판사 사장에게서 받은 혼탁한 세속적 기운-우울한 감정이 아름과 택시 기사 간의 소소한 대화 속에서 상서로운 기운-밝은 감정으로 변한다. 이때 타락한 도시의 밤하늘에 갑자기 쏟아지는 눈은 상서로운 '자연의 기운'을 상징한다 해도 좋다. 홍상수 감독은 이 '택시 신'에서 주인공 아름의 착한 마음을 통해 '자연의 힘' 그 자체인 '하느님'을 호명하고 간절한 기도를 올리도록 한다.(사진 25)

> **택시 기사**　책 읽으면 사는 데 도움이 됩니까?
>
> **아름**　조금은 되겠죠…….
>
> **택시 기사**　네. 아, 책을 안 읽어서.
>
> **아름**　책을 안 읽으세요?
>
> **택시 기사**　네. […] 어유. 이거 갑자기 눈이 꽤 오네요!
>
> **아름**　네, 눈이 많이 오네요. (아름이 차 창문을 내리며) 예쁘다.
> 정말 아름답죠, 눈이라는 거. 밤눈이 참 예쁘죠. 네, 너
> 무 고맙죠. […] 하느님 기도드립니다/모든 것은 하느
> 님이시고/그러니 하느님 뜻대로 되옵소서/하느님 마
> 음대로 그대로 되옵소서

　'지극한 마음'의 기도는, 홍상수 특유의 트리비얼리즘적 연출 스타일답게, 교회나 절간이 아니라 욕망이 번쇄하게 들끓는 서울 시내를 달리는 택시 안에서 이루어진다. "모든 것은 하느님이시니/모든 게 영원히 하느님 품 안입니다." 창조하는 하느님은 '모든 것' 곧 천지자연의 힘이다. "하느님 뜻대로 되옵소서/하느님 마음대로 그대로 되옵소서" 하

모든 것은 하나님이시고

사진 25

는 간절한 기도는 '마음을 바르게 하기' 위해 '하느님'으로 상징된 자연의 창조적 기운에 합合하기를(正氣安心) 원망願望하는 의식儀式이다. 홍상수 감독이 말한 '조화'에 합하는 기도이다. 그러므로, 이 아름의 기도 속에는 '시천주 조화정侍天主 造化定'의 뜻이 담겨 있다.

'내 안에 한울을 모셨으니 나의 일상적 언행은 그 자체로 창조적이다.' 이것이 홍상수 감독이 〈북촌방향〉에서 말한바, 천지자연의 조화에 합하는, 즉 '창조하고 신통하는' 일상심日常心이 지닌 심원한 의미가 아닐까.

8.

홍상수의 영화 줄거리를 그린 풍속화 병풍의 마지막 화폭에 '영화감독 홍상수' 낙관落款이 찍혀 있다. 홍상수의 영화가 담은 스토리텔링을 한 폭씩 차례로 완상玩賞하다 마지막 화폭에 이르러 천지자연의 산수山水 속에 펼쳐진 풍속화의 깊이에서 숨겨진 역사의식이 발견된다. 과연 홍상수의 스토리텔링답게 역사의식은 '보이지 않게' 표현된다. 혹자는 이 '보이지 않는 역사의식'을 두고서, 홍상수 영화의 역사의식의 결여 혹은 사회의식의 부조리를 지적하고 비판할 것이다. 그러나 이미 익히 보았듯이, 역사주의적 예술관은 대부분 이미 오랫동안 관습처럼 굳어진 예술비평적 태도, 리얼리즘/모더니즘, 심하게는 소시민적·부르주아적 예술/민중적·진보적 예술이라는 낡고 습관화된 이분법적 비평 의식일 가능성이 높다.

정치 민주화는 한 사회에 참여하는 수많은 시민들의 삶에 궁극적인 변화를 이끌어낼 소중한 사회적 가치이다. 사회의식이나 역사의식도 마찬가지다. 홍상수의 영화를 옹호하는 쪽에서 보면, 홍상수 영화의 정치의식과 역사의식은 진솔하고 또 진실하다고 말할 수 있다. 세속적 일상성을 도외시한 역사의식은 반민중적 허위의식으로 둔갑하는 예를 적잖이 경험해본 바다. 더구나 기나긴 피압박·피착취의 민중사 속에서 민중들의 정치적 무의식은 여전히 깊은 심연의 어둠 속에 묻혀 있다. 그렇다 해도 민중들의 정치적 무의식 또는 집단무의식에는 해방을 위한 간절한 염원들이 콤플렉스 형식으로 은밀히 작용한다. 그래서 정치적 무의식을 살펴보는 비평적 관점이 필요하다.

아마도 홍상수 감독의 역사 사회의식을 살필 수 있는 텍스트로서 〈생활의 발견〉을 떠올려도 좋을 것이다. 〈생활의 발견〉에서 바람난 유부녀 선영의 남편은 이른바 운동권 출신으로 대학교수 임용 과정에서 차별받다가 늦은 나이에 대학교수가 된 캐릭터이지만, 스토리텔링상 사회적 혹은 역사적 부조리 문제는 타락한 일상성 속에 감추어진다. 오히려 스토리텔링에서 역사의식은 찾아보기 힘들고 오로지 주인공 지식인의 치졸하고 타락한 일상성이 노골화된다. 하지만 운동권 출신 남편의 존재는 마냥 잊혀지는 것이 아니다. 관객들은 저마다 나름대로 선영의 남편이라는 존재에 연민이든 안타까움이든 감정을 갖게 마련이다.

즉 홍상수 감독은 타락한 세속성의 외연外延을 연출하는 것이다. 다시 말해, 홍상수 감독은 역사적 사실을 은폐하려는 것이 아니라 세속적 일상성에 연결된 혹은 내재하는 사회 역사의식을 깊이 유념하면서 관찰한다. 세속의 시간은 역사의 시간에 선행한다는 것. 적어도 홍상수의 스토리텔링에서의 시간관으로 본다면 그렇다. 오히려 만약 운동권 문제를 스토리의 전면에 드러냈다면, 영화는 진부했을 수도 있다. 또한 역사성을 세속성과 분리하고 구별하는 것은 역사성을 다시 관념화하고 이데올로기화한다. 탈-근대성의 문학을 염두에 둔다면 예술에서 이념적 혹은 역사적 총체성Totalität이란 말이 쉽지 간단한 일이 아니다.

세속적인 진부함이라 하여 역사적으로 사회적으로 무의미하다고 비판할 것이 아니라, 진부함에도 불구하고 진부함 속에서 작동하는 역사적 시간이 관계하는 역사성의 존재 방식을 관찰하는 것이다. 이러한 타락한 '세속적 시간성' 속에 작용하는 '역사적 시간성' 문제를 예술론적 의미 맥락에서 살피려거든, 역사 유적지인 수원 화성 또는 임진왜란 당시 왜적을 무찌르고 위난에 처한 나라를 살린 이순신 장군의 활동 거점인 통영 등을 무대 공간으로 삼은 〈지금은맞고그때는틀리다〉, 〈하하하〉(2009) 등을 깊이 고찰할 필요가 있다.

〈하하하〉에서도 홍상수 감독의 관점은 세속적 일상성에 철저하다. 하지만 그 세속적 일상성에서 내면화된 역사의식은 이중적이고 동시에 반어적이다. 이를 드러내기 위해 카메라워크 역시 이중적이고 반어

사진 26   사진 27

적이다. 쉬운 예시를 들자면, 한국인의 일상적 통념에서 굳어버린 이순
신 장군의 영정은 부정된다. 이당 김은호가 그린 충무공 이순신 장군의
영정은 또 하나의 새로운 영정에 비교되면서 아이러니한 관계에 놓인
다.(사진 26, 27)

　이 아이러니한 관계는 세속적 일상성의 관점에서 해석되어야 한다.
왜냐하면 충무공의 공식 영정은 역사의식을 왜곡하고 있기 때문이다.
홍상수 감독은 '통영 향토역사박물관 관장'(기주봉)의 말을 통해 영화
에서 이순신 장군 초상에 대한 입장을 밝힌다.

　　"이게 좀 토속적인 그림인 거 같아도 공식 영정보다 이게 더 맘에 들
　　어요. 살아 있는 듯한 장군의 영혼이 잘 표현되어 있어요."

　우리 민족을 위난에서 구한 위대한 영웅인 이순신 장군의 공식 영정
은 따지고 보면 지극히 잘못된 초상화다. 이당以堂 김은호[35] 화백이 그린
이순신 장군의 공식 영정은 아무런 근거 없이 조선 사람의 얼굴 모습과

35　김은호(金殷鎬, 1892~1979)는 일제강점기에 서양화 기법을 배워 역사적으로 유
　　명한 인물을 그린 화가로 유명하다.

는 전혀 맞지도 않는 그저 '잘생긴 얼굴'의 초상으로 충무공의 눈빛이
나 존재감에서도 '살아 있는 혼'이 느껴지질 않는다. 위에서 말한 홍상
수 감독의 영화 철학으로 보면 자연의 힘이 느껴지지 않는 초상이다. 하
지만 "토속적인 그림"인 비공식적인 영정을 보면, 충무공의 산 영혼이
느껴질 정도로 '토속적인-무巫적인 생생함'이 '신통하듯' 신기神氣가
어려 있다. 홍상수 감독은 이순신 장군이 수군통제사로 왜적을 무찌르
던 역사적 현장인 통영을 무대로 삼아 이순신 장군에 관한 역사적 내러
티브를 만들지만 사실 공식적인 역사의식은 해설사 성옥(문소리)의 교
과서적인 판에 박힌 해설이 있을 뿐이다.

　이순신 장군의 비공식 영정을 선호하는 것은 공식적인 영정이 가진
거짓 혹은 허위의식에 반대하는 것이지만, 그보다 역사의식은 공식성
이나 어떤 이론적 도그마에서 탈피해야 한다는 것이다. 그것은 세속적
일상성으로서 역사의식을 갖는 태도와 연결된다. 바꿔 말하면, 세속적
일상성을 왜곡하는 공식적인 통념이나 이론에 반대하는 것이다. 공식
적이고 이론적인 역사의식에 대한 반문과 반어 속에서 홍상수 영화의
역사의식이 내재하는 것이다. 이는 세속적 일상성이 공식성의 통념성
또는 이론에 굳어지는 것을 반대하는 홍상수 감독의 예술관의 표현이
기도 하다.

　홍상수의 카메라는 속물기가 다분한 주인공 조문경(김상경)과 충무
공의 새 초상화를 더불어 바라보고 제시한다.(사진 28) 세속적 일상성
속에 살아 있는 역사의식을 찾기 때문에, 영화에서 대학교수를 하다가
파면당한 영화감독 지망생이자 속물인 조문경의 얼굴 모습이 이순신
장군을 그린 새 영정 속 초상과 "정말 비슷"하다며 충무공의 유품을 전
시하고 있는 통영 향토역사박물관 관장은 말한다. 물론 이러한 대사는

역사적으로 아무런 의미도 없는 허튼 말에 불과하다. 하지만 세속적 역사의식이 무의미하다 할지라도 무의미한 세속적 역사성은 현실을 왜곡하는 공식적 역사성보다는 삶에 더 유익한 것이다.

이러한 충무공 영정을 찍는 홍상수 감독의 카메라워크엔 역사의식에 대한 관점이 고스란히 묻어난다. '드러난' 공식적 역사의식이 아니라 '감추어진' 비공식적 역사의식에 더 주목하는 것이다. 이러한 비공식적 역사의식은 세속적 일상성 속에 깊이 숨을 수밖에 없다. 역사의 시간은 세속의 시간 속에 은폐될 수밖에 없기 때문이다. 역사의식은 원경에서 흐릿하고, 충무공과 관련된 진지한 역사성 대신에 오히려 부박한 세속성이 스토리텔링의 전경을 채운다.

조문경은 충무공 유적지인 세병관洗兵館에서 어린 학생들을 상대로 충무공 유적을 해설하는 중인 문화재 해설자인 왕성옥의 뒤태를 보고서 "종아리가 예쁘다"라고 혼잣말을 한다. 이 말은 조문경이 하는 혼잣소리-방백인데, 이 음탕한 조문경의 마음과 시선은 충무공의 경건한 유적지와는 전혀 어울리지 않는 저속한 대사이다(문경은 중국 4대 기서 중 금서였던 『금병매』의 서문경과 이름이 같다).

영화감독 지망생인 조문경의 대사는 거의 다 유치하고 범속하다. 관객들은 홍상수 영화의 지식인 주인공들이 별 의미 없이 내뱉는 세속적 일상어들을 통해 지식인들의 속물근성을 고스란히 엿보는 듯 씁쓸한 웃음을 내보이면서도, 지식인들의 은밀한 속물근성이란 과연 무엇인가 하는 의문에 마주치게 된다. 미리 답을 찾는다면, 지식인들의 일상성도 실상은 세속적이고 때로는 저속하기가 매일반이라는 것이다. 그러므로, 영화 제목이 〈하하하〉인 웃음소리인 것은 냉소적인 웃음소리를 차용한 것이 아니다. 부정적인 세속 속에서 다 함께 웃게 되는, 긍정

(관장)
아니요, 정말 비슷하네요

사진 28

적인 즉 '반어적인 웃음소리'이다. 다시 말해, 영화 〈하하하〉가 반어적 이라는 것은, 지식인들의 위선이나 부도덕을 고발하려는 것이 아니라, 오히려 지식인들도 인민 대중들의 내면이나 본능 혹은 욕망과 별반 차이가 없다는 사실을 보여주는 것이다. 단, 특별한 것이 있다면, 홍상수의 영화에서 지식인이란 존재는 지극히 세속적이면서도, 이기적 탐욕적인 인물이 아니라, 솔직한 범박성凡朴性의 범주 안에서 자기에 충실한 존재들이라는 점이다.

역사의식을 가진 지식인 일반도 '특별할 것이 없는 범박한 세속인'이라는 지식인관이 홍상수 영화를 어떤 기존의 역사관 혹은 사회적 이념에서 비켜서 있게 한다. 홍상수 영화의 플롯들이 역사의식과는 무관한 트리비얼리즘에 흐른다는 느낌을 받는 것은 이 때문인데, 그렇다고 감독의 시각을 사소한 일상에 매몰된 것으로 몰아가는 비판적 견해는 단견에 불과하다. 홍상수 필름이 지향하는 꾸밈없는 범박성을 옹호하는 이유 중 하나는 감독의 시선이 대승적 스케일을 감추고 있기 때문이다. 〈하하하〉의 제목도 대승적 스케일을 시사하는 바이지만, 그보다 스토리텔링에서 조문경이 낮잠에 빠진 가운데 꿈속에서 이충무공을 만나

사진 29

나눈 대화에서 감독의 너른 대승적 시야와 맑은 심층 심리를 엿볼 수 있다.(사진 29)

이순신　너 조문경이지?

조문경　예! 아유 장군님. 저에게 힘이 되어주십쇼. 저 아무 것도 모르겠습니다. 맨날 거짓말만 하고요. 다 너무 어리석고요. 전 너무 힘이 없습니다.

이순신　견뎌라! 아무것도 몰라도 힘이 없어도 견뎌라.

조문경　(울먹이며) 아이고 어떻게 견딥니까? 전 너무 힘든 데요.

이순신　문경아 너 눈 있지?

조문경　네. 눈 있습니다.

이순신　그 눈으로 보아라. 그러면 힘이 저절로 날 것이다. 네 머릿속에 남의 생각으로 보지 말고 네 눈을 믿고 네 눈으로 보아라. (나뭇잎을 들어 보이며) 이게 보이니?

조문경　……예 나뭇잎입니다.

이순신   아니야, 나뭇잎. 이게 뭐니?

조문경   예, 나뭇잎 아니라니까 멍해지네요, 그…… 이름도 없어지고요. 좀 딴생각이 나네요.

이순신   똑똑하다. 그렇게 똑똑한데, 비겁해서 안 똑똑하게 사는거야.

조문경   네 하여튼 조금 새로운 게 보이는데요. 저 근데 그게 뭔지 모르겠는데요?

이순신   원래 모르는 거야. 그냥 다르게 좀 느끼고, 그리고 감사하면 그게 끝이야. 훈련하는 셈치고 매일 시를 써봐라. 예쁜 시를 매일 한 편씩 써봐.

조문경   아, 그러면 뭐, 있는 그대로를 보게 되는 거? 그런 겁니까?

이순신   아니지, 있는 그대로 보는 게 아니지. 그런 게 어디 있냐? 생각을 해봐.

조문경   네, 네, 그렇, 그렇습니다. 아, 그럼 장군님은 (나뭇잎을 가리키며) 지금 뭘 보십니까? 이 나뭇잎에서 구체적으로 뭘 보고 계십니까?

이순신   난 좋은 것만 본다. 항상 좋은 것만 보고 아름다운 것만 보지.

조문경   아, 좋은 것만요?

조문경   (문경의 놀란 숨소리)

이순신   사람들에게서도 좋은 점만 본다.

조문경   네, 좋은 점.

조문경   (장군의 인자한 웃음)

이순신	내가 보라는 게 아니라 네 눈으로 보라구. 원래 그런
	거니까.
조문경	아, 예. 알겠습니다. […]
이순신	어둡고 슬픈 것을 조심해라. 그 속에 제일 나쁜 것이
	있단다.
조문경	아, 예, 알겠습니다. 예, 장군님, 수고하세요.

삽화로 들어간 '충무공 꿈 신'은 홍상수 감독의 영화 철학의 일단을 보여준다. 세속성 속에서 범박함의 의미와 가치를 보고, 나아가 〈생활의 발견〉, 〈밤의 해변에서 혼자〉에서 보듯이 범박함 속에서 자연적 존재 혹은 영혼의 존재를 '발견'하는 것이다. 그러기 위해 홍상수는 세속적 일상성 속에서 '좋은' 의미를 찾는다. 그 좋은 의미와 가치를 발견하는 관념적 도구가 시詩 곧 예술이다. 홍상수의 주인공들이 한결같이 영화인이거나 문인인 것은 예술이 가지는 특별한 기능 즉 자연의 힘 혹은 영혼의 존재를 발견하는 가장 신뢰할 방식이기 때문일 것이다. 그래서 범속한 존재들인 영화감독 지망생 문경도 결국 시를 쓰고 시인 정호(김강우)와 중식(유준상)도 시를 쓴다. 젊은 남녀들은 저마다 상처가 많은 세속적 삶을 살면서도 저속한 연애를 하고 헤어지면서도, 시를 놓지 않는다. 시 쓰기를 통해 저마다 범속함이 타락하지 않도록 범속함 속에서 삶의 소박한 의미와 가치를 찾아가는 것이다.

이 대목에서 이순신 장군이 주인공의 꿈에 등장하여 시를 쓰라 조언하는 것은 희극적이지만, 홍상수의 영화 철학이 지닌 백미에 해당한다. 이순신 장군의 '캐릭터'를 재해석했다고 해도 과언이 아니다. 그 역사의식에서 벗어나 세속적 일상에 깊은 관심을 쏟는 충무공은 역사적 존재가 아니라 일상적 존재이다. 세속화된 충무공이란 캐릭터가 영화감독 문경의 좌절된 처지에 성찰의 새 기운을 불어넣는다. 공식적 역사가 지식이나 이론의 옷을 벗고 세속적 생활로 변하는 것이다. 이때 역사와 세속적 일상은 서로 반어적이다. '매일 시 한 편씩을 써보라'고 권하는 이순신 장군의 충고에는 영화 혹은 예술 일반에 대한 홍상수 감독의 관점이 스며 있는데, 그것은 세속적 일상성 속에서의 예술의 의미를 곱씹어 보자는 것이다. 예술은 세속적 일상성과 유리된 특별한 존재가 아니라 매일매일 시 한 편을 쓰듯이 범박한 일상성 속에서 찾는 것이란 예술관. 자연성이 세속성에, 세속성이 역사성에 선행한다는 홍상수의 철학과 연출 원리의 관점에서 보면, 자연스러운 장면이랄 수 있다.

그러니 범속한 일상을 사랑할 수밖에 없을뿐더러 비록 저속한 존재들일지라도 사람과 뭇 존재들을 유심히 살피고 '좋아하지' 않을 수 없다. 〈하하하〉에서 등장하는 통영 항만에서 떠돌고 있는 실성한 거지를 두고서 시인 정호와 중수의 애인(예지원)이 함께 거지에 대해 갑론을박하는 것도, 그 속내를 보면, 거지의 존재를 깊이 이해하는 인간애를 보여주려는 연출 의도와 관련이 깊다. '나쁜 사랑'은 형용모순일 뿐이다. 나쁜 연애도 없다. 연애는 그 자체로 좋은 것이다. 연애는 그 자체로 음양의 조화, 자연의 표현이기 때문이다.

연애가 잘 안 풀려 고민하는, 통영에 사는 후배 시인 정호가 사소한 일로 헤어진 전 애인에게 전화를 받자 기뻐하는 모습을 보고서, 시인 중식이 통영을 떠나면서 회상하는 말, "불쌍한 놈인데 웃고 있는 모습을 보고 떠나니까 좋더라. 잘됐으면 좋겠더라. 통영을 비가 올 때 떠나서 좋더라."라는 대사는 홍상수 영화의 주제, 세속적 일상성의 속 깊은 테마 의식을 함축적으로 드러낸다.

충무공 유적지를 무대로 삼아 벌이는 영화 〈하하하〉는 당대 속물 지식인들의 경연장이라 해도 무방할 정도다. 충무공 유적 해설사인 성옥은 세병관에 모인 젊은 관광객들 앞에서 이순신 장군을 성웅이라 칭하면서 충무공의 위대함을 설명하느라 애를 쓴다. "우리가 얼마나 이기적이고 또 얼마나 속이 좁습니까?" 일반인들과는 대조적인 인물로서 충무공의 위대한 인간 정신은 강조된다. "정말 (충무공의) 인생 자체가 위대한 정신의 구현이라고 말할 수 있고, ……숭고한, 목표가 강한 실천력 거기다가 천재적인 능력까지 겸비한 분이었어요." 하고 관광객들에게 해설을 하면서도, 성옥은 자신이 행하는 충무공 해설에 대해 확신을 갖지 못한다. 충무공에 대한 해설은 역사책에서 지식으로 외운 내용에 따른 것이다. 그러니 해설을 하는 성옥이나 해설을 듣는 문경이나 해설이 끝나자 어색하고 멋쩍을 수밖에 없던 것이다. 문경이 해설을 마친 성옥에게 염주를 선물하자 이내 둘은 가까워진다. 이는 충무공 해설을 하는 동안에는 성옥은 역사의식을 보여주나 해설이 끝나면 이내 세속적 욕망이 들끓는 일상성으로 되돌아온다는 걸 보여준다. 그러므로 충무공에 연관된 역사적 이야기들은 장식적인 소재에 지나지 않는다. 이는 역사는 공식적인 관념성에서가 아니라 오히려 비공식적인 세속성에서 이해되어야 한다는 감독의 관점을 보여준다. 역사의식은 이념적 역사성의 지평이 아니라 세속적 일상성의 지평에서 반추되어야 한다는 것.

한국인들은 대체로 정치적 민주화를 염원하는 어떤 유토피아적 무의식을 깊이 간직하고 있다. 굳이 일제와 싸운 반제민족운동·독립운동의 기억들을 소환하지 않더라도, 4·19 혁명, 5·18 광주민중항쟁, 6·10 시민항쟁 등 지난 민주화운동의 기억들을 소환하지 않더라도, 2016년 11월부터 시작된 촛불혁명은 한국인들의 삶과 관습적 의식들이 크게 동요하고 마침내 견고한 자기 의식의 껍질을 깨고 일시에 한꺼번에 정치적 무의식이 소환되는, 섬광같이 폭발하는 역사의 시간을 경험하게 한다. 역사는 일종의 '유토피아적' 무의식이 의식으로부터 해방되는 순간을 새로이 내면화하기 시작한 것이다.

진정한 역사의식은 바로 이처럼 세속적 일상성 속에서 켜켜이 쌓이다가 때가 되면 나타나는 역사적 무의식의 섬광 같은 폭발인지도 모른다. 삶에서나 예술에서나 세속적 일상성으로서의 역사의식이 중요한 것은 참다운 역사의식은 세속성의 무의식이기 때문이다. 반대로 세속적 일상성은 역사의 무의식이기도 하다. 세속성과 역사성은 무의식적으로 서로를 감추는 한편 서로 드러내기를 반복하여 진행한다. 이 세속적 일상성과 역사성 간의 관계는 서로 반어적 관계이고, 미처 '알 수 없는' 섬광으로 드러나는 아이러니의 관계이다.

세속적 일상성에 감추어진 역사의식은 그것이 절망적이든 희망적이든 무의식의 기억 속에서 섬광처럼 삶 속에 나타난다. 세속이란 지옥도地獄圖와도 같지만, 벤야민W. Benjamin이 「역사철학테제」에서 통찰했듯이, "유토피아는 위기의 순간, 섬광처럼 번쩍이는 기억 속에 있다." 기억 속의 정치적 무의식은 자연의 시간과 세속의 시간 속에서 어우러진 채, 밤하늘을 가로지르는 혜성의 한 줄기 섬광처럼 드러난다.

(2020년)

예술 창작에서의 '假化'

─ 修行과 呪願: 송유미 화백의 그림에 대하여

1.

송유미의 '드로잉drawing' 연작을 접하면, 곧바로 예술에서 기운생동氣韻生動에 관한 화두를 떠올리게 된다. '과연 동양 미학에서 중요시하는 예술 작품의 기운생동이란 무엇인가.' '예술 작품의 기운생동은 어디서 오는가.'

이 의문들에 이어서 화가가 추구하는 미술과 '행위'와의 관계에 대해 생각하게 된다. 가령, 송유미의 무아지경의 '드로잉' '행위'가 예술성을 가져다주는가. 무아와 무위의 예술 행위가 가져다주는 예술성이란 무엇인가. 이 예술적 화두를 풀기 위해서는 송유미가 줄기차게 시도해온 무아와 무위의 드로잉이 어떤 전사를 가지고 있는지 간단히 살필 필요가 있다.

우선, 송유미가 실행해온 무아지경의 드로잉 행위와 잭슨 폴록의 '액션페인팅action painting'은 무엇이 비슷하고 무엇이 다른가.

결론부터 말하면, 두 화가 모두 예술에서 '행위'를 중시하면서도, 폴록의 액션페인팅이 그림이 아니라 일종의 '이벤트' 과정으로서 행위-미술이라면 송유미의 드로잉 행위는 심신의 '수행' 과정으로서 미술-행위로 볼 수 있다.

다시 말해, 미술에서 비의도적 '행위' 그 자체를 중시한다는 점에서 송유미 화백의 미술-행위와 초현실주의의 오토마티즘Automatism 드로잉 기법, 액션페이팅이나 추상 표현주의에서의 행위-미술을 나란히 비교할 수도 있다. 하지만, 외관만 보면 서로 비슷할 수도 있으나 실질을 보면 서로 다르다. 송유미의 드로잉 행위는 동양 미학의 전통인 도가적 무위자연과 '기 철학'을 바탕으로 한 음양 간 조화의 '정신'이 중시되어 있다는 점에서, 근본적인 차이를 찾을 수 있다. 서구의 액션페인팅이 비의도적 또는 무의식적 행위에서 우연히 얻은 미적 형상에 가깝다면, 송유미의 드로잉은 동양 정신의 유서 깊은 전통인 서예와 무예에서 체득한 무위 무아의 운기運氣, 천지조화天地造化에 있어서 음과 양의 중화中和를 꾀하는 화기和氣[1]의 행위에서 얻은 미적 형상이라 할 수 있다. 손이 가는 대로 그리는 초현실주의의 오토마티즘이나 액션페인팅은 무위이화無爲而化를 통한 신명(귀신, 신령)과의 접신에서 나오는 미술-행위와는 다른 것이다. 송유미의 미술-행위에 내린 '전통적 정신'의 뿌리가 크고 깊다는 말이다.[2]

화가가 오랜 수행 과정을 거쳐 얻은 고도의 '예술 정신'의 경지에서 보면, 기운생동의 미술 행위 문제는 시공時空을 초월한 예술사적 화두라고도 할 수 있다. 송유미의 드로잉이 보여주는 추상 정신은 추상 표현

---

1   '충기沖氣'라고도 한다. 『노자』 42장.

주의나 액션페인팅보다, 오히려 현대 추상미술의 아버지라 부를 수 있는 폴 세잔의 정신과 통하는 바가 크다. 세잔은 자연의 빛에 드러난 형태의 선을 색으로 바꾸어 사물의 존재와 존재감을 재해석하였다. 객관적 사실성을 거의 절대적 기준으로 삼은 기존 화법의 규범들에서 벗어나 사물이 지닌 생생한 기운을 표현하는데, 크고 작은 파동감을 지닌 색들의 기하학적 배치 또는 색의 번짐 효과를 과감하게 시도하면서 사물과 풍경 속에 은폐된 자연(自然, 저절로 그러함)의 기운생동을 드러낸다. 여기서 자연의 기운생동하는 존재감은 주관적인 표현인 듯하지만, 따지고 보면 세잔의 주관성 속에서 작용한 '객체 정신'[3]의 표현이다. 이는 객관적 상관물로서 사물이나 오브제가 세잔의 '정신(Psyche, Geist)' 안에서 '주체'로서의 상像이 되었다는 뜻이다. 이때 '주체의 상'은 화가 세잔의 주관적인 것도 아니고 그렇다고 객관적인 것도 아닌 화가의 내면에서 떠오르는 추상적 이미지로서 '객체적 정신'이라 할 수 있다.

---

2   송유미의 기운생동의 '추상 정신'은 서양 미술사에서 추상미술의 원조라 할 수 있는 폴 세잔의 회화 정신과 통하는 바가 있다. '추상 정신'의 차원에서 보면, 동양 미학의 핵심에 해당하는 힘찬 골기骨氣와 기운생동을 추구하는 송유미의 추상화는 사물의 생생한 존재감을 드러내기 위해 선線을 대신할 색色을 탐구하고 인간과 사물의 안팎에 흐르는 기운의 존재를 표현하기 위해 추상을 적극 실험한 세잔의 추상 정신과 비교될 만하다. 기운생동하는 사물의 상像을 구하려는 '추상 정신'을 공유한 점에서 두 화가는 각자가 추구하는 주제와 형식을 떠나 서로 통하는 바가 있다.

3   '객체 정신'은 주체에 속한 '정신'이 객체의 상像으로 나타나는 것을 가리킨다. 이 글에서 필자가 사용하는 '정신' 개념은, 의식과 무의식을 통찰하고 통합하여 무의식의 의식화 또는 개성화를 이끌어가는 융의 '정신Psyche' 개념과 함께, 정신 스스로 자기 정립적이고 자기부정성을 통해 자기운동적이며, 순전히 자기가 하는 운동이기 때문에 정신은 '자유'이자 '주체'이며, 삼라만상과 인간을 통해 자기의 이미지를 드러내기 때문에 변화무쌍하고 상대적이고 확장적인 개념으

866

그림 1 세잔, 「나무들」(1884)   그림 2 세잔, 「붉은 바위」(1897)   그림 3 세잔, 「성聖 빅뜨와르 산」(1906)

　세잔의 경우, 객체적 사물 혹은 오브제의 윤곽선과 삼차원적 경계선을 해체하면서, 사물의 보이지 않는 생기를 표현하듯 잔파동이 이는 듯한 색감 혹은 바람결에 따라 번지는 역동적 색채감으로 대체하는 새로운 '추상 표현'을 줄기차게 실험하면서 마침내 기존 사실주의적 전통 화법을 넘어 사물의 본성本性을 기운의 조화造化 차원에서 표현하는 '근원적 예술 정신'을 보여준다. 세잔은 자신이 살던 당대의 미술사적 과제가 사물의 안팎에서 흐르는 자연의 기운을 주체의 정신 속에서 드러내는 데에 있음을 깊이 통찰하고 있었던 것이다.(그림 1, 2, 3)

로서 정신 곧 헤겔의 '정신Geist' 개념을 동시에 가리킨다. 송유미의 드로잉 행위와 관련하여 부연하면, 정신은 순전히 스스로 하는 운동이기 때문에 자기부정성을 가지고 이 자기부정성을 통해 자신을 확장하고 그 자체 '자유'가 된다. 송유미는 자신의 드로잉 행위를 "변증법적 지양"을 꿈꾸는 "자유에 대한 갈망"이라 하며, 의식과 무의식의 중간 혹은 명상을 통해 드로잉 행위에 임하는 것은 헤겔적 정신과 융의 분석심리학적 정신에 부합한다.(송유미, 「드로잉의 선線과 행위요소를 통한 이미지 확장 연구: 연구자 작품을 중심으로」, 조선대학교 석사학위 논문, 2021; 송유미 10회 개인전 '무한에 대한 상상' 전시 도록의 「서문」 참고.)

송유미의 드로잉 행위가 품고 있는 미술사적 주제의식도 세잔에 못지않다. 세잔이 일상적 삶과 사물의 세계에 성실하게 천착하여 회화 정신의 단련을 통하여 사물에서 자연의 기운을 표현하는 새로운 추상 화법을 구하기 위해 생명계에 대한 성실한 관찰을 위한 정신의 단련을 멈추지 않았듯이, 송유미 또한 성실한 수행과 공부에서 터득한 무위와 무아의 드로잉 행위를 '온몸으로' 밀고 나아가 마침내 독창적인 기운생동의 추상 화법을 개척하였다는 점에서 그러하다.

2.

송유미의 드로잉에는 역동적인 날기운이 역력하다. 우선, 그 생생한 기운의 역동성이 화가의 오랜 자기 수행과 단련을 통한 '행위'에서 나온 것이란 점을 이해해야 한다. 송유미는 자신의 '미술-행위'와 관련하여 한 연구 논문[4]에서 이렇게 적었다.

> 연구자의 작업에서도 행위는 생동하는 힘을 표현하는 중요한 요소이다. 그러나 액션페인팅의 선과 다른 점은 반복하는 행위를 통해 명상에 들면서 무념무상의 상태에서 정신을 수양하고 그러한 가운데 긋는 선에 기운생동한 힘을 불어넣는다는 점이다.

송유미의 무아지경 속 드로잉 행위는 "반복하는 행위를 통해 명상에

---

4   송유미, 「드로잉의 선과 행위 요소를 통한 이미지 확장 연구」, 12쪽.

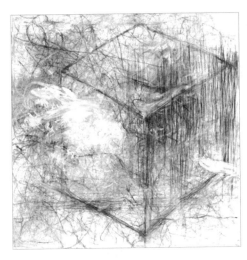

그림 4 「무한에 대한 상상 20-4」(2020)

들면서" 이루어진다. 뒤에 다시 말하겠지만, 여기서 중요한 대목은 "반복하는 행위를 통해"라는 화가의 고백이다. 예를 들면 한창 운동 중인 곡선들과 나선들처럼, 모종의 경향성과 운동에너지를 가진 선들이 무한 반복으로 그어진다. 무한 반복성으로 그어진 선들이 어떤 계산되지 않은 확률에 따라 어슴푸레한 형상을 이루어간다. 주목할 점은 이러한 '형상을 향한 경향성傾向性'을 지닌 선들의 자유로운 섞임, 엉킴, 뭉침이 이루어지는 가운데, 마치 움직이는 운무雲霧 덩어리 혹은 우주의 무한 공간에 펼쳐진 성운星雲 무리와 같이, 측정될 수 없는 덩어리mass 또는 실루엣 같은 무리가 나타난다는 점이다.('운무 덩어리 또는 무리와 같다'는 표현은, 무수한 선들, 엷고 짙고 부드럽고 강한 곡선들이 섞이고 겹치고 엉키면서 에너지 덩어리로 뭉치다가 이내 풀리기를 반복한다는 뜻을 내포한다. 이 뭉침과 풀림은 에너지의 생동성, 곧 기운생동의 뚜렷한 양상이다.)

「무한에 대한 상상」의 드로잉 연작이 내보이는 공통성은 자유분방한 무수한 곡선들과 측정되지 않는 질량감을 지닌 덩어리가 운동하고

유동하는 중에 서로 오묘한 상대성 속에서 생명의 은밀한 기운을 조성한다는 점이다.(그림 5, 6, 7, 8)

「무한에 대한 상상」 연작들의 모든 화폭 곳곳에 드러난 측량될 수 없는 덩어리 형상은 무아無我의 드로잉 '행위'에서 나온 기운들의 뭉침이다. '행위'에서 이 기운 뭉침의 덩어리 형상이 나왔다는 말은 천지간 기운의 조화 속에서 알 수 없고 보이지 않는 존재가 문득 생기를 띠고 나타나게 되었다는 뜻이다. 곧바로 영기화생靈氣化生, 곧 귀신의 이미지를 떠올리게 된다.[5] 이 기운 덩어리 형상이 지닌 뜻밖의 홀연한 화생 이미지는 생명 잉태 이미지나 '태초'의 이미지를 연상하게 한다. 생명계의 모든 생물은 기운 덩어리에서 저절로 생멸을 반복하듯이.

「무한에 대한 상상」 연작 중에서 송유미 화백의 정기正氣가 서린 속도감 있는 '드로잉'을 보면, 무한 반복된 곡선들과 나선들 그리고 공간 안

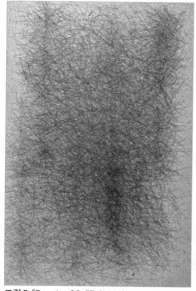
그림 5 「Drawing 20-55」(2020)

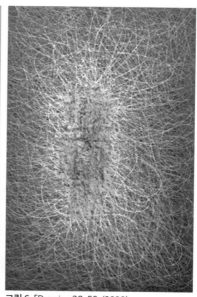
그림 6 「Drawing 20-56」(2020)

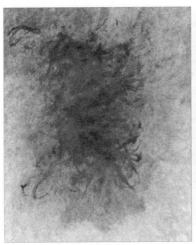

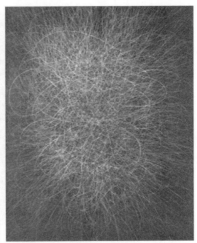

그림 8 「무한에 대한 상상 21-16」(2021)   그림 8 「Drawing 21-4」(2021)

의 무수한 방향성과 운동성을 지닌 벡터vecter[6]들이 저절로 서로를 밀고 당기고 얽히고 뭉쳐서 운동성의 덩어리를 만든다는 느낌을 받는다. 특히 곡선과 나선들의 무수한 반복에 의해 드로잉은 때로 홀연히 특정한 위치에 분간할 수 없는 이미지를 나타낸다. 곧 운동 중인 선들의 얽힘, 뭉침의 덩어리 이면에 '은폐된 이미지'가 어렴풋한 심상으로 떠오른다. 그 은폐된 이미지는 감각의 한계를 넘어 어떤 확실한 실체성을 갖지 못한 채, 곡선과 나선의 운동성과 경향성 속에 있는 '존재 가능성' 상태에 있다. 하지만 이 무위자연의 드로잉 행위는 근원적인 '자유'와 '정신'의

---

5   '영기화생의 이미지를 떠올린다'는 '귀신鬼神을 본다'는 말과 같다. 졸저『한국 영화 세 감독』중 '귀신론' 참고.

6   벡터는 어떤 방향으로, 어떤 크기를 가진 위치에 있는 점, 곧 크기와 방향을 동시에 가지는 물리량으로서 점을 가리킨다. 주체(나)의 시각에서 공간상의 벡터(점)는 어떤 다른 위치의 점을 향하는 힘, 속도, 가속도, 운동량을 나타낸다.

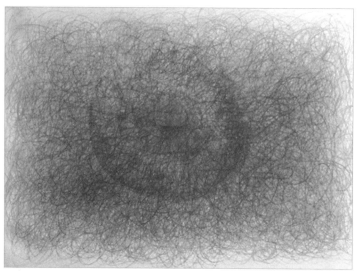
그림 9 「Drawing 20-49」(2020)

경지를 지향한다. 은폐된 이미지가 기운생동에서 나타나는 자유로운 정신의 상像을 함축한다면, 주목할 것은 운동하는 선들의 결집체로서 이 덩어리의 형상들이 궁극적으로 가리키는 어떤 존재성에 관한 것이다.

송유미의 드로잉 행위가 추구하는 기운생동 속에 은폐된 형상은 무엇인가. 일단, 드러난 형상으로 보아, 하늘에 흐르는 구름처럼 유연하게 유동하는 둥근 형상의 그 무엇이라 추측할 수 있다. 무아의 반복적 드로잉을 통해 어떤 무수히 그어진 곡선들은 한데로 뭉침 과정을 거치면서 원형圓形 이미지를 저절로 드러내기 시작하는 것이다. 그 무한히 반복되는 나선螺線형이 불러일으키는 무한 반복성의 선회감旋回感으로 말미암아, 나선들이 뭉쳐서 덩어리진 둥근 형상들은 스스로 뭉침과 풀림을 무한 반복한다. 그런 까닭에 선과 덩어리 형상들에는 유연하면서 생동하고 부드러우면서 강렬한 음양의 조화 원리에 따른 순환의 기운

872

이 감돈다. 이는 무한 반복의 드로잉 속에서 홀연히 조형된 덩어리 형상들은 원형을 지향하고 있고, 그 원형의 지향성 속에는 초월적이고 신성한 존재감이 감돈다는 말이다. 더 부연하면, 크고 작은 곡률曲率들을 품은 곡선들이 각각 저마다 원형의 지향성을 품고 있듯이, 송유미의 드로잉이 보여주는 무수한 나선들의 겹침, 엉킴, 뭉침 같은 운동 이미지들 속엔 순환하며 생멸하는 생명계를 비유하는 크고 작은 무수한 둥근 원형 이미지들이 저마다 따로 존재하면서도 서로 긴밀하게 연결되며 상호 공생하는 생명계의 근원적 이미지가 감추어져 있다는 것, 그리고 이는 곧 원융圓融의 상징 혹은 아날로지(analogy, 類比)[7]로서 신성神性의 상象

---

7 '유비類比'에 대한 사전적 정의는 간단히 이러하다.

"원래는 비례적 관계의 닮음을 의미하며, 크기가 다른 두 형태 사이의 닮음 또는 두 양 사이의 닮음을 의미한다. 중세에는 우주, 즉 천체의 대우주 모형이 그 천체를 형성하고 있는 부분들인 소우주 모형에 재현된다는 차원에서 우주가 일정한 질서를 띤 구조를 형성하고 있다고 여겼다. 그래서 유비 또는 유추에 의해서 전자로부터 후자로의 추론이 가능하다고 보았다. 인간관계에서 적절한 질서를 규정하는 법률상의 의미에서 고안된 자연의 법은 자연세계에서 획득한 질서를 기술하는 물리적인 의미에서의 법칙에 유비적일 수 있다. 과학적 사유에서 유비는 법칙이나 원리를 제시하는 데 사용될 수 있다. 사회적·정치적 논의에서도 유비는 보다 친숙한 점으로부터 우리가 아직 잘 알지 못하는 어떤 점을 해명할 수 있도록 도와줄 수 있다. […] 그리스 사람들에 의해서 알려진 유비의 또다른 형태는 '서로 상관관계가 있는 것을 끄집어내는 것'으로서 기능상의 닮음을 추론해내는 것이다. […] 과학적 사유에서 유비나 닮음은 어떤 법칙 혹은 원리를 제시하는 데 사용될 수 있을 것이다. 특히 목성의 위성들에 대한 관찰로부터 유추에 의해서 태양계의 근대적 개념이 가능하게 되었듯이 두 체계 속에 있는 요소들의 기능 사이에서 비교가 이루어질 수 있다면, 이로부터 과학적 법칙이나 원리가 가능할 수 있을 것이다. […] 사회적·정치적 논의에서도 유비들은 보다 친숙한 점으로부터 우리가 아직 잘 알지 못하는 어떤 점을 해명할 수 있도록 도와줄 것이다. 생물학적 유추 또는 유비로부터 우리는 하나의 사회공동체라는 것이 '유기체적' 관계를 띠고 있음을 알 수 있다. 하지만 이러한 유추 또는 유비들은 다음과 같은 사실, 즉 그 공동체의 개개의 구성원들이 각기 그들 자신의 목적과 권리와 책임을 지니고 있다는 사실을 간과해버리면 잘못 사용되기 쉽다."

이같은 '사전적 정의'를 참고하면서, 이미 오래전 필자가 밝힌 바 있는, '예술 작품에서 나타나는 아날로지'의 의미에 대한 아래 인용문을 참고할 필요가 있다.

"서양의 13세기를 전후하여 예술에 있어서의 유비법(類比法, Analogia)이 유한한 인간은 무한한 신의 세계를 표현할 수 없다는 관념에 의해 붕괴되었다. 르네상스의 싹이 막 보일 무렵, 예술에서 신에 대한 아날로지가 사라지고, 인간 중심의 예술이 펼쳐진 것이다. 서양 기독교의 전통과 역사로 본다면, 유비법이란 유한한 인간이 무한한 신의 행적을 추측하는 도구였을 뿐이다. 신과 인간 간의 이원론적 분열과 단절은 근대 이후에도 사정이 크게 나아진 바가 없고, 고대 희랍의 철학자나 고대와는 동떨어진 현대의 비평가들이 수사학의 연구 차원에서 논의되는 것을 예외로 한다면, 유비법은 사실상 오래전에 사망한 것이나 다름이 없다. 그러나 인간 정신이 계속되는 한 신에 대한 유비법은 의문의 대상일 수밖에 없다. 과연 신의 세계는 유한한 인간이 단지 추측하여 그릴 수밖에 없는 알레고리적인 세계에 그쳐야 하는가. 또 신의 존재는 단지 종교의 문제인가. 순수한 믿음에서가 아닌 인간의 삶과 정신 속에 이미 신은 내재하는 존재인 것은 아닌가. 외재하는 신이 아니라 내재하는 신이라 한다면, 순수한 열정으로 끊임없이 진실로써 수련에 임하는 예민한 예술가라면, 응당 자기 안의 신을 느낄 수 있지 않을까……

근대적 이성의 눈으로 볼 때 유비법은 이미 한참 모자라고 낡았고 현실적으로도 세련미라곤 찾아볼 수 없이 소박한 것으로 비판받아 왔다는 점을 감안하더라도, 예술이 '현실의 초극超克'과 초월적 정신을 꿈꾸는 의미심장하고도 유력한 정신 활동의 범주인 이상, 유비법은 새로이 재발견되고 새롭게 정의되어야 한다고 본다. 왜냐하면 정신적인 초월을 꿈꾸고 신의 존재에 대해 근원적인 성찰을 하려 한다면, 유비법은 이제 녹슨 십자가를 버리고 새 삶을 찾아 '부활'을 준비할 수도 있기 때문이다. 더욱이, 이미 낡은 것으로 치부된 숭고미the sublime를 품은 '오래된 신神'의 비유법으로 새로 태어나기 위해서는, 적어도 신이 바깥에 있는 것이 아니라 신은 내 안에 함께 살아 있음을 자각하는 것이 필요하다. 삶은 근본적으로 가난한 것이지만, 바로 가난하기 때문에 숭고한 것이다. 삶이 숭고하다는 말은 삶에는 신명이 있다는 말과도 통한다. 내 삶 안에 사는 신기神氣를 살피고 이를 표현하는 것이 바야흐로 예술의 창작의 핵심임을 동양의 선각들은 설파했다. 아마도 이러한 예술관의 입장에 설 때, '내 안의 신령'과의 유비적 관

874

이라는 것이다. 따라서, 송유미의 무한 드로잉 행위에 의한 선들의 뭉침 속에서 신령한 기운이 느껴진다면, 그 신기는 본디 무아의 무위자연에서 형성된 원형의 형상 속에 은폐된 '원융의 존재-이미지'에서 비롯된 것이다. 이 은폐된 존재-이미지가 발산하는 신기 또는 신령을 가리켜 이 땅의 유서 깊은 신도神道 전통에서는 '귀신'[8]이라 이른다. 음양의 조화 또는 무위이화의 기운이 곧 귀신이기에, 이 은폐된 신령한 존재, 귀신의 느낌은 송유미의 드로잉을 미세하게 관상觀想하는 예민한 감상자에게도 필히 감응되는 신기한 존재감일 터이다.

이같이 신명 또는 신기의 드로잉 행위를 통해 드러나는 귀신의 형상

계는 깊이 있고도 매우 다양하게 전개될 수 있을 것이다." 「조화와 생성의 꽃」, 『네오 샤먼으로서의 작가』 참고.

8   귀신론의 대강은 다음과 같다. 시천주侍天主의 핵심 개념인 "내유신령 외유기화內有神靈 外有氣化……"는 인간은 지기至氣 곧 신령함이 지극한 상태에 이르러 음양의 조화로운 기운으로 화생化生하는 존재라는 뜻이다. 시천주로서 인간을 비롯한 만물은 영기화생靈氣化生의 존재인 것이다. 이를 문예학적으로 환언하면 예술 작품은 신령한 인간 존재의 내적 신령(영)과 외적 기화(기)의 통일적 활동으로서 영기화생의 산물이다. 다시 말해 문예 작품이란 '신령한 인간 존재'에 의한 '영기 화생'의 산물이다. 문예활동이란 영기화생의 과정이다.
    귀신론은 내 안에 신령함이 밖으로 기화(외유기화)하는 계기(侍), 즉 '모심'을 통한 음양이기의 조화造化(至氣)를 이루는 계기는 바로 강화降話에 의한다는 점에서 문예학과 연결된다. 수운 동학이 창도되는 직접적인 계기인 한울님과의 '접신'에서, "내 마음이 네 마음이니라. 사람이 어찌 이를 알리오. 천지는 알아도 귀신은 모르니 귀신이라는 것도 나니라.(吾心卽汝心也 人何知之 知天地而無知鬼神 鬼神者吾也)"라는 한울님의 말씀은 귀신론에서 중요하다. 한울님은 '지기至氣'와 동격이므로 귀신 또한 '지기'이다. 따라서 '시侍'의 풀이, 곧 "내유신령 외유기화 일세지인 각지불이內有神靈 外有氣化 一世之人 各知不移"와 귀신론, '지기至氣'론과 '음양 조화의 원리'와 '생생지리生生之理'(소강절)는 같은 의미 맥락에서 이해되고 서로 호환되며 여러 개념으로 변주될 수 있다.(『한국영화 세 감독』, 263~271쪽 참고.)

에 대해, 송유미 화백은 "춤을 추듯 몸과 정신을 자유롭게 하여 몰입하는 가운데도 수많은 확률 속에 정확한 위치와 형태를 찾아간다."[9]라고 썼다.

다소 관점을 바꾸어, 물리적 차원에서 보면, 무아지경에서 무한 반복을 통한 송유미 특유의 드로잉 행위는 2차원 추상 평면을 3차원 공간을 거쳐 마침내 비유클리드의 n차원의 추상 공간으로 옮겨간다. 물리학적 시각에서 보면, 곡선들이 가진 곡률의 정도에 따라 여러 공간이 나올 수 있다. 곡률은 다른 차원의 공간을 숨기고 있다. 이는 송유미의 드로잉 행위의 이면 또는 무한 반복되는 나선들의 심연에는 n차원의 공간, 곧 비유클리드 공간이 은폐되어 있다는 뜻이기도 하다.

그렇다면, 기운생동하는 비유클리드적 추상 공간을 통해 화가가 목표로 삼은 바는 무엇인가. 기운생동 그 자체는 아닐 것이다. 오로지 기운생동이 무한 반복되는 드로잉 행위의 목표라고 한다면, 굳이 드로잉을 선택할 필요는 없다. 기운생동에 이르는 기술적 방법은 드로잉 외에도 얼마든지 달리 찾을 수 있다. 또한 기운생동은 미술이나 음악, 문학 등 모든 예술 행위에서 필요한 기본 조건일 뿐이지, 그 자체가 목적이 아니다. 기운생동은 천지간 만물에 소여된 조화의 이치로서 무릇 '예술'이라면 마땅히 추구해야 할 예술성의 기본 조건일 따름이다. 따라서 앞의 질문은, 송유미의 무한 반복하는 드로잉 행위가 추구하는 '추상 정신'은 무엇인가 또는 송유미의 기운생동하는 '추상'이 궁극적으로 추구하는 바는 무엇인가로 바뀌어야 한다.

---

9   송유미, 「드로잉의 선과 행위 요소를 통한 이미지 확장 연구」, 48쪽.

3.

　송유미의 드로잉 「무한에 대한 상상」 연작은 화가의 무의식적 행위 혹은 '저절로 그러함(自然)'에 따르는 드로잉이 어떻게 기운생동을 구하게 되는가를 반어적으로 묻는, 미술사적으로 희귀한 실험성을 지닌 특출한 그림들이다. 방금 쓴, '반어적'이라 함은 무의식적으로, 의도하지 않는 가운데, 어떤 '은폐된 존재' 혹은 '은폐된 의도성'이 나타난다는 점에서 붙인 말이다. 무한 반복되는 나선들의 색이나 화면의 바탕 색감은 시각적으로 의도된 효과를 노리는 화면 구성 차원에서가 아니라, 시각이 가지는 물리적 확실성을 넘어 감각을 초월한 비의도적 변화성을 실험하는 차원에서 이해될 수 있다. 예를 들어, 빨강, 파랑, 노랑 계통의 바탕색들이 비균질적이고 비정형적 형질形質을 지닌 채 수시로 변화하는 듯한데, 이같이 시각의 작용 이면에서 어떤 변화의 기운이 느껴지는 것은 나선형 곡선들이 무한 반복하듯 선회를 멈추지 않는 탓이다. 이는 운동하는 나선들과 바탕 면의 색감이 서로 오묘하게 어울리는 중에 어떤 조화의 기운이 작용하여 시각의 주관적 내면화가 일어남을 의미한다.

　비정형적 색감의 덩어리들이 무한 반복되는 나선의 선회성과 길항하고 섞이고 뭉치기를 지속하는 가운데 비유클리드적 공간 개념이 실제로 펼쳐지는 우주 공간에서의 성운 무리를 닮은 이미지들이 나타나는 것은 자연스럽다. 하지만 감상자의 마음에는, 우주적 성운 이미지만 떠오르는 것은 아니다. 우주적 성운 이미지와 더불어, 마치 질풍이나 회오리가 일으키는 티끌들이 마구 떠도는 풍경을 비유하는 이미지인 듯하다가도, 문득 인간 존재 안에 수많은 욕망과 상념들이 대책 없이 선회하고 부유하는 세속인의 내면 풍경이 연상되기도 한다. 또는 어두운

그림 10 「무한에 대한 상상 21-17」(2021)

밤하늘에 명멸하면서 끊임없이 선회하는 반딧불이 떼의 순수한 궤적들을 떠올리는 자연의 신비한 존재감을 느끼게도 한다……

이같이 감상자에게 다양한 느낌을 불러일으키는 이미지의 힘은 어디서 오는 건가. 그것은 송유미의 드로잉이 펼친 '혼원混元'의 이미지를 접하는 감상자의 상상력이 자연스럽게 자기 기억과 어두운 망각 속을 시시각각으로 마치 회오리같이 통과하였기 때문이 아닐까. 송유미의 드로잉 공간은 가시적인 3차원 공간 너머, '시간'이 추가된 4차원 공간을 만들기 때문에, 감상자는 기억과 무의식을 바탕으로 한 다양한 상상력을 '무한대로' 펼치게 된다. 「무한에 대한 상상」의 드로잉이 보여주는 공간은 단순히 '깊이'만 있는 게 아니라 '시간성'이 개입된 4차원 또는 그 너머의 초월적 공간이 은폐되어 있는 것이다. 그 초월적 공간에서

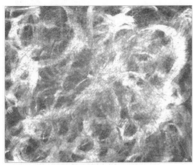

그림 11 「무한에 대한 상상 22-15」(2022)   그림 12 「무한에 대한 상상 22-14」(2022)

떠오르는 근원적 이미지와 접합으로써 감상자는 알게 모르게 어떤 존재성에 다가가게 된다.

송유미의 「무한에 대한 상상」 연작을 관상觀想하면, 감상자는 복합적인 연상 작용과 비상한 상상력의 자극 속에서 홀연히 나타나는 신성한 힘의 존재와 마주하게 된다. 특히 무수히 반복되는 곡선과 나선의 궤적에서 경건하고 정갈한 신령의 기운을 느끼는 신기한 경험이 찾아올 수 있다. 굳이 붓이 아니더라도 연필이나 목탄, 뾰족한 도구에 의지해 그어진 흰빛의 나선형 곡선들은 내 안의 어두운 심연에서 일어나는 영성靈性의 나타남을 표현한 것이라 해도 무방하다.[10] (반복적으로 그어진 흰 곡선들과 검은 곡선들은 가령 죽음의 본능이나 생명의 본능처럼, 본능에서 분리되지 않은 영성의 표현이라 할 수 있다.)

이처럼 예술 작품에서 거듭 고려할 점은 내 바깥의 세계와 내 안의 심연에 감추어진 신령한 힘을 지각하게 하는 힘(조건)에 관한 것이다. 내 밖에서 신적인 것을 접하거나 내 안에서 신성한 존재감이 지각될 수 있는 조건(힘)이 바로 기운생동이다.

송유미의 드로잉이 펼치는 기운생동은 자연스럽게 감상자의 무의식을 건드리고 깊이 잠든 원형(原型, archetype)들을 일깨우고 생기를 부여한다. 집단무의식의 원형의 상상(像), 곧 유비의 형식으로서 신격神格의 이미지가 송유미의 무한 반복된 드로잉 속에 얼비치는 것이다. 그 어렴풋이 나타나는 신격의 원형 상은 마치 시골 자연의 밤하늘에서 경외감을 가지고 바라본, '귀신불'이라 불린 반딧불이의 자취와도 같다. 「무한에 대한 상상」의 드로잉 연작에서, 특히 흰 빛깔을 띤 선의 궤적들은 내 안의 신령의 자유로운 기화氣化를 상징하는 것으로 해석될 수 있다. 천성天性을 상징하듯, 곧 명덕(明德, 즉 本性)을 상징하는 흰빛을 띤 곡선들이 자유로운 군무群舞를 추듯이 기운생동하는 것이니, 그 선들이 품은 신령들이 '저절로 그러함'으로 그림 바깥으로 퍼져나가는 느낌이다. 수운 선생은 한울님의 모심, 즉 시천주侍天主의 모심(侍)의 풀이를 '내유신령 외유기화……각지불이內有神靈 外有氣化……各知不移'[11]라 이르셨다.

---

10 「무한에 대한 상상」의 드로잉 행위는 감상자의 창조적 직관력을 호출한다. 아마도 송유미의 창조적 직관이 무위의 기운생동을 통해 감상자와 '한울'(한울님, 한울타리)의 조화(無爲而化)에 이르고 이를 통해 감상자 나름의 창조적 직관을 자극한 것으로 보는 것이 타당해 보인다. 왜냐하면, 화폭을 통해 화가와 감상자가 저마다의 창조적 직관을 서로 나눌 수 있는 것은 드로잉의 기운생동이 무위자연의 덕德에 합치하는 경우에나 가능하기 때문이다. 간단히 말하면, 아무리 훌륭하고 세련된 창조적 직관력이더라도 감상자에게 일방적으로 억지로(인위로) 나누어줄 수는 없는 노릇이다. 그런 까닭에 기운생동과 무위이화는 깊은 상관성에 있다. 「무한에 대한 상상」 연작에서처럼, 무위이화에 합치하는 화가-감상자 간에 쌍방적으로 미술적 기운의 소통이 이루어지는 경우는, 과문하여 잘은 모르겠으나, 아주 드문 듯하다.

11 수운 선생의 동학에서 '시천주侍天主'의 앞글자 '侍(모심)'의 풀이는 '내유신령 외유기화……각지불이內有神靈 外有氣化……各知不移'이다. '내유신령'에서 '신령'은 한울님의 비유로서, 지기至氣 또는 귀신이라 불리기도 한다. 조화造化 즉 무위이화無爲而化는 한울님 곧 지기 또는 귀신의 공덕功德이다. 『동경대전』의 「논학문」 및 『중용中庸』 16장 공자의 '귀신'관을 참고할 것.

이처럼 송유미의 기운생동하는 드로잉에 은닉된 원형圓形의 상과 그 안에 어른거리는 신격의 상은 무의식의 원형原型과 깊은 연관성이 있다. 드로잉이 무아의 경지를 통해 시현하는 초현실적 공간성은 그 자체로 무의식의 자연 상태를 가리키며 그 무의식적 상태에 감추어진 신화적 원형은 하나의 상 또는 어렴풋한 잔상으로 나타난다. 여기서 드로잉 속에 은폐된 신화적 원형이 하나의 상으로 현시된다는 말은 물리적 시간의 연속성이나 인과성因果性과는 상관없이 무위 무아 상태에서 저절로 '객체적 이미지'로서 드러난다는 뜻이다. 무위의 기운생동을 추구하기 때문에 화가의 주관적 논리와 의지는 개입이 차단된다. 기존의 화법들도 무시된다. 무의식의 원형에서 이미지가 떠오르는 계기도 '저절로 그러함'에 따른다.[12]

그렇지만, 화가 송유미의 마음속 원형 이미지가 떠오르는 계기가 무위자연 곧 '저절로 그러함'이라 할지라도, 인위에 지배당하는 세속에서 무위의 경지에 드는 것이 과연 저절로 될 수 있는 일은 아닐 터이다. 설령 저절로 신격이 그려진다 한들, 그 신격은 혹세무민하는 가상에 불과할 공산이 크다. 그러므로 우리는 송유미의 드로잉에 은폐된 신격 이미지의 정체와 유래를 따지지 않을 수 없다.

송유미의 추상화에 신적인 것 혹은 신성한 힘의 비닉秘匿됨은 화가 쪽에서 보면 자기 수행과 단련, 때론 접신의 능력을 빌려야 한다. 특히 접신은, 인격 쪽에서 보면 수행을 통한 자기[13]의 성화가 전제되고, 신

---

12 무위자연을 따르는 기운생동의 이치 혹은 무위이화에 따르는 화가의 마음을 가리켜, 송유미 화백은 '자발성의 자유'(에리히 프롬의 개념)라고 말한다. 송유미, 「드로잉의 선과 행위 요소를 통한 이미지 확장 연구」 참고.
13 여기서 '자기(self, Selbst)'는 C. G. 융의 분석심리학 개념이다.

격 쪽에서 보면 가화[14]를 통한 신성의 세속화가 필요하다. 그렇다고 덮어놓고, 오랜 수행이 신격과의 접신 곧 신격의 가화를 보장해주는 것은 아니다. 수행은 인위의 제약을 벗어나 무위에 드나들 수 있는 관문이기는 하나, 신격과 접하는 길은 신의 뜻을 따를 수밖에 없다. 수행을 통해 성화를 터득하는 까닭은 여기에 있다. 수행과 주원이 신격과 통하는 조건이 되는 것이다.

이 같은 의미 맥락에서 송유미 화백이 상당 기간을 서예와 무예를 수련하면서 창작한 작품들 중에 특히 「구지가龜旨歌」 연작은 눈길을 끈다. 서예 수련를 통해 체득한 송유미 화백 특유의 '골기骨氣'[15]가 드러나는

---

14 '가화假化'와 '주원呪願'은, 여자가 된 곰, 곧 웅녀가 '아기 배기'를 간절히 비니까 (呪願有孕) 천신인 환웅이 '신격에서 임시로 인격으로 변하여' 즉 '가화'하여, 웅녀와 혼인, 단군이 태어났다는 단군신화에서 나오는 말이다. 한학자 이재호 선생의 『삼국유사』 역주를 따르면, "'가화'는 하느님이 사람으로 더불어 합하려 하여 잠시 사람의 꼴을 갖추어 나타났지만 그 필요가 없어짐과 함께, 신격神格으로 돌아갈 것이므로 가화假化라 한 것이다."라고 풀이했다.(일연, 『삼국유사 1』, 이재호 옮김, 솔, 2007, 64~71쪽 참고.)

   '가화'에 대한 기존 학계의 해석은 분분하다. 필자의 '유역문예론'의 관점에서 해석하면, '가화'란, 천신(하느님)이 지상의 신(가령, 토템 신)과 인간을 주재하고 만물에 두루 작용하는 가운데 '잠시 인격으로' 나타나는 것을 가리킨다. 예술 창작에서의 '가화'는, 천신의 신격 즉 보이지 않는 귀신鬼神('음양중陰陽中' 세 기운의 조화造化)이 '임시로(잠시)' 인간의 감각·의식 속에 나타나는 상像, 곧 무위이화로서 나타나는 상이다. 참고로, 『노자』 42장에 나오는 '음양중陰陽中 세 기운의 조화'(鬼神)는 천지인 삼재天地人 三才의 조화 또는 '삼태극三太極'과 동격의 뜻으로서, 여기서 '중中'은 '중화기中和氣'를 가리키며, 노자老子의 '충기冲氣'에 해당한다.

15 중국 남북조시대 남제(南齊, 479~502) 때 화가이자 화론가 사혁이 지은 「육법」에 기술된 그림의 창작과 감상에 필요한 여섯 가지 요체. 첫째가 기운생동, 둘째가 골법용필이다. '골기骨氣'는 기운생동과 골법용필을 합한 줄임말이다.

그림 13 「龜」(2013)

「구지가」 연작은 송유미의 미에 대한 의식과 실천 행위의 일단을 드러내 보인다. 두루 알다시피 한민족 정신의 원류를 담은 대표적인 역사서인 『삼국유사』에 나오는 「구지가」는 고대 가락국駕洛國의 건국과 관련된 영신迎神 가요이면서 이 땅의 고대인들이 간절한 기원을 담아 부른 주술 시가이다. 중요한 것은 송유미 화백은 서예를 회화 공부의 수단으로 삼아 자신만의 '골기'를 단련하는 중에 「구지가」 연작을 화제로 삼아 연작을 그렸다는 점이다. 「구지가」에서 주술은 "거북아 거북아 머리를 내어라 내놓지 않으면 구워 먹으리"[16]라는 '주문呪文을 반복하는 행위'다. 이는 우연의 일치가 아니라 송유미의 미의식의 뿌리인 무의식에 주술성이 감추어져 있다는 의미이기도 하다.

송유미의 드로잉 행위에서 어떤 신성한 힘이 느껴지거나 신적인 것이 지각된다면, 그 연원은 무엇보다도 정갈하고 성실한 드로잉 행위의 반복성에서 찾아질 수 있다. 물론 드로잉의 반복성은 화가로서의 자기 수행과 단련, '대상에 대한 주의 깊고 성실한 관찰과 관조'[17]를 은유적으로 반영하는 것이지만, 아울러 그 반복적 드로잉 행위에는 신격을 맞

---

16   원문은, "龜何龜何 首其現也 若不現也 燔灼而喫也(거북아 거북아/머리를 내어라/
      내놓지 않으면/구워서 먹으리)". 『삼국유사』의 「가락국기」 참고.

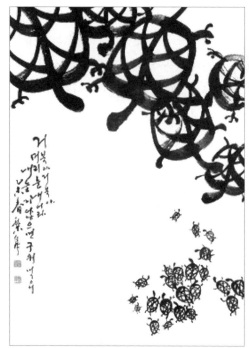 

그림 14 「구지봉의 노래 1」(2015)　　　　　　　　　그림 15 「구지봉의 노래 2」(2015)

이하는 기본적 기술, 즉 주술성이 은폐되어 있다는 사실이 깊이 헤아려
져야 한다. 그러니까 송유미의 드로잉의 반복성은 주문의 본성으로서
반복성과 서로 상동 관계에 있다. 주문의 반복성이 접신을 위한 문자적
표현이라면 드로잉 행위의 반복성은 접신을 위한 행위적 표현인 셈이
다. 곧 드로잉의 무한 반복성은 신격을 부르는 '주원의 행위'[18]라고 할
수 있다.

17　융의 분석심리학에 따르면, '대상에 대한 주의 깊고 성실한 관찰과 관조'는 그
　　자체로 인간 마음 속에 깃든 신적인 것 또는 신성한 힘, 곧 누미노줌Numinosum
　　이라 한다.

만주와 몽골 유역을 두루 포괄하는 북방 퉁구스계 '무당 신화'로서 「단군신화」에서 가령 환인이 내려 준 천부인 세 개 또는 환웅의 강신降神 등 '외면적 사태'에서 조선 무巫의 연원을 찾는 것 외에도 환웅의 강신이 품고 있는 '내면적 사태'를 찾아야 한다. 이 강신의 내면적 변화 사태로서, 주목할 점은, 천신인 환웅의 '가화'다. 여자가 된 곰, 즉 웅녀熊女가 자신과 혼인할 상대가 없었으므로 항상 단수壇樹 아래서 아이 배기를 주원하였고 이에 환웅이 '임시로 변하여(假化)' 웅녀와 결혼해주었더니, 잉태하여 아들을 낳았고 그 아들 이름이 단군이라는 이야기. '가화'에는 세속 인격의 간절한 주원呪願有孕)에 따라 신격이 임시로 인격으로 화化하여 '나타나' 신령한 존재인 단군(무당)을 잉태하게 한다는 내용이 담겨 있다. 간절한 기원 속에서 신격이 잠시 '나타나고' '다시 신격으로 돌아가는' 것이 가화이다. 이 유한자 인간에게 무한자인 신이 잠시 나타남을 가리키는 '가화'에는 여러 해석 가능성이 있다. 「단군신화」에서 보듯이, 여자가 된 곰을 가상히 여겨 혼인하고 잉태시킨 환웅천왕은 하느님과 같이 '비존재이자 무한자'인 신격이 잠시 인격人格으로 '임시로 화생(假化)[19]'했다는 뜻이다. 일연 스님이 쓴 『삼국유사』(1281)에 나오는 이 대목 원문은 "每於壇樹下 呪願有孕 雄乃假化而婚之 孕生子 號曰檀君王儉……"[20]이다.

　여기서 유념할 것은, 우선 신격의 관점에서 보면, 가화는 인간의 간절한 주원을 통해 신격이 나타나는 것이고, 인격의 관점에서 보면, 접

18　'주원'은 「단군신화」에서 웅녀의 '주원유잉呪願有孕'에서 나온 개념이다. 유비의 차원에서 보면, 예술 창작에서 '주원'은 그 자체로 '주원유잉' 곧 '아기 배기를 간절히 축원'하는 것과 다르지 않다.

19　앞의 각주 14번 참조.

신을 통해 신격이 '저절로' 나타난다는 점이다. 수운 선생이 한울님을 만난 '정말 어마어마한 역사적 대사건'[21]도 가화이므로, 한울님이 "귀신이란 것도 나이니라."라 한 말씀은 가화가 '무위이화'로서 이루어진다는 것을 보여준다. 곧 '귀신'이란 음양의 생생한 조화를 가리키듯이, 신적인 것(神性)은 성실한 수행과 주원 속에 무위이화로서 드러난다.

그렇다면, 예술 창작의 중요한 계기로서 무아지경의 무위 상태에 몰입하는 행위는 궁극적으로 무위이화의 원리를 터득하는 행위라 할 수 있다. 그러한 무위의 창작 행위는 우선적으로 자기 안의 자연 곧 복잡하

---

20 상고대 고조선의 건국신화이자 무당 신화인 단군신화에서 '가화'는 정신사적으로 거대한 뿌리를 이 땅에 깊이 내린 신목의 상像이 들어 있다. 여기서 짧게 소개하면, 대강 다음과 같다.
"유비의 시각에서 보면, 한민족의 자생적 종교 사상이자 인류의 위대한 사상인 동학의 튼실하고 거대한 정신의 뿌리가 올바로 보입니다. 이 유비의 시각은 분석심리학으로 설명하면, 은유와 상징은 인간의 타고난 능력인데, 이와 함께 거의 본능에 가까운 잠재력인 유비 능력을 통해 마치 회오리처럼 집단무의식인 무巫의 원형은 확장됩니다. 유비로 인해 무巫의 원형은 확장되고 또 확장되는 만큼 원형이 멀어지고 잊혀지는 듯하지만, 시공을 초월하여 어떤 정신(Psyche, Geist)이 활동하는 계기에 따라 감추어진 원형은 다시 유비로서 나타납니다. 단군신화의 '가화'와 풍류도의 '접화군생接化群生', 수운 동학에서 한울님과의 접신에서 '귀신이라는 것도 나이니라.'라는 한울님 말씀, 그리고 '내유신령 외유기화'에 이르기까지 무巫의 자생적 생명력은 장구한 시간 속에서 지배 권력의 이데올로기들이나 외래적 기득권적 이론의 억압에서도 이 땅의 인민들의 생활 풍속의 전통으로 맥맥이 살아서 이어지고 확장되어온 것입니다. 수운 선생의 '접신'은 단군신화에서 고조선의 집단의식 및 무의식이 지닌 무巫의 원형 곧 '가화假化'의 유비로서 유추할 수 있습니다. 이 말은 단군신화가 괴력난신怪力亂神의 이야기가 아니라 조선 민족의 집단 심리가 안고 있는 '객관적 정신'을 드러내는 특별한 이야기라는 뜻입니다."(이 책 1부 「유역문예론 1」 참고.)
21 범부 김정설 선생의 표현. 『풍류정신』(영남대학교출판부, 2009) 중 제2부 「최제우론」 참조.

고 광대한 무의식을 개관하여 자기화 즉 개성화하는 것이 수반될 수밖에 없다. 왜냐하면 예술 창작 행위가 자연 상태 곧 '저절로 그러함'이 된다는 것은 자기 무의식을 통관하며 창조적 직관력으로 바꾸는 정신의 힘을 가지게 되었다는 의미이기 때문이다. 숨은 신의 형상이나 신성이 나타나는 홀연한 시간을 만나려면 나의 무의식의 문을 열고 들어가야 한다. 무의식은 자연(저절로 그러함)의 은유이다. 결국 송유미 화백이 무아의 드로잉 행위에 몰입하는 것은 자기 무의식을 끊임없이 성찰하여 무위와 인위의 경계를 허물어버리는 것이다. 하지만 무위와 인위의 경계를 없애는 것은 쉬운 일이 아니다.

송유미 화백은 서울에서 갖는 개인전을 앞둔 당시의 소회를 페이스북에다 이렇게 밝혔다.

유한한 인간이 무한을 그리려면 어떻게 해야 할까요?

무한하게 반복하는 선을 그으면서 어느 순간 무한 루프loop 속에 들어와 있다는 생각을 했습니다. 끝없이 반복되는 행위 속에는 출구가 없다는 판단을 했습니다. 나선과 무한대를 반복하는 행위가 과연 변증법을 의미한다고 할 수 있을까요? 이렇게 가다가는 악무한(die Schlechte Unendlichkeit)에 빠질 수도 있겠다는 생각이 들었습니다.

그렇다고 100일 드로잉을 해가면서 어렵게 찾아 그어온 선들을 모두 부정하고 새로운 것을 찾아야 할까요? 이것 역시도 악무한입니다. 끝없이 새로운 것만 찾아 헤매는 속에는 허무만 있을 뿐입니다.

그렇다면 진무한(die Wahre Unendlichkeit)을 추구하는 화가는 어떤 방식으로 그림을 그려야 할까요? 물론 답은 없습니다. 지금의 제가 결론지은 바로는 변주를 해야 한다는 것입니다. 인간은 유한하기 때문에 경험들을 조합하는 방식으로 무한에 다가갈 수밖에 없습니다. 인간의 생애 동안 보고 듣고 느낀 것들이 수십만 가지라면 그것들을 조합하는 확률은 무한대가 될 수 있겠지요.

그래서 작업실은 실험실이 되는 것입니다.[22]

유한자의 피와 살은 무수한 고통·수난이 깊이 아로새겨져 있고 유한자의 무의식은 악무한(惡無限, die Schlechte Unendlichkeit)의 원형들이 감추어져 있다. 하지만 진무한(眞無限, die Wahre Unendlichkeit)과 악무한은 따로 나누어지지 않을 뿐더러 분별되지도 않는 것이 아닐까. 선악과 진위를 가리는 분별지는 무한자라 할 수 없지 않은가. 악무한조차 분별지를 여읜 마음의 무위이화 속에서는 이미 기운생동하는 진무한에 포섭되는 것이 아닐까. 진무한은 악무한과 대립되는 둘이 아니라 드로잉 행위 속에서는 이미 하나의 무한일 뿐이 아닌가. 물론 무위이화의 덕은 진무한의 덕이라 할 수 있다. 예술 창작을 애써 하는 이유는 여기에 있지 않은가.

유한자로서 송유미의 무의식에는 무한자로서 원형이 자기 상을 발산하는 중이다. 성령이든 신령이든, 삶이 안고 있는 원죄, 고통, 연민…… 오욕 칠정이 만들어내는 악무한은 유한자 인간의 욕망이 사라지지 않는 한 말 그대로 악무한으로 남는다. 그렇다고 예술이 종교가 될 필요는 전혀 없다 할 것이다. 유한자 인간을 감화感化하는 예술 행위는 죄악·원죄, 속죄, 대속代贖의 종교적 상像을 통해서만 수행될 수 있는

---

22 페이스북, 송유미 타임라인에서 인용. 2022. 3. 30.

것은 아니다. 수운 동학이 가르치는바, 모심(侍)의 풀이 '내유신령 외유기화'에는 종교 차원을 넘어 유한자 인간이 신적인 존재임을 말한다.

이번에 서울에서 처음 열렸던 송유미의 개인전「진무한과 악무한 사이」(2022.4.20~4.25)가 특별한 의미와 깊은 뜻을 지니는 까닭은 아마도 여기에 있을 것이다. 수행과 주원의 끝에 무위이화에 합하는 기운생동의 경이로운 이미지를 창조한 것이다. 여기엔 송유미의 드로잉을 낳은 창조적 직관이 작용하고 있으며, 이에 성실한 감상자들의 마음은 감화를 받고 '존재론적으로 진무한의 각성' 속에서 세속계의 고통과 '악무한'의 장애를 극복하는 힘을 얻는다. 적어도 무수한 선들과 무한 반복되는 나선의 회오리 이미지 안에 진무한의 이미지는 들어 있다.

송유미의 작품에서는, 신성·영성을 조감하는 느낌과 신성·영성이 나의 마음·존재를 조감하는 느낌이 동시성으로 일어난다. 피조물이면서 조물주라는 주체의 자기모순성은 신적인 것이 내 주체 안에 은폐되어 온 '객체 정신Objectpsyche'이라는 깨침을 통해 지양되고 승화될 수 있다. 송유미 화백의 언어로 바꾸면, 진무한도 악무한도 주체 안의 객체로서, 이 '객체 정신' 안에서 이미 원만한 하나(一)가 된 것이다. 진무한과 악무한을 나누는 것은 신격의 가화가 무위이화로서 나타났다가 사라진 채 인격으로 돌아온 전후 사정에서 이해될 수 있다.

다시 말해, 무아지경에서 신격의 가화(비유클리드적 차원)를 체험하고 돌아온 인격은 세속의 법에 따라 무한을 분별(유클리드적 차원)한다. 인격은 세속을 여읠 수는 없는 것이다. 그러니 송유미의 드로잉 행위에서 나타나는 신격의 가화에는 접신을 능히 하는 '무기巫氣'가 없지 않다. 이는 송유미의 드로잉 행위의 심층에 심어진 한국인의 집단무의식의 원형이 표현된 한민족 특유의 '객체 정신'으로 보아야 하지 않을까, 하는 생각이 든다.

송유미의 드로잉에 드리운 '객체 정신'에서 성실한 감상자는 신격을 지각한다. 감상자도 자신이 유한자이면서 동시에 유한자의 한계를 넘어 무한자와의 교류가 가능하다는 자각에 이를지도 모른다. 그렇게만 된다면, 이는 인간 존재의 자기모순성의 자각을 통해 유한자에서 무한한 존재로의 지양과 전변轉變을 이루게 되는 보다 높은 차원의 '객체 정신-미술 정신'을 공유할 수 있을 것이다. 이로써 물질과 정신의 차별 없는 근원적 자유와 신적인 주체로서 '객체 정신'은 널리 공유될 것이다. 아마도 이 과정에서 송유미 드로잉 연작이 추구하는 소위 '변증법적 지양'의 경지가 열리지 않을까. 존재 안에 모순이 운동을 낳고 자유는 확대되고 주체는 더욱 확장되고 정신은 신적인 차원으로 승화된다. 그 신격의 '객체 정신'은 수행과 주원의 시간을 거쳐서 구해진 자연의 기운 곧 무위이화로서 인격의 감각 속에 감지된다.

송유미의 드로잉 연작은 예술 창작에서 '가화'를 이룬 특별하고 경이로운 성과이다. 드로잉 행위와 감상자 사이에서 기운생동의 생생한 판이 벌어지는 와중에, 감상자는 홀연 무위이화로서 그림이 품고 있는 신성한 힘 혹은 신적인 아우라에 깊이 감응한다. 곧이어 송유미의 드로잉이 발산하는 무한자들의 밝음(明德)의 힘에 감화된다. 이 반딧불이의 날갯짓 같이 홀연한 박명薄明의 찰나 속에 신성은 현존한다. 그 가화는 송유미 화백의 절차탁마, 오랜 수행, 그리고 간절한 주원에서 일어난 예술 정신의 한 지극至極을 보여준다.

(2022년)

「入山」, 펼침과 수렴의 순환

― 권진규의 조소 작업

1. 오행의 펼침과 수렴

'비운의 천재 조각가'로 불리는 권진규 전시회(국립현대미술관, 2022. 3. 24~5. 22)가 열렸다. 권진규는 테라코타 조소彫塑를 위해 당연히 '흙'의 본성을 깊이 사유하고 점토의 생리를 깊이 고구考究하였을 것이다. 전시장 해설에는 그가 생전에 불교에 심취한 사실을 소개하고 있지만, 내 감상으로는, 불가 사상만이 아니라 테라코타 미술의 기본 질료인 흙의 존재 자체가 그의 예술적 사유의 근본 대상이었을 것이다. 그러니까 음양오행의 원리는 권진규의 테라코타 작업의 미적 원리와 깊이 연결되어 있을 개연성이 크다.

이번 전시회에 선보인 유일한 목조木彫 작품인 「입산入山」은 전시 해설문에서 사찰의 일주문一柱門을 떠올리게 하는 형상이라 적혀 있으나 그런 설명으론 턱없이 미흡하다. 물론 일주문 형상과 함께 기도하는 두 팔 이미지를 읽어내는 것도 이 작품의 미적 형식이 깊이 감춘 내용에 포

사진 1-1 「입산」(1964~1965)

함된다. 그럼에도 예술 작품을, 특히 이 권진규의 예외적이고 특별한 목조인 「입산」을 비평하는 것은 비평가·감상자의 인위적 학식이 개입된 미학적 선입견·감각적 편견을 최대한 버리는 일종의 무위의 시각이 필히 필요하다. 왜냐하면 특히 '추상적 조소'의 경우 조소 자체가 지닌 기운의 조화, 곧 작품이 스스로 펼치는 '저절로 그러함(무위자연)'의 생기生氣와 교감하는 감상 자세와 시각이 필수적이기 때문이다. 작품을 대하기를 고귀한 생명체 대하듯이 접해야 하는 것이다. 그러니 이번 권진규 전시회에서 유일한 나무조각에는 불가의 이미지가 없는 것은 아니나, 내가 보기에 권진규의 작업은 우선 음양오행을 바탕으로 이 작품 자체가 하나의 유기체처럼 스스로 무위이화無爲而化하는 조소의 자기 본성을 분석·해석할 만한 비평적 대상이다. 이번 전시 작품들 중에는 특히 말·소·양·뱀 등의 동물상像들이 상당수 포함되어 있는데 이 동물들은 음양오행의 12지신支神의 관념과 깊은 연관성이 있을 것이다.

권진규의 테라코타를 보고는(觀) 이내 잊고 있던 내 안의 근원적 존재와 해후를 하게 되는 것이 있다. 그것은 딱히 무엇으로 규정할 수 없으나 생명의 근원 혹은 바탕으로서 흙(土) 속에서 불(火)과 목木과 물(水) 그리고 조각칼이나 연장들(金)이 상생의 기운과 상극의 기운을 가로지르며 모두를 끌어모아 뭉치고 구워져서 끝내 나타낸 '정신의 현상現象'이다. 음양오행론에서 오행은 음양의 실상實象이고 木에서 생기고 火에서 자라며 金에서 거두고 水에서 감춘다. 이 오행에 속하는 것들은 모두 흙(土)에서 돌아가면서 생겨난다. 토는 중간에서 조화를 주관한다.

테라코타가 구운 점토를 가리키는 말이라는 점을 깊이 고려할 필요

사진 1-2 「입산」의 측면

사진 1-3 「입산」의 뒷면

사진 2 「자소상」(1969~1970)

가 있다. 다시 말해 오행에서 토는 본체이고 목화금수는 현상이다. 이 음
양오행이라는 근원적 정신이 보여준 구상具象의 대표적 점토 조소가 「자
소상自塑像」이고, 추상抽象의 목조木彫가 「입산」이라고 나는 판단한다.

　마치 승려가 붉은 가사를 왼쪽 어깨에 걸친 듯 진흙(土)을 구운 몸통
에 붉은(火) 의상을 입힌 「자소상」은 구도자의 상이요 구원의 상이다.
멀리 하늘을 바라보듯이 눈길은 높고도 그윽하다. 이는 고고한 정신의
형상이지만, 물과 불로 구워진 흙의 존재임을 확고히 인지한 형상이라
는 점에서 천지인 삼령(三靈, 三才)이 하나를 이룬 형상이다. 음기와 양
기와 중화기中和氣, 즉 음양중陰陽中의 삼신령이 이상적인 중화中和를 이
룬 상像이다.

　음양오행론이 그 자체로 심오한 추상이듯이 「입산」도 음양오행을 다

루되, 미학적으로 심오하다. 목조각인 「입산」의 형상과 구성을 보면, 음양오행을 상수象數로 표현하듯이 본체인 土(5)를 중심으로 木(3) 化(2) 金(4) 水(1)가 오묘하게 구성되어 있다. 이는 맨 위에 가로로 얹힌 나무가 점토용 조각칼을 본뜬 형상이라는 추정을 하게 만든다.

즉, 맨 아래에 받침대로 누워 있는 뭉툭한 나무토막이 음양오행의 본체인 土(점토粘土)를 상징한다면, 오른쪽 한 개(1)의 나무는 나무의 근원인 땅속의 水를 상징하는 상수 1인 동시에 이 우뚝하니 앞세운 하나(1)의 태극에서 나오는 음양을 상징하듯이 둘(2)로 나뉜 짝 나무 형상은 세상에 펼쳐진 만물을 상징하는 火의 상수 2이며, 그리고 1+2가 하나가 된 3이 중간의 공간에 서 있는 형상이 되며 아울러 목조의 소재인 木 자체가 상수로서는 3을 가리키고, 마지막으로, 점토 조각칼을 본뜬 위에 얹혀진 점토 칼 형상의 얇고 긴 나무 형상, 비록 목조각이긴 하나 '조각칼'이 상징하듯, 金의 상수로서 4를 가리킨다고 상정할 수 있다. 따라서 목조상像인 「입산」은 오행의 상수 1, 2, 3, 4, 5가 다 상징적 형상으로 표현되어 있기에 '음양오행의 도상圖像'이라 할 수 있다. 木(3)의 화·금·수와의 각각 상생·상극 관계를 표상함으로써 오행의 본체인 土의 본성을 목조상으로 표상했다 할까.

이때 중요한 것은 권진규의 조소 정신에서 볼 때, 음양오행이 최종적으로 '수렴'되는 것은 결국 상수 4, 곧 점토를 조각하는 칼(金)이 될 수밖에 없다는 점을 이해해야 한다. 나무(3)의 생장 과정을 비유해서 말하면, 점토칼(金, 4)이 오행의 순환 중에서 수렴의 상태를 가리킨다는 말은 점토칼의 상수 4가, 1, 2, 3의 단계를 거쳐, 흙(5)으로 복귀·순환하는 생멸 과정을 상징하는 것이고, 아울러 순환하면서 꽃(테라코타)을 피운다는 것은 다시 수렴(꽃) 과정이 끝나고 다시 펼침으로 오행의 순환이 반복된다는 뜻이 들어있다는 해석에 이르게 된다.

「입산」이란 제목이 근원적 진리를 찾는 수행자를 상징하듯이 권진규는 진흙의 예술을 추구함에 있어서, 오행의 본체인 진흙(土)을 바탕으로 생명의 펼침과 수렴 사이를 순환하는 음양오행의 원리를 깊이 통찰하고 있는 것이다. 결국 권진규의 테라코타는 필히 진흙(土)의 오행 사상과 깊이 연결되어 있는 것인데, 목조「입산」의 구성에서 가운데 텅 빈 공간은 음양오행의 근원으로서 무극無極이면서 태극太極이 되는 생생生生의 원리를 상징하는 것이고, 이를 불가의 관점에서는, 이 텅 빈 공간은 공空이면서 동시에 진여眞如이며, 도가의 관점에서는, 유有를 씨앗으로 품고 있는 무無이며, 동학의 관점에서는, 무위이화를 상징적으로 보여주는 것으로 해석될 수 있을 것이다.

이렇게 음양오행의 상수象數로서 해석하고 나면, 이 목조 작품「입산」은 세속을 여의고 근원의 진리를 찾아 구도求道하는 치열한 예술 정신을 드러낼 뿐 아니라, 이 작품에서 우주 자연의 역동적 운동 원리인 오행의 순환 법칙, 곧 음양 기운이 하늘에서 지상으로 펼침과 수렴을 역동적으로 반복하는 오행의 원리를 통관洞觀하는 권진규의 '근원적 정신'을 어림할 수 있게 된다. 추상의 목조「입산」과 구상의 테라코타「자소상」이 서로를 비추는 맑은 거울같이 깊은 정신적 상관성을 갖고 있기에 이 두 작품이 품고 있는 보이지 않는 심층적 진실을 추정함으로써 권진규의 심오한 예술혼은 어느 정도 이해될 수 있을 듯하다. 세속계의 몰이해와 가난과 불우 속에서도 생명의 근원을 치열하게 추구한 실로 진실하고 위대한 예술 정신 앞에서 감상자는 삼가 옷깃을 여미지 않을 수 없게 된다.

2. 보이지 않는 진실(귀신)을 본다는 것의 의미

평생 점토를 빚고 구운 천재적 조소 예술가 권진규의 예술 세계와 정신을 이해하는 데 음양의 조화造化로서 귀신의 움직임을 살피는 일은 적어도 내가 20년쯤 펼쳐온 유역문예론 관점에서는 자연스럽고 기본적인 것이다.

오히려 찰흙(土)을 빚어 구운 테라코타 작품에서가 아닌 목조각木彫刻인「입산」을 보는 거의 동시에 귀신의 작용 곧 음양오행의 조화가 감지되었다. 木火土金水의 운행 현상들(상생·상극관계)이 토를 본체로 하여 확연히 감지되었달까! 이 목조각「입산」에서 권진규의 테라코타 창작(土)을 뒤받치는 철학적 사유와 감성을 어림할 수 있었다.

유역문예론의 대의大義에서 몇 가지 더 살펴보자면, 눈에 보이는 형상 이면에서 작용하는 음양의 조화 곧 인위人爲나 이성을 넘어선 보이지 않는 진실을 보는 것이 유역문예론에서 창작과 비평의 기본이다. 보이지 않는 조화를 곧 귀신을 보는 것이고 바로 권진규의 목조각「입산」에서 나는 권진규가 접신한 '귀신의 형상'을 마침내 보는 것이다. 문학의 창작과 비평에서도 크게 보면 같다. 문학에서 귀신의 조화는 시인·작가 저마다의 성정과 삶을 닦는 수행修行의 정도와 내용에 따라 다를 뿐, 그 근본은 대동소이하다. 가령 권진규의 「입산」을 보고서 곧 시인 김수영의 초기 시편들이 연상되었다.

시인 김수영의 데뷔작, 조선왕조의 흥망성쇠를 음양오행에서 남방을 주관하는 주작을 떠올리며 음양오행에 따라 순환하는 시간-역사성을 노래한 「묘정廟庭의 노래」, 천지간 생명계를 순환하는 귀신을 자기 안에 인지한 무巫로서 시인의 존재를 터득한 유고 시「풀」은 물론 백석의 여러 시들…… 일일이 다 열거하기도 힘들다. 미술, 문학 등 형식이나 분야를 가릴 것도 없고 동서양을 가릴 것도 없다. 아! 홍상수, 이창동, 봉준호 영화 정신도 다 상통하는 바가 크다.

3. 귀신론과 『노자』 72장의 관계

이찬구 선생이 쓴 고조선 역법曆法(易법이기도!) 책을 읽다 보니, 고대 중국의 역법(복희역 문왕역 곧 『주역』 등)과 다른 고조선의 역법이 있고, 그 해설을 보니 나 스스로 놀란다. 거의 모든 작품이 테라코타인 권진규의 조소에서 아마도 유일한 나무(木)조각 작품인 「입산」을 음양오행으로 풀이한 위의 비평을 떠올리면서 나 스스로에게 신기해한달까. 우리나라 역학의 대가께서 우리 고유의 천지인 사상의 뿌리, 고조선 역법이 지닌 음양오행의 한 특징을 바로 노자의 72장을 가져와서 해설하고 있기 때문이다. 권진규는 흙의 본성을 꿰뚫어 보고 나무조각 속에 흙(土)의 본성을 겉으로 드러내지 않고 은밀히 감추었다는 해석이 가능하다.

"불자현 불자귀不自見 不自貴"

스스로를 나타내지 않고 스스로를 높여 귀하게 여기지 않는다.(『노자』 72장)

(2022년)

898

화가 김호석의 초상화

― 김호석 화백의 「黃喜」, 「눈부처」

1. '시대정신'의 근원을 묻는 정신: 「黃喜」 肖像

눈이 네 개 그려진 「황희黃喜」는 조선 전기 세종 때 명名재상 황희 정 승(1363~1452)의 인물됨이 어떠한가, 하는 질문을 표면적인 사의寫意로 삼고 있는 듯하다. 서로 분리된 듯 서로 겹치거나 서로를 깊이 관계 맺게 하는 네 눈동자의 순환 속에서 단순히 황희 정승의 청백리淸白吏 정신에만 매몰되지 않는, 작가의 복합적인 의식을 엿볼 수 있다.

네 눈동자의 황희 초상은 단정한 느낌의 두 눈동자 위쪽으로 혹은 뒤 쪽으로 핏발이 선 정승의 눈동자가 그려져 있다. 단정한 두 눈빛과 핏발 선 두 눈빛에서 황희 정승의 부정부패에 분노하는 청백리 정신만 읽는 다면, 이는 오독에 가깝다. 그것은 소위 이성이나 역사 공부가 만든 착 각이자 오독이다. 황희 초상은 황희 정승의 역사적 존재감을 표현하고 있지만, 초상은 청백리 정신만을 그리지 않는다. 청백리 정신이 그 안에 표현되어 있다면, '의심이 가는 청백리 정신', 즉 많은 의문과 질문들이

그림1 「황희黃喜」(1988)

제기되는 가운데에 낀 하나의 질문, '청백리 정신이란 무엇인가'로 표현될 따름이다. 그 질문은 '황희 정승의 청백리 정신은 무엇인가'라는 질문이라기보다, '황희 정승의 정신은 무엇인가'라는 인간 황희의 정신 또는 시대정신에 대한 근본적인 질문에 가깝다. 황희 정승을 가탁하여 '정신'을 묻는 것이다. 어쩌면 그것은 세상살이의 옳고 그름 곧 정의와 불의에 대한 사회적 판단의 문제가 아니라, 옳고 그름이라는 사회적 판단에 대한 판단의 문제이다. 그것은 시대가 안고 있는 시시비비에 대한 질문이 아니라, 시시비비를 보는 정신에 대한 질문이다.

이러한 정신에 대한 질문에는 정확한 해답이 없다. 오직 질문만이 있을 뿐이다. 그 답이 없는 끝없는 질문은 답이 없어 덧없는(무상無常한) 질문이지만, 바로 덧없는 질문을 끊임없이 제기하는 정신을 가리켜 '근원을 지향하는 정신'이라 할 수 있다. 마치 선禪적 질문, 선적 정신처럼 말이다. 그렇기에 시대정신, 그리고 인간 정신에 대한 끝없는 의심과 근원적 질문을 강조하기 위해 「황희」를 회오리같이 순환하는 네 눈동자로 추상抽象한 것이다.

위쪽에 있는 눈자위가 핏빛인 두 눈은 성난 형상으로 야수野獸의 눈처럼 동공의 홍채가 인간의 눈빛이 아니다. 아래에는 평범한 인간의 두 눈이 그려졌다. 위쪽 두 눈망울의 강한 붉은 빛깔로 인해 그 눈은 초인간적인 또는 초자연적인 눈빛을 가졌다는 느낌을 준다. 반면 아래쪽 자연적인 눈은 눈매가 소박하고 단정하여 선비 느낌을 준다. 달리 말해 위쪽의 초자연인의 눈은 어둡고 부정적인 느낌이라면, 아래쪽 자연인의 눈은 밝고 긍정적인 느낌이다.

주목할 점은, 감상자의 위치에서 보면 네 눈동자는 혼란스러우면서도 다양한 느낌을 불러일으킨다는 사실이다. 이는 네 눈동자가 서로 간섭하는 구도이거나 순환적 구도로 그려져 있기 때문이다. 서로 간섭하는 구도로 본다면, 위아래 두 눈만을 비교하여 감상자의 눈은 황희 정승의 정신이 지닌 이중성을 떠올릴 것이다. 그러나 네 개의 동공을 잇는 원의 순환 구도로 본다면, 선과 악, 분노와 어짊, 부정과 정의의 눈빛들이 서로 갈등하면서도 회통하는 느낌을 받는다. 그래서 어지럽고 혼란스러운 느낌을 주지만, 바로 그 혼돈스럽게 뒤섞이는 눈빛 속에서 황희라는 역사적 인물의 공과와 시비에 대한 수많은 질문이 떠오르게 되고 스스로 정신은 자기 근원을 향하는 것이다.

이 질문은 답이 없는 질문이라는 점에서 선적 질문이며 선적 질문이라는 점에서 초월적 질문이다. 또 답이 없는 답이 주어진다는 점에서 반어적反語的이다. 그러므로 황희 정승의 삶과 정신에 대한 모든 세속적이고 역사적인 평가들은 감상자에게 끊임없이 의심과 질문의 대상이 되는 한편, 우리의 정신은 더 근원적인 정신으로 더 깊어지는 것이다.

이러한 시대정신의 근원을 묻는 정신은 마땅히 선악과 미추, 시비와 공사公私를 일거에 작파하고 넘어서는 새로운 추상의 붓질이 필요하였다. 얼굴 위아래로 매우 거친 붓질로 바투 그린 황희 정승의 머리와 수염은 바로 그 추상의 붓질이 근원적 정신의 탐구에 있음을 극명하게 보여준다. 추상은 다름 아닌 황희 정승의 정신에 대한 질문의 형식이자 시대정신에 대한 질문의 형식 곧 지극히 '정신적인 그림의 형식'이었던 것이다. 추상의 붓질이 사실적 형상을 사라지게 했지만, 오히려 정신적인 것의 기세는 더욱 거세게 휘몰아치게 된다. 머리와 수염의 형상은 먹물을 가득 먹인 습필濕筆의 새까맣고 거친 먹빛 형상 속으로 날려버림으로써 네 눈동자는 상대적으로 강조되고 네 눈동자의 순환하는 기운은 더욱 거칠고 거세진다.

2. '알 수 없음'에 대한 實事求是:「눈부처」

제목이 '눈부처'인 이 그림은 글쎄, 흰색 알 안경을 낀 건지, 일부러 눈을 안 그린 건지, 한 선비가 의관을 단정하게 갖춘 초상화. 화제畫題가 '눈부처'라 하니 김호석 화백의 '수묵화水墨畫'가 추구하는 '정신精神'이 피워내는 유현한 기운이 은근히 내 마음을 움직인다.

눈부처는 다른 이의 눈동자에 비친 내 모습을 가리키는 말인데, 눈동자가 지워진 초상화를 '눈부처'라 제목을 붙이고 나면, 그림 해석이 복잡다단해진다. 생각해보니, 김 화백이 오랜 절차탁마 끝에 마침내 자신

그림 2 「눈부처」(2019)

의 '수묵 정신'이 여기에 이르렀음을 보여주는, 어떤 고매한 자부심이 전해지는 바가 없지 않다. 이런 맥락에서 보면, 저 '눈부처'는 지금 김 화백이 도달해 있는 '자기 정신의 자화상'이라 해도 틀림이 없다.

그림을 잘 보든 못 보든, 좋은 그림을 본 일순간에, 보는 이는 그림에 감흥하게 된다. 이 「눈부처」를 보는 잠시, 직관적으로 품게 된 생각은, 만해 한용운 선사禪師의 시 「알 수 없어요」와 실학의 실사구시實事求是 정신, 그리고 귀신鬼神의 존재에 관한 것이다……

화가는 남을 그릴 때는 당연하고 자화상을 그릴 때조차 나를 남으로 여겨 눈동자를 그린다. 눈동자를 지운 것은 눈동자가 없어서가 아니라, 눈부처 곧 '마주 보는 눈동자'에는 '보이지 않는 마음의 눈동자'들이 헤 아릴 수 없이 무량억겁으로 내재해 있기 때문이다. 여기엔 보이는 사물에 대한 부정일변도의 공空사상과 긍정일변도의 유심唯心(유식唯識)사상이 '동시에 작용'(회통會通)한다.

때문에 남의 눈동자에 비친 나, 또 내 눈동자에 비친 남은 그 자체가 진실이 아니라, 진실은 눈에 보이지 않는 공의 현상으로서 마음 깊이에, 즉 사물의 이면에 은폐되어 있다. 만해의 시, 「알 수 없어요」가 퍼뜩 떠오른 이유다.

그러나, 사물의 진실을 '알 수 없음'에도, 김호석 화백의 모든 수묵화는 사실事實에 입각해서 진리를 찾아가는 '실사구시 정신'에 투철하다. 수묵의 붓질은 사실에 기반하여 매우 구체적이고 생생하며 또 단정하고 단호한 기운이 실려 있다. 의관을 정비한 선비의 뻣뻣한 풍모는 허튼 관념이나 허상을 허용하지 않고 구체와 실질에 충실한 '실학 정신'의 초상으로 이해해도 좋다. 이 대목에서도 대승불교의 정신과 유학의 실학 정신이 서로 어우러져 회통會通한다.

이러한 사유를 토대로 하여 이 작품의 '은폐된 화의畫意'는 더 깊이 해석될 수 있다. 그 해석 중 하나는, 내가 그림에서 남의 눈동자를 지운다는 것은 남이 나를 그린다는 뜻을 내포한다는 것. 남이 나를 그리는 것이 내가 남을 그리는 것이다. 이 말은, 내 안에 남이 나를 그린다, 하는 뜻이기도 하다. 귀신의 존재는 눈에 보이는 눈동자가 아니라, 보이지 않는 눈동자에서 활동한다. 만물에 작용하는 귀신의 존재는 변화하여 측량할 수 없다. 다만 뛰어난 화가들은 '알 수 없는' 귀신의 조화가 남기는 자취를 감지하고 이를 가까스로 형상화한다. 김호석 화백의 근작 「눈부처」에 눈동자가 지워진 것은 그 귀신이 부리는 조홧속을 '보는' 관조의 표현이라 할 수 있다.

(2021년)

원시반본의 예술

— 김준권 화백의 판화 작업

1. 반복과 순환의 노동

아마도 미래에 진실한 예술형식은 원시적 노동과 몸짓을 예술 생산의 기본 조건으로 받드는 예술 정신 속에서 태어나리라. 근대를 극복하는 정신적 기획으로서 '원시반본原始返本'이란 이성적 존재로서의 인간에서 신령한 존재(최령자最靈者)로서의 인간으로의 귀향을 의미하는바, 예술가의 몸을 질료로 한 원시적 노동 과정은 가장 예시적이고 믿을 만한 '원시반본적 예술'에 이르는 방편이다.

원시반본적 예술 정신은 판화가 김준권 선생이 수십 년째 묵묵히 진력해온 판화의 반복 작업 과정—'예술 노동 과정'[1]에서 상징적이고 웅변적으로 드러난다. 반복과 순환의 판화 노동이 '창조'가 될 수 있는 것은 반복적 노동 과정이 스스로 자연의 조화造化 과정에 합해지는 선순

---

1   이 글에서 '예술 노동'이란 자기 정신 운동의 일환, 혹은 예술 행위의 일환으로서의 몸 노동을 의미한다.

그림1 「청산 2」(2020)　　　그림2 「산처럼… 20-01」(2020)　　　그림3 「산에서… 20-01」(2020)

환 과정이 되기 때문이다. 예술적 '창조'는 이러한 반복과 순환의 노동 과정 속에서 무위자연無爲自然에 합하여지는 신통神通한 시간에, 불현듯 이 찾아온다.

　물신이 지배하는 문명사회를 극복하려는 모든 진지한 예술 행위는 이 원시적 몸짓으로서의 노동 과정과 연관성이 깊다. 원시적 예술형식 인 춤과 소리(음악)는 물론, 회화, 조소, 도자陶滋든, '설치 예술'이든, 또 는 시나 소설 등 문학 행위든, '새로운 원시반본의 예술'은, 김준권 판화 가의 지난한 작업 과정이 보여주듯, '예술 노동 과정'이 예술 생산의 토 대요 예술 '창조'의 근본 조건이 될 공산이 크다. 이런 맥락에서 특히 무 형無形의 몸짓-예술 노동이 전제된 춤 또는 '행위예술performance'은 원시 반본적 예술의 원초적 상징이라 할 수 있다.

　김준권 화백의 목판화들을 마주하면, 소란하고 번화한 디지털 세상 에 짓눌려 있던 생명의 숨결, 우주 자연의 소리가 느껴진다. 오래전 일 산 지하 단골집 'LP빠'에서 자주 듣던 아날로그 음질의 소리들이 은은

906

히 끊임없이 들린다. 김 화백의 목판화들, 저 바람에 일렁이는 청보리밭의 아우성, 첩첩 산맥 위를 정열하고 어디론가 정처를 찾아 날아가는 새 떼들의 아득한 울음소리, 봄날의 연분홍빛 만개滿開……. 우주 자연 음音이 장엄하고 웅숭깊이 연주되고 있다.

아마도 탁월한 문예비평가 발터 벤야민이 박사학위 논문「독일 비애극의 원천」에서 통찰한 '근원적인 청각적 지각Urvernehmen'으로서의 소리란 바로 이러한 경지를 두고 말함이 아닐까.

개념적인 언어로 규정되기 전에 김준권 화백의 목판화는 본성적으로 '나무의 존재'에 은폐된 '근원적인 음향'(자연음)과 깊이 교감하면서 장엄한 '자연의 교향곡'을 연주하는 것이다.

2. 죽은나무에 산魂을 불어넣기

순연純然한 자연의 숨결을 감각한다는 뜻은 무엇인가. 적어도 시詩에서 시인에게는 언어의 인위적 조작을 반성하고 성찰하는 일이 전제되어야 하나, 목판화가에게는 나무의 본성과 하나됨을 체화하는 일이 전제되어야 하지 않을까. 그래야 죽은 나무에서 싱그러운 생명이 돋아나는 부활의 소리를 들을 수 있게 된다. 은행나무, 느릅나무, 피나무……죽은 목판들이 백두대간의 웅혼한 소리와 일렁이는 푸르고 붉은 보리밭의 아우성을 불러낸다. 어쩌면 죽은 나무가 자연의 생명력을 불러오는 이 외경스러운 아이러니에 목판화의 본질·본성이 있는지도 모른다. 만약 그렇다면 목판화가의 본성은 무엇인가. 반독재 투쟁기의 걸출한 판화가 오윤의 판화가 굵고 힘찬 선각線刻을 기본으로 항쟁의 민중

그림 4 「꽃비—203」(2020)

그림 5 「꽃비—봄날」(2020)

정신을 탁월하게 묘파했다면, 거친 항쟁의 시대를 겪은 조선의 목판화가 김준권은 이젠 죽은 나무가 어떻게 위대한 어머니로서 자연의 생명력을 낳는지를 보여준다. 죽은 나무는 땔감의 용도로 스스로를 무화無化할 뿐아니라 '저절로 변화하는 신령한 기운을 가진 자연 그 자체'임을 여실히 보여준다.

　죽은 나무에 산 영혼을 불어넣는 주술이야말로 조선 문화의 깊은 뿌리를 이루는 '오래된 영혼의 기술'이 아닌가. 죽은 나무가 살아 있음을 보여주는 내밀한 나뭇결과 거친 듯 부드러운 빛깔의 은밀한 변화는 김준권 목판화가 항쟁의 역사를 껴안고 비로소 조선 목판화의 성장에 '웅혼한 정신의 바탕'을 이루고 있음을 유감없이 보여준다.

3. 「청산이 소리쳐 부르거든」

　고려 때 「청산별곡靑山別曲」의 '청산'이나 나옹화상懶翁和尙의 게송에

그림 6 「소나무 산천—Red」(2020)

서 고결한 정신으로서 '청산', 중국의 도가道家 전통의 시가詩歌에서 선
계仙界의 비유로서 '청산'······. '청산'은 동아시아 문학 전통에서는 익
숙한 고매한 정신의 상징이다.

　김준권 화백의 목판화 「청산이 소리쳐 부르거든」 연작은 이 '청산'의
전통을 잇되, 생명의 '근원'을 추구한다. 화가의 심안心眼은 만물의 '근
원'인 천지에 가득한 생기生氣, 곧 '허령창창虛靈蒼蒼'을 보는(見) 것이다.
만물을 낳는 허령창창의 생기가 지극한 기운에 이르는 순간, 청산의 기
운은 '소리'로 화생化生한다. 따라서, 「청산이 소리쳐 부르거든」 연작은,
'소리'가 시화詩畵의 근원이라는 예술적 진리를 통찰하고 있음을 여실
히 보여준다.

(2021년)

1부 유역문예론

유역문예론의 序―예술에서의 鬼神의 존재와 작용에 관한 試論
한국문학과 종교학회 30주년 기념 학술대회 기조강연 원고(2022. 7. 14).

유역문예론 1―동학에 이르기까지
심층 인터뷰 「임우기 '유역문학론流域文學論'―'유역문학'을 위한 기본적인 생각들 ①」,
『영화가 있는 문학의오늘』32호(2019년 가을 호) 발표 및 추후 보완.

유역문예론 2―문예의 진실한 형식과 내용에 관한 고찰
심층 인터뷰 「임우기 '유역문학론流域文學論'·2―'유역의 작가'는 근원에 능히 통한다」,
『영화가 있는 문학의오늘』33호(2019년 겨울 호) 발표 및 추후 보완.

2부 시론

수운 동학과 巫의 상상력―'비국소성'과 巫의 눈: 신동엽론
신동엽문학제 특별 강연 원고(2021. 10. 9).

참여시의 존재론적 의미―辛東門 혹은 4·19 전후 현실참여시의 존재론
제5회 신동문문학제 문학 강연 원고(2017. 9. 21).

존재와 귀신―김수영 시의 '거대한 뿌리'
염무웅·최원식·진은영 엮음, 『시는 나의 닻이다―김수영 50주기 헌정 산문집』(창
비, 2018).

기형도 시의 유기체적 자아―"가는비…… 오는 날, 사람들은 모두 젖은 길을 걸어야 한다"
기형도문학관 개관 기념 강연 원고(2017. 11. 22).

非근대인의 시론─『녹색평론』의 故 김종철 선생님께
윤중호, 『윤중호 시전집:詩』(솔, 2022)의 해설.

이슬의 시, 鬼神의 시─『조재훈 문학선집』 발간에 삼가 부침
조재훈, 『조재훈 문학선집 1: 시선 1』(솔, 2018)의 발문.

자재연원의 시─오봉옥 시집 『섯!』의 숨은 뜻
오봉옥, 『섯!』(천년의시작, 2018)의 해설.

소리의 시, 生活의 시, 자연의 시─육근상 『여우』, 김용만 『새들은 날기 위해 울음마저 버린다』,
이나혜 『눈물은 다리가 백 개』
『영화가 있는 문학의오늘』 40호(2021년 가을 호) 발표.

시적 존재론 · 무위이화의 시적 의미─강민, 송경동 시인의 시
시 단평, 2020, 2022.

3부 소설론

流行不息, '家門小說'의 새로운 이념─안삼환 장편소설 『도동 사람』
『영화가 있는 문학의오늘』 44호(2022년 가을 호) 발표.

소설이라는 이름의 鬼神─심아진 소설집 『신의 한 수』
『영화가 있는 문학의오늘』 44호(2022년 가을 호) 발표.

겨레의 얼을 '씻김'하는 '소리체(正音體) 소설'의 탄생─김성동 『國手』
『영화가 있는 문학의오늘』 28호(2018년 가을 호) 발표.

유역문예론의 시각으로 본 세 소설집—반수연 『통영』, 이경란 『빨간 치마를 입은 아이』, 김이정 『네 눈물을 믿지 마』
『영화가 있는 문학의오늘』 41호(2021년 겨울 호) 발표.

AI와 문학—가즈오 이시구로 『클라라와 태양』
소설 단평, 2021.

4부 영화·미술론

홍상수 영화의 '창조적 신통'—창조적 유기체로서의 영화
『영화가 있는 문학의오늘』 36호(2020년 가을 호) 발표; 임우기, 『한국영화 세 감독, 이창동·홍상수·봉준호』(솔, 2021).

예술 창작에서의 '假化'—修行과 呪願: 송유미 화백의 그림에 대하여
『영화가 있는 문학의오늘』 43호(2022년 여름 호) 발표.

「入山」, 펼침과 수렴의 순환—권진규의 조소 작업
미술 단평, 2022.

화가 김호석의 초상화—김호석 화백의 「黃喜」, 「눈부처」
미술 단평, 2021.

원시반본의 예술—김준권 화백의 판화 작업
미술 단평, 2021.

유
역
문
예
론

1판 1쇄 인쇄   2022년 9월 29일
1판 1쇄 발행   2022년 10월 19일

지은이   임우기
펴낸이   임양묵
펴낸곳   솔출판사

편집장   윤진희
편집   최찬미 김현지
디자인   이지수
경영관리   이슬비

주소   서울시 마포구 와우산로29가길 80(서교동)
전화   02-332-1526
팩스   02-332-1529
블로그   blog.naver.com/sol_book
이메일   solbook@solbook.co.kr
출판등록   1990년 9월 15일 제10-420호

ISBN   979-11-6020-186-4 (03810)

· 잘못된 책은 구입한 곳에서 바꿔드립니다.
· 책값은 뒤표지에 표시되어 있습니다.